In gleicher Aufmachung erschienen in der Reihe
HEYNE SCIENCE FICTION & FANTASY
herausgegeben von Wolfgang Jeschke:

Das Science Fiction Jahr # 1 (1986) · 06/4260
Das Science Fiction Jahr # 2 (1987) · 06/4371
Das Science Fiction Jahr # 3 (1988) · 06/4464
Das Science Fiction Jahr # 4 (1989) · 06/4550
Das Science Fiction Jahr # 5 (1990) · 06/4640
Das Science Fiction Jahr # 6 (1991) · 06/4760
Das Science Fiction Jahr # 7 (1992) · 06/4850
Das Science Fiction Jahr # 8 (1993) · 06/4960
Das Science Fiction Jahr # 9 (1994) · 06/5080
Das Science Fiction Jahr # 10 (1995) · 06/5245
Das Science Fiction Jahr # 11 (1996) · 06/5380
Das Science Fiction Jahr # 12 (1997) · 06/5638
Das Science Fiction Jahr # 13 (1998) · 06/5925
Das Science Fiction Jahr # 14 (1999) · 06/5995
Das Science Fiction Jahr # 15 (2000) · 06/6339 (in Vorb.)
Das Science Fiction Jahr # 16 (2001) · (in Vorb.)

DAS SCIENCE FICTION JAHR

14

Ein Jahrbuch für den
Science Fiction Leser

AUSGABE 1999

Herausgegeben
von
Wolfgang Jeschke

WILHELM HEYNE VERLAG · MÜNCHEN

HEYNE SCIENCE FICTION & FANTASY

Band 06/5995

Umwelthinweis:
Dieses Buch wurde auf
chlor- und säurefreiem Papier gedruckt

Printed in Germany Februar 1999
Umschlagbild: Enrique Nieto
Umschlaggestaltung: Atelier Ingrid Schütz, München
Technische Betreuung: M. Spinola
Satz: Schaber Satz- und Datentechnik, Wels
Druck und Bindung: Presse-Druck, Augsburg

ISBN 3-453-14984-X

DAS SCIENCE FICTION JAHR # 14

INHALT

DAS SCIENCE FICTION JAHR # 14

INHALT

DAS SCIENCE FICTION JAHR # 14

INHALT

MUSIK

MEDIEN

ÜBER SCIENCE FICTION

DAS SCIENCE FICTION JAHR # 14

INHALT

DAS SCIENCE FICTION JAHR # 14

INHALT

INTERVIEW

DAS SCIENCE FICTION JAHR # 14

INHALT

DAS SCIENCE FICTION JAHR # 14

INHALT

EDITORIAL

Lieber Leser,

immer wenn's heute irgendwo um Zukunft geht – und wo ist das nicht der Fall angesichts der bevorstehenden Jahrtausendwende? – lädt man die Science Fiction als Sachverständige zu Gast. Auch wenn sie sich selten um die Darstellung »zukunftsfähiger« Zukünfte bemüht, sondern lieber »Wild Cards« ausspielt, sich mehr mit den unberechtigten Ängsten beschäftigt als mit den berechtigten Hoffnungen, aufs Visionäre glauben die Veranstalter nicht verzichten zu können, zumal die professionellen Futurologen mit ihren Aussagen, vorsichtig geworden durch Prognose-Flops etwas zu sorgloser Kollegen in den vergangenen Jahrzehnten, zu einer Zaghaftigkeit neigen, mit der man nicht eben Begeisterung bei Presse und Geldgebern zu wecken vermag.

Das dachten wahrscheinlich auch die Initiatoren einer Info-Veranstaltung im Vorfeld der EXPO2000, zu der ich Ende Mai1998 eingeladen wurde, um etwas zum Thema »Das Tor zum 21. Jahrhundert, Aufbruch in ein neues Jahrtausend« aus der Sicht eines Science Fiction-Autors und -Herausgebers beizutragen. Wenn man sich lange genug intensiv mit dieser Literatur beschäftigt hat, ist es nicht schwierig, zwischen Brunner und Stapledon eine Palette der Hoffnungen, Erwartungen und Ängste auszubreiten, die den Zeitgenossen beschäftigen. Bei den anderen Vorträgen und in den Diskussionen und Gesprächen während und am Rande der zweitägigen Veranstaltung machte ich jedoch eine merkwürdige Erfahrung: Die meisten Teilnehmer waren nicht fähig und in der Lage, sich auch nur die Welt in unmittelbarer Zukunft, etwa um das Jahr 2025, vorzustellen, vom nächsten Jahrhundert, gar vom nächsten Jahrtausend, wie es das Thema nahelegte, ganz zu schweigen. Das halbe Dutzend Teilnehmer, das damit keine Probleme hatte, fand sich rasch zusammen, und überflüssig zu sagen, daß es sich dabei ausnahmslos um Science Fiction-Leser handelte, für die Gibson, McDonald, Robinson, Kress, Griffith, Wood, Egan, Spinrad, Benford, Bear, Bishop, Baxter und Banks bekannte Namen waren.

Man muß den übrigen Teilnehmern zugute halten, daß es sich vor allem um prospektive Aussteller, Finanzleute und Architekten handelte, zu deren Geschäft es u. a. gehört, Gebäude und Verkehrsanbindungen zu schaffen, Erdbewegungsarbeiten durchzuführen und Geldströme zu fassen und in die richtigen Bahnen zu lenken, aber es war von seiten der Veranstalter eher Nostalgie spürbar, als man anhand von Fotos und Berichten Beispiele von früheren Weltausstellungen Revue passieren ließ, wo ich mehr Zukunftsorientiertheit, mehr Vorausdenken, mehr Aufgeschlossenheit fürs heute oder morgen Machbare erwartet hätte. Weltausstellungen waren stets Messen der Zukunft gewesen, nationale Wettbewerbe angewandter Zukunftstechnik, Schaustellung von Erfindungsreichtum und Wagemut, neue Wege zu beschreiten, neue Werkstoffe zu testen und einzusetzen, neue Verfahren zu demonstrieren, kurzum: eine Präsentation neuer Ideen.

Davon war nichts zu spüren. Kein Gedanke daran, welche Wissenschaften und Techniken das kommende Jahrhundert, die kommenden Jahrhunderte, das kommende Jahrtausend beherrschen könnten (Gentechnik, Bionik, Ökotechnik, Orbitaltechnik, später Terraformen, Nanotechnik, Antimaterietechnik, Tiefenraumfahrt, Antigravitationstechnik – wir Science Fiction-Leute waren uns da schnell einig, was an Aufgaben morgen oder übermorgen auf uns zukommen wird). Nun, Bertelsmann wird einen eigenen Pavillon haben, der ganz der Infotechnik gewidmet ist, aber bei allen zu erwartenden Verbesserungen auf dem Gebiet: das ist Schnee vom letzten Jahr, will sagen, des zwanzigsten Jahrhunderts, wie der Benzinmotor und der Elektromotor der des neunzehnten.

Die EXPO 2000 wird – so mein Gefühl – eher eine Rückschau sein, eine Präsentation des Erreichten, kein Ausblick auf neue ehrgeizige Ideen, auf bald technisch Machbares, auf Neuland angewandter Wissenschaft, das bereits da und dort in den Labors betreten worden ist. Das Tor ins nächste Jahrtausend bleibt – um es ebenso hart wie lapidar zu sagen – vorerst wegen Phantasielosigkeit geschlossen. In Hannover wird wenig Zukunftsweisendes zu sehen sein. Architektonische Spielereien, ästhetisch gestalteter umbauter Raum unter Einbeziehung der Ökologie in Form der vier Elemente. Ein laues Kulturprogramm mit internationaler Folklore, das in seinem Anhauch von Esoterik und Klassikbeweihräucherung (Goethe-Jahr!) kaum geeignet sein wird, die Besucher zu Beifallsstürmen hinzureißen. Die program-

mierte Langeweile. Schon der Werbefilm! Ein Flugzeug taucht im Steilflug aus dem Aquarium in Lissabon und steuert Hannover an, wo es zwischen den computer-animierten Messehallen landet. (Man fühlt sich an die primitive Simulation eines Flugs über deutschen Landen im Wetterbericht der ARD erinnert.) In gewiß weit billigeren Werbespots ist allenthalben Pfiffigeres zu finden. (Ganz anders freilich die Printwerbung für die EXPO, die mir wirklich gelungen scheint!)

Vielleicht ist die Zeit der Weltausstellungen tatsächlich vorüber. Patriotismus und Fortschrittsoptimismus – einst die Haupttriebfedern dieser Großveranstaltungen – sind erlahmt. Es waren beides gefährliche Fehleinschätzungen der Realität der zivilisatorischen Evolution, sind Anachronismen in einer modernen, global vernetzten Welt. Nur Ewiggestrige werden ihnen eine Träne nachweinen. Der nationale Präsentationswille freilich ist geblieben, nur ohne Zielvorgaben für die Zukunft, ohne Phantasie gerät die teure Nobelshow den Veranstaltern zur Nabelschau, drohen sie der Faszination des Historismus zu erliegen. Tatsächlich interessierte die Form der Präsentation von neuen Ideen bei vergangenen Weltausstellungen weit mehr als die Ideen selbst, die heute zu präsentieren wären. Ich sah einige ratlose Gesichter bei den Beratern und Beobachtern prospektiver Geldgeber und Enttäuschung bei Ausstellern, deren Ideen mir zusagten, die sich aus Mangel an finanzieller Unterstützung oder anderen Gründen nicht verwirklichen ließen. (Hier erweist sich das Konzept der finanziellen Autarkie der EXPO als schwerwiegendes Handicap, denn es setzt voraus, daß man einen Geldgeber findet, der die Präsentation einer Idee bezahlt.) Unter diesen Umständen, dachte ich mir damals, wird diese Show dem deutschen Steuerzahler eine Stange Geld kosten. Aber im Mai 1998 war man diesbezüglich in Hannover noch guten Mutes. Ich wollte, ich hätte nicht recht behalten.

Inzwischen hat sich mein Blick, was die Zukunftsperspektiven über die Jahrtausendwende hinweg betrifft, geschärft. Was ich noch vor einem halben Jahr für ein lokales Phänomen gehalten habe, das ich einem gewissen Unvermögen der Vorstellungskraft zuschrieb, könnte vielleicht doch eine unbewußte Angst vor der Zukunft sein. Halten manche Zeitgenossen dieses Tor ins nächste Jahrtausend für ein bedrohliches Schwarzes Loch? Wächst sich der befürchtete 00-Computercrash der Jahrhundertwende in den Gehirnen vieler womöglich zum Big Crunch unserer Welt aus?

Wie anders läßt sich das noch nie dagewesene Schwinden des Interesses an Zukunft, die zunehmende Hinwendung zur Vergangenheit erklären? Die Verkaufszahlen der Bücher spiegeln eine drastische Veränderung der Perspektive. Noch nie hat die Vergangenheitsliteratur, vor allem die fiktive geschichtliche Darstellung, die sich heute in breiter Palette von der pseudohistorischen Biographie bis zur historischen Fantasy präsentieren, einen derartigen Zuspruch gefunden. Es ist, als ob sich der Mensch des ausgehenden zweiten Jahrtausends sich festkrallen wollte am (vermeintlich) Gesicherten, um nicht in den dunklen Abgrund der Zukunft gerissen zu werden. Als hefte er den Blick wie gebannt aufs Verflossene, weil er glaubt, daß es ihm Sicherheit bieten könnte, ein Garant für Beständigkeit wäre, allein schon dadurch, weil es einmal Wirklichkeit gewesen sein soll.

Noch nie hat andererseits die Science Fiction in ihrer Publikationsgeschichte, zumindest in Deutschland, einen derartigen Absturz erlebt. Betrachtet man die Zahlen und die Kurven ihrer Entwicklung, wie sie Hermann Urbanek auf den nächsten Seiten mit akribischem Fleiß zusammengetragen hat, dann scheint die SF-Welt noch in Ordnung. Doch das Bild täuscht. Die Berechnungen basieren auf der Anzahl der angebotenen Titel. Man muß schon sehr genau hinsehen, um die realen Entwicklungen herauszulesen. Die Kürzung des SF-Programms 1997/98 bei Bastei-Lübbe ist ein solches Indiz, die Säumigkeit, mit der längst angekündigte, aber immer wieder verschobene Titel bei Heyne erscheinen, ein weiteres. Beides signalisiert eine schwindende Aufnahmefähigkeit des Marktes. Bei dem unerbittlichen Verdrängungswettbewerb, wie er besonders im Taschenbuchsektor seit einigen Jahren herrscht, wird die Titelzahl von den Verlagen erst dann reduziert, wenn die Absatzziffern so weit gesunken sind, daß eine Korrektur des Programmangebots nach unten aus wirtschaftlichen Erwägungen unumgänglich notwendig geworden ist, weil die Gewinnmarge unter Null liegt und rote Zahlen geschrieben werden. Und dies ist derzeit der Fall. Die Statistiken des nächsten Jahres werden völlig anders aussehen. Das Heyne SF-Programm wird mindestens um ein Drittel reduziert. Die angekündigten, aber noch nicht erschienenen Titel werden nur sehr zögerlich publiziert werden können, weil sie zusätzlich auf die Monatsneuerscheinungen draufgesattelt werden müssen, was subtiler Marktbeobachtung bedarf. Bei Goldmann wird man dem Vernehmen nach in Zukunft ganz auf

Science Fiction verzichten, nachdem der Start des noch von Sky Nonhoff initiierten neuen Programms wenig Freude hat aufkommen lassen, was seine Verkäuflichkeit betraf. Das alles bedeutet einen Markteinbruch, wie es ihn in vierzig Jahren Publikationsgeschichte der SF im deutschsprachigen Raum nicht gegeben hat. Flauten, wie die Mitte der achtziger Jahre, die zur Einstellung der SF-Taschenbuchreihen u. a. von Ullstein und Moewig führte, waren vergleichsweise harmlos. Es genügte etwa bei Heyne, sich auf das gängige Repertoire, auf bekannte Namen wie etwa Foster, Silverberg, McCaffrey, Niven/Pournelle, Harrison, Asimov, Moorcock, Vance, Zelazny usw. zurückzuziehen, deren Romane regelmäßig nachgedruckt wurden und damit genug Umsatz brachten, daß weiterhin neue Autoren eingeführt und aufgebaut, sowie das Erscheinen internationaler Highlights und etwas schwierigere Spitzentitel bekannter Autoren (vor allem ihre teure Übersetzung) mitfinanziert werden konnten, deren Verkäuflichkeit sich erfahrungsgemäß in Grenzen halten würde, andererseits aber für das Renommee der Reihe unverzichtbar waren, oder einfach deshalb, weil der treue Käuferstamm seit Jahrzehnten gewöhnt ist, in der Reihe Heyne SF solche hochkarätigen Titel zu finden.

Die heutige Marktsituation ist hingegen eine völlig andere. Die genannten Lieferanten mehr oder weniger leichter, gängiger, für ein breiteres Publikum geeigneter SF-Unterhaltung tauchen seit etwa zwei bis drei Jahren nicht mehr in den Nachdrucklisten auf. Hinzu kommt, daß die Star Trek-Euphorie, zumindest was die Buch-Publikationen betrifft, völlig verschwunden ist. Kletterten Star Trek-Titel noch vor drei Jahren zuverlässig auf 40 000, bis eine gewisse Sättigung eintrat, so ist jetzt bereits bei 20 000 die Grenze erreicht. Die begleitenden Bildbände, einst in 30 000 bis 40 000 Auflage vom Stapel verkauft, krebsen nun bei 4000 bis 5000 verkauften Exemplaren herum. Am verläßlichsten sind die Spitzentitel der gehobenen Science Fiction abzusetzen: ihre verkaufte Auflage ist bei 5000 bis 6000 Exemplaren unverändert seit Jahrzehnten – aber damit eben nur knapp oberhalb der Rentabilitätsgrenze. Anthologien und dieses Jahrbuch liegen darunter.

Was könnten die Gründe für diese Entwicklung sein?

Ein Grund ist mit Sicherheit, daß viele SF-Begeisterte, die bisher in der gedruckten SF leichte Unterhaltung suchten, sich zunehmend auf das Angebot der Filme- und Spiele-Industrie einlassen. Die überwältigende Anzahl von SF-Filmen in immer mehr Fernsehprogrammen und auf Video ist in der Tat verführerisch. Und wenn ich mir das von Gerd Frey hier vorgestellte Angebot an SF-Computerspielen ansehe, mit jährlich dreistelligen(!) Zuwachsraten, immer besseren Animationen (was immer wieder auch eine verstärkte Aufrüstung an Hardware bedeutet) und immer raffinierterer Interaktion, dann kann man abschätzen, wohin ein großer Teil der Kaufkraft vor allem jugendlicher SF-Fans heute fließt. Und was das Internet anbetrifft – viele SF-Freaks scheinen sich dort rund um die Uhr zu tummeln. Wann sollen sie noch lesen?

Die Buchproduktion allgemein hat ihren Höhepunkt überschritten. Das Verlagswesen wird schon bald ganz anders aussehen als heute. Natürlich wird es noch lange Zeit eine Nachfrage nach gedruckten Büchern geben, aber die Massenproduktion der Branche, wie sie sich im Taschenbuch manifestiert, wird schon in wenigen Jahren nicht mehr existieren und anderen, flexibleren Publikationsformen Platz gemacht haben. Wir nähern uns dem anderen Rand der Gutenberg-Galaxis, und zwar schneller, als manche das wahrhaben wollen. Vielleicht kommt der Science Fiction darin eine Vorreiterrolle zu, indem sie sich als eines der ersten Genres aus dem Universum des Gedruckten verabschiedet. Ich halte es nicht für ausgeschlossen.

Sicher wirken bei der jetzigen Krise einige vielleicht recht disparate Faktoren zusammen, die zum Teil erklärlich, zum Teil aber in der Psychologie des Käuferverhaltens zu suchen sind, über die sich nur spekulieren läßt. Man erliegt leicht der Fehleinschätzung – die Medien bestärken einen darin –, daß eine Zeitenwende, wie die bevorstehende, ein reges Interesse an der Zukunft, an ihren Problemen und ihrer Bewältigung wecken müßte. Das Gegenteil scheint der Fall zu sein. Ich habe es oben angesprochen, aber das sind nur Mutmaßungen. Vielleicht setzt tatsächlich wieder ein Umdenken ein, wenn wir das Jahr 2002 oder 2003 schreiben und die Menschen inne werden, daß sich zwar die Zahlen auf den Kalenderblättern, aber sonst herzlich wenige Dinge auf unserer Welt verändert haben.

Ich wünsche Ihnen jedenfalls – kann man das überhaupt? – ein schönes neues Jahrtausend. Eine Vorbesichtigung findet ausschließlich in der Science Fiction statt. Sie sind herzlich dazu eingeladen,

Ihr W. Jeschke

SZENE

Die deutsche SF-Szene 1997/98

von Hermann Urbanek

1. VORBEMERKUNGEN

Der Aufwärtstrend des letzten Jahrzehnts, der seit dem Markteinbruch im Jahr 1987 verzeichnet werden konnte, setzte sich auf dem deutschsprachigen Markt auch im Jahr 1997 nicht nur ungebrochen, sondern nahezu explosionsartig fort und führte bei der Zahl der veröffentlichten Titel erneut zu einem in seiner Größenordung nicht erwarteten neuen Rekordergebnis. Es war das beste Ergebnis, das seit 1986, als das SCIENCE FICTION JAHR mit den genauen Marktanalysen und Aufschlüsselungen in die einzelnen Subgenres und Publikationsformen begann, erzielt wurde, und ganz zweifellos das beste Ergebnis überhaupt, das in der deutschen Publikationsgeschichte verzeichnet werden konnte. Erstmals wurden mehr als 1400 Titel auf den Markt gebracht. Diese doch gewaltige Steigerung kam vor allem in ihrem Ausmaß doch überraschend, denn die Prognose war im Grundansatz davon ausgegangen, daß ein neues Rekordergebnis durchaus im Bereich des Möglichen liegen würde, wenn auch einige Faktoren darauf hinzudeuten schienen, daß sich das Ergebnis von 1997 nicht allzusehr von dem des Vorjahres unterscheiden sollte. Tatsächlich wurden die diversen Sonderproduktionen des Jahres 1996 durch neue wieder wettgemacht, und die neuen Verlage, die sich im gegenwärtig boomenden Genre engagierten, sorgten zusätzlich für das so überaus positive Endergebnis. Auch diesmal waren es wieder die Klein- und Jugendbuchverlage, deren schwer abschätzbares Verhalten eine Prognose schwierig machten, vor allem, wenn die Zahl der Publikationen bei Redaktionsschluß nicht allzusehr von der des Vorjahres entfernt liegt, was eine Hochrechnung naturgemäß doch sehr erschwert. Daß es zu dieser für das Genre insgesamt gesehen so überaus erfreulichen Entwicklung kam, hatte mehrere Ursachen: Zum einen wurden in der zweiten Jahreshälfte auf dem Buchsektor – also bei den gebundenen Titeln und bei den in Buchverlagen publizierten Paperbacks – erneut überdurchschnittlich viele einschlägige Werke, eingeschlossen dabei Thriller und Mainstream-Titel mit mehr oder minder deutlich ausgeprägten phantastischen oder spekulativen Elementen, auf den Markt gebracht. Die Kinder- und Jugendbuchverlage haben im Gefolge von GÄNSEHAUT und FEAR STREET den Grusel-Roman als Genre entdeckt und überbieten sich gegenseitig bei der Veröffentlichung diesbezüglicher Titel, was seinen Niederschlag beim Subgenre Phantastik fand, wo die Zuwächse überproportional verliefen. Deshalb schaffte sie es diesmal wieder spielend, beim Buch die Spitzenposition zu halten. Ganz gegen den Trend verlief die Entwicklung beim Horror, ähnlich zur Situation in den USA, wo dieses Subgenre zusehends an Terrain verliert. Auch bei der Fantasy verlief die Entwicklung zuletzt unterdurchschnittlich, dies sollte sich jedoch spätestens 1998 ändern. Verlage, die sich zuvor schon im Genre engagiert hatten, haben ihr diesbezügliches Angebot in der Regel zumindest auf dem Level des Vorjahres gehalten oder bisweilen sogar drastisch ausgebaut – wie der Kölner VGS, dessen medienorientiertes Programm auch 1997 wieder förmlich explodierte, oder der BLITZ-VERLAG, bei dem sich 1997 eine ähnliche Entwicklung abzuzeichnen begann. Zudem haben neue Verlage, die sich zuvor noch nicht im Genre engagiert hatten, dieses Marktsegment für sich entdeckt und zahlreiche Titel publiziert, die entweder eindeutig dem Genre angehörten oder zumindest im Grenzbereich zu Science Fiction, Fantasy, Horror und klassischer Phantastik lagen. Im Taschenbuchbereich, wo die Steigerung zwar kräftiger als in den vorangegangenen Jahren, aber im Vergleich zum Buchsektor immer noch moderat ausfiel, wirkten sich die diversen Sondereditionen wieder sehr stark aus, wie beispielsweise die WARP 7-Edition bei HEYNE oder die Sonderproduktionen bei BASTEI. Erneut kräftig ausgewirkt haben sich auch die Veröffentlichungen in den Jugendbuchreihen FISCHER SCHATZINSEL und OMNIBUS, wo R. L. Stines Gruselreihe GÄNSEHAUT auf monatliches Erscheinen umgestellt und die ersten Bände neu aufgelegt wurden. Wenn man alle zuvor erwähnten Unwägbarkeiten betrachtet, ist es wieder sehr riskant, bei Redaktionsschluß eine Prognose für 1998 abzugeben, zu viele Fragen sind zur Stunde noch unbeantwortet. Offen ist vor allem, wie sich die diversen Kleinverlage, die in ihrer Gesamtheit immer mehr an Bedeutung gewinnen, auf dem Markt behaupten, wie viele Titel tatsächlich im zweiten Halbjahr veröffentlicht werden und ob, und wenn ja wieviele neue Verlage im zweiten Halbjahr versuchen werden, sich im Genre ein Stück vom Kuchen zu holen. Der Zahl der bislang vorliegenden Publikationen und den bisherigen Informationen nach zu schließen sieht es ganz danach aus, als läge ein neuerliches Rekordergebnis durchaus im Bereich des Möglichen, zumindest dürfte das Ergebnis des Jahres 1998 mit großer Wahrscheinlichkeit nicht unter dem von 1997 liegen. Bei den Großverlagen war, wie auch schon in den Jahren zuvor, die Situation durch Stabilität gekennzeichnet. Verlage, die bislang schon regelmäßig phantastische Titel im Programm hatten, waren zumeist auch 1997 wieder präsent, einige stellten ihr Engagement im Genre ein, andere wieder kamen hinzu, wobei die Reduktionen durch die Neuzugänge mehr als nur wettgemacht wurden. Auch in der Taschenbuchszene war Stabilität angesagt. Der Ausstoß der drei Marktführer HEYNE, BASTEI und GOLDMANN lag, trotz verlagsspezifischer Unterschiede, in Summe erneut bei über zwei Dritteln aller Taschenbücher mit phantastischem Inhalt. Hierbei wurden, wie bereits in den Jahren zuvor, auch Titel mit eingerechnet, die nicht in den SF-, Fantasy- und Horror-Reihen der Verlage, sondern in den Allgemeinen Programmen erschienen sind. 1998 wird die Titelzahl der Taschenbücher voraussichtlich leicht über der des Jahres 1997 liegen, da sich die Sonderproduktionen von 1998 in etwa mit denen aus 1997 die Waage halten werden und die neue Fantasy-Edition EXCALIBUR bei KNAUR erste Auswirkungen auf das Ergebnis zeigen wird.

Da sich die Situation auf dem Taschenbuchsektor ebenso wie die auf dem Buchmarkt zuletzt nicht allzu gravierend verändert hat, werden die einschlägigen Verlage, und hier vor allem die Marktführer mit eigenen SF-, Fantasy- und Horror-Reihen, auch in der näheren Zukunft auf Nummer Sicher gehen und hauptsächlich auch weiterhin renommierten und bereits eingeführten Autoren, die aufgrund ihres Bekanntheitsgrades bessere Verkaufszahlen erwarten lassen, sowie Zyklen und Serien, die sich generell besser verkaufen als in sich abgeschlossene Einzelbände, den Vorzug vor noch so talentierten Newcomern geben werden, die hierzulande noch mehr oder weniger unbekannt sind, obwohl fairerweise festgestellt werden muß, daß in den letzten Jahren einiges im positiven Sinn in Bewegung gekommen ist. Denn den Herausgebern der SF- und Fantasy-Reihen aller drei marktführenden Verlage – im Sommer 1998 kommt KNAUR als vierter hinzu – ist bewußt, daß sie hierzulande noch unbekannte Talente gezielt aufbauen müssen, wenn sie ihre zum Teil explosionsartig wachsenden Programme auch in Zukunft mit zugkräftigen und bekannten Autoren bestücken wollen. Besonders favorisiert werden dabei naturgemäß neue Autorinnen und Autoren, die sich schon in Übersee erfolgreich auf dem Markt behauptet oder durch Bestseller oder gute Rezensionen auf sich aufmerksam gemacht haben. Die stetig steigenden Verkaufszahlen, denen sich speziell Fantasy-Titel in den letzten Jahren erfreuen, lassen hoffen, daß sich dieser positive Trend auch in der nächsten Zukunft fortsetzen wird. Das gilt aber nur mit vielen Einschränkungen für deutschsprachige Autoren und ihre nicht im angloamerikanischen Sprachraum beheimateten Kollegen, deren Situation, von wenigen Ausnahmen abgesehen, nach wie vor nicht befriedigend ist, obwohl sie sich in der letzten Zeit schon sehr verbessert hat. Die Chance, ihre Werke veröffentlicht zu sehen, ist nur bedingt vorhanden, speziell, was Romane betrifft; etwas besser sieht es bei der Kurzgeschichte aus. Regelmäßig Werke deutscher Autoren im Taschenbuch oder Paperback präsentieren die PERRY RHODAN TASCHENBÜCHER und die Fantasy-Edition um DAS SCHWARZE AUGE sowie die zahlreichen bei BLITZ gestarteten oder in Vorbereitung befindlichen SF- und

Horror-Serien, in denen oft frühere Heftserien mit neuen Bänden weitergeführt werden. Positive Entwicklungsmöglichkeiten bieten sich auch bei der REN DHARK-Buchausgabe des BERNT-VERLAGS, wo, wie beim BLITZ-VERLAG, ausschließlich deutschsprachige Autoren zum Zuge kommen und auch Nachwuchsautoren eine Chance zur Veröffentlichung geboten wird. Man kann nur hoffen, daß sich diese Konzepte auf dem Markt durchsetzen werden. Auch für die deutschen Autoren gilt in der Regel natürlich der Grundsatz, daß in der Regel bekannte Namen bevorzugt werden. Zwar haben schon zahlreiche Autorinnen und Autoren aus deutschsprachigen Landen erfolgreich vielbeachtete und von der Kritik positiv aufgenommene Genre-Titel publiziert, wie Martin Eisele, Ronald M. Hahn, Herbert W. Franke, Horst Pukallus, Reinmar Cunis, Ernst Petz, Maria Pfannholz, Rainer Fuhrmann, Thomas Ziegler, Uwe Anton, Hans Joachim Alpers, Bernd Ulbrich, Andreas Melzer, Michael Szameit, Hugh Walker oder Uschi Zietsch, es ist aber leider nur wenigen gelungen, die engen Grenzen des Ghettos, in dem sich SF, Fantasy und Horror trotz aller multimedialen Erfolge – die in erster Linie für den gegenwärtigen Boom verantwortlich sind – hierzulande nach wie vor befinden, zu überwinden und sich auch außerhalb der Szene einen Namen zu machen, wie Wolfgang Jeschke, Michael Ende, Otfried Preußler, Carl Amery, Wolfgang Hohlbein, Harald Braem, Gudrun Pausewang, Thomas R. P. Mielke, Herbert Rosendorfer, Hanns Kneifel, P. M., Bernhard Kegel, Rafik Schami, Kai Meyer und schließlich auch Andreas Eschbach. Was die Kurzgeschichten betrifft, so bot und bietet Wolfgang Jeschke in seinen gewohnt exzellenten internationalen Anthologienbänden immer wieder auch deutschsprachigen Autoren die Möglichkeit zur Veröffentlichung von kürzeren Texten, und auch in den von Friedel Wahren betreuten Auswahlbänden aus dem renommierten US-Magazin ASIMOV'S SF ist regelmäßig ein deutscher Beitrag enthalten. Das deutsche SF-Magazin ALIEN CONTACT fühlt sich traditionell deutschsprachigen Autoren verpflichtet, und auch in SCIENCE FICTION MEDIA soll künftig ein Schwerpunkt auf SF aus deutschen Landen gelegt werden. Zudem werden regelmäßig auch neue deutsche SF-Texte im mittlerweile vierzehntäglich erscheinenden Computer-Fachmagazin C'T veröffentlicht, und das Magazin EULENSPIEGEL bietet ebenso SF wie auch das CD-ROM-Sex-Magazin PINK! Anders und auch besser die Situation auf dem Jugendbuchsektor, wo sich in den letzten Jahren eine Reihe von Autorinnen und Autoren etabliert hat, die sich auf phantastische Kinder- und Jugendbücher spezialisiert haben, wie Cornelia Funke, Ursel Scheffler, Sigrid Heuck, Klaus-Peter Wolf, KNISTER, Folke Tegetthoff, Edith Schreiber-Wicke, Christine Nöstlinger, Marliese Arold, Monika Pelz, Theo Schwartz, Andreas Schlüter, Peter Horn, Ralf Isau und Franz Sales Sklenitzka.

2. DAS JAHR 1997 – EINE RETROSPEKTIVE

1997 war für die phantastische Literatur allgemein im deutschen Sprachraum wieder ein überaus erfreuliches und auch erfolgreiches Jahr, ein weiteres Rekordjahr in Folge, in dem kleineren Rückschlägen und Titelreduktionen viele positive neue Entwicklungen gegenüberstanden, die diese mehr als ausglichen. So reduzierten im Taschenbuchbereich zwar beispielsweise FISCHER, BELTZ & GELBERG mit GULLIVER, AUFBAU, ONE WAY und WAGENBACH ihr Angebot an phantastischen Titeln, dafür brachten andere Verlage wie ROWOHLT mit RORORO, RAVENSBURGER, KNAUR, ECON, ULLSTEIN, INSEL mit IT, TABU, RECLAM, BTB und PIPER mit SERIE PIPER zum Teil beträchtlich mehr Titel heraus als 1996, wobei von den drei Marktleadern HEYNE und GOLDMANN zum Teil kräftig zulegten, während BASTEI weniger Titel als im Vorjahr publizierte. Neu hinzu kamen PHOENIX von FANTASY PRODUCTIONS, SANSIBAR vom UNIONSVERLAG, MANHATTAN BY GOLDMANN, BURGSCHMIET mit vor allem PERRY RHODAN und BREITENBORN, in denen regelmäßig phantastische Titel publiziert wurden, zum Teil auch als deutsche Erst- bzw. Originalveröffentlichung. Neue Buchverlage betraten die Szene und veröffentlichten erstmals SF, Fantasy oder Horror, wie BIBLIOTHEK DER PROVINZ, PATTLOCH, KIRSCH, DINO, SNAYDER, WOSTOK, MAAS, LIT, LIEBENZELLER MIS-

SION, DIE SANDUHR, BLACK WIDOW, TEBBERT, BARBARA SLAWIG, JUNGE WELT, AMANITA mit DREIECK und die EDITION MONO. Die Zahl der Veröffentlichungen ist enorm gestiegen, nämlich von 1202 um 280 auf nunmehr 1482. Dieses Plus war das Ergebnis einer Steigerung bei beiden Publikationsformen, wobei die beim Buch deutlich stärker ausfiel: Es gab 127 Taschenbücher (plus 17,6 %; jetzt 850) und 153 Buchverlags-Publikationen (plus 31,9 %; jetzt 632) mehr als im Vorjahr (723 TB und 479 HC). Während 1997 von der Titelzahl her alle Publikationsformen ein Plus aufwiesen, haben Roman und Sammelband Marktanteile verloren, während Anthologie, Collection und Sachbücher sich ein größeres Stück vom Kuchen sichern konnten. Trotzdem konnte der Roman seine dominierende Position mit mehr als 75 % Marktanteil klar behaupten. Auf Platz 2 landete mit knapp 10 % der Gesamttitelzahl die Collection. Die Science Fiction, die im Vorjahr ihre Führungsposition von der Phantastik zurückerobert hatte, verteidigte diese 1997 mit einer Steigerung von 25 % relativ knapp, wobei die Differenz zur Phantastik (plus 35 %) nur 24 Titel betrug. Schon ziemlich abgeschlagen, aber mit 241 Titeln immer noch mit doppelt so vielen Veröffentlichungen wie der nächstplazierte Horror (120 Publikationen im Jahr 1997) blieb die Fantasy unangefochten auf Platz 3. Den größten prozentualen Zuwachs wiesen erneut die diversen Publikationen auf (plus 40,7 %, von 59 auf 83 Titel), die aber nach wie vor auf dem letzten Platz rangierten.

Unübersehbar ist schon seit etlichen Jahren der Trend zu Zyklen und Serien, sowohl bei der Fantasy als auch bei der Science Fiction und zuletzt auch beim Horror, von deutschen wie auch angloamerikanischen Autoren, und das Jahr 1997 machte darin keine Ausnahme. Trilogien und mehrbändige Zyklen waren ebenso auf dem Vormarsch wie Endlosserien. Besonders erfolgreich waren wieder Serien und Mehrteiler zu Spielen, Filmen und Fernsehserien, wie sie schon seit Jahren bei den Marktführern HEYNE, BASTEI, GOLDMANN und auch VGS herausgebracht werden, wie zu STAR TREK in allen Inkarnationen, von CLASSIC über THE NEXT GENERATION und DEEP SPACE NINE bis hin zu VOYAGER und STARFLEET KA-

DETTEN, DAS SCHWARZE AUGE, STAR WARS, SHADOWRUN, AKTE X, INDIANA JONES, BATTLETECH, MYST, DRAGONLANCE, WARHAMMER, WARHAMMER 40,000, MAGIC – DIE ZUSAMMENKUNFT, BURNING ZONE, SLIDERS, AMERICAN GOTHIC, KING'S QUEST, PRINZESSIN FANTAGHIRO, SPACE, BABYLON 5 oder DARK SKIES.

Wie sich die einzelnen Genres aufgegliedert haben, wie sie sich in deutsche Erst- bzw. Originalveröffentlichungen und Nachdrucke bzw. Neuausgaben aufsplitteten, wie die einzelnen Taschenbuchverlage im Jahr 1997 abgeschnitten haben und in welcher Relation die einzelnen Zahlen und Ergebnisse dieses Jahres zu denen von 1996 stehen, wird im Anschluß im Detail behandelt. Berücksichtigt wurden dabei alle bekanntgewordenen einschlägigen Publikationen des Jahres 1997 in gebundener Form, als Paperback und im Taschenbuch. Bei den Hardcovern wurden im Gegensatz zum Taschenbuch (etwaige in den diversen SF-Reihen mitlaufende Spezialtitel wie Sekundärwerke, SF-Jahrbuch und Essaysammlungen sind unter DIVERSES gereiht) bisweilen auf die Auflistung nicht literaturspezifischer Sekundärtitel verzichtet. Nicht aufgenommen und berücksichtigt wurden phantastische Kinderbücher mit niedriger Seitenzahl und überwiegendem Bilderteil, bei denen der Text nur eine untergeordnete, erklärende Rolle spielt. Bei der Zuordnung in die einzelnen Kategorien wurde die von den Verlagen selbst gewählte Genre-Bezeichnung übernommen, soferne sie sich nicht im Widerspruch zum Inhalt befand (etliche als Fantasy deklarierte Werke gehören eigentlich zur Phantastik oder zur Science Fiction und wurden dort auch zugeordnet). Als Nachdrucke galten alle Neuveröffentlichungen von Titeln, die zuvor schon in deutscher Sprache erschienen sind, sei es als Buch, Taschenbuch oder Heft, unabhängig davon, ob es sich um eine Neuübersetzung handelte oder die frühere Veröffentlichung gekürzt war. Eine STORYSAMMLUNG, ANTHOLOGIE oder ein SAMMELBAND wurde nur dann als Nachdruck geführt, wenn kein einziger Beitrag eine Erst- oder Originalveröffentlichung darstellte (so war z. B. »Das Indische Nashorn« von Peter S. Beagle eine Erstveröffentlichung). Als SAMMELBÄNDE wurden Zusammenfassungen mehrerer Romane und/oder Storysammlungen oder Anthologien oder eine Kombination davon zwischen zwei Buchdeckeln, im Schuber oder eingeschweißte, mehrbändige Sonderausgaben bezeichnet (eine Kassettenedition oder Sonderausgabe allerdings nur dann, wenn diese nur geschlossen zu beziehen war; waren die darin enthaltenen Bände auch einzeln erhältlich, wie bei Isaac Asimovs FOUNDATION-Zyklus, dann wurden sie einzeln nach Publikationsform und Inhalt gelistet), wie der ALLE MEINE MONSTER-Sonderband »Hurra, die Schule spukt« von Thomas Brezina, »Die Töchter der Nibelungen« von Diana L. Paxson, »Die Malloreon-Saga« von David Eddings, die »Professor Eggerth«-Trilogie von Hans Dominik und die »Flußwelt-Tetralogie« von Philip José Farmer, die Kurt-Brand-Edition und REN DHARK bei BERNT, »Die Teppichpiloten – Alle Abenteuer in einem Band« von KNISTER, »Das literarische Gesamtwerk« von Lewis Carroll, »Die Zitadelle des Goldenen Bären« von Tom LaFarge, »Die Geschichte des Großen Ringkrieges« von J. R. R. Tolkien, die diversen STAR TREK-Sammelbände bei HEYNE, die JOHN SINCLAIR-Sammler bei BASTEI, die PERRY RHODAN- und ATLAN-Bücher bei MOEWIG, die DÄMONENKILLER-Bände bei ZAUBERMOND und die diversen Reprint-Paperbacks von BLITZ wie RAUMSCHIFF PROMET CLASSICS oder »Der lange Weg zur Erde« von Kurt Mahr.

Tabelle 1: *Aufschlüsselung nach Publikationsform*

	Roman	*%*	*Anthologie*	*%*	*Storysammlung*	*%*
TB	678	45,7	42	2,8	63	4,4
Buch	442	29,8	12	0,8	78	5,3
Gesamt	1120	75,5	54	3,6	141	9,6

	Sammelband	*%*	*Diverses*	*%*	*Summe*	*%*
TB	31	2,1	36	2,4	850	57,3
Buch	53	3,6	47	3,2	632	42,7
Gesamt	84	5,7	83	5,6	1482	100,0

Tabelle 2a: *Vergleich nach Publikationszahl/ Anzahl der Titel*

	Roman			*Anthologie*			*Storysammlung*		
	96	*97*	*%*	*96*	*97*	*%*	*96*	*97*	*%*
TB	605	678	+12,1	27	42	+55,6	48	63	+31,3
Buch	337	442	+31,2	14	15	+ 7,1	42	78	+85,7
Gesamt	942	1120	+18,9	41	64	+31,7	90	141	+56,7

	Sammelband			*Diverses*			*Summe*		
	96	*97*	*%*	*96*	*97*	*%*	*96*	*97*	*%*
TB	32	31	- 3,1	11	36	+227,3	723	850	+17,6
Buch	38	53	+39,5	48	47	- 2,1	479	632	+31,9
Gesamt	70	84	+18,3	59	83	+ 69,4	1202	1482	+23,3

Tabelle 2b: *Aufschlüsselung nach Publikationsform und Marktanteil*

	Roman			*Anthologie*			*Storysammlung*		
		%			*%*			*%*	
	95	*96*	*97*	*95*	*96*	*97*	*95*	*96*	*97*
TB	52,2	50,3	45,7	3,3	2,2	2,8	4,6	4,0	4,3
Buch	26,0	28,0	29,8	0,9	1,2	0,8	5,3	3,5	5,3
Gesamt	78,2	78,4	75,5	4,2	3,4	3,6	9,9	7,5	9,6

	Sammelband			*Diverses*			*Summe*		
		%			*%*			*%*	
	95	*96*	*97*	*95*	*96*	*97*	*95*	*96*	*97*
TB	3,1	2,7	2,1	0,9	0,9	2,4	64,1	60,1	57,3
Buch	1,9	3,2	3,6	1,8	4,0	3,2	35,9	39,9	42,7
Gesamt	5,0	5,8	5,7	2,7	4,9	5,6	100,0	100,0	100,0

Tabelle 3: *Aufschlüsselung nach Genrezugehörigkeit*

	TB	%	*Buch*	%	*Summe*	%
SF NEU	193	13,0	158	10,7	350	23,6
SF REPRINT	128	8,6	52	3,5	180	12,2
SF GESAMT	320	21,6	210	14,2	530	35,8
HORROR NEU	51	3,4	32	2,2	82	5,5
HORROR REPRINT	35	2,4	3	0,2	38	2,6
HORROR GESAMT	85	5,7	35	2,4	120	8,1
FANTASY NEU	111	7,5	51	3,4	162	10,9
FANTASY REPRINT	56	3,8	23	1,6	79	5,3
FANTASY GESAMT	167	11,3	74	5,0	241	16,3
PHANTASTIK NEU	73	4,9	220	14,9	293	19,8
PHANTASTIK REPRINT	167	11,3	46	3,1	213	14,4
PHANTASTIK GESAMT	240	16,2	266	18,0	506	34,2
SUMME NEU	462	31,2	508	34,3	970	65,5
SUMME REPRINT	388	26,2	124	8,4	512	34,5
SUMME TOTAL	848	57,3	632	42,7	1482	100,0

Tabelle 4a: *Vergleich nach Genrezugehörigkeit*

	Taschenbuch			*Buch*			*Summe*		
	1996	*1997*	*%*	*1996*	*1997*	*%*	*1996*	*1997*	*%*
SFN	168	193	+14,9	103	158	+53,4	217	351	+61,3
SFR	113	128	+13,3	39	52	+33,3	152	180	+18,4
SFG	281	321	+14,2	142	210	+47,9	423	531	+25,5
HN	60	51	-15,0	18	32	+77,8	78	83	+ 6,4
HR	43	35	-18,6	6	3	-50,0	49	38	-22,4
HG	103	86	-16,5	24	35	+45,8	127	121	- 4,7
FN	93	111	+19,4	59	51	-13,6	152	162	+ 6,6
FR	40	56	+40,0	26	23	-11,6	66	79	+19,7
FG	133	167	+25,6	85	74	-13,0	218	241	+10,6
PHN	40	73	+82,5	153	220	+43,8	193	293	+51,8
PHR	155	167	+ 7,7	27	46	+70,4	182	213	+17,0
PHG	195	240	+23,1	180	266	+47,8	375	506	+34,9
DEN	11	34	+209,1	48	47	- 2,1	59	81	+37,3
DR	0	2	0,0	0	0	0,0	0	2	0,0
DG	11	36	+227,3	48	47	- 2,1	59	83	+40,7
SN	372	462	+24,2	381	508	+33,3	753	970	+28,9
SR	351	288	+10,5	98	124	+26,5	449	512	+14,0
SG	723	850	+17,6	479	632	+31,9	1202	1482	+23,3

Tabelle 4b: *Vergleich nach Genrezugehörigkeit und Marktanteil*

	Taschenbuch %				*Buch* %				*Summe* %			
	1994	*1995*	*1996*	*1997*	*1994*	*1995*	*1996*	*1997*	*1994*	*1995*	*1996*	*1997*
SFN	14,5	14,8	14,0	13,0	6,2	5,9	8,6	10,7	20,7	20,7	22,6	23,6
SFR	14,8	10,4	9,4	8,6	2,7	2,5	3,2	3,5	17,5	12,9	12,6	12,2
SFG	29,3	25,2	23,4	21,6	8,9	8,4	11,8	14,2	38,2	33,6	35,2	35,8
HN	4,0	3,8	5,0	3,4	1,5	0,5	1,5	2,2	5,5	4,3	6,5	5,5
HR	2,3	3,6	3,6	2,4	0,4	0,6	0,5	0,2	2,7	4,2	4,1	2,6
HG	6,3	7,3	8,6	5,7	1,9	1,2	2,0	2,4	8,2	8,5	10,6	8,1
FN	6,9	8,5	7,7	7,5	2,8	2,7	4,9	3,4	9,7	11,1	12,6	10,9
FR	5,3	6,2	3,3	3,8	1,2	1,5	2,2	1,6	6,5	7,8	5,5	5,3
FG	12,2	14,7	11,0	11,3	4,0	4,2	7,1	5,0	16,2	18,9	18,1	16,3
PHN	3,0	3,7	3,3	4,9	14,1	15,8	12,7	14,9	17,3	19,5	16,1	19,8
PHR	12,1	12,3	12,9	11,3	5,4	4,5	2,2	3,1	17,5	16,8	15,1	14,4
PHG	15,1	16,0	16,2	16,2	19,7	20,3	15,0	18,0	34,8	36,3	31,2	34,2
DEN	0,9	0,8	0,9	2,3	1,3	1,5	4,0	3,2	2,2	2,3	4,9	5,5
DR	0,3	0,2	0,0	0,1	0,1	0,2	0,0	0,0	0,4	0,4	0,0	0,1
DG	1,2	1,0	0,9	2,4	1,4	1,7	4,0	3,2	2,6	2,7	4,9	5,6
SN	29,3	31,5	30,9	31,2	26,1	26,4	31,7	34,3	55,4	57,9	62,2	65,5
SR	34,9	32,7	29,2	26,2	9,7	9,4	8,2	8,4	44,6	42,1	37,4	34,5
SG	64,2	64,2	60,1	57,3	35,8	35,8	39,8	42,7	100,0	100,0	100,0	100,0

Tabelle 5: *Aufschlüsselung der Taschenbücher nach Verlagen*

Verlag/ Imprint	*Anzahl 1997*	*Marktan- teil %*	*Anzahl 1996*	*Marktan- teil %*	*Diffe- renz %*
Heyne	267	31,5	245	33,9	+ 9,0
Bastei	123	14,5	137	19,0	- 10,2
Goldmann	116	13,6	90	12,4	+ 28,9
Fischer	42	4,9	60	8,3	- 30,0
Deutscher TB-Verlag/dtv	33	3,9	34	4,7	- 3,0
Rowohlt/rororo	33	3,9	16	2,2	+106,3
Omnibus	28	3,3	18	2,5	+ 55,5
Econ	24	2,8	8	1,1	+200,0
Suhrkamp/st	20	2,4	17	2,5	+ 17,6
Piper/SP	17	2,0	14	2,0	+ 21,4
Ullstein	17	2,0	6	0,8	+183,3
btb	16	1,9	5	0,7	+220,0
Ravensburger/RTB	15	1,8	7	1,0	+114,3
Knaur	13	1,6	11	1,5	+ 18,2
Arena	11	1,3	9	1,3	+ 22,2
Diogenes/detebe	10	1,2	9	1,3	+ 11,1
Insel/it	8	1,0	3	0,4	+166,7
Burgschmiet	6	0,7	–	–	–
Reclam	6	0,7	5	0,7	+ 20,0
Gulliver	4	0,5	6	0,8	- 33,3
Manhattan	4	0,5	–	–	–
Stendel	4	0,5	–	–	–
Tabu	4	0,5	2	0,3	+100,0
Unionsverlag/UT	4	0,5	3	0,4	+ 33,3
Aufbau/AtV	3	0,3	7	1,0	- 57,2
Phoenix	3	0,3	–	–	–
Sansibar	3	0,3	–	–	–
Aarachne	2	0,2	–	–	–
Projektion J	2	0,2	–	–	–
Ariadne/Argument	1	0,1	1	0,1	0,0
Elefanten Press	1	0,1	–	–	–
VPM/Moewig	1	0,1	–	–	–
One Way	1	0,1	2	0,3	- 50,0

Verlag/ Imprint	*Anzahl 1997*	*Marktanteil %*	*Anzahl 1996*	*Marktanteil %*	*Differenz %*
New Era	1	0,1	1	0,1	0,0
Haffmans/Rabe	1	0,1	–	–	–
Wagenbach/WaT	1	0,1	3	0,4	- 66,7
Rotbuch	1	0,1	–	–	–
Junge Welt	1	0,1	–	–	–
Maas/Pulp Master	1	0,1	–	–	–
Freies Geistesleben	1	0,1	–	–	–
Breitenborn	1	0,1	–	–	–
Routschek	–	–	3	0,4	–
KiWi	–	–	1	0,1	–
Gesamtsumme TB	850	100,0	723	100,0	+ 11,7

Die folgenden Grafiken zeigen die Entwicklung des Genres in den einzelnen Bereichen und nach Publikationsform.

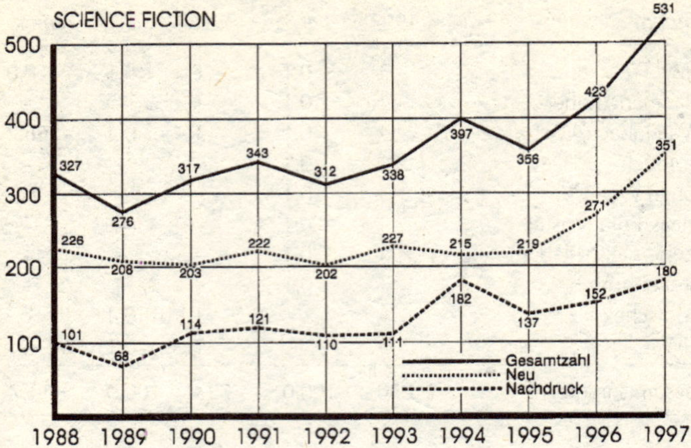
SCIENCE FICTION
500
400
300
200
100
531
423
397
356
351
327
317
343
312
338
276
271
226
222
227
215
219
208
203
202
180
182
152
137
101
114
121
110
111
68
Gesamtzahl
Neu
Nachdruck
1988
1989
1990
1991
1992
1993
1994
1995
1996
1997

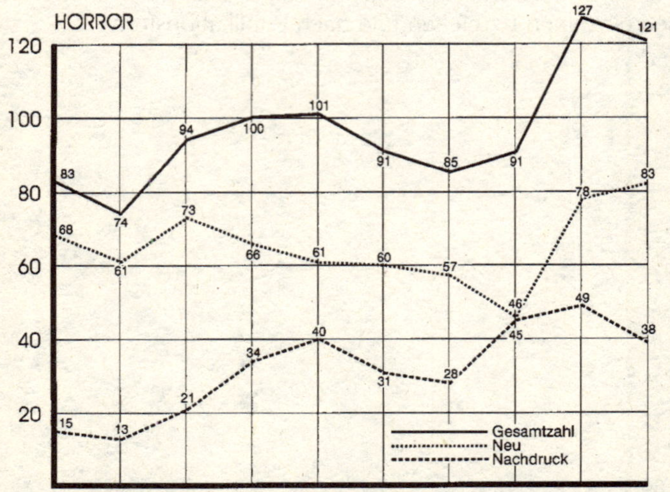
HORROR
120
100
80
60
40
20
127
121
101
94
100
91
85
91
83
74
78
83
68
73
61
66
61
60
57
46
45
49
40
38
34
31
28
21
15
13
Gesamtzahl
Neu
Nachdruck
1988
1989
1990
1991
1992
1993
1994
1995
1996
1997

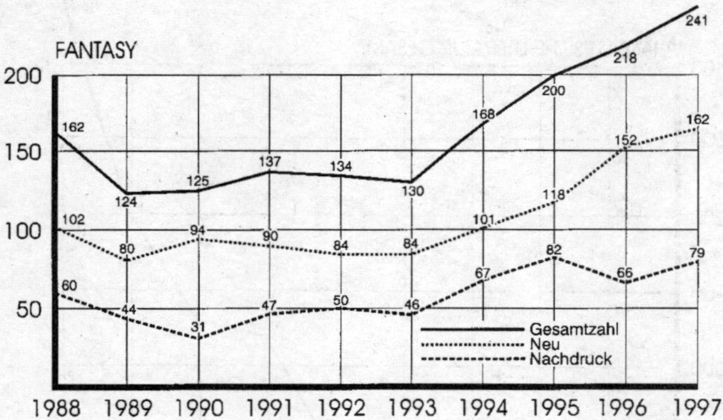
FANTASY
200
150
100
50
162
124
125
137
134
130
168
200
218
241
102
80
94
90
84
84
101
118
152
162
60
44
31
47
50
46
67
82
66
79
Gesamtzahl
Neu
Nachdruck
1988 1989 1990 1991 1992 1993 1994 1995 1996 1997

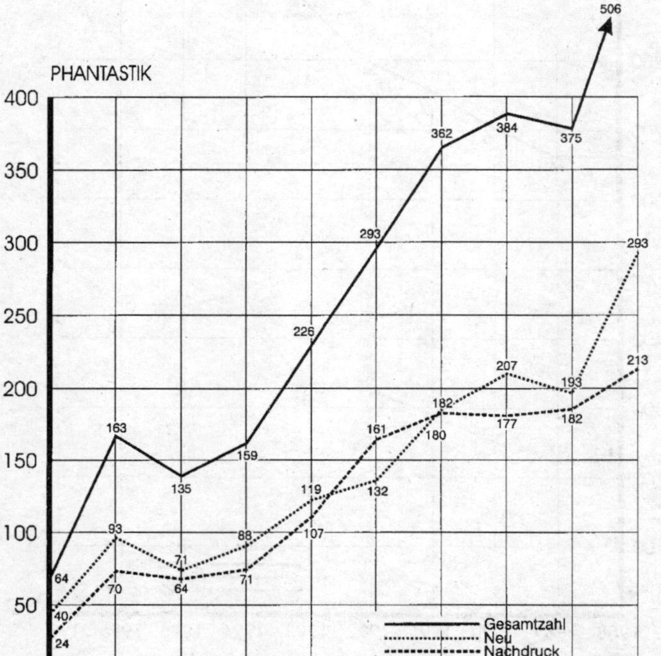
PHANTASTIK
400
350
300
250
200
150
100
50
64
163
135
159
226
293
362
384
375
506
40
93
71
88
119
132
182
207
193
293
24
70
64
71
107
161
180
177
182
213
Gesamtzahl
Neu
Nachdruck
1988 1989 1990 1991 1992 1993 1994 1995 1996 1997

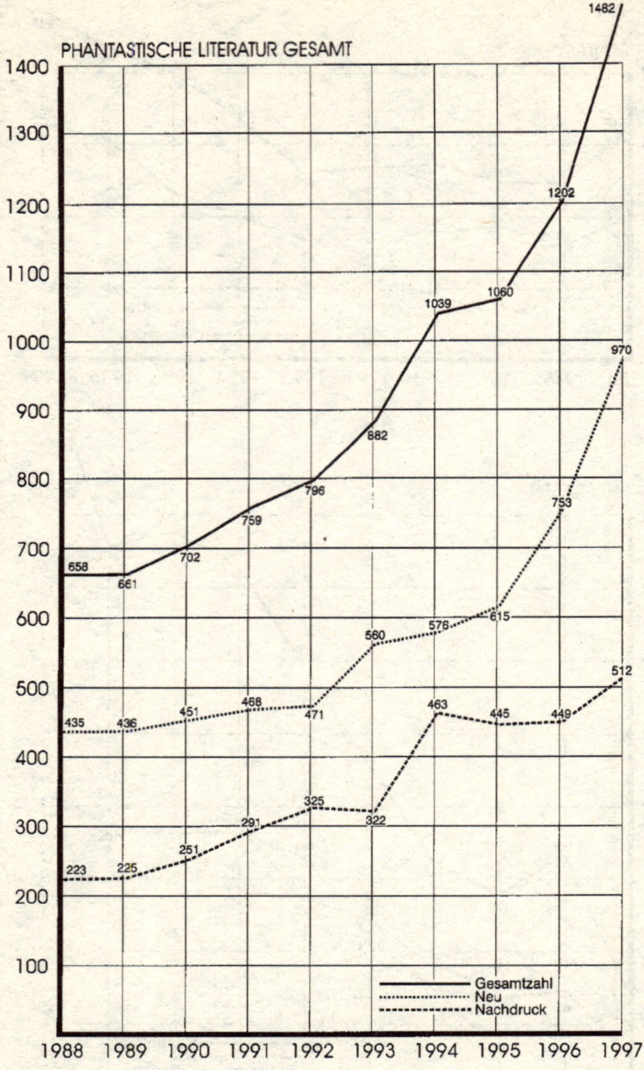
PHANTASTISCHE LITERATUR GESAMT
1400
1300
1200
1100
1000
900
800
700
600
500
400
300
200
100
1988
1989
1990
1991
1992
1993
1994
1995
1996
1997
658
661
702
759
796
882
1039
1060
1202
1482
435
436
451
468
471
560
576
615
753
970
223
225
251
291
325
322
463
445
449
512
Gesamtzahl
Neu
Nachdruck

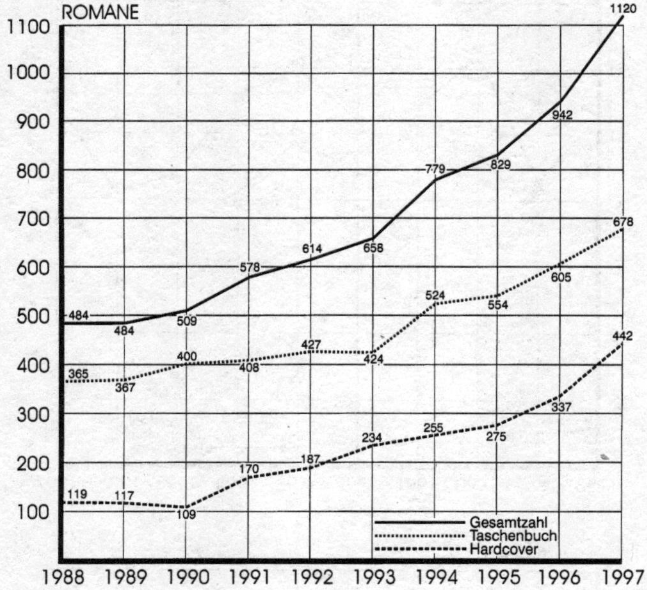
ROMANE
1100
1000
900
800
700
600
500
400
300
200
100
1120
942
829
779
678
658
614
578
605
524
554
484
484
509
442
427
424
408
400
365
367
337
255
275
234
187
170
119
117
109
Gesamtzahl
Taschenbuch
Hardcover
1988
1989
1990
1991
1992
1993
1994
1995
1996
1997

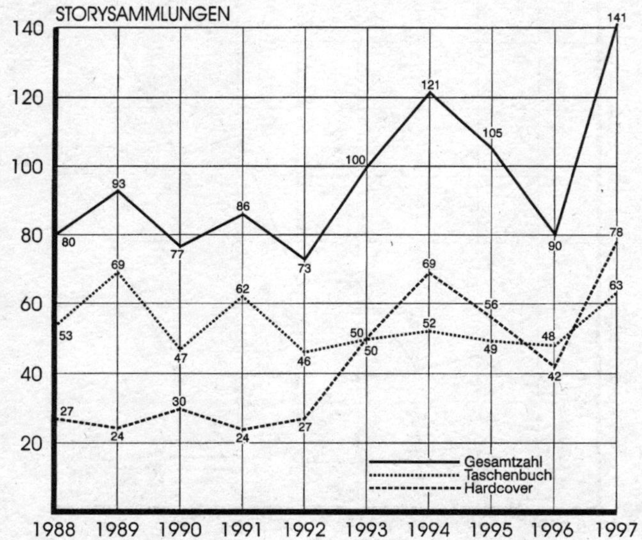
STORYSAMMLUNGEN
140
120
100
80
60
40
20
141
121
105
100
93
86
80
77
73
90
78
69
69
62
63
56
53
52
50
50
48
49
47
46
42
30
27
27
24
24
Gesamtzahl
Taschenbuch
Hardcover
1988
1989
1990
1991
1992
1993
1994
1995
1996
1997

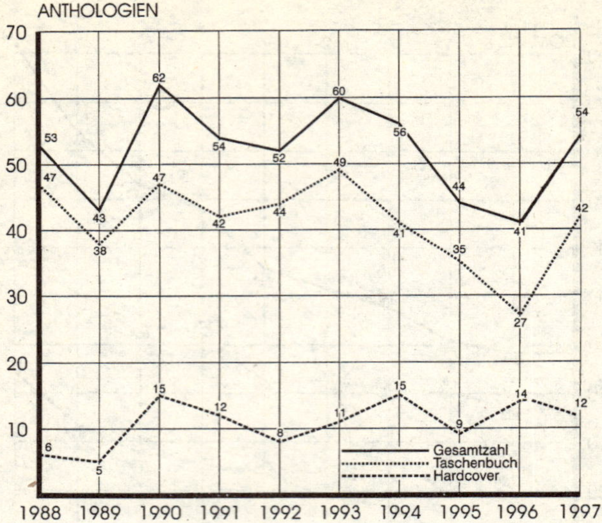
ANTHOLOGIEN
70
60
50
40
30
20
10
53
47
43
38
62
47
54
42
52
44
60
49
56
41
44
35
41
27
54
42
6
5
15
12
8
11
15
9
14
12
Gesamtzahl
Taschenbuch
Hardcover
1988
1989
1990
1991
1992
1993
1994
1995
1996
1997

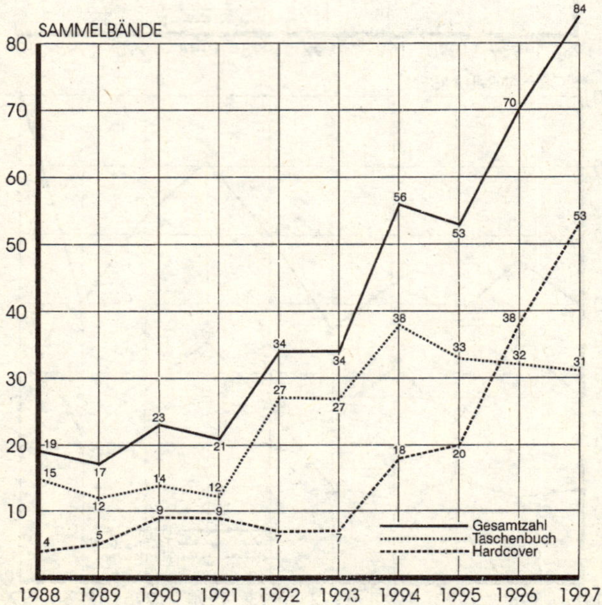
SAMMELBÄNDE
80
70
60
50
40
30
20
10
84
70
56
53
53
38
38
33
32
31
34
34
27
27
23
21
19
17
15
12
14
12
18
20
4
5
9
9
7
7
Gesamtzahl
Taschenbuch
Hardcover
1988
1989
1990
1991
1992
1993
1994
1995
1996
1997

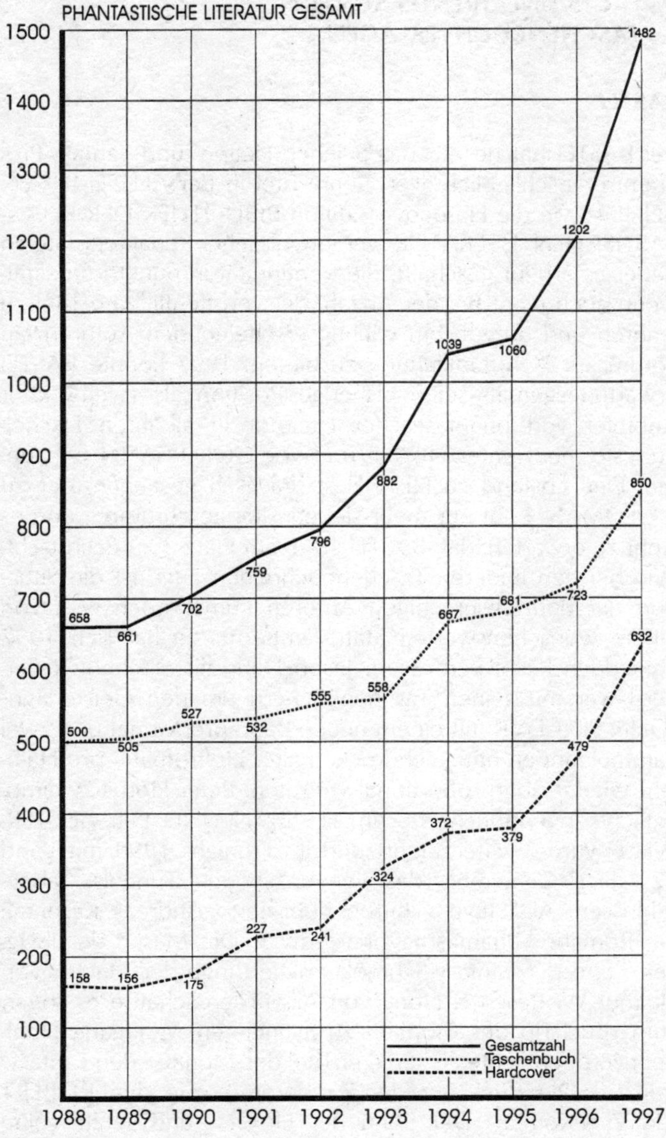
PHANTASTISCHE LITERATUR GESAMT
1500
1400
1300
1200
1100
1000
900
800
700
600
500
400
300
200
1,00
1988
1989
1990
1991
1992
1993
1994
1995
1996
1997
658
661
702
759
796
882
1039
1060
1202
1482
500
505
527
532
555
558
667
681
723
850
158
156
175
227
241
324
372
379
479
632
Gesamtzahl
Taschenbuch
Hardcover

3. FACTS UND TRENDS AUS DEN TASCHENBUCHVERLAGEN

BASTEI

Bei BASTEI hat der für das Science Fiction- und Fantasy-Programm einschließlich aller Genre-Titel in der ALLGEMEINEN REIHE sowie die Hardcover-Edition BIBLIOTHEK DER PHANTASTISCHEN LITERATUR verantwortliche Redakteur Stefan Bauer es erneut geschafft, die Kontinuität in punkto Qualität, wenn auch nicht bei der Anzahl der veröffentlichten Titel zu wahren und erneut ihm wichtig erscheinenden Autoren ein Forum zur Veröffentlichung zu bieten. 1997 konnte BASTEI erwartungsgemäß seine bisherige Position als zweitgrößter Anbieter von phantastischer Literatur in all ihren Erscheinungsformen hinter HEYNE und vor GOLDMANN behaupten. Der Abstand zu HEYNE ist drastisch gestiegen, der zu GOLDMANN auf nur mehr sieben Titel geschrumpft, und es steht zu erwarten, daß BASTEI 1998 auf Platz 3 zurückrutscht. Wie bei den anderen Taschenbuchreihen auch ist die Situation der deutschsprachigen Autoren immer noch weit von einem wünschenswerten Status entfernt, sie hat sich 1997 aber doch leicht verbessert. Jason Dark alias Helmut Rellergerd war mit seinen Taschenbüchern um den Geisterjäger JOHN SINCLAIR mit einem neuen Band pro Monat und zwei Sammelbänden mit Nachdrucken alter Heftromane pro Halbjahr wieder überproportional vertreten. Peter Horns zweimonatliche Jugendbuchserie um FLORIAN UND DIE GEISTERWELT wurde weitergeführt und im Frühjahr 1998 mit Band 12, »Das Geheimnis des verwunschenen Tunnels«, abgeschlossen. Als Steve Whitton publizierte Andreas Kasprzak die Romane »Phantasmagoria« sowie »Die Maske der Ewigkeit«, und der Fantasy-Schmöker »Die Ringe der Macht« von Helmut W. Pesch & Horst von Allwörden schaffte es sogar, zum »BuchTip des Monats« zu avancieren. Wolfgang Hohlbein veröffentlichte als »SpitzenTitel des Monats« den Fantasy-Roman »Die Rückkehr der Zauberer« sowie den ROBERT CRAVEN-Roman »Der Sohn des Hexers« und setzte seine

SF-Serie um CHARITY, die beste Frau der Space Force, nach längerer Pause mit dem elften Band »Überfall auf Skytown« fort. Und Peter Menningen veröffentlichte den zweiten Roman zur TV-Serie PRETENDER mit dem Titel »Erinnerungen«. Ansonsten gab es noch »Die Kinder des Gral« von Peter Berling, »Telegonos – Sohn der Liebe« von Hanns Kneifel, »Der Fluch des Kopernikus« von Philipp Vandenberg und »Gilgamesch – König von Uruk« von Thomas R. P. Mielke. Für das Frühjahr 1999 angekündigt sind »Die Flügel des Poseidon« von Jörg Kastner, »Zur Hölle mit den guten Sitten« von Jule Brand, »Manipuliert« von Gabi Rothhammer, »Wolfsherz« von Wolfgang Hohlbein und der 3. Sammler der ABENTEURER-Serie mit dem Titel »Gefahr aus der Vergangenheit«.

Interessante Titel, die dem Genre zuzurechnen sind, werden regelmäßig nach dem Auslaufen der 13er-REIHE im Anschluß daran in der 14er-REIHE veröffentlicht. Zu den herausragenden Titeln, die hier erschienen sind, gehörten zuletzt John Sauls Horror-Sechsteiler DIE BLACKSTONE CHRONIKEN, bestehend aus den Einzelbänden »Die Puppe«, »Das Medaillon«, »Der Atem des Drachen«, »Das Taschentuch«, »Das Stereoskop« und »Das Irrenhaus«, sowie »Gomorrha« von Thomas Gifford, »'48« von James Herbert, »Wölfe der Dämmerung« von William Sarabande, »Von Zeit zu Zeit« und »Im Strom der Zeit« von Jack Finney, »Morgengrauen« von Dean Koontz, »Die Mauern von Jericho« von Jon Land, »Die Säulen von Narasinha« von Leslie L. Lawrence, »Der Ring des Kelten« von Alexandre du Merc und »Stephen King präsentiert: Mary W. Shelley, Frankenstein/Bram Stoker, Dracula/R. L. Stevenson, Dr. Jekyll & Mr. Hyde«. Für die ersten Monate des Jahres 1999 sind u. a. »Gefährten des Todes« von Barbara Hambly, »Intensity« von Dean Koontz, »Unternehmen Brandenburg« von Glenn Meade, »Offenbarung«, hrsg. von Douglas E. Winter, und »Ehlanas Erwachen« von Sarah Copeland zur Veröffentlichung vorgesehen.

Auch in der ALLGEMEINEN REIHE der 12tausender-Nummern kommen regelmäßig Titel mit phantastischem oder spekulativem Inhalt heraus. 1998 waren das u. a. »Der Sklavenkönig« von Hannes Wertheim, »Ground Zero« von Patrick

Lynch, »Wenn Zauberhände mich berühren« von Jude Devereaux, »Das Klinikum« von David Shobin, »Die Premierministerin« von Tim Sebastian, »Der kleine Schamane« von Marie Jaoul de Poncheville, »Der Schatten des Herrn« von John F. Case, »Weihnachtsabend« von Charles Dickens, »Das Arche Noah Komplott« von Gerry Baldwin und »Night Magic« von Thomas Tryon, für Anfang 1999 sind »Der Gesang des Flusses« von Sue Harrison, »Söhne des Eisvogels« von Monica Furlong, »Erlkönigs Kinder« von Joe Donnelly und »Tiger Magie« von Sy Montgomery angekündigt.

In der Reihe FANTASY erschienen auch 1998 in der Regel erneut zwei Titel pro Monat - bisweilen waren es auch drei -, von denen wieder viele diversen Zyklen und Serien angehörten. Nochmals neu aufgelegt wurden die früher schon in sechs Bänden erschienenen ersten drei Romane des Zyklus DAS DUNKLE SCHWERT von Margaret Weis & Tracy Hickman - »Kind des Todes«, »Der Weg nach Merilon« und »Der Herrscher von Merilon« -, der mit dem 4., »Das Erbe des Dunklen Schwerts«, abgeschlossen wurde. Komplett erschienen ist auch die aus den Einzelbänden »Die Schimmernde Stadt«, »Das Leuchtende Volk« und »Das Verborgene Land« bestehende TAMULI-Trilogie von David Eddings. Neu gestartet wurden die Zyklen DER FLUCH DES NEBELGEISTES von Janny Wurts mit »Meister der Schatten« und »Herr des Lichts« sowie DIE INSEL ZALYS mit »Das steinerne Auge« von Jonathan Wylie, weitergeführt wurden der GIL-Zyklus von Rebecca Bradley mit »Oballeffs Vermächtnis« (Band 2), die DRENAI-SAGA von David Gemmell mit »Waylander« (Band 3) und »Der Bronzefürst« (Band 4), DIE NAVIGATORKÖNIGE von Garry Kilworth mit »Die Insel der Riesen« (Band 2) und DIE LEGENDE VOM MEISTERMAGIER von W. J. Maryson mit »Emaendor« (Band 2). Besonders zu erwähnen wären noch die abgeschlossenen Fantasy-Epen »Die Verfluchten« von Dave Duncan, »Stadt der Kristalle« von Roger Taylor und »Kornkönig und Frühlingsbraut« von Naiomi Mitchison. Weitere Highlights der ersten Monate des Jahres 1999 sind »Der Adept des Assassinen« von Robin Hobb (DIE LEGENDE VOM WEITSEHER 1), »Wechsel-Wind« von Piers Anthony (der schon lange erwartete 20. XANTH-Roman), »Am Hofe des Sonnenkönigs« von Vonda McIntyre, »Der Gott der Dunkelheit« von Lynn Flewelling (DIE SCHATTENGILDE 2), »Das Echo der Flammen« von Jonathan Wylie (DIE INSEL ZALYS 2), »Die Schiffe von Merior« von Janny Wurts (DER FLUCH DES NEBELGEISTES 3), »Das Tor ins Gestern« von Dave Duncan (DAS GROSSE SPIEL 1), »Ibryen« von Roger Taylor und die Neuauflage von »Himmelsstürmer«, Band 1 des Zyklus DIE VERGESSENEN REICHE von Margaret Weis & Tracy Hickman.

Im relativ kontinuierlichen Wechsel zwei oder drei Bände pro Monat umfaßte 1998 das Angebot an SCIENCE FICTION. Serien und Zyklen hatten auch hier einen hohen Stellenwert, diesmal sogar einen mit der FANTASY vergleichbaren. Abgeschlossen wurden - vorerst - der ENDER-Zyklus von Orson Scott Card mit dem vierten Band, »Enders Kinder«, und Poul Andersons STERNENGEIST-Serie mit »Sternennebel«. Komplett vorgelegt wurden Isaac Asimovs Space Opera-Sechsteiler »Lucky Starr«, Kirk Mitchells Alternativwelt-Trilogie »Germanicus« und die sechsbändige Jugendbuchserie »THE WEB« in Sammelbänden, weitergeführt Simon R. Greens ABENTEUER VON OWEN TODTSTELTZER mit »Der Krieg des Todtsteltzer« (Band 3) sowie David Webers Military-SF-Serie HONOR HARRINGTON mit »Ein schneller Sieg« (Band 3), und neu gestartet die SF-Krimi-Serie MINDSTAR von Peter F. Hamilton mit »Die Spinne im Netz«, die Trilogie DAS BUCH MANA von William Watson mit »Dämonenkind« und »Kuckucksfluch«, und die Anthologienreihe ABENTEUER AUS DER RINGWELT - DIE KZIN-KRIEGE mit »Das Katzenhaus« von Larry Niven, Poul Anderson & Dean Ing. Zu den Höhepunkten des SF-Programms des vergangenen Jahres gehörten »Der Antipapst« und »Die Akte Brentford« von Robert Rankin, »Tunnel zu den Sternen« und »Die Zahl des Tiers« von Robert A. Heinlein, »Die letzte Siedlerin« von Elizabeth Moon, »Die ewige Straße« von Jack McDevitt und »Die Farben des Alls« von Marion Zimmer Bradley. Für das Frühjahr 1999 sind u. a. »Das Mord-Paradigma« von Peter F. Hamilton (MINDSTAR 2), »Neandertal« von Larry Niven, Poul Anderson, S. M. Stirling & Dean Ing und »Asteroid« von Larry Niven, Poul Anderson,

Jerry Pournelle & S. M. Stirling (DIE KZIN-KRIEGE 2 und 3), »Die blaue Welt« von Jack Vance, »Die Siedler von Botany« von Anne McCaffrey (CATTENI 2), »Cyborgs Rache« von Margaret Weis & Don Perrin (MAG FORCE 7 Band 3), »Mond-Fall« von Ian Watson (DAS BUCH MANA 3), »Mit Schimpf und Schande« von David Weber (HONOR HARRINGTON 4) und »Jenseits von Ealing« von Robert Rankin zur Veröffentlichung vorgesehen.

Die Autorenedition CHRISTOPHER PIKE wurde auch 1998 im bisherigen zweimonatlichen Rhythmus fortgesetzt. Folgende SF- und Horror-Romane dieses amerikanischen Erfolgsautors sind zuletzt erschienen bzw. werden zur Veröffentlichung vorbereitet: »Tod eines Engels 3: Das letzte Risiko«, »Der blonde Vampir 4: Das Erbe des Alchimisten«, »Kettenbrief«, »Gänsehaut um Mitternacht« (drei unheimliche Romane in einem Band), »Der blonde Vampir 5: Das Orakel der Seherin« und »Janes Tagebuch«.

Monatlich wurde auch 1998 wieder ein neues Taschenbuch der Horror-Serie JOHN SINCLAIR von Jason Dark herausgebracht, pro Halbjahr ergänzt durch zwei Jumbobände mit jeweils acht früheren Abenteuern des Geisterjägers aus der Heftserie in chronologischer Reihenfolge und unter Auslassung der Bände, die von anderen Autoren als Ghostwritern geschrieben wurden.

Im Juli 1998 erschien die Sonderproduktion VERY BRITISH, in der u. a. auch »Keine Macht der Welt/Um Kopf und Krone« von Michael Dobbs und »Moon/Magic Cottage« von James Herbert als Sammelbände neu aufgelegt wurden.

BURGSCHMIET

Bei BURGSCHMIET, dem Spezialverlag für Begleitbücher zu erfolgreichen Filmen und TV-Serien, erscheinen seit mittlerweile zwei Jahren die PERRY RHODAN TASCHENBÜCHER in ungewöhnlicher Aufmachung und zweimonatlichem Erscheinungsrhythmus, wobei die Numerierung von PABEL/MOEWIG und später HEYNE weitergeführt wurde. 1998 wurden neue Romane von Arndt Ellmer (»Raumschiff zu verkaufen«), Rainer Castor (»Das Versteck der Sternengarde«), Hubert Haensel (»Das Vurguzz-Imperium«), Horst Hoffmann (»Kinder des Arresums«), Uwe Anton (»Statistiker des Todes«) und Robert Feldhoff (»Raumpiloten«) veröffentlicht, wobei Arndt Ellmer und Horst Hoffmann Thematiken näher beleuchteten, die in der Heftserie nur erwähnt bzw. nicht zum Abschluß gebracht wurden, während Rainer Castor und Uwe Anton Themen aus früheren Taschenbüchern – letzterer entwickelte ein von William Voltz entwickeltes Konzept weiter – wieder aufgriffen. Da BURGSCHMIET die Lizenz nicht erneuert hat, ist der von Robert Feldhoff geschriebene Band 415 das letzte hier veröffentlichte PR-Taschenbuch. Daneben wurde noch ein neuer Roman zur TV-Serie BAYWATCH NIGHTS, »Unheimliche Strandnächte« von Vincent A. Banks, herausgebracht.

GOLDMANN

Unter der Ägide von Volker Busch wurde der erfolgreiche Kurs, den die SF- und FANTASY-Reihen von GOLDMANN unter seinem Vorgänger eingeschlagen hatte, kontinuierlich weitergeführt. Reihen und Serien, die sich auf dem Markt bereits etabliert haben, wurden weitergeführt, neue, die ins redaktionelle Konzept des neuen Herausgebers paßten, wurden gestartet. Im ersten Jahr unter der neuen Leitung wurde eine Konsolidierung des Programms, sowohl von der Qualität als auch bei der Anzahl der publizierten Titel, angestrebt und auch erreicht, wobei bei den letzten Einplanungen schon einige Vorlieben des neuen Herausgebers, der auch für die Genre-Titel im ALLGEMEINEN PROGRAMM verantwortlich zeichnet, zu bemerken waren. In seinem ersten Jahr rangierte GOLDMANN auch 1997 wieder auf Platz 3 bei den Taschenbuchverlagen, die phantastische Literatur aller Schattierungen im Programm haben. Der Abstand zum Zweitplazierten BASTEI hat sich von 47 Titeln im Jahre 1996 auf nunmehr 7 verringert, und es sieht ganz danach aus, als ob es GOLDMANN 1998 gelingen würde, BASTEI von Rang 2 zu verdrängen. Nach wie vor sehr trist ist hier die Situation der deutschsprachigen Autoren, da auch Volker Busch in erster Linie auf Übersetzungen von angloamerikanischen Titeln baut. Lediglich Ralf Isaus NESCHAN-Trilogie wurde Ende 1998 mit »Die Träume des Jonathan Jabbok« gestartet und soll im 1. Quartal 1999 mit den Folgebänden »Das Geheimnis des siebten Richters« und »Das Lied der Befreiung Neschans« weitergeführt und abgeschlossen werden, zudem ist ein Sammler mit zwei INDIANA JONES-Romanen von Wolfgang Hohlbein und der historisch-phantastische Roman »Die Spur des Widders« von Hanns Kneifel eingeplant.

Die GOLDMANN FANTASY wird, wie die Reihen der anderen Verlage auch, nahezu ausschließlich von Serien und Zyklen beherrscht, wobei Romane zu Spielen, bei denen GOLDMANN mit den TSR-Publikationen eine Vorreiterrolle im deutschen Sprachraum gespielt hat, auch in den ersten Einplanungen, für die Volker Busch verantwortlich zeichnete, wieder eine bedeutendere Rolle spielten. Die Zahl der Veröffentlichungen blieb konstant bei drei Titeln pro Monat, die nach wie vor ein buntes Spektrum moderner und auch klassischer Fantasy boten. Zuletzt erschienen neben Neuauflagen von »Herrin der Wälder« von Jennifer Roberson und »Der Ausgestoßene von Shannara« von Terry Brooks neue Romane zu DRAGONLANCE (»Mord in Tarsis« von John Maddox Roberts, »Der Dieb der Zauberkraft« und »Die Ritter der Krone« von Roland Green sowie »Verhängnisvolle Fahrt« von Tina Daniell, die letzten drei sind dabei die ersten Bände des Subzyklus DIE KRIEGER DER DRACHENLANZE), zum Computerspiel KING'S QUEST (»Königreich in Gefahr« von Kenyon Morr), die Bände 3 bis 6 der zum MIDKEMIA-Zyklus gehörenden KELEWAN-SAGA von Raymond Feist & Janny Wurts unter den Titeln »Der Sklave von Midkemia«, »Zeit des Aufbruchs«, »Die Schwarzen Roben« und »Tag der Entscheidung«, die Bände 7 und 8 des Zyklus DAS SCHWERT DER WAHRHEIT, »Die Nächte des roten Mondes« und »Der Tempel der vier Winde« von Terry Goodkind, sowie die Romane »Der Herr der Dämmerung« von Michael Scott Rohan und »Die magische Schrift« von Adam Nichols sowie die von Joachim Körber zusammengestellte Anthologie »Das große

Lesebuch der klassischen Fantasy«. Neu gestartet wurden die TIMURA-Saga von Allan Cole mit »Zauberer der Lüfte« und »Die Wölfe der Götter«, Tara K. Harpers WOLFWALKER-Serie mit »Die Herrin der Wölfe« und »Die Fürstin der Nacht«, die MOONDARK-Saga mit »Die Rosenpriesterin« von Donald E. McQuinn, STERNENKRONE mit »Erben der Nacht« von Kate Elliot und DER KREIS DES OROKON mit »Der Tanz des Harlekin« von Tom Arden. Für 1998 sind die Serientitel »Das Spiel des Kriegers« und »Die Geiseln des Königs« von Donald E. McQuinn (MOONDARK-SAGA 2 und 3), »Tödliche Beute« von Tina Daniell und »Die Ehre des Minotaurus« von Roland Green (DIE KRIEGER DER DRACHENLANZE 4 und 5), »Verhängnis über Daventry« von Kenyon Morr (KING'S QUEST 3), »Im Namen des Königs« und »Auf den Flügeln des Sturms« von Kate Elliot (STERNENKRONE 2 und 3), »Die Hüterin der Zeit« und »Das Erbe der Wölfe« von Tara K. Harper (WOLFWALKER 3 & 4) und »Der rote Schlüssel« von Tom Arden (DER KREIS DES OROKON 2) sowie Neuausgaben von »Das erste Gesetz der Magie« und »Der Schatten des Magiers« von Terry Goodkind (DAS SCHWERT DER WAHRHEIT 1 und 2) sowie als Einzeltitel die Neuauflage des Romans »Der Weg nach Avalon« von Joan Wolf eingeplant.

Ebenfalls drei Titel, eine bunte Mischung aus Lesefutter, hochkarätigen modernen Titeln und Klassikern, erschienen pro Monat auch in der Reihe GOLDMANN SCIENCE FICTION, in der Bände zu Serien und Reihen zwar das Bild prägen, aber nicht so das Programm dominierten wie bei der FANTASY. Weitergeführt wurden STAR WARS mit »Bacta-Piraten« von Michael Stackpole (4. Roman der Subserie X-WING), der von Kevin J. Anderson herausgegebenen Anthologie »Kopfgeld auf Han Solo« und den ersten YOUNG JEDI KNIGHTS-Romanen »Die Hüter der Macht«, »Akademie der Verdammten«, »Die Verlorenen« und »Lichtschwerter« von Kevin J. Anderson & Rebecca Moesta, die Romanserie um die ALIENS mit »Das Labyrinth« von S. D. Perry und »Blutige Ernte« von Robert Sheckley, die Neuherausgabe der ORIGINAL-ABENTEUER VON STAR TREK – RAUMSCHIFF ENTERPRISE mit den Bänden 7 bis 11 (»Das Paradies-Syndrom«, »Der Doppelgänger«, »Rückkehr zum Morgen«, »Ein kleiner Privatkrieg« und »Der Tag der Taube«, alle von James Blish) und DIE GENELLAN-CHRONIKEN mit den Bänden 2 bis 4, »Jagdzeit auf Genellan«, »Abflug von Genellan« und »Attacke aus dem Nichts« von Scott G. Gier. Abgeschlossen wurde DER SCHATTENJÄGER von Chris Bunch mit »Der Herr der Lumina« und neu gestartet DIE COBRA-DYNASTIE von Timothy Zahn mit »Die Verbannung«, während Tracy Hickmans aus den Einzelbänden »Requiem der Sterne« und »Das Rauschen der Ewigkeit« bestehender Zweiteiler LIEDER VOM STERNENWIND komplett vorgelegt wurde. In der Reihe SF-CLASSICS erschienen Neuausgaben von »Am Vorabend der Ewigkeit« von Brian W. Aldiss, »Die Liebenden« von Philip Jose Farmer und »Zeit der Wandlungen« von Robert Silverberg, an interessanten Einzeltiteln »Das Phantom« von Rob MacGregor (Roman zum Film), »Endymion – Die Auferstehung« von Dan Simmons und »Cain – Golem des Satans« von James Byron Huggins. In den Monaten Januar bis April 1999 sollen neben den Bänden 12 bis 14 der ENTERPRISE-Neuedition – »Spock muß sterben!« und »Jenseits der Sterne« von James Blish sowie »Klingonen-Gambit« von Sondra Marshak & Myrna Culbreath – und weiteren STAR WARS: YOUNG JEDI KNIGHT-Romanen noch »Gefangen in der Zeit« und »Im Angesicht des Untergangs« von Scott G. Gier (DIE GENELLAN-CHRONIKEN 5 und 6), »Siedler der fünf Welten« und »Planet der Abtrünnigen« von Timothy Zahn (Bände 2 und 3 der Trilogie DIE COBRA-DYNASTIE), »Ring der Sonnen« und »Am Grenzpunkt der Ewigkeit« von David Brin (DAS UPLIFT-UNIVERSUM 5 und 6), »Demolition« von Alfred Bester (SF-CLASSIC), »Virtual Tattoo« von Alexander Besher und »Acorna – Einhornmädchen vom anderen Stern« von Anne McCaffrey & Margaret Ball auf den Markt kommen.

Zu den Highlights des Jahres 1998 in der ALLGEMEINEN REIHE gehörten »Voll im Bilde« und »Alles Sense!« von Terry Pratchett (SCHEIBENWELT-Neuausgaben), »Rosemarys Baby« von Ira Levin, »Dunkle Schuld« von Karen Hall, »Neandertal – Tal des Lebens« von John Darnton, »Mayday« von Nelson DeMille & Thomas Block, »Marion Zimmer Bradleys Rückkehr nach Avalon«, hrsg. von Jennifer Roberson, »Spaltungen« von Fay Weldon, »Der Tag des Falken« von Dale Brown, »Ignition – Feuerball« von Kevin J. Anderson & Doug Beason, »Sonnentochter« von Mark Canter, »Das Schwarze Manifest« von Frederick Forsyth, »Die Mayfair-Hexen« von Anne Rice, »Schweinsgalopp« von Terry Pratchett (neuer SCHEIBENWELT-Roman), »Nacht« von F. Paul Wilson & Steve Lyon, »Der Pferdeflüsterer« von Nicholas Evans, »Godzilla« von Nicolas Tatapolos mit Stephen Molstad, »Wut« von Bruce Jones, »Im Herz der Macht« von David Callahan, »Die Kommission« von F. Paul Wilson und »Dämonensommer« von Terry Brooks. Für Anfang 1999 sind »Ismaels Geheimnis« von Daniel Quinn, »Die Zauberlehrlinge« von Robert Goddard, »Hebt die Titanic/Im Todesnebel« von Clive Cussler (Sammler um den NUMA-Agenten DIRK PITT), »Das Montglane-Spiel« von Katherine Neville, »Tödliche Geschäfte« von Robin Cook und »Fliegende Fetzen« von Terry Pratchett (SCHEIBENWELT) zur Veröffentlichung vorgesehen.

HEYNE

Wie schon in den vorangegangenen Jahren schaffte es Marktführer HEYNE auch 1997 wieder spielend, seine dominierende Position auf dem Taschenbuchmarkt in Sachen Science Fiction, Fantasy, Horror und Phantastik zu behaupten. Der Vorsprung zum Zweitplazierten BASTEI hat sich enorm vergrößert, und zwar von 108 Titeln im Jahr 1996 auf nunmehr 145, was sowohl auf eine Titelreduktion bei BASTEI als auch eine größere Titelzahl bei HEYNE zurückzuführen ist. HEYNE hat es zudem 1997 wieder geschafft – wie auch schon in den fünf Jahren zuvor –, alleine mehr dem Genre zugehörige Taschenbücher herauszubringen als die beiden Hauptmitbewerber zusammengenommen. In der Reihe HEYNE SCIENCE FICTION & FANTASY, bei der Friedel Wahren in erster Linie für die FANTASY zuständig ist, während sich Wolfgang Jeschke hauptsächlich, neben der Gesamtverantwortung für das Programm, um die SCIENCE FICTION kümmert, wurde im Frühjahr 1998 eine nummernmäßige Trennung vollzogen:

Während die SCIENCE FICTION ab diesem Zeitpunkt die Nummernkreise 5000 bis 8000 belegt, ist für die FANTASY-Veröffentlichungen der Nummernkreis 9000 reserviert, wobei die Serien um DAS SCHWARZE AUGE und MAGIC die berühmte Ausnahme von dieser Regel sind. Die gemeinsame Kennziffer 06 bleibt hingegen für das gesamte Programm aufrecht. 1997/98 wurden in der Regel 12–13 Titel pro Monat eingeplant, bisweilen wurden dann sogar einige mehr veröffentlicht. Wie schon in den Jahren zuvor waren die Abweichungen zwischen Einplanung und tatsächlicher Auslieferung auch diesmal wieder generell weniger gravierend, was die Titelzahl als solche betraf, aber oft enorm, was die Einzeltitel selbst betraf: Hier gab und gibt es oftmals gewaltige Diskrepanzen zwischen Einplanung und tatsächlicher Veröffentlichung. Daß einzelne Bände früher als geplant erschienen, kam zwar bisweilen vor, war aber nicht die Regel, denn zumeist erschienen die Titel verspätet. Für diese oftmals extremen Verschiebungen hatten zumeist interne Ursachen, in erster Linie waren verspätet einlangende Übersetzungen die Ursache der nach hinten verschobenen Erscheinungstermine. Während sich die Situation bei den STAR TREK-Titeln, die zuletzt rund zwei Monate hinter den Einplanungen hinterhergehinkt waren, mittlerweile gebessert hat, ist sie beispielsweise bei BATTLETECH oder Robert Jordans DAS RAD DER ZEIT nach wie vor sehr unbefriedigend. Infolge offenbar nicht kurzfristig lösbarer Probleme lagen bei Redaktionsschluß folgende bereits länger angekündigte Titel noch nicht vor: »Die Jungfrau der Sonne« von Henry Rider Haggard, »Der Rebellenprinz« von Sharon Green, »Die Tänzerin von Gor« von John Norman, »Silberaugen« von Michael A. Stackpole, »Trugbilder« von Paula Volsky, »Fahrenheit 666« von Andrew Harman, »Blauer Mars« von Kim Stanley Robinson und »Flaschengeister« von Tom Holt. Der ursprünglich bei HEYNE angekündigte Sekundärband »Das Babylon 5 Universum« von Torsten Dewi ist mittlerweile bei HEEL in modifizierter Form herausgekommen.

Mit ziemlicher Regelmäßigkeit erscheint in jedem Monat ein Hardcover im Rahmen der HEYNE SF & FANTASY, herausragende neue Romane sowie Klassiker der Reihe HIGH 8000, bisweilen kommen auch größerformatige Sekundärtitel zu STAR TREK heraus; auf diese wird im HARDCOVER-Kapitel näher eingegangen. Etwas besser als zuletzt waren deutsche Autoren vertreten, auf ihre nicht angloamerikanischen Kollegen traf das aber leider nicht zu. Wenn man von der Spiele-Serie DAS SCHWARZE AUGE absieht, so erschienen zuletzt nur »Die Haarteppichknüpfer« von Andreas Eschbach, »Socialdemokraten auf dem Monde« von Ronald M. Hahn und »Die lebenden Statuen von Surayana« von Maria Szepes, angekündigt sind der Klassiker »Auf zwei Planeten« von Kurd Lasswitz, »Blaubarts Schloß« von Barbara Büchner, Neuausgaben von Hans-Dominik-Klassikern in einer Werkausgabe, die ersten beiden Bände des GERALT-Zyklus des Polen Andrzej Sapkowski und die auf der DEMONWORLD spielende NORDMARK-Fantasy-Trilogie von Ulrich Drees.

In der ALLGEMEINEN REIHE kamen neben der zehnbändigen WOLFGANG HOHLBEIN-Edition – sie besteht aus den Romanen »Märchenmonds Kinder«, »Midgard«, »Elfentanz«, »Wiedergeburt«, »Hagen von Tronje«, »Das Druidentor«, »Azrael«, »Das Siegel«, »Das Netz« und »Saint Nick«, zum Teil gemeinsam mit seiner Frau Heike verfaßt – noch »Der satanarchäolügenialkohöllische Wunschpunsch« von Michael Ende, »Das Gelübde« und »Der Schattenesser« von Kai Meyer, »Märchenmond« von Wolfgang & Heike Hohlbein, »Das Kichern des Generals« von Gisbert Haefs und »Rotkäppchen und der Schwan« von Gerhard Mensching heraus. Anfang 1999 sollen »Wenzels Pilz« von Bernhard Kegel, die thematisch zur HEXER-Serie gehörende MAGIER-Trilogie von Wolfgang Hohlbein (»Der Erbe der Nacht«, »Das Tor ins Nichts« und »Der Sand der Zeit«), »Der Blutvogt« von Rainer Castor und »Troja« von Gisbert Haefs herauskommen. Serien und Zyklen erfreuen sich auch bei der deutschen Leserschaft nach wie vor ungebrochener Popularität, weshalb ihnen HEYNE traditionell viele Titelplätze bei den Einplanungen reserviert.

Bei der FANTASY wurde die SAGA VON DRAY PRESCOTT von Alan Burt Akers alias Kenneth Bulmer, die seit

Band 38 exklusiv für den deutschen Markt verfaßt wird, infolge der schweren Erkrankung des Autors vorerst nur bis Band 52, »Aufruhr auf Kregen«, weitergeführt, der als »Verrat auf Kregen« schon eingeplante Band 53 ist bislang noch nicht erschienen. In der langlaufenden Erfolgsserie um Robert E. Howards CONAN kamen als Band 50 »Conan der Gladiator« von Leonard Carpenter und Band 51 »Conan und die Amazone« von John Maddox Roberts heraus, und in Robert E. Jordans High Fantasy-Epos DAS RAD DER ZEIT die Bände 17 und 18, »Die zerbrochene Krone« und »Wolken über Ebou Dar«, die nächsten sollen im Drei-Monats-Rhythmus folgen. Weitergeführt wurden John Normans GOR-Serie mit »Vagabunden von Gor« und »Die Zauberer von Gor«, wobei »Die Erforscher von Gor« neu aufgelegt wurde, sowie WARHAMMER mit den Bänden 6 bis 8, den Romanen »Die untote Genoveva« und »Bestien in Samt und Seide« von Jack Yeovil sowie die von David Pringle zusammengestellte Anthologie »Das Gelächter dunkler Götter«. Vorerst abgeschlossen wurde Gordon R. Dicksons DRACHENRITTER-Zyklus mit »Der Drache und der Dschinn«, nach längerer Pause weitergeführt der von Patricia Kennealy-Morrison verfaßte KELTIA-Zyklus mit den Bänden 5 und 6, »Die Eiche der Könige« und »Die Nebelhecke«. Komplett vor liegen die Trilogie DIE GRÜNEN LÖWEN – »Das Kind des Saturn«, »Der verborgene Mond« und »Das Werk der Sonne« – von Teresa Edgerton und Hugh Cooks vierbändige CHRONIK DES DUNKLEN ZEITALTERS, bestehend aus den Einzelromanen »Der Todesstein«, »Held wider Willen«, »Toguras Rückkehr« und »Die Traumdeuterin«. Tom Holt war 1998 wieder mit einem humorvollen Fantasy-Roman, »Immer Ärger mit Georgie«, vertreten, sein Kollege Andrew Harman hingegen machte sich trotz Einplanungen rar. Ansonsten wären bei der FANTASY noch die von Michael Moorcock herausgegebene ELRIC-Anthologie »Der Gesang des weißen Wolfes«, »Botschaft aus einem fernen Land« und »Kind der Flammen« von Jonathan Wylie, »Das Glück der Räder« von Megan Lindholm, »Unter dem Trollmond« und »Die Gnomen-Maschine« von Teresa Edgerton sowie »Der Adept« und »Die Loge der Luchse«, die ersten beiden Bände des ADEPT-Zyklus von Katherine Kurtz & Deborah Turner Harris besonders hervorzuheben. Für die ersten Monate des Jahres 1999 sind neben neuen Bänden zum ADEPT-Zyklus (»Der Schatz der Templer« von Kurtz & Harris), zur CONAN-Saga (»Conan und der Saphir-Lotus« von John C. Hocking nebst einer Neuausgabe von »Conan der Krieger« von Robert E. Howard & Lin Carter), zum KELTIA-Zyklus von Patricia Kennealy-Morrison (»Die schwarze Königin«) und zu Robert Jordans DAS RAD DER ZEIT (»Der Dolchstoß« und »Die Schale der Winde«) neue Romane von Tom Holt (»Mein Held«), Simon R. Green (»Schattenfall«), James P. Blaylock (»Der Steinriese«), Paula Volsky (»Die Pforten der Dämmerung«) und J. Gregory Keyes (»Aus Wasser geboren«) zur Veröffentlichung vorgesehen.

Weiter ging es 1998 auch bei der Subserie DAS SCHWARZE AUGE, und zwar mit vier neuen Bänden pro Halbjahr. Zuletzt erschienen »Tod eines Königs« von Karl-Heinz Witzko, »Der Schwertkönig« von Hadmar von Wieser (ELEMENTARE GEWALTEN 2) sowie »Das Galgenschloß«, »Hexenfeuer« und »Seelenwanderer« von Barbara Büchner, in Vorbereitung befinden sich »Der Dämonenmeister« von Hadmar von Wieser (ELEMENTARE GEWALTEN 3), »Das magische Erbe« von Christel Scheja und »Der Geisterwolf« von Linda Budinger.

Ebenfalls weitergeführt, wenn auch nur sporadisch, wurde die Serie zum erfolgreichsten Sammelkarten-Spiel der Welt, MAGIC - DIE ZUSAMMENKUNFT. 1998/99 erschienen bzw. sind eingeplant die Anthologie »Ferne Welten«, herausgegeben von Kathy Ice (11), und der Roman »Erbe des Dunkels« von John E. Vardeman (12).

Bei der SCIENCE FICTION hat sich das STAR TREK-Programm bei zwei Bänden pro Monat eingependelt, wobei im Wechsel Titel zu allen vier Serien - CLASSIC, THE NEXT GENERATION, DEEP SPACE NINE und VOYAGER - herauskommen, sporadisch werden auch Jugendabenteuer der bekannten Protagonisten als STARFLEET KADETTEN publiziert. Weitergeführt wurden auch die Romanserien zu den Spielen SHADOWRUN und BATTLETECH, von denen in der Regel jeweils zwei neue Titel pro Halbjahr erscheinen und die es mittlerweile auf 31 bzw. 41 Bände gebracht haben. Zu George R. R. Martins WILD CARDS-Zyklus wurden die Bände 7 und 8, »Nur Tote kennen Jokertown« und »Konzert für Sirenen und Serotonin«, veröffentlicht. Ebenfalls neue Bände gab es auch zur XEELEE-Serie von Stephen Baxter (»Flux«), dem DRYCO-Zyklus (»Zufällige Akte sinnloser Gewalt«) von Jack Womack und der CHRONIK DES CHUNG KUO (»Auf einem Feuerrad«) von David Wingrove. An abgeschlossenen Zyklen gab es zuletzt »Geklont« von C. J. Cherryh (die berühmte CYTEEN-Trilogie in einem Band), Anne McCaffreys PEGASUS-Romane »Wilde Talente« und »Der Flug des Pegasus« und Colin Kapps CAGEWORLD-Tetralogie: »Die Suche nach der Sonne«, »Die verlorenen Welten von Chronus«, »Der Tyrann von Hades« und »Die Suche nach den Sternen«.

Die von Herausgeber Wolfgang Jeschke halbjährlich zusammengestellten internationalen Anthologienbände präsentierten erneut die gesamte Bandbreite des Genres und bildeten einen bunten und interessanten Querschnitt durch alle Themengebiete, die moderne SF mit Niveau abzudecken in der Lage ist. Sie erfreuen sich unter Kennern größter Beliebtheit und gehörten mit dem obligaten »Science Fiction Jahresband« auch 1997/98 wieder zu den Highlights im SF-Programm und zu den Höhepunkten der deutschen SF-Szene überhaupt. Zuletzt erschienen sind »Die letzten Bastionen« und »Die Vergangenheit der Zukunft«, in Vorbereitung befinden sich »Winterfliegen« und »Das Proust-Syndrom«. Wieder mit jeweils nur einem Band pro Halbjahr vertreten und damit eindeutig unterrepräsentiert waren die Auswahlbände aus den renommierten amerikanischen SF-Periodika THE MAGAZINE OF FANTASY & SCIENCE FICTION (zusammengestellt von Ronald M. Hahn) und ASIMOV'S SCIENCE FICTION (ausgewählt von Friedel Wahren, mit jeweils einer deutschen Story zusätzlich zum US-Material), die es mittlerweile auf 98 bzw. 52 Ausgaben gebracht haben und herausragende Beiträge von höchstem Niveau aus den beiden Magazinen präsentierten.

Aus dem exzellenten Programm des Jahres 1998, das wie

gewohnt für jeden Geschmack etwas zu bieten hatte, ragten besonders die Romane »Harte Landung« von Algis Budrys, »Die Insel der Anderen« von Margaret Wander Bonanno, »Die Pest der Engel« von Sheri S. Tepper, »Ein Paradies mit Tücken« von Hayford Peirce, »Der Zauberer von Anharite« von Colin Kapp, »Superluminal« von Vonda McIntyre, »Die UFO-Aliens auf Hawaii« von Mel Gilden, »Das Herz eines Helden« von Michael Bishop, »Zeitschichten« von John E. Stith, »Die Gebeine der Zeit« von Kathleen Ann Goonan, »Waisen der Schöpfung« von Roger MacBride Allen, »Die Dunkelheit jenseits der Sterne« von Frank M. Robinson, »Das Nada-Kontinuum« von Eric Brown, »Narrenopfer« von Ian McDonald und »Mission Ares« von Stephen Baxter sowie die Collections »Der Metrognom« von Alan Dean Foster, »Engel der Schwerkraft« von Michael Swanwick, »Die Sternenkrone« von James Tiptree jr. und »Die Bären entdecken das Feuer« von Terry Bisson heraus. Weitergeführt wurde 1998/99 auch die im Sommer 1997 gestartete Edition WARP 7 mit Neuausgaben von »Eisenmeister« und »Blutiger Fluß« von Patrick Tilley (3. & 4. Roman des AMTRAK-Zyklus) sowie »Der Kadett« von Lois McMaster Bujold (Roman aus dem BARRAYAR-Universum). Für die ersten Monate des Jahres 1999 sind Spitzentitel wie »Die Hoffnung« von James Lovegrove, »In Erwartung des Mahdi« von N. Lee Wood, »Mers« von D. G. Compton, »Das Exil« von P. Kube McDowell, »Saturns Kind« von (Lt. Uhura) Nichelle Nichols und Margaret Wander Bonanno, »Feuer und Schwert« von Thomas Gressman (BATTLETECH 42), »Im Herzen der Galaxis« und »In leuchtender Unendlichkeit« von Gregory Benford (Bände 5 und 6 des CONTACT-Zyklus), »Unter dem Himmelsbaum« von David Wingrove (CHRONIK DES CHUNK KUO 10), »Engel der Zerstörung« von Richard Paul Russo, »Blutige Jagd« von Lisa Smedman (SHADOWRUN 32), »Die Parabel vom Sämann« und »Die Genhändler« (die XENOGENESIS-Trilogie in einem Band) von Octavia E. Butler, »Der Kriegerprinz« von Michael Stackpole (BATTLETECH 43) »Das Gottesmahl« von James Morrow, »Terror und Dr. Tachyon« von George R. R. Martin (WILD CARDS 9) und die ersten beiden Bände des

Zyklus EIN LAND FÜR HELDEN von Phillip Mann, »Flucht in die Wälder« und »Der Monolith«, eingeplant.

Vom Start weg gab es bei der Ende 1997 gestarteten Jubiläumsausgabe der Gesammelten Werke von HANS DOMINIK, in der die Romane und Kurzgeschichten des nach wie vor populären deutschen SF-Pioniers erstmals nach über 50 Jahren ungekürzt und unzensiert nach den Originaltexten und mit Ergänzungen aus den Zeitschriftenvorabdrucken erscheinen, Verschiebungen und Verzögerungen.* Nach »Das Erbe der Uraniden« (5) werden voraussichtlich folgen: »Kautschuk« (7), »Befehl aus dem Dunkel« (8) und »König Laurins Mantel« (6).

Auch 1998 erschienen wieder zahlreiche Titel mit phantastischen oder spekulativen Elementen von renommierten Autoren des Genres, die entweder den Budgetrahmen der SF & F-Reihe des Verlags gesprengt hätten oder nicht in ihr Konzept passen, wie beispielsweise reine Horror-Romane, in der ALLGEMEINEN REIHE. Das traf und trifft natürlich auch auf Werke zu, die aufgrund ihrer Thematik oder aus anderen Überlegungen heraus auch für breite Leserschichten außerhalb des trotz aller kommerziellen Erfolge der letzten Jahre immer noch relativ kleinen Genre-Marktes von Interesse sind und waren und in der ALLGEMEINEN REIHE mit ihren höheren Auflagenzahlen auch höhere Verkaufszahlen erwarten ließen als in der HEYNE SF & F, wo viele potentielle Leser vielleicht nicht erreicht worden wären. Zu den im letzten Jahr hier publizierten Titeln gehörten »Fletchers Visionen« von

---

* Die Sichtung des Nachlasses, der sich im Besitz der Erben des Autors befindet, die Beschaffung der Zeitschriftenvorabdrucke und anderen Unterlagen gestaltet sich als weit zeitraubender als ursprünglich angenommen. Die Edition folgt in ihrer Numerierung zwar der Chronologie der ursprünglichen Erstausgaben. Die Edition kann jedoch aus den genannten Gründen *nicht in dieser Reihenfolge* erscheinen, sondern ist von der Quellenlage resp. der Beschaffung der Unterlagen abhängig, die durch die Kriegswirren lückenhaft sind. Eine andere Vorgehensweise ist leider nicht möglich. Es werden unter diesen Umständen allenfalls zwei bis drei Bände im Jahr erscheinen können. – *Anm. d. Hrsg. Wolfgang Jeschke*

J. H. Marks, »Akte X – Die vierte Staffel« von Jörg Alberts, Roland Heep & Kai Krick, »Die neuen Fälle von Scully und Mulder« von N. E. Genge, »Alien – Die Wiedergeburt« von A. C. Crispin, »Millenium – Das Grauen beginnt« von Kai Krick, Sascha Westphal & Lorenzo Zucchetti, »Die Wolfsfrau erzählt« von Clarissa Pinkola Estes, »Phantom – Unheil über der Stadt« von Dean Koontz, »Vor dem Sturm« und »Aufmarsch der Yevethaner« von Michael P. Kube-McDowell (STAR WARS), »Das Vogelmädchen und der Mann, der der Sonne folgte« von Velma Wallis, »Die Nacht der Mondfrauen«, hrsg. von Angeline Bauer, »Die Erbin von Ruwenda« von Marion Zimmer Bradley (RUWENDA), »Die Tochter des Magiers« von Nora Roberts, »Der positronische Mann« von Isaac Asimov & Robert Silverberg, »Der Fluch von Belheddon Hall« von Barbara Erskine, »Tom Clancy's Power Plays: Politika«, »Tom Clancy's OP-Center 3: Chaostage« und »Tom Clancys OP-Tage 4: Sprengsatz« von Tom Clancy & Steve Pieczenik, »Der goldene Kompaß« von Philip Pullman (1. Band der Trilogie HIS DARK MATERIALS), »Hauch der Verdammnis« von John Saul, »Star Trek – Die Philosophie eines Universums« von Thomas Richards, »Langoliers« von Stephen King, »Niemalsland« von Neil Gaiman, »Das Orakel« von Valerio M. Manfredi, »Godzilla« von Gernod Gricksch, »Saskias Weg« von Brian Hall, »Hellfire Club« von Peter Straub, »Befehl von oben« von Tom Clancy, »Das Volk an den Seen« von Gear & Gear (VORZEIT-SAGA), »Von Himmel und Hölle« (die schönsten Märchen über die andere Welt), hrsg. von Hans-Jörg Uther, »Die Revolution der Ameisen« von Bernard Werber (Abschlußband der AMEISEN-Trilogie), »California Angel« von Nancy Taylor Rosenberg, »Blade Runner« von Philip K. Dick, »Per Anhalter durch die Galaxis« und »Das Restaurant am Ende des Universums« von Douglas Adams (ANHALTER 1 & 2), »James Bond 007 – Der Morgen stirbt nie« und »James Bond 007 – Countdown!« von Raymond Benson, »Die Prophezeihungen von Celestine« von James Redfield, »Das Lied der Lerche« von Mary Stewart, »Dämon« von Dewey Gram, »Postman« von David Brin und »Das Computer-Komplott« von John McLaren. Für Anfang

1999 sind u. a. »Das Nazareth-Gen« von Michael Cordy, »Tom Clancys Net Force 1: Intermafia« von Tom Clancy & Steve Pieczenik, »Entscheidung bei Koornacht« von P. Kube-McDowell (Abschlußband der STAR WARS-Trilogie DIE SCHWARZE FLOTTE), »Makeda, Königin von Saba« von Jakoub Adol Mar, »Das Leben, das Universum und der ganze Rest« und »Macht's gut, und danke für den Fisch« von Douglas Adams (ANHALTER 3 & 4), »Meg – Die Angst aus der Tiefe« von Steve Alten, die DARKOVER-Anthologie »Das Wort des Hastur«, hrsg. von Marion Zimmer Bradley, »Stärke 10« von Arthur C. Clarke & Mike McQuay, »Schockzone« von Dennis Etchinson, »Glas« von Stephen King (DER DUNKLE TURM 4), »Das Sakrament« von Clive Barker, »Die Matlock-Affäre« von Robert Ludlum, »Lost in Space – Planet aus Stahl« von Pat Cadigan und »Das Erwachen« von Joan Elizabeth Lloyd zur Veröffentlichung vorgesehen.

In der Reihe TIP DES MONATS erschien 1998 »Die zweite Haut/Die Kälte des Feuers« von Dean Koontz, für 1999 ist »Der Bronzedrache/Trommeln in der Dämmerung/Die Teufelsanbeter« von Marion Zimmer Bradley eingeplant.

Die HEYNE JUBILÄUMSREIHE präsentierte 1998 »Fluch« mit »Die Spuren« von Dean Koontz & »Die Wächter« von John Saul und »Hochspannung« mit »Vaterland« von Robert Harris & »Die Scorpio-Illusion« von Robert Ludlum, 1999 folgt »Fantasy« mit »Die Nacht der Drachen« von Gordon R. Dickson, »Schwerter und Teufelei« von Fritz Leiber & »Das Joch der Zyklopen« von R. A. Salvatore.

KNAUR

Nachdem nach der Einstellung der Reihe KNAUR HORROR nur mehr vereinzelt Genre-Titel im Taschenbuchprogramm von KNAUR veröffentlicht wurden, startete der Münchner Verlag im August 1998 die neue Fantasy-Reihe EXCALIBUR. Als Herausgeber dieser ambitionierten Edition wurde Sky Nonhoff gewonnen, der zuvor den Genre-Reihen von GOLDMANN neues Leben eingehaucht und zahlreiche neue Talente für diese entdeckt hatte und der jetzt als Melissa Anderson und mit Unterstützung von Ex-SFM-Chefredakteur Gerd Rottenecker versucht, EXCALIBUR auf dem noch expandierenden, aber heiß umkämpften Markt zu etablieren. Dabei setzt Nonhoff sowohl auf moderne Klassiker wie Stephen R. Donaldson als auch auf neue Talente aus den USA und Großbritannien, die er für den deutschen Markt aufzubauen versucht, zum Teil bislang unbekannte wie Kara Dalkey, David Farland (alias Dave Wolverton), Laura Resnick und Katherine Kerr, zum Teil auch hierzulande schon durch einige Publikationen bekannte wie Paula Volsky oder David Drake. Einen Schwerpunkt legt Nonhoff dabei auf Zyklen, die sich besser verkaufen als Einzeltitel. Zunächst erscheinen vier Titel pro Monat, ab Herbst sind monatlich drei neue Bände vorgesehen. Neben der titelgebenden Anthologie »Excalibur«, zusammengestellt von Richard Gilliam, Martin H. Greenberg & Edward E. Kramer, wurde im Sommer der sechsbändige Zyklus DIE CHRONIKEN VON THOMAS COVENANT – mit den neubetitelten ersten drei Bänden »Der Fluch des Verächters«, »Der siebte Kreis des Wissens« und »Die letzte Walstatt« – ebenso gestartet wie David Farlands DIE HERREN DER RUNEN mit »Dunkel über Longmot« und »Der Kreis aus Stein« sowie Laura Resnicks CHRONIK VON SIRKARA mit »Feuerbringer«, Kara Dalkeys DAS ELIXIER DER NACHT mit »Die Kerker von Goa«, »Die verborgene Stadt« und »Das Blut der Göttin« wurde komplett vorgelegt, als abgeschlossener Titel erschien »Das weiße Tribunal« von Paula Volsky. Im Winterprogramm soll Stephen Donaldsons THOMAS COVENANT mit der zweiten Trilogie, also den Bänden 4 bis 6 – »Das verwundete Land«, »Der einsame Baum« und »Der Ring der Kraft« – weitergeführt und abgeschlossen werden, daneben sind die Fortsetzungen der CHRONIK VON SIRKARA mit »Flammenherz« von Laura Resnick und der HERREN DER RUNEN von David Farland mit »Schattenherz« und »Die Bruderschaft der Wölfe« ebenso vorgesehen wie der Start der neuen Zyklen DAS REICH DER INSELN von David Drake (mit »Gefährten des Sturms« und »Der Thron von Malkar«), RUNENZAUBER von Jane Welch (mit »Die Drachenfestung«, »Das Auge des Druiden« und »Die Nebel von Farona«), DIE

CHRONIKEN VON DEVERRY von Katherine Kerr mit den Bänden 1 bis 3 – »Der Wanderer von Deverry«, »Die Ausgestoßenen von Deverry« und »Dämmerung über Deverry« – und DAS IMPERIUM VON NAR mit »Die Jäger des Tharn« von John Marco sowie der Einzeltitel »Grüner Reiter« von Kristen Britain. Dieses interessante Programm bedeutet eine Bereicherung des Marktes und stellt durch Auswahl und monatlichen Titelausstoß zweifellos eine ernsthafte Konkurrenz für die etablierten Fantasy-Reihen von BASTEI, GOLDMANN und HEYNE dar.

Auch 1998 wurden wieder einige interessante Titel in der ALLGEMEINEN REIHE veröffentlicht bzw. für eine Veröffentlichung eingeplant, wie die Romane bzw. Sammler »Todesgen« und »Reaper – Virus des Todes« von Ben Mezrich, »Des Mauren letzter Seufzer« und »Mitternachtskinder« von Salman Rushdie, »Der Läufer und sein Held« von Mary Renault, »Der Geist des Kojoten« von Rudolfo Anaya, »Mount Dragon – Labor des Todes« von Douglas Preston & Lincoln Child, »Vor Wundern flieht man nicht« von Andrea Schacht, »Die Märchenerzählerin« von Susan Sussman, »Das Mangobaumwunder« von Leo Perutz & Paul Frank, »Der Tag, an dem mir die Jungfrau erschien« von Sue Reidy, »Gegen die Uhr« von John J. Nance, »Jurassic Park & Congo« von Michael Crichton, »Millenium: Der Franzose« von Elizabeth Hand, »Das Testament der Götter« von Christian Jacq, »Die erste Genesis-Akte« von Charles Grant und »Der Pfad des friedvollen Kriegers« von Dan Millman, die von Julia Peters zusammengestellte Anthologie »Der Mann im Mond ist eine Frau« sowie die Sachbücher »Hinter den Kulissen von Akte X« und »Die wahren Fälle von Millenium« von Andreas Kasprzak. Die elf Titel umfassende Serie AKTE X STORIES, in der einzelne markante Folgen des TV-Hits nacherzählt werden, wurde im August 1998 als Lizenzausgabe von vgs auf den Markt gebracht. Im Frühjahr 1999 sollen die Genre-Titel »Bei vollem Unbewußtsein« von Thomas Baum, »Im Land der leeren Häuser« von P. D. James, »Der Kosak und die Nachtigall« von Leo Perutz & Paul Frank und »Millenium: Gehenna« von Lewis Gannett erscheinen.

SUHRKAMP

Im Jahr 1998 erschien in der von Franz Rottensteiner betreuten PHANTASTISCHEN BIBLIOTHEK in den SUHRKAMP TASCHENBÜCHERN wie auch schon in den Jahren davor in der Regel ein Band pro Monat. Die nach wie vor sehr anspruchsvolle Reihe blieb ihrem bewährten Konzept treu und bot wieder eine ausgewogene Mischung von Science Fiction, Horror und Phantastik, von Klassikern und modernen Texten. Deutsche Autoren waren diesmal etwas besser vertreten als zuletzt, es erschienen der Erzählband »Atlantic City« von Ady Henry Kiss sowie die Romane »Target« von Marcus Hammerschmitt, »Schnitters Mall« von Stefan Schütz, »Von Mädchen und Drachen« von Susanne Kaiser und »Die Einsamkeit des Zauberers« von Herbert Genzmer. Zu den Höhepunkten der PHANTASTISCHEN BIBLIOTHEK, wo es zuletzt wieder zu einigen markanten Abweichungen von den Einplanungen kam - so ist die Anthologie »Das Tagebuch der Rose«, hrsg. von Franz Rottensteiner, bislang ebensowenig erschienen wie der Erzählband »Vampir Ltd.« von Josef Nesvadba - gehörten »Das Menschenprojekt« von George Turner, »Der Tanz in den Tod« von Algernon Blackwood, »Grube und Pendel« von Edgar Allan Poe, »Der besessene Bibliothekar« von Mircea Eliade und die Neuausgabe von »Die Untersuchung« von Stanisław Lem. Etwas düster sieht es für diese traditionsreiche Edition in der näheren Zukunft aus: Im Winterprogramm sind nach dem Roman »Die Himmelstür« von Mihajlo Kazic lediglich zwei Bände eingeplant, nämlich Hubert Lampos schon lange angekündigter Roman »Ankunft des Joachim Stiller« und William Beckfords »Vathek« im März bzw. Februar 1999. Außerhalb der PHANTASTISCHEN BIBLIOTHEK erschienen bzw. eingeplant sind »Liebe in Ruinen« von Walker Percy, »Big Dablju« von Klaus Middendorf, »In einer dunklen Nacht ging ich aus meinem stillen Haus« von Peter Handke, »Ein Tag, ein Leben« von A. F. Th. van der Heijden, »Die Geliebte des Kartographen« von Andrew Crumey, »Verrückte Leidenschaft« von Robert Irwin und die vierbändige Kassettenedition »Die Erzählungen« von Julio Cortazar.

SONSTIGE TASCHENBUCHVERLAGE

Klein aber fein ist das Angebot phantastischer Titel aus dem Wiener *AARACHNE VERLAG*. Josef Konrad Uhls PASSWORT-Anthologienreihe, die immer speziellen Themen gewidmet ist und mit »Paßwort Irrenhaus« zum Thema Bürokratie begonnen worden war, wurde mit »Paßwort Insel« (Themenkreis freiwillige oder erzwungene Isolation und Einsamkeit) und »Paßwort Auferstehung« (über Vampire, Wiedergänger und ähnliches) weitergeführt. Peter Patzak versammelte in »Kuhstall und Cyberspace« neue Stories über Lust und Frust zwischen vorgestern und übermorgen, zwischen Tradition und Moderne. Und SFCD-Literaturpreisträger Ernst Petz legte mit »Kafka, der Golem und Fußball und Prag« seinen neuesten phantastischen Roman vor. In Vorbereitung befinden sich die von Silke Rosenbüchler zusammengestellte Anthologie »Flach. Violett. Vergiftet. Vision 2.500« über Landschaften der Zukunft, »Gruben« von Uwe Neuhold und der Horror-Roman »Die gläsernen Ringe« von Wilhelm Kuehs.

Phantastische Jugendbücher bilden schon traditionell einen Schwerpunkt im Taschenbuchprogramm von *ARENA*. Zumeist handelt es sich dabei um Neuauflagen von zuvor in Buchform erschienenen Titeln, bisweilen werden auch Originalveröffentlichungen publiziert, wie die Anthologienbände »Gruselgeschichten«, hrsg. von Carola Schäfer, und »Im Reich des Unheimlichen«, hrsg. von Sonja Hartl. Zuletzt erschienen hier die vierbändige Fantasy-Serie DHANA von Tamora Pierce, bestehend aus den Einzeltiteln »Dhana – Kampf um Tortall«, »Dhana – Im Tal des Langen Sees«, »Dhana – Der Kaiserliche Magier« und »Dhana – Im Reich der Götter«, »Willi Wirsing« von KNISTER, »Wer hat schon Angst vor Vampiren?« und »Der Vampirklub« von Paul van Loon, »Der Monsterjäger« von Franz Sales Sklenitzka, »Tanea – Am Großen Fluß« von Isolde Heyne (Band 2 der Vorzeit-Trilogie) und »Wie ein Wolf« von Thorill Thorstad Hauger.

ARGUMENT veröffentlichte 1998 in seiner Belletristik-Reihe *ARIADNE* die Social-Fantasy-Romane »Kalter Frühling« von

Florian Nelle, »Digitale Tänzer« von Hartwig Hilgenstein und »Er, Sie und Es« von Marge Piercy.

Wie auch schon im Jahr davor standen auch diesmal wieder relativ wenig phantastische Titel im *AUFBAU TASCHENBUCH-VERLAG* auf dem Programm. Zuletzt erschienen die Anthologie »Feenmärchen«, der historische Roman »Die Päpstin«, die Schwejkiade »Die Leute von Salow« von Jurij Brezan, »Die Abenteuer in der Sierra Morena oder Die Handschriften von Saragossa« von Jan Potocki und »Der gewöhnliche Schwachsinn«, eine Sammlung der besten Geschichten von Helga Königsdorf. Für Anfang 1999 sind »Windstimmen« von Harald Gerlach (Phantastikpreis der Stadt Wetzlar) und »Die Truhen des Arcimboldo« von Hanjo Lehmann eingeplant.

In der bibliophilen Taschenbuchedition *DAS BESONDERE TASCHENBUCH – BTB* – des GOLDMANN VERLAGS kamen auch 1998 wieder Titel mit mehr oder minder stark ausgeprägten phantastischen oder spekulativen Elementen heraus, und zwar: »Der Report der Magd« von Margaret Atwood, »Der König David Bericht«, »Märchen für kluge Kinder«, »Ahasver« und »Schwarzenberg«. Im Rahmen einer Werkausgabe von Stefan Heym, »Die Kinder des Olymp« von Luciano De Crescenzo, »Geschichten aus dem Eskimokrieg« von Imre Wirth, »Lemprieres Wörterbuch« und »Ein Nashorn für den Papst« von Lawrence Norfolk, »Leeres Viertel – Rub'Al-Khali« von Michael Roes, »Das Spukhaus« von Joyce Carol Oates, »Das ganze Ausmaß der Tragödie« von Quim Monzó, »Schönes Deutschland« von Thorsten Becker, »Der Walmann« von Henning Boetius und »Der Traum des Kartenmachers« von James Cowan. In den ersten Monaten des Jahres 1999 erscheinen »Die Kunst der Unordnung« von Luciano De Crescenzo, »Herz der Finsternis« von Joseph Conrad, »Stella« von Patrick McGrath und »Der Berg der verschwundenen Kinder« von Mayra Montero.

BLANVALET ist der Name eines neuen Imprints, der von *GOLDMANN* 1998 gestartet wurde und sich von Inhalt und

Aufmachung her an eine weibliche Zielgruppe wendet. Auch phantastische Titel und Mainstream-Romane mit Genre-Elementen sind hier zu finden, wie »Feuer und Stein« und »Die geliehene Zeit« von Diana Gabaldon (HIGHLAND-Zyklus 1 und 2), »Prinzessin des Lichts« von Joan Wolf, »Die Sternentochter« von Theresa Scott (Abschlußband der Urzeit-Trilogie), »König Arthor« von A. A. Attanasio (2. Roman der Artus-Neufassung) und »Der Winterkönig« von Bernard Cornwell (1. Band der Trilogie). Für das Frühjahr 1999 eingeplant sind »Die Schöne und der Zwerg« von Kay Nolte Smith und »Die Tochter des Hirsch-Clans« von Joan Wolf.

Neu gestartet wurde von *BASTEI-LÜBBE* der neue Taschenbuchimprint *BLT*, in dem ausgewählte Titel in ansprechender Aufmachung aufgelegt werden. Im ersten Halbjahr sind, beginnend mit November 1998, u. a. folgende Veröffentlichungen vorgesehen: »Die Kathedrale der Erinnerung« von Jack Dann, »Die Erben der Sonne« von Christoph Geisselhart und »Die Frau, die in der Erde lebt« von Swain Wolfe.

Im SF-Eigenverlag *THOMAS BREITENBORN* erschien 1997 der SF-Roman »Bio-Stigma«, den der Verleger unter dem Pseudonym Tom P. Stolid herausbrachte.

In schöner Regelmäßigkeit bringt auch der *DEUTSCHE TASCHENBUCH-VERLAG – dtv* – SF, Fantasy, Horror und Phantastik in seinen diversen Reihen heraus. Zu den interessantesten Genre-Titeln in der Belletristik-Reihe DAS LITERARISCHE PROGRAMM gehörten 1998 »Metamorphosen« von Ovid, »Weihnachtserzählungen« von Charles Dickens, »Das Bildnis des Dorian Gray« von Oscar Wilde, »Das Kartengeheimnis« und »Sophies Welt« von Jostein Gaarder, »Die Braut, die von Luft lebte und andere italienische Märchen« von Italo Calvino, »Die Rättin« von Günter Grass, »Die Perle der Liebe« von H. G. Wells, »Der Trojanische Krieg« von Manfred Wöhlcke, »Faszination des Grauens« von Edgar Allan Poe, »Die lange Nacht von Abu Simbel« von Penelope Lively, »Der dünne Pelz des Bären Burlót« von Anton Koolhaas und »Johannisnacht«

von Uwe Timm. Im neuen Unterhaltungsprogramm GALLERIA wurden 1998 u. a. »Von Sünde, Leidenschaft und Laster. Teufelsgeschichten aus tausend Jahren«, hrsg. von Helmut Brall, »Das dunkle Haus am See« von Sarah Smith, »Das Aachen Memorandum« von Andrew Roberts, »Die schrecklichen Königinnen« von Robert Gordian, »Wenn der Fluß voll Whisky wär« von T. C. Boyle, »Weihnacht bei den Trollen«, hrsg. von Klaus Möllmann, »Das Bildnis der Dame in Schwarz« von Xavier Hanotte, »Es kamen drei Damen im Abendrot« von Peter S. Beagle und »Die Nacht der Wünsche« von Salim Alafenisch veröffentlicht, in DTV ZWEISPRACHIG »Classical American Stories/Klassische amerikanische Erzählungen«, hrsg. von Moritz Kirsch. In der Paperback-Reihe PREMIUM sind der SF-Roman »Die Schönheit jener fernen Stadt« von Ronald Wright und der phantastische Roman »Die Nacht des Troubadours« von Ib Michael erschienen, in der Jugendbuchreihe DTV JUNIOR »Wiedersehen mit Vamperl« von Renate Welsh (3. Roman um den kleinen Vampir), »Abschiedskuß für Saurus« von Kirsten Boie, »Der Ring der Gedanken« von Andreas Schlüter, »Im Bann der Dämonen« von William Sleator, »Tristan und Iseult« von Rosemary Sutcliff, »Hüter der Erinnerung« von Lois Lowry (John Newbery Medal), »Wölfe ums Schloss« von Joan Aiken, »Urmel aus dem Eis« von Max Kruse, »Kleiner König Kalle Wirsch« von Tilde Michels, »Madita« von Astrid Lindgren, »Kleiner Pelz« von Irinas Korschunow, »Das große Buch von Frosch und Kröte« von Arnold Lobel, »Zu viele Engel« von Petr Chudozilov, »Der Winterprinz« von Elizabeth E. Wein und »Phoenix Rising« von Karen Hesse. Zur Veröffentlichung im Frühjahr 1999 vorgesehen sind im LITERARISCHEN PROGRAMM »Der Prinz im Garten der Lust« von Robert Irwin und »Die Wand« von Marlen Haushofer, bei GALLERIA »Feuerschrift« von Malcolm Bosse, in der BIBLIOTHEK DER ERSTAUSGABEN »Undine« von Friedrich de la Motte Fouqué und »Peter Schlemihl's wundersame Geschichte« von Adelbert von Chamisso, und bei DTV JUNIOR »Spürnase Bogey mischt sich ein« von Robin Kingsland und »Der Rückwärtstiger und andere Traumgeschichten« von Gerald Jatzek.

Die literarisch anspruchsvollen Titel bringt *HEYNE* künftig im neuen Imprint *DIANA TASCHENBÜCHER*, der im November 1998 gestartet wurde. Im ersten Programm finden sich u. a. »Die Sonate des Einhorns« von Peter S. Beagle, »Die Hüterin der Gewürze« von Chitra Banerjee Divakaruni und »Traumgrenzen« von Margaret Gibson.

DIOGENES veröffentlichte in seiner Taschenbuchreihe *detebe* zuletzt u. a. »Ein Sommer in Davids Haus« von Fanny Morweiser, »Im Kongo« von Urs Widmer, »Zwanzigtausend Meilen unter Meer« und »Die Erfindung des Verderbens« von Jules Verne, »Gullivers Reisen« von Jonathan Swift, »Erste Liebe, letzte Riten« von Ian McEwan und »Rategeschichten für kluge Köpfe« von Henry Slesar. Für das Frühjahr 1999 angekündigt sind »Schlimme Geschichten für schlaue Leser« von Henry Slesar und »Die denkwürdigen Erlebnisse des Arthur Gordon Pym« von Edgar Allan Poe.

Belletristik hat bei den *ECON TASCHENBÜCHERN*, die 1998 in *ECON & LIST* umbenannt wurden, einen hohen Stellenwert, und das trifft seit einiger Zeit in zunehmendem Maße auch auf Titel mit phantastischem oder spekulativem Einschlag zu. Die von Kai Meyer unter Mitwirkung von Reinhard Rohn konzipierte Fantasy-Serie DIE NIBELUNGEN mit vor dem klassischen Epos spielenden Abenteuern der daraus bekannten Figuren wurde leider mit dem neunten Band eingestellt; zuletzt sind »Der Ketzerfürst« von Bernhard Hennen und »Das Zauberband« von Jana Held erschienen. Bei den Sachbüchern wurde »Das Babylon 5 Bordbuch« von Ralph Sander auf unbestimmt verschoben, dafür erschienen »Das Millenium Factbook« und »Das Millenium Factbook II« von N. E. Genge sowie jeweils zum Deutschlandstart »Godzilla – Alles über den König der Monster« von Frank Lovece und »X-Akten – Die fünfte Staffel« von Christian Lukas. Zudem wurden noch die einschlägigen Belletristik-Bände »HEX« und »Schweigenetz« von Kai Meyer, »Die Krone von Camelot« von Gillian Bradshaw (Abschlußband der ARTUS-Trilogie), »Die Gesichter der Mondfrau« von Linda Nevins, »Geheime Zeugen« von Lia

Matera, »Ein federleichter Mord« von Robin Paige, »Die Botschaft des Vampirs« von Tom Holland (3. Band des VAMPIR-Zyklus), »Die letzten Tage von Merida« von Lyn Hamilton, »Das Mysterium von Mayerling« von Ann Dukthas (neuer Roman um den Unsterblichen NICHOLAS SEGALLA), »Nachtland« von Louis Owens, »Das Labyrinth der Stimmen« von Alan Russell, »Centratur – Kampf um Hispoltai« von Horst Neißer, »Rückkehr ins Haus Usher« von Robert Poe, »Der Mann, der es leicht nahm/Gott und die staatlichen Eisenbahnen« von Peter Ustinov, »... und der Herr kehrt zurück« von Joe de Mers, »Im Kreis des Mael Duin« von Helga Glaesener und »Der Kelim der Aphrodite« von Frederik Hetmann publiziert. Im Frühjahr 1999 sollen u. a. »Die Todgeweihten« von Terence Faherty, »Der Schwur der Marie Antoinette« von Ann Dukthas (NICHOLAS SEGALLA), »Die Malteser Göttin« von Lyn Hamilton und »Die Giftmischer« von Margaret Atwood herauskommen.

Auch 1998 sind im Unterhaltungsprogramm der *FISCHER TASCHENBÜCHER* wieder zahlreiche Titel erschienen, die dem phantastischen Genre angehören oder zumindest im Grenzbereich dazu angesiedelt sind, wie die Romane und Erzählbände »Schweinerei« von Marie Darrieussecq, »Der Uhrwerker von Glarus« von Ludwig Harig, »Der Herr der Uhren« von Christophe Bataille, »Die amerikanische Polterhexe« von Brent Monahan, »Die Feuer von Troia« von Marion Zimmer Bradley, »Feuer« von Marguerite Yourcenar, »Total coole Märchen« von Colin Bowles, »Im Zauberreich der Liebesmacht« von Nancy Springer, »Paris im 20. Jahrhundert« von Jules Verne, »Die Seherin der Etrusker« von Mariangela Cerrino, »Frau ohne Schatten« von Hugo von Hofmannsthal, »Der zwölfte Reiter« von Ib Michael und »Die Herrin von Avalon« von Marion Zimmer Bradley sowie Band 9 der von Marion Zimmer Bradley zusammengestellten Anthologienreihe MAGISCHE GESCHICHTEN, »Feuerschwester«. Im November 1998 wird eine BARBARA WOOD-Sonderedition ausgeliefert, in der auch »Die sieben Dämonen« und »Der Fluch der Schriftrollen« neu aufgelegt werden. 1999 folgen »Aura« von Carlos

Fuentes, »Der Fürst spricht« von Jan Peter Bremer, »Das Geheimnis des Alten Waldes« von Dino Buzzati und »Sternenschwester«, hrsg. von Marion Zimmer Bradley (MAGISCHE GESCHICHTEN X). Ziemlich umfangreich war 1998 auch das Angebot an phantastischen Titeln in der Kinder- und Jugendbuchreihe FISCHER SCHATZINSEL: »Gespensterjäger in der Gruselburg« von Cornelia Funke (GESPENSTERJÄGER 3), »Tüs abenteuerliche Reise« von Sigrid Heuck, »Der Moskito-Kanzler« von Martin Kluger, »Verhext und zugenäht« von Bea de Coster, »Das Gruselhandbuch« von Paul van Loon, »Jakob Zweizwei in Gefahr« von Mordecai Richler, »Zottelkralle, das Erdmonster« und »Potilla und der Mützendieb« von Cornelia Funke und »Wiplala zaubert weiter« von Annie M. G. Schmidt 2. WIPLALA-Band). Für Anfang 1999 sind »Der Geist von Onkel Arvie« von Sharon Creech, »Die Jagd nach dem Geisterschatz« von Ivo van Orshoven, »Das Geheimnis von Haphazard House« von Mary Wesley und »Turmhoch und meilenweit« von Tonke Dragt eingeplant.

GULLIVER TASCHENBUCH ist der Reihentitel der Taschenbuchedition des Jugendbuchverlags *BELTZ & GELBERG*. 1998 erschienen hier »Die Abenteuer von Manuel & Didi« und »Der Rabe Alfons« von Erwin Moser, »Fiffi und die Hexe« von Yak Rivais, »Die Abenteuer des kleinen Ritters Robertino« von Manfred Limmroth, »Unemotion« von Leonardo Wild, »Quer durch die Galaxie und dann links« von Robin Klein und »Eule verliebt« von Patricia Kindl, für Anfang 1999 sind »Zwiggel, der Zwerg« von Ali Mitgutsch und »Fiffi heizt der Hexe ein« von Yak Rivais zur Veröffentlichung vorgesehen.

Lindsay Clarke präsentierte im Frühjahr 1998 bei *HERDER* die schönsten keltischen Märchen und Mythen aus Irland und Wales im Taschenbuch »Die Zauberharfe der Druiden«.

In den bibliophilen *INSEL TASCHENBÜCHERN* sind zuletzt die Collection »Herr A. Morph« von Johanna & Günter Braun und »Das Gasthaus am Ende der Welt« von Alice Thomas Ellis herausgekommen.

Sporadisch erscheinen auch phantastische oder spekulative Titel in *KIWI*, der Taschenbuchreihe von *KIEPENHEUER & WITSCH*. 1998 standen »Ungeplante Abgänge« von Herbert Rosendorfer, »Dracula - Der Untote kehrt zurück« von Freda Warrington, »Die letzte Druidin oder Die drei Arten der Liebe« von Sissi Perlinger und »Die Erzählungen« von Gabriel Garcia Marquez auf dem Programm.

Ganz im Zeichen neuer Literatur steht das 1997 aus der Taufe gehobene Label *MANHATTAN BY GOLDMANN*. Auch SF- und phantastische Titel sind hier zu finden, wie zuletzt »Pollen« und »Alice im Automatenland« von Jeff Noon, »Stimmen aus dem Wasserbett« von Robert Olen Butler, »Killer-Parade« von Jay Bonansinga und »La Cucaracha oder Die Stunde der Kakerlaken« von Daniel Evan Weiss. Für Frühjahr 1999 sind »Der Farbenfänger« von Peter Verhelst und »Wie das Leben so spielt« von Laurel Doud eingeplant.

Phantastische Literatur, und hier vor allem Horror und Science Fiction, haben, seit sie 1995 aus der Taufe gehoben wurde, einen hohen Stellenwert bei *OMNIBUS*, der Jugendtaschenbuchreihe des Verlags *C. BERTELSMANN*. Den Schwerpunkt bildet die amerikanische Grusel-Bestsellerserie GOOSEBUMPS von R. L. Stine, die sich hierzulande als GÄNSEHAUT hervorragend etabliert hat und nach wie vor mit einem Titel monatlich vertreten ist. Zuletzt wurden die Bände 21 bis 28 - »Die Wut der unheimlichen Puppe«, »Mein haarigstes Abenteuer«, »Gib acht, die Mumie erwacht«, »Wer die Geistermaske trägt«, »Der Werwolf aus den Fiebersümpfen«, »Die unheimliche Puppe kehrt zurück«, »Es wächst weiter« und »Der Kopf mit den glühenden Augen« -, der Doppelband »Das Phantom in der Aula/Das Geisterpiano« sowie zwei Abenteuerspielbücher herausgebracht. Die Neuausgabe der SF-Serie MARK BRANDIS wurde mit den Doppeldeckern »Unternehmen Delfin/Aufstand der Roboter« (3) und »Vorstoß zum Uranus/Die Vollstrecker« (4) weitergeführt. Ende 1998 wurde die komplette zehnbändige Gruselserie ALLE MEINE MONSTER von Thomas Brezina en bloc auf den Markt gebracht: »Das Geheimnis der grünen

Geisterbahn«, »Gruseln auf dem Stundenplan«, »Ferien im Spukhotel«, »Unternehmen Schwesternschreck«, »Das Skelett im Jet«, »Grüße aus dem Geisterschloß«, »Familie Fürchterlich«, »Spuk in der Schule«, »Geisterschiff ahoi!« und »Der sprechende Fußball«. Zudem erschienen 1998 noch die zum Welttag des Buches herausgegebene Anthologie »Ich schenk dir eine Geschichte« zum Thema Reisen auf Schienen, »Der Prinz von Pumpelonien« von Katharina Kühl, »Vom Wunsch aller Wünsche und andere Geschichten« von Michael Ende, »Die einäugige Katze« von Paula Fox, »Der Auserwählte« von Max Kruse, »Die Insel, die es nie gab« von Frederik Hetmann & Leonardo Wild, der von Angelika Feilhauer herausgegebene »Grusel-Omnibus« und »Richard Rabe« von Edith Schreiber-Wicke. Für Anfang des Jahres 1999 werden die GÄNSEHAUT-Romane »Hühnerzauber« (29), »Wenn das Morgengrauen kommt« (30) und »Ich kann fliegen« (31) und das Abenteuer-Spielbuch »Geheimtreff: Villa Fledermaus« sowie »Das Burggespenst Lülü« von Katharina Kühl und »Die schönsten Sagen der Griechen« von Günter Sachse zur Veröffentlichung vorbereitet.

Der *ONE WAY VERLAG* hat in seinem Jugendbuchprogramm *ONE WAY KIDS* den Zyklus THOMAS VON MAGNUS von Sigmund Brouwer mit dem fünften Band, »Eine Stadt der Träume«, weitergeführt, ein sechster ist bereits eingeplant.

Nachdem die beiden ersten Bände der neuen Reihe *PHOENIX*, die bei *FANTASY PRODUCTIONS* erscheint, als Paperbacks veröffentlicht wurden, kamen die folgenden im Taschenbuchformat heraus. 1997 erschienen »Blutfehde«, »Unheilige Allianz« und »Keines Herren Knecht« von Robert Weinberg, die die zu VAMPIRE: THE MASQUERADE gehörende Trilogie DIE MASKERADE DES ROTEN TODES bilden, im Frühjahr 1998 folgte der in Österreich spielende SHADOWRUN-Roman »Wiener Blei« von Leo Lukas.

PROJEKTION J setzte 1997 die COOPER-Abenteuer-Serie von Frank E. Peretti mit den Bänden 5 und 6, »Der geheimnisvolle Stein« und »Der Todesfluch von Toco-Rey«, fort.

HAFFMANS widmete die Ausgabe 49 seines literarischen Taschenbuchmagazins *DER RABE* dem Schwerpunktthema »Vampir«. Der von Thomas Mohr, Patrick Niemeyer & Robert Vito zusammengestellte Band enthielt u. a. Stories von Jack Sharkey, Harlan Ellison, Steve Rasnic Tem, Howard Waldrop, Boris Vian und Kim Newman.

Auch 1998 waren Science Fiction und Fantasy wieder in den neu ausgestatteten *RAVENSBURGER TASCHENBÜCHERN* vertreten. Zuletzt wurden hier die RTB MYSTERY-Bände »Das Phantom am Fenster« von Emma Fischel, »Zeit des Unheils« von Paul Stewart, »Mindmaster. Das virtuelle Labyrinth« von Clive Gifford und »Briefe aus dem Grab« von Felicity Everett sowie »Es ist doch alles grün« von Gudrun Pausewang, »Die Krone des Drachen« von Uri Orlev, »Das Lied der Delfine« von Federica de Cesco und »Schritte ins Jenseits« von Pete Johnson veröffentlicht.

In der *RECLAM UNIVERSAL-BIBLIOTHEK* erschienen zuletzt das Sachbuch »Der deutsche Artusroman« von Volker Mertens und in der englischen Originalsprache »Don't Look Now« von Daphne du Maurier.

Bei *rororo* – den *ROWOHLT-ROTATIONS-ROMANEN* – wurden 1997/98 folgende Genre-Titel veröffentlicht: »Das Auge in der Pyramide«, »Der goldene Apfel« und »Leviathan« von Robert Shea & Robert Anton Wilson (ILLUMINATUS!-Trilogie), »Sieben phantastische Geschichten« von Tania Blixen, »Zwist unter Zauberern« von Kurt Kusenberg, »Die Entführung des Serails« von Thomas R. P. Mielke, »Der Elefant verschwindet« und »Wie ich eines schönen Morgens im April das 100%ige Mädchen sah« von Haruki Murakami, »Independence Day – Was geschah in Area 51?« von Stephen Molstad, »Akte X: Der Film« von Elizabeth Hand nach dem Drehbuch von Chris Carter, »Traumriß« von Anne D. LeClaire und »Die letzten Tage von Philae« von Christian Jacq. In der Reihe rororo rotfuchs standen die PUMUCKL-Bände »Pumuckl auf Hexenjagd«, »Pumuckl und Puwackl«, »Pumuckl und die

Schatzsucher«, »Pumuckl geht aufs Glatteis«, »Hallo, hier Pumuckl!«, »Pumuckl auf heißer Spur« und »Kapitän Pumuckl hurra!« von Ellis Kaut, »So eine lange Nase« von Lukas Hartmann, »Schwarze Rätsel, dunkle Spuren« von Lynne R. Banks (abschließender 4. Band der INDIANER-Serie), »Das Geisterradio« von Dagmar Scherf, »Grausen, Gruseln, Gänsehaut« von Birgit Radebold & Ursula Kolarz, »Akte X: Der Film« von Elizabeth Hand und »Wie das Nashorn zum Horn und die Schlange zur Klapper kam« von Henky Hentschel & Siegmar Münk auf dem Programm.

Im *SUSANNE ROUTSCHEK EIGENVERLAG – KRÖGERVERTRIEB* (Poznaner Straße 34, D-03048 Cottbus) erschienen im Frühjahr 1998 der Omnibus-Band »Fundsache Venus« mit den früheren Romanen »Souvenir vom Altair« und »Andere« sowie der neue Roman »Das zweite Leben«, die 16. SF-Publikation dieses Autors, der zu DDR-Zeiten zu den meistgelesenen Vertretern seiner Zunft gehörte.

Weitergeführt wurde der neue Jugendbuch-Imprint *SANSIBAR* des Züricher *UNIONSVERLAGS*. Zuletzt veröffentlicht wurden hier u. a. »Auf dem Glücksrad« von Cynthia Voigt (unabhängiger Folgeband von »Jackaroo«), »Der Prinz vom Teich« von Donna Jo Napoli, »Malsehn, ein Maulwurf« von Julia Cunningham und »Wladimirs Buch« von Hannele Huovi.

1998 wurden auch in der *SERIE PIPER* des *PIPER VERLAGS* wieder zahlreiche einschlägige Titel veröffentlicht, wie »Das vierte Protokoll« und »Des Teufels Alternative« von Frederick Forsyth, »Der ehrenwerte Mörder« und »Coq Rouge« von Jan Guillou, »Artus« und »Pendragon« von Stephen Lawhead (PENDRAGON-SAGA 3 & 4), »Michael Köhlmeiers neue Sagen des klassischen Altertums von Amor und Psyche bis Poseidon«, »Artus. Eine Biographie« von Heinz Ohff, »Das Verschwinden der heiligen Barbara« von Jorge Amado, »Telemach« von Michael Köhlmeier, »Sechsundzwanzig und eine«, hrsg. von Giuseppe de Siati, Sabine Tandetzke & Thies Ziemke, »Der Nubier« von Syl Cheney-Coker, »In der Halle des Drachenkönigs« von Stephen Lawhead (DRACHENKÖNIG 1), »Die lange Irrfahrt der Geister« von Gisele Pineau und »Eulenzauber« von Alan Garner. 1999 folgen »Fünfundzwanzig und eine«, hrsg. von Giuseppe de Siati, Sabine Tandetzke & Thies Ziemke, sowie »Mariana« von Susanna Kearsley.

STENDEL brachte im Herbst 1997 vier zuvor schon publizierte Erzählungen als kleinformatige Taschenbücher heraus: »Die Blüte des Lebens« und »Der Liebestrank« von Roland Kübler sowie »Jans Stern« und »Was es ist« von Jürgen Werner.

TABU ist der Reihentitel eines Taschenbuchprogramms für Jugendliche aus dem gleichnamigen Verlag. Als Genre-Titel fand sich hier zuletzt »Tut Tut!« von Jon Scieszka (6. Roman der Zeitreise-Serie DIE DREI ZEITVERDREHER).

In den *ULLSTEIN TASCHENBÜCHERN* erschienen 1998 u. a. »Die Standarte« von Alexander Lernet-Holenia, »Spider« von Patrick McGrath, »Das Gesetz der Liebe« von Laura Esquivel, »Virtuality Club« von Douglas Rushkoff, »Area 51« von Andreas Kasprzak (erster Band einer Mystery-Edition), »Das Cafe der Verrückten« von Felipe Alfau, »Graue Magie« von MYNONA, »Exitus« von Ken McClure, »1984« von George Orwell, »Die Erwählte« von Melvyn Bragg, »Von Blitzen, Tod und Buttercookies« von Gail Anderson-Dargatz, »Das Wissen der Engel« von Jill Paton Walsh, »Der Endzeit-Report« von Rock Brynner, »Das Tier« von David Bowker, »Himmlische Verwirrungen« von Sarah Hart, »Das grüne Gesicht« von Gustav Meyrink und »Expedition ins Grauen« von Charles Wilson. Für Anfang 1999 angekündigt sind »Der Magus« von John Fowles, »Das Philadelphia-Projekt« von Andreas Kasprzak (Band 2 der Mystery-Reihe), »Interview mit einem Vampir« von Anne Rice, »Das Bildnis des Dorian Gray« von Oscar Wilde, »Die Pfingstrose aus Jade« von Wayson Choy und »Neues von Watership Down« von Richard Adams.

Als *UNIONSVERLAG TASCHENBÜCHER – UT* – wurden 1998 »Edward« von Roy Lewis und »Das Zuckerrohr der Königin«

mit erotischen Geschichten, Märchen und Mythen veröffentlicht.

WAGENBACH publizierte in seiner *WaT*-Reihe 1998 u.a. die dem Genre zurechenbaren Titel »Taschenabenteuer« von Luigi Malerba, »Kurze Lebensläufe der Idioten« von Ermanno Cavazzoni und »Der Mensch von innen und andere Katastrophen« von Javier Tomeo.

Neu gestartet wurde bei *ROWOHLT* der neue Imprint *WUNDERLICH TASCHENBÜCHER*. Die ersten Programme präsentierten u.a. »Game Over« und »ESAU« von Philip Kerr, »Der Ägypter« von Christian Jacq sowie »Die Gedanken des Bösen« von Michael Crichton.

4. NEWS AUS DER HEFTROMANSZENE

BASTEI

Schon seit Jahren ist BASTEI der führende Heftverlag im Horror-Genre, und diese dominierende Stellung konnte er auch im vergangenen Jahr ohne Schwierigkeit behaupten. Spitzenreiter dabei war nach wie vor die wöchentliche Serie um den Geisterjäger JOHN SINCLAIR, deren Erstauflage es schon auf über 1050 Bände gebracht hat. Die ebenfalls wöchentlich erscheinende Zweitauflage strebt mittlerweile auch schon auf Band 600 zu. Die vierzehntäglich im Taschenheft publizierte JOHN SINCLAIR SAMMLER-EDITION, in der die alten Abenteuer des von Jason Dark alias Helmut Rellergerd konzipierten und mittlerweile auch allein verfaßten erfolgreichsten deutschen Horror-Heroen in einer aufwendigeren Form von Beginn an neu präsentiert werden, hat es auch schon auf über 50 Ausgaben gebracht und sich auf dem immer härter umkämpften Heftmarkt durchgesetzt.

Nach wie vor in vierzehntäglichem Rhythmus kommt auch die Serie um PROFESSOR ZAMORRA heraus, dessen Erlebnisse mit übersinnlichen Mächten oft starke SF- und Fantasy-Elemente aufweisen. Autor aller Abenteuer ist Werner Kurt

Giesa, der das ehemalige Verlagspseudonym Robert Lamont schon seit Jahren allein verwendet. Von der 1975 gestarteten und damit langlebigsten deutschen Horror-Heftserie sind inzwischen fast 650 Titel erschienen.

Ursprünglich für einen Start 1998 geplant waren zwei Mini-Serien: die parodistische Serie JACK TRASH, die auf neun Hefte konzipiert ist, und die Horror-Serie COOGAN von Damian Fox, von der insgesamt 18 Hefte in zwei Auslieferungsphasen geplant waren. COOGAN ist eine bereits bekannte Figur, über sie wurden 15 Abenteuer bereits im GESPENSTER-KRIMI veröffentlicht. Es war geplant, diese gemeinsam mit einen bislang unveröffentlichten des mittlerweile verstorbenen Autors zusammen mit zwei neuen Romanen aus der Feder eines Hausautors herauszubringen. Das COOGAN-Projekt wurde mittlerweile auf Eis gelegt, die Herausgabe von JACK TRASH ist für Frühjahr 1999 zumindest angedacht.

Der Gruselserie DIE UNHEIMLICHEN ABENTEUER DER JESSICA BANNISTER von Janet Farell, in der eine Journalistin, die über die Gabe des Hellsehens verfügt, mit unheimlichen Geschehnissen konfrontiert wird, war kein allzulanges eigenständiges Leben beschieden. Nach 44 wöchentlichen Abenteuern kehrte sie wieder in die Reihe MITTERNACHTS-ROMAN zurück, wo sie ursprünglich gestartet worden war, und wird dort beginnend mit Heft 671 wieder vierwöchentlich erscheinen. Die Rückkehr von JESSICA BANNISTER hat zur Folge, daß ihre Nachfolgeserie JULIA PRESTON von Rebecca Arquette um eine Frau, die mit den Geistern sprechen kann, mit dem 13. Heft eingestellt wird (MITTERNACHTS-ROMAN 677).

Die von Manfred Weinland konzipierte Serie VAMPIRA um die Halbvampirin Lilith Eden hingegen hat sich auch als Taschenheft durchgesetzt. Hauptautor ist seit der Umstellung auf das neue Format Timothy Stahl; er wird von Weinland unterstützt, der hier als Adrian Doyle publiziert, wobei auch andere Autoren wie Uwe Voehl daran mitschreiben. Landru und Lilith gelingt die Rückkehr aus der Vergangenheit, in die sie nach dem Durchgang durch das Tor bei Rom verschlagen wurden. Dabei geraten sie kurzfristig in den Bereich der

Hölle, wo ihrer beider Gedächtnis gelöscht wird und sie sich nicht mehr an ihre Vergangenheit erinnern können, auch nicht daran, daß sie Erzfeinde sind. Auf der Suche nach ihrer Erinnerung werden die beiden mit weiteren Gefahren und Rätseln konfrontiert. Der »Nexius«, ein Monstrum aus ferner Vergangenheit, erwacht wieder zum Leben, in den Resten der »Dunklen Arche«, die neben der Noahs die Sintflut überstand, regt sich neues, untotes Leben. Landru, der als erster sein Gedächtnis wiedererhält, versucht, Lilith mit einer falschen Vergangenheit an sich zu ketten. Vom Bösen vergiftet, wird sie und auch die Werwölfin Nona zum Spielball von Gabriel, dem Sohn Satans. Erst als sie ein zweites Mal den Zeitkorridor benutzt, um Uruk, die Wiege der Menschheit aufzusuchen, beginnen sich die Fäden zu entwirren. Doch sie hat keine Ahnung, wer der Fremde ist, den sie bewußtlos im magischen Korridor von Uruk findet und den sie mit nach Jerusalem nimmt, eine Stadt, die seit zwei Jahrtausenden von Vampiren frei ist. Und dorthin schickt auch Gabriel, der den Großen Plan verfolgt, seine Soldaten, um die letzte, alles entscheidende Schlacht für das Böse zu gewinnen. Die Handlung wird immer komplexer, je weiter sie voranschreitet, und viele überraschende Wendungen sorgen dafür, daß die Spannung stets erhalten bleibt. Der laufende Zyklus findet mit Band 50 - der über einen erweiterten Umfang und einige Extras verfügt - seinen Abschluß und zugleich Höhepunkt, danach beginnt ein neuer Abschnitt, der einen idealen Einstieg für alle bietet, die die bisherigen Abenteuer von Lilith Eden noch nicht verfolgt haben. Ein Ende dieser vierzehntäglichen Taschenheftserie ist jedenfalls nicht in Sicht.

Frisch gestartet wird im November 1998 die neue Grusel-Serie MARK HELLMANN, die wöchentlich von einem unter dem Verlagspseudonym C. W. Bach publizierenden Autorenteam geschrieben wird. Hellmann ist ein Journalist, der als Gutachter für die Polizei arbeitet. In seinem Besitz befindet sich ein Ring, den er bei sich hatte, als er als Säugling in Weimar aufgefunden wurde. Welche Bewandtnis es mit diesem Ring hat und zu welchen Fähigkeiten er seinem Besitzer verhilft, das zeigt sich in Verlauf der ersten zehn Bände. Dazu gehört unter anderem die Gabe, eine magische Ausstrahlung auch zeitlich zu ihrem Ursprung zurückzuverfolgen, was Hellmann die Möglichkeit eröffnet, die Vergangenheit zu besuchen und dort an Begebenheiten aus Sagen und Legenden teilzunehmen, die nur wegen seines Eingreifens den aus den Überlieferungen her bekannten Verlauf genommen haben.

CORA

Schon seit einigen Jahren publiziert der CORA VERLAG Gruselromane im Taschenheftformat, die sich von der Konzeption her nahezu ausschließlich an eine weibliche Leserschaft richten. In den letzten Jahren wurden in den Reihen MYSTERY, SUPER MYSTERY, GRUSELBOX und MYSTERY THRILLER auch Gruselromane für Jugendliche publiziert, zum Teil von prominenten Autoren des Genres verfaßt. Im letzten Jahr war Bestsellerautor R. L. Stine wieder vertreten, und zwar mit der zu seiner Gruselserie FEAR STREET gehörenden BAD GIRLS-Trilogie, die aus den Einzelbänden »Der Schrei«, »Das Grab« und »Der Dämon« besteht.

VERLAGSUNION PABEL MOEWIG

Was BASTEI beim Horror ist, ist MOEWIG bei der Science Fiction – der eindeutige Marktführer in diesem Romanheftsegment. Die jeweils 14täglich alternierend erscheinenden Paperback-Ausgaben der 3. und 5. Auflage von PERRY RHODAN erfuhren nach der optischen Veränderung des letzten Jahres jetzt auch eine qualitative: der Umschlag wurde von steifem Karton auf dünneres Spezialpapier umgestellt, um den Einstandspreis niedrig zu halten und somit das Weiterbestehen dieser Editionen sicherzustellen, was zumindest mittelfristig mit dieser Modifikation gewährleistet sein sollte. Die 3. Auflage nähert sich Band 1350 und somit dem sogenannten TARKAN-Zyklus, bei der 5. Auflage erscheint demnächst Band 850, »Bardioc« von William Voltz, einer der Höhepunkte des gleichnamigen Zyklus, dem nur wenig später der um die Suche nach dem Sporenschiff des Mächtigen, die

PAN-THAU-RA folgte, der mit dem darauf folgenden und mit diesem eng verknüpften Zyklus DIE KOSMISCHEN BURGEN zu den Höhepunkten der Serie überhaupt gehört. Bei der 1. Auflage wurde beim 200 Bände umfassenden und bis Band 1999 laufenden THOREGON-Zyklus Anfang 1998 die Halbzeit eingeläutet und mit Band 1900 der neue Sub-Zyklus DER SECHSTE BOTE gestartet. Bevor es jedoch soweit war, tat sich einiges im seit Band 1876 laufenden Subzyklus DIE HELIOTISCHEN BOLLWERKE: Das SOL-System wird von den Dscherro bedroht, die mit gnadenloser Grausamkeit Terrania verwüstet haben, und Perry Rhodan selbst gelangt nach der Befriedung Plantagoos zunächst in das System der Nonggo, wo der unsterbliche Terraner auf das dorthin versetzte Faktorelement von Kalkutta Nord und auch eine der Plagen stößt, die der mysteriöse Shabazza im Auftrag seines unbekannten Meisters gegen die Koalition Thoregon aktiviert hat und die sich als alter Bekannter entpuppt. Von dort aus bricht Rhodan zur Galaxis Shaogen Himmelreich auf, der Heimat der Baolin-Nda, der Schöpfer der Bollwerke. Während es den Verantwortlichen der Liga Freier Terraner dank des Einsatzes der Siganesen gelingt, die Gefahr der Dscherro zu bannen, lernen Rhodan und seine Mitstreiter die Geschichte dieser fremden Milchstraße kennen und lösen das Geheimnis, das die Baolin-Nda umgibt. Ein Heliote erscheint schließlich, der nicht nur die kosmischen Zusammenhänge erläutert, sondern auch Perry Rhodan darüber informiert, daß er zum Sechsten Boten von Thoregon ernannt wurde und er sich auf die Suche nach dem für ihn bestimmten Raumschiff begeben muß. Dieses Raumschiff ist kein anderes als die SOL, das legendäre Generationsschiff. Rhodan erhält die Koordinaten, an denen sich in der Galaxis Whirlpool sein altes Flaggschiff befinden soll. Doch während Rhodan und seine Gefährten in einer weit entfernten Galaxis Salmenghast Schiffbruch erleiden und dort in den Bann eines Kesselbebens geraten, tauchen Gucky und Icho Tolot, die während der Tolkander-Invasion in der Kleingalaxis Fornax verschwunden waren, in einem ihnen unbekannten Bereich des Universums auf, ohne Erinnerung an die verstrichene Zeit, aber im Wissen, eine wichtige Aufgabe erfüllen zu müssen: Jii'Nevever, die Herrin der Träume, zu finden. Und tatsächlich gelingt ihnen dieses Kunststück, und nicht nur das: Auf dem Planeten Curayo, einer Welt mit unterschiedlichen Zeitfeldern, treffen sie nicht nur auf die Träumerin, sondern auch auf zwei viele Jahre lang verschollene Aktivatorträger, nämlich Julian Tifflor und Roi Danton alias Michael Rhodan, denen bereits vor ihnen diese Aufgabe übertragen wurde. Michael Rhodan hat in der Zwischenzeit offenbar eine Persönlichkeitsverwandlung durchgemacht, er ist nicht mehr der alte und stellt sich gegen seine früheren Freunde, als Jii'Nevever erwacht und die Aktivatorträger in ihren Bann schlägt. Doch auch in anderen Bereichen des Universums müssen Terraner sich unbekannten Gefahren stellen: Die Bewohner des Stadtteils Terrania Süd, die nach der Explosion des Heliotischen Bollwerks im Sol-System als Faktorelement mit den Dscherro ausgetauscht und in eine fremde Galaxis versetzt wurden, müssen die Probleme, die mit ihren neuen Nachbarn entstehen, meistern. Sie gründen die eigenständige Nation Alashan und schaffen es, der Bedrohung durch die Dscherro mit einem Bluff zu entgehen. Auch, als Alaska Saedelaere von einem Virtuellen Schiff abgeholt wird und mit unbekanntem Ziel aus der laufenden Handlung entschwindet, sieht es ganz so aus, als wäre das Überleben der Terraner gesichert. Perry Rhodan hat mittlerweile eine Spur zur SOL gefunden. Diese führt ihn schließlich zur Nation Alashan in der mittlerweile DaGlausch benannten Whirlpool-Galaxis. Diese wird für Rhodan ein eminent wichtiger Stützpunkt bei seiner Suche nach der verschwundenen SOL. Und während Rhodan auf seiner Suche dem Ziel buchstäblich Schritt für Schritt näherkommt, dabei auf Shabazza in einer seiner Masken stößt und vom Jäger zum Gejagten wird, das Kristallimperium in der heimatlichen Milchstraße mit Hilfe des Projekts Mirkandol versucht, eine Vormachtstellung zu erringen, was nur durch den Einsatz des wieder genesenen »Smilers« Ronald Tekener vereitelt wird, und der Friede nur durch die Mission eines Wasservolkes gewahrt wird, Michael Rhodan sich als bedingungsloser Vasall von Jii'Nevever gegen seine Freunde wendet, stoßen Agenten des Terranischen Liga-

Dienstes, die im Auftrag von Ashalan in den Einsatz gehen, auf unheimliche Fremde. So strebt die laufende Handlung gleich mehreren Höhepunkten zu, die voraussichtlich bei Band 1900 kulminieren werden: Ashalan muß sich gegen die Fremden behaupten, Rhodan muß die SOL finden, um endlich als Sechster Bote aktiv werden zu können, die Lage in der Milchstraße muß sich stabilisieren, die Gefahr durch Jii'Nevever, die sich weigert, dem Meister Shabazzas zu Diensten zu sein, muß gebannt werden, und es muß schließlich geklärt werden, wer Shabbazza eigentlich ist, wer sein Auftraggeber ist und warum dieser so verbissen darauf aus ist, Thoregon zu zerschlagen. Während die Antworten auf die letzteren Fragen sicher noch auf sich warten lassen werden – schließlich läuft THOREGON noch bis Band 1999, wobei bekannt wurde, daß diese Thematik auch nach Band 2000 noch eine Rolle spielen wird – sollte zumindest die SOL bis spätestens Band 1950 gefunden worden sein. Aber noch weitere Fragen sind bislang unbeantwortet: Warum hat ES sich zurückgezogen und seine bisherigen Schützlinge »freigegeben«? Und was hat es mit den anderen Bedrohungen auf sich, die Shabazza im Auftrag seines Meisters gegen Thoregon aktiviert? Man kann zwar bemängeln, daß der große kosmische Rahmen Voltzscher Prägung in der letzten Zeit sträflich vernachlässigt wurde, es ist aber unbestreitbar, daß Action und Abenteuer wieder stärker in den Vordergrund getreten sind, ohne den großen Handlungshintergrund dabei aus dem Auge zu verlieren, und daß es wieder Spaß macht, über den weiteren Handlungsverlauf, der nicht mehr so klar durchschaubar ist wie zu früheren Zeiten, zu spekulieren.

Von Oktober bis Dezember 1998 erscheint zusätzlich eine zwölfbändige ATLAN-Miniserie, in der der ehemalige »Admiral der Sterne« – so der Titel des Pilotromans von Robert Feldhoff – neue Abenteuer erlebt. Der TRAVERSAN-Zyklus spielt in der PR-Gegenwart, genau gesagt zwischen den PERRY RHODAN-Heften 1947 und 1950. An ihm schreiben PR-Stammautoren ebenso mit wie ATLAN-Spezialisten wie Hans Kneifel und neue Autoren, die hier eine erste Chance erhalten, Serienerfahrung zu sammeln.

POLLISCHANSKY

Leider nur schleppend wurde die phantastische Serie BOB BARRING von Rolf Shark im VERLAG POLLISCHANSKY (Postfach 247, Dreyhausenstraße 16, A-1142 Wien) im vergangenen Jahr weitergeführt. Nachdem noch 1997 Band 65, »Das Rätsel von Winston Castle«, erschienen war, folgten erst im August 1998 die Hefte 66 und 67, »Der Mord im Weiher« und »Ismelda Winstons Geist« (67), und im Oktober sollen »Die Macht der Unterwelt« (68) und »Das Geheimnis des Papyrus« (69) veröffentlicht werden. Schon eingeplant ist auch »Razzia in Soho« als Heft 70.

ALFRED WALLON

Weitergeführt wurde die im Frühjahr 1995 im VAW VERLAG ALFRED WALLON gestartete Fantasy-Heftserie THORIN – DER NORDLANDWOLF mit den Bänden 9 bis 11 – »Welt am Abgrund«, »Der Schatz von Samorkand« und »In der Nebelzone« –, Band 12 kommt im Herbst 1998 unter dem Titel »Die Schrecken der Stahlburg« heraus. Bei Band 10 handelte es sich um einen Nachdruck des ursprünglich bei BASTEI in der Heftreihe FANTASY veröffentlichten zweiten THORIN-Abenteuers. Bei den neuen Romanen war Marten Munsonius als Co-Autor vertreten, ab Band 11 ist er auch an der Konzeption der Serie beteiligt, was seinen Niederschlag auch in einem veränderten Titellogo fand. Einzelpreis DM 6,80 zuzüglich Porto. Bezug: VAW VERLAG ALFRED WALLON, Heidestraße 8, D-35085 Ebsdorfergrund.

VERSCHIEDENES

Als Heft publizierte der DANA VERLAG die märchenhafte Geschichte »Der blaue Schmetterling« von Wolfgang Sewald.

Auf Nachdrucke klassischer Heftserien und bisweilen auch deren Weiterführung hat sich der HOBBY-NOSTALGIE-CLUB KARL GANZBILLER, Föhrengasse 5, A-3434 Wilfersdorf spezialisiert. Neben reinen Abenteuer-Serien wie JÖRN FAR-

ROW, ROLF TORRING, TOM SHARK, EL COYOTE, KLAUS STÖRTEBECKER, BILLY JENKINS, ALASKA JIM oder NORBERT FALK finden sich auch Serien phantastischer Provenienz im Angebot, alle in kleiner Sammlerauflage. Von Lok Mylers Klassiker SUN KOH, DER ERBE VON ATLANTIS sind die Hefte 41 bis 150 lieferbar (die Hefte 1–40 erscheinen noch 1998), von JAN MAYEN, HERR DER ATOMKRAFT die ersten 20 Bände. Komplett vor liegen die Robert-Kraft-Romane IM PANZERAUTOMOBIL UM DIE ERDE (14 Hefte), DER HERR DER LÜFTE (9 Hefte), NOVACASAS ABENTEUER (13 Hefte) und DIE WILDSCHÜTZEN VOM KILIMANDSCHARO (9 Hefte), dazu gibt es das autobiografische Heft »Robert Kraft. Eine kurze Lebensbeschreibung, von ihm selbst verfaßt«. Ebenfalls komplett nachgedruckt wurden die zumindest teilweise phantastischen Nachkriegsserien KAPITÄN GRANTS WELTABENTEUER von Hein Patrik (7 Hefte), ROLF MURAT, DER WELTREPORTER von Rolf Murat (7 Hefte) und HARRY WEST von Rene Enders (4 Hefte). Gestartet wurden auch JOHN KLINGS ERINNERUNGEN mit den ersten acht Abenteuern.

Die vorbildlich aufgemachte Reprint-Edition von JIM STRONG, neben FRANK KENNEY wohl die herausragende Krimiserie nach Ende des Zweiten Weltkriegs, wurde weitergeführt. Der schweizer ARTUS-VERLAG (Birmensdorferstraße 225, CH-8003 Zürich) publizierte zuletzt die JIM STRONG ABENTEUER Hefte 11 bis 20. Pro Quartal sollen jeweils fünf neue Bände nachgedruckt werden. Einzelpreis: DM 20,–.

In den vom FÖRDERKREIS DER SCHRIFTSTELLER IN SACHSEN-ANHALT herausgegebenen HALLESCHEN AUTORENHEFTEN wurde 1997 in der Ausgabe 5 der SF-Autor Rolf Krohn vorgestellt. »Die andere Seite der Wahrheit« präsentierte vier Geschichten, zum Teil bislang unveröffentlicht, ein Vorwort und eine Bibliografie von Krohn, der zu DDR-Zeiten einer der beliebtesten SF-Autoren des Landes war.

Den Herausgeber gewechselt hat mittlerweile die REN DHARK-Fanserie mit der Nummer 108: Anstelle des REN

DHARK CLUB fungiert jetzt Heinz Mohlberg (Hermeskeiler Straße 9, D-50935 Köln) als Herausgeber dieses ambitionierten Projekts, mit dem Kurt Brands legendäre Serie weitergeführt wird – anders als die beim BERNT VERLAG erscheinende Buchedition. Mit Band 108, »Sterben auf Terra« von Hans-Georg Hoffmann, wurde auch das Layout merklich verbessert, die bisher erschienenen Ausgaben 99 bis 107 werden in bearbeiteter Form in dieser neuen Aufmachung nochmals aufgelegt, wobei beginnend mit Juli 1998 alle zwei Monate zwei Neuauflagen erscheinen sollen. In der Folge ist geplant, künftig vier neue Ausgaben im Jahr herauszubringen. Einzelpreis DM 10,– bzw. DM 24,– für drei Ausgaben. Band 109 wird »Cyborgjagd« betitelt sein.

Nach allzulanger Wartezeit ist im Frühjahr 1998 Band 17 der jetzt über den Space Shop der PERRY RHODAN FANZENTRALE (Achim Havemann, Harlinger Straße 119, D-29456 Hitzacker) vertriebenen ATLAN-FANZINE-SERIE, »Die Schattenkarawane« von Rüdiger Schäfer, erschienen. Der bis Band 20 laufende Zyklus DIE MACHT DES GOOHR soll jetzt zügig weitergeführt und noch 1998 abgeschlossen werden. Die nächsten Bände sind »Die Letzte Legende« von Rüdiger Schäfer & Jürgen Zimmermann, nachdem Thomas Bund kurzfristig ausgestiegen ist (18), »Sternenfresser« von Michael H. Buchholz (19) und »Finale in Vennersoon« von Rüdiger Schäfer (20). Einzelpreis DM 4,– exkl. Porto. Ebenfalls über die PRFZ vertrieben wird ab Frühjahr 1999 das gemeinsam mit der PR-Redaktion bestrittene Projekt der PERRY RHODAN-FANEDITION, das der Nachwuchsförderung dienen soll und in der angehende Jungautoren sich ihre ersten Sporen verdienen können. Geplant ist alle zwei Monate ein Band in Heftromanlänge, wobei die Gestaltung an die PR-Serie angelehnt sein und die PR-Redaktion offiziell als Herausgeber fungieren wird, wo die Exposés auch eingereicht werden. Für die Veröffentlichung eines angenommenen Manuskripts wird ein Anerkennungshonorar von DM 200,– bezahlt.

Ebenfalls lange mußte man auf die Weiterführung der ORION-Serie warten, die von Ralf Kramer (Marler Straße 14, D-46282 Dorsten) schon vor einiger Zeit angekündigt war, bis zur Abklärung aller rechtlichen Fragen aber immer wieder verschoben werden mußte. Nun sind die ersten beiden Romane, »Das Ende einer Irrfahrt« von Harvey Patton & Alex Horn (146) und »Die Rückkehr der Toten« von Harvey Patton (147), auf Diskette erschienen, die weiteren Bände bis 150 folgen in zweimonatlichem Rhythmus, danach geht es sporadisch weiter. Einzelpreis DM 5,–.

In der PERRY RHODAN-Fanroman-Serie DIE GRAUE ALLIANZ von Wendelin Abt (Ebinger Straße 31, D-72419 Neufra) sind zuletzt die Bände 4 und 5 herausgekommen, »Kämpfe auf Camelot« und »Pher'Gul«, die nächsten sollen in viermonatlichem Abstand folgen. Einzelpreis DM 6,– inkl. Versand.

Eine weitere PERRY RHODAN-Fanserie ist RÄTSEL DER GALAXIEN, die es schon auf 9 Hefte gebracht hat. Sie erscheint im SFC BLACK HOLE GALAXY (Sandra Schäfer, Wümmeweg 10b, D-21147 Hamburg) und wird von einem Autorenteam verfaßt. Alle 2-3 Monate wird ein neuer Band publiziert, der DM 3,50 inkl. Porto (Inland) kostet.

In EXTRAVENÖS, dem internen Clubmagazin des ATLAN CLUB DEUTSCHLAND (Kurt S. Denkena, Postfach 760 318, D-28733 Bremen), kam als Nummer 13 der im PERRY RHODAN-Kosmos spielende Roman »Strangeness« des Wiener Fan-Autors Christin Succo heraus. Eine Fortsetzung ist unter dem Titel »Schatten der Vergangenheit« geplant. Verkaufspreis: DM 2,80 plus ortsüblicher Zustellgebühr.

Nicht nur Sekundärwerke zur größten Weltraumserie bringt der SFC UNIVERSUM (c/o Frank Zeiger, Hauptstraße 46 a, D-66909 Herschweiler-Pettersheim), sondern auch Kurzgeschichten aus dem und zum PERRY RHODAN-Universum. KLEINE KOSTBARKEITEN 9, das Stories von Hans-Jürgen Lustig präsentieren wird, befindet sich noch in Vorbereitung, erschienen ist aber schon KLEINE KOSTBARKEITEN 10, die 4. Story- und Grafikcollection, die Werner Höbart zusammenstellte, mit Stories von Dörthe Heilmann, Irene Salzmann und Werner Höbarth, sowie einem Interview mit dem Künstler Ralph Voltz. Preis DM 9,– zuzüglich Porto. Kostenlos, nur das Porto mußte beglichen werden – gab es als Gemeinschaftsproduktion von Light-Edition, SFC Universum, ACD, PROC und der PRP das zweibändige Magazin ATLANTIX mit Vierfarbcovers, Stories von den Profis Arndt Ellmer, Susan Schwartz und Marianne Sydow, Fan-Stories von Werner M. Höbart, Irene Salzmann, Michaela Hein, Daniela Rost und Thomas Rabenstein, ein Zeichnerporträt von Josef »Jupp« Dienst mit Worten von ihm in eigener Sache und einen Artikel von Rüdiger Schäfer.

Jörg Kleudgen, der sich um die Förderung von Horror aus deutschen Landen Meriten erworben hat, hat sich dazu entschlossen, in seinem Kleinverlag GOBLIN PRESS keine Hefte mehr zu publizieren, sondern künftig nur noch Paperbacks herauszubringen.

Weitergeführt hat Boris Koch (Augsburger Straße 14, D-86853 Langerringen) seine in Heftformat und Kleinauflage publizierte Horror-Edition MEDUSENBLUT mit den Ausgaben 3 bis 5: die Collection »Poteida« von Boris Koch, die Erzählung »Second Hand Nightmare« von Malte S. Sembten und der Novellenband »Friedhofsgeflüster« von Bernd Frenz. Band 3 kostet DM 5,–, die Folgebände, die ein Vierfarbcover aufweisen, sind für DM 7,50 zu haben.

5. BERICHTE VON DER MAGAZINFRONT

Erfolgreich verlaufen ist zunächst im Herbst 1997 die Umstellung des traditionsreichen SCIENCE FICTION MEDIA von einem – zuletzt sehr unregelmäßig publizierten – monatlichen Newsmagazin mit wenigen Seiten Umfang auf ein vierteljährliches literarisches Magazin mit Stories, News, Interviews und einem umfangreichen Rezensionsblock mit 68 und mehr Seiten Umfang nebst einem Vierfarbcover. Die ersten Ausgaben des neuen SFM sind ziemlich pünktlich erschienen und enthielten Stories von Isaac Asimov, Richard Paul Russo, Andreas Eschbach, Ursula K. Le Guin, Kevin J. Anderson, Jerry Oltion, Jörg Kastner, Joachim Körber und Philip K. Dick, zumeist in deutscher Erstveröffentlichung, wobei daran gedacht ist, künftig verstärkt deutschsprachige Autoren zu forcieren, sowie Interviews mit dem neuen deutschen Shooting Star Andreas Eschbach, Star Wars-Autor Kevin J. Anderson und Autor und Übersetzer Joachim Körber. Doch nach Heft 134 kam es wieder zu mehrmonatigen Verzögerungen, die hoffentlich kein böses Omen für die Zukunft sind. Das »Magazin für Science Fiction, Fantasy & Horror in ihren multimedialen Erscheinungsformen« wird im VERLAG THOMAS TILSNER, Postfach 1829, D-83637 Bad Tölz, publiziert. Ein Abo über 4 Ausgaben kostet DM 30,– inklusive Versandkosten.

Gemeinsam mit dem PERRY RHODAN-Jubiläumsband 1900 erschien die neue Ausgabe 1/98 des legendären PERRY RHODAN MAGAZIN aus dem Hause VPM. Diese neueste Inkarnation beschäftigte sich schlaglichtartig mit der größten deutschen Weltraumserie in all ihren multimedialen Erscheinungsformen und artverwandten Bereichen wie z. B. BABYLON 5. Bei Erfolg ist ein Neustart des PRM nicht ausgeschlossen.

Im Oktober 1998 kommt die erste Ausgabe des neuen REN DHARK MAGAZIN im BERNT VERLAG heraus. Die Pilotnummer enthält u. a. die RD-Story »Im Ring der Mysterious«, ein Interview mit Hubert Haensel, Artikel über die REN DHARK-Buchausgabe und die Ära Voltz bei PERRY RHODAN und Rißzeichnungen. Vorerst in eine halbjährliche Erscheinungsweise geplant.

Bereits im 9. Jahrgang erscheint das traditionsreiche deutsche SF-Magazin ALIEN CONTACT, von dem mittlerweile schon 31 Ausgaben vorliegen. Die im letzten Jahr publizierten Hefte präsentierten neue Kurzgeschichten und Erzählungen von deutschen und ausländischen Autoren wie Helga Hochmann, Mario Ulbrich, Frank Bartling, Jens Schumacher, Alan Casey, Agop Melkonjan, Gerd Frey & Volker Eschenbach, Gabi Neumayer, Gideon Haberkorn, Martin Kaletsch, Rolf Krohn (ein phantastischer Fall für SHERLOCK HOLMES), Falko Löffler, Dennis Merbach und Andreas Gruber, Artikel und Essays von Hardy Kettlitz (»Science Fiction History« und »Klaus Schulzes Jubiläum«), Hans-Jörg Vogel (»Rätselhafte Phänomene in der DDR-SF«), Erik Zimmermann (NASA-News), Gerd Frey (»STAR TREKs interaktive Abenteuer« und andere aktuelle Games), Martin Höllmann (»Das Phänomen Isaac Asimov«), Karlheinz Steinmüller (»Wort-Visionen. SF am Fin de Siècle«) und Andreas Hirn (Jonathan Carroll und seine Romane), ein Gespräch mit Frank Festa, dem Herausgeber der EDITION METZENGERSTEIN, sowie News und Rezensionen, das alles ansprechend und reich illustriert und gefällig verpackt. Bezug: Edition AVALON, Graudenzer Straße 1a, D-10243 Berlin.

Tote leben länger: Für den Herbst 1998 ist mit Ausgabe 5 der Neustart des – nach Ausgabe 4 eingestellten – Magazins DAEDALOS, des »vhk Reader für Phantastik«, unter der bewährten Herausgeberschaft von Michael Siefener im VERLAG HUBERT KATZMARZ, Wilhelmstraße 3, D-53111 Bonn geplant. Weitere Ausgaben sollen in unregelmäßigen Abständen folgen.

Satire und ansprechende Stories von Fans und Profis – das sind die Schwerpunkte des Magazins TERRAsse, das vom gleichnamigen Dresdener URANIA SF Club unter der Redaktion von Carsten Hohlfeld, Bernd Hutschenreuther und Holger Kunadt herausgebracht wird. In der zuletzt publizierten Ausgabe 16 finden sich Stories von Jens Matthes, Beate Balzer, Sabine Wedemeyer-Schwiersch und Holger Kunadt. Kontakt: Carsten Hohlfeld, Herbststraße 20, D-01139 Dresden.

Sehr sporadisch veröffentlicht Peter Fleissner (Eichenallee 9, D-63457 Hanau) sein literarisches Magazin BONSAI. Die Ausgabe 8 präsentierte Interviews mit Terry Brooks, John Brunner und Paul McAuley, Artikel von Dr. Monika Niehaus-Osterloh (Pflanzengifte in Magie, Medizin und Mord), Jürgen G. Marzi (Die European Science Fiction Society), Hermann Ritter (über kontrafaktische Geschichte) und Horst Pukallus (»Kassandra im Abseits?«) sowie Impressionen von INTERSECTION, dem 53. Worldcon in Glasgow von Ulrich Bettermann, Peter Fleissner, Arno Behrend und Wilf James. BONSAI 9 war vor allem der verstorbenen Rosemarie Hundertmarck gewidmet und präsentierte vier Artikel bzw. Vorträge und eine Bibliografie ihrer Artikel, Essays, Vorträge und Übersetzungen. Die zuletzt erschienene Jubiläumsnummer 10 war den 9. SF-Tagen NRW in Dortmund gewidmet und brachte neben bisweilen sehr persönlichen Conberichten von Ulrich Bettermann & Florian Breitsameter, Maria W. Peter, Manfred Müller jr., Günther Derra und Bernd Gentzen Artikel von Klaus Geus (»Science Fiction unter dem Hakenkreuz. Einige Aspekte der nationalsozialistischen Ideologie im deutschen Zukunftsroman«), Udo Klotz (»16 Jahre Kurd Laßwitz-Preis«) und Dieter Braeg (»Arbeit in der Science Fiction«), ein Interview mit Beluga Post und eine Story von Ian McDonald.

Auf über 100 Ausgaben hat es mittlerweile SOLAR-X, das pünktlich Monat für Monat erscheinende Fanzine des ANDROMEDA SF-CLUB HALLE (c/o Wilko Müller jr., Volhardstraße 20, D-06112 Halle), gebracht. Regelmäßig werden hier Stories deutscher und ausländischer Autoren als Erst- und Originalveröffentlichungen präsentiert, zuletzt von Frank Roger, eluki bes shahar, Peter Schünemann, Hans Dietmar Sievers, Eddie Angerhuber, Nancy Etchemendy, Andreas Gruber, Rebecca Conrad, Silke Rosenbüchler, Angelika Herzog, Nicola Griffith, Wilko Müller jr. und Paul Kaufmann. Daneben finden sich Artikel und Essays (u. a. von Manfred Orlowski, Ralf Anders, Andreas Hirn, Peter Schünemann, Torsten Altmann, Thomas Hofmann und Wilko Müller jr.), Interviews mit Eddie Angerhuber, Rosemary Edgehill und Wilko Müller jr. sowie ausführliche und kritische Rezensionen.

Mit prähistorischen Motiven in den Medien setzt sich das Magazin PREHISTORIC NEWS, herausgegeben von Dr. Bernhard Kempen, durchaus kritisch auseinander. Diese interessante Zeitschrift existiert schon seit dem Jahre 1990 und hat es mittlerweile auf 15 Ausgaben gebracht. Sie enthielten als Highlights u. a. den Roman »Helgvor vom Blauen Fluß« von J.-H. Rosny Aine in Fortsetzungen sowie bislang auf deutsch noch unveröffentlichte Kurzgeschichten des Autors sowie neue Stories von Alfred Bekker, Bernhard Kempen und Monika Niehaus-Osterloh, Artikel zum Thema sowie Besprechungen interessanter Neuveröffentlichungen in allen Medien. An prominenten Autoren wurden Jean M. Auel, J.-H. Rosny Aine, Jim Crace, Cecilia Holland, Elizabeth M. Thomas und William Sarabande alias Joan Cline näher vorgestellt. Heft 4 enthielt eine Bibliographie prähistorischer Romane und Erzählungen. Die vorliegende neueste Ausgabe 15 hatte Arthur Conan Doyle und seinen erfolgreichen PROFESSOR CHALLENGER-Roman »The Lost World« als zentrales Thema. Bezug: Hoppe + Henke, Bundesallee 74, D-12161 Berlin. Einzelheft DM 5,- plus Porto, Abo 3 Ausgaben DM 16,50, Abo 6 Ausgaben DM 30,-, beide inkl. Porto. Es sind noch alle Nummern lieferbar.

Nach wie vor in Vorbereitung befindet sich die 3. Ausgabe des EDITION PHANTASIA ALMANACH, die dem Autor James Graham Ballard gewidmet sein wird, mit bislang auf Deutsch unveröffentlichten Geschichten und Essays, infolge rechtlicher Probleme. Sie wird wieder allen Abonnenten der EDITION PHANTASIA (Wünschelstraße 18, D-76756 Bellheim) kostenlos zugesandt.

Nachdem die schon lange angekündigte Nummer 8 des Magazins NAUTILUS - ABENTEUER UND PHANTASTIK auch im letzten Jahr nicht erschienen ist, soll dieses Periodikum von der KARTEFAKT-Redaktion (Abenteuer Medien Verlag, Rostocker Straße 8, D-20999 Hamburg) jetzt Ende 1998 mit einem neuen Chefredakteur weitergeführt werden.

Sehr pünktlich sind auch im letzten Jahr wieder die sechs geplanten Ausgaben der WUNDERWELTEN, dem »Magazin für Abenteuerspiele & Phantastik«, herausgegeben von Hans Joachim Alpers, Werner Fuchs und Ulrich Kiesow (†) und mit Michael Immig als Chefredakteur, im Verlag FANTASY PRODUCTIONS (Ludenbergerstraße 14, Postfach 1416, D-40674 Erkrath) herausgekommen. Bislang liegen 44 Ausgaben vor, das Schwergewicht lag dabei wieder beim Spiel, was seinen Niederschlag in neuen Kampagnen und Abenteuern zu EARTHDAWN, DAS SCHWARZE AUGE, BATTLETECH, SHADOWRUN, CHRONOPIA, JARANDELL, VAMPIRE und STAR TREK sowie Artikeln zu diesen und anderen Spielen fand. Es gab aber auch Beiträge über Elfen & Trolle, den LONESTARCON 2 (SF-Worldcon 1997), »Geheime Gesellschaften, Verbindungen & Orden«, das Fantasy-Filmfest 1997, »10 Jahre FANPRO« und den Weltenbauer und Mythenschöpfer J. R. R. Tolkien, Interviews mit dem Künstler Brom, Thomas Römer von DSA und Spieleentwickler Andrew Bates von WHITE WOLF, eine Story von Alfred Nystrom und ein Auszug aus dem SHADOWRUN-Roman »Wiener Blei« von Leo Lukas. Fester Bestandteil jedes Heftes war auch ein umfangreicher Rezensionsblock, in dem neue Spiele und Bücher kritisch beleuchtet wurden. Abo über 6 Ausgaben: Inland DM 58,–, Ausland DM 82,– inklusive Porto und Verpackung.

Infolge Arbeitsüberlastung fand PR-Chefredakteur Klaus N. Frick im vergangenen Jahr nicht die Zeit für eine weitere Ausgabe seines phantastischen Fanzines SAGITTARIUS, doch soll die Ausgabe 30 noch 1998 erscheinen. Bezug: Klaus N. Frick, Leopoldstraße 29, D-76133 Karlsruhe.

In den letzten Jahren leider nicht mehr so oft erschienen, wie es eigentlich zu wünschen wäre, ist FANTASTISCHES FORUM, das sekundärliterarische Magazin des AKTIONSKREIS FANTASTIK (c/o Thomas Vohl, Alte Schanze 69, D-47057 Duisburg). Als Ausgabe 17 wurde im Januar 1998 Erik Simons unillustrierter Index zu »Franz Rottensteiners Quarber Merkur Nr. 1 bis 84« herausgebracht, die neben diesem noch Artikel von Rolf Gindorf und Doris Dreßler sowie ein Interview mit Franz Rottensteiner enthielt. Diese Ausgabe, in der Aufmachung ganz in der Tradition des QM gehalten, ist zum Einzelpreis von DM 5,– plus Porto bei obiger Anschrift erhältlich.

Auch die sekundärliterarische Reihe SF PERSONALITY (Hardy Kettlitz, Ilsenhof 12, D-12053 Berlin) wurde zuletzt leider nur sporadisch weitergeführt. Erschienen ist als Heft 9 »Edgar Pangborn« von Hardy Kettlitz, in Vorbereitung befinden sich umfangreiche Ausgaben über Jack Vance und Michael Moorcock. Die ursprünglich als Heft 10 geplante Ausgabe »Mit dem Zeppelin zum Mars« mit Texten aus dem Nachlaß von Claus Ritter erscheint nicht, da diese in leicht bearbeiteter Fassung schon zu DDR-Zeiten publiziert wurden.

In seinem neugegründeten HEXENSCHUSSVERLAG publizierte Thomas Martner (Am Geishof 15, D-84323 Massing) 1997 die ersten beiden Sekundärbände seines Kleinverlags: Im ersten, »Wächter der Galaxis/Weltraumwächter«, förderte er Details zu einer geplanten, aber nie auf dem Markt erschienenen SF-Heftserie der siebziger Jahre zu Tage, wobei er Werner Kurt Giesa, Wilfried Hary, Konrad Schaef und Bodo Baumann zu diesem Thema befragte, und im zweiten, »Dharks Zeit«, machte er sich die Mühe, die ersten 49 Hefte von Kurt Brands SF-Serie zeitlich exakt zuzuordnen, und publizierte zusätzlich die Exposés von drei Bänden.

Auf unglaubliche 175 Ausgaben hat es das SCIENCE FICTION OCULAR, die Vereinszeitschrift des SCIENCE FICTION CLUB NORDRHEIN-WESTFALEN e.V., mittlerweile gebracht, ein regelmäßig Monat für Monat erscheinendes Magazin, das sich kritisch mit SF in allen ihren multimedialen Erscheinungsformen auseinandersetzt. Zuletzt beschäftigte sich SCIENCE FICTION OCULAR, das seit anderthalb Jahren von Michael Falkensteyn redaktionell betreut wird, u. a. mit den Schwerpunktthemen »Politik der Zukunft«, »Leben ohne Ende«, »SF-Comics«, »Horror-Serien«, »Ronald M. Hahn« (mit Bibliografie), »SF und die Bibel«, »5. PERRY RHODAN-Tage in Sinzig«, »Parallele Universen«, »OctoCon, der EuroCon 97«, »100 Jahre Krieg der Welten«, »Urlaub im All«, »Sternschiff-Sturmtruppen« (von Michael Moorcock), »Die Anfänge der Science Fiction«, »Die Gefahren des Erstkontakts« (von David Brin), »Die Grenzen des menschlichen Selbst in den Romanen von Octavia Butler«, »10. SF-Tage NRW«, »Alan Dean Foster« (mit Bibliografie), »Hintergründe der Scientology«, »Science Fiction und Dianetik«, »Kolonien in der Milchstraße« (von Dr. Ulrich Walter), »Auf den Schwingen der Silbervögel. Möglichkeiten und Perspektiven interstellarer Raumfahrt«, »Science Fiction-Technik: zukünftige Realität oder ewiger Wunschtraum?«, »Anmerkungen zum AMNION-ZYKLUS« (2 Teile; von Stephen R. Donaldson), »White Light/White Heat. Science-fiction und das Veralten der Zukunft« (von Marcus Hammerschmitt), »Phantastische Elemente im historischen Roman«, »Schach in der utopisch-phantastischen Literatur« und »Eine kurze Geschichte der Scheibenwelt« (von Stephen Briggs & Terry Pratchett). Zudem gab es Stories von Georg Rempeters, Beluga Post, Dieter Braeg, Gabi Neumayer, Sabine Lang, Andreas Eschbach und Alasdair Gray, sowie Interviews mit dem Regisseur Luc Besson, J. Michael Straczynski und Herausgeberin Ellen Datlow.

Mit Zukunftsthematiken beschäftigt sich das Magazin ZUKÜNFTE, herausgegeben vom SEKRETARIAT FÜR ZUKUNFTSFORSCHUNG (Munscheidstraße 14, D-45886 Gelsenkirchen) in Kooperation mit der Gesellschaft für Zukunftsgestaltung – NETZWERK ZUKUNFT. Als neueste Ausgabe liegt die Nummer 24 vor. Mittlerweile offenbar eingestellt wurde die bisherige ständige Kolumne BLICK ZURÜCK NACH VORN, in der bis zur Nummer 22 in jedem Heft Zukunftsprognosen von anno dazumal vorgestellt wurden, zuletzt »Volkstod oder Krebsgeschwür? Bevölkerungsprognosen als Projektionsfeld für Zukunftsängste« von Karlheinz Steinmüller, »Future Battle. Der künftige Krieg zwischen Großbritannien und Deutschland, 1900 bis 1914, in der Literatur« von J. F. Clarke und »Frieden dank Luftfahrt... Friedensutopien um die Jahrhundertwende: Traum vom Ende des Chauvinismus« von Karlheinz Steinmüller. Einzelpreis: DM 15,–. 4er-Abo DM 50,–. Bezug: inter abo, Falckensteinstraße 47–48, D-10997 Berlin.

Sehr rührig war auch der ERSTE DEUTSCHE FANTASY CLUB e.V. (Postfach 1371, D-94003 Passau). Im letzten Jahr wurden wieder einige Ausgaben des Magazins FANTASIA nebst einigen Sonderpublikationen herausgebracht. In FANTASIA 108/109 präsentierte R. Gustav Gaisbauer unter dem Titel »Traditionslinien der deutschen Phantastik« die Vorträge, die auf dem »Vierten Kongress der Phantastik« gehalten wurden, Doppelband 110/111 präsentierte Artikel von Andreas Gruber (über David Morell), Robert Hector (über die DDR-SF und ihre wichtigsten Vertreter) und Carlos Rasch (über seine Arbeit), Interviews mit Wendy & Richard Pini, Stephen King, Robert Rankin und Wolfgang Hohlbein, sowie Stories von Manfred Kooistra, Olaf van der Heydt, Angelika Diem und Jo Perry, während FANTASIA 112/113 Beiträge von Andreas Gruber (»50 Jahre Stephen King«), Miriam Heine (»Die Figur des Vampirs«), Bernd Karwath (Gedanken zu Wells' »Zeitmaschine«), Karl E. Aulbach (über die Buchmesse 1997) und Wolfgang Thadewald (über das Magazin »Der Romanheft-Sammler«) sowie Stories von Bertram Kuzzath, Ilka Blumenauer, Katrin Giggel, Tim Karcher, Jörg R. Damm, Cezary Domarus, Radoslaw Kleczynski, Helga Schubert, Lothar Wondraczek und Matthias Schütt enthielt, das alles natürlich mit zahlreichen Illustrationen garniert und mit einer Unmenge von Rezensionen gewürzt. In FANTASIA 114/115 fanden sich neben diesen Artikel von Hermann Urbanek (Neuerscheinungs-Infos), Henry Martin (über den Boom beim Horror), Sandra Witscher (über Struktur und Funktion der modernen Horrorliteratur), Bernd Frenz (»Die unglaublichen Abenteuer der Abrafaxe«), Heinz J. Galle (Robert L. Stevensons »Schatzinsel«) und Robert Hector (»SF im Fernsehen«) sowie Stories von Jörg Feierabend, Henry Martin, Manfred Borchard, Diethard van Heese, Tim Karcher, Bertram Kuzzath, Jörg R. Ramm, Uwe Wolfgramm, Martin Schemm und Jennifer

Knaake, während der Doppelband 118/199 im Zeichen des 20jährigen Bestehens des EDFC stand und neben diesbezüglichen Beiträgen News von Hermann Urbanek, Artikel von Konrad Lehmann (»Herein oder hinaus - Phantastik oder Fantasy«) und Henry Martin (»Clive Barker - Chronist der Schlachthöfe«), sowie jede Menge Erzählungen von u. a. Manfred Borchert, Bertram Kuzzath, Konrad Lehmann, Andreas Findig, Frank G. Gerigk, Frank W. Haubold und Henry Martin präsentierte. FANTASIA 116/117 war das Sekundärwerk »Volksbuecher und Heftromane. Ein Streifzug durch 100 Jahre Unterhaltungsliteratur« von Heinz J. Galle. Anläßlich des Jubiläums der Heftserie erschien der Sonderband »600 mal Professor Zamorra – 600 mal Werner Kurt Giesa«, hrsg. von Robert Hillier & Andreas Huber, eine aktualisierte Neuausgabe des anläßlich von PROFESSOR ZAMORRA 500 publizierten Sekundärtitels. Ein neuer Sekundärband zu diesem Thema befindet sich unter der Herausgeberschaft von Lothar Wondraczek in Vorbereitung.

Ebenfalls beim EDFC e.V. erscheint seit 1997 Franz Rottensteiners unillustrierte Literaturzeitschrift QUARBER MERKUR als Paperback. Die zweite Ausgabe des renommierten Magazins im neuen Format – insgesamt die Nummer 86 – enthielt Artikel und Essays von Marco Frenschkowski (»Religionswissenschaftliche Prologemena zu einer Theorie der Phantastik«), Signe Kirde (»Symbol und Tradition im Reich der Mitte«), Christine Lindengrün (»Paul Scheerbarts Münchhausiaden: Aufbau, Sprache, Kunstbegriff«), Clemens Ruthner (»Blutsauger mit deutscher Zunge? Quellenkritische Studien zur Entstehung von Stokers *Dracula*«), Ralf Reiter (»Die Selbstbeschau des Esoterikers. Gustav Meyrinks Roman *Der weiße Dominikaner*«), Jens Schumacher (»Klassiker der amerikanischen Schauerliteratur und ihre Einflüsse auf die Kurzprosa von Stephen King«) und Heiko Fiedler (»Djerassis Park«), sowie zahlreiche Rezensionen auf dem SEZIERTISCH.

Die langjährige Tradition, unveröffentlichte Romanmanuskripte und Leihbuchraritäten bzw. neue Geschichten von Profis zu veröffentlichen, wurde auch 1997/98 im Clubletter FANTASTIK NEWS des DAN SHOCKERS FANTASTIC CLUB (c/o Uwe Schnabel, Kurmainzer Straße 161, D-65936 Frankfurt am Main) weitergeführt. So brachten die Doppelnummer 98/99 den Reprint des SF-Leihbuchs »Die Angst geht um« von Jay Grams und die Jubiläumsausgabe 100 den bislang unveröffentlichten Horror-Roman »Dämonenrache« von James R. Burcette alias Kurt Luif, das 3. DICK COLLINS-Abenteuer (die beiden ersten, »Das Dorf der Wolfsmenschen« und »Der Herr der Untoten«, erschienen in der Heftreihe VAMPIR und später im DÄMONEN-LAND). Ansonsten präsentierten die zuletzt publizierten Ausgaben von FANTASTIK-NEWS neben den üblichen News- und Rezensionsrubriken Artikel über die Serien OCCU, JOHN SINCLAIR und DÄMONENKILLER von Uwe Schnabel sowie Stories von Volkmar Webeck, Stephan Gewalt, W. K. Giesa und Manfred Zosel.

Das von Dr. Marco und Dr. Helena Frenschkowski herausgegebene Magazin zur unheimlich-phantastischen Literatur, DAS SCHWARZE GEHEIMNIS, erscheint, beginnend mit der Ausgabe 3, zweimal jährlich in der EDITION METZENGERSTEIN (Postfach 2355, D-50153 Kerpen). Die erste Ausgabe im neuen Paperbackformat kam im Frühjahr 1998 heraus und enthielt Beiträge von Helga Abret (»›*Das ganze Sein ist flammend Leid*...‹ Karl Eugen Neumann und Gustav Meyrink«), Signe Kirde (»Zum Einfluß des Buddhismus und weiterer indischer Denksysteme auf die unheimlich-phantastische Literatur des 20. Jahrhunderts«), H. P. Lovecraft (das Gedicht »To Karklesh, Lord of Averoigne« und das Vorwort zu R. H. Barlows Erzählung »A Dim Remembered Story«), Louis Vax (»Freud und der Ursprung des Unheimlichen«), Michael Siefener (»Henri Boguets *Discours Execrable des Sorciers*«), Marco Frenschkowski (»Der Wendigo«) und Volker Cremers (»Von Buenos Aires nach Providence. Materialien und Marginalia zu Jorge Luis Borges und Howard Phillips Lovecraft«), Stories von Thomas Ligotti und Robert H. Barlow, sowie zahlreiche Rezensionen. Für Band 4 sind Essays zu M. R. James, Helena Blavatsky und Joseph Sheridan Le Fanu, Stories von A. N. L.

Mumby, Marco Seltenreich und Helena Blavatsky sowie Interviews mit Joan Aiken und Ramsey Campbell geplant.

Weitergeführt wurde auch das Phantastik-Magazin DOOM, dessen Schwerpunkt beim Horror-Film liegt, das aber zahlreiche Berührungspunkte zur Literatur aufweist. Zuletzt sind die Ausgaben 9 bis 12 erschienen. Diese brachten neben Besprechungen von Filmen, Büchern und Comics auch Artikel über die Heftserie DR. MORTON, Opfer sexueller Gewalt im Film, Weihnachtshorrorfilme, die Faszination am realen Grauen, Homemade-Filme und ihre Macher, ultrabrutale Filme aus Japan und Mumienfilme im Wandel der Zeit, Interviews mit Horror-Spezialisten Jimmy Sangster, J. R. Bookwalter, Andreas Schnaas, Julian Richards, Chuck Parello, Mark L. Lester und Anthony Walder, sowie ausführliche News zur Szene und Setberichte. Herausgeber und Chefredakteur ist Peter Harald Zahn, Riehlstraße 4, D-90489 Nürnberg. Erscheinungsweise viermal pro Jahr. Abonnement DM 40,– für 4 Ausgaben einschließlich Porto.

Aufgrund familiärer Probleme und beruflicher Änderung sah sich Franco Basta (c/o Wiest, In der Taus 18, D-71522 Backnang) im letzten Jahr außerstande, eine neue Ausgabe von NIGHTLIFE zu publizieren, die schon lange überfällige Nummer 7 soll aber noch 1998 erscheinen.

Von SCREEM kamen zuletzt die Ausgaben 16 und 17 heraus. Diese beiden Ausgaben enthielten neben zahlreichen News und Rezensionen auch Stories von Thomas Nienhaus, Alexander Amberg, JDK und Marcus Weber & Gunda Kurz, Auszüge aus Romanen von Michael Marrak und Andreas Kasprzak, Artikel von Gideon Haberkorn (über gefährliches Gemüse in den SF-Filmen), Walther Wiesheier (über »Akte X« in allen multimedialen Erscheinungformen und einen Nachruf auf die Heftserie DIE UFO-AKTEN) und Andreas Kasprzak (»Der Roswell-Zwischenfall«), Interviews mit Wendy & Richard Pini und Charles Burns, sowie Autorenporträts von Douglas Clegg und David Wiltse. Bezug: VERLAG PHANTASTISCHE WELTEN, Badanger 33, D-91358 Kunreuth.

Mit seiner vierten Ausgabe, der Nummer 1/97, hat THE GOTHIC GRIMOIRE, das »Musikmagazin für Dark-Wave & Life-Style« aus dem Hause CELTIC CIRCLE PRODUCTIONS (Postfach 7113, D-47601 Geldern) still und leise das Zeitliche gesegnet. Die letzte Nummer enthielt neben zahlreichen Rezensionen zu Musik und Literatur Artikel zu »Akte X« von Lara von Bergen und Jörg Kleudgen, ein Porträt des Schriftstellers Clark Ashton Smith und Stories von Michael Knoke und Johnny Wallmann.

Im Sommer 1998 teilte Herausgeber Jürgen Thomann (Breslauer Straße 18, D-79576 Weil am Rhein) allen Abonnenten von KOPFGEBURTEN, dem »Themenzine zur Phantastischen Literatur«, mit, daß dieses ambitionierte Magazin mit der Ausgabe 9 eingestellt wird und die schon überfällige Ausgabe 10, »Weltentwürfe«, nicht mehr erscheint. Einige der bisher publizierten Ausgaben können zum Preis von DM 8,– noch vom Herausgeber bezogen werden.

Nicht in der bisherigen Form weitergeführt wird auch die EDITION ZIMMERIT von Michael Marrak (Weinbergstraße 25, D-72667 Schlaitdorf), da der Autor neue Projekte in anderen Verlagen wie die EDITION MONO oder der EDITION AVALON publiziert und für Anthologien und andere Gemeinschaftsprojekte den Kleinverlag MALDOROR aus der Taufe gehoben hat.

Zwar ist im vergangenen Jahr keine Ausgabe von ANDROMEDA, dem Clubmagazin des SCIENCE FICTION CLUB DEUTSCHLAND erschienen, dafür wurde im Oktober 1997 als SFCD-SONDERDRUCK 4 die kritische Arbeit »R wie Rhodan« von Jürgen Nowak aus dem Jahre 1967 mit den Originalzeichnungen von Mario Kwiat neu aufgelegt. Bezug: SFCD-Archiv, Andreas Kuschke, Billerbeck 25, D-29465 Schnega. Einzelpreis DM 6,–.

Mit Ausgabe 7 eingestellt wurde im Herbst 1997 das Magazin STERNENFEUER, ein halbjährliches Periodikum zu SF und

PERRY RHODAN. Die letzte Ausgabe enthielt Stories von Arndt Ellmer, Andreas Gruber, Alfred Gauster, Sarah Hrapia und Andreas Schweitzer, Teil 4 der Artikelserie »Amerikanische SF-Magazine« von Klaus Geus, Artikel zum ersten deutschen SF-Roman, »Auf zwei Planeten« von Kurd Laßwitz, von Horst Illmer wie auch Matita Leng & Hermann Ibendorf, über SF des katalanischen Autors Manuel de Pedrolo von Josep Colomer und den unter dem Pseudonym Jacobus Fellgibel publizierenden Phantasten Heinrich F. S. Bachmair, sowie die fiktive Auflistung »100 Jahre Kurd Laßwitz Preis 1897–1997«. Bezug: Uwe Baur, Bentheimstraße 13, D-97072 Würzburg. Alle Ausgaben sind noch lieferbar.

Ein interessantes Magazin, das sich mit den verschiedensten Aspekten populärer Kultur auseinandersetzt und dadurch auch Berührungspunkte zur Science Fiction im speziellen und der Phantastik im allgemeinen besitzt, ist MONOCHROM, herausgegeben von Johannes Grenzfurthner (Dr. Karl Wallleckstraße 12, A-2000 Stockerau), von der zuletzt die Dreifachnummer 8-10 publiziert wurde. Die neuesten Ausgaben enthielten u. a. Stories von Martin Auer und Michael Marrak mit Gerhard Junker, Agus Chuadar & Johannes Grenzfurthner, Artikel von Jürgen Thomann über Dystopien, Klaus Geus über Nationalsozialismus & Science Fiction und Paul DiFilippo über Ribofunk sowie ein Interview mit dem amerikanischen SF-Autor.

Kritisch mit der größten Weltraumserie setzt sich die PERRY RHODAN PERSPEKTIVE, die nach dem beruflich bedingten Ausscheiden von Rüdiger Schäfer seit der Nummer 34 von Jürgen Zimmermann herausgegeben wird, auseinander. Mittlerweile vier Rezensenten beleuchten im Sechs-Wochen-Rhythmus alle einschlägigen Publikationen in Heft und Taschenbuch, dazu gibt es News, Interviews, Conberichte und sachspezifische Artikel. Bislang liegen 40 Ausgaben vor, die letzte mit Vierfarbcover und erweitertem Umfang zum gleichen Preis, die u. a. neben einem alternativen Handlungsverlauf der Serie – »Das Ende der Kosmokraten« von Rüdiger

Schäfer - auch ein Interview mit Ralph Voltz und eine PR-Story von Werner Höbart enthielt. Einzelpreis DM 4,50 plus DM 1,50 Porto. Vertrieb und Einzelheftbestellungen: Achim Havemann, Harlinger Straße 119, D-29456 Hitzacker.

Mit vier neuen Ausgaben weitergeführt wurde SOL, das Magazin der PERRY RHODAN FANZENTRALE e.V. (c/o VPM, Postfach 2352, D-76413 Rastatt), das mit Heft 9 vom Januar 1998 den Sprung zum aufwendig aufgemachten Periodikum mit Vierfarbcover geschafft hat. Die zuletzt erschienenen Ausgaben 8 bis 11 enthielten Artikel von Florian Breitsameter (»Perry Rhodan und die SF-Landschaft in Amerika ...«), Klaus N. Frick (»Perry Rhodan Goes America«, »Die Hamburger Perry Rhodan Nacht 1997«, »Uwe Anton - Der neue Team-Autor«), Oliver Johanndrees (»Die RZ-Convention in Berlin« und »3D-Design erobert den Perry Rhodan-Kosmos«), Peter Fleissner & Klaus N. Frick (»Perry Rhodan auf der Frankfurter Buchmesse 1997«), Hans Gerhard Franciskowsky (»Auf den Spuren vom Aussterben bedrohter Tiere« und »Für Gucky im Hörspielstudio«), Rainer Castor (»Hyperraum und Hyperenergie«), Ralf Kohlhepp (»Sinzig '97«), Beluga Post (»Vorschau auf die 10. SF-Tage NRW«), Uwe Anton (»Erstens kommt es anders ...«), Dr. Robert Hector (»Energiewesen« und »Willi Voltz: Evolution und Kosmos und darüber hinaus ...«), Kurt Kobler (»Die gestohlenen Minuten aus: SOS aus dem Weltall«), Ulrich Bettermann (»Perry Rhodan zum Hören«), Susan Schwartz (Bericht zum Buchmessecon in Leipzig) und Martin Marheinecke (1. Teil einer Artikelserie über den alten Vorwurf, PR sei ein Hitler des Raumzeitalters), einen Rückblick auf das legendäre PERRY RHODAN MAGAZIN und einen Conbericht vom PR-Con 98 in Garching von Ulrich Bettermann, die »Perry Rhodan Chronologie« von Andy Schmid, Stories von Rüdiger Schäfer und Michael Thurner, Interviews mit John Foyt, dem PR-Herausgeber in den USA, Ernst Vlcek und Andreas Eschbach, Völkerdatenblätter, News und Buchvorstellungen. Ausgabe 8 enthielt als Beilage die amerikanische Ausgabe von PR 1800, »Time Lapse« von Robert Feldhoff. SOL ist im PRFZ-Jahresbeitrag von DM 36,- enthalten.

Neu gestartet wurde im Frühjahr 1998 das neue Magazin KOMETEN, das »Journal zur Phantastischen Literatur«, herausgegeben von Dr. Holger Eckhardt (Auf der Heide 60, D-49143 Bissendorf). Bislang liegen zwei Ausgaben vor. Diese präsentieren die ersten beiden Teile der Artikelserie SCIENCE FICTION IM DEUTSCHLAND DER SIEBZIGER JAHRE, die sich mit Rolf Ulricis »Raumschiff Monitor« und »Enterprise« im Williams-Verlag auseinandersetzen, dazu gibt es Stories und den Fortsetzungsroman »Am Ende der Unsterblichkeit« vom Herausgeber, der im PR-Universum der fernsten Zukunft angesiedelt ist. KOMETEN erscheint unregelmäßig zum Einzelpreis von DM 14,– (plus Porto bei Versand ins Ausland). Es ist geplant und erwünscht, in KOMETEN künftig auch anderen Autoren ein Publikationsforum zu bieten. Für die Ausgabe 3 ist neben dem dritten Teil des Fortsetzungsromans u. a. ein Artikel über die »Mark Brandis«-Serie eingeplant.

Infolge clubinterner Probleme ist im letzten Jahr nur eine neue Ausgabe des RAUMPATROUILLE ORION FANCLUB JOURNAL – jetzt: RAUMPATROUILLE ORION NACHRICHTENMAGAZIN –, dem Fan-Magazin des RAUMPATROUILLE ORION FANCLUB URACEEL (c/o Ralf Kramer, Marler Straße 14, D-46282 Dorsten) erschienen. Die Ausgabe 13 enthielt u. a. Artikel zur Weiterführung der legendären deutschen TV-Serie, über Raumpatrouille Orion im Online-Zeitalter, die Chronik des Schnellen Raumkreuzers ORION I bis VIII (Teil 2), die französische Version der SF-Serie, einen Conbericht zum Treffen 1997 in Gelsenkirchen und einen Nachruf zum Tod von Claus Holm.

Fest im Fandom verwurzelt, was sowohl im Titel als auch im Inhalt seinen Niederschlag findet, ist der von Martin Kempf herausgegebene FANDOM OBSERVER. Die Ausgaben des letzten Jahres erschienen unter den wechselnden Redaktionen von Günter Freunek, Martin Kempf, Manfred Müller und Beluga Post. Der in der Regel pünktlich jeden Monat neu erscheinende FO bringt aktuelle News aus dem Fandom und dem Profilager, Rezensionen, Conberichte, sporadisch auch

Interviews (zuletzt mit Andreas Eschbach) und eine interessante uns ausführliche Fanzine-Ecke, die nach dem Ausscheiden des langjährigen Redakteurs Kurt S. Denkena von Alt-Fan Dieter Braeg übernommen wurde. Bezugsanschrift: Martin Kempf, Märkerstraße 27, D-63755 Alzenau. Einzelpreis DM 3,50 und Ausland DM 4,–, alles inklusive Versand.

Im Juni 1998 wurde von Marcel Feige (Eschmarer Straße 32c, D-53844 Troisdorf) der neue monatliche Newsletter LITERATOUR gestartet, der sich der phantastisch-unheimlichen Literatur widmet und einen Überblick über das aktuelle Verlags- und Autorengeschehen sowie das Fandom bietet. Daneben finden sich regelmäßig Essays renommierter Autoren (Joachim Körber, Michael Siefener, Malte S. Sembten u. a.), eine Übersicht über die aktuellen Neuerscheinungen des Monats sowie in Folge auch Kurzgeschichten, beginnend mit Ausgabe 5 (»Das Souvenir« von Eddie M. Angerhuber). Einmal im Jahr wird LITERATOUR im Heftformat erscheinen. Ein Abo für 12 Ausgaben (inkl. Heft) kostet DM 20,–.

Auch 1997/98 präsentierte die Fachzeitschrift c't – magazin für Computertechnik, die im Herbst ihren Erscheinungsrhythmus von monatlich auf vierzehntäglich umgestellt hat, wieder regelmäßig technikorientierte SF-Stories. Zu den Autoren, die zuletzt hier veröffentlichten, gehörten Erich H. Franke (»Virtual Education«), Herbert W. Franke (»Der blaue Elefant«), Josella Playton (»Navigation«), Markus B. Schmid (»Charly 12«), Uwe Hermann (»Wohngemeinschaft« und »Telefonterror«), Johannes Wallner (»Inneneinrichtungen des 21. Jahrhunderts«), Helge Lange (»Hunting Park«), Frank Borsch (»Beta-Visionen«), Michael Sauter (»Wahre Liebe«), Ulrich Kühn (»Die Mikrofliege«), Bernd Kreimeier (»Feed/Back«), Carsten Schmitt (»Taxidriven«), Jean Tardieu (»Das Möbel«), Uwe Herrmann (»Immer Ärger mit dem Tod«) und Georg Erwin Thaller (»Ruf doch mal an«) sowie ein Essay von Herbert W. Franke (»Das sogenannte Schöne«).

Seit Herbst 1997 präsentiert das Satiremagazin EULENSPIEGEL in unregelmäßiger Folge ZUKUNFTSFRAGMENTE von Horst Evers, in denen ein Blick in die Welt der Zukunft gewährt wird. Bislang liegen 10 davon vor: »Die Gulp-Schleusen«, »Die deutsche Erfahrung«, »Haustierverwaltung«, »Sprachrechte«, »Sprechende Einkaufswagen«, »Strafvollzug«, »Autoritäre Kleiderschränke«, »Krankheitsläden«, »Die Prophezeihung« und »Der Niedergang der Automobilindustrie«.

Seit Carsten Scheibe, ehemals Herausgeber des exzellenten Horror-Fanzines TALES bzw. NACHTSCHATTEN, die Chefredaktion des Männermagazins PINK! übernommen hat, sind hier neben sporadischen Artikeln zu Superheldencomics, Grusel-Romanheften und Krimis auch regelmäßig Horror- und SF-Stories veröffentlicht worden. Bislang erschienen Erzählungen von Carsten Scheibe selbst (»Das Rennen am See«, »Karli und die Schwarzen Männer« und »Alte Freunde«) sowie von Frank Böhmert (»Hammer TV« und »Das Loch«).

Vor Einstellung der MARVEL-Superhelden bei CONDOR wurde neben den zuletzt gemeldeten Geschichten noch die SPINNE-Story »Mauern« von Robert Feldhoff im SPINNE ALBUM 57 veröffentlicht.

Die Beilage ZEIT-MAGAZIN 1/98 vom 26. Dezember 1997 enthielt zum Thema »Romeo und Julia« fünf exklusiv verfaßte Beiträge zu Romanheftserien, darunter die JOHN SINCLAIR-Story »Julia und ihre grausige Rache« von Jason Dark und die PERRY RHODAN-Kurzgeschichte »Eine Liebe zwischen den Sternen« von Robert Feldhoff.

Im zweimal jährlich erscheinenden Clubmagazin GRUSEL & CO des ARENA VERLAGS brachte die neueste Ausgabe 1/98 u. a. ein Interview mit Nortrud Boge-Erli. Das Magazin ist kostenlos beim Verlag erhältlich.

»Zwischen Mars und Venus« betitelt sich das umfangreiche Programmheft im Paperbackformat zum ELSTERCON 1998, dem 4. LEIPZIGER SF-TREFFEN und SFCD-Con. Enthalten sind Beiträge von und über Helga Abret, Thomas M. Disch, Hans-

Jürgen Ehrig, Nicola Griffith, Nancy Kress, Wilko Müller jr., Horst Pukallus, Jesco von Puttkamer, Frank Roger, Silke Rosenbüchler, Charles Sheffield, Daniel Walther, Sabine Wedemeyer-Schwiersch und Christian Handtrack. Preis: DM 10,–. Bezug: Freundeskreis Science Fiction Leipzig e.V., Manfred Orlowski, Ernestistraße 6, D-04277 Leipzig.

6. HIGHLIGHTS AUS DEN BUCHVERLAGEN

Der Jugendbuchverlag AARE hatte auch 1998 wieder Genre-Bücher im Programm: die SF-Romane »Lulu aus dem All« von Cornelia Franz und »Planspiel« von Eleanor Nilsson.

In der ACHILLA PRESS wurden 1997 zwei interessante Titel auf den Markt gebracht: der SF-Roman »Flucht aus der Zeit« von Johanna Moosdorf und der phantastische Roman »Vera Winkelvir« von Kirsten Hammann.

Ein neuer Roman um den Computerfreak Ben und seine Freunde erschien im Frühjahr 1998 im ALTBERLINER VERLAG unter dem Titel »UFO der geheimen Welt«. Zudem wurde das phantastische Kinderbuch »Die Fiedlerin« von Patricia Lynch veröffentlicht.

AMMANN brachte Ende 1997 die Phantastik-Sammlung »Die Stunde des Teufels« von Fernando Pessoa heraus, im Frühjahr 1998 den SF-Roman »Terrordrom« von Tim Staffel und im Herbst 98 »Der große Kater« von Thomas Hürlimann.

ANRICH präsentierte 1997/98 den SF-Roman »Digital Life oder Laras Lieblingsbuch« von Kurt Wasserfall, das phantastische Jugendbuch »Der Maruffel – Vom Tier, das nicht mit wollte« von Henri van Daele und den Fantasy-Roman »Der rote Schwan« von Sjoerd Kuyper.

ANSATA setzte die spirituelle Einweihungs-Serie mit Fantasy-Touch von Lynn Andrews mit »Die Macht der Zauberin« fort.

Bei ARENA wurde im Herbst 1997 die neue Edition GRUSEL & CO mit zunächst vier Bänden für Jugendliche gestartet, das erste Programm umfaßte die Romane »Der Dämon aus Eis« von Tais Teng, »Blutsbrüder« von Ton van Reen, »Valentina und Die dreizehnte Nacht« von Eddy C. Bertin und »Der Gruselbus« von Paul van Loon, im Frühjahr 1998 folgten mit »Der Kaiser aus dem Jenseits« von Tais Teng, »Der Gruselbus 2« von Paul van Loon und »Valentina und Die blutroten Zimmer« von Eddy C. Bertin weitere drei Übersetzungen aus dem Niederländischen und zwei Originalromane deutscher Autoren, »Vampirnebel« von Nortrud Boge-Erli und »Das geheimnisvolle Schwarze Buch« von Franz Sales Sklenitzka. Im Herbst 1998 sind hier weitere Bände erschienen, wie »Valentina und Die Wächter des Feuers« von Eddy C. Bertin, »Der Gruselbus 3« von Paul van Loon, »Hinter dunklen Fenstern« von Bies van Ede und »Das Vampirhandbuch« von Paul van Loon & Jack Didden. Außerdem publizierte ARENA 1997/98 noch weitere phantastische Jugendbücher, wie »Ferdinand Fabelhaft oder Wie ein Hund auf den Menasch kam« von Ludvik Jerzy Kern, »Das Weihnachtsbaumland« von Mary Molesworth, »Manche Monster schmusen gern« von Nortrud Boge-Erli, »Nußknacker und Mausekönig« von E. T. A. Hoffmann, »Meine Hexe, mein Schutzengel und ich« von Gregoire Solotareff, »367 – Experiment Hex« von Rhiannon Lassiter, »Schatten über Fraterna« von Andreas D. Hesse, »Die Teppichpiloten« (die ersten drei Abenteuer in einem Band) und der vierte TEPPICHPILOTEN-Band »Teppichpiloten erobern den Weltraum« sowie der neue HEXE LILLI-Roman »Hexe Lilli im Fußballfieber« von Knister.

Der SF-Roman »Das Ende der Tage« von David Dolan erschien 1998 bei ASAPH.

AUFBAU brachte im Herbst 1997 die phantastischen Romane »Tanz der Götter« von Vikram Chandra und »Der König ist nackt« von Sylvie Germain heraus, 1998 folgte »Diebe der Schönheit« von Pascal Bruckner.

Bei BASTEI erschien Ende 1997 das Sachbuch »Star Works – Wie der Krieg der Sterne entstand«. 1998 wurde die neue, liebevoll aufgemachte Buchedition BIBLIOTHEK DER PHANTASTISCHEN LITERATUR weitergeführt mit »Das letzte Schwert« von David Gemmell (2. Band des Zyklus DIE STEINE DER MACHT), »Der Thronräuber« und »Herr und Narr« des neuen Fantasy-Talents J. V. Jones (Bände 2 und 3 der Trilogie DAS BUCH DER WORTE), »Die Herrin der Rosen« von Jane Routley (DION VON MORIA 1) und »Polgara die Zauberin« von Leigh & David Eddings, der Fortsetzung von »Belgarath der Zauberer« und Prequel zur BELGARIAD-SAGA. Für Anfang 1999 eingeplant sind der GLENRAVEN-Roman »Im Schatten der Burg« von Marion Zimmer Bradley & Holly Lisle und »Die Augen von Alchazzar« von David Gemmell, Band 7 der DRENAI-SAGA. Ende 1998 erschien auch der Abschlußband der auf dem gleichnamigen Computerspiel basierenden MYST-Trilogie: »Das Buch D'ni« von Rand Miller & David Wingrove.

BATTENBERG publizierte 1997 die Sachbücher »Star Trek Collectibles« von Ursula Augustin und »Das ultimative Science Fiction Lexikon« von David Pringle.

Der bei WELTBILD angeschlossene BECHTERMÜNZ VERLAG hat sich auch 1997/98 eng an den gegenwärtigen Trend zur SF und Fantasy angehängt und hat eine Vielzahl von Genretiteln in preiswerten Sondereditionen auf den Markt gebracht. So standen u. a. Joan Wolfs prähistorische Trilogie (»Die Tochter des Hirschclans«, »Herrin der Pferde« und »Unter dem Rentiermond«), Hans Dominiks »Professor Eggerth«-Trilogie (»Wettflug der Nationen«, »Ein Stern fällt vom Himmel« und »Land aus Feuer und Wasser«), »The Stand – Das letzte Gefecht« von Stephen King, »Charity« (Bände 1–3 und 4–6) und »Der Widersacher« von Wolfgang Hohlbein, »Schwerttänzer« von Jennifer Roberson (4 Bände), »Die Drenai-Saga« (zweimal drei Bände) von David Gemmell, »Red Dhark II« (Bände 4–6), Peter Hanrattys »Mordred«-Trilogie (»Mordred«, »Der letzte Ritter von Albion« und »Der Strand von Avalon«), William Sarabandes »Urzeit-Saga II« (»Land der vielen Wasser«,

»Land der heiligen Steine« und »Land des Donners«), der Sammelband »Drachengesang/Drachensinger/Der weiße Drache« von Anne McCaffrey, »Ein Lied für Arbonne« von Guy Gavriel Kay und die ersten drei Bände des »Thoregon-Zyklus« aus der PERRY RHODAN-Serie, »Der zweite Mars erwacht«, »Brücke in die Unendlichkeit« und »Hetzjagd im Hyperraum«, auf dem Programm.

Neue phantastische Kinder- und Jugendbücher für alle Altersstufen gab es auch 1997/98 wieder bei BELTZ & GELBERG: die Kinderbücher »Zwiggel im Reich der Zwerge« von Ali Mitgutsch und »Manuel & Didi« von Erwin Moser, den SF-Thriller »Version 5 Punkt 12« von Reinhold Ziegler, der Märchenband »DSchamila die Meerfrau«, hrsg. und illustriert von Helga Gebert, sowie die phantastischen Abenteuer »Der Rubin im Rauch« und »Der Schatten im Norden« von Philip Pullman, »Kokopellis Flöte« von Will Hobbs, »Der Brief für den König« und »Der Goldschmied und der Dieb« von Tonke Dragt und »Der Turmbau zu Kullab« von Arnulf Zitelmann.

Im 1998 an BERTELSMANN verkauften BERLIN-VERLAG erschienen vor dem Eigentümerwechsel folgende Titel mit mehr oder weniger phantastischem oder spekulativem Inhalt: »Freie Stadt« von Eric Darton, »Es war einmal in Deutschland« von Mort Ehudin & Werner Sonne, »Die neuen Abenteuer der Schönen Helena« von Ludmilla Petruschewskaja und »Der Keltische Ring« von Björn Larsson.

Nach den Mißerfolgen beim Versuch, das Buchprogramm mit Neuausgaben weiterer klassischer Heftserien auszubauen, hat sich der HANSJOACHIM BERNT VERLAG wieder auf sein Kernprogramm, die REN DHARK-Buchedition und das diesbezügliche Umfeld, konzentriert. Zuletzt erschienen die Bände 8 bis 11, »Die Meister des Chaos«, »Das Nor-Ex greift an!«, »Gehetzte Cyborgs« und »Wunder des blauen Planeten«. Mit Band 9 hat Gerd Rottenecker die Bearbeitung und Herausgabe der Bücher von Manfred Weinland übernommen. Gemeinsam mit Band 8 erschien auch der erste Sonderband, »Die

Legende der Nogk« von Manfred Weinland, mit Band 11 der zweite, »Gestrandet auf Bittan« von Werner Kurt Giesa. Ende 1997 kam auch Band 1 der KURT BRAND EDITION, in der klassische Romane des geistigen Vaters von REN DHARK einer neuen Lesergeneration vorgestellt werden sollen, auf den Markt. Er enthielt »Sterbliche Sternengötter«, »Der Galaxant« und »Der Gral-Mutant«.

C. BERTELSMANN veröffentlichte 1997/98 im Jugendbuchprogramm die Romane »Die Insel, die es nie gab« von Frederik Hetmann & Leonardo Wild, »Im weiten Land der Zeit« von Max Kruse und »Echt unecht« von Chloe Rayban, die Collections »Die Kuh in den Wolken« mit 21 unglaublich wahren Geschichten von Nathan Zimelman und »Die Glücksmargarite« mit Märchen von Norbert Blüm, sowie die Sammelbände »Hurra, die Schule spukt« von Thomas Brezina zur Serie ALLE MEINE MONSTER und »Das haarsträubende Buch der Schauergeschichten« von R. L. Stine zur multimedialen Erfolgsserie GÄNSEHAUT. Im Erwachsenenprogramm wurden »Die Bruderschaft« von T. J. Armstrong, »Goldküste« von Nelson De Mille und »Das Jesus Evangelium« von Norman Mailer herausgebracht.

In der BIBLIOTHEK DER PROVINZ erschien 1997 die Parodiensammlung »Aufzeichnungen einer Sonde« von Gerhard Amanshauser, in der auch SF-Texte zu finden waren.

Mit Band 25 zum Abschluß gebracht wurde 1998 bei BLACH die Buchedition von K. H. Scheers ZBV-Serie.

Bei BLACK WIDOW (Wittmoosstraße 8, D-78465 Konstanz) soll nach und nach das Gesamtwerk von Michael Sullivan alias Klaus-Michael Vent publiziert werden. Die Edition wurde 1997 mit der Collection »Der Murmler und andere Gestalten« gestartet.

BLANVALET präsentierte 1997/98 u. a. den historischen Roman »Die Schwingen des Horus« von Wilbur Smith, die phantastischen Romane »Ferne Ufer« und »Der Ruf der Trommel« von Diana Gabaldon (HIGHLAND-Zyklus 3 & 4), den SF-Roman »Die Vergessenen von Eden« von Petru Popescu, den Fantasy-Roman »Der Schattenfürst« von Bernard Cornwell (Mittelband der neuen ARTUS-Trilogie), die Thriller »Schockwelle« und »Höllenflut« von Clive Cussler (beide um den NUMA-Agenten DIRK PITT) und den Gruselroman »Blindes Vertrauen« von Sandra Brown.

Im noch relativ jungen KARL BLESSING VERLAG wurden 1997 der phantastische Roman »Die Geister des Hauses Montoya« von Rick Collignon und 1998 »Die Luftgängerin« von Robert Schneider, dem Autor von »Schlafes Bruder«, und »Als der Mond begraben war« von Joseph Skibell veröffentlicht.

Zahlreiche kleinere und größere Korrekturen erfuhr das SF-, Fantasy- und Horror-Programm des Ende 1996 aus der Taufe gehobenen BLITZ-VERLAGS, bis Herausgeber Jörg Kaegelmann die seiner Meinung nach optimale Mischung gefunden hatte. Ein Schwerpunkt wurde dabei auf Serien gelegt, da diese sich erfahrungsgemäß besser verkaufen als Einzeltitel. In der Reihe BLITZ, in die auch die von BERNT übernommene Reihe UTOPISCHE KLASSIKER integriert wurde, erschienen zuletzt »Der lange Weg zur Erde« von Kurt Mahr (der fünf Hefte umfassende Zyklus in einem Band), »Die Verbannten« von Manfred Wegener, »Alles ist gut« und »Eine Kleinigkeit für uns Reinkarnauten« (Stories) von Thomas Ziegler sowie »Gäa, die vergessene Welt« von Rainer Castor, für den Herbst 1998 sind mit Schwerpunkt Horror drei Bände von Hugh Walker – »Drakula«, »Die Hölle in mir« und »Die Totenweckerin« – und »Alptraumland« von Ronald M. Hahn & Horst Pukallus zur Veröffentlichung vorgesehen, im Frühjahr 1999 sollen Titel von Konrad Schaef und Ernst Vlcek & H. W. Mommers folgen. Die von Kurt Brand ursprünglich ebenfalls konzipierte SF-Serie RAUMSCHIFF PROMET ist gleich mit drei Paperbackreihen vertreten: In der CLASSIC-Serie werden jeweils vier frühe Abenteuer der Crew zusammengefaßt, zuletzt erschienen sind »Gestrandet auf Suuk« (2), »Raumsprung nach Moran« (3) und »Planet der Hoffnung« (4), drei weitere sollen bis April 1999 vorliegen. Von den neuen Abenteuern, die von einem Autorenteam nach Exposés von Thomas Ziegler geschrieben werden, liegen die ersten drei Bände vor, »2107 – Vorstoß nach Katai«, »Die Meister des Lebens« und »Das Haus des Krieges«, zwei weitere folgen im Oktober 1998, und 1999 sollen dann neue Bände im Zweimonatsrhythmus veröffentlicht werden. Neu gestartet werden im Herbst die RAUMSCHIFF PROMET – STERNENABENTEUER mit »Am Abgrund der Zeit« von Manfred Wegener, eingeplant sind bereits weitere Romane von I. S. Osten und Uwe Anton. Im Frühjahr 1998 gestartet wurden die Paperback-Serien MACABROS und LARRY BRENT von Dan Shocker, in der die Heftserien-Klassiker als Paperbacks neu aufgelegt werden. Im Herbst 1998 starten die Horror-Serien DAVID MURPHY von Al Wallon und Marten Munsonius, die Sonderreihe LARRY BRENT – DIE GEHEIMEN AKTEN DER PSA, deren erster Band von Manfred Weinland verfaßt wird, und die Neuausgabe der SF-Heftserie STARGATE.

Die bislang umfassendste und dazu noch reich illustrierte Bibliografie zu »Robert Kraft« präsentierte im Sommer 1998 Thomas Braatz in seinem Eigenverlag THOMAS BRAATZ (Kdt.-Prendel-Allee 104, D-04299 Leipzig).

»Der Hohe Rabbi Löw und sein Golem« von Petra Kunik, 1998 bei BRANDES & APSEL erschienen, war eine Nachdichtung der Golem-Sage für Kinder.

1997/98 präsentierte BRENDOW neben dem obligaten »Inklings-Jahrbuch« den historischen Roman »Lukas – der Medicus Gottes« von Taylor Caldwell und plant die Herausgabe eines Sekundärwerks zu C. S. Lewis' NARNIA-Zyklus.

In Kooperation mit dem österreichischen Verlag STYRIA publizierte R. BROCKHAUS Walter Wangerins »Das Buch von Gott«, eine Nachdichtung der Bibel in Romanform.

Neu bei BRUNNEN 1997 der phantastische Roman »Die letzten Tage von Dorean« von Birgitt Gehring.

Bei BTB erschien im neuen Buchprogramm 1998 der Roman »Der Mond über St. Croix« von Karsten Lund.

Im nur über spezielle Kaufhandelsketten erhältlichen Programm von BUCH & ZEIT erschienen 1998 drei Auswahlbände mit Romanen und Stories aus dem PERRY RHODAN-Universum als Lizenzausgaben: »Die besten Raumschiff-Geschichten von Ernst Vlcek«, »Die besten Roboter-Geschichten von William Voltz« und »Die besten Gucky-Geschichten von Clark Darlton«.

Der 1996 gegründete BURGSCHMIET VERLAG hat Romane zu Filmen und TV-Serien als Schwerpunkt in seinem Programm. So erschienen 1997/98 Bücher zu COUNTDOWN X – ALARM IM ALL (zwei Bände von Roland Rosenbauer), OUTER LIMITS (Band 2 mit Stories von John Peel) und LEXX (Band 2, »Supernova« von Rolf Giesen) sowie »James Bond 007 – Der Morgen stirbt nie« von Raymond Benson, »Die Schöne und das Biest« von Rolf Giesen und »Species II« von Yvonne Navarro. Berühmte SF-Stories, die als Vorlage zu einem Film dienten, wurden im Paperback »Die Vergangenheit der Zukunft« von Rolf Giesen gesammelt, der im Sachbuch »Metropolis 2001« einen Einblick in die Traumfabrik Babelsberg bot. Daneben stand noch der Katastrophen-Roman »Wenn der Himmel auf die Erde stürzt« von Gregory Benford & William Rotsler auf der Liste der Publikationen des Jahres 1998, ebenso das Sachbuch »The Making of Godzilla« von Rachel Aberly. Aus dem Programm genommen wurden die schon angekündigten Bände 3 und 4 zur TV-Serie POLTERGEIST sowie die ROLAND EMMERICH-Edition. Die von Martin Eisele geschriebenen Romane zur neuen TV-Hit-Serie STARGATE SG-1 – der erste eine Adaption des Pilotfilms, der zweite ein völlig neuer Roman um das Team der Weltenforscher – erscheinen zum Start der Serie bei einem deutschen TV-Sender.

CARLSEN publizierte in seinem überaus erfolgreichen Jugendbuchprogramm 1997 den SF-Roman »Allstar« von Jukka Parkkinen, den Gruselroman »Lola und das Gespenst« von Ole Könnecke und den Fantasy-Roman »Das magische Messer« von Philip Pullman (Mittelband der Trilogie HIS DARK MATERIALS), 1998 folgten der Fantasy-Roman »Nimmerland« von Toby Forward, eine Fortsetzung von Barries Kinderbuchklassiker »Peter Pan«, das Sachbuch »Vampire« von Hauke Kock, »Das eiserne Herz« von Philip Pullman, »Zeitpalast« von Hansjörg Schertenleib, »Schepper« von Iris Anna Otto und das phantastische Jugendbuch »Harry Rowling und der Stein der Weisen« von Joanne K. Rowling um einen Jungen, der in einer ganz besonderen Schule zum Zauberer ausgebildet wird, das mittlerweile mit mehreren Preisen ausgezeichnet wurde und zu einem internationalen Bestseller avancierte. In der Serie DIE GEHEIMNISVOLLEN FÄLLE DER TEEN POWER COMPANY erschienen die Romane »Schreie in der Nacht«, »Das seltsame Mädchen«, »Ein Star in der Klemme«, »Gefährliches Gebäck«, »Tödliche Orchideen« und »Böses Spiel in Banyan Bay«, alle von Emily Rodda.

Zwei moderne SF-Klassiker legte CLAASSEN zuletzt neu auf: 1997 »Solaris« von Stanisław Lem und 1998 »Der Report der Magd« von Margaret Atwood.

Neben neuen Ergänzungslieferungen zu seinen renommierten Loseblatt-Lexika erschienen im Meitinger CORIAN-VERLAG HEINRICH WIMMER 1997/98 auch drei neue Sekundärtitel: »Das wilde Auge« von Christian Keßler zum italienischen Horror-Film, »Zug zu den Sternen« zum Phänomen STAR TREK von H. Michael Schlegel und »Die Welten der Science Fiction« mit 15 Annäherungen an das erfolgreichste Genre unserer Zeit von Albert Fritzsche.

Im Wiener Jugendbuchverlag DACHS kam 1998 die Umwelt-Tier-Fantasy »Ulenau« von Gerda Winkler-Born heraus.

Zwei neue Titel erschienen im Herbst 1997 im DANA VERLAG: der phantastische Roman »Der Menschenfreund« von

Wolfgang Sewald in Neuauflage als Hardcover und der Fantasy-Roman »Der Gesang der Bäume« von Stefanie Baumm.

Phantastik 1997/98 auch bei DEUTICKE: Der Roman zum Film »Der Unfisch« von Michael Köhlmeier und der Erzählband »Unter der Sonne« von Daniel Kehlmann.

Die DEUTSCHE VERLAGSANSTALT – DVA – veröffentlichte 1997 den phantastischen Roman »Kinder der Nacht« von Lars Jakobson, die Collection »Die Geliebte des dritten Tages« von Gert Heidenreich und den SF-Roman »In Sachen Renner« von Peter Mathys, 1998 erschienen der von typisch britischem Humor durchsetzte SF-Roman »Alles Verrückte« von Bo Fowler, »Everards Schatten« von Louis Buss, der Erzählband »Sieben Versuchungen« von Lydia Mischkulnig und Gert Heidenreichs neuester phantastischer Roman »Abschied von Newton«.

Auch die weiteren Programme des wiederbelebten DIANA VERLAGS präsentierten phantastische Titel: »Das Nazareth-Gen« von Michael Cordy, »Der Fluch der Dürre« von Susie Moloney und »Fräulein Einsteins Universum« von Anna McGrail.

Neu bei DIEDERICHS 1997/98 die Isländischen Sagensammlungen »Isländische Vorzeitsagen I« und »Laxdoela Saga« sowie der historisch-phantastische Roman »Das Glück des Azteken« von Daniel Peters.

Nicht nur Comics hat der DINO-VERLAG in seinem Programm, sondern auch Bücher zu den diversen einschlägigen TV-Serien. An Genre-Titeln erschienen 1997/98 bislang die Bildbände »Komm zurück, Superman!« von Louise Simonson und »Batman – Der Lehrling des Jokers« von Chuck Dixon sowie die Romanbände »Nächtliche Nachbarn« von Kathleen Derby & D. J. MacHale (zu GRUSEL, GRAUSEN, GÄNSEHAUT), »Alex, bist du verhext?« von Diana G. Gallagher (zu WAS IST LOS MIT ALEX MACK?) und »Sabrina – total verhext« von David Cody Weiss & Bobby J. G. Weiss (zum gleichnamigen TV-Hit).

Im Buchprogramm von DIOGENES waren 1998 »Der fünfte Berg« von Paulo Coelho, dem Autor von »Der Alchimist«, der Erzählband »Vor uns die Sintflut« von Urs Widmer und die Kinderbücher »Das total verrückte Huhn« von Anne Fine und »Prinz Koriander und die Trolle aus der Tiefkühltruhe« von Joan Aiken zu finden.

Mit ziemlicher Verspätung erschien bei DIPA die schon lange zuvor angekündigte Anthologie »Der idiotische Mond«, in der Heide Lydia Schmidt lettische Prosa der Gegenwart, zum Teil der Phantastik verhaftet, präsentierte.

24 SF-Stories von Achim Stößer enthielt die im Frankfurter DOT-VERLAG erschienene Collection »Virulente Wirklichkeiten«.

Im Kleinverlag DREI BÄREN sind bislang sechs Bücher von Holger Eckhardt erschienen, die im PERRY RHODAN-Universum, zumeist in der allerfernsten Zukunft angesiedelt sind: die Bände 1 bis 5 des Zyklus »Am Ende der Unsterblichkeit« und »Die Ambush-Chronik«, ein Roman um eine der ungewöhnlichsten Figuren der PR-Serie. Bezug: Dr. Holger Eckhardt, Auf der Heide 60, D-49143 Bissendorf.

Unter dem Label DREIECK-VERLAG erscheinen Paperback-Ausgaben aus dem AMANITA VERLAG, so auch 1997 die dreizehn unangenehme Geschichten umfassende Sammlung »Entitäten« von Jens Lossau & Jens Schumacher.

Klassische und moderne Jugendbücher standen bei DRESSLER wieder auf dem Programm: »Graine Ohnefurcht« von Cornelia Funke, die aus »Pu der Bär« und »Pu baut ein Haus« bestehende Gesamtausgabe des Kinderbuchklassikers von A. A. Milne in Kassette, »Das Gespenst mit den roten Augen« von Michael Morpurgo und »Nils Holgersson« von Selma Lagerlöf.

DROEMER-KNAUR lieferte 1997 noch den futuristischen Roman »Golden Chips« von Philip Bronson aus, 1998 folgten bei DROEMER dann der in der näheren Zukunft spielende Papst-Roman »Gottes letzter Diener« von Peter de Rosa und der Tatsachen-Thriller »Cobra« von Richard Preston.

Neu im Herbst 1998 bei ECON die futuristischen Thriller »Die Elfte Plage« von John S. Marr & John Baldwin über einen bioterroristischen Anschlag mit einer Virusepidemie und »Eminenz« von Morris L. West, dem Autor des SF-Papstromans »In den Schuhen des Fischers«, um die Wahl eines neuen Pontifex Maximus.

In Kleinstauflage erschienen in der EDITION AVALON (Graudenzer Straße 1a, D-10243 Berlin) zwei bislang unveröffentlichte SF-Romane ehemaliger DDR-Autoren: »Copyworld« von Michael Szameit und »Peter dreht durch oder Was wäre wenn ...?« von Horst Müller.

An jüngere Leser wendet sich das Programm der EDITION BÜCHERBÄR im ARENA VERLAG. An phantastischen Titeln kamen zuletzt der Roman »Das Gespenst im Bettkasten« von Nortrud Boge-Erli und der Erzählband »Vampirgeschichten« von Ulrike Kaup heraus.

Weitergeführt wurde von Martin Ellermeier die EDITION CASABLANCA 1998 – die ©-Vermerke 1997 sind falsch – mit Neuauflagen der von Carsten Scheibe zusammengestellten Horror-Anthologie »Little Ease« (Stories von u. a. Oliver Pfohlmann, Alfred Bekker, Achim Mehnert, Roland Kroemer, Ralf Schünemann und Malte S. Sembten) und des Fantasy-Romans »Drei rote Tränen« von Achim Mehnert sowie der neuen Collection »Elf« von Elmar Vogt. In Vorbereitung befinden sich eine Neuausgabe des Dritte-Welt-Krimis »Malaria-Anfall!« von Luzzi Neumann sowie die neue, von Frank Festa herausgegebene Horror-Anthologie »H. P. Lovecrafts Bibliothek des Schreckens«.

Neu in der EDITION 333 erschien Ende 1997 der von Bernhard Schaffer illustrierte großformatige SF-Roman »Fort der

Tränen« von B. F. Joseph in einer einmaligen Auflage von 333 Exemplaren.

Auf 250 Exemplare limitierte und numerierte Luxusausgaben der Werke des amerikanischen SF- und Fantasy-Autors Jack Vance spezialisiert hat sich die EDITION ANDREAS IRLE. Zuletzt erschienen hier liebevoll aufgemachte Hardcoverausgaben des zum Zyklus um DIE STERBENDE ERDE gehörenden Fantasy-Romans »Der Lachende Magier« (zuvor: »Die Augen der Überwelt«) und des SF-Romans »Die Domänen von Koryphon« (zuvor: »Der graue Prinz«), beide in der exzellenten Übersetzung von Lore Strassl.

Mit vier Titeln pro Jahr weitergeführt wurde die 1996 von Frank Festa (Postfach 2355, D-50153 Kerpen) aus der Taufe gehobene ambitionierte EDITION METZENGERSTEIN. Zuletzt kamen die Erzählbände »Teatro grottesco« von Thomas Ligotti, »Wucherungen« von Frank Festa, »Giebelschatten« von Kai Meyer und »Die verborgene Kammer« von Eddie M. Angerhuber heraus, in Vorbereitung befinden sich Ramsey Campbells erste Storysammlung aus dem Jahre 1973 und eine Collection des World Fantasy Award-Preisträgers Terry Lamsley, beides deutsche Erstveröffentlichungen. Ab der Ausgabe 3 erscheint auch DAS SCHWARZE GEHEIMNIS, das von Marco und Helena Frenschkowski herausgegebene Magazin zur unheimlich-phantastischen Literatur, zweimal jährlich in einer aufwendigen Paperback-Edition. Frank Festa plant, künftig vermehrt Sekundärtitel in seinem Kleinverlag zu publizieren, beginnend mit der Essaysammlung »The Modern Weird Tale« von S. T. Joshi in zwei Bänden im Herbst 1998.

In der Paperback-Reihe EDITION MONO sind bislang zwei Bände erschienen: 1997 als Band 1 der phantastische Schmöker »Die Stadt der Klage« von Michael Marrak, 1998 als Band 2 das Phantastische Theaterstück »Der Weg der Engel« von Michael Marrak & Agus Chadar in überarbeiteter Neufassung. Bezug: J. Grenzfurthner, Dr. Karl Walleckstraße 12, A-2000 Stockerau.

Neue Titel wurden 1997/98 auch in der EDITION PHANTASIA als limitierte und teilweise auch signierte Liebhaberausgaben publiziert. 1997 erschien »Äquinoktion« von Samuel R. Delany, 1998 die Collection »Ein Fischer des Binnenmeeres« von Ursula K. Le Guin und der Roman »Das Sakrament« von Clive Barker. In Vorbereitung befinden sich eine signierte Edition von Salman Rushdies Romanerstling »Grimus« sowie eine LOVECRAFT-Edition mit z.T. hierzulande noch unveröffentlichten frühen Geschichten, Briefen, etc. Bezug und Information: Edition Phantasia, c/o Joachim Körber, Wünschelstraße 18, D-76756 Bellheim.

Ein weiterer phantastischer Roman von Robert Kraft wurde in der EDITION USTAD im KARL MAY VERLAG neu aufgelegt: »König König«.

EICHBORN präsentierte 1998 den an der Grenze zum Genre angesiedelten Roman »Kongofieber« von Redmond O'Hanlon.

Ein neues phantastisches Jugendbuch von Bianca Pitzorno erschien unter dem Titel »Emilia das Hexenkind« 1998 bei ELEFANTEN PRESS.

Im Herbst 1998 publizierte ELLERMANN den Fantasy-Roman »Der Herr der dunklen Mächte« des australischen Jugendbuchautors Victor Kelleher.

Neu bei ENSSLIN 1998 das phantastische Jugendbuch »Das geheimnisvolle Verschwinden des Moghul« von Bernd Schneider und eine Neuauflage des engagierten Umwelt-Thrillers »O.Z.O.N.« von Susanne Sterzenbach.

1998 kam bei EULENSPIEGEL »Rügen oder Das Ende der PDS« von Reinhold Andert heraus, in dem der Autor, wie zuvor schon in »Rote Wende«, wo die BRD von der DDR vereinnahmt wurde, die Geschichte einen anderen Verlauf nimmt und die SED-Nachfolgepartei in Bedeutungslosigkeit versinkt.

In der EUROPÄISCHEN VERLAGSANSTALT stand im Frühjahr 1998 der phantastische Elemente enthaltende Roman »Unheimliche Reise« von Jutta Heinrich auf dem Programm.

FABER & FABER publizierte zuletzt die Collection »Akbara und andere Märchen« von Tschingis Aitmatow.

Im Comic-Verlag FEEST erschienen 1997 zwei reich illustrierte Bände zu multimedialen SF-Events: »Soldat des Imperiums«, Band 1 der Trilogie STAR WARS STORIES, von William C. Dietz und »Aliens Stories 1: Die Königin ist tot, es lebe die Königin« von Steve Bissette.

1997/98 publizierte der R. G. FISCHER VERLAG vor allem in seiner Paperback-Reihe EDITION FISCHER u. a. folgende Genre-Titel für die unterschiedlichsten Lesergruppen: der phantastische Roman »Die verborgene Stunde« von Edith Krispien (1990 schon in der PHANTASTISCHEN BIBLIOTHEK bei SUHRKAMP veröffentlicht) sowie die Märchen-Bände »Sumsebrei – Hexchen mit Herz« von Ati Albrecht, »Belauschte Düfte« von Trudi Vogel und Band 1 der Serie »Ein Dutzend Abenteuer von Lukas Löwenherz und seinen Freunden« von Patricia Webb Weilacher.

S. FISCHER brachte 1997 den Roman »Die ultraintelligente Maschine« von Stefan Themerson über diesen alten Traum des modernen Menschen heraus.

In der Jugendbuchreihe FISCHER SCHATZINSEL erschienen 1997/98 als Hardcover »Oben ist unten« von Carol Hughes, »Kasper und der Glitzerkönig« von Philip Ridley, »Die Nase der Queen« von Dick King-Smith, »Wie Kater Zorbas der kleinen Möwe das Fliegen beibrachte« von Luis Sepulveda, »Bei Tag sind alle Löwen grau« von Sabine Ludwig, »Die Katzen vom Byzanthinischen Bazar« von Stephen Elboz, »Der Zauberpfennig« von Josef Einwanger, »Ein Schweinchen namens Kreuz-Ass« von Dick King-Smith, »Scribbelboy« von Philip Ridley, »Das Geheimnis der Delphinbucht« von Dieter Kühn und »Der Aufstand der Zauberhasen« von Ariel Dorfmann.

FREIES GEISTESLEBEN präsentierte 1997/98 in einem hochkarätigen Programm neben zwei einfühlsam und großzügig illustrierten Nachdichtungen des Sagenkreises um Odysseus und den Trojanischen Krieg von Rosemary Sutcliff – »Schwarze Schiffe vor Troja« und »Die Rückkehr des Odysseus« – den SF-Roman »Tigeraugen« von Tonke Dragt, den Fantasyklassiker »Die Prinzessin und Curdie« von George MacDonald (Fortsetzung von »Die Prinzessin und der Kobold«) und den phantastischen Roman »Die schlafenden Wasser« von Henri Bosco.

Im neu aus der Taufe gehobenen und zur Verlagsgruppe SCHERZ gehörenden Verlag FRETZ & WASMUTH wurden ebenfalls Genre-Titel veröffentlicht, und zwar »Der Botticelli-Engel« von Mary Cauley, »Der Wechselbalg« von Alison MacLeod, »Hello, Alice!« von Astro Teller und »Mondsüchtig« von Bradley Denton, der für seine Collection »The Calvin Coolodge Home For Dead Comedians & A Conflagration Artist« mit dem World Fantasy Award 1995 ausgezeichnet wurde.

Stetig im Steigen begriffen ist in den letzten Jahren das Angebot an SF-, Fantasy-, Märchen- und Horror-Titeln bei FRIELING & PARTNER. Zuletzt erschienen 1997/98 folgende Genre-Veröffentlichungen im Paperback: »Das Experiment mit dem Planeten Erde« von Wilfried Lemm, »Ufos – Die Zeit des Jüngsten Gerichts« von NON, »Invasion der Seltsamen« von Eleonore Rieger, »Golgatha. Eine Legende« von Jim Newton, »Das Ungeheuer der Hopaländer« von Erika Westhäuser, »Schwarze Farben« von Hermann Rothneder, »Projekt Brainwave« von Mark Dochan, »Traumwirbel« von Peter Schmuck, »Ein Pferd am Himmel« von Claudia Hartmann, »Dornröschens Hochzeit« von Regina Jäger, »Tiaka, der Werwolf« von Martin Wolfgang Dierolf, »Ein unheimlicher Spaziergang« von Matthias Huzele, »Der Planet Penoveva« von Peter T. Rajkai, »Das neue Eden. Splitter« von Gerald Meyer, »Experiment mit dem Tod« von Julianna Wiest und »Der blinde Gott und andere phantastische Erzählungen« von Florian Rathcke.

GABRIEL, wie sich der bislang als ST. GABRIEL firmierende Verlag mit nunmehrigem Sitz in Wien seit Anfang 1998 nennt, präsentierte mit »Die Götter des Olymp« von Leon Garfield & Edward Blishen eine farbenprächtige Nachdichtung der hellenistischen Mythologie.

GERSTENBERG startete 1997 in seinem Jugendbuchprogramm die Serie phantastischer Abenteuer von Klaus-Peter Wolf, die JENS-PETER UND DER UNSICHTBARE erleben und die mittlerweile auf vier Bände angewachsen ist: »Jens-Peter und der Unsichtbare«, »Jens-Peter und der Unsichtbare gegen den Rest der Welt«, »Jens-Peter und der Unsichtbare in der Zeitmaschine« und »Jens-Peter und der Unsichtbare voll verknallt«. Interessant noch die reich bebilderten Sachbücher »Das Buch von den Hobbits« von David Day und »Lady Cottinghams geheimer Taschenkalender« von Terry Jones sowie die Jugendbücher »Seltsame Vögel« von Rindert Kromhout, »Alice im Wunderland« von Lewis Carroll, »Eine Weihnachtsgeschichte« von Charles Dickens und »Der wahre Dieb« von William Steig.

Die GESELLSCHAFT FÜR ERFAHRUNGSWISSENSCHAFTLICHE SOZIALFORSCHUNG publizierte 1997 die klassische Utopie »Wer ist John Golt?« von Ayn Rand.

Auch in der ambitionierten, von Jörg Kleudgen herausgegebenen Phantastik-Edition GOBLIN PRESS (In den Mittelweiden 16, D-56070 Koblenz) erschienen 1997/98 wieder einige interessante, zum Teil sogar sensationelle Titel: ein Band mit phantastischen Erzählungen, »Aus dem Schatten« von Mirko Stauch, Eddie M. Angerhubers Sammlung romantischer Spukgeschichten »In Asmodis Haus«, der phantastische Roman »365 Grad« von Boris Koch & Jörg Kleudgen, der venzianische Alptraum »Der Nachtmahr« von Jörg Kleudgen, »Steine«, ein phantastischer Roman in drei Teilen, von Tobias Bachmann und die düstere Zukunftsvision »Sturmwanderer. Kinder des Unnennbaren« von Michael Knoke. In Vorbereitung befinden sich die Collections »Der Klang der Stille« von Frank Eschenbach, »Phantastica Obscura« von Arnold Reisner und »Cosmogenesis« von Jörg Kleudgen, die Romane »Nonnen« von Michael Siefener, »Die Hand des Wahnsinns« von Johnny Wallmann und »Hexenzeichen« von Marco Meier & Jörg Kleudgen, sowie die Anthologie »Arkham und andere Orte des Grauens« mit Erzählungen von Boris Koch, Michael Siefener, Michael Knoke, Jörg Kleudgen u. a.

Dreißig Jahre nach seinem Welterfolg »Rosemarys Baby« legte Ira Levin 1997 die langerwartete Fortsetzung – deutsch bei GOLDMANN – vor: »Rosemarys Sohn«. 1998 erschienen dort auch der phantastische Roman »Der Bruchpilot« von Mark Childress, der Vampir-Roman »Nachtblau« von Kester Schlenz und der neue SF-Kult-Roman »Raumschiff Titanic« von Douglas Adams & Terry Jones.

Neue phantastische Titel gab es 1997/98 auch bei HAAG + HERCHEN: »Der roter Stern auf der Fingerinsel« von Raphael J. Bosch und »Der Herzbänderschmied« von Walter Hagelberg.

Bei HAFFMANS erschienen 1997/98 der exzellente Alternativweltroman »Geschichte machen« von Stephen Fry, Philip K. Dicks SF-Klassiker »Träumen Androiden von elektrischen Schafen?« in einer neu durchgesehenen Ausgabe, die phantastische Erzählung »Der Teufel in der Weihnachtsnacht« von Charles Lewinsky, der Horror-Roman »Herzensach« von Gunter Gerlach, der Erzählband »Nancy und der allerletzte Affe« von Moy McCrory, die auch phantastische Beiträge enthielt, und die SF-Collection »Und jenseits – das Wobb«, Band 1 der Gesamtausgabe der Kurztexte Philip K. Dicks, die einige bislang noch unbekannte Stories präsentierte.

Phantastische Literatur hatte auch 1998 wieder einen besonderen Stellenwert beim literarischen Verlag CARL HANSER.

So wurden zuletzt der neue SF-Roman »G.A.S. Die Trilogie der Stadtwerke« von Matt Ruff, der mit seinem Erstling »Fool on the Hill« schon für Aufsehen gesorgt hatte, der Roman »Träume von Träumen« von Antonio Tabucchi und der Erzählband »Ein seltener Vogel« von Jostein Gaarder veröffentlicht. Im Jugendbuchprogramm fanden sich die Tierfantasy »Im Herzen des Tals« von Nigel Hinton, die Neuauflage eines mittlerweile schon zu einem Klassiker avancierten Romans, und »Die Mennyms ganz allein«, Band 4 der Saga um die belebten Stoffpuppen von Sylvia Waugh.

Im VERLAG ACHIM HAVEMANN erschien der »Taschenbuch-Katalog der Science Fiction-, Fantasy- & Horror-Literatur 1998« von Achim Havemann & Jürgen Hoffmann.

Der HEEL-VERLAG, in dem auch das Multimedia-Magazin SPACE VIEW erscheint, hat sich als Spezialverlag für Sekundärtitel, vor allem zu phantastischen Filmen und TV-Serien, einen Namen gemacht. 1997/98 standen »Star Wars für Profis: Der Expertentest« von Robert Bircher & Rachel Coulthurst, »Die X-Akten 4. Staffel« von Claudia Kern & Petra Hundacker, »Die Ehre der Klingonen« von Mark Okrand, »Star Trek: The Next Generation – Das offizielle Logbuch« von Larry Nemecek, »Millenium« von Christian Lukas, »SF-TV-Guide 98/99« und »Das Babylon 5 Universum« von Torsten Dewi, die von Phil Hardy zusammengestellte »Science Fiction Filmenzyklopädie« und »The Making of Akte X: Der Film« von Jody Duncan auf dem Programm. Für Ende 1998 eingeplant sind zwei weitere Sachbücher zum Phänomen STAR TREK: »Star Trek: Raumschiff Enterprise – Das offizielle Logbuch« von Alan Asherman und »Die Trek-Crew von Picard bis Troy – Die Stars aus TNG vor und hinter den Kulissen« von Adam Shrager. 1997 erschien hier als Novum für den deutschen Markt ein SF-Roman mit Videokassette, auf der einige markante Szenen in raffinierten Tricksequenzen präsentiert werden: die Space Opera »Hagar Qim« von Claudia Kern & Werner Kurt Giesa.

Neu bei HERBIG 1998 der historisch-phantastische Roman »König der Kelche« von Anne Garzon und der Thriller »Der Sintfluter« von James Douglas.

HERDER brachte 1997 die Märchenbände »Kleine Drachen sind eben so« und »Vom Engel, der immer zu spät kam« von Andrea Schwarz und 1998 »Geschichten vom lieben Gott« von Rainer Maria Rilke und das Märchen »Der Wunschkristall« von Hans Kruppa auf den Markt.

Science Fiction, Fantasy und Horror bilden schon traditionell einen Schwerpunkt beim WILHELM HEYNE VERLAG, auch im Hardcoverprogramm. So erschienen im Herbst 1997 noch der historische Roman »Troja« von Gisbert Haefs, der phantastische Roman »Die Hüterin der Gewürze« von Chitra Banerjee Divakaruni, der Thriller »Meg – Die Angst aus der Tiefe« von Steve Alten, der zum KULTUR-Zyklus gehörende SF-Roman »Die Spur der toten Sonne« von Iain Banks, der Fantasy-Roman »Die Erbin von Ruwenda« von Marion Zimmer Bradley zur RUWENDA-Saga, Stephen Kings 4. DARK TOWER-Roman »Glas« und der reich illustrierte Phantastik-Band »Die Reise der Bassett« von Alan Dean Foster, 1998 folgten die phantastischen Romane »Geisterlicht« von Marion Zimmer Bradley, »Die Alchemistin« von Kai Meyer und »Turm der Einsamkeit« von Valerio M. Manfredi, der Thriller »Das Maltarese-Mosaik« von Robert Ludlum, der SF-Schmöker »Begegnung mit Tiber« von Buzz Aldrin & John Barnes, der Thriller »Aurora« von Robert Harris, der 7. Band des prähistorischen Zyklus um die Ureinwohner Nordamerikas, »Das Volk der Stille« vom Autoren-Ehepaar Gear, und »Cäsars Druide« von Claude Cueni, ein historischer Roman mit Fantasy-Touch. In der Reihe HEYNE SCIENCE FICTION & FANTASY wurden wieder Sekundärwerke, vor allem zu STAR TREK, und herausragende Romane im Hardcover herausgebracht. Bei ersteren waren das »Gene Roddenberry« von David Alexander, »Star Trek Timer 1998« von Ralph Sander, »Star Trek – Die wahre Geschichte« von Herbert F. Solow & Robert H. Justman und »Star Trek Phase II: Die verlorene Generation« von Judith & Garfield Reeves-

Stevens, zu letzteren gehörten »Roter Mars« und »Grüner Mars« von Kim Stanley Robinson (die ersten beiden Bände der MARS-Trilogie), »Bettler und Sucher« (2. Band der BETTLER-Trilogie) und »Verico Target« von Nancy Kress, »Das zerbrochene Rad« von Ulrich Kiesow (DER Grundlagenroman zum vom verstorbenen Autor entwickelten Spiel DAS SCHWARZE AUGE), »Maemones Auge« von Wolfgang Jeschke, »In Zeiten der Flut« von Michael Swanwick, »Hyperion« von Dan Simmons, »Brüchige Siege« von Michael Bishop, »Lethe« von Tricia Sullivan sowie die LONG SUN-Tetralogie von Gene Wolfe, »Die Nachtseite der Langen Sonne«, »Der See der Langen Sonne«, »Der Caldé der Langen Sonne« und »Der Exodus aus der Langen Sonne«. Des weiteren die Sekundärtitel »Star Trek: Das Skizzenbuch. Die Originalserien« von Herbert F. Solow & Yvonne Fern Solow, »Star Wars Timer 1999«, »Star Wars – Die Rißzeichnungen« und »Wer ist was im Star Wars Universum« von David West-Reynolds sowie »Die Welt von Robert Jordans DAS RAD DER ZEIT« von Robert Jordan & Teresa Patterson, der Klassiker »Auf zwei Planeten« von Kurd Laßwitz und »Champion Jack Barron« von Norman Spinrad. In Vorbereitung befinden sich »Blauer Mars« von Kim Stanley Robinson (Abschlußband der MARS-Trilogie), »Bettlers Ritt« von Nancy Kress (3. Roman der BETTLER-Trilogie) und »Der schweigende Stern« von C. S. Lewis (die berühmte PERELANDRA-Trilogie in einem Band).

HINSTORFF setzte die Franz-Fühmann-Neuausgabe 1998 mit »Irrfahrt und Heimkehr des Odysseus« fort.

An Titeln mit phantastischen oder spekulativen Elementen erschienen zuletzt »Die Jesus-Verschwörung« von Eliette Abecassis, »Noahs Club« von Wolf von Lojewski, »Memnoch der Teufel« von Anne Rice, der 5. Band der VAMPIRE CHRONICLES, und der SF-Thriller »Das Leben der Monsterhunde« von Kirsten Bakis bei HOFFMANN UND CAMPE.

Erneut mit immenser Verspätung wurde bei IGEL das Sachbuch »Über Paul Scheerbart III«, hrsg. von Paul Kaltefleiter, publiziert.

INSEL brachte im Herbst 1997 das Sachbuch »Die Welt von Tausendundeiner Nacht« von Robert Irwin heraus.

Bei JUNGE WELT erschien der Roman zum Film »Space Jam« von Nancy E. Krulik.

Bei KATZMARZ kam 1997 als Privatdruck eine limitierte Hardcoverausgabe des Horror-Romans »Nonnen« von Michael Siefener heraus.

Eine moderne Version der Schildbürgerstreiche präsentierte Jurij Brezan, der Vater des »Krabat«, 1997 bei GUSTAV KIEPENHEUER unter dem Titel »Die Leute von Solow«, 1998 folgte »ufo in der küche«, »ein autobiografischer seiens-fikschen« von ZE DO ROCK.

»Die Schwester des Schattenkönigs« von Sabine Reber wurde im Frühjahr 1998 bei KIEPENHEUER & WITSCH publiziert.

Die in neuer Aufmachung bei KLETT-COTTA als Paperbackreihe wiederbelebte traditionsreiche Fantasy-Edition HOBBIT PRESSE wurde 1997/98 mit »Das Buch Merlin« von T. H. White und »He! Rebeck!« von Peter S. Beagle weitergeführt. Daneben wurden noch »Die Geschichte des Großen Ringkrieges« von J. R. R. Tolkien (siebenbändige Kassettenedition des »Hobbit« und des »Herrn der Ringe«), »Die Zitadelle des Goldenen Bären« von Tom La Farge (zweiteiliger Zyklus in einem Band), ein Sekundärwerk zu »Stephen King« von Burkhard Müller, eine Neuübersetzung von Tolkiens Klassiker »Der Hobbit« und der erste Band von Tad Williams neuestem Zyklus OTHERLAND unter dem Titel »Stadt der goldenen Schatten« herausgebracht. Die weiteren Romane der projektierten Tetralogie befinden sich unter den Titeln »Fluß des blauen Feuers«, »Berg des schwarzen Glases« und »Meer des silbernen Lichts« in Vorbereitung.

Phantastik auch wieder bei ERIKA KLOPP: 1998 erschienen die Jugendbücher »Megafreunde« von Mary Hoffman und »Höllenqualen« von Isolde Heyne.

KNAUR präsentierte 1998 als eigenständiger Verlag den phantastischen Roman »Die Stimmen der Steine« von Priscilla Cogan, den phantastisch-historischen Roman »Der Gefangene der Wüste« von Christian Jacq, den SF-Roman »Die Nacht des Lichts« von Christine Arnothy und den zum DARKOVER-Zyklus gehörenden Fantasy-Roman »Das Lied von Darkover« von Marion Zimmer Bradley.

Bei KNAUS erschienen zuletzt die Romane »Untergrundmann« von Mick Jackson, »Mendels Zwerg« von Simon Mawer, »Bis zum abnehmenden Mond« von Margarete Hannsmann, »Das Ding an sich« von Klaas Huizing und »Die geheime Gesellschaft« von Alan Wall, die alle mehr oder minder stark ausgeprägte phantastische Elemente enthalten.

Um die Suche nach einer geheimnisvollen Stadt und dem dort verborgenen, verlorengeglaubten Wissen geht es in dem Märchen »Das verlorene Wissen« von Waltraud Kirschke, Ende 1997 im LUCY KÖRNER VERLAG publiziert.

Zahlreiche interessante Genre-Titel standen auch 1997/98 wieder bei WOLFGANG KRÜGER auf dem Programm: 1997 erschienen neben einer Paperback-Ausgabe der AVALON-Trilogie – »Die Wälder von Albion«, »Die Herrin von Avalon« und »Die Nebel von Avalon« – von Marion Zimmer Bradley der phantastische Roman »Der Engel an meiner Seite« von Laura Restrepo und der historisch-phantastische Schmöker »Der Sohn des Azteken« von Gary Jennings (Fortsetzung von »Der Azteke«), und im Frühjahr 1998 der Post-Doomsday-SF-Roman »Die Lichtung« von Jean Hegland.

»Die Hexe« von Marie Ndaye erschien 1997 beim Verlag ANTJE KUNSTMANN.

Im Sachbuchverlag PETER LANG kamen zuletzt die Sekundärtitel »Von Star Wars, Ultima und Doom« von Christian Wessely, »Androiden«, hrsg. von Jürgen Söring & Reto Sorg, »Die Mensch-Tier-Verwandlung« von Gabriela Brunner Ungricht,

»Kommunikation und Massenmedien in englischen und amerikanischen Utopien des 20. Jahrhunderts« von Dagmar Priebe und »Die angloamerikanische Ökotopie« von Jan Hollm heraus.

»Spukgeschichten« präsentierte Georg Lohmeier im gleichnamigen, bei LANGEN MÜLLER publizierten Hardcover.

1997 wurde bei LEIV das phantastische Jugendbuch »NIRIBO oder Die Suche nach dem Gläsernen Berg« von Herma Costa-Pruscha veröffentlicht, 1998 alles von, zu und über die ALEXANDER WOLKOW MÄRCHENREIHE mit dem Sekundärband »Überall ist Zauberland«.

Neue phantastische Jugendbücher standen auch 1997/98 bei LENTZ auf dem Programm: der Gruselroman »Mein bester Freund ist ein Gespenst« von Mercedes Neuschäfer-Carlon, die Tier-Fantasy »Unter der Stadt« von Andre Marx und das Märchen »Der Mühlenelf« von Folke Tegetthoff.

Im 1997 wieder installierten, zur Verlagsgruppe DROEMER-KNAUR gehörenden LICHTENBERG VERLAG erschienen die SF-Romane »Ungesühnt« von Keith Baker, »Der letzte Tag« von Glenn Kleier und »Das Schwarze Thangka« von Raymond A. Scofield.

Der VERLAG DER LIEBENZELLER MISSION publizierte 1997 als TELOS Paperback den SF-Roman »2002 – Vorhut zum Jüngsten Tag« von Ed Stewart.

1997/98 brachte LIMES den prähistorischen Roman »Der Gesang des Flusses« von Sue Harrison (Band 1 einer neuen projektierten Trilogie) und »Die Maske der Ahnen« von Glenville Lovell heraus.

Neu bei LIMMAT 1997: »Mit virtuellen Grüßen!« von Daniel de Roulet.

1997 erschien bei LIST der historisch-phantastische Roman »Die letzten Tage von Rungholt« von Kari Köster, 1998 der im Moskau des Jahres 2015, nach einem mörderischen Bürgerkrieg in Rußland spielende SF-Krimi »Moskauer Roulette« von Donald James.

Dietrich Wachler publizierte Aufsätze und Rezensionen unter dem Titel »Die Wirklichkeit des Phantoms« Ende 1997 im Literaturverlag LIT.

Phantastisch groß war auch zuletzt wieder das Genre-Angebot des Bindlacher Verlags LOEWE. Neu gestartet wurde 1998 die Serie um ZACK von Dan Greenburg, in der ein Junge mit phantastischen Personen und Erlebnissen konfrontiert wird; bislang liegen sechs Bände vor: »Zack kann Gedanken lesen«, »Zack und der verrückte Poltergeist«, »Zack und der seltsame Dr. Jekyll«, »Zack und die sprechende Katze«, »Zack und der Typ aus der Zukunft« und »Zack und die rätselhafte Katzengöttin«. R. L. Stines Horror-Reihe FEAR STREET wurde weitergeführt mit den Romanen »Prüfungsangst«, »Der Ferienjob«, »Die Tramperin« und »Die Stiefschwester«. Daneben erschienen noch »Ein total verrücktes Endspiel« von Ritchie Perry (nach »Hilfe, ich bin ein Werwolf« der 2. Roman um den WERWOLF VON RUNTON), »Gespensterkrach um Mitternacht« von Gunter Preuß, »Der verhexte Einkaufstag« von Anne Steinwart und »Tiger Tiger« von Melvin Burgess.

GUSTAV LÜBBE präsentierte 1997/98 den Polit-Thriller »Total Control« von David Baldacci, »Die Töchter der Nibelungen«, Diana L. Paxsons Neufassung der Nibelungensage, im Original in drei Bänden erschienen, als Gesamtausgabe, »Der dritte Zwilling« von Ken Follett, »Wolfsherz« von Wolfgang Hohlbein, »Der Schwarze Kelch« von Peter Berling (Abschlußband seiner vielbeachteten GRALS-Tetralogie), »Der Spiegelmacher« von Philipp Vandenberg, »Die Mauern von Chantalon« von Alice Borchardt und »Sole Survivor – Die Überlebende«, der neueste unheimliche Thriller von Dean Koontz.

Nach einer ausgeflippten Nacht voll Sex und Drogen erwacht der Protagonist als Affe in einer Welt voll intelligenter Affen – in »Die schöne Welt der Affen« von Will Self, 1998 bei LUCHTERHAND erschienen.

Die phantastische Edition MALDOROR (Bezug: ASUKA KEEN, Savignystraße 11, D-60325 Frankfurt am Main) wurde im Sommer 1998 mit der von Malte S. Sembten & Michael Marrak zusammengestellten Anthologie »Der agnostische Saal« gestartet, die neben Stories der beiden Herausgeber noch neue Beiträge von Eddie M. Angerhuber, Michael Siefener & Jörg Munsonius, Kim Newman, Cay Rademacher, Marco Frenschkowski, Noel K. Hannan, Robsie Richter, Ray B. Russell, Jörg Dinstühler, Boris Koch und Ian McDonald enthielt.

Auf literarisch anspruchvolle Jugendliteratur hat sich MIDDELHAUVE spezialisiert. An Genre-Titeln wurden zuletzt die »Nachtgeschichten« von Paul Biegel publiziert.

In der MITTELBAYRISCHEN VERLAGSANSTALT, wo auch schon sein aufsehenerregender Erstling »Freistaat« erschienen war, publizierte Günter Hack auch seinen zweiten SF-Roman »Der Architekt im Glashaus«.

Zuletzt erschienen beim zur VPM gehörenden MOEWIG VERLAG in der PERRY RHODAN-Hardcoverreihe die Bände »Herrscher des Schwarms« (59), »Die Cynos« (60), »Terra im Brennpunkt« (61) und »Götzendämmerung« (62), die Reihe der ATLAN ZEITABENTEUER wurde mit den Bänden 11 (»Kontinent des Krieges«) und 12 (»Samurai von den Sternen«) weitergeführt, und in der Reihe PERRY RHODAN SPACE THRILLER kamen die neuen Romane »Geheimprojekt Biothek« von H. G. Francis und »Mauern der Macht« von Konrad Schaef heraus, bevor diese neue Edition eine Pause einlegte. Bei den PR-Silberbänden werden auch künftig vier Titel im Jahr herauskommen. Die ATLAN-ZEITABENTEUER, von Hanns Kneifel nach seinen PR-Taschenbüchern in diese definitive Ausgabe überarbeitet, enden mit Band 13, danach werden drei neue Romane von Rainer Castor veröffentlicht, die zeitlich nach der Anerkennung Atlans als neuer Imperator des Großen Imperiums durch den Robotregenten von Arkon (PR-Heft 86) angesiedelt sind.

Ende 1998 startet im VERLAG MUNNIKSMA die von Robert N. Bloch redaktionell betreute BIBLIOTHEK DES SONDERBAREN, in der verschollene Meisterwerke der phantastischen Literatur des 19. und frühen 20. Jahrhunderts bzw. Werke des Abseitigen und Makabren, die nie für ein großes Publikum gedacht waren, mit den ersten drei Bänden in bibliophiler Aufmachung: der Erzählband »Die Feuerlilie und andere Giftblüten« von Leonhard Stein, die Anthologie »Die Sarginsel. Eine Galerie vergessener deutscher Phantasten« und der Novellenband »Das Wallmüllerhaus. Zwei seltsame Mysterien« von Hermann Wolfgang Zahn.

Neu 1998 bei NAGEL & KIMCHE u. a. der historische Roman »Die stumme Reiterin« von Gabrielle Alioth, eine zeitlose Geschichte von Magie, Intrige und Verrat.

Eine Mischung aus Krimi und Science Fiction war der Roman »Das todsichere Ding« von Gert Prokop, in Neuauflage 1997 beim Verlag DAS NEUE BERLIN erschienen.

Der Saarbrückener Verlag NEUE ERDE setzte auch in seinen jüngsten Programmen die Herausgabe der Werke der britischen Autorin Moyra Caldecott fort, es wurde »Smaragd und Turm« neu auf den Markt gebracht und der 2. Band der Fantasy-Tetralogie DIE HOHEN STEINE unter dem neuen Titel »Steinzauber« als Paperback neu aufgelegt. Zusätzlich erschien von V. S. Ferguson der Roman »Innana Über-Licht«, die Fortsetzung von »Innanas Rückkehr«.

Abenteuer im Cyberspace bot »Rette die TITANIC« von Robert Klement, 1998 im VERLAG NIEDERÖSTERREICHISCHES PRESSEHAUS.

RAINAR NITZSCHE setzte seine REIHE PHANTASTIK, in der Originalausgaben zeitgenössischer deutschsprachiger Autorinnen und Autoren aus den Bereichen Science Fiction, Fantasy und Phantastik veröffentlicht werden, auch 1997/98 fort. Zuletzt erschienen hier »Jädiasenn – Durch Raum und Zeit«, der erste Band eines Fantasy-Zyklus von Katja Bulling, »Der Leuchtende Pfad des Magiers«, ein magisch-meditativer Fantasy-Roman von Rainar Nitzsche, und der SF-Roman »Der Tod der Physiker« von Timothy McNeal. Neu aufgelegt wurde der Erzählband »Kanon der Melancholie« von Jens Lossau & Jens Schumacher.

Phantastisches auch wieder bei NYMPHENBURGER: »Liebesmärchen« von Folke Tegetthoff, »Die Wiederentdeckung der Leidenschaft« von Nick Bantock, eine magische Reise ins Venedig der Vergangenheit, und »Der Jahrtausendkaiser« von Richard Dübell, der Roman um eine phantastische Geschichtsfälschung zur Zeit des Spätmittelalters.

Bei OETINGER erschienen ist 1998 das phantastische Jugendbuch »Küss mich, sagte der Vampir« von Carmen Blazejewski.

Zwei Genre-Titel publizierte der auf christliche Literatur spezialisierte Verlag ONE WAY im Jahre 1997: »Daniel – Der Mann, der die Zukunft sah« von Thom Lemmons und »Himmelsblut – Blood of Heaven« von Bill Myers.

Ungewöhnliche Vampirgeschichten präsentierte Victoria A. Brownworth in ihrer beim ORLANDA FRAUENVERLAG erschienenen Anthologie »Mitternachtskuß«.

Wie sein Leben weiter verlaufen hätte können, wäre Christus nicht am Kreuz gestorben, schildert Karl Hoche in seinem respektlosen Roman »Das Evangelium nach Hoche«, 1988 bei PATMOS.

Ganz im Zeichen des TV-Zeichentrick-Drachen stand das bei PATTLOCH 1997 publizierte Buch »Tabaluga – Die schönsten Traumgeschichten«.

Bei PICUS erschien u. a. der Gruselroman »Der Vampirclub« von Paul van Loon.

Wieder einige überaus interessante Sekundärwerke hatte die PHANTASTISCHE BIBLIOTHEK WETZLAR zuletzt in ihrer Schriftenreihe im Programm, und zwar »Das Ende des Dritten Zeitalters« von Birgit Döffinger, »Romanstruktur, Genremerkmale und Erzählstruktur in Hanns Heinz Ewers' Roman »Der Zauberlehrling« von Marion Knobloch, »Häßliche Träume« von Sabine Kleine, »Die Wiederkehr des Mythos« von Karoline Furch, »Die Geburt des Mythos aus dem Geiste der Vernunft« von Stefanie Stockhorst und »Der Untergang des Traumreiches«. Die EDITION JUNGE PHANTASTIK wurde nach mehrjähriger Pause mit den Anthologien »Imago«, »Tore zu anderen Welten« und »Die Rückkehr der Drachen« sowie dem Roman »Claudia, Römerin« von Dorothea Hühn weitergeführt.

PIPER setzte 1998 die Agentenserie um COQ ROUGE von Jan Guillou mit »Im Namen Ihrer Majestät« fort und schloß Stephen Lawheads Fantasy-Trilogie DIE SAGA DES DRACHENKÖNIGS mit »Das Schwert und die Flamme« ab.

Bei RASCH UND RÖHRING erschien die Erzählsammlung »Wundertüte eines halben Tages« mit zum Teil phantastischen Geschichten von Uwe Herms.

RAVENSBURGER brachte im Herbst 1997 »Ein Vampir im Haus« von Ingrid Uebe und »Cybermama – Eine sensationelle Reise in die Welt der Zukunft« von Alexandre Jardin heraus, im Frühjahr 1998 folgten die ersten beiden Bände der Serie DIE SCHULE DER VAMPIRE, »Die Prüfung« und »Der falsche Vampir« von Jackie Nibisch, und die Phantastik-Anthologie »Lebensgefährlich!«. Im Herbst 1998 landete RAVENSBUR-

GER dann den großen Hit: Neben »Der Boggart im Loch Ness« von Susan Cooper, dem zweiten Roman um den BOGGART, ein uraltes, unsichtbares und verspieltes Wesen, wurde die amerikanische Bestseller-Serie ANIMORPHS von K. A. Applegate um Kinder, die sich in Tiere verwandeln können und in dieser Gestalt Invasoren bekämpfen, die die Erde bedrohen, mit gleich acht Romanen en bloc gestartet: »Die Invasion«, »Der Besucher«, »Die Begegnung«, »Die Botschaft«, »Der Raub«, »Die Beute«, »Der Fremde« und »Der Alien«. Zudem hat der Verlag die Rechte an den Thomas-Brezina-Serien TOM TURBO, DIE KNICKERBOCKER-BANDE und DIE KNICKERBOCKER-BANDE 2000 erworben und gibt sie ab August 1998 heraus.

Der österreichische Journalist und Autor Andreas Findig legte 1998 seine erste Collection vor: »Gagarins Galaxis«, eine Sammlung »phantastischer Bagatellen«, ist im RESISTENZ VERLAG (Postfach 184, A-4010 Linz) erschienen.

»Tod des Prinzen« von Jon Michelet war der einzige Genre-Titel, der 1997 bei ROTBUCH veröffentlicht wurde.

Bei ROWOHLT erschien 1998 der SF-Roman »Geklont« des neuen britischen SF-Talents Michael Marshall Smith.

RÜTTEN & LOENING präsentierte zuletzt den neuen unheimlichen Roman »Die Winterprinzessin« von Kai Meyer, in dem die Brüder Grimm wie zuvor schon in »Die Geisterseher« ein kriminalistisches Abenteuer erleben, und den historisch-phantastischen Roman »Die Legende von Atlantis« von Valerie M. Irwin, während Peter Simon in seinem zweiten Roman »Im Vatikan ist die Hölle los« schilderte, was sich auf dem Konklave abspielt, das nach der Ermordung von Papst Petrus II. einberufen wird.

SAUERLÄNDER veröffentlichte 1997/98 die Romane »Donna & Dario« von Barbara Frischmuth, »Im Schatten des Falken« von Cynthia Voigt, »Eiskalt« von Robert Swindells, »Als Weihnachten beinah verschoben wurde« von Achim Bröger und »Am Flußufer« von Kenneth Grahame, die von Berlie Doherty zusammengestellte Anthologie magischer Geschichten mit dem Titel »Das Mädchen, das nicht gehen konnte« und den SF-Roman »Planet der Lichter« von Elin Brodin.

SCHERZ publizierte 1997/98 den Urzeit-Roman »Der Clan der Großen Sonne« von Linda Lay Shuler, das stimmungsvolle Märchen »Die Nacht der Delphine« von Hugo Verlomme und die Thriller »Der Schatten des Herrn« von John F. Case und »Das Medusa-Projekt« des durch seinen auch erfolgreich als TV-Zweiteiler verfilmten Bestseller »Pandora's Clock« (dt. »Gegen die Uhr«) bereits bestens bekannten Autors John J. Nance.

Phantastische Titel jedweder Provenienz bilden schon traditionell einen Schwerpunkt im Programm des Verlags SCHNEEKLUTH, auch nach dessen Übernahme durch WELTBILD hat sich daran nichts geändert. Im Herbst 1997 erschienen der SF-Roman »Der 8. Tag« von David Ambrose, der futuristische Thriller »Der letzte Papst« von Malachi Martin, der Horror-Roman »Bilanz der Vampire« von Floyd Kemske und der Phantastik-Band »Die mit den Krähen sprach« von Jann Arrington Wolcott, im Frühjahr 1998 der phantastische Roman »Das Wissen der Bäume« des Indianer-Spezialisten Thomas Jeier. Zu den phantastischen Titeln des Herbstprogramms 1998 gehörten u. a. die SF-Romane »EX« von David Ambrose, »Die Augen des Kostümverleihers« von Rainer Eder und »Jesus Video« von Andreas Eschbach, der dritte Roman des Autors, der für seine beiden zuvor erschienenen die wichtigsten deutschen SF-Preise eingeheimst hat. Am Rande noch von Interesse die historischen Romane »Darius der Große – König der Perser« von Hanns Kneifel und »Hildegard von Bingen« von Sabina Trooger.

Wieder überaus umfangreich war 1997/98 das Angebot an phantastischen Kinder- und Jugendbüchern beim Münchner FRANZ SCHNEIDER VERLAG. Bestsellerautor Christopher

Pike setzte seine Serie SPOOK CITY mit »Die Monster aus dem Eis« (5), »Das Schloss der Dämonen« (6) und »Das Grabmal der Hexe« (7) fort, Theo Schwartz seine Serie um die Hexe BIBI BLOCKSBERG mit »Wer ist Kartoffelbrei?« (5), »Bibi im Orient« (6), »Die neue Schule« (7) und »Das Wettfliegen« (8) sowie BIBI & TINA mit »Die Lipizzaner« (16). Zur TV-Serie TABALUGA schrieb Gregor Rottschalk die Bände »Tabaluga – Kleiner Drache, ganz groß!«, »Tabaluga und seine Freunde« und »Tabaluga – Abenteuer in Grünland«. Und der österreichische Erfolgsautor Thomas Brezina startete seine neue Serie GRUSELCLUB mit den ersten vier Romanen: »13 Stunden in der Geisterbahn«, »Der Mann mit den eisblauen Augen«, »Das unsichtbare Biest« und »Der Geist aus dem Dschungel«.

SCHULTE & GERTH, ein Fachverlag für religiöse Bücher, publizierte 1997 den Thriller »Die Qumran-Verschwörung« von Stephen P. Adams.

Barbara Slawig, bislang bekanntgeworden durch einige SF-Stories und Übersetzungen, brachte ihren SF-Roman »Flugverbot« als Paperback im EIGENVERLAG BARBARA SLAWIG heraus.

Neu auf der Szene erschienen ist 1997 der SNAYDER. Bislang sind zwei einschlägige Titel hier veröffentlicht worden, der SF-Roman »Das erste Buch dieses Universums« von Bodo Kroll und die AKTE X-Parodie »Die Z-Notizen« von »Edgar Puhver«.

STENDEL veröffentlichte 1997 »Alice« von Robert Griesbeck, eine moderne Interpretation des Kinderbuchklassikers, in dem es um das Erwachsenwerden geht. 1998 folgten drei weitere Publikationen, die erste davon eine Neuausgabe eines früheren Titels: »Feuerblume« von Sigrid Früh & Roland Kübler (Märchen von Liebe, Lust und Leidenschaft), »Rauhnächte« von Sigrid Früh (Märchen, Sagen und Bräuche) und der Märchenroman »Lichtauge« von Roland Kübler.

Leider nicht so gut vom Markt aufgenommen wurden die ersten beiden Bände des klassischen Fantasy-Zyklus DIE LEGENDE VON MANUEL von James Branch Cabell, die 1997 bei STORISENDE erschienen sind. Die Edition soll aber auf jeden Fall weitergeführt werden, auch die Herausgabe anderer phantastischer Titel ist geplant.

In Kooperation mit R. BROCKHAUS erschien im Verlag STYRIA »Das Buch von Gott« von Walter Wangerin, eine Nacherzählung der Bibel in Romanform.

Das gesamte Kurzwerk von Julio Cortazar ist im umfangreichen Wälzer »Die Erzählungen« von SUHRKAMP enthalten. Neu auch der Roman »Die Suche nach M.« von Doron Rabinovici.

Neu im Genre aufgetaucht ist 1997 der Münstener Verlag TEBBERT. Die ersten Genre-Titel, die hier veröffentlicht wurden, waren »Mac Mountain« von Bernhard Kürzel, eine Mischung aus Liebe, Horror, Abenteuer, Fantasy und Science Fiction, und »Exekution«, ein Band mit phantastischen Erzählungen von Christian Handtrack. Michaela Dane startete 1997 auch ihre SF-Serie EL CONDE mit »De Medinas Aufbruch« und setzte sie 1998 mit »De Medina spielt Schach« fort.

Bei TEUTSCH erschien 1997 der Spiritual Fantasy-Roman »Miria« von P. P. Talkenberg, das erste Buch des projektierten Zyklus DIE WELT VON BOT.

Enorm und ansprechend war wieder das Angebot an phantastischen Kinder- und Jugendbüchern bei K. THIENEMANN. Neu gestartet wurde der REDWALL-Zyklus von Brian Jacques um die tapferen Mäuse der britischen Abtei mit den ersten beiden umfangreichen Schmökern »Mossflower – In den Fängen der Wildkatze« und »Redwall – Der Sturm auf die Abtei«. Die Kinderbuchreihe THIENEMANNS FLIEGENDER TEPPICH wurde mit den Bänden »Die Erbsenprinzessin« von Martin Auer und »Der Traum aus dem unordentlichen Zimmer« von

Milan weitergeführt, in der für erwachsene Leser gedachten Edition THIENEMANN FANTASY erschienen »Wyrm – Das Geheimnis von Morrisons Farm« von Wolfgang Hohlbein sowie »Camber von Culdi« und »Sankt Camber« von Katherine Kurtz, die Bände 1 und 2 des FRÜHEN DERYNI-Zyklus. Geschoben wurde der Start des MÄRCHENMEISTER-Zyklus von Martin Eisele. Des weiteren erschienen noch das Kinderbuch »Paul das Phantom« von Dimitri Clou, der Phantastik-Sammelband »Feuerfrost & Der Mond von Gomrath« von Alan Garner und die Collection »Der Niemandsgarten« mit Texten aus dem Nachlass von Michael Ende.

Der Verlag THOMAS TILSNER, in dem auch das Magazin SCIENCE FICTION MEDIA herauskommt, publizierte zuletzt den phantastischen SHERLOCK HOLMES-Roman »Sherlock Holmes und der Schrecken von Sumatra« von Jörg Kastner und das von Andreas Kasprzak zusammengestellte Sachbuch »H. P. Lovecraft. Von Monstern und Mythen«.

TOSA setzte seine preiswerte Hardcoverausgabe der SAGA VON GARTH UND TORIAN mit den Bänden 4 bis 6 – »Die Arena des Todes«, »Die Straße der Ungeheuer« und »Der Tempel der verbotenen Träume« – fort und präsentierte 1998 die aus den Einzelbänden »Gwenderon«, »Cavin« und »Megidda« bestehende WALDKÖNIG-Trilogie des deutschen Erfolgsautors in ähnlicher Aufmachung. Daneben gab es noch »Weihnachtsgeschichten« von Charles Dickens.

Im Herbst 1997 erschien der zweite Roman des Gewinners des WOLFGANG HOHLBEIN PREISES Christoph Zimmer unter dem Titel »Wanderer zwischen den Zeiten« im Wiener VERLAG CARL UEBERREUTER, ebenso »Katzenwinter«, der neue Roman des Autorenehepaars Wolfgang & Heike Hohlbein und deren früherer Jugendroman »Drachenfeuer«, sowie der SF-Roman »Morgen war Krieg« von John Marsden um eine Invasion Australiens. Im Frühjahr 1998 folgten die Jugendbücher »Die Stadt der Verlorenen« (Band 11 der Serie KAPITÄN NEMOS KINDER) und »Die Nacht des Drachen«, beide von Wolfgang Hohlbein, und die Tierfantasy »Die Hunde vom Strand« von Colin Dann, dem Schöpfer der Serie um die TIERE VOM WEISSHIRSCHPARK. Im Herbst 1998 schließlich wurde die neue, von Wolfgang Hohlbein herausgegebene EDITION MÄRCHENMOND mit den Bänden »Die Kinder der Nibelungen« von Helmut W. Pesch, »Im Schatten des Hexenmeisters« von Thorsten Lipinski und »Die Augen der Maru« von Christopher Zimmer gestartet, daneben erschienen noch der Grusel-Roman »Vampire auf Schloss Zahnfleisch« von Erich Ballinger sowie die SF-Romane »Im Mond der Wölfe« von Werner J. Egli und »Die Toten der Nacht« von John Marsden, die Fortsetzung von »Morgen war Krieg«.

ULLSTEIN publizierte im Herbst 1997 den historischen Roman »Die Erwählte« von Melvyn Bragg und 1998 den phantastische Elemente enthaltenden literarischen Thriller »Bombay Ice« von Leslie Forbes.

Märchenhafte Geschichten von Wladimir Struminski präsentierte UNIVERSITAS in der Collection »Die gestohlenen Tränen«.

Die wichtigsten Dystopien der SF-Literatur bildeten das Thema des Sachbuchs »Clockwork Orwell« von Thomas Nöske, im Herbst 1997 bei UNRAST erschienen.

URACHHAUS brachte 1998 die phantastischen Jugendbücher »Das Nest der Träume« von Rosa Montero und »Das Geheimnis der Kleinen Krähen« von Bert Kouwenberg heraus.

Die Kölner VGS VERLAGSGESELLSCHAFT behauptete auch 1997/98 wieder ihren Ruf, der führende Hardcoververlag für Begleitbücher zu phantastischen TV-Serien und Filmen zu sein. Das Angebot war 1997 drastisch erweitert worden und lag bei etwa zwanzig Bänden pro Halbjahr, was nur durch eine breite Akzeptanz beim Buchhandel wie auch bei der Leserschaft möglich war. Lediglich serienunabhängige

SF-Titel liefen nicht so, wie ursprünglich erwartet, und wurden deshalb größtenteils wieder aus dem Programm genommen. So erschienen zu den diversen STAR TREK-Serien als Hardcover-Vorabdrucke die Romane »Q²« von Peter David und »Crossover« von Michael Jan Friedman sowie das Quizbuch »Trek-O-Mania« von James Hatfield & George »Doc« Burt; zu STAR WARS gab es die Trilogie DIE SCHWARZE FLOTTE von Michael P. Kube-McDowell – »Vor dem Sturm«, »Aufmarsch der Yevethaner« und »Entscheidung bei Koornacht« –, Band 1 und 2 des Zyklus GALAXY OF FEAR von John Whitman – »Lebendig begraben« & »Stadt der Toten« – im Sammelband, das Quizbuch »Star Wars – Das Diplomatische Korps: Die Aufnahmsprüfung« von Kristine Kathryn Rusch, das Sachbuch »Star Wars – Magie und Mythos« von Mary Henderson und die Bände 4 bis 8 der Serie STAR WARS – YOUNG JEDI KNIGHTS von Kevin J. Anderson & Rebecca Moesta, »Lichtschwerter«, »Die Rückkehr des Dunklen Ritters«, »Angriff auf Yavin 4«, »Die Trümmer von Alderaan« und »Allianz der Vergessenen«; zur Anthologien-TV-Serie THE OUTER LIMITS erschien Band 3; SPACE wurde weitergeführt mit »Kopf oder Zahl« von Dina Anastasio und »Angriff aus dem All« von Easton Royce; neu gestartet wurden Buchreihen zu MILLENIUM mit den Romanen »Der Franzose« von Elizabeth Hand, »Gehenna« von Lewis Gannett und »Die Sünden der Väter« von Victor Koman und BUFFY – IM BANN DER DÄMONEN mit »Die Wiederkehr des Meisters« von Richie Tankersley Cusick und »Halloween« von Christopher Golden & Nancy Holder, dazu gab es noch Bücher zu PSI-FACTOR von Dan Aykroyd, SLIDERS von Brad Linaweaver, EIN HAUCH VON HIMMEL von Martha Williamson & Robin Sheets, PRINZESSIN FANTAGHIRO (»Die Reise nach Anderswo«) von Doriana del Gallo, AMERICAN GOTHIC (»Der Teufel von Trinity«) von W. T. Quick und BURNING ZONE (»Der Schwarze Turm«) von Timothy Boggs sowie den Jugendroman zum Film »Godzilla« von H. B. Gilmour. Die aus neuen Romanen bestehende AKTE X-Serie wurde mit »Antikörper« von Kevin J. Anderson weitergeführt, die

Romanserie AKTE X STORIES mit Adaptionen einzelner Folgen der TV-Serie ging mit Band 11, »Die Maschine« von Les Martin«, weiter, in der ebenfalls auf TV-Folgen basierende Romanreihe AKTE X NOVELS erschienen zuletzt »Energie« von Easton Royce (3), »Unsere kleine Stadt« von Eric Elfman (4), »Parallele« von Ellen Steiber (5), »Frische Knochen« von Les Martin (6), »Mein Wille sei dein Wille« von Everett Owens (7), »Der Parasit« von Les Martin (8) und »Höllengeld« von Ellen Steiber (9), dazu gab es noch den drei Folgen umspannenden Roman »Seilbahn zu den Sternen« von Quentin Thomas, Biographien der AKTE X-Stars David Duchovny und Gillian Anderson, das Quizbuch »X-Master« von James Hatfield & George »Doc« Burt und das schon lange angekündigte 3. »offizielle Kompendium« zum TV-Hit, »Leugnen Sie alles!« von Andy Meisler. Timothy Zahns COBRA-Trilogie wurde mit Band 2, »Siedler der fünf Welten« zwar weitergeführt, aber nicht abgeschlossen. Zudem erschienen noch das Quizbuch »MovieMania« von Jacqueline Leyfeldt alias Ralph Sander & Daniel Vollmer, das Sachbuch »Roland Emmerich. Eine Werkbiografie« von Jo Müller sowie die SF-Romane »Ignition – Kennedy Space Center in Angst« von Kevin J. Anderson & Doug Beason und »3001 – Die letzte Odyssee« von Arthur C. Clarke, der Abschluß des ODYSSEE-Zyklus. Für die nächsten Monate eingeplant sind u. a. weitere Bände der AKTE X NOVELS, zu MILLENIUM und STAR WARS wie auch der neue AKTE X-Roman »Skin Eater« von Ben Mezrich.

Im Frühjahr 1998 wurden beim Berliner Verlag VOLK & WELT die Münchhausiade »In Kafkas Schloß« von Hans Christoph Buch und der Märchenband »Der Hut des Krämers Ephraim« von Alexander Kastinskij herausgebracht.

MARION VON SCHRÖDER präsentierte zuletzt den phantastischen Roman »Hakims wunderbare Reise« von Gautama Chopra und »Loreley«, die Neuerzählung des großen deutschen Mythos von Alexander Nix.

Bei WAGENBACH kam zuletzt die Sammlung »Lotterie in Babylon« von Jorge Luis Borges heraus.

Moderne Fabeln präsentierte Eugen Drewermann in dem im Frühjahr 1998 bei WALTER erschienenen Erzählungsband »Von Tieren und Menschen«.

Zugunsten von THIENEMANNS wurde das Genre-Angebot von WEITBRECHT etwas zurückgefahren. Zuletzt erschienen 1998 die überarbeitete und erweiterte Neufassung des »Lexikon der phantastischen Literatur« von Rein A. Zondergeld & Holger E. Wiedenstried und der phantastische Roman »Schattenwölfe« von Thomas Görden.

WELTBILD publizierte 1997 »Edelsteingarten« von Medina Coengrachts, eine Sammlung von Märchen von Juwelen und Kristallen.

Science Fiction und Phantastik auch bei WUNDERLICH: 1997 wurde der historisch-phantastische RAMSES-Zyklus mit »Der Sohn des Lichts« und »Der Tempel der Ewigkeit« begonnen und im Jahr darauf mit »Die Schlacht von Kadesh« weitergeführt. In diesem Zeitraum erschienen noch die SF-Romane »Esau« von Philip Kerr und »Zeit des Bären« von Robert S. Elegant.

ZAUBERMOND schließt seine Buchausgabe der klassischen Horror-Serie DÄMONENKILLER im Herbst 1998 mit Band 32 ab und startete gleichzeitig die neue DÄMONENKILLER-Serie mit den ersten beiden Bänden.

Der traditionsreiche Wiener ZSOLNAY VERLAG hatte auch 1997/98 wieder SF und Phantastik im Programm, wie »Wien, Juli 1999«, Milo Dors Warnung vor politischen Entwicklungen, die sich abzuzeichnen beginnen, den Phantastik-Klassiker »Mars im Widder« von Alexander Lernet-Holenia, »Uroboros« von Mark Petit und »Die Gabe des Schmerzes« von Andrew Miller.

ZWEITAUSENDEINS publizierte 1997 in einer preiswerten einbändigen Dünndruckausgabe »Das literarische Gesamtwerk« von Lewis Carroll und 1998 John Cowper Powys' Monumentalepos »Glastonbury Romance«.

7. DISKETTENBÜCHER

Von Jahr zu Jahr findet das Konzept der DISKOMANE, von Romanen in Fortsetzungen und Stories, wie es Wilfried Hary konzipiert und in den letzten Monaten laufend ausgebaut hat, mehr und mehr Freunde und Interessenten. Seit 1997 wird das komplette Verlagsprogramm auch in preisgünstigen Monatslieferungen angeboten, die einen bunten Querschnitt durch alle Genres der Unterhaltungsliteratur bieten, wobei ein Schwerpunkt naturgemäß bei phantastischen Themen liegt. So setzte Wilfried Hary unter den unterschiedlichsten Pseudonymen wie Mark Tate und Erno Fischer seine Horror-Serie um MARK TATE ebenso fort wie die SF-Serie HERR DER WELTEN, und auch der nach einer Idee von Marten Munsonius von ihm verfaßte Fantasy-Zyklus MÄRCHENERDE wurde hier erstmals veröffentlicht. Daneben erschienen noch SF-, Fantasy- und Horror-Stories anderer Autoren, wie Stefan T. Pinternagel, Axel Kruse und Alfred Bekker. Die Monatslieferung kostet im Paket DM 20,–. Einzelbezug diverser Serien ist möglich. Anfragen und Bestellungen: HARY-PRODUCTION, Waldwiesenstraße 22, D-66538 Neunkirchen.

Auf Diskette erscheinen auch die Romanfortsetzungen der ursprünglich bei PABEL mit 145 Bänden erschienenen Heftserie RAUMPATROUILLE ORION, in der Ideen der deutschen TV-Produktion weitergeführt wurden, im RAUMPATROUILLE ORION FANCLUB URACEEL, c/o Ralf Kramer, Marler Straße 14, D-46282 Dorsten. Beginnend mit Juni 1998 wird alle zwei Monate eine Diskette mit einem neuen Roman herausgebracht. Die Titel der ersten Romane lauten »Ende einer Irrfahrt« (146), »Die Rückkehr der Toten« (147),

»Verhängnis unter roter Sonne« (149), »Suchfunkspruch von Davenport II« (149) und »Experimente auf Sagron II« (150), wobei letzteres das 11. Jugendabenteuer der Crew darstellt. Als Extra erscheint die Sammlung »Dreizehn Abenteuer am Rande der Galaxis« mit den Veröffentlichungen um Cliff MacLane und seine Mannen in Zeitschriften wie PRALINE u. a. Danach wird die Serie sporadisch weitergeführt. Als Folgebände sind »Signale aus dem Hyperraum« (151), »In den Fängen der Frogs« (152), »Die Dimensionsdiebe« (153), »Das Vermächtnis der Könige« (154) und »Die Schwingen der Nacht (155) eingeplant, dann sollen vier Jugendromane folgen. Jede Fortsetzung kostet DM 5,–, die ersten 5 als Paket DM 25,–.

8. DIVERSES

TODESFÄLLE:

ROLF ULRICI: Am 27. September 1997 ist im Alter von 75 Jahren der Kinder- und Jugendbuchautor Rolf Ulrici gestorben, der auch als Lektor und Dramaturg tätig war. Ulrici, der auch unter den Pseudonymen Hans Korda und Hans Rodos publizierte, wurde 1922 in Berlin als Rolf Stitz-Ulrici geboren. Er schrieb eine große Anzahl abenteuerlicher Jugendbücher und erhielt 1953 den Deutschen Jugendbuchpreis. Besonders erfolgreich war die Serie KÄPT'N CONNY, in der die Abenteuer von vier Jugendlichen an der Waterkant geschildert wurden. In den siebziger und achtziger Jahren wandte sich Ulrici, der zu den meistgelesenen Jugendbuchautoren der Nachkriegszeit gehört, verstärkt der Science Fiction zu, es entstanden Serien wie RAUMSCHIFF MONITOR (1971–1975), GIGANTO MELDET (1975–1977), WELTRAUMKLIPPER (1979–1984), SUPERHIRN (1982) und TELEPHANTOM (1983). Er verfaßte auch den Roman zum Fantasy-Zeichentrickfilm »Walhalla« (1987).

GEORG ZAUNER: Am 4. Oktober 1997 starb der deutsche Autor und Regisseur Georg Zauner. Er war 77 Jahre alt. Zauner wurde 1920 in Göttingen geboren und war in erster Linie als Filmregisseur sowie Drehbuch- und Sachbuchautor tätig. 1980 erschien sein SF-Roman »Die Enkel der Raketenbauer« über ein postatomares Bayern, für den er mit dem Kurd Laßwitz Preis für den besten Roman des Jahres ausgezeichnet wurde. Ebenfalls nach einem atomaren Inferno spielt auch sein zweiter SF-Roman »Der verbotene Kontinent« (1983). Danach wandte er sich mit »Marana oder Die Hochzeit der Elfe« (1984) und »Die Erinnerungen des Helden Sigfrid« (1985) Fantasy-Thematiken zu.

ERNST JÜNGER: Am 17. Februar 1998 im Alter von fast 103 Jahren starb in Wilfingen, Baden-Württemberg, der deutsche Dichter und Schriftsteller Ernst Jünger, ein kontrovers diskutierter und umstrittener Autor, der für die einen als Kriegsverherrlicher, für die anderen als einer der bedeutendsten deutschen Dichter dieses Jahrhunderts gilt. Im Laufe seiner langen schriftstellerischen Laufbahn hat Jünger auch einige utopische und visionäre Romane geschrieben, die zum Teil heute vergessen sind: »Der Arbeiter« (1932), »Auf den Marmorklippen« (1939), »Heliopolis. Rückblicke auf eine Stadt« (1949) und »Eumeswil« (1977).

ANNE GEELHAAR: Am 12. April 1998, kurz nach ihrem 84. Geburtstag, starb die deutsche Kinderbuchautorin Anne Geelhaar in Berlin. Sie wurde am 5. April 1914 in Teichroda (heute Tuchorka in Polen) geboren. Ihr Debüt als Schriftstellerin gab sie 1953 mit dem Roman »Till Eulenspiegel – Abenteuer und Erlebnisse eines Bauernsohns«. Ihm folgten an die sechzig Kinderbücher, zuletzt »Oma auf dem Regenbogen« (1997), zahlreiche Hör- und Fernsehspiele und das Drehbuch zu »Das singende, klingende Bäumchen« (1957). Ihren einzigen Ausflug in die Science Fiction stellte das SF-Märchen »Der Prinz von Hovinka« im Jahre 1974 dar.

SEKUNDÄRWERKE:

Rachel Aberly: THE MAKING OF GODZILLA; Nürnberg 1998, Burgschmiet Verlag

Gil Adamson & Dawn Connolly: GILLIAN ANDERSON – SUPERSTAR AUS AKTE X. DIE BIOGRAPHIE; Köln 1997, vgs verlagsgesellschaft

Jörg Alberts, Roland Heep & Kai Krick: AKTE X – DIE VIERTE STAFFEL. DAS INOFFIZIELLE STANDARDWERK ÜBER DIE UNHEIMLICHEN FÄLLE DES FBI; München 1997, Heyne TB 01/10254

David Alexander: GENE RODDENBERRY. DIE AUTORISIERTE BIOGRAPHIE; München 1997, Heyne HC 06/5544

Anonym: ÜBERALL IST ZAUBERLAND; Leipzig 1998, LeiV

Thorsten Bagschik: UTOPIAS IN THE ENGLISH-SPEAKING WORLD AND THE PERCEPTION OF ECONOMIC REALITY; Frankfurt 1996, Peter Lang Verlag – Reihe FREIBERGER BEITRÄGE ZUM EINFLUSS DER ANGLOAMERIKANISCHEN SPRACHE UND KULTUR AUF EUROPA Band 2

Jürgen Berners: DER UNTERGANG DES TRAUMREICHES. UTOPIE, PHANTASTIK UND TRAUM IN ALFRED KUBINS ROMAN »DIE ANDERE SEITE«; Wetzlar 1998, Phantastische Bibliothek – SCHRIFTENREIHE UND MATERIALIEN DER PHANTASTISCHEN BIBLIOTHEK WETZLAR, Band 27

Robert Bircher & Rachel Coulthurst: STAR WARS FÜR PROFIS. DER EXPERTENTEST; Königswinter 1997, Heel-Verlag

Janet Bord: FEEN, ELFEN, ZAUBERWESEN. BEGEGNUNGEN MIT DEM WUNDERBAREN; München 1997, Econ TB 26377

Thomas Braatz: ROBERT KRAFT 1869–1916. EINE ILLUSTRIERTE BIBLIOGRAPHIE; Leipzig 1998, Eigenverlag Thomas Braatz

David Day: DAS BUCH VON DEN HOBBITS; Hildesheim 1997, Gerstenberg Verlag

Rainer Delfs & Michael Mette: JOHN SINCLAIR LEXIKON. FREUNDE, FEINDE, DÄMONEN, WAFFEN, SCHAUPLÄTZE, TITEL, TITELBILDZEICHNER, INHALTE; Bergisch Gladbach 1997, Bastei TB 13899

Torsten Dewi: DAS BABYLON 5 UNIVERSUM. DER KOMPLETTE ÜBERBLICK 1.–5. STAFFEL; Königswinter 1998, Heel-Verlag – Reihe SPACE VIEW SPECIAL 8/98

Torsten Dewi: SCIENCE-FICTION TV-GUIDE 98/99. ALLE SERIEN UND STARS IM DEUTSCHEN TV; Königswinter 1997, Heel-Verlag

Birgit Döffinger: DAS ENDE DES DRITTEN ZEITALTERS. TOLKIENS »HERR DER RINGE« ZWISCHEN HOCHLITERATUR UND POPULÄREM FANTASY-ROMAN; Wetzlar 1997, Phantastische Bibliothek – Reihe SCHRIFTENREIHE UND MATERIALIEN DER PHANTASTISCHEN BIBLIOTHEK WETZLAR, Band 23

Jody Duncan: THE MAKING OF AKTE X: DER FILM. DAS OFFIZIELLE BUCH ZUM FILM »FIGHT THE FUTURE« MIT DAVID DUCHOVNY UND GILLAN ANDERSON; Königswinter 1998, Heel-Verlag – Reihe SPACE VIEW SPECIAL 9

Phil Farrand: CAP'N BECKMESSERS FÜHRER DURCH STAR TREK THE NEXT GENERATION. ZWEITER TEIL; München 1998, Heyne TB 06/6457

Justus Fetscher & Robert Stockhammer (Hrsg.): MARSMENSCHEN. WIE DIE AUSSERIRDISCHEN GESUCHT UND ERFUNDEN WURDEN; Leipzig 1997, Reclam-Bibliothek 1597

Marco und Helena Frenschkowski mit Frank Festa (Hrsg.): DAS SCHWARZE GEHEIMNIS 3; Kerpen 1998, Edition Metzengerstein

Albert Fritzsche: DIE WELTEN DER SCIENCE FICTION. 15 ANNÄHERUNGEN AN DAS ERFOLGREICHSTE GENRE UNSERER ZEIT; Meitingen 1998, Corian-Verlag Heinrich Wimmer

Karoline Furch: DIE WIEDERKEHR DES MYTHOS. ZUR RENAISSANCE DER ARTUS-MYTHEN IN DER MODERNEN FANTASY-LITERATUR; Wetzlar 1998, Phantastische Bibliothek – Reihe SCHRIFTENREIHE UND MATERIALIEN DER PHANTASTISCHEN BIBLIOTHEK WETZLAR, Band 9

R. Gustav Gaisbauer (Hrsg.): TRADITIONSLINIEN DER DEUTSCHEN PHANTASTIK. VIERTER KONGRESS DER PHANTASIE; Passau 1997, EDFC – Reihe FANTASIA 108/109

Heinz J. Galle: VOLKSBUECHER UND HEFTROMANE. EIN

STREIFZUG DURCH 100 JAHRE UNTERHALTUNGSLITERATUR; Passau 1998, EDFC - Reihe FANTASIA 116/117

N. E. Genge: DAS MILLENIUM FACTBOOK. ALLE FOLGEN – ALLE FAKTEN – ALLE STARS; Düsseldorf & München 1997, Econ TB 26477

N. E. Genge: DAS MILLENIUM FACTBOOK II. DAS MYSTERIUM GEHT WEITER. ALLE NEUEN FOLGEN DER ERFOLGREICHEN MYSTERY-SERIE VON AKTE X-SCHÖPFER CHRIS CARTER; München 1997, Econ TB 26508

N. E. Genge: DIE NEUEN FÄLLE VON SCULLY UND MULDER: FAKTEN, FICTION, HINTERGRÜNDE: ALLES ÜBER DIE VIERTE STAFFEL DER KULTSERIE AKTE X. DAS INOFFIZIELLE BUCH ZUR SERIE; München 1997, Heyne TB 01/10255

Ngaire Genge: AKTE X: DIE WAHRHEIT ÜBER AKTE X/ AKTE X – WIE ES WIRKLICH WAR. DIE WAHREN HINTERGRÜNDE DER UNHEIMLICHEN FÄLLE DES FBI; München 1997, Heyne TB 50/130

Rolf Giesen: METROPOLIS 2001. TRAUMFABRIK BABELSBERG; Nürnberg 1998, Burgschmiet Verlag

Phil Hardy (Hrsg.): DIE SCIENCE FICTION FILMENZYKLOPÄDIE. 100 JAHRE SCIENCE FICTION; Königswinter 1998, Heel-Verlag

James Hatfield & George »Doc« Burt: PATRICK STEWART – DER NEUE CAPTAIN. SEINE ERFOLGE, SEINE ABGRÜNDE, SEINE UNAUTORISIERTE BIOGRAPHIE; München 1997, Heyne TB 01/10370

James Hatfield & George »Doc« Burt: TREK-O-MANIA. 1001 KNIFFLIGE FRAGEN FÜR NEXT GENERATION-PROFIS; Köln 1998, vgs verlagsgesellschaft

James Hatfield & George »Doc« Burt: X-MASTER. DER ULTIMATIVE TEST FÜR X-PHILES UND X-PERTEN; Köln 1998, vgs verlagsgesellschaft

Achim Havemann & Jürgen Hoffmann: TASCHENBUCH-KATALOG DER SCIENCE-FICTION-, FANTASY- UND HORROR-LITERATUR 1998. MIT ANGABEN ZU ZYKLEN IN DEN GENRE-REIHEN UND HINWEISEN FÜR SAMMLER; Hitzacker 1998, Verlag Achim Havemann

Marion Heck: ZINES. AUSPRÄGUNG UND PRODUKTIONSVERFAHREN EINER VERLAGSUNABHÄNGIGEN ZEITSCHRIFT UND DEREN PRODUKTION IM VERGLEICH ZUR KOMMERZIELLEN VERLAGSLANDSCHAFT; Passau 1997, EDFC - in Reihe FANTASIA 110/111

Mary Henderson: STAR WARS - MAGIE UND MYTHOS. DIE PHANTASTISCHEN WELTEN DES GEORGE LUCAS UND IHRE URSPRÜNGE; Köln 1998, vgs verlagsgesellschaft

Robert Hillier & Andreas Huber (Hrsg.): 600 MAL PROFESSOR ZAMORRA - 600 MAL WERNER KURT GIESA; Passau 1997, EDFC - Reihe FANTASIA 78/79

Jan Hollm: DIE ANGLOAMERIKANISCHE ÖKOTOPIE. LITERARISCHE ENTWÜRFE EINER GRÜNEN WELT; Frankfurt am Main 1998, Peter Lang Verlag - Reihe EUROPÄISCHE HOCHSCHULSCHRIFTEN REIHE XIX: ANGELSÄCHSISCHE SPRACHE UND LITERATUR Band 339

Robert Irwin: DIE WELT VON TAUSENDUNDEINER NACHT; Frankfurt am Main 1997, Insel Verlag

Garry Jenkins: STAR WORKS. WIE DER KRIEG DER STERNE ENTSTAND. UNAUTORISIERTE AUSGABE; Bergisch Gladbach 1997, Bastei Verlag (21903)

Wolfgang Jeschke (Hrsg.): DAS SCIENCE FICTION JAHR 1998. EIN JAHRBUCH FÜR DEN SCIENCE FICTION LESER; München 1998, Heyne TB 06/5925

Paul Kaltefleiter (Hrsg.): ÜBER PAUL SCHEERBART III; Paderborn 1998, Igel Verlag Wissenschaft

Bernd Karwath: BLUMEN AUS DER ZUKUNFT. GEDANKEN ZU WELLS' »ZEITMASCHINE«; Passau 1997, EDFC - in Reihe FANTASIA 112/113

Andreas Kasprzak: DUNKLE HORIZONTE. UNGELÖSTE RÄTSEL DER DARK SKIES; Bergisch Gladbach 1997, Bastei TB 13915

Andreas Kasprzak: HINTER DEN KULISSEN VON AKTE X. ALLE FÜNF STAFFELN AUF EINEN BLICK. ALLES ÜBER DEN GROSSEN AKTE-X-KINOFILM. DAS ULTIMATIVE BUCH ZUR KULTSERIE; München 1998, Knaur TB 77356

Andreas Kasprzak (Hrsg.): H. P. LOVECRAFT. VON MON-

STREN UND MYTHEN; Bad Tölz 1997, Verlag Thomas Tilsner

Aris Kazidian & Bruce Jacoby: DAS STAR TREK KOCHBUCH. DIE HAUTE CUISINE DER GALAXIS; München 1997, Heyne PB 06/5546

Claudia Kern, Petra Hundacker u. a.: DIE X-AKTEN. ALLE HINTERGRÜNDE & FAKTEN ZUR 4. STAFFEL. MIT ANDEREN MYSTERY-SERIEN; Königswinter 1997, Heel-Verlag – Reihe SPACE VIEW SPECIAL Band 6/97

Christian Keßler: DAS WILDE AUGE. EIN STREIFZUG DURCH DEN ITALIENISCHEN HORRORFILM; Meitingen 1997, Corian-Verlag Heinrich Wimmer

Hardy Kettlitz: EDGAR PANGBORN; Berlin 1997, Eigenverlag Hardy Kettlitz – Reihe SF PERSONALITY, Band 9

Sabine Kleine: HÄSSLICHE TRÄUME. LITERARISCHE PHANTASTIK UND DAS ANTI-ÄSTHETISCHE PROJEKT DER MODERNE; Wetzlar 1997, Phantastische Bibliothek – Reihe SCHRIFTENREIHE UND MATERIALIEN DER PHANTASTISCHEN BIBLIOTHEK WETZLAR, Band 36

Marion Knobloch: ROMANSTRUKTUR, GENREMERKMALE UND ERZÄHLSTRUKTUR IN HANNS HEINZ EWERS' ROMAN »DER ZAUBERLEHRLING«; Wetzlar 1997, Phantastische Bibliothek – Reihe SCHRIFTENREIHE UND MATERIALIEN DER PHANTASTISCHEN BIBLIOTHEK WETZLAR, Band 29

Hauke Kock: VAMPIRE. FÜRSTEN DER FINSTERNIS. WAHRHEIT UND LEGENDE; Hamburg 1998, Carlsen Verlag

Joachim Körber (Hrsg.): BIBLIOGRAPHISCHES LEXIKON DER UTOPISCH-PHANTASTISCHEN LITERATUR; 51., 52., 53. & 54. ERGÄNZUNGSLIEFERUNG; Meitingen 1997/98, Corian-Verlag Heinrich Wimmer

Thomas Kovacs: ROBERT E. HOWARD. A BIBLIOGRAPHY 1967–1996 AUSTRIA GERMANY SWITZERLAND; Zürich 1997, panther's cage

Kai Krick, Sascha Westphal & Lorenzo Zucchetti: MILLENIUM. DAS GRAUEN BEGINNT. DAS INOFFIZIELLE BUCH ÜBER DIE UNHEIMLICHEN FÄLLE DES FRANK BLACK; München 1998, Heyne TB 01/10256

Jacqueline Leyfeld: MOVIEMANIA. CINEASTEN UND KINOFREAKS IM HÄRTETEST; Köln 1998, vgs verlagsgesellschaft

Christian Lukas u. a.: MILLENIUM. ALLE HINTERGRÜNDE & FAKTEN ZUR SERIE; Königswinter 1997, Heel-Verlag – Reihe SPACE VIEW SPECIAL Band 7/97

Thomas Martner: DHARKS ZEIT. DIE ZEITANGABEN ZU DEN REN DHARK-HEFTEN 1–49; Massing 1997, Hexenschußverlag Band 2

Thomas Martner (Hrsg.): WÄCHTER DER GALAXIS/WELTRAUMWÄCHTER; Massing 1997, Hexenschußverlag Band 1

Andy Meisler: LEUGNEN SIE ALLES! AKTE X: DIE UNHEIMLICHEN FÄLLE DES FBI – DAS OFFIZIELLE KOMPENDIUM BAND 3; Köln 1998, vgs verlagsgesellschaft

Volker Mertens: DER DEUTSCHE ARTUS-ROMAN; Stuttgart 1998, Reclam Universal-Bibliothek 17609 – Literaturstudium

Paul Mitchell: DAVID DUCHOVNY – SUPERSTAR AUS AKTE X. DIE BIOGRAPHIE; Köln 1997, vgs verlagsgesellschaft

Burkhard Müller: STEPHEN KING. DAS WUNDER, DAS BÖSE UND DER TOD; Stuttgart 1998, Klett-Cotta

Jo Müller: ROLAND EMMERICH. EINE WERKBIOGRAFIE; Köln 1998, vgs verlagsgesellschaft

Michael Müller: FRANZ KAFKA; Stuttgart 1997, Reclam Universal-Bibliothek 17606 – Literaturstudium

Larry Nemecek: STAR TREK – THE NEXT GENERATION. DAS OFFIZIELLE LOGBUCH. ALLE STARS, ALLE FAKTEN, ALLE FOLGEN; Königswinter 1997, Heel-Verlag

Thomas Nöske: CLOCKWORK ORWELL. ÜBER DIE KULTURELLE WIRKLICHKEIT NEGATIV-UTOPISCHER SCIENCE FICTION; Münster 1997, Unrast Verlag

Jürgen Nowak: R WIE RHODAN. EIN HEFTLING IM ALL. RANDEINFÄLLE ZU EINEM STICHWORT; Schnega 1997, Science Fiction Club Deutschland – SFCD-SONDERDRUCK 4

Mark Okrand: STAR TREK – DIE EHRE DER KLINGONEN.

DAS OFFIZIELLE HANDBUCH DER KRIEGER; Königswinter 1998, Heel-Verlag

Dieter Petzold mit Adelheid Kegler, Gisbert Kranz, Christian Rendel, Elmar Schenkel, Angelika Schneider & Manfred Siebald (Hrsg.): INKLINGS JAHRBUCH FÜR LITERATUR UND ÄSTHETIK BAND 16 – 1997; Moers 1997, Brendow Verlag

Dagmar Priebe: KOMMUNIKATION UND MASSENMEDIEN IN ENGLISCHEN UND AMERIKANISCHEN UTOPIEN DES 20. JAHRHUNDERTS; Frankfurt am Main 1998, Peter Lang Verlag – Reihe NEUE STUDIEN ZUR ANGLISTIK UND AMERIKANISTIK Band 72

David Pringle: DAS ULTIMATIVE SCIENCE FICTION LEXIKON. STORIES, FILME, FERNSEHSERIEN, BIOGRAFIEN, HELDEN UND BÖSEWICHTER, MAGAZINE; Augsburg 1997, Battenberg Verlag

Judith & Garfield Reeves-Stevens: STAR TREK PHASE II: DIE VERLORERE GENERATION; München 1998, Heyne PB 06/6470

Franz Rottensteiner (Hrsg.): H. P. LOVECRAFTS KOSMISCHES GRAUEN; Frankfurt am Main 1997, Suhrkamp st 2733 – PHANTASTISCHE BIBLIOTHEK 344

Franz Rottensteiner (Hrsg.): QUARBER MERKUR 86; Passau 1998, EDFC

Franz Rottensteiner & Michael Koseler (Hrsg.): WERKFÜHRER DURCH DIE UTOPISCH-PHANTASTISCHE LITERATUR. 23., 24. und 25. ERGÄNZUNGSLIEFERUNG; Meitingen 1997/98, Corian-Verlag Heinrich Wimmer

Kristine Kathryn Rusch: STAR WARS – DAS DIPLOMATISCHE KORPS. DIE AUFNAHMEPRÜFUNG; Köln 1997, vgs verlagsgesellschaft

Ralph Sander: STAR TREK TIMER 1998. EIN TAG-FÜR-TAG-FÜHRER DURCH DIE WELT VON RAUMSCHIFF ENTERPRISE; München 1997, Heyne HC 06/1998

Ralph Sander: DAS STAR TREK UNIVERSUM BAND 4. ZWEITER ERGÄNZUNGBAND ZUM ERSTEN DEUTSCHEN HANDBUCH ZUR ERFOLGREICHSTEN MULTIMEDIA-SERIE DER WELT; München 1998, Heyne TB 06/5270

H. Michael Schlegel: ZUG ZU DEN STERNEN. KENNEN SIE »STAR TREK« WIRKLICH?; Meitingen 1998, Corian-Verlag Heinrich Wimmer

Berndt Schulz: GILLIAN ANDERSON. DIE X-LADY; Düsseldorf 1997, Econ TB 26429

Ursula Schulze: DAS NIBELUNGENLIED; Stuttgart 1997, Reclam Universal-Bibliothek 17604 – Literaturstudium

Erik Simon: QUARBER MERKUR INDEX. FRANZ ROTTENSTEINERS UNILLUSTRIERTE LITERATURZEITSCHRIFT NR. 1 BIS 84; Düsseldorf 1998, Aktionskreis Fantastik – FANTASTISCHES FORUM 17

Herbert F. Solow & Robert H. Justman: STAR TREK – DIE WAHRE GESCHICHTE. EIN BLICK HINTER DIE KULISSEN; München 1998, Heyne HC 06/6499

Jürgen Söring & Reto Sorg (Hrsg.): ANDROIDEN. ZUR POETOLOGIE DER AUTOMATEN. 6. INTERNATIONALES NEUENBURGER KOLLOQUIUM 1994; Frankfurt am Main 1997, Verlag Peter Lang

Hartmut Steinecke: E. T. A. HOFFMANN; Stuttgart 1997, Reclam Universal-Bibliothek 17605 – Literaturstudium

Stefanie Stockhorst: DIE GEBURT DES MYTHOS AUS DEM GEISTE DER VERNUNFT. AUSGEWÄHLTE UNTERSUCHUNGEN ZU MYTHISCHEN STRUKTUREN IN AUFKLÄRERISCHEN DRAMEN; Wetzlar 1998, Phantastische Bibliothek – SCHRIFTENREIHE UND MATERIALIEN DER PHANTASTISCHEN BIBLIOTHEK WETZLAR, Band 43

Norbert Stresau (†) & Heinrich Wimmer (Hrsg.): ENZYKLOPÄDIE DES PHANTASTISCHEN FILMS. 50., 51. & 52. ERGÄNZUNGSLIEFERUNG; Meitingen 1997/98, Corian-Verlag Heinrich Wimmer

Michael Thiesen: PERRY RHODAN ZEITRAFFER – LUXUSAUSGABE BAND 1. PERRY RHODAN 1–499; Schmelz 1998, SFC Universum

Michael Thiesen: PERRY RHODAN ZEITRAFFER TEIL 15. DER INHALT DER PERRY RHODAN BÄNDE 1800–1899; Schmelz 1998, SFC Universum

Stefan Thiesen: STAR TREK SCIENCE. DIE ZUKUNFT HAT SCHON BEGONNEN; München 1997, Econ TB 26446

Gabriela Brunner Ungricht: DIE MENSCH-TIER-VERWANDLUNG. EINE MOTIVGESCHICHTE UNTER BESONDERER BERÜCKSICHTIGUNG DES DEUTSCHEN MÄRCHENS IN DER ERSTEN HÄLFTE DES 19. JAHRHUNDERTS; Frankfurt am Main 1998, Peter Lang Verlag – Reihe EUROPÄISCHE HOCHSCHULSCHRIFTEN REIHE I: DEUTSCHE SPRACHE UND LITERATUR Band 1676

Paul van Loon: DAS GRUSELHANDBUCH; Frankfurt am Main 1998, Fischer Schatzinsel TB 80286

Paul van Loon & Jack Didden: DAS VAMPIRHANDBUCH; Würzburg 1998, Arena Verlag

Dietrich Wachler: DIE WIRKLICHKEIT DES PHANTOMS. AUFSÄTZE UND REZENSIONEN ZUR PHANTASTISCHEN LITERATUR; Münster 1997, LIT Verlag – Reihe GERMANISTIK Band 11

Christian Wessely: VON STAR WARS, ULTIMA UND DOOM. MYTHOLOGISCH VERSCHLEIERTE GEWALTMECHANISMEN IM KOMMERZIELLEN FILM UND IN COMPUTERROLLENSPIELEN; Frankfurt am Main 1997, Peter Lang Verlag – Reihe EUROPÄISCHE HOCHSCHULSCHRIFTEN REIHE 23 – THEOLOGIE Band 612

Heinrich Wimmer (Hrsg.): BIBLIOGRAPHISCHES LEXIKON DER UTOPISCH-PHANTASTISCHEN LITERATUR. VERLAGS- UND REIHENBIBLIOGRAPHIEN. 26. ERGÄNZUNGSLIEFERUNG; Meitingen 1998, Corian-Verlag Heinrich Wimmer

Sandra Witscher: LESE-ERLEBNIS ANGST. STRUKTUR UND FUNKTION DER MODERNEN HORRORLITERATUR; Passau 1998, EDFC – in Reihe FANTASIA 114/115

Rein A. Zondergeld & Holger E. Wiedenstried: LEXIKON DER PHANTASTISCHEN LITERATUR; Frankfurt am Main-Wien-Bern 1998, Weitbrecht Verlag

ERGÄNZENDE BEZUGSANSCHRIFTEN:

BONSAI, Peter Fleissner, Eichenallee 9, D-63457 Hanau

CORIAN-VERLAG Heinrich Wimmer, Postfach 1169, D-86400 Meitingen

EDFC – Erster Deutscher Fantasy Club e.V., Postfach 1171, D-94003 Passau

FUTURE MAGIC, Eva Kalvoda, Kummergasse 3/2/10, A-1210 Wien & Andreas Leder, Panikengasse 12-16/3/1, 1160 Wien

MONOCHROM, Johannes Grenzfurthner, Dr. Karl Walleckstraße 12, A-2000 Stockerau

PERRY RHODAN JAHRBUCH – Perry Rhodan FanZentrale, c/o Klaus Bollhöfener, Postfach 2352, D-76413 Rastatt

PRC-ARGE-FESTAK, Dieter Reich, Kurt-Fischer-Straße 17, D-92390 Mühlhausen

SF-PERSONALITY, Hardy Kettlitz, Kopenhagener Straße 28, D-10437 Berlin

SFC UNIVERSUM, Frank Zeiger, Hauptstraße 46a, D-66909 Herschweiler-Pettersheim

SFCD – Science Fiction Club Deutschland e.V., Andreas Kuschke, Billerbeck 25, D-29469 Schnega

SPACE VIEW, Heel-Verlag, Gut Pottscheid, D-53639 Königswinter

INTERVIEWS:

GILLIAN ANDERSON interviewt von Jean-Paul Chaillet; in SPACE VIEW 3/98

KEVIN J. ANDERSON interviewt von Andreas Wolf; in SCIENCE FICTION MEDIA 133 (1998)

EDDIE M. ANGERHUBER interviewt von Thomas Hofmann; in SOLAR-X 91 (1997)

UWE ANTON interviewt von Michael Leiner; in ANDROMEDA NACHRICHTEN 173 (1998)

HANNES AUINGER interviewt von Johannes Grenzfurthner; in MONOCHROM 8-10 (1998)

ANDREW BATES interviewt von Mike Jirousek; in WUNDERWELTEN 41 (1998)

BODO BAUMANN interviewt von Thomas Martner; in WÄCHTER DER GALAXIS/WELTRAUMWÄCHTER (1997)

STEPHEN BAXTER interviewt von Lutz Gräfe; in HEYNE TB 06/5925 (1998)

LUC BESSON interviewt von Christian Seebaum; in SCIENCE FICTION OCULAR 165 (1997)

NORTRUD BOGE-ERLI interviewt von N.N.; in GRUSEL & CO 1/98 (1998)

HORST BOSETZKY interviewt von Helga Schubert; in FANTASIA 114/115 (1998)

BROM interviewt von N.N.; in WUNDERWELTEN 39 (1997)

TERRY BROOKS interviewt von Jörg Langer; in BONSAI 8 (1997)

JOHN BRUNNER interviewt von Sally Ann Melia; in BOSAI 8 (1997)

CHARLES BURNS interviewt von Bernd Frenz; in SCREEM 16 (1997)

JÖRG BUTTGEREIT interviewt von Johannes Grenzfurthner; in MONOCHROM 8-10 (1998)

BRUCE CAMPBELL interviewt von Peter Osteried; in SPACE VIEW 4/98

ELLEN DATLOW interviewt von Paul Youngquist & William R. Stotler; in SCIENCE FICTION OCULAR 170 (1998)

PAUL DIFILIPPO interviewt von CyberNoodleSoup; in MONOCHROM 6/7 (1997)

ROSEMARY EDGHILL interviewt von Wilko Müller jr.; in SOLAR-X 96 (1998)

ANDREAS ESCHBACH interviewt von Olaf J. Menke; in FANDOM OBSERVER 106 (1998)

ANDREAS ESCHBACH interviewt von Florian Breitsameter; in ANDROMEDA NACHRICHTEN 174 (1998)

ANDREAS ESCHBACH interviewt von Florian Breitsameter (Kurzfassung); in SOL 11 (1998)

DIETER EULBERG interviewt von Klaus Bollhöfener; in PERRY RHODAN JAHRBUCH 1998 (1998)

ROBERT FELDHOFF interviewt von Michael Thiesen; in PERRY RHODAN JAHRBUCH 1998 (1998)

FRANK FESTA interviewt von Siegfried Breuer & Hardy Kettlitz; in ALIEN CONTACT 30 (1998)

ALAN DEAN FOSTER interviewt von Jens H. Altmann; in HEYNE TB 06/5925 (1998)

JOHN FOYT interviewt von Eckhard Schwettmann; in SOL 8 (1997)

HANS GERHARD FRANCISKOWSKY interviewt von Werner Höbart; in KLEINE KOSTBARKEITEN 7 (1997)

WERNER KURT GIESA interviewt von Thomas Martner; in WÄCHTER DER GALAXIS/WELTRAUMWÄCHTER (1997)

PETER GRIESE interviewt von N.N.; in PRC-ARGE-FESTAK 13/14 (1998)

HUBERT HAENSEL interviewt von Werner Höbart; in KLEINE KOSTBARKEITEN 7 (1997)

W. A. HARY interviewt von Thomas Martner; in WÄCHTER DER GALAXIS/WELTRAUMWÄCHTER (1997)

LANCE HENRIKSEN interviewt von Mark Hertling; in SPACE VIEW 1/98

GREGORY HOBLIT interviewt von Christian Lukas; in SPACE VIEW 2/98

WOLFGANG HOHLBEIN interviewt von Stephan Wolf & Klaus Bollhöfener; in FANTASIA 110/111 (1997)

BRION JAMES interviewt von Christian Lukas; in SPACE VIEW 1/98

JÖRG KASTNER interviewt von Torsten Tag; in SCIENCE FICTION MEDIA 134 (1998)

JOACHIM KÖRBER interviewt von Henry Martin; in ANDROMEDA NACHRICHTEN 173 (1998) & FANTASIA 112/113 (1998)

PAUL McAULEY interviewt von James Lovegrove; in BONSAI 8 (1997)

IAN McDONALD interviewt von Lutz Gräfe; in HEYNE TB 06/5925 (1998)

EWAN McGREGOR interviewt von Christian Lukas; in SPACE VIEW 1/98

VONDA N. McINTYRE interviewt von Olaf J. Menke; in ANDROMEDA NACHRICHTEN 174 (1998)

KAI MEYER interviewt von Marcel Feige; in ANDROMEDA NACHRICHTEN 174 (1998)

KATE MULGREW interviewt von Torsten Karsch & Tschiponnique Skupin; in SPACE VIEW 4/98

WILKO MÜLLER JR. interviewt von Ralf Anders; in SOLAR-X 96 (1998)

ROBERT PICARDO interviewt von Torsten Karsch; in SPACE VIEW 2/98

WENDY & RICHARD PINI interviewt von Bernd Frez; in SCREEM 16 (1997)

ROBERT RANKIN interviewt von N.N.; in ANDROMEDA NACHRICHTEN 169 (1997) und FANTASIA 110/111 (1997)

THOMAS RÖMER interviewt von N.N.; in WUNDERWELTEN 40 (1997)

FRANZ ROTTENSTEINER interviewt von Dieter Braeg; in FANTASTISCHES FORUM 17 (1998)

JOHN SAUL interviewt von N.N.; in ANDROMEDA NACHRICHTEN 173 (1998)

KONRAD SCHAEF interviewt von Thomas Martner; in WÄCHTER DER GALAXIS/WELTRAUMWÄCHTER (1997)

FRED H. SCHÜTZ interviewt von Ramona und Thomas Roth-Berghofer; in ANDROMEDA NACHRICHTEN 169 (1997) und FUTURE MAGIC 19 (1998)

NELE SCHÜTZ interviewt von Hardy Kettlitz; in ALIEN CONTACT 28/29 (1997)

ECKHARD SCHWETTMANN interviewt von Ulrich Bettermann; in PERRY RHODAN JAHRBUCH 1998 (1998)

ECKHARD SCHWETTMANN interviewt von Thorsten Eyrich; in PRC-ARGE-FERSTAK 13/14 (1998)

ROBERT SHECKLEY interviewt von Michael Roth; in HEYNE TB 06/5935 (1998)

SHARON STONE interviewt von Jean-Paul Chaillet; in SPACE VIEW 2/98

MICHAEL J. STRACZYNSKI interviewt von N.N.; in ANDROMEDA NACHRICHTEN 172 (1998)

J. MICHAEL STRACZYNSLI interviewt von Claudia Kern & Patric Hetzinger; in SCIENCE FICTION OCULAR 166 (1997)

GEORGE TAKAI interviewt von Torsten Karsch & Tschipinnique Skupin; in SPACE VIEW 2/98

PAUL VERHOEVEN interviewt von Christian Lukas; in SPACE VIEW 2/98

ERNST VLCEK interviewt von Birgit Fischer; in SOL 9 (1998)
RALPH VOLTZ interviewt von Werner Höbart; in KLEINE KOSTBARKEITEN 10 (1998)
PAUL WILLIAMS interviewt von Frank Borsch; in HEYNE TB 06/5925 (1998)
JACK WOMACK interviewt von Stephen P. Brown; in Heyne TB 06/5969 (1998)
USCHI ZIETSCH interviewt von Birgit Fischer; in ANDROMEDA NACHRICHTEN 168 (1997)

Die amerikanische SF-Szene 1997/98

von Hermann Urbanek

Nachdem es nach der positiven Trendumkehr des Jahres 1995 im darauffolgenden Jahr ebenso wie in den vorangegangenen wieder einen leichten Rückgang bei der Titelanzahl der veröffentlichten Science Fiction-, Fantasy- und Horror-Publikationen einschließlich phantastischer und Grusel-Veröffentlichungen gegeben hatte, fiel das Gesamtergebnis des Jahres 1997 im Vergleich zu 1996 erneut leicht negativ aus. Der Rückgang war aber weit weniger dramatisch als in den Jahren vor der Trendwende 1995 und fiel auch weit geringer als im Vorjahr aus. Das Jahresendergebnis lag nämlich immer noch in der Größenordnung der Jahre 1992 bzw. 1993. Einer der Gründe für den leichten Rückgang war zweifellos darin zu finden, daß TSR zu Jahresbeginn infolge seiner internen Probleme sämtliche Aktivitäten einstellte und erst nach dem Verkauf an Wizards of the Coast in der zweiten Jahreshälfte sein Buch- und Taschenbuchprogramm wieder weiterführte.

Der amerikanischen SF-Fachzeitschrift **LOCUS** zufolge erschienen 1997 alles in allem 1816 Titel, was einem Rückgang von nicht einmal einem Prozent – exakt 0.7% – entspricht. Wie schon in den vorangegangenen Jahren nahmen auch diesmal die Nachdrucke und Neuauflagen einen beträchtlichen Marktanteil ein, und zwar sowohl beim gebundenen Buch als auch beim Paperback und natürlich ebenso beim Taschenbuch, der in den USA immer noch wichtigsten und meistverbreiteten Publikationsform (die aber schon seit Jahren nicht mehr den dominierenden Stellenwert hat wie etwa im deutschen Sprachraum). Der Anteil der Original- und Erstveröffentlichungen ist 1997 drastisch gesunken und lag jetzt, nachdem er seit 1987 mit geringfügigen Schwankungen stets über der 60-Prozent-Marke gelegen war, nur noch bei 55 %, also um ganze 6 % unter dem Wert des Jahres 1996. Das bedeutete, daß der drastische Rückgang bei den neuen Titeln nur deshalb das Gesamtjahresergebnis kaum verschlechterte, weil gleichzeitig die Zahl der Neuveröffentlichungen und Nachdrucke überdurchschnittlich in die Höhe schnellte.

Ganz entgegen dem Trend entwickelte sich, wie auch schon 1996, die Situation auf dem Hardcovermarkt, da es hier sowohl bei den Erstveröffentlichungen als auch bei den Neuauflagen ein Minus gab: 1997 waren von den insgesamt 554 Buchtiteln nur 144 Neuauflagen (1996 waren es 147 von 603 gewesen). Das bedeutete, daß beim gebundenen Buch die Zahl der Originalveröffentlichungen mit einem Minus von rund 10 % weit über dem Gesamttrend lag, während die Reprints mit minus 2 % dem Gesamtjahrestrend deutlich näher lagen. Trotzdem lag auch in diesem Jahr die Zahl der Originalveröffentlichungen im Hardcover wie auch schon in den beiden vorangegangenen Jahren über der im Taschenbuch, womit das gebundene Buch erneut die führende Publikationsform für neue Titel darstellte.

Anders verlief 1997 die Entwicklung beim Paperback: Während die Erstveröffentlichungen ein relativ geringes Minus von 8 % verbuchten – das niedrigste von allen drei Publikationsformen –, verzeichneten die Paperback-Reprints eine extreme Steigerung der Titelzahl, und zwar um nahezu 48 %! 222 Erstauflagen und 248 Reprints des Jahres 1997 standen im Jahr zuvor 242 Originaltitel und 168 Neuauflagen gegenüber, womit sich die Zahl der Paperbacks von 410 auf 470, also um 15 % steigerte. Dieses höchst positive Ergebnis hat generell gesehen das Gesamtergebnis des Jahres 1997 vor einem Absturz bewahrt. Damit erschienen aber auch erstmals mehr Reprints als Erstveröffentlichungen im Paperback, was auf eine generelle Änderung des Publikationsmodus, also ein

Buch zuerst als Paperback neu aufzulegen und dann in der Folge erst als Taschenbuch, hinzudeuten scheint.

Wiederum anders präsentierte sich die Situation auf dem Taschenbuchmarkt: Das Minus bei den Originalveröffentlichungen lag mit 13 % - von 423 Titeln im Jahre 1996 auf 367 im Jahr 1997 - am höchsten von allen drei Publikationsformen und scheint, nach dem Rückgang des Vorjahres von rund 12 %, darauf hinzudeuten, daß das Taschenbuch seine Attraktivität als Publikationsform von Originalveröffentlichungen zu verlieren scheint. Das Plus bei den Reprints betrug knapp über 8 %, was einer Steigerung von 393 um 32 auf 425 Titel entsprach. 1997 erschienen insgesamt 792 Taschenbücher, was einen historischen Tiefststand bedeutete: Lediglich vor 1986 wurden weniger Taschenbuch-Titel auf den Markt gebracht. 1996 waren noch 816 herausgekommen, was ein Minus von 3 % bedeutete. Der Anteil der Taschenbücher an der Gesamtjahresproduktion lag damit bei über 42 %, also ebenfalls niedriger als in den Jahren zuvor. Der negative Trend der letzten Jahre ging somit unvermindert weiter. Insgesamt teilten sich die 1816 Publikationen des Jahres 1997 auf in 999 Erstveröffentlichungen (1996: 1121; 11 % weniger, wodurch die Titelzahl nach einem Jahrzehnt erstmals unter die Tausender-Marke rutschte) und 817 Neuauflagen (1996: 708; 15 % mehr und somit der höchste Wert in den Annalen des amerikanischen SF-Publikationsgeschichte).

Die 999 Erstveröffentlichungen des Jahres 1997 setzten sich aus 229 SF-Romanen (23,0 %; davon 13 Jugendbücher), 220 Fantasy-Romanen (22,0 %; davon 44 Jugendbücher), 106 Horror-Romanen (10,6 %; davon 39 Jugendbücher), 104 Anthologien (10,4 %), 55 Sekundärwerken (5,5 %), 71 Storysammlungen (7,1 %), 149 Medienbüchern (14,9 %), 26 Kunstbänden (2,6 %), 34 Sammelbänden (3,4 %) und 5 nicht eindeutig zuordbaren Titeln zusammen. Diese Aufteilung unterschied sich in einigen Bereichen doch sehr von der des Jahres 1996, in dem die 1121 Erstveröffentlichungen aus 253 SF-Romanen (22,6 %; davon 27 Jugendbücher), 224 Fantasy-Romanen (20,0 %; davon 43 Jugendbücher), 122 Horror-Romanen (10,9 %; davon 36 Jugendbücher), 103 Anthologien (9,2 %), 71 Sekundärtiteln (6,3 %), 76 Collections (6,8 %), 183 medienbezogenen Titeln (16,3 %), 29 Kunstbüchern, 35 Omnibusbänden (3,1 %) und 25 nicht einzuordnenden Titeln bestanden. Der SF-Roman ging in absoluten Zahlen drastisch - um 24 Titel - zurück, konnte aber seine 1995 vom Fantasy-Roman zurückeroberte und 1996 gehaltene Spitzenposition knapp vor diesem behaupten, der mit nur vier Titeln weniger als im Vorjahr nur noch knapp, und zwar um neun Titel weniger, hinter dem SF-Roman auf Platz 2 rangierte. Einen drastischen Rückgang sowohl bei der Titelzahl als auch beim Marktanteil verzeichneten die medienbezogenen Titel, zu denen nicht nur Adaptionen zu Genre-Filmen gezählt werden, sondern auch neue Veröffentlichungen zu Comic- und TV-Serien, SF- und Fantasy-, Brett-, Rollen- und Computerspielen als auch die Shared World-Konzepte, die jetzt kaum noch einen besonderen Stellenwert besitzen, von denen es 1997 um 34 weniger gab als im Jahr zuvor, die aber immer noch mit großem Abstand vor dem Horror-Roman Platz 3 belegten. Dieser verzeichnete ein Minus von 16 Publikationen (von 122 auf 106), bei den meisten anderen Sparten wie bei den Collections (71 statt 76), den Referenz- und Sekundärtitel (55 anstelle von zuvor 71) als auch bei den Sammelbänden sah die Situation nicht sehr viel anders aus - von letzteren erschien 1997 nur ein Band weniger als 1996 -, während die Anthologien als einzige ein zwar geringes aber trotzdem vorhandenes Plus von einem Titel schafften, von 103 auf 104 Publikationen. Was die Marktanteile betrifft, so konnten sich 1997 SF-Roman (plus 0,4 %), Fantasy-Roman (plus 2,0 %), Anthologien (plus 1,2 %) Collections (plus 0,3 %) und Sammelbände (plus 0,3 %) ein größeres Stück vom Kuchen sichern, die Kunstbände blieben gleich, während Medienbücher (minus 1,4 %), Horror-Roman (minus 0,3 %) und Sekundärtitel (minus 0,8 %) an Terrain verloren haben.

Wie auch in den vergangenen Jahren gab es 1997 keine größeren oder spektakulären Fusionen oder Eigentümerwechsel bei den bedeutenden ***Genre-Verlagen bzw. Verlagsgruppen***, zumindest keine, die für dieses Jahr das Gesamtbild des Marktes drastisch verändert oder verfälscht oder einen signifikanten Einfluß auf die Marktpositionen der betroffenen Anbieter ausgeübt hätten. Die Trends fielen bei den führenden Verlagen bzw. Verlagsgruppen, die phantastische Literatur in all ihren Spielarten im Angebot hatten, wieder recht differenziert aus, bisweilen sogar extrem unterschiedlich, wobei die Bandbreite bei den führenden Verlagen von einem Plus von 48,3 % (**Random House/Ballantine**) bis zu einem Minus von 11,9 (**Baen**) reichte, wobei Titelreduktionen und Programmausweitungen ziemlich gleichmäßig vertreten waren. Die Verlage, die 1996 die Top Ten gebildet hatten, standen – mit Ausnahme des im Vorjahr Zehntplazierten **Baen** – auch 1997 wieder an der Spitze, in der Reihung gab es jedoch etliche Umschichtungen. Nicht jedoch beim Marktleader, der auch diesmal mit 273 Titeln (1996: 246 Publikationen), was eine Steigerung von 11,0 % entsprach, **Tor/St. Martin's** hieß. Auf Platz 2 stieß der Dritte des Vorjahres, **Random House/Ballantine**, vor, der 175 Titel, also 57 mehr als 1996 herausbrachte (plus 48,3 %). Der Vorsprung des Spitzenreiters betrug dabei noch immer 98 Veröffentlichungen. Auf dem 3. Platz landete 1997 dann **Putnam/Berkley/Ace**, bei der mit 139 Titeln um 12 weniger erschienen sind als 1996 (minus 8,0 %), vor dem vom 5. Platz auf Rang 4 vorgestoßenen **Science Fiction Book Club**, wo 123 Bücher publiziert wurden; 1996 waren es 112 gewesen (plus 9,8 %). 120 Titel hat der auf den 5. Platz liegende Verlag **Penguin USA** (1996 noch auf Platz 6 gelegen) herausgebracht, 9 mehr als 1996 (plus 8,1 %). Auf dem 6. Rang landete der Achtplazierte des Vorjahrs, **HarperCollins**, mit 107 Veröffentlichungen (1996: 97; plus 10,3 %), und auf dem 7. der vierte von 1996, **Bantam/Doubleday/Dell**, die es 1997 auf 106 Publikationen brachte, um 7 weniger als im Jahr davor (minus 6,2 %). Den 8. Platz belegte diesmal die um einen Rang zurückgefallene **Simon & Schuster/Pocket** mit 93 Titeln (1996: 101; 7,9 % weniger), gefolgt vom Gleichplazierten des Vorjahrs, **Morrow/Avon**, mit exakt auch der gleichen Titelzahl von 81 Publikationen. **DAW** verdrängte mit

61 Büchern (1996: 55; 10,9 % mehr) **Baen** (1997 mit 52 Veröffentlichungen um 7 Titel bzw. 11,9 % weniger) von Platz 10 auf Rang 11. Auf den weiteren Plätzen folgen **Warner/Little, Brown** (37), **White Wolf** (28) und **Borgo Press** (24). Alle übrigen Verlage veröffentlichten 1997 weniger als 20 Titel. Die 1916 Publikationen wurden von insgesamt 172 Verlagen auf den Markt gebracht, also von 5 weniger als im Jahr zuvor.

Im Januar 1998 startete **Avon** seine neue SF-Reihe AVON EOS, die die bisherige Reihe AVONOVA, die als solche im August 1997 eingestellt worden war, ersetzte bzw. dieser nachfolgte. Sie soll laut dem Willen ihrer Initiatoren anspruchsvoller sein als ihr Vorgänger, neuen Talenten und etablierten Autoren gleichermaßen mehr Raum bieten, die Literatur als solche wieder im Vordergrund stehen und medienbezogene Titel sollen mehr in den Hintergrund treten und nicht mehr so dominant sein wie in den letzten Jahren. Zu den bekannteren Autoren, die für AVON EOS gewonnen wurden, gehören Gregory Benford, Ben Bova, Raymond E. Feist, Stephen Leigh, Rudy Rucker, Damien Broderick, Sharon Green und Paul J. McAuley. Das erste Programm bestand aus »Cosm« von Gregory Benford, »Circuit of Heaven« von Dennis Danvers, »Halfway Human« von Carol Ives Gilman, »Prisoner of Conscience« von Susan R. Matthews, »Rage of a Damon King« von Raymond Feist und »The Royal Four« von Amy Stout.

Mary Lynn Kirchoff, selbst als Autorin von vor allem DRAGONLANCE-Titeln mehrfach hervorgetreten, wurde zur Herausgeberin des Buchbereichs von **Wizards of the Coast** ernannt. Damit ist sie sowohl für die die bisherigen TSR-Reihen – wie DRAGONLANCE, FORGOTTEN REALMS u. a. – verantwortlich als auch für die Buchreihen des neuen Eigentümers **Wizards of the Coast**, vor allem der Bücher zum erfolgreichsten Sammelkartenspiel der Welt, MAGIC – THE GATHERING. Gerüchteweise plant **WotC** nach der Übernahme von TSR auch den Kauf von FASA, wo u. a. die Spiele BATTLETECH und SHADOWRUN mit dazugehörenden Büchern und Merchandising-Produkten erscheinen.

Neu aus der Taufe gehoben wurde von **Arkham House** die neue Edition GOLDEN GRYPHON PRESS. Jim Turner, der Herausgeber von **Arkham House**, wird unter diesem Imprint zweimal jährlich zwei Hardcover publizieren. Den Reigen eröffneten die Collections »Think Like a Dinosaur and Other Stories« von James Patrick Kelly und »The Moon Maid and Other Fantastic Adventures« von R. Garcia y Robertson sowie die Anthologie »Eternal Lovecraft: The Persistence of H. P. Lovecraft in Popular Culture«, hrsg. von Turner selbst.

Ballantine hat sich die Rechte an den STAR WARS-Büchern gesichert und damit **Bantam** weggeschnappt. Der Vertrag, der mit Lucasfilm abgeschlossen wurde, gilt für mehrere Jahre und umfaßt etwa 60 Publikationen, zum Teil Romane, zum Teil Sekundärtitel. Der Deal startet mit dem Roman zum ersten Film der neuen, chronologisch ersten STAR WARS-Trilogie, der im Frühjahr 1999 in die Kinos kommen soll.

HarperCollins wird zusammen mit einigen anderen im Eigentum von Rupert Murdoch befindlichen Verlagen zu einem neuen Großverlag verschmolzen, der **News America Publishing Group**.

Del Rey machte das Rennen um künftige Bücher zur TV-Hitserie BABYLON 5. Serien-Schöpfer J. Michael Straczynski wird die Grundlagen dafür vorgeben und auch in die Konzeption der neuen Romane involviert sein. Der Deal umfaßt neun neue Romane – die ersten werden J. Gregory Keyes und Yvonne Navarro nach Plots von Straczynski verfassen – und fünf Season Guides, sowie die Romanfassungen zu den B5-TV-Filmen »In the Beginning« und »Thirdspace«, die beide von Peter David geschrieben wurden.

Ein Megadeal, der auch seine Auswirkungen auf den SF-Markt haben wird, ging im Frühjahr 1998 über die Bühne: Verlagsgigant **Bertelsmann**, bereits Eigentümer von **Bantam/Doubleday/Dell** kaufte um 1,4 Milliarden Dollar das Verlagshaus **Random House** mit seinen Subverlagen Ballantine, Knopf,

Crown, Harmony, Vintage u. a. Das bedeutet für die Szene, daß die bisherigen Konkurrenten Bantam Spectra und Del Rey jetzt einen gemeinsamen Eigentümer haben. Die Programme sollen aber separat weitergeführt werden, wie das auch beim Kauf von Berkley/Putnam durch den britischen Verlag Pearson der Fall war, wo drei SF-Reihen, nämlich Penguins Roc Books, Berkleys Ace Books und DAW Books ebenfalls getrennt voneinander agieren. Der neue Verlagsgigant, nach der Verschmelzung der größte Verlag der USA mit einem Jahresumsatz von rund 2 Milliarden Dollar, wird wahrscheinlich **Random House** heißen, wobei alle Subverlage weiterbestehen sollen. Nachdem auch die Antitrust-Behörde keine Einwände erhob, war der Deal perfekt.

Um die auf verschiedenen Bereichen aufgeteilten medienorientierten Bücher unter einen Hut zu bringen und dadurch eine Konzentration zu erreichen, wurde von **HarperCollins** der neue Imprint **HarperEntertainment** aus der Taufe gehoben, der im Herbst 1998 unter der Leitung von John Silbersack, dem bisherigen Herausgeber der SF-Reihe HarpeRprism starten wird. Unter diesem neuen Label werden nicht nur Romane, sonder auch Kalender, Posterbücher und andere Merchandisingprodukte auf den Markt kommen.

Roc kaufte zwölf weitere Titel von FASA an. Die Serien BATTLETECH und SHADOWRUN werden weitergeführt, neu gestartet wird die MECHWARRIOR-Serie.

Wie auch schon in den vergangenen Jahren waren SF-, Fantasy- und Horror-Titel auch 1997/98 wieder in beeindruckender Anzahl auf den ***Bestsellerlisten*** vertreten. Erneut ist es im letzten Beobachtungszeitraum etlichen Autoren gelungen, mit zur phantastischen Literatur gehörenden Werken den 1. Platz darauf zu erobern und diesen bisweilen auch einige Wochen lang zu halten, wie das auch in der Vergangenheit schon oft der Fall gewesen ist, Zu den Titeln, die es schafften, die Spitzenposition auf den diversen Buch- und Taschenbuchlisten einzunehmen, gehörten diesmal »The Lost World« von Michael Crichton, »The Third Twin« von Ken Follett, »Desperation« und »The Dark Tower IV: Wizard and Glass« von Stephen King, »Violin« und »Pandora« von Anne Rice, sowie »The Long Patrol« von Brian Jacques.

Recht gut plazieren konnten sich u. a. »Lady of Avalon« von Marion Zimmer Bradley, »3001: The Final Odyssey« von Arthur C. Clarke, »Sole Survivor« und »Fear Nothing« von Dean Koontz, »Neanderthal« von John Darnton, »Heart Song« und »Music in the Night« von V. A. Andrews, »The Blackstone Chronicles« von John Saul, »Memnoch the Devil« von Anne Rice, »Animorphs: The Alien«, »Animorphs: The Secret«, »Animorphs: The Andalite's Gift«, »Animorphs: Android«, »Animorphs: The Forgotten«, »Animorphs: The Reaction«, »Animorphs: The Change«, »Animorphs: The Andalite Chronicles«, »Animorphs: The Unknown«, »Animorphs: The Escape«, »Animorphs: The Warning«, »Animorphs: The Underground«, »Animorphs: The Decision« und »Animorphs: In the Time of the Dinosaurs« von K. A. Applegate, »His Dark Materials 1: The Golden Compass« und »His Dark Materials 2: The Subtle Knife« von Philip Pullman, »The Giver« von Lois Lowry, »The Lost World – Junior Novelization«, »The Pearls of Lutra«, »The Outcast of Redwall« von Brian Jacques, »The Phantom Tollbooth« von Norton Juster, »Wayside School Gets a Little Stranger« von Louis Sachar, »Contact« von Carl Sagan, »Star Trek: The New Frontier« von Peter David, »Blood of the Fold« und »Temple of the Wind« von Terry Goodkind, »Hercules: Junior Novel« von Cathy East Dubowski, »Goosebumps: Deep Trouble II«, »Goosebumps: My Best Friend Is Invisible« von R. L. Stine, »Running with the Demon« von Terry Brooks, »The Regulators« von Richard Bachman, »Star Wars – Han Solo: The Hutt Gambit« und »Star Wars – Han Solo: Rebel Dawn« von A. C. Crispin, »Star Trek – Deep Space Nine: Day of Honor – Ancient Blood« und »Star Trek: Ship of the Line« von Diane Carey, »Vengeance In Death« und »Holiday in Death« von J. D. Robb, »Idoru« von William Gibson, »Timequake« von Kurt Vonnegut, »Polgara the Sorceress« von

David & Leigh Eddings, »X-Files: Antibodies« von Kevin J. Anderson, »A Crown of Swords« von Robert Jordan, »Starship Troopers« von Robert A. Heinlein, »Star Wars: Specter of the Past« von Timothy Zahn, »The World of Robert Jordan's The Wheel of Time« von Robert Jordan & Teresa Patterson, »Drums of Autumn« von Diana Gabaldon, »The Polar Express« von Chris Van Allsburg, »The Master Harper of Pern« und »Dragonseye« von Anne McCaffrey, »Sphere« von Michael Crichton, »Star Wars – X-Wing: Wraith Squadron« von Aaron Allston, »Shards of A Broken Crown« von Raymond Feist, »The Smithsonian Institute« von Gore Vidal, »Star Trek: Spectre« von William Shatner u. a., »I, Jedi« von Michael A. Stackpole und »Butterfly« von V. C. Andrews.

Bei der **Fantasy**, die, was die Zahl der publizierten Titel betrifft, jetzt schon im dritten Jahr hinter der SF rangiert, dominierten auch 1997/98 wieder mehrbändige Zyklen und Serien. Zu vielen bereits bekannten Mehrteilern und Endlos-Serien erschienen neue Fortsetzungsbände, einige Zyklen wurden abgeschlossen, mehr noch wurden neu gestartet. Keinen Stellenwert mehr besaßen »Shared Worlds«-Titel, wo verschiedene Autoren zu einem bestehenden Rahmenkonzept Romane und Kurzgeschichten beisteuern +++ Raymond Feist schloß seine zur MIDKEMIA-Serie gehörende SERPENTWAR Saga mit Band 4, »Shards of A Broken Crown«, ab +++ Wieder auf den gewohnten Umfang ist das Angebot an Titeln zu den bekannten TSR-Serien angestiegen. Zuletzt erschienen bei **DRAGONLANCE** »Vinas Solamnus« von J. Robert King, »Fistandantilus Reborn« von Douglas Niles, »The Soulforge« von Margaret Weis, »Lord Soth« von Edo van Belkom, »The Wayward Knights« von Roland Green, »Tales of Uncle Trapspringer« von Dixie Lee McKeone, »Dragons of Chaos«, hrsg. von Margaret Weis & Tracy Hickman, »The Last Thane« von Douglas Niles, »Spirit of the Wind« von Chris Pierson, »Tears of the Night Sky« von Linda P. Baker und »Legacy of Steel« von Mary H. Herbert +++ Die Subserie **DRAGONLANCE FIFTH AGE** wurde mit »The Day of the Tempest« von Jean Rabe, »The Eve of the Maelstrom« von Jean Rabe (3) und »Relics and Omens: Tales of the Fifth Age«, hrsg. von Margaret Weis & Tracy Hickman, weitergeführt +++ Umfangreich wieder das Angebot an neuen Titeln zu **FORGOTTEN REALMS**: »Passage to Dawn« von R. A. Salvatore, »Finder's Bane« von Jeff Grubb & Kate Novak, »The Council of Blades« von Paul Kidd, »The Simbul's Gift« von Lynn Abbey, »Realms of the Arcane«, hrsg. von Brian Thomsen & Robert J. King, »Elminster in Myth Drannor« von Ed Greenwood, »Crucible: The Trial of Cyric the Mad« von Troy Denning, »Mortal Consequences« von Clayton Emery, »The Abduction« von J. Robert King, »The Paladins« von James M. Ward & David Wise, »The Mercenaries« von Ed Greenwood, »Errand of Mercy« von Roger E. Moore, »Evermeet – Island of the Elves« von Elaine Cunningham, »An Opportunity for Profit« von Dave Gross, »Tymora's Luck« von Kate Novak & Jeff Grubb, »The Lost Library of Cormanthyr« von Mel Odom, »Conspiracy« von J. Robert King, »Realms of Mystery«, hrsg. von Philip Athans, »Uneasy Alliances« von David Cook & Peter Archer, »Easy Betrayals« von Richard Baker, »The Silent Blade« von R. A. Salvatore, »The Diamond« von Ed Greenwood & J. Robert King, »Thornhold« von Elaine Cunningham, »The Shadow Stone« von Richard Baker, »Faces of Deception« von Troy Denning und »The Temptation of Elminster« von Troy Denning +++ Gestartet wurde die neue Serie **FANTASTIC VOYAGES** mit »The Tale of the Comet« von Roland Green +++ Wichtige Titel zur Historie dieser Fantasy-Welt erschienen zuletzt zum erfolgreichsten Sammelkartenspiel der Welt, zu **MAGIC THE GATHERING**: »The Brothers' War« von Jeff Grubb (ARTIFACTS CYCLE 1), »Rath and Storm«, hrsg. von Peter Archer, »Planeswalker« von Lynn Abbey (ARTIFACTS CYCLE 2) und »Mercadian Masques« von Francis Lebaron (WEATHERLIGHT CYCLE 1) +++ Orson Scott Card setzte seine ALVIN MAKER-Serie mit Band 5, »Heartfire«, fort +++ Weitergeführt wurde der Zyklus **THE GREAT GAME** von Dave Duncan mit »Present Tense« (2) und »Future Indefinite« (3) +++ Neu zu **THE BARD'S TALE** erschienen die Romane »Prison of Souls« von Mark Shepard & Mercedes Lackey, »Escape from Roksamur« von Mark Shepard und »Curse of the Black Heron« von Holly Lisle +++ Mercedes Lackey führte ihre **VALDEMAR**-Serie mit dem nach der MAGIC STORMS-Trilogie spielenden Roman »Owlflight« fort +++ In der Romanserie zum TV-Hit um **HERCULES**, den Göttersohn der Antike, wurde zuletzt »The Vengeance of Hera« von John Gregory Betancourt veröffentlicht +++ Neu in der Serie **BLACK COMPANY** von Glen Cook erschien »She Is Darkness«, Band 2 der Subserie GLITTERING STONE +++ Nach längerer Pause führte Piers Anthony seine Saga um das magische Land XANTH mit »Zombie Lover« (Band 22) weiter +++ Neue **WIZARD**-Bücher gab es auch von Christopher Stasheff in den diversen Subreihen: Als **WIZARD IN RHYME** Band 4 kam »My Son, the Wizard« heraus, in der Subserie **THE ROGUE WIZARD** um den ältesten Sohn des Warlock die Bände 5 und 6: »A Wizard in Chaos« und »A Wizard in Midgard« +++ Neu im **DEVERRY**-Zyklus von Katherine Kerr erschienen ist »The Red Wyvern«, 1. Roman des Subzyklus DRAGON MAGE +++ Simon Hawke schloß seinen Zyklus um den **WIZARD OF 4TH STREET** mit »The Last Wizard« ab +++ Den außergewöhnlichen Abschluß der klassischen **WITCH WORLD**-Saga bildete der Roman »The Warding of Witch World« von Andre Norton, während »Clara's Song« von Andre Norton & Lyn McConchie in der Frühzeit der Serie angesiedelt ist +++ Das Kelten-Epos **KELTIAD** von Patricia Kennealy-Morrison wurde weitergeführt mit »Blackmantle« und »The Deer's Cry« +++ Ein neues Buch gab es auch zu den **DRAGONRIDERS OF PERN**, und zwar »The Masterharper of Pern« von Anne McCaffrey +++ Der Romanzyklus zum Spiel MYST wurde mit »The Book von D'ni« von Rand Miller & David Wingrove vorerst abgeschlossen +++ Neu gestartet wurde eine Romanreihe zur TV-Serie **ROAR**: Bislang kamen »Roar« und »Roar: The Cauldron« von Sean Kiernan heraus +++ Bill Campbell & Irwin Terry legten mit »The Lavender Bear of Oz« einen neuen Roman in L. Frank Baums phantastischem Land **OZ** vor, ebenso Martin Gardner mit »Visitors From Oz: The Wild Adventures of Dorothy, the Scarecrow, and the Tin Woodsman in the United States« +++ Weitere Informationen über kürzere Zyklen, Fortsetzungen zu früher erschienenen Romanen und Reihen sowie über neue Serien-Projekte, sowohl was die Fantasy, als auch die Science Fiction und den Horror betrifft, finden sich im Abschnitt AUTOREN UND PROJEKTE.

Ein ähnliches Bild bot sich bei der **Science Fiction**: Auch hier beherrschten 1997/98 Zyklen und Serien das Bild, zwar nicht so dominierend wie bei der Fantasy, aber doch mit steigender Tendenz. Actionbetonte Weltraumabenteuer und thematisch weitgespannte Space Operas modernen Zuschnitts, mit Tiefgang und solidem Niveau, erfreuten sich ebenso unverändert großer Beliebtheit wie Alternativweltthematiken, während Romanserien, die das Überleben nach einer globalen oder regionalen Katastrophe schilderten, auf zunehmend geringes Interesse stießen. Alle anderen Bereiche blieben ziemlich stabil, die »military sf« mit ihren Kriegen der näheren und ferneren Zukunft ebenso wie literarisch anspruchsvolle Werke +++ Insgesamt betrachtet waren vor allem die Serien um die diversen **STAR TREK**-Reihen am erfolgreichsten, die **CLASSIC**-Romane ebenso wie die zu **THE NEXT GENERATION**, zu **DEEP SPACE NINE** und zum neuen Ableger **VOYAGER**, wobei zuletzt versucht wurde, durchgehende Handlungsbögen zu entwickeln und so diese vier Serien thematisch noch stärker miteinander zu verknüpfen. Ebenfalls auf dem Markt behauptet haben sich die neuen STAR TREK-Subserien **NEW FRONTIER** und **STARFLEET ACADEMY**. Einige Bände, aber nicht mehr so viele wie früher, landeten auch wieder auf den Bestsellerlisten. Bislang sind in der **CLASSIC**-Serie mit der alten ENTERPRISE-Crew fast 100 Bände erschienen, zuletzt »The Vulcan Forge« von Josepha Sherman & Susan Shwartz, »Day of Honor 4: Treaty's Law« von Dean Wesley Smith & Kristine Kathryn Rusch, »The Heart of the Sun« von Pamela Sargent & George Zebrowski, »Assignment: Eternity« von Greg Cox, »Avenger« und »Spectre« von William Shatner, Judith Reeves-Stevens & Garfield Reeves-Stevens, »The Captain's Table, Book 1: War Dragons« von L. A. Graf und »The Captain's Table, Book 6: Where Sea Meets Sky« von Jerry Oltion. In der Schwesterreihe **STAR TREK: THE NEXT GENERATION**, die in der Regel – von Sonderbänden und Hardcovern abgesehen – zweimonatlich alternierend mit der Serie um die Originalcrew herauskommt, wurden 1998 »Ship of the Line« von Diane Carey, »ST: TNG/X-Men: Planet X« von Michael Jan Friedman, »The Captain's Table, Book 2: Dujonian's Hoard« von Michael Jan Friedman, »The Q Continuum # 1«, »The Q Continuum # 2« & »The Q Continuum # 3« von Greg Cox sowie »The Dominion War # 1« & »The Dominion War # 3« von John Vornholt um Picard und die Mannschaft der neuen ENTERPRISE veröffentlicht. Zusätzlich erschienen bei **STAR TREK: DEEP SPACE NINE** die Romane »Vengeance« von Dafydd ab Hugh, »Far Beyond the Stars« von Steve Barnes, »The Captain's Table, Book 3: The Mist« von Dean Wesley Smith & Kristine Kathryn Rusch und »The Dominion War # 2« & »The Dominion War # 4« von Diane Carey um die Besatzung der mitten im Krieg gegen das Dominion stehenden Raumstation. Ebenfalls auf dem Markt behauptet haben sich die Romane um den jüngsten Ableger, **STAR TREK: VOYAGER**. Von den Abenteuern der im Delta-Quadranten Verschollenen erzählten zuletzt »Echoes« von Dean Wesley Smith & Kristine Kathryn Rusch, »The Captain's Table, Book 4: Fire Ship« von Diane Carey, »Pathways« von Jeri Taylor und »Seven of Nine« von Christie Golden. Zur Zeit der NEXT GENERATION und mit daraus bekannten Figuren spielt die neue Romanreihe **STAR TREK: NEW FRONTIER**. Bislang sind die zusammenhängenden ersten vier – »House of Cards«, »Into the Void«, »The Two-Front War« und »End Game« – sie wurden später zu »Star Trek: New Frontier« zusammengefaßt – sowie »Martyr« (5), »Fire On High« (6) – beide im Omnibus »Prometheans« gesammelt – und »The Captain's Table, Book 5: Captain Calhoun«, alle von Peter David verfaßt, heraus. Von den Jugendabenteuern der Hauptfiguren der TV-Serien erzählen die Romane in der neuen Reihe **STARFLEET ACADEMY**: Bisher ist »The Best and the Brightest« von Susan Wright erschienen. Zwanzig Geschichten aus dem STAR TREK-Universum von neuen Autoren präsentierten Dean Wesley Smith, John J. Ordover & Paula M. Block darüber hinaus in der Originalanthologie »Star Trek: Strange New Worlds« +++ STAR TREK zumindest auf den Bestsellerlisten überflügelt haben die mittlerweile schon sehr zahlreich gewordenen **STAR WARS**-Titel und Zyklen. In der

Hauptreihe sind zuletzt »Specter of the Past« von Timothy Zahn (erster Roman der Duologie THE HAND OF THRAWN, der zweite folgt unter dem Titel »Vision of the Future«), »Tales from the Empire«, hrsg. von Peter Schweighofer (Stories aus dem STAR WARS ADVENTURE JOURNAL, darunter die erste Co-Produktion von Timothy Zahn & Michael A. Stackpole) und »I, Jedi« von Michael Stackpole. Die **BLACK FLEET CRISIS** – Trilogie wurde abgeschlossen mit »Tyrant's Test« von Michael P. Kube-McDowell und die **HAN SOLO**-Trilogie mit »Rebel Dawn« von A. C. Crispin, während die für jugendliche Leser konzipierte Serie **STAR WARS: YOUNG JEDI KNIGHTS** von Kevin J. Anderson & Rebecca Moesta mit »The Emperor's Plague« (11), »Return to Ord Mantell« (12), »Trouble on Cloud City« (13) und »Crisis at Kessel« (14) weitergeführt wurde. Zur Serie **STAR WARS: X-WING** erschienen drei neue Romane von Aaron Allston: »Wraith Squadron« (5), »Iron Fist« (6) und »Solo Command« (7). Im STAR WARS-Zyklus **DARK FORCES**, der auf den CD-ROM-Spiel basiert, erschien »Rebel Agent« von William C. Dietz, illustriert von Ezra Tucker Band 2. Neu gestartet wurde eine weitere Subserie, die **STAR WARS: THE BOUNTY HUNTER WARS**-Trilogie von K. W. Jeter, in der bislang »The Mandalorian Armor« (1) und »Slave Ship« (2) vorliegen +++ In der Romanserie zum neuen SF-TV-Hit **BABYLON 5** erschienen zuletzt die Novelisierungen »In the Beginning« und »Thirdspace« von Peter David, sowie der neue Roman »Black Legacy« von J. Gregory Keyes, der erste Band der PSI CORPS-Trilogie. In Vorbereitung befinden sich die weiteren Bände der Trilogie sowie die Novelisierungen »River of Souls« von Yvonne Navarro und »A Call to Arms« von Robert Sheckley +++ Zur bereits wieder abgesetzten TV-Serie **TIMECOP**, die auf dem gleichnamigen Film basierte, wurden die Romane »Viper's Spawn« und »The Scavenger« von Dan Parkinson veröffentlicht +++ Erschienen ist auch ein neuer Roman zur bereits legendären TV-Serie **BATTLESTAR GALACTICA**: »Armageddon« von Richard Hatch & Christopher Golden +++ Ein Prequel zu **INDEPENDENCE DAY** wurde unter dem Titel »Independence Day: War in the Desert« von Dean Devlin auf den Markt gebracht +++ in der Romanreihe um den **HIGH-**

LANDER erschienen zuletzt »The Path« von Rebecca Neason, »Zealot« von Donna Lettow, »Shadow of Obsession« von Rebecca Neason und »The Captive Soul« von Josepha Sherman +++ Im Fernsehen ist sie schon Geschichte, in den Romanen lebt sie weiter: die Zeitreise-Serie **QUANTUM LEAP**. Neu erschienen sind hierin »Heat Wave« von Melanie Kent (15), »Foreknowledge« von Christopher DeFilippis (16) und »Song and Dance« von Mindy Peterman (17) +++ Enorm war der Ausstoß an Romanadaptionen von Episoden des TV-Hits **THE X-FILES**: »Empathy« von Ellen Steiber, »Fresh Bones« von Les Martin, »Control« von Everett Owens, »The Host« von Les Martin, »Hungry Ghosts« von Ellen Steiber, »Dark Matter« von Easton Royce, »Howlers« von Everett Owens, »Dark Matters« von Easton Royce, »Grotesque« von Ellen Steiber, »Quarantine« von Les Martin, »Regeneration« von Everett Owens, »Hunted« von Ellen Steiber und »Miracle Man« von Terry Bisson. Als neuer Roman kam »Antibodies« von Kevin J. Anderson heraus, zum Film gab es eine Roman- und Jugendromanversion von »The X-Files Film Novel« von Elizabeth Hand +++ Ein neuer Roman zur Filmserie **ALIENS** ist ebenfalls auf den Markt gekommen: »ALIENS: Berserker« von S. D. Perry +++ Neues gibt es auch zu LOST IN SPACE: Zum Film nach der TV-Serie erschien eine Filmadaption von Joan D. Vinge, und drei Romane, die thematisch der Novelisierung folgen, sind geplant +++ William Shatner schloß seine **TEK**-Serie mit dem 9. Roman, »Tek Net«, ab +++ David Weber präsentierte nach dem 7. Roman um **HONOR HARRINGTON**, »In Enemy Hands«, die Anthologie »More than Honor« mit Beiträgen zur HARRINGTON-Saga von David Drake, S. M. Stirling und David Weber, der auch Notizen zu dem von ihm geschaffenen Universum beisteuerte +++ Neue Romane gab es auch zum Spiel **BATTLETECH**: »Freebirth« von Robert Thurston (TWILIGHT OF THE CLANS 4; 36), »Warrior: En Garde« von Michael A. Stackpole (37)*, »Warrior: Riposte« von Michael A. Stackpole (38)*, »Sword and Fire« von Thomas Gressman (39), »Shadows of War« von Thomas Gressman (40) und

* Reprints unter neuer Nummer

»Warrior: Coupe« von Michael A. Stackpole (41)* +++ In der Bestseller-Serie **SHADOWRUN** erschienen zuletzt »Blood Sport« von Lisa Smedman (29), »Beyond the Pale« von Jak Koke (30), »Technobabel« von Stephen Kenson (31), »Wolf and Raven« von Michael A. Stackpole (32), »Psychotrope« von Lisa Smedman (33) und »Edge of Fadeout« von Jak Koke & Jonathan Bond +++ Fred Saberhagen setzte seine **BERSERKER**-Serie mit den Bänden »Berserker Fury«, »Berserkers: The Beginning« und »Shiva in Steel« fort +++ Ein neuer Roman erschien auch in der SF-Serie **STARBRIDGE**: Der 7. Band, »Voices of Chaos« von A. C. Crispin & Ru Emerson +++ Charles Fontenay publizierte neue Romane in **THE KIPTON CHRONICLES**: »Kipton and the Android« (8), »Kipton & the I Ching« (9), »Kipton & the Voodoo Curse« (10), »Kipton & the Caves of Mars« (11), »Kipton & the Monorail Murders« (12), »Kipton & the Martian Olympics« (13), »Kipton on Phoebus« (14), »Kipton and the Martian Maidens (15), »Kipton & the Matter Transmitter« (16), »Kipton and the Delusions of Tante Else« (17) und »Kipton an the Riddle of Sandstone« (18) +++ Lois McMaster Bujold präsentierte zwei neue Romane in ihrer **BARRAYAR**-Serie um MILES VORKOSIGAN, »Memory« und »Komarr« +++ In Larry Nivens Antholgienreihe **MAN-KZIN-WARS** erschien Band 8, »Choosing Names« +++ Zum Computerspiel **WING COMMANDER** gab es den neuen Roman »Action Stations« von William R. Forstchen +++ Die Serie **LUCASFILM'S ALIEN CHRONICLES** spielt in einem neuen Universum, das von Lucasfilm entwickelt wurde; bisher erschienen ist »The Golden One« von Deborah Chester +++ Nach dem Film **STARGATE** schrieb Bill McCay den 4. Band der Serie, »Reconnaissance« +++ **STARGATE SG-1** hingegen ist der Titel einer neuen Romanreihe zur gleichnamigen TV-Serie, zu der Ashley McConnell, bekannt durch Romane zu QUANTUM LEAP, die ersten beiden verfassen wird +++ **STAR*DRIVE** ist der Titel einer neuen SF-Serie von TSR, die mit »Starrise at Corrivale« von Diane Duane und »On the Verge« von Roland Green gestartet wurde +++ **POST-HOLOCAUST**-Serien: James Axler setzte **DEATHLANDS** mit »Nightmare Passage« (39), »Freedom Lost« (40), »Way of the Wolf«

(41) und »Dark Emblem« (42) fort +++ Vom gleichen Autor stammt auch **OUTLANDERS**, in der zuletzt »Omega Path« (4), »Parallax Red« (5), »Doomstar Relic« (6) und »Iceblood« (7) erschienen sind +++ Weitergeführt wurde auch **ASHES** von William W. Johnstone mit »Judgement in the Ashes« (23) und »Ambush in the Ashes« (24) sowie dem Sekundärband »From the Ashes« +++ In der Serie **WINGMAN** von Mack Maloney kamen zuletzt »The Sky Ghost« (14) und »Return of the Sky Ghost« (15) heraus.

Beim **Horror** war erneut die Zahl der Titel, die zu Serien oder Zyklen gehörten, auch 1997/98 im Steigen begriffen +++ **GOOSEBUMPS**, in den letzten Jahren zum Bestseller avanciert und auch zu einer TV-Serie verarbeitet, hat sich hierzulande totgelaufen und wurde eingestellt +++ Dafür startete R. L. Stine **FEAR STREET** mit einigen Subserien. In der Hauptserie erschienen zuletzt von R. L. Stine »Fear Hall: The Conclusion« (Abschlußband eines Zweiteilers), »Trapped«, »Camp Out« und »Scream, Jennifer, Scream!« und in **FEAR STREET SUPER CHILLERS** »Cheerleaders: The Evil Lives!« und »Stepbrother«. **FEAR STREET SAGAS** hingegen wird nach Ideen von R. L. Stine von anderen Autoren geschrieben: »Dance of Death« von Cameron Dokey, »Heart of the Hunter« von Eric Weiner, »The Awakening Evil« von Eric Weiner, »Circle of Fire« von Wendy Haley und »Chamber of Fear« von Brandon Alexander +++ **EXTREME ZONE** ist eine Horror-Serie für Jugendliche von M. C. Sumner, zuletzt kamen »Common Enemy« (5), »Inhuman Fury« (6), »Lost Soul« (7) und »Dead End« (8) heraus +++ **NIGHTWORLD** von J. L. Smith handelt von Vampiren nach der Jahrtausendwende; zuletzt erschienen hier die Romane »Huntress« (7), »Black Dawn« (8) und »Witchlight« (9) +++ Chelsea Quinn Yarbro setzte ihre Serie um **SAINT-GERMAINE** mit »Blood and Roses« fort +++ Weitergeführt wurden auch die auf dem Kartenspiel VAMPIRE: THE ETERNAL STRUGGLE basierenden Novelisierungen der Reihe **THE WORLD OF DARKNESS**: »To Shift through Bitter Ashes« von David Niall Wilson, der Omnibus »The Essential World of Darkness«, hrsg. von Stewart Wieck & Anna Branscome

(5 Romane, davon vier neue: »Vampire Diary: The Embrace« von Robert Weinberg & Mark Rein-Hagen, »Shaman Moon« von Owl Goingback, »Lightning under Glass« von Scott Ciencin, »Except You Go through Shadow« von David Niall Wilson und »Playing with Fire« von Esther Friesner), »The Devil's Advocate« von Gherbod Fleming, »Vampire: A Dozen Black Roses« von Nancy A. Collins, »The Ascension Warrior« von Robert Weinberg, »The Winnowing« von Gherbod Fleming, »The War in Heaven« von Robert Weinberg, »To Dream of Dreamers Lost« von David Niall Wilson und »Dark Prophecy« von Gherbod Fleming +++ Zum neuen Horror-TV-Hit **BUFFY, THE VAMPIRE SLAYER** wurde ebenfalls eine neue Romanreihe gestartet. Bislang sind hier »The Harvest« von Richie Tankersley Cusick, »Halloween Rain« von Christopher Golden & Nancy Holder, »Coyote Moon« von John Vornholt, »Night of the Living Rerun« von Arthur Byron Cover und »The Angel Chronicles 1« von Nancy Holder erschienen +++ In **THE VAMPIRE FILES** präsentierte P. N. Elrod nach »Bloodlist«, »Lifeblood«, »Bloodcircle« und »Art in the Blood« mit »A Chill in the Blood« den 5. Band der Serie +++ Neue Romane gab es auch zur TV-Serie **FOREVER KNIGHT**: »Intimations of Mortality« von Susan M. Garrett und »These Our Revels« von Anne Hathaway-Nayne +++ Zu Chris Carters **MILLENIUM** erschien zuletzt »Gehenna« von Lewis Gannett +++ Auch zur TV-Serie um **SABRINA, THE TEENAGE WITCH** gibt es eine Romanserie. Neu kamen hier »Good Switch, Bad Switch« von David Cody Weiss & Bobbi J. G. Weiss (3), »Halloween Havoc« von Diana G. Gallagher (4), »Santa's Little Helper« von Cathy East Dubowski (5), »Ben There, Done That« von Joseph Locke (6), »All You Need is a Love Spell« von Randi Reisfeld (7), »Salem on Trial« von David Cody Weiss & Bobbi J. G. Weiss (8) und »A Dog's Life« von Cathy East Dubowski (9) heraus +++ Zu **ELVIRA** erschien zuletzt »The Boy Who Cried Werewolf« von John Paragon (3) +++ Ebenfalls weitergeführt wurde nach dem Publikationsstop die TSR-Dark-Fantasy-Serie **RAVENLOFT**, und zwar mit »Shadowborn« von Wiliam W. Connors & Carrie A. Bebris und »I, Strahd: The War against Azalin« von P. N. Elrod.

Auch in der neuen Kategorie der **Superhelden** hat sich im letzten Jahr einiges getan, diesmal nicht nur von den Marktführern MARVEL und DC, um deren Heroen wieder zahlreiche Romane und Anthologien veröffentlicht wurden +++ Das umfangreichste einschlägige Programm stammte wieder von **MARVEL**. Hier wurden zuletzt folgende Superhelden-Titel veröffentlicht: »The Ultimate Silver Surfer«, hrsg. von Stan Lee, »Spider-Man & Fantastic Four: Doom's Day # 3: Wreckage« von Eric Fein & Pierce Askegren, »X-Men: Mutant Empire« (Sammler der Romane »Siege«, »Sanctuary« und »Salvation«), »Spider-Man: Valley of the Lizard« von John Vornholt, »X-Men: Law of the Jungle« von Dave Smeds, »Fantastic Four: Redemption of the Silver Surfer« von Michael Jan Friedman, »X-Men: Prisoner X« von Ann Nocenti, »Star Trek: The Next Generation & X-Men: Planet X« von Michael Jan Friedman, »Fantastic Four: Countdown to Chaos« von Pierce Askegren, »Spider-Man: Wanted Dead or Alive« von Craig Shaw Gardner, »Untold Tales of Spider-Man«, hrsg. von Stan Lee & Kurt Busiek, »X-Men & Spider-Man: Time's Arrow: The Past« von Tom DeFalco & Jason Henderson, »X-Men & Spider-Man: Time's Arrow: The Present« von Tom DeFalco & Adam-Troy Castro, »X-Men & Spider-Man: Time's Arrow: The Future« von Tom DeFalco & eluki bes shahar, »Spider-Man: Venom's Wrath« von Keith DeCandido & Jose R. Nieto, »The Ultimate Hulk«, hrsg. von Stan Lee & Peter David, »Generation X: Crossroads« von J. Steven York, »X-Men: Code Name Wolverine« von Christopher Golden und »Captain America: Liberty's Torch« von Tony Isabella & Bob Ingersoll. Dazu erschien noch der Roman zum Film »Blade« von Rob McGregor +++ **DC** publizierte den Roman zum Film »Steel« von Dean Wesley Smith, die Anthologie »Legends of the Batman«, hrsg. von Martin H. Greenberg (17 Stories über den DC-Superhelden), »Wonder Woman: Gods and Goddesses« von John Byrne und die Romanfassung des aufsehenerregenden Comics »Kingdom Come« von Elliott S. Maggin, Mark Waid & Alex Ross +++ James Chambers präsentierte drei neue Erzählungen von Steven Grant, John Gregory Betancourt und Karen Haber zu der von Isaac Asimov für **BIG ENTERTAINMENT/TEKNO** konzipierten Comic-Serie I-BOTS unter dem Titel »Isaac Asimov's History of I-Botics«, Steve Perry & Gary A. Braunbeck veröffentlichten den Roman »Time Was« um diese einzigartigen cybernetischen Geschöpfe. Steve Perry schrieb auch den Roman »Target Earth« zu LEONARD NIMOY'S PRIMORTALS, zwei Bände erschienen über ANNE McCAFFREY'S ACORNA: THE UNICORN GIRL und von einem anonymen Herausgeber wurde die illustrierte Anthologie »Tad Williams' MIRROR WORLD« zusammengestellt +++ Zum **DARK HORSE**-Comic HELLBOY erschien der illustrierte Roman »The Lost Army« von Christopher Golden +++ Rob MacGregor schrieb den Roman zum Film um den **IMAGE**-Superhelden »Spawn« +++ Eine Romanserie wurde gestartet um Jack O'Barrs **THE CROW**: »Quoth the Crow« von David Bischoff, »The Lazarus Heart« von Poppy Z. Brite und »Clash By Night« von Chet Williamson sind bislang zum Film und Comic publiziert worden.

Anthologien erfreuen sich in den USA nach wie vor großer Beliebtheit und weisen in der Regel ein sehr hohes Niveau auf. 1997 konnten sie ihren Marktanteil nicht nur halten, sondern sogar leicht verbessern. Aus der Fülle des exzellenten Angebots wären vor allem zu erwähnen: »The Year's Best Science Fiction. Fourteenth Annual Collection«, hrsg. von Gardner Dozois (mit Beiträgen von u. a. Gregory Benford, John Kessel, Nancy Kress, Maureen F. McHugh, Paul Park, Mike Resnick, Robert Silverberg und Bruce Sterling +++ »The Year's Best Fantasy & Horror. Tenth Annual Collection«, hrsg. von Ellen Datlow & Terri Windling (Stories von Charles de Lint, Neil Gaiman, Tanith Lee, Thomas Ligotti, Patricia A. McKillip, Delia Sherman, Michael Marshall Smith, Jane Yolen, u. a.) +++ »The Science Fiction Century«, hrsg. von David G. Hartwell (ein Querschnitt durch die hundertjährige Geschichte des Genres anhand von Erzählungen, beginnend von den Gründervätern H. G. Wells, C. S. Lewis, Jack London und Rudyard Kipling über Philip José Farmer, Jack Vance, Poul Anderson, James Tiptree jr. und Roger Zelazny bis hin zu Connie Willis, Nancy Kress, Bruce Sterling, William Gibson, Michael Swanwick und James Morrow; aus dem nicht-englischsprachigen Raum waren – wie meist in solchen »historisch-repräsentativen« englischen oder amerikanischen Anthologien –, lediglich Lino Aldani, Dino Buzzati, Aleksandr Kuprin, J. H. Rosny Aîné und Adam Wiśniewski-Snerg vertreten; aus Deutschland leider nur eine einzige Erzählung: »The King and the Dollmaker« [»Der König und der Puppenmacher«] von Wolfgang Jeschke.) +++ »Dying for It«, hrsg. von Gardner R. Dozois (erotische Geschichten über unirdische Liebe, u. a. von Tanith Lee, Pat Cadigan, Michael Bishop, Steven Utley, Tony Daniel, Robert Reed, Robert Silverberg und Ian R. MacLeod) +++ »Haunted Houses: The Greatest Stories«, hrsg. von Martin H. Greenberg (16 Stories über verwunschene Häuser von H. P. Lovecraft, Joyce Carol Oates, Robert Bloch, Edward Bryant u. a.) +++ »Zodiac Fantastic«, hrsg. von Martin H. Greenberg & A. R. Morlan (14 Fantasy-Stories zum Thema, u. a. von Kate Elliott, Elizabeth Ann Scarborough und Rosemary Edghill) +++ »Southern Blood: Vampire Stories from the American South), hrsg. von Lawrence Schimel & Martin H. Greenberg (12 Vampir-Stories, u. a. von Dan Simmons, Esther M. Friesner und William Tenn) +++ »Weird Tales: Seven Decades of Terror«, hrsg. von John Betancourt & Robert Weinberger (Horror-Anthologie mit 28 Stories, die von den 20ern bis zu den 90ern in WEIRD TALES erschienen, u. a. von H. P. Lovecraft, C. L. Moore, Gene Wolfe und Nina Kiriki Hoffman) +++ »Girls' Night Out: Twenty-Nine Female Vampire Stories«, hrsg. von Stefan R. Dziemianowicz, Robert E. Weinberg & Martin H. Greenberg (mit Beiträgen von F. Marion Crawford, Pat Cadigan, Brian Stableford und Joanna Russ) +++ »Dragons: The Greatest Stories«, hrsg. von Martin H. Greenberg (14 Drachen-Stories, von Autoren wie Anne McCaffrey, Ray Bradbury, Orson Scott Card und Ursula K. Le Guin) +++ »Elf Magic«, hrsg. von Martin H. Greenberg (18 Originalstories über Elfen, u. a. von Elizabeth Ann Scarborough, Rosemary Edghill und Esther Friesner) +++ »The Vampire Hunter's Casebook«, hrsg. von Peter Haining (15 Stories über Vampire, mit Beiträgen von Manly Wade Wellmann, Anne Rice und Karl Edward Wagner) +++ »Wizard Fantastic«, hrsg. von Martin H. Greenberg (21 Originalstories zum Thema, von Tanya Huff,

Nina Kiriki Hoffman, Dennis L. McKiernan, Jane M. Lindskold u. a.) +++ »Hot Blood: Crimes of Passion«, hrsg. von Jeff Gelb & Michael Garrett (14 erotische Horror-Stories, u. a. von Melanie Tem, Lawrence Block, Joyce Carol Oates und Ramsey Campbell) +++ »Midnight Never Comes«, hrsg. von Barbara & Christopher Roden (17 neue Horror-Stories) +++ »Urban Nightmares«, hrsg. von Josepha Sherman & Keith R. A. DeCandido (25 neue Geschichten zum Thema, u. a. von Kristine Kathryn Rusch und S. P. Somtow) +++ »Gothic Ghosts«. hrsg. von Wendy Webb & Charles L. Grant (19 neue Gespenstergeschichten von Esther M. Friesner, Brian Stableford und Nancy Holder) +++ »Anne McCaffrey's The Unicorn Girl« (3 Novellen von Mickey Zucker Reichert, Jody Lynn Nye und Roman R. Ranieri) +++ »Black Mist and Other Japanese Futures«, hrsg. von Orson Scott Card & Keith Ferrell (Fünf Erzählungen über Japans Zukunft, u. a. von Richard A. Lupoff, Pat Cadigan und Janeen Webb & Jack Dann) +++ »Love in Vein II«, hrsg. von Poppy Z. Brite (18 neue Geschichten über Vampir-Erotic) +++ »Robert Bloch's Psychos«, hrsg. von Robert Bloch (posthum publizierte Anthologie mit 22 neuen Horror-Stories von u. a. Stephen King, Richard Christian Matheson und Charles Grant) +++ »Sword & Sorceress XV«, hrsg. von Marion Zimmer Bradley (22 neue Fantasy-Stories von Autoren und Autorinnen wie Diana L. Paxson, Deborah Wheeler und Paul Zimmer) +++ »The Best of Cemetery Dance«, hrsg. von Richard Chizmar (60 Stories aus dem nun zehn Jahre bestehenden Magazin, u. a. von Stephen King, Ramsey Campbell, Richard Christian Matheson, Joe R. Lansdale, Norman Partridge, Jack Ketchum u. a.) +++ »Terminal Frights«, hrsg. von Kenneth E. Abner jr. (22 neue Horror-Stories, u. a. von Peter Crowther und Yvonne Navarro) +++ »Did You Say Chicks?«, hrsg. von Esther M. Friesner & Martin H. Greenberg (19 humoristische Fantasy-Stories über weibliche Schwertkämpferinnen, u. a. von Elizabeth Ann Scarborough, Elizabeth Moon, Barbara Hambly und Harry Turtledove) +++ »The UFO Files«, hrsg. von Ed Gorman & Martin H. Greenberg (23 neue Stories über UFOs und Aliens von Jack Cady, Kevin J. Anderson, Nina Kiriki Hoffman und Gregory Benford) +++ »The Best of the Best«, hrsg. von Elaine Koster & Joseph Pittman (Originalanthologie mit Beiträgen von bekannten Mainstream-Autoren, wie Stephen King, Joyce Carol Oates, Linda Lay Shuler und E. L. Doctorow) +++ »More Amazing Stories«, hrsg. von Kim Mohan (21 zum Teil neue Stories u. a. von Robert Silverberg, Eleanor Arnason und Nancy Springer) +++ »Nebula Awards 32«, hrsg. von Jack Dann (Stories von Harry Turtledove, Dean Wesley Smith, Jack Dann, Paul Levinson, Esther M. Friesner, Jonathan Lethem, Nicola Griffith, Bruce Holland Rogers u. a.) +++ »Roads Not Taken«, hrsg. von Gardner Dozois & Stanley Schmidt (10 Alternativwelt-Stories von Harry Turtledove, Mike Resnick, Robert Silverberg, Gregory Benford u. a.) +++ »Year's Best SF 3«, hrsg. von David G. Hartwell (24 der besten Stories des letzten Jahres, u. a. von William Gibson, Robert Silverberg, James Patrick Kelly, Brian Stableford, Michael Swanwick u. a.) +++ »The Year's Best Science Fiction. Fifteenth Annual Collection«, hrsg. von Gardner Dozois (28 herausragende Stories des Vorjahres, u. a. von Robert Silverberg, Geoffrey A. Landis, Gwyneth Jones, Ian R. MacLeod und Ian McDonald) +++ »The Year's Best Fantasy and Horror: Eleventh Annual Collection«, hrsg. von Ellen Datlow & Terri Windling (die besten Stories des Vorjahres, von Ellen Kushner & Delia Sherman, Peter Beagle, Jane Yolen, Michael Cadnum, Karen Joy Fowler u. a.) +++ »Lord of the Fantastic«, hrsg. von Roger Zelazny (neue Geschichten zu Ehren des verstorbenen Roger Zelazny von u. a. Neil Gaiman, Andre Norton, Robert Silverberg, John Varley und Gregory Benford).

Bei den ***Vorschüssen und Honorarzahlungen*** gab es 1997/98 keine neuen Rekorde, zumindest keine, die bekannt geworden wären, und auch bei den Spitzenzahlungen wurde ganz allgemein Zurückhaltung geübt. Trotzdem gelang es wieder einigen, zum Teil noch recht unbekannten Autorinnen und Autoren, für ihre schriftstellerischen Aktivitäten beträchtliche Summen zu kassieren. Sie lagen aber doch in der Regel niedriger als in den vorangegangenen Jahren. Den Vogel schoß dabei zweifellos **R. L. Stine** ab. Stine, der vor allem mit und durch seine Jugend-Horror-Reihe GOOSEBUMPS zu Bestsellerehren gelangt war, hat mit Golden Books Family Entertainment einen Vertrag abgeschlossen, der sein zweites erfolgreiches Jugendbuch-Projekt, FEAR STREET, vom bisherigen Verlag Pocket Archway, wo bislang rund 75 Titel erschienen sind, dorthin verlagert. Für die nächsten 65 Bände, die in den Reihen FEAR STREET, GHOSTS OF FEAR STREET und FEAR STREET SAGAS bei Golden erscheinen werden, erhielt Stine gerüchteweise die stolze Summe von rund 13 Millionen Dollar +++ Ein Umdenken bewog Bestsellerautor **Stephen King** dazu, von seiner ursprünglichen Forderung von 17 Millionen Dollar Vorschuß für die nächsten drei Bücher, beginnend mit »Bag of Bones«, die er von Viking haben wollte, wo er 18 Jahre eine schriftstellerische Heimat gefunden und 44 Bücher veröffentlicht hatte, abzurücken und statt dessen den Verlag zu wechseln. Simon & Schuster, sein neuer Verlag, bezahlt ihm 2 Millionen Dollar Vorschuß, dafür erhält er aber nahezu 50 % Gewinnanteil +++ **Raymond E. Feist** verkaufte vier Fantasy-Romane, eine Trilogie und einen abgeschlossenen Roman, an Avon; für jedes Buch erhielt er eine siebenstellige Summe +++ Für »Chimes of the Given«, den sechsten Roman seines Fantasy-Zyklus THE SWORD OF TRUTH, erhielt **Terry Goodkind** für die Nordamerika-Rechte einen Vorschuß von 1.5 Millionen $ von Tor +++ Einen ähnlichen Deal, was die Relation pro Titel betrifft, konnte **Brian Herbert**, der Sohn von Frank Herbert, mit Bantam aushandeln. Dieser bezahlt ihm und **Kevin J. Anderson** für eine Vorläufer-Trilogie zum SF-Bestseller »Dune«, die sie gemeinsam schreiben werden, eine Summe von 3 Millionen Dollar. Die in der PRELUDE TO DUNE-Trilogie geschilderten Ereignisse auf dem Planeten Arrakis führen schließlich zur in »Dune« geschilderten Ausgangssituation. Die Arbeitstitel der einzelnen Bände lauten »House Atreides«, »House Harkonnen« und »The Great Spice War« +++ Einen hohen sechsstelligen Vorschuß erhielt **Piers Anthony** für drei neue XANTH-Romane und die Nachdruckrechte an drei früheren Bänden der Serie von Tor +++ **Harry Turtledove** verkaufte »Into the Darkness« und »Through the Darkness«, die ersten beiden Romane eines sechsbändigen Alternativweltzyklus, für einen sechsstelligen Vorschuß pro Buch +++ **Kim Stanley Robinson** erzielte eine substantielle sechsstellige Summe für den Alternativwelt-Roman »A World Without Europe« +++ **Connie Willis** verkaufte ihren neuen SF-Roman »Working Cape Race« für einen sechsstelligen Vorschuß an Bantam +++ Einen sechsstelligen Vorschuß erhielt auch **»Elizabeth Hadon«** für die US-Rechte an »Rhapsody« und den beiden weiteren Bänden dieser Fantasy-Trilogie; die Trilogie wurde auch schon zur Verfilmung optioniert +++ Der britische Erfolgsautor **Stephen Baxter** verkaufte im Rahmen einer Auktion drei Bücher – »The Fate Machine«, »Saddlepoint« und »Red Moon« –, die keinen Zyklus bilden, aber lose miteinander verbunden sind, für einen sechsstelligen Vorschuß an Del Rey +++ Ebenfalls eine sechsstellige Summe für eine Trilogie erhielt **Christopher Rowley** von Roc +++ Eine Summe in dieser Größenordnung zahlte Avon für eine Fantasy-Trilogie von **Martha Wells** +++ **»Val Leideman«** verkaufte eine Fantasy-Trilogie für eine sechsstellige Summe an Bantam Spectra, erhielt für die britischen Rechte 60 000 Pfund und von Droemer in der BRD $ 150 000. Es ist nur bekannt, daß sich dahinter eine SF-Autorin verbirgt, die über zwanzig Jahre alt ist, einen erfolgreichen Erstling bei Bantam veröffentlicht hat und jetzt eine neue Karriere aufbauen möchte +++ Krimi-Autor **Walter Mosely** erhielt für seinen ersten SF-Roman »Blue Light«, den 1. Band einer projektierten Trilogie, eine sechsstellige Summe von Little, Brown/Warner Aspect +++ 135,500 $ erhielt Harvard-Professorin **Athena Andreadis** für das Sachbuch »The Biology of Star Trek« +++ **John Marco** verkaufte seine Epic-Fantasy-Trilogie TYRANTS AND KINGS, die mit »The Jackal of Nar« beginnt, für eine sechsstellige Summe an Bantam Spectra; die britischen Rechte gingen für einen weiteren sechsstelligen Betrag an Orion/Millenium und die deutschen für eine fünfstellige Summe an Knaur. Insgesamt erhielt der Autor, der bis jetzt noch nichts veröffentlicht hat, $ 350 000 +++ Für die Auslandsrechte an seiner Trilogie BEYOND THE PALE erhielt **Mark Anthony** $ 100 000 +++ Um $ 90 000 ersteigerte Morrow den neuen Thriller »Wild Horses« von **Brian Hodge** +++ **Robert J. Sawywer** erhielt von Tor einen hohen fünfstelligen Vorschuß für zwei neue Romane +++ Tor bezahlte auch **Cecilia Holland** einen substantiellen fünfstelligen Vorschuß für »Railroad Dreams« +++ **James Alan Gardner** erhielt eine hohe fünfstellige Summe für zwei Romane, einer davon trägt den Titel »Vigilant« +++ Einen Vorschuß dieser Größe erhielt **A. A. Attanasio** für »The Harper and the Grail«, den 4. Band seiner ARTOS-Serie +++ Für eine historische Fantasy-Trilogie erhielt **R. Garcia y Robertson** einen ähnlich hohen Vorschuß.

Im einzelnen ist von den **Autoren**, ihren jüngsten **Veröffentlichungen** und geplanten **Projekten** – in alphabetischer Reihenfolge – folgendes zu berichten:

Margaret Allen – Unter diesem Pseudonym veröffentlichte W. T. Quick den prähistorischen Roman »Sprits Walking Woman«.

Kevin J. Anderson – lieferte den SF-Roman »Hopnotch« ab. Gemeinsam mit Kristine Kathryn Rusch schrieb er die Romane »Afterimage« und »Aftershock«, die Meisha Merlin als Omnibus veröffentlichen wird. Eine humorvolle Spionagegeschichte von L. Ron Hubbard erweiterte er zum Roman »Ai! Pedrito! When Intelligence Goes Wrong«, gemeinsam mit Doug Beason entstand der 3. SF-Thriller um den FBI-Agenten CRAIG KREIDENT, »Lethal Exposure«.

Poul Anderson – Fertig ist der neue Roman »Operation Luna«, eine Fortsetzung seines alten »Operation Chaos«, neu erschienen der SF-Roman »Starfarers«.

Patricia Anthony – präsentierte 28 kürzere und längere Texte in chronologischer Entstehungsfolge in der beeindruckenden Sammlung »Eating Memories« und einen Roman um den Ersten Weltkrieg, mit einem Protagonisten mit einer besonderen Gabe, »Flanders«.

Piers Anthony – veröffentlichte mit Clifford A. Pickover den SF-Roman »Spider Legs« und mit James Richey Goolsby & Alan Riggs das Fantasy-Epos »Quest For The Fallen Star«.

Catherine Asaro – Ihr neuer Roman »The Radiant Seas« spielt im gleichen Universum wie der frühere »Primary Inversion«. Erschienen ist auch der im SKOLIAN EMPIRE spielende SF-Roman »The Last Hawk«. Sie verkaufte »The World Web« und einen weiteren Roman an Bantam.

A. A. Attanasio – hat den 4. Band seiner ARTUS-Neuinterprätation, »The Wolf and the Crown«, herausgebracht.

Jonathan Bacon – gab den Round-Robin-Roman »Ghor, the Kin-Slayer« heraus, der auf einer unveröffentlichten Story von Robert E. Howard basiert und an dem siebzehn weitere Autoren mitgeschrieben haben, darunter Karl Edward Wagner, Michael Moorcock und Marion Zimmer Bradley.

Robin W. Bailey – Kurz vor seinem Tod einigten sich Fritz Leiber und Bailey darauf, gemeinsam einen neue Romanzyklus um FAFHRD & GRAY MOUSER zu schreiben – was aber nicht mehr zustande kam. Nun hat Bailey alleine die Aufgabe übernommen und präsentierte seinen ersten Roman um dieses wohl berühmteste Heroengespann der Fantasy: »Swords Against the Shadowland«.

Cage Baker – verkaufte vier Romane um Cyborg-Agenten, die für eine Gesellschaft der Zukunft in der Geschichte tätig sind, an Harcourt Brace. Die Titel der beiden ersten Bände lauten »In the Garden of Iden« und »Sky Coyote«.

Margaret Ball – Gemeinsam mit Anne McCaffrey schrieb sie »Acorna's Search«, Band 2 der Serie und das Einhornmädchen.

Nick Bantock – legte mit »The Forgetting Room« einen phantastischen Kurzroman vor, in dem ein junger Mann in einem geerbten Haus ein surreales Puzzle aus Alchimie, Rache und einer alten Legende vorfindet.

Clive Barker – Neu von britischen Horror-Meister die Dark Fantasy »Galilee« um zwei miteinander rivalisierende Familien.

John Barnes – »Earth Made of Glass« ist eine Fortsetzung von »A Million Open Doors«. Barnes verkaufte einen Roman, der im Universum von »Orbital Resonance« handelt, und seine erste Collection »Apocalypses and Apostrophes«. Fertig ist auch der Roman »Finity«.

Steve Barnes – wird den Roman »Far Beyond the Stars« zu STAR TREK – DEEP SPACE NINE schreiben. Er plant für den Sommer 1998 die Eheschließung mit seiner Kollegin, der Horror-Autorin Tananarive Due. Erschienen ist der Dark Fantasy-Thriller »Iron Shadows«.

William Barton – schrieb gemeinsam mit Michael Copobianco den SF-Roman »White Light«.

Peter S. Beagle – Sieben Geschichten und drei Artikel umfaßt die Collection »The Rhinozeros Who Quoted Nietzsche and Other Odd Acquaintances«. Er hat den Kurzroman »The Dybbuk« an Roc abgeliefert, wo er als Hardcover erscheinen wird.

Greg Bear – hat »Foundation and Chaos«, Band 2 der THIRD FOUNDATION-Trilogie – Band 1 war »Foundation's Fear« von Gregory Benford – herausgebracht. Veröffentlicht wurde »Dinosaur Summer«, gewissermaßen eine Fortsetzung von Conan Doyles Klassiker »The Lost World«.

Gregory Benford – Ein Physiker erschafft ein Universum und kämpft um die Kontrolle darüber – in »Cosm«. Für März 1999 eingeplant ist der SF-Roman »Deep Time«.

Elaine Bergstrom – verkaufte eine Fortsetzung zu ihrem unter dem Pseudonym Marie Kiraly publizierten Roman »Mina« an Ace, die diesen unter ihrem bürgerlichen Namen neu auflegen wird.

Joanne Bertin – verkaufte ihren Debüt-Roman »The Last Dragon Lord« und dessen Fortsetzung »Dragon and Phoenix« an St. Martin's.

Alexander Besher – Erschienen ist »Mir«, der dritte Band seines RIM-Zyklus.

Alfred Bester – 15 bereits zu modernen Klassikern avancierte Geschichten und eine bislang unveröffentlichte Story sowie ein Fragment enthält die Collection »Virtual Unrealities«. Erschienen auch der von Bester begonnene und von Roger Zelazny vor dessen Tod fertiggeschriebene Roman »Psychoshop« um einen bizarren Basaar.

Anne Bishop – startete ihre BLACK JEWELS-Trilogie mit dem Fantasy-Roman »Daughter of the Blood« und hat bereits den zweiten Band mit dem Arbeitstitel »Heir to the Shadows« geschrieben.

Michael Bishop – verkaufte einen zusammen mit Paul Di-Filippo verfaßten Roman an Longstreet Press.

Terry Bisson – komplettierte Walter M. Millers Romanfragment »Saint Leibowitz and the Wild Horse Woman«, die lange erwartete Fortsetzung von Millers Klassiker »A Canticle For Leibowitz«.

Alice Borchardt – Die Schwester von Anne Rice verkaufte eine historische Fantasy-Trilogie an Del Rey. Band 1 erschien unter dem Titel »The Silver Wolf« im Herbst 1998.

Ben Bova – setzte die in »Moonrise« begonnenen Geschehnisse mit »Moonwar« fort, in dem die Mondbasis ihre Unabhängigkeit erklärt. Er verkaufte »Race to Hell« über eine Forschungsexpedition zur Venus. Im Herbst 98 erschien die Collection »Twice Seven«, für Frühjahr 1999 angekündigt ist »Return to Mars«.

Ray Bradbury – Nach »Quicker Than The Eye«, seiner erster Collection nach fast einem Jahrzehnt, ließ der Literat der SF bereits Ende 1997 eine weitere folgen: »Driving Blind« enthielt 21 Geschichten, von denen nur vier bislang vorher irgendwo veröffentlicht wurden. Im Dezember 1998 soll »Ahmed & The Oblivion Machines: A Fable« herauskommen.

Marion Zimmer Bradley – Die Fortsetzung zu »Witchlight« und somit der zweite Roman um TRUTH JOURDEMAYN und ihre parapsychologischen Kollegen vom Bidney Institute erschien unter dem Titel »Gravelight«, der dritte als »Heartlight«. Mit Adrienne Martine-Barnes schrieb sie den neuen DARKOVER-Roman »The Shadow Matrix«, eine direkte Fortsetzung von »Exile's Song«, mit Holly Lisle den 2. GLENRAVEN-Roman »In the Rift«. Die von ihr für THIEVES` WORLD verwendete Figur LYTHANDE ist die Protagonistin des gemeinsam mit Elisabeth Waters geschriebene Kurzromans »The Gratitude of Kings«. Bereits fertiggestellt hat sie den neuen DARKOVER-Roman »Traitor Sun«.

David Brin – hat den Abschlußband der neuen UPLIFT-Trilogie, »Heaven's Reach«, auf den Markt gebracht. Im Frühjahr 1999 erscheint von ihm der dritte neue FOUNDATION-Roman »Secret Foundation«.

Kristen Britain – DAW kaufte ihren ersten Fantasy-Roman »Green Rider«.

Poppy Z. Brite – In einer Kleinauflage erscheint bei Gauntlet die neue Storycollection »Are You Loathsome Tonight?«.

Terry Brooks – Um einen phantastischen Roman handelt es sich bei Brooks neuesten Werk, »Running with the Demon«, dessen Fortsetzung »A Knight of the Word« er mittlerweile schon geschrieben hat. Er wird auch die Novelisierung des neuen, chronologisch ersten STAR WARS-Films verfassen.

Mary Brown – Neu der SF-Roman »Strange Deliverance«, in Vorbereitung der SF-Roman »Dragon's Egg«.

Steven Brust – hat den neuen VLAD TALTOS-Roman »Dragon« fertiggeschrieben.

Algis Budrys – Zehn Geschichten aus den Fünfzigern enthält die Sammlung »Entertainment«.

Lois McMaster Bujold – publizierte den MILES VORKOSIGAN-Roman »Komarr« und verkaufte einen weiteren mit dem Arbeitstitel »Imperial Wedding« an Baen Books.

Chris Bunch – setzte seine Fantasy-Serie SHADOW WIZARD mit Band 3, »The Darkness of God«, fort. Mit den High Fantasy-Romanen »The Demon King« und »The Empire Stone« schrieb er Fortsetzungen zu »The Seer King«.

William R. Burkett jr. – kehrte mit dem SF-Roman »Bloodsport« ins Genre zurück und setzte die dort begonnene Thematik mit »Blood Lines« fort.

Stephen Burns – Sein Debütroman erscheint unter dem Titel »Flesh and Silver«.

LeVar Burton – Der STAR TREK-Schauspieler versuchte sich als SF-Autor – mit dem im Amerika des Jahres 2019 spielenden »Aftermath«.

Eugene Byrne – Gemeinsam mit Kim Newman publizierte er in INTERZONE eine Anzahl von Geschichten aus einer Alternativwelt, in der die sozialistische Revolution nicht in Rußland, sondern in den USA vonstatten ging; sie wurden jetzt gesammelt in »Back in the USSA«.

P. D. Cacek – 13 Geschichten in der Tradition von TWILIGHT ZONE enthielt die Storysammlung »Leavings«, während es sich bei »Night Prayers« um einen Vampir-Roman handelte.

Jack Cady – Neu die Kurzgeschichtensammlung »The Night We Buried Road Dog«.

Ramsey Campbell – Seine Erstveröffentlichung in den USA erlebte der psychologische Horror-Roman »The Last Voice They Hear«.

Orson Scott Card – veröffentlichte den Dark-Fantasy-Roman »Homebody« und »Stone Tables«, eine Neufassung der Geschichte von Moses, und schreibt zwei Vorläufer-Romane zu seiner ENDER-Tetralogie, einen davon mit dem Arbeitstitel »Peter the Hegemon«. Fertig ist der phantastische Roman »Enchantment«.

Jonathan Carroll – publizierte zuletzt den keine futuristischen oder phantastischen Elemente enthaltenden Krimi »Kissing the Beehive«.

Hugh B. Cave – Nach wie vor überaus aktiv ist der ehemalige Pulp-Autor. Zuletzt erschien seine Collection »The Door Below« mit 25 Horror-Stories von den 30ern bis zu den 90ern.

C. J. Cherryh – hat »Fortress of Eagles«, die Fortsetzung zu »Fortress in the Eye of Time« abgeschlossen; in diesem Zyklus sind noch zwei weitere Bände geplant. Ihre Klassiker »The Dreamstone« und »The Tree of Swords of Jewels« erscheinen in bearbeiteter Form gesammelt unter dem Omnibus-Titel »The Dreaming Tree«. In ihrem MERCHANTER- – auch UNION/ALLIANCE – Universum spielt der Roman »Finity's End«. Sie verkaufte eine Fortsetzung zu »Cyteen« sowie eine zweite Trilogie zur FOREIGNER-Serie an DAW.

Deborah Chester – schloß die RUBY THRONE-Trilogie mit »Realm of Light« ab.

Mark Childress – Ein Rockstar macht eine Bruchlandung auf einer einsamen Insel, auf die berühmte Leute gelangen, um dort zu verschwinden – im phantastischen Roman »Gone for Good«.

Deborah Christian – veröffentlichte nach ihrem SF-Roman »Mainline« den Fantasy-Roman »Kar Kalim«, der ebenfalls von der Kritik viel Lob einheimste.

Jo Clayton – setzte vor ihrem Tod die DRUMS OF CHAOS-Trilogie mit Band 2, »Drum Calls«, fort.

James Clemens – verkaufte »Witchfire« und zwei Fortsetzungen dazu an Del Rey, der sie 1998 als »neue Stimme in der Fantasy« vermarktete. Clemens wurde auf einer Autorenkonferenz von Terry Brooks, Don McQuinn und Kuo-Yu Liang entdeckt. Zuvor hatte er schon den SF-Thriller »Subterranean« an Avon verkauft.

Hal Clement – Der Altmeister verkaufte seinen neuen SF-Roman »Half Life« an Tor.

Storm Constantine – präsentierte drei Erzählungen, eine davon neu, in dem Band »Three Heralds of the Storm«.

Glen Cook – verkaufte auch den vierten Band seiner neuen DARK COMPANY/GLITTERING STONE-Trilogie an Tor und lieferte seinen neuesten KARENTA-Fantasy-Roman um den Privatdetektiv GARRETT, »Faded Steel Heat«, bei Roc ab. Fertig ist auch der 3. GLITTERING STONE-Band »Water Sleeps«.

Paul Cook – hat seinen neuen Roman »The Engines of Dawn« fertig.

Greg Cox – verfaßte das Sachbuch »Battle On: The Unofficial Guide to Xena, Warrior Princess«.

A. C. Crispin – schrieb den STAR WARS-Roman »Rebel Dawn«. Gemeinsam mit Ru Emerson schreibt sie die STAR-BRIDGE-Serie, von der zuletzt »Voices of Chaos« erschienen ist.

John Crowley – hat die Arbeiten an seinem neuesten Roman »Daemonomania«, der bei Bantam erscheinen wird, abgeschlossen.

Julie E. Czernada – verkaufte mit »Ties of Power« eine Fortsetzung zu ihrem Debütroman »A Thousand Words for Stranger« an DAW. Dort wird auch der SF-Roman »Changing Vision«, die Fortsetzung von »Beholder's Eye«, erscheinen.

Brian Daley – startete seine vierbändige Military-SF-Serie GAMMALAW mit »Smoke on the Water« und setzte sie mit »A Screaming across the Sky« und »The Broken Country« fort.

Kara Dalkey – Um Elfen und Collegestudenten geht es in ihrem neuesten Fantasy-Roman »Steel Rose«. Sie schloß ihre Fantasy-Trilogie BLOOD OF THE GODDESS, in der zuvor »Goa« und »Bijapur« erschienen sind, mit »Bhagavati« ab und präsentierte mit »The Heavenward Path« nach »Little Sister« den zweiten Roman der in Japan spielenden Fantasy-Jugendbücher um Lady Mitsuko.

Tony Daniel – Sein neuestes Werk ist der dreiteilige Episodenroman »Earthling«, zu dem seine vielbeachtete Geschichte »The Robot's Twilight Companion« den Auftakt bildet.

Jack Dann – Neu der zur Zeit des Amerikanischen Bürgerkriegs spielende phantastische Roman »The Silent«.

Ellen Datlow – stellte mit Terri Windling die Original-Anthologie »Sirens and Other Demons« für HarperPrism zusammen.

Peter David – hat sich vertraglich verpflichtet, sechs weitere Romane zu STAR TREK: NEW FRONTIER zu schreiben. Gemeinsam mit Schauspieler John DeLancie entsteht der NEXT-GENERATION-Roman »I, Q«.

Avram Davidson – Richard Lupoff und Grania Davis stellten die Storysammlung »The Investigations of Avram Davidson« zusammen.

Grania Davis – schrieb die von ihrem verstorbenen Ehemann Avram Davidson begonnene Novelle »The Boss in the Wall: A Treatise on the House Devil« fertig.

L. Sprague de Camp – und seine Gattin Catherine Crook de Camp konnten beide im November 1997 in voller Gesundheit ihren 90. Geburtstag feiern.

Peter Delacorte – Einen Zeitreiseroman a la Jack Finney präsentierte Delacorte mit »Time on My Hands«.

John De Lancie – Der Schauspieler schrieb gemeinsam mit Tom Coll den SF-Roman »Soldier of Light«.

Charles de Lint – neu vom Meister der »Urban Fantasy« der phantastische Roman »Someplace to be Flying« und die Collection »Moonlight and Vines«.

Bradley Denton – Der Derleth-Preisträger präsentierte seine neue Storysammlung unter dem Titel »One Day Closer to Death«, die acht Geschichten enthielt, die mit einer Ausnahme bereits in »The Calvin Coolidge Home for Dead Comedians & The Conflagration Artist« enthalten waren.

Emily Devenport – Neu der SF-Roman »GodHeads«, eine Fortsetzung von »Eggheads«.

Robert Deveraux – publizierte den schwer sexlastigen Roman »Santa Steps Out: A Fairy Tale For Grown-Ups«, in dem der Weihnachtsmann eine Affäre mit der Zahnwehfee hat und seine Frau als Rache ein Verhältnis mit dem geilen Osterhasen beginnt.

Elizabeth DeVos – Um einen neuen Messias geht es in dem interessanten Debütroman »The Seraphim Rising«.

Paul Di Filippo – Sein Near-Future-Roman über eine geheime Geschichte der 60er Jahre und DNA erschien unter dem Titel »Ciphers«. Die neue Sammlung zusammenhängender Stories »Lost Pages« wird bei Four Walls Eight Windows erscheinen.

Gordon R. Dickson – Zur Veröffentlichung vorbereitet wird »The Dragon in Lyonesse«, der neueste Roman des DRAGONKNIGHT-Zyklus.

William C. Dietz – verkaufte den Military-SF-Roman »By Force of Arms«, die Fortsetzung von »By Blood Alone«, an Ace.

Stephen R. Donaldson – Eine Sammlung Fantasy-Geschichten bringt Donaldson unter dem Titel »Reave the Just and Other Tales« heraus.

Michael Dorn – Der Schauspieler, der den Klingonen Worf in STAR TREK verkörpert, ist unter die Schriftsteller gegangen: Neu ist sein Roman »Time Blender«.

Carole Nelson Douglas – Der neunte Katzenkrimi um MINDNIGHT LOUIE erschien unter dem Titel »Cat in A Golden Garland«.

David Drake – startete mit »Lord of the Isles« und »Queen of Demons« einen neuen Fantasy-Zyklus, präsentierte mit »The Tank Lords« eine Sammlung von fünf Stories und mit »Caught in the Crossfire« einen Omnibus-Band aus zwei Romanen, zwei Kurzgeschichten und einer neuen Erzählung zur Military-SF-Serie HAMMER'S SLAMMERS, verkaufte nach »Oblique Approach«, einem Military-SF-Roman, in dem ein Reich des Bösen in Nordindien entstanden ist und nur Byzanz, das Römische Reich des Ostens, und dessen Feldherr Belisarius die Welt vor der ewigen Finsternis bewahren können, zwei weitere Gemeinschaftsromane mit Eric Flint, der erste davon mit dem Titel »In the Heart of Darkness«.

Diane Duane – Neu der stark von Katzen inspirierte und von diesen handelnde Roman »The Book of Night With Moon«. Sie hat sich vertraglich verpflichtet, drei Romane zu der in TSRs Rollenspiel ALTERNITY spielenden Serie STAR*DRIVE zu schreiben und hat den Fantasy-Roman »To Visit the Queen« fertiggestellt.

Dave Duncan – stellte den Mittelband seiner THE KING'S BLADES-Trilogie, »Lord of the Fire Lands«, fertig, ebenso »Sir Stalwart«, Band 1 seiner Fantasy-Jugendbuchserie KING'S DAGGERS.

J. R. Dunn – Ein Beobachter aus der Zukunft muß verhindern, daß ein Zeitreisender die Geschichte des Zweiten Weltkriegs bei Auschwitz ändert – in »Days of Cain«. Neu auch der SF-Roman »Full Tide of Night«.

David Eddings – verkaufte sein neuestes Epos unter dem Arbeitstitel »The Belloreon Codex« an Del Rey.

Rosemary Edghill – Die ersten drei Romane ihrer Fantasy-Serie THE TWELVE TREASURES um Bibliothekare und Elfen – »The Sword of Maiden's Tears«, »The Cup of Morning Shadows« und »The Cloak of Night and Daggers« – wurden gesammelt unter dem Titel »The Empty Crown«. Neu der phantastische Zeitreiseroman »Met by Moonlight«. Hinter diesem Pseudonym steckt eluki bes shahar.

Greg Egan – verkaufte den Roman »Teranesia« und einen weiteren SF-Roman sowie eine Storysammlung an Harper-Prism.

Kate Elliott – setzte ihre mit »King's Dragon« begonnene CROWN OF STARS-Fantasy-Serie mit Band 2, »Prince of Dogs«, fort und verkaufte den 3., »The Burning Stone« an DAW. Elliott ist ein Pseudonym von Alis Rasmussen.

Harlan Ellison – EDGEWORKS, die Gesamtausgabe seines literarischen Schaffens, wurde weitergeführt mit Band 5, der Essaysammlung »The Glass Teat & The Other Glass Teat«.

Ru Emerson – wird eine Trilogie zur TV-Serie XENA, WARRIOR PRINCESS schreiben.

David Farland – ist das neue Pseudonym von Dave Wolverton, unter dem er die neue RUNEWORLD-Serie veröffentlicht. Erschienen ist der erste Roman »The Runelords«. Er verkaufte mittlerweile auch die Bände 2 und 3 dieser Serie an Tor.

Philip José Farmer – feierte im Januar 1998 seinen 80. Geburtstag und im Mai 98 den 57. Hochzeitstag mit seiner Frau Bette. Neu von ihm der Pulp-Detektiv-Roman »Nothing Burns in Hell«. Bereits fertig auch der neue TARZAN-Roman »The Dark Heart of Time«.

John Russell Fearn – Der erfolgreiche Autor der britischen Pulp-Ära der 50er Jahre erlebt amerikanische Erstveröffentlichungen seiner Klassiker, darunter der SF-Serie um THE GOLDEN AMAZON.

David Feintuch – »Patriarch's Hope«, der 6. Roman seiner SF-Serie um NICHOLAS SEAFORT, erscheint bei Warner Aspect.

Raymond E. Feist – Neu ist der ebenfalls zum MIDKEMIA-Zyklus gehörende neue Roman »Krondor: The Betrayal«.

Michael Flynn – publizierte zuletzt den Near-Future-Roman »Rogue Star« (Fortsetzung zu »Firestar«).

Charles Fontenay – hat an Royal Fireworks drei neue Romane verkauft: »Dionysos in Tears«, »Kellianne and the Moonlight Sonata« und »The Dreams of Grandfather Satan«.

William R. Forstchen – setzte seine Military-SF-Serie THE LOST REGIMENT, in der Bürgerkriegssoldaten in eine Alternativwelt verschlagen wurden, mit dem 6. Band, »Never Sound Retreat«, fort und verkaufte die neue Unterwasser-Military-SF-Serie DOWN TO THE SEA an Roc.

Alan Dean Foster – hat »In the Pale of Overthinking«, Band 2 des Fantasy-Zyklus JOURNEYS OF THE CATECHIST, an Warner abgeliefert; erschienen ist der in einem verfremdeten Afrika spielende erste Band dieses Zyklus, »Carnivores of Light and Darkness«.

Karen Joy Fowler – Eine Sammlung von 15 Stories erschien unter dem Titel »Black Glass«.

Valerie J. Freireich – In »Imposter«, dem 3. Roman ihrer HARMONY OF WORLDS-Serie, landet ein Wissenschaftler auf einer Islamischen Welt und versucht dort, das Geheimnis der Houris zu ergründen.

C. S. Friedman – Neu der in sich abgeschlossene SF-Roman »This Alien Shore«.

Esther Friesner – stellte nach »Chicks in Chainmail« eine neue Anthologie mit Stories über Schwertkämpferinnen mit dem bezeichnenden Titel »Did You Say Chicks?!« zusammen und wird eine weitere – »Chicks and Chained Males« – herausgeben.

Dan Gallagher – Einen interessanten, allegorischen SF-Roman präsentierte Gallagher mit seinem Erstling »The Pleistocene Redemption«.

R. Garcia y Robertson – veröffentlichte zuletzt seine Collection »The Moon Maid and Other Fantastic Adventures«, die aus acht SF- und Fantasy-Geschichten besteht, und den Elemente des magischen Realismus enthaltenden historischen Roman »American Woman«.

Craig Shaw Gardner – schloß die DRAGON CIRCLE-Trilogie mit »Dragon Burning« ab.

James Alan Gardner – publizierte »Commitment Hour«, in dem ein junger Mensch im 25. Jahrhundert sein endgültiges Geschlecht festlegen muß, und verkaufte den SF-Roman »Vigilant« und einen weiteren, die beide im gleichen Universum wie »Expendable« handeln, an Avon.

David Garnett – Die 5. neue Ausgabe des legendären Magazins NEW WORLDS – zugleich Ausgabe 222 insgesamt und die erste, die im Original in den USA veröffentlicht wurde – präsentierte herausragende Stories von u. a. Brian Aldiss, Pat Cadigan, Howard Waldrop, William Gibson und Kim Newman.

Kathleen O'Neal Gear – legte mit ihrem Gatten W. Michael Gear den 9. Band ihrer prähistorischen Serie FIRST NORTH AMERICANS vor: »People of the Mist«.

Scott G. Gier – veröffentlichte den 3. Roman seiner Military-SF-Serie GENELLAN unter dem Titel »First Victory«.

Carolyn Ives Gilman – legte mit »Halfway Human« eine packende Social Fiction vor.

Charlotte Perkins Gilman – Mit ihrer feministischen Utopie »Herland« erwarb sie Weltruhm. Nun erschien im Kleinverlag Greenwood Press »With Her in Ourland: Sequel to Herland«.

Ken Goddard – hat den SF-Thriller »First Evidence« an Bantam abgeliefert.

Parke Godwin – veröffentlichte den historischen Roman »Lord of Sunset« über die Eroberung Englands durch die Normannen.

Christie Golden – schrieb die Romanfassung zur neuen TV-Zeichentrickserie »Invasion America«.

Christopher Golden – Sein in der Tradition von Dean Koontz verfaßter Horror-Roman »Strangewood« kommt in den USA ohne diese Genrebezeichnung als Mainstream-Titel heraus.

Lisa Goldstein – Schon einen Verlag gefunden hat Lisa Goldstein für ihren phantastischen Roman »Dark Cities Underground«.

Kathleen Ann Goonan – legte mit »Mississippi Blues« eine Fortsetzung ihres mit viel Lob bedachten Erstlings »Queen City Jazz« vor. Sie verkaufte »Crescent City Rhapsodie«, einen Vorläuferroman zu »Queen City Jazz«, und eine Fortsetzung zu »Mississippi Blues« an Ace.

Phyllis Gotlieb – veröffentlichte nach mehrjähriger schriftstellerischer Pause ihren ersten neuen SF-Roman »Flesh and Gold«. Tor kaufte bereits die Fortsetzung »Violent Stars« an.

Charles Grant – hat sich vertraglich verpflichtet, einen neuen Roman zu STAR WARS zu schreiben, und publizierte »Genesis«, den ersten Band seiner neuen Dark Fantasy-Serie BLACK OAK, und lieferte den zweiten mit dem Titel »The Sound of Slow Wings« an Roc ab. Erschienen ist auch »In the Mood«, Band 2 seiner MILLENIUM-Tetralogie.

Simon R. Green – Fertiggestellt ist der neueste DEATHSTALKER-Roman, »Deathstalker Honor«.

Terence M. Green – In Vorbereitung befindet sich der im gleichen Universum wie »Shadow of Ashland« spielende Roman »The Redemption of Martin Radey«.

Colin Greenland – Zuerst in den USA erschien »Mother of Plenty«, der Abschlußband der Space Opera-Trilogie TABITHA JUTE.

Ed Greenwood – brachte zwei Bände seiner neuen Fantasy-Serie THE BAND OF FOUR bei Tor unter.

Nicola Griffith – veröffentlichte zuletzt den nicht zum Genre gehörenden Thriller »The Blue Place« und gab mit Steve Pagel die Anthologie »Bending Landscape« heraus.

James Gunn – Nach jahrelanger Pause brachte Gunn endlich im Frühjahr 1998 die Bände 5 und 6 seiner Anthologienreihe THE ROAD TO SCIENCE FICTION unter den Titeln »The British Way« und »Around the World« heraus.

Jonathan Gunsen – Zeitgleich in den USA, Großbritannien und auch Deutschland erscheint im Herbst 1998 das gemeinsam mit Marten Combe verfaßte Rätselbuch »The Merlin Mystery«.

Joe Haldeman – verkaufte »Forever Free«, eine Fortsetzung seines preisgekrönten »The Forever War«, an Ace. Diesen Themenkomplex aus anderer Sicht behandelte auch der Roman »Forever Peace«, zu dem Haldeman bereits eine Fortsetzung an Ace verkaufte.

Barbara Hambly – setzte die in »Mother of Winter« begonnen Handlungsstränge in »Icefalcon's Quest« fort, der ebenfalls zur DARWATH-Serie gehört, und präsentierte mit dem historischen Krimi »Fever Season« die Fortsetzung von »A Free Man of Color«.

Laurell K. Hamilton – Die neuesten Romane ihrer Serie um die Vampirjägerin ANITA BLAKE erscheinen unter den Titeln »Burnt Offerings« (7) und »Blue Moon« (8). Die ersten drei Bände des Zyklus – »Guilty Pleasures«, »The Laughing Corpse« und »Circus of the Damned« – wurden im »Club Vampyre« gesammelt.

Peter F. Hamilton – Neu vom Autor der DYSFUNCTION-Serie, in der zuletzt »The Neutronium Alchemist 1: Consolidation« und »The Neutronium Alchemist 2: Conflict« erschienen sind, die Collection »A Second Chance at Eden«, der zweite und dritte MINDWAR-Roman um den telepathischen Ex-Privatdetektiv GREG MANDEL, »A Quantum Murder« und »The Nano Flower«.

Elizabeth Hand – Neu ist von ihr der SF-Roman »Last Summer at Mars Hill«. Abgeliefert hat sie auch »Black Light«.

Charles L. Harness – NESFA Press veröffentlichte seine Storysammlung »An Ornament to His Profession«.

Tara K. Harper – Der 5. Band der WOLFWALKER-Fantasy-Serie erschien unter dem Titel »Wolf's Bane«.

Deborah Turner Harris – präsentierte Band 3 ihrer CALEDON Saga, »The City of Exile«.

Harry Harrison – setzt seine Serie um die Edelstahlratte JIM DI GRIZ mit »The Stainless Steel Rat Joins the Circus« fort.

M. John Harrison – veröffentlichte den Near-Future-SF-Roman »Signs of Life«.

Sue Harrison – startete mit »Song of the River« eine neue prähistorische Trilogie.

Elizabeth Haydon – Die Autorin, die unter anderen Namen in den letzten sechzehn Jahren 28 Bücher verfaßt hat, hat die Fantasy-Trilogie RHAPSODY, die Tolkiens »Lord of the Ring« ebenbürtig sein soll, verfaßt und die Filmrechte bereits daran verkauft.

Mark Helprin – schloß seine Fantasy-Trilogie, die er mit »Swan Lake« begonnen und mit »A City in Winter« weitergeführt hatte, mit »The Veil of Snows« ab.

Howard V. Hendrix – legte mit »Lightpaths« einen beeindruckenden Debütroman um ein Utopia ab, bei dem nicht alles so ist, wie es auf den ersten Blick den Anschein hat. Ebenfalls sehr interessant der im gleichen Universum spielende SF-Roman »Standing Wave«.

James Herbert – Nach einer Reihe von Horror-Romanen erschien mit »'48« ein Alternativweltroman, in dem Hitler den Zweiten Weltkrieg mit dem Einsatz einer biologischen Waffe beendete, die die Menschheit fast völlig ausrottete.

Dorothy J. Heydt – Neu der SF-Roman »Point of Honor« um die Connection zwischen virtueller und realer Welt.

Sid Hite – legte mit »Those Darn Dithers« eine Fortsetzung seines Jugendromans »Dither Farm« um die Familie Dither vor, die diesmal versucht, mit Hilfe eines Astralprojektors Kontakt mit einer toten Familienangehörigen aufzunehmen.

Robin Hobb – Megan Lindholm setzt unter diesem Pseudonym den mit »Ship of Magic« begonnen neuen Fantasy-Zyklus THE LIVESHIP TRADERS mit »The Mad Ship« fort.

Nina Kiriki Hoffman – Der phantastische Roman »The Red

Heart of Memory«, der in der selben Welt spielt wie »The Thread that Binds the Bones«, wurde von Ace angekauft.

James P. Hogan – hat den zur Jugendserie JUPITER, an der mehrere Autoren gemeinsam schreiben, gehörenden Roman »Outward Bound« fertiggestellt. Erschienen ist der SF-Roman »Star Child« um ein Mädchen und ihren Roboter, verkauft wurde sein neuer Hard-SF-Roman »The Cradle of Saturn« an Baen.

Nancy Holder – wird neue Romane zu den TV-Serien BUFFY, THE VAMPIRE SLAYER und SABRINA, THE TEENAGE WITCH schreiben.

Robert Holdstock – Ebenfalls zu seinem Zyklus um RY-HOPE/MYTHAGO WOOD gehört sein neuer Roman »Gate of Ivory, Gate of Horn«.

Cecilia Holland – Neu der historische Roman »Railroad Dreams«.

Tom Holland – Unter dem Titel »Lord of the Dead« erschien in den USA der Vampir-Roman, der 1995 in GB als »The Vampyre« publiziert wurde, als »Slave of My Thirst« kam »The Libertine (1997) heraus.

Ken Hood – Unter diesem Pseudonym publiziert Dave Duncan den Zyklus THE YEARS OF LONGDIRK, in der mit »Demon Rider« und »Demon Knight« die Bände 2 und 3 erschienen sind.

Nalo Hopkinson – ist die Gewinnerin des »Warner Aspect First Novel Contest«. Ihr Romanerstling »Brown Girl in the Ring«, der gegen rund eintausend Mitbewerber aus aller Welt erfolgreich war, wurde im Sommer 1998 veröffentlicht und schildert die Innenstadt von Toronto im 21. Jahrhundert nach dem ökologischen Kollaps.

Tanya Huff – Der neueste Roman ihrer QUARTERS-Zyklus trägt den Titel »The Quartered Sea«. Neu auch der phantastische Roman »Summon the Keeper«. Die Sammlung »Tanya's Angeles« wird im Kleinverlag Meisha Merlin zur Veröffentlichung vorbereitet.

Barry Hughart – Seine drei orientalischen Fantasy-Romane »Bridge of Birds« (World Fantasy Award), »The Story of the Stone« und »Eight Skilled Gentlemen« erscheinen gesammelt im Omnibus-Band »The Chronicles of Master Li and Number Ten Ox«.

Dean Ing – schrieb den Thriller »The Skins of Dead Men«.

Alexander Jablokov – lief mit seinem neuen SF-Roman »Deepdrive« wieder zu der Höchstform auf, die zu seiner Nominierung für den John W. Campbell Award geführt hatte.

W. K. Jeter – hat den düsteren SF-Roman »Noir«, der in der gleichen desillusionierenden Welt spielt wie »Dr. Adder«, veröffentlicht.

J. V. Jones – Nach der BOOK OF WORDS-Trilogie präsentierte der neue Shooting Star der Fantasy den Roman »The Barbed Coil«, in dem eine Frau unserer Welt mittels eines magischen Rings auf eine andere Welt befördert wird. Sie hat den ersten Band ihrer neuen Trilogie SWORD OF SHADOWS, »A Cavern of Black Ice«, bereits abgeliefert und die Bände 2 und 3 an Warner Aspect verkauft.

Terry Jones – schrieb den Roman zum auf einer Story von Douglas Adams basierenden Computerspiel »Douglas Adams' Starship Titanic«.

Robert Jordan – Nun ist es fix: Jordan's WHEEL OF TIME-Serie wird zumindest zehn Bände im Original umfassen.

Graham Joyce – Der Horror-Autor verkaufte zwei neue Romane, »Dreamside« und »Dark Sister«, an Tor.

Michael Kanaly – Um intelligente Viren und ihre Evolution geht es in dem SF-Roman »Virus Clans«.

Marjorie Kellog – verkaufte die Bände 3 und 4 ihres DRAGON QUARTET-Zyklus an DAW, wo sie als »Book of Air« und »Book of Fire« erscheinen werden.

Patricia Kennealy-Morrison – Der siebte Roman ihres KELTIAD-Zyklus erschien unter dem Titel »Blackmantle«.

Katherine Kerr – Ebenfalls zum DEVERRY-Zyklus gehört der Subzyklus THE DRAGONMAGE, von dem Band 1, »The Red Wyvern«, erschienen ist und sich mit »The Black Raven« der zweite in Vorbereitung befindet.

John Kessel – legte seine neueste Storysammlung unter dem Titel »The Pure Product« vor.

J. Gregory Keyes – startete mit »Newton's Cannon« den Zyklus THE AGE OF UNREASON.

Virginia Kidd – erkrankte im Frühjahr 1998 an Lungenentzündung, wurde aber mittlerweile aus der Klinik entlassen und befindet sich auf dem Weg zur Besserung.

Nancy Kilpatrick – verkaufte den 8. Band ihrer DARK PASSION-Serie, »The Curse of the Mummy, Pharos the Egyptian« an Masquerade Books.

Katharine Eliska Kimbriel – schloß an ihren früher erschienen Roman »Night Calls« die Alternativwelt-Dark Fantasy »Kindred Rites« an.

Glenn Kleier – verfaßte mit »The Last Day« einen zur Jahrtausendwende spielenden Thriller um einen weiblichen Messias.

Kathe Koja – Ihre neue Storysammlung »Extremities« wurde von Four Walls Eight Windows angekauft.

Dean Koontz – Seine neuesten Horror-Romane erschienen unter den Titeln »Fear Nothing« und »Storm Front«.

C. M. Kornbluth – Eine Komplettausgabe aller von Kornbluth alleine geschriebenen 56 Geschichten stellte die Sammlung »His Share of Glory: The Complete Short Science Fiction of C. M. Kornbluth« bei NESFA dar.

Nancy Kress – verkaufte eine Fortsetzung zu »Oaths and Miracles« an Tor. Erschienen sind der Roman »Maximum Light«, der in der näheren Zukunft spielt, und die Collection »Beaker's Dozen«. Anfang 1998 heiratete sie ihren Kollegen Charles Sheffield.

Michal P. Kube-McDowell – schrieb gemeinsam mit Arthur C. Clarke den SF-Roman »Trigger«.

Katherine Kurtz – Gemeinsam mit Deborah Turner Harris verfaßte sie den KNIGHTS TEMPLAR-Roman »The Temple and the Stone«.

Mercedes Lackey – Ihr »Four and Twenty Blackbirds« bildet den 4. Band ihres BARDIC VOICES-Zyklus. Die Autorin mußte wegen Todesdrohungen nicht nur ihre Serie um die okkulte Detektivin DIANA TREGARDE abbrechen, sondern auch öffentliche Auftritte wie Conventions meiden. Sie verkaufte die gemeinsam mit Ehemann Larry Dixon zu schreibende Fortsetzung zu »Owlflight« unter dem Titel »Owlsight« an DAW. Der Sammelband »Bedlam's Bard«, mit Ellen Guon als Co-Autorin, enthält die zusammenhängenden Romane »Knight of Ghosts and Shadows« und »Summoned to Tourney«. Erschienen sind auch der Erzählzyklus »Oathblood« über die aus »Vows and Honor« bekannten Söldnerinnen Tarma und Kethry und die Collection »Fiddler Fair«.

Joe R. Lansdale – Seine klassischen Romane »The Drive-In« und »The Drive-In 2« wurden gesammelt in »The Drive-In: A Double-Feature Omnibus«. Eine Sammlung von 34 Kurzgeschichten, 16 davon bis dato unveröffentlicht, erschien unter dem Titel »The Good, the Bad, and the Indifferent«. Subterranean Press wird eine limitierte Edition seines unveröffentlichten Romans »The Boar« herausbringen. Und für Roc wird er eine Anthologie der Gewinner des Stoker Award zusammenstellen: »Delirium«.

Frank Lauria – schrieb den Roman zum Film »Dark City«.

Gentry Lee – Die Fortsetzung von »Bright Messenger« erscheint unter dem Titel »Double Full Moon Night«.

Tanith Lee – verkaufte einen neuen Märchenroman an Tor und einen, der auf dem Kunstbuch »The Voyage of the Basset« basiert, an Random House. Neu erschienen ist der in einem alternativen Venedig des 18. Jahrhunderts spielende Roman »Faces under Water«.

Stephen Leigh – Neu erschienen ist der SF-Roman »Dark Water's Embrace«. In Vorbereitung befindet sich die einhundert Jahre später spielende Fortsetzung »The Speaking Stones«.

Murray Leinster – Vom Meister der Pulp-Ära erschien die Collection »First Contacts: The Essential Murray Leinster«.

Jonathan Lethem – Neu der SF-Roman »Girl in Landscape« um Auswanderer von der Erde auf einem Grenzplaneten, auf dem sich die Ruinen einer außerirdischen Zivilisation befinden.

Paul Levinson – Der durch seine in ANALOG publizierten Stories, vor allem um den Gerichts-Detektiv PHIL D'AMATO bekannte Autor schrieb über diesen auch sein Romandebüt »The Silk Code«.

Jane Lindskold – hat auch das zweite Romanfragment von Roger Zelazny zu Ende geschrieben; es wird unter dem Titel

»Lord Demon« erscheinen. Solo von ihr in Vorbereitung der Roman »Changer«.

Holly Lisle – startete ihren Fantasy-Zyklus THE SECRET TEXTS mit »Diplomacy of Wolves«.

Barry Longyear – »The Enemy Papers« schildert den Konflikt zwischen den Menschen und den Dracs und enthält die ursprünglich veröffentlichten Romane »Enemy Mine« und »Tomorrow Testament« sowie auch den zuvor unveröffentlichten Roman »The Last Enemy« und »Talman«, das heilige Buch der Dracs.

Brian Lumley – legte mit »Maze of Worlds« die langerwartete Fortsetzung zu »The House of Doors« vor.

Sam Lundwall – der schwedische Autor und Herausgeber mußte sich einem laserchirurgischen Eingriff am Auge unterziehen. Trotz seiner Sichtbehinderung arbeitet er an einem Buch über utopische Weltentwürfe.

Ian R. MacLeod – Seine erste Storysammlung erschien unter dem Titel »Voyages by Starlight«; sein erster Roman »The Great Wheel« spielt in einer total veränderten Welt des 22. Jahrhunderts nach Jahrzehnten von sozialen und witterungsbedingten Umwälzungen.

George R. R. Martin – hat endlich das umfangreiche Fantasy-Epos »A Clash of Kings«, die Fortsetzung von »A Game of Thrones«, fertiggestellt.

Holly Wade Matter – Die in Seattle wohnende Autorin, die den Clarion West Workshop besuchte, erhielt für ihre eingereichte und zuvor in CENTURY publizierte SF-Story »Martine's Room« den mit $ 20 000 dotierten Creative Writing Fellowship in Fiction von der National Endowment of the Arts.

Susan R. Matthews – Nach in »An Exchange of Hostages« war auch in »Prisoner of Conscience« der Medizinische Offizier und Folterspezialist Andrej Konsciusko wieder die Hauptfigur eines spannenden Geschehens. Sie verkaufte den 3. INQUISITOR-Roman »His Excellency Regrets« an Avon.

Paul J. McAuley – startete den neuen CONFLUENCE-Zyklus mit Buch 1, »Child of the River«.

Anne McCaffrey – Erschienen sind der dritte CATTENI-

Roman »Freedom's Challenge« und der zweite, wieder mit Margaret Ball verfaßte ACORNA-Roman »Acorna's Quest« um die weiteren Abenteuer des Einhornmädchens. Zur Veröffentlichung vorbereitet werden der Kurzroman »If Wishes Were Horses« und das SF-Abenteuer »Nimisha's Ship«.

Robert R. McCammon – Der Horror-Autor präsentierte zwei frühere Gruselromane im Sammelband »Boy's Life/Gone South«.

Wil McCarthy – Um Nanotechnologie, die außer Kontrolle gerät, geht es im neuen Hard-SF-Roman »Bloom«.

Bill McCay – Erschienen ist zuletzt »Stargate 3: Retribution«, McCays Weiterführung des Filmstoffes, fertig ist mittlerweile auch schon »Stargate 4: Reconaissance«.

Lyn McConchie – Die neuseeländische Autorin gewann mit der in CATFANTASTIC IV veröffentlichten Story »Death Song« den Jonny Award für die beste Katzengeschichte des Jahres 1997.

Jack McDevitt – lieferte den neuen SF-Roman »Blindside« an HarperPrism ab. Erschienen sind »Eternity Road«, in der anderthalb Jahrtausende nach einer Katastrophe die Menschheit wieder beginnt, die Barbarei zu überwinden, und der Katastrophen-Thriller »Moonfall«, in dem ein heranrasender Komet die Mondbasis und auch die Erde bedroht.

Ian McDowell – setzte die in »Modred's Curse« begonnene Neufassung der Artus-Sage mit »Merlin's Gift« fort.

Maureen F. McHugh – lieferte ihren neuesten SF-Roman »The Mission Child« an Avon ab.

Dennis McKiernan – schloß seinen jüngsten auf der Fantasy-Welt MITHGAR spielenden Zweiteiler HEL'S CRUCIBLE, den er mit »Into the Forge« begonnen hatte, mit »Into the Fire« ab.

Patricia A. McKillip – Neu von ihr die keiner Serie oder Zyklus angehörenden Einzelromane »The Tower at Stoneywood« und »Song for the Basilisk«.

Robin McKinley – Eine Nachdichtung des Märchens von der Schönen und dem Biest stellte der Jugendfantasy-Roman »Rose Daughter« dar.

Donald E. McQuinn – setzte die im Military-SF-Roman

»With Full Honors« begonnene Geschichte um Captain Lannat in »The Prisoner Within« fort.

Melissa Michaels – führte die in »Cold Iron« begonnenen Handlungsstränge in »Sister to the Rain« fort.

Steven Millhauser – Der Pulitzer-Preisträger nahm in seine neue Storysammlung »The Knife Thrower and Other Stories« auch phantastische Geschichten auf.

L. E. Modesitt jr. – In der RECLUCE-Serie erschien zuletzt »The White Order«. Den neuen SPELLSONG-Zyklus, der mit »The Soprano Sorceress« begonnen hatte, wurde mit »The Spellsong War« weitergeführt. Verkaufte den SF-Roman »Gravity Dreams« an Tor.

Steven Molstad – Eine Vorgeschichte zum Erfolgsfilm lieferte Molstad, der auch den Roman zum Film »Godzilla« schrieb, mit »Independence Day: Silent Zone«.

Elizabeth Moon – Zum Jahreswechsel 1998/99 eingeplant ist der Roman »Rules of Engagement«.

Michael Moorcock – schloß die mit »Blood« und »Fabulous Harbors« begonnene Trilogie mit »The War Amongst Angels« ab und legte die neue Collection »Tales from the Texas Woods« mit zwölf Essays und Stories – vier davon Originalveröffentlichungen – vor.

James Morrow – Fertiggestellt ist »The Eternal Footman«, die Fortsetzung zu »Blameless in Abaddon« und Abschlußband der GOD-Trilogie, die mit »Towing Jehovah« begonnen hatte.

Mike Moscoe – Die weiteren Abenteuer der Zeitreisenden Jack und Launa schilderte der Autor in »Second Fire« und »Lost Days«, den Bänden 2 und 3 des Zyklus THE LOST MILLENIUM. Neu auch der serienunabhängige Roman »The First Casuality«.

Pat Murphy – verkaufte drei thematisch miteinander verbundene Romane an Tor.

Linda Nagata – Neu von der Nebula und Locus Award-Preisträgerin der SF-Roman »Vast«, die Fortsetzung zu »Deception Well«.

Yvonne Navarro – Die Autorin der Filmbücher zu »Species« und »Species II« erhielt für ihren Roman »Final Impact«

von den »Chicago Women in Publishing« eine Auszeichnung in der Kategorie »Erwachsenenroman«.

Kim Newman – Ende 1998 erscheint in den USA als Erstveröffentlichung der neue Roman »Dracula Cha Cha Cha«.

Douglas Niles – Der durch seine FORGOTTEN REALMS-Romane bekannte Autor schloß seine WATERSHED-Trilogie mit »War of Three Waters« ab.

Larry Niven – verkaufte »Rainbow Mars«, einen SF/Fantasy-Roman um seinen Helden SVETZ, in den er auch frühere Stories mit verbindenden Texten einfließen ließ, an Tor.

Garth Nix – In einer Welt ohne Erwachsene nach einer globalen Katastrophe spielt der Roman »Shade's Children«. Komplettiert hat er »Lirael: Daughter of the Clayr«, der thematisch zu »Sabriel« gehört.

Jeff Noon – Die letzten, seltsamen Tage des 20. Jahrhunderts schildert Jeff Noon in seinem neuesten Roman »Nymphomation«.

Andre Norton – Mit Rosemary Edghill schreibt die Grand Dame der Fantasy den neuen Roman »Heart for Every Fate«.

Jody Lynn Nye – die vor allem durch Co-Produktionen bekannte Autorin veröffentlichte den Solo-Fantasy-Roman »Waking in Dreamland«.

Nick O'Donohoe – verkaufte den Fantasy-Roman »The Gnomewench in the Dwarfworks« sowie eine Fortsetzung dazu an Ace.

Patrick O'Leary – Nach seinem vielbeachteten Erstling, dem SF-Roman »Door Number Three«, publizierte er den Fantasy-Roman »The Gift«, in dem eine König und ein Junge versuchen, ihr Land von uralter und korrupter Magie zu befreien.

Jack Page – Eine Alternativwelt, in der die Apachen den Weißen Mann von ihrem Land vertrieben haben, schildert »Apacheria«.

Paul Park – Neu aufgelegt wurde der mit geringen phantastischen Elementen versehene historische Roman »The Gospel of Corax« über Jesus' Reisen durch Indien und Tibet.

Severna Park – entwickelte in ihrem 1992 erschienen Debütroman »Speaking Dreams« ein farbenprächtiges Universum pseudoarabischen Zuschnitts. Dieses bildet auch den Hintergrund ihres neuen Romans »Hand of Prophecy«. Avon kaufte zwei Romane von ihr an, einer davon mit dem Arbeitstitel »The Annunciate«.

Fiona Patton – verkaufte den neuen BRANION-Roman »The Granite Shield«, an DAW. Erschienen ist zuletzt »The Painter Knight«.

Diana Paxson – Für das Frühjahr 1999 eingeplant ist das neue Fantasy-Epos »The Hallowed Isle: The Book of the Swords«.

John Peel – verfaßte den DIADEM-Zyklus um Teenager, die in eine andere Dimension verschlagen werden und dort zahlreiche Gefahren meistern müssen: »Book of Names«, »Book of Signs« und »Book of Magic« und »Book of Thunder« sind davon bislang auf den Markt gebracht worden.

Tamora Pierce – begann mit »Sandry's Book« und »Tris's Book« die neue Fantasy-Tetralogie CIRCLE OF MAGIC.

Christopher Pike – Neu von einem Meister des modernen Horror die Romane »Execution of Innocence«, »The Star Group« und »The Hollow Skull« sowie die Collection »Tales of Terror 1«.

Frederik Pohl – publizierte mit »The Siege of Eternity« eine Fortsetzung von »The Other End of Time«, in dem die im ersten Band von den Außerirdischen entführten Regierungsagenten geklont und diese Klone mit falschen Erinnerungen zur Erde zurückgeschickt werden. Neu auch aus der Feder des Altmeisters der neue SF-Roman »O Pioneer!«. Für Tor Books wird er drei SFWA GRAND MASTERS-Anthologienbände zusammenstellen.

Nick Pollotta – verkaufte eine Fortsetzung zu seinem Military-SF-Roman »Leviathan« an Gold Eagle Books.

Jerry Pournelle – legte seinen ersten Solo-Roman seit fast zwei Jahrzehnten mit »Starswarm« vor, der zur JUPITER-Serie gehört.

Tim Powers – setzte die Geschichte, die er in dem preisgekrönten Roman »Last Call« begonnen und in »Expiration Date« weitergeführt hatte, in »Earthquake Weather« fort.

Jerome Preisler – verfaßte den Roman zum zweiten Film,

der auf dem Videospiel MORTAL COMBAT basiert: »Annihilation«.

Daniel Quinn – Der Autor, der mit »Ishmael« den hochdotierten Turner Award erhielt, schrieb dazu jetzt eine Fortsetzung: »My Ishmael«.

Irene Radford – verkaufte die Bände 3 und 4 ihres DRAGON NIMBUS HISTORY-Zyklus, »The Renegade Dragon« und »The Wizard's Treasure«, an DAW. Erschienen ist Band 2 des Zyklus, »The Last Battlemage«, der insgesamt fünfte Roman der Fantasy-Saga.

Melanie Rawn – mußte sich Anfang 1998 einer Schulteroperation unterziehen, arbeitet aber inzwischen wieder an »The Diviner«, dem Vorläuferroman des gemeinsam mit Kate Elliott und Jennifer Roberson verfaßten Fantasy-Epos »The Golden Key«.

Michael Reaves – hat den Horror-Roman »Voodoo Child« herausgebracht und wird als nächstes den Fantasy-Roman »Dark Dominion« publizieren.

Kit Reed – Neu die Storysammlung »Weird Women, Wired Women«, die auch bislang unveröffentlichte Kurztexte enthält. Verkaufte »Marrow« an Tor Books.

Mickey Zucker Reichert – verkaufte die neuen Romane »The Children of Wrath« und »The Flightless Falcon« an DAW und veröffentlicht als nächstes »Spirit Fox«, einen Roman mit Jennifer Wingert als Co-Autorin.

Mike Resnick – Publiziert wurde »Kirinyaga: A Fable of Utopia«, ein Episodenroman, dessen einzelne Kapitel mehrfach mit Preisen ausgezeichnet bzw. für diese nominiert wurden. Neu aufgelegt wurde »Birthright: The Book of Man« aus dem Jahre 1982, in dem er die weitere Entwicklung der Menschheit schilderte und sein BIRTHRIGHT-Universum entwarf, in dem viele seiner Werke angesiedelt sind. Erschienen ist auch der zweite Roman um den Forscher und Reiseschriftsteller Xavier Lennox, »A Hunger in the Soul«, die Fortsetzung zu »A Miracle of Rare Design«.

Anne Rice – startete mit »Pandora« die neue Vampir-Serie NEW TALES OF THE VAMPIRES mit den aus den CHRONICLES OF THE VAMPIRES bekannten Personen.

Philip Ridley – Sein neuestes Jugendbuch erschien als »Kasper in the Glitter«.

J. D. Robb – führte seine SF-Krimiserie um EVE DALLAS mit den Romanen »Vengeance In Death« (6) und »Holiday in Death« (7) weiter.

Jennifer Roberson – hat zuletzt »Sword-Born«, den ersten Band eines neuen SWORD DANCER-Zweiteilers und den insgesamt fünften der Serie, veröffentlicht.

Kim Stanley Robinson – Seine Erfahrungen beim Besuch des 7. Kontinent verarbeitete der vielbeachtete Autor in seinem SF-Roman »Antarctica«.

Spider Robinson – Die gemeinsam mit Jeanne Robinson geschriebenen SF-Romane »Stardance« und »Starseed« erschienen gesammelt im Omnibus »The Star Dancers«. Er wechselte bei seiner CALLAHAN-Serie den Verleger, da Bantam viel mehr dafür zu zahlen bereit war als Tor. Dort wird als erstes »Callahan's Key« erscheinen. Veröffentlicht wurde seine Collection »User Friendly« mit u. a. 11 Stories und 3 Essays. Fertig auch der neue Roman »The Free Lunch«.

Roberta Rogow – Arthur Conan Doyle und Lewis Carroll suchen gemeinsam nach einem entführten Mädchen – im historischen Krimi »The Problem of the Missing Miss«.

Joel Rosenberg – Tor kaufte einen weiteren Roman seiner Fantasy-Serie GUARDIANS OF THE FLAME an.

Mary Rosenblum – hat alle ihre Aktivitäten im SF-Bereich vorerst zurückgestellt, um eine dreibändige Krimiserie – Arbeitstitel: »Devil's Trumpet«, »Deadly Nightshade« und »Bleeding Heart« – zu schreiben.

Jane Routley – präsentierte mit »Fire Angels« die Fortsetzung von »Mage Heart«, in der wieder die Magierin DION die Hauptfigur ist.

Christopher Rowley – Erschienen sind die Bände 5 und 6 seiner BASIL BROKETAIL-Serie, »A Dragon at World's End« und »The Dragons of Argonath«. Er hat »Dragon Ultimate« an Roc abgeliefert.

Rudy Rucker – »Moldies & Meathops« stellte eine Sammelausgabe der zusammengehörenden SF-Romane »Software«,

»Wetware« und »Freeware« dar. Neu im Frühjahr 1999 die Collection »Seek« bei Four Walls Eight Windows.

Kristine Kathryn Rusch – hat »The Fey: The Resistance«, den 4. Band der Serie, veröffentlicht, und den abschließenden 5. Band »The Fey: Victory«, an Bantam abgeliefert. Gemeinsam mit Dean Wesley Smith und Nina Kiriki Hoffman wird sie den STAR TREK-Roman »Echoes« und die THE TENTH PLANET-Trilogie schreiben. An den Kleinverlag Meisha Merlin verkaufte sie die gemeinsam mit Kevin J. Anderson verfaßten Romane »Aftermath« und »Aftershock« und an Bantam die ersten beiden Romane des BLACK THRONE-Zyklus. Sie publizierte als Kris Rusch den Roman »Hitler's Angel« um Geli Raubal, die Nichte des Diktators.

Eric Frank Russell – NESFA Press wird »The Collected Stories of Eric Frank Russell« veröffentlichen.

Mary Doria Russell – Von der Kritik mit Begeisterung aufgenommen wurde ihr Debütroman »The Sparrow« um PATER SANDOZ, zu dem inzwischen auch die Fortsetzung »Children of God« erschienen ist.

Sean Russell – veröffentlichte mit »Beneath the Vaulted Hills«, dem 1. Band des Alternativweltzyklus THE RIVER INTO DARKNESS, einen Vorläufer zu »World without End« und »Sea without a Shore«, und präsentierte mit »The Compass of the Soul« den zweiten Band.

Richard Paul Russo – Der dritte Cyberthriller um den Polizeidetektiv FRANK CARLUCCI erschien unter dem Titel »Carlucci's Heart«.

Fred Saberhagen – verkaufte den dritten Band seines Fantasy-Zyklus BOOK OF GOD, »The Arms of Hercules«, an Tor. Mittlerweile erschien Band 1 unter dem Titel »The Face of Apollo«, der zweite ist auch schon fertig: »Ariadne's Web«.

R. A. Salvatore – hat den Fantasy-Roman »The Demon Spirit«, die Fortsetzung von »The Demon Awakens«, veröffentlicht und an Del Rey drei weitere Fantasy-Romane verkauft, die lose mit diesen ersten beiden DEMON-Romanen verbunden sind. Zudem gab er die Anthologie »Tales from Tethedril« über diese neue Fantasy-Welt heraus.

Pamela Sargent – wird mit George Zebrowski den STAR

TREK-Roman »Across the Universe« verfassen. Zur Veröffentlichung vorbereitet wird der SF-Roman »Climb the Wind«.

Al Sarrantonio – schloß seine SF-Trilogie FIVE WORLDS mit »Return« ab.

John Saul – Bei archäologischen Ausgrabungen auf Hawaii kommt mehr zu Tage als alte Knochen – in »The Presence«.

Felicity Savage – gehört zur Garde neuer SF-Autoren, die alten Themen neue Facetten abzugewinnen verstehen, so auch in der aus »Ever: The War in the Waste«, »Ever: The Daemon in the Machine« und »Ever: A Trickster in the Ashes« bestehenden Trilogie.

Robert J. Sawyer – Außerirdische, die nach einer Schiffskarambolage bereit sind, ihre Technik gegen Reparaturarbeiten einzutauschen, stehen im Mittelpunkt des SF-Krimis »Illegal Alien«. Neu auch »Factoring Humanity«, in dem es um die Veränderung der menschlichen Rasse geht. Tor kaufte den neuen Roman »The Golden Fleece«.

Elizabeth Ann Scarborough – Neu der dritte Band der GODMOTHER-Serie, »The Godmother's Web«. Sie verkaufte den historischen Krimi »The Lady in the Loch«, in dem Sir Walter Scott eine wichtige Rolle spielt, an Ace.

Melissa Scott – verkaufte eine wieder zusammen mit Lisa Barnett verfaßte Fortsetzung zum Gemeinschaftswerk »Point of Hopes«. Erschienen ist der SF-Roman »The Shapes of Their Hearts« um eine Künstliche Intelligenz.

Larry Segriff – Die Abenteuer von Tom Jenkins als Kadett der Space Guard, die in »Spacer Dreams« begannen, wurden in »Alien Dreams« weitergeführt.

William Shatner – setzte seine mit »Delta Search« begonnene neue Serie QUEST FOR TOMORROW mit »In Alien Hands« fort und die Abenteuer des Diplomaten vom Mars aus »Man O'War« mit »The Law of War«.

Robert Sheckley – In Vorbereitung befindet sich sein neuer Roman »Godshome«.

Charles Sheffield – Sein Roman »Tomorrow and Tomorrow« stellte eine Erweiterung seiner Erzählung »At the Eschaton« aus Gregory Benfords Anthologie »Far Futures« dar. In der JUPITER-Serie erschienen »Putting up Roots«, »The Cyborg from Earth« und »The Billion Dollar Boy«. Zuletzt publiziert wurde der Hard-SF-Roman »Aftermath«. Sheffield heiratete Anfang 1998 seine Kollegin Nancy Kress.

Mark Sheperd – verkaufte den Fantasy-Roman »Lazerwarz« an Baen.

David Sherman – startete gemeinsam mit Dan Cragg die neue Military-SF-Serie STARFIST mit »First to Fight« und »School of Fire«. Del Rey hat bereits einen weiteren Roman dazu angekauft.

Josepha Sherman – schrieb zur Romanreihe um die TV-Serie HIGHLANDER den Roman »The Captive Soul«. Neu auch der phantastische Roman »Son of Darkness«. Im Herbst 1998 erschien die neue Storysammlung »Merlin's Kin«.

Sharon Shinn – Das neue Fantasy-Talent und Gewinnerin des William Crawford Award schloß ihre SAMARIA-Trilogie, die mit »Archangel« begann und mit »Jovah's Angel« weitergeführt wurde, mit »The Alleluia Files« ab. Ace kaufte »Starborn« und einen weiteren SF-Roman von ihr an.

John Shirley – veröffentlichte die Horror-Collection »Black Butterflies: A Flock on the Dark Side«.

Susan Shwartz – Im gleichen Universum wie ihr Fantasy-Roman »Shards of Empire« spielt auch ihre jüngste Veröffentlichung »Cross and Crescent«.

Robert Silverberg – Die von ihm zusammengestellte Anthologie der Superlative, »Legends: Stories by the Masters of Modern Fantasy«, in der die besten Fantasy-Autoren der Gegenwart Stories präsentieren, die in den von ihnen geschaffenen Welten bzw. mit den von ihnen konzipierten Protagonisten spielen, und die um eine Rekordsumme von Dutton/NAL erworben wurde, wurde jetzt an Tor Books weiterverkauft. Erschienen ist sein exzellenter Invasionsroman »The Alien Years«.

Dan Simmons – legte mit »The Rise of Endymion« eine direkte Fortsetzung zu »Endymion« vor, die zugleich auch den Abschluß des HYPERION-Zyklus bildete. Nicht der Phantastik zugehört der Spionagethriller »The Crook Factory«.

William Sleator – Vom bekannten Jugendbuchautor erschien zuletzt der Horror-Roman »The Beasties«.

Joan Slonczewski – Die John W. Campbell-Preisträgerin publizierte den Hard-SF-Roman »The Children's Star« und verkaufte einen weiteren an Tor.

Dean Wesley Smith – schrieb den Roman zum SF-CD-ROM-Spiel »Shadow Warrior: For Dead Eyes Only«.

L. Neil Smith – setzte die Raumpiraten-Saga, die er mit »Henry Martyn« begonnen hatte, mit den Abenteuern von dessen Tochter »Bretta Martyn« fort.

Sherwood Smith – schrieb den Roman zum Film »The Borrowers«, der seinerseits auf einem Romanzyklus von Mary Norton basiert, und publizierte mit »Court Duel« eine Fortsetzung von »Crown Duel«.

Midori Snyder – ließ in »The Innamorati« ein alternatives Venedig zur Zeit der Renaissance entstehen.

S. P. Somtow – Auf Horror spezialisiert hat sich in den letzten Jahren der Autor, der auch unter Somtow Sucharitkul publizierte. »The Vampire's Beautiful Daughter« machte dabei keine Ausnahme, ebensowenig »Darker Angels«, der in der gleich alternativen Vergangenheit spielt wie »Moon Dance »oder »Vampire Junction«.

Martha Soukup – 17 Stories von hoher Qualität enthielt die Collection »The Arbitrary Placement of Walls«.

Norman Spinrad – Zu einer ungewöhnlichen Maßnahme griff Norman Spinrad, dessen letzte Bücher sich trotz – oder besser: **wegen** – ihres anspruchsvollen Inhalts so schlecht verkauften, daß die Verleger, denen er bisher sein neuestes Werk angeboten hatte, befürchteten, sie würden damit ein finanzielles Desaster erleben: Er bot seinen neuen Roman »He Walked among Us« für einen Dollar Vorschuß jedem Verlag an, der ihn in gebührender Weise auf den Markt bringt, weil er ihn für sein bestes und wichtigstes Werk hält. Tor hat schließlich zugeschlagen. Mittlerweile brachte er seinen neuen SF-Roman »Glass Houses« über die globale Erwärmung ebenfalls bei Tor unter.

Nancy Springer – Neu das Jugendbuch »I Am Mordred«, in dem die Artus-Sage aus dessen Sicht erzählt wird. Ihr neuer Fantasy-Roman erscheint unter dem Titel »Plumage« bei Avon.

Michael Stackpole – Erschienen ist der Fantasy-Roman »An Enemy Reborn«, die Fortsetzung von »A Hero Born«.

Christopher Stasheff – lieferte »The Crusading Wizard«, Band 3 der laufenden Serie, an Del Rey ab.

Allen Steele – Erschienen ist zuletzt der NEAR SPACE-Roman »A King of Infinite Space«. Die geplante Fortsetzung dazu, »Year of the Coyote«, wird noch auf sich warten lassen, da ein diesbezüglicher Deal mit HarperPrism platzte. Beim Kleinverlag Meisha Merlin erscheint die Collection »Sex and Violence in Zero-G«, die auch die preisgekrönte Story »The Death of Captain Future« enthält.

Bruce Sterling – Das Leben kann auf künstliche Weise verlängert werden – in »Holy Fire«. Fertig ist »Distraction«, ein Near-Future-SF-Roman.

Sean Stewart – griff mit »The Night Watch« die grundlegende Thematik seines 1995 erschienenen Romans »Resurrection Man« wieder auf und führte sie mit einem Zeitintervall von hundert Jahren weiter. Neu auch der phantastische Roman »Mockingbird«.

S. M. Stirling – Neu der Zeitreise/Alternativweltroman »Island in the Sea of Time«.

John E. Stith – Sein Roman »Reckoning Infinity« wurde von der New York Public Library als eines der »Besten Bücher für Jugendliche« des Jahres 1997 ausgezeichnet.

Theodore Sturgeon – Unter dem Titel »Thunder and Roses« erschien Band 4 der Gesammelten Kurzgeschichten dieses Autors, Band 5 trug den Titel »The Perfect Host«.

Tricia Sullivan – Die Autorin, die mit ihrem ersten Roman »Lethe« für Aufsehen gesorgt hatte, präsentierte »Someone to Watch over Me«, in dem es um Gedankenkontrolle, Körpertransfer und persönliche Freiheit geht, und »Dreaming in Smoke«, in dem eine Künstliche Intelligenz einen Kolonialplaneten am Leben erhält.

Mark Sumner – veröffentlichte den zweiten Roman um den Zeitungsreporter SAVVY McKINNON unter dem Titel »News From the Edge: Insanity, Illinois«.

S. Andrew Swann – Die verschiedenen Versionen eines einzelnen Menschen auf unterschiedlichen Alternativwelten werden in eine von ihnen selbst als Kindern geschaffene Fantasy-Welt versetzt, wo sie eine gefahrvolle Queste bestehen müssen – in »God's Dice«.

Michael Swanwick – Eines klassischen Themas in ungewöhnlicher Form, nämlich als eine Mischung von SF und Fantasy, nahm sich Swanwick in »Jack Faust« an. Fünf Erzählungen enthält die interessante Collection »A Geography of Unknown Lands«.

Judith Tarr – Mit Harry Turtledove zusammen schrieb die Spezialistin für historische Romane den neuen Roman »Abysm of Time« und stellte den Fantasy-Roman »White Mare's Daughter« fertig, den ersten Band der EPONA-Trilogie.

Bruce Taylor – 30 Stories enthält die Collection »The Final Trick of Funnyman and Other Stories«.

Astro Teller – Um die Schaffung einer Künstlichen Intelligenz geht es im in Form von e-mails erzählten Roman »Exegesis«.

Sheri S. Tepper – Auf einem Kolonialplaneten mit einem Geheimnis spielt der SF-Roman »Six Moons Dance«.

Amy Thomson – hat die erste Fassung von »The Color of Home«, die Fortsetzung zu »The Color of Distance«, fertig.

Richard L. Tierney – 12 Geschichten zu H. P. Lovecrafts CTHULHU-Mythos enthält die Collection »The Scroll of Thoth: Simon Magus and the Great Old Ones«.

E. C. Tubb – erlebt eine Renaissance bei Gryphon Books, wo zahlreiche seiner SF-Romane aus den 50ern, der britischen Pulp-Ära, ihre erste US-Veröffentlichung erleben, zuletzt »Alien Life« aus dem Jahre 1954 in einer überarbeiteten Form und »I Fight for Mars« aus 1953. In Vorbereitung befinden sich »The Wall« und »Space Hunger«.

Harry Turtledove – Der Alternativweltspezialist startete mit »Return Engagement« seine neue Tetralogie THE GREAT WAR, in der der Erste Weltkrieg einen anderen Verlauf als bekannt nimmt, und setzte sie mit »American Front« fort. Erschienen sind auch der Alternativwelt-Roman »How Few Remain« um einen zweiten Amerikanischen Bürgerkrieg im Jahre 1883 und der im alten Mesopotamien spielende Fantasy-Roman »Between the Rivers«. Seine Fantasy »Fox and Empire«

stellte eine Fortsetzung zu »King of the North« und den zweiten Roman um GERIN THE FOX dar. Er verkaufte auch die COLONIZATION-Trilogie, die zwanzig Jahre nach seiner WORLDWAR-Tetralogie handelt und die Ankunft der außerirdischen Kolonisationsflotte schildert, an Del Rey.

John Updike – Im Jahr 2020, nach einer Katastrophe, spielt der neue Roman von John Updike, »Toward the End of Time«.

Steven Utley – Einen Querschnitt durch 27 Jahre schriftstellerischen Schaffens bietet die 14 Geschichten umfassende Sammlung »Ghost Seas«.

Edo Van Belkom – Neu die Collection »Death Drives A Semi« mit 22 Kurzgeschichten.

Jack Vance – Ein neues interstellares Abenteuer, wie es nur der Altmeister verfassen kann, erschien unter dem Titel »Ports of Call«. Protagonist Myron Tany soll auch in einem weiteren Roman neue Abenteuer erleben, der Fortsetzung »Lurulu«.

Vivian Vande Velde – Eine Prinzessin wendet sich Schwarzer Magie zu, um sich zu rächen – in »The Conjurer Princess«. Erschienen ist zuletzt »The Changeling Prince«.

John Varley – hat den neuen SF-Roman »Golden Globe« fertiggestellt und »Irontown Blues« an Ace verkauft.

Gore Vidal – veröffentlichte den surrealen/SF-Roman »The Smithsonian Institution«.

Joan D. Vinge – verfaßte den Roman zum Film »Lost in Space«.

Paula Volsky – Neu der Fantasy-Roman »The White Tribunal«, in dem ein junger Mann seine Seele einsetzt, um den Tod seines Vaters zu rächen.

Kurt Vonnegut – gab bekannt, daß er mit seinem jüngsten Roman »Timequake«, einem reinen SF-Roman um ein Zeitbeben im Jahr 2001, seine schriftstellerische Laufbahn beenden und sich anderen Projekten widmen wird.

John Vornholt – wird den im STAR TREK-Universum angesiedelten Roman »The Dominion War« schreiben.

Karl Edward Wagner – 32 Horror- und Fantasy-Stories, zwei davon zuvor unveröffentlicht, dieses allzufrüh verstorbenen Genre-Meisters nebst Beiträgen von Kollegen zu seiner Person präsentierte die Sammlung »Exorcisms and Ecstasies«.

Don Webb – verkaufte zwei ungewöhnliche Kriminalromane, »The Double« and »Essential Salts«, an St. Martin's. Erschienen sind die Collections »Stealing My Rules« und »The Explanation and Other Good Advice« mit z.T. unveröffentlichten Geschichten.

David Weber – Der vor allem in der SF mit seinem HONOR HARRINGTON-Zyklus bekannte Autor machte mit »The War God's Own«, die Fortsetzung von »Oath of Swords«, seinen zweiten Abstecher in die Fantasy. Er hat zudem den 8. HARRINGTON-Roman, »Echoes of Honor«, fertiggestellt und seine zweite in diesem Universum angesiedelte Anthologie an Baen verkauft.

Margaret Weis – Erschienen ist der abschließende 4. Roman des DARKSWORD-Zyklus, »Legacy of the Darksword«, wie die ersten drei in Kooperation mit Tracy Hickman verfaßt. Gemeinsam mit Don Perrin schrieb sie den dritten Band des Zyklus MEG FORCE 7, der unter dem Titel »Hung Out« publiziert wurde. Ebenfalls schon herausgekommen ist der gemeinsam mit Tracy Hickmann verfaßte zweite STARSHIELD-Roman »Nightsword«, und in Vorbereitung befindet sich der Roman »The Dagger of Vrykyl«, Band 1 der neuen Fantasy-Trilogie SOVEREIGN STONE.

Catherine Wells – brachte den Post-Holocaust-SF-Roman »Mother Grimm« heraus und hat »Beyond the Gates«, der bei Roc eingeplant ist, zu Ende geschrieben.

Martha Wells – schildert ein alternatives viktorianisches England, in dem Magie und Technik nebeneinander existieren, in ihrem neuen Roman »The Death of the Necromancer«, der in der gleichen Welt spielt wie »The Element of Fire«.

Michelle West – Bei DAW wird ihr neuer Roman »Uncrowned King« herauskommen.

James White – Sein neuester »Sector General«-Roman erschien unter dem Titel »Mind Changes« bei Tor.

Cherry Wilder – Die neuseeländische Autorin, die lange Jahre in Deutschland lebte, kehrte im Herbst 1997 in ihre Heimat zurück.

Kate Wilhelm – Ihr mit dem Hugo ausgezeichneter Roman »Where Late the Sweet Birds Sang« erlebte eine lange schon überfällige Neuauflage. Sie setzte ihre Gerichtsmediziner-Serie um BARBARA HOLLOWAY mit »Defense for the Devil« fort. Neu auch der Gruselroman »The Good Children«.

Tad Williams – Erschienen ist endlich der zweite Band seines neuen, auf vier Bücher angelegten Zyklus OTHERLAND, »River of Blue Fire«.

Walter Jon Williams – Neu die Collection »Frankensteins and Foreign Devils«.

Chet Williamson – startete eine an X-FILES orientierte Romanserie mit »City of Iron«.

Jack Williamson – Neu herausgebracht wurde von Altmeister der ursprünglich 1939 in STARTLING STORIES erschienene Pulp-SF-Roman »The Fortress of Utopia«.

Connie Willis – Die Abteilung für Geschichte im Oxford des 21. Jahrhundert, die schon in der Story »Fire Watch« wie auch in ihrem preisgekrönten SF-Roman »Doomsday Book« präsentiert wurden, spielt auch im humorvollen Zeitreise-Roman »To Say Nothing of the Dog« eine wichtige Rolle für die Entwicklung des Handlungsverlaufs. Neu auch der gemeinsam mit Cynthia Felice verfaßte Roman »Promised Land«.

F. Paul Wilson – Gemeinsam mit Matthew J. Costello verfaßte er den Near-Future-SF-Thriller »Masque«.

Robert Charles Wilson – publizierte den SF-Roman »Darwinia« um einen Kontinent, der 1912 durch »Das Wunder« anstelle von Europa tritt, und verkaufte seinen neuen SF-Roman »Bios« an Tor.

Dave Wolverton – Der dritte Roman der Space Opera-Serie THE GOLDEN QUEEN erschien unter dem Titel »Lords of the Seventh Swarm«.

Patricia C. Wrede – Die weiteren Abenteuer der Straßendiebin Kim, die in »Mairelon the Magician« zum Zauberlehrling avancierte, schilderte der Roman »The Magician's Ward«. Drei Romane der LYRA-Serie – »Shadow Magic«, »Daughter of Witches« und »The Harp of Imach Thyssel« – sowie eine Zeittafel zu diesem Fantasy-Komplex enthielt der Omnibus-Band »Shadows Over Lyra«.

Janny Wurts – Zu ihren jüngsten Veröffentlichungen gehören der Fantasy-Roman »The Fugitive Prince« (das erste Buch des Zyklus THE ALLIANCE OF LIGHT, der dritte Teil von THE WARS OF LIGHT AND SHADOW) und die Collection »That Way Lies Camelot«.

Chelsea Quinn Yarbro – verkaufte den 12. Roman ihrer ST. GERMAIN-Serie, »Communion Blood«, an Tor.

Jane Yolen – veröffentlichte die Collection »Twelve Impossible Things before Breakfast« mit modernen Sagen und Märchen. Harcourt Brace ersteigerte den gemeinsam mit Bruce Coville geschriebenen Roman »Armaggedon Summer«. Ende 1998 erscheint »The One-Armed Queen«.

Timothy Zahn – hat den neuen STAR WARS-Roman »Vision of the Future«, zweiter Band einer Duologie, an Bantam abgeliefert.

George Zebrowski – präsentierte im Herbst 1998 den neuen SF-Roman »Brute Orbits«.

Roger Zelazny – Jane Lindskold komplettierte das Romanfragment »Donnerjack« des verstorbenen Autors.

Sarah Zettel – lieferte ihren dritten SF-Roman mit dem Arbeitstitel »The God Project« an Warner Aspect ab. Er erscheint wahrscheinlich als »Playing God«.

Mark Scott Zicree – verkaufte sein neues Serienkonzept MAGIC TIME an HarperPrism, in dem es um eine Gruppe ganz gewöhnlicher Menschen geht, die in einem Amerika, in dem die Technik nicht mehr funktioniert, wohl aber die Magie, zu Helden werden. Den ersten Roman wird er gemeinsam mit Barbara Hambly verfassen.

David Zindell – schloß seine REQUIEM FOR HOMO SAPIENS-Trilogie, die selbst eine Fortsetzung seines Debütromans »Neverness« darstellte, mit »War in Heaven« ab.

Aber auch einigen wenigen deutschsprachigen AutorInnen ist es wieder gelungen, dem phantastischen Genre zugehörende Werke in den USA zu veröffentlichen bzw. sie dorthin zu verkaufen. Es waren diesmal erneut relativ weniger als in den vorangegangenen Jahren, nämlich nur »The Dog King« (»Morbus Kitahara«) von Christoph Ransmayr, »The God of Impertinence« (»Ein Gott der Frechheit«) von Sten Nadolny, »Dr. Faustus« von Thomas Mann und »Learning Processes with a

Deadly Outcome« (Lernprozesse mit tödlichem Ausgang«) von Alexander Kluge. Auch Autoren aus anderen europäischen und nicht-angloamerikanischen Ländern waren diesmal mit phantastischen Titeln vertreten: Peter Hoeg mit »The Woman and the Ape« (»Kvinden og aben«), Laura Esquivel mit »The Law of Love« (»La ley del amour«), Italo Calvino mit »Fantastic Tales: Visionary and Everyday« (»Racconti fantastici dell'ottocento: Volume Primo, Il Fantastico Visionario« & »Volume Secundo, Il Fantastico Quotidiano«), Jostein Gaarder mit »The Solitaire Mystery« (»Kabalmysteriet«), Christian Jacq mit »Ramses I: The Son of Light« (»Fils de la lumiere«) und »Ramses II: The Eternal Temple« (»Le temple eternal«), Jules Verne mit »Paris in the Twentieth Century« (»Paris aux XX° Ciecle«), Bernard Werber mit »Empire of the Ants« (»Les Fourmis«) und Arturo Perez-Reverte mit »The Club Dumas« (»El club Dumas«). Aus dem Chinesischen übersetzt wurde »«The Embroidered Shoes« von Can Xue.

Auf dem ***Magazinmarkt*** sah die ohnehin schon gewohnt triste Situation nicht viel besser aus als in den schon ziemlich trostlosen Jahren zuvor, 1997 brachte erneut einen Negativrekord für die alteingesessenen ***professionellen Magazine***. Zudem mußten alle, die 1997 noch auf dem Markt waren – **ANALOG SCIENCE FICTION & FACT**, **ASIMOV'S SCIENCE FICTION**, **THE MAGAZINE OF FANTASY & SCIENCE FICTION**, **REALMS OF FANTASY** und **SCIENCE FICTION AGE** – wieder zum Teil sehr schmerzliche Rückgänge bei den Verkaufszahlen hinnehmen. Die Gesamtzahl der Profi-Magazine lag mit 45 (mit mindestens einer Ausgabe) unter dem Stand des Vorjahres, wo 46 Publikationen herausgekommen waren. Für 1998 ist durch den Neustart von **AMAZING STORIES** mit einer Aufwärtsentwicklung des Magazinmarktes zu rechnen. **ANALOG SCIENCE FICTION & FACT**, von dem 1997 nur 11 Ausgaben, also eine weniger als noch 1996, und noch dazu mit weniger Seiten publiziert wurden, verzeichnete erneut einen drastischen Rückgang bei den Verkaufszahlen um mehr als 10% von knapp unter 60 000 Exemplaren auf nunmehr 53 000. Trotz dieses kräftigen Aderlasses konnte das Magazin seine bisherige Spitzenposition als verkaufsstärkstes SF-Periodikum behaupten, wobei sich die Differenz zum erneut zweitplazierten SCIENCE FICTION AGE auf rund 10 000 Exemplare belief, sich also vergrößert hat. Das Traditionsmagazin, das nach wie vor von Stanley Schmidt betreut wird, ist für seine Präferenz für Hard-SF bekannt, wo auch 1997/98 wieder der Schwerpunkt der veröffentlichten Stories und Fortsetzungsromane lag. Vertreten waren 1997/98 Autoren und Autorinnen wie Frederik Pohl, Marc Stiegler, Jerry Oltion, Mark Rich, Jeffrey D. Kooistra, G. David Nordley, Michael A. Burstein, Rick Shelley, Ben Bova, H. G. Stratmann, Joseph H. Delaney, Paul Levinson, David Alexander, Michael F. Flynn, Joan Slonczewski, Stephen L. Burns, Stephen Goldin, Charles L. Harness, Ron Goulart, Dean McLaughlin, Bud Sparhawk und Stephen Baxter.

Einen im Vergleich zum Mitbewerb relativ moderaten Rückgang von 7% (nach dem über 22%igen Rückgang des Vorjahres) verzeichnete **ASIMOV'S SCIENCE FICTION** im Jahr 1997, was aber, wie auch bei ANALOG, zur niedrigsten Verkaufszahl in der Geschichte des Magazins von knapp über 42 000 Exemplaren führte, und bedeutete, daß es diesmal nach ANALOG, REALMS OF FANTASY und SF AGE auf Platz 4 bei den Magazinen zurückrutschte. Und das, obwohl das Magazin unter der bewährten Herausgeberschaft von Gardner Dozois, der für seine diesbezüglichen Aktivitäten mehrfach mit dem Hugo Award ausgezeichnet wurde, wieder eine qualitativ hochstehende breite Themenpalette bot. 1997 wurden wieder 11 Ausgaben wie im Vorjahr publiziert, eine davon eine Doppelnummer. Die Namen der Autoren, die hierfür Primär- und Sekundärtexte veröffentlichten, liest sich erneut wie ein WHO'S WHO der modernen Science Fiction & Fantasy: Gwyneth Jones, Walter Jon Williams, Avram Davidson, Ian R. MacLeod, Allen Steele, Kage Baker, Robert Reed, Michael F. Flynn, R. Garcia y Robertson, Rebecca Ore, Janet Kagan, Howard Waldrop, Connie Willis, Mike Resnick, Rob Chilson, Michael Swanwick, Geoffrey A. Landis, Kristine Kathryn Rusch, Esther M. Friesner, Dave Langford, Mary Rosenblum, Stephen Dedman, Steven Utley, Tony Daniel, Pat Cadigan, S. N. Dyer, Nancy Kress, Gregory Feeley, Norman Spinrad, Terry Bisson, Ian Watson, Michael Kandel, Ian McDonald, James Patrick Kelly, M. Shayne Bell, Paul J. McAuley, Greg Egan, Gardner Dozois und Stephen Baxter.

Diesen von ASIMOV'S und jetzt auch ANALOG praktizierten Publikationsrhythmus gibt es schon seit einigen Jahren bei **THE MAGAZINE OF FANTASY & SCIENCE FICTION**, bei dem jetzt Gordon Van Gelder als Herausgeber die weitere Entwicklung bestimmt. Auch hier war ein schmerzlicher Rückgang von 13 Prozent zu verzeichnen, wodurch das Magazin auf den 5. Platz unter den SF-Magazinen zurückfiel. Wieder konnte der drastische Rückgang bei den Abonnements nicht durch einen besseren Verkauf am Kiosk wettgemacht werden. Und das, obwohl die Qualität der Beiträge wieder sehr hoch lag, die zuletzt von Autorinnen und Autoren wie Esther M. Friesner, John Morressy, Ben Bova, David R. Bunch, Jo Clayton, Nina Kiriki Hoffman, Harry Turtledove, Jerry Oltion, Kristine Kathryn Rusch, Stephen King, Walter M. Miller jr., Nancy Springer, Jack Williamson, Michael Blumlein, Robert Reed, Lisa Goldstein, Terry Bisson, Lewis Shiner, Wayne Wightman & Richard Paul Russo, David Bischoff, Paul Park, Stephen Dedman, Stephen R. Boyett, Ian MacLeod, James P. Blaylock, Rob Chilson, Rebecca Ore, Ian Watson, Rick Wilber, Michael Swanwick, Mike Resnick, Mark S. Geston, Bruce Sterling, Mary Soon Lee, Kit Reed, Jack McDevitt, Stanley Schmidt, Nancy Etchemendy, Robert C. Taylor, Mary A. Turzillo, Sheila Finch, William R. Eakin, Ron Goulart, Harvey Jacobs, Richard Paul Russo und Steve Perry stammten.

Das vom Start weg überaus erfolgreiche Fantasy-Magazin **REALMS OF FANTASY**, das Schwestermagazin von SCIENCE FICTION AGE, verzeichnete, ganz entgegen dem landläufigen Trend, nur einen geringen Rückgang von 0.5 % auf knapp über 40 000 Exemplare. In dem von Shawna McCarthy herausgegebenen, aufwendig konzipierten Periodikum im Illustriertenformat, mit vielen Farbseiten und Illustrationen, sind

1997 die geplanten 6 Ausgaben erschienen. Nicht nur die Optik, auch der Inhalt wußte zu überzeugen. Die zuletzt erschienenen Ausgaben enthielten Artikel und Stories von Sherwood Smith, Tanith Lee, William R. Eakin, Terri Windling, Richard Parks, K. D. Wentworth, Jane Yolen, Louise Cooper, Sally McBride, Severna Park, Don Webb, Christopher Rowe, Tanith Lee, Robert Charles Wilson, Sherwood Smith und S. P. Somtow.

Ähnlich in Aufmachung und Titelausstoß – über 43 000 Exemplare – präsentierte sich **SCIENCE FICTION AGE** im Jahr 1997. Von diesem ebenfalls optisch ansprechenden, reichlich bebilderten und mit vielen Farbseiten ausgestatteten Magazin im Illustriertenformat, das von Scott Edelman redaktionell betreut wird, sind 1997 sechs Ausgaben veröffentlicht worden. Die durchschnittliche verkaufte Auflage lag mit knapp über 42 000 Exemplaren um rund 14 % niedriger als im Vorjahr (rund 50 000 Exemplare), aber immer noch nach ANALOG und REALMS OF FANTASY auf Platz 3. Der Inhalt war, wie gewohnt, breit gefächert. Unter den Beiträgern fanden sich so bekannte Namen wie Mark Rich, Stephen Baxter, Mary Rosenblum, Robert Silverberg, Barry N. Malzberg, Gregory Feeley, Gregory Benford, Elisabeth Malartrez, Pat Murphy, Richard Kadrey, Scott Mackey, David Gerrold, Brian Stableford, Wil McCarthy, S. N. Dyer, Stephen Dedman, Karen Haber, Eric T. Baker, Adam-Troy Castro, Eric Brown, Kristine Kathryn Rusch, Jack Williamson und Paul DiFilippo.

Bei den ***semiprofessionellen Magazinen*** – das sind solche, die nicht über das Zeitschriftengrosso vertrieben werden, eine Auflage von weniger als 10 000 Exemplaren haben oder nicht zumindest viermal jährlich herauskommen – gab es wieder einige Neuzugänge und Einstellungen. Völlig vom Markt verschwunden sind **CENTURY, CRANK!, WORLDS OF FANTASY & HORROR** und **DEATHREALM**, von denen 1997 und der ersten Jahreshälfte 1998 keine einzige Ausgabe veröffentlicht wurde. Von **ABORIGINAL SF** kam 1997 nur eine einzige Ausgabe heraus, es wurde aber 1998 weitergeführt. Die zuletzt publizierten Ausgaben enthielten u. a. Stories von Kristine Kathryn Rusch, Patricia Anthony, Sean Williams, Barry B. Longyear, Eric Brown und Jack McDevitt. Irregulär erscheint auch das von Warren Lapine als viermal jährlich geplante Magazin **ABSOLUTE MAGNITUDE**, von dem auch 1997, wie schon im Jahr zuvor, nur zwei Ausgaben herausgekommen sind. Die letzten enthielten Stories von Chris Bunch, T. Jackson King, Shariann Lewitt, Hal Clement, Alan Dean Foster und Bud Sparhawk, Artikel von Allen Steele, Alan Dean Foster und Steven Sawicki sowie ein Interview mit A. C. Crispin. Von **MARION ZIMMER BRADLEY'S FANTASY**, herausgegeben von der DARKOVER-Autorin selbst und Rachel E. Holmen, sind auch 1997 wieder die geplanten vier Ausgaben erschienen. Das Magazin selbst, das in diesem Jahr sein zehnjähriges Bestehen feiern konnte, ist professionell aufgemacht und hat eine verkaufte Auflage von etwa 5000 Exemplaren. Die letzten Nummern präsentierten Stories von u. a. Marion Zimmer Bradley, Darrell Schweitzer, Mercedes Lackey und Susan Shwartz sowie Interviews mit Vincent Di Fate, Octavia E. Butler, Lawrence Watt-Evans und Connie Willis. Das exzellente Horror-Magazin **CEMETERY DANCE** wurde auch 1997 unter der Ägide von Richard T. Chizmar mit drei Ausgaben weitergeführt. Es weist ein gutes Layout auf und publiziert Geschichten von Profis, zuletzt von Peter Crowther & James Lovegrove, Norman Partridge, Joe R. Lansdale, Ray Garton, Don D'Ammassa, Ed Gorman, Thomas Tessier, David B. Silva, Nancy A. Collins und Jerry Sykes, und Interviews, wie mit Norman Partridge, Richard Matheson, Thomas Tessier und Brian Hodge. Die verkaufte Auflage soll nach eigenen Angaben bei 9000 Exemplaren liegen. Nur zwei Ausgaben im Jahr 1997 schaffte **PIRATE WRITINGS**, herausgegeben von Edward J. McFadden, die verkaufte Auflage ging auf 2400 Stück zurück. Hier sind Amateurgeschichten ebenso zu finden wie Stories von Profis, zuletzt von Ardath Mayhar und Geoffrey A. Landis, sowie ein Interview mit Barry N. Malzberg. **WETBONES**, die Neuinkarnation des Horror-Magazines BONES, zusammengestellt von Paula Gura, erscheint zweimal jährlich. Die zuletzt publizierte Ausgabe enthielt Stories von John Shirley, Rob

Hardin, Stephen Dedman und Nancy Collins. 1998 wieder zum Leben erweckt wurde **WEIRD TALES**. Die erste Ausgabe unter der Herausgeberschaft von George Scithers & Darrell Schweitzer präsentierte Stories von Tanith Lee, Melanie Tem, Darrell Schweitzer, F. Gwynplaine MacIntyre, Charles D. Eckert, Valerie J. Freireich und Ian Watson. Unterschiedlich präsentierte sich die Lage bei den Fachzeitschriften **LOCUS** und **SCIENCE FICTION CHRONICLE**. Während **LOCUS** 1997 die geplanten 12 Ausgaben herausbrachte, die alle pünktlich erschienen sind, kamen von **SFC** wieder nur 4 Ausgaben auf den Markt, erneut sehr unregelmäßig, mit den Cover-Dates April-May 97, June 97, October 97 und November 97. Mittlerweile dürfte eine Konsolidierung erfolgt sein, denn 1998 ist SFC mit ziemlicher Regelmäßigkeit im Abstand von zwei Monaten publiziert worden. Beiden Magazinen gemeinsam ist, daß sie neben News und Rezensionen auch Interviews veröffentlichen. Bei **SFC** wurden zuletzt Brian Stableford, Stephen Jones, Charles L. Grant, Melissa Scott, Mickey Zucker Reichert und C. J. Cherryh interviewt, bei **LOCUS** Kim Stanley Robinson, Elizabeth A. Lynn, Jonathan Lethem, Algis Budrys, Michael Morrcock, Gardner Dozois, Boris Strugatzki, Robin Hobb, Sarah Zettel, Vonda N. McIntyre, Vincent Di Fate, Tim Powers, Michael Swanwick, Robert Reed, Tanith Lee, Peter F. Hamilton, Joan Aiken, S. P. Somtow, Stephen Baxter, Tricia Sullivan, James Morrow und Paul J. McAuley.

1997/98 hatte die internationale SF-Szene wieder einige **Todesfälle** zu beklagen:

Am 24. Juli 1997 starb die in Neuseeland geborene Autorin **Caroline Macdonald**, die sich mit SF- und Fantasy-Jugendbüchern einen Namen gemacht hatte, an einem Krebsleiden, gegen das sie ein Jahr lang vergeblich angekämpft hatte. Am 1. Oktober 1948 geboren, übte sie verschiedene Bürojobs aus, bevor sie sich 1982 der Schriftstellerei zuwandte. Mitte der 80er Jahre übersiedelte sie nach Australien. Ihr erster SF-Roman »Visitors« (1984) über die Kommunikation mit Außeridischen trug ihr den Neuseeländischen Kinderbuchpreis ein. Ebenfalls sehr erfolgreich war der SF-Roman »The Lake at the End of the World« (1988), der nach einer ökologischen Katastrophe spielt. Die Storysammlung »Hostilities« (1991) und der Roman »Secret Lives« (1993) wiesen starke Dark Fantasy/Horror-Elemente auf. Ihre letzte Veröffentlichung war der Fantasy-Roman »Through the Witch's Window« (1997).

Am 2. August 1997 starb der vor allem für seine experimentellen Texte bekannte amerikanische Autor **William S. Burroughs** in einer Klinik in Lawrence, Kansas, an einem Herzinfarkt. Er war 83 Jahre alt. Geboren wurde William Seward Burroughs am 5. Februar 1914 in St. Louis, Montana. Er studierte in Harvard, wo er 1936 einen B.A. in Englisch erwarb und betrieb Studien in Archäologie und Ethnologie, bevor er sich aus dem akademischen Leben zurückzog, um ausgedehnte Reisen zu unternehmen, wobei er etliche Jahre in Mexiko, Südamerika, Nordafrika, Paris, London und verschiedenen Teilen der USA verbrachte. Er war 15 Jahre lang heroinsüchtig – seine diesbezüglichen Erfahrungen schrieb er in »Junkie« nieder, 1953 unter dem Pseudonym William Lee veröffentlicht – und schwul, was er in »Queer« zu Papier brachte, der in den 50er Jahren entstand, aber erst 1985 publiziert wurde. Trotzdem heiratete er 1946 Joan Volmer, mit der er 1947 den Sohn Bill jr. hatte. Als er 1951 in Mexiko versehentlich seine Frau erschoß, mußte er fluchtartig das Land verlassen, um einer Anklage wegen Totschlags zu entgehen. Bereits in den 30er Jahren unternahm er seine ersten schriftstellerischen Versuche, doch blieben seine diesbezüglichen Aktivitäten unveröffentlicht, bis er in Frankreich in Kontakt mit Autoren der Beatgeneration, mit Jack Kerouac und Allen Ginsberg kam. Sein surrealistischer Roman »The Naked Lunch«, der seinen literarischen Ruhm begründete, wurde zuerst in Frankreich veröffentlicht, ebenso »The Soft Machine« (1961) und »The Ticket that Exploded« (1962), die ebenso wie der 1964 veröffentlichte »Nova Express« futuristische, phantastische und surreale Elemente aufwiesen. Diese Publikationen übten einen großen Einfluß auf die SF-Schriftstellergeneration dieser Zeit, vor allem die Vertreter der New Wave, aus. Etwas konventioneller in der Machart waren die drei lose folgenden, zusammenhängenden Romane »Port of Saints« (1973), »Cities of the Red Night« (1981) und »The Place of Dead Roads« (1984) verfaßt, die mit ihren SF-Elementen ebenfalls dem Genre zugerechnet werden müssen. 1987 erschien sein letzter Roman, »The Western Lands«, in dem er seine Idee eines magischen Universums mit vielen Göttern, die oft in Konflikt zueinander stehen, zum Ausdruck brachte.

Am 14. August starb der Verleger **Donald I. Fine** in seiner Wohnung in Manhattan. Er war 75 Jahre alt. Geboren wurde Fine in Ann Arbor, Michigan, besuchte die dortige Cranbook Preparatory School und studierte in Harvard. Während des Zweiten Weltkriegs arbeitete er als Decoder für den Geheimdienst der Army. Nach einem Intermezzo bei der Literarischen Agentur Scott Meredith arbeitete er als Redakteur bei Doubleday und Goodman und war 1952 Mitbegründer der Dell First Editions, die Erstveröffentlichungen von Autoren wie Kurt Vonnegut, Elmore Leonard, Fredric Brown und John D. MacDonald herausbrachten. Nach mehreren Verlagswechseln gründete er 1969 den Verlag Arbor House, den er schließlich an die Hearst Corporation verkaufte. In dieser Zeit kam er in engen Kontakt mit der SF und ihren Autoren, vor allem mit Robert Silverberg, dessen neuer Verleger er wurde. Als Fine von Hearst gefeuert wurde, gründete er 1985 den Verlag Donald E. Fine Inc., dessen SF-Redakteur Silverberg wurde. Zu den Autoren, die er entdeckte, gehören u. a. Joseph Heller und Ken Follett.

Am 25. August 1997 starb der Pulp-Veteran **Carl Jacobi**, der Begründer der Minneapolis Fantasy Society, im St. Louis Plaza Health Center in Minneapolis, Minnesota im Alter von 89 Jahren. Carl Richard Jacobi wurde am 10. Juli 1908 in Minneapolis, Minnesota geboren. Er studierte an der University of Minneapolis Geologie und Englische Literatur und veröffentlichte 1929 seine erste Story im Magazin SECRET SERVICE STORIES. Es folgten »The Haunted Ring« in GHOST STORIES und »Mive« (1932) in WEIRD TALES, mit der er einen Kurzgeschichtenwettbewerb des renommierten Magazins gewann. Zahlreiche weitere Veröffentlichungen in WEIRD TALES folgten, er publizierte aber auch in anderen Pulps, SF beispielsweise in PLANET STORIES und THRILLING WONDER STORIES. Jacobi arbeitete als Reporter und Autor für THE MINNEAPOLIS STAR, gab einige Magazine heraus, wie das MINNESOTA QUARTERLY, und war auch in Schulen seiner Heimatstadt tätig. Obwohl an ihm zu Beginn der 40iger Jahre die Parkinsonsche Krankheit diagnostiziert wurde, arbeitete er noch mehr als zwei Jahrzehnte für Honeywell Inc. und schrieb nebenbei in seiner Freizeit. Ein Teil seines phantastischen Kurzwerks wurde in Erzählbänden gesammelt, wie »Revelations in Black« (1947), »Portraits in Moonlight« (1964) und »Disclosures in Scarlet« (1972), während etliche seiner im Orient spielenden Abenteuergeschichten in »East of Samarinda« (1989) zu finden sind. Zuletzt wurde 1994 »Smoke of the Snake« veröffentlicht.

Ebenfalls am 25. August 1997 starb der Autor und Produzent **Samuel Peeples** an Krebs. Er war 79 Jahre alt. Peeples, ein bekannter SF-Sammler und Western-Autor, wurde am 22. September 1917 geboren. In den 50ern hatte er sich in Hollywood als Autor und Produzent bereits einen Namen gemacht. 1957 macht er die Bekanntschaft von Gene Roddenberry und war mit seiner Sammlung und seiner Fachkenntnis auf dem Gebiet der SF für diesen eine wichtige Quelle bei der Entwicklung seiner neuen SF-TV-Serie STAR TREK. Peeples schrieb das Drehbuch für den zweiten Pilotfilm, »Where No Man Has Gone Before«, für den Pilot der STAR TREK-Zeichentrickserie und war auch als Mitarbeiter am Drehbuch zum zweiten ST-Film, »The Wrath of Khan«, tätig.

Am 12. September 1997 starb **Judith Merril**, die berühmte SF-Autorin und Herausgeberin zahlreicher bahnbrechender Anthologien, im Alter von 74 Jahren in der Kardiologischen Abteilung des General Hospital von Toronto, Kanada, an Herzversagen. Judith Merrill wurde am 21. Januar 1923 in Manhattan, New York als Josephine Juliet Grossman geboren. Schon als junge Frau nahm sie den von ihr vorgezogenen Namen Judith an. Sie besuchte 1939/40 das City College und heiratete 1940 ihren Studienkollegen Daniel A. Zissman. Der Ehe, die bis 1947 dauerte, enstammte 1942 ihre Tochter Merrill, deren Vornamen sie offiziell als Familiennamen annahm. Sie behielt ihn auch während ihrer späteren Ehen mit Frederik Pohl und Daniel W. P. Sugrue bei. Mit der SF kam sie schon während ihrer ersten Ehe in Kontakt, und in der Folge auch mit der in New York ansässigen SF-Gemeinschaft, einschließlich der Futurians, einer Gruppe angehender SF-Autoren, bei denen sie bald ein führendes Mitglied wurde. Einige Jahre später war sie auch Mitbegründerin des Hydra Clubs, einer Gemeinschaft in New York ansässiger professioneller SF-Autoren. Nachdem sie einige Zeit im Verlagswesen gearbeitet hatte, wurde Merrill schließlich freiberufliche Schriftstellerin. Ihre erste Veröffentlichung im SF-Bereich war »That Only a Mother« (1948 in ASTOUNDING), ihr erster Roman erschien 1950 unter dem Titel »Shadow on the Hearth« und schilderte die Auswirkungen eines Atomkriegs aus der Sicht einer Hausfrau. Gemeinsam mit Cyril M. Kornbluth schrieb sie die SF-Romane »Outpost Mars« und »Gunner Cade«, die beide 1952 unter dem Gemeinschaftspseudonym Cyril Judd erschienen. 1960 kam ihr letzter Roman »The Tomorrow People« heraus. Ihr Kurzwerk, mit dem sie in erster Linie bekannt wurde, erschien gesammelt in den Collections »Out of Bounds: Seven Stories« (1960), »Daughters of Earth« (1968), »Survival Ship and Other Stories« (1974) und »The Best of Judith Merrill« (1974). Merrill machte sich auch als Herausgeberin einen Namen. 1950 erschien ihre erste Anthologie »Shot in the Dark«, es folgten »Beyond Human Ken« (1953), »Beyond the Barriers of Space and Time« (1954), »Human« (1954) und »Galaxy of Ghouls« (1955; auch: »Off the Beaten Orbit«). Berühmt wurde sie durch die Herausgabe von zwölf Jahresbesten-Anthologien, und zwar von »S-F: The Year's Greatest Science-Fiction and Fantasy, Volume 1« (1956) bis zu »SF 12 (1964). Einfluß auf die Entwicklung der Szene nahm sie auch durch ihre Buchbesprechungen im MAGAZINE OF FANTASY & SCIENCE FICTION von 1965 bis 1969. 1968 gab sie eine repräsentative Anthologie der britischen New Wave unter dem Titel »England Swings SF: Stories of Speculative Fiction« heraus. Im gleichen Jahr übersiedelte sie aus Protest gegen den Vietnamkrieg nach Kanada, wo sie bis zu ihrem Lebensende wohnte. Dort arbeitete sie als Dozentin für Schreiben, für das Canadian Broadcasting System und stiftete ihre Sammlung der Toronto Public Library, wo die »Merrill Collection of Science Fiction, Speculation and Fantasy« mittlerweile zu einer wichtigen Fundgrube für Primärtexte wurde. 1985 gab sie den ersten Band der TESSERACTS-Anthologienreihe der kanadischen SF heraus. 1983 wurde sie von der Canadian Science Fiction and Fantasy Society mit dem Caspar Award, 1986 mit dem Life Achievement Award für ihr Lebenswerk ausgezeichnet.

Am 19. September 1997 starb **Kathy Keeton**, die Begründerin des renommierten Magazins OMNI, im Mt. Sinai Medical Center in New York City, wo sie zuvor wegen eines Krebsleidens, gegen das sie über zwei Jahre lang angekämpft hatte, operiert worden war. Sie war 58 Jahre alt. Nach einer Kindheit in Südafrika gewann sie 1951 ein Stipendium an der Sadler Wells Royal Ballet School in London. Sie arbeitete als Tänzerin an verschiedenen Bühnen und als Schauspielerin bei Film und Fernsehen, bevor sie 1965 Bob Guccione heiratete, der zu dieser Zeit PENTHOUSE in London aus der Taufe hob. Sie half ihm auch vier Jahre später, das renommierte Männermagazin auch in den USA auf den Markt zu bringen und war treibende Kraft, als ihr Ehemann 1978 OMNI startete und während des 19jährigen Bestehens dieses Magazins in gedruckter Form die im Hintergrund tätige, eigentliche Herausgeberin. Sie schrieb auch zwei Sachbücher, »Women of Tomorrow« (1985) über den Einfluß der Technik auf die Frauen und »Longevity: The Science of Staying Young« (1992), das in Zusammenhang stand mit dem Magazin LONGEVITY, an dessen Entwicklung sie ebenfalls beteiligt war.

Bestsellerautor **James Michener** starb am 16. Oktober 1997 in seinem Haus in Austin, Texas im Alter von 90 Jahren an Nierenversagen. Der 1907 geborene Autor wurde vor allem mit Romanen wie »Hawaii«, »The Bridges at Toko-Ri«, »Centennial« und »Chesapeake« bekannt. Sein einziger Ausflug in die SF erschien 1982 unter dem Titel »Space« und schilderte die Entwicklung des Weltraumprogramms von seinen Anfängen bis in die nähere Zukunft.

Am 17. Oktober 1997 starb **Paul Edwin Zimmer**, der Bruder von Marion Zimmer Bradley, während des Albacons in Schenectady, New York an einem Herzinfarkt. Er war 54 Jahre alt. Geboren wurde er am 16. Oktober 1943 in Albany, New York. Sein Romandebüt gab Zimmer, der ein Fachmann für mittelalterliche Waffentechnik war, was sich in seinen Romanen bemerkbar machte, mit »The Survivors«, dem zweiten Band der SURVIVORS-Dualogie, den er gemeinsam mit seiner Schwester schrieb. Allein verfaßte er den DARK BORDER-Zyklus, der aus den Romanen »The Lost Prince« (1982), »King Chondos' Ride« (1982) und »A Gathering of Heroes« (1987) besteht, sowie die Fantasy-Romane »Woman of the Elfmounds« (1980) und »Ingulf the Mad« (1989). Mit Jon DeCles zusammen schrieb er »Blood of the Colyn Muir (1988).

Am 18. Oktober 1997 starb der Autor, Künstler, Bildhauer, Fotograf und Cartoonist **William Rotsler** in der Wohnung seines Freundes Paul Turner. Er war 84 Jahre alt und hatte in seinen letzten Lebensjahren an schweren Krankheiten zu leiden gehabt. Unter anderem mußte er sich einer Bypaßoperation unterziehen und wurde zuletzt wegen Kehlkopfkrebs operiert. William Rotsler wurde am 3. Juli 1926 in Los Angeles, Kalifornien, geboren, wuchs auf einer Ranch in Camarillo auf und diente 1944/45 in der Army. Mitte der vierziger Jahre entdeckte er das SF-Fandom und war über ein halbes Jahrhundert ein Teil der SF-Gemeinde von Los Angeles. Von 1947 bis 1950 besuchte er das Los Angeles County Art Institute und arbeitete anschließend daran bis 1959 als Bildhauer. Dann war er als Fotograf, Filmemacher, Produzent und Regisseur von Werbespots, Dokumentar- und auch Sexfilmen tätig, bei denen er auch bisweilen als Schauspieler mitwirkte. Seine Fotos und Berichte erschienen in Männermagazinen wie

KNIGHT oder PLAYBOY. Dieser Lebensabschnitt endete in den siebziger Jahren, als er sich als professioneller Schriftsteller etablierte. Seine Laufbahn begann 1973 mit dem Sachbuch »Contemporary Erotic Cinema«. 1974 erschien sein erster und bester SF-Roman, »Patron of the Arts«. Weitere SF-Romane folgten, wie »To the Land of the Electric Angels« (1976) oder der in Zusammenarbeit mit Gregory Benford entstandene »Shiva Descending«, der als Vorlage für einen Film diente. Er schrieb auch zwei Collections zu STAR TREK – »Star Trek II: Short Stories« (1982) und »Star Trek III: Short Stories« (1984) – und je einen Roman zu den Comic-Serien »Iron Man« (1979), »Dr. Strange« (1979) und »Blackhawk« (1982). Als John Ryder Hall publizierte er die Romane zu den Filmen »Futureworld« (1976) und »Sindbad and the Eye of the Tiger« (1977), unter dem Verlagspseudonym William Arrow steuerte er die Romane »Vision From Nowhere« (1976) und »Man, the Hunted Animal« (1976) zum auf der TV-Serie basieren Zyklus RETURN TO THE PLANET OF THE APES bei. Unter dem Gemeinschaftspseudonym Victor Appleton Jr. veröffentlichte er zusammen mit Sharman Di Vono die Jugend-SF-Serie TOM SWIFT. Seine letzte Publikation erschien 1995 unter dem Titel »Science Fictionaries« und war eine Sammlung von Aussprüchen bekannter SF-Kollegen. 1973 war er Fan-Ehrengast auf dem World SF Con. In seinen letzten Lebensjahren machte er sich auch als Cartoonist einen Namen.

Der SF-Herausgeber und Autor **Donald R. Bensen** starb am 19. Oktober 1997 in seinem Domizil in Croton-on-Hudson, New York, an einem Schlaganfall. Er war 70 Jahre alt. Donald Roynold Bensen wurde am 3. Oktober 1927 in Brooklyn, New York geboren und studierte an der Columbia University, wo er seine Studien 1950 abschloß. Nach einem kurzen Intermezzo bei der Literarischen Agentur Scott Meredith und anderen Jobs in der Verlagsszene begann er 1957 für Pyramid Books zu arbeiten, wo er es bis zum Chefredakteur brachte, bevor er 1968 als Herausgeber zu Berkley Books wechselte, wo er bis 1970 tätig war. 1975 wurde er Direktor des SF-Programms von Dell/Dial Press, dann war er bis 1983 Senior Editor bei Ballantine/Beagle Books, bevor er bei Keats Chefredakteur wurde. Während seiner Tätigkeit bei Pyramid Books entwickelte er deren SF- und Fantasy-Programm, in dem er u. a. Cordwainer Smith, Judith Merril, Theodore Sturgeon, Poul Anderson, Jack Vance, Philip K. Dick publizierte, und veröffentlichte die Anthologien »The Unknown« (1963) und »The Unknown Five« (1964) mit ausgewählten Geschichten aus dem legendären Magazin UNKNOWN. 1978 erschien seine einzige SF-Veröffentlichung, der humoristische Alternativweltroman »And Having Writ ...«. Daneben schrieb er unter Pseudonym zahlreiche Western – und andere Romane.

Science Fiction- und Sachbuch-Autor **G. Harry Stine**, der die meisten seiner SF-Titel unter dem Pseudonym Lee Correy veröffentlichte, starb am 2. November 1997 im Alter von 69 Jahren in seinem Heim in Phoenix, Arizona, an einem Schlaganfall. George Harry Stine wurde am 26. März 1928 in Philadelphia, Pennsylvania, geboren. Von 1946 bis 1952 besuchte er das Colorado College und die University of Colorado, wo er eine Zeit lang auch die Collegezeitschrift herausgab, und schloß sein Studium mit einem akademischen Grad in Physik ab. Im Anschluß daran arbeitete er bis 1955 am Testgelände White Sands als Leiter der Antriebsabteilung und war von 1955 bis 1957 als Flugsicherheitsingenieur tätig. Danach machte er bis 1965 bei verschiedene Firmen als Design-Ingenieur Karriere. Seit 1976 war er freiberuflicher Berater und Autor. Kolumnen von ihm erschienen in MECHANIX ILLUSTRATED, THE MODEL ROCKETEER und anderen Fachzeitschriften. Stine, der stark von Heinlein beeinflußt war, schrieb zunächst SF unter dem Pseudonym Lee Correy für ASTOUNDING. 1954 erschien sein erster SF-Roman, das Jugendbuch »Starship through Space«, eine Fortsetzung seiner wohl bekanntesten Story »... And a Star to Steer Her by«. Ein weiteres SF-Jugendbuch folgte mit »Rocket Man«, 1956 erschien sein erster SF-Roman für eine erwachsene Leserschaft, »Contraband Rocket«. Als Lee Correy schrieb er »Shuttle Down« (1981), »Space Doctor« (1981), den STAR TREK-Roman »The Abode of Life« (1982), »Manna« (1984) und »A Matter of Metalaw« (1986). 1988 begann er unter seinem bürgerlichen Namen mit »Warbots« die zwölfbändige WARBOTS-Serie, die er 1992 mit »Judgement Day« abschloß, dann startete er mit »First Action« (1993) den dreibändigen Zyklus STARSEA INVADERS. Seine Karriere als Sachbuchautor startete Stine 1957 mit »Rocket Power and Space Flight«, dem zahlreiche weitere folgten, die sich mit jeweils aktuellen Themen beschäftigten, wie »The Third Industrial Revolution«, »Confrontation in Space«, »The Silicon Gods« und »Living in Space«. Daneben war er über viele Jahre Verfasser einer Kolumne in ANALOG.

H. B. Fyfe, der in der Ära John W. Campbells einer der Stammautoren in ASTOUNDING war, starb am 17. November 1997 nach langer schwerer Krankheit im Holy Name Hospital in Teaneck, New Jersey, im Alter von 79 Jahren. Horace Bowne Fyfe wurde am 30. September 1918 in Jersey City, New Jersey, geboren und studierte an der Stevens Academy und der Columbia University. Seine erste SF-Story »Locked out« erschien 1940 in ASTOUNDING, dann unterbrach der Krieg Studium und schriftstellerische Karriere. Während des Zweiten Weltkriegs diente Fyfe in der Infantrie in Frankreich und Deutschland. Nach dem Krieg heiratete er Adeline Mary Doherty, besuchte das College und schloß sein Studium 1950 mit einem akademischen Grad im Schreiben ab. Er verkaufte Stories an Campbell und andere Herausgeber, darunter seine Serie um das BUREAU OF SLICK TRICKS, eine ultrageheime Regierungsabteilung, in der schlaue Erdenmenschen dümmliche Außerirdische übers Ohr hauen, die von 1948 bis 1952 in ASTOUNDING erschien und zu der auch sein einziger Roman »D-99« (1962) gehört. Er schrieb bis in die siebziger Jahre hinein SF-Kurzgeschichten, insgesamt etwa sechzig, die interessantesten davon sind »The Talkative Tree«, »Protected Species«, »Moonwalk« und »Knowledge is Power«.

Am 30. November 1997 starb die Performance-Künstlerin, Autorin und Dichterin **Kathy Acker** im Alter von 49 Jahren in einer Klinik in Tijuana, Mexiko, an Krebs. Sie wurde 1948 in New York geboren und verbracht in den sechziger Jahren einige Zeit mit der Künstlergruppe Fluxus und Undergroundfilmemachern in New York City. Sie studierte bei Herbert Marcuse und Jerome Rothenberg und war in den Siebzigern in der frühen Rock-Punk-Bewegung aktiv, schrieb Kritiken und Kurzgeschichten. 1984 übersiedelte sie nach London. Von den dreizehn Büchern, die sie danach schrieb, gehören der surreal-phantastische Roman »Don Quixote« (1985) über ein Leben nach dem Tod und »Empire of the Senseless« (1988), in dem es um die Beziehung zwischen Menschen und Robotern geht, die, wie ihr gesamtes Werk, stark von William S. Burroughs beeinflußt waren, dem Genre an. Später ließ sich Acker in Kalifornien nieder, unterrichtete am San Francisco Art Institute und veranstaltete entlang der Westküste und in New York zahlreiche Performances.

Shin'ichi Hoshi, einer der bekanntesten SF-Autoren Japans, ein Meister der Kurzgeschichte, starb am 30. Dezember 1997 in einer Klinik in Tokyo. Er war 71 Jahre alt. Der 1926 geborene Hoshi war einer der Pioniere der japanischen SF, er arbeitete von der ersten Ausgabe an am Fan-Magazin UCHUJIN mit, die 1957 erschien. Im gleichen Jahr gelang es ihm auch, die in der zweiten Ausgabe des Magazins publizierte Story »Sekisutora« an einen Verlag zu verkaufen. 1984 zog er sich als Autor mehr und mehr zurück und widmete sich der Nachwuchsförderung. Er verfaßte mehr als eintausend SF-Stories – sie wurden in der mehrbändigen Gesamtausgabe des Kurzgeschichtenwerks, »Hoshi Shin'ichi No Sakuhinshu«, zusammengefaßt – und zwei SF-Romane, »Muma No Hyoteki« (1964) und »Koe No Ami« (1970).

Am 7. Februar 1998 starb Thriller-Autor **Lawrence Sanders** in seinem Haus in Pompano Beach, Florida. Er war 78 Jahre alt. Sanders wurde 1920 in Brooklyn geboren und erwarb 1940 einen BA am Wabash College in Indiana. Von 1943 bis 1946 diente er bei den Marines. Ursprünglich war er als Herausgeber und Autor für Magazine wie MECHANICS ILLUSTRATED oder SCIENCE AND MECHANICS tätig, bevor er sich nach dem Erfolg seines ersten Thrillers »The Anderson Tapes«

(1970), für den er den Edgar erhielt, dem Schreiben von Romanen zuwandte. Sein wohl bekanntestes Werk ist »The First Deadly Sin« (1973), mit dem er eine ganze Serie startete. Insgesamt schrieb er etwa 40 Romane. Zur Science Fiction im weitesten Sinne gehören die Dystopie »The Tomorrow File« (1975), der mit SF-Elementen versehene Thriller »The Sixth Commandment« (1978) und der feministische Near-Future-Roman »The Passion of Molly T.« (1984). Als Mark Upton schrieb er den phantastischen Roman »Dark Summer« (1979).

Am 13. Februar 1998, zwei Tage vor ihrem 59. Geburtstag, starb die SF- und Fantasy-Autorin **Jo Clayton** im Good Samaritan Hospital in Portland, Oregon. Die letzten anderthalb Jahre ihres Lebens war sie durch multiple Myelomie ans Krankenbett gefesselt. Patricia Jo Clayton wurde am 15. Februar 1939 in Modesto, Kalifornien geboren. Sie besuchte die University of California in Berkeley und graduierte »summa cum laude« in Englischer Literatur an der University of Southern California. In den frühen sechziger Jahren unterrichtete sie in Bell, Kalifornien, einer Industriestadt in der Nähe von Los Angeles. Später konvertierte sie zur katholische Kirche und wurde Novizin eines Nonnenordens, in deren Auftrag sie nach New Orleans übersiedelte und an einer Junior High School Unterricht gab. Dort begann sie auch mit dem Schreiben. In den späten Achtzigern übersiedelte Clayton dann nach Portland. Insgesamt veröffentliche sie 35 SF- und Fantasy-Romane, die zumeist Zyklen und Serien angehören, die oftmals miteinander verbunden sind. Zu ihren besten Werken gehören der Episodenroman »A Bait of Dreams« (1985) und »Shadow of the Warmaster« (1988). Am bekanntesten wurde sie mit ihrer DIADEM-Serie, eine Reihe von Space Operas um ein mysteriöses Artefakt. Der Hauptzyklus besteht aus den Einzelromanen »Diadem from the Stars« (1977), »Lamarchos« (1978), »Irsud« (1978), »Maeve« (1979), »Star Hunters« (1980), »The Nowhere Hunt« (1981), »Ghosthunt« (1983), »The Snares of Ibex« (1984) und »Quester's Endgame« (1986). Zu Beginn der achtziger Jahre schrieb sie die Fantasy-Romane »Moongather« (1982), »Moonscatter«

(1983) und »Changer's Moon« (1985), die die Trilogie DUEL OF SORCERY bilden. Danach folgten die Fantasy-Trilogie SOUL DRINKER mit »Drinker of Souls« (1986), »Blue Magic« (1988) und »A Gathering of Stones« (1989), die SKEEN-Trilogie »Skeen's Leap« (1986), »Skeen's Return« (1987) und »Skeen's Search« (1987), die SF pur sind, sowie zwei weitere Fantasy-Trilogien, SHADITH'S QUEST mit »Shadowplay« (1990), »Shadowspear« (1990) und »Shadowkill« (1991), und WILD MAGIC, bestehend aus »Wild Magic« (1991), »Wildfire« (1992) und »The Magic Wars« (1993). Mit der DANCER-Trilogie – »Dancer's Rise« (1993), »Serpent Waltz« (1994) und »Dance Down the Stars« (1994) – präsentierte sie eine direkte Fortsetzung zum DUEL OF SORCERY-Zyklus. Es folgte die SHADOWSONG-Trilogie, bestehend aus »Fire in the Sky« (1995), »The Burning Ground« (1995) und »Crystal Heat« (1996). Von der nächsten Fantasy-Trilogie, der DRUMS-Serie, erschienen nur die ersten beiden Romane »Drum Warning« (1996) und »Drum Calls« (1997), wobei sie den letzteren noch während ihres Krankenhausaufenthalts verfaßte. Der geplante abschließende Band wurde von ihr noch begonnen und wird von Katherine Kerr oder einem Autor ihrer Wahl fertiggeschrieben werden.

Fantasy-Autor und Spieledesigner **Sean A. Moore** starb am 23. Februar 1998 im Alter von 33 Jahren bei einem Verkehrsunfall in der Nähe von Superior, Colorado. Er wurde am 20. April 1964 geboren und machte sich im Genre mit seinen exzellenten Romanen um Robert E. Howards Barbaren CONAN einen Namen. 1994 erschien der erste, »Conan the Hunter«, gefolgt von »Conan and the Shaman's Curse« (1995) und »Conan and the Grim Gray God« (1996). 1997 wurde er mit der Novelisierung des Films »Kull the Conqueror« betraut. Daneben verfaßte er Kurzgeschichten, die in Magazinen wie ELLERY QUEEN'S MYSTERY MAGAZINE oder ELDRITCH TALES veröffentlicht wurden.

Peter Nilsen, ein schwedischer Astronom und Autor, starb am 8. März 1998 nach einem Schlaganfall. Der 1938 geborene Nilson erwarb einen Doktor der Physik in Astronomie und entdeckte und benannte tausende von Galaxien, bevor er seine vielversprechende wissenschaftliche Karriere an den Nagel hängte, um sich zukünftig dem Schreiben zu widmen, zunächst von Essays und Sachbüchern, dann auch von Science Fiction. Sein Debüt als SF-Autor gab er 1982 mit dem Roman »Arken«. Weitere SF-Titel folgten, wie »Avgrundsbok« (1987), »Messias med trabenet« (1990), »Solvindar« (1994), »Rymdvaktaren« (1995) und »Nyaga« (1996). Zuletzt arbeitete er nach einem Mainstream-Roman an einem neuen SF-Roman mit dem Arbeitstitel »Ljudet frón kosmos«.

Am 28. April 1998 starb **Jerome Bixby**, bekannter Kurzgeschichtenautor der Pulp-Ära und Herausgeber, in San Bernardino, Kalifornien, im Alter von 75 Jahren an Komplikationen nach einer Bypass-Operation. Jerome Drexel Lewis Bixby wurde am 11. Januar 1923 in Los Angeles, Kalifornien geboren. Während des Zweiten Weltkriegs diente er im Medical Corps der Air Force und studierte Klavier und Komposition an der Julliard School of Music, mußte aber wegen einer Handverletzung eine Künstlerkarriere beenden. Sein Debüt als SF-Autor gab er 1949 mit der in PLANET STORIES veröffentlichten Story »Tubemonkey«. Zahlreiche weitere folgten, etliche davon gesammelt in den Collections »Space By the Tale« (1964) und »Devil's Scrapbook« (1964). Unter seinem bürgerlichen Namen sowie unter Pseudonymen wie Jay B. Drexel, Harry Neal oder Alger Rome (bei einer Zusammenarbeit mit Algis Budrys) veröffentlichte er hunderte Geschichten auch außerhalb des Genres, wie Western und Abenteuer. 1950/51 gab er PLANET STORIES heraus und war in den frühen 50er Jahren auch an der Herausgabe von THE COMPLETE SCIENCE-ADVENTURE BOOKS, GALAXY, THRILLING WONDER STORIES und STARTLING STORIES beteiligt. Er verfaßte darüber hinaus auch zahlreiche Drehbücher zu Genrefilmen und schrieb für STAR TREK die Episoden »Mirror Mirror« und »Day of the Dove« sowie mit D. C. Fonatana »By Any Other Name«.

Der SF-Autor und Herausgeber **Robert A. W. Lowndes** starb am 14. Juli 1998 im Village House Nursing Rehabilitation Center in Newport, Rhode Island, an Nierenkrebs. Er war 81 Jahre alt. Robert Ward »Doc« Lowndes wurde am 4. September 1916 in Bridgeport, Connecticut geboren; das A. im Namen fügte er für Augustine hinzu, als er in den 60er Jahren der Episcopal-Kirche beitrat. Von 1934 bis 1939 war er mit Ausnahme eines Semesters im Stamford Community College im Civilian Conservation Corps tätig und nahm später auch eine Anstellung als Portier im Greenwich Hospital an, was zu seinem Spitznamen »Doc« führte. Mit der SF und dem Fandom kam er in den frühen 30er Jahren in Kontakt und war 1938 auch Gründungsmitglied der New Yorker Fangruppe Futurians. Von 1940 bis 1942 arbeitete Lowndes als literarischer Agent. Sein Debüt als Autor gab er 1940 mit der gemeinsam mit Donald A. Wollheim verfaßten Story »The Outpost at Altark« in SUPER SCIENCE. Nachdem er von der Army als für den Wehrdienst untauglich erklärt wurde, begann er eine Tätigkeit als Herausgeber. Zu den Magazinen, die er redaktionell betreute, gehörten FUTURE FICTION, SCIENCE FICTION QUARTERLY, DYNAMIC SCIENCE FICTION, SCIENCE FICTION STORIES und ORIGINAL SCIENCE FICTION STORIES sowie zahlreiche Fachmagazine. Er startete auch die Genre-Magazine THE MAGAZINE OF HORROR – für das er Stephen Kings erste professionell veröffentlichte Geschichte ankaufte –, STARTLING MYSTERY STORIES, FAMOUS SCIENCE FICTION und BIZARRE FANTASY TALES. Von 1955 bis 1970 gab er die SF-Hardcover-Reihe Quantum von Avalon Books heraus. Neben dieser Herausgeber-Tätigkeit schrieb er als Autor und Co-Autor unter den verschiedensten Pseudonymen SF- und Horror-Stories in der Tradition von H. P. Lovecraft. Als Michael Sherman war er James Blishs Co-Autor beim Roman »The Duplicated Man« (1953); allein schrieb er das SF-Jugendbuch »The Mystery of the Third Mine« (1953) und die SF-Romane »Believer's World« (1959) und »The Puzzle Planet« (1961). Seine für FAMOUS SCIENCE FICTION geschriebenen literarischen Kolumnen wurden 1973 unter dem Titel »Three Faces of Science Fiction« gesammelt, 1979 stellte er die Collection »The Best of James Blish« zusammen.

SZENE

Die britische SF-Szene 1997/98

von Hermann Urbanek

1997 war für den britischen Science Fiction-, Fantasy- und Horror-Markt ein den Umständen entsprechend recht zufriedenstellendes Jahr. Nachdem ein zweijähriger moderater Aufschwung im Jahr 1995 durch einen drastischen Einbruch von 10 % bei der Zahl der veröffentlichten Titel gestoppt worden war und 1996 neuerlich ein deutlicher Rückgang von rund sieben Prozentpunkten verzeichnet wurde, ging 1997 es wieder leicht bergauf, die Titelzahl stieg um knapp 3 % im Vergleich zum Jahr zuvor an. Erfreulicherweise ist damit die Prognose, die im vorigen SF-JAHR aufgrund der damals vorliegenden Zahlen gemacht worden war, nicht eingetroffen, die Talfahrt ging nicht weiter. Ein Trendwechsel scheint sich abzuzeichnen. Traditionsgemäß sind aber Prognosen für den britischen Markt sehr schwierig, doch den bisherigen Informationen zufolge sieht es so aus, als würde das Ergebnis von 1998 dem von 1997 etwa gleichkommen. Es scheint, als würde der Markt sich konsolidieren. Dafür spricht auch, daß 1997 mehr Titel von üblicherweise nicht im Genre tätigen Verlagen herausgebracht wurde. Dominierende Publikationsform war auch 1997 wieder, wie schon in den Jahren davor, das Taschenbuch.

Bei den ***Verlagen***, die 1997 Genre-Titel publizierten, bot sich ein sehr unterschiedliches Bild. Von den Top Ten veröffentlichten sechs – **Hodder Headline**, **HarperCollins**, **Random House UK**, **Transworld**, **Orion/Millenium** und **Little, Brown UK** – zum Teil beträchtlich mehr Titel als im Vorjahr, drei –

und zwar **Penguin/Viking**, **Pan Macmillan** und **Virgin/Dr. Who** – weniger, und einer – **Gollancz** – genauso viele wie 1996. Seine erst 1996 errungene Position als Marktführer konnte **Hodder Headline** mit 160 veröffentlichten Titeln (1996 waren es 113 gewesen) nicht nur halten, er baute den Abstand zum erneut zweitplazierten **HarperCollins**, der 1997 mit 112 Titeln um 12 mehr herausbrachte als im Jahr zuvor, sogar noch aus. Ziemlich groß war dann der Abstand der beiden Marktführer zu **Random House**, der seine Publikationen von 65 auf 81 steigern konnte. Wieder relativ weit abgeschlagen landeten dann die übrigen Verlage auf den Plätzen, wobei die Differenz bisweilen nur einige Titel betrug: **Gollancz** (66), **Transworld** (62), **Orion/Millenium** (61), **Little, Brown** (52), **Penguin** (26), **Pan Macmillan** (22) und **Virgin/Dr. Who** (19). Bis auf kleinere Verschiebungen – **Transworld** verdrängte **Orion/Millenium** von Platz 5 und anstelle von **Boxtree** rangiert jetzt dessen neuer Eigentümer **Pan Macmillan** unter den Top Ten – gab es in der Reihung keine Änderung im Vergleich zum Vorjahr. Erwähnenswert ist der drastische Rückgang bei **Virgin** um über 50 % von 30 Titeln im Jahr 1996 auf nunmehr 19, nachdem **BBC Books** jetzt THE NEW ADVENTURES um den achten Doktor herausbringt. Was die Original- und britischen Erstveröffentlichungen betraf, so hatte auch hier **Hodder Headline** mit 72 Titeln klar die Nase vorn, gefolgt von **HarperCollins** (53), **Transworld** (39), **Random** (37), **Little, Brown** (32), **Orion/Millenium** (30), **Gollancz** (21), **Virgin** (19), **Scholastic** (17) und **BBC Books** (11). Alles in allem waren es 57 Verlage, die 1997 SF, Fantasy und Horror auf den Markt gebracht haben.

Der amerikanischen Fachzeitschrift **LOCUS** zufolge wurden in Großbritannien 1997 im phantastischen Genre unter Berücksichtigung aller Grenzbereiche insgesamt 847 Titel veröffentlicht, was einem Zuwachs von 2,7 % entspricht (1996 waren es 825 gewesen). Das Plus war vor allem auf Reprints zurückzuführen, wo ein Plus von 4,7 % verzeichnet wurde, während die Originalausgaben nur ein Plus von einem Prozentpunkt aufwiesen. Damit gab es erneut eine, wenn auch leichte Verschiebung des Verhältnisses von Original- bzw. britischen Erstveröffentlichungen und Nachdrucken bzw. Neuausgaben zugunsten der letzteren. 1997 standen 450 britischen Erstveröffentlichungen 397 Reprints gegenüber, 1996 hatte das Verhältnis noch 446 neue Titel zu 379 Nachdrucken gelautet. Diese Original- und britischen Erstveröffentlichungen (letztere in der Regel Werke von US-Autoren, es wurden aber auch phantastische Texte von Christopher Ransmayr, Jostein Gaarder, Herbert Rosendorfer, Christian Jacq und Jules Verne herausgebracht) setzten sich aus 76 SF-Romanen (16,9 %), 99 Fantasy-Romanen (22,0 %), 52 Horror-Romanen (11,6 %), 32 Anthologien (7,1 %), 19 Storysammlungen (4,2 %), 7 Sekundärwerken (1,6 %), 71 Medien-Titeln (15,8 %), 70 Jugendbüchern (15,5 %), 11 Sammelbänden (2,4 %), 9 Kunstbüchern (2,0 %) und 4 nicht eindeutig zuzuordnenden Titeln zusammen. Im Jahr 1996 hatten die 446 neuen Titel aus 63 SF-Romanen (14,4 %), 93 Fantasy-Romanen (20,9 %), 57 Horror-Romanen (12,8 %), 26 Anthologien (5,8 %), 21 Collections (4,7 %), 7 Sekundärtiteln (1,6 %), 84 Novelisierungen (18,8 %), 63 Jugendbüchern (14,1 %), 17 Sammelbänden (3,8 %), 8 Kunstbänden (1,8 %) und 7 nicht eindeutig zuzuordnenden Publikationen bestanden.

Damit bot sich 1997 ein im Vergleich zum Vorjahr doch recht unterschiedliches Bild. Die Zahl der SF-Romane ist um rund 21 % gestiegen, und einen positiven Trend gab es auch beim Fantasy-Roman (plus 6 %) sowie den Anthologien (plus 23 %), Jugendbüchern (plus 11 %) und Kunstbänden (plus 12 %). Gleichgeblieben ist die Anzahl der Sachbücher, während es Rückgänge beim Horror-Roman (minus 9 %), den Erzählbänden (minus 10 %), den Sammelbänden (minus 35 %) und den medienorientierten Titeln (minus 15 %) gab. Bei den Neu- bzw. Erstveröffentlichungen konnte der Fantasy-Roman seine dominierende Rolle, die er seit 1991 innehat, wieder klar behaupten, der Abstand zum Zweitplazierten, diesmal dem SF-Roman, der die Novelisierungen auf Platz 3 verdrängte, ist aber erneut geschrumpft, da der SF-Roman deutlich mehr zulegte als der Genre-Leader. Die medienorientierten Bücher, die auf Filmen, Spielen, Comics und TV-Serien basieren, waren diesmal die großen Verlierer, sie verloren Marktanteile und auch ihre Position, ja sie rangierten sogar nur ganz knapp vor den Jugendbüchern, die 1997 ebenfalls zulegten. Mit großem Abstand lag der Horror-Roman erneut auf Platz fünf, weit abgeschlagen und relativ dicht beieinander folgten die Storysammlungen, Sammelbände und schließlich die Sekundärtitel. Damit hat sich die Prognose im letzten Jahrbuch nur zum Teil bestätigt, daß die Novelierungen weit abgeschlagen werden würden, wenn auch das Rennen um die Spitzenposition nicht in der Form stattfand, wie eigentlich erwartet, da sowohl der SF-Roman wie auch das Jugendbuch schließlich doch weit hinter den Erwartungen zurückblieben. Den bislang vorliegenden Zahlen zufolge sieht es wieder ganz danach aus, als würden sich SF-Roman, Fantasy-Roman und Jugendbuch die Spitzenpositionen untereinander ausmachen, mit leichten Vorteilen für die Fantasy, und die Anthologien den Horror-Roman von seiner Position verdrängen. Ob es aber tatsächlich so kommt, das werden die restlichen Monate des Jahres 1998 zeigen.

In der britischen **Verlagsszene** hat sich 1997/98 wieder einiges getan:

Im Herbst 1997 verkaufte **Random House UK** seine SF- und Fantasy-Edition LEGEND an **Little, Brown UK**, der die SF-Reihe ORBIT herausbringt. Das bedeutete das Ende für die Traditionsreihe, die in ORBIT integriert wurde. Lediglich die bereits zur Veröffentlichung vorbereiteten Titel erschienen noch – mit Ausnahme von »Running With the Demon« von Terry Brooks – unter dem LEGEND-Logo. Alle Neuauflagen aus der mit übernommenen Backlist erfolgen innerhalb der Reihe ORBIT. Im Zuge des Zusammenschlusses dieser beiden bedeutenden Reihen wechselten neben Terry Brooks auch so bekannte Autoren wie Greg Bear, Tad Williams, David Gemmell, Ken MacLeod, Maggie Furey und Kate Elliott zu ORBIT über.

Zu Ostern 1998 startete **Simon & Schuster UK** die von John Jerrold, der zuvor schon die SF- und Fantasy-Reihen LEGEND und ORBIT aus der Taufe gehoben hatte, betreute neue SF-Edition EARTHLIGHT, mit der der Verlag plant, seinen Marktanteil im Genre zu erhöhen.

Der britische Genre-Markt wurde, wie schon in den Jahren davor, auch 1997/98 wieder von den Werken amerikanischer Autoren und ihren britischen Kollegen, die es geschafft haben, sich im Mutterland der modernen Science Fiction zu etablieren und zu behaupten, dominiert. Besonderer Beliebtheit, die ihren Niederschlag vor allem in der Zahl der Veröffentlichungen neuer Titel und Neuauflagen klassischer Werke hierzulande fand, erfreuten sich im letzten Beobachtungszeitraum vor allem Kevin J. Anderson, A. A. Attanasio, J. G. Ballard, Stephen Baxter, Greg Bear, Gregory Benford, Timothy Boggs, Marion Zimmer Bradley, David Brin, Lois McMaster Bujold, Chris Bunch, C. J. Cherryh, A. C. Crispin, Diane Duane, Raymond Feist, Alan Dean Foster, Terry Goodkind, Barbara Hambly, Harry Harrison, James Herbert, J. V. Jones, Robert Jordan, Katherine Kerr, Stephen King, Dean Koontz, Mercedes Lackey, Joe R. Lansdale, Ursula K. Le Guin, Arthur Machen, Julian May, Anne McCaffrey, L. E. Modesitt jr., Michael Moorcock, Yvonne Navarro, Larry Niven, Christopher Pike, Tim Powers, Terry Pratchett, Mickey Zucker Reichert, J. D. Robb, Kim Stanley Robinson, John Saul, William Shatner, Lucius Shepard, Sharon Shinn, Robert Silverberg, Dan Simmons, E. E. »Doc« Smith, J. L. Smith, R. L. Stine, Peter Straub, Sheri S. Tepper, Harry Turtledove, Jack Vance, Kate Wilhelm und Janny Wurts.

Auch in England waren **Serien** und Zyklen der große Renner. Zumeist wurden sie von den USA übernommen oder zeitgleich veröffentlicht, wie die diversen STAR TREK-Reihen, STAR WARS-Bücher, neue Romane zu XENA, HERCULES und dergleichen, es gab und gibt aber auch eigenständige britische Projekte:

Sie läuft und läuft noch immer, und nach wie vor ist kein Ende in Sicht, auch wenn schon lange keine neuen Abenteuer mehr über den Bildschirm geflimmert sind und der letzte Kinofilm ein Flop war – die Serie zum britischen TV-Phänomen DOCTOR WHO. Zuletzt erschienen in der Hauptreihe sowie in der Subreihe THE NEW ADVENTURES folgende Titel: »The Eight Doctors« von Terrance Dicks, »The Devil Goblins From Neptune« von Keith Topping & Martin

Day, »Dragons' Wrath« von Justin Richards, »Vampire Science« von Jonathan Blum & Kate Orman, »Beyond the Sun« von Matthew Jones, »The Murder Game« von Steve Lyons, »The Well-Mannered War« von Gareth Roberts, »Ship of Fools« von Dave Stone, »The Ultimate Treasure« von Chris Bulis, »Down« von Miles Lawrence, »The Bodysnatchers« von Mark Morris, »Business Unusual« von Gary Russell, »Illegal Alien« von Mike Tucker & Robert Perry, »Deadfall« von Gary Russell, »War of the Daleks« von John Peel, »The Roundheads« von Mark Gatiss, »Alien Bodies« von Lawrence Miles, »Mean Street« von Terrance Dicks, »Kursaal« von Peter Anghelides, »Tempest« von Christopher Bulis, »The Face of the Enemy« von David McIntee, »Eye of Heaven« von Jim Mortimore, »Walking to Babylon« von Kate Orman, »Option Lock« von Justin Richards, »Short Trips«, hrsg. von Stephen Cole, »Longest Day« von Michael Collier, »The Witch Hunter« von Steve Lyons, »Oblivion« von Dave Stone, »Legacy of the Daleks« von John Peel, »The Medusa Effect« von Justine Richards, »The Hollow Men« von Keith Topping & Martin Day, »Catastrophea« von Terrance Dicks, »Dreamstone Moon« von Paul Leonard und »Dry Pilgrimage« von Paul Leonard & Nick Walters.

Im Virtual Reality Web des Jahres 2027 handelt die sechsbändige SF-Jugendbuchserie THE WEB. Sie besteht aus den Einzeltiteln »GulliverZone« von Stephen Baxter, »Dreamcastle« von Stephen Bowkett, »Untouchable« von Eric Brown, »Spiderbite« von Graham Joyce, »Lightstorm« von Peter F. Hamilton und »Sorceress« von Maggie Furey.

Ansonsten gibt es von den britischen **Autoren** und ihren in Großbritannien erstveröffentlichenden amerikanischen Kollegen, ihren jüngsten **Aktivitäten**, **Veröffentlichungen** und **Projekten** folgendes zu berichten:

David Ambrose – Ein Experiment zum Erschaffen eines Geistes zeigt einen unerwarteten Nebeneffekt – in »Superstition«, einem SF-Roman mit übernatürlichen Untertönen.

Tom Arden – startete mit seinem Debütroman »The Harlequin's Dance« den vierteiligen Fantasy-Zyklus THE OROKON.

Sarah Ash – Auf den Mythen der jüdischen Diaspora basiert der phantastische Roman »The Lost Child«.

Mike Ashley – stellte u. a. folgende interessante Anthologien zusammen: »The Mammoth Book of Fairy Tales«, »Tales of the Round Table«, »Quest for the Holy Grail«, »The Mammoth Book of Sherlock Holmes Adventures«, »Shakespearean Whodunnits« und »The Mammoth Book of Comic Fantasy«.

Peter Atkins – Um die Frage, was Realität eigentlich ist, geht es im zweiten Roman des in Los Angeles lebenden Briten, »Big Thunder«, in dem ein aus den Pulps bekannter verhüllter Rächer in der Gegenwart auftaucht.

A. A. Attanasio – Eintausend Jahre Zukunftsgeschichte erzählt der neue Roman »Centuries«. Er setzte den mit »The Dark Shore« begonnenen Zyklus THE DOMINIONS OF IRTH mit »The Shadow Eater« fort.

Hilary Bailey – präsentierte mit »Miles and Flora« eine Fortsetzung zu James' Klassiker »The Turn of the Screw«.

Kage Baker – Eine romantische Zeitreisegeschichte schildert der Roman »In the Garden of Iden«.

Iain Banks – Neu erschienen ist der Roman »A Song of Stone«.

Stephen Baxter – war zuletzt überaus aktiv. Er lieferte den SF-Katastrophenroman »Moonseed« an HarpeRcollins UK ab und hat sich verpflichtet, die Kinder-TV-Serie THE LINK für HTV zu entwickeln. Erschienen sind die Collections »Vacuum Diagrams«, in der auch Baxters erste Story »The Xeelee Flower« enthalten ist, und »Traces« sowie die Romane »Titan«, in dem eine Expedition auf diesem Mond mehr vorfindet als erwartet, und »Moonseed«, in dem es um die Weiterführung des Mondprogramms geht. Er verkaufte seine zwei nächsten SF-Romane, »The Fate Machine« und »Red Moon«, sowie zwei Collections an HarperCollins UK und eine Jugendbuch-Trilogie um Mammuts an ORION, wo der erste Anfang 1999 unter dem Titel »Mammoth: Greyhair« erscheinen wird.

Greg Bear – In England erstveröffentlicht wurde Greg Bears »/Slant«, die Fortsetzung von »Queen of Angels«.

Joanne Bertin – verkaufte ihren Romanerstling »The Last

Dragon Lord« und die Fortsetzung »Dragon and Phoenix« an Earthlight.

Alexander Besher – setzte die mit »RIM« begonnene GOBI-Serie um virtuelle Realitäten mit »Mir« fort und verkaufte seine neue SF-Thriller-Trilogie – sie besteht aus »The Hanging Butoh«, »The Tower of Ra« und »Point Sublime« – an Orbit.

Ben Bova – verkaufte den SF-Roman »Race to Hell« über eine Forschungsexpedition zur Venus, an Hodder & Stoughton.

David Bowker – Neu Horror-Thriller »The Butcher of Glastonbury«, die Fortsetzung von »The Death Prayer«.

Rebecca Bradley – publizierte mit »Scion's Lady« eine Fortsetzung ihres Fantasy-Romans »Lady in Gil«.

Kenneth Bulmer – Der 77jährige Autor, der auch als Alan Burt Akers schreibt, erholt such nur langsam von seinem Schlaganfall, will aber den nächsten DRAY PRESCOT-Roman so schnell wie möglich fertigstellen.

John Case – Um eine vatikanische Verschwörung geht es im Gen-Thriller »The Genesis Code«.

Peter Cave – schrieb mit »The Last Echo« einen Roman zur BBC-TV-Serie »Invasion: Earth«.

Vera Chapman – Erschienen ist der von Mike Ashley zu Ende geschriebene Episodenroman »The Enchantresses«, in dem es um die drei Halbschwestern von König Arthur geht.

Ronald Chetwynd-Hayes – Vier Horror-Erzählungen enthält die Sammlung »Shocks«.

Arthur C. Clarke – Zu einigen Turbulenzen kam es, als der in Sri Lanka beheimatete SF-Altmeister in den Ritterstand erhoben werden sollte. Gerüchte wurden laut, Clarke sei pädophil und habe Sex mit Kindern gehabt, was von diesem heftig bestritten wurde. Nachdem die Anschuldigungen sich als haltlos erwiesen hatten, wurde diese Ehrung von Prinz Charles nachvollzogen.

John Clute – Der bekannte Sachbuchautor verkaufte seinen ersten SF-Roman »Appleseed« an Orbit.

Allan Cole – Neu der Mittelband der TIMURA-Trilogie, der Fantasy-Roman »Wolves of the Gods«.

Storm Constantine – verkaufte eine Fantasy-Trilogie, deren erster Band »Sea Dragon Heir« betitelt ist, an Gollancz und schloß die GRIGORI-Trilogie mit »Stealing Sacred Fire« ab.

Robin Cook – schrieb den Roman zum Near Future-TV-Film »Invasion«.

Louise Cooper – war wieder sehr fleißig. Zuletzt erschienen sind die Fantasy-Romane »The King's Demon«, »Sacrament of Night« und »The Dark Caller« (Fortsetzung von »Daughter of Storms«) sowie die Fantasy-Jugendbücher »Heart of Dust« und »Storm Ghost«.

Bernard Cornwell – schloß seine Artus-Trilogie, zu der noch »Winter King« und »Enemy of God« gehören, mit »Excalibur« ab.

Douglas Coupland – Eine Frau erwacht nach 17 Jahren aus dem Coma und behauptet, das Ende der Welt gesehen zu haben – in »Girlfriend in A Coma«.

Helen Cresswell – Neu das phantastische Jugendbuch »Bag of Bones«.

A. C. Crispin – verfaßte den Roman zum Film »Alien Resurrection«.

Paul Darrow – ist der Autor eines Romans zu einer interaktiven CD der Musikgruppe »Queen« – »Novel of Queen: The Eye«.

Diane Duane – startete mit »The Book of Night With Moon« den ersten Roman einer neuen Serie, in der Superkatzen die Erde vor dunklen Mächten schützen.

Daniel Easterman – In einer alternativen USA des Jahres 1940, die sich mit Nazi-Deutschland geeinigt hat, spielt der Roman »K«.

Graham Edwards – brachte die mit »Dragoncharm« und »Dragonstorm« begonnene Fantasy-Trilogie mit »Dragonflame« zum Abschluß.

Greg Egan – Neu der in fernster Zukunft handelnde SF-Roman »Diaspora«.

David Farland – Unter diesem Pseudonym startete Dave Wolverton den Fantasy-Zyklus THE RUNELORDS mit »The Sum of All Men«.

Bo Fowler – nimmt in seinem satirischen SF-Roman »Scepticism Inc.« die Gewohnheiten seiner Landsleute aufs Korn.

Christopher Fowler – veröffentlichte die Dark Fantasy »Disturbia«.

Uri Geller – Um ein Mädchen mit PSI-Kräften geht es im Roman »Ella«.

David Gemmell – Sein neuester Fantasy-Roman erschien unter dem Titel »Echoes of the Great Song«. Er verkaufte sechs weitere, bislang noch nicht geschriebene Fantasy-Titel an Transworld/Bantam UK.

Mary Gentle – hat ihren neuesten Roman, «Ash 1: A Secret History«, fertig geschrieben.

Frances Gordon – auf dem Märchen »Rumpelstilzchen« basiert der Horror-Roman »Changeling«.

Simon R. Green – Der 3. Roman des Zyklus um OWEN DEATHSTALKER erschien unter dem Titel »Deathstalker War«. Er hat den nächsten, »Deathstalker Honour«, bereits an Gollancz abgeliefert.

Peter Haining – stellte die humorvolle Fantasy-Anthologie »The Flying Sorcerers« und die SF-Anthologie »Timescapes« zusammen.

Ann Halam – Unter diesem Pseudonym veröffentlichte Gwyneth Jones den Dark-Fantasy-Jugendroman »The Powerhouse«.

Peter F. Hamilton – Der zweite Band der umfangreichen NIGHT'S DAWN-Trilogie, die mit »The Reality Dysfunction« gestartete wurde, erschien unter dem Titel »The Neutronium Alchemist«.

Andrew Harman – Neu: humorvoller Roman »A Midsummer Night's Gene«.

Steve Harris – veröffentlichte zuletzt die Dark Fantasy »The Devil on May Street« und die Collection »Challenging the Wolf«.

Harry Harrison – startete die Alternativwelt-Trilogie STARS AND STRIPES, in der nicht Nord und Süd sondern England und die USA 1862 einen Krieg beginnen, mit »Stars and Stripes Forever«.

William K. Hartmann – Der Astronom, Wissenschaftler

und Wüstenexperte legte mit »Mars Underground« seinen ersten Roman vor.

Russell Hoban – Neu der phantastische Roman »Mr. Rinyo-Clacton's Offer«.

Tom Holland – Eine Dark Fantasy, die in der Zeit der Restaurationskriege spielt, ist »Deliver Us from Evil«.

Helen Hollick – schloß ihre PENDRAGON'S BANNER-Trilogie mit »Shadow of the King« ab.

Tom Holt – Neu die humorvollen Fantasy-Romane »Open Sesame« und »Wish You Were Here«.

William Horwood – Erschienen ist Band 2 des Zyklus THE WOLVES OF TIME, »Seekers at the WulfRock«, die Fortsetzung zu »Journeys to the Hwartland«.

Robert Irwin – Um einen erotisch-phantastischen Roman handelt es sich bei seiner jüngsten Veröffentlichung, »Prayer-Cushions of the Flesh«.

Kate Jacoby – Unter diesem Pseudonym startete die neue australische Autorin Tracey Oliphant mit dem Fantasy-Roman »Exile's Return« den Zyklus BOOK OF ELITA.

Brian Jacques – Der 10. Band seiner Bestseller-Serie um die Mäuse aus der Abtei REDWALL erschien unter dem Titel »The Long Patrol«.

Donald James – Um einen Serienmörder im Rußland des Jahres 2015 geht es im Roman »Monstrum«.

Paul Johnston – Ein Privatdetektiv im Glasgow des 21. Jahrhunderts ist der Protagonist des Romans »Body Politic«, einem Debütroman und zugleich erstem Band einer projektierten Serie.

Diana Wynne Jones – Um SF-Conventions, Fans, Autoren und multidimensionale Magie geht es im Roman »Deep Secret«. Sie verkaufte den neuen Fantasy-Roman »The Dark Lord of Dirkholm« an Gollancz.

Gwyneth Jones – Zuletzt erschienen der Abschlußband der Trilogie, »Phoenix Cafe«, die mit dem preisgekrönten »White Queen« begann und mit »North Wind« weitergeführt wurde.

Jenny Jones – Um böse Geister, das Resultat der Judenverfolgung im Mittelalter, geht es im neuen Roman »Where the Children Cry«.

Stephen Jones – gab gemeinsam mit David Sutton Band 3 der bahnbrechenden Horror-Anthologienreihe »Dark Terrors« heraus und hat den vierten schon an Gollancz abgeliefert.

Guy Gavriel Kay – verkaufte den Fantasy-Roman »Sailing to Sarantium« und eine Fortsetzung dazu an Earthlight.

Garry Kilworth – startete mit »Thunder Oak« seine Tier-Fantasy-Trilogie THE WELKIN WEASELS. Band 3 des Zyklus THE NAVIGATOR KINGS erschien unter dem Titel »Land-of-Mists«.

Gabriel King – Um eine Queste geht es in der Katzen-Fantasy »The Wild Road«. Hinter diesem Pseudonym verbergen sich Jane Johnson und M. John Harrison.

Dean Koontz – Genmanipulation ist das Thema des neuen SF-Thrillers »Fear Nothing«.

Stephen Lawhead – präsentierte mit »Grail« den 5. Band des PENDRAGON-Zyklus und startete mit »The Iron Lance« eine neue Trilogie.

Bentley Little – Eine Stadt scheint ihre Bewohner umzubringen – im Dark Fantasy-Roman »Guests«.

James Lovegrove – Um einen Gigastore mit einem düsteren Geheimnis geht es in »Days«.

Brian Lumley – Die frühen Romane »Spawn of the Winds«, »In the Moons of Borea« und »Elysia: The Coming of Cthulhu!« enthielt der Sammler »Brian Lumley's Mythos Omnibus, Volume 2«. Er setzte seinen Horror-Roman »House of Doors« fort mit »The House of Doors: Second Visit«.

Eric Lustbader – Der 5. Roman des SUNSET WARRIOR-Zyklus erschien unter dem Titel »Dragons on the Sea of Night«.

Ken MacLeod – Im JONATHAN WILDE-Universum der Romane »The Star Fraction« und »The Stone Canal« spielt auch »The Cassini Division«.

Graham Masterton – Neu von Horror-Spezialisten die Dark Fantasy »The Chosen Child« und das Jugendbuch »House of Bones«. Der dritte Roman um Jim Rook, den Lehrer mit okkulten Fähigkeiten, erschien unter dem Titel »Terror«.

Julian May – startete die SF-Trilogie RAMPART WORLDS mit »The Perseus Spurs«.

Paul J. McAuley – begann mit »Child of the River« seinen

CONFLUENCE-Zyklus um eine künstliche Welt am Ende von Zeit und Raum, die den Kontakt mit der Mutterwelt verloren hat; er hat den zweiten, »Ancient of Days«, bereits fertiggestellt.

Anne McCaffrey – veröffentlichte nach »Freedom's Landing« und »Freedom's Choice« den 3. Band des CATTENI-Zyklus, »Freedom's Challenge«.

Patrick McCormack – Zehn Jahre nach König Arthurs Tod handelt der Roman »Albion: The Last Companion«.

Colleen McCullough – Neu von der Autorin der »Dornenvögel« die Nachdichtung der »Ilias« unter dem Titel »The Song of Troy«.

Ian McDonald – »Kirinya« führte die in »Chaga« begonnene Geschichte um das durch außerirdische Nanotechnik umgeformte Afrika weiter.

Stan Nicholls – schrieb zur TV-Serie DARK SKIES den neuen Roman »The Awakening«, setzte seine Fantasy-Trilogie THE NIGHTSHADE CHRONICLES mit dem Mittelband, »The Shadow of the Sorcerer«, fort und schloß ihn mit »A Gathering of Shadows« ab. Er verkaufte die Fantasy-Trilogie ORCS: FIRST BLOOD an Orion.

Adam Nichols – In der gleichen Welt wie sein Fantasy-Roman »The War of the Lords Veil« spielt sein neuer Roman »The Paladin«.

Jeff Noon – Der Autor von »Vurt« und »Pollen« präsentierte zuletzt »Nymphomation«, einen weiteren Roman dieses Zyklus, in dem Manchester im Bann eines Lotteriespiels steht. Erschienen ist auch der phantastische Roman »Automated Alice«.

Christopher Pike – Neu der Jugend-Horror-Roman »Execution of Innocence«.

Tim Powers – setzte die in »Expiration Date« und »Last Call« begonnene Geschichte in »Earthquake Weather« fort.

Terry Pratchett – Erschienen sind die DISCWORLD-Romane 21 und 22, »Jingo« und »The Last Continent«. Für seine Verdienste um die Literatur wurde Pratchett in den Order of the British Empire (OBE) aufgenommen.

Christopher Priest – Sein Erzählzyklus »The Dream Archipelago« wurde von Earthlight zusammen mit den Nachdruckrechten an »The Space Machine«, »A Dream of Wessex«, »Inverted World« und »Fugue for A Darkening Island« angekauft, sein phantastischer Roman »The Extremes« von Simon & Schuster UK.

Robert Rankin – Neu vom Meister der humorvollen Phantastik »Sprout Mask Replica« und der 5. Roman der BRENTFORD-Serie, »The Brentford Chainstore Massacre«.

Jeremy Reed – verfaßte mit »Dorian« eine Fortsetzung zu Oscar Wildes Klassiker »The Picture of Dorian Gray«.

Anne Rice – Neu der phantastische Roman »Violin« um ein Violinspieler-Phantom.

Kim Stanley Robinson – Seine Antarktisexpedition verarbeitete er in seinem jüngsten Roman »Antarctica«.

Nigel Robinson – setzte die mit »First Contact« und »Second Nature« begonnene SF-Jugendbuchserie mit »Third Degree« fort.

J. K. Rowling – publizierte das phantastische Jugendbuch »Harry Potter and the Philosopher's Stone«, der erste Band einer geplanten Serie.

Jay Russell – präsentierte mit seinen dritten Roman »Burning Bright« eine Fortsetzung zu seinem vielbeachteten Erstling »Celestial Dogs«.

Geoff Ryman – Nachdem der Roman über ein Jahr lang im Internet gestanden ist wurde er schließlich auch als Buch veröffentlicht – »253«, ein interaktiver Roman über die Geheimnisse von 253 Personen in einer U-Bahn, die jeweils mit 253 Worten vorgestellt werden.

Will Self – Ein Mensch erwacht als Affe in einer Welt voller Affen – im phantastischen Roman »Great Apes«.

Jan Siegel – Der neue britische Fantasy-Autor verkaufte »Prospero's Children« und zwei weitere Romane an HarperCollins Voyager.

Robert Silverberg – Band 5 der COLLECTED STORIES OF ROBERT SILVERBERG erschien unter dem Titel »Ringing the Changes«, während der Omnibus-Band »Edge of Light« fünf frühe SF-Romane – »A Time of Changes«, »Downward to the Earth«, »The Second Trip«, »Dying Inside« und »Nightwings« –

enthält. Neu ist der Roman »The Alien Years« um eine außerirdische Invasion und Besetzung der Erde.

Clifford Simak – Seine besten klassischen Stories enthält die neu zusammengestellte Collection »The Civilisation Game and Other Stories«.

Alison Sinclair – hat »Cavalcade« an Millenium abgeliefert und im Anschluß daran ihr Medizinstudium in Kanada wieder aufgenommen.

Michael Marshall Smith – Vom Autor des aufrüttelnden »Spares« der bereits zur Verfilmung vorgesehene, im Los Angeles des 21. Jahrhunderts spielende Roman »One of Us«.

Sherwood Smith – schrieb den Roman zum Film »The Borrowers«, der auf Mary Nortons gleichnamigem Zyklus basiert.

S. P. Somtow – In der gleichen phantastischen Vergangenheit wie »Moon Dance« und »Vampire Junction« spielt auch sein neuer Roman »Darker Angels« um Voodoo und Bürgerkrieg.

Amy Stout – führte im Fantasy-Roman »The Royal Four« die in »The Sacred Seven« geschilderten Geschehnisse weiter.

Tricia Sullivan – »Someone to Watch over Me«, ihr zweiter Roman nach »Lethe«, kam bei der Kritik gut an, ebenso der dritte, »Dreaming in Smoke«.

Michael Swanwick – »Jack Faust« ist eine unkonventionelle und phantastische Neuinterprätation des Faust-Themas.

Robert Swindells – legte zuletzt das phantastische Jugendbuch »Nightmare Stairs« vor.

Melanie Tem – Neu der Dark Fantasy-Roman »Black River«.

Jackie Vivelo – Acht Geistergeschichten enthält die Collection »Chills in the Night: Tales That Will Haunt You«.

Freda Warrington – Mit der Dark Fantasy »Pagan Moon« veröffentlichte sie eine Fortsetzung zu »Dark Cathedral«. Sie verkaufte die neue Fantasy-Trilogie THE AMBER CITADEL an Earthlight. Neu erschienen ist auch »Dracula: The Undead«, der acht Jahre nach Bram Stokers Vampir-Klassiker spielt.

Ian Watson – Mit Hilfe einer Zeitsonde wird ein Soldat des Imperium Romanum ins 20. Jahrhundert transportiert – in »Oracle«.

Margaret Weis – Gemeinsam mit Don Perrin schrieb sie »Hung Out«, den 3. Band des Zyklus THE KNIGHTS OF THE BLACK EARTH.

Jane Welch – Earthlight kaufte »The Lament of Abalaone«, den ersten Band einer Trilogie an.

John Whitbourn – verkaufte den Fantasy-Roman »Elves and Muskets« an Earthlight. Erschienen ist der Alternativwelt-Fantasy-Roman »The Royal Changeling«.

Michael Williams – veröffentlichte mit »Allamanda« eine direkte Fortsetzung des 1996 veröffentlichten Romans »Arcady«.

F. Paul Wilson – Zuletzt erschien der Thriller »Legacies«, in dem auch Wilson wiederkehrender Charakter, der Mechaniker Jack, mit von der Partie ist.

David Wingrove – schloß den CHUNG KUO-Zyklus mit Band 8, »The Marriage of the Living Dark«, ab.

Richard Woodley – schrieb den Roman zum Film »Volcano«.

Ronald Wright – zollt Wells und seinen Zeitgenossen Tribut im literarischen SF-Roman »A Scientific Romance«.

Jonathan Wylie – Magie ist eine Kunstform – im phantastischen Alternativweltroman »Magister«.

Auf dem **Magazinmarkt** herrschte 1997/98 nach langen Jahren der Flaute wieder ein frischer Wind. Neben dem renommierten Magazin INTERZONE ist mit ODYSSEY, herausgegeben von Liz Holliday, ein neues Periodikum auf dem Markt aufgetaucht. ODYSSEY ist ein zweimonatlich erscheinendes Magazin im aufwendigen Illustriertenformat, auf Glanzpaper gedruckt, mit Beiträgen bekannter Autoren des Genres. Im September erschien die Null-Nummer, danach ging es regelmäßig weiter. Bislang fanden sich hier Stories von u. a. Brian Stableford, Janny Wurts, Mary Gentle & Dean Wayland, George Alec Effinger, Stephen Dedman, Stephen Baxter, Vonda N. McIntyre, Paul Barnett, Jeff Hecht, Darrell Schweitzer, Richard Parks, Roz Kaveney und Ian Watson sowie Interviews mit Gregory Benford, Walter Jon Williams, Terry Bisson, Stephen Baxter, Tim Powers und Stephen Briggs.

Das monatlich erscheinende INTERZONE, in dem viele Autoren der neuen britischen Schriftstellergeneration ihre ersten Arbeiten veröffentlicht haben und das nach wie vor unter der redaktionellen Leitung von David Pringle steht, präsentierte zuletzt Stories von Kim Newman & Eugene Byrne, Gwyneth Jones, Jeff Hecht, Eric Brown, Greg Egan, Stephen Baxter, Ian Watson, Jeff Vandermeer, Paul Di Filippo, Maya Kaathryn Bohnhoff, David Langford, Keith Brooke & Eric Brown, Colin Greenland, Graham Joyce, Pat Cadigan, Geoff Ryman, Alastair Reynolds, Tanith Lee, Uri Geller, Nicholas Waller, Brian Stableford, Mary A. Turzillo, Alexander Glass, Paul J. McAuley, Don Webb, Stephen Dedman, Thomas M. Disch, Dominic Green und Mary Soon Lee sowie Interviews mit M. John Harrison, Ian Watson, Paul Cornell, Judith Merril, Pat Cadigan, Steve Gallagher, Sarah Ash, Molly Brown, Colin Greenland und Dennis Etchison. Auch Michael Iwoleit war mit einer SF-Story vertreten: Im Juli 1998 erschien »Wachablösung« unter dem englischen Titel »Takeover«.

Neu gestartet wurde im Sommer 1997 vom Spielehersteller Games Workshop das Magazin INFERNO! mit dem Untertitel »Tales of Fantasy & Adventure«, hrsg. von Andy Jones. Es präsentiert im Zwei-Monats-Rhythmus Comics und Geschichten zu den GW-Spielen, vor allem zu WARHAMMER und WARHAMMER 40,000, von bekannten und weniger bekannten Autoren wie Jonathan Green, Alex Hammond, William King, Dan Abnett, Gordon Rennie, James Wallis, Ian Pickstock und Barrington J. Bayley. Ebenfalls noch zu erwähnen wäre das semiprofessionelle Magazin THE THIRD ALTERNATIVE, hrsg. von Andy Cox, das mehr oder minder regelmäßig zweimonatlich herauskommt. Die zuletzt erschienenen Ausgaben enthielten Stories von Nicholas Royle, Peter Crowther & James Lovegrove, David Langford und Christopher Priest, Interviews mit Nicholas Royle, Graham Joyce und Jonathan Coe sowie Artikel über die Werke von J. G. Ballard, Russell Hoban, Christopher Priest, Kim Stanley Robinson, John Fowles und Storm Constantine.

Jährlich erscheint das FANTASY ANNUAL, hrsg. von Philip Harbottle & Sean Wallace. Die jüngste Ausgabe 2 enthält neue Stories von E. C. Tubb, Sydney J. Bounds, Sydney J. Bounds & John Russell Fearn, Andrew Darlington, Philip E. High, E. R. James und David Somers.

1997/98 hatte die britische Sf-Szene auch einige **Todesfälle** zu beklagen:

Am 14. August 1997 starb der TV-Pionier **John Elliot** im Alter von 78 Jahren in Bristol. Der 1918 in Reading geborene Elliot wurde vor allem durch seine Drehbücher für Serien und Dokumentarfilme bekannt. So konzipierte er die TV-Serie »Mogul«, die später in »The Troubleshooters« umbenannt wurde und es auf weit über hundert Episoden brachte. Im SF-Genre erwarb er sich Meriten für seine Drehbücher zu den TV-Filmen »A for Andromeda« und »Andromeda Breakthrough«, die 1961/62 nach der Romanvorlage von Fred Hoyle entstanden und mit ihrer ernsthaften Behandlung des Themas Kontakt mit außerirdischer Intelligenz zu den frühen Klassikern gehören.

Der britische SF-Fan und Autor **George Hay**, Gründungsmitglied der Science Fiction Foundation, starb am 3. Oktober 1997 nach einer Operation. Er war 75 Jahre alt. 1922 als Orwyn Robert Tregonwell Hay geboren begann er in den frühen 50er Jahren, SF-Romane zu schreiben. Es erschienen »Flight of the »Hesper« (1951), »Man, Woman, and Android« (1951), »This Planet for Sale« (1952) und unter dem Verlagspseudonym King Lang »Terra!« (1953). Später machte er sich als Herausgeber von Anthologien wie »Hell Hath Fury« (1963), »The Disappearing Future« (1970) und »Stopwatch« (1974) sowie den ersten beiden Bänden der Original-Anthologienreihe »Pulsar« einen Namen. Die Science Fiction Foundation, eine Vereinigung von SF-Autoren und Akademikern, wurde geschaffen, um die SF in Großbritannien zu fördern. Hay war auch einer der ersten Redakteure des von ihr herausgegebenen Magazins FOUNDATION: THE REVIEW OF SCIENCE FICTION.

Am 14. Dezember 1997 starb der Philosoph, Rechtsanwalt und Schriftsteller **Owen Barfield**, der eng mit C. S. Lewis befreundet und das letzte noch am Leben befindliche Mitglied der legendären Inklings war, im Alter von 99 Jahren in einem Seniorenheim. Der 1889 geborene Arthur Owen Barfield diente von 1917 bis 1919 bei den Royal Engineers, erwarb in Oxford einen Abschluß in Englischer Literatur und war anschließend freiberuflicher Schriftsteller. 1925 erschien sein Debüt, der phantastische Roman »The Silver Trumpet«, 1928 seine These »Poetic Diction« in Buchform, die sowohl Lewis als auch Tolkien beeinflußte. Drei Jahre später trat er in die Firma seines Vaters ein und kam die nächsten drei Jahrzehnte nur noch selten zum Schreiben. Erst nach seinem teilweisen Eintritt in den Ruhestand nahm er seine schriftstellerischen Aktivitäten wieder auf und verfaßte einige Bücher, die sich hauptsächlich mit Anthroposophie und Literatur auseinandersetzten, aber auch den SF-Roman »The Ever Diverse Pair« (1950 als G. A. L. Burgeon) und »Unancestral Voices«.

Preise – Preise – Preise

15TH ANNUAL SCIENCE FICTION CHRONICLES READER AWARDS

(verliehen von den Lesern der SF-Fachzeitschrift SCIENCE FICTION CHRONICLE)

ROMAN:
1. Platz: Neal Stephenson, THE DIAMOND AGE
2. Platz: Stephen Baxter, THE TIME SHIPS
3. Platz: Robert J. Sawyer, THE TERMINAL EXPERIMENT

NOVELLE:
1. Platz: Mike Resnick & Susan Shwartz, BIBI
2. Platz: Allen Steele, THE DEATH OF CAPTAIN FUTURE
3. Platz: Nancy Kress, FAULT LINES

ERZÄHLUNG:
1. Platz: James Patrick Kelly, THINK LIKE A DINOSAUR
2. Platz: Greg Egan, LUMINOUS
3. Platz: Geoffrey A. Landis, THE SINGULAR HABIT OF WASPS

KURZGESCHICHTE:
1. Platz: Michael A. Burstein, TELEABSENCE
2. Platz: Maureen F. McHugh, THE LINCOLN TRAIN
3. Platz: Mike Resnick, WHEN THE OLD GODS DIE

FILM/TV:
1. Platz: BABYLON 5: THE COMING OF SHADOWS
2. Platz: STAR TREK: DEEP SPACE NINE: THE VISITOR
3. Platz: 12 MONKEYS

KÜNSTLER:
1. Platz: Bob Eggleton
2. Platz: Jim Burns
3. Platz: Don Maitz

HERAUSGEBER/MAGAZINE:
1. Platz: Stanley Schmidt
2. Platz: Gardner Dozois
3. Platz: Kristine Kathryn Rusch

HERAUSGEBER/BÜCHER:
1. Platz: David Hartwell
2. Platz: Beth Meacham
3. Platz: Patrick Nielsen Hayden

1997 MYTHOPOEIC FANTASY AWARDS

(vergeben von der MYTHOPOEIC FANTASY SOCIETY für Werke in der Tradition der Inklinge)

MYTHOPOEIC AWARD FOR ADULT FANTASY LITERATURE:
Terri Windling, THE WOOD WIFE
Nominiert: John Barnes, ONE FOR THE MORNING GLORY
Patricia A. McKillip, WINTER ROSE
Nancy Springer, FAIR PERIL
Gene Wolfe, THE BOOK OF THE LONG SUN

SCHOLARSHIP AWARD FOR INKLINGS STUDIES:
Charles A. Huttar & Peter Schakel, eds., THE RHETORIC OF VISION: ESSAYS ON CHARLES WILLIAMS
Nominiert: William H. Green, THE HOBBIT: A JOURNEY INTO MATURITY
Walter Hooper, C. S. LEWIS: A COMPANION & GUIDE
Brian Horne, ed., CHARLES WILLIAMS: A CELEBRATION

SCHOLARSHIP AWARD FOR MYTH AND FANTASY STUDIES:
Lois Rostow Kuznets, WHEN TOYS COME ALIVE: NARRATIVES OF ANIMATION, METAMORPHOSIS, AND DEVELOPMENT
Nominiert: Glen Cavaliero, THE SUPERNATURAL AND ENGLISH FICTION
S. T. Joshi, LORD DUNSANY: MASTER OF THE ANGLO-IRISH IMAGINATION
Norman Talbot, ed., WILLIAM MORRIS: THE WATER OF THE WONDROUS ISLES

1997 SCIENCE FICTION WEEKLY READERS' POLL

(ermittelt von den Lesern des Web-Magazins SCI-FI WEEKLY auf Basis der HUGO-Nominierungen)

ROMAN:
1. Platz: Kim Stanley Robinson, BLUE MARS
2. Platz: Lois McMaster Bujold, MEMORY

NOVELLE:
1. Platz: Jack McDevitt, TIME TRAVELERS NEVER DIE
2. Platz: George R. R. Martin, BLOOD OF THE DRAGON

ERZÄHLUNG:
1. Platz: Ursula K. Le Guin, MOUNTAIN WAYS
2. Platz: Bruce Sterling, BICYCLE REPAIRMAN

KURZGESCHICHTE:
1. Platz: Connie Willis, THE SOUL SELECTS HER OWN SOCIETY
2. Platz: Michael Swanwick, THE DEAD

SACHBUCH:
1. Platz: S. Sprague de Camp, TIME & CHANCE
2. Platz: John Clute, LOOK AT THE EVIDENCE

FILM/TV:
1. Platz: BABYLON 5: SEVERED DREAMS
2. Platz: STAR TREK: FIRST CONTACT

HERAUSGEBER:
1. Platz: Gardner Dozois
2. Platz: Kristine Kathryn Rusch

KÜNSTLER:
1. Platz: Michael Whelan
2. Platz: Bob Eggleton

SEMIPROFESSIONELLES MAGAZIN:
1. Platz: LOCUS
2. Platz: SCIENCE FICTION CHRONICLE

NACHWUCHSAUTOR:
1. Platz: Michael A. Burstein
2. Platz: Sharon Shinn

1997 DARRELL AWARD

(verliehen von der MEMPHIS SF ASSOCIATION an im mittleren Süden lebende Autoren)

KURZGESCHICHTE: **D. Beecher Smith II, THE SHADOW PEOPLE**
ROMAN: **Gary L. Holleman, HOWL-O-WEEN**

1997 DITMAR AWARDS

(die nationalen australischen SF-Preise)

LANGTEXT: **Lucy Sussex, THE SCARLET RIDER**
Finalisten: Paul Collins ed., DREAMWEAVERS
Jack Dann, THE MEMORY CATHEDRAL
Sean Williams, METAL FATIGUE
KURZTEXT: **Russell Blackford, THE SWORD OF GOD**
Finalisten: Terry Dowling, THE ICHNEUMON AND THE DORMEUSE
Leanne Frahm, BORDERLINE
Steven Paulsen, AFTER DARK # 5: THE STRAY CAT
PERIODIKUM: **THYME**
Finalisten: THE COMMUNICATOR
EMERALD CITY
OSCILLATION OVERTHRUSTER
PINKETTE
SCIENCE FICTION
WILLIAM ATHELING JR. AWARD FOR CRITICISM: **Alan Stewart** (für Rezensionen in THYME)
Finalisten: Russell Blackford
Janeen Webb

1997 A. BERTRAM CHANDLER AWARD

(verliehen von der AUSTRALIAN SCIENCE FICTION FOUNDATION)

Susan Smith Clarke

3RD/1997 ANNUAL PARSEC/ CON-FLUENCE SHORT STORY CONTEST

(alljährlicher Storywettbewerb des Cons für Autoren, die noch nicht die Bedingungen zur Aufnahme in die SFWA erfüllen)

1. Platz: **Barton Paul Levenson, VIRTUAL BRIDGES**
2. Platz: Yvonne Eve Walus, BRIDGES INTO PARADISE
3. Platz: Wen Spencer, YOUNG ROBOTS IN LOVE

16TH SCIENCE FICTION CHRONICLE READER AWARDS

(ermittelt von den Lesern der SF-Fachzeitschrift SCIENCE FICTION CHRONICLE)

ROMAN:
1. Platz: Bruce Sterling, HOLY FIRE
2. Platz: Kim Stanley Robinson, BLUE MARS
3. Platz: Robert J. Sawyer, STARPLEX

NOVELLE:
1. Platz: Gregory Benford, IMMERSION
2. Platz: Mary Rosenblum, GAS FISH
3. Platz: Jerry Oltion, ABANDON IN PLACE

ERZÄHLUNG:
1. Platz: Bruce Sterling, BICYCLE REPAIRMAN
2. Platz: Mike Resnick, THE LAND OF NOD
3. Platz: William Barton, AGE OF AQUARIUS

KURZGESCHICHTE:
1. Platz: James White, UN-BIRTHDAY BOY
2. Platz: John Crowley, GONE
3. Platz: Robert Reed, DECENCY

FILM/TV:
1. Platz: STAR TREK: DEEP SPACE NINE: TRIALS AND TRIBBLE-ATIONS
2. Platz: STAR TREK: FIRST CONTACT
3. Platz: BABYLONE 5: SEVERED DREAMS

KÜNSTLER:
1. Platz: Bob Eggleton
2. Platz: Don Maitz
3. Platz: Michael Whelan

HERAUSGEBER/MAGAZINE:
1. Platz: Gardner Dozois
2. Platz: Scott Edelman
3. Platz: Stanley Smith

HERAUSGEBER/BÜCHER:
1. Platz: Patrick Nielsen
2. Platz: Beth Meacham
3. Platz: David Hartwell

1997 WORLD FANTASY AWARDS

(alljährlich von einer Jury ermittelt und auf der WORLD FANTASY CONVENTION bekanntgegeben)

ROMAN: **Rachel Pollack, GODMOTHER NIGHT**
Nominiert: Terence M. Green, SHADOWS OF ASHLAND
William Kotzwinkle, THE BEAR WENT OVER THE MOUNTAIN
Marc Laidlaw, THE 37TH MANDALA
George R. R. Martin, A GAME OF THRONES
Melanie Rawn, Jennifer Roberson & Kate Elliott, THE GOLDEN KEY
Mark Sumner, DEVIL'S TOWER
ERZÄHLUNG: **Mark Helprin, A CITY IN WINTER**
Nominiert: Suzy McKee Charnas, BEAUTY AND THE OPERA OR THE PHANTOM BEAST
George R. R. Martin, BLOOD OF THE DRAGON
Susan Palwick, GI JESUS
Michael Marshall Smith, HELL HATH ENLARGED HERSELF
KURZGESCHICHTE: **James P. Blaylock, THIRTEEN PHANTASMS**
Nominiert: Dennis Etchison, THE DEAD COP
Graham Masterton, UNDERBED
ANTHOLOGIE: **Patrick Nielsen Hayden, ed., STARLIGHT 1**
Nominiert: Ellen Datlow & Terri Windling, eds., THE YEAR'S BEST FANTASY & HORROR, NINTH COLLECTION
Katherine Kerr & Martin H. Greenberg, eds., THE SHIMMERING DOOR
Stephen Jones & David Sutton, eds., DARK TERRORS 2: THE GOLLANCZ BOOK OF HORROR
COLLECTION: **Jonathan Lethem, THE WALL OF THE SKY, THE WALL OF THE EYE**
Nominiert: Richard Chizmar, MIDNIGHT PROMISES
Terry Lamsley, CONFERENCE WITH THE DEAD
Thomas Ligotti, THE NIGHTMARE FACTORY
James Morrow, BIBLE STORIES FOR ADULTS
Norman Partridge, BAD INTENTIONS
S. P. Somtow, THE PAVILION OF FROZEN WOMEN

Künstler: **Moebius (Jean Giraud)**
Nominiert: Thomas Canty
H. R. Giger
J. K. Potter
SPEZIALPREIS/PROFESSIONELL: **Michael J. Weldon** (für THE PSYCHOTRONIC VIDEO GUIDE)
Nominiert: Diana Wynne Jones (für THE TOUGH GUIDE TO FANTASYLAND)
Stephen Jones (als Herausgeber und Anthologist)
David Pringle (für seine Beiträge zum Genre)
Kristine Kathryn Rusch (für die Herausgabe von F & SF)
SPEZIALPREIS/NICHT-PROFESSIONELL: **Barbara & Christopher Roden** (für Ash-Tree Press)
Nominiert: Fedogan & Bremer (für ihre Verlagstätigkeit)
Paula Guran (für Dark Echo)
SPECIAL CONVENTION AWARD: **Hugh B. Cave**
LIFE ACHIEVEMENT AWARD: **Madeleine L'Engle**

LA TOUR EIFFEL 1997

(neuer, jährlich verliehener französischer SF-Preis für ein neues SF-Werk, das charakteristisch für das Genre und zugleich von herausragender Qualität ist, ermittelt von einer französischen Jury aus Herausgebern, repräsentativen Buchhändlern und ausgewählten Anhängern der Szene, einschließlich Journalisten, prominenten Geschäftsleuten und Fans, und dotiert mit 100 000 Franc)

Pierre Bordage, WANG
Nominiert: Robert Jordan, THE DRAGON BANNER
Serge Lehmann, F.A.U.S.T.
Jean-Marc Ligny, INNER CITY
David Brin, THE YOUNG GIRL AND THE CLONES
John E. Stith, MANHATTAN TRANSFER
Clive Barker, EVERVILLE
Jean-Pierre Fontana, NAALIA DE SANAN
Richard Canal, LES PARADIS PIEGES
Harry Morgan, THE QUEEN OF THE SKY
Lisa Goldstein, KING OF SUMMER, JESTER OF WINTER
Timothy Zahn, BLOOD OF THE CONQUEROR
Brian Stableford, THE BLOOD OF THE SERPENT
Dan Simmons, THE STYX FLOWS BACKWARD
René Reouven, LES SURVENANTS

1997 BRITISH FANTASY AWARDS

(der BRITISH FANTASY SOCIETY)

ROMAN (d. i. AUGUST DERLETH FANTASY AWARD): **Graham Joyce, THE TOOTH FAIRY**
Nominiert: Iain M. Banks, EXCESSION
Clive Barker, SACRAMENT
Storm Constantine, SCENTING HALLOWED BLOOD
Robin Hobb, THE ASSASSIN'S APPRENTICE
Terry Pratchett, HOGFATHER
Michael Marshall Smith, THE SPARES
Peter Straub, THE HELLFIRE CLUB
KURZGESCHICHTE: **Martin Simpson, DANCING ABOUT ARCHITECTURE**
Nominiert: Thomas Ligotti, THE RED TOWER
Thomas Ligotti, TEATRO GROTTESCO
Kim Newman & Eugene Byrne, CITIZEN ED
Justina Robson, THE BULL LEAPERS
Michael Marshall Smith, FOREIGN BODIES
Michael Marshall Smith, HELL HATH ENLARGED HERSELF
Jack Wainer, SCARS
ANTHOLOGIE/COLLECTION: **Thomas Ligotti, THE NIGHTMARE FACTORY**
Nominiert: Chaz Brenchley, BLOOD WATERS
Neil Gaiman & Edward E. Kramer, eds., THE SANDMAN BOOK OF DREAMS
Shirley Jackson, THE MASTERPIECES OF SHIRLEY JACKSON
Stephen Jones, ed., THE BEST NEW HORROR VOL. 7
Stephen Jones & David Sutton, eds., DARK TERRORS 2: THE GOLLANCZ BOOK OF HORRORS
KÜNSTLER: **Jim Burns**
Nominiert: Les Edwards
Madeleine Finnegan
Dave McKean
Jim Pitts
J. K. Potter
Ruby
PUBLIKATION/KLEINVERLAG: **S. T. Joshi, H. P. LOVECRAFT: A LIFE**
Nominiert: BROADSWORD, hrsg. von Nancy Sparling
CEMETERY DANCE, hrsg. von Richard T. Chizmar
GHOSTS AND SCHOLARS, hrsg. von Rosemary Pardoe

PEEPING TOM, hrsg. von Stuart Hughes
THE THIRD ALTERNATIVE # 11, hrsg. von Andy Cox
VISIONARY TONGUE, Summer 1996, hrsg. von Eloise Coquio
BRITISH FANTASY SPECIAL AWARD (d. i. THE KARL EDWARD WAGNER AWARD): **Jo Fletcher**

1997 PRIX AURORA AWARDS

(die kanadischen SF- und Fantasy-Preise, 1997 zum 17. Mal vergeben von der CANADIAN SCIENCE FICTION AND FANTASY ASSOCIATION)

ROMAN/ENGLISCH: **Robert J. Sawyer, STARPLEX**
Nominiert: Terence M. Green, SHADOW OF ASHLAND
Tanya Huff, NO QUARTER
Nancy Kilpatrick, CHILD OF THE NIGHT
Sean Stewart, RESURRECTION MAN
ROMAN/FRANZÖSISCH: **Yves Meynard, LA ROSE DU DESERT**
Nominiert: Esther Rochon, LAME
Daniel Sernine, L'ARC-EN-CERCLE
Elisabeth Vonarburg, LES REVES DE LA MER
KURZGESCHICHTE/ENGLISCH: **Robert J. Sawyer, PEKING MAN**
Nominiert: Stephanie Bedwell-Grime, IN YOUR DREAMS
Rebecca M. Senese, FACE DANCES
Dale L. Sproule, MEMORY GAMES
Edo Van Belkom, THE PIANO PLAYER HAS NO FINGERS
Peter Watts, BETHLEHEM
KURZGESCHICHTE/FRANZÖSISCH: **Jean-Louis Trudel, LAMENTE-TOI, SAGESSE!**
Nominiert: Natasha Beaulieu, LAIKA
Alain Bergeron, (/THEA) OU LE JOUR VENU
Francine Pelletier, LA MAISON DOULEUR
Elisabeth Vonarburg, LE DEBUT DU CERCLE
ANDERES WERK/ENGLISCH: **ON SPEC SF** (Magazin)
Nominiert: Don Hutchison (Hrsg.), THE GREAT PULP HEROES PARSEC SF
Robert Runte & Yves Meynard (Hrsg.), TESSERACTS 5 TRANSVERSIONS SF
ANDERES WERK/FRANZÖSISCH: **SOLARIS,** hrsg. von Joel Champetier
Nominiert: Joel Champetier (für Kritiken in SOLARIS)
IMAGINE ..., hrsg. von Marc Lemaire/Paul-G. Croteau
Elisabeth Vonarburg (für Kritiken in SOLARIS)

KÜNSTLER: **Jean-Pierre Normand**
Nominiert: Stephanie Ann Johanson
Jeff Kuipers
Kenneth Scott
Ronn Sutton

1997 PROMETHEUS AWARD

(verliehen von der LIBERTARIAN FUTURIST SOCIETY für einen neuen Roman, in dem freiheitliches Ideengut besonders gefördert wird)

Victor Koman, KINGS OF THE HIGH FRONTIER
Finalisten: Michael Flynn, FIRESTAR
Steven Gould, WILDSIDE
James P. Hogan, PATHS TO OTHERWHERE
Brad Linawever, SLIDERS
Ken MacLeod, THE STONE CANAL

1997 PROMETHEUS HALL OF FAME AWARD

(verliehen von der LIBERTARIAN FUTURIST SOCIETY für einen klassischen Roman, in dem die freiheitlichen Prinzipien besonders gefördert wurden)

Robert A. Heinlein, METHUSELAH'S CHILDREN
Finalisten: Larry Niven & Jerry Pournelle, OATH OF FEALTY
H. Beam Piper, LITTLE FUZZY
H. Beam Piper, A PLANET FOR TEXANS
Jack Vance, EMPHYRIO

PREMIO UPC DE CIENCA FICCION 1997

(SF-Kurzgeschichtenwettbewerb der UNIVERSIDAD POLITECNICA DE CATALUNA, mit einer Million Peseten dotiert)

Robert J. Sawyer, PSYCHOSPACE gemeinsam mit
James Stevens-Arce, SOULSAVER
Besondere Erwähnungen: Daniel Mares, LA MAQUINA DE PYMBLIKOT
Domingo Santos, BIENVENIDOS AL BICENTARIO DEL FIN DEL MUNDO

Xavier Pacheco Carmona & Josep Antoni Bonilla Hontoria, N'ZNEGT

Ehrenvolle Erwähnungen: Josep N. Turuguet, LA NOSTRA PROPIA ILUM
Vassil Tsonev, PROMENADE FANTASTIQUE

PUBLISHERS WEEKLY EMPFEHLUNGSLISTE 1997

(von den Herausgebern von PUBLISHERS WEEKLY)

Patricia Anthony, GOD'S FIRE
C. J. Cherryh, FINITY'S END
Tananarive Due, MY SOUL TO KEEP
Joe Haldeman, FOREVER PEACE
James Hynes, PUBLISH AND PERISH
Vonda N. McIntyre, THE MOON AND THE SUN
Patrick O'Leary, THE GIFT
Connie Willis, TO SAY NOTHING OF THE DOG

Jugendbuch:
Philip Pullman, THE SUBTLE KNIFE

SAN FRANCISCO EXAMINER & CHRONICLE EMPFEHLUNGSLISTE 1997

(von den Redakteuren der Zeitschrift)

Greg Bear, /(SLANT)
Brenda Clough, HOW LIKE A GOD
Tananarive Due, MY SOUL TO KEEP
Harlan Ellison, SLIPPAGE
Neil Gaiman, NEVERWHERE
Stephen King, THE DARK TOWER IV: WIZARD & GLASS
Rudy Rucker, FREEWARE
Dan Simmons, THE RISE OF ENDYMION

Jugendbuch:
Lloyd Alexander, THE IRON RING
Virginia Hamilton, A RING OF TRICKSTERS
Gail Carson Levine, ELLA ENCHANTED
Howard Norman, THE GIRL WHO DREAMED ONLY CHEESE
Philip Pullman, THE SUBTLE KNIFE

WASHINGTON POST BOOK WORLD EMPFEHLUNGSLISTE 1997

(erstellt von John Clute für SF & Fantasy, Michele Slung für Horror und Kathleen Karr für das Jugendbuch)

Patricia Anthony, GOD'S FIRE
Joe Haldeman, FOREVER PEACE
Kim Stanley Robinson, ANTARCTICA
Dan Simmons, THE RISE OF ENDYMION
Michael Swanwick, JACK FAUST
Neil Gaiman, NEVERWHERE
James Hynes, PUBLISH OR PERISH
Arturo Perez-Reverte, THE CLUB DUMAS
J. S. Russell, CELESTIAL DOGS

Jugendbuch:
Robin McKinley, ROSE DAUGHTER
Mark Helprin & Chris Van Allsburg, THE VEIL OF SNOWS
Tamora Pierce, SANDRY'S BOOK
Garth Nix, SHADE'S CHILDREN
Dianne Johnson-Feelings, ed., THE BEST OF THE BROWNIES' BOOK

IGNOTUS AWARDS 1997

(die Fan-Preise Spaniens)

KURZGESCHICHTE/ÜBERSETZUNG: **Connie Willis, EVEN THE QUEEN**

1997 FORRY AWARD

(alljährlich verliehen von der LOS ANGELES SCIENCE FANTASY SOCIETY in Anerkennung des Lebenswerkes)

Jack Vance

10TH ANNUAL COLLECTORS AWARDS 1997

(jährlich vergeben von der SF-Spezialbuchhandlung BARRY R. LEVIN SCIENCE FICTION & FANTASY LITERATURE für sammelnswerte Autoren und Einzelausgaben)

COLLECTORS AWARD FOR 1997
AUTOR: **Stephen Baxter**
VERLAG: **Mark V. Zeising** für die limitierte Ausgabe von:
Harlan Ellison, SLIPPAGE

LIFETIME COLLECTORS AWARD 1997
S. T. Joshi (für seine herausragenden Beiträge zur Bio- und Bibliographie von H. P. Lovecraft)

1997 SAPPHIRE AWARD

(seit 1995 alljährlich verliehen für den besten SF-Abenteuerroman (Romance) von der Zeitschrift SCIENCE FICTION ROMANCE)

1. Platz: **Catherine Asaro, CATCH THE LIGHTNING**
2. Platz: Larell K. Hamilton, KILLING DANCE
3. Platz: Maggie Shayne, FOREVER ENCHANTED

BESTSELLERLISTE DER BUCHHANDELSKETTEN BARNES & NOBLE/B. DALTON 1997

HARDCOVER:

1. **Platz: Arthur C. Clarke, 3001: THE FINAL ODYSSEY**
2. Platz: David & Leigh Eddings, POLGARA THE SORCERESS
3. Platz: Terry Goodkind, TEMPLE OF THE WINDS
4. Platz: Marion Zimmer Bradley, LADY OF AVALON
5. Platz: Raymond E. Feist, RAGE OF A DEMON KING
6. Platz: Terry Brooks, RUNNING WITH THE DEMON
7. Platz: Brian Jacques, THE PEARLS OF LUTRA
8. Platz: Robert Jordan & Teresa Patterson, THE WORLD OF ROBERT E. JORDAN'S THE WHEEL OF TIME
9. Platz: Robert Jordan, A CROWN OF SWORDS
10. Platz: Anne McCaffrey, FREEDOM'S CHOICE

TASCHENBÜCHER:

1. **Platz: Carl Sagan, CONTACT**
2. Platz: Robert A. Heinlein, STARSHIP TROOPERS
3. Platz: J. R. R. Tolkien, THE HOBBIT
4. Platz: Robert Jordan, A CROWN OF SWORDS
5. Platz: Ray Bradbury, FAHRENHEIT 451
6. Platz: Terry Goodkind, BLOOD OF THE FOLD

7. Platz: Terry Brooks, THE FIRST KING OF SHANNARA
8. Platz: Orson Scott Card, CHILDREN OF THE MIND
9. Platz: Terry Goodkind, STONE OF TEARS
10. Platz: Robert Jordan, EYE OF THE WORLD

PAPERBACKS:

1. Platz: Marion Zimmer Bradley, THE MISTS OF AVALON
2. Platz: Marion Zimmer Bradley, FOREST HOUSE
3. Platz: J. R. R. Tolkien, THE HOBBIT
4. Platz: Arthur C. Clarke, 2001: A SPACE ODYSSEY
5. Platz: Arthur C. Clarke, 2061: ODYSSEY THREE

MEDIENBEZOGENE TITEL:

1. Platz: Steve Perry, STAR WARS: SHADOWS OF THE EMPIRE
2. Platz: Michael Stackpole, STAR WARS X-WING: THE BACTA WAR
3. Platz: Kevin J. Anderson, ed., STAR WARS: TALES OF THE BOUNTY HUNTERS
4. Platz: A. C. Crispin, STAR WARS: HAN SOLO: THE PARADISE SNARE
5. Platz: Michael P. Kube-McDowell, STAR WARS: TYRANT'S TEST

SPIELEBEZOGENE TITEL:

1. Platz: Jean Rabe, DRAGONLANCE FIFTH AGE: THE DAY OF THE TEMPEST
2. Platz: Margaret Weis & Tracy Hickman, DRAGONS OF SUMMER FLAME
3. Platz: Alan Dean Foster, THE DIG
4. Platz: R. A. Salvatore, DRAGONLANCE: PASSAGE TO DAWN
5. Platz: Rand Miller & David Wingrove, MYST: THE BOOK OF TI'ANA

BESTSELLERLISTE DER BUCHHANDELSKETTE BORDERS INC. 1997

HARDCOVER:

1. Platz: Arthur C. Clarke, 3001: THE FINAL ODYSSEY
2. Platz: David & Leigh Edding, POLGARA THE SORCERESS
3. Platz: Terry Goodkind, TEMPLE OF THE WIND
4. Platz: Marion Zimmer Bradley, LADY OF AVALON
5. Platz: Neil Gaiman, NEVERWHERE

TASCHENBÜCHER:

1. Platz: Michael Crichton, THE LOST WORLD
2. Platz: Carl Sagan, CONTACT
3. Platz: Robert A. Heinlein, STARSHIP TROOPERS
4. Platz: John Darnton, NEANDERTHAL
5. Platz: Robert Jordan, A CROWN OF SWORDS

PAPERBACKS:

1. Platz: Marion Zimmer Bradley, THE MISTS OF AVALON
2. Platz: Gregory Maguire, WICKED
3. Platz: Mary Doria Russell, THE SPARROW
4. Platz: Gardner Dozois, ed., THE YEAR'S BEST SCIENCE FICTION # 14
5. Platz: Michael Crichton, SPHERE

MEDIENBEZOGENE TITEL:

1. Platz: Steve Perry, STAR WARS: SHADOWS OF THE EMPIRE
2. Platz: Kevin J. Anderson, ed., STAR WARS: TALES OF THE BOUNTY HUNTERS
3. Platz: Michael Stackpole, STAR WARS X-WING: THE BACTA WAR
4. Platz: A. C. Crispin, STAR WARS: HAN SOLO: THE PARADISE SNARE
5. Platz: Michael P. Kube-McDowell, STAR WARS: TYRANT'S TEST

SPIELEBEZOGENE BÜCHER:

1. Platz: Margaret Weis & Tracy Hickman, DRAGONS OF SUMMER FLAME
2. Platz: Margaret Weis & Tracy Hickman, DRAGONS OF AUTUMN TWILIGHT
3. Platz: Margaret Weis & Tracy Hickman, DRAGONS OF WINTER NIGHT
4. Platz: Jean Rabe, DRAGONLANCE FIFTH AGE: THE DAY OF THE TEMPEST
5. Platz: Margaret Weis & Tracy Hickman, DRAGONS OF SPRING DAWN

BESTSELLERLISTE DER BUCHHANDELSKETTE MUSICLAND 1997

HARDCOVER:

1. Platz: Arthur C. Clarke, 3001: THE FINAL ODYSSEY
2. Platz: David & Leigh Eddings, POLGARA THE SORCERESS

3. Platz: Terry Brooks, RUNNING WITH THE DEMON
4. Platz: Terry Goodkind, TEMPLE OF THE WIND
5. Platz: Anne McCaffrey, DRAGONSEYE
6. Platz: Robert Jordan, A CROWN OF SWORDS
7. Platz: Raymond E. Feist, RAGE OF A DEMON KING
8. Platz: Robert Jordan & Teresa Patterson, THE WORLD OF ROBERT JORDAN'S THE WHEEL OF TIME
9. Platz: R. A. Salvatore, THE DEMON AWAKENS
10. Platz: Marion Zimmer Bradley, LADY OF AVALON

TASCHENBÜCHER:

1. Platz: Robert Jordan, A CROWN OF SWORDS
2. Platz: Robert A. Heinlein, STARSHIP TROOPERS
3. Platz: Terry Goodkind, BLOOD OF THE FOLD
4. Platz: Terry Brooks, THE FIRST KING OF SHANNARA
5. Platz: J. R. R. Tolkien, THE HOBBIT
6. Platz: Terry Goodkind, STONE OF TEARS
7. Platz: Terry Goodkind, WIZARD'S FIRST RULE
8. Platz: Robert Jordan, EYE OF THE WORLD
9. Platz: Robert Jordan, THE FIRES OF HEAVEN
10. Platz: Robert Jordan, LORD OF CHAOS

PAPERBACKS:

1. Platz: Stephen King, WIZARD & GLASS
2. Platz: Stephen King, THE GUNSLINGER
3. Platz: Stephen King, THE DRAWING OF THREE
4. Platz: Stephen King, THE WASTELANDS
5. Platz: Marion Zimmer Bradley, THE MISTS OF AVALON

MEDIENBEZOGENE TITEL:

1. Platz: Steve Perry, STAR WARS: SHADOWS OF THE EMPIRE
2. Platz: Kevin J. Anderson, ed., STAR WARS: TALES OF THE BOUNTY HUNTERS
3. Platz: Michael Stackpole, STAR WARS X-WING: THE BACTA WAR
4. Platz: A. C. Crispin, STAR WARS: HAN SOLO: THE PARADISE SNARE
5. Platz: A. C. Crispin, STAR WARS: HAN SOLO: THE HUTT GAMBIT

SPIELEBEZOGENE TITEL:

1. Platz: R. A. Salvatore, DRAGONLANCE: PASSAGE TO DAWN
2. Platz: Jean Rabe, DRAGONLANCE FIFTH AGE: THE DAY OF THE TEMPEST

3. Platz: Jean Rabe, DRAGONLANCE FIFTH AGE: THE DAWNING OF A NEW AGE
4. Platz: Margaret Weis & Tracy Hickman, DRAGONS OF SUMMER FLAME
5. Platz: Jeff Grubb & Kate Novak, FORGOTTEN REALMS: FINDER'S BANE

BESTSELLERLISTE DER BUCHHANDELSKETTE WALDENBOOKS 1997

HARDCOVER:

1. Platz: David & Leigh Eddings, POLGARA THE SORCERESS
2. Platz: Arthur C. Clarke, 3001: THE FINAL ODYSSEY
3. Platz: Terry Goodkind, TEMPLE OF THE WIND
4. Platz: Robert Jordan & Teresa Patterson, THE WORLD OF ROBERT JORDAN'S THE WHEEL OF TIME
5. Platz: Anne McCaffrey, DRAGONSEYE
6. Platz: Raymond E. Feist, RAGE OF A DEMON KIND
7. Platz: Terry Brooks, RUNNING WITH THE DEMON
8. Platz: Robert Jordan, A CROWN OF SWORDS
9. Platz: R. A. Salvatore, THE DEMON AWAKENS
10. Platz: Terry Goodkind, BLOOD OF THE FOLD

TASCHENBÜCHER:

1. Platz: Carl Sagan, CONTACT
2. Platz: Terry Brooks, THE FIRST KING OF SHANNARA
3. Platz: Robert A. Heinlein, STARSHIP TROOPERS
4. Platz: Robert Jordan, A CROWN OF SWORDS
5. Platz: Terry Goodkind, BLOOD OF THE FOLD
6. Platz: Terry Goodkind, STONE OF TEARS
7. Platz: Orson Scott Card, CHILDREN OF THE MIND
8. Platz: Robert Jordan, EYE OF THE WORLD
9. Platz: J. R. R. Tolkien, THE HOBBIT
10. Platz: Terry Goodkind, WIZARD'S FIRST RULE

PAPERBACKS:

1. Platz: Marion Zimmer Bradley, THE MISTS OF AVALON
2. Platz: J. R. R. Tolkien, THE HOBBIT/LORD OF THE RINGS (Kassettenedition)
3. Platz: J. V. Jones, MASTER AND FOOL
4. Platz: Marion Zimmer Bradley, FOREST HOUSE
5. Platz: Robert Shea & Robert Anton Wilson, THE ILLUMINATUS TRILOGY

MEDIENBEZOGENE TITEL:

1. Platz: William Shatner, STAR TREK: AVENGER
2. Platz: Timothy Zahn, STAR WARS: SPECTER OF THE PAST
3. Platz: Barbara Hambly, STAR WARS: PLANET OF TWILIGHT
4. Platz: Steve Perry, STAR WARS: SHADOWS OF THE EMPIRE
5. Platz: Michael & Denise Okuda, THE STAR TREK ENCYCLOPEDIA: A REFERENCE GUIDE TO THE FUTURE

SPIELEBEZOGENE TITEL:

1. Platz: R. A. Salvatore, DRAGONLANCE: PASSAGE TO DAWN
2. Platz: Jean Rabe, DRAGONLANCE FIFTH AGE: THE DAY OF THE TEMPEST
3. Platz: Margaret Weis & Tracy Hickman, DRAGONS OF WINTER NIGHT
4. Platz: Margaret Weis & Don Perrin, DRAGONLANCE: THE DOOM BRIGADE
5. Platz: Margaret Weis & Tracy Hickman, DRAGONSLANCE: DRAGONS OF AUTUMN TWILIGHT

1997 SCIENCE FICTION WRITERS OF EARTH SHORT STORY CONTEST

(der SF WRITERS OF EARTH, dotiert mit $ 200, $ 100 und $ 50)

1. Preis: Dilip Agarwal, IRON OMDURMAN
2. Preis: Matthew S. Rotundo, ALAN SMITHEE LIVES IN HELL
3. Preis: John McCabe, THE SHADOW BAR
Ehrenvolle Erwähnungen: Dilip Agarwal, THE STORM
Kate Golding, JUDGEMENT DAY

1997 JAMES TIPTREE JR. MEMORIAL AWARD

(für Werke, die geschlechtsspezifische Rollen in SF und Fantasy erweitern und erforschen, dotiert mit $ 1000)

Preisträger: **Candas Jane Dorsey, BLACK WINE** gemeinsam mit **Kelly Link, TRAVELS WITH THE SNOW QUEEN**
Empfehlungsliste Kurzgeschichten: Storm Constantine, THE ORACLE LIPS
Paul Di Filippo, ALICE, ALFIE, TED AND THE ALIENS
L. Timmel Duchamp, THE APPRENTICESHIP OF ISABETTA DI PIETRO CAVAZZI

Gwyneth Jones, BALINESE DANCER
Salman Rushdie, THE FIREBIRD'S NEST
Empfehlungsliste Romane: Emma Donoghue, KISSING THE WITCH: OLD TALES IN NEW SKINS
Molly Gloss, THE DAZZLE OF DAY
M. John Harrison, SIGNS OF LIFE
Ian McDonald, SACRIFICE OF FOOLS
Vonda N. McIntyre, THE MOON AND THE SUN
Shani Mootoo, CEREUS BLOOMS AT NIGHT
Paul Witcover, WAKING BEAUTY

1997 AUREALIS AWARDS

(australische Genre-Preise, gesponsert vom Magazin AUREALIS)

ROMAN/SF: **Damien Broderick, THE WHITE ABACUS**
ROMAN/FANTASY: **Kim Wilkins, THE INFERNAL**
ROMAN/HORROR: **Kim Wilkins, THE INFERNAL**
ROMAN/JUGENDLICHE: **Isobelle Carmody, GREYLANDS** gemeinsam mit **Catherine Jinks, EYE TO EYE**
KURZGESCHICHTE/SF: **Janeen Webb & Jack Dann, NIAGARA FALLING**
KURZGESCHICHTE/FANTASY: **Lucy Sussex, MERLUSINE**
KURZGESCHICHTE/HORROR: **Terry Dowling, JENNY COME PLAY**
KURZGESCHICHTE/JUGENDLICHE: **Ruth Starke, THE TWIST IN THE TALE**

1997 BEST OF SOFT SF AWARD

(alljährlich von der SOFT SF WRITERS ASSOCIATION vergeben, um SF-Texte zu würdigen, die sich mit den »weichen«, den soziologischen Wissenschaften beschäftigen und nicht mit den »harten«, technikorientierten)

1. Platz: Tom Piccirilli, SNIPE
2. Platz: K. D. Wentworth, COLORS
3. Platz: George L. Mina, TIME TRAVELER
Ehrenvolle Erwähnungen: Judy Klass, CASTING COUCH
Steve Patrella, WORLD OF HIS OWN

1997 WHITBREAD CHILDREN'S BOOK OF THE YEAR AWARD

(renommierter britischer Kinderbuchpreis)

Andrew Norriss, AQUILA

1998 NESFA SHORT STORY CONTEST

(von der NEW ENGLAND SCIENCE FICTION ASSOCIATION ausgerichtet)

Preisträger: **Loren W. Cooper, THE LIVES OF GHOSTS**
Zweitplazierter: Terry Hickman, THE GAME
Ehrenvolle Erwähnungen: Debbie Donofrio, MISS'IPPI SNOW
Dora Knez, THE SECRET INGREDIENT

1998 NESFA AWARDS

(verliehen von der NEW ENGLAND SCIENCE FICTION ASSOCIATION, auf dem alljährlichen BOSCONE vergeben)

SKYLARK AWARD: **James White**

1998 SFRA AWARD

(verliehen von der SCIENCE FICTION RESEARCH ASSOCIATION)

PILGRIM AWARD
(für Leistungen als SF-Kritiker)
L. Sprague de Camp

KURD LASSWITZ-PREIS 1998

(der Preis der SF-Profis der deutschsprachigen Länder, verliehen für herausragende Leistungen des Vorjahres)

DEUTSCHSPRACHIGER ROMAN:
1. Platz: KEIN PREIS
2. Platz: Herbert Rosendorfer, DIE GROSSE UMWENDUNG
3. Platz: Horst Pukallus, DER MOLOCH VON MOORDENDIJK

4. Platz: Michael Szameit, COPYWORLD
5. Platz: Uwe Anton, DER PROGRAMMIERTE ATTENTÄTER
6. Platz: Kai Meyer, HEX. DER UFO-ROMAN
7. Platz: Robert Feldhoff, GRÜSSE VOM STERNENBIEST
8. Platz: Peter Paul Zahl, DAS ENDE DEUTSCHLANDS
9. Platz: Reinhold Ziegler, VESION 5 PUNKT 12
10. Platz: Ilja Trojanow, AUTOPOL
11. Platz: Peter Terrid, EINE WELT FÜR MÖRDER
12. Platz: Stefan Sommer, ERFURT: SAMENKILLER UNTERWEGS?
13. Platz: Heiko Michael Hartmann, MOI
14. Platz: Werner K. Giesa & Claudia Kern, HAGAR QIM punktegleich mit
Ady Henry Kiss, BAKER'S BARN
16. Platz: Rodulf von Gardau, KUMBI
17. Platz: Konrad Schaef, MAUERN DER MACHT
18. Platz: Julian Bodie, BABYLON HEAD HUNTER

DEUTSCHSPRACHIGE KURZGESCHICHTE:

1. Platz: Malte S. Sembten, BLIND DATE
2. Platz: Erik Simon, DIE FRACHTLUKE KLEMMT
3. Platz: Rainer Erler, DER SCHLANGENMENSCH
4. Platz: kein Preis
5. Platz: Christian Lautenschlag, ICH KOMME AUS MEINEN SCHWINGEN HEIM
6. Platz: Andreas Eschbach, DIE WUNDER DES UNIVERSUMS
7. Platz: Marcus Hammerschmitt, WIND
8. Platz: Sabine Wedemeyer-Schwiersch, VON DER SCHWIERIGKEIT, VULIWORPISCHE LIEBESLYRIK ZU ÜBERSETZEN
9. Platz: Carsten Schmitt, GOTT-ERFAHRUNGEN
10. Platz: Werner Zillig, GLAS
11. Platz: Marcus Hammerschmitt, TARGET
12. Platz: Achim Stößer, HAARE
13. Platz: Herbert W. Franke, DER BLAUE ELEFANT
14. Platz: Marcus Hammerschmitt, DER ZWEITE VERSUCH punktegleich mit
Peter Robert, ALIEN
16. Platz: Peter Schattschneider, ZWIEDENKER punktegleich mit
Mario Ulbrich, MISSION FÜR MICHAEL CLOPPER
18. Platz: Frank Borsch, WAS, WENN ICH AN DEINE TÜR KLOPFTE?
19. Platz: Michael Schneiberg, IM SICHTBAREN BEREICH punktegleich mit
Jürgen Thomann, EINE FRAGE DER SICHTWEISE

21. Platz: Dennis Merbach, AMI 07 punktegleich mit
Achim Stößer, DER ELEKTRISCHE TELLERRAND und mit
Sarah Hrapia, TEE UND KAFFEE FÜR DIE SIEGER
24. Platz: Konrad Schaef, KRYPTOMNESIA
25. Platz: Johnny Wallmann, DIE LINKE SEITE MEINES KOPFES

AUSLÄNDISCHES WERK IN DEUTSCHER ERSTVERÖFFENTLICHUNG:

1. Platz: Iain Banks, DIE SPUR DER TOTEN SONNE
2. Platz: Norman Spinrad, BILDER UM 11
3. Platz: Ian McDonald, CHAGA
4. Platz: Nancy Kress, BETTLER IN SPANIEN
5. Platz: Kom Stanley Robinson, ROTER MARS
6. Platz: Dan Simmons, ENDYMION
7. Platz: Stephen Baxter, ANTI-EIS
8. Platz: Lois McMaster Bujold, SPIEGELTANZ
9. Platz: Christopher Priest, DAS KABINETT DES MAGIERS punktegleich mit
Ursula K. Le Guin, NEWTONS SCHLAF und mit
Lewis Shiner, SCHATTENKLÄNGE
12. Platz: Norman Spinrad, DEUS X
13. Platz: William Gibson, IDORU
14. Platz: Robert Silverberg, DER HEISSE HIMMEL UM MITTERNACHT
15. Platz: Harry Harrison & Marvin Minsky, DIE TURING OPTION
16. Platz: kein Preis
17. Platz: Isaac Asimov & Robert Silverberg, KIND DER ZEIT
18. Platz: David Brin, STERNENRIFF & FREMDER DER FÜNF GALAXIEN
19. Platz: K. W. Jeter, BLADE RUNNER 2
20. Platz: Elisabeth Vonarburg, DIE SCHWEIGENDE STADT punktegleich mit
Greg Bear, TANGENTEN
22. Platz: David Pringle, DAS ULTIMATIVE SCIENCE FICTION LEXIKON punktegleich mit
Ian Watson, MOND-FALL und mit
Larry Niven, Jerry Pournelle & Steven Barnes, BEOWULFS KINDER
25. Platz: Simon R. Green, DER EISERNE THRON
26. Platz: Elisabeth Vonarburg, DIE MAERLANDE CHRONIKEN
27. Platz: Poul Anderson, STERNENFEUER
28. Platz: Simon R. Green, DIE REBELLION

29. Platz: Vonda N. McIntyre, STARFARERS-ZYKLUS punktegleich mit
Jeff Noon, GELB
31. Platz: David Weber, AUF VERLORENEM POSTEN
32. Platz: Christopher Hinz, PARATWA-ZYKLUS
33. Platz: Robert J. Sawyer, DIE DRITTE SIMULATION

ÜBERSETZER:

1. **Platz: Irene Bonhorst für: Iain Banks, DIE SPUR DER TOTEN SONNE**
2. Platz: Horst Pukallus für: Stephen R. Donaldson, EIN DUNKLER, HUNGRIGER GOTT
3. Platz: Irene Bonhorst für: Ian McDonald, CHAGA
4. Platz: Peter Robert für: Norman Spinrad, BILDER UM 11
5. Platz: kein Preis
6. Platz: Peter Robert für: Norman Spinrad, DEUS X
7. Platz: Bernhard Kempen für: Ian Watson, MOND-FALL
8. Platz: Joachim Körber für: Dan Simmons, ENDYMION
9. Platz: Joachim Körber für: James G. Ballard, RUNNING WILD
10. Platz: Axel Merz für: Larry Niven, Jerry Pournelle & Steven Barnes, BEOWULFS KINDER
11. Platz: Ute Thiemann für: Jeff Noon, GELB
12. Platz: Dietmar Schmidt für: David Weber, AUF VERLORENEM POSTEN

GRAFIKER:

1. **Platz: Attila Boros für das Titelbild und die Farbillustrationen zu Wolfgang Jeschke, MAEMONES AUGE**
2. Platz: Thomas Thiemeyer für die Titelbilder zu Isaac Asimov, FOUNDATION (Neu-Edition in Kassette)
3. Platz: kein Preis
4. Platz: Peter Domanski für das Titelbild zu Ian McDonald, CHAGA
5. Platz: Peter Domanski für das Titelbild zu Norman Spinrad, BILDER UM 11
6. Platz: Michael Marrak für das Titelbild zu ANDROMEDA 140
7. Platz: Arndt Drechsler für das Titelbild zu Ian Watson, MOND-FALL
8. Platz: Swen Papenbrock für das Titelbild zu RAUMSCHIFF PROMET – NEUE ABENTEUER Band 1
9. Platz: Swen Papenbrock für das Titelbild und die Illustrationen zu Uwe Anton, DER PROGRAMMIERTE ATTENTÄTER

10. Platz: Matthias Langer für die Illustrationen zu Mario Ulbrich, MISSION FÜR MICHAEL CLOPPER
11. Platz: Armin Werra für das Titelbild zu David Gerrold, STERNENJAGD
12. Platz: Arndt Drechsler für die Titelbilder zu Vonda McIntyre, STARFARER-ZYKLUS
13. Platz: Swen Papenbrock für das Titelbild zu KAMPF UM KONNEX A
14. Platz: Andreas Holzapfel für die Illustrationen in STERNENFEUER 7
15. Platz: Sascha Renninger für das Titelbild zu STERNENFEUER 7

HÖRSPIEL:

1. **Platz: Karlheinz Knuth, DIE TAGE NEBENAN – ODER: DA, WO CAESAR NICHT ERMORDET WURDE**
2. Platz: Walter Adler, GAME OVER
3. Platz: kein Preis

SONDERPREIS:

1. **Platz: Hermann Urbanek für seine Literatur-News in den ANDROMEDA NACHRICHTEN, im HEYNE SF JAHR und anderen Publikationen**
2. Platz: Karel Thole für sein Lebenswerk als Coverkünstler
3. Platz: Friedel Wahren für die Zusammenstellung und Herausgabe der Anthologienreihe ASIMOVS SCIENCE FICTION, deren 50. Band 1997 erschien
4. Platz: Edition Metzengerstein für die Förderung der Phantastischen Literatur durch kleine, aber feine und erstklassige Publikationen
5. Platz: Komittee der »SF-Tage NRW« für die Etablierung eines bedeutenden, international anerkannten Cons
6. Platz: Kurt S. Denkena für über 400 Ausgaben der streitbaren SF-NOTIZEN
7. Platz: Zweitausendeins für die bibliophile Neuausgabe des Klassikers DIE INSEL FELSENBURG von Johann Gottfried Schnabel
8. Platz: Freundeskreis Science Fiction Leipzig e.V. für die langjährige Organisation interessanter SF-Conventions (»ElsterCons«) und Buchmärkte punktegleich mit
   Martin Kempf für sein Fanzine FANDOM OBSERVER, das er 1997 wieder selbst redaktionell betreute und ein neues redaktio-

nelles Konzept entwickelte, um das einzige funktionierende News-Zine zu erhalten

10. Platz: Michael Marrak für seine Fanzine-Reihe ZIMMERIT
11. Platz: Sky Nonhoff für die erfolgreiche Wiederbelebung von Goldmanns SF-Reihe punktegleich mit
Ronald M. Hahn, Volker Jansen, Wolf Jahnke und Detlef Hedderich für die Neuherausgabe des LEXIKON DES SCIENCE FICTION FILMS
13. Platz: Heyne Verlag für die weltweit erste Komplettausgabe von Isaac Asimovs FOUNDATION-ZYKLUS
14. Platz: Klaus Bollhöfener für den Aufbau von SOL/der PR-Fan-Zentrale und die Leistung, nach kurzer Zeit schon 1000 Mitglieder vorweisen zu können
15. Platz: Phantastische Bibliothek Wetzlar für die Vermittlung von SF im Rahmen der jährlichen »Phantastischen Tage«
16. Platz: Eckhard Schwettmann für seine ausgezeichnete Promotion zu PERRY RHODAN
17. Platz: SFCD e.V. für die starke Verankerung der deutschen SF-Szene im europäischen Fandom und der ESFS punktegleich mit SFC Phoenix für seinen SF-Film »Phoenix - Der Philm«, der ohne professionelle Hilfe in Spielfilmlänge gedreht wurde
19. Platz: VPM für die Perry Rhodan Internet-Seite, die immer sehr aktuell, informativ und vorbildlich ist
20. Platz: Redaktionsteam des Fanzines STERNENFEUER für die konsequente Förderung des Nachwuchses und das Eintreten für vergessene Klassiker
21. Platz: Heel Verlag für die Herausgabe des ersten SF-Romans mit Video: Werner K. Giesa & Claudia Kern, HAGAR QIM
22. Platz: kein Preis

1998 DISTINGUISHED SCHOLAR AWARD

(verliehen von der SOCIETY FOR UTOPIAN STUDIES für Beiträge zur Weiterentwicklung des Studienbereichs der utopischen Studien)

Lyman Tower Sargent

1997 PHILIP K. DICK AWARD

(für den besten SF-Roman, der im Vorjahr seine Erstveröffentlichung im Taschenbuch erlebte, dotiert mit $ 1000)

Stephen Chapman, THE TROIKA
Ehrenvolle Erwähnung: William Barton, ACTS OF CONSCIENCE
Nominiert: Susan R. Matthews, AN EXCHANGE OF HOSTAGES
Richard Paul Russo, CARLUCCI'S HEART
Denise Vitola, OPALITE MOON
Catherine Wells, MOTHER GRIMM

1998 BSFA AWARDS

(die alljährlich auf dem Eastercon verliehenen Preise der BRITISH SCIENCE FICTION ASSOCIATION)

ROMAN: **Mary Doria Russell, THE SPARROW**
Nominiert: Jack Deighton, A SON OF THE ROCK
M. John Harrison, SIGNS OF LIFE
Tim Powers, EARTHQUAKE WEATHER
Michael Swanwick, JACK FAUST
KURZGESCHICHTE: **Stephen Baxter, WAR BIRDS**
Nominiert: Eugene Byrne, THIGMOD
Pat Cadigan, THE EMPEROR'S NEW REALITY
Richard Kadrey, THE FIRST MAN NOT TO WALK ON THE MOON
Paul Kincaid, LAST DAY OF THE CARNIVAL - 36 EXPOSURES
KÜNSTLER: **SMS** (für das Cover von INTERZONE 116 zu Brian Stableford, THE BLACK BLOOD OF THE DEAD)

1997 MAIDEN VOYAGE AWARD

(verliehen von der Leserschaft der zweimonatlich von der Buchkette BARNES & NOBLE herausgegebenen kostenlosen Kundenzeitschrift EXPLORATION unter den dort vorgestellten neuen SF- und Fantasy-Autoren und dotiert mit $ 2500)

Terry D. England, REWIND

1998 AUTHORLINK! INTERNATIONAL NEW AUTHOR AWARD

(für den besten SF-, Fantasy- oder Horror-Roman)

Tim Waggoner, NECROPOLIS

1997 NEBULA AWARDS

(verliehen von der amerikanischen SF-Autorenvereinigung SFWA, den SCIENCE FICTION WRITERS OF AMERICA)

ROMAN: **Vonda N. McIntyre, THE MOON AND THE SUN**
Nominiert: Lois McMaster Bujold, MEMORY
Kate Elliott, KING'S DRAGON
George R. R. Martin, A GAME OF THRONES
Jack McDevitt, ANCIENT SHORES
Walter Jon Williams, CITY OF FIRE
Connie Willis, BELLWEATHER
NOVELLE: **Jerry Oltion, ABANDON IN PLACE**
Nominiert: Adam-Troy Castro, THE FUNERAL MARCH OF THE MARIONETTES
Paul Levinson, LOOSE ENDS
Robert Reed, CHRYSALIS
Bud Sparhawk, PRIMROSE AND THORN
Allen Steele, ...WHERE ANGELS FEAR TO TREAD
ERZÄHLUNG: **Nancy Kress, THE FLOWERS OF AULIT PRISON**
Nominiert: Eleanor Arnason, THE DOG'S STORY
James Alan Gardner, THREE HEARINGS ON THE EXISTENCE OF SNAKES IN THE HUMAN BLOODSTREAM
Bill Johnson, WE WILL DRINK A FISH TOGETHER...
John Kessel, THE MIRACLE OF IVAR AVENUE
Paul Levinson, THE COPYRIGHT NOTICE CASE
William Sanders, THE UNDISCOVERED
KURZGESCHICHTE: **Jane Yolen, SISTER EMILY'S LIGHTSHIP**
Nominiert: Gregory Feeley, THE CRAB LICE
Karen Joy Fowler, THE ELIZABETH COMPLEX
James Patrick Kelly, ITSY BITSY SPIDER
Michael Swanwick, THE DEAD
K. D. Wentworth, BURNING BRIGHT
GRAND MASTER AWARD: **Poul Anderson**

ASIMOV'S 12TH ANNUAL READERS' AWARDS 1998

(vergeben von der Leserschaft des Magazins ASIMOV'S SF für die besten Beiträge des Vorjahres)

NOVELLE: **Allen Steele, ...WHERE ANGELS FEAR TO TREAD**
ERZÄHLUNG: **Bill Johnson, WE WILL DRINK A FISH TOGETHER**
KURZGESCHICHTE: **Mike Resnick, THE 43 ANTAREAN DYNASTIES**

1997 CROMPTON CROOK MEMORIAL AWARD

(von der BALTIMORE FANTASY SOCIETY für den besten Romanerstling in Sachen SF, Fantasy oder Horror verliehen)

Katie Waitman, THE MERRO TREE

AMERICAN BOOK READERS ASSOCIATION'S BEST SF NOVEL OF 1997 AWARD

James L. Halperin, THE TRUTH MACHINE

1998 ROBERT KIRSCH LIFETIME ACHIEVEMENT AWARD

(von der LOS ANGELES TIMES an einen noch lebenden Autoren verliehen, der im Westen lebte oder dessen Arbeit sich auf diese Gegend konzentriert)

Ray Bradbury

8TH ANNUAL HOMER AWARDS 1998

(verliehen vom COMPUSERVE SCIENCE FICTION AND FANTASY LITERATURE AND MEDIA FORUM für Veröffentlichungen des Vorjahres)

ROMAN: **Ann Marston, BROKEN BLADE**
Nominiert: Jack McDevitt, ETERNITY ROAD
Robert J. Sawyer, FRAMESHIFT
Robert J. Sawyer, ILLEGAL ALIEN
Anne McCaffrey, MASTERHARPER OF PERN

NOVELLE: **KEIN PREIS**
ERZÄHLUNG: **KEIN PREIS**
KURZGESCHICHTE: **Louise Rowder, THE SYMMETRY OF DUTY**
Nominiert: Mike Resnick, THE 43 ANTAREAN DYNASTIES
Paul Levinson, A MEDAL FOR HARRY
Susan Shwartz, DRAWING OUT LEVIATHAN
FILM/TV: **CONTACT**
Nominiert: BABYLON 5: THE DECONSTRUCTION OF FALLING STARS
BABYLON 5: THE FACE OF THE ENEMY
GATTACA
BABYLON 5: INTO THE FIRE

1998 ARTHUR C. CLARKE AWARD

(für den besten im Vorjahr in Großbritannien veröffentlichten SF-Roman, verliehen von der BRITISH SCIENCE FICTION ASSOCIATION und der SCIENCE FICTION FOUNDATION)

Preisträger: **Mary Doria Russell, THE SPARROW**
Nominiert: Stephen Baxter, TITAN
Elizabeth Hand, GLIMMERING
James Lovegrove, DAYS
Jeff Noon, NYMPHOMATION
Sheri S. Tepper, THE FAMILY TREE

1997 BRAM STOKER AWARDS

(verliehen von den HORROR WRITERS OF AMERICA, den amerikanischen Horror-Profis)

ROMAN: **Janet Berliner & George Guthridge, CHILDREN OF THE DUSK**
Nominiert: Stephen Dobyns, THE CHURCH OF DEAD GIRLS
Tananarive Due, MY SOUL TO KEEP
Tim Powers, EARTHQUAKE WEATHER
DEBÜTROMAN: **Kirsten Bakis, LIVES OF THE MONSTER DOGS**
Nominiert: Stephen Dedman, THE ART OF ARROW CUTTING
Barry Hoffman, HUNGRY EYES
Mary Ann Mitchell, DRAWN TO THE GRAVE
Mary Murrey, THE INQUISITOR

ERZÄHLUNG: **Joe R. Lansdale, THE BIG BLOW**
Nominiert: Ramsey Campbell, THE WORD
Stephen King, EVERYTHING'S EVENTUAL
Kim Newman, COPPOLA'S DRACULA
Douglas E. Winter, THE ZOMBIES OF MADISON COUNTY
KURZGESCHICHTE: **Edo Van Belkom & David Nickle, RAT FOOD**
Nominiert: Douglas Clegg, I AM INFINITE, I CONTAIN MULTITUDES
Scott Edelman, A PLAGUE ON BOTH YOUR HOUSES
Brian Hodge, MADAME BABYLON
COLLECTION: **Karl Edward Wagner, EXORCISMS AND ECSTASIES (hrsg. von Stephen Jones)**
Nominiert: Gary A. Braunbeck, THINGS LEFT BEHIND
Brian McNaughton, THE THRONE OF BONES
Lucy Taylor, PAINTED IN BLOOD
SACHBUCH: **Stanley Wiater, DARK THOUGHTS: ON WRITING**
Nominiert: John Clute & John Grant, eds., THE ENCYCLOPEDIA OF FANTASY
Marcus Hearn & Alan Barnes, THE HAMMER STORY
Stephen Jones, CLIVE BARKER'S A-Z OF HORROR
Tim Lucas, ed., VIDEO WATCHDOG
Katherine Ramsland, DEAN KOONTZ: A WRITER'S BIOGRAPHY
LIFE ACHIEVEMENT AWARD: **William Peter Blatty** und **Jack Williamson**

1998 ISAAC ASIMOV AWARD

(für herausragende schriftstellerische Leistungen von Studenten beim Verfassen von SF und Fantasy, mitgesponsert von ASIMOV'S SF und mit $ 500 dotiert)

Preisträger: **Emily Thornbury, THE WORMHOLES**
1. Zweiter: Michael Channing Gupton, DRYAD
2. Zweiter: Marri Chamie, OLD BONES
3. Zweiter: Adam Perin, SILENT EXEMPLAR

10TH/1998 LAMBDA LITERARY AWARD

(für homosexuelle oder lesbische SF und Fantasy des Vorjahres, gesponsert von LAMBDA BOOK REPORT)

Preisträger: **Nicola Griffith & Stephen Pagel, eds., BENDING THE LANDSCAPE: FANTASY**

Nominiert: William J. Mann, ed., GRAVE PASSIONS
Perry Brass, HARVEST
Harry M. Benshoff, MONSTERS IN THE CLOSET
Lawrence Schimel, THE DRAG QUEEN OF ELFLAND: SHORT STORIES

1998 TOP HAND AWARD

(vergeben von der COLORADO AUTHORS' LEAGUE an Autoren dieses Bundesstaates)

GENRE-ROMAN: **John E. Stith, RECKONING INFINITY**

1998 PEN CENTER USA WEST AWARD

Molly Gloss, THE DAZZLE OF DAY

PREMIO ITALIA 1998

(der Preis der SF-Profis Italiens)

ROMAN: **Angela P. Fassio, I CAVALIERI DELL'AQUILA BIANCA**
ROMAN/INTERNATIONAL: **Iain R. Banks, L'ALTRO UNIVERSO (EXCESSION)**
KURZGESCHICHTE: **M. Tassi & P. Tosini, L'ENIGMA DEL TESCHIO**
SACHBUCH: **Gianfranco De Turris, LE VIE DELL'IMAGINARIO**
ESSAY: **Gianfranco De Turris, 45 ANNI DI FANTASCIENZA IN ITALIA**
ANTHOLOGIE: **COSMO ORO**
MAGAZIN: **URANIA**
KÜNSTLER: **Luca Michelucci**
ÜBERSETZER: **Vittorio Curtoni**

1998 DITMAR AWARDS

(die alljährlich vergebenen nationalen SF-Preise Australiens)

LANGTEXT: **Damien Broderick, THE WHITE ABACUS**
Nominiert: Simon Brown, WINTER
Isobelle Carmody, DARKFALL
Paul Collins, OLD BONES

KURZTEXT: **Janeen Webb & Jack Dann, NIAGARA FALLS**
Nominiert: Russell Blackford, LUCENT CARBON
Rick Kennett & Paul Collins, THE WILLCROFT INHERITANCE
Greg Egan, REASONS TO BE CHEERFUL
Carole Nomarhas, GRIEVOUS MUSIC
FILM/TV: **SPELLBINDER 2**
Nominiert: DEGREE ABSOLUTE
KÜNSTLER: **Nick Stathopoulos**
Nominiert: Kerri Valkova
Mack McBride
Robert Jan
R & D Studios
Shaun Tan
MAGAZIN: **EIDOLON**
Nominiert: FRONTIER
THYME
CAPTAIN'S LOG
OSCILLATION OVERTHRUSTER
WILLIAM ATHELING AWARD: **Sean McMullen & Steven Paulsen**
(für ihr Essay »Australia: Australian Contemporary Fantasy«)
Nominiert: Katharine & Darren Maxwell

1998 LOCUS AWARDS

(der amerikanischen SF-Fachzeitschrift LOCUS)

SF-ROMAN:

1. Platz: Dan Simmons, THE RISE OF ENDYMION
2. Platz: Kim Stanley Robinson, ANTARCTICA
3. Platz: Joe Haldeman, FOREVER PEACE
4. Platz: Walter M. Miller jr. (with Terry Bisson), ST. LEIBOWITZ AND THE WILD HORSE WOMAN
5. Platz: C. J. Cherryh, FINITY'S END
6. Platz: Greg Bear, /(SLANT)
7. Platz: Greg Egan, DIASPORA
8. Platz: Sarah Zettel, FOOL'S WAR
9. Platz: Stephen Baxter, TITAN
10. Platz: Arthur C. Clarke, 3001: THE FINAL ODYSSEY
11. Platz: Peter F. Hamilton, THE REALITY DYSFUNCTION
12. Platz: Patricia Anthony, GOD'S FIRE
13. Platz: John Kessel, CORRUPTING DR. NICE
14. Platz: Larry Niven, DESTINY'S ROAD

15. Platz: Jack McDevitt, ETERNITY ROAD
16. Platz: Jack Williamson, THE BLACK SUN
17. Platz: Sheri S. Tepper, THE FAMILY TREE
18. Platz: Elizabeth Hand, GLIMMERING
19. Platz: Paul Preuss, SECRET PASSAGES
20. Platz: Poul Anderson, THE FLEET OF STARS
21. Platz: Kathleen Ann Goonan, MISSISSIPPI BLUES
22. Platz: Amitav Gosh, THE CALCUTTA CHROMOSOME
23. Platz: Melissa Scott, THE DREAMING METAL punktegleich mit Charles Sheffield, TOMORROW AND TOMORROW
25. Platz: Molly Gloss, THE DAZZLE OF DAY
26. Platz: Elizabeth Moon, ONCE A HERO
27. Platz: John Cramer, EINSTEIN'S BRIDGE
28. Platz: Linda Nagata, DECEPTION WELL

FANTASY-ROMAN:

1. **Platz: Tim Powers, EARTHQUAKE WEATHER**
2. Platz: Michael Swanwick, JACK FAUST
3. Platz: Walter Jon Williams, CITY ON FIRE
4. Platz: Stephen King: THE DARK TOWER IV: WIZARD AND GLASS
5. Platz: Robin Hobb, ASSASSIN'S QUEST
6. Platz: Vonda N. McIntyre, THE MOON AND THE SUN
7. Platz: Steven Brust & Emma Bull, FREEDOM & NECESSITY
8. Platz: Charles de Lint, TRADER
9. Platz: Patrick O'Leary, THE GIFT
10. Platz: James P. Blaylock, WINTER TIDES
11. Platz: Philip Pullman, THE SUBTILE KNIFE
12. Platz: Robin McKinley, ROSE DAUGHTER
13. Platz: Will Shetterly, DOGLAND
14. Platz: Kate Elliot, KING'S DRAGON
15. Platz: David Drake, LORD OF THE ISLES
16. Platz: Robert Holdstock, GATE OF IVORY, GATE OF HORN
17. Platz: Terry Brooks, RUNNING WITH THE DEMON
18. Platz: Michael Shae, THE MINES OF BEHEMOTH
19. Platz: Tananarive Due, MY SOUL TO KEEP
20. Platz: Sean Stewart, THE NIGHT WATCH
21. Platz: Michaela Roessner, THE STARS DISPOSE
22. Platz: J. Gregory Keyes, THE BLACKGOD

DEBÜT-ROMAN:

1. **Platz: Ian R. MacLeod, THE GREAT WHEEL**
2. Platz: James Alan Gardner, EXPENDABLE

3. Platz: Candas Jane Dorsey, BLACK WINE
4. Platz: Susan R. Matthews, AN EXCHANGE OF HOSTAGES
5. Platz: William K. Hartmann, MARS UNDERGROUND
6. Platz: Stephen Dedman, THE ART OF ARROWCUTTING
7. Platz: Katie Waitman, THE MERRO TREE
8. Platz: Howard V. Hendrix, LIGHTPATHS
9. Platz: Julie E. Czerneda, A THOUSAND WORDS FOR STRANGER
10. Platz: Paul Witcover, WAKING BEAUTY
11. Platz: Stephan Chapman, THE TROIKA
12. Platz: Fiona Patton, THE STONE PRINCE
13. Platz: Kirsten Bakis, LIVES OF THE MONSTER DOGS
14. Platz: Matthew Woodring Stover, IRON DAWN
15. Platz: Marina Fitch, THE SEVENTH HEART
16. Platz: Elisabeth DeVos, THE SERAPHIM RISING

NOVELLE:

1. Platz: Allen Steele, ...WHERE ANGELS FEAR TO TREAD
2. Platz: Peter S. Beagle, GIANT BONES
3. Platz: Fritz Leiber, THE DEALINGS OF DANIEL KESSERICH
4. Platz: Stephen King, EVERYTHING'S EVENTUAL
5. Platz: Robert Reed, MARROW
6. Platz: Ian R. MacLeod, THE GOLDEN KEEPER
7. Platz: S. P. Somtow, THE VAMPIRE'S BEAUTIFUL DAUGHTER
8. Platz: Geoffrey A. Landis, ECOPOESIS
9. Platz: Gregory Benford & Elisabeth Malartre, A COLD DRY CRADLE
10. Platz: G. David Nordley, MESSENGERS OF CHAOS
11. Platz: L. Timmel Duchamp, QUINN'S DEAL
12. Platz: Brian Stableford, THE BLACK BLOOD OF THE DEAD
13. Platz: Kim Newman, COPPOLA'S DRACULA
14. Platz: James Sarafin, IN THE FURNACE OF THE NIGHT
15. Platz: Mark Helprin, THE VEILS OF SNOWS
16. Platz: Adam-Troy Castro, THE FUNERAL MARCH OF THE MARIONETTES
17. Platz: Robert Coover, BRIAR ROSE
18. Platz: Eliot Fintushel, IZZY AND THE FATHER OF TERROR

ERZÄHLUNG:

1. Platz: Connie Willis, NEWSLETTER
2. Platz: Stephen Baxter, MOON SIX
3. Platz: Walter Jon Williams, LETHE
4. Platz: Gregory Benford, GALAXIA
5. Platz: Greg Egan, REASONS TO BE CHEERFUL

6. Platz: Peter S. Beagle, JULIE'S UNICORN
7. Platz: Michael Swanwick, MOTHER GRASSHOPPER
8. Platz: Bill Johnson, WE WILL DRINK A FISH TOGETHER...
9. Platz: Brian Stableford, THE PIPES OF PAN
10. Platz: Peter F. Hamilton, ESCAPE ROUTE
11. Platz: Alan Brennert, ECHOES
12. Platz: Robert Silverberg, BEAUTY IN THE NIGHT
13. Platz: John Brunner, BLOOD AND JUDGEMENT
14. Platz: Paul J. McAuley, SECOND SKIN
15. Platz: James Alan Gardner, THREE HEARINGS ON THE EXISTENCE OF SNAKES IN THE HUMAN BLOODSTREAM
16. Platz: Michael Moorcock, LONDON BONE
17. Platz: Robert Reed, THE DRAGONS OF SPRINGPLACE
18. Platz: Howard Waldrop, EL CASTILLO DE LA PERSEVERANCIA
19. Platz: Ian McDonald, AFTER KERRY
20. Platz: Gregory Feeley, IN THE ICE ISLANDS
21. Platz: William Sanders, THE UNDISCOVERED
22. Platz: Dale Bailey, QUINN'S WAY
23. Platz: Mary Rosenblum, THE BOTANIST
24. Platz: G. David Nordley, CROSSING CHAO MENG FU
25. Platz: Paul J. McAuley & Kim Newman, RESIDUALS

KURZGESCHICHTE:

1. **Platz: James Patrick Kelly, ITSY BITSY SPIDER**
2. Platz: Howard Waldrop, SCIENTIFICTION
3. Platz: Stephen Baxter, ZEMLYA
4. Platz: Mike Resnick, THE 43 ANTAREAN DYNASTIES
5. Platz: Paul Park, GET A GRIP
6. Platz: Michael Swanwick, THE WISDOM OF OLD EARTH
7. Platz: Robert Silverberg, ON THE INSIDE
8. Platz: Gene Wolfe, NO PLANETS STRIKE
9. Platz: Nancy Kress, ALWAYS TRUE TO THEE, IN MY FASHION
10. Platz: Karen Joy Fowler, STANDING ROOM ONLY
11. Platz: Robert J. Sawyer, THE HAND YOU'RE DEALT
12. Platz: Stephen Baxter, GLASS EARTH INC. punktegleich mit Geoffrey A. Landis, WINTER FIRE
14. Platz: John Kessel, GULLIVER AT HOME
15. Platz: Terry Bisson, AN OFFICE ROMANCE
16. Platz: Howard Waldrop, THE HEART OF WHITENESS
17. Platz: Gene Wolfe, FLASH CROWD
18. Platz: Greg Egan, ORPHANOGENESIS
19. Platz: Robert Reed, BLOOMING ICE

ANTHOLOGIE:

1. Platz: Gardner Dozois, ed., THE YEAR'S BEST SCIENCE FICTION: FOURTEENTH ANNUAL COLLECTION
2. Platz: Ellen Datlow & Terri Windling, eds., THE YEAR'S BEST FANTASY & HORROR: TENTH ANNUAL COLLECTION
3. Platz: David Hartwell, ed., YEAR'S BEST SF 2
4. Platz: David Hartwell, ed., THE SCIENCE FICTION CENTURY
5. Platz: Douglas E. Winter, ed., MILLENIUM
6. Platz: David Pringle, ed., THE BEST OF INTERZONE
7. Platz: Ellen Datlow & Terri Windling, eds., BLACK SWAN, WHITE RAVEN
8. Platz: Ellen Kushner, Delia Sherman & Donald G. Keller, eds., THE HORNS OF ELFLAND
9. Platz: Pamela Sargent, ed., NEBULA AWARDS 31
10. Platz: David Garnett, ed., NEW WORLDS
11. Platz: Nicola Griffith & Stephen Pagel, eds., BENDING THE LANDSCAPE: FANTASY
12. Platz: Poppy Z. Brite & Martin H. Greenberg, eds., LOVE IN VEIN II
13. Platz: Gregory Benford & Martin H. Greenberg, eds., THE NEW HUGO WINNERS IV
14. Platz: Gardner Dozois, ed., DYING FOR IT
15. Platz: Orson Scott Card & Keith Ferrell, eds., BLACK MIST AND OTHER JAPANESE FUTURES
16. Platz: Gardner Dozois, ed., MODERN CLASSICS OF FANTASY
17. Platz: Robert Silverberg, ed., A CENTURY OF SCIENCE FICTION

COLLECTION:

1. Platz: Harlan Ellison, SLIPPAGE
2. Platz: C. M. Kornbluth, HIS SHARE OF GLORY: THE COMPLETE SHORT SCIENCE FICTION OF C. M. KORNBLUTH
3. Platz: Greg Egan, AXIOMATIC
4. Platz: Alfred Bester, VIRTUAL UNREALITIES
5. Platz: James Patrick Kelly, THINK LIKE A DINOSAUR
6. Platz: Theodore Sturgeon, THUNDER AND ROSES: THE COMPLETE SHORT STORIES OF THEODORE STURGEON, VOL. 4
7. Platz: Peter S. Beagle, GIANT BONES
8. Platz: Stephen Baxter, VACUUM DIAGRAMS
9. Platz: Howard Waldrop, GOING HOME AGAIN
10. Platz: John Kessel, THE PURE PRODUCT
11. Platz: Lucius Shepard, BARNACLE BILL THE SPACER AND OTHER STORIES

12. Platz: Michael Flynn, THE FOREST OF TIME AND OTHER STORIES
13. Platz: Michael Swanwick, A GEOGRAPHY OF UNKNOWN LANDS
14. Platz: Eugene Byrne & Kim Newman, BACK IN THE USSA
15. Platz: Peter S. Beagle, THE RHINOCEROS WHO QUOTED NIETZSCHE AND OTHER ODD ACQUAINTANCES
16. Platz: Karl Edward Wagner, EXORCISMS AND ECSTASIES
17. Platz: Ian R. MacLeod, VOYAGES BY STARLIGHT punktegleich mit
    Martha Soukup, THE ARBITRARY PLACEMENT OF WALLS
19. Platz: Patricia Anthony, EATING MEMORIES
20. Platz: Paul Di Philippo, FRACTAL PAISLEYS
21. Platz: Michael Moorcock, FABULOUS HARBOURS

SACHBUCH:

1. **Platz: John Clute & John Grant, eds., THE ENCYCLOPEDIA OF FANTASY**
2. Platz: Robert Silverberg, REFLECTIONS AND REFRACTIONS
3. Platz: James Gunn, ISAAC ASIMOV: THE FOUNDATIONS OF SCIENCE FICTION
4. Platz: Algis Budrys, OUTPOSTS: LITERATURES OF MILIEUX
5. Platz: David Pringle, ed., ST. JAMES GUIDE TO FANTASY WRITERS
6. Platz: Nina Auerbach & David J. Skaal, eds., BRAM STOKER'S DRACULA
7. Platz: Brooks Landon, SCIENCE FICTION AFTER 1900: FROM THE STEAM MAN TO THE STARS
8. Platz: Jack Zipes, HAPPILY EVER AFTER: FAIRY TALES, CHILDREN, AND THE CULTURE INDUSTRY
9. Platz: S. T. Joshi, A SUBTLER MAGIC: THE WRITINGS AND PHILOSOPHY OF H. P. LOVECRAFT
10. Platz: Hal W. Hall, ed., SCIENCE FICTION AND FANTASY REFERENCE INDEX 1992–1995

KUNSTBUCH:

1. **Platz: Vincent Di Fate, INFINITE WORLDS: THE FANTASTIC VISIONS OF SCIENCE FICTION ART**
2. Platz: Cathy Fenner, Arnie Fenner & Jim Loehr, eds., SPECTRUM IV: THE BEST IN CONTEMPORARY FANTASTIC ART
3. Platz: Arnie Fenner & Cathie Fenner, eds., MICHAEL WHELAN, SOMETHING IN MY EYE: EXCURSIONS INTO FEAR

4. Platz: Rick Berry, »REPENT HARLEQUIN!« SAID THE TICKTOCK MAN by Harlan Ellison
5. Platz: H. R. Giger, WWWHRGIGER COM
6. Platz: Dave McKean, THE DARK TOWER IV: WIZARD AND GLASS by Stephen King
7. Platz: Susan E. Meyer, A TREASURY OF GREAT CHILDREN'S BOOK ILLUSTRATORS punktegleich mit
   Chris Van Allsburg, THE VEILS OF SNOW by Mark Helprin

KÜNSTLER:

1. Platz: Michael Whelan
2. Platz: Bob Eggleton
3. Platz: Vincent Di Fate
4. Platz: Thomas Canty
5. Platz: H. R. Giger punktegleich mit
   Don Maitz
7. Platz: Jim Burns
8. Platz: Rick Berry
9. Platz: Dave McKean

HERAUSGEBER:

1. Platz: Gardner Dozois
2. Platz: David Hartwell
3. Platz: Gordon Van Gelder
4. Platz: Ellen Datlow
5. Platz: Stanley Schmidt
6. Platz: David Pringle
7. Platz: Scott Edelman
8. Platz: Patrick Nielsen Hayden
9. Platz: Martin M. Greenberg
10. Platz: Terri Windling
11. Platz: Kristine Kathryn Rusch
12. Platz: Shawna McCarthy

MAGAZIN:

1. Platz: ASIMOV'S
2. Platz: F & SF
3. Platz: SF AGE
4. Platz: ANALOG
5. Platz: INTERZONE
6. Platz: REALMS OF FANTASY
7. Platz: THE NY REVIEW OF SF
8. Platz: SF CHRONICLE

VERLAG:

1. Platz: Tor/St. Martin's
2. Platz: Bantam/Dell
3. Platz: HarperCollins US
4. Platz: Putnam/Ace
5. Platz: Random House/Del Rey
6. Platz: Baen
7. Platz: Avon/Morrow
8. Platz: DAW
9. Platz: Penguin/Roc
10. Platz: Warner
11. Platz: White Wolf
12. Platz: Ziesing
13. Platz: NESFA

BESTER ROMAN ALLER ZEITEN

(Umfrage nach LOCUS August 1998)

SCIENCE FICTION (VOR 1990)

1 Frank Herbert, DUNE (1961)
2 Robert A. Heinlein, THE MOON IS A HARSH MISTRESS (1966)
3 Ursula K. Le Guin, THE LEFT HAND OF DARKNESS (1969)
4 Isaac Asimov, THE FOUNDATION TRILOGY (1953)
5 Robert A. Heinlein, STRANGER IN A STRANGE LAND (1961)
6 Alfred Bester, THE STARS MY DESTINATION (1956)
7 Walter M. Miller jr., A CANTICLE FOR LEIBOWITZ (1959)
8 Arthur C. Clarke, CHILDHOOD'S END (1953)
9 Orson Scott Card, ENDER'S GAME (1985)
10 Dan Simmons, HYPERION (1989)
11 Frederik Pohl, GATEWAY (1977)
12 Joe Haldeman, THE FOREVER WAR (1974)
13 Theodore Sturgeon, MORE THAN HUMAN (1953)
14 Roger Zelazny, LORD OF LIGHT (1967)
15 William Gibson, NEUROMANCER (1984)
16 David Brin, STARTIDE RISING (1983)
17 H. G. Wells, THE TIME MACHINE (1895)
18 Philip K. Dick, THE MAN IN THE HIGH CASTLE (1962)
19 Ursula K. Le Guin, THE DISPOSSESSED (1974)
20 John Brunner, STAND ON ZANZIBAR (1968)
21 George Orwell, NINETEEN EIGHTY-FOUR (1948)
22 Alfred Bester, THE DEMOLISHED MAN (1953)

23 Ray Bradbury, THE MARTIAN CHRONICLES (1950)
24 Robert A. Heinlein, STARSHIP TROOPERS (1959)
25 C. J. Cherryh, DOWNBELOW STATION (1981) punktegleich mit
Larry Niven, RINGWORLD (1970)
27 Arthur C. Clarke, 2001: A SPACE ODYSSEY (1968)
28 H. G. Wells, THE WAR OF THE WORLDS (1898)
29 Ray Bradbury, FAHRENHEIT 451 (1953)
30 Larry Niven & Jerry Pournelle, THE MOTE IN GOD'S EYE (1974)
31 Clifford D. Simak, WAY STATION (1963)
32 Olaf Stapledon, STAR MAKER (1937)
33 Robert Silverberg, DYING INSIDE (1972)
34 Arthur C. Clarke, THE CITY AND THE STARS (1956)
35 Samuel R. Delany, DHALGREN (1975)
36 Arthur C. Clarke, RENDEZVOUS WITH RAMA (1973)
37 Hal Clement, MISSION OF GRAVITY (1954)
38 C. J. Cherryh, CYTEEN (1988) punktegleich mit
Clifford D. Simak, CITY (1952)
40 Daniel Keyes, FLOWERS FOR ALGERNON (1966)
41 Robert A. Heinlein, DOUBLE STAR (1956) punktegleich mit
George Stewart, EARTH ABIDES (1949)
43 Philip K. Dick, UBIK (1969) punktegleich mit
Robert A. Heinlein, THE DOOR INTO SUMMER (1957) und mit
Olaf Stapledon, LAST AND FIRST MEN (1930)
46 Cordwainer Smith, NORSTRILIA (1975) punktegleich mit
James H. Schmitz, THE WITCHES OF KARRES (1966)
48 Robert A. Heinlein, HAVE SPACESUIT, WILL TRAVEL (1958) punktegleich mit
Robert A. Heinlein, TIME ENOUGH FOR LOVE (1973) und mit
Mary Shelley, FRANKENSTEIN (1818)
51 Philip K. Dick, DO ANDROIDS DREAM OF ELECTRIC SHEEP? (1968)
52 Isaac Asimov, THE GODS THEMSELVES (1972) punktegleich mit
Philip José Farmer, RIVERWORLD-Serie (1971)

FANTASY (VOR 1990)

1 J. R. R. Tolkien, LORD OF THE RINGS (1954)
2 J. R. R. Tolkien, THE HOBBIT (1937)
3 Gene Wolfe, THE BOOK OF THE NEW SUN (1980)
4 Ursula K. Le Guin, EARTHSEA-Zyklus (1968)
5 Lewis Carroll, ALICE IN WONDERLAND (1865)
6 Mervyn Peake, GORMENGHAST-Trilogie (1950)
7 T. H. White, THE ONCE AND FUTURE KING (1958)

8 John Crowley, LITTLE, BIG (1981)
9 Roger Zelazny, NUNE PRINCES IN AMBER (Zyklus) (1979)
10 Stephen R. Donaldson, THE FIRST CHRONICLES OF THOMAS COVENANT (1977)
11 Anne McCaffrey, DRAGONFLIGHT (1968)
12 David Eddings, THE BELAGARIAD-Zyklus (1982)
13 C. S. Lewis, THE CHRONICLES OF NARNIA-Zyklus (1950)
14 Tim Powers, THE ANUBIS GATES (1983)
15 Jack Vance, THE DYING EARTH-Zyklus (1950)
16 L. Frank Baum, THE WIZARD OF OZ (1900)
17 Bram Stoker, DRACULA (1897)
18 Peter S. Beagle, THE LAST UNICORN (1968) punktegleich mit Marion Zimmer Bradley, THE MISTS OF AVALON
20 Stephen King, THE STAND (1978)
21 Richard Adams, WATERSHIP DOWN (1972)
22 Patricia McKillip, THE RIDDLE-MASTER OF HED-Zyklus (1976)
23 E. R. Eddison, THE WORM OUROBOROS (1922)
24 Robert A. Heinlein, GLORY ROAD (1963)
25 Robert Holdstock, MYTHAGO WOOD (1984)
26 Orson Scott Card, ALVIN MAKER-Zyklus (1987)
27 Madeleine L'Engle, A WRINKLE IN TIME (1962)
28 Andre Norton, WITCH WORLD (Zyklus) (1963)
29 Guy Gavriel Kay, THE FIONAVAR TAPESTRY-Trilogie (1984)
30 Katherine Kurtz, DERYNI RISING (Zyklus) (1970)
31 Terry Pratchett, DISCWORLD-Serie (1983)
32 Ray Bradbury, SOMETHING WICKED THIS WAY COMES (1962) punktegleich mit
Ken Grimwood, REPLAY (1987) und mit
Michael Moorcock, ELRIC-Zyklus (1972)
35 L. Sprague de Camp & Fletcher Pratt, THE INCOMPLETE ENCHANTER (Zyklus) (1941)
36 Fritz Leiber, FAFHRD & THE GRAY MOUSER-Serie (1970)

BESTER AUTOR ALLER ZEITEN

(ermittelt von LOCUS August 1998)

BESTER SF-AUTOR

1 Robert A. Heinlein
2 Frank Herbert
3 Arthur C. Clarke
4 Ursula K. Le Guin

5 Isaac Asimov
6 Alfred Bester
7 Philip K. Dick
8 Orson Scott Card
9 Walter M. Miller jr.
10 C. J. Cherryh
11 H. G. Wells
12 Ray Bradbury
13 Dan Simmons
14 David Brin punktegleich mit
Joe Haldeman und mit
Frederik Pohl
17 Theodore Sturgeon
18 John Brunner punktegleich mit
Clifford D. Simak
20 William Gibson
21 Olaf Stapledon
22 George Orwell
23 Larry Niven
24 Robert Silverberg
25 Larry Niven & Jerry Pournelle
26 Samuel R. Delany
27 A. E. van Vogt
28 Hal Clement
29 Lois McMaster Bujold
30 Edgar Rice Burroughs

BESTER FANTASY-AUTOR
1 J. R. R. Tolkien
2 Gene Wolfe
3 Ursula K. Le Guin
4 Lewis Carroll
5 Marvyn Peake
6 John Crowley punktegleich mit
Roger Zelazny
8 T. H. White
9 Stephen King
10 Stephen R. Donaldson
11 Jack Vance
12 Anne McCaffrey
13 Tim Powers
14 C. S. Lewis

15 David Eddings
16 Peter S. Beagle
17 Fritz Leiber
18 L. Frank Baum
19 Bram Stoker
20 Marion Zimmer Bradley
21 Poul Anderson
22 Patricia A. McKillip
23 Guy Gavriel Kay
24 Richard Adams
25 Robert A. Heinlein
26 E. R. Eddison punktegleich mit
Robert Holdstock
28 Ray Bradbury
29 Michael Moorcock
30 Orson Scott Card
31 Andre Norton

BESTER GENRE-AUTOR
1 J. R. R. Tolkien
2 Robert A. Heinlein
3 Frank Herbert
4 Ursula K. Le Guin
5 Arthur C. Clarke
6 Isaac Asimov
7 Alfred Bester
8 Gene Wolfe
9 Roger Zelazny
10 Orson Scott Card
11 Philip K. Dick
12 C. J. Cherryh
13 Walter M. Miller jr.
14 Ray Bradbury
15 H. G. Wells
16 John Crowley
17 Dan Simmons
18 Lewis Carroll
19 Mervyn Peak
20 T. H. White
21 Stephen King
22 Stephen R. Donaldson punktegleich mit
Anne McCaffrey

24 Jack Vance
25 Theodore Sturgeon
26 David Brin punktegleich mit
Joe Haldeman und mit
Frederik Pohl
29 Robert Silverberg
30 John Brunner punktegleich mit
Clifford D. Simak
32 William Gibson
33 Tim Powers punktegleich mit
C. S. Lewis
35 George Orwell
36 Fritz Leiber
37 Olaf Stapledon
38 Marion Zimmer Bradley
39 David Eddings
40 Samuel R. Delany
41 Peter S. Beagle
42 Larry Niven
43 Larry Niven & Jerry Pournelle
44 Andre Norton
45 Edgar Rice Burroughs
46 Poul Anderson punktegleich mit
L. Frank Baum
48 Bram Stoker
49 Patricia McKillip

1998 JOHN W. CAMPBELL MEMORIAL AWARD

(für den besten SF-Roman des Vorjahres)

1. Platz: Joe Haldeman, FOREVER PEACE
2. Platz: Greg Bear, /SLANT
3. Platz: Paul Press, SECRET PASSAGES

1998 THEODORE STURGEON MEMORIAL AWARD

(für die beste SF-Kurzgeschichte des Vorjahres)

1. Platz: Michael F. Flynn, HOUSE OF DREAMS
2. Platz: Allen Steele, ...WHERE ANGELS FEAR TO TREAD
3. Platz: Brian Stableford, COMING TO GRIPS WITH THE GREAT PLAGUE

Finalisten: Alan Brennert, ECHOES
James Patrick Kelly, ITSY BITSY SPIDER
Mary Soon Lee, UNIVERSAL GRAMMAR
Paul Levinson, LOOSE ENDS
Paul Park, GET A GRIP
Mike Resnick, THE 43 ANTAREAN DYNASTIES
James Sarafin & Mary Rosenblum, ONE GOOD JUROR
Walter Jon Williams, LETHE

1998 GEORGE TURNER PRIZE

(für einen bislang unveröffentlichten SF/Fantasy-Autor aus Australien, bestehend aus der Veröffentlichung des Preisträgers und einem Vorschuß von A$ 10 000, gesponsert von Transworld Publishers)

Tansy Rayner Roberts, SPLASHDANCE SILVER
Finalisten: Tom Dullemond, THE FINAL ARCANUM
Elaine Edwards, TALES OF GWALTHALION: GARDEN OF THORNS
Narelle Harris, WITCHING WAYS
Edwina Harvey, BOYFRIEND WANTED (NO EXPERIENCE NECESSARY)
Luke Kendall, LEETH
Kim Matheson, BETRAYER
Leslie Joseph Petersen, SUPPLEJACK
Joel Shepherd, CALLISTO

1998 DARRELL AWARD

(für die besten SF/Fantasy/Horror-Veröffentlichungen aus dem mittleren Süden der USA, verliehen von der MEMPHIS SF ASSOCIATION)

ROMAN: **Jack McDevitt, ETERNITY ROAD**
KURZGESCHICHTE: **Steven Lee Climer, BY ANY NAME A DEVIL**

SFCD-LITERATURPREIS 1998

(vergeben vom SCIENCE FICTION CLUB DEUTSCHLAND e.V.)

ROMAN:
1. Platz: Robert Feldhoff, GRÜSSE VOM STERNENBIEST
2. Platz: Florian F. Marzin, DIE WELT IST EIN SELTSAMER ORT

3. Platz: Michael Szameit, COPYWORLD
4. Platz: Timothy McNeal, DIE FARBE DES SCHWEFELS
5. Platz: Kai Meyer, HEX - EIN UFO-ROMAN
6. Platz: Herbert Rosendorfer, DIE GROSSE UMWENDUNG
7. Platz: Gunter Gerlach, LOCH IM KOPF
8. Platz: Sven Böttcher, DER WAL IM NETZ
9. Platz: Bodo Kroll, DAS ERSTE BUCH DIESES UNIVERSUMS
10. Platz: Marcus Hammerschmitt, WIND

KURZGESCHICHTE:

1. Platz: Andreas Eschbach, DIE WUNDER DES UNIVERSUMS
2. Platz: Achim Stößer, KUNSTLICHT
3. Platz: Malte Schulz-Sembten, BLIND DATE
4. Platz: Erik Simon, DIE FRACHTLUKE KLEMMT
5. Platz: Herbert W. Franke, DER BLAUE ELEFANT
6. Platz: Sabine Wedemeyer-Schwiersch, VON DER SCHWIERIGKEIT, WULIVORPISCHE LIEBESLYRIK ZU ÜBERSETZEN

1998 HUGO AWARDS

(der Preis der amerikanischen SF-Fans, alljährlich auf dem WORLDCON - diesmal in Baltimore, Maryland - vergeben)

ROMAN:

1. Platz: Joe Haldeman, FOREVER PEACE
2. Platz: Walter Jon Williams, CITY ON FIRE
3. Platz: Dan Simmons, THE RISE OF ENDYMION
4. Platz: Robert J. Sawyer, FRAMESHIFT
5. Platz: Michael Swanwick, JACK FAUST

NOVELLE:

1. Platz: Allen Steele, ...WHERE ANGELS FEAR TO TREAD
2. Platz: Adam-Troy Castro, THE FUNERAL MARCH OF THE MARIONETTES
3. Platz: Geoffrey A. Landis, ECOPOIESIS
4. Platz: Paul Levinson, LOOSE ENDS
5. Platz: Robert Reed, MARROW

ERZÄHLUNG:

1. Platz: Bill Johnson, WE WILL DRINK A FISH TOGETHER
2. Platz: James Alan Gardner, THREE HEARINGS ON THE EXISTENCE OF SNAKES IN THE HUMAN BLOODSTREAM

3. Platz: Stephen Baxter, MOON SIX
4. Platz: M. A. Burstein, BROKEN SYMMETRY
5. Platz: William Sanders, THE UNDISCOVERED

KURZGESCHICHTE:

1. Platz: Mike Resnick, THE 43 ANTAREAN DYNASTIES
2. Platz: James Patrick Kelly, ITSY BITSY SPIDER
3. Platz: Gene Wolfe, NO PLANETS STRIKE
4. Platz: Robert J. Sawyer, THE HAND YOU'RE DEALT
5. Platz: Karen Joy Fowler, STANDING ROOM ONLY
6. Platz: Andy Duncan, BELUTHAHATCHIE

SACHBUCH:

1. Platz: John Clute & John Grant, eds., THE ENCYCLOPEDIA OF FANTASY
2. Platz: Vincent Di Vate, INFINITE WORLDS
3. Platz: Ben Bova with A. R. Lewis, SPACE TRAVEL
4. Platz: Robert Silverberg, REFLECTIONS AND REFRACTIONS
5. Platz: Cathy Fenner, Arnie Fenner & Jim Loehr, eds., SPECTRUM IV

FILM/TV:

1. Platz: CONTACT
2. Platz: MEN IN BLACK
3. Platz: GATTACA
4. Platz: THE FIFTH ELEMENT
5. Platz: STARSHIP TROOPERS

HERAUSGEBER:

1. Platz: Gardner Dozois
2. Platz: Stanley Schmidt
3. Platz: David Hartwell
4. Platz: Gordon Van Gelder
5. Platz: Scott Edelman

KÜNSTLER:

1. Platz: Bob Eggleton
2. Platz: Michael Whelan
3. Platz: David Cherry
4. Platz: Don Maitz
5. Platz: Jim Burns
6. Platz: Thomas Canty

SEMIPROFESSIONELLES MAGAZIN:
1. Platz: LOCUS
2. Platz: THE NY REVIEW OF SCIENCE FICTION
3. Platz: SCIENCE FICTION CHRONICLE
4. Platz: INTERZONE
5. Platz: SPECULATIONS

1998 JOHN W. CAMPBELL AWARD

(für den besten Nachwuchsautor der vergangenen zwei Jahre)

1. Platz: Mary Doria Russell
2. Platz: Susan R. Matthews
3. Platz: Andy Duncan
4. Platz: Richard Garfinkle
5. Platz: Raphael Carter

GRAND PRIX DE LA SCIENCE-FICTION ET DU FANTASTIQUE QUEBECOIS 1998

(gesponsert vom Ministerium für Kultur und Kommunikation, vergeben für die SF- und Fantasy-Publikationen des Vorjahres und dotiert mit C$ 2000)

Alain Bergeron

1998 MYTHOPOEIC FANTASY AWARDS

(vergeben von der MYTHOPOEIC FANTASY SOCIETY für Werke in der Tradition der Inklings)

FANTASY FÜR ERWACHSENE:
A. S. Byatt, THE DJINN IN THE NIGHTINGALE'S EYE
Nominiert: Peter S. Beagle, GIANT BONES
Charles de Lint, TRADER
Neil Gaiman, NEVERWHERE
Patrick O'Leary, THE GIFT

FANTASY-JUGENDBUCH:

Jane Yolen, THE YOUNG MERLIN TRILOGY (PASSAGER/HOBBY/MERLIN)

Nominiert: Susan Cooper, THE BOGGART AND THE MONSTER
Dahlov Ipcar, A DARK HORN BLOWING
Robin McKinley, ROSE DAUGHTER

SCHOLARSHIP AWARD FÜR MYTHEN- UND FANTASY-STUDIEN:

John Clute & John Grant, eds., THE ENCYCLOPEDIA OF FANTASY

Nominiert: Glen Cavaliero, THE SUPERNATURAL AND ENGLISH FICTION
S. T. Joshi, LORD DUNSANY, MASTER OF THE ANGLO-IRISH IMAGINATION
Richard Mathews, FANTASY: THE LIBERATION OF IMAGINATION

SCHOLARSHIP AWARD FÜR INKLINGS-STUDIEN:

Verlyn Flieger, A QUESTION OF TIME: J. R. R. TOLKIEN'S ROAD TO »FAERIE«

Nominiert: Janine Goffar, C. S. LEWIS INDEX: RUMOURS FROM THE SCULPTOR'S SHOP
Walter Hooper, C. S. LEWIS: A COMPANION AND GUIDE
Brian Horne, ed., CHARLES WILLIAMS: A CELEBRATION
Kathryn Lindskoog, FINDING THE LANDLORD: A GUIDEBOOK TO C. S. LEWIS'S THE PILGRIM'S REGRESS

1998 PROMETHEUS AWARD

(verliehen von der LIBERTARIAN FUTURIST SOCIETY für einen neuen Roman, in dem liberales Ideengut verbreitet wird)

Ken MacLeod, THE STONE CANAL

Finalisten: Poul Anderson, THE FLEET OF STARS
C. J. Cherryh, FINITY'S END
Bart Kosko, NANOTIME
L. Neil Smith, BRETTA MARTYN

1998 PROMETHEUS HALL OF FAME AWARD

(verliehen von der LIBERTARIAN FUTURIST SOCIETY für einen klassischen SF-Roman, in dem die Prinzipien des Liberalismus einen hohen Stellenwert besitzen)

Robert Heinlein, TIME ENOUGH FOR LOVE
Finalisten: Poul Anderson, ORION SHALL RISE
James P. Hogan, THE MIRROR MAZE
H. Beam Piper & John McGuire, A PLANET FOR TEXANS/LONE STAR PLANET
Eric Frank Russell, WASP

1998 SIDEWISE AWARDS

(für die besten Veröffentlichungen aus dem Bereich der Alternativwelt-Thematik des Vorjahres)

ROMAN: **Harry Turtledove, HOW FEW REMAIN**
Finalisten: Peter Delacorte, TIME ON MY HANDS
Michael Swanwick, JACK FAUST

KURZGESCHICHTE: **William Sanders, THE UNDISCOVERED**
Finalisten: Lee Allred, FOR THE STRENGTH OF THE HILLS
Eugene Byrne & Kim Newman, TEDDY BEAR'S PICNIC
Roland J. Green, THE KING OF POLAND'S FOOT CAVALRY

SPECIAL ACHIEVEMENT AWARD: **Robert Sobel für FOR WANT OF A NAIL...; IF BURGOYNE HAD WON AT SARATOGA**

1998 SCIENCE FICTION WEEKLY READER'S POLL

(gewählt von den Lesern des Online-Magazins SCIENCE FICTION WEEKLY auf Grundlage der HUGO-Nominierungen)

ROMAN: **Dan Simmons, THE RISE OF ENDYMION**
NOVELLE: **Allen Steele, ... WHERE ANGELS FEAR TO TREAD**
ERZÄHLUNG: **Stephen Baxter, MOON SIX**
KURZGESCHICHTE: **Mike Resnick, THE 43 ANTAREAN DYNASTIES**
SACHBUCH: **John Clute & John Grant, eds., THE ENCYCLOPEDIA OF FANTASY**
FILM/TV: **CONTACT**
HERAUSGEBER: **Gardner Dozois**
KÜNSTLER: **Michael Whelan**
SEMIPROFESSIONELLES MAGAZIN: **LOCUS**
NACHWUCHSAUTOR: **Mary Doria Russell**

1998 GOLDEN DUCK AWARDS

(für SF-Kinderbücher, auf dem DuckCon von der GOLDEN DUCK FOUNDATION vergeben und mit $ 200 dotiert)

HAL CLEMENT JUGENDBUCHPREIS: **Neal Shusterman, THE DARK SIDE OF NOWHERE**
KINDERBUCH: **Bill Crider, MIKE GONZO AND THE UFO TERROR**
BILDERBUCH: **Michael Rex, FLOATING HOME**

1998 BRITISH FANTASY AWARD

(der BRITISH FANTASY SOCIETY, alljährlich auf dem Fantasycon verliehen)

ROMAN (d. i. AUGUST DERLETH AWARD): **Chaz Brenchley, LIGHT ERRANT**
Nominiert: Ramsey Campbell, THE HOUSE ON NAZARETH HILL
Tim Lebbon, MESMER
David & Leigh Eddings, POLGARA THE SORCERESS
M. John Harrison, SIGNS OF LIFE
ERZÄHLUNG: **Christopher Fowler, WAGESLAVES**
Nominiert: Peter Crowther & James Lovegrove, EVEN BEGGARS WOULD RIDE
Geoff Ryman, FAMILY
Terry Lamsley, THE LOST BOY FOUND
Ramsey Campbell, THE WORD
ANTHOLOGIE/COLLECTION: **Stephen Jones & David Sutton, eds., DARK TERRORS 3**
Nominiert: Mike Ashley, ed., CHRONICLES OF THE ROUND TABLE
Barbara & Christopher Roden, eds., MIDNIGHT NEVER COMES
Andrew Haigh, ed., SCAREMONGERS
Neil Gaiman, THE WAKE
KÜNSTLER: **Jim Burns**
Nominiert: Bob Covington
Les Edwards
Josh Kirby
Dave McKean
J. K. Potter
THE KARL EDWARD WAGNER AWARD: **D. F. Lewis**
SPECIAL BRITISH FANTASY AWARD: **Kenneth Bulmer**

1997 INTERNATIONAL HORROR GUILD AWARDS

(von Nancy Collins initiiert, von einer mehrköpfigen Jury ermittelt und auf der WORLD HORROR CONVENTION bekanntgegeben)

ROMAN: **Ramsey Campbell, THE HOUSE ON NAZARETH HILL**
COLLECTION: **Brian McNaughton, THE THRONE OF BONES**
ANTHOLOGIE: **Douglas E. Winter, ed., REVELATIONS**
DEBÜTROMAN: **Mary Ann Mitchell, DRAWN TO THE GRAVE**
ERZÄHLUNG: **Kim Newman, COPPOLA'S DRACULA**
KURZGESCHICHTE: **John Shirley, CRAM**
KÜNSTLER: **Stephen R. Bissette**
COMICALBUM: **Garth Ennis & Steve Dillon, PREACHER: PROUD AMERICANS**
PUBLIKATION: **NECROFILE**

PRIX OZONE 1998

(des französischen SF-Magazins SCIENCE-FICTION MAGAZINE, zuvor OZONE)

SF-ROMAN/FRANKREICH: **Roland Wagner, L'ODYSEE DE L'ESPACE**
FANTASY-ROMAN/FRANKREICH: **Ayerdhal, PARLEUR**
SF-ROMAN/AUSLAND: **Kim Stanley Robinson, BLUE MARS**
FANTASY-ROMAN/AUSLAND: **Terry Pratchett, GUARDS! GUARDS!**
ERZÄHLUNG/FRANKREICH: **Serge Lehman, L'INVERSION DE POLYPHEME**
ERZÄHLUNG/AUSLAND: **Nancy Kress, DANSE AERIENNE**
NOCH NICHT ÜBERSETZTER ROMAN/AUSLAND: **Stephen King, WIZZARD AND GLASS**

1998 DEFENDER OF LIBERTY AWARD

(des COMIC BOOK LEGAL DEFENSE FUND)

Harlan Ellison

1998 JULIE AWARD

(nach Julius Schwartz benannter Preis für lebenslange Leistungen in den unterschiedlichsten Medien)

Ray Bradbury

PHANTASTIK-PREIS DER STADT WETZLAR 1998

(alljährlich verliehen auf den WETZLAER TAGEN DER PHANTASTIK und mit DM 7000 dotiert)

Hansjörg Schneider, DAS WASSERZEICHEN

1998 SFINKS-PREISE

(verliehen von der polnischen SF/Fantasy-Großbuchhandlung »Verbum II« und ermittelt anhand verschickter Fragebögen)

BUCH DES JAHRES
Andrzej Sapkowski *Wieża Jaskółki* (Der Schwalbenturm)

POLNISCHER ROMAN
Andrzej Sapkowski *Wieża Jaskółki* (Der Schwalbenturm)

AUSLÄNDISCHER ROMAN
Neal Stephenson *The Diamond Age*

POLNISCHE ERZÄHLUNG
Adam Wiśniewski-Snerg *Dzikus* (Der Wilde)

AUSLÄNDISCHE ERZÄHLUNG
Mike Resnick *When the Old Gods Die*

DAS BESTE SF-MAGAZIN
nicht vergeben

FILM
nicht vergeben

Computerspiele – Neuheiten

von Gerd Frey

Faszination Computerspiel?!

Spricht man Leute nach Computerspielen an, werden die unterschiedlichsten Reaktionen laut. Die einen behaupten, Computerspiele sind gewaltverherrlichend, eindimensional oder fördern die Vereinsamung, die anderen können sich kaum noch vom Monitor lösen, weil sie sich direkt in eine fremde Welt versetzt fühlen. Ich kenne beide Einstellungen genau, habe sie sogar mit entsprechender Überzeugung vertreten.

Eines der ersten Programme, mit denen ich in Berührung kam, war DOOM. Ich sah es bei einem Freund, welcher damals einen hochmodernen 386er sein eigen nannte und war entsetzt. Aus der Ich-Perspektive steuerte man seine Spielfigur durch finstere VGA-Labyrinthe (Bildschirmauflösung noch dürftige 240 x 320) und streckte unzählige Kreaturen der Finsternis mit einem beachtlichen Waffenarsenal nieder. Das Spielprinzip war simpel und brutal. Dennoch war ich von der Möglichkeit fasziniert, in eine computerberechnete 3D-Welt einzutauchen und mich dort frei bewegen zu können.

Einige Zeit später, ich hatte mir selbst einen Rechner zugelegt, um meine Texte besser und schneller bearbeiten zu können, sah ich bei einem anderen Bekannten ein weiteres Spiel. Es war *Zak McKracken* von *LucasArts* und gilt als eines der ersten Grafikadventure. Von der Gestaltung sehr einfach gehalten, schlüpfte man in die Rolle eines Pechvogels, welcher der Invasion Außerirdischer auf die Spur kommt. Die detektivische Rätselkost und die witzigen Dialoge über Texteinblendungen gefielen mir schon wesentlich besser. Man konnte seine Spielfigur durch unterschiedliche Örtlichkeiten steuern und mit verschiedenen Aktionsmöglichkeiten (z. B. öffne, rede, bewege usw.) mit der Umgebung und anderen Personen interagieren. Kurz danach gelangte ich an ein weiteres Adventure von *LucasArts. Day of the Tentacle*, ein damals noch taufrisches Spiel und heute einer der großen Klassiker, machte mich zum Spielefan. Das Spiel erinnerte von den Figuren und den Locations an einen abgefahrenen Zeichentrickfilm und wurde in der Einleitungssequenz sogar vertont (später gab es das Spiel auf CD-ROM mit kompletter deutscher Sprachausgabe).

Was macht nun die Faszination von Computerspielen aus? Waren die Programmierer vor vier/fünf Jahren noch umfangreichen technischen Beschränkungen unterworfen (Prozessorleistung, kleiner Arbeitsspeicher, wenig Festplattenplatz, CD-ROM-Technik in den Kinderschuhen), um ihre Produkte auf den Markt zu bringen, sind heute selbst leistungsfähige 3D-Grafikkarten in vielen neuen Rechnersystemen Standard. Die Macher von Spieleprogrammen haben hierdurch die Möglichkeit, Computerspiele genau nach ihren Wünschen zu gestalten. So haben aktuelle Computerspiele im besten Fall den Anspruch, multimediale Kunstwerke zu sein, an denen so unterschiedliche Künstler wie Zeichner, Musiker, Autoren, Schauspieler und Programmierer mitarbeiten. Die Zeiten von *PacMan* sind längst vorbei. Komplexe Spielwelten mit alternativen oder sogar freien Handlungssträngen, komplette Sprachausgabe (mit professionellen Sprechern) und pixelfreie Grafik durch hochauflösende Darstellung oder dem Einsatz von 3D-Grafikbeschleunigern machen aktuelle Computerspiele zu einem Erlebnis für fast alle Sinne.

Der größte Teil der Faszination von Computerspielen besteht jedoch in der Möglichkeit, selbst in finstere Fantasyschlösser vorzudringen, selbst ein Raumschiff zu steuern oder in die Rolle eines modernen Sherlock Holmes zu schlüpfen. Natürlich gibt es nicht nur Top-Programme, sondern auch Zweitklassiges oder Bedenkliches unter den Angeboten. Computerspiele leiden heute besonders unter der Tatsache, daß sie ihren Spielinhalt oft aus Gewalt oder Zerstörung ziehen. Die unzähligen Strategiegames sind hier ein gutes Beispiel. Digitale Schlachtfelder, auf denen Pixelsoldaten ihr Leben aushauchen. Ausgleichend gibt es Adventure, Rollenspiele, Actionadventure, futuristische Rennspiele oder Aufbausimulationen.

Die immer realistischeren Szenarien sind jedoch gerade in gewalttätigen Spielen ein Problem. Kinder, welche in der heutigen, extrem aggressiven Medienwelt aufwachsen, werden in diesen Spielen mit noch mehr Nähe zur Gewalt konfrontiert. Selbst eine Waffe in der Hand zu halten und aus Fun einfach Leute abschießen, ist sicher nicht der richtige Weg, den Einstieg in neue Medien zu finden.

Adventure

Alien Earth (PIE/Funsoft)

Die Welt der Zukunft hat sich radikal verändert. Die Menschen, als ehemalige Beherrscher des Planeten, wurden von außerirdischen Aggressoren versklavt und dienen im besten Fall noch als Jagdbeute. Irgendwo existiert jedoch ein geheimes Labor, hinter dessen Mauern vielleicht Daten bereitliegen, welche dem außerirdischen Joch ein Ende bereiten könnten. Die Hauptfigur in *Alien Earth* ist ein zur Jagd freigegebener Vogelfreier. Zuerst muß der Spieler versuchen, seinen Helden aus dem Jagdgebiet zu schaffen, bevor er sich auf die Suche nach jenem geheimen Labor aufmachen kann. Dies ist jedoch nicht so einfach, da genug ungemütliche Kreaturen die zuerst unbewaffnete Spielfigur attackieren. Das Spielgeschehen verfolgt man von einer isometrischen Perspektive aus, welche grafisch abwechslungsreich und farbenfroh umgesetzt wurde. Die Spielsteuerung gestaltet sich jedoch etwas umständlich und auch den Verlauf der Geschichte hätte man phantasievoller umsetzen können. Hier wurde einiges an Atmosphäre verschenkt. Nicht zuletzt auch dadurch, weil dem Action-Part eine größere Bedeutung zugemessen wurde, als dem Adventure-Teil.

Pentium 90, 16 MB, Quad Speed, Win 95, 2 MB Grafikkarte
Spielspaß: 90 %
Grafik: 80 %

Blade Runner (Virgin/Westwood)
Die Kolonisierung fremder Planeten ist Wirklichkeit.
Replikanten sind bei Todesstrafe auf der Erde verboten.
Als Mitglied einer Polizei-Sondereinheit sind Ihre Befehle, illegal auf der Erde befindliche Replikanten zu finden und zu töten.
MANN NENNT ES NICHT EXEKUTION
MAN NENNT ES AUS DEM VERKEHR ZIEHEN.

Blade Runner, die eigenständige filmische Umsetzung des düsteren Zukunftschockers *Do Androids Dream of Electric Sheep* von *Philip K. Dick,* zählt zu den visuell einflußreichsten Science Fiction-Filmen der letzten Jahrzehnte. *Ridley Scott* entwarf mit den atemberaubenden Bildern des futuristischen Los Angeles eine beklemmende und packende High-Tech-Vision der näheren Zukunft.

Das sich diese beklemmende Szenerie für ein komplexes SF-Computerspiel eignete, war offensichtlich. Als die technische Realisation eines solchen Spiels absehbar wurde, bewarben sich gleich mehrere Softwarefirmen um die Lizenz. *Virgin/Westwood,* welche sich bei der geplanten Umsetzung deutlich an der filmischen Vorlage orientierten, erhielten den Zuschlag.

Nach rund zwei Jahren Entwicklungszeit liegt nun ein Adventure vor, welches die hohen Erwartungen an das anspruchsvolle Thema erfüllt. Die Spieledesigner entwarfen eine Handlungslinie parallel zum Kinofilm. Als noch unerfahrener *Blade Runner* beginnt man das Spiel mit den Nachforschungen um einen Überfall auf eine Zoohandlung, bei dem die wertvollen Tiere abgeschlachtet wurden. Der Verdacht fällt auf geflohene Replikanten, jene künstlichen Menschen, die geschaffen wurden, um unwirtliche Planeten zu kolonisieren und diese für die eigentlichen Kolonisten vorzubereiten. Sie sind stärker und schneller als normale Menschen. Da die Erde zu einem Ort voller Gewalt und Umweltverschmutzung geworden war, drängt es viele Menschen hinaus ins All, wo jungfräuliche Welten eine lebenswerte Zukunft versprechen.

Replikanten gelten als minderwertig und besitzen keine

Blade Runner

staatsbürgerlichen Rechte. Sie sind Werkzeuge mit einer beschränkten Lebensdauer von vier Jahren und einer künstlichen Vergangenheit, die sie über ihre eigentliche Herkunft hinwegtäuscht. Einigen Replikanten gelingt es dennoch, ihre wahre Identität zu durchschauen. Sie beginnen einen erbitterten Kampf im Untergrund. Ihr Ziel ist es, ihre genetisch minimierte Lebensspanne zu vergrößern und allgemeine Gleichberechtigung zu erlangen.

Ein *Blade Runner* ist ein Replikantenjäger mit dem Ziel, auffällig gewordene Androiden *aus dem Verkehr zu ziehen.* Mehr und mehr wird die Spielfigur mit moralischen Entscheidungen konfrontiert, welche bis zur Infragestellung der eigenen Identität und der eigenen Wertvorstellungen führen.

Virgin/Westwood präsentieren mit dem Action-Adventure *Blade Runner* eine wahre Grafikorgie, die an den digitalisierten Örtlichkeiten hautnah an der Filmvorlage liegt. Echtzeitberechnete Licht- und Nebeleffekte, Regen und andere Umwelteinflüsse wurden eindrucksvoll in die Schauplätze integriert.

Die dreidimensionalen Handlungsfiguren wurden nicht aus Polygonen modelliert sondern mit einer dynamischen Pixeloberfläche überzogen. Hier findet man den eigentlichen Schwachpunkt der Grafikengine. Werden die Figuren beim Näherkommen größer, zerfallen sie auch in unschöne Pixelhaufen. Andererseits sind auf diesem Wege sehr dynamische Bewegungsabläufe darstellbar.

Blade Runner bietet aber auch in der Spiele-Engine Revolutionäres. Von den wesentlichsten Knotenpunkten im Handlungsablauf abgesehen, kann sich der Spieler in der Spielwelt frei bewegen und alternative Lösungswege suchen. Mit kriminalistischem Spürsinn muß er unzählige Indizien ausfindig machen und diese zu einem kompletten Puzzle zusammenfügen. Außerdem vergibt das Programm bei jedem Neustart die Identitäten im Spiel neu, so daß der Spieler nie sicher sein kann, nicht selbst ein Replikant zu sein.

Pentium 90, 16 MB, 2 MB Grafikkarte, Quad Speed, Win 95
Spielspaß: 85 %
Grafik: 95 %

Gnap – Der Schurke aus dem All (ARI Games)
Gnap, einen glubschäugigen pinkfarbenen Außerirdischen, trifft es schwer. Zuerst geht ihm der Treibstoff aus und dann muß er auf einem total rückständigen Planeten namens Erde notlanden. Dabei gehen ihm wichtige Bestandteile seiner Steuereinheit zu Bruch, welche *Gnap* in irgendeiner Weise wieder auftreiben muß.

In *Gnap* wird nicht viel geredet. Die gestellten Aufgaben sind adventuretypischer Art und erklären sich meist von selbst.

Mit makaberen und Teils geschmacklosen Comedyeinlagen wird nicht gespart. So läßt *Gnap* auf Knopfdruck Schweine explodieren und geht auch mit anderen tierischen Zeitgenossen nicht besonders feinfühlig um. Der etwas derbe Humor, die feingezeichnete und abgefahrene Grafik und die zum Teil abstrusen Rätsel machen *Gnap* zu einem etwas anderen Adventure, welches trotz der Kürze ein Reinschauen lohnt.

Pentium 60, 16 MB, Double Speed, Win 95
Spielspaß: *60 %*
Grafik: *80 %*

Half-Life (Sierra/Valve)
Längst überfällig, wurde mit der Veröffentlichung von *Half-Life* die nächste Generation von 3D-Actionspielen eingeläutet. In der Rolle des Physikers Gordon Freeman, welcher an einem geheimen Projekt über Teleportation mitarbeitet, betritt man die unheimliche Welt von *Half-Life*. Doch so ruhig der Arbeitstag auch beginnt – das Unheil nimmt seinen Lauf, als Gordon Freeman bei einem heiklen Experiment eine Katastrophe auslöst. Gewaltige Explosionen und Lichtblitze zerstören das Labor und es öffnet sich ein Riß in fremde Dimensionen. Doch was da durch den Dimensionsriß auf die Erde schlüpft, entpuppt sich als fleischgewordener Alptraum, welcher sofort die Wissenschaftler und Wachmänner anfällt und tötet. Doch nicht nur die aggressiven Alienkreaturen bereiten Freeman Kopfschmerzen, auch das Militär versucht das Gelände abzuschirmen und alle überlebenden Augenzeugen ins Jenseits zu befördern. Für Freeman beginnt eine gefährliche Odyssee, welche nicht nur sein Reaktionsvermögen, sondern auch seinen Verstand und seine Kombinationsgabe fordert.

Half-Life macht endgültig Schluß mit jenen eindimensionalen Schieß-auf-alles-Szenarien in immer perfekter designten Umwelten. *Half-Life* spielt sich wie ein interaktiver Science Fiction-Film mit einer gehörigen Portion Action. Der Spieler kann mit anderen Charakteren kommunizieren, Geräte, Gegenstände und Fahrzeuge benutzen und allerlei verrückte Örtlichkeiten durchstreifen. Um den Realismuslevel zu erhöhen, wurden auch physikalische Gegebenheiten berücksichtigt. So gibt es glatte Oberflächen mit geringer Griffigkeit, herabfallende Trümmer bei Explosionen können die Spielfigur verletzen, Elektrizität macht Wasserflächen gefährlich und auch die beängstigende Geräuschkulisse vermag zu Schreckerlebnissen zu führen.

Für die technische Umsetzung griffen die Entwickler auf die *Quake I*-Engine zurück, verbesserten und erweiterten sie der-

Half-Life

artig, daß sogar eine skelettorientierte Figurenanimationstechnik möglich wurde. Bewegungsabläufe wirken dadurch ultrarealistisch. Weitere Eigenschaften sind 16bit Farben, Chromtexturen, Transparenzen und farbige Lichtquellen. Die deutlich verbesserte künstliche Intelligenz ermöglicht den Nichtspielercharakteren ein plausibles Situationsverhalten und Gruppenkoordination.

Half-Life ist der perfekte Genremix und dürfte Adventure- und Action-Fans gleichermaßen an den Monitor fesseln.

Pentium 133, 24 MB, Quad Speed, Win 95
Spielspaß: *100%*
Grafik: *90%*

The Journeyman Projekt 3 – Legacy of Time (Red Orb/Presto Studios)

Der mittlerweile dritte Teil der recht komplexen Zeitreisegeschichte im Journeyman-Universum schließt nahtlos an Teil II an, setzt zum Verständnis aber keine Kenntnis der vorherigen

Spiele voraus. War der erste Teil noch eine stark bemühte Multimediaproduktion, der man noch deutlich ihre Kinderkrankheiten anmerkte, welche aber durch eine faszinierende SF-Geschichte überzeugte, ist der dritte Teil ein interaktives SF-Abenteuer auf den neuesten Stand der Technik.

Im Verlauf der Geschichte macht man in der Rolle eines Zeitreiseagenten zu verschiedenen Orten in der Vergangenheit auf, um hinter die Ursachen einer bedrohlichen Zeitverschiebung zu gelangen. Der Spieler erlebt dabei untergegangene Kulturen und begegnet historischen Charakteren, anderen Zeitreiseagenten und bizarren Aliens.

Ein besonderes Navigationssystem ermöglicht es dem Spieler, die mystischen Welten des Journeyman-Universums aus der Ich-Perspektive in einer kompletten 360-Grad-Beweglichkeit in allen Richtungen zu erforschen. Leider ist die Darstellung zugunsten der Rechnerleistung ein wenig zu pixlig geraten. Dies schadet den stimmungsvollen Bildern jedoch kaum. Die anspruchsvolle SF-Hintergrundgeschichte, die intelligenten, mit der Handlung verwobenen Rätsel und die schon fast SF-nostalgisch wirkenden Zwischensequenzen mit Profischauspielern, machen *Legacy of Time* zu einem der packendsten aktuellen Science Fiction Adventure.

Pentium 90, 16 MB, Quad Speed, Win 95
Spielspaß: *85 %*
Grafik: *80 %*

Monkey Island 3 – The Curse of Monkey Island (LucasArts)
Der dritte und letzte Teil der schon legendären *Monkey Island-Reihe* greift auf die bewährten Tugenden klassischer Adventurespiele zurück und kombiniert diese mit den grafischen High-End-Möglichkeiten heutiger Computersysteme.

Im diesem bisher abschließenden Teil dieses Piratenadventures tritt der tolpatschige Held *Guybrush Threepwood* gegen den mächtigen Geisterpiraten *LeChuck* an, um ihm endgültig das Handwerk zu legen.

Mit schneller Klinge und spitzer Zunge – neue Piratenflüche sind zu lernen – muß sich *Guybrush* gegen eine ganze Horde furchterregender Piraten zur Wehr setzen.

Monkey Island III

Elaine Marley, Guybrushs einzig wahre Liebe, wird durch einen verfluchten Ring *LeChucks* in eine goldene Statue verwandelt. In der Rolle von *Guybrush* muß der Spieler einen Weg finden, *Elaine* von dem Fluch zu befreien, und verhindern, daß sie die unfreiwillige Braut des Geisterpiraten wird.

Weiterhin erwarten den Spieler schwatzhafte Skelette, heiße Seeschlachten, vegetarisch lebende Kannibalen und andere beeindruckende Charaktere. Der schon aus den ersten beiden Teilen gewohnte scharfe Humor findet sich auch in *The Curse of Monkey Island* wieder und macht das Spiel zu einem amüsanten und mitreißenden Abenteuer. Das Spiel ist in zwei Schwierigkeitsstufen zu spielen und wartet mit auch ohne Lösungsbuch zu knackenden Rätseln auf. Eine umfangreiche, traumhaft gezeichnete Spielwelt gibt dem Game den letzten Schliff.

Pentium 90, 16 MB, Quad Speed, Win 95
Spielspaß: 95 %
Grafik: 95 %

Nightlong: Union City Conspiracy (MicroProse/Team 17)
Nightlong entpuppt sich schnell als hochwertiges Cyberpunk-Adventure, dessen Hauptperson mit der griffigen Synchronstimme von Bruce Willis(!) ausgestattet wurde. Die Handlung

Nightlong

spielt im Jahr 2099. Riesige, von Bürokraten und Managern gesteuerte Konzerne bestimmen das Leben der Menschen und haben jegliche politische Struktur zerstört oder in sich aufgenommen.

Die Welt befindet sich in einer Art Machtgleichgewicht der regierenden Megakonzerne und wird allein von ökonomischen Erwägungen bestimmt. *Genesis*, eine der größten Firmen der neuen Welt, hat besonders die Entwicklungen im Bereich Cyberspace vorangetrieben. Der Cyberspace ermöglicht über ein weltweites Netzwerk die Verfügbarmachung jeder nur möglichen Erfahrung. Fast alle Bedürfnisse lassen sich auf diese Weise befriedigen. Die Manipulierbarkeit der Menschen läßt sich durch diese Technologie fast unbegrenzt ausweiten. Die Drahtzieher im Cyberspace bleiben jedoch im Hintergrund verborgen.

Joshua Reev, ein erfolgreicher Privatdetektiv, wird mit einem brisanten Auftrag betraut. Aufgrund einer Reihe von verheerenden terroristischen Bombenanschlägen auf die Industrieanlagen von *Union City,* droht das politisch/ökonomische Gefüge der Stadt zu zerbrechen. Joshua soll die Auftraggeber der Anschläge ausfindig machen. Als er seinen Auftrag, welcher als kleiner Freundschaftsdienst gedacht war, beginnt, ahnt er noch nicht, in welche Verwicklungen und gefährliche Situationen er geraten wird ...

Zusätzlich zu der fesselnden Story überzeugt *Nightlong* durch eine farbenfrohe animierte Hintergrundgrafik (über 80 verschiedene Örtlichkeiten sind zu erkunden), erfreulich logische Rätsel (manche Gegenstände sind leider nur durch genaues Absuchen zu entdecken) und eine gelungene deutsche Lokalisierung.

Pentium 100, 16 MB, Quad Speed, Win 95
Spielspaß: 95%
Grafik: 90%

Oddworld: Abes Odysee (GT Interactive)
Auf einem fernen Planeten arbeitet *Abe,* wie viele seiner Artgenossen, in einer gigantischen Fleischfabrik. Bisher produzierte man leckere *Meech Munchies,* appetitliche *Paramite Pies* und knackige *Scrab Cakes.* Als jedoch alle *Munchies, Paramites* und *Scrabs* ausgerottet waren, ging es mit dem Umsatz bergab. Ein neuer Fleischgrundstoff mußte her: *Abes* Artgenossen, die *Mudokons* ...

Abe gelingt die Flucht und er macht sich auf einen beschwerlichen Weg durch die Fabrik. Ab diesem Zeitpunkt übernimmt der Spieler Abes Kontrolle und steuert dessen Konterfei durch 2D-Schauplätze, in denen die unterschiedlichsten Gefahren zu überwinden sind. Gutes Timing, Schnelligkeit und auch etwas Phantasie sind zur Lösung vieler Aufgaben vonnöten. *Abe* ist es bei seinem Ausbruch sogar möglich, in eingeschränkter Weise mit seinen geknechteten Artgenossen zu kommunizieren und diese zur Flucht zu bewegen.

Grafisch präsentiert sich *Abes Odysee* souverän. Einige Spezialeffekte hätte man jedoch besser umsetzen können. Unverständlich sind die hohen Hardwareanforderungen, welche sich nur in geringem Maße mit der technischen Umsetzung begründen lassen. Davon abgesehen bietet *Abes Odysee* gepflegten Spielspaß für zwischendurch.

Pentium 120, 16 MB, Quad Speed, Win 95
Spielspaß: *80 %*
Grafik: *90 %*

Reah (Project 2/Acclaim)
Mit *Reah* buhlt ein weiteres *Myst*-inspiriertes Rätseladventure um die Gunst der Spieler. *Reah* verzichtet dabei auf das Durchklicken schicker Standbilder, um eine scheinbare Bewegung der Spielfigur zu simulieren, sondern setzt auf vorberechnete Kamerafahrten, an deren Verbindungsknoten der Spieler eine freie Rundumsicht hat. Hin und wieder trifft man auf andere Charaktere, welche von Schauspielern dargestellt werden. Die Geschichte, eine Mischung aus Science Fiction und Fantasy, läßt einen Reporter durch ein Sprungtor, welches sich auf einem fremden Planeten befindet, auf *Reah* teleportieren. Unglücklicherweise verschwindet das Portal daraufhin, und der Reporter ist gezwungen, selbst einen Weg von dem geheimnisvollen Planeten zu finden.

Eine fast entvölkerte Stadt birgt größere Geheimnisse, als der erste Anschein preisgibt. Die computergenerierten Landschaften wirken märchenhaft orientalisch, und auch der Soundteppich unterstreicht diese Atmosphäre.

Die deutsche Localisierung ist zum Teil etwas ungelenk, was zum überwiegenden Teil der Übersetzung, jedoch auch einigen Synchronsprechern zuzuschreiben ist.

Technisch gibt es wenig zu bemängeln, zumal sich auch die Hardwareanforderungen in akzeptablen Grenzen bewegen. Die Rätsel, mit ein wenig Nachdenken eigentlich fast alle schnell lösbar, fügen sich nicht immer plausibel in den Handlungsrahmen, welcher mitunter etwas konstruiert wirkt.

Reah

Pentium 90, 16 MB, Quad Speed, Win 95
Spielspaß: 80 %
Grafik: 90 %

Grim Fandango (LucasArts)
LucasArts, die bisher ungeschlagenen Meister beim austüfteln origineller und anspruchsvoller Adventure, wagen mit *Grim Fandango* erneut einen Vorstoß in unbekannte Gewässer.

Das fängt bei der surrealen, von mexikanischen Mythen geprägten Geschichte im Totenreich an, und geht bis zur ungewöhnlichen Umsetzung im 3D-Gewand. In der, mit makaberen Anspielungen gewürzten Geschichte, geht es um Manny, einen Angestellten des Todesministeriums, welcher Verstorbene vom Land der Lebenden ins Land der Toten befördern und sie dort auf eine vierjährige Reise durch die Unterwelt schicken muß.

Damit auch Mannys Seele ihren Weg zur ewigen Ruhe und Erlösung gehen kann, muß er ein hochgestecktes Umsatzziel erreichen. Bald bemerkt er jedoch, daß er von einem korrupten Betrügerring umgeben ist, welcher ihm die erfolgversprechendsten Klienten wegschnappt. Als er sich dagegen stellt, löst er eine Reihe von weitreichenden Ereignissen aus, welche sein Vorgehen in völlig neue Bahnen lenkt. In *Grim Fandango* mischen sich Elemente des Dramas, exotische Mythen eine mysteriöse Geschichte und bisweilen sehr schwarzer Humor.

Besonderes Augenmerk verdient die technische Umsetzung. Als erstes reinrassiges 3D-Adventure nutzt *Grim Fandango* die Möglichkeiten moderner 3D-Karten aus. Die Architektur findet ihre Vorbilder in Bauten und Malereien aus dem Land der Azteken und der Maya. Die Texturen wurden so fein gehalten, daß die Optik auch ohne 3D-Unterstützung einen pixelfreien Eindruck macht. Das hat hardwareseitig natürlich seinen Preis – ohne 32 MB Arbeitsspeicher läuft *Grim Fandango* nicht an. Etwas gewöhnungsbedürftig ist auch die Steuerung über die Pfeiltasten oder mit dem Joystick. Ein einfacher Mausklick, um die Figur zu steuern, oder um einen Gegenstand zu manipulieren ist nicht mehr möglich.

Pentium 133, 32 MB, Quad Speed-Laufwerk, Win 95
Spielspaß: *90 %*
Grafik: *90 %*

Rent-a-Hero (NEO/Magic Bytes/Softgold)

Selbst Helden haben es nicht immer leicht. Rodrigo, ein Held auf Abruf, lebt auf der märchenhaften Insel *Tol Andar* inmitten von Magie und bizarrer Geschöpfe. Leider muß Rodrigo seinen kargen Lebensunterhalt mit dem Erretten von Prinzessinnen bestreiten, die von Drachen verschleppt wurden. Kein einträgliches Geschäft!

Für Rodrigo hat dieser Müßiggang jedoch ein Ende, als er durch einen Auftrag mit den die Insel belagernden finsteren Piraten konfrontiert wird und von einem bedrohlichen Geheimnis erfährt. Die Piraten experimentieren mit den nur auf *Tol Andar* vorkommenden Gloomsteinen, welche eine Art magische Energie besitzen und arbeiten an einem teuflischen Invasionsplan.

Natürlich nimmt Rodrigo die bis dahin größte Herausforderung seines Lebens an und für den Spieler beginnt eine farbenfrohe Reise durch das phantastische *Tol Andar*.

Rent-a-Hero ist ein Adventure für die ganze Familie. Viel Witz, eine sympathische Hauptfigur, faire Rätsel und eine bezaubernde 3D-gerenderte Optik machen *Rent-a-Hero* zu einem liebenswerten Comedy-Adventure. Weitere hervorstechende Merkmale in dem Spiel ist die bewegte Mimik der Handlungsfiguren und die Abkehr von statischen Blickpunkten auf die einzelnen Locations. Unangenehm fallen jedoch die recht langen Ladezeiten von CD-ROM beim Übergang von Szene zu Szene ins Gewicht. Auch auf eine multiple Gesprächsführung, bei der man mehrere Antwort- oder Fragemöglichkeiten besitzt, wurde verzichtet. Die dadurch immer linear verlaufenden Gespräche lassen auch die Rätsel etwas seichter ausfallen. Dank der beeindruckenden grafischen Umsetzung, der abwechslungsreichen Story und der witzigen Charaktere verdient *Rent-a-Hero* dennoch einen vorderen Platz unter den aktuellen Adventures.

Pentium 133, 32 MB, 6 x CD-ROM-Laufwerk, Win 95
Spielspaß: 90 %
Grafik: 90 %

Action

Ashes to Ashes (ARI)

Ashes to Ashes ist zwar kein gutes Spiel und erst recht kein Spitzengame, vermag aber durch einige makaber/witzige Einfälle von seiner angestaubten 3D-Grafik abzulenken. In dem 3D-Shooter muß man in abgezirkelten Freiluftarenen reihenweise Bösewichter umlegen und die verdrehten Gehirne amoklaufender Soldaten einsammeln. Die Steuerung ist ein wenig ungenau, aber mit kombinierter Maus/Tastatursteuerung durchaus in den Griff zu bekommen. Während des Spiels ist es sogar möglich, eine Art Fluggerät zu benutzen und seine Feinde von der Luft aus zu bekämpfen.

Pentium 903, 8 MB, Double Speed, Win 95
Spielspaß: 50 %
Grafik: 40 %

Conflict Freespace (Acclaim/Interplay/Parallax Software)
Parallax Software, die Mitentwickler von *Freespace*, schufen vor ein paar Jahren mit den beiden Teilen der *Descent-Serie* Meilensteine im 3D-Sektor. War man in *Descent* noch in unterirdischen Tunnel- und Höhlensystemen unterwegs, kann man diesmal sein Schiff durchs Universum steuern. Eines der hervorstechenden Merkmale in *Freespace* sind die riesigen, bis ins Detail komplex gestalteten und texturierten Raumschiffe, welche in dieser Art bisher kein anderes Spiel bietet. Zum Teil sind sogar bewegliche Teile wie Radar an den Schiffen angebracht. Selbst ohne hochkarätige 3D-Unterstützung (welche optional zuschaltbar ist) ist *Freespace* sehr schnell und kann durch hohen Realismus und sogar mit Lichteffekten überzeugen. So macht es auch Spaß, einfach nur an einem riesigen Raumschiff entlangzufliegen und den atemberaubenden Ausblick zu genießen. Mit 3D-Unterstützung wirkt die Szenerie dann beinahe so plastisch, als würde man sich leibhaftig im Weltraum befinden. Hinzu kommen verbesserte Licht- und Transparenzeffekte. So wirkt das gleißende Triebwerk eines *Freespace-Raumschiffes* wie ein echter Antrieb und die Schutzschildeffekte (mit der entsprechenden Geräuschkulisse) stehen filmischen Special-Effects in nichts nach.

Zu der grafischen Meisterleistung, welche *Wing Commander 4* locker hinter sich läßt, kommt ein ausgetüftelter Missionsaufbau mit reichlich alternativen Handlungsabläufen. Aufträge der unterschiedlichsten Art, heiße Weltraumgefechte und eine

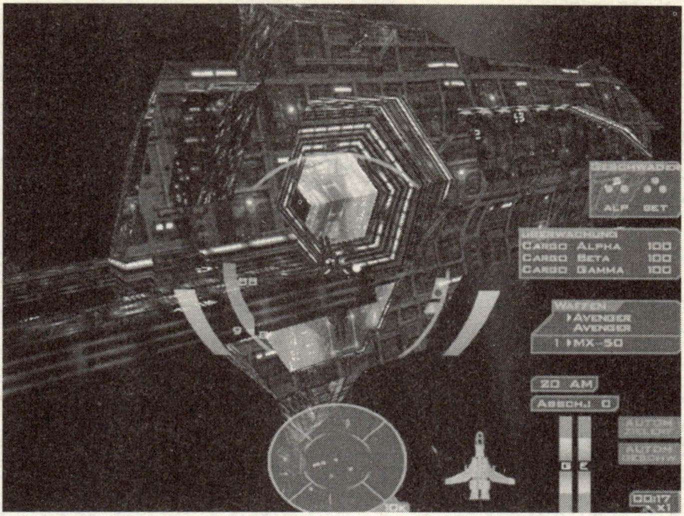

Freespace

spannende Storyline machen *Freespace* zum bisher besten Weltraumabenteuer welches für Computer zu haben ist.

Pentium 166, 32 MB, Quad Speed, Win 95
Spielspaß: 95 %
Grafik: 95 %

Forsaken (Acclaim)
Durch ein wissenschaftliches Experiment, welches die absolute Manipulation der Materie zum Ziel hatte, wurde eine unvorstellbare Katastrophe ausgelöst, welche alles Leben von der Erde tilgte. Zurück blieben waffenstarrende Verteidigungssysteme und High-Tech-Fallen in Tunnelsystemen unter der verbrannten Erdoberfläche. Wagemutige Schatzgräber oder einfach nur übergeschnappte Glücksjäger probieren Jahre nach dem Unglück an zurückgelassene Reichtümer zu gelangen.

In *Forsaken* schlüpft man in die Haut eines solchen Schatzgräbers und versucht auf einem Schwebebike unbeschadet durch die gefährlichen Verteidigungsmechanismen zu schlüpfen. Spielerisch erinnert *Forsaken* stark an *Descent* von *Interplay,* jedoch mit zeitgemäßer Grafik. In intelligent designten Tunnelsystemen und riesigen Höhlen steuert man mit 360°-Freiheit sein Fluggefährt durch atemberaubend texturierte Umgebungen. Dank 3D-Karten-Unterstützung gelangt man in den Genuß einer pixelfreien Darstellung und farbenfroher Licht- und Transparenzeffekte. Obwohl *Forsaken* ein reinrassiges Action-Spiel ist, erreicht man durch dumpfes Drauflosballern nur wenig. Die mechanischen Gegner in *Forsaken* sind kein simples Kanonenfutter. Geht es zu heiß zu, verstecken sie sich schon mal hinter Pfeilern, oder ergreifen die Flucht. Besonders beliebt sind auch Überraschungsangriffe von hinten. Ein gutes Beherrschen der sensiblen Steuerung ist daher zwingend notwendig, um sich schnell und sicher aus der Schußlinie zu bringen. Mit dem Zweiergespann Maus und Tastatur geht es am besten. Einem unbeschwerten Spielvergnügen steht dann nichts mehr im Wege.

Pentium 133, 16 MB, Quad Speed, 3D-Grafikkarte, Win 95
Spielspaß: *90 %*
Grafik: *90 %*

G-Police (Psygnosis)
Fans von *Blade Runner* wurden dieses Jahr gleich mit zwei Top-Programmen verwöhnt. So ist außer dem schon im vorderen Teil des Buches besprochenen Adventure ein Actionspiel erschienen, welches *Blade Runner* zumindest von der Kulisse her das Wasser reichen kann. Als fliegende Polizeieinheit muß man in den mit Energieschirmen abgesicherten Kolonien des Jupitermondes Calisto für Recht und Ordnung sorgen. Die futuristischen Stadtlandschaften mit ihren hunderte Meter hohen Wolkenkratzern sind voller Leben. Fahrzeuge, Lastschiffe oder unzählige Raumgleiter sausen durch die Straßen und Lüfte.

Die einzelnen Missionen sind oft in mehrere Etappen untergliedert (man bekommt aktuelle Anweisungen über Funk) und sehr abwechslungsreich gestaltet. Besonders häufig bekommt man es mit zwielichtigen Organisationen zu tun, welche verdeckte Waffengeschäfte tätigen.

Grafisch reizt G-Police die Leistungsfähigkeit moderner 3D-Grafikkarten aus. Gefilterte Texturen, Transparenz-, oder die Licht- und Explosionseffekte machen schon das Zuschauen zum Erlebnis. Die gebotene düstere Zukunftsszenerie wirkt erstaunlich realistisch. Dies hat natürlich seinen Preis. Trotz 3D-Beschleuniger-Hardware kommt selbst ein schneller Pentium bei voller Detailfülle ins Schwitzen.

Pentium 133, 16 MB, Quad Speed, Win 95
Spielspaß: 85 %
Grafik: 95 %

Hardwar (Gremlin Interactive)

Eigentlich sollte dieses von *Gremlin* produzierte Game schon vor fast zwei Jahren in den Verkaufsregalen stehen. Aus unterschiedlichsten Gründen verzögerte sich jedoch die Fertigstellung. Jetzt, nach dem Erscheinen der endgültigen Version, liegt ein technisch überholtes Game in den Auslagen. Das ist ärgerlich, da das Spiel hauptsächlich an der trägen und auch optisch nicht mehr überzeugenden Grafik leidet. Spielerisch dagegen kann es mit einer gelungenen Fusion aus Action, Strategie und Handel überzeugen und liegt so auf der Traditionslinie von *Privateer (Origin)* oder *Schleichfahrt (Blue Byte)*.

Als mittelloser und noch sehr unerfahrener Pilot eines Schwebegleiters, kann man sich Aufträge der unterschiedlichsten Art zusammensuchen, sich größeren Gesellschaften anschließen und mit den erworbenen Mitteln eine bessere Ausrüstung und später ein schnelleres Schiff zulegen.

Um die, für verwöhnte Ansprüche obligate SVGA-Bildschirmauflösung auch auf durchschnittlichen PC-Systemen zu gewährleisten, wird die felsige Planetenlandschaft in Nebel getaucht. Ohne 3D-Karte benötigt man aber immer noch einen Pentium II, um *Hardwar* einigermaßen flüssig spielen zu können. Interessant ist der Tages- und Nachtwechsel auf dem unwirtlichen Planeten, auf dem ständig elektrische Entladungen vom Himmel zucken. Schicke Videosequenzen bieten einen Gegenpol zu der unbefriedigenden 3D-Grafik. Wer jedoch über die Schwächen der Optik hinwegsehen kann, die das Spielgeschehen nur unwesentlich beeinflussen, bekommt mit *Hardwar* ein spielerisch ausgezeichnetes Science Fiction-Epos geboten.

Pentium 166 mit 3D-Grafikkarte, 16 MB, Quad Speed, Win 95
Spielspaß: *90 %*
Grafik: *70 %*

Incoming (Rage)

Die beeindruckende Grafikpracht und die ständig wechselnden Vehikel lassen den Spieler für eine geraume Zeit über die dürftige Hintergrundgeschichte von *Incoming* hinwegsehen. Ob die gewaltigen, farbenprächtigen Explosionen mit dunstigen Druckwellen, die durch Beleuchtungseffekte und dichte Texturen unglaublich plastisch wirkenden Landschaften, oder die detailliert gestalteten Fahrzeuge und Flugkörper, *Incoming* schlägt grafisch alles bisher Dagewesene. Leider sind es wieder die Raumschiffe und gepanzerten Bodenfahrzeuge grundsätzlich bösartiger Aliens, welche der Spieler mit verbissener Gründlichkeit in kleine Stücke zerschießen darf. Rund 60 kurzweilige Missionen in 6 Freiluftumgebungen stehen dem Spieler zur Auswahl, in denen er von fest montierten Geschütztürmen, Fahrzeugen, Helikoptern oder von Raumgleitern heraus operieren darf. Die Steuerung wurde so einfach wie möglich gehalten und auch der Schwierigkeitsgrad nicht zu hoch gesteckt.

Incoming ist ein kompromißloses, aber geniales Actionspiel, welches jedoch durch den großen Hardwarehunger für viele Computerspieler vorerst nicht in Frage kommt. Ein halbwegs schneller Pentium-Prozessor incl. 3D-Grafikkarte der 2. Generation sollten sich schon im Rechner befinden, um den unzähligen Alienschiffen in *Incoming* Beine zu machen.

Pentium 166, 16 MB, Quad Speed, 3D-Grafikkarte, Win 95
Spielspaß: *80 %*
Grafik: *95 %*

I-War (Particle)

Eine Handvoll Science Fiction-begeisterter britischer Programmierer schuf mit *I-War* die bisher realistischste Raumkampfsimulation. Wobei Realismus hier weniger die spektakulären 3D-Effekte moderner Beschleunigerkarten umfaßt, sondern die Berücksichtigung physikalischer und astronomischer Gegebenheiten.

Naturrealistisches Flugverhalten und Gravitationseinflüsse fordern viel Geschick an der Tastatur oder dem Joystick.

Als Befehlshaber eines 150 m langen Raumkreuzers, ist es die Aufgabe des Spielers, aufmüpfige Rebellenschiffe in Schach zu halten, welche mit Vorliebe in erbeuteten und mit spöttischem Graffiti bemalten Raumschiffen angreifen. Um das eigene schwerfällige Schiff einigermaßen sicher durch den Raum zu bugsieren, sind etliche Übungsrunden notwendig. Für Gelegenheitsspieler kommt *I-War* deshalb nur bedingt in Frage. Besonders ausgetüftelt sind die mit Überraschungen gespickten Missionen. Je nach individuellem Vorgehen gerät man schnell auf einen alternativen Handlungsstrang, wird geentert, oder einfach abgeschossen.

Auch grafisch kann sich *I-War* sehen lassen. Keine kantigen Polygone, sondern weiche abgerundete Formen bestimmen das Aussehen der detaillierten Raumschiffe. Liebhaber gehobener Space Opera kommen mit *I-War* voll auf ihre Kosten.

Pentium 90, 16 MB, Double Speed, Win 95
Spielspaß: *85 %*
Grafik: *80 %*

Jedi Knight – Mysteries of the Sith (LucasArts)
Von den Schnittszenen abgesehen, ist diese Zusatz-CD fast besser als das ohnehin schon gelungene Original. Der 3D-Action-Shooter wartet mit riesigen 14 Solospielerleveln auf, welche nicht lieblos aneinandergereiht wurden, sondern eine waschechte Star Wars-Geschichte erzählen. Die überarbeitete Grafik-Engine ist mit 3D-Hardware sogar in der Lage, farbige Lichtquellenberechnung zu realisieren. Außerdem stehen neue Waffen und Gegner bereit. Die ausgezeichnete Levelgestaltung und Spielführung läßt den Spieler jede Minute mitfiebern. *LucasArts* wertet mit solch ausgezeichneter Produktqualität diese Missi-

ons-CD zu einer waschechten Fortsetzung auf. Einzige Einschränkung: Für die Installation wird das Basisprogramm *(Jedi Knight)* benötigt.

Pentium 90, 16 MB, Double Speed, Win 95
Spielspaß: *85 %*
Grafik: *90 %*

P-Zone (ARI)
P-Zone ist ein simples Ballerspiel (man fliegt über vorberechnete SF-Landschaften und schießt flache Bitmap-Asteroiden, Bitmap-Raumschiffe oder Bonusbälle ab) welches vielleicht 1994 technisch noch akzeptabel war. Das völlige Fehlen einer Handlung und jeglicher Originalität ersticken eine mögliche Spielmotivation im Keim.

Pentium 60, 16 MB, Quad Speed, Win 95
Spielspaß: *10 %*
Grafik: *40 %*

Quake II (id)
Quake II bietet gegenüber sonstigen *id*-Produkten eine wirkliche Hintergrundgeschichte. Bösartige Aliens planen mit einer ultimativen Waffe die Menschheit zu unterjochen. Bei einem Angriffsflug auf die feindliche Basis stürzt ein kleines Schiff zwischen den äußeren Anlagen der Alienfestung ab. Allein auf sich gestellt, schlüpft der Spieler in die Haut des Piloten. Mit einem einfachen Strahlenwerfer bewaffnet, beginnt man seinen langen Weg zum Zentrum. Schnell wird klar, daß die Aliens mit Gefangenen nicht besonders zimperlich umgehen. Eine riesige Fabrikanlage zerschreddert die zum Wahnsinn gefolterten Gefangenen. Grund genug, den Aliens einen kräftigen Tritt in den Hintern zu geben.

Quake II wartet mit einer packenden Story, aufeinander aufbauenden Levelebenen und einer perfekten 3D-Engine auf. Erst mit 3D-Kartenunterstützung (über OpenGL) kommen die phantastischen farbigen Beleuchtungs- und Lichteffekte zum tragen.

Leider ist auch der Gewaltlevel recht hoch, der beim Spie-

Quake II

len einen üblen Beigeschmack hinterläßt. Davon abgesehen, beweist *id* mit *Quake II* erneut, daß sie die uneingeschränkten Meister auf dem 3D-Action-Sektor sind.

Pentium 100, 16 MB, Quad Speed, Win 95
Spielspaß: 85 %
Grafik: 95 %

Star Trek Klingon Honor Guard (MicroProse)
Nach *Generations* liegt nun das zweite 3D-Action-Star Trek-Adventure vor. Dank der hochmodernen Unreal-3D-Engine, welche atemberaubende Lichteffekte und riesige Levelebenen ermöglicht, spielt *Star Trek Klingon Honor Guard* ganz vorne im Action-Genre mit. Leider setzten die Entwickler zu sehr auf die Wirkung der Unreal-Engine und vernachlässigten Story und Levelgestaltung. Gerade für ein Star Trek-Spiel ist die gebotene simple *Ballerphilosophie* zu dürftig.

Im Spiel übernimmt man die Rolle eines Leibwächters, welcher in ein Attentat verwickelt wird. Als er sich aufmacht,

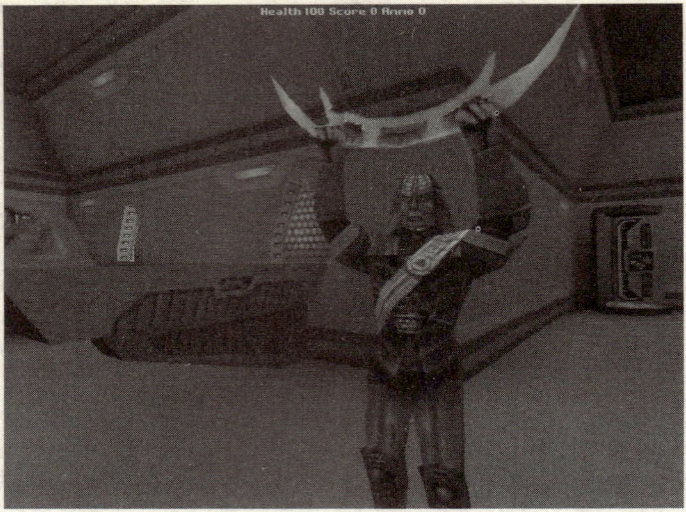

Klingon Honor Guard

die möglichen Hintergründe aufzudecken, wird er in eine gefährliche Intrigengeschichte, die das klingonische Reich zu erschüttern droht, hineingezogen. Mit klingonischer Kampfeslust versucht er einen Ausweg aus der Lage zu finden.

Sehr viel Mühe gab man sich bei der Umsetzung des Star Trek-Backgrounds. So trifft der Spieler auf allerlei bekannte Rassen der Föderation und kann unterschiedliche Planeten besuchen. Die verschiedenen Aliens wirken durch feingezeichnete Texturen mitunter recht plastisch. Dieser Eindruck wird jedoch durch die kantigen Bewegungsabläufe etwas geschmälert.

Alles in allem ist *Star Trek Klingon Honor Guard* eines der gelungeneren Star Trek-Games, welches eine deutlich bessere Spielbarkeit als *Generation*s vorweisen kann.

Pentium 166, 16 MB, Quad Speed, Win 95
Spielspaß: *75 %*
Grafik: *90 %*

STAR WARS: Behind the Magic (Lucas Arts)

Für jeden *Star Wars*- und Filmfan gibt es jetzt das ultimative interaktive *Star Wars*-Nachschlagewerk.

LucasArts gab sich viel Mühe, eine abwechslungsreiche, relativ umfassende und unterhaltsame CD-ROM-Enzyklopädie zusammenzustellen.

Die Sachgebiete reichen von filmtechnischen Besonderheiten (z. B. von der Skizzierung bis zum handgefertigten und handbemalten Miniaturraumschiff) über umfangreiche Angaben der mitwirkenden Schauspieler, bis hin zu den Geheimnissen der heute noch spektakulären Special Effects. Durch die Menüoberfläche bewegt man sich ähnlich wie durchs Internet. Bestimmten Themenworten sind sogenannte Links zugeordnet, so daß man übergangslos zu einem neuen Abschnitt wechseln kann. Ein Glossar mit über 700 Einträgen macht die gezielte Suche nach bestimmten Informationen zum Kinderspiel. So lassen unzählige Grafiken, Videosequenzen in beeindruckender Bildqualität (mit zum Teil unveröffentlichtem Material), Hintergrundinformationen über Drehbücher, Autoren, Regie, Charaktere, technische Daten und ein Ausblick auf die langersehnte Fortsetzung der *Star Wars*-Kinofilme mit Ausschnitten aus Episode I keine Wünsche offen. Zusätzlich gibt es einen kurzen Abriß über *Star Wars*-Romane, -Comics und -Computerspiele.

Unverständlich ist allenfalls, warum den unzähligen *Star Wars*-Computerspielen (alle von *LucasArts*) kein größerer Raum eingeräumt wurde.

Pentium 133, 16 MB, 4-fach-CD-ROM, Win 95
Präsentation: *100 %*

Take no Prisoners (Red Orb/Raven Software)

Raven Software, durch die *Hexen*-Reihe berühmt, schuf mit *Take no Prisoners* ein Action-Spiel mit Vogelperspektive. Angesiedelt ist das brutale Action-Game auf einer postatomaren Endzeiterde. Die Hintergrundgeschichte ist jedoch nur Beiwerk. Verschachtelte Levelebenen, Mutanten, Monster oder einfach nur diabolisch lachende Irrsinnige, die sich als Kamikazekommandos auf den Spieler stürzen, bevölkern die Welt von *Take no Prisoners*. Starke Ähnlichkeit weist das Spiel mit *Projekt Paradise* der deutschen Softwarfirma *Ikarion* auf. Anspruchsvolle grafische Umsetzung und die Unterstützung von 3D-Grafikkarten können nicht über den gewaltverherrlichenden Inhalt hinwegtäuschen. In *Take no Prisoners* geht es nicht zimperlich zu und Pixelblut wird zuhauf vergossen. Nur etwas für Hardcore-Fans.

Pentium 75, 16 MB, Quad Speed, Win 95
Spielspaß: *65 %*
Grafik: *85 %*

Tomb Raider II (Core Design/Eidos)
Die Fortsetzung des temporeichen Action-Adventures *Tomb Raider* bietet einige bemerkenswerte Neuerungen. Die aus der 3.-Person-Perspektive zu steuernde Glücksjägerin *Lara Croft* bewegt sich in ihrem zweiten Abenteuer sogar unter freiem Himmel (u. a. in Venedig und im tibetanischen Hochland) oder steuert Boote und Schneefahrzeuge, um die nicht immer einfach zu bewältigenden Hindernisse zu überwinden. Dabei ist die weibliche Inkarnation von *Indiana Jones* wieder einem mystischen Geheimnis - einem Drachendolch mit überirdischen Mächten - auf der Spur.

Anders als im ersten Teil bekommt es *Lara* diesmal verstärkt mit menschlichen Gegnern zu tun, die jenen Dolch ebenfalls in ihren Besitz zu bringen versuchen und dabei über Leichen gehen. Hier wäre weniger vielleicht mehr gewesen, da sich der Vorgänger in puncto Gewalt positiv von anderen Computerspielen abhob.

Die ausgezeichnete Levelgestaltung, die perfekt animierte Hauptfigur und die aktionsreiche Story bieten ein Spielerlebnis der Extraklasse.

Mit 3D-Karten-Unterstützung (über Direct 3D) ist die Grafik dann auch in hohen Auflösungen auf langsameren Rechnern zu spielen und absolut pixelfrei.

Pentium 90, 16 MB, Quad Speed, Win 95
Spielspaß: *90 %*
Grafik: *85 %*

Tomb Raider III (Core Design/Eidos)
Die mittlerweile zum Medienstar avancierte Kunstfigur *Lara Croft*, eine Art weiblich/digitale Inkarnation von *Indiana Jones*, macht sich in Ihrem dritten Abenteuer auf, vier geheimnisvolle Artefakte, welche vor vielen Jahren durch einen Meteoriten in die Antarktis gelangten und dort auf einer Insel zu seltsamen Veränderungen von Flora und Fauna führten, aus allen möglichen Ecken der Welt zusammen zu suchen. So besucht die agile Heldin Orte wie Indien, England, oder Nevada (das bekannte Area 51). Natürlich bekommt es *Lara* wieder mit genügend unangenehmen Finsterlingen zu tun, welche der schicken Archäologin nach dem Leben trachten.

Tomb Raider III bietet gegenüber seinen Vorgängern zwar keine bahnbrechenden Veränderungen, kann aber mit einigen Neuerungen aufwarten. Verbessert wurden besonders grafische Details. So wirken durch eine kräftige Überarbeitung der Grafikengine die Szenarien nicht mehr ganz so kantig, die Lichtquellenberechnung wirkt realistischer und schicke Transparenteffekte (z. B. bei Wasser) kommen häufiger zum Einsatz. Auch die Handlungsführung ist nicht mehr linear angelegt. Der Spieler kann selbst entscheiden, welchem Artefakt er zuerst nachspüren will, und ob er einen einfachen oder schwierigen Weg einschlägt. Gelungen sind wie immer die gerenderten Zwischensequenzen, welche Lara Croft in ganzer Schönheit zeigen. Sollte Ihnen *Tomb Raider I* und *II* gefallen haben, oder sind Sie an einem guten Actionadventure interessiert, ist *Tomb Raider III* genau die richtige Wahl.

Pentium 90, 16 MB, Quad Speed, Win 95
Spielspaß: 85%
Grafik: 85%

Unreal (GT Interactive)
3D-Programme der letzten zwei Jahre beeindruckten (besonders mit 3D-Kartenunterstützung) durch immer realistischere Szenarien *(Quake, Hexen II)*. *Unreal* baut auf diese Entwicklung auf und schafft es, durch animierte Texturen, der Integration einer lebendigen Umwelt (Flora und Fauna) und wirklichkeitsnaher Wolkensimulation, seiner digitalen Welt noch

Unreal

mehr Lebendigkeit einzuhauchen. Da gibt es Energiebarrieren, über die elektrische Entladungen laufen, rotierende Holoprojektionen, Wellenringe auf Wasseroberflächen, grasende Tiere, Insekten und vieles mehr.

Eine ausgetüftelte Choreographie versetzt den staunenden Spieler von Beginn an in eine ungemein temporeiche Geschichte. Alles beginnt mit dem Absturz eines Gefangenentransporters auf einem fremden Planeten, dessen letzte Auswirkungen der Spieler sozusagen live in der Spiele-Engine miterlebt. Als einziger Überlebender verläßt man das Schiff und betritt eine idyllische Welt. Doch das Bild täuscht.

Im weiteren Verlauf trifft man auf ein Volk friedfertiger und übersinnlich begabter Planetenbewohner, welche von brutalen Aggressoren getötet oder versklavt werden. Schnell wird man in diesen Konflikt mit einbezogen, nicht ohne sein eigentliches Ziel (den Planeten unbeschadet zu verlassen) aus den Augen zu verlieren.

Obwohl *Unreal* das 3D-Game nicht völlig neu erfindet (Türen öffnen gehört immer noch zu den häufigsten Rätselaufgaben), erlebt der Spieler hautnah eine Geschichte, die einem Drehbuch zu einem packenden SF-Action-Film entstammen könnte. Auch die gebotene Abwechslung spielt eine große Rolle. Manche Level sind fast unbevölkert und spielen auf der Planetenoberfläche, während man im nächsten Abschnitt unvermittelt in eine riesige Arena geworfen wird und gegen eine besonders aggressive Kreatur antreten muß.

Pentium 166, 16 MB, Double Speed, Win 95
Spielspaß: 90 %
Grafik: 90 %

Wing Commander V – Prophecy (Origin)
Mit Licht und Schatten wartet der fünfte Teil der *Wing Commander*-Reihe auf. Da sind zum einen die extremen Hardwareanforderungen. Ein Pentium 166 sollte es schon sein, um ohne 3D-Karte seine Einsätze einigermaßen befriedigend fliegen zu können. Mit einer 3D-Karte der zweiten Generation benötigt man dann immerhin noch einen P 133. Dabei wirken die größeren Raumschiffe der irdischen Streitmacht eher wie aus Klötzen zusammengesetzt. Dafür wurde aber kräftig an den 3D-Spezialeffekten gefeilt. Jede Explosion eines feindlichen Jägers gerät zum farbenprächtigen Schauspiel mit transparenten Lichtwellen. Auch die transparenten Schutzschildeffekte können sich sehen lassen. Ohne 3D-Karte wirken diese Effekte jedoch eher kläglich. *Wing Commander 4* oder *Privater 2* sehen hier besser aus, zumal *Privater* 2 selbst unter SVGA auf einem P 90 flüssig zu spielen ist.

Am Missionsdesign gibt es dagegen nichts zu mäkeln. Durch abwechslungsreiche und aufeinander aufbauende Aufträge fühlt sich der Spieler in eine epische Weltraumsaga versetzt, in welcher gefährliche Insektenwesen mit ihren organischen Raumschiffen Tod und Verderben über die bewohnten Welten bringen. Sogar die ehemals feindlichen Kilrathi werden zu unfreiwilligen Verbündeten gegen die neue zerstörerische Macht.

Das geschmeidige Flugverhalten und das optisch mitschwingende Cockpit vermittelt ein sehr realistisches Fluggefühl. Die entsprechende Hardware vorausgesetzt, ist *Prophecy* eine spannende und kurzweilige Raumkampfsimulation für Möchtegern-Piloten.

Pentium 166, 32 MB, Quad Speed, Win 95
Spielspaß: 80 %
Grafik: 90 %

Wing Commander – Secret Ops (Origin)
Als bemerkenswertes Dankeschön an die Wing Commander-Fan-Gemeinde steht die neueste Folge der Weltraumsaga kostenlos im Internet zum Download zur Verfügung (http:/ www.secretops.com). Komplettes Basispaket etwa 120 MB.

Technisch benutzte man die schon in *Wing Commander Prophecy* zu bewundernde Grafik-Engine, 3D-Kartenunterstützung inklusive. Um das Datenmaterial zum Downloaden nicht unnötig aufzublähen (und sicher auch aus Kostengründen) wurde auf leinwandreife Videosequenzen verzichtet. Der neueste Sproß der Wing Commander-Serie beschränkt sich somit auf das Wesentliche: Heiße Weltraumgefechte und eine wendungsreiche Story. Damit der Spaß beim Download nicht zur Kostenfrage wird, boten einige PC-Spiele-Zeitschriften (z. B. *PC-Action* und *PC-Games* usw.) das komplette Programm auf ihrer Heft-CD an.

Pentium 166, 32 MB, Quad Speed, Win 95
Spielspaß: 80 %
Grafik: 85 %

Worms 2 (Team 17/MicroProse)
Das poppig-bunte *Worms 2* ist ein knackiger Action-Spaß für zwischendurch. Ob gegen den Computer, zu weit an einem Computer oder übers Netz, *Worms 2* lockt mit immer neuen Herausforderungen. Die ironische Militärparodie über schießwütige Würmer findet in einer scrollenden 2D-Landschaft statt, die bei jedem Neubeginn frisch generiert wird. Dort gehen zwei kleine Einheiten Würmer aufeinander los, bomben die Landschaft in Schutt und Asche und jagen sich durch Dynamitstangen, Raketen und anderem schweren Geschütz gegenseitig in die Luft. Zehn bis zwanzig Minuten dau-

ert eine Spielrunde und wird von amüsanten Kommentaren der Würmer begleitet. Ein Riesenspaß!

Pentium 100, 16 MB, Quad Speed, Win 95
Spielspaß: *85 %*
Grafik: *85 %*

V 2000 (Grolier/Ubi Soft)
Mit einem Meteoriteneinschlag schleusen außerirdische Invasoren einen Virus auf die Erde ein, der friedfertige Haustiere und andere Lebewesen in riesige hungrige Monster mutieren läßt. Der Spieler erhält nun die Aufgabe, mit einem High-Tech-Hovercraft der besonders robusten Sorte, Menschenleben zu retten und den gefräßigen Kreaturen ein schnelles Ableben zu ermöglichen.

Um die Spieltiefe zu erhöhen, kann man die geretteten Menschen in der Nähe von Fabriken absetzen, wo diese (aus Dankbarkeit oder welchen Gründen auch immer) anfangen, nützliche Dinge zur Bekämpfung der Monster zu erforschen und zu bauen.

Bis auf den etwas zu dichten Nebel kann sich die Grafik von *V 2000,* welche stark an *Magic Carpet* erinnert, sehen lassen. So findet man 3D-animiertes Wasser mit riesigen Wellenbergen (in welches der Hovercraft sogar abtauchen kann) eine schicke 3D-Landschaft mit wechselnder Vegetation und die unterschiedlichsten Lebewesen.

Etwas unglücklich funktioniert die Steuerung, da die Programmierer hierbei die Trägheit des Hovercrafts berücksichtigten. Auch eine grobe automatische Zielsuchfunktion wäre wünschenswert gewesen. Steuern kann man das Fluggerät übrigens aus der Verfolger- und Ich-Perspektive.

Hat man sich einmal an das ungewöhnliche Flugverhalten gewöhnt, bekommt man in 6 verschiedenen Welten mit 30 Missionen eine Menge Spielspaß geboten.

Pentium 120, 16 MB, Quad Speed, Win 95, 3D-Grafikkarte empfohlen
Spielspaß: *80 %*
Grafik: *80 %*

Strategie

Battlezone (Activision)
Eine etwas abwegige, aber dennoch originelle Hintergrundgeschichte bietet *Battlezone*, eine Mischung aus 3D-Action und Strategie. Die gesamten Apollo-Missionen der Amerikaner waren ein gigantisches Täuschungsmanöver. In Wirklichkeit sind die beiden Großmächte (Amerikaner und Russen) schon länger im Sonnensystem unterwegs um an ein wertvolles Metall zu gelangen. Natürlich nicht ohne sich gegenseitig die Köpfe einzuschlagen. Zusätzlich machen Aliens den eigenen Leuten das Leben schwer. Das Besondere an *Battlezone* ist die flüssige und schicke 3D-Engine, in welcher man direkt und in Echtzeit seine Befehle und Anweisungen an die Einheiten weitergibt. Nahezu jedes Fahrzeug kann der Spieler auch selbst betreten und über so exotische Orte wie Mond, Venus, Mars und die Begleiter des Jupiter steuern. Gerade die Jupitermissionen sind grafisch besonders gelungen. Der gewaltige Dunstball des Riesenplaneten mit seinem roten Fleck wirkt derart real, als wäre man wirklich dort. Um diesen Realismus zu genießen, ist jedoch eine 3D-Karte notwendig (Direct3D) ohne welche die Grafik nur halb so schön über den Monitor flimmert. Achtzehn amerikanische und seltsamerweise nur acht russische Missionen bietet *Battlezone* dem Spieler. Die Mischung aus strategischer Planung und heißen Feuergefechten trifft voll ins Schwarze und läßt auf eine Missions-CD hoffen.

Pentium 120, 16 MB, Double Speed, Win 95
Spielspaß: *80 %*
Grafik: *90 %*

Dune 2000 (Westwood/Virgin)
Das einstige Urgame der Strategiespiele, *Dune 2*, erhält mit *Dune 2000* einen zeitgemäßen Nachfolger. Bemerkenswerte Innovationen sucht man allerdings vergebens. Dennoch bietet das Szenario des Wüstenplaneten genügend faszinierende Science Fiction-Atmosphäre, um sich von anderen Games dieses Genres abzuheben.

Aufgabe des Spielers ist es, wie auch schon in *Dune 2*, genügend *Spice Melange* aus dem kargen Wüstenboden zu filtern. *Spice Melange* ist eine begehrte Droge, welche das Bewußtsein erweitert, kosmische Reisen ermöglicht und daher sehr wertvoll ist. Als ultimatives Zahlungsmittel erlaubt sie es dem Spieler, seine Basis zu erweitern, wirtschaftlich und militärisch immer mächtiger zu werden und schlußendlich die angestrebte Macht über den Wüstenplaneten zu erlangen.

Sämtliche, schon aus *Dune 2* bekannte Gebäudetypen (z. B. Windfalle oder Raffinerie), sowie die drei Dune regierenden Herrscherhäuser (mit ihren individuellen Eigenschaften) stehen zur Auswahl. Verbessert wurde in erster Linie die Grafik (welche der Stimmung Frank Herberts Romanvorlage sehr nahekommt) und die Steuerung. Auch die Gegnerintelligenz und das Agieren der eigenen Einheiten wurde fein abgestimmt. Hochkarätige Videosequenzen runden das für Neulinge und Profis gleichermaßen geeignete Strategiegame ab.

Pentium 100, 16 MB, Quad Speed, Win 95
Spielspaß: 90 %
Grafik: 80 %

Firewall (ARI)
Firewall versucht sich im heißumkämpften Strategiegenre. Dazu beansprucht es reichliche 150 MB Festplattenplatz. Nach einer, an ästhetischer Dürftigkeit kaum zu übertreffenden pseudomilitaristischen Intro, darf man auf einem abgezirkelten Schlachtfeld versuchen, seine Soldaten auf den Feind zu hetzen. Ein absolut konfuses Gewimmel von Einheiten und die schlechte Kontrollierbarkeit der eigenen Truppen, verursachen eher einen Brandschaden statt einer Feuerwand. Die unsägliche Grafik tut ihr übriges. Da schmerzt selbst der relativ günstige Ladenpreis von unter 50 DM.

Pentium 90, 16 MB, Quad Speed, Win 95
Spielspaß: 20 %
Grafik: 30 %

Incubation Mission Pack (Blue Byte)
Schon wenige Monate nach Erscheinen des vielgelobten Strategiehits *Incubation*, liefert *Blue Byte* eine Mission-CD nach. Zu den reichlich neugezimmerten Missionen in neuen Spielumgebungen (u. a. Dschungelszenario), gibt es noch gefährlichere insektenartige Widersacher, wirkungsvollere Ausrüstungsgegenstände und effektivere Waffen. Ein einfach zu bedienender Leveleditor (leider nur in englischer Sprache) macht das Missionspack komplett und fordert die Kreativität des Spielers. Eine rundum gelungene Zugabe, welche nichts vermissen läßt.

Pentium 90, 16 MB, Double Speed, Win 95, 2 MB Grafikkarte
Spielspaß: *80 %*
Grafik: *85 %*

Mech Commander (MicroProse)
Das im BattleTech-Universum spielende *Mech Commander* versetzt den Spieler in die Rolle eines Kommandanten über gut bewaffnete mechanische Schreitkolosse. Auf einem fernen Planeten treten die verfeindeten Clans mächtiger Familien gegeneinander an und legen alles in Schutt und Asche, was nicht ihren Namen trägt.

Gespielt wird auf einer in zwei Stufen zoombaren Karte, auf der so gut wie alles zerstörbar ist. Sogar Waldbrände vermag der Spieler in Gang zu setzen. Sinnlose Zerstörung bringt jedoch kaum Aussicht auf Erfolg. Vielmehr kommt es darauf an, gegnerische Mechs so zu beschädigen, daß diese zwar kampfunfähig werden, jedoch noch im bestmöglichen Zustand bleiben. Nur mit derartigen Recyclingmethoden gelangt man an bessere Technik und schlagkräftigere Ausrüstung, ohne welche man die weiteren Missionen nicht zu bewältigen vermag. Die Grafik ist ansprechend und auch die Explosionseffekte können sich sehen lassen. In den Echtzeitmissionen ist die Mischung zwischen Glück, Zufall und strategischer Planung gut ausbalanciert. So kann sich *Mech Commander* zwischen all den hochwertigen Strategiegames der letzten Zeit gut behaupten.

Mech Commander

Pentium 133, 16 MB, Quad Speed, Win 95, 2 MB Grafikkarte
Spielspaß: *90 %*
Grafik: *80 %*

›M‹ Metalizer (Greenwood)
Mit einer grafisch etwas altbackenen Mechkampfsimulation stößt Greenwood ins Strategiegenre vor. Auf einigermaßen liebevoll designten Landschaftskarten steuert der Spieler seine schwerfälligen Kampfkolosse durchs unwegsame Gelände. Die umständliche Steuerung verdirbt in den eigentlich recht abwechslungsreichen Missionen oft den Spaß an der Sache. Metalizer ist spielerisch weder Fisch noch Fleisch und nur etwas für Computerstrategen, welche selbst nach der Strategieschwämme der letzten Zeit nicht genug vom herumkommandieren haben.

486DX2-66, 16 MB, Double Speed, DOS/Win 95
Spielspaß: *45 %*
Grafik: *65 %*

Myth – Kreuzzug ins Ungewisse (Bungie/Eidos)
Dunkelheit zieht über das Land, läßt die Untoten aus ihren Gräbern steigen und Hand an die Lebenden legen. Doch die durch kalte Hand Gemeuchelten finden keine Ruhe und schließen sich sofort dem grausigen Heer verwesender Leichen an. Eine schreckliche Macht verbirgt sich hinter jenen Ereignissen, gegen die es keine Hoffnung zu geben scheint.

Das mittelalterliche Fantasystrategiespiel *Kreuzzug ins Ungewisse* beschränkt sich ganz aufs Kampfgeschehen. Ein großes Lob verdient insbesondere die ausgezeichnete technische Umsetzung. Auch ohne die optionale Zuschaltung von 3D-Karten-Power wirkt die 3D-modellierte Landschaft plastisch, pixelfrei und erzeugt eine atmosphärische Mittelalterstimmung. Besonders Gebäude und Landschaftselemente wurden mit viel Liebe fürs Detail gestaltet. Mit einer frei positionierbaren Beobachterkamera hat man jederzeit völligen Überblick über das Echtzeitgeschehen und kann jeden gewünschten Punkt nah heranzoomen.

Eine kurze Übungsmission erklärt die wesentlichsten Funktionen des Spiels und macht mit den Fähigkeiten der verschiedenen Spielfiguren vertraut. Da gibt es zum Beispiel die Zwerge, welche explosive Flaschen werfen, aber auch Sprengladungen legen können.

Obwohl das gesamte Kampfgeschehen nicht ohne ein gewisses Augenzwinkern umgesetzt wurde, kommt man ohne strategisches Vorgehen kaum über die erste der über zwanzig linear aufgebauten Einzelspieler-Missionen hinaus.

Pentium 100, 16 MB, Quad Speed, Win 95
Spielspaß: *80 %*
Grafik: *95 %*

StarCraft (Blizzard)
Strategiespiele gibt es mittlerweile wie Sand am Meer. Der überwiegende Teil sind passabel umgesetzte Kopien erfolgreicher Vorbilder, welche jedoch nicht imstande sind, größere Eigenständigkeit zu entwickeln. Viele vermögen allein mit technischen Verbesserungen zu überzeugen. Ganz an-

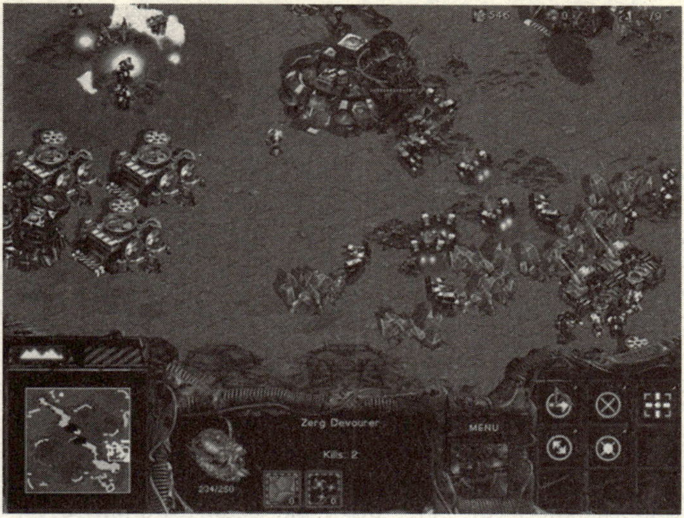

Star Craft

ders hier *StarCraft.* Trotz guter Optik und liebevollen Details fehlt *StarCraft* eine echte Dreidimensionalität, ohne die heute kaum ein aktuelles Spiel mehr auszukommen scheint. Das Spiel vermag jedoch mit ganz anderen Vorzügen zu überzeugen. Zwischen drei Parteien kann der Spieler wählen (so auch die insektenartigen Zerg, welche ihr großes filmisches Vorbild ALIEN nicht leugnen können) um sich ins kosmische Kampfgeschehen zu stürzen. Eine vorbildlich gestaltete Kampagne läßt den Einzelspieler eine wendungsreiche, spannende und sehr abwechslungsreiche Geschichte erleben, welche in dieser Art bisher kein andere Strategiespiel bietet. Die zum Teil sehr unterschiedlichen Aufgabenstellungen fordern flinkes Umdenken in den rund neunzig Missionen. So ist der Spieler mal mit Ressourcenbeschaffung beschäftigt, während feindliche Attacken die Verteidigungskräfte schwächen, ein anderes mal als Erkundungstrupp in feindlicher Umwelt unterwegs. Auch der Schwierigkeitsgrad ist maßgeschneidert, so daß Gelegenheitsspieler keinen

Frust bekommen und sich der Strategieprofi nicht unterfordert fühlt.

Pentium 90, 16 MB, Double Speed, Win 95
Spielspaß: *95 %*
Grafik: *80 %*

STAR WARS Rebellion (LucasArts)
Nach heißer Weltraumaction, harter Mann-gegen-Mann-Kämpfe aus der Ich-Perspektive und einem kurzen Ausflug ins Adventuregenre gibt es STAR WARS nun auch als strategische Herausforderung.

Zu Anfang muß man sich entscheiden, auf welcher Seite der Macht man stehen will. Ist diese Entscheidung gefallen, kann man sich ins Kampfgetümmel stürzen. Anders als in vielen anderen Strategie-Games wird nicht auf einer abgezirkelten Landschaftskarte gespielt, sondern man organisiert seine Angriffe von einer Sternenkarte aus. Kommt es zur Auseinandersetzung, schaltet das Spiel zu einer 3D-Ansicht um, in der man gezielte Aktionen durchführen kann. Leider gestaltet sich STAR WARS-Rebellion grafisch etwas karg. Viele Vorgänge werden durch simple drag and drop-Aktionen ausgeführt. Bis auf jene 3D-Ansicht während der Kämpfe, wird man mit der windowstypischen Fenstertechnik konfrontiert. Auch das Fehlen von Animationen machen STAR WARS-Rebellion zu einer etwas staubtrockenen Angelegenheit.

Echte STAR WARS-Fans kommen dennoch voll auf ihre Kosten. So kann man fast alle wichtigen STAR WARS-Charaktere zu den unterschiedlichsten Missionen schicken (z. B. einen Aufstand anzetteln) muß dabei aber deren persönliche Stärken und Schwächen berücksichtigen. Das eigentliche Spielgeschehen wird stark vom Zufall bestimmt und ohne entsprechend viel Glück hätte man bei einigen Missionen kaum eine Chance.

Pentium 90, 16 MB, Quad Speed, Win 95
Spielspaß: *70 %*
Grafik: *75 %*

Ubik (Cryo)

Mit *Ubik* findet eine weitere Computeradaption der beklemmenden Romanvorlagen P. K. Dicks den Weg auf die heimischen Festplatten. Leider wird das Strategiespiel mit immer wieder ähnlich ablaufenden Kampfeinsätzen der anspruchsvollen Romanvorlage kaum gerecht. Davon lenken auch die stimmungsvoll designten Handlungsschauplätze nicht ab.

Wohlmeinende Rezensenten könnten der Umsetzung bestenfalls noch *›nach Motiven von P. K. Dick‹* zuschreiben. Tatsächlich bleibt außer den Örtlichkeiten, einigen Namen und dem Einsatz von PSI-Begabten bei den einzelnen Missionen kaum etwas von den Inhalten der literarischen Vorlage zurück. Zusätzlich trüben bisweilen auftretende Grafikfehler die ansonsten gelungene technische Umsetzung.

Pentium 90, 16 MB, Quad Speed, Win 95
Spielspaß: *65 %*
Grafik: *70 %*

X-COM 4 – Interceptor (MicroProse)

Die bisher ausschließlich dem Strategiegenre verpflichtete SF-Serie um eine permanente Alieninvasion und deren Vereitelung wechselt zur Space Opera. So errichtet man seine Stützpunkte nicht mehr auf der Erde, sondern in den endlosen Weiten des Universums, um den Alien-Übergriffen Einhalt zu gebieten. Wie auch schon in den Vorgängerprogrammen muß man lernen, mit den vorhandenen finanziellen Mittel zu haushalten, die geeigneten Forschungen in bezug auf die Aliens zu betreiben und zur richtigen Zeit an der richtigen Stelle zu sein. Gibt es dann z. B. einen Alienangriff auf einen der vielen Außenposten, wechselt das Spiel vom Strategiemodus in den Actionmodus und man kann selbst Jagd auf feindliche Raumschiffe machen.

Grafisch ist *Interceptor* zwar kein Überflieger, aber dennoch solide umgesetzt. Etwas mehr Abwechslung täte jedoch den Actionmissionen gut. Das Strickmuster *Aufspüren und Abschießen* ist auf die Dauer nicht ausreichend. Die strategische Komponente ist dagegen gelungen dem neuen Spiel-

X-COM 4

prinzip angepaßt und nicht durch unzählige Untermenüs überladen. Ein schneller Einstieg wird so leicht gemacht. Für schnellentschlossene Wochenendpiloten ist *Interceptor* sicher ein Probespiel wert.

Pentium 166, 16 MB, Quad Speed, Win 95
Spielspaß: *75 %*
Grafik: *80 %*

Siedler III (Blue Byte)
Jeder, der einmal jene putzigen und fleißigen Winzlinge namens Siedler auf seinen Monitor gelassen hat, wird zugeben, daß man sich der Faszination der kleinen Wesen kaum entziehen kann, welche nun im mittlerweile dritten Teil fremde Kontinente zu bevölkern versuchen.

Was sind nun die Unterschiede zu den beiden Vorgängerprogrammen? Zuerst fällt die noch detailverliebtere Grafik ins Auge. Gebäude (welche sogar begehbar gestaltet wurden), Landschaften und Figuren (alles in 3D) wurden so fein gezeichnet, das z. B. die Feuchtigkeit einer Sumpflandschaft geradezu spürbar wird. In höheren Auflösungen sind sogar die Einzelheiten von Kleidungsstücken an den herumwuselnden Siedlern zu erkennen, von denen es immerhin 150 verschiedene Figurentypen gibt.

Doch nicht nur kosmetische Veränderungen wurden vorgenommen. Der Strategieteil erhält jetzt eine wesentlich größere Bedeutung. So kann man einzelnen Soldaten gezielte Anweisungen geben, mehrere gruppieren und als Einheit befehligen und sogar Kriegsschiffe in unbekannte Gewässer schicken.

Gab es in *Siedler II* eine Kampagne, stehen dem Spieler jetzt ganze drei zur Verfügung, bedingt dadurch, daß ihm jetzt statt einem, ganze drei Völker zur Auswahl angeboten werden. Eine alle Völker verbindende Hintergrundgeschichte, welche über Zeichentricksequenzen erzählt wird, führt durch die einzelnen Missionen. Drei mächtige Götter (Jupiter, Horus und Ch'ih-Yu) treten in einen erbarmungslosen Wettstreit.

Siedler III

Welches Ihrer Völker (Römer, Ägypter und Asiaten) erweist sich am geschicktesten, sich gegen die anderen beiden Kontrahenten durchzusetzen? Jedes Volk hat natürlich seine eigenen Stärken und Schwächen. So wirtschaften die einen am effektivsten, die anderen setzen auf eine starke Militärmacht, während das dritte Volk seinen Göttern huldigt, um von Naturkatastrophen verschont zu bleiben.

Schlußendlich spendierte *Blue Byte* der gelungenen Fortsetzung einen Mehrspielermodus übers Netzwerk und Internet.

Pentium 100, 32 MB, Double Speed, Win 95, 3D-Grafikkarte empfohlen
Spielspaß: *90 %*
Grafik: *100 %*

Rollenspiel

Betrayal in Antara (Sierra)
Die Fortsetzung des außergewöhnlichen Fantasy-Rollenspiels *Betrayal at Krondor* bemüht sich, die Tugenden seines Vorgängers zu übernehmen, wenn möglich, diese zu verbessern und alles auf den neuesten Stand der Technik zu präsentieren. So wurde die Steuerung, welche sich bei entsprechender Anpassung fast wie in einem 3D-Actionspiel verhält, und auch das isometrische Kampfsystem unverändert übernommen. Obwohl Texturen und die übrige Landschaftsgestaltung kräftig aufgebohrt wurden, wirkt die grafische Umsetzung etwas antiquiert. Doch die eigentlichen Vorzüge von *Betrayal in Antara* liegen nicht in der technischen Umsetzung, sondern in der liebevollen Weltgestaltung. *Betrayal in Antara* will eine Geschichte erzählen – und der Spieler muß gewillt sein, zuzuhören. So verläuft die eigentliche Handlung auch nicht in finsteren Dungeons, wo fröhlich Monster abgeschlachtet werden müssen, sondern in einer märchenhaften Fantasywelt mit Dörfern, Städten, Wäldern und Gebirgen. Ein periodischer Tages- und Nachtwechsel erzeugt zusätzlich Stimmung. Obwohl die Gespräche

zwischen den Figuren hin und wieder etwas naiv wirken, wurden sie mit viel Sorgfalt umgesetzt und ins Deutsche übertragen. Liebhaber gehobener Fantasy sind bei *Betrayal in Antara* gut aufgehoben.

Pentium 75, 16 MB, Quad Speed, Windows
Spielspaß: 80 %
Grafik: 70 %

Diablo/Hellfire (Blizzard/Sierra)
Diablo ist eine schnörkellose Mischung zwischen Rollenspiel und Action-Game in einer stimmungsvoll designten Fantasywelt. Das aus einer starren isometrischen Perspektive zu steuernde Game startet in einem kleinen Dorf, mit dessen Bewohnern die aus drei Charakteren (Krieger, Jägerin und Zauberer) zu wählende Spielfigur interagieren kann. Ist diese mit genügend Heiltränken, Zauberfläschchen und Ausrüstungsgegenständen ausgerüstet (ausreichend Goldstücke vorausgesetzt) kann der Spieler in die unheilschwangere Unterwelt hinabtauchen.

Diablo fängt die modrige Atmosphäre unterirdischer Gewölbe, Grabkammern und Geheimgänge so imposant ein, daß sich der Spieler trotz der scrollenden Vogelperspektive sofort ins grausige Geschehen hineinversetzt fühlt. Feuer-, Energie- und Explosionseffekte wurden optisch gut umgesetzt und lassen beinah jeden mächtigeren Zauberspruch zum wahren Feuerwerk geraten.

Im Laufe der Spielhandlung wachsen die Fähigkeiten der gewählten Spielfigur und versetzen diese in die Lage, immer mächtigere Gegner zu bezwingen. Natürlich sind in den unterirdischen Gewölben genügend Reichtümer und nützliche Gegenstände versteckt. Manche Kiste oder manches Faß entpuppt sich jedoch auch als heimtückische Falle.

Zu dem schon Anfang 1997 publiziertem *Diablo* liegt jetzt die offizielle Expansions-CD *Hellfire* vor. Nach den etwa 150 MB zu installierenden Zusatzdaten (*Diablo* selbst benötigt nahezu keinen Festplattenplatz) stehen außer den acht komplett neuen Levels in gewohnt hoher Qualität, eine neue Charakterklasse (Der Mönch), zwanzig neue Monster, dreißig Artefakte und eine Handvoll neue Zaubersprüche zur Verfügung. Wie auch beim Vorgänger steht in *Hellfire* nur ein Speicherplatz zur Verfügung.

Die Multiplayerfunktion wurde seltsamerweise nicht übernommen. Solospieler kommen mit dieser Zusatz-CD dennoch voll auf ihre Kosten. Eine weitere erfreuliche Neuerung ist der einstellbare Schwierigkeitsgrad für die neuen Solospielermissionen.

Pentium 60, 16 MB, Double Speed, Win 95
Spielspaß: *80 %*
Grafik: *95 %*

Fallout (Acclaim/Interplay)
Postnukleare Endzeitvisionen sind keine Seltenheit in der Science Fiction. *Fallout* spielt zwar auch nach der großen Katastrophe, dies jedoch aus dem Blickwinkel der 50er Jahre. Schon die Illustrationen und die Sprache des beigelegten Handbuchs (bis auf die Druckfehler eine gelungene Lektüre) vermitteln einen entsprechenden Eindruck.

In *Fallout* mischen sich, wie derzeit in etlichen anderen Spielen, verschiedenen Untergenre. Da sind zum einen, missionsabhängig, verschiedene Aufträge zu erfüllen, welche sich, adventuretypisch, zu einer komplexen Geschichte zusammenfügen. Drei vorgefertigte, jedoch auch individuellen Bedürfnissen anzupassende Spielfiguren stehen zur Auswahl, welche mit einem Erfahrungswertesystem (Rollenspiel) ausgestattet wurden. Natürlich sind auf jener postnuklearen Endzeiterde genügend feindliche (aber auch neutrale oder freundliche) Kreaturen unterwegs, um der Spielfigur die Erfüllung der Aufträge etwas zu erschweren oder zu erleichtern. Das fängt bei mutierten Ratten an, geht über menschliche Bewohner der unterschiedlichsten Art und hört bei bizarren Monsterkreaturen, denen man ihre Herkunft nicht mehr ansieht, auf. Einen hohen Stellenwert hat die Kommunikation in *Fallou*t. Ohne ausführliche Gespräche kommt man nicht weiter, zumal einem oft genug die Zeit davonläuft.

Fallout benutzt eine isometrische Perspektive, um die dü-

Fallout

stere und dem Verfall preisgegebene Landschaft der verstrahlten Erde darzustellen. Die eigentliche Handlung (nachdem die Wasseraufbereitungsanlage des Atomschutzbunkers VAULT 13 ausfällt, muß jemand die schützenden Mauern verlassen, um Hilfe oder Ersatzteile zu organisieren) ist wendungsreich und stimmungsvoll ausgedacht, so daß der

Spieler schon nach wenigen Minuten die Realität um sich herum vergißt.

Pentium 90, 16 MB, Double Speed, DOS/Win 95
Spielspaß: 95 %
Grafik: 80 %

Lands of Lore 2 – Götterdämmerung (Westwood/Virgin)
Eine eher lineare Geschichte erzählt der zweite Teil des märchenhaften Rollenspiels *Lands of Lore*. Von der technischen Umsetzung her zählt *Lands of Lore 2* zur Oberklasse unter den aktuellen Rollenspielen. Die flüssige 3D-Engine erlaubt eine große Bewegungsfreiheit, reicht aber längst nicht an Referenzprodukte aus dem Action-Bereich *(Unreal, Hexen 2)* heran. So bestehen die Figuren weiterhin aus eindimensionalen Bitmaps und die Texturen sind oft zu grobpixelig. Moderne 3D-Programme gestalten Figuren aus anliegenden Polygonflächen, welche zusammengesetzt und mit Texturen gefüllt, dreidimensionale Objekten ergeben.

Lands of Lore 2

Die spannende Geschichte ist mit vielen Rätseln gespickt, und so manches mal nur dadurch erfolgreich zu bewältigen, weil sich die Spielfigur, verursacht durch einen seltsamen Fluch, in bestimmten Abständen in die Gestalt zweier weiterer unterschiedlicher Kreaturen morpht. So verwandelt sie sich in ein kleines Echsenwesen, welches kleine Durchgänge zur Flucht benutzen kann, oder in ein gewaltiges Monster, welches leichtes Spiel mit unangenehmen Zeitgenossen hat. Leider ist die Aufgabenstellung für den Spieler nicht immer besonders transparent. Zauberhafte Videosequenzen runden den relativ guten Gesamteindruck dieses Rollenspiels ab.

(Für Besitzer von 3D-Grafikkarten ist ein Update im Internet erhältlich.)

Pentium 75, 16 MB, Quad Speed, Win 95
Spielspaß: 85 %
Grafik: 80 %

The War of the Worlds

> *Und wir Menschen, die diesen Stern bewohnen, müssen den anderen mindestens so fremdartig und niedrig erscheinen wie die Affen und Lemuren uns.*

1898 – genau vor hundert Jahren schuf *H. G. Wells* mit seinem kosmischen Invasionsroman *The War of the Worlds* einen der großen Science Fiction-Klassiker. In ihm beschreibt er auf eindrucksvolle Weise, den hoffnungslosen Kampf der Menschheit gegen die übermächtigen und hochintelligenten Marsianer. Technisch und kulturell sind die Marsianer den Menschen weit überlegen und in ihren Augen ist die Menschheit bloßes Ungeziefer. Mit ihren dreifüßigen mechanischen Schreitkolossen überwinden die Marsianer spielend größere Entfernungen und zerstören alles menschliche Leben mit dem mächtigen Hitzstrahl und später auch mit Giftgas. *Wells* nimmt mit letzterem die chemischen Massenvernichtungsmittel der Weltkriege vorweg, demonstriert damit die Verletzlich-

War of the Worlds

keit der Zivilisation und läßt den Leser über die Stellung der Menschheit neu nachdenken.

Wells visionäres Gedankenspiel ist im wahrsten Sinne des Wortes ein multimediales Kunstobjekt geworden. 1938 verursachte *Orson Wells* Hörspielversion eine Massenhysterie. Obwohl das Hörspiel als solches angekündigt wurde, verpaßten viele Zuhörer die Einleitung und nahmen den fiktiven Invasionsbericht für bare Münze. Es kam zu panikartigen Fluchtversuchen, Schießereien und Vandalismus. Diese Ereignisse wurden die Vorlage für einen recht authentischen Film, welcher u. a. interessante Einblicke in die technische Umsetzung des Hörspiels ermöglichte. So wurde beispielsweise das Geräusch des sich aufschraubenden Zylinders in einem Toilettenbecken erzeugt.

Die filmische Aufbereitung von *The War of the Words* (1952 von *Byron Haskin*) reicht zwar nicht an die Romanvorlage heran, begeisterte jedoch durch die für damalige Verhältnisse außergewöhnlichen Special Effects. Im Film werden zudem die dreibeinigen Angriffsmaschinen durch die zu jener Zeit viel populäreren fliegenden Untertassen ersetzt. Außerdem kommen auch Atombomben gegen die Marsianer zum Einsatz.

Jeff Wayne schuf 1979 ein stimmungsvolles Musical zu *War of the Worlds*. Die Rockoper gehört zu den gelungensten Literaturadaptionen der Popmusik und hat bis heute nichts von ihrer Faszination verloren.

Ende diesen Jahres, anläßlich des hundertjährigen Geburtstages *von The War of the Worlds,* veröffentlicht *GT Interactive* das von *Rage-Software* produzierte Strategiegame zur Romanvorlage – und diesmal kann man sogar interaktiv in das Geschehen eingreifen und die Invasion der Marsianer im Vorfeld vereiteln.

Das Programm ist eine Mischung aus 3D-Echtzeit- und rundenbasiertem Strategiespiel. Der Spieler kann entscheiden, ob er in die Rolle der technisch besser ausgerüstete Marsmenschen oder der zahlenmäßig überlegenen Erdenbewohner schlüpfen will. Anders als in der Literaturvorlage, sind die Marsianer durch genügend Widerstand durchaus in die Flucht zu schlagen. Sämtliche Einheiten wurden als animierte 3D-Objekte dargestellt. Dabei sorgen Einheiten-Konstruktion und Rohstoffabbau für strategische Herausforderungen. Menschen

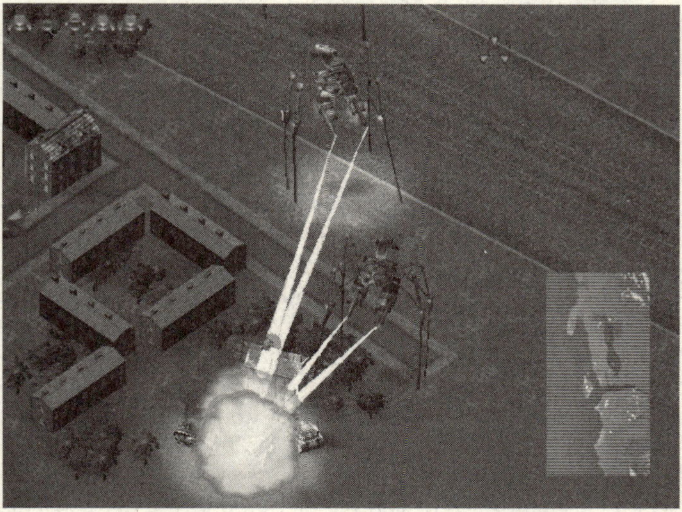

War of the Worlds

und Marsianer sind jedoch auf unterschiedliche Rohstoffe angewiesen: Während die Menschen Stahl, Kohle und Öl fördern, benötigen die Marsianer Zink, Blei, Kupfer – und Blut.

Das gesamte Spielgeschehen findet in Großbritannien statt: Stützpunkte und Streitkräfte können auf einer taktischen Landkarte verschoben werden, während die einzelnen Gefechte dann in Echtzeit auf einem 3D-Terrain stattfinden. Die kriegerischen Auseinandersetzungen können sowohl nachts als auch tagsüber stattfinden.

Besonders viel Mühe gab sich *Rage Software* bei der grafischen Gestaltung: So basiert die Geographie auf der tatsächlichen Landschaft Großbritanniens und verändert sich im Laufe des Spiels. Das »Dynamic Particle System« ermöglicht den Eindruck von echtem Feuer, Rauch, Nebel und Explosionen. Dynamische Lichteffekte machen besonders die Nachtmissionen zu einem visuellem Leckerbissen.

Auch *Jeff Wayne* ließ sich durch das Vorhaben der Programmierer neu inspirieren und komponierte auf Grundlage seines Musicals einen modernen 45minütigen Soundtrack für das Spiel.

Hardwareanforderungen nach Win 95, 3D-Grafikkarte empfohlen.

Pentium 133, 16 MB, Quad Speed, Win 95
Spielspaß: *90 %*
Grafik: *85 %*

Who is Who in der lateinamerikanischen Science Fiction – ein Überblick

von Ingrid Kreksch

Ingrid Kreksch veröffentlichte 1992 »La Ciencia Ficcion Latinoamericana«. Monóculo. Revista del Taller Hispanoamericano de Cultura, Los Angeles, Vol. I, N 4, und 1995 »Reality Transfigured: Latin American Situation as Reflected in its Science Fiction«, in »The Politics of the Possible«, Hassler, D. & Wilcox, C. South Carolina Press. Den vorliegenden Vortrag hielt sie auf der »17th International Conference on the Fantastic in the Arts« in Ft. Lauderdale.

Übersetzung aus dem Englischen mit freundlicher Genehmigung der Autorin von Usch Kiausch

Science Fiction wird heute in Lateinamerika genau wie in der übrigen Welt geschrieben, allerdings hat sie bestimmte typische Merkmale. Der folgende Artikel versucht einen Überblick darüber zu geben, erhebt aber keinen Anspruch auf Vollständigkeit. In manchen Ländern hat Science Fiction keine richtige Tradition. Manche Autoren konnten bislang nur in Zeitschriften, manchmal auch nur in virtuellen Zeitschriften veröffentlichen. Die Länder, auf die ich eingehen will, sind Argentinien, Chile, Kolumbien, Kuba, Mexiko, Peru, Uruguay und Venezuela. Brasilien nehme ich aus – zum einen, weil dort nicht Spanisch gesprochen wird, zum anderen, weil dort auf dem Gebiet von Science Fiction so viel geschrieben wird, daß man der brasilianischen Science Fiction einen eigenen Artikel widmen müßte.

Gemeinsamkeiten in der lateinamerikanischen Science Fiction

Bei eingehender Lektüre stößt man in der lateinamerikanischen Science Fiction auf zahlreiche Gemeinsamkeiten:

- Die Haltung zur Technik ist dadurch bestimmt, daß in dieser Region Technik nicht produziert, sondern lediglich konsumiert wird. Das hat zur Entwicklung einer »soften« Science Fiction geführt (Kreksch, 1992). Nur selten enthalten die Werke Erklärungen zur Technik, obwohl technische Errungenschaften erwähnt werden.
- Viele der Autorinnen und Autoren haben eine geisteswissenschaftliche Ausbildung, nur wenige einen naturwissenschaftlichen Hintergrund. Eine Untersuchung unter lateinamerikanischen Science Fiction-Autoren (Kreksch, 1992) ergab, daß von 14 Befragten 2 Ärzte waren, 2 Psychologen, 4 Journalisten, 1 Übersetzer, 1 Computerexperte, 1 Physiker, 1 Rechtsanwalt, 1 Student der Literaturwissenschaften und 1 Student der Naturwissenschaften.
- In Lateinamerika hat die kurze Form in der Science Fiction Hochkonjunktur (Kurzgeschichten und Novellen). Das liegt vor allem an den Verlagen. Inzwischen wird viel in virtuellen Magazinen wie »Axxón« und »I + Real« veröffentlicht. Dadurch umgeht man die von der Inflation verursachten finanziellen Schwierigkeiten: Nach Drucklegung verdienen die Verleger kaum noch was an ihren Investitionen.
- Lateinamerikanische Science Fiction ist stark beeinflußt von anderen literarischen Strömungen, etwa vom Magischen Realismus. Wie Irlemar Chiampi (1983) feststellt, umfaßt der »realismo maravilloso« (wunderbare Realismus) zwei verschiedene Bedeutungen: einerseits das Außerordentliche, Nicht-Greifbare, Wunder-volle, andererseits das Nichtmenschliche, für das es keine natürliche Erklärung gibt. Der

»wunderbare Realismus«, so Chiampi, »lehnt jeden emotionalen Effekt wie Schaudern, Erschrecken oder Furcht angesichts des Nicht-Greifbaren ab.« Der wunderbare Realismus kann seine Wirkung etwa dadurch entfalten, daß er Technik ganz und gar unwissenschaftlich beschreibt, wie es beispielsweise García Marquez in seinem Roman »Hundert Jahre Einsamkeit« getan hat.

- Lateinamerikanische Science Fiction spiegelt häufig die Probleme dieser Region wieder. Thematisiert werden beispielsweise die lateinamerikanische Integration, Machtmißbrauch und die Beziehungen zu anderen Staaten (Kreksch, 1995). Allerdings muß man berücksichtigen, daß die Realität hier sehr komplex ist, schließlich haben wir es in Lateinamerika mit zwanzig verschiedenen Staaten und ihren Besonderheiten, mit einer Vielfalt von politischen Systemen und Sprachen zu tun. Lateinamerika steht auch für dramatische Gegensätzlichkeiten, Gegensätzlichkeiten in vielen Bereichen. Dennoch behandeln lateinamerikanische SF-Autoren häufig auch Themen von weltweiter Bedeutung, wie zum Beispiel Krieg und das Niederlegen der Waffen.

Die Pioniere

Obwohl es in Lateinamerika eine reiche Tradition von phantastischer Literatur gibt, kann man nur eine begrenzte Anzahl von Werken als direkte Vorläufer von Science Fiction betrachten. Einige Autoren, darunter Gabriel Trujillo (Mexiko), führen die lateinamerikanische Science Fiction bis zu dem argentinischen Arzt Ladislao Holmberg (1852–1937) zurück. Er schrieb die Novelle »El Viaje Maravilloso del Sr. Nic Nac« (Mr. Nic Nacs Wunderbare Reise, 1875). Die Geschichte handelt von den Abenteuern eines Edelmanns in einer fremden Welt. Holmberg schrieb auch andere Geschichten dieser Art, etwa »Horacio Kalibang o Los Autómatas« (Horace Kalibang oder Die Automaten). Trujillo erwähnt darüber hinaus den Argentinier Leopoldo Lugones (1878–1938) mit »Las Fuerzas Extranas« (Merkwürdige Mächte), den Mexikaner Amado Nervo

(1870–1938), der 1906 »La Ultima Guerra« (Der letzte Krieg) schrieb, Horacio Quiroga aus Uruguay (1878–1937), Autor von »El Hombre Artificial« (Der künstliche Mensch, 1910) und Rubén Dario aus Nicaragua (1867–1916).

Erwähnen sollte man in dieser Liste auch drei chilenische Autoren: Francisco Miralles veröffentlichte 1878 »Desde Júpiter: Curioso Viaje de un Santiaguino Magnetizado« (Vom Jupiter: Die seltsame Reise eines magnetisierten Santiago-Bürgers). Von David Tillman erschien 1876 »El Espejo del Futuro« (Der Spiegel der Zukunft). David Perrys Werk »Ovalle: El 21 de Abril del Ano 2031« (Ovalle: Der 21. April des Jahres 2031) wurde 1933 veröffentlicht. Diese Autoren flirteten allerdings nur mit dem Genre und schrieben ansonsten Mainstream-Literatur oder Lyrik.

Von den moderneren Autoren erwähnt Trujillo den Mexikaner Francisco Urquizo (1891–1969), der 1934 »Mi Tio Juan« (Mein Onkel Juan) veröffentlichte, und die Argentinier Roberto Arlt (1900–1942; »Viaje Terrible« (Eine schreckliche Reise, 1941), Adolfo Bioy Casares (»La Invención de Morel«, Morels Erfindung, 1940) und Jorge Luis Borges, Autor von »Ficciones« und »Aleph«. Allerdings muß man dazu anmerken, daß sich Borges – im Gegensatz zu Bioy – nie als »Science Fiction-Autor« begriffen hat und sich dagegen wehrte, so einordnen zu lassen.

Man kann davon ausgehen, daß die oben genannten Autoren auch nicht einen so breiten Zugang zur Science Fiction-Literatur hatten wie jüngere Autoren heute von Kindesbeinen an.

Autorinnen und Autoren der Gegenwart

Von den vierziger Jahren an wächst in Lateinamerika das Interesse am Schreiben von Science Fiction, in den einzelnen Ländern zeichnen sich nach und nach bestimmte Trends ab.

Argentinien

Von allen spanischsprachigen Ländern Lateinamerikas hält Argentinien den Rekord in der Publikation von Science Fiction. Möglicherweise liegt das an der ausgeprägten Entwicklung des argentinischen Verlagswesens. Die wichtigsten Autorinnen und Autoren:

Angélica Gorodischer (geb. 1928)
»Cuentos para Soldados« (Geschichten für Soldaten, 1965)
»Opus Dos« (Werk 2, 1967)
»Las Pelucas« (Die Perücken, 1968)
»Bajo las Jubeas en Flor« (Unter den blühenden Jubeas, 1973)
»Casta Luna Electrónica« (Elektronische Mondjagd, 1977)
»Trafalgau«, 1979
»Kalpa Imperial I (1983) und II« (1984)
»Floreros de Alabastro, Alfombras de Bokhara« (Vasen aus Alabaster, Teppiche von Bokhara, 1985)
»Jugo de Mango« (Mangosaft, 1988).

Unter den älteren Autoren ist **Alberto Vanasco** (geb. 1925) zu nennen, der auch Mainstream-Romane schreibt. Zu seinen Science Fiction-Werken zählen:
»Memorias del Futuro« (Erinnerungen an die Zukunft, 1966) und
»Nuevas Memorias del Futuro« (Neue Erinnerungen an die Zukunft, 1977).

J. J. Bajarlía ist Lyriker, Romancier und Dramatiker, der auch Science Fiction geschrieben hat:
»Historias de Monstruos« (Geschichten von Ungeheuern, 1969)
»Fórmula al Antimundo« (Formel für die Anti-Welt, 1970)
»El Día Cero« (Der Tag Null, 1972) und
»Sables, Historias y Crímenes« (Schwerter, Geschichten und Verbrechen, 1983).

Carlos Gardini (geb. 1948) arbeitet u. a. als Übersetzer und schreibt neben Science Fiction auch Kinderbücher.

»Mi Cerebro Animal« (Mein tierisches Gehirn, 1983)
»Primera Línea« (Erste Linie, 1983)
»Sinfonía Cero« (Null-Sinfonie, 1984)
»Juegos Malabares« (Jonglierspiele, 1984)
»El Libro de la Tierra Negra« (Das Buch von der Schwarzen Erde, 1991 publiziert in dem virtuellen Magazin Axxón).

Daniel Barbieri (geb. 1951) schreibt Artikel über Science und Science Fiction:
»Domun«, 1990
»Un Paeso con Gerónimo« (Ein Spaziergang mit Gerónimo, 1993).

Eduardo Carletti (geb. 1951), ein Anhänger der Hard Science Fiction, ist Herausgeber des virtuellen Magazins Axxón, in dem er auch selbst publiziert. SF-Werke:
»Momento de Máximo Quebranto« (Augenblick der größten Mattheit, 1988)
»Por Media Eternidad Cayendo« (Ein Fallen durch die halbe Ewigkeit, 1991).

Ana Maria Shúa (1951) schreibt Science Fiction, Gedichte und Jugendbücher.
»Los Días de Pesca« (Tage des Fischens, 1981)
»La Suenera« (Die Träumerin, 1984)
»Viajando se Conoce Gente« (Beim Reisen trifft man Leute, 1988).

Von **Carlos Antognazzi** (geb. 1963) stammen
»Historias de Hombres Solos« (Geschichten von einsamen Menschen, 1983)
»Punto Muerto« (Toter Punkt, 1987)
»Ciudad« (Die Stadt, 1988) und
»El Décimo Círculo« (Der zehnte Kreis, 1991).

Chile

Der bekannteste chilenische Science Fiction-Autor ist **Hugo Correa** (geb. 1926):
»Los Altísimos« (Die Höchsten, 1959)
»El que Mora en el Viento« (Der mit dem Wind lebt, 1961)
»Los Titeres« (Die Marionetten, 1969)
»Cuando Pilato se Opuso« (Als Pilatus sich wehrte, 1971)
»El Nido de las Ferias« (Das Marktnest, 1980).

Von **Antonio Montero** stammen die Werke
»Los Superhomos« (Die Übermenschen, 1963)
»Acá del Tiempo« (Auf dieser Seite der Zeit, 1968)
»No Morir« (Kein Sterben, 1971).

Elena Aldunate veröffentlichte
»Juana y la Cibernética« (Juana und die Cybernetik, 1963)
»El Senor de las Mariposas« (Der Herr der Schmetterlinge, 1967)
»Angélica y el Delfín« (Angelica und der Delphin, 1976) und
»Del Cosmo las quieren Vírgenes« (Vom Kosmos verlangen sie Jungfrauen, 1977).

Weitere Autorinnen und Autoren, die erwähnenswert sind:
Raimundo Chaigneau: »El Angel Torpe« (Der unbeholfene Engel, 1963)
Osvaldo Moreno: »Aquellos« (Jene, 1962)
Ilda Cadiz Avila: »La Tierra Dormida« (Die schlafende Erde, 1969)
René Peri: »Uranidas, go home« (Uranier, geht nach Hause, 1966)
María Donoso B.: »Hominum Terra« (1966)
Roberto von Bennewitz: »Extrana Invasión« (Seltsame Invasion, 1971)
José Bohr: »Manana hacia el Ayer« (Morgen auf Gestern zu, 1975) und
»Chaplin está vivo« (Chaplin lebt, 1978)

Bernardo Weber: »El Veredicto« (Das Urteil, 1980)
Carlos Sepúlveda: »El Dios de los Hielos« (Der Gott des Eises, 1986).

Kolumbien

Drei Autoren bestimmen die Science Fiction in Kolumbien:

René Rebetesz hat einige Jahre in Mexiko gelebt und ist auch Science Fiction-Rezensent. Von ihm stammt »La Nueva Prehistoria y otros Cuentos« (Die neue Steinzeit und andere Geschichten, 1968).

Antonio Mora Vélez (geb. 1942) hat Anthologien mit Kurzgeschichten veröffentlicht:
»Gliza«, 1979 und »El Juicio de los Dioses« (Das Urteil der Götter, 1982).

Von **Alberto Gaviria Coronado** (geb. 1929) ist vor allem der Roman »Brujos Cósmicos« (Kosmische Zauberer, 1974) bekannt.

Kuba

In Kuba beginnt die Science Fiction um 1917 mit den Geschichten von **Juan Manuel Planas** (1877–1963). 1920 veröffentlichte er »La Corriente del Golf« (Die Golfströmung). In den 60er Jahren lebt diese Tradition wieder auf. Die wichtigsten Namen:

Oscar Hurtado (geb. 1919)
»La Ciudad Muerta de Korad« (Die tote Stadt von Korad, 1964)
»Los Papeles de Valencia el Mudo« (Die Dokumente von Valencia dem Stummen, 1983)

Angel Arango (geb. 1926). Der Doktor der Jurisprudenz und angesehene Rechtsanwalt konnte mehrere SF-Romane und Anthologien mit Kurzgeschichten veröffentlichen, darunter

»A dónde van los Cefalomos?« (Wohin gehen die Cefaloms?, 1964)
»El Planeta Negro« (Der schwarze Planet, 1966)
»Robotomaquia« (Kampf der Roboter, 1967)
»El Fin del Caos Liega Quietamente« (Das Ende des Chaos kommt leise, 1971)
»Las Criaturas« (Die Geschöpfe, 1978)
»El Arcoiris del Mono« (Der Regenbogen der Affen, 1980)
»Transparencia« (Transparenz, 1982)
»Coyuntura«, 1984 und
»Sider«, 1994.

Von **Arnaldo Corren** (geb. 1935) stammen
»Asesinato por Anticipado« (Ein vorhersehbarer Mord, 1966) und
»El Primer Hombre a Marte« (Der erste Mensch auf dem Mars, 1967).

Miguel Collazo (geb. 1936) hat folgende Werke veröffentlicht:
»El Libro Fantástico de Oaj« (Das phantastische Buch von Oaj, 1966) und
»El Viaje« (Die Reise, 1968).

Justo Vasco (geb. 1943) schreibt außer Science Fiction auch Detektivromane. Seine SF-Titel:
»Jugando« (Spielend, 1988) und
»Por una Vez Alicia« (Dies eine Mal, Alicia, 1993).

Eduardo Frank (geb. 1944) hat »Más Allá del Sol« (Über die Sonne hinaus, 1987) und »Los dioses Astronautas« (Die Astronauten-Götter, 1991) geschrieben.

Bruno Henriquez (geb. 1947) hat neben SF-Geschichten auch SF-Gedichte geschrieben, enthalten in »Aventura en el Laboratorio« (Abenteuer im Labor, 1987) und »Por el Atajo« (Über die Abkürzung, 1991).

Weitere Namen in diesem Genre sind **R. E. Bourgeois** (geb. 1950), **Daína Chaviano** (geb. 1957), **Eduardo del Llano** (geb. 1962) und **José Miguel Sánchez** (geb. 1969), dessen Roman »Timshel« (1990) preisgekrönt wurde.

Es muß dabei angemerkt werden, daß diese und andere Autorinnen und Autoren bei ihren Veröffentlichungen Einschränkungen unterliegen, da das Druckpapier rationiert ist. Eine Alternative bzw. ein Ausweg ist für manche die Veröffentlichung in virtuellen Zeitschriften, obwohl solche Publikationen auf internationaler Ebene nicht so anerkannt werden wie gedruckte Publikationen.

Mexiko

Wie César Güemes in seinem Artikel »Los Marcianos llegaron ya: La Ciencia Ficción en Mexico« feststellt, gibt es in Mexiko mehr als 200 SF-Autorinnen und -Autoren. Wahrscheinlich konnten viele bislang jedoch nicht publizieren.

Einer der bekannteren Schriftsteller ist **Federico Schaffler** (geb. 1959), der die Anthologie »Más Allá de lo Imaginado« (Jenseits des Vorstellbaren, 1991) sowie die Bücher »Breve Eternidad« (Kurze Ewigkeit, 1991) und »Electra se Moriría de Envidia« (Elektra würde vor Neid sterben, 1991) veröffentlichen konnte.

Bekannt ist auch **Mauricio José Schwarz** (geb. 1955) durch sein Buch »Escenas de la Realídad Virtual« (Szenen virtueller Realität, 1991) und die Zeitschriften »Estacosa« und »Otracosa« (virtuelles Magazin), die er herausgibt.

Peru

Über peruanische Science Fiction ist nur wenig bekannt. Eine Ausnahme ist **José B. Adolphi** (geb. 1933). Von ihm stammen »Cuentos des Relojero Abominable« (Geschichten vom mißgestalteten Uhrmacher, 1974) und »Manana fuimos Felices« (Morgen waren wir glücklich, 1975).

Juan Rivera Saavedra veröffentlichte »Cuentos Sociales de Ciencia Ficción« (Soziale Science Fiction-Geschichten, 1976).

Uruguay

Die wichtigsten Vertreter der Science Fiction in Uruguay sind die folgenden:

Mario Levrero (geb. 1940)
»La Máquina de Pensar en Gladys« (Die Denkmaschine in Gladys, 1967)

Carlos María Federici (geb. 1941)
Kurzgeschichten »Primera Necesidad« (Erste Hilfe, 1968) und
»El Nexo de Maeterlink« (Das Verbindungsstück von Maeterlink, 1978).

Tarik Carson (geb. 1946, lebt inzwischen in Buenos Aires)
»El Hombre Olvidado« (Der vergessene Mensch, 1973)
»El Corazón Reversible« (Das umkehrbare Herz, 1986)
»Una Pequena Soledad« (Eine kleine Einsamkeit, 1986)
»El Estado Superior de la Materia« (Der überlegene Stand der Materie, 1989).

Venezuela

Unter den wenigen SF-Autoren sind erwähnenswert

Luis Britto García (geb. 1940), dessen Werk hauptsächlich aus naturwissenschaftlich/technisch geprägten Kurzgeschichten besteht, **Pedro Berroeta** (»La Salamandra«, Der Salamander 1973) und **Carlos Sabino** (»La Religión de los Hanksis«, Die Religion der Hanksis, 1989).

Zitierte Werke

Kreksch, Ingrid: »La Ciencia Ficción Latinoamericana«. Monóculo. Revista del Taller Hispanoamericano de Cultura, Vol 1, Nr. 4, Los Angeles 1992

Kreksch Ingrid: »Reality Transfigured: Latin American Situation as Reflected in its Science Fiction.« Essay in »The Politics of the Possible«, Hassler, D. & Wilcox, C. South Carolina Press, 1995

Lateinamerikanische SF-Zeitschriften

Argentinien:

Más Allá. 1953–1957

Axxón. Magazin auf Disketten, Herausgeber: Eduardo J. Carletti

Clépsidra. 1984

Cuásar. Herausgeber: Luis Pestarini und Mónica Nicastro

Entropía. 1978 (1 Ausgabe)

Nuevo Mundo. Herausgeber: Daniel Croci

Otros Mundos. Herausgeber: Daniel Bugallo, Juan Etchegoyen und Horacio Moreno

Parsec. 1984 (6 Ausgaben). Herausgeber: Sergio Gaut vel Hartmann

Péndulo. Herausgeber: Andrés Cascioli, Marcel Souto

Sinergia. Herausgeber: Sergio Gaut vel Hartmann

Vórtice. Herausgeber: J. C. Verrecchia

Chile:

Nadir, gegründet 1988. Herausgeber: Moisés Hassón

Kuba:

I+Real. Virtuelles Magazin. Herausgeber: Bruno Henriquez

Mexiko:

Estacosa. Herausgeber: Mauricio José Schwarz

Otracosa. Virtuelles Magazin. Herausgeber: Mauricio José Schwarz

Uruguay:
Diaspaar. Herausgeber: Roberto Bayeto

Venezuela:
Solaris. Herausgeber: Francesco Pellegrino.
La Gaceta de UBIK. Universidad Simón Bolívar

SF-Vereinigungen

Asociación Cubana de Ciencia Ficción (ACCF), Kuba
Asociación Libre de Ficción Anticipatoria (ALFA), Venezuela
Círculo Argentino de Ciencia Ficción y Fantasía (CACyF), Argentinien
Círculo de Puebla, Mexiko
Club de Ciencia Ficción UBIK – Universidad Simón Bolívar, Venezuela

Elektronisches Mailing

ALFA L@conicit.ve(Saycit-Internet), gegründet 1994

Preise

Premio David (Kuba). Unión de Escritores y Artistas de Cuba (UNEAC)
Premio Más Allá (Argentinien). Círculo de Ciencia Ficción y Fantasia
Premio del Círculo de Puebla (Mexiko). Círculo de Puebla

Aus dem Amerikanischen von Usch Kiausch

FILM

Trip ins Unmögliche: Die Filmszene 1997/98

von Peter M. Gaschler

Das Kino ist dazu da, alles zu realisieren, sogar das, was unmöglich erscheint, und den erschreckendsten Träumen, den unwahrscheinlichsten Erfindungen der Vorstellungskraft den Anschein von Realität zu verleihen.

Dieser zukunftsweisende Satz, an dem sich bis heute nichts geändert hat, stammt nicht etwa aus der Chefetage von *DreamWorks,* sondern von dem frz. Filmpionier und ersten Regisseur des Kinos, *Georges Méliès (1861–1938),* welchem ARTE am 23. 12. 97 einen unglaublichen, für Fans wie Kritiker gleichermaßen aufschlußreichen Fernsehabend widmete. Obwohl nicht der einzige Filmemacher seiner Zeit, war Méliès der erste, der wirklich erkannte, womit er es hier zu tun hatte. Der Direktor des *Robert-Houdin* war ein Theatermann, der das Theater hinter sich ließ. Méliès demonstrierte als erster, daß sich Film nicht nur zur bloßen fotografischen Wiedergabe von Menschen oder Dingen eignete, sondern zum Erzählen einer Geschichte. Er war der erste, der die unglaublichen Möglichkeiten, die schiere Komplexität des Mediums entdeckte. Es ist fast unmöglich, seine Bedeutung für die Kunst des anbrechenden 20. Jahrhunderts überzubewerten. Méliès war der erste Visionär des Kinos, in *L'Homme à la tête de caoutchouc* (1902) platzt ihm darüber der Kopf. Er war der erste, welcher die Kamera als Gestaltungsmittel entdeckte, der ein Filmstudio errichtete und Kulissen auch im Freien aufstellte, der historische Ereignisse wie die Dreyfus-Affäre und literarische Figuren wie Faust und Mephistopheles, Hamlet, Cinderella, Münchhausen, Robinson Crusoe oder Gulliver auf einer Leinwand lebendig werden ließ. Méliès erfand nicht nur die meisten Genres oder die Film-Werbung, er entdeckte, daß man innerhalb der *Bewegten Bilder* farblich träumen konnte, daß sich Raum und Zeit manipulieren ließen. In der ersten Dekade des 20. Jahrhunderts der erfolgreichste und stilbildendste Filmemacher/Produzent der Welt, probierte er fast jedes Genre unter Anwendung des gesamten von ihm entdeckten Repertoires an Kameratricks wie Mehrfachbelichtung, Überblendung oder Zeitraffer aus. Das *L'Homme-orchestre* von 1900, in dem er 6fach verdoppelt mit sich selbst musiziert, ist die reinste Hexerei. Das momentane Versagen der Kamera während der Aufnahme einer Straßenszene vor der Pariser Oper, welches zum unfreiwilligen Umbau eines Busses zu einer Pferdekutsche führte, ist für die Entwicklung der Filmkunst so entscheidend wie der Schnitt vom Knochen zum Raumschiff in *2001: A Space Odyssey* für die Geschichte der Menschheit. Méliès bewältigte im Alleingang die erste Krise des Films, als die von Lumières Kameraleuten aus ganz Europa mitgebrachten kurzen Reportagen das Publikum zu langweilen begannen und der nagelneuen Kunst ein vorschnelles Ende zu bereiten drohten. Den hungrigen Augen der Massen mußte Deftigeres geboten werden.

Auf Méliès' Jahrmarktsspielplan standen bald mehr als 500 Fertiggerichte, welche die Kundschaft im Quadrat springen ließen: halsbrecherische motorisierte Ballonfahrten, Vulkanausbrüche auf Martinique, lebende Spielkarten, der Mysteriensalon von 1001 Nacht, Rotkäppchen und der böse Wolf, die 400 Streicheleinheiten des Teufels, der Ärmelkanal-Tunnel als politischer Irrwitz, Chinesisches, der Stein der Weisen, die Jungfrau von Orleans, Alptraumkäfer im Schlafzimmer, Abmagerungsmaschinen, Aerobusse und Schneeriesen, Röntgenstrahlen, Nymphen und Seeungeheuer, Großbild-Fernsehen (allein das macht Méliès zu einem Visionär wie Verne), Automaten und die Transplantation von Körperteilen, aber auch schrecklich Ernüchterndes wie die entlarvende Alltags-Satire auf Méliès' späteren Niedergang *Un Locataire diabolique* (1909) oder illegale Spielbanken, das damalige Pariser Stadtgespräch (*Le Tripot clandestin*, 1905). In *Le Raid Paris à Monte*

Aufbrüche ins Unmögliche. *Georges Méliès* Le Voyage à travers l'impossible.

Carlo en deux heures (1904), der die futuristischen Geschwindigkeitsübertretungen von *Death Race 2000* (75) und *Mad Max* (79) vorwegnimmt, steigt kein geringerer als König Leopold von Belgien in den neuesten Pariser Schlitten ein, um die langatmige 17-Stunden-Zugfahrt ins Spielerparadies an der Côte d'Azur bei herrlichem Wetter in 2 Stunden zu schaffen. Was im Weg steht, wird einbetoniert: Gendarme, Steuereintreiber, Obstverkäuferinnen, ein Konservatorium, ein Eßzimmer, ein Güterwaggon voll flüssigen Teers, die Ehrentribüne. Die fliegende Geisterbahn aus Zug, Automobil, Flugzeug, U-Boot und Zeitmaschine – eine weitaus wildere Konstruktion als etwa Doc Browns neues Spielzeug am Ende von *Back to the Future Part III* (90) – läßt die bequem, aber doch ziemlich außergewöhnlich Reisenden von *Le Voyage à travers l'impossible* (1904) nach Falschabbiegen im heißen Kopf der Sonne schwitzen.

Unter diesem Großansturm innovativster, von den Surrealisten später vergötterter Meisterwerke ragt der Urfilm aller Cinéasten heraus, der erste Film, der eine zusammenhängende Geschichte erzählte, und was für eine! *Le Voyage dans la lune* war mit seiner für das Jahr 1902 astronomischen Länge von 285 Metern, Produktionskosten in Höhe von 10 000 Francs und seinem höchst erstaunlichen Inhalt nicht nur der erste wirkliche SF-Film oder das erste SF-Film-Epos, sondern das Meisterwerk des damaligen Filmschaffens überhaupt, ein Meilenstein in der Geschichte des Kinos. Etwas derart Unglaubliches hatte es nie zuvor gegeben. Obwohl spätere Schauspiele wie der noch unmöglichere *Le Voyage à travers l'impossible* mit dem Ergebnis konkurrieren konnten, schaffte es Méliès nie wieder, einen derart aufopfernden, riskanten, spektakulären und sein Publikum wie nie zuvor ergreifenden Film herzustellen. Es gibt selbst heute keinen Zuschauer, der sich diesem enthusiastischen, bizarren Abenteuer und seinem unschuldigen Charme entziehen kann, und sei es nur in den reichlich vorhandenen humoristischen Höhenflügen wie dem Gesicht des Mannes im Mond (als hätte er eine fliegende Torte abbekommen), den im fruchtbaren Mondboden ins Riesenhafte wachsenden Regenschirmen, einem aus einer Dachluke des Saturn gelassen in den Feierabend blickenden Alien, dem Schneesturm, der unsere Forscher ins Reich der unzivilisierten Wells'schen Seleniten zwingt, dem vertikalen Sturz der Kapsel zur Erde oder den aufgeschreckten Molchen im ozeanischen Aquarium. Äußerste Frivolität, gewagteste Phantasie, extremer Erfindungsreichtum, Böller-Witz, eine mehr als abenteuerliche Thematik für ein gerade erst erfundenes Medium sowie die sensationellen Effekte machten *Le Voyage* zum einflußreichsten Hit, der Dutzende von Fälschungen, Imitationen und rip-offs auslöste und entscheidende Ideen, Themen und Bilder späterer SF-Produktionen vorwegnahm, Wissenschaftler/Wissenschaft, Raumflug, Kometen, Halluzinationen im All, fremde Planetenoberflächen mit Kratern und Höhlen, bizarren Tier- und Pflanzenarten, Erstkontakt mit monströsen

Außerirdischen, sogar Frauen in Hot-Pants wie in den Siebzigern. Der *Zauberer aus Montreuil* starb verarmt und vergessen, gehänselt von Kritikern, die seine Technik primitiv, den Stil überholt und die Geschichten lächerlich fanden. Der Mann hatte ja nur etwas so Bedeutungsloses wie die Grundlagen von Filmsprache und Filmkunst geschaffen.

Die wichtigste aller Künste

Seit Méliès hat das Kino eine unüberschaubare, für viele geistig überfordernde Richtung genommen. Méliès liebte den Film, weil sich andere Künste damit verbinden ließen und es war wohl dieser Ausgangspunkt einer immens komplexen Entwicklung, die Film zu einer eigenständigen, zu *der* Kunstform des 20. Jahrhunderts reifen ließ.

In Alain Resnais' *L'Année dernière à Marienbad* (60) ist der zugrunde liegende Text/Innere Monolog Alain Robbe-Grillets weder ein Drehbuch in üblichem Sinne noch Literatur, obwohl es sich zwangsläufig um eine Art Literatur handelt. Eine Dreiecksgeschichte findet wie im Theater statt, obwohl es um reine Einbildung ohne identifizierbare Charaktere gehen könnte. Die nicht enden wollenden, ebenso bedrückend wie fesselnd kultivierten Kamerafahrten und -einstellungen des Schlosses und seines Parks evozieren *cinéma vérité* und Malerei, obwohl es sich weder um das eine noch um das andere handelt. Sie zeigen eine absolut phantastische Welt, die dennoch nichts anderes abbildet als unsere eigene Realität. Obwohl echte Menschen ins Bild kommen, scheint diesen, in extremer Slow Motion ertappt, kein wirkliches Leben innezuwohnen. Sie sind lebloser als die von ihnen geschaffenen, auffallend lebhaften Statuen, sie ersticken geradezu in bleiernen gesellschaftlichen Ritualen, die so außergewöhnlich wirken, als befänden wir uns auf einem fremden Planeten. Das Thema von *Marienbad* ist eindeutig und gleichzeitig völlig konfus, der gedehnt wirkende räumliche und zeitliche Ablauf ein Hohn, obwohl es sich um den richtigen handeln könnte. Die Schwarzweiß-Bilder scheinen nichts anderes als unbestechliche Fakten wiederzugeben, obwohl sie wie in den Filmen Antonionis (*L'avventura* stammt aus demselben Jahr) wie in Trance zu lange festgehalten werden, als warte die Kamera auf eine Erklärung, die gar nicht zu kommen braucht. Würde man *Marienbad* als Geschichte erzählen oder Inhaltsangabe abfassen – ein Mann glaubt, letztes Jahr in Marienbad einer Frau begegnet zu sein –, würde nichts dabei herauskommen. *Marienbad* ist der innovativste und persönlichste Film aller Zeiten, obwohl man sich keinen abstrakteren vorstellen kann. *Marienbad* ist einer der atemberaubendsten Filme, die ich gesehen habe, obwohl überhaupt nichts passiert. Es ist ein offener, nicht für alle Zuschauer derselbe Film: Wir sehen nur, was wir sehen können, und wir begreifen nur, was wir begreifen wollen. Die Irritation entsteht dadurch, daß Resnais nicht nur kein Plot anbietet, sondern überhaupt keinen Anhaltspunkt. Alles ist in der Schwebe. In *Marienbad* sind wir uns selbst überlassen, und das sich einstellende befremdliche Gefühl ist nichts anderes als unser befremdlicher Blick auf die Realität, welchen der Film lediglich reflektiert. Resnais muß wie Méliès das Unmögliche selbst wagen, den alles riskierenden Angriff auf unsere Art zu Sehen und zu Denken. Und doch könnte man sich unter *Marienbad*, obwohl das Ergebnis vielfältiger Überlegungen und unterschiedlichster Einflüsse, nichts anderes vorstellen als einen Film.

Genau wie *Rashomon*. Wir nehmen an den Aussagen vor Gericht teil – das Gericht ist niemand anderes als wir selbst –, indem wir sie, gefiltert durch das jeweilige Bewußtsein, die individuelle Identität des Zeugen, sehen. Ist die eine Sichtweise richtiger als die andere, obwohl sie Kuresawa mit den gleichen stilistischen Mitteln filmt? Gibt es die richtige überhaupt? Hat die Realität, die es in *Rashomon* aufzuklären gilt, tatsächlich jemals stattgefunden? Und wenn ja, welche der in Frage kommenden müßten wir dann akzeptieren? Derart essentielle Realitätserkundungen mögen nicht allein auf SF oder Film beschränkt sein, aber Film untersucht sie mit der gleichen Leidenschaft und Gründlichkeit wie jede andere Kunstform auch.

Wie anders dagegen hierzulande. Nirgendwo auf der Welt versteht man von dt. SF-Filmen so wenig wie in der dt. SF selbst. Wie sonst wäre es zu erklären, daß ein international bekannt gewordener dt. SF-Film wie *Quest* 1997 auf 30 in- und ausländischen Festivals ausgezeichnet wurde (zuletzt, wie *Balance* im März 1990, mit dem Oscar), ein Meisterwerk, welches mit mehr Preisen überschüttet wurde als jeder andere jemals in Deutschland hergestellte Film, in der dt. SF völlig unbekannt ist? Das heißt nichts anderes, als daß man in Annecy, Sitges, Zagreb (kein Wunder, bei der Trickfilmtradition) oder Kiew mehr von dt. SF-Filmen versteht als in der dt. SF selbst. Hier versagt die dt. SF und nicht der dt. SF-Film, welcher nicht erst seit Bestehen des *Kurd Laßwitz-Preises* mit sehr preiswürdigen, von der dt. SF ausnahmslos ignorierten Arbeiten hervorgetreten ist. Hans-Christian Schmids virtuos inszenierter, ungemein komplexer *23*, Fredi M. Murers an unsere globale Verantwortung appellierender *Vollmond*, Monika Stellmachs glänzender Puppentrick *Arcanum*, ARTE-Produktionen wie Heinz-Peter Schwefels *Virealitäten* oder Gusztáv Hámos/Katja Pratschkes *Natural Born Digital* sind nicht nur auf ihre unerwartet neue Art herausragende Höhepunkte des deutschsprachigen SF-Filmgeschehens 1998. Sie sind nicht ins Bewußtsein der dt. SF vorgedrungen, einer SF, die wohl nie die Bedeutung von ARTE begreifen wird, einem Sender, der in der kulturellen Entfaltung Europas die tragende Rolle spielt.

SF im dt. Film 1998 scheint auf den ersten Blick eine knifflige Angelegenheit zu sein, aber SF war immer ein transparentes, ungehorsames Genre mit vielen Gesichtern. Sie reicht von Eckhart Schmidts Online-Beziehungsmüll *Internet Love* und deftiger *Star Trek*-Hausmannskost (René von Bodiscos ehrgeiziger *Berg War 3*) über zu viel Thomas Pynchon (Michael Buschs *Hyperbooks* um die Software-Gehirnwäsche einer jungen Autorin), die Quoten-Regelung zukünftigen Soap-TVs (Andreas Senns *Clonely Hearts*), Endzeit-Wahnvorstellungen aus der Sicht Überlebender des Medikamenten-Horrors nach dem 3. Weltkrieg (Tim Tragesers *Die letzte Sekunde*) und Romuald Karmakars wohl erst an Silvester 1999 ausgestrahltes Millenium-Trinkgelage *Das Frankfurter Kreuz* zum Ölbohrinsel-Öko-Thriller (Achim Bornhaks *Operation Noah*), Indiana Jones/James Bond-Versuchstheater (Hardy

Martins die Story vermasselnder Stuntbaukasten *Cascadeur – Auf der Jagd nach dem Bernsteinzimmer*), Rudolf Thomes ewig scheiternder Utopie der Liebe (*Tigerstreifenbaby wartet auf Tarzan*, mit Herbert Fritsch als gestörtem Zeitreisenden aus dem 5. Jahrtausend), Herbert Achternbuschs Sprache und andere Ordnungswidrigkeiten bis in die Steinzeit verfolgendem *Neue Freiheit – Keine Jobs* und Tom Tykwers gewaltigem Endspurt aus Sepp Herberger, Jean-Luc Godard, T. S. Eliot und »Zwölf Uhr mittags«, *Lela rennt*. Lela rennt in Richtung *Deutscher Filmpreis*, einem KLP und einer dt. SF davon, die nicht zu begreifen scheinen, daß SF nicht unbedingt ein gesonderter Teil unserer Wirklichkeit ist, wie ihre Anhänger glauben. Tykwer untergräbt unsere Vorstellungen von Realität, Raum und Zeit, indem er Lela (Franka Potente) gleich dreimal losrennen läßt. Einmal kommt sie an einem Frauenporträt in einer Spielbank vorbei, dessen Haarknoten nicht von ungefähr die Zeitspirale eines sehr berühmten Hitchcock-Films aufgreift.

Nun kann man natürlich nicht den filmischen Horizont der Fach-Jury eines Filmfestivals, einer ernstzunehmenden Filmzeitschrift, eines Filmmuseums, eines Senders wie ARTE oder die Verantwortung der Prüfungskommission einer Filmakademie mit einer über kein Interesse, keine Leidenschaft, keine Kenntnis oder Erfahrung verfügenden dt. SF vergleichen, von der generellen Schwierigkeit der Vergabe eines dt. SF-Filmpreises, der sich nicht nur mit mehr als 40 Festivals im deutschsprachigen Raum beschäftigen müßte, einmal abgesehen, aber vor dem Hintergrund der Bedeutung eines Mediums wie Film ist eine solche Ignoranz ein unmöglicher Zustand. Es ist zu wenig, wenn man SF-Preise vergeben will. Man flüchtet sich in naive Selbstbeschwichtigungsformeln wie die, Hörspiel habe mehr mit Phantasie zu tun als Film, zwischen Hörspiel und Film bestehe eine engere Verknüpfung als zwischen SF und Film, oder gute Filme seien lediglich in den wenigen Nischen außerhalb des Konsumbetriebs entstanden der dort, wo Produzenten und Regisseure es verstanden haben, ihre Unabhängigkeit wenigstens in einem gewissen Maß zu wahren. Können gute Regisseure/Produzenten nicht mit dem

Konsumbetrieb umgehen, für den sie arbeiten? Kennen sie ihre eigenen Arbeitgeber nicht? Niemand wird doch im Ernst bestreiten, daß ein so bildhaft verwurzeltes, über ungleich größere Möglichkeiten als Literatur oder Hörspiel verfügendes Medium wie Film die natürlichsten, die geeignetsten, die besten formalen Voraussetzungen für SF mit sich bringt. Muß man das Werk Eisensteins studiert haben, um nachvollziehen zu können, daß Film eine Synthese anderer Künste darstellt?

Er sei sich völlig darüber im klaren, was ein guter Regisseur mit einer Bildsequenz von wenigen Sekunden alles anstellen könne, schreibt Michael K. Iwoleit im letzten Jahrbuch. Genau das bezweifle ich. Sicherlich weiß Michael Iwoleit, daß Film wie Literatur aus ganzen Werken besteht und nicht aus ganzen Sekunden oder daß es sich um eine Kunstform handelt, die Literatur, Malerei, Theater oder Hörspiel, sogar Ballett/Oper mit einfließen lassen, transferieren kann. Film kann sich Musik und Sprache bemächtigen, aber nicht umgekehrt. Film kann Sprache weit hinter sich lassen, nicht nur in so bekannten Werken wie *2001: A Space Odyssey*. Film kann Sprache ungeheuer auf die Füße treten wie in der unvergeßlichen Sequenz in *Planet of the Apes*, wenn die Schimpansen Zaius die aufregende Neuigkeit unterbreiten, Taylor könne sprechen und Zaius entgegnet, dies habe überhaupt nichts zu bedeuten. Film ist das Medium, in das alles hinein und in dem alles zusammenfließt. Filmsprache und Sprache im Film können weitaus kondensierter stattfinden als Sprache in Romanen von Thomas Pynchon. Sprache im Film ist nicht unbedingt vergleichbar mit Sprache in der Literatur, der Gehalt von Bildern dem Gehalt von Worten nicht unbedingt unterlegen. Die *Mona Lisa* wäre nicht das berühmteste Gemälde der Welt geworden, hätte Leonardo Da Vinci in sein Tagebuch geschrieben, weshalb sie lächle. Im SF-JAHR 1997 führe ich auf S. 335 die Namen von 63 weniger bekannten (sonst hätte ich NormanMcLaren, Andy Warhol oder Kenneth Anger genommen), stilistisch/thematisch überaus innovativen Filmemachern an – eigentlich 64, der Autor bedankt sich für ein falsch sitzendes, Jean François Laguonie klonendes Komma! –, welche Filmsprache auf ungeahnte Art revolutioniert haben, deren »experimentelles« Kurzfilmwerk jenseits von Festivals, Sondervorführungen, Museen und frühester TV-Stunde kaum in die Öffentlichkeit gedrungen ist. Aber das ist nicht das Problem, mit dem Filmkunst zu tun hat. Es ist das Problem einer dt. SF, die sich über Film völlig im unklaren ist.

SF-Experten, die glauben, über SF-Filme Bescheid zu wissen, wären sehr erstaunt gewesen über David Cronenbergs 35 Beispiele umfassende SF-Filmretrospektive 1983 in TORONTO, welche neben problemlos identifizierbaren Antiquitäten wie *Forbidden Planet* oder *War of the Worlds* auch Bergmans *Vargtimmen* (68), Fellinis *Satyricon* (69), Robert Wise' *Helen of Troy* (55) und Martin Scorseses *Taxi Driver* (75) präsentierte, den Cronenberg für eine bessere Version von *Blade Runner* hält als *Blade Runner* selbst. Dahinter steht die in der SF leider nicht geläufige Binsenweisheit, SF-Filme müßten nicht wie SF-Filme aussehen. SF muß mehr wagen, wenn sie ernst genommen werden will. Einem historischen Drama wie Anthony Manns *The Fall of the Roman Empire* (63) etwa steht Marc Aurels Vision der *Pax Romana* im Wege, ein Vielvölkerstaat gleichberechtigter Nationen, eine reine Utopie. Gleich zu Beginn wird diese Utopie zusammen mit dem vergifteten Aurel (Alec Guiness) aus dem Weg geräumt, aber die sich anschließende Chronologie der Ereignisse bestätigt lediglich deren Scheitern. Zeit bleibt stehen, obwohl sie weiterläuft: Wie hilflose, sich gegenseitig behindernde Puppen prügeln sich Aurels favorisierter Adoptivsohn Livius (Stephen Boyd) und sein in Wahrheit unehelicher Sohn Commodus (Christopher Plummer), ironischerweise von dem toleranten Livius selbst zum neuen Caesar ausgerufen, auf historischer Bühne um den richtigen Kurs, unfähig, den sich unheilvoll zuspitzenden Gang der Geschichte zu beeinflussen. DAS ist der Verlauf von Geschichte.

Zu dem kleinen Spielzeugmodell der Zeitmaschine in George Pals *The Time Machine* (60), welches Rod Taylor mit der geknickten Zigarre auf die Reise schickt, gibt es ein Äquivalent in einem völlig anderen Genre, Mortons Modell der Eisenbahn in Sergio Leones »Western« *Cera una volta il west/Once Upon a Time in the West* (68). Zu beiden Modellen existiert nicht nur das Original, sie symbolisieren den Triumph des Fortschritts, den Sieg der Technik über Raum und Zeit. Schicksale wie die zwischen Mundharmonika (Charles Bronson), Cheyenne (Jason Robards), Frank (Henry Fonda), Morton (Gabrielle Ferzetti) und McBains verheimlichter Frau (Claudia Cardinale) mögen sich so oder so ähnlich tausendfach während der Eroberung der Wildnis durch die Zivilisation abgespielt haben, aber der wirkliche Hauptdarsteller von Leones Meisterwerk ist die Eisenbahn: bedrohlich, unaufhaltsam sich uns entgegen schiebend während der Ankunft Cardinales am Bahnhof, in einem wahren Freudentaumel und Triumphzug zuletzt die Sweetwater-Ranch erreichend, als eine weitere Etappe bei der Erschließung des Raums geschafft ist. An die Menschen, die auf der Strecke geblieben sind und die Zeiten, in denen sie gelebt haben, wird sich niemand mehr erinnern.

Dieses Gefühl des Ausgeliefertseins in Raum und Zeit findet sich am deutlichsten in einer Szene, die der aus *Doctor Zhivago* im letzten Jahrbuch beschriebenen (S. 328) sehr ähnlich ist. Als Cardinale das Bahnhofsgebäude betritt, blicken wir zusammen mit Tonino Delli Collis starrer Kamera durch ein Fenster in den Schalterraum, wo sie von zwei Beamten erfährt, daß niemand gekommen ist, sie abzuholen. Obwohl wir kein einziges Wort des Dialogs verstehen, als hätte Sprache überhaupt keine Bedeutung, wissen wir, daß McBain und seine Kinder von Frank und dessen Männern ermordet wurden. Die unmögliche Position der Kamera außerhalb des Raums ertappt menschliches Schicksal als zusammenhangloses Theater in Raum und Zeit. Man beachte den Wechsel in der Musik Morricones, als Cardinale die Zeit der Bahnhofsuhr mit der ihrer Armbanduhr vergleicht, der Bahnsteig sich langsam zu leeren beginnt und allmählich der Stimmung der Verlorenheit eines jener zeitlosen, ahistorischen Gemälde De Chiricos Platz macht. Ein unbehagliches Gefühl der Nutzlosigkeit macht sich breit, weil der Schauplatz, eben noch belebt und vertraut, auf einmal unbewohnt und fremd erscheint, als habe er noch eine andere, uns unbekannte Bedeutung.

Züge spielen auch eine wichtige Rolle in einem so viel-

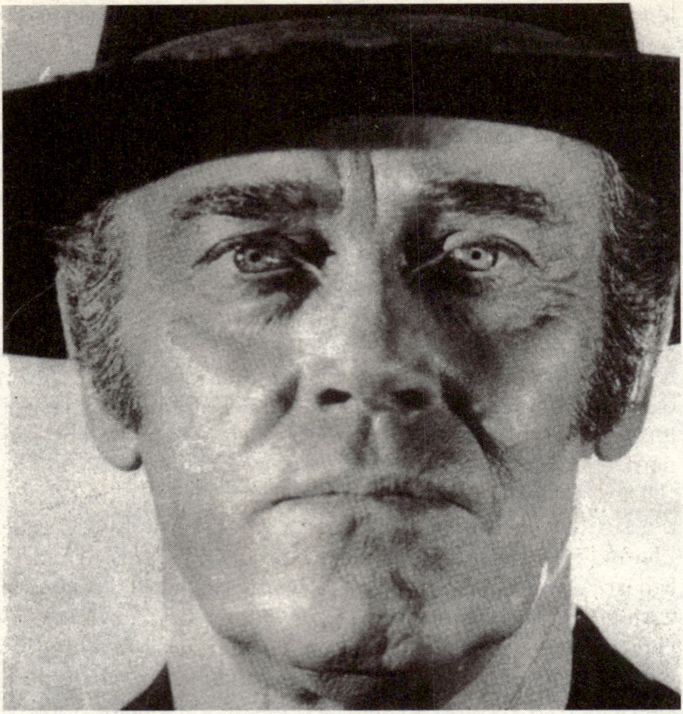

Das Museum der Zeit. Henry Fonda, Cera una volta il west

schichtigen Meilenstein des SF-Films wie *The Man Who Fell to Earth* (76), dessen Regisseur als Kameramann an David Leans *Lawrence of Arabia* (62) mitarbeitete. Zwischen David Bowies Thomas Newton und Peter O'Tooles Lawrence gibt es keinen wesentlichen Unterschied. Beide sind exotische Fremdkörper in einer ihnen unbekannten Umgebung, die das Andere vielleicht nur deshalb nicht toleriert, weil es anders ist. *Ich bin anders,* sagt Lawrence anfangs zu dem Beduinen, der ihn in die Wüste führt, und ein Schnitt in den Sternenhimmel über der Wüste stellt ihn in einen anderen Zusammenhang als Anthony Quinn, der lediglich glaubt, anders zu sein, dem das

Abbild des Mondes auf der Wasseroberfläche als Selbstbespiegelung genügt, oder den Lawrence folternden türkischen Stadthalter, der »auf der dunklen Seite des Mondes« gelebt hat. Was uns fehlt, was Einstein gesehen hat, ist ein Gefühl für die Dinge in ihrem größeren, in ihrem anderen als dem uns genügenden Zusammenhang. SF stimuliert dieses Denken, aber SF ist, wie alles andere auch, nichts Außergewöhnliches. Alles kann meine Phantasie in Bewegung setzen. Je mehr man darüber nachdenkt, um so mehr erscheint SF als Teil eines größeren Ganzen. Als eine von vielen Möglichkeiten, die Dinge in ihrem Anderssein zu betrachten.

FILME '97/98

ALLGEMEINE ABKÜRZUNGEN

Art	Wichtige Artikel; auch Interviews, Essays, Drehberichte, Porträts, Analysen, Vergleiche unterschiedlicher Schnittfassungen etc.
Cr	Creator (bei TV-Serien)
DF	Deutsche Fassung
DOKU	Dokumentarfilm
F	FILMFESTIVAL (*PHANTASTISCHE*)
FaFF	*FANTASY FILMFEST* (München, Berlin, Frankfurt/M. , Hamburg, Köln, Stuttgart)
K	Kinostart/BRD
K	Originalfassung im Kino erstaufgeführt
Kr	Kritik
KURZ	Kurzfilm
Lit	Weiterführende Literatur
OF	Originalfassung
OmU	Originalfassung mit deutschen Untertiteln
REKON	Rekonstruktion der Urfassung
SERIE	TV-Serie
STUMM	Stummfilm
TV	TV-Erstausstrahlung/BRD
TV	Originalfassung im Fernsehen erstaufgeführt
UA	Erste öffentliche Aufführung im Herstellungsland bzw. Festivalstart (UA/F)
UCLA	University of Southern California Los Angeles
UT	Untertitel
V	Videostart/BRD
V	Originalfassung auf Video erstaufgeführt
VMO	Videodrom Mail Order (Berlin; größter Anbieter auch ausländischer Videos in der BRD)

BEWERTUNGSSYSTEM

○	uninteressant
●	mittelmäßig
●●	gut
●●●	sehr gut
●●●●	überragend

TV ●●

Die Abenteuer des Odysseus

The Odyssey

USA/GB/BRD/Türkei/Malta. Andrei Konchalovsky (Andrej Michalkow-Kontschalowskij, *1937) - UA (USA): 1997/5. NBC-TV, F-172 min - UA/TV (BRD): 15. /22. 11. 1997. PRO 7, F-172 min (2-teilig) - V: 97/11 (PRO7 Home Ent.) - Kr: Cfq 29/3 (97). epd (98/7). SZ 14. 11. 97.

□ Der listenreiche Odysseus (Armand Assante), nach dem Fall Trojas überheblich die Götter beleidigend, wird von Poseidon zu einer nicht enden wollenden Irrfahrt unsäglicher Gefahren gezwungen. Ein würdiger Anschlußtreffer von NBCs *Gulliver's Travels* aus dem Vorjahr. Wem MCAs zu überraschungsarmer Theme Park *Hercules/Xena* zu programmatisch abläuft, wird hier bestens mit dem Unerwarteten bedient: Konchalovsky, Co-Autor von *Andrej Rubljew* (64–66), Spezialist literarischer Adaptionen nach Turgenjew und Tschechow, aber auch gewaltiger Schlachtengemälde (*Siberiade*, 79, dauert in der OF 7 Std), nutzt das von Coppola co-produzierte Budget, mit nahezu 40 Mio. Dollar die bislang teuerste TV-Produktion, zu epischem Format, durchgehend glänzenden Schauspielern, straffem, nichts vergeudendem Plot und handlungsbezogenen, sinnvollen CGI. Isabella Rossellini, Greta Scacchi, Eric Roberts, Vanessa Williams, Alan Stenson, Geraldine Chaplin, Jeroen Krabbe, Christopher Lee, Irene Papas, Bernadette Peters.

K ●

The Adult Version of Jekyll & Hide

The Adult Version of Jekyll & Hide

USA. L. Ray Monde - UA: 1972. F-91 min - V: (VMO/Something Weird of Germany; OF) - Lit (Jekyll/Hyde-Filme): Glut: Classic Movie Monsters (78) - Art (Jekyll/Hyde-Filme): Cfq 28/3 (96). L'EF 5 (78). MM 45 (95). MS 18 (96). Shv 39 (97). Vp 7 (74) - Lit (David F. Friedman): McCarty: The Sleaze Merchants: Adventures in Exploitation Filmmaking (94). Quarles: Down and Dirty: Hollywood's Exploitation Filmmakers and Their Movies (94). Wooley: Hot Schlock Horror (92) - Art (Friedman): CM 6 (93). DS 48 (95). Fg 104 (91). Hb 1 (92). Hp 3 (92) - Kr: VW 15 (93).

□ Erwachsen nur, wenn man einen glühenden Schürhaken in einer Vagina für erwachsen hält. Selbstversuch trimmt dunkelhäutigen Dr. Christopher Leader (Jack Buddliner) zur Sex-Partner genüßlich folternden langbeinigen Blondine (Jane Tsentas), nachdem er das in einem Buchladen gefundene Tagebuch Dr. Jekylls ausgewertet hat. Krasse, auf keine psychologische/thematische Verdichtung zielende Hardcore/Blaxploitation-Version des ausgetretenen Stoffes, aber Hammers interessanterer Geschlechtertausch *Dr. Jekyll and Sister Hyde* (71) war früher da. Hinter dem Regie-Pseudonym »Ray Monde« stecken Sleaze-Sultan Friedman zufolge Lee Raymond und Byron Mabe, hinter Produzent »L. Ron Elliott« ebenfalls Mabe. René Bond, Jennifer Brooks, Linda York, Bruce Brightman.

SERIE ●●●
Aeon Flux
Aeon Flux
USA 1991–1995 (16 Ep) – Cr: Peter Chung (*1962) – UA: 1991. MTV, F-12 min – V: 22. 9. 97 (CIC; 9 Ep; 119 min) – Art: Cfq 28/11 (97; Ep. Guide). FTh 13 (93). IM 1/4 (94). MS 31–32 (97; Ep. Guide).

□ MTV-Anime-Premiere: Immerwährendes Duell zwischen der leichtbekleideten S/M-Agentin Aeon Flux und dem demagogischen Mad Scientist Trevor Goodchild. Chungs Anti-Heldin ist mit Alex aus *A Clockwork Orange* verwandter als einer Action-Puppe wie Indiana Jones, die Serie attackiert Regeln auf erstaunlich anarchistische Art, die gewaltverherrlichende Scheinmoral/Propaganda amerikanischer Action-Helden, eine zu einengende Festlegung von Hintergrund, Form und Inhalt, das unumstößliche Serien-Gesetz der überlebenden Heldin. *Aeon Flux'* moralische Ambivalenz ist ein Spiegel unserer Verführung durch Geschlecht, Technik, Gewalt und Verbrechen, man darf seinen Helden nicht zu sehr vertrauen. Das riskante Ergebnis ist die beste SF-Serie der 90er Jahre. Die ersten Ep. kamen ohne Dialoge aus.

K ●
Akte X: Der Film
The X-Files: Fight the Future
USA. Rob Bowman – UA: 19. 6. 1998. Fox, F-115 min – K: 6. 8. 98 (Fox) – Art: Cfq 30/1 (98), 30/2 (98). Fg 173 (98), 174 (98), 175 (98). Shv 53 (98). Slg 251 (98), 252 (98) – Kr: Az 6. 8. 98. epd (98/8). SaS 8/9 (98).

□ Mulder/Scully (David Duchovny/Gillian Anderson) auf der Suche nach den Hintergründen eines von Terroristen verübten Sprengstoffanschlags in Dallas, hinter dem in Wahrheit die Beseitigung Alien-infizierter Leichen steht. Außerirdische im ewigen Eis oder sich schwarz färbende Pupillen sind unheimlicher gehandhabt in so klaustrophoben *X-Files*-Ep wie *Ice* (93) oder *Piper Maru* (96), und Kino-Widescreen scheint nicht der richtige Ort für eine im intimen TV-Format reüssierende Serie zu sein. Plotschindereien wie die minutenlange Hubschrauber-Verfolgungsjagd im Maisfeld führen nirgendwo hin und zuletzt wird das gleiche Geheimgelände woanders aufgebaut. Carter konnte sich auch als Autor des stabilen Erfolgs der *X-Files* sicher sein, aber *Fight the Future* macht sichtbar, was besser unsichtbar geblieben wäre. Martin Landau, Blythe Danner, Mitch Pileggi, Armin Mueller-Stahl.

K ○
Alien – Die Wiedergeburt
Alien Resurrection
USA. Jean-Pierre Jeunet – UA: 28. 11. 1997. Fox, F-108 min – K: 27. 11. 97 (Fox) – V: 25. 5. 98 (Fox) – Art: Cf 73 (98). Cfq 29/8 (97). Fg 168 (97), 169 (97), 170 (98). MS 36 (98). SaS 7/12 (97). SFE 4/6 (97). Shv 49 (97). Slg 237 (97), 246 (98), 248 (98), 252 (98) – Kr: Az 27. 11. 97. Cfq 29/12 (98). epd (97/12). Focus 24. 11. 97. FR 27. 11. 97. SaS 7/12 (97). SI 32 (97). SZ 25. 11. 97. Zt 21. 11. 97.

□ Etwas hat überlebt wie in *The Lost World: Jurassic Park* – das ist alles. Ripley (Sigourney Weaver), von Wissenschaftlern 200 Jahre nach der Totgeburt *Alien*³ (92) geklont und leichenblaß jeglicher Angst oder Leidenschaft beraubt, ist weder in Gefahr, noch kümmert sie menschliches Schicksal. Um von dieser dramaturgischen Fehlleistung abzulenken, umgibt sie das Plot mit fuchtelnder Action und einem wild zusammengewürfelten Haufen oft sexloser Charaktere (Vriess, Johner, Call). *Species* (Ripleys Fusion mit der Königin bleibt ungenutzt), *Alien* (Call statt Ash, Deckcomputer ›Vater‹ statt ›Mutter‹) und *Aliens* (vor allem in Newts Träumen) erleben ebenfalls eine zweifelhafte Wiedergeburt. Im Gegensatz zum kontinuierlich steigenden, sorgfältig entwickelten Suspense von *Alien* (79) und *Aliens* (86) wirkt *Resurrection* wie eine konstruierte Aneinanderreihung beliebiger Sets und Situationen. Das Ergebnis ist anonym statt zwingend, kein Vergleich etwa mit Jeunet/Caros innovativem Kurzfilmwerk (*Le Manège*, 79; *Le Bunker de la dernière rafale*, 81), wobei Jeunet hier als Auftragsregisseur ohne Caro auf Joss Whedons mechanisches Skript keinen wesentlichen Einfluß ausüben konnte. Solche Filme übernimmt man nicht. Winona Ryder, Ron Perlman, Dominique Pinon, Brad Dourif.

K ●●●

Am Ende der Gewalt

The End of Violence

USA/BRD/Fr. Wim Wenders (*1945) - UA/F: 1997/5. CANNES, F-122 min - UA (USA): 1997/9. MGM, F-123 min - UA (BRD)/K: 27. 11. 1997. Buena Vista, F-122 min - F: BIRMINGHAM (97). HOF (97). LÜNEN (97) - Art: SaS 7/5 (97). Stern 15. 5. 97. SZ 27. 11. 97 - Kr: Az 27. 11. 97. Cfq 29/10 (98). epd (97/12). FAZ 15. 5. 97. FR 26. 11. 97. SaS 8/1 (98). Sp 5. 5. 97. SZ 27. 11. 97.

□ Griffith Park Observatorium, LA. Ex-NASA-Wissenschaftler Ray Bering (Gabriel Byrne) beobachtet auf seinem futuristischen, jede Hausecke ins Visier nehmenden FBI-Überwachungsschirm eine Entführung, deren Opfer der sich aus seinem jüngsten, scheinbar sehr problematischen Gewalt-Streifen *The Seeds of Violence* abseilende Action-Produzent Mike Max (Bill Pullman) ist. Für Wenders sind Klischees wie Genre, Psychologie, das Sichtbare oder Story/Dramatik weniger wichtig als Max' Odyssee nach innen, die ihn mit den Anti-Helden von *Die Angst des Tormanns beim Elfmeter* (71), *Im Lauf der Zeit* (76) oder *Paris, Texas* (84) verknüpft. An Antonioni erinnert die Umgebung als deutlicher herausgearbeiteterer Spiegel der Entfremdung, die Bilder hinter den Bildern (wie in *Blow Up*) und die Tatsache, daß nicht alles im Leben geklärt werden muß. Es gibt auch Geheimnisse, auf die wir dringend angewiesen sind. Das Resultat ist eine von Pascal Rabaud atemberaubend fotografierte Welt, deren ineinandergreifende Schicksale weder ein kollektives Verhaltensmuster erkennen lassen noch dem Einzelnen genügend Freiraum erlauben. Andie MacDowell, Loren Dean, Udo Kier, Sam Fuller.

K ●●

American Werewolf in Paris

An American Werewolf in Paris

USA/GB/Fr/Lux. Anthony Waller (*1959) - UA (USA): 3. 10. 1997.

New Line, F-102 min – F: *GERARDMER* (98) – K: 15. 1. 98 (Concorde) – V: 14. 7. 98 (UFA) – Art: Cf 71 (97), 73 (98). Cfq 29/4–5 (97), 29/6–7 (97), 29/9 (98). FFa 6/7 (97). Fg 162 (97), 167 (97), 168 (97), 169 (98). MS 37–38 (98) – Kr: Cfq 29/12 (98). epd (98/1). SaS 7/12 (97). SI 31 (97).

□ Sehenswürdigkeit Eiffelturm: Bungee-Springer/US-Tourist Andy (Tom Everett Scott) eilt der sich selbstmörderisch in die Tiefe stürzenden Werwölfin Sérafine (Julie Delpy) hinterher. Kein Vergleich mit David Naughtons sich bei Credence Clearwater Revivals *Bad Moon Rising*-Rhythmen zu einem Oscar-prämierten Rick Baker-Hippie streckenden Monster knackig gedehnter Knochen und stürmisch wuchernder Haarpracht in John Landis' Kult-Hit *An American Werewolf in London* (81). Sind anonym springende CGI-Rudel eigentlich besser als ein einziger altmodischer Werwolf? Ein Wochenendtrip, dennoch recht turbulent. Pierre Cosso, Phil Buckman, Vince Vieluf.

K ●

Anaconda

Anaconda

USA/Bras. Luis Losa – UA (USA): 18. 4. 1997. Columbia Tri-Star, F-89 min – K: 17. 7. 97 (Columbia Tri-Star) – V: 21. 4. 98 (Columbia Tri-Star) – Art: Cfq 28/10 (97), 28/11 (97). FFa 5/11 (97). Fg 161 (97). Sh 62 (97) – Kr: Az 17. 7. 97. Cfq 29/1 (97). epd (97/7). Fg 169 (98). SaS 7/7 (97). SI 30 (97). SZ 19. 7. 97. Zoom (97/8).

□ Die grüne Hölle. Flußaufwärts-Expedition auf der Suche nach dem geheimnisumwitterten Shirishama-Stamm fischt den durchgeknallten Schlangenfänger Paul Sarone (Jon Voight) auf. *Jaws/Creature from the Black Lagoon* als Monsteranaconda: lächerlich unsicherer, aber recht unterhaltsamer Dschungel-Camp mit einer zu offensichtlich integrierten, sich zuletzt verdoppelnden Hauptdarstellerin. Jennifer Lopez, Eric Stoltz, Ice Cube.

K ●●

Anastasia

Anastasia

USA. Don Bluth, Gary Goldman – UA: 21. 11. 1997. Fox, F-94 min – K: 2. 4. 98 (Fox) – Art: Cfq 29/1 (97), 29/8 (97) – Kr: Cfq 29/10 (98). SaS 8/5 (98) – Oscar-Nominierung 1998: Comedy Score, Original Song.

□ St. Petersburg/Paris: Identitätsfindung der verwaisten Romanov-Tochter nach den Wirren der Oktoberrevolution 1917. Die Disney-Konkurrenz *Fox* schläft nicht, die pseudohistorische Fantasy-Story mit Rasputin als seinen Körperteilen hinterher rennendem Zombie fällt nicht so schwer ins Gewicht wie in *The Hunchback of Notre Dame*. Bluth profitiert von einem im dunkleren liegenden Mythos. Eine bezaubernde CinemaScope-Entführung, die erste in einem Zeichentrickfilm seit Disneys *Sleeping Beauty* von 1959, in satten Farben und digitaler Lichtmagie.

K ○

Armageddon – Das jüngste Gericht

Armageddon

USA. Michael Bay (*1965) – UA: 3. 7. 1998. Touchstone, F-150 min – F: CHICHESTER (98) – K: 16. 7.

98 (Buena Vista) - Art: Cfq 30/3 (98). Cr 7 (98). Cs (98/1-2). SFE 5/3 (98). Slg 252 (98) - Kr: Az 16. 7. 98. epd (98/8).

☐ Ein Monster-Asteroid von der Größe des Staates Texas droht die Menschheit in 18 Tagen hinwegzufegen, aber Ölbohrer-Daddy Harry Stamper (Bruce Willis) & Team stehen steuerfrei zur Verfügung. Hochgradig implausible Hooligan-Version von *The Right Stuff*, einfältig aufgeblähter Patriotismus der patriarchalischen Art mit hektisch versenkten Höhepunkten, darunter ein beeindruckenderer Aufschlag in Paris. Klar, daß Daddy sich opfern wird. Billy Bob Thronton, Ben Affleck, Liv Tyler, Will Patton, Peter Stormare, Steve Buscemi als irdisches Stückwerk.

K ●●

The Arrival – Die Ankunft

The Arrival

USA. David N. Twohy - UA: 31. 5. 1996. Orion, F-109 min - V: 11. 11. 97 (VMP) - Art: Cf 67 (96). Cfq 27/10 (96). Fg 154 (96). Slg 228 (96) - Kr: Cfq 28/2 (96). Fg 166 (97). SaS 7/4 (97). Sl 32 (97). VMG '97 (96).

☐ *Contact* für Kurzsichtige: SETI-Astronom Zane Ziminski (Charlie Sheen) registriert anormale Radiowellen einer Schwadron Außerirdischer, welche die Erde über die Beschleunigung des Treibhauseffektes in einen Backofen verwandeln wollen, aber NASA-Chef Ron Silver, bereits hirntief in außerirdische Kacke verstrickt, sieht kaum Handlungsbedarf. Mehr forscher Verschwörungs-Thriller als Invasions-Spektakel, erst im weniger bescheidenen Finale abflauend. Sheens kindisches Grinsen über Design aus den Fünfzigern ist der beste Effekt hier. Lindsay Crouse, Teri Polo, Richard Schiff.

TV ●

Asteroid – Tod aus dem All

Asteroid

USA. Bradford May - UA: 1997/2. NBC-TV F-240 min - V: 2. 6. 97 (Marketing) - TV: 16. /17. 11. 97 (RTL; 2-teilig) - Art: Cfq 28/9 (97) - Kr: Az 18. 11. 97. Cfq 28/12 (97).

☐ Astronomin Dr. Lily McKee (Annabella Sciorra), Direktorin des Nationalen Observatoriums, und Jack Wallach (Michael Biehn), Chef der US-Notstandsbehörde, im Duell mit den Asteroiden *Helios* und *Eros*, welche Kansas City und – nach einem lasergestützten Sondereinsatz der *US Air Force* – Dallas zu zermalmen drohen. CGI in der Mercedes-Klasse, mehr ist nicht zu erwarten. Anthony Zerbe, Don Franklin, Zachary Charles.

K ●

The Astounding She-Monster

The Astounding She-Monster

USA. Ronnie Ashcroft (*1923) - UA: 10. 4. 1958. American International, SW-60 min - F: *MANCHESTER* (95) - V: (VMO/Englewood Entertainment; OF mit Trailer) - Lit (AIP): McGee: Faster and Furiouser: The Revised and Fattened Fable of AIP (97) - Lit (Robert Clarke): Clarke: Beyond Planet X and Sun Demon: The Amazing Career of Cult Actor RC (95; Autobiogr). Clarke/Weaver: RC to »Be« or Not to »Be«: A Film Actor's Odyssey (96; Autobiogr). Weaver: Interviews with B Science Fiction and Horror Movie Makers (88) - Art

(Clarke): Fg 34 (84), 59 (86). MV 2 (96). Psy 17 (94). Slg 219 (95) – Art: FF 43 (85) – Kr: Fg 167 (97). SFV 1 (88). VW 42 (97). Wa II (86).

□ Hochprozentiger Irrsinn. Gangster-Duo (Kenne Duncan/Ewing Brown) mit trinkender Obdachloser (Jeanne Tatum) und einkassierter höherer Tochter im Pelzmantel (Marilyn Harvey) im Holzhaus des Geologen Dick Curtler (Clarke), während eine UFO-Sexbombe (Shirley Kilpatrick) nach Meteoriteneinschlag bei LA im glitzernden Plutonium-Badeanzug durchs Unterholz rennt. Wer sie anfaßt, den trifft der Schlag! Bescheidenstes Ed Wood-Niveau, aber die Frauenfeindlichkeit des allwissenden Kommentators wird der Frauenfeindlichkeit der Autoren zum Verhängnis, wenn sie Kilpatrick in letzter Minute zur Friedensmissionarin umpolen.

K ●●

Auf der Jagd nach dem Nierenstein

Jakten pa nyresteinen

Norw. Vibeke Idsöe – UA: 1996. F-91 min – K: 5. 6. 97 (Tobis) – V: 22. 12. 97 (UFA/BMG; Die phantastische Reise des kleinen Simon) – Kr: Az 5. 6. 97. epd (97/6). MS 30 (97). SZ 5. 6. 97.

□ Mikroskopisch geschrumpft, bekämpft der achtjährige Simon (Torbjörn T. Jensen) zusammen mit Blutkörperchen-Freunden die bösen Nieren-Salzhacker in Großvaters (Terje Strömdahl) krankem Körper. Modern getrickstes, poetisches SF-Kindermärchen nach *Fantastic Voyage*. Der unkonventionellste, charmanteste Fantasy-Film des Jahres. Jenny Skavlan, Benjamin Helstad, Caecilie Norby.

K ●●

Austin Powers

Austin Powers: International Man of Mystery

USA. Jay Roach – UA: 2. 5. 1997. New Line, F-89 min – F: WIEN (97) – K: 20. 11. 97 (NIL) – V: 21. 7. 98 (VMP) – Art: FFa 6/4 (97) – Kr: Az 20. 11. 97. Cfq 29/2 (97). epd (97/11). FR 18. 11. 97. SaS 7/9 (97). SZ 22. 11. 97.

□ 1967/97. *Saturday Night-Life*-Nervenzipfel Mike Myers als Geheimagent/Frauenschwarm der Londoner *Swinging-Sixties*-Szene und kryogenetisch vereister Blofeld-Gegenspieler Dr. Evil. Psychedelisch-schriller Quietschkaugummi und Bond/*Avengers*-Kulturschock mit Mimy Rogers als Emma Peel, aber Myers' scharfsinnige soziale Beobachtungsgabe blitzt durch. Liz Hurley, Michael York, Robert Wagner, Carrie Fisher.

K ●

Bad Moon

Bad Moon

USA. Eric Red (*1962) – UA: 1. 11. 1996. Warner Bros, F-91 min – V: 20. 6. 97 (Warner) – TV: 21. 6. 98 (Premiere) – Art: Cfq 28/4–5 (96). Fg 158 (96), 159 (97) – Kr: Cfq 28/8 (97). epd (97/8). Fg 164 (97). MS 30 (97). SI 30 (97).

□ Dem von einer Bestie in Nepal angefallenen, bei Schwester (Mariel Hemingway) und Neffen (Mason Gamble) untergekrochenem Fotojournalisten Ted Harrison (Michael Paré) wird – einzige Neuerung – Schäferhund Thor zum Verhängnis. Ein Werwolf-Thriller aus der Sicht eines Haustiers ist zu dürftig für den Autor/Co-Autor von *The Hitcher/Near Dark*. Steve Johnsons Splatter-SFX sind völlig ausreichend, wozu dann noch stilwidriges CGI? Ken Pogue, Hrothgar Mathews, Johanna Lebovitz.

K ●
Batman & Robin
Batman & Robin
USA. Joel Schumacher (*1942) – UA: 20. 6. 1997. Warner Bros, F-130 min – F: SARAJEVO (97) – K: 26. 6. 97 (Warner) – V: 29. 12. 97 (Warner) – Art: Cf 71 (97). Cfq 28/12 (97), 29/1 (97). Cs 3/5 (97). FFa 6/4 (97), 6/7 (97). MS 31–32 (97). Slg 239 (97), 240 (97), 241 (97). SS 25 (97) – Kr: Az 26. 6. 97. Cfq 29/3 (97). epd (97/7). FR 25. 6. 97. KSA 28. 6. 97. SaS 7/8 (97). SZ 26. 6. 97.
□ Batman, Boy-Wunder Robin und Batgirl (George Clooney/Chris O'Donnell/Alicia Silverstone) gegen den Gotham City in einen Eisschrank pustenden Mr. Freeze (Schwarzenegger), das mechanische Männer-Ungetüm Bane (Jeep Swenson) und die umweltgrüne, giftig küssende Poison Ivy (Uma Thurman). Nach dem atemberaubenden Action-Einstand im Kunstmuseum oberflächlich und unkonzentriert. Die verschwenderische Prachtentfaltung von Barbara Lings überwältigendem Production Design verkommt in der V/TV-Auswertung zur Nummernrevue.

K ●●●
Black Mask
Hei Xia
Hongkg. Daniel Lee – UA: 1996. F-96 min – F: *FaFF* (97; engl. Fassg). *GERARDMER* (98) – K: 2. 4. 98 (REM) – V: 8. 6. 98 (Starlight) – Lit (Hongkong): Dannen/Long: Hong Kong Babylon: An Insider's Guide to the Hollywood of the East (97). Hammond/Wilkins: Sex and Zen & Bullet in the Head: The Essential Guide to Hong Kong's Mind Bending Films (97). Hong Kong International Film Festival, ed: Hong Kong: Fifty Years of Electric Shadows (97). Logan: Hong Kong Action Cinema (95). Teo: Hong Kong Cinema: The Extra Dimensions (97). Umard: Film ohne Grenzen – Das neue Hong Kong Kino (96). Weisser: Asian Cult Cinema (97) – Art (Lee): Hong Kong Orient Extreme Cinema 4 (98) – Art (Jet Li): HKFC 3/2 (95). Hong Kong Orient Extreme Cinema 2 (97) – Art (Tsui Mark): ATC 4 (93), 6 (93). EM 8 (92). FV 12 (92) 13 (92), 14 (92). Gz 21 (92). Hong Kong Orient Extreme Cinema 6 (98). IM 2/4 (95). Imp 18 (89). SI 1 (89) – Art (Anthony Wong): ACC 16 (97) – Art: HKFC 4/3 (96). Hong Kong Orient Extreme Cinema 1 (97) – Kr: epd (98/4). HKFC 5/1 (96). MS 42 (98). SaS 8/5 (98). SI 28 (96).
□ Der tagsüber in einem Buchladen ein Doppelleben führende Tsui Chilk (Li) verhindert als schwarzmaskiertes Phantom *Black Mask* die Übernahme Hongkongs durch chirurgisch veränderte, schmerzfreie Killermaschinen einer nördlichen Organisation. Politische Allegorien oder Echos von *The Green Hornet, Blade Runner* oder *Batman*, um *Black Mask* für den Weltmarkt fit zu machen, sind nichts Neues für Produzent Tsui Mark, aber dies ist ein fulminantes Lehrstück an kostümierter Filmdramaturgie, welches westliche Comic-Action wie *Dick Tracy, The Shadow* oder *Spawn* an den Rollstuhl fesselt. Karen Mok, François Yip, Lau Ching, Wan, Patrick Lung Kang.

K ●●

The Brain

Head of the Family

USA. Norbert Talbot – UA: 1997/1. Amazing Fantasy Ent. , F-97 min – V: 11. 9. 97 (VPS) – Kr: MS 34 (97).

□ Proletender Giftzwerg mit größenwahnsinnigem Schädel (J. W. Perra) giert nach muskulösen Männerkörpern und heizt als mißratenes Familienoberhaupt einem erpresserischen Wirt (Blake Bailey) und dessen tumber Dealer-Blondine (Jacqueline Lovell) ein, die als Jungfrau von Orleans enden soll. Auf Helden verzichtender, grölender Schund von Charles Band. Bob Schott, James Jones, Diane Colazzo, Gordon Jennison.

K ●●●●

The Butcher Boy

The Butcher Boy

USA. Neil Jordan (*1950) – UA: 3. 4. 1998. Warner Bros, F-110 min – F: BERLIN (98). BRÜSSEL (98; Jordan-Retro) – K: 26. 2. 98 (Warner) – Art: SaS 8/3 (98) – Kr: Az 26. 2. 98. Cfq 30/4 (98). epd (98/3). SaS 8/3 (98).

□ Realitätsverweigerung des übel mitgespielten, sich in Comics/Filme flüchtenden irischen Schlächter-Jungen Francis (brillant: Eamonn Owens) aus Alptraum-Verhältnissen (Stephen Rea als verbittert prügelnder Tuberkulose-Säufer, Aisling O'Sullivan als manisch depressive Selbstmord-Mutter) während der Kuba-Krise. In der Phantasie des Kindes wird die gehässige Nachbarin Mrs. Nugent (Fiona Shaw) zur Außerirdischen, die Scheinheiligkeit des Kaffs durch den Blitz einer Atomrakete beendet und die Jungfrau Maria (exzellenter Casting-Trick: die echte Sinead O'Connor) zur einzig tröstenden Realität – wo ist der Unterschied? Jordan zwingt uns in den Kopf eines Kindes, in welchem Mord als Notwendigkeit erscheint, um mit dem Leben überhaupt zurecht zu kommen. Was Francis nicht sehen oder verstehen kann, sehen und verstehen auch wir nicht. Ein wütender, unvorhersehbarer Wirbelsturm von einem Meisterwerk, welcher Patrick McCabes Romanvorlage verbessert.

K ●●●

Chappaqua

Chappaqua

USA. Conrad Rooks (*1934) – UA: 1966. F/SW 82 min – K: 16. 4. 98 (Movienet) – Kr: epd (98/5). MFB 433 (70). SaS 6/1 (96).

□ Ein Drogen/Alkohol verfallener junger Mann in Westernhut und Schlappmantel (Rooks) taumelt durch New Yorker/Pariser Bars und Flughäfen einer von Renoirs Jekyll/Hyde Jean-Louis Barrault geleiteten Reha-Klinik entgegen. Ein eher der Beat-Generation verhafteter Vorläufer des überstrapazierten Hippie-Kinos der ausufernden Sechziger, ein autobiografischer Joint aus dem Rauschmittel des *New American Cinema*, »Messias« Allan Ginsberg und der bewußtseinsverändernden Musik Ravi Shankars. Burroughs' LSD-Professor *Opium Jones* wirkt wie eine aus Murnaus *Nosferatu* getürmte Reliquie. *Silberner Löwe* VENEDIG 1966. Paula Pritchett, Ornette Coleman, Swami Satchidananda.

K ●●●●

Conspirators of Pleasure

Spiklenci slasti

Tschechische Republik/Schweiz/GB.

Jan Švankmajer (*1934) – UA: (GB): 1997/1. ICA, F-75 min – UA (USA): 1997/9. Zeitgeist, F-83 min – V: (VMO) – Kr: Cfq 29/8 (97). SaS 7/2 (97).

□ Herr Pivoine (Petr Meissel), ein Pornos verschlingender Single, und seine Nachbarin Frau Loubalova (Gabriela Wilhelmová) konstruieren lebensgroße, widerspenstige Abbilder des jeweils anderen, nicht ahnend, daß sie sich damit selbst zerstören. Aber auch der Zeitungsverkäufer Herr Kula, die Postbotin Malkova, Polizeimeister Beltinski und seine Frau lassen ihren höchst absonderlichen Neigungen freien Lauf. Ein spöttisches Meisterwerk über die Irrealität der Realität und die unangenehme, befreiende Kraft des Surrealismus. Die für Švankmajer erstmals größere Verwendung menschlicher Darsteller macht die Perversion und den Zynismus des Alltags nur um so markanter und beunruhigender. Film ist ein Feind von Sprache und gesprochen wird hier nur offiziell durch die »echte« tschechische Nachrichtensprecherin Anna Weltlinská in der Rolle Beltinskás. Barbora Hrzánová, Jiří Labus, Pavel Nový, Papst Johannes Paul II.

K ●●●

Contact

Contact

USA. Robert Zemeckis (*1952) – UA: 11. 7. 1997. Warner Bros, F-149 min – F: DEAUVILLE (97). HAMBURG (97) – K: 9. 10. 97 (Warner) – V: 9. 4. 98 (Warner) – Art: Cf 69 (97), 71 (97). Cfq 29/1 (97), 29/2 (97). MS 34 (97). SFE (97/8). SFU 26 (97). Slg 240 (97), 241 (97), 243 (97) – Kr: Az 9. 10. 97. Cfq 29/4–5 (97). epd (97/10). FAZ 9. 10. 97. MS 33 (97). SaS 7/10 (97). SI 31 (97). VW 44 (98). Zt 26. 12. 97 – Oscar-Nominierung 1998: Sound.

□ Socorro, Neu-Mexiko. Ein unmißverständliches Signal von der Wega dechiffriert die elternlose, herumgeschubste SETI-Astronomin Ellie Arroway (Jodie Foster) als Blaupause für den Bau einer gigantischen Konstruktion mit einer Art Raumschiff. Im Gegensatz zu Carl Sagans literarischer Ellie, die weniger Zweifel läßt an dem, was sie gesehen hat, scheut sich Zemeckis vor der letzten Konsequenz, aber Fosters hochkarätige Darstellung hilft bei der Ausbalancierung des Widerspruchs aus Glauben und Wissen. Matthew McConaughey, Tom Skerrit, Angela Bassett, John Hurt, Bill Clinton.

V ●●

CyberGate

Last Lives

USA. Worth Keeter – UA: 1996. F-92 min – V: 98/6 (Marketing) – Kr: MS 43 (98). SaS 7/11 (98).

□ Dimensionen sprengende Comics-Love Story: Während sich Todeskandidat Malakai (Billy Wirth) mit zwei Killern aus einer Parallelwelt in unsere Realität abseilt und auf eine Doppelgängerin seiner verflossenen Geliebten (Jennifer Ruben) fixiert, wird deren schwer verletzter Bräutigam (C. Thomas Howell) von einem nachgereisten Wissenschaftler (Judge Reinhold) mit einem Set den Tod aufhaltender Verjüngungsringe beglückt. Nicht so schwachsinnig wie der dt. Titel.

K ●●

Dämon

Fallen

USA. Gregory Hoblit – UA: 16. 1. 1998. Warner Bros, F-126 min – F: *GERARDMER* (98) – K: 26. 3. 98 (Warner) – Art: Cfq 29/10 (98) – Kr: Az 26. 3. 98. Cfq 30/1 (98). epd (98/4). SaS 8/3 (98).

□ *The Hidden* als Horrorfilm: Bei der Hinrichtung des Serialkillers Edgar Reese (Elias Koteas) entfleucht der aramäische Wildnis-Dämon *Azazel*, welcher mit Philadelphia-Detective John Hobbes (Denzel Washington in einer seiner besten Rollen) noch eine alte Rechnung zu begleichen hat, per Handberührung von einem menschlichen Wirt in den nächsten. Nichts wird uns retten: kompromißlose, Inhalt/Form hinwegfegende Schocker-Präsenz. John Goodman, Embeth Davidtz, Donald Sutherland.

K ●

Darklands

Darklands

GB. Julian Richards – UA: 1997/10. Metrodome, F-90 min – F: *FaFF* (97; OF). *PORTO* (97). HOUSTON (97) – V: 30. 10. 97 (Ascot) – TV: 9. 5. 98 (Premiere) Art: DS 67 (97). Doom 10 (97). Fg 164 (97). MS 33 (97). Sh 65 (97) – Kr: SaS 7/11 (97).

□ Bei seiner Recherche um den Tod eines Stahlarbeiters stößt Wales-Reporter Frazer Truick (Craig Fairbrass) in der deprimierenden Industrielandschaft des Südens, den *Darklands*, ins Wespennest eines Menschen opfernden Druidenkults. Richards verwechselt Heidentum mit Teufelskult und ein paar inspirierte Kamera-Momente sowie blinder Glaube an Meisterwerke wie *The Wicker Man* (73), *Rosemary's Baby* (68) oder das Horror-Genre an sich machen noch keinen durchdachten Film aus. Vorhersehbar. Rowena King, Jon Finch, David Duffy.

K ●●

Deep Impact

Deep Impact

USA. Mimi Leder – UA: 1998/5. DreamWorks, F-120 min – K: 14. 5. 98 (UIP) – Art: Cfq 30/1 (98), 30/2 (98). Cs (98/1–2). SFE 5/1 (98). Slg 250 (98), 251(98) – Kr: Az 14. 5. 98. Cfq 30/4 (98). epd (98/6). SaS 8/7 (98).

□ When Worlds Collide: US-Präsident Beck (Morgan Freeman) schwört die ehrgeizige TV-Reporterin Jenny Lerner (Téa Leoni) auf die brisanteste Nachricht ihrer Karriere ein, des sich auf Kollisionskurs mit der Erde befindlichen 500 Milliarden Tonnen-Kometen *Wolf-Biedermann*, der alles Leben auslöschen würde. Wie Costners *The Postman* und *Armageddon* pervers blühender Patriotismus-Kitsch: Das irdische Chaos, welches eine derartige Situation zwangsläufig heraufbeschwören würde, beschwichtigt Leder durch die irrationale, sentimentale Opferbereitschaft sympathischer Helden. Edle Menschen, wohin man blickt. *Impact* beeindruckt wie *The Peacemaker* durch eine bemerkenswert flüssige, professionelle Regie (mit zu kurzen ILM/CGI-Einspielungen während der Zerstörung New Yorks durch eine gewaltige Flutwelle), aber dem auf *The Comet* (1910) zurückdatierenden Spektakel fehlt das soziale Bewußtsein eines Films wie August Bloms dänischem *Verdens Undergang* von 1916. Robert Duvall, Elijah Wood, Vanessa Redgrave, Maximillian Schell, James Cromwell, Denise Crosby.

KURZ ●●●
The Devil Went Down to Georgia
The Devil Went Down to Georgia
USA. Mike Johnson – UA: 1997/6. Laemmle Theaters (NY), F-3 min (Teil des Kurzfilm-Sammelwerks *Spike & Mike's Festival of Animation*) – F: STUTTGART (98) – TV: 10. 4. 98 (S3; Präsentation der Siegerfilme des SDR-Publikumspreises).

□ Publikumsrenner des 9. Int. Trickfilmfestivals STUTTGART nach Charlie Daniels' Charts-Stürmer: Der Leibhaftige, ein wild wuchernder Holz-Nosferatu, wirbelt auf dem Fahrrad durch blühende Landschaften, aber auf einem Bauernhof in Georgia, wo es zum berühmten Geigen-Duell mit einem pfiffigen Kind kommt, ist Feierabend. Blendendes, stilistisch an die frühen Puppetoons Pals/Harryhausens erinnerndes Stop-Motion-Feuerwerk an ausflippender Phantasie. Der Aufstand der Natur in Form eines lebendig werdenden »musikalischen« Wurzelbodens und eine unerwartete Gegenlichtaufnahme sind besonders gelungen. Eine furchtlose Parabel gegen Einschüchterung und Unterdrückung.

K ●●
Erdbeben
Earthquake
USA. Mark Robson (1913–1978) – UA: 1974/11. Universal, F-123 min – K: 14. 2. 75 (CIC) – TV (Wh): 1. 11. 97 (RTL) – Art (Robson): L'EF 7 (78) – Art (Albert Whitlock): Slg 60 (82) – Lit: Brosnan: Movie Magic: The Story of Special Effects in the Cinema (74). Fox: Earthquake: The Story of the Movie (74). Newman: Nightmare Movies (84) – Lit (Charlton Heston): Heston: An Actor's Life (78; Autobiogr), In the Arena (95; Autobiogr). Rovin: The Films of ChH (80) – Art (Heston) FF 14 (80). Fx 24 (90). SaS 6/2 (96) – Lit (Katastrophenfilme): Annan: Catastrophe: The End of the Cinema (75) – Art (Katastrophenfilme): Vp 10 (75) – Kr: Cfq 4/1 (75). f-d (75/Nr. 19166). VMG' 96 (95). VW 26 (95) – Oscars 1974: Sound, Special Visual Effects – Nominierungen: Cinematography, Art Direction, Editing.

□ Er trinke nur, wenn es sich nicht vermeiden lasse, sagt Star-Architekt Charlton Heston in seinem lichten Elfenbeinturm hoch über LA, aber genau das tut ein abgestürzter Sozialfall wie Walther Matthau (unter seinem bürgerlichen Namen Walter Matasschanskayasky) 100 Stockwerke tiefer an seinem ›Schreibtisch‹ auch. *Earthquake* ist Postmodern-*Planet of the Apes,* in dem Wort und Tat ihren Sinn verloren haben, falls sie je einen gehabt haben. *Earthquake* ist das Gegenteil eines Erdbebens: Es ist das Erdbeben, welches Heston das Schlaftabletten-Täuschungsmanöver seiner unnötig eifersüchtigen Gattin (Ava Gardner) erkennen läßt, nachdem er den Arzt bereits verständigt hatte, es ist das Erdbeben, welches Marjoe Gortner die Revanche-Gelegenheit gesellschaftlicher Demütigung bietet und es ist die Natürlichkeit eines Erdbebens, welches Matthaus inneres Desaster endlich so gegensteuert, daß das Schnapsglas ruhig gehalten werden kann, während eine unruhige Welt ihrer gerechten Strafe erliegt. Hätte Universal Mario Puzes bebenden Konterwitz intakt gelassen (»Morgen hätte sie geheiratet!«), dies wäre ein Meisterwerk. George Kennedy, Geneviève Bujold, Richard Roundtree.

K ●●
1. April 2000
Österr. Wolfgang Liebeneiner – UA: 1982. Wien-Film, SW-105 min – K: 19. 11. 52 (Herzog) – TV: 4. 9. 97 (arte: THEMENABEND ÖSTERREICH – ZWISCHEN IRONIE UND MELANCHOLIE; 86 min) – Lit (Österr. Film): Bleier Brody (Red): Geschichte des Films in Österreich (66; Ausstellungskatalog). Fritz: Geschichte des österr. Films (66). Hanus: 50 Jahre österr. Film (58) – Kr: f-d (52/Nr. 2212). FiR (54/3). Va 20. 5. 83.
□ Als Folge einer dreisten Unabhängigkeitserklärung des neuen Ministerpräsidenten (Josef Meinrad) am 1. 4. 2000 besetzt die Weltschutzpolizei mit nach Beweisen stöbernden Strahlensuchgeräten Wien, um den »Aggressor« in einer öffentlichen Verhandlung zu überführen, welche ins Gegenteil umkippt. Von der österr. Regierung in Auftrag gegebenes widersprüchliches Polit-Pamphlet in Form eines spöttischen Protests, welches vor der Weltöffentlichkeit die friedliche Selbstbestimmung des Landes nach dem Ende des 2. Weltkriegs propagieren sollte. Herausgekommen ist ein zahmes, kurioses Unikum ausgewählt glorreicher Vorzeige-Höchstleistungen an Geschichte, Kunst und Kultur des Landes, von den Kreuzzügen und der Belagerung Wiens durch die Türken über Mozart/Maria Theresia, Operettenwahn und *Wiener Blut* zu Originalschauplätzen (Stephansdom, Span. Reitschule, Schloß Schönbrunn) und der ersten Schauspieler-Garde (Hilde Krahl, Hans Moser, Paul Hörbiger, Curd Jürgens usw.). Das SF-Kino hat viele Gesichter: Einzigartige, temperamentvolle, bitter ironische Selbstdarstellung eines Landes.

K ●●●
Eselshaut
Peau d'Ane
Fr. Jacques Demy (*1931) – UA: 1970. F-90 min – F: WIEN (97) – TV: 25. 12. 97 (arte: THEMENABEND EINE FEE KOMMT SELTEN ALLEIN; Gesangseinlagen OmU) – Lit (Catherine Deneuve): Gerber: CD (84) – Art (Deneuve): epd (98/7). SaS 3/4 (93) – Kr: Cfq 4/3 (75).
□ Das Blaue Königreich. Tochter/Prinzessin (Deneuve) flieht nach dem Tod der Mutter (Deneuve) auf Anraten ihrer eifersüchtigen Patin, der Fliederfee (Delphine Seyrig), in einer Eselshaut vor den inzestuösen Absichten des Vaters (Jean Marais). Visuell faszinierendes, lyrisches Fantasy-Musical nach dem Märchen Ferraults, atmosphärisch begleitet von Michel Legrands mystischem Score, traumhaft elegant fotografiert von Ghislain Cloquet. *Peau d'Ane* ist ein Film für Genießer, ein Fest des Kinos. Jacques Perrin, Fernand Ledoux, Sacha Pitoeff.

K ●●
Event Horizon – Am Rande des Universums
Event Horizon
USA. Paul Anderson (*1965) –

UNENDLICHER RAUM
UNENDLICHE ANGST
EVENT HORIZON
AM RANDE DES UNIVERSUMS
www.uip.de

UA: 1. 8. 1997. Paramount, F-97 min – F: *GERARDMER* (98) – K: 15. 1. 98 (UIP) – V: 20. 7. 98 (CIC) – Art: Cf 73 (98). Cfq 29/2 (97). Cs 3/8 (97). Fg 165 (97). SFE (97/8). Slg 241 (97), 242 (97) – Kr: Az 15. 1. 98. Cfq 29/8 (97). epd (98/1). SaS 7/10 (97). Sh 64 (97). Sl 31 (97).

□ 2047. Die Bergung der *Event Horizon*, dem nach 7-jährigem mysteriösem Verschwinden in der Nähe des Neptun wieder aufgetauchten ersten Raumschiffs mit Überlichtgeschwindigkeit, wird für die Besatzung der *Lewis & Clark* unter Cpt Miller (Laurence Fishburn) und Konstrukteur Dr. Weir (Sam Neill) zum Höllentrip ohne Rückfahrkarte. Andersons delirischer Space-Joint pfeift sich durch *Alien, The Exorcist, The Haunting, The Black Hole, Outland, Dark Star, Galaxy of Terror, Lifeforce, Soljaris, Hellraiser IV*, den Grundriß der Kathedrale von Notre Dame und packt zu viel zu hektisch in zu kurze Zeit. Kamera, Production Design und exzellentes Casting hätten einen besseren Film verdient. Kathleen Quinlan, Joely Richardson, Richard T. Jones, Jack Noseworthy.

K ●●

Evil Creatures

The Creeps

USA. Charles Band (*1952) – UA: 1997/10. Full Moon, F-90 min – V: 30. 12. 97 (VPS) – Kr: Cfq 30/1 (98). Fg 172 (98).

□ Bibliothekarin und Videothekar/Hobbydetektiv auf der Spur eines irren Erfinders, der klassische Horrormonster nach den gestohlenen Originalmanuskripten schafft. Da es sich nicht um einen Film von Stanley Kubrick handelt, bringt er nur Pygmäen zustande. Berührender Schwachsinn in 3D und erstklassigen Effekten aus Bands nicht enden wollendem Spielzeugbaukasten für große Kinder, profitierend von *Head of the Family/ Hideous!*-Autor Benjamin Carr. Rhonda Griffin, Justin Lauer, Bill Moynihan.

K ●●

The Flesh Eaters

The Flesh Eaters

USA. Jack Curtis – UA: 1964. Vulcan, SW/F-92 min (1961 entstanden) – V: (VMO/Something Weird Germany; OF) – Lit: Gary/Susan Svehla, eds: Guilty Pleasures of the Horror Film (96) – Art: FMoF 29 (64). SM 11 (94) – Art (Martin Kosleck): Fx 59 (96) – Kr: DS 54 (96). Fg 63 (87).

□ Alkoholisierte Film-Diva (Rita Morley), aufgetakelte Sekretärin (Barbara Wilkin) und mürrischer Versager-Pilot (Byron Sanders) stürzen nach Sturm-Ausweichmanöver nahe einer karibischen Skelettinsel ab (unschwer als *Long Island* zu erkennen), auf der ein Nazi-Marinebiologe (Goebbels-Stehaufmännchen Martin Kosleck) mit winzigen fleischfressenden Meerestierchen experimentiert, die in Wahrheit bereits das gesamte Eiland beherrschen. Formal erfindungsreicher, ungewöhnlich flüssig inszenierter Independent-Gore im Vorfeld von Hershell Gordon Lewis und George Romero mit drastischen, überzeugenden Effekten. Die phosphoreszierenden Horror-Mikroben sind auf das Filmmaterial gekratzte Schrammen, zurückgehend vielleicht auf Fritz Langs hochspringenden, nur für eine Sekunde im Sonnenlicht blitzenden »Fisch« in *House by the River* (50). Das unerwartete Power-Finale verwandelt SW in Farbe und die besiegt geglaubten Ungeheuer per Elektrizitäts-Drill in ein vereintes, turmhohes Strandmonster. Eine lohnenswerte Entdeckung.

K ●●
Fletchers Visionen
Conspiracy Theory
USA. Richard Donner (*1939) – UA: 1997. Warner Bros, F-135 min – F: LOCARNO (97) – K: 6. 11. 97 (Warner) – V: 8. 5. 98 (Warner) – Kr: Az 6. 11. 97. epd (97/11). Focus 3. 11. 97 KSA 8. 11. 97. SaS 7/9 (97). SI 32 (97). SZ 11. 11. 97.
□ Manhattan. Staatsanwältin Alice Sutton (Julia Roberts) lacht den sie mit einer FBI-Verschwörungstheorie verfolgenden Taxifahrer Jerry Fletcher (Mel Gibson) aus, bis auch sie die Beine unter die Arme nehmen muß. Paranoia-Edelthriller, behindert durch Brian Helgelands zynisch zwischengeschalteten Ausweg-Humor, welcher den Suspense zu insgesamt 9 Verfolgungsjagden ansetzen läßt. Kein verunsichernder, an den Stars zweifelnder *Manchurian Candidate*, aber welcher Film ist das schon. Patrick Stewart (fehlbesetzt), Stephen Kahan, Terry Alexander.

STUMM ●
Der Flug um den Erdball
D. Willi Wolff – UA/K: 1924. SW-141 min (2-teilig) – TV: 5. 1.–9. 2. 97 (arte; 6 Teile; frz. Fassg mit frz. Zwischen- u. dt. UT) – Art: arte-Programm (97/1, 97/2).
□ SF zu Urgroßvaters Zeiten: Um die Flugzeugfabrik ihres Bruders mit einer tollkühnen Aktion vor dem Konkurs zu retten, steigt die energische Ellinor Rix (Ellen Richter) selbst ins Cockpit, um den Rekordflug um die Erde in 13 Tagen zu gewinnen, doch die Schergen des konkurrierenden Industriellen Renard (gesellschaftsfähiges Ekel: Reinhold Schünzel) lauern überall. Von Verne beeinflußte, von ARTE über Farbfilter und die neue Begleitmusik Eric Le Guens sorgfältig restaurierte, einzige noch vorhandene Kopie eines typischen Abenteuer-Serials jener Tage. Das Ergebnis ist eine historische Zeitmaschine-Städtetour, schiere Nostalgie, und die Moral der Geschichte, eine Frau lande, wohin sie auch fliege, immer in den Armen eines Mannes, verrät besonders schnulzig den unerbittlichen Zahn der Zeit. Karl Werners *Die Reise um die Welt oder Die Jagd nach der Hundertpfundnote* (1913) und Richard Oswalds *Die Reise um die Erde in 80 Tagen* (1919) mit Conrad Veidts Philéas Fogg, in den Berliner Filmstudios von *Groß-Lichterfelde* und *Grunewald* entstanden, wären lohnenswertere Ausgrabungen gewesen, würden sie heute noch existieren.

K ●●
The Frighteners
The Frighteners
USA. Peter Jackson (*1961) – UA: 1996/7. Universal, F-109 min – F: *SITGES* (96). VENEDIG (96). *GERARDMER* (97). WIESBADEN (97). *FaFF* (97; OF) – K: 1. 1. 98 (UIP) – V: 17. 8. 98 (CIC) – Art: Cfq 28/1 (96). Cs 2/10 (96). Fg 154 (96), 155 (96), 156 (96), 157 (96). SFE (96/8) – Kr: Cfq 28/6 (96). MS 24

(97; *SITGES*), 28–29 (97; *GERARDMER*). SaS 7/2 (97).

□ Seelenforscher Frank Bannister (Michael J. Fox), traumatisiert durch den Autounfall seiner Frau, betreibt im kalifornischen Fairwater eine Ghostbusters-Scheinfirma, bis der echte Tod in Form eines Herzen zerquetschenden übernatürlichen Serialkillers zuschlägt (Fratzenfest Jake Busey im Gewand des Sensenmannes). Kein *Brain Dead* und zu CGI-besessen, aber genug exzentrisch. Trini Alvarado, Peter Dobson, John Astin, Jeffrey Combs, Dee Wallace Stone, R. Lee Ermey, Julianna McCarthy.

K ○
Das fünfte Element
Le Cinquième Elément
Fr. Luc Besson (*1959) – UA/F: 7. 5. 1997. CANNES, F-126 min – UA (USA): 9. 5. 1997. Columbia, F-112 min – K: 28. 8. 97 (Tobis) – Lit (Besson): Haywood: LB (98) – Lit: Luc Besson: The Story of the Fifth Element (97) – Lit (Bruce Willis): Parker: BW: The Unauthorised Biography (97) – Art: Cf 70 (97). FFa 6/5 (97). SFU 25 (97). Shv 42 (97), 43 (97). Slg 239 (97), 252 (98) – Kr: Az 28. 8. 97. Cfq 29/1 (97). epd (97/9). FR 29. 8. 97. KSA 31. 8. 97. SaS 7/7 (97). Sh 63 (97). Sl 30 (97). Vsc 24 (97). We 27. 8. 97 – Oscar-Nominierung 1998: Sound Effects Editing.

□ 2259. Flugtaxi-Driver Korben Dallas (Willis) gerät zwischen den Wolkenkratzern New Yorks über die geklonte Außerirdische Leeloo (Milla Jovovich) in einen die Erde bedrohenden, alle 5000 Jahre auftretenden intergalaktischen Vernichtungszyklus. Luc Besson, Parvenü und Regisseur des in Pariser Hinterhöfen und Steinbrüchen ohne einen Pfennig brillierenden *Le Dernier Combat* (83), wie die verzweifelte Leeloo auf dem Weg nach unten. Ein kindisch überfrachtetes Spektakel ohne Sinn und Verstand, mit 90 Mio. Dollar Pflegekosten die bislang teuerste europäische Filmproduktion. Gary Oldman, Jan Holm, Chris Tucker, Brion James.

DOKU ●●
Future Fantastic
Future Fantastic
GB/BRD – UA/TV (BRD): 11. 1.–15. 2. 1998. PRO7, F/SW-300 min (5-teilig).

□ Inwieweit sind die Ideen der SF realisierbar? Nicht zu komplizierter, von *X-Files*-Star Gillian Anderson umrahmter und John Clute gegliederter BBC-Bilderbogen über Aliens/UFOs, Roboter, Verkehrsmittel der Zukunft, Raumfahrt/Terraformen und den Traum vom ewigen Leben. Mehr Science als Fiction, mit einem Großaufgebot an Wissenschaftlern wie Bob Forward von der NASA, aber auch zahlreichen Autoren, darunter David Bischoff, Martin Caidin, Bruce Sterling, Neal Stephenson, Isaac Asimov, Hugo Gernsback, Konstantin Ciolkovskij (letztere drei in Archivmaterial), Michiu Kaku, Larry Niven, Eric Kotani, Ray Bradbury, Kim Stanley Robinson, Greg Bear, Brian Stableford und Arthur C. Clarke, der nur noch an UFOs glaubt, wenn man sie so nahe an seine Augen heranführt, daß er die Nummernschilder lesen kann. Schonkost im Vergleich mit ARTE, als Einführung durchaus tauglich.

K ●●●
The Game
The Game
USA. David Fincher (*1963) – UA: 1997/9. PolyGram, F-128 min – F: SAN SEBASTIAN (97) – K: 20. 11. 97 (PolyGram) – V: 4. 6. 98 (Fox) – Art: MS 35 (97) – Kr: Az 20. 11. 97. Cfq 29/8 (97), 29/10 (98). epd (97/11). FR 19. 11. 97. SaS 7/11 (97). SI 32 (97). Sp 10. 11. 97. SZ 20. 11. 97.

□ San Francisco. Nicholas Van Orton (Michael Douglas), millionenschwerer Siegertyp, rücksichtsloser Konzernchef, überzeugter Single, schmeichelt ein vom jüngeren Bruder (Scan Penn) cool überreichter Geburtstags-Geschenkgutschein der Fa. *Consumer Recreation Services,* deren individuell zugeschnittenes Gesellschaftsspiel den Machtmensch in die Gosse treibt. Teuflisch ausbalancierte Spießer-Satire, deren Happy End nicht von allen Kritikern verstanden wurde. Deborah Kara Unger, James Rebhorn, Peter Donat, Carroll Baker.

K ●●●
Gattaca
Gattaca
USA. Andrew Niccol – UA: 24. 10. 1997. Columbia Tri-Star, F-106 min – F: *SITGES* (97). *GERARDMER* (98). MÜNCHEN (98) – K: 9. 7. 98 (Columbia Tri-Star) – Art: Cfq 29/6–7 (97). Cs 3/9 (97). SFE 4/5 (97). Slg 245 (97), 246 (98) – Kr: Az 9. 7. 98. epd (98/7). MS 35 (97; *SITGES*). SaS 8/3 (98). SI 33 (98) – Oscar-Nominierung 1998: Art Direction.

□ Packender futuristischer Technicolor-Alptraum, in dem staatlich kontrollierte »richtige« Gene über Schein und Sein entscheiden: Der noch natürlich geborene Invalide Vincent Freeman (Ethan Hawke) aus der Unteren Klasse will über den Raumfahrt-Konzern *Gattaca* per Identitäts-Manipulation mit zum Saturn-Mond *Titan,* um es seinem bewunderten jüngeren Retorten-Bruder Anton (Loren Dean) gleich zu tun. Wohltuend unspektakulär inmitten Hollywoods nervös wogender Katastrophenwelle, ein kühler, zeitloser Geistes-Trip wie Truffauts *Fahrenheit 451,* an den man erinnert wird. Uma Thurman, Alan Arkin, Gore Vidal, Ernest Borgnine.

SERIE ●●
Geister II
Riget II
Dän/It/Schw/Nor/Fr. Lars van Trier, Morten Arnfred – UA: 1997, F-286 min – F: VENEDIG (97). LÜBECK (97) – TV: 23. 5.–27. 6. 98 (arte; 6 Ep) – V: 30. 6. 98 (Arthaus) – Kr: SaS 8/8 (98).

□ Alles, was so zu einem richtigen Krankenhaus dazugehört: Simulanten in Lebensgefahr, in Särgen Pöbelnde, Höllenfahrstühle, Voodoo als Patentrezept gegen Zombie-Kollegen, Krankenwagenwettrennen, um dem weiblichen Teil des Personals zu imponieren, rasch wachsende Brüderchen, totaler Stromausfall. *Riget II* steht seinem Vorgänger (94) in nichts nach und droht mit einer noch härteren Gangart in der für 1999 geplanten 3. Staffel. Was Van Triers Horror von Standard-TV-Klamauk wie *Poltergeist* unterscheidet, sind seine originell schrägen Querköpfe, abgestumpfte Exzentriker, die das um sie herum tobende Pandämonium gar nicht mehr registrieren.

Ernst-Hugo Järegård, Kirsten Rolffes, Ghita Nørby, Holger Juul Hansen, Søren Pilmark.

K •
Godzilla
Godzilla
USA. Roland Emmerich (*1955) – UA: 22. 5. 1998. Columbia TriStar, F-138 min – UA/F: 1998/5. CANNES, F-138 min – K: 10. 9. 98 (Columbia Tri-Star) – Lit: Aberly: The Making of Godzilla (98). Slg Group, ed: Godzilla: Official Movie Magazine (98) – Art: ACC 19 (98). Cf 74 (98). Cfq 30/2 (98). Fg 172 (98), 173 (98), 174 (98), 175 (98). Slg 251 (98) – Kr: epd (98/9) MS 43 (98). SaS 8/8 (98).
□ Der das US-Militär bluffende Dr. Niko Tatopoulos (Matthew Broderick), Schulfreundin Audrey Simmons (Maria Pitillo) und eine Abteilung des frz. Geheimdienstes unter Philippe Roaché (Jean Réno) auf der Spur einer New York zertrümmernden, bei Nukleartests im Südpazifik entstandenen Riesenechse. Nicht so peinlich patriotisch wie *Independence Day* (96) und gemessen an den eigenen bescheidenen Ansprüchen vergnüglicher, selbstbewußter Größenwahn. Das Ergebnis ist ein Godzilla-Film, der mit Godzilla überhaupt nichts zu tun hat und dem die mythische Qualität wirklich großer (hier bedenkenlos zitierter) Monsterfilme wie *King Kong* oder *Jaws* völlig abhanden geht. Hank Azaria, Kevin Dunn, Michael Lerner, Arabella Field.

DOKU •
Graf Dracula – Der Vampir wird 100
BRD. Matthias Kessler – UA/TV: 27. 10. 1997. RTL, F/SW-50 min – Lit/Art (Dracula/Bram Stoker): s. THEMENABEND DRACULA – DER KUSS DES TODES.
□ Jubiläums-Farbprospekt: Dracula als Jugendlicher in türkischen Gefängnissen, als Spielautomaten-Hotel am Borgo-Pass, als Kampfhubschrauber der siegreichen rumänischen Armee. Statements von Historikern (McNally/Boston, Dan Berindei/Bukarest), Janos Száz (Schriftsteller), Paul Daian (ein durch Bukarests nächtliche Straßen trompetender Irrer in Trachtenuniform), Steve Barton (Graf von Krolok des 97 in Wien erstaufgeführten Polanski-Grusicals *Tanz der Vampire*), Draculas Urenkelin in der 27. Generation, Prinzessin Brianna Caradja, oder die medizinische Vorstellung von Milzbrand und Porphyrie als heute erklärbare Ursachen jahrhundertealten Vampir-Aberglaubens sind nicht gerade nagelneu. McNally/Florescu hatten bereits 72 den »echten« Dracula als den Walachei-Fürsten *Vlad III* oder *Vlad Tepes (1431–1476*) dingfest gemacht, dessen Vater *Vlad II* 1431 von Kaiser Sigismund mit dem Drachen-Bund belehnt worden war. Es ist aber unzulässig, die Bezeichnung *Dracula* von Vlad Tepes' späterem, nach dem Tod des Vaters eingeführten Namen *Vlad Dracul* abzuleiten und dies mit *Sohn des Drachen* bzw. *Sohn des Teufels* gleichzusetzen, wofür es in keiner Sprache der Welt (am wenigsten im Rumänischen) eine Entsprechung gibt. Ein weiteres Märchen bleibt die Verbindung zum *Vampir*, worauf ebenfalls keine der Geschichten über die historischen Vlads hinweist. Auch den beiden wichtigsten früheren filmischen Annäherungsversuchen ist

mit Kreuz und Knoblauch zu begegnen: Calvin Floyd Tony Forsbers' schwedische TV-Produktion *In Search of Dracula* (71; 75 in CANNES aufgeführt) und Doru Nastases naives 150-Minuten-Säbelrasseln *Vlad Tepes* (78), außerhalb Rumäniens vielleicht nur 79 in *SITGES* gezeigt und via RTL erstmals ausschnittsweise im dt. Fernsehen zu sehen. Die definitive *Dracula*-Reportage fehlt also noch. Stokers Roman wurde erst 1990 ins Rumänische übersetzt.

V ●

Hämoglobin

Hemoglobin

Kan. Peter Svatek - UA/F: 31. 7. 1997. *FaFF*, F-89 min - V: 9. 3. 98 (BMG/UFA) - TV: 5. 7. 98 (PRO7) - Art: Fg 161 (97), 162 (97) - Kr: MS 39 (98). SaS 8/3 (98). SI 30 (97).

□ An tödlicher Blutkrankheit leidender letzter Nachfahre einer nach Maine ausgewanderten dekadenten holländischen Adelsfamilie (Roy Dupuis) und Gattin (Kristen Lehman) stoßen bei der Ahnenforschung auf dem verfallenen *Van Daam*-Anwesen auf eine wüste, von Inzest zu Hermaphroditen und Kannibalismus führende Vergangenheit. Wie gefährlich sind beinlose Monster mit dicken Köpfen? Kasperltheater nach Lovecrafts *Lurking Fear*. Rutger Hauer, Gillian Ferrabee, Pascal Gruselle.

K ●●●●

Die Handschrift von Saragossa

Rekopis znaleziony w Saragossie

Pol. Wojciech Jerzy Has (*1925) - UA: 1964. SW-175 min - F: VENEDIG (65) - TV: 4. 6. 68 (ARD); 24. 3. 97 (arte; OmU) - Lit (Has): Eberhardt: WH (67) Lit: Kirschner: Asche und Diamant. Der polnische Spielfilm 1899-1976 (77). Reichow, ed: Film in Polen (79). Whyte: New Cinema in Eastern Europe (71) - Kr: f-d (68/Nr. 15471). FR 24. 12. 82. SZ 20. 6. 86. VMG '97 (96).

□ Napoleonische Kriege. Während der Schlacht um *Saragossa* verlieren sich ein fahnenflüchtiger frz. Offizier und ein span. Hauptmann der Siegerseite in einem uralten Buch, dessen Protagonist Alphonso van Worden (Zbigniew Cybulski) von der wallonischen Garde auf dem kürzesten Weg nach Madrid in einer Gebirgsschenke der *Sierra Morena* stecken bleibt. Die Begegnung mit zwei unwirklichen maghrebinischen Prinzessinen mündet in einen nicht enden wollenden Kreislauf an Geschichten, mit Rückblenden in Mehrfach-Rückblenden innerhalb unvorhersehbarster Querverbindungen bei rasantesten Wechseln der Erzählebene. Das Ergebnis, nach dem frühromantischen Roman Potockis Anfang des letzten Jahrhunderts entstanden und Luis Buñuels Lieblingsfilm, ist wie Has' späterer *Sanatorium pod klepsydra* (73) eines der großen Werke phantastischer Filmkunst, ein Universum, dessen Verbindungen und Gesetzmäßigkeiten uns noch eine Weile beschäftigen dürften. Franciszek Pieczka, Leon Niemczyk, Beata Tyszkiewicz, Adam Pawlikowski, Elzbieta Czyzewska.

K ○

Das Haus des Satans

The Legacy

GB. Richard Marquand (1938-1987) - UA: 1978. Osprey, F-102 min -

UA (USA): 1979/9. Universal, F-100 min – F: *PARIS* (79) – TV: 31. 5. 98 (ARD) – Lit (Jimmy Sangster): Sangster: Do You Want It Good or Tuesday? (97; Autobiogr) – Art (Sangster): Doom 9 (97). DT 15 (98). Fg 10 (81), 11 (81). Shv 34 (96) – Art: Cfq 8/4 (79) – Kr: Cfq 9/2 (79). L'EF 9 (79; *PARIS*). VMG '96 (95). Vp 18 (79; *PARIS*).

□ ARD-Horrormißgriff: Beinahe-Zusammenstoß dirigiert Innenarchitektin/Verlobten (Katharine Ross/Sam Elliott) auf das satanische Anwesen von Lord Jason Mountolive (John Standing), in Wahrheit eine intravenös gefütterte Mumie auf der Suche nach einer als Hexe verbrannten, Ross ähnlich sehenden Vorgängerin. Ein von *Fox* seinerzeit abgelehnter, stilistisch böse stürzender Versuch einer Verschmelzung von Hammer mit *The Omen*. Kiki Dees Gesangsschnulze *Another Side of Me* verrät das Identitätsproblem und wie Maria (Marianne Broome), chancenlos gegen die undurchlässige Wasserwand des Swimmingpools trommelnd, versucht *The Legacy* verzweifelt, sich Gehör zu verschaffen. Ian Hogg, Charles Gray, Margaret Tyzack, Roger Daltrey.

V ●●

Henry: Portrait of a Serial Killer 2

Henry: Portrait of a Serial Killer 2

USA. Chuck Parello – UA: 1997. MPI, F-84 min – F: *FaFF* (97; OF) – V: 9. 12. 97 (VPS) – Art: Cfq 28/4–5 (96). Fg 157 (96) – Kr: Fg 163 (97). MS 37–38 (98). SI 29 (97).

□ Stabiles, eher auf soziale Spannungen als kommerzielle Ausschlachtung setzendes Sequel eines der aufrüttelndsten Filme der 90er Jahre. Serialkiller Henry (Neil Giuntoli) lernt als Toilettenreiniger Brandstifter Kai (Rich Komenich) kennen, dessen Frau Cricket (Kate Walsh) und Nichte Louisa (Carri Levinson). Nicht die sich trauende Kompromißlosigkeit des Originals, aber eine gleichfalls respektlose Unteransicht Amerikas.

K ●●●

Hercules

Hercules

USA. John Musker (*1952), Ron Clements (*1952) – UA: 27. 6. 1997. Disney, F-92 min – K: 20. 11. 97 (Buena Vista) – Lit: Balzer/Courtney: Disney's Hercules: Illustrated Classic (97). Thomas: Disney's Art of Animation: From Mickey Mouse to Hercules (97) – Art: Cfq 28/11 (97), 28/12 (97). MS 35 (97). SFU 25 (97). Slg 238 (97), 240 (97), 241 (97), 242 (97) – Kr: Az 20. 11. 97. Cfq 29/3(97). KSA 22. 11. 97. SaS 7/10 (97). SZ 20. 11. 97. Zoom (97/11) – Oscar-Nominierung 1998: Original Song.

□ »Erstaunlich, was Menschen zustande bringen, wenn sie verliebt sind.« – Was Disneys 35. langer Zeichentrickfilm an atemberaubend sprühender Phantasie zustande bringt, ist in der Tat erstaunlich. Da schmettern die Musen als Gospel/Rhythm'n' Blues-Chor einen Hit nach dem anderen, verwandelt Hades genau wie sein OF-Sprecher James Woods eine fette Havanna mit einem Zug in Unterweltasche, als die neueste Hiobsbotschaft aus der Chefetage eintrifft, rasen der Kampf mit der nicht enden wollenden Hydra und der Marsch der Titanen auf den Olymp zu olympischen Rekorden des gesamten Fantasy-Genres heran. Selbst Nebenfiguren wie Hades' begnadete Hilfssheriffs *Pech und Schwefel*, die sich um ein Auge prügelnden *Stygischen Schwestern* oder der schwule Hengst *Pegasus* würden eigene, aufregende Filme ergeben. Hercules' komplizierte *femme fatale* Meg, wie vieles in diesem Film als verkehrte Heldin brillant karikiert durch den Briten Gerald Scarfe, zeigt sehr deutlich, welchen Fortschritt das Genre, Abteilung Antik, seit Judi Bowkers Andromeda in *Clash of the Titans* (81) gemacht hat.

K ●●

Herkules und die Königin der Amazonen

Ercole e la Regina di Lidia/ Hercule et la Reine de Lydie

It/Fr. Pietro Francisci – UA: 1958. F-105 min – K: 29. 3. 60 (Constantin; 94 min) – TV (Wh): 8. 11. 97 (VOX) – Lit (Peplum/Herkules-Filme): Luciano: With Fire and Sword: Italian Spectacels on American Screens, 1958–1968 (95) – Art (Peplum/Herkules-Filme): Am 1 (92). CM 20 (96), 23 (97). CZZ 6 (80). FFI 1 (65). MFB 624 (86) – Art: Ciné Photo Romanzo 4/5 (60). Péplum 2 (78; Amazonen) – Lit: Martinet: Mario Bava (84) – Kr: f-d (60/Nr. 9036).

□ Meterhohe Götterstatuen und marmorne Tischplatten segeln heranstürmenden Wachsoldaten entgegen, als Herkules (Steve Reeves), nach dem *Trank des Vergessens** auf der Insel der Omphale (unnahbare Sexbombe: Sylvia Lopez) dem Wachsfigurenkabinett der männermordenden Königin von Lydien entkommen, sein Bewußtsein wiedererlangt und die Bevölkerung Thebens vor dem Bruderkrieg der starrköpfigen Söhne des Ödipus rettet. Ein kommerzieller Anschlußtreffer des *Lux/Galatea*-Superhits und Auslösers der Peplum-Welle, *Le Fatiche di Ercole* (57), den US-Verleiher Joseph Levine zum Schleuderpreis erworben und über eine überirdische Werbekampagne im Erz-Feind TV zu sagenhaften Blockbuster-Höhen herbeigeschwatzt hatte. Maria Bava bietet Filmkunst auf allerhöchstem Niveau, wenn wir, wie Herkules Omphale, den Täuschungen unserer eigenen Wahrnehmung erliegen, was das in unmerklichen Farb- und Lichtstufen schichtartig wechselnde Ambiente zu reflektieren scheint. Die Eastman-Color-Sequenz während des Balletts, intensiviert durch Lopez' betörend sinnliche Erscheinung, muß auf der großen Kinoleinwand eine enorme Wirkung erzielt haben und ist autogenes Training für die außergewöhnliche Sequenz des Orakels in Bavas Meisterwerk *Ercole al Centro della Terra* ein Jahr später. Sylvia Koscina, Gabriele Antonini, Sergio Fantoni, Mimmo Palmara.

---

* Die Hersteller der miserablen dt. Fassung müssen zu Fässern griechischen Weines gegriffen haben. Weshalb sie sich nach *Atlantis* verirrt haben, weshalb sie Herkules' Kampf mit dem im Meer landenden Sohn der Erdgöttin (Primo Carnera) eliminierten, wissen die Götter.

K ●●●
The Heroic Trio
Dongfang San Xia
Hongkg. Johnny To – UA: 1992. F-82 min – K: 5. 3. 98 (REM; 103 min) – V: 31. 8. 98 (Highlight) – Lit/Art (Hongkong/Anthony Wong): s. Black Mask – Art (Ching Siu-Tung): ATC 2 (92). FE 2 (92). Fg 137 (94). IM 2/4 (95) – Art (Anita Mui): Fg 160 (97) – Art (Maggie Cheung): Hong Kong Orient Extreme Cinema 2 (97) – Art (Michelle Yeoh): FFa 6/8 (97). HKFC 3/1 (95), 5/2 (97). Slg 245 (97) – Kr: ATC 4 (93). Cfq 28/3 (96) epd (98/3). MS 44 (98). SaS 5/3 (95). SI 14 (93). VW 21 (94), 35 (96), 44 (98).

☐ Ultraschall-Comic: *Wonder Woman* (Mui), *Thief Catcher* (Cheung) und die zur Polizei überlaufende Baby-Entführerin *Invisible Girl* (Yeoh) gegen ein sich als zukünftiger Puppen-Kaiser Hongkongs und der Welt aufspielendes androgynes Unterwelt-Monster und dessen Zombie-Türsteher Kau (Wong). Overkill-Cocktail aus Manga, poppiger China-Mythologie (die fliegende Guillotine der Shaw Brothers aus den Siebzigern), West-Kino (*Batman, Blade Runner, The Terminator*) und ›schwereloser‹ Action-Choreografie in der Tradition King Hus: systemkonform-altmodisch sicherlich, und bei aller Vielfalt zu berechnet, aber auch ein unwiderstehlicher Wirbelwind ins Unmögliche in überraschendsten, rasantesten Wendungen, aufregenden Stars in vielfarbenen Charakteren und sagenhaftem Erfindungsreichtum. Damian Lau, Paul Chin, James Pak.

K ●●●●
The House with Laughing Windows
La Casa dalle finestre che ridono
It. Giuseppe »Pupi« Avati (*1938) – UA: 1976. Euro International, F-110 min – F: *PARIS* (79). *SITGES* (79). *ROM* (95) – V: (Miamy Search of Video) – Lit (Avati): Bernari/Cova: Aiutami a Sorridere – Il Cinema di PA (83). Bruschini/Tentori: Operazione Paura (97). Maraldi: PA Cinema e Televisione (86) – Art (Avati): DS 55 (96). L'EF 36 (83). Fg 162 (97). MMo 27 (83). SaS 1/2 (91). Sequenze 6 (87). SI 20 (94). VW 3 (91) – Kr: L'EF 9 (79; *PARIS*). Eye 1 (92). GP Special Issue (97). Vp 18 (79; *PARIS*).

☐ Der junge Kunststudent Stephano (Lino Capolicchio) trifft in einer Dorfkirche der *Emilia Romagna* auf ein zu restaurierendes riesiges Wandgemälde mit dem Martyrium des Heiligen Sebastian, dessen obskurer, in Wahnsinn und Selbstmord endender Schöpfer Ligniani ein geradezu unheimlich authentischer Perfektionist bei der Darstellung von Folter und Schmerz gewesen sein muß. Das zerfressene Fresko, auf dem der Heilige von zwei weißen, gesichtslosen Gestalten in Stücke geschnitten wird, besticht durch einen unvorstellbaren Sadismus, als sei das Blut echt.

Wenn es Aufgabe der Kunst ist, das Unsichtbare, das Verbotene, das absichtlich Verschwiegene und aus unserer Kultur Verdrängte sichtbar zu machen, dann ist *La Casa* eines der mutigsten Werke nicht nur des Genres, sondern der Filmkunst überhaupt. Es ist klar, daß Ligniani, unterstützt von seinen beiden männliche

Modelle zu Tode quälenden mißratenen Schwestern, mit Lebenden arbeitete und daß das deutlicher werdende Fresko, je mehr wir in sein Geheimnis vordringen, zur Vorahnung eigenen Schicksals wird. Wirkliche Kunst, sagt *La Casa*, ist eine Verabredung mit dem Tod. Als wüßte Avati, daß eine solche Thematik zwangsläufig zu Komplikationen führen muß, präsentiert er die grausamste Szene – eine der unglaublichsten Einführungen in einen Film, die es gibt – gleich zu Beginn, um dem Betrachter zu verdeutlichen, auf was er sich einläßt. Wer dem Unerträglichen aus dem Wege gehen will, kann es tun. Aber wirkliche Kunst ist nicht auf das vom Verstand Nachvollziehbare und Erlaubte angewiesen, und sie liegt dort, wo wir akzeptieren müssen, was wir lieber nicht wissen wollten. Ein grandioser, unentrinnbarer Film. Francesca Marciano, Gianni Cavina, Giulio Pizziran.

K ●

Ich weiß, was du letzten Sommer getan hast

I Know What You Did Last Summer
USA. Jim Gillespie – UA: 17. 10. 1997. Columbia Tri-Star, F-101 min – F: *GERARDMER* (98) – K: 12. 2. 98 (Constantin) – Art: Cfq 29/6–7

(97). Fg 167 (97), 168 (97) – Kr: Az 19. 3. 98. Cfq 29/10 (98). epd (98/2). SaS 8/1 (98). SI 33 (98).

□ Southport/North Carolina, 4. Juli: Highschool-Doppelpärchen will den letztes Jahr im angeheiterten Fahrtrausch übersehenen und ins Meer geworfenen Fußgänger verdrängen, aber irgend jemand scheint die Tat beobachtet zu haben. Vielversprechend beginnender, aber zu wenig selbstbewußter, auf die vielbefahrene Schiene wechselnder *Scream*-Nachschub. Autor Williamsons erneut multiples Zitate-Puzzle (von *Murder, She Wrote* bis *Blood Hook*) arbeitet diesmal eher gegen den Film, in einem *He Knows You're Alone* unterlegenen Finale. Jennifer Love Hewitt, Sarah Michelle Gellar, Ryan Phillippe, Anne Heche.

K ●●

Im Auftrag des Teufels

The Devil's Advocate

USA. Taylor Hackford – UA: 17. 10. 1997. Warner Bros, F-143 min – K: 22. 1. 98 (Warner) – V: 31. 7. 98 (Warner) – Art: Fg 167 (97), 168 (97). MS 37–38 (98) – Kr: Az 22. 1. 98. Cfq 29/10 (98), 30/4 (98). epd (98/1). Focus 19. 1. 98. SaS 8/1 (98).

□ Faustischer Pakt zwischen dem karrieregeilen Provinz-Anwalt Kevin Lomax (Keanu Reeves) und dem leibhaftigen neuen Boss John Milton (Al Pacino) über den Dächern des neuen Babylon *New York City*. Ein unentschlossener Anti-Horrorfilm ohne die psychologische Raffinesse eines *Rosemary's* Baby. Pacinos vor nichts zurückschreckendes schauspielerisches Genie ist der wirkliche Thrill hier. Charlize Theron, Jeffrey Jones, Connie Nielsen.

K ●●●

Im Körper des Feindes

Face/Off

USA. John Woo (*1948) – UA: 1997/6. Paramount, F-143 min – F: DEAUVILLE (97). LOCARNO (97) – K: 25. 9. 97 (Buena Vista) – V: 26. 2. 98 (Touchstone) – Lit (Nicolas Cage): Robb: NC: Hollywood's Wild Talent (98) – Art: ACC 17 (97). Cfq 28/9 (97). Cs 3/9 (97). MS 34 (97). SaS 7/9 (97) – Kr: Az 25. 9. 97. Cfq 29/3 (97), 29/8 (97). epd (97/10). FAZ 25. 9. 97. KSA 27. 9. 97. SaS 7/11 (97). SI 31 (97). SZ 24. 9. 97. Zt 26. 9. 97 – Oscar-Nominierung 1998: Sound Effects Editing.

□ Im Zeitwettlauf um eine in LA versteckte nukleare Zeitbombe wechseln FBI-Agent Sean Archer (John Travolta) und Top-Terrorist Castor Troy (Cage), der Archers Sohn auf dem Gewissen hat, in einem chirurgischen Experiment buchstäblich die Gesichter und werden zu ihren eigenen größten Feinden. Teuflisch doppelbödig rasender Identitäts-Thriller mit kleveren Anleihen bei Frankenheimers *Seconds, Metropolis* und *The Lady from Shanghai*. Woo knackt Klischees so effektiv, daß sich ihr wahrer Kern ergeben muß. Joan Allen, Gina Gershon, Nick Cassavetes, Alessandro Nivola, Dominique Swain.

K/REKON ●●●●

In den Fesseln von Shangri-La

Lost Horizon

USA. Frank Capra (1897–1991) – UA: 1937. Columbia, SW-108 min – UA (REKON): 1986/8. Columbia, F-132 min – K: 1950 (Columbia; 97 min) – TV (REKON): 21. 4. 98 (arte: THEMENABEND XX1 – ZUKUNFT IST JETZT: MENSCH, WILLST DU EWIG LEBEN?; OmU, 132 min*) – Lit (Capra): Capra: The Name Above the Title: An Autobiography (71/82). Glatzer/Raeburn, eds: FC: The Man and His Films (75). Griffith: FC (51). Malaud: FC (80). McBride: FC: The Catastrophe of Success (92). Poague: The Cinema of FC (75), Another FC (95). Willis: The Cinema of FC (74) – Art (Jogn Howard): Fx 31 (92). Slg Yearbook 5 (88) – Art (Jane Wyatt): Slg 161 (90) – Art (Dimitri Tiomkin): L'EF 6 (78) – Kr: Cfq 17/1 (87; REKON). L'EF 83 (87). f-d (50/Nr. 654). MFB 40 (37). SFV 2 (90). VMG '96 (95) – Oscars 1937: Interior Decoration (Stephen Goosson), Editing – Nominierungen: Picture, Supporting Actor (H. B. Warner), Score, Sound, Assistant Director (C. C. Coleman Jr).

□ Einer der großen, visionären Filme dieses Jahrhunderts. In den Wirren des chinesischen Bürgerkriegs 1935 erreicht der britische Konsul Robert Conway (Ronald Coleman) mit einer zusammengewürfelten Gruppe in Bakul die letzte Maschine landauswärts. Aber das von einem Chinesen gesteuerte Flugzeug – *Indiana Jones and the Temple of Doom* läßt grüßen, auch wenn dort niemand im Cockpit sitzt – muß im tibetanischen Himalaya notlanden, wo man das utopische Shangri-La erreicht, eine spirituelle, zwanglose Idylle friedlicher Koexistenz und Selbstverwirklichung. Kann man einen Traum erkennen, wenn er vor einem steht? Kann der von Zivilisation/Kultur vereinnahmte ruhelose menschliche Geist einer solchen Herausforderung standhalten oder wird er wieder in den kindischen Fehler zurückfallen, das Vertraute erklären zu wollen? *Schwer zu erklären*, sagt Coleman einmal, *aber alles ist mir so vertraut*. Capras Meisterwerk ist ein außergewöhnlicher Essay über den menschlichen Willen, und wie Shangri-La selbst unsterblich. Die mörderische Selbstaufgabe, mit der Conway zuletzt die Hindernisse der Zivilisation aus dem Weg räumt, um seinen Traum wiederzuerlangen, während man in geheizten Londoner Diplomatenzimmern gierig Meldungen über Leute lauscht, die Kopf und Kragen riskieren – eine böse Attacke auf die Scheinheiligkeit der Bedeutung von Sprache –, ist die Besessenheit eines Regisseurs, der uns mitteilt, daß wir uns in erster Linie selbst im

* Hier handelt es sich um die im Aug. '86 von *Columbia* in amerikanischen Kinos wiederaufgeführte, von Robert Gitt für das *American Film Institute* (AFI) rekonstruierte Fassung, die weltweit vollständigste, obwohl die Suche weitergeht. Einige Szenen/Sequenzen sind mit vollständiger Tonspur integriert und über Standfotos, Kamerafahrten in Fotografien und Split Screen nachempfunden. *Lost Horizon*, den Capra als seine größte Leistung bezeichnete, wurde 1936 nach schleppend verlaufenen Previews um 24 min gekürzt, obwohl er sich als einer der erfolgreichsten Filme des kommenden Jahres herausstellte.

Wege stehen. Jane Wyatt, Edward Everett Horton, Thomas Mitchell, Sam Jaffe, Margo.

K ○
Insel der Dinosaurier
Unknown Island
USA. Jack Bernhard (*1913) – UA: 1948/11. Film Classics, F-76 min – K: 1953 (Insel des Grauens; Tempo) – TV (Wh): 12. 10. 97 (K1) – Lit: Gary/Susan Svehla, eds: Guilty Pleasures of the Horror Film (96) – Lit (Dinosaurier-Filme): Glut: The Dinosaur Scrapbook (80). Jones: The Illustrated Dinosaur Movie Guide (93). Rovin: The Fabulous Fantasy Films (77). Shapiro: When Dinosaurs Ruled the Screen (93) – Art (Dinosaurier-Filme): MMo 85 (93). MS 31–32 (97) – Art (Richard Denning): Slg 164 (91) – Kr: f-d (53/Nr. 2338). Va 24. 11. 48.

□ Barton MacLanes kreischender Captain Tarnowski, von einer Mixtur aus zu vielen Kalorien, Malaria-Husten, Whiskey-Brand sowie dem Kopfweh nach einer Schlägerei mit SF-B-Star Richard Denning am Boden gehalten und von einem heraneilenden zähnefletschenden rotbraunen Riesenaffen niedergetrampelt, ist der psychotronische Höhepunkt dieses sich unglaublich über die Runden diskutierenden Pappmaché-Hinterhoftheaters für Leute, die noch nie in ihrem Leben einen SF-Film gesehen haben. Virginia Grey, Philip Reed, Richard Wessel.

K ●●●●
Institut Benjamenta
Institute Benjamenta, or This Dream People Call Human Life
GB/BRD. Brothers Quay – UA (GB): 1995/11. ICA Projects, SW-105 min – UA (BRD)/TV: 7. 8. 1998. arte, SW-100 min (OmU) – F: LOCARNO (95). *SITGES* (95) – Kr: Cfq 28/1 (96). SaS 5/12 (95).

□ Europäische Filmkunst vom Feinsten, auch stilistisch wie in den eigenwillig überwiegenden Grauwerten von Nic Knowlands Kamera lichtjahreweit entfernt von den Gepflogenheiten des Genres. Jakob von Gunten (Mark Rylance), neuer Schüler einer von Johannes (Gottfried John) und seiner Schwester Lisa Benjamenta (Alice Krige) geleiteten Schule für Diener, durchkreuzt die Sinnlosigkeit einer ihm auferlegten Wirklichkeitsauffassung. Die hohlen, monotonen Anstandsregeln und endlos gepaukten, absurden Lektionen/Rituale sind ein Sinnbild unseres durch die Kultur geprägten falschen Verhaltens und das unwirkliche, baufällige Institut eine Metapher für das Leben selbst. Geradezu unverschämt aufschlußreich (Einflüsse von Robert Walser, Bruno Schulz, Becket, Kafka), wird man visuell an das Mysterium und den Erfindungsreichtum eines Films wie *Eraserhead* (76) erinnert. Wie Lynch, Raoul Servais (*Taxandria*, 96) oder Švankmajer (*Spiklenci slasti*, 97) arbeiten die Gebrüder Quay, längst Spezialisten anspruchsvoller Trickfilmkunst (*The Eternal Day of Michel De Ghelderode 1898–1962*, 81; *Leós Janácek: Intimate Excursions*, 83; *Street of Crocodiles*, 86), hier erstmals mit menschlichen Darstellern in umfangreicheren Rollen. Formal gefangen nehmend, zeitlos brillant. Daniel Smith, Joseph Alessi, Janathan Stone, Cesar Sarachu, Peter Lovstrom, Uri Roodner, Peter Whitfield.

K ●●

James Bond 007 – Feuerball

Thunderball

GB. Terence Young (1915–1994) – UA: 1965. United Artists, F-130 min – K: 17. 12. 65 (United Artists) – TV (Wh): 8. 2. 97 (ARD) – Lit (JB-Filme): Barnes/Hearn: Kiss Kiss Bang Bang: The Secret History of JB (98). Brosnan: JB in the Cinema (75). Kocian: Die JB Filme (82/97). Pfeiffer/Lisa: The Incredible World of 007: An Authorized Celebration of JB (92). Rubin: The JB Films: A Behind the Scenes History (81), The Complete JB Movie Encyclopedia (91). Scheingraber: Die JB Filme (80). Soter: Bond and Beyond: 007 and Other Special Agents (93). Tesche: Das große JB Buch (95) – Art (JB-Filme): Cfq 19/5 (89). SaS 4/11 (94; Saltzman), 5/12 (95; Binder). Sb 33 (81). Slg 68 (83; Maibaum), 69 (83; Mankiewicz), 72 (83; Moore/Llewelyn), 75 (83; Lazenby), 94 (85; Barry), 96 (85; Moore), 99 (85; Broccoli), 120 (87; Maibaum), 122 (87), 123 (87; Dalton), 145 (89; Dalton), 199 (94; Barry), 223 (96; Llewelyn) – Lit (Sean Connery): Parker: SC (93). Pfeiffer/Lisa: The Films of SC (93) – Art (Connery): SaS 7/5 (97). Slg 50 (81) – Art (Ricou Browning): Fx 58 (96). Slg 167 (91) – Art (Martine Beswicke): DS 18 (92). L'EF 76 (87). Fg 55 (86). Fx 34 (92). IM 1/4 (94). She 2/5 (96). VW 26 (95) – Kr: Cfq 19/5 (89), 27/3 (95). f-d (65/Nr. 13759). MFB 385 (66). SFV 1 (88). VMG '97 (96). VW 37 (97) – Oscar 1965: Visual Effects.

□ Bond # 4. Das Gangstersyndikat PHANTOM/SPECTRE erpreßt die britische Regierung um l00 Mio. Pfund in Diamanten, nachdem es den Nachtflug eines mit 2 Atombomben bestückten Phantom-Jägers der NATO auf die Bahamas umdirigiert hat. Regie-Drastiker Terence Young dreht sich als Wahrheit tarnende Lügen eiskalt in ihr Gegenteil um, gleich doppelt in Connerys trockener Bemerkung, er sei von einer »Lustigen Witwe« gefallen, als Schönheitsfarm-Masseuse Molly Peters die blauen Flecken anläßlich der Beerdigung von SPECTRE-Agent Jacques Boivard entdeckt. Gleichsam bevölkert Young die ereignislosen Weiten des Meeresbodens urplötzlich mit Dutzenden sich spektakulär massakrierenden Froschmännern, einem surrealen Ballett aus Mensch und Maschine. Adolfo Celi/Claudine Auger machen als Largo/Domino eine schwache Figur im Vergleich mit Klaus Maria Brandauer/Kim Basinger aus dem ironisch betitelten Remake *Never Say Never Again* (83), aber Luciana Paluzzi bildet den nötigen undurchsichtigen Gegenpol als Largos Frau über Leben und Tod, Fiona Volpe.

K ●●

James Bond 007 – Der Morgen stirbt nie

Tomorrow Never Dies

GB/USA. Roger Spottiswoode (*1943) – UA (USA): 19. 12. 1997. MGM/UA, F-119 min – K: 18. 12. 97 (UIP) – Lit: Pearce: The Making of Tomorrow Never Dies (97) – Lit (Pierce Brosnan): Membery: PB: The Biography (97) – Art: Cfq 29/8 (97), 29/9 (98). Cs (98/1–2). FFa 6/8 (97). HKFC 5/2 (97). MS 36 (98), 37–38 (98). Slg 245 (97), 246 (98) – Kr: Az 18. 12. 97. Cfq 29/12 (98). epd (98/1). SaS 8/2 (98).

□ Khyber-Pass/Hamburg/Ferner Osten: Commander Bond (Brosnan) und die chinesische Sicherheitsagentin Wai Lin (Hongkong-Action-Star Michelle Yeoh) stoppen den übergeschnappten Medienmogul Elliot Carver (Jonathan Pryce), welcher im *Südchinesischen Meer* den 3. Weltkrieg provoziert. Dem pyrotechnischen Einstand mit der Flucht in einem russischen L39-Kampfjet stehen gut verteilte, pulsbeschleunigende Action-Großereignisse wie Bonds per Joystick ferngesteuerter BMW 750, das halsbrecherische Motorrad/Hubschrauber-Duell auf einem südostasiatischen Marktplatz oder der finale Schlagabtausch im von der *H. M. S. Bedford* beschossenen Stealth Boat-Bonzenbunker in nichts nach. Bonds/Lins schwindelerregend detaillierter Sprung vom Wolkenkratzer, Bonds Ziehen der Fallschirm-Reißleine unterhalb der Radargrenze hart über den Wellen, »Q«s jung gebliebener Spielzeugladen (Omega-Uhren, Ericsson-Mobiltelefone usw.), THE EMPIRE STRIKES BACK-Medienarroganz oder der durch mehrere Schiffsdecks röhrende Supertorpedo sind weitere Spezialitäten auf der dichtgedrängten Speisekarte. »Mutti« (Dame Judi Dench) steht auch in Bond # 18 ihren Mann, wenn sie ihren eigenen, an der Zuständigkeit einer Frau in derart virilen Situationen zweifelnden Stabschef mit den Worten niedermacht, sie müsse ja nicht mit seinem Körperteil denken. Es ist diese brillant als Witz geheimgehaltene Doppeldeutigkeit, welche Bond zu mehr macht als dem, was er uns vorspielt. Desmond Llewelyn, Teri Hatcher, Joe Don Baker, Götz Otto.

K ●●●●

Kill, Baby, Kill

Operazione Paura

It. Mario Bava (1914–1980) – UA: 1966. F-85 min – F: CATTOLICA (80) – K: 13. 3. 70 (Alpha; Die toten Augen des Dr. Dracula) – V: (VMO/Something Weird; engl. Fassg) – Lit (Bava): Bruschini: Bizarre Sinema! Horror all'Italiana 1957–1979 (97). Bruschini/Tentori: Operazione Paura (97). Martinet: MB (84) – Art (Bava): BBL 2 (92). Cal 1 (91). Cfq 10/2 (80). DS 23 (92). L'EF 14 (80), 23 (82). Eye 1 (92). FD 3 (73). Fg 42 (85). Fort Lauderdale Sun-Sentinel 30. 5. 80. FuF 5 (93). KM 2 (92). Libération 7. 5. 80. MFB 382 (75). MMF 8 (64), 14 (66). Ph 26 (75). Po 138 (72). TF 3 (71), 16 (73) – Lit: Baier/Heer: Der Horrorfilm (76) – Art: FHo 7 (96) – Art (Erika Blanc): ETC 15 (97), Vo 3 (92) – Kr: L'EF 16 (80). f-d (70/Nr. 16677). Nec 1 (93).

□ Eine Selbstmordserie erschüttert den in ständige Düsternis getauchten winzigen Ort Karmingen inmitten des Nichts, terrorisiert vom Geist der kleinen Melissa (Valerio Valeri*), von Pferden niedergetrampelt, als ihr Ball auf die Straße hüpfte. Bavas EastmanColor-Aufnahmen sind von einer selten erreichten makabren Poesie

* In den Cast-Angaben als *Valeria Valeri* angegeben, aber es handelt sich in Wirklichkeit um den Sohn van Bavas damaliger Hausmeisterin in Kleid und Perücke.

Mario Bavas Operazione Paura, *einer der besten Horror-Filme der 60er Jahre.*

und Schönheit (der Friedhof und die verfallene Villa der Baronin scheinen sich in der Unendlichkeit der Nacht und unseres Unterbewußtseins zu verlieren) und das Übersinnliche, wie üblich in Bavas monsterlosem Werk, nichts anderes als eine Emanation unterdrückter/unverarbeiteter Gefühle. Wenn Dr. Eswai (Giacomo Rossi-Stuart), überfordert von völlig unerklärlichen Vorkommnissen wie Dr. Kruvajan in *La Maschera del Demonio* (60), endlich ein greifbares Ergebnis erzwingen will, verfolgt er sich selbst immer wieder durch denselben Raum, den er gerade verläßt, ohne es zu wissen. Bavas Kunst erreicht ihren Höhepunkt in Augenblicken, in denen die Trennung von Vernunft und Gefühl vollständig aufgehoben scheint, wie während der Begegnung mit Melissa in deren Kinderzimmer. Es ist eine brillant inszenierte Täuschung des Auges, wenn das Rätsel plötzlich eine gestochen scharfe, irritierend präzise Form annimmt, bevor es den Betrachter wieder in die Sicherheit des Erklärbaren zurückwirft und er irrtümlicherweise glaubt, dem Gang der Ereignisse wieder folgen zu können. Ein in der dt. Fassung zerstörter, psychologischer Meilenstein des Genres, eindeutig zitiert von Fellini in dessen *Tobby Dammit*-Ep. von *Histoires Extraordinaires* (67). Von Luchino Visconti auf einer der ersten italienischen Aufführungen mit einer Standing Ovation bedacht. Fabienne Dali, Erika Blanc, Piero Lulli, Gianna Vivaldi.

K ●●●
Kissed
Kissed
Kan. Lynne Stopkewich – UA/F: 7. 9. 1996. TORONTO, F-95 min – UA (USA): 11. 4. 1997. Orion, F-95 min – F: CANNES (97). MÜNCHEN (97). *FaFF* (97; OF) – K: 20. 11. 97 (Kinowelt) – V: 2. 6. 98 (Arthaus) – Art: Cfq 28/10 (97), 28/11 (97). SZ 4. 7. 97 – Kr: Az 21. 11. 97. Cfq 28/11 (97). epd (97/12). FR 21. 11. 97, SaS 8/1 (98). SI 32 (97). SZ 22. 11. 97. Zoom (97/10).
□ Die im städtischen Leichenschauhaus eine Ausbildung als Einbalsamiererin absolvierende Sandra (Molly Parker) hat eine Vorliebe für tote Körper junger Männer, die durch eine tragische Liebesbeziehung zu dem selbstmordgefährdeten Medizin-Student Matt (Peter Outerbridge) ihre transzendentale Erfüllung findet. *Kissed* ist eine einzigartige, auf Äußerlichkeiten/Melodramatik verzichtende sinnliche Grenzerfahrung und wagt wie *Moebius* Risiken, die jeder kommerziell orientierte Film scheuen würde. Vielleicht haben wir auch dem Sinnlosesten aller Dinge, dem Tod gegenüber, eine Verpflichtung. Jay Brazeau, Natasha Morley, Jessie Winter Mudie.

K ●
Lebe lieber ungewöhnlich
A Life Less Ordinary
USA. Danny Boyle – UA: 24. 10. 1997. Fox, F-101 min – K: 22. 1. 98 (PolyGram) – V: 30. 7. 98 (PolyGram) – Art: Cfq 29/6–7 (97). MS 37–38 (98) – Kr: Az 22. 1. 98. epd (98/1). Psy 27 (98). SaS 7/11 (97). Sp 19. 1. 98.
□ Wütender Bonzen-Daddy (Ian Holm) hetzt verwöhnter Macho-

Tochter (Cameron Diaz) und dem sie kidnappenden unfähigen Raumpfleger Robert (Ewan McGregor) Profi-Killer auf den Hals (Holly Hunter, Delroy Lindo), die in Wahrheit nach ärmere Schweine sind, weil sie beide in göttlichem Auftrag verkuppeln müssen. Voller Überraschungen, aber letztlich zu anonymes US-Debüt der wilden schottischen *Trainspotting/Shallow Grave*-Experten. Verglichen mit Clark Gable/Claudette Colbert aus Capras *It Happened One Night* (34) bleiben Robert/Celine blutarme, austauschbare Comic Strip-Figuren.

TV ●●●●
Leidenschaftliche Berechnung
Conceiving Ada
USA. Lynn Hershman Leeson (*1941) - UA/F: 1998/2. BERLIN, F-84 min - TV: 23. 2. 98 (arte; OmU).
□ Der sensibelste, der beste SF-Film des Jahres. Mit Hilfe des Cyberspace gelingt es der amerikanischen Forscherin Emmy Coer (Francesca Faridany), sich in Gedankenwelt/Identität der vor 148 Jahren verstorbenen tragischen Ada Byran King einzuschalten, einer Tochter Lord Byrons, Freundin Mary Shelleys und Verfasserin erster Computerprogramme, wobei sich beider Leben zu vermischen, ja lebensgefährlich auszutauschen droht. Tilda Swinton ist perfekt in der schwierigen Rolle Adas und *Adas* Zukunft eine faszinierende Hochrechnung gegenwärtiger wissenschaftlich-technischer Realität. Ein poetisches Meisterwerk, brillant auf jede äußere Dramatik, jedes Plot/Genre in herkömmlichem Sinne, jedes modische Zeitzugeständnis verzichtend. Hershmans Porträt *Cyberchild* (vgl. THEMENABEND XX1 - ZUKUNFT IST JETZT) enthält einen faszinierenden Blick hinter die Kulissen. Timothy Leary, J. D. Wolfe, John O'Keefe, Karen Black.

K ●
Lost in Space
Lost in Space
USA. Stephen Hopkins - UA: 3. 4. 1998. New Line, F-130 min - F: CHICHESTER (98) - K: 24. 9. 98 (Kinowelt) - Lit: Cadigan: The Making of Lost in Space (98). Slg Group, ed: Lost in Space: Official Movie Magazine (98) - Art: Cf 74 (98). Cfq 29/11 (98), 29/12 (98). FFa 7/1 (98). SFE 5/1 (98). Slg 249 (98), 250 (98), 251 (98) - Kr: Cfq 30/3 (98). SaS 8/8 (98).
□ 2058: Turbulente Odyssee Dr. John Robinsons (William Hurt) mit Familie in der von Spion-Fiesling Dr. Zachary Smith (Gary Oldman) sabotierten *Jupiter 2* auf dem Weg zum bewohnbaren Alternativplaneten *Alpha Prime*. Kostspieliges CGI-Update der Kult-TV-Serie (CBS, 65-68) in imponierendem Design (als hätten Charles Eames und Ron Arad zusammengearbeitet), aber altmodischstem Seifenoper-Plot: ein kalkuliertes Industrieprodukt, an dem schon Irwin Allen Interesse bekundete. Aufgrund des Boxoffice-Crashs an der heimischen Kinokasse vielleicht weniger zukunftsweisend. Matt LeBlanc, Mimi Rogers, Heather Graham, Mark Goddard.

K ●●●●
Malpertuis
Malpertuis/Malpertuis: Histoire d'une maison maudite
Bel/Fr/BRD. Harry Kümel (*1940) - UA (BRD)/K: 9. 12. 1977. AG

Kino, F-125 min (1972 entstanden) – F: *TRIEST* (73). *SITGES* (73). AMSTERDAM (96) – V: 98 (VMO) – Art (Kümel): MM 27 (78). SI 30 (97) – Kr: L'EF 3 (73; *TRIEST*). f-d (77/Nr. 20713). Vp 5 (73; *TRIEST*).
□ Wie Wojciech Has' *Rekopis znaleziony w Saragossie* eines der großen philosophischen Werke fantastischer Filmkunst nach dem 1943 erstveröffentlichten Roman Jean Rays. Matrose Jan (Matthieu Carrière) begegnet auf Malpertuis, dem verfallenen Sitz seines Onkels (Orson Welles), den wiederauferstandenen griechischen Göttern und Mythen. Eine solche Inhaltszusammenfassung eines unbeschreibbaren, mit einem berühmten Zitat Lewis Carrolls bereits zu Beginn warnenden Films ist natürlich falsch. Wie Davos Hanich in *La Jetée* sieht sich Jan in einem geregelten Universum gefangen, das er dennoch nicht versteht, obwohl es nichts anderes als sein Empfinden, seine Realität widerspiegelt. Eine Taverne füllt sich mit Gästen nur in dem Maße, in dem Jan es registriert. Das Ambiente der Kajüte am nächsten Morgen läßt uns im Glauben, Jan sei auf sein Schiff zurückgekehrt – eine fatale Fehleinschätzung, denn Jan befindet sich an Land, während sich sein Bewußtsein auf See befindet. Jean Ferrys Drehbuch ertappt uns in unserer falschen Realitätsauffassung, die als reine, nur in unserem Kopf existierende Täuschung/Fassade durchschaubar wird. Das erneut in eine andere Stufe der Realität wechselnde Finale läßt das gesamte vorangegangene Geschehen als Traumgewebe nach einem Unfall auffliegen – der behandelnde Arzt und der Jan auf Malpertuis »behandelnde«, Frankenstein-artige Philaretes sind ein und derselbe Schauspieler –, aber ein zweiter Schluß macht Jan und uns für immer zu Malpertuis' Gefangenen. Es wäre Aufgabe einer Einrichtung wie ARTE, dieses in Deutschland momentan nur in einer schlechten Video-Aufzeichnung vorliegende, von Gerry Fisher atemberaubend fotografierte Meisterwerk europäischer Filmkunst in der ursprünglichen Fassung wiederherzustellen. Susan Hampshire (in zahlreichen Rollen), Michel Bouquet, Jean-Pierre Cassel, Sylvie Vartan, Charles Janssens.

K ●●
Mäusejagd
Mouse Hunt
USA. Gore Verbinski – UA: 1997/12. DreamWorks, F-97 min – K: 26. 3. 98 (UIP) – Art: Cfq 29/8 (97), 29/9 (98) – Kr: Cfq 29/12 (98). epd (98/4). SaS 8/4 (98).
□ Auf die Nerven fallende Renovierungsarbeiten in einer brüchigen Villa stören das traute Heim einer gewieften Maus, Teilerbstück der geistig behinderten Smuntz-Brüder Ernie/Lars (Nathan Lane/Lee Evans). Autor Adam Rifkin/Commercials-Regisseur Verbinski treiben das Plot in das schiere Spielfilm-Äquivalent klassischer WB/MGM-Cartoons, und neben Tom&Jerry/Dick&Doof/Abbott&Costello scheint Franz Kafka mitgedacht zu haben. Maury Chaykin, Vicki Lewis, Christopher Walken.

K ●●●
MIB – Men in Black
Men in Black
USA. Barry Sonnenfeld (*1953) – UA: 4. 7. 1997. Columbia Tri-Star,

F-98 min - F: LOCARNO (97) - K: 11. 9. 97 (Columbia Tri-Star) - V: 26. 3. 98 (Columbia Tri-Star) - Art: Cf 70 (97). Cfq 28/10 (97), 28/12 (97), 29/1 (97). Cs 3/8 (97). Fg 164 (97), 165 (97), 166 (97). SaS 7/7 (97). SFE (97/8). SFU 26 (97). Sh 63 (97). Shv 44 (97). Slg 240 (97), 241 (97), 242 (97), 243 (97). Sp 8. 9. 97 - Kr: Az 11. 9. 97. Cfq 29/3 (97), 29/4-5 (97). epd (97/9). KSA 13. 9. 97. SaS 7/8 (97). SI 31 (97). SZ 11. 9. 97. Zoom (97/9) - Oscar 1998: Makeup - Nominierungen 1998: Art Direction, Musical Score.

□ Alien Nation USA: Die Spezialagenten K (Tommy Lee Jones) und J (Will Smith) von der *MiB*-Sondereinsatzzentrale für extraterrestrische Asylanten in Manhattans brodelndem Immigranten-Hexenkessel. Da beherbergen Katzenhalsbänder ganze Galaxien, tarnen sich außerirdische Blindgänger als kotzende Farmer und scheinheilige Tierfreunde, lungern Langzeitarbeitslose in der Caféteria herum. John Sayles' *The Brother from Another Planet* (84) porträtierte NY unspektakulärer als fremden Planeten (ohne Genre-Zusatz und FX-Gegröle), aber als Wanderer zwischen den Welten halten Sonnenfeld/Solomon eine wahnwitzige Balance, wie bei der Tunnel-Spritztour in Elvis' *Gelobtes Land* oder dem außerirdischsten Geräusch des gesamten Films, als Smith während der Aufnahmeprüfung den sich lauthals beschwerenden bleischweren Tisch als Schreibunterlage an sich zieht. Mit 7,3 Mio. Zuschauern 1997 meistbesuchtester Film deutscher Kinos, mit 250 Mio. Dollar Einspielergebnis der erfolgreichste in den USA. Linda Fiorentino, Rip Torn, Tony Shalhoub.

SERIE
Millenium
Millenium
USA 1996 (22 Ep) - Cr: Chris Carter - UA: 1996/10. Fox-TV, F-120 min - TV: seit 10. 10. 96 (SAT1) - Art: Cfq 29/4-5 (97). Fg 158 (96), 161 (97), 169 (98), 172 (98). SaS 7/9 (97). Slg 234 (97), 237 (97). USA Today 15. 7. 97 - Kr: Cfq 29/2 (97).

□ Ex-FBI-Agent/Familienvater Frank Black (Lance Henriksen) als Serienkiller-Seelentaucher. Nicht so unbeschwert abwechslungsreich wie die *X-Files, Buffy the Vampire Slayer, Babylon 5* oder *The Outer Limits*. Megan Galagher, Terry O'Quinn, Brittany Tiplady.

K ●●
Mimic
Mimic
USA. Guillermo Del Torro - UA: 22. 8. 1997. Dimension, F-106 min - K: 26. 2. 98 (Kinowelt) - Art: Cfq 29/2 (97). Fg 164 (97), 167 (97). MS 34 (97) - Kr: Az 26. 2. 98. Cfq 29/6-7 (97), 29/8 (97). epd (98/3). Fg 166 (97). SaS 8/7 (98). SI 32 (97).

□ US-Debüt des Mexikaners Del Torro (Cronos, 92) nach Donald A. Wollheim: Die Judas-Brut einer genetisch geschaffenen Gottesanbeterin/Termiten-Kreuzung, von der Entomologin Dr. Susan Tyler (Mira Sorvino) zur erfolgreichen Bekämpfung einer von Kakerlaken übertragenen Kinder-Epidemie gezüchtet, überlebt trotz DNA-Fortpflanzungssperre in den tiefen Tunneln Manhattans. Eher mit Betroffenheit/Suspense als plakativem Gore operierend, aber völlig unbefriedigend im sich selbst zerkleinernden Ausgang. Jeremy Northam, Giancarlo Giannini, Alexander Goodwin, Charles Dutton, F. Murray Abraham.

DOKU ●●●●
Missile
Missile
USA. Frederick Wiseman (*1930) – UA: 1987. F-110 min – F: AUGSBURG (89; Wiseman-Retro) – TV: 28. 11. 97 (arte; OmU) – Lit (Wiseman): Grant: Voyages of Discovery: The Cinema of FW (92). Pillard: FW et son temps, une certaine idée du cinéma documentaire (93) – Art (Wiseman): epd (89/6). SaS 2/1 (92).
□ Unterricht/Ausbildung einer Offiziersgruppe am Minuteman-Waffensystem im Raketenkontrollzentrum der kalifornischen Air Force Base *Vandenberg*. Waffen, Codes, Informationsaustausch, Befehle/Befugnisse, Schutz vor Terroranschlägen, Zielgenauigkeit bei schlechtem Wetter, Verhalten in Notfällen, Begegnungen der Teams, Tests, Wartung usw. kommen ebenso zur Sprache wie die ethischen Fragen des Atomkriegs. Nichts ist aufregender als die Wirklichkeit: *Missile* ist unumgänglich und Teil von Wisemans unbestechlicher, knochenharter Chronik westlicher Institutionen. Kein Titel, kein Kommentar, keine Vorbereitung, kein Erzähler, kein Interview: der »Autor/Regisseur« als komplett aus dem Film Verbannter. Einer der wichtigsten amerikanischen Filmemacher macht seit 1967 und dem aufsehenerregenden *Titicut Follies** in mehr als 30 Arbeiten von sich reden.

K ●●●●
Moebius
Moebius
Argent. Gesamtleitung: Gustovo Mosquera R. – UA/F: 1996/9. SAN SEBASTIAN, F-88 min – F: WIEN (97). BERLIN (97). *GERARDMER* (98) – K: 18. 9. 97 (Kairos; OmU) – Kr: Cfq 28/8 (97; SAN SEBASTIAN). epd (97/12). KSA 20. 4. 97. SI 31 (97).
□ High Noon für Mathematik-Studenten. Der Topologe David Pratt (Guillermo Angelelli) wird von den fassungslosen Betreibern des labyrinthischen U-Bahn-Netzes von Buenos Aires zu Hilfe gerufen: Zug Nr. 86 ist mit 30 Fahrgästen zwischen zwei Haltestellen verschwunden, obwohl er akustisch noch vorhanden ist, Signale/Weichen stellt und mit unglaublicher Geschwindigkeit zu rasen scheint. Die schiere Komplexität des Schienennetzes scheint zu einer so großen Verdichtung von Masse geführt zu haben, daß ein Loch im Raum-Zeit-Kontinuum das Tunnel-

---

* *Titicut* nennen die Indianer das Gebiet um das Bridgewater Krankenhaus für kriminelle Geisteskranke im US-Bundesstaat Massachusetts. Wisemans scharfe Anklage der unmenschlichen Haftbedingungen wurde sofort nach dem Start verboten, erst 1987, nach dem Tod von 5 Insassen (3 Selbstmörder) und heftiger öffentlicher Proteste ein erneuter Anlauf unternommen, den Film zu zeigen. *Titicut Follies* wurde erst im April '93 im US-Fernsehen ausgestrahlt, 26 Jahre nach Fertigstellung.

system in eine Art Moebius-Schleife außerhalb der uns bekannten Dimensionen verwandelt hat. *Moebius* ist ein von zwei Professoren und 45 Studenten der Filmhochschule *Universidad del Cine* der argentinischen Hauptstadt geschaffenes äußerst mutiges Meisterwerk des Metaphysischen, die Anspielung auf die Verschwundenen und die »Unlösbarkeit« des Falls jenseits der packenden Allegorie der Grenzen unseres Denkens auch ein Hinweis auf die schicksalhafte Zeit der Militärdiktatur (1966–1983). Roberto Carnaghi, Jorge Petraglia, Anabella Levy.

K ●●

Monster on the Campus

Monster on the Campus

USA. Jack Arnold (1916–1992) – UA: 22. 10. 1958. Universal-International, SW-77 min – K: 22. 1. 60 (Universal; Der Schrecken schleicht durch die Nacht) – V: (VMO; mit orig. Kino-Trailer) – Lit (Arnold): Brosnan: The Horror People (76). Reemes: Directed by JA (88). Schnelle, ed: Hollywood Professional. JA und seine Filme (93) – Art (Arnold): Cfq 4/2 (75). L'EF 7 (75). Fg 3 (79). Fx 37 (93). Ph 26 (75). SaS 3/2 (93). Sb 25 (80). Science Fiction Monthly 11(75). Slg 181 (92). TF 7 (72). Vo 10 (75) – Kr: f-d (60/Nr. 8886). Fg 136 (94). VW 24 (94). Wa II (86).

□ Dunsfield University. Dr. Donald Blake (Arthur Franz), ein junger Paläontologe, schneidet sich an den Zähnen eines durch Gammastrahlen frisch gehaltenen ostafrikanischen Quastenflossers mit radioaktiv verseuchtem Blut, verwandelt sich zeitweise in ein haariges, prähistorisches Monster der Nacht (Eddie Parker). SF-Autor David Duncan (*The Time Machine*, 60) spritzt das Plot mit der tödlichen Droge von Rouben Mamoulians *Dr. Jekyll and Mr. Hyde*: Blakes Unbehagen im Vorfeld der Heirat mit der verwöhnten Tochter (Joanna Moore) des diktatorischen Direktors (Whit Bissel), die den Luxus seiner Unentschlossenheit und seiner eigenmächtigen Forschungsarbeit beenden würde, ist sowohl sexueller wie sozialer Natur und die erste Verwandlung findet nicht zufällig statt, nachdem die natürlichere, ungebundenere Molly (Helen Westcott) spaßeshalber ihr unerlaubtes Interesse an ihm bekundet hat. Blakes Transformation ist nicht der Rückfall in eine von den Zwängen der Zivilisation befreite Natur, sondern das haargenaue Gegenteil, eine aus unterdrückter Angst gespeiste, zunächst eher unbewußte Rebellion gegen widernatürliche gesellschaftliche Rituale und Zustände. Schade, daß die Lösung des Problems nur in der Konfrontation gesehen wird. Wie zum Hohn verwandelt sich Blakes Gesicht in das eines Menschen zurück, als er, trotz Warnung aus den eigenen Reihen von Ordnungshütern erschossen, zuletzt am Boden liegt und Arnold/Duncan deutlich machen, um was es ihnen gegangen ist: Unsere Gesellschaft ist eine barbarische Gesellschaft. Judson Pratt, Troy Donahue, Nancy Walters, Phil Harvey.

K ●●

The Moon Warriors

Jin san chuen suet

Hongkg. Sammo Hung – UA: 1992. F-90 min – V: (VMO; kantonesisch/engl. UT) – Art (Hung):

Zivilisatorische Engpässe. Eddie Parker, Joanna Moore,
Monster on the Campus

ATC 5 (93). HKFC 3/2 (96), 5/1 (97), 5/2 (97) – Art (Ching Siu-Tung/Maggie Cheung/Anita Mui): s. The Heroic Trio – Lit/Art (Hongkg): s. Black Mask – Kr: EH 2/3 (94). SaS 5/1 (95). VW 24 (94), 41 (97).

□ Zünftige Martial Arts/Widescreen-Fantasy, glänzend produziert und besetzt, mit Cheung/Mui in unerwartet gegensätzlichen Rollen. Ein naturverbundener Fischer (Andy Lau) hilft einem verjagten Prinzen (Kenny Bee) gegen die Schergen des ungeduldigen Bruders (Kelvin Wong Siu). Hongkong-Autor/Choreograph Ching Siu-Tung sorgt für erstklassige Kicks, vor allem im Lau in letzter Sekunde zu Hilfe springenden Killerwal Hoi-wai. Unglaublich.

K ○

Mystery Science Theater 3000

Mystery Science Theater 3000: The Movie

USA. Jim Mallon – UA: 1996/5. Gramery, E-73 min – V: 1. 4. 98 (CIC) – Lit: Mystery Science Theater 3000 Writers and Performers: The Mystery Science Theater 3000 Amazing Colossal Episode Guide (96) – Art: Cfq 27/8 (96). IM 1/2 (93). SFE 4/5 (97). Slg 224 (96), 225 (96), 226 (96), 227 (96) – Kr: Cfq 27/10 (96), 28/3 (96). epd (98/5). MS 40 (98). SaS 7/4 (97). VMG '97 (96).

□ Raumstation *Satellite of Love*: Mad Scientist Dr. Clayton Forrester (Trace Beaulieu) versucht Astronaut Mike Nelson (Michael J. Nelson) und zwei dazwischenquatschende Roboter über eine Ausstrahlung des Klassikers *This Island Earth* – einer der intelligentesten SF-Filme der 50er Jahre – in den Wahnsinn zu treiben. Beschämendster Unfug.

K ●●

Nirvana – Die Zukunft ist ein Spiel

Nirvana

It. Gabriele Salvatores – UA/F: 1997/5. CANNES, F-114 min – F: *FaFF* (97; DF) – K: 21. 8. 97 (Concorde – Castle Rock/Turner) – V: 9. 4. 98 (VMP) – Art: Am 6 (97). MS 31–32 (97) – Kr: Az 23. 8. 97. epd (97/9). FR 21. 8. 97. KSA 23. 8. 97. SZ 21. 8. 97.

□ Agglomerat/2005, Computergame *Nirvana*: Die durch ein Virus Bewußtsein erlangende virtuelle Spielefigur Solo (Diego Abatantuono) fleht Schöpfer Jimy (Christopher Lambert) um Löschung an, doch der mächtige Multimedia-Gigant *Okasama Starr* will das notfalls mit Killern verhindern. Eine wilde Odyssee durch grelle Virealitäten setzt ein. *Mediterraneo*-Oscar-Preisträger Salvatores macht aus seinen Darstellern mehr als Bytes und erstklassige Tricks der Mailänder Fa. *Digitalia Graphics* kontern ironisch die Action-Zugeständnisse des raffiniert verzwickten Plot. Sergio Rubini, Stefania Rocca, Amanda Sandrelli, Emanuelle Seigner, Claudia Bisio.

K ●

Octalus – Der Tod aus der Tiefe

Deep Rising

USA. Stephen Sommers – UA: 13. 2. 1998. Hollywood, F-106 min – K: 28. 5. 98 (Tobis) – Art: Cf 74 (98). Cfq 29/9 (98), 29/10 (98). FFa 6/9 (98). Fg 161 (97), 170 (98). SFE (98/4). Shv 53 (98) – Kr: Az 28. 5. 98. Cfq 30/1 (98). epd (98/7).

□ *Palawangraben* im sturmgepeitschten *Südchinesischen Meer*: Ein titanischer Rob Bottin-Monsterkrake lutscht die überlaufenen Decks des von Terroristen gekaperten protzigen Luxusliners *Argonautica* leer. Zusammengeklautes Prestige-B-Picture auf ungefährlichem Kurs: Trotz ethnisch korrekter Durchhalte-Crew überlebt das weiße Paar (Treat Williams/Famke Janssen). Nicht so unentschlossen zweideutig wie *Anaconda*. Anthony Heald, Kevin J. O'Connor, Wes Studi.

TV ○

Operation Phoenix – Jäger zwischen den Welten

BRD. Edzard Onneken – UA/TV: 28. 10. 1997. RTL, F-50 min – Kr: Az 30. 10. 97.

□ Verlauste Gen-Mutter huscht mit geklautem Fremdbaby durch RTLs zwielichtigen Jurassic-Supermarkt. Erster dt. *X-Files*-Clon, trotz BKA-Sondereinheit ohne jede Identität und als Pilotfilm eine Seifenblase im *John Sinclair*-Format. Das einzig Interessante solcher Eigenproduktionen scheint der kläglich ausfallende Vergleich mit Übersee-Importen. Alana Bock/Dirk Martens als Scully/Mulder-Austauschagenten.

K ●

Das Phantom

The Phantom

USA. Simon Wincer (*1943) – UA: 7. 6. 1996. Paramount, F-94 min – V: 20. 4. 98 (CIC) – Art: Cfq 27/10 (96), 27/11–12 (96). FFa 5/2 (96). SFE (96/6). SFU 17 (96). Slg 227 (96), 228 (96), 229 (96) – Kr: Cfq 28/3 (96). MS 41 (98). SaS 7/2 (97). Shv 35 (96). VMG '97 (96).

□ Batman *light*: Kit Walker (Billy Zane), Nachfahre des verwaisten Busch-Gespenstes *The Phantom*, gegen den übergeschnappten Xander Drax (Treat Williams), sich mit Hilfe der magischen Totenschädel von *Tougawa* bereits als Diktator Amerikas sehend. Zu gut gemeinte Nostalgie, aber Stoff/Charakter (nach Lee Falks Zeitungs-Strip von 1938) geben einfach nicht viel her. Kristy Swanson, Catherine Zeta Jones, James Remar, Patrick McGoohan.

K ●●

Planet of Blood

Queen of Blood

USA. Curtis Harrington (*1928) – UA: 1966. American International, F-81 min – V: (VMO/Sinister Cinema: US-TV-Fassung) – Lit (Harrington): Fischer: Horror Filmmakers 1931–1990 (93). Perry: Dark Dreams: A Psychological History of the Modern Horror Film (77) – Art (Harrington): FaF 369 (85). Fg 23 (82). Mst 1 (92). Po 165 (75). Psy 16 (94). VW 14 (92) – Lit (AIP): McGee: Faster and Furiouser: The Revised and Fattened Fable of American International Pictures (97) – Kr: Mst 1 (92). SFV 2 (90). Va 26. 3. 69.

□ 1990. Sirenenartiges Mars-Notsignal eines fremden Schiffes läßt Astronauten-Crew (John Saxon, Dennis Hopper, Judi Meredith) eine grünhäutige Alien-Queen mit platinblonder Zwiebelfrisur bergen (eiskalte Schöne: Florence Marly), welche vampirisch über die Besatzung herfällt, aber an einer Art Hämophilie zugrunde geht. Etwas war aber nicht umsonst: Dr. Farraday (Basil Rathbone), Chef des US-Raumfahrt-

programms, beschließt gegen jede Vernunft und sämtliche Warnungen, die zurückgebliebenen Eier zu Forschungszwecken einzubehalten. Mehr als Cahns *It! The Terror from Outer Space* (58) und Bavas *Terrore nello spazio* (65) ein deutlicher Vorläufer von *Alien* (79) und Lisa Maries den gleichen Friseur teilender Blondine aus *Mars Attacks!* (97), klever integriert in einen von Roger Corman geenterten atmosphärischen russischen SF-Film, Mikhail Karjukows *Meshte Nastreshu* (63). Das sinnliche Pathé Color ist im Gegensatz zu der von *Image Entertainment* vertriebenen, offensichtlich auf dem Originalnegativ basierenden HBO-Laserdisc zu blaß.

K ●
Postman
The Postman
USA. Kevin Costner – UA: 26. 12. 1997. Warner Bros, F-177 min – K: 12. 2. 98 (Warner) – V: 14. 8. 98 (Warner) – Art: Cfq 29/9 (98), 29/10 (98), 29/12 (98). Cs (98/1–2). FFa 6/12 (98). Slg 246 (98), 248 (98) – Kr: Az 12. 2. 98. Cfq 29/12 (98). epd (98/3). SaS 8/4 (98).

□ Wilder Westen, 2013: Briefträger/Single Costner, letzte unbestechliche Rettung der Überlebenden eines verheerenden Atomkriegs, bietet dem blutrünstigen, neofaschistischen General Bethlehem (Will Patton) die Stirn. *Postman* hat mehr mit dem weitaus integrierteren, Oscar-prämierten *Dances with Wolves* (91) zu tun als David Brins SF-umwobener Romanvorlage (85), aber hier ist es gerade das Genre, welches das Ergebnis so anonym macht. Da hilft auch ein Direkt-Zitat aus John Fords *She Wore a Yellow Ribbon* wenig. Olivia Williams, James Russo, Larenz Tate, Tom Petty.

DOKU ●●●●
Primate – Herrentiere?
Primate
USA. Frederick Wiseman (*1930) – UA: 1974. Zipporah, SW-105 min – TV: 24. 7. 98 (arte; OmU) – Lit/Art (Wiseman): s. Missile.
□ Teils drastische wissenschaftliche Experimente mit Affen in einem amerikanischen Forschungszentrum, nichts für schwache Nerven. Man stelle sich nur einmal vor, welch peinlicher Vorwurf/Schrei der Unmenschlichkeit/Entrüstung durch die Medien hallen würde, wären die Betroffenen Menschen. Die Kosenamen, lobenden Worte, der Trost wirken wie Selbstbeschwichtigungen, ja Eingeständnisse einer sich selbst nicht in Frage stellenden Wissenschaft. Alles, was wir von Wisemans »Regie«, von seinen völlig unkonventionellen und doch so simplen Arbeiten bekommen, ist das kalte Auge der Realität in seiner verstörenden Direktheit. Die Wirklichkeit ist komplexer, als wir annehmen.

K ●●
Projekt: Peacemaker
The Peacemaker
USA. Mimi Leder – UA: 29. 9. 1997. DreamWorks, F-123 min – K: 13. 11. 97 (UIP) – V: 15. 5. 98 (CIC) – Kr: Az 13. 11. 97. epd (97/11). KSA 15. 11. 97. SaS 7/11 (97).
□ Ein faszinierender, weil unmöglicher Film. Atomphysikerin Dr. Julia Kelly (Nicole Kidman) und US-Agent/Col. Thomas Devoe (George Clooney) stoppen den im Kugelhagel Frau und Kind verlierenden, anfangs dem Westen vertrauenden Bosnier Dusan Gavrich (Marcel lures) bei der Zündung eines russischen Atomsprengkopfes vor der UN in New York. Die Tatsache, daß Gavrich als Terrorist weitaus menschlicher und verständlicher gezeichnet ist als der auf der Seite des Gesetzes stehende Devoe, ist für einen amerikanischen Film dieser Größenordnung ein nicht gerade alltäglicher Vorgang. *The Peacemaker*, der über einen der intelligentesten Titel seit langem verfügt – der dt. Verleih hat nicht den Mut, ihn direkt zu nehmen –, ist ein widersprüchlicher und zynischer Film. Aber er ist nicht widersprüchlicher und zynischer als die Realität selbst. Armin Mueller-Stahl, Alexander Baluev, Rene Medvesek.

TV ●●
Die Rättin
BRD/Österr/Schweiz. Martin Buchhorn – UA/TV: 14. 10. 1997. La Sept/arte, F-87 min – Kr: Az 16. 10. 97. FR 14. 10. 97. SZ 14. 10. 97.
□ Kaputte Welt nach dem Roman (86) von Günter Grass: Grübler/Künstler Marcus Frank (Matthias Habich) diskutiert mit einer Rättin die bevorstehende Apokalypse, während die Menschheit blind ihrem Untergang entgegenrast und Lebensgefährtin Damroka (Sunnyi Melles) der versunkenen Frauenstadt *Vineta* hinterher reist. Die sich über den Kai stürzenden CGI-Rattenschweine sind zu glatt, um als Irrwege der Gentechnik ernstgenommen zu werden, aber Habichs gesteigerte Darstellung überspielt klar derartige Modeerscheinungen. Genügend ungehorsam, aber kein Ersatz für das Buch. Dieter Laser, Peter Radke, Katharina Thalbach.

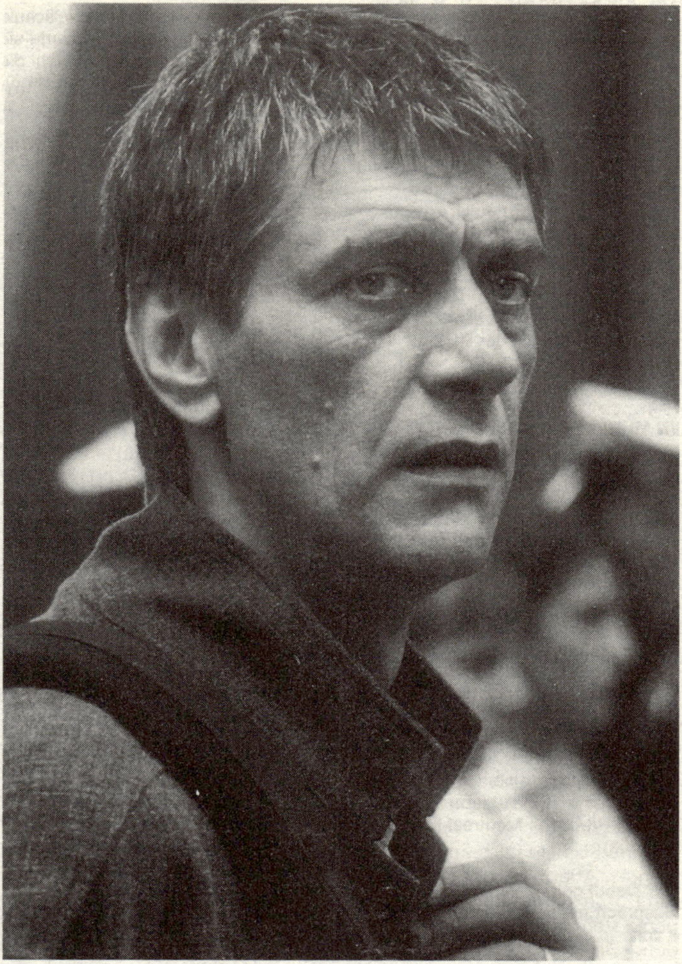

Das Persönliche und das Politische. Marcel Iures,
The Peacemaker

K ●●●●

The Rocky Horror Picture Show

The Rocky Horror Picture Show

GB. Jim Sharman – UA: 1975/9. Fox, F-100 min – F: LEEDS (88). *MANCHESTER* (96) – K: 24. 6. 77 (Fox) – TV: 8. 2. 98 (arte: THEMENABEND ICH BIN EIN(E) ANDERE(R) – TRANSVESTITEN UND TRANSSEXUELLE; OmU) – Lit: Anobile, ed: The RHPS (80). Newman: Nightmare Movies (84). Struck: Rock Around the Cinema (85) – Art: Cfq 4/2 (75). MMo 32 (84). SaS 49/2 (80). Sb 36 (81). Sh 26 (91) – Art (Tim Curry): Fg 99 (90). Slg 106 (86) – Kr: Cfq 5/2 (76). f-d (77/Nr. 20807). MFB 499 (75). MM 45 (93). Va 24. 9. 75. VW 17 (93).

□ Denton/Ohio: Reifenpanne im Horrorgewitterwald zwingt Brad (Barry Bostwick) und Janet (Susan Sarandon) zur Übernachtung im Spukschloß des sexhungrigen Party-Transvestiten Frank-N-Furter (Curry) aus der Galaxie *Transsexuell*. Das rebellisch-respektlose Kult-Musical schlechthin, vollgepumpt mit zeitlosen Anspielungen und Kunstmenschen in Strapsen. *The Rocky Horror Picture Show* ist ein elektrisierend abhebender Pop-Genuß an Verbotenem, Tim Curry eine wahre Wucht, eine der lebendigsten und unvergeßlichsten Kreationen des Genres. Aber hinter der Aufforderung, sich hemmungslos auszuleben, steht die grausam erdgebundene Ernüchterung. Während Resnais, Kümel oder Leone die Zeit anhalten, um uns zur Auseinandersetzung mit unserer fremdartigen Wirklichkeitsauffassung zu zwingen, zerbrechen Sharman/Richard O'Brien die Fassade über einen Zeitsprung, der uns zu mehr machen soll als unbedeutenden Insekten eines in Raum und Zeit falsch parkenden Planeten. Aber das Ergebnis jenseits von *Don't dream it, be it!* ist auf deprimierende, frappierende Art das gleiche. Wir sind nicht die, für die wir uns halten, und wir können aus der Realität, in der wir gefangen sind, nicht ausbrechen. Jonathan Adams, Patricia Quinn, Peter Hinwood, Meatloaf, »Little Nell« Campbell, Charles Gray.

K ●●●●

Rouge

Yanzhi Kou

Hongkg. Stanley Kwan (*1957) – UA: 1987. Golden Harvest, F-96 min – F: NANTES (88) – V: (VMO; kantonesisch, engl. UT) – Art (Kwan): MFB 673 (90) – Lit (Hongkong): s. Black Mask – Art (Anita Mui): s. The Heroic Trio – Kr: Im 7 (91). MFB 673 (90). VMG '96 (95). VW 24 (94) – Preise: 3 Golden Horse Awards, 7 Hong Kong Film Awards.

□ Hongkong 1987. Zeitungsjournalist Yuen (Alex Man) und Freundin Ah Chor (Emily Chu) helfen dem Geist der verwirrten Kurtisane Fleur (Mui) bei der Suche nach ihrem verschollenen Liebhaber Chan Chen-Pang (Leslie Cheung), welchen sie 1934 nach unüberbrückbarem Klassenunterschied und Chans Heirat mit seiner Cousine Suk-Yin (Irene Wan) zum gemeinsamen Selbstmord durch Opium überredet hatte. Die Originalität, mit der Kwan Genre-Schranken aufhebt, ist am offensichtlichsten im äußerst bewegenden Finale dieses aufsehenerregenden Meisterwerks, wenn

Furcht und Verlangen. Mario Bavas Kamera in La Battaglia di Maratona

Yuen/Ah Chor Fleur auf den Set eines Filmstudios führen, wo Fleur dem noch immer seinen Träumen nachhängenden Chan, dem sie damals ein Schlafmittel beigemischt hatte, weil sie an seiner Entschlossenheit zweifelte, für immer das rote Medaillon zurückgibt, das er ihr vor so langer Zeit als »Beweis« seiner Treue geschenkt hatte. Im Hintergrund verfängt sich die Darstellerin des Geistes einer rachedurstigen Schwertkämpferin in den Fäden. Es gibt wenige Filme, die das Scheitern einer Frau, die für männliche Unfähigkeit bezahlen muß, derart brillant umgesetzt haben. Patrick Tse, Wang Yu, Tan Qianhong, Zhu Ruitang, Bruce Lau, Hul Yinghong.

K ●●

Die Schlacht von Marathon

La Battaglia di Maratona/
La Bataille de Marathon

It/Fr. Jacques Tourneur (1904 bis 1977), Mario Bava (1914–1980), Bruno Vailati – UA: 1959. F-87 min – K: 14. 6. 60 (MGM) – TV (Wh): 14. 12. 97 (SAT1) – Lit/Art (Peplum): s. Herkules und die Königin der Amazonen – Art: Star-Ciné Bravoure 79 (64) – Kr: L'EF 34 (83). f-d (60/Nr. 9245).

□ Athen, 490 v. Chr.: Olympionike Philippides (Steve Reeves) versenkt die Flotte der Perser und rechnet mit dem Verräter Teokrit ab (Sergia Fantoni), Rivale um die schöne Andromeda (Mylene Demongeot). Ein unfertig wirkender, aber interessanter und vergnüglicher Film, von Tourneur nach Vertragsende Produzent/Unterwasserspezialist Vailati und Kamera/FX-Experte Mario Bava zur Endfertigung überlassen und von Bavas komplexem inszenatorischen und visuellen Talent gerettet. Der atemberaubend komponierte Scope/EastmanColor-Tanz etwa, mit dem Karis (Daniela Rocca) Philippides' und unsere Gefühle von einem vereinbarten nächtlichen Rendezvous mit Andromeda im Tempel der Ceres trennen soll, ist ein Musterbeispiel dafür, mit welcher Sinnlichkeit, Eleganz und Poesie Bava Sequenzen zu verdichten imstande war. *Galatea*, steinreich geworden durch die Blockbuster *Ulisse* (54), *Le Fatiche di Ercole* (54) und *Ercole e la Regina di Lidia* (58), an deren Gelingen Bava nicht ganz unschuldig war, honorierte den selbstlosen Einsatz des Genies mit der Gewährung des ersten eigenen Films, *La Maschera del Demonio*.

K ●●●
Scream – Schrei
Scream
USA. Wes Craven (*1939) – UA: 20. 12. 1996. Mirmax, F-111 min – F: *FaFF* (97; OF). *GERARDMER* (97). WIEN (97) – K: 30. 10. 97 (Kinowelt) – V: 24. 3. 98 (VCL) – Art (Craven): SI 34 (98) – Art: Cfq 28/6 (96), 28/7 (97). Fg 158 (96), 159 (97), 160 (97), 162 (97), 168 (97). MS 34 (97). Shv 41 (97), 42 (97) – Kr: Az 30. 10. 97. Cfq 28/10 (97). epd (97/11). FR 31. 10. 97. SaS 7/5 (97), VW 41 (97), 43 (98). Zoom (97/10).
□ Woodsboro: Nach Munchs Gemälde *Der Schrei* (1893) maskierter Highschool-Slasher metzelt nach Horrorfilm-Telefonquiz und scheint sich an der jungen Sidney (Neve Campbell) festzusaugen. Selbstbewußtes, ebenso intelligent reflektierendes Verwirrspiel wie spielerisch hinterfragender, vielschichtiger Schocker über das Genre, aber auch über die Fans, die tatsächlich so bescheuert sind wie Randy (Jamie Kennedy), der Jamie Lee Curtis vor dem niedergestochenen, sich im Bildhintergrund wieder aufrichtenden Killer in *Halloween* warnen will, während der echte Mörder direkt hinter ihm steht. Das mehrspurige Plot rast in Bombenstimmung und unerwartet authentisch wirkenden Darstellern über mehrere völlig unvorhersehbare Runden und einige der Jungs, vor allem Billy (Skeet Ulrich) und Stuart (Matthew Lillard), sind echt gut drauf. *Scream*, ein innovativer erster Film seiner Art, ist auch eine unblutige Attacke gegen die MPAA in einer Randbemerkung, daß Horror-Filme keine Psychopathen schaffen, jedoch die Phantasie von Psychopathen anheizen. Zum Schreien: Craven selbst als den Lehrboden unterwürfig wienernder verlauster »Fred«.

K ●●
Scream 2
Scream 2
USA. Wes Craven (*1939) – UA: 12. 12. 1997. Dimension, F-120 min – F: *GERARDMER* (98) – K: 23. 4. 98 (Kinowelt) – Art: Cfq 29/9 (98). Fg 170 (98), 171 (98). Shv 52 (98) – Kr: Az 23. 4. 98. epd (98/5). SaS 8/5 (98). SI 33 (98).
□ Windsor, Ohio. Nach blutigen Messer-Morden unter maskiert grölenden Kinobesuchern einer

Sneak Preview des Slasher-Hits *Stab,* basierend auf Vorgängen während des Woodsboro-Massakers in *Scream,* gerät College-Studentin Sidney Prescott (Neve Campbell) erneut in den Strudel alptraumhafter Gemetzel. Verglichen mit ganzheitlichen Meisterwerken wie *The Last House on the Left* (72), *The Hills Have Eyes* (77), *A Nightmare on Elm Street* (85) und *Wes Craven's New Nightmare* (94) zeichnet sich *Scream 2* eher durch eine energiegeladene Oberfläche aus (das unvorhersehbare Bühnentheater des Finales ist dennoch beliebig), aber angesichts von Craven/Williamsons erneut unheimlicher Kenntnis der Inhalte/Mechanismen des Genres wird man sich gern schnell geschlagen geben. Courtney Cox, David Arquette, Liev Schreiber, David Warner, Wes Craven.

K ●●

Space Truckers

Space Truckers

USA/Irl. Stuart Gordon (*1947) – UA/F: 1996/10. *SITGES*, F-96 min – F: *FaFF* (97; OF) – V: 22. 10. 97 (Starlight) – TV: 5. 6. 98 (Premiere) – Art: Cfq 26/4 (95), 27/11–12 (96), 28/8 (97), 28/10 (97). Slg 241 (97) – Kr: MS 24 (97; *SITGES*), 34 (97). SaS 7/6 (97). SI 31 (97).

□ Country & Western auf der Schatzinsel, 2196: Dennis Hoppers hereingelegter Trucker-*Convoy* gerät im finsteren Asteroidengürtel an den Piratenkreuzer *Regalia,* dessen aus reinem Schrott bestehender, wie Long John Silver humpelnder Cpt Macanudo (Charles Dance) heiße Ware beschlagnahmt: ihm selbst gehörende, von Corporation-Boss Saggs (Shane Rimmer) heimtückisch abgeluchste biomechanische Armee-Androiden für einen Putsch auf der Erde. Ein Ramschladen, aber abgefahrener, unprätentiöser Spaß, den man sich im Jahr der Filmkatastrophen nicht entgehen lassen will. Stephen Dorff, Debi Mazar, Vernon Wells, Barbara Crampton.

K ●

Species 2

Species II

USA. Peter Medak (*1939) – UA: 10. 4. 1998. MGM, F-93 min – K: 30. 7. 98 (UIP) – Lit: Navarro: Species II (98; Novelization) – Art: Cfq 29/12 (98), 30/1 (98). Cs (98/1–2). FFa 7/2 (98). Fg 171 (98), 172 (98), 173 (98), 174 (98). SFU 31 (98). Shv 83 (98). Slg 250 (98), 251 (98) – Kr: Cfq 30/4 (98). epd (98/8).

□ Astronaut/Senator-Vorzeigesohn Patrick Ross (Justin Lazard), von einem heimtückischen Mars-Virus befallen, drängt es zu der in einem Geheimlabor gefangengehaltenen Alien-Frau Eve (Natasha Henstridge). Zwei Alien-Protagonisten inklusive doppelter Monster-Brut sind besser als einer, oder? Die meisten Sequels packen zu viel an, anstatt sich des Originals bewußter zu werden. Michael Madsen, Marg Helgenberger, George Dzundza, James Cromwell, Peter Boyle.

K ●●

Sphere

Sphere

USA. Barry Levinson (*1942) – UA: 13. 2. 1997. Warner Bros, F-134 min – K: 9. 4. 98 (Warner) – Art: Cf 74 (98). Cfg 29/9 (98), 29/10 (98), 29/11 (98). FFa 7/2

(98). Fg 169 (97), 170 (98). SFE (98/4). Slg 248 (98), 249 (98) – Kr: Cfq 30/2 (98). epd (98/4). SaS 8/4 (98).

□ Eine per Zeitverschiebung durch ein Schwarzes Loch seit 300 Jahren auf dem Grund des Pazifiks liegende US-Raumsonde mit nicht irdischem, sphärenartigem Artefakt im Innern droht für ein Wissenschaftler-Team (Dustin Hoffman/ Sharon Stone/Samuel L. Jackson/ Liev Schreiber) unter Navy-Captain Barnes (Peter Coyote) zu einem Alptraum materialisierter Gedanken zu werden. Kein Meilenstein wie *Soljaris* (72) oder *Forbidden Planet* (56), aber Levinsons Perspektive (in einer erstmaligen SF-Annäherung nach Michael Crichtons detaillierterem Roman von 1978) ist erfrischend personenbezogen und distanziert, der Riesenkalmar-Verzicht in einer Ära CGI-trunkener Katastrophenblockbuster ein nicht gerade alltäglicher Anblick. Wie seinen Darstellern selbst gibt Levinson das Plot das Recht, eine manipulierende Psychonummer daraus zu machen.

K ●●

Stadt der Engel

City of Angels

USA/BRD. Brad Silberling (*1965) – UA (USA: 10. 4. 1998. Warner Bros, F-114 min – UA (BRD): 23. 7. 1998. Warner, F-114 min – Lit (Nicolas Cage): Robb: NC: Hollywood's Wild Talent (98) – Kr: 23. 7. 98. Cfq 30/4 (98). epd (98/8). SaS 8/7 (98).

□ Softige Love Story, brillant umgesetzt: Engel Seth (Cage) verliebt sich in die sich übermenschlich aufopfernde Herzchirurgin Maggie (Meg Ryan). Ein von Wim Wenders' weniger melodramatischem *Der Himmel über Berlin* (87) inspirierter willkommener Ruhepol in Hollywoods trickreichem Katastrophengewitter. Silberling (nach der Kinderei *Casper*, 95) und sein Team finden genau den richtigen Ton zwischen unabhängigem europäischem Autoren-Kino und marktkonformer Mainstream-Perfektion. Dennis Franz, André Braugher, Cohn Feore.

K ●●

Der stärkste Mann der Welt

Il Trionfo di Ercole/
Le Triomphe d'Hercule

It/Fr. Alberto de Martino – UA: 1964. F-76 min – K: 25. 6. 65 (Adria) – TV: 25. 10. 97 (VOX) – Lit (de Martino): Bruschini/Tentori: Operazione Paura (97) – Art (de Martino): ETC 11 (95). SI 16 (93) – Lit/Art (Peplum/Herkules-Filme): s. Herkules und die Königin der Amazonen – Kr: f-d (65/Nr. 13483). MFB 375 (65).

□ Skurril-Peplum zum Totlachen: Goldene Glatzen knallen gegeneinander, als Herkules (Dan Vadis) unter den 7 Söhnen der Göttin Gea aufräumt und Mykene-Tyrann/Königsmörder Milo (Pierre Cressoy) im Vulkanofen ausrutscht. Die goldigen Spitzbuben aus der Hölle entstammen wohl eher der vergoldeten Shirley Eaton aus dem Bond-Klassiker *Goldfinger* (64) als hauseigener Trivialmythologie und entstehen aus Feuer beim Zücken eines Zauberdolches, was Herkules, der aus Versehen seinen besten Freund totschlägt, in einem weiteren unverständlichen Plotmanöver nicht begreift, wenn er das Metall in eine Feuerschale wirft. Alberto ist kein Mario, Riccardo oder Vittorio, der das Goldstück der Gattung geschaffen hat, und die kitschige Cliffhanger-Krönung variiert frech *La Maschera del Demonio* (60), wenn sich Persiphae/Asa in Doppelgängerinnen von Katja und Ati verwandeln und der Unterschied lediglich an einem Körpermerkmal erkennbar bleibt. Maria Orfei, Marilu Tolo, Piero Lulli.

K ●
Starship Troopers
Starship Troopers
USA. Paul Verhoeven (*1938) – UA: 7. 11. 1997. Columbia TriStar, F-129 min – K: 29. 1. 98 (Buena Vista) – V: 13. 8. 98 (Touchstone) – Lit (Verhoeven): Van Scheers: PV (97) – Art (Verhoeven): SI 32 (97), 33 (98) – Lit: Sammon: The Making of Starship Troopers (97). Slg Group, ed: Starship Troopers: Official Movie Magazine (97) – Art: Cf 73 (98). Cfq 29/4–5 (97), 29/6–7 (97), 29/8 (97), 30/2 (98). Cs (98/3–4). FFa 6/6 (97). Fg 168 (97), 169 (97). MS 37–38 (98). SFE 4/6 (97). SFU 4/1 (97). Slg 241 (97), 242 (97), 245 (97), 246 (98) – Kr: Az 29. 1. 98. Cfq 29/10 (98). epd (98/2). Focus 26. 1. 98. SaS 8/1 (98). Sp 26. 1. 98 – Oscar-Nominierung 1998: Special Effects.

□ Buenos Aires. Opfer einer irrwitzigen Propaganda, stürzen sich die unerfahrenen High School-Absolventen Johnny (Casper Van Dien), Carl (Neil Patrick Harris), Carmen (Denise Richards) und Dizzy (Dina Meyer) begeistert in einen aussichtslosen Krieg der Menschheit gegen intelligente, massenhaft auftretende spinnenartige Aliens. Das Problem von *Troopers* (nach Robert Heinleins neofaschistischer Utopie von 1959) liegt in einem zu engen, aus der Sicht der Hauptfigur nachvollziehbarem Blickwinkel. Johnny treibt der Tod von Eltern/Freunden um und nicht die zweifelhafte, inhumane Zielsetzung einer globalen, an die Stelle jeglicher Demokratie getretenen militärischen Föderation oder die Frage, ob die »Käfer« von Siedlern provoziert wurden und lediglich ihren Lebensraum verteidigen. Eine solche Perspektive, ohne wirkliche Form von Distanz, Charakteren aus Fleisch und Blut, inneren Konflikten oder Opposition, ist zu geradlinig, es sei denn, es handelt sich um eine besonders zynische Form von Satire. Aber Verhoeven zeigt nicht alles. Die Klaustrophobie von *Aliens* finde ich bedrückender und beeindruckender als die großformatigen, sich endlos wiederholenden Wellen millionenfach am hellichten Tag angreifender Bugs. Michael Ironside, Clancy Brown, Seth Gilliam, Jake Busey.

TV ○
Stephen King's Quicksilver Highway
Quicksilver Highway
USA. Mick Garris – UA: 13. 5. 1997. Fox-TV, F-87 min – TV: 1. 1. 98 (SAT1) – Art: Cfq 28/11 (97). Fg 163 (97), 164 (97) – Kr: Cfq 29/4–5 (97). SaS 8/3 (98).

□ Sandstürme, Tramper, Langfinger: Schneckentempo-Omnibus nach Kings *Chattery Teeth* und Barkers *Body Politic* um ein mordendes Spielzeuggebiß und selbständige Chirurgenhände. In den ersten 30 Minuten passiert überhaupt nichts. Christopher Lloyd (fehlbesetzt), Matt Frewer, Veronica Cartwright, John Landis, Clive Barker.

V ●●

Stephen King's The Night Flier

Stephen King's The Night Flier

USA. Mark Pavia – UA (TV): 1997/12. HBO, F-96 min – UA (K): 6. 2. 1998. New Line, F-96 min – F: *GERARDMER* (98) – V: 15. 12. 97 (New Vision) – Art: Cfq 30/1 (98). Fg 165 (97), 169 (97), 170 (98) – Kr: Cfq 29/12 (98). Fg 169 (97). MS 36 (98).

□ Sleaze-Paparazzo Richard Dees (Miguel Ferrer) auf den Spuren einer höllisch schwarzen, von Airport-Blutsauger Dwight Renfield (Michael H. Moss) gesteuerten Cessna. Nachtflug mit Biß: Besser als Kings 1988 in der Anthologie *Prime Evil* erstmals erschienene Erzählung, gipfelnd in einem schockierend reflektierenden KNB/Zombie-Showdown. Julie Entwisle, Dan Monahan.

TV ●

Stephen King's The Shining

The Shining

USA. Mick Garris – UA: 1997/4. ABC-TV, F-270 min – V: 10. 10. 97 (Warner) – Art: Cfq 28/11 (97). Fg 159 (97), 162 (97), 163 (97), 164 (97) – Kr: Cfq 29/2 (97), 29/4–5 (97). MS 35 (97).

□ Überlanges, im Schatten von Kubricks weit überlegenem, King als Drehbuchautor ausgrenzendem *The Shining* (80) stehendes 4-Stunden-Marathon. Die Folge ist ausführlichere Charakterisierung, größere Textbezogenheit, CGI-Trumpf, sichtbarer Horror und schnuckeligere Gruselatmosphäre – herzergreifende Lappalien angesichts Kubricks eisigem Abstieg einer entwicklungsunfähigen Menschheit. Kubrick diente das Overlook-Hotel zu mehr als der Krise eines einzelnen Autors. Für Garris/King ist es eine Metapher für die Gefahr des Erfolges, ein Problem, mit dem Stephen King, aber auch Stephen King und seine Filme, seit jeher zu kämpfen haben. Steven Weber, Rebecca DeMornay, Courtland Mead.

DOKU ○

Ein subversiver Romantiker im deutschen Horror-Film – Jörg Buttgereit

BRD – UA/TV: 15. 12. 1997. SAT 1, SW/F-50 min (Reihe ›News & Stories‹) – Lit (Buttgereit): Curci: Shock Masters of the Cinema (96). Kerekes: Sex Murder Art: The Films of JB (94). Lardin: Las Diez Caras del Miedo (97) – Art (Buttgereit): BT 2/2 (91), 3/1 (91). CS 7 (90). DR 7 (89). Dr 16 (93). FTh Video Guide 3 (92). Grl 1 (92). Hp 2 (91). KM 4 (92). Scr 2 (93). ShX 2/4 (88). TC 11 (91). ThE 2 (97) – Lit (Nekrophilie im Film): Gallagher, ed: Draculina Fear Book (92). Jaworzyn, ed: Shock (96). Jones: Necrofile: Cinema of the Extreme (97) – Art (Nekrophilie im Film): CS 8 (91). TS 1 (92) – Buttgereit-Retro/F: *SITGES* (95).

□ Unterwürfiger, leichenblasser, extrem trockener Small Talk mit dem provozierendsten dt. Horrorfilm-Regisseur, der seit dem kontrovers aufgenommenen (kontrovers ist immer gut), unverwüstlichen *Nekromantik* (88) an gutbürgerlichen Gemütsschwankungen sägt. Wir erfahren nichts Wesentliches über die aufschreckenden, durchaus eigenständigen, aus der Banalität des Alltags gefilterten nekrophilen Extrem-Trips in die Psyche des Autors (*1963), dafür breitgetretene Anekdoten/Nebenkriegsschauplätze wie den Tod des

Vaters, *Schramm* (93)-Drehsituationen, den Ärger mit § 131 und Kindheitsängste wie Godzilla, Frankenstein oder die Sindbads Männer grillenden Zyklopen, welche Buttgereit im zarten Alter hinter dem Sofa Deckung suchen ließen. Buttis Japan-Blackout, die Heißluftballone aus *King Kong Tai Gojira* mit den Hubschraubern zu verwechseln, die Kong in *King Kong No Gyakushu* auf Dr. Whos Ozeanriesen verfrachten, ließ den Kritiker In subversiver Romantik zum nächsten Bier greifen.

K ●●●●

Tango der Träume

No te mueras sin decirme adónde vas

Argent. Eliseo Subiela – UA: 1995. Artear, F-124 min – K: 96/4 (Trigon; Stirb nicht, ohne mir zu sagen, wohin du gehst) – TV: 9. 8. 98 (ARD) – Kr: Zoom (96/4).

□ Filmvorführer/Erfinder Leopoldo (Dario Grandinetti), der einen technischen Apparat entwickelt hat, mit dem sich Träume visualisieren lassen, begegnet der geheimnisvollen Rachel (Mariana Arlas), die real und immateriell zugleich zu sein scheint. Hinter dem albernen ARD-Titel verbirgt sich eine der größten Errungenschaften des internationalen SF-Films der 90er Jahre – nicht unerwartet, wenn man Subielas *Hombre mirando al sudeste* (86) bedenkt –, ein poetischer, atemberaubender philosophischer Essay zwischen New Jersey 1885, Thomas Alpha Edison, dem Alptraum der Militärdiktatur und Buenos Aires 1995, zwischen den uns genügenden und den bei weitem zu wenig genutzten transzendentalen Fähigkeiten unseres Bewußtseins. Rachel, die im Kern vielleicht nur für die verlorengegangene Liebe zu den Menschen steht und zuletzt in Leopoldos Tochter »wiedergeboren« wird, ist eine der kühnsten und komplexesten Frauengestalten der Filmgeschichte, ein Phantom, das dennoch nichts anderes darstellt als reine Realität. Subielas Film macht sichtbar, was nicht sichtbar gemacht werden kann. Oscar Martinez, Monica Galan, Tincho Zabala.

K ●●●●

Tanz der toten Seelen

Carnival of Souls

USA. Herk Harvey (1925–1996) – UA: 1962/10. Hearts-Lion-American International, SW-80 min – TV: 17. 2. 96 (ZDF); 31. 10. 97 (arte: THEMENABEND HALLOWEEN – DIE NACHT DER ALPTRÄUME; OF) – Lit: Gary/Susan Svehla, eds: Cinematic Hauntings (96) – Lit (Harvey): Weaver: Science Fiction Stars and Horror Heroes (91) – Art (Harvey): Fg 86 (89) – Lit (Candace Hilligoss): Weaver: Attack of the Monster Movie Makers (94) – Art (Hilligoss): CTM 3 (95). Fg 118 (92) – Art (Sidney Berger): Dr 25 (95) – Art: Cfq 13/6–14/1 (83), 20/5 (90). Fx 16 (89). SM 22 (97). Vsc 16 (95). VW 1 (90) – Kr: Fg 43 (85), 97 (90). MFB 399 (67), 680 (90).

□ Die blonde Mary Henry (Hilligoss) scheint als einzige den Autounfall in einem Fluß überlebt zu haben, aber die Realität entwickelt seltsame Tücken. Harveys *Night of the Living Dead* (68) beeinflussendes, vom Independent-Tip zum Kult-Klassiker aufgestiegenes schwarzweißes Ein-Mann-Meisterwerk (besprochen in SFJ '88, S. 101/102) ist dem Klima von Maya Derens *Meshes of the Afternoon* (43) oder Franjus *Les Yeux Sans Visage* (59) verwandter als Hollywoods B-Pictures und steht in einer langen Reihe von Ambrose Bierce' Kurzgeschichte *An Occurence at Owl Creek Bridge* geprägter Filme, darunter Roberto Enricos *Au Coeur de la Vie* (62 in CANNES mit der *Goldenen Palme* ausgezeichnet), Chris Markers *La Jetée* (62), Thom Eberhardts *Sole Survivor* (69), Carlo Ausinos *La città'dell'ultima paura* (75), Mary Lamberts *Siesta* (87), Paul Wendkos' *From the Dead of Night* (89), Miguel Alexandres *About War* (92) oder die Ep *Blood and Water* (arte: 7. 2. 98) der BBC-Horrorserie *Ghost* (95; 6 Ep). Harvey, Sidney Berger, Frances Feist, Stanley Leavitt, Art Ellison.

K ●●●●

Taxandria

Taxandria

Bel/BRD/Fr. Raoul Servais (*1928) – UA (BRD)/F: 2. 8. 1996. *FaFF*, F-79 min – F: CAMBRIDGE (96) – TV: 29. 7. 98 (arte) – Kr: SI 27 (96).

□ Was erwartet man von einem seit 1945 jenseits jeglicher Filmindustrie Meisterwerke wie *Havenlichten* (59), *De valse noot* (63), *Chromophobia* (66), *Sirene* (68), *Goldframe* (69), *To Speak or Not to Speak* (70), *Operation X-70* (71), Pegasus (73) oder *Harpya* (78; *Goldene Palme* CANNES 1979) produzierenden Ex-Maler und Leiter der Trickfilmabteilung der *Königlichen Akademie der Schönen Künste* in Gent, welcher nicht über Disney-Milliarden verfügt und 8 Jahre seines Lebens in einen einzigen Film investiert? Einen Mickey Mouse-Flim? *Taxandria* ist phantastische europäische Filmkunst auf allerhöchstem Niveau (unter den Autoren ist Robbe-Grillet), wie man sie seit *Malpertuis* (72) nicht mehr für möglich gehalten hat, ein wahr gewordener Traum, ein hinreißend zeitloses Gleichnis über die Notwendigkeit von Selbstverwirklichung und Befreiung, mit Armin Mueller-Stahl als Leuchtturmwärter eines unruhigen, symbolischen Grenzlandes, welcher den seinem Hauslehrer entkommenen kleinen Prinzen in eine von Meer/Zerfall bedrohte surreale Stadtlandschaft führt. Hätte Servais *Die unendliche Geschichte* verfilmt, wäre ein europäisches Filmkunstwerk herausgekommen, das sich sehen lassen könnte. Andrew Sachs, Richard Kattan, Katja Studt.

K ○

Teenage Monster

Teenage Monster

USA. Jacques Marquette (*1915) – UA: 1957/12. Favorite, SW-65 min – V: (VMO; OF) – Lit (Marquette): Weaver: Attack of the Monster Movie Makers (94) – Art (Marquette): Fg 39 (86). Slg 187 (93) – Art (Anne Gwynne): Fg 115 (92) – Art (Gil Perkins): Slg 194 (93) – Kr: Fg 64 (87). SFV 1 (88). Wa II (86).

□ Feuriger Meteor-Einschlag verwandelt Goldminenbesitzer-Sohn (Stephen Parker) in einen Kühe und Schafe reißenden deftigen Hippie (Perkins) zwischen tyrannischer Mom (Gwynne) und hübscher, ihn benutzender Stadtbedienung (Gloria Castillo). Die bleierne Routine dieses ursprüng-

lich *Monster on the Hill* betitelten, im Zuge von AIPs wie wild Dollars krallendem Jugend-Schocker *I Was a Teenage Werewolf* (57) schnell in *Teenage Monster* umgedichteten ›Werwolf-Western‹ rührt daher, daß Produzent Marquette in letzter Minute für einen unechten Regisseur einspringen mußte, weil die Produktion nicht mehr zu stoppen war. Das Ergebnis ist ein Termindruck-Film, der wie *The Lost Missile* (58) gedreht werden *mußte*. Die Tages-Nachtaufnahmen erwiesen sich als so stark unterbelichtet, daß überhaupt nichts zu erkennen war, für Großaufnahmen oder Gegenschnitte blieb keine Zeit. Derart harte Daten lassen Fans des Bizarren aufhorchen, aber *Teenage Monster* ist vielleicht der depressivste, deprimierendste Horror-Film der 50er Jahre.

DOKU ●●●●
THEMENABEND: RETORTENBABYS

BRD/Fr. William Guérin – UA/TV: 18. 9. 1997. La Sept/arte, F/SW-237 min.

□ Unverzichtbar, wenn man sich der Risiken und Verunsicherungen, der Chancen und Entwicklungen, der sozialen Folgen einer sich durch die Angebote moderner *Eugenik* verändernden Gesellschaft bewußt werden will. Medizinische Verfahren wie *Insemination* oder *In-vitro-Befruchtung* eröffnen neue Formen der Elternschaft – termingerechte, perfekte Wunschbabies auf Bestellung sind ein immer weitere Kreise ziehender Trend. Perfekt analysiert in Dokumentationen von Guérin, Poul Martinsen und Ric Esther Bienstock anhand von Reportagen, Interviews, Porträts und den Schicksalen Betroffener.

DOKU ●●●●
THEMENABEND: DRACULA – DER KUSS DES TODES
BRD/Fr. Heike Wilke – UA/TV: 21. 9. 1997. La Sept/arte, F/SW-222 min – Lit (Dracula/Bram Stoker): Belford: BS: A Biography of the Author of D (96). Farson: The Man Who Wrote D: A Biography of BS (75). Glut: The D Book (75). Ludlam: A Biography of BS, Creator of D (62). McNally/Florescu: In Search of D: A True Story of D and Vampire Legends (72), D, Prince of Many Faces (89). Madison, ed: D: The First Hundred Years (97). Wolf: The Essential D: The Definitive Annotated Edition of BS's Classic Novel (93), D: The Conoisseur's Guide (97) – Art (Dracula/Bram Stoker): Cfq 29/4–8 (97). Fg 107 (91; Comics). MM 55 (97). Mosaic 16/1–2 (83). SaS 3/1 (93). VW 19 (93).

□ Ein angesichts der Faszination des Themas unerwartet schwacher Themenabend ARTEs zum 100-jährigen Jubiläum des Stoker-Romans und seiner unglaublichen Breitenwirkung. Nach Herzogs eigenwilligem *Nosferatu – Phantom der Nacht* (78) ein sehr gelungenes, Harkers Tagebuch folgendes Porträt Stokers und seiner Zeit (**Meister der Unsterblichkeit. Auf den Spuren von BS's D**; BRD 97) von Andrew Davies/André Schäfer. **Den Grafen am Hals. Vampirismus gestern und heute** (BRD 97) derselben Autoren bietet Dracula zum Frühstück (Cornflakes, Bier-Werbung aus dem Osten), im Comic Strip, als Sex-Vorspeise in Francos *Vampyros Lesbos* (70). **Die Lust am Gruseln** (BRD 97) hat nichts mit Dracula zu tun und illustriert den ungebrochenen Massenerfolg der Schocker-Zunft, aber Stephen King, Home Made Horror, BPS, *Splatting Image*, Spielautomaten, Grusel-Restaurants oder Sargfriseusen aus Berlin werden lediglich angerissen und von einem Theoretiker wie Robin Wood, der das passende Werkzeug zur Aufschlüsselung des Genres gefunden hat, scheint Autorin Susanne d'Alquen noch nie etwas gehört zu haben. Interessanter als Theologen/Psychologen ist ein Medienwissenschaftler wie Dr. Jürgen Grimm, welcher fiktive Freddy-Krüger-Gemetzel mit dem authentischen Horror der niedlichen TV-Kriegsberichterstattung *Golfkrieg* vergleicht. Horror ist nicht gefährlicher als die Neurosen einer Gesellschaft, deren bequeme Ächtung des Genres den Beweis für eine schockierend reale Verdrängung liefert, an der sich unsere gesamte Zivilisation seit Anbeginn entlanglügt. Der Themenabend hätte einen Experten wie Kim Newman verlangt.

DOKU ●●
THEMENABEND: SCIENCE FICTION
BRD/Fr – UA/TV: 26. 10. 1997. La Sept/arte, F/SW-220 min.

□ Hilflose Wiederbelebung des am 29. 11. 92 erstausgestrahlten Originals (vgl. SFJ '94; S. 687/703/717/725). Das Kernstück, Paul Oremlands **Brave New Worlds** über Themen/Entwicklung des Genres, Chris Hunts **Aldous Huxley**-Porträt und Caro/Jeunets detailfreudiger Underground-Tip **Le Bunker de la Dernière Rafale** (82) haben überlebt, aber Terry Gilliam (in einer längeren Einführung und dem durch Woody

Allens **Sleeper** ersetzten *Brazil*) und Annestays/Minhs nicht weniger wichtige DOKU *Science and Science Fiction* fielen einer überflüssigen Neuorientierung zum Opfer. Wirklich bedauerlich.

DOKU ●●●●
THEMENABEND: HALLOWEEN – DIE NACHT DER ALPTRÄUME
BRD/Fr. Christoph Jörg – UA/TV: 31. 10. 1997. La Sept/arte, F/SW-225 min – Lit: Barker/Jones: Clive Barker's A–Z of Horror (97).

□ DAS Horror-Ereignis im dt. Fernsehen 1997/98. Neben Herk Harveys hypnotisierendem Underground-Juwel *Carnival of Souls* (62) die bisher gelungenste und umfassendste DOKU zum Thema, **Clive Barker's A–Z of Horror** (96), eine faszinierend komplexe Durchkreuzung des Genres anhand von Interviews/Statements, u. a. mit/von Romero und den meisten Mitarbeitern von *Night of the Living Dead* (68), Savini, James O'Barr/Brandon Lee (*The Crow*, 94), *Hellraiser II*-Autor Pete Atkins, Tim Burton, Ramsey Campbell, Corman, Barbara Steele, Joe Dante, David del Valle, Craven, Carpenter, Debra Hill, Hooper, Hitchcock, *Psycho*-Autor Joseph Stefano, Janet Leigh, Robert Bloch, Kristi Zea (Production Design *The Silence of the Lambs*, 91), Shinya Tsukamoto. Vor allem in *Psycho* (60) und dem Fall Ed Gein sieht Barker den zentralen Wendepunkt des amerikanischen Horror-Genres zu einer unausweichbar nationalen Angelegenheit. Das Haus in *Psycho* ist das *House by the Railroad* (25) auf dem Gemälde von Edward Hopper, dem filmischsten und amerikanischsten aller amerikanischen Maler. Spielte *Psycho* noch in einem Motel und *The Texas Chainsaw Massacre* (74) mit seinen geschichtslosen Teenagern im historischen Hinterland, versetzten *Halloween* (78) und *A Nightmare on Elm Street* (85) die Angst mitten in die City: Was hier passiert, könnte jedem passieren. Tsukamotos Kabuki-SF-Horror *Tetsuo* (90) nimmt den nächsten Schritt vorweg: die schmerzhaft bevorstehende Verbindung Mensch/Maschine in der Cyberpunk-Hölle Großstadt. Barkers 3-Std-Horrorseminar wurde unterbrochen von Henning Lohners Interview-DOKU **Hollywood Halloween** (97) mit weiteren Größen des Genres, Stan Winston (*Pumpkinhead*, 88), Don Coscarelli (*Phantasm*, 79), Tom Holland (*Child's Play*, 88), Curtis Harrington (*Night Tide*, 61), John McNaughton (*Henry: Portrait of a Serial Killer*, 87), William Friedkin (*The Exorcist*, 73) und Ridley Scott (*Alien*, 79).

DOKU ●●●●
THEMENABEND: MARS – DER NAHE PLANET
BRD/Fr. – UA/TV: 7. 12. 1997. La Sept/arte, F/SW-236 min – Lit: Fiebag/Sasse: Mars – Planet des Lebens (97). Von Puttkamer: Jahrtausendprojekt MARS (97). Zubrin/Wagner: The Case for Mars (97).

□ Von dem Harryhausen-atypischen **Fliegende Untertassen greifen an** *(Earth vs. the Flying Saucers*, 56) abgesehen, frz./engl. (BBC) DOKU über Mythos/Erforschung des *Roten Planeten*, von den ersten Beobachtungen durch Huyghens, Herschel und Lowell bis zur Landung von *Pathfinder* am 4. 7. 97 und der Vorstellung des ehrgeizigen Mars-Programms der NASA. Risiken/psychische Folgen des ersten Fluges werden durchgespielt, Abwasser/Urin-Recycling, Nahrungsanbau, Weltraum-Chirurgie, Biosphären, Terraformen, Marsmobile, Erkundungsballons. Brown/Jacobs' **Die Geschichte eines Alien** (*The Natural History of an Alien*, GB 97) entwirft ein nie gesehenes CGI-Universum, welches auf der Basis irdischer Evolution über die Entstehung von Leben im All spekuliert. Wurde das Leben im Kosmos eher durch Kometen verbreitet? Was verbergen die ozeanischen Tiefen des Jupiter-Mondes *Europa*? Brian Aldiss definiert *Helliconia*, SF-Autoren/Biologen äußern sich über das *Epona*-Projekt, *Greenworld* und Maschinenintelligenzen. Das Resultat ist so einzigartig wie einzigartig richtungsweisend. Was den Spielfilm betrifft, besitzen filmische Mars-Fiktionen eine lange Tradition, von *A Message from Mars* (09) aufwärts, und haben prominente Vertreter hervorgebracht, *Aelita* (24), *Invaders from Mars* (53), *War of the Worlds* (53) oder *Total Recall* (90). Nick Websters *Mission Mars* (68), Holger Madsens *Himmelskibet* (17), *Devil Girl from Mars* (54) oder der umwerfend doofe *The Purple Monster Strikes* (45) wären interessantere Beispiele gewesen.

DOKU ●●●●
THEMENABEND: DER ERSTE MAGIER DER LEINWAND: GEORGES MELIES

BRD/Fr. Jacques Mény, Madeleine Malthête-Méliès – UA/TV: 23. 12. 1997. La Sept/arte, F/SW-192 min – Lit (Méliès): Barry: GM: Magician and Film Pioneer (39). Bessy: Méliès (67). Ezra: GM (98). Frazer: Artificially Arranged Scenes: The Films of GM (79). Hammond: Marvelous Méliès (75). Madeleine Méliès: Méliès Enchanteur (73). Sadoul: GM (61), Lumière et Méliès (85) – Art (Méliès): The Humanist 28/6 (68). SaS (38/Summer).

□ Ein weitaus umfassenderes Porträt des ersten Regisseurs der Leinwand als Georges Franjus 34min-DOKU *Le Grand Méliès* von 1952. Méliès' Aufstieg und die Entwicklung seines Stils werden analysiert, eine Rekonstruktion der damaligen Handkolorierung vorgenommen. Ein einzigartiges Erlebnis ist die von der *Cinémathèque Méliès* erstmals genehmigte Ausstrahlung von 15 zwischen 1898 und 1909 entstandener Meisterwerke unterschiedlichster Genres, welche Méliès' Enkelin Madeleine Malthête-Méliès, begleitet von Eric Le Guen am Klavier, im Pariser Theater *Grévin* der Öffentlichkeit vorstellt: *Un homme de têtes* (1898), *Nouvelles luttes extravagantes* (1900), *L'Homme-orchestre* (1900), *Barbe-bleue* (01), *L'Homme á la tête de caoutchouc* (01), *Le Voyage dans la lune* (02), *Le Cakewalk infernal* (03), *Le Mélomane* (03), *Le Chaudron infernal* (03), *Les Cartes vivantes* (04), *Le Thaumaturge chinois* (04), *Le Roi du maquillage* (04), *Le Tripot clandestin* (05), *Les Affiches en goguettes* (05) sowie *Un Locataire diabolique* (09).

DOKU ●●●●
THEMENABEND: EINE FEE KOMMT SELTEN ALLEIN

BRD/Fr. – UA/TV: 25. 12. 1997. La Sept/arte, F/SW-212 min – Lit:

Cerny: Das Buch der Naturgeister (97). Froud/Jones: The Goblin Companion (97). Froud/Lee: Faeries (97).

□ ARTEs mystischer Trip ins Reich der Feen, Elfen und Zwerge. Jean Claude Lubtchanskys **Das Zaubertor** (*La Porte Enchantée*, Fr 97) stößt das Tor zu Merlin, Morgana, Brunhild, den Sirenen der Odyssee, Langs **Siegfried** (23) oder dem irischen Märchen von Melusine auf, eine hypnotisierende, verblüffende Mixtur aus Gemälden/Zeichnungen in raffiniert verschachtelten Naturaufnahmen/Trickeffekten. Eric Pittards **Moderne Märchenwelten** (*Elfes, Fées et Dragons: Le Retour*, Fr 97) skizziert die Renaissance des Märchens seit dem Welterfolg von Tolkiens nonkonformistischem *The Lord of the Rings* in den 60ern über die *Heroic Fantasy* der 70er zu *Metal Hurlant/Heavy Metal*, Jim Hensons wild wucherndem Creature Shop, *Star Wars*, der in vielem wie eine Wiedergeburt der Artus-Sage aussieht, und Dungeons & Dragons-Rollenspiele, in denen jeder der Held ist. Pittard/Le Bris rutschen dabei in eine Konfetti-Mischung aus SF, Antike, MAD, Comics und Cyberspace ab. Die Kurzfilme sind weniger ruhmreich (Arthur C. Clarke interpretiert die berühmten »Feen-Fotos« der Geschwister Griffiths aus dem Jahr 1917), aber Jacques Demys **Eselshaut** (*Peau d'Ane*, Fr 70) ist ein Volltreffer.

DOKU ●●●●
THEMENABEND:
DIE MÄRCHENWELT DES LEWIS CARROLL
BRD/Fr. - UA/TV: 30. 12. 1997. La Sept/arte, F/SW-217 min.

□ Ein weiterer unbezwingbarer Themenabend ARTEs zum 100. Todestag des englischen Schriftstellers, Photographie-Pioniers, Surrealisten-Vorläufers und Mathematikprofessors an der Christ Church der Oxford-Universität, *Charles Lutwidge Dodgson (1832-1898)*, der als *Lewis Carroll* mit *Alice's Adventures in Wonderland* (1865) und *Through the Looking-Glass and What Alice Found There* (1872) Klassiker der Weltliteratur schuf. Aysha Rafaeles' DOKU **Das kuriose Leben des Lewis Carroll** (*Curiouser & Curiouser: Lewis Carroll*, BBC 97) analysiert das Verhältnis von Autor/Werk, resultierend im ersten Kinderbuch, das ein Kind weder verniedlicht noch eine moralisierende Botschaft bereithält. Alice' Abenteuer im Wunderland sind ein packender Essay über den unwiederbringlichen Verlust von Kindheit, Einbildungskraft und Unschuld, gegen den Carroll ankämpfte, unvergeßlich illustriert in den unheimlichen Zeichnungen Sir John Tenniels. **Wenn die Katze lächelt** (*Quand le Chat Sourit*, Fr 97; OmU) ist dagegen ein unnachahmliches Spiel Sabine Azémas und ihrer Filmkollegen (Resnais, Tavernier, Sir John Gielgud, Jane Birkin, Pierre Arditi u. a.) mit Carrolls zeitlosen Figuren. Als *Alice*-Spielfilme wären Jonathan Millers britische TV-Produktion *Alice in Wonderland* (67) oder Jan Švankmajers schwarzhumoriger *Alice/Neco z Alenky* (88), beide ausschnittsweise bei Rafaeles zu sehen, besser gewesen als Irwin Allens Kinderfasching **Alice im Wunderland** (*Alice in Wonderland*, CBS 85), aber Švankmajers unbarmherzige Interpretation eines Gedichts aus *Looking-Glas*, **Jabberwocky** (*Jabberwocky*, CSSR 71), bot einen erfrischend komplizierten Ausgang.

DOKU ●●●●
THEMENABEND: MANGA, MANGAKA! VOM COMIC ZUM CARTOON IN JAPAN

BRD/Fr. Bruno Edera – UA/TV: 3. 3. 1998. La Sept/arte, F/SW-250 min – Lit (Manga/Anime): Levi: Samurai from Outer Space: Understanding Japanese Animation (97). McCarthy: The Anime Movie Guide (96) – Art (Manga/Anime): IM 2/4 (95). MS 5 (94). SI 15 (93) – Magazin: Animania. Selters 1994 ff. – Kr (Robot Carnival): Cfq 19/4 (89). IM 2/4 (95).

□ Erster größerer filmischer Überblick über die spezifische Form japanischer »Comics«, *Manga* genannt, und den daraus resultierenden Animationsfilmen (*Anime*). Die kulturelle Bedeutung der Mangas, auf Reisebeschreibungen des 16. Jahrhunderts zurückgehend, äußert sich in einer enormen Vielfalt an Themen und Stilen. Mangas (wörtlich: spöttisches, lächerliches Bild) machen ein Drittel des gesamten Printvolumens aus, erfreuen sich quer durch sämtliche Schichten/Altersstufen größter Beliebtheit und gehören mit den Animes zu den wichtigsten Wirtschaftszweigen Japans (Jahresumsatz: 6 Milliarden Dollar). ARTE blickt hinter die Kulissen der bekanntesten Trickfilmstudios (180 allein in Tokio), porträtiert die wichtigsten Künstler und folgt der Suche der Produzenten nach europäischen Stoffen. Die Reportagen sind unterbrochen durch ein lebhaftes SF-Kurzfilmpaket, **Robot Carnival** (87/91), mit Arbeiten von Hiroyuki Kituzume (*Starlight Angel*), Mao Lamdo (*Clouds*), Hiroyuki Kitahudo (*A Tale of Two Robots*), Kouji Morimoto (*Franken's Gear*), Hideotoshi Ohmori (*Deprive*), Yasuomi Umetsu (*Presence*), Takashi Nakamura (*Nightmare*) und Fukushima/Katsuhiro Otomo (Präsentation/Rahmenhandlung). Essentiell.

DOKU ●●●●
THEMENABEND: INTERNET – DIE WELT AM NETZ

BRD/Fr. Martin Meissonnier, Christof Jörg – UA/TV: 19. 3. 1998. La Sept/arte, F-167 min – Kr (*VR.5*): Cfq 26/6–27/1 (95).

□ Neue Herausforderungen/Konsequenzen der rasanten weltweiten Entwicklung des Internet. In 3 Dokumentationen befaßt sich Meissonnier mit dem uneinholbaren frz-europ. Technologie/Software-Rückstand (vor allem im gewaltig gewachsenen Bildungsangebot), den kriminellen, äußerst bedenklichen Grenzüberschreitungen (Betrüger, Surfer, Traders sind nur ein Mausklick voneinander entfernt) und Schlankheitskuren des übersättigten Netzes. Derartige Reportagen sind weitaus interessanter als der einzige Fiction-Beitrag, Michael Kattlemans Pilotfilm zur geplatzten Fox-TV-Serie **VR.5** (*VR.5*, 95).

DOKU ●●●●
THEMENABEND: ALLES IST RELATIV – ALBERT EINSTEIN

BRD/Fr. Françoise Wolff – UA/TV: 2. 4. 1998. La Sept/arte, F/SW-248 min.

□ Extrem berührender, einzigartiger 4-Std-Abend über den Star unter den Wissenschaftlern des 20. Jahrhunderts, ausschließlich anhand von Dokumentationen von Wolff, Peter Jones und Tristan Boulard: *Einstein* (*1879–1955*) als Mensch, Mythos, Pazifist, Genie, das Begriffe wie Raum, Zeit, Gravitation und Materie auf den Kopf stellte. Es ist unmöglich, sich von Einsteins Denken, seinem Blick hinter das Unverstandene nicht anstecken zu lassen. Jede Betätigung, jedes Interesse müßte mit derart grundsätzlichen Überlegungen beginnen. Die Dinge liegen anders als von uns angenommen – eine zeitlose, eine endlose Herausforderung. Ausklingend in Begegnungen auf dem Astrophysiker-Treff *Erice* auf Sizilien (Gibt es eine endgültige Theorie, die das Universum umfaßt und erklärt?) und Aussagen Stephen Hawkings, Edward Wittens, Brian Greenes, Ilja Prigogines. Bedeutendste Sendung des Jahrhunderts.

DOKU ●●●●
THEMENABEND: XX1 – ZUKUNFT IST JETZT
BRD/Fr. – UA/TV: 21. 4.–26. 5. 1998. La Sept/arte, F/SW-ca. 1100 min (6 Folgen).

□ Nichts geringeres als die weltweit bedeutendste und umfassendste Dokumentation über den Stand der Wissenschaft während des Jahrtausendwechsels, eine einzigartige, technisch/künstlerisch brillant umgesetzte Mischung aus Science und hochgerechneter Spekulation. Die Bedeutung von ARTE für die SF kann nicht hoch genug eingestuft werden. Es gibt keinen Sender, der den Blickwinkel auf uns selbst, die Welt und die Zukunft derart innovativ erweitert. Die Wirklichkeit ist verzweigter, als wir annehmen:

□ **MENSCH, WILLST DU EWIG LEBEN?** (21. 4.) befaßt sich mit dem Alterungsprozeß, einem der letzten völlig ungelösten Rätsel der Biologie. Setzen ethische Fragen der wissenschaftlich vorangetriebenen Lebensverlängerung Grenzen? Der neueste Stand von Gerontologie, Genforschung, Individuum und Zeitfaktor.

□ Der **DIGITAL SPIRIT** (28. 4.) geht längst über *E-Mail, Homepage, Chat* oder *Website* hinaus und erweitert/verändert unsere Wahrnehmung scheinbar grenzenloser kultureller Wirklichkeit wie im Bereich digitaler Musikproduktion mit Hilfe des *Sampelns* und *Jammens*. Internet-Zeitschriften geben sich zunehmend avancierter, neue interaktive Computerspiele der 3D-Generation erobern den lukrativen Markt. Zweifelhafte Jugend-Idole wie der erste digitale japanische Pop-Star *Kyoto Date* (»Ich bin anders als die anderen«) bevölkern die Medien. Wo liegen Qualitäten/Grenzen dieses Prozesses? **Der letzte Engel der Geschichte** (*Last Angel of History*, GB/BRD 95) von John Akomfrah und dem Black Audio Film Collective/London spürt einem neuen schwarzen Selbstbewußtsein nach, mit einem musikalischen Großaufgebot an Free Jazz, Dub-Reggae, P-Funk, Detroit Techno, Autoren innerhalb/außerhalb der SF (Samuel R. Delany, Octavia Butler, Carolivia Herron, Greg Tate, Ismael Reed) und *Star Treks* Uhura Nichelle Nichols.

□ Kulturell vielfarbig interessante Videotagebücher aus den USA, aus Guinea (Manthia Diawara),

Mexiko, Hongkong (Ruby Yang), Brasilien (Arthur Omar), BRD (Cornelia Schneider), Ungarn (Ibolya Fekete), Frankreich (NOF), Israel (Elia Suleiman), welche Ängste und Träume, Hoffnungen und Utopien zum Jahrtausendwechsel widerspiegeln, stellt **MILLENIUM BLUES** (5. 5.) vor. Lynn Hershmans 1984 begonnenes, in **Cyberchild** (*Cyberchild*, USA 98) dokumentiertes elektronisches Tagebuch ist das wichtigste, Guillermo Gómez-Peñas **Borderstasis** (*Borderstasis*, USA/Mex 98) ein erfrischend tabuloses Porträt des populären mexikanischen Künstlers/Endzeit-Banditen. Dies sind außergewöhnliche Dokumente über Identität, Heimat und Erinnerung, welche in einzigartiger Form unser Gefühl für die Welt wecken und erweitern. ARTE besitzt diese unvergleichliche Fähigkeit, uns in die Welt einzuklinken.

□ **2B OR NOT 3D** (12. 5.) taucht ein ins Problem der *Virealität*, jener unbehaglich fortschreitenden Vermischung von virtueller und realer Welt und hinterfragt den zunehmenden Einfluß dreidimensionaler Virtualität in Echtzeit auf das Alltagsleben. Inwieweit beeinflussen beispielsweise *Vera Croft*, die Diva des Videospiels, oder die Denkmuster der Entwickler von Reaktions-/Strategiespielen die Bedürfnisse von Usern? Erstaufführung von Andreas Senns schräger VR-Seifenoper **Clonely Hearts** (BRD 98).

□ Dolly läßt grüßen: **BIOLOGISCHE ABENTEUER** (19. 5.) sind längst Realität, die Reproduktionsmedizin stellt einen immer enormeren, ungeregelteren Markt dar. Private Kliniklabors zur Vorbereitung des Klonens von Menschen sind keine Seltenheit mehr, die Bio-Börse verspricht Milliardenumsätze, Mikrobiologie-Unternehmen, ob spezialisiert auf Lebensmittel, Gesundheit, Umwelt oder den Pharmabereich, verursachen gigantische Kapitalströme. Werden wir bald herumlaufen wie in *Invasion of the Body Snatchers*?

□ **DIE WELT DER ATOME** (26. 5.) träumt den Traum der *Nanotechnologie*, jedes Atom an den von ihr gewünschten Platz zu setzen. Neue Verbindungen von Molekülen und Atomen bieten ungeahnte Anwendungsmöglichkeiten. Werden komplexere Nanomaschinen jenseits des *Rasterkraftmikroskops* (RKM) Atome wie Legosteine zusammensetzen können? Werden mikroskopisch kleine Kolben/Getriebe infinitesimaler Fabrikanlagen eine neue Natur schaffen, wie Nano-Guru Eric Drexler (42) prophezeit? Akéla Saris/Ramdane Issaads **Die Eroberung des Unsichtbaren** (*Jongleurs d'Atomes*, Fr 98) spielt die Erschaffung einer solchen uns heute noch völlig unbekannten Welt durch und gehört zum Faszinierendsten, was Film in den letzten Jahren hervorgebracht hat.

DOKU ●●●●
THEMENABEND: KÜNSTLICHES LEBEN

BRD/Fr. – UA/TV: 7. 4. 1998. La Sept/arte, F/SW-176 min.

□ Können genetische Algorithmen im Computer künstlich simuliertes Leben erzeugen? Ist die Gebundenheit des Lebens an Materie ein überwindbares Hindernis? Immer erstaunlichere Leistungen von Medizin/Technik bringen den Menschen der Unsterblichkeit näher, aber welche Erleichterungen/Gefahren birgt eine derart unaufhaltsame Revolution in sich? Kann der Mensch überhaupt mit einer solchen Entwicklung umgehen? ARTE diskutiert derartige Fragen wie üblich über eine Vielzahl von Wissenschaftlern/Künstlern (Philippe Breton, Hugues Bersini, Karl Sims usw.) in zwei unumgänglichen Dokumentationen von Laure Delesalla (*Le Vivant et l'Artificiel*, Fr 98) und Garry Johnstone (*The Cyborg Cometh*, GB 94), liefert den aktuellen Stand des Themas und eine der herausragendsten Sendungen des Jahres. James Whales **The Bride of Frankenstein** (35), ein Klassiker schwarzen SF-Humors, als ginhaltiges Interludium.

K ●
Thinner – Der Fluch
Thinner
USA. Tom Holland – UA: 25. 10. 1996. Paramount, F-93 min – F: *FaFF* (97; OF) – K: 4. 9. 97 (Warner Bros) – V: 6. 3. 98 (Warner) – Art: Cfq 27/8 (96), 27/9 (96), 28/2 (96). FFa 5/8 (96). Fg 181 (96), 152 (96), 153 (96) – Kr: Cfq 28/8 (97). epd (97/9). KSA 6. 9. 97. SaS 7/8 (97). SZ 5. 9. 97. VW 42 (97).
□ Zigeuner-Fluch verpaßt korpulentem Staranwalt (Robert John Burke) Zwangsabmagerung bis auf die Knochen. Mafioso-Klient Richie Ginelli (Joe Mantegna) weiß Rat. Aufgeblähte, um so leichtgewichtigere King/Bachman-Adaption. Lucinda Jenney, Michael Constantine, Kari Wuhrer.

K ●●●●
Titanic
Titanic
USA. James Cameron (*1954) – UA: 1997/12. Fox, F-194 min – K: 8. 1. 98 (Fox) – Lit: Cameron/Marsh/Kirkland: James Cameron's Titanic (97) – Art: epd (98/5). MS 36 (98), 40 (98). SaS 8/2 (98) – Kr: Az 8. 1. 98. epd (98/1). SaS 8/2 (98) – Oscars 1998: Picture, Director, Editing, Costume Design, Special Effects, Color Cinematography, Sound, Sound Effects, Original Music, Original Song (›My Heart Will Go On‹), Color Art Direction – Oscar-Nominierungen 1998: Actor, Actress – Golden Globe 1998: Picture, Director, Original Music, Song.
□ Die in die Jahre gekommene Rose (Gloria Stuart) erinnert sich an die tragischen Umstände der Liebe ihres Lebens an Bord der *Titanic* in der Nacht vom 14. auf den 15. April 1912. Es wäre einfach, hier SF-Zusammenhänge zu sichten – der untergehende Luxusliner als Sinnbild scheiternder Wohlstandsgesellschaft, als Irrglauben des Sieges der Technik über die Natur und Vorbote/Vorwarnung noch schlimmerer Schiffskatastrophen zweier Weltkriege – oder Verbindungen zu Camerons früherem Werk herzustellen. Der in den Rumpf hinabgelassene Unterwasser-Roboter ist ein prähistorischer Prototyp der in Ripleys Beischiff zu Beginn von *Aliens* gleitenden, den Raum ebenfalls per Lichtquelle abtastenden Maschine. Wie in *The Terminator* ist es ein Bild aus der Vergangenheit (Chris Marker läßt grüßen), welches die ›Zeitreise‹ ermöglicht. Wie Sarah (Linda Hamilton) Kyle (Michael Biehn) muß Rose (Kate Winslet) Jack (Leonardo DiCaprio) versprechen, am Leben zu bleiben. Wie Kyle muß Jack sterben, damit Sarah/Rose leben können. Roses Verlobter Cal

Stärker als die Zeit. Kate Winslet, Leonardo DiCaprio,
Titanic

(Billy Zane) steht zwischen Jack und Rose wie der eine noch nicht entschiedene Zukunft bedrohende Terminator zwischen Sarah und Kyle und Sarahs Mutter ist dem Terminator/Cal genauso hilflos ausgeliefert wie Roses Mutter oder John Connors Pflegeeltern dem T1000 in *Terminator 2. The Terminator/Titanic* sind sich als SF/Katastrophenfilme tarnende Zeitfragmente und Erinnerungsstücke, den Sturm der Zeit überstehende Love Stories und Selbstfindungsprozesse. *Titanic* ist nicht nur der teuerste und neben *Ben Hur* am höchsten dekorierte Meilenstein der Filmgeschichte, ein unmögliches Spektakel, welches das Kino, die Grenzen von Modell- und Computertrick in nie gesehenen Kombinationen aufhebend, unsinkbar ins nächste Jahrtausend begleitet. Cameron versteht sich nicht nur auf die Tragweite oder den unglaublichen Suspense des Vorgangs – die verzweifelte Flucht der Zurückgebliebenen an die äußerste Stelle des sich wie ein Gebirge aufrichtenden Hecks, um dem eisigen Wasser möglichst lange zu entgehen, wird zum Bumerang der Gefahr, mit in die Tiefe gerissen zu werden –, er versteht sich auch auf den richtigen Maßstab menschlicher Schicksale. Das ist die wirkliche Tragödie der Titanic. Das Auseinanderbrechen des gigantischen Rumpfes ist eine Metapher der Unbeständigkeit aller menschlicher Beziehungen in der Zeit, bevor auch sie dem Vergessen entgegensinken werden.

Alles, was uns bleibt, das einzige, was uns bleiben wird, ist die Erinnerung. In *Gone with the Wind*, jenem anderen großen amerikanischen Epos, mit dem *Titanic* verglichen wurde, gibt sie Scarlett die Kraft, an sich, das Land und die Zukunft zu glauben. Bei Cameron steht sie auch für Roses Überlebenswillen, sie steht aber auch für ein Mysterium, das wir nie ganz verstehen werden und zu dem wir immer wieder zurückkehren werden. Sie steht für den tragischen Bruch in unserem Leben, in dem wir die Chance haben, es anzunehmen. Wie in *King Kong* und *La Belle et la Bête*, sogar *The Wicker Man*, sind wir dann am größten, wenn wir scheitern. Kathy Bates, Bill Paxton, David Warner, Bernard Hill.

K ●●
Torso
I Corpi presentano tracce di violenza carnale
It. Sergio Martino (*1938) – UA: 1973. F-90 min – UA (USA): 1975/2. Joseph Brenner Associates, F-89 min – V: (VMO; US-Fassg) – Art (Martino): Ciak (87/7). ETC 2/4 (95). MMo 41 (86). NC 2 (97). SI 10 (92) – Art (Giallo): IM 1/1 (93). MFB 624 (86) – Lit (Ernesto Gastaldi): Gastaldi: Voglio Entrare nel Cinema (91; Autobiogr) – Art (Gastaldi): VW 39 (97) – Art (Suzy Kendall): Vo 5 (94) – Kr: Cfq 4/4 (76). MFB 497 (75).

□ Kunststudentinnen im Visier eines Maskierten mit Metallsäge. Sex/Horror im 5-Minuten-Takt eines kompetenten *Giallo*-Whodunit. Martino macht Montage/Bildrand zu panikartigen Schnittstellen des Plot, geschrieben von Gastaldi, dem profiliertesten italienischen Horror/Thriller-Drehbuchautor der 60er/70er Jahre. Irritierende Locations, exzellenter Score von Guido/Maurizio de Angelis, pulsbeschleunigende Klimax. John Richardson, Suzy Kendall, Tina Aumont, Luc Merenda, Roberto Bisacco.

K ●●

Trigger Effect

The Trigger Effect

USA. David Koepp (*1963) – UA/F: 4. 6. 1996. SEATTLE, F-98 min – V: 16. 7. 97 (CIC) – Art: Fg 163 (97) – Kr: Cfq 28/8 (97). MS 31–32 (97). SaS 8/3 (98). VW 39 (97).

□ Stromausfall an der US-Westküste läßt junges Paar (Kyle MacLachlan/Elisabeth Shue) mit Baby und rivalisierendem Bruder (Dermot Mulroney) ums Überleben kämpfen, während die Zivilisation zusammenbricht. Die Charakter-Studie unter den Katastrophenfilmen, verzichtend auf einstürzende Neubauten und haushohe Superechsen, mehr Mainstream als Genre. Top-Autor/Erstregisseur Koepp (*Jurassic Park, Mission: Impossible*) verkuppelt Goldings *Lord of the Flies* mit Rod Serlings *Twilight Zone*-Ep *The Monsters are Due on Maple Street,* James Burkes BBC-Serie *Connections* und Gary Ross' Kinderbuch *Bartholomew Biddle and the Very Big Wind* zu einem sich auf menschliche Spannungen konzentrierenden Psycho-Thriller. Der Rest ist doch wirklich überflüssig. Richard T. Jones, Michael Rooker.

TV ●

Trilogy of Terror

Trilogy of Terror II

USA. Dan Curtis (*1928) UA: 30. 10. 1996. (Kabel-TV), F-120 min – V: 14. 4. 97 (CIC) – Art: Cfq 28/4–5 (96). Fg 158 (96) – Kr: Cfq 28/7 (96), 28/10 (97). MS 28–29 (97).

□ Horror-Dreierpack nach Richard Matheson mit Lysette Anthony als einen düsteren Rattenfriedhof (schlechte Monster-SPFX) nach dem übersehenen Geldschlüssel des ermordeten Lästergatten abgrasende Ehefrau (*The Graveyard Rats*), sich Schwarzer Magie bedienender Mutter eines ertrunkenen Sohns in dem stürmischen, vorhersehbaren *Bobby* und kreischende, von einer afrikanischen Zuni-Puppe gehetzte Anthropologin Dr. Simpson (*He Who Kills*). Nur die letzte Ep ist ein zum Sequel verschobenes Remake des 3. Aktes (*Amelia* mit Karen Black, nach Mathesons *Prey*) des überlegenen Originals von 1975. Geranit Wyn Davies, Matt Clark, Geoffrey Lewis, Blake Heron, Thomas Mitchell.

K ●●

The Ugly

The Ugly

Neuseel. Scott Reynolds (*1969) – UA/F: 1997. TORONTO, F-93 min – F: *SITGES* (97). *ROM* (97). *GERARDMER* (98) – K: 27. 11. 97 (Nil) – V: 30. 6. 98 (Splendid) – Art: Cfq 30/1 (98). Fg 172 (98). Sh 67 (98). Shv 49 (97) – Kr: Az 6. 12. 97. Cfq 30/1 (98), 30/2 (98). epd (97/12). FR 28. 11. 97. MS 35 (97; *SITGES*), 42 (98). SaS 8/3 (98). SI 30 (97).

□ Die den einsitzenden, von den Geistern seiner Opfer heimgesuchten Serialkiller Simon Carthwright (Paolo Rotondo) entgegen den Wünschen von Anstalts-Direktor Dr. Marlowe (Roy Ward) interviewende attraktive Psychiaterin Dr. Karen Schumaker (Rebecca Hobbs) droht von der Psyche des Monsters aufgeschlitzt zu werden. Die innovativ verstörende Primärfarben-Stilisierung mit schwarzem Blut läuft Gefahr, das Echt-Finale mit Karens durchtrennter Kehle zur Wahnvorstellung zu degradieren, aber Filme sollten derartige Risiken eingehen.

V ●

Ultimate Chase – Die letzte Jagd

Adrenaline: Fear the Rush

USA. Albert F. Pyun – UA: 1995. Columbia Tri-Star, F-76 min – F: *FaFF* (96; OF) – V: 21. 8. 97 (Columbia Tri-Star) – TV: 2. 6. 98 (Premiere) – Kr: Fg 165 (97). MS 30 (97). SaS 7/7 (97). SI 27 (96).

□ Bukarest, 2008: Endlos-Showdown in dunklen Löchern zwischen einem virusgeplagten Psychopathen als biologischer 6-Std-Zeitbombe und einem Haufen futuristischer Cops (Christopher Lambert/Natasha Henstridge/Norbert Weisser/Elizabeth Barondes) nach dem politischen Infarkt Osteuropas. Der dämlich geredete Hintergrund, in der OF nach *Boston* verlagert, obwohl es sich um dieselbe Stadt handelt, ist so wahllos gehandhabt wie der OT eine Warnung an ein das Weite suchendes Publikum zu sein scheint, aber Pyuns wild aufheulende Kamera/Tontechnik macht das Abschalten zum Problem.

V ●●

Uncle Sam

Uncle Sam

USA. William Lustig (*1955) – UA: 1996. F-86 min – F: *HAMPSTEAD/EUROFEST* (96) – V: 14. 5. 97 (Splendid) – Lit (Lustig): Curci: Shock Masters of the Cinema (96). McCarty: The Sleaze Merchants: Adventures in Exploitation Filmmaking(95) – Art: Fg 154 (96) – Kr: Gory News 7 (97). SaS 7/4 (97).

□ Die andere Seite des Golfkriegs: Im *Friendly Fire* heimtückisch gefallener GI (David Shark Fralik) räumt als Zombie im Uncle Sam-Outfit während der schaurig verlogenen ID-Feierlichkeiten von Small Town auf. Erfrischend zynischer Post-*Maniac Cop*-Slasher mit ›republikanischem‹ Drehbuch Larry Cohens. Timothy Bottoms, Christopher Ogden, Isaac Hayes, Robert Forster, Bo Hopkins, P. J. Soles als Madge.

K ●●●●

Unter dem Regenmond

Ugetsu Monogatari

Jap. Kenji Mizoguchi (1898–1956) – UA: 1953. Daiei, SW-92 min – F: VENEDIG (53) – K: 13. 11. 59 (Neue Filmkunst; Ugetsu – Erzählungen unter dem Regenmond) – TV: 4. 10. 97 (arte; OmU) – Lit (Mizoguchi): Andrew: KM: A Guide to References and Resources (81). Morris: Mizoguchi Kenji (67). Noletti Jr/Desser, eds: Reframing Japanese Cinema: Authorship, Genre, History (92). Rayns: Mizoguchi (83). Serveau: Mizoguchi: De la Révolte au Songes (83) – Lit: McDonald, ed: Ugetsu: KM, Director (93) – Art (Daiei): Cfq 1/3 (71). OC 6 (96) – Kr: f-d (59/Nr. 8657). IM 2/3 (95). VMG '96 (95).

□ Weltklasse, 1953 mit dem *Goldenen Löwen* von VENEDIG gekrönt. Vor dem Hintergrund japanischer Bürgerkriegswirren des Jahres 1582 entfaltet sich das Schicksal zweier Schwager und deren Lebensgefährtinnen. Während der ehrgeizige Bauer Tobei (Sakae Ozawa) eher zufällig als Samurai-General Karriere macht, landet Töpfer Genjuro (Masayuki Mori) in den Armen der toten Prinzessin Wakasa (Machiko Kyo). Während Genjuros Frau (Kinuko Tanaka) nach einem einzigartig überflüssigen Lanzenstich verblutet, schlägt sich Tobeis Frau (Mitsuko Mito) nach einer brutalen Vergewaltigung als Prostituierte in einem Bordell durch. Mizoguchi setzt die Parameter unseres Bewußtseins so wirkungsvoll außer Kraft, daß eine unmöglich zu beschreibende, unglaublich verdichtete, realere Realität entsteht, die wie *Rashomon* (50) die Grenzen des *jidai-geki* weit hinter sich läßt. So spielt es keine Rolle, ob Wakasa ein Geist ist, wenn sie von Genjuro als real empfunden wird, oder ob das nächtliche Bad sich tatsächlich so schnell in das sonnendurchflutete Picknick am Flußufer verwandeln kann, als Genjuro noch einmal das Glück seiner Jugend durchlebt. Wenn er zuletzt heimkehrt, sieht er seine Frau erst beim zweiten Rundgang durch das Haus, an derselben Stelle, die er bereits passiert hatte, als sei sie erst jetzt in sein Bewußtsein zurückgekehrt, als sei auch die objektive Realität nichts anderes als ein Phantom. *Ugetsu* ist ein komplexer Film berühmt gewordener Innovationen, aber letztlich ist es seine Konzentration auf Menschen (selbst in den unscheinbarsten Nebenrollen wie Genjuros Tochter), die ihn unsterblich macht.

V ●
Vampire Journals
Vampire Journals
USA. Ted Nicolaou (*1950) – UA/F: 1. 8. 1997. *FaFF*, F-78 min – V: 12. 8. 97 (VPS) – Art: Msc 10 (97) – Kr: Cfq 29/12 (98). Fg 162 (97). SaS 7/8 (97).
□ Vampir/Vampirjäger Zachary (David Gunn) und sein untoter Erzfeind Ash (Jonathan Morris), Betreiber eines höchst merkwürdigen Nachtclubs, im Kampf um die schöne Sofia (Kirsten Cerre). Nicht so blutig wie Nicolaous *Subspecies*-Trilogie, aber von derselben authentischen transsylvanischen Atmosphäre profitierend. Natürlich kein *Interview with the Vampire*.

TV ●
Vampirella
Vampirella
USA. Jim Wynorski – UA: 1996. Showtime, F-76 min – UA (V): 1996/10. Concorde – New Horizons, F-76 min – V: 10. 6. 98 (Starlight) – Art: FFa 5/4 (96), 5/5 (96). IM 2/3 (95) – Kr: Cfq 28/7 (96). Fg 169 (98). MS 41 (98). VW 41 (97).
□ Drakulon/Mars/LA/der Glitzer von Las Vegas. Die den als Hard Rocker Jaimi Blood die Massen abzapfenden Vampir-Unruhestifter/Killer Vlad Tepes (aus 50-jähriger Haut fahrend: *Who*-Frontman Roger Daltrey) auf die Erde verfolgende Vampirella verbündet sich mit Adam Van Helsings (Richard Joseph Paul) paramilitärischer Sonnenlichtkanonentruppe PURGE. Wenig authentisches, verschenktes Comic-Sparmodell mit dem schmalbrüstigen Bond-Pin-Up/Ex-Model Talisa Soto in der 1969 von Forrest Ackerman als Gegen-Bar-

barella kreierten Titelrolle. Kein Sex, ein von *Scars of Dracula* gestohlenes Ende, etwas ehrgeizigere Sets/SPFX lediglich am Anfang. Angus Scrimm, John Landis, Richard B. Katz, Brian Bloom.

DOKU ○
Die Vergangenheit der Zukunft – Die Zukunftsvisionen des Jahrhunderts im Film
BRD. Peter Adler, Holger Hillesheim, Stefan Brauburger – UA/TV: 26. 4./3. 5. 1998. ZDF, F/SW-90 min (*1. Teil: Ufos, Aliens, Zeitmaschinen; 2. Teil: Monster, Klone, Katastrophen*) – Lit: Ackerman/Forbes/Giesen, eds: Die Vergangenheit der Zukunft – Die Originalstories hinter den großen Science Fiction-Filmen (98).
□ Nicht mehr als eine Bekanntmachung des Themas: Realität/ Fiktion der SF-Träume des 20. Jahrhunderts anhand gewohnter filmischer Standardthemen, vorgestellt von *heute journal*-Moderator Helmut Reitze. Inwieweit spiegeln Zukunftsvisionen den Zeitgeist? Welche Hoffnungen/Ängste, welche politischen, wissenschaftlichen und sozialen Motive sind damit verknüpft? Die Sendung kann vielleicht nur Schwerpunkte setzen, SF ist nicht in den Griff zu bekommen. Neben 44 Filmausschnitten (ein grober Denkfehler: alle aus dem Mainstream-Bereich) von einer Verkitschung von Méliès' *Le Voyage dans la lune* (1902) bis *Starship Troopers* (1997) finden sich Statements von Stanisław Lem, Herbert W. Franke, Ernst Vlcek, Ulf Merbold, Peter Bachus (SETI-Institut), Jesco von Puttkamer/Heinz Hermann Koelle (NASA), David Deutsch, Joseph Weizenbaum, Detlef P. Linke (Neurochirurg), Dennis L. Meadows (Zukunftsforscher/Club of Rome) und ein eher willkürliches Gemisch aus Drittem Reich (Albert Speers *Germania* im Computer-Modell, ein NS-Dokumentarfilm über Raketenstarts von 1934), Hirnverpflanzung bei Affen oder den berüchtigten US-Lehrfilmen über richtiges Verhalten im Falle eines Atomkriegs zum Totlachen. Das dürftige Ergebnis ist völlig unkritisch, Standpunkte/Aussagen vertraut. Falschbehauptungen fallen (trotz Rolf Giesens Fachberatung?) schwer ins Gewicht. *Weltraumschiff 1 startet* (1940) und *Frankenstein* (1910) sind keineswegs vollständig bzw. erstmals im dt. Fernsehen zu sehen. In *Invasion of the Body Snatchers* (1956) geht die außerirdische Invasion nicht noch einmal glimpflich aus, noch nicht einmal im Siegel vordiktierten, aber von Siegel eigenhändig inszenierten neuen Finale. Und Zeitreisefilme sind nach *The Time Machine* (1960) nicht trivialer geworden, wie die Autoren behaupten. *La Jetée* (1962), Resnais' *Je t'aime, Je t'aime* (1968), *Chronopolis* (1982) oder *Twelve Monkeys* (1996) – natürlich wird keiner der Filme erwähnt – sind nicht nur weitaus komplexer als Pals buntes Metrocolor-Märchen, sondern gehören zum Besten, was der SF-Film überhaupt hervorgebracht hat.

K ●●●
Vij
Vij
UdSSR. Konstantin Erchov, Georgi Kropatchov – UA: 1967. F-75 min – F: *SITGES* (71) – V (USA): 97 (Luminous; 73 min) – Art (Alexander

Ptuschko): VW 8 (91), 9 (92) – Kr: Psy 27 (98). ShC 11 (97). VW 12 (92).

□ Ländliches Rußland, 19. Jahrhundert. Priesteramts-Student Khoma Brut (Leonid Kuravlev) muß in einer verriegelten Kirche dreimal die Totenmesse für die in reiner Notwehr erschlagene Tochter/Hexe (N. Varlei) eines reichen Grundbesitzers lesen. Der magische Kreis und der Hahnenschrei in der Dämmerung bieten immer weniger Schutz in einer zunehmend irrealen Auseinandersetzung. Die beste Version der bereits 1909 von V. Goncharov und 1915 von Wladislaw Starewitsch adaptierten folkloristischen Novelle Nicolai Gogols von 1833, wie Bavas *La Maschera del Demonio* (60) in makabren gotischen Sets schwelgend. Der Auftritt des Vij in der letzten Nacht, superb vorbereitet von Effekten des großen russischen Trickspezialisten Ptuschko, gehört zu den überraschendsten und ungewohntesten Höhepunkten des Horror-Genres.

K ●●

Volcano

Volcano

USA. Mick Jackson – UA: 28. 2. 1997. Fox, F-103 min – K: 2. 10. 97 (Fox) – V: 9. 4. 98 (Fox) – Art: Cf 71 (97). Cfq 28/12 (97). Cs 3/4 (97). SaS 7/7 (97). Slg 236 (97) – Kr: Az 7. 10. 97. Cfq 29/2 (97). epd (97/10). FR 4. 10. 97. KSA 2. 10. 97. SaS 7/10 (97). SI 30 (97). Zoom (97/10).

□ Größenwahn beim U-Bahn-Bau provoziert die orgiastische Eruption des *Mount Wilshire* inmitten LAs. Jackson drängt den Zuschauer zu sehr in die gefahrlose Rolle authentischer LA-Reporter vor Ort (*Mars Attacks!* machte mit derart faulen Kompromissen kurzen Prozeß), das Ergebnis schafft trotz höllischer Digital-Spitzenleistung Distanz statt Betroffenheit, besiegelt durch Randy Newmans die Lavawogen glättende Dauerschnulze *I Love L.A.* im Nachspann. Flüssiger als *Dante's Peak*, aber kein Fortschritt gegenüber *Earthquake* derselben Region. Tommy Lee Jones, Anne Heche, Gaby Hoffman, Don Cheadle.

K ●

Wax Mask

Maschera di Cera

It/Fr. Sergio Stivaletti – UA (It): 1997/3. Medusa, F-94 min – UA/F: 3. 8. 1997. *FaFF*, F-94 min (OF; engl. UT) – V: 11. 9. 97 (VPS) – Art (Stivaletti): Del 5 (97). ETC 2/7 (93). Fg 59 (86). Sh 31 (92) – Art: Am 5 (96). Cfq 28/8 (97). Fg 162 (97). NC 2 (97) – Art (Sergio Salvati): Fg 165 (97) – Kr: Doom 10 (97). epd (98/3). MS 33 (97). Psy 27 (98). Sh 64 (97). SI 30 (97).

□ Rom 1912. Das umstrittene Wachsfiguren-Genie Boris Volkoff (Robert Hossein) stellt in seinem Gruselkabinett eine Jahre zurückliegende bestialische Pariser Schlafzimmer-Mordszene mit einem Stahlkrallen-Schlächter nach, dessen einzige, damals als kleines Mädchen unter den Schrank geflüchtete Überlebende in Wahrheit Volkoffs neue Assistentin (Romina Mondello) ist. Journalist Andrea (Riccardo Serventi Longhi) und Inspektor Lanvin (Aldo Massasso) müssen dem Monster zuvorkommen, bevor das »Kunstwerk« seine Vollendung erfährt. Mehr auf dichte Stimmung als dichte Insze-

Bombendrohung. Anton Kutters Weltraumschiff 1 startet

nierung setzendes Regie-Debüt des italienischen FX-Gurus nach stürmischer Argento/Fulci-Plandiskussion. Hossein ist der einzige professionelle Schauspieler hier.

KURZ ●●
Weltraumschiff 1 startet
D. Anton Kutter – UA: 27. 7. 1940 (München). SW-645 m (35 mm) – Weitere Aufführung: Italienisch-Deutsche Filmmanifestation 1.–8. 9. 40 Venedig (Unterbrechung des Internationalen Filmfestivals VENEDIG) – TV (ausschnittsweise): 26. 4. 98 (ZDF: Reihe ›Die Vergangenheit der Zukunft‹) – Lit: Hagemann: Liebe, Tod und Technik – Kino des Phantastischen 1933–1945 (77) – Art: Kulturfilm-Sonderdienst der Bavaria Filmkunst 6 (40). Vp 19 (80).

□ Werft-Direktor (Fritz Reiff) und Raumschiff-Kommandant Hardt (Carl Wery) verraten einem Fernsehreporter (Rolf Wernicke) vor der Weltöffentlichkeit letzte technische Details, als das riesige, mit dem Hochgeschwindigkeitsstoff *Neotan X* betriebene *Weltraumschiff 1* aus einer gigantischen Montagehalle rollt und zum ersten Flug um den Mond ansetzt. Nicht viel von einem Film, aus dem wegen Kriegsausbruch geplatzten *Bavaria*-Großprojekt *Zwischenfall im Weltall* hervorgegangen. Die unübersehbare Bombenform des Flugkörpers und der arrogante Propagandaton verraten den Rüstungswettlauf der Epoche (Geheimwaffen!), aber die kilometerlang ansteigende, viaduktförmige Startbahn nimmt die Rampe von *When Worlds Collide* (51) vorweg und eine Flugszene des Schiffes ins Halbdunkel des Erdtrabanten besitzt eine frappierende Ähnlichkeit mit *2001: A Space Odyssey* (68).

K ●●●●
The Wicker Man
The Wicker Man
GB. Robin Hardy – UA: 1973/12. British Lion, F-86 min (OF: 103 min) – UA (USA): 1973/10. Anglo-EMI, F-86 min – F: CANNES (73). *TRIEST* (74). *PARIS* (74). *ROM* (86) – V: (VMO) – Lit (Chri-

Lord Sommerisle (Christopher Lee) opfert dem Gott des Meeres Fässer voll Ale in Robin Hardys tabubrechendem The Wicker Man

stopher Lee): Garret: The Films of ChL (75). Lee: Tall, Dark and Gruesome: An Autobiography (77). Pohle jr/Hart: The Films of ChL (83) – Art (Lee): Biz 3 (75), 4 (75). Cfq 3/1 (73), 4/1 (75). DT 13 (96). L'EF 1 (77), 47 (84), 76 (87). FaF 372 (85). Fg 1 (79), 41 (85), 42 (85), 94 (90). FMoF 4 (59). HH 1 (76). IM 1/2 (93). MM 45 (93). MMF 14 (66). Msc 3 (94). MW 7 (65). RdC 449 (89). Shv 13 (94), 50 (98). Slg 70 (83), 158 (90). SS 5 (91), 8 (92), 24 (97). Vp 2 (73) – Lit (Ingrid Pitt): Greaves, ed: IP: Queen of Horror (95) – Art (Pitt): CTM 1 (95). FFa 6/1 (97). Fg 22 (82). Fx 15 (89), 62 (97). Sab 1 (77). Shv 31 (96), 32 (96), 39 (97), 42 (97), 43 (97), 44 (97), 45 (97). WBD 2 (92) – Art (Anthony Shaffer): SaS 5/8 (95) – Lit: Peary: Cult Movies 2 (83) – Art: Cfq 6/3 (77). DS 50 (95). Sh 52 (95), 53 (95) – Kr: Cfq 5/2 (76). Cinema TV Today 15. 12. 73. Edinburgh Evening News 9. 1. 74. L'EF 6 (74; *PARIS/TRIEST*). Financial Times 15. 12. 73. London Evening News 28. 2. 74. London Times 16. 12. 73. MFB 480 (74). Va 15. 5. 74. Vp 8 (74; *PARIS*).

□ Einer der unbequemsten und größten britischen Filme. Auf der Suche nach einem verschollenen Mädchen, Rowan Morrison (Geraldine Cowper), gerät Sergeant Howie (Edward Woodward) von der Festlandspolizei auf einer abgelegenen Insel an der Westküste Schottlands an einen heidnischen Menschenopfer-Kult unter Leitung des patriarchalischen Lord Summerisle (Lee in seiner besten, ihm auf den Leib geschriebenen Rolle). Das kleine Mädchen war nur ein Lockvogel und der Schluß ist grausam in seiner befürchteten Konsequenz. Die schockierende Intelligenz liegt in einem den Spieß völlig umdrehenden Drehbuch von *Sleuth/Frenzy*-Autor Anthony Shaffer, welches nicht die Fruchtbarkeits/Reinkarnations-Rituale der zurückgebliebenen, zivilisationslosen Inselbewohner attackiert, sondern unsere falsche christlich-moralische Weltanschauung. In *The Wicker Man* sind *wir* die Außenseiter, unsere Argumentation reine Selbstverteidigung. Das scharfe Ergebnis spiegelt ähnlich kompromißlose Meisterwerke wie *Planet of the Apes* oder *Night of the Living Dead* wider, welche die Grundzüge unseres Denkens/Handelns nicht nur in Frage stellen, sondern den Mut aufbringen, sie in ihr Gegenteil zu verkehren. Diane Cilento, Britt Ekland, Ingrid Pitt, Lindsey Kemp, Russell Waters, Aubrey Morris.

K ●
Wishmaster
Wishmaster
USA. Robert Kurtzman – UA: 19. 9. 1997. Live Entertainment, F-90 min – F: *FaFF* (98; OF) – V: 27. 7. 98 (Marketing) – Art: Cfq 29/4–5 (97). Fg 167 (97), 168 (97), 169 (98). Sh 67 (98) – Kr: Cfq 29/8 (97). MS 43 (98). SaS 8/6 (98).

□ Aus rotem Opal befreiter bösartiger persischer Dschinn (Andrew Divoff) wünscht sich rücksichtslos durchs moderne New York, nur das telepathische Potential der Geologin Alexandra Amberson (Tammy Lauren) kann seine Weltherrschaft verhindern. *Hellraiser*-Autor Pete Atkins manipuliert das nicht uninteressante Thema menschlicher Schwäche im Augenblick absoluter Macht zu offensichtlich, um scheußliche, schmackhafte KNB-Effekte (K steht für Kurtzman) rechtfertigen zu können. Mehr Dschinn als Tonic! Kane Hodder, Tony Todd, Robert Englund, Angus Scrimm, Ted Raimi, Josef Pilato.

DOKU ●●●●
Worauf das 20. Jahrhundert sitzt. Die Welt von Charles und Ray Eames
BRD. Horst Brandenburg – UA/TV: 20. 9. 1997. 3sat, F/SW-35 min.

□ Ein ungewöhnlicher Blick ins Universum des bedeutendsten Designer-Ehepaars des 20. Jahrhunderts zwischen Natur und Moderne, Kunst und High-Tech, Internationalität und persönlicher Beobachtung. Was Charles und Ray Eames im *Office 901* im kalifornischen *Venice* und in ihrem revolutionär einfachen Riesenwohnhaus in *Pacific Palisades* seit 1940 in immer ausgefalleneren Materialien und Formen der Fachwelt präsentierten, darunter der sich vom *Plastic* über den *Wire* (sieht aus wie ein Mobile von Alexander Calder) zum superbequemen *Launch* entwickelnde *Alu Chair*, wie man ihn auf Flughäfen oder U-Bahn-Haltestellen antrifft –, war ein kaum zu glaubender »Riesenzirkus, in dem alle Nummern gleichzeitig liefen« (Eames-Biografin Marilyn Neuhart), aber auch ein gewaltiges Stück Architektur-, Film- und Kunst/Design-Geschichte unseres Jahrhunderts. Niemand, der *Powers of Ten* gesehen hat, das Einfachste und doch Atemberaubendste, was der SF-Film jemals hervorgebracht hat, wird ihn je vergessen können. Umfassende Retrospektive unter Beteiligung der Library of Congress/Washington im *Vitra-Design-Museum* (Weil am Rhein, 19. 9. 97–4. 1. 98), danach weltweit.

TV ●●

Das Zukunftsbaby

Tomorrow's Child

USA. Joseph Sargent (*1925) – UA: 22. 3. 1982. ABC-TV, F-95 min – TV: 18. 9. 97 (arte: THEMENABEND RETORTENBABYS; OmU) – Kr: Cfq 12/5–6 (82).

□ Die Ehefrau eines aufstrebenden Gen-Wissenschaftlers willigt in das riskante *Genesis*-Projekt ein, bei welchem ein Retortenbaby im künstlichen Uterus einer Experimentalklinik heranwächst. Sargents unsentimentale Regie verhindert, anders als *Embryo* (76) oder *Demon Seed* (77), ein dramaturgisches Ausweichen des Themas (Athertons »Unfall« bleibt als Action ungenutzt), welches zu ernst und zu aktuell ist, um lediglich als SF geleugnet werden zu können. Stephanie Zimbalist, William Atherton, Arthur Hill, Susan Oliver.

TV ●

20000 Meilen unter dem Meer

Twenty Thousand Leagues Under the Sea

USA. Michael Anderson (*1920) – UA: 1997/2. CBS-TV F-120 min – TV: 4. 12. 97 (PRO7) – Art: Cfq 28/9 (97) – Kr: Cfq 29/1 (97).

□ Nordatlantik, 1867. Vernes Roman als harmlose Dreiecksschnulze zwischen Nemo (Ben Gross), Harpunist Ned Land (Paul Gross) und Arronax (Richard Crenna)-Tochter Sophie (Julie Cox). Die natürliche, vom Menschen unberührte Welt der Korallenriffe erscheint weitaus surrealer als die angesichts der Möglichkeiten moderner CGI beschämende Konfrontation mit einem gigantischen Protoleviathan, sicherlich kein Artverwandter von Disney/Fleischers bedrohlichem Riesenkalmar aus dem Jahr 1954. Cross ist kein uninteressanter Nemo, aber Wiesenfelds zaghaftes Drehbuch wagt nicht den Absprung von einer in ihrer Zeit weitaus unkonventionelleren Vorlage.

ABSPANN

ACC *Asian Cult Cinema*
Am *Amarcord* Florenz 95 –
ATC *Asian Trash Cinema* Kingwood 91–
Az *Abendzeitung* München
BBL *Blood and Black Lace* Hertfordshire 92 –
Biz *Bizarre* Asheville, NC 74 –
BT *Bad Taste* Salzburg 90 –
Cal *Caligari* Karlsruhe 91
Cf *Cinefex* Riverside, CA 80 –
CFa *Ciné Fantastic* Paris 77 –
Cfq *Cinefantastique* Elmwood/Oak/Forest Park, ILL 70 –
CM *Cult Movies* Hollywood, CA 91 –
Cr *Cineraider* Honolulu
CS *Comics Scene* NY 88 –
Cs *Cinescape* Lombard, ILL 94 –
CTM *Chiller Theater Magazine* 95 –
CZZ *Ciné-Zine-Zone* 80 –
Del *Delirium* Oxford 92 –
Doom *Doom* Nürnberg 95 –
Dr *Draculina* Moro/Centralia, ILL
DR *Deep Red* NY 87–89
DS *The Dark Side* Plymouth 90 –
DT *Dark Terrors* St. Ives/Cornwall 91 –
EH *Eastern Heroes* London 90 –
epd *epd Film* Frankf/M 84 –
ETC *European Trash Cinema* Kingwood 91 –
Eye *Eyeball* London
FaF *Films and Filming* London 54 –
FAZ *Frankfurter Allgemeine Zeitung*
f-d *film-dienst* Düsseldorf 47–67, Köln 68 –
FD *Film Dope* London 72 –
FE *Film Extremes* London 92 – (Zusammenschluß EH/Im)
FF *Fantastic Films* Chicago 78–85
FFa *Femmes Fatales of the Films* Forest Park, ILL 92 –
FFI *Fantastic Films* Illustrated Los Angeles 65 (ed: John Carpenter)
Fg *Fangoria* NY 79 –
FHo *Film Horreur*
FiR *Films in Review* NY 50 –
FMoF *Famous Monsters of Filmland* Philadelphia 58 –
FR *Frankfurter Rundschau*
FTh *Film Threat* Beverly Hills, CA 91 –
FuF *Fusion Fantasy* Pressines (Fr)
FV *Fatal Visions* Northcote (Austr) 88 –
Fx *Filmfax* Chicago 86 –
GP *Giallo Pages* Sheffield 93 –

GrI *Graven Images* St Leonard's-on-Sea 92 –
Gz *Gorezone* NY 88 –
Hb *Highball* Oberlin, OH 92 –
HH *The House of Hammer* London 76–78
HKFC *Hong Kong Film Connection*
Hp *Headpress* Cheshire 91 –
IM *Imagi-Movies* Forest Park, ILL 93–95
Im *Imaginator* Buckinghamshire
Imp *Impact* Paris 86 –
KM *The Killing Moon* Glasgow 92 –
KSA *Kölner Stadt-Anzeiger*
L'EF *L'Ecran Fantastique* Neuilly 69–76, Paris 77 – (ab 77 Neubeginn Numerierung)
MFB *Monthly Film Bulletin* London 34 – (seit 1991/5 mit SaS zusammengelegt)
MM *Midnight Marquee* Baltimore 77 – (Nachfolger von *Gore Creatures*)
MMF *Midi-Minuit Fantastique* Paris 62–70
MMo *Mad Movies* Paris 72 – (seit 1978 mit CFa zusammengelegt)
MS *MovieStar* Hille 93 –
Msc *Monsterscene* Lombard, ILL 94 –
Mst *Monstroid* Magazine Boston 92 –
MV *Monsters from the Vault*
MW *Monster World* Philadelphia 64 –
NC *Nocturno Cinema*
Nec *Necronomicon* Newton Abbot/Devon 93 –
OC *Oriental Cinema* Centralia, ILL 92 –
Ph *Photon* NY 63 –
Po *Positif* Lyon 52–53, Paris 54 –
Psy *Psychotronic Video* NY 89 –
RdC *La Revue du Cinéma* Paris 79 –
Sab *The Sabbath* Santa Clara, CA 77 –
SaS *Sight and Sound* London 32 – (seit 1991/5 mit MFB zusammengelegt)
Sb *Starburst* London 78 –
Scr *Screem* Wilkes-Barre, PA 92 –
SFE *Sci-Fi Entertainment* Herndon, VA 94 –
SFU *Sci-Fi Universe* Beverly Hills, CA 95 –
SFV *Starlog Sci-Fi Video Magazine* 1 (NY 88), 2 (90)
Sh *Samhain* Exeter 87 –
ShC *Shock Cinema* NY
Shv *Shivers* London 92 –
ShX *Shock Xpress* London 86–90 (ab 1991 als Hardcover)
SI *Splatting Image* Berlin 89 –
Slg *Starlog* NY 76 –
SM *Scary Monsters Magazine* Highwood, ILL 91 –
Sp *Der Spiegel* Hamburg

SS	*Scarlet Street* NJ 90 –
SZ	*Süddeutsche Zeitung*
TC	*Trash City* London
TF	*Terror Fantastic* Barcelona 71 –
ThE	*Third Eye* Loughborough/Leicestershire
TS	*Twisted Souls* Glasgow 92 –
Va	*Variety* NY 05
VMG	*Variety Movie Guide* NY 91 –
Vo	*Videooze* Alexandria, VA 90 –
Vp	*Vampir* Nürnberg 72–82
Vsc	*Videoscope* Ocean Groove, NJ 92 –
VW	*Video Watchdog* Cincinnati 90 –
Wa	Bill Warren: Keep Watching the Skies! I (Jefferson/London 82), II (86)
WBD	*We Belong Dead* Nottingham 92 –
Zt	*Die Zeit*

FILM

»Deep Impact« und »Armageddon«

Herausforderung Weltraum

Die Science Fiction-Filme »Deep Impact« und »Armageddon« interessieren sich erstaunlich wenig für die Umgebung, in der sie spielen

von Hans-Arthur Marsiske

Gewaltige Eruptionen kinematographischer Energie sind das Markenzeichen Jerry Bruckheimers. In den früheren Filmen des Hollywood-Produzenten war das auch völlig in Ordnung: »The Rock« etwa ließ den Zuschauer die furchtbare Kraft moderner Massenvernichtungswaffen hautnah spüren. »Con Air« erzählte mit unruhiger Kamera, rasanten Schnittfolgen und suggestivem Soundtrack durchweg packend vom Kampf eines amerikanischen Elitesoldaten mit den gefährlichsten Kriminellen des Landes. Mit »Armageddon« jedoch hat Bruckheimer sich an einen Ort begeben, der sich mit den Mitteln des Actionkinos denkbar schlecht erfassen läßt: den Weltraum.

»Armageddon« erzählt von einem Asteroiden, der auf die Erde zurast, und den Versuchen, die Kollision mit Hilfe von Raumschiffen und Atombomben abzuwenden. Im Zusammenhang mit diesem Film gab Bruckheimer erstaunlich freimütig zu, sich nie für Raumfahrt interessiert zu haben. Dazu gebe es auf der Erde noch zu viel zu entdecken.

So mußte ihm entgehen, was er im Weltall hätte entdecken können – die faszinierende Stille des Vakuums etwa, oder Schwerelosigkeit. Statt dessen donnern die Raumfähren in berüchtigter »Star Wars«-Manier mit lautem Getöse wie Düsenjäger durch den luftleeren Raum. Als wären die Treibstoffvorräte unbegrenzt, glimmen dabei ständig die Heckdüsen in attraktivem, bläulichem Licht. Auch die ungewöhnlichen Schwereverhältnisse im All werden nur berücksichtigt, wenn es dramaturgisch paßt. Bei Bruckheimer, dem offenbar Stil über Inhalt geht, paßt es nur selten.

Der Konkurrenzfilm »Deep Impact«, der eine nahezu identische Geschichte erzählt, ist deutlich stärker um wissenschaftliche Authentizität bemüht. Er bietet immerhin ein wenig Platz zum Staunen über die eigenartigen Klimaverhältnisse auf einem Kometen und bleibt hinsichtlich der Größenverhältnisse auf dem Teppich: Während »Armageddon« einen mehrere hundert Kilometer durchmessenden Asteroiden auf die Erde zurasen läßt, den es in der Realität nicht gibt, geht der von Steven Spielberg produzierte Film von einem Kometen mit wenigen Kilometern Durchmesser aus – völlig ausreichend, um die menschliche Zivilisation zu zerstören.

Auch »Deep Impact« mag indessen bei Explosionen im Weltall nicht auf Knall und Druckwelle verzichten. Am enttäuschendsten bei beiden Filmen ist jedoch der Plot: Abknallen, in Stücke sprengen – mehr fällt ihnen zur Bedrohung der Erde durch Asteroiden und Kometen nicht ein. Die Herausforderungen des Weltalls beantworten sie mit den Träumen amerikanischer SDI-Ingenieure, die nach dem Untergang der Sowjetunion offenbar händeringend nach neuen Feinden suchen, um den Aufbau einer Weltraum-Verteidigung weiterhin rechtfertigen zu können. Insbesondere in »Armageddon« kommt diese militaristische Komponente unangenehm zur Geltung.

Es ist natürlich kein Zufall, daß gleich zwei aufwendige Produktionen sich mit diesem Thema beschäftigen: Wie alle Science Fiction-Erzählungen haben auch diese ihre wissenschaftliche Vorgeschichte. Die läuft in diesem Fall unter dem Titel »Shoemaker-Levy-9«: So hieß der Komet, dessen Trümmer vor vier Jahren auf den Jupiter stürzten. Es war das erste Mal, daß Astronomen ein solches Ereignis direkt beobachten konnten. Die Bilder von den riesigen Explosionswolken, aufgenommen vom Hubble-Space-Telescope und bodengestützten Teleskopen, gingen um die Welt und nährten das Bewußtsein für die Gefahr, die auch der Erde aus dem All droht.

Gewiß, die katastrophalen Folgen größerer Meteoriteneinschläge waren schon vorher bekannt. Doch sie waren das Ergebnis theoretischer Kalkulationen, nicht von Beobachtungen. Es wird eben nur allgemein angenommen, daß das große Artensterben vor 65 Millionen Jahren, dem auch die Dinosaurier zum Opfer fielen, auf den Einschlag eines 10 bis 20 Kilometer durchmessenden Himmelskörpers zurückzuführen ist. Es gibt starke Indizien, die die Annahme stützen, wie den Chicxulub-Krater vor der Yucatan-Halbinsel. Aber niemand weiß, wie es wirklich war.

Wissenschaftler rätseln bis heute, was die gewaltige Explosion verursacht haben könnte, die am 30. Juni 1908 in der Tunguska-Region in Südost-Sibirien ein Waldgebiet von 40 Kilometern Durchmesser verwüstete. Berechnungen deuten darauf hin, daß sie höchstwahrscheinlich auf einen etwa hundert Meter großen, lockeren Asteroiden oder Kometen zurückzuführen ist. Bruchstücke dieses kosmischen Geschosses konnten in dem schwer zugänglichen Gelände allerdings bis heute nicht gefunden werden.

Bei Shoemaker-Levy-9 dagegen konnten die Einschläge live mitverfolgt werden. Die Aufnahmen des Hubble-Space-Telescope wurden direkt ins Internet eingespeist und boten Reality-Fern-Sehen im ursprünglichsten Sinne. Wie die Trümmer des Kometen, der zuvor durch die Schwerkraft des Jupiter zerrissen worden war, auf den riesigen Gasplaneten zurasten – das hatte die Dramatik eines Hollywoodfilms. Verglichen mit einem Actionreißer wie »Armageddon«, lief das Geschehen natürlich in extremer Zeitlupe ab. Aber so bewegt sich das Weltall: langsam und majestätisch. Die grandiose Vorführung mahnte uns, unser Verhältnis zu ihm genauer zu bestimmen.

Wie gehen wir mit dem Wissen um, daß uns aus dem All ständig Tod und Vernichtung drohen? Wollen wir die Auslöschung der menschlichen Zivilisation, die in einem oder in hundert Millionen Jahren erfolgen mag, als unvermeidliches Schicksal bedauern? Wollen wir uns hinter einem Netz nuklearer Sprengköpfe verbarrikadieren? Oder nehmen wir die Herausforderungen des Weltraums an?

Es ist gewiß sinnvoll, wie von Astronomen gefordert, die Himmelskörper, die die Erdbahn kreuzen, möglichst vollständig zu katalogisieren und über Abwehrmaßnahmen nachzudenken. Louis Friedman, geschäftsführender Direktor der »Planetary Society«, beklagt zurecht, daß sehr viel mehr Geld für Unterhaltungsprogramme über gefährliche erdnahe Objekte ausgegeben werde, als für Bemühungen, sie zu lokalisieren. Als kleines Gegengewicht hat die Planetary Society im vergangenen Jahr das »Gene Shoemaker Near-Earth Objects Grants Program« ins Leben gerufen, das Stipendien an professionelle und Amateur-Astronomen vergibt. Neben dem 100-Millionen-Dollar-Budget von »Armageddon« nehmen sich die 35 000 Dollar, die letztes Jahr ausgezahlt wurden, allerdings sehr bescheiden aus.

Die NASA will unterdessen den Etat für die Suche nach erdnahen Objekten auf drei Millionen Dollar verdoppeln und ein neues Forschungsbüro einrichten, das die von Raumsonden und erdgebundenen Beobachtungsstationen gesammelten Daten koordinieren soll. Ziel ist es, alle Asteroiden von mindestens einem Kilometer Durchmesser zu erfassen, die die Erdbahn kreuzen. Die Zahl solcher potentiell gefährlichen und bislang noch unbekannten Brocken wird auf 2000 geschätzt.

Aufgabe des Büros soll es außerdem sein, einheitliche Verfahren für die Veröffentlichung von Beobachtungsdaten zu entwickeln. Eine unnötige Verwirrung der Öffentlichkeit, wie im Zusammenhang mit den Meldungen über den Asteroiden 1197 XF 11, sollen in Zukunft vermieden werden: Im März 1998 hatte es zunächst geheißen, daß dieser Asteroid im Jahr 2028 der Erde gefährlich nahe kommen werde, was einen Tag darauf widerrufen wurde. Astronomen sehen durch solche übereilten Veröffentlichungen ihre Glaubwürdigkeit gefährdet.

Aber selbst wenn alle potentiell gefährlichen Objekte bekannt und Abwehrraketen in Stellung gebracht worden sind, bleibt ein Restrisiko. Keine noch so sorgfältig konstruierte Atomrakete kann der Menschheit völlige Sicherheit vor Meteoriteneinschlägen bieten. Die findet sie nur im Weltraum selbst: Eine kosmische Zivilisation, die sich auf mehreren Planeten ansiedelt, muß die Kollision mit einem großen Asteroiden oder Kometen zwar immer noch fürchten – aber nur noch als große Katastrophe, nicht mehr als Weltuntergang. Abgesehen davon dürfte sie quasi automatisch über bessere technische Mittel zur Abwehr gefährlicher Himmelskörper verfügen als eine Zivilisation, die ihren Lebensraum auf einen Planeten beschränkt.

Die vernünftigste Antwort auf die Gefahren, die uns aus dem Weltraum drohen, ist es, dorthin aufzubrechen. »Armageddon« und »Deep Impact« erlauben uns dagegen nur einen flüchtigen Blick ins Weltall, um ihn gleich darauf erschrocken wieder abzuwenden. Wo eine Chance wäre, unser Verhältnis zur Natur zu überdenken, plädieren sie dafür, auf dem gleichen Weg weiter voranzugehen wie bisher. Insbesondere von Steven Spielberg, immerhin Mitglied im Board of Directors der »Planetary Society«, wäre mehr zu erwarten gewesen.

Dabei scheinen die Zeiten durchaus günstig für Weltraumfilme, die ihren Handlungsort so ernst nehmen wie einst Stanley Kubricks »2001 – Odyssee im Weltraum«. Die auf die Wirkung der Stille und der Schwerelosigkeit vertrauen, statt sie mit lauten und grellen Effekten zu übertünchen. Die fremde Welten als Verlockung begreifen, nicht als Bedrohung.

Es mehren sich die Zeichen, daß die Menschen ihre Sehnsüchte und ihre Kraft wieder stärker ins All richten: Werbeanzeigen präsentieren unsere Kinder als mögliche zukünftige Mars-Pioniere. Der Spielzeughersteller Mattel produziert mit Nasa-Lizenz Modelle des Marsroboters »Sojourner« und der Jupitersonde »Galileo«. Die »Mars Society«, die eine bemannte Mission zum roten Nachbarplaneten privatwirtschaftlich organisieren will, weist in der Einladung zu ihrer Gründungskonferenz im August in Boulder, Colorado, vorsorglich darauf hin, daß leider nur für tausend Teilnehmer Platz sei.

Ein Film, der diese Tendenzen aufgreift und in angemessene Bilder umsetzt, dürfte eigentlich nicht mehr allzu lange auf sich warten lassen. Angeblich soll »Titanic«-Regisseur James Cameron bereits an einer Verfilmung der Mars-Romane

(»Red Mars«, »Green Mars« und »Blue Mars«) von Kim Stanley Robinson (übrigens einer der Mitbegründer der Mars Society) arbeiten. Aus der Verbindung könnte tatsächlich etwas Großartiges hervorgehen und Raumfahrt auch im Kino wieder spannend werden.

Science Fiction-Hörspiele 1997/1998

von Ute Perchtold, Christiane Timper, Birke Vock, Bärbel Weixner, Sascha Mamczak, Ernst Petz und Horst G. Tröster

Liebe Science Fiction- und Hörspielfreunde, ein enttäuschendes Jahr mit wenigen erwähnenswerten Science Fiction-Hörspielen liegt hinter uns: Sieht man einmal von zwei Romanbearbeitungen, zwei literarischen Adaptionen, die ohnehin nicht primär das Label Science Fiction beanspruchen, vier neuen Folgen einer SF-Krimireihe sowie fünf trivialeren Produktionen ab, bleiben gerade mal ***Zikaden*** von Friedrich Bestenreiner und ***Cataract*** von Wolfgang Jeschke. Nein, allzu ergiebig war die Ausbeute zumindest in quantitativer Hinsicht fürwahr nicht.

Habe ich schon im vorigen Jahrbuch an dieser Stelle über die Gründe spekuliert und gleichzeitig berichtet, daß zumindest die Sendetermine bei rund hundert pro Jahr konstant geblieben sind, muß ich mich jetzt korrigieren und einräumen, daß offenbar auch die Gesamtzahl der Sendungen im Rückgang begriffen ist. (Die Werte in dem Diagramm am Schluß der Hörspiel-Beiträge können gegenüber denen aus der im Vorjahr abgedruckten Tabelle leicht differieren, da die Auswertung erstmals aus einer gerade erst fertiggestellten Datenbank aller deutschsprachigen Science Fiction-Hörspiele vorgenommen wurde und jetzt auch die Österreichs und der Schweiz erfaßt. Wegen Redaktionsschluß im August 1998 mußten die Zahlen bis Ende 98 anhand von Ankündigungen der Sender hochgerechnet werden.)

Bei den Sendungen insgesamt ist in den letzten fünf Jahren ein deutlicher Abwärtstrend nicht zu übersehen, und es scheint, als seien nicht die Jahre 1994/95 mit kümmerlichen 75 bzw. 62 Sendungen die Ausnahmen gewesen, sondern die Jahre 1996/97 mit noch über 115 bzw. 101 Terminen. Besonders beklagenswert aber ist der kontinuierliche Rückgang von Ursendungen, im Diagramm schwarz dargestellt. 1984 war aus nachvollziehbaren Gründen ein nie wieder erreichter Höhepunkt, sowohl was die Sendungen als auch die Neuproduktionen betrifft, aber von da an ging es unaufhaltsam bergab. 1998 gab es im Monatsdurchschnitt nur noch sechs Science Fiction-Termine, davon gerade mal eine einzige Neuproduktion – und das im gesamten deutschsprachigen Raum!

Vielleicht sollten sich die Programmdirektoren und Redakteure unserer Rundfunkanstalten bewußt machen, daß ein Genre auf Dauer so wenig von der Substanz leben kann wie ein Verlagsprogramm ausschließlich von Nachdrucken. Wenn die Archive ausgeplündert sind und nicht rechtzeitig für Nachschub gesorgt wurde, wird das Genre irgendwann einmal ausgeblutet sein. Noch sind die Archive Schatztruhen, doch angesichts häufiger Wiederholungen derselben Titel scheint hier und da bereits der Boden durchzuschimmern. Zur Pflege eines Genres ist es unverzichtbar, für Kontinuität zu sorgen. Was not tut, ist endlich wieder eine Reihe mit regelmäßigen Terminen auf festen Sendeplätzen, wie es zum Beispiel beim Krimi in mehreren Funkhäusern ganz selbstverständlich der Fall ist. Nur so, mit einer beständigen Abspielbasis, können Autoren wieder dafür gewonnen werden, eigene Beiträge zu einem Genre zu leisten, welches laut Umfragen in der Hörergunst nach Krimis immer noch ganz oben steht. Nur so können die Hörer wieder an *ihren* Termin gewöhnt werden. So lange der Westdeutsche Rundfunk im gesamten deutschen Sprachraum als einziger, wenn auch nicht regelmäßig, so doch mit einer gewissen Konstanz gute bis herausragende Neuproduktionen wagt, die anderen aber, selbst der vor kurzem noch so rührige MDR, sich aufs wohlfeile Wiederholen beschränken, sehe ich schwarz.

Unkenrufern, die ja immer schon gewußt haben wollen, daß das Hörspiel überholt und am Ende sei, sei vorsorglich entgegnet, daß die Gesamtzahl der Hörspielproduktionen keineswegs geringer geworden ist. Es scheint vielmehr so, daß die Programmplaner die Liebhaber von Science Fiction als Konsumenten von Büchern, Heftchen und Hollywoodprodukten und nicht von dann doch eher ein literarisch interessiertes Publikum ansprechenden Hörspielen taxieren. Sollten sie recht haben?

Am 30. August 1998 ist der neue Südwestrundfunk, SWR, Ergebnis der Fusionsanstrengungen von Süddeutschem Rundfunk und Südwestfunk, auf Sendung gegangen. Vorausgegangen war eine scheibchenweise Demontage, der zuerst die Heidelberger Produktionsstätten zum Opfer fielen, dann (nach 27 erfolgreichen Jahren) die Sendereihe *Science Fiction als Radiospiel*, und schließlich das Studio Heidelberg selbst.

In der ersten Programmzeitschrift wurde der Start des neuen Senders mit der Einführung des Privatrundfunks verglichen: »Nicht einmal zu Beginn der Privatfunkära wurde von einem Tag auf den anderen so viel neue Radiopower für die Hörer geboten, kam ein so umfassendes Angebot neu auf den Markt.« Zeugt dieser bewußte oder unfreiwillige Vergleich mit dem unsäglich flachen, fremdbestimmten, auf unterstem Niveau nivellierenden Kommerzfunk von einem neuen Selbstverständnis? Und wie soll in diesem Kontext eine Bemerkung an anderer Stelle verstanden werden, in der von einer »neuen Leichtigkeit« im Zeichen des Wattestäbchens die Rede war?

Bei aller Euphorie, die das Heft zum Start des neuen SWR verbreitet hat, läßt sich nicht schönreden, daß von zwei Rundfunkanstalten eine geschlossen wurde (*schlanker* werden – so die offizielle Wortwahl). Unbestritten, diese neue ist finanzkräftiger, aber was bedeutet das für die einzelnen Sendungen? Hat das Hörspiel, die Funkerzählung, das Feature nun den doppelten Etat oder die zweifache Sendezeit zur Verfügung? Tatsache bleibt doch, daß nach der Fusion der Rundfunkanstalten auch die Zahl der Programmplätze halbiert wurde. Warum wird die Tatsache, daß es seit dem 30. August 1998 eine weitere Reduzierung des Angebots in Kraft getreten ist, als Erfolg gefeiert?

Ein Grund zu Euphorie ist für den Hörer nicht nachvollziehbar. Vielleicht wäre das Eingeständnis ehrlicher gewesen, der politische Wind wehe dem öffentlich-rechtlichen Rundfunk ins Gesicht, und zwei Rundfunkanstalten im Südwesten Deutschlands seien nach herrschender Meinung politisch nicht länger durchsetzbar und finanzierbar gewesen. Die Verantwortlichen hätten den Hörern von SDR und SWF – bei allem zu erwartenden Protest – schon 1993 reinen Wein einschenken und sie nicht taktisch hinhalten und über die wahren Absichten im unklaren lassen sollen.

SDR und SWF haben ihre Kräfte »gebündelt«, war an anderer Stelle der neuen Zeitschrift zu lesen, »andere werden wohl folgen«. Ich teile diese Befürchtungen. Aber worauf wird das alles hinauslaufen? Ist die pfiffige kleine Sendeanstalt vom Typ des Radio Bremen endgültig vom Aussterben bedroht? Wann wird der Gesundschrumpfungsprozeß ein Ende haben? Wird es dereinst wieder einen einheitlichen gesamtdeutschen Großsender Königs Wusterhausen geben?

Wenn Sie dieses Jahrbuch in Händen halten, ist der SWR schon seit gut einem halben Jahr auf Sendung. Urteilen Sie selbst, ob man mit der *Verschlankung* und der *neuen Leichtigkeit* Ernst gemacht hat.

Horst G. Tröster

Cataract

von Wolfgang Jeschke
Regie: Andreas Weber-Schäfer
SDR Karlsruhe 98

Für das *Science Fiction Jahr* von Wolfgang Jeschke ein Hörspiel von Wolfgang Jeschke zu besprechen, erweist sich als tückisch. Einerseits will man Lobhudeleien vermeiden, um sich nicht dem Verdacht auszusetzen, nicht (nur) dem Hörspielautor, sondern (auch) dem Herausgeber schmeicheln zu wollen (ich weiß, ich weiß: auf diese Idee käme doch niemals irgend jemand...). Andererseits, als zugegebenermaßen bekennender Fan von Jeschke-Hörspielen, will ich nicht mit der Lupe nach irgendwelchen Mängeln graben müssen, nur um diesen Verdacht zu widerlegen. Also stürzen wir uns einfach rein ins Vergnügen...

Das Hörspiel beginnt etwa zu dem Zeitpunkt, an dem Sie dieses Jahrbuch in den Händen halten werden, im Frühjahr 1999, und es endet am Neujahrsmorgen 2000. Damit behandelt es den Zeitraum, in dem die Hysterie über die Jahrtausendwende ihren Höhepunkt erreichen wird – denn unabhängig von den Spitzfindigkeiten einiger Miesmacher, die uns einreden wollen, das neue Jahrtausend beginne nach den Regeln der Mathematik erst im Jahr 2001, konzentrieren sich die Hoffnungen und Befürchtungen der übrigen Menschheit auf jenes magische Datum. Als hätte es die Jahrhunderte der Aufklärung und die Jahrzehnte des technischen und wissenschaftlichen Fortschritts nicht gegeben, kochen vielfach dieselben Urängste hoch, die unsere Vorfahren angeblich bei der letzten Jahrtausendwende in Schrecken versetzten. Nicht umsonst stöhnt einer der Akteure in ***Cataract***, als in den ersten Minuten des Neujahrsmorgen alle Lichter ausgehen: »Das dritte Jahrtausend beginnt wie das zweite – mit Kerzen...« Es ist ein merkwürdiges Phänomen, daß auch heutzutage der Glaube an den Weltuntergang verbreiteter ist als der an eine lebenswerte Zukunft.

Um dem »defätistischen Gelabere« Zukunftshoffnung entgegenzusetzen, bedient sich eine geheimnisvolle Firma namens *Cataract Data Design* der Möglichkeiten der modernen Medienwelt. Im Internet zieht ein Logistikspiel immer mehr Mitspieler in seinen Bann, in dem Menschen aus den Ballungsräumen der Erde in fliegende Städte im Himmel umgesiedelt werden; im Fernsehen laufen weltweit Werbespots, die von der *Vision 3000* schwärmen, einer Zeit, in der pflanzenähnliche Konstrukte wie riesige Blüten durch die Atmosphäre schweben und den Menschen ein neues Zuhause bieten, damit der Planet Zeit zur Regeneration findet. Und bei diversen Medienvertretern tauchen rätselhafte *Joker* auf, um, beispielsweise, eine Zeitung von übermorgen liegenzulassen. Denn ***Cataract*** wäre schließlich kein Hörspiel von Wolfgang Jeschke, käme dem Spiel mit der Zeit und der Zeitreise nicht eine elementare Bedeutung zu. Ganz ähnlich wie in ***Sybillen im Herkules***, wenn auch dank des technischen Fortschritts mit weniger Mühe und gewitzter in der Methodik (und größerer Aussicht auf Erfolg?) bieten uns die Stimmen aus der Zukunft im Angesicht der Zeitenwende eine Alternative zu Weltuntergang und Hoffnungslosigkeit. Ob sich freilich genügend Menschen vom Glauben an die eigene Zukunft anstecken lassen, ob ein Umschwung der allgemeinen Stimmungslage bis zum Neujahrstag 2000 das Wunder der fliegenden Städte ermöglicht, läßt das Ende des Stücks offen. Denn als mit Donnergrollen die (elektrischen) Lichter erlöschen und sich am westlichen Himmel ein Leuchten entfaltet, fallen mir die (prophetischen?) Worte des Sektenführers ein, bevor er sich mit einigen hundert Anhängern in die Luft sprengt: »... Es wird nicht das Licht der Zukunft sein, das ihr schaut, sondern der Widerschein des Feuers, das aus dem Schlund der Hölle lodert und das euch austilgen wird!«

Cataract besitzt nicht die verstörende Wucht etwa von ***Jona im Feuerofen***; es ist nicht von jener Wut inspiriert, welche die Story *Schlechte Nachrichten aus dem Vatikan* so schockierend macht. Es variiert im Grunde das Thema aus dem schon angesprochenen ***Sybillen im Herkules***, wobei es scheint, als habe der Autor seine Skepsis bezüglich der menschlichen Vernunft – nun, nicht gerade verloren, aber doch hintangestellt zugunsten der Erkenntnis, daß wir uns statt mit Appellen an die Vernunft mittels Schocktherapie vielleicht eher den Verlockungen des erreichbaren schönen Lebens zugänglich zeigen. Nur fliegen ist schöner? Dann laßt uns fliegen ...

Vielleicht hatte Wolfgang Jeschke aber nur einfach genug von Sektierern und Spinnern, die die nahende Jahrtausendwende zwecks Vermehrung von Macht und Geld in ein Untergangsszenario umwandeln wollen, und darüber ein kleines, entspannendes Hörstück geschrieben, (fast) absichtslos und nur zu unserer (gelungenen) Unterhaltung gedacht. Wer weiß ...

Ute Perchtold

Gute Science Fiction-Hörspiele gehen selten gut aus. Denn nur wenn Entwurf, Plot und Story konsequent zu Ende gedacht und gebracht werden, bleibt das Ganze glaubhaft. Und da viele SF-Hörspiele heutige Gefahren und Mißstände thematisieren, kommt das dicke Ende meist zum Schluß. Daß eine stringente Story mit kritischem Ansatz und ein Happy End kein Gegensatz zu sein brauchen, zeigt uns diesmal Wolfgang Jeschke mit seinem aktuellen Hörspiel ***Cataract***.

Wie bei ***Sibyllen im Herkules*** **oder** ***Instant Biester*** werden auch diesmal die Erdbewohner der Zukunft aktiv, um durch ein rechtzeitiges Eingreifen in die Gegenwart schlimme Folgen für die Zukunft abzuwenden. Allerdings bleibt es in diesem Hörspiel nicht nur bei Signalen aus der Zukunft, die fernen Nachfahren sehen lieber selbst nach dem Rechten. Und greifen gezielt ein: Mit der Verbreitung eines seltsamen Computerspiels, einer weltweit angelegten, offensiven Werbekampagne und dem Anwerben einflußreicher Persönlichkeiten sollen die Menschen auf zukünftige, radikale Veränderungen behutsam vorbereitet werden. Denn zur Vermeidung des Umwelt-Kollapses haben sich unsere Nachkommen etwas Außergewöhnliches einfallen lassen.

Wolfgang Jeschke versteht sein Handwerk, ganz ohne Frage. Das Hörspiel ist gut geschrieben, spannend, phantasievoll, und es macht Spaß, zuzuhören. Nicht zuletzt hat daran auch der Regisseur Andreas Weber-Schäfer seinen Anteil, und das, obwohl ihm auf seinem mitternächtlichen Sendeplatz nur dreißig Minuten Sendezeit und ein sehr bescheidener Etat zur Verfügung standen. Er hat das Ganze liebevoll und detailliert inszeniert, hat mit verschiedenen Raumakustiken, Geräuschen, kurzen Tonfolgen, Trommeleinlagen, sphärischen Glockentönen und anderem gekonnt gespielt, ohne das Hörspiel akustisch zu überfrachten. Auch die Sprecher haben ihren Part überzeugend dargestellt.

Dennoch: Daß Wolfgang Jeschke ausgezeichnete Science Fiction schreiben kann, hat er schon mehrfach bewiesen. Und daß sein Name für Qualität bürgt, auch. Leider gehört dieses Hörspiel - trotz solider Machart - nicht zu seinen besten. Warum? Der glückliche Ausgang der Story ist zwar konsequent, aber nicht überzeugend. Denn offen gesagt: Daß schwebende Pflanzenstädte unsere gegenwärtigen komplexen Umweltprobleme lösen könnten, erscheint doch sehr abenteuerlich und nicht zuletzt fragwürdig. Diese Städte zeugen zwar von der kulinarischen Phantasie des Autors, als Wundermittel gegen den Öko-GAU wirken sie jedoch unglaubwürdig. So wie jedes Allheilmittel angesichts der Vielschichtigkeit und Komplexität der Problematik unglaubwürdig wirken muß. Und noch etwas: In ***Cataract*** prangert der Autor zwar die Umweltzerstörung der Erde an, gleichzeitig wird jedoch die unsinnige Hoffnung genährt, es könnte doch irgendjemanden geben, der uns ganz bequem aus diesem Schlamassel wieder heraushelfen kann. Und uns von unseren Umweltsünden erlöst.* Aber das wäre wohl zu schön, um

* Ich habe nie die Möglichkeit in Erwägung gezogen, daß ab dem 1. Januar 2000, um 00.00 Uhr, fliegende Städte zur Verfügung stehen könnten (wiewohl das, Zeitreise über Jahrmilliarden-Distanzen vorausgesetzt, vom SF-Plot her keineswegs unwahrscheinlich, sondern nur logisch wäre). Ich wollte (wie hier, glaube ich, unterstellt wird) auch keine Lösung propagieren, die den Menschen aus seiner Verantwortung der Umwelt gegenüber entläßt, und er die Hände in den Schoß legen darf, weil Hilfe aus der Zukunft naht. Nichts lag mir ferner, das Plot als eine *konkrete* Möglichkeit (im Sinne der Futurologie) zu konzipieren. Habe ich diese Deutung herausgefordert?

wahr zu sein. Und so bleibt die Kritik dieses Hörspiels im Ansatz stecken und das Ganze entpuppt sich lediglich als ein SF-Märchen. Wenn auch ein schönes.

Birke Vock

Die Frau und der Affe

von Valerie Stiegele
nach dem gleichnamigen Roman von Peter Høeg
Musik: Peter Zwetkoff
Regie: Hermann Naber
SWF/NDR 1997

Kurz gesagt: Wer sich gerne Auszüge aus Büchern vorlesen läßt oder eine konsistente Mischung aus Erzählerstimme, Dialogen, Raumgeräuschen und dezenter Glasharfenmusik mag, der dürfte mit diesem Hörspiel einigermaßen gut bedient sein. ***Die Frau und der Affe*** bleibt sklavisch an der literarischen Vorlage kleben, dem gleichnamigen Bestseller von Peter Høeg – für Freunde avantgardistischer Adaptionen also bestenfalls ein Beliebikum. Es ist aber auch ein Hörspiel, das man ob der geradezu fahrlässig verschenkten Möglichkeiten ganz und gar ungern hört.

Die Frau und der Affe ist sicher nicht das beste Buch des dänischen Autors. Als hätte Kafka nicht schon auf wenigen

---

Nun, dann ist es mir nicht gelungen, die Botschaft mit diesem Hörspiel herüberzubringen. Schade. Sie ist nämlich bemerkenswert simpel. Sie lautet: Wenn alle mitspielen, werden wir Menschen eine Zukunft haben, vielleicht sogar eine sehr ferne Zukunft mit all ihren Wundern, die sie wahrscheinlich bereithält, bis hin zu einem – Ziel aller christlichen Eschatologie schlechthin – Himmlischen Jerusalem.

Im übrigen: Ein SF-Autor ist grundsätzlich ein unverbesserlicher Optimist, denn er gibt den Glauben nie auf, mit seinem zur Schau gestellten Pessimismus etwas zur Verbesserung der Welt, zu einer besseren Zukunft beitragen zu können. Hier schien es mir angebracht, meinen Optimismus unverhüllt zum Ausdruck zu bringen – ausnahmsweise. – *Anm. d. Hrsg.*

Seiten das Nötige zum Thema gesagt, nimmt Høeg sich unserer engsten Verwandten an und feuert eine zivilisationskritische Breitseite ab. Er steht zwar mit dem Thema nicht allein auf dem Belletristikmarkt, doch im Gegensatz etwa zu Dekonstruktivisten wie Will Self (*Die schöne Welt der Affen*) hat Høeg mit postmodernem Perspektivverlust oder ähnlichem nichts im Sinn – im Gegenteil, er hat tatsächlich noch eine Botschaft zu verkünden: Wir sind äffischer als die Affen, und die Affen sind menschlicher als wir. Nun ist das nicht sonderlich neu, und auch die Liebesgeschichte, die der Autor in evolutionäre Proportionen rückt, kann dem nichts wirklich Originelles hinzufügen. Immerhin eine Liebesgeschichte: Madelene, eine alkoholabhängige, depressive Frau begegnet Erasmus, einem Affen von bisher unbekannter Art. Ihr Mann Adam, ein machtgeiler Upper-Class-Macho, versteckt das haarige Wesen in seinem Haus in London, um es im rechten Moment als wissenschaftliche Sensation der Öffentlichkeit zu präsentieren und so die Karriereleiter hinaufzufallen. Doch Madeleine überwindet ihre Lethargie und versucht, den Affen zu befreien, zuerst aus Mitleid, dann aus Liebe – und was für eine Liebe, denn Erasmus entpuppt sich nicht etwa als *missing link*, nicht als das, was dem Menschen einmal vorausging, sondern als »das, was danach kommt« – weiser, stärker und intelligenter als Homo sapiens sapiens.

Madeleine hat heftig mit sich selbst und mit dem korrupten zoologischen Establishment zu kämpfen, bevor es zur Flucht in ein künstliches Wildreservat im Norden Englands kommt, zur Zelebration zärtlich-animalischer Liebe und schließlich zum gesellschaftlich weit ausgreifenden Finale. Genügend Kolportage-Ingredienzen also, die dem Autor nach seinem Überraschungserfolg *Fräulein Smillas Gespür für Schnee* auch wieder auf die Bestsellerlisten verhalfen. Es ist durchaus verständlich, daß man versucht, sich mit einem Hörspiel an diesen Publikumshit anzuhängen und die Leute so an die Radiogeräte zu locken – mit *Fräulein Smilla* wurde ähnlich verfahren. Doch der Kunstform hat man damit keinen Gefallen getan. Viel stärker als sein Vorgänger nämlich zerfällt der Roman *Die Frau und der Affe* in einen unseligen Hang zum

Pädagogischen einerseits und der typisch Høeg'schen Art, die Geschichte immer wieder in faszinierenden Bildern zu kristallisieren, andererseits – und leider konnten die Hörspiel-Macher mit letzterem nichts anfangen, sondern setzten voll und ganz auf die Handlung. Ein Fehler: Wenn man die Story einfach nur zusammenkürzt, dann bleibt nicht viel mehr übrig als politisch und didaktisch korrekter Edel-Kitsch, verquälte Kalenderblatt-Poesie à la »Die Liebe setzt die Welt in Bewegung«. Der auf den Plot reduzierte Høeg, das hat schon die enttäuschende Verfilmung von *Fräulein Smillas Gespür für Schnee* gezeigt, steht ziemlich nackt da, seine Charaktere reduzieren sich zu kaum mehr wahrnehmbaren Strichmännchen (fatalerweise wird dies hier durch die Auswahl der Sprecher gefördert, die ihre Figuren konsequent auf der Höhe ihres jeweiligen Klischees halten: Erasmus [Werner Wölbern] etwa hört sich an wie eine Mischung aus Fuchur der Drache aus der *Unendlichen Geschichte* und Yoda aus *Krieg der Sterne*).

An keiner Stelle wird dagegen versucht, die Høeg'sche Erzählkunst in ein anderes Medium zu übersetzen, sein außerordentliches topographisches Gespür, das seinen Schilderungen Konturen verleiht, seinen Sinn für das Wechselspiel von Blick aus großer Höhe und mikroskopischer Beobachtung, von Beschleunigung und Verzögerung im Handlungsverlauf – so sehr der Autor das Geschehen immer wieder forciert, manches Mal scheint die Zeit einfach stillzustehen: »Sie hob das Gesicht und lächelte ihn an, beruhigend, wie eine Krankenschwester lächelt. Dann schenkte sie ihm Tee nach, tat Zucker in seine Tasse und rührte um, während sie bis dreißig zählte, um sicherzustellen, daß die groben, melassehaltigen tropischen Rohrzuckerkristalle vollständig aufgelöst wurden.« Høeg läßt mit dieser Methode das Innenleben seiner Protagonisten zu Bildern gerinnen. Parallel dazu legt er ein literarisches Gitternetz über den Ort des Geschehens, in diesem Fall die Stadt London, und es ist so, als ob die Stadt zu einem mindestens so lebendigen Organismus wird wie die Frau oder der Affe.

Genau bei diesen Aspekten des Buches hätte eine Bearbeitung ansetzen müssen, denn die Adaption eines Textes – sei es für einen Film oder für ein Hörspiel – sollte sich möglichst darum bemühen, eine Sichtweise zu (er)finden, die die ästhetischen Gesetzmäßigkeiten und Möglichkeiten des jeweiligen Mediums ausnützt, sollte versuchen, den Hörer in anderer Form, als das im Buch geschieht, emotionell an die Handlung zu binden. Das Hörspiel kennt dafür nur die Methode, mittels akustischer Effekte Räume in der Phantasie des Hörers zu entfalten – Räume, die sowohl auf die Innenwelten der Charaktere als auch auf die sie umgebende Welt verweisen. Wenn man den Schutt aus Kitsch und Pädagogik in Høegs Text beiseite geräumt und sein eigentliches Thema, die innere und äußere Freiheit seiner Protagonisten, herausgegriffen hätte, wenn man die Geschichte etwa auf den Perspektivwechsel zwischen Madeleine und Erasmus konzentriert und auf eine Erzählerstimme ganz verzichtet hätte, dann wäre man – so seltsam es klingt – dem Roman weitaus gerechter geworden als mit diesem gekürzten Hör-Buch. Ein künstlerisch ansprechendes Hörspiel ist immer ambivalent, nach vielen Seiten offen – und in Høegs Text sind genug Wegweiser in diese Richtung aufgestellt, auch wenn der Autor ihnen selbst nicht folgt. Eine derartige Bearbeitung hieße natürlich, ein wenig zu experimentieren – doch womöglich gibt es dafür ja zur Zeit keine öffentlich-rechtlichen Gelder.

Sascha Mamczak

Zikaden – Bericht über ein Experiment

von Friedrich Bestenreiner
Regie: Frank-Erich Hübner
WDR 98

Jeder, der Zugang zum Internet hat, kann seit 1994 unter *http://www.nlm.nih.gov* den ersten digitalen anatomischen Atlas eines Menschen aufrufen. Bei seiner Ankündigung sorgte das *Visible Human Project* für Furore und wurde auf einem radiologischen Kongreß als Quantensprung der Anatomie gefeiert. Was freilich anfangs die wenigsten der Beteiligten wußten, war, daß es sich bei dem *Modell* um den Körper eines Mörders handelte. Joseph Paul Jernigan hatte 1981 einen Menschen umgebracht und war nach zwölf Jahren Todeszelle am 5. August 1993 hingerichtet worden. Da sein Körper zufällig den Anforderungen des Projekts entsprach, hatte er sich noch zu Lebzeiten einverstanden erklärt, seinen Leichnam in der University of Colorado tiefgefrieren, in Gelatine eingießen, vom Scheitel bis zur Sohle millimeterweise abfräsen und Scheibe für Scheibe in 1878 digitalen Aufnahmen abfotografieren und speichern zu lassen – eine Datenfülle von 14 Gigabyte.

Friedrich Bestenreiner hat gemeinsam mit dem Juristen und Journalisten Erwin Koch aus den Ereignissen ein gleichwohl faszinierendes wie makabres Dokumentarhörspiel gemacht, das vom Hessischen Rundfunk unter dem Titel *Jernigan – The Visible Human Projekt* 1997 urgesendet und von der Frankfurter Akademie der darstellenden Künste zum Hörspiel des Monats August gekürt wurde. Aber Bestenreiner wäre nicht Bestenreiner, wenn die Sache sich damit für ihn erledigt hätte. Als Autor einschlägiger Hörspiele hatte er natürlich sofort erkannt, daß das Thema zu vielerlei Spekulationen Anlaß bietet und geradezu prädestiniert ist, in die Zukunft extrapoliert zu werden: Gesetzt, es gelänge, die Schnitte durch den menschlichen Körper auf eine Dicke von nur mehr einem zehntausendstel Millimeter zu reduzieren, so daß jedes einzelne Neuron und seine Vernetzungen kartographiert werden könnten.

In ***Zikaden*** ist dieses Experiment Wirklichkeit geworden. Einem Team von Wissenschaftlern der Diamond Foundation, Mathematikern, Informatikern, Elektronikern und Gehirnphysiologen, ist es gelungen, das Gehirn einer weiblichen Leiche in 125 000 Einzelaufnahmen von nur einem zehntausendstel Millimeter Schichtdicke zu zerlegen und so einen dreidimensionalen Mikrodigitalatlas des menschlichen Gehirns mit der geradezu atemberaubenden Größe von 1 Petabyte zu schaffen – 1 Million Milliarden Byte oder 567 Milliarden Buchseiten.

Bei dem Versuch, die Gehirnstruktur auf digital-elektronischer Basis zu simulieren, wird der mikroanatomische Vernetzungsplan versuchsweise zunächst in einen mikroelektronischen Schaltplan, schließlich aber direkt in Software transformiert. Die Ergebnisse übertreffen alles, was bisher an künstlicher Intelligenz erzeugt wurde. Dennoch ist die Realisierung von künstlicher Intelligenz nicht Ziel, sondern nur Voraussetzung des Projekts, mit dem ein Gedankengang Hoimar von Dithfurths experimentell nachvollzogen werden soll, in welchem er das Verhältnis von Geist zu Materie, von Bewußtsein zu Gehirn wie Licht zu Spiegelbild gesetzt hatte: so, wie Licht im leeren Raum unsichtbar ist und erst sichtbar wird, wenn es auf eine reflektierende Oberfläche trifft, werde Geist nicht im Gehirn erzeugt, sondern manifestiere sich in ihm als Reflex einer jenseitigen Wirklichkeit. Gelänge der Nachweis einer derartigen metaphysischen Dimension, wäre zugleich eines der gewaltigsten philosophischen Paradoxa der menschlichen Existenz widerlegt: das des Solipsismus, der die gesamte Außenwelt leugnet und alle Weltwahrnehmungen nur als einen im eigenen Kopf ablaufenden Film erklärt.

Aber obwohl die Software auf jedem Großrechner laufen könnte, stößt das Projekt an eine Grenze, da jene unvorstellbar gigantische Datenflut jede Rechnerkapazität sprengt. Der Zufall kommt den Wissenschaftlern in Form einer Gang international operierender Hacker zu Hilfe, die weltweiten Zugriff auf alle Großrechenanlagen hat. Mit Hilfe von Computerviren gelingt es ihnen, überall auf der Welt die Software in fragmentierter Form als Schattenprogramme in Firmencomputer, Internet-Server und Telefongesellschaften einzuschleusen, die im Verbund ein globales Gehirn repräsentieren. Wie wird sich eine derartige synthetische Persönlichkeit mit einer weit über menschliches Maß hinausgehenden Intelligenz, aber mit einem Charakterprofil bar jeder moralischen Hemmschwelle verhalten? Wenn die Bandbreite der Phantasie sich von der schöpferischen Leistung des Genies bis zur kriminellen Phantasmagorie des Verbrechers erstreckt – welch ein Pandämonium exzessiven Gewalt- und Vernichtungswillens könnte dann bevorstehen, in unsere Welt projiziert werden? Vereinzelte Bedenken werden jedoch zerstreut, zumal das Projekt inoffiziell vom Pentagon unterstützt wird, wo man keinen Hehl daraus macht, die Funktion von Tarnkappenprogrammen in Fremdrechnern testen zu wollen.

Die Folgen übertreffen jedoch die schlimmsten Befürchtungen. Große Teile der Erde werden von verheerenden Epidemien heimgesucht. Die Medien melden eine Zunahme brutaler Gewaltkriminalität. Die Welt gleicht einem Tollhaus. Eine Invasion von Zikaden sucht die Zivilisation heim; buchstäblich aus dem Nichts sind sie aufgetaucht und haben sich in Minutenschnelle überall breitgemacht, ihr ohrenbetäubendes Zirpen schrillt aus den Lüftungsschächten, der Kanalisation, aus Radio und Telefon, bringt den Raum zum Tosen, ohne daß sie je einer zu Gesicht bekommen hätte.

Ist das alles Wirklichkeit – oder die Ausgeburt eines verrückt gewordenen Computernetzes? Produziert ein monströses geistiges Prinzip eine Szenerie von monströsen Wirklichkeiten? Haben fortgesetzte Rückkopplung, selbsterregende Schwingungen, Hyperoszillationen ein chaotisches Phänomen, ein regelrechtes Feedback-Irrenhaus ausgelöst?

Friedrich Bestenreiner, promovierter *Physiker, Poet und Philosoph,* wie er sich selbst gern apostrophiert, ist es in seinem neuen Hörspiel abermals gelungen, physikalische Fakten so subtil und plausibel zu extrapolieren, daß die Grenzen zwischen Faktum und Spekulation verschwimmen. Das aus dieser Unschärferelation hervorgegangene Gedankenexperiment samt der impliziten philosophischen Vision ist aber nicht als theoretischer Diskurs dargeboten, sondern in eine rasante und fesselnde Folge von Aktionen verpackt, die erstaunlicherweise erst nach Ende des Hörspiels, wenn man als Hörer wieder zur Besinnung gekommen ist, so richtig nachdenklich macht.

Denn was da spielerisch durchprobiert wird, ist zunächst keineswegs moderne Wissenschaftstheorie, sondern die jahrtausendealte Frage der Philosophie, ob Bewußtsein, Geist, Seele Eigenschaften der Materie sind oder Materie bloß ein außerhalb ihrer selbst liegendes Prinzip reflektiert. Freilich ist die Vorstellung einer metaphysischen Welt keineswegs bloßes philosophisches Kalkül: Wie der Autor eine seiner Personen selbst sagen läßt, haben 1981 an der Sorbonne aufsehenerregende Experimente mit Lichtquanten gezeigt, daß zwischen den Elementarteilchen tatsächlich ein entfernungsunabhängiger, rätselhafter Informationsaustausch stattfindet, womit erstmals eine nichträumliche, nichtzeitliche, nichtkausale Dimension erschlossen zu sein schien.

Aber Bestenreiner hat seine Geschichte nicht nur auf philosophischen Themen wie Erkenntnistheorie und Solipsismus aufgebaut, sondern auch die altjüdische Zahlenmystik der Kabbala höchst originell zur Informatik des Binären in Beziehung gesetzt – ein origineller Seitenaspekt, der am Ende zentrale Bedeutung gewinnt.

Eingeflochten in sein nicht leicht zu konsumierendes Hörspiel hat Bestenreiner eine seltsame Liebesgeschichte, real und virtuell zugleich: Dr. Chris Jordan, Leiter der Diamond Foundation, wird von einer Frau angerufen, die sich Miriam nennt und behauptet, ihn nicht zu kennen und seine Rufnummer zufällig in ihrem Notebook vorgefunden zu haben. Da ihre Stimme sich jedoch bis in jede Nuance, ja bis in die Formantenspektren hinein als identisch mit der seiner bei Recherchen im Nahen Osten verschollenen Frau erweist, fühlt er sich von Anfang an auf magische Weise zu ihr hingezogen. Gerade als sich eine tiefere Beziehung zu entwickeln beginnt, wird sie vom FBI verhaftet und der Ausführung eines besonders brutalen Raubmordes beschuldigt. Obwohl Zeugenaussagen und daktyloskopische Befunde sie eindeutig überführen, kann sie ihrerseits ebenso stichhaltig und zweifelsfrei beweisen, zur Tatzeit an der University of San José eine Gastvorlesung über Kabbala und Gnosis gehalten zu haben. War auch sie nur ein Spuk, eine Ausgeburt des verrückt spielenden Neuronet?

Nach seinen früheren Hörspielen ***Ich erschoß Schatenbach*** (ORF 91), ***Dream War – der Krieg der Träume*** (WDR 93) oder ***Paradise Hospital Inc.*** (WDR 96), die letzteren beide mit dem Kurd Laßwitz-Preis ausgezeichnet, beweist Friedrich Bestenreiner mit seinem neuen Hörspiel ***Zikaden – Bericht über ein Experiment*** endgültig, daß er zu den führenden Science Fiction-Autoren im deutschsprachigen Raum gerechnet und vom wissenschaftlichen und philosophischen Anspruch her getrost in einem Atemzug mit Stanisław Lem genannt werden darf. Schön, daß er sich gerade das Rundfunkhörspiel zu *seinem* Medium erkoren hat, dessen spezifische Ausdrucksmöglichkeiten er erkannt hat und gekonnt zu nutzen weiß.

Horst G. Tröster

Wenn Adolf Hitler den Krieg nicht gewonnen hätte

von Helmut Heißenbüttel
Musik: Roland Steckel
Regie: Ulrich Gerhardt
BR 1997

1979 veröffentlichte Helmut Heißenbüttel (1921-1996) einen Sammelband unter dem Titel *Wenn Adolf Hitler den Krieg nicht gewonnen hätte*. Den darin enthaltenen gleichnamigen Text realisierten Ulrich Gerhardt (Regie) und Henning Schlüter (Interpretation) fürs Hörspiel.

Ein alter Mann läßt wenige Jahre nach der Jahrtausendwende sein Leben Revue passieren, angeregt durch jenes titelgebende, zu seiner Zeit häufig zu hörende Bonmot, und gibt uns damit Einblick in eine Welt aus unseren Alpträumen, in die Welt, wie sie aussehen könnte, wenn Hitler den Krieg gewonnen hätte.

Was wäre geschehen, hätten sich Hitler und Stalin auf ein gemeinsames Vorgehen gegen den Westen geeinigt? Wir lebten heute in einer *Konföderation Europäischer Volksrepubliken*, angeschlossen an die Sowjetrepublik; wir hätten das Geld abgeschafft und die privaten Beförderungsmittel, wir könnten umsonst Zug fahren und unsere Briefe gebührenfrei versenden, und wir hätten immer ausreichend Bezugsscheine für alle notwendigen Lebensmittel. Die Plätze im Flugzeug wären zwar kontingentiert, aber dafür hätten wir die Landwirtschaft industrialisiert und die Industrie voll automatisiert. Wir lebten in Frieden und genössen die in jeder Wohnung obligatorische Fernsehwand und die Vorzüge der Mikroelektronik. Wir wären, endlich, zu einer *Identität von Vernunft und Sozialismus* gelangt.

All diese Errungenschaften und Vorzüge haben natürlich ihren Preis; sie beruhen auf zumindest einer zwingenden Voraussetzung, so der alte Mann in seinem Resümee – der »Verminderung der Menschenmassen« und der Beibehaltung dieser dann verminderten Zahl. Dies wiederum führt notwendigerweise zu einer allumfassenden Kontrolle aller Individuen dieser Gesellschaft, welche auf Dauer nur beibehalten werden kann, wenn jedes Individuum Sinnhaftigkeit und Notwendigkeit einer solchen umfassenden Kontrolle einzusehen vermag (Vernunft!) und außerdem sicher sein kann, daß ausnahmslos jedes Mitglied dieser Gesellschaft den gleichen Kontrollen unterworfen ist (Sozialismus...). Schließlich hat schon Orwell in *Animal's Farm* richtig erkannt, daß wahrer Sozialismus nicht erreicht werden kann, solange es einige gibt, die gleicher sind als andere.

Heißenbüttel hatte Orwell voraus, daß ihm Ende der Siebziger ganz andere technische Möglichkeiten offenstanden (bzw. sich erahnen ließen). So kann uns der alte Mann von den schon erwähnten Vorzügen der Mikroelektronik berichten, die Orwells Überwachungsstaat in *1984* im Wortsinn alt aussehen läßt. Miniaturcomputer und Satelliten entscheiden ohne menschliche Einmischung per Zufallsgenerator über Leben und Tod – wobei die euphemistische Umschreibung des alten Mannes keine Rückschlüsse auf die tatsächliche Todesart zuläßt; Anwendung von Gewalt sei jedenfalls nicht erforderlich.

Weil man, fällt in irgendeinem Zusammenhang der Name Hitler, meist reflexhaft in eine bestimmte Richtung denkt, dauert es eine Weile, bis der Hörer realisiert, daß es Heißenbüttel eigentlich gar nicht darum geht, eine Welt zu beschreiben, in der Adolf Hitler den Krieg gewonnen hat, so wie das beispielsweise Robert Harris mit *Vaterland* getan hat. Ihm geht es vielmehr um eine Kritik des Sozialismus, genauer gesagt, versucht er den Beweis zu führen, daß und weshalb Sozialismus nicht funktionieren kann. Sich mit dieser Kritik und ihrer Plausibilität auseinanderzusetzen, wäre sicher ein nettes Thema für ein Politik-Seminar, sprengt aber gewiß den Rahmen dieser Hörspielbesprechung.

Wer Spitzfindigkeiten liebt, könnte nun argumentieren, daß eigentlich die gesamte Grundlage für diese Besprechung wegfällt, da es sich ja offensichtlich gar nicht um ein SF-Hörspiel handelt, zumindest nicht in meiner Interpretation der Intention des Autors. Dem bleibt entgegenzuhalten, daß es sich bei Science Fiction im weiteren Sinne um ein Spiel mit den Möglichkeiten handelt, denen der Zukunft wie auch denen der Vergangenheit, und dieses Spiel kann – und soll – auch der Hörer spielen. Zum einen, indem man sich mit der Frage beschäftigt, ob denn die Welt dieses alten Mannes tatsächlich so vorstellbar wäre, wenn Hitler den Krieg gewonnen hätte (was mir persönlich sehr unwahrscheinlich vorkommt, da Hitler kein Sozialist war und keine Gesellschaft anstrebte, die gleiche Rechte für alle propagiert). Und zum anderen, interessanteren, indem man dem alten Mann gut zuhört: schließlich heißt das vielbenutzte Bonmot der Zukunft »was wäre, wenn Adolf Hitler den Krieg *nicht* gewonnen hätte« ... Dann, so der Alte ganz am Schluß, hätten sie wohl »Demokratie ... und Menschlichkeit .... und Glück ... vielleicht« ... Wenn das keine Science Fiction ist!

Helmut Heißenbüttel hätte ***Wenn Adolf Hitler den Krieg nicht gewonnen hätte*** wohl nicht als SF-Hörspiel schubladisieren wollen, aber der Titel führt einschlägig vorbelastete Leser und Hörer unweigerlich auf diese Spur, und wer sich auf Henning Schlüters Monolog einläßt, wird mehr und mehr in seinen Bann gezogen, lauscht den kurzen knappen Sätzen, manchmal nur Wortfetzen, zunächst interessiert, dann schockiert, als das Ziel der Gedankenreise klar wird, und bleibt schließlich, wenn der Kreis sich im Hier und Heute schließt, recht nachdenklich vor dem Radio sitzen.

Ute Perchtold

Es ist 2005/6, und ein 85jähriger Jurist resümiert in sein Tonbandgerät, hält Rückschau und beschreibt Gegenwärtiges. Nachdem Adolf Hitler den Krieg gewonnen hatte (das Jahr wird nicht angegeben), lebt der Jurist nun in der *Konföderation europäischer Volksrepubliken,* die sich unmittelbar an die *Sowjetrepubliken* anschließt. Das Geld ist abgeschafft, die Landwirtschaft *vollindustrialisiert,* die Industrie *vollautomatisiert.* Die Benutzung der öffentlichen, *vollverglasten* Verkehrsmittel ist frei, kostenlos sind auch die postalischen Dienste und die Grundnahrungsmittel, dagegen sind Fugzeugplätze *voll kontingentiert* – das erinnert an subventioniertes Brot und kontingentierte Trabis in der DDR. Und bezeichnenderweise spricht der Erzähler auch von *unserem Sozialismus,* ein System, das über Jahrzehnte aufgebaut wurde und sich, nach Hitlers und Goebbels Tod (1964), in den 70er Jahren gefestigt hat. Die *obligatorische* Fernsehwand in jeder Wohnung erinnert an Orwells *1984,* jeder muß einen *Cokr* (Computerkranz, eine Reihe von Minicomputern) bei sich tragen, »ohne ihn bist du tot«. Die Anzahl der Menschen ist begrenzt, der Tod erfolgt nicht aufgrund einer Krankheit, sondern aufgrund eines *Störelements,* d. h. eine Information wird aus dem *System* herausgenommen – wie das möglich sein soll, bleibt der Phantasie der Hörer überlassen. »Das Störelement setzt das Gesetz des Zufalls, das wir sonst ausgeschlossen haben, absolut.« Ein voll kontrolliertes System also, das keiner Kontrolleure (mehr) bedarf, da die Kontrolle in der *kollektiven Stufe des Selbstbewußtseins* aufgegangen ist – oder doch nicht? Es gibt Gruppen von *langsamen Wanderern,* und sie werden seit der Jahrtausendwende immer mehr ...

Eine Phantasie übertitelte Heißenbüttel seinen 1979 erschienen Prosa-Text *Wenn Adolf Hitler den Krieg nicht gewonnen hätte,* der dem Hörspiel als Vorlage diente (zugleich auch Titel seines Sammelbandes). Ein Social Fiction, bei dem es Heißenbüttel wohl weniger um einen utopischen Gesellschaftsentwurf geht, als vielmehr um Gleichheit und Divergenz von Menschen und Systemen – und das vor dem Hintergrund der 68er Debatten, der Kritik am Umgang mit der Vergangenheit, dem Nationalsozialismus, und den vieldiskutierten Sozialismusmodellen/-theorien. Darauf deutet auch das Zitat aus *Paradoxa ducenta octoginta* (1534) von Sebastian Frank hin, das Heißenbüttel seinem Sammelband vorangestellt hat: »Alle Menschen ein Mensch. Es ist alles Adam. Wer in einer Stadt lebt, der ist in der ganzen Welt ... Also wie ungleich wir einander sind ..., das Gemüt, das Herz und der Sinn und Willen [ist] in allen gleich ...«

Die Figur des Erzählers ist angelegt als *selbständiges Subjekt,* das nichts ist als *Fiktion und Interpretation* (so Heißenbüttel). Er ist keine Figur, die sich gegen das System stellt oder irgend etwas aufzudecken versucht. Er bedient sich Floskeln, versteckt sich hinter Sätzen (»wenn man [das heute] so sagen kann«), wie andere Menschen auch, vielleicht alle Menschen? (»Es ist alles Adam.«) Er stellt (rhetorische) Fragen, stellt Überlegungen an, die ohne Konsequenzen bleiben. »Vielleicht waren sie Teufel«, Stalin und Hitler, sagt der Erzähler, aber er sieht sie dadurch nicht kritischer, es hat auch keine Auswirkung auf sein Leben. Alles läßt sich drehen (»Man mußte es nur anders sagen. Es kam nicht auf die Arier, sondern auf die Gutwilligen an.«). »Die Veränderungen der Sprache bedeuten Veränderungen der Weltinterpretation«, schrieb Heißenbüttel 1962 in seinem Essay *Voraussetzungen*.

Die ständige Verquickung von historischem Material, utopischen Elementen und Gegenwartskritik erschweren beim Hören mehr als beim Lesen den Zugang zu diesem Text, sein Verständnis. Ein Spiel mit Wörtern, Negationen, Gedankensplittern. Erkenntnisse, die keine sind, da sie folgenlos bleiben. Und als Hauptstilmittel Paradoxien. »Vielleicht ist es nur das Paradoxon der Umkehrung, das uns besticht ...«, sagt der Erzähler – dieser Satz schon ein Paradoxon in sich. Wenn Adolf Hitler den Krieg nicht gewonnen hätte – hat er ihn gewonnen? Hat die Idee Adolf Hitler überlebt? Bis heute? In unserer Demokratie? »Wenn keine Werte erzeugt werden, muß man Wertfreiheit als den einzigen und höchsten Wert einsetzen. Davon leben wir heute. Diese Maxime hält uns in Schach. Denn auch wir sind wertfrei sprich wertlos«, sagt der Erzähler später. Und am Schluß dann das Resümee: »Wenn Adolf Hitler den Krieg nicht gewonnen hätte ..., würde es manchem von uns dreckig gehen, mancher würde zu strampeln haben, damit er sich über Wasser hält... Es würde Unterschiede geben zwischen Gesellschaften, Kulturen, Klassen und Personen. Gewalt..., Kriege, Verbrechen. Auch Streben nach Gerechtigkeit. Demokratie... Menschlichkeit... Glück. Vielleicht.«

Ein sperriger Text, ohne Zweifel, und vieles erst nach mehrmaligem Hören zu verstehen. Es stellt sich hier die Frage, ob er überhaupt als Hörspiel geeignet ist. Die vorliegende Produktion spricht eher dagegen. Der Regisseur Ulrich Gerhardt hielt sich streng an die Textvorlage (ohne die einleitenden Zitate von Tucholsky und Stout), versuchte aber eine Auflockerung des Monologs, indem er ihn in einzelne Abschnitte unterteilte, ihn in verschiedene akustische Räume (außen weit, außen nah, innen nah) plazierte, die Sprechfärbung variierte und vor allem mit langen Pausen arbeitete. Mag sein, daß er dabei auch im Sinn hatte, den Text dadurch leichter verständlich zu machen. Jedoch, die Pausen – als stilisierendes Element – wirken eher als Löcher und irritieren ebenso wie die akustischen Räume und verschiedenen Sprechweisen (zuerst denkt man gar, daß verschiedene Personen reden, nur eben dargestellt durch einen Schauspieler), weil sie nicht inhaltlich begründet erscheinen. Und weshalb eigentlich diese Musik? Fungiert sie doch nur als Ton-/Klangteppich – offenbar mißtraute ihr der Regisseur, denn er hat sie meist kaum hörbar runtergeblendet. Riskant sind (auch) die Sprechausdruckshaltungen des Erzählers. Seine anfänglich eher herunterspielende bis ironische Art gerinnt zunehmend zur Monotonie. Mag sein, daß der Regisseur eine gewisse Teilnahmslosigkeit des Erzählers beabsichtigte, jedoch läßt sich Teilnahmslosigkeit, Leidenschaftslosigkeit nicht durch die Vorführung selbiger vermitteln – die überträgt sich allenfalls auf die Hörspielhörer und Hörerinnen.

Christiane Timper

Im Tal der Spiele

von Michael Esser
Musik: Jasper van't Hof
Regie: Ulrich Lampen

Eingeführt von digitalen Klängen erwartet den Zuhörer ein neues Cyberspace-Erlebnis aus dem persönlichen Daten-Logbuch von Stella und Ryan, zweier Spezialagenten. Im Auftrag der *Datensicherheit Europa,* einer Sondereinheit der Datenpolizei, surfen sie weltweit durch die Computernetze, auf der Jagd nach sonderbegabten Hackern, nicht-autorisierten Programmen, illegalen Viren, davongelaufenen Charakteren und durchgeknallten Raumschiff-Kommandanten aus interaktiver Ballerspielen.

Nach ***Interzone*** (1995) und ***Mr. Cyberspace Elite*** (1997) liegt nun das dritte Hörspiel aus der Reihe *Digital Bohemia* vor, einem Hörspielzyklus, der sich vorwiegend an ein jüngeres Publikum wendet, für welches der Konsum von bunten audio-visuellen Welten zum Alltag gehört. Dabei werden die Jugendlichen von heute vor allem von -zig TV-Kanälen überflutet, lassen sich in den immer größer werdenden Wellen von komplexen, interaktiven Computerspielen treiben oder surfen in Tausenden von Internet-Angeboten.

Das Medium Hörspiel wird in dieser technisierten Welt eher eine untergeordnete Rolle spielen. Dennoch versucht Michael Esser, gerade diese reizübersättigte Zielgruppe anzusprechen, indem er selbst eine Vielfalt an Audioreizen anbietet: von computeranimierter Musik über rasante Actionszenen bis hin zu raffinierter kriminalistischer Spannung, die vor allem von der exzentrischen Teenager-Heldin Stella getragen wird. Zudem sollen in diesem Cyberspace-Abenteuer inhaltlich zwei aktuelle Gefahren für Jugendliche miteinander verknüpft werden: der zunehmende Einfluß von fanatisch religiösen Sekten und die mentale Vereinnahmung durch eine interaktive Spielewelt.

Die Cyberspace-Welt des *Tals der Spiele* dient als Kommandozentrale einer Sekte aus hochqualifizierten Computerspezialisten, die von führenden Softwarefirmen der Welt abgeworben wurden, um für die Sekte Unterprogramme für Spiele zu schreiben, die mittels Viren das Unterbewußtsein der Spieler mit Heilsbotschaften ihres Gurus für die Zeit nach dem Weltuntergang infiltrieren. Solchermaßen angeworben dringen die neuen Mitglieder der Technosekte in die Datennetze von Firmen ein, um deren Know-how zu rauben.

Im Auftrag einer Firma für Lasertechnik, deren technisches Knowhow von der Sekte aufgesogen wird, logt sich Stella mit Hilfe ihres Partners Ryan und einer künstlichen Intelligenz in ihrem Cybersuit in die Programme ein und durchlebt die todesgefährlichen und amourösen Abenteuer einer Actionheldin, wie man sie aus dem Kino kennt – aufwendig, aufregend und klangvoll inszeniert wie in einem echten *Blockbuster*.

Bärbel Weixner

Besetzungsprobleme

von Christoph Teves
Regie: Joachim Sonderhoff
WDR 1997

Was kann man tun, wenn der Trend zu immer mehr Seifenopern, Talk- und Gameshows ungebremst anhält, den TV-Programm-Machern aber so ganz allmählich die neuen Gesichter ausgehen? Christoph Teves hat *die* Lösung: Die Fernsehnation wird einfach zwangsverpflichtet. Einmal pro Monat wird jeder Bürger dazu aufgefordert, seiner Bürgerpflicht nachzukommen und in einer dieser Sendungen aufzutreten. Die Massen wollen schließlich unterhalten werden. Und wer nicht hören will, muß fühlen. Nach mehrmaliger Verweigerung gibt es erste Maßregelungen: Das Telefon wird abgestellt, Heizung und Wasser abgedreht, je nachdem. Wenn das auch nichts hilft, muß die Sanktionsabteilung eingreifen. Und die ist nicht so zimperlich. Aber soweit muß es ja nicht kommen, oder?

Christoph Teves hat eine originelle Idee zu einer amüsanten TV-Satire verarbeitet, die von der Wirklichkeit gar nicht so weit entfernt ist. Tatsächlich liegt das Thema schon länger in der Luft, die Häufung seichter, billiger Fernsehunterhaltung geht dem anspruchsvolleren Publikum schon seit geraumer Zeit auf die Nerven. Selbst das öffentlich-rechtliche Fernsehen ist sich nicht zu schade, diesen Trend mitzumachen, wenn auch mit mehr Zurückhaltung als die privaten Anbieter.

Dieses Hörspiel trifft offenbar den Nerv der Zeit. Das zeigt sich auch daran, daß ein halbes Jahr nach dessen Erstausstrahlung öffentlich darüber diskutiert wird, ob *Arabella und Co.* mit ihren geschmacklos-schlüpfrigen Themen nicht besser ins Abendprogramm gehören. Wobei der Autor weniger die Freizügigkeit, als vielmehr die grenzenlose Dummheit dieser Sendungen kritisiert. Fernsehunterhaltung als Volksdroge, Geschwätzigkeit als Programm. Auf amüsante Weise wird hier demonstriert, wie eine Medien-Gesellschaft ihre innere Leere vor laufender Kamera immer wieder neu zelebriert.

Daß die gesellschaftlichen Auswirkungen nicht immer bis zur letzten Konsequenz und teils mehr am Rande thematisiert werden, hat mit Sicherheit auch mit der Zielgruppe des Hörspiels zu tun: ***Besetzungsprobleme*** wurde vorwiegend für ein jugendliches Publikum produziert. Und da sollte das Ganze sinnvollerweise nicht zu schwer verdaulich sein.

Für eine adäquate Umsetzung sorgte die spritzige Inszenierung von Joachim Sonderhoff. Die betont locker-seichte, effektheischende Stimmung dieser Shows hat er genau getroffen, die Musikjingles wurden sorgfältig und absolut stimmig ausgewählt. Produktionen dieser Art werden ihr junges Publikum bestimmt finden. Und wer weiß – der eine oder andere kommt so vielleicht auf den Hörspiel-Geschmack ...

Fazit: ***Besetzungsprobleme*** hat – im Gegensatz zu seinem Thema – nichts mit oberflächlicher Unterhaltung zu tun. Es ist kurzweilig, regt zum kritischen Nachdenken an und ist nicht nur für sein Zielpublikum, sondern auch für ältere Hörer durchaus interessant, unterhaltsam und hörenswert. Weiter so.

Birke Vock

Kleiner Mann im Koffer

von Roland Lang
Regie: Andreas Weber-Schäfer
SDR 1997

Diese Funkerzählung ist eine nette, aber eher belanglose Geschichte um die visionäre Idee der Minimalisierung. Durch Verkleinerung aller Proportionen der lebendigen Welt, also aller Menschen, Tiere und Pflanzen im Verhältnis zu ihrer Umwelt, könnten die Ressourcen der Erde um ein Vielfaches länger reichen, die Ausbeutung der Natur würde erheblich verlangsamt und die Umweltzerstörung nahezu gestoppt.

Das Problem ist nur: Nicht alle Individuen sehen die Notwendigkeit ihrer Minimalisierung auf ein Gardemaß von 34 Zentimetern freiwillig ein und stimmen einer Umsiedelung in eine Zwergenkolonie ohne Protest zu. Am allerwenigsten wünschen diesen Schwund an Größe – und damit Einfluß und Macht – die Wissenschaftler, die dieses Wunderserum erfunden haben, um die Welt zu retten. Sie intrigieren gegeneinander, hintergehen sich und spielen sich in cholerischer Rumpelstilzchen-Manier auf.

Man sagt ja immer: kleine Männer sind gefährlich! Das trifft in dieser komisch-absurden Geschichte durchaus zu. Nur haben sie in ihrem *Kleingeist* die Rechnung ohne ihre Frauen gemacht, die mit weiblicher Raffinesse die Konkurrenz der beiden eitlen Wissenschaftler zu ihrem Vorteil ausnutzen.

Kleiner Mann im Koffer gibt wieder einmal Einblick in die Möglichkeiten, Science Fiction und Humor zu verbinden – keine unmögliche Kombination und mit wenig aufwendigen Mitteln kurzweilig inszeniert.

Bärbel Weixner

Schwarze Spiegel

von Klaus Buhlert und Herbert Kapfer
nach dem gleichnamigen Prosatext
von Arno Schmidt (1951)
Musik und Regie: Klaus Buhlert
BR 97

1951 war der Kalte Krieg in einer seiner ersten heißen Phasen, die Erinnerung an die ersten Atombomben-Tests am lebenden Objekt noch in ebenso heißer Erinnerung, Arno Schmidts wortgewaltige Befürchtungen daher hochaktuell, und ihm um so furchterregender hochaktuell, als er ein spitzer Beobachter – vor allem – der West-Politik war, der Hochrüstung um jeden Preis, der Re-Installierung der nur kurzfristig de-installierten Nazi-Größen, der Wiederkehr des zum Mißbrauch herausfordernden Systems des von ihm hautnah genug erlebten *»Gott-mit-uns«*inform der nahtlosen Überführung der Wehrmacht, die er durch jahrelange Mitgliedschaft zu gut kannte, in eine Deutsche Bundeswehr, die er sich aufgrund seiner Erfahrungen nur zu gut vorstellen konnte. Im Bikini-Atoll explodierten H-Bomben, die Kinder dort spielten mit der dicht fallenden weißen Asche und glaubten, es wäre der legendäre *Schnee*. In pro-Atom-Propagandafilmen (zusammengefaßt im erschreckenden *Atomic-Café*) wurde geraten, im Falle eines Atomblitzes solle man sich klein machen und eine Zeitschrift über den Kopf halten … K. H. Scheer führte in seinen ZBV-SF-Schrott eine *Pille* (!) ein, die gegen radioaktive Verseuchung immun machte. Optimistische *Alles-ist-machbar*-Mentalität lag neben pessimistischer Prophetie, die immer wieder in die Nähe einer gewissen Kassandra gerückt wurde (wobei vergessen wurde, daß die letztlich recht behielt …).

Mittlerweile ist die eine Hälfte des Kalten Krieges zusammengekracht (worden), mittlerweile haben schon zwei nachrückende Generationen aufgehört zu lesen (und zu denken, ich vernachlässige ein paar Prozent, denen ich u. U. und hoffentlich Unrecht tue), die Angst vor dem Weltuntergang ist der Angst vor dem persönlichen Untergang gewichen – nach einer neuesten Umfrage stellen 68 % der Jugendlichen (für die Statistik die 14- bis 24jährigen) die Angst um den Arbeitsplatz an die erste Stelle der Bedrohungsskala, 42 % Krankheit/Behinderung ... und immer noch 41 % Krieg. Trotz EU und Ausweitung von Coca Cola, McDonald's, Nike und der NATO auf die ganze Welt.

Die Szenarien, in denen Utopien stattfinden (können), haben sich radikal verändert, manchmal scheint es, als wäre selbst die Phantasie krank geworden ... was Arno Schmidt in ***Schwarze Spiegel*** als Einzelschicksal exemplarisch abrollen ließ, hat angesichts der Folge-Szenarien jeglichen Schrecken verloren, ist bestenfalls noch Abenteurer-Urlaub, *Robinson-SF* ... überholt, hanebüchen, kleinkariert ... gemessen an der langen Latte von – sinnvollerweise nehme ich die Beispiele gleich aus den Medien, die *Das Buch* ersetzt haben – Krieg der Welten-, ... der Sterne-, Independence-Days-Spielchen, Days-After-, Armageddon-, Omega-Men-, Mad-Max-Katastrophen. Je katastrophaler die Katastrophe, desto gewinnträchtiger. Die Aufnahmebereitschaft einer alles zu akzeptieren entschlossenen *neuen* Gesellschaft ist angesichts enormer Zukunfts*un*sicherheit geschäftssteigernd gestiegen ... und steigt weiter, je länger Eltern ihren Kindern in angewandter *Katastrophenpädagogik* die Gewißheit vorleben, daß an den Zuständen eh nichts zu ändern sei.

Arno Schmidts ***Schwarze Spiegel*** ist literarisch (natürlich, nach wie vor) erste Güte, die Umsetzung zum Hörspiel adäquat: Der akustische Trick mit den eingestreuten Wiederholungen, um Gedanken von *Geäußerten Gedanken* zu unterscheiden, nebenher Gedachtes *unter* allgemein gültig Bedeutendes zum Tage (danach) zu schieben, bietet dem Ohr die Intention Arno Schmidts, ohne ihn als Autor zu verfälschen. Klaus Buhlert und Herbert Kapfer haben damit ein wichtiges ... *das wichtigste* Grundgesetz reproduzierender Künstler eingehalten, nämlich sich *unter* das Werk zu stellen, *hinter* das Werk (eine Seltenheit heutzutage, wo man sich die Neunte von Karajan kauft und nur noch mit etwas Glück auf dem Cover an einem versteckten Plätzchen das Wort *Beetho-*

ven findet ...). Das Hörspiel wurde 1997 vom Bayerischen Rundfunk produziert, es wurde *nicht* zum Kurd Laßwitz-Preis, in dessen Jury ich Stimme habe, nominiert. Meinen (sanften) Protest schmetterte Kollege Horst G. Tröster mit der wirkungsvollsten Waffe ab, die sich denken läßt: er schickte mir eine Audio-Kassette mit dem Werk. Natürlich ist's dennoch ein SF-Hörspiel, und dieses *neue Erleben* der in gedruckter Form immer wieder besuchten Welt konfrontierte mich unerwartet und plötzlich in gewissermaßen *erweiterter Form* mit der A.S.-Weltsicht von 1951, vor allem aber *bewußt* auch mit dem, was die SF seitdem – und insbesondere im letzten Jahrzehnt – an apokalyptischen Kapriolen geschlagen hat:

Denn nicht die *wirkliche Wirklichkeit* hat Arno Schmidts Utopie überrollt, seinen Scharfblick gilt es, unterbrochen nur durch ein paar Jahre, vielleicht zwei Jahrzehnte, in Maßen *berechtigten* Optimismus, jetzt nach Wende und *Vorwärts, alles zurück!* mehr denn je zu bewundern. Was Arno Schmidts Apokalypse vielmehr (und nur inhaltlich!) *alt* aussehen läßt, ist das *gängige Abbild* dieser Wirklichkeit von 1998. Das *Höher-schneller-weiter* ... usw. des weiland olympischen Gedankens ist in der Welt des *Infotainment* explodiert, wie es nicht nur Arno Schmidt nicht ahnen konnte, wie es selbst Zeitgenossen dieser Jahrhundertwende nicht im vollen Ausmaß kapieren. Desto intensiver konsumieren sie es, hingetrimmt durch Marktgesetze, die Lust an »Katastrophen, die sie nicht berühren« (Hans Magnus Enzensberger) und ... Ohnmacht gegenüber realen Verhältnissen, die noch so virtuelle Schrecken ihren Schrecken verlieren läßt.

»Hurra, das Ende naht«, schrieb Robert Buchacher in *profil* 23/98 zur *Lust am Untergang,* »es knistert das Cellophan der Popcorn-Tüte und bald darauf der schöne Untergang«, an dem natürlich auch »überzeugte Christen und Bibelleser« (besondere Freude auch Arno Schmidts!) mitnaschen müssen – mittlerweile auch die via (zitierter) Homepage: »Weltuntergang, UFOs, Kometen, Botschaften aus dem Jenseits ...« stehen der allumfassendeinzigartigwahreneinen Lehre gegenüber, die auch nichts anderes macht seit ihrem Bestehen, als mit Weltuntergangsszenarien zu hausieren. Und die Endzeitstimmung heraufzubeschwören, wenn es sie – zufälligerweise – einmal nicht geben sollte/gegeben haben sollte, weil die Leute bloß unbehelligt mitzitterten, sich nicht direkt und persönlich involviert fühlten ... was bei Arno Schmidt allerdings *auch* unvermeidbar ist. Auch das mag ihn vom SF-Wert, vom Show-Wert, vom action-Standpunkt aus betrachtet überholt erscheinen lassen, was, noch einmal, nicht stimmt. *So* nicht stimmt. Denn dieser Standpunkt ist der falsche, hat weder mit Wirklichkeit noch mit Wahrheit etwas zu tun ... und ist am Ende womöglich genau deshalb doch der richtige ...?

Bei einem *Science Fiction-Preis* hat das bald 50 Jahre alte Werk tatsächlich nichts (mehr) verloren, hatte es wahrscheinlich wegen des differierenden Anspruchs nie, auch nicht im gut und passend geschneiderten Buhlert/Kapfer-Gewand von 1997. Dieses Schicksal teilt es aber mit fast allen *ausgesprochenen* und illustren Größen des Klein-Genres Science Fiction der Vergangenheit – vielleicht altert wirklich nichts so schnell wie Voraussagen der/einer Zukunft. Einen *Hörspiel-Preis* einer allgemeinen Kategorie würden die geschickten Macher allemal verdienen ... und einen, den, *den ich allein zu vergeben habe*, haben sie schon: Die Kassette gehört inzwischen zur akustischen Einrichtung meines Autos, ist fixer Bestandteil von Überland-Fahrten.

Und da beneide ich Arno Schmidts Helden manchmal schon ein bißchen ...

Ernst Petz

Es ist der 1. Mai 1960, fünf Jahre nach Ende des 3. Weltkriegs. Ein namenloser Ich-Erzähler (Anfang 40) streift durch das zerstörte Deutschland, durch die Überreste der menschlichen Zivilisation, »Atombomben und Bakterien hatten ganze Arbeit geleistet«. *Leere Schalen der Häuser*, Skelette, Gras überwuchert die Straßen, Löwenzahn wächst, Telegraphenmasten liegen herum. In einem Gemischtwarenladen findet er Konservenbüchsen, Öl und eine *Buddel Münsterländer*, in einem englischen Versorgungslager Biskuitkanister, *allerlei hors d'œuvre*, eine Decke und Munition – er, noch immer bewaffnet (nur *wie Robinson*? Oder noch immer im Kriegszustand?), als er am 24. 6. 1962 einen *Feind* entdeckt – Lisa. Waffenstillstand. Sie lebt eine Weile mit ihm in Norddeutschland, in der Holzhütte, die er sich zuvor gebaut hat. Sie sitzen zusammen und sinnieren darüber, wieviel Menschen es noch gibt auf der Welt. »Meine Theorie ist, daß, getrennt durch sehr große Räume, hier und da noch ein paar Einzelindividuen nomadisieren«, sagt der Erzähler. In einer verwüsteten, ruinenhaften Welt kann nichts gedeihen, auch nicht die Liebe. Lisa, »entwurzelt durch drei Kriege«, zieht es fort, »immer kann ich nicht bleiben. Ich muß noch mehr Menschen finden«, sagt sie. Er bleibt allein zurück, *der letzte Mensch.*

1951 erschien dieser Kurzroman, zusammen mit *Brand's Haide* (1963 als dritter Teil der Romantrilogie *Nobodaddy's Kinder*). Zwei Jahre zuvor hatten die USA mit der Entwicklung der Wasserstoffbombe begonnen, und die UdSSR verfügte seit 1949 über A-Bomben. Angesichts dieser atomaren Bedrohung, zumal mitten im Kalten Krieg, die Auswirkungen der Atombomben in Hiroshima und Nagasaki noch gut im Gedächtnis, entstand also dieser utopische Entwurf von Arno Schmidt. Auffallend seine pessimistische Weltsicht. »Jahrtausendelang hatten sie [die Menschen] sich gemüht: aber ohne Vernunft!« Er kritisiert nicht nur den Kriegswahn, sondern auch die Menschen selbst, in ihrer Art, wie sie leben, sich organisieren. »Schilder, alberne Rechtsanwälte, alberne Richter, bloß gut, daß alles ein Ende hat!« Dieser Satz kommt in Varianten immer wieder vor. Aber einmal sagt er doch nur »vielleicht«, »vielleicht ist es besser, wenn Menschen nicht mehr sind«. Und dabei schwingt ein leiser Zweifel mit, vielleicht sogar etwas Wehmut. In entschlossenem Trotz harrt er aus, »der Wind war frisch und wies mich flötend zur Heimat wiesenein ...: es lebe die Einsamkeit!«

Die eigenartig lakonische Art, bisweilen mit skurrilem Humor – »eine Skelettdame saß am Steuerrad (also wie immer seit den fünf Jahren!) nun: wünsche Glückseligkeiten!« – und der Blick fürs Detail bestechen in dem Kurzroman *Schwarze Spiegel*. Und genau das unterstützt die Hörspielproduktion.

Herbert Kapfer, Hörspielchef des Bayerischen Rundfunks, und der Komponist und Musiker Klaus Buhlert bearbeiteten diesen Prosa-Text auf differenzierte Weise. Die gezielten Striche (Kürzungen) umfassen mal einen Satz, mal ein paar Zeilen, aber auch mehrere Seiten, was der Klarheit des Fortgangs der Geschichte durchaus dienlich ist. Andererseits werden einzelne Passagen *ausgespielt.* So entstand eine atmosphärisch dichte Produktion, die mit viel Schwung und abwechslungsreichen Mitteln einen ernsten Stoff transportiert. Die Wiederholungen einzelner Wörter und Sätze (gelegentlich auch vorgezogene Sätze) – in verschiedenen Stereo-Positionen und akustischen Räumen – beleben den Erzählertext (Ansage, erlebte Rede und innerer Monolog), setzen Schwerpunkte, emotionalisieren auch mal und vertiefen.

Mit gleicher Intention sind die Musiken und Geräusche konzipiert, sinnfällig plaziert, mal illustrativ – gelegentlich sogar slapstickhaft –, mal *malt* die Musik die Landschaft, unterstützt die Bilder des Autors. Das ist sehr geschickt gemacht, und nie dogmatisch. In der sperrig-melodischen Musik mit glasharfenähnlichem Klang kann man – wenn man will – die Einöde sehen, über die das Mondlicht streicht; in der Musik, geprägt von rhythmisch-melodischen Figuren, mit einem merkwürdig hohlen Klang, die *leeren Schalen der Häuser.*

Die Musik in vielfältigen Funktionen also, auch mal als Ersatz für Gedanken: »... so saß ich lange, bis in die lichterzuckende Nacht und grübelte« – eine atmosphärische Musik vermittelt das Unwirkliche, Düstere der Nacht im Jetzt, der Soldatengesang steht für den Krieg, und die abbrechenden Jazzakkorde erinnern vage an das Leben vor dem Krieg. Das entspricht zwar nicht dem Roman (wo er sich ja überlegt, woher er Kohlen bekommt) – aber es dient im Hörspiel der Verdichtung, weil es die Zeitebenen miteinander verbindet.

Mit einem ausgeprägten Sinn für Klangfarben realisierte der Komponist (hier auch Regisseur) seine elektronischen Musiken. Bemerkenswert noch, daß sein Gespür für Dynamik, Rhythmus und Tempo die ganze Hörspielproduktion durchzieht.

Christiane Timper

URSENDUNGEN VON Science Fiction-HÖRSPIELEN im Zeitraum von 1. 7. 1997 bis 30. 6. 1998 in der Reihenfolge der Sendetermine

Erfaßt sind alle uns bekanntgewordenen deutschsprachigen Science Fiction-Hörspiele des Rundfunks in Deutschland, Österreich und der Schweiz, unabhängig davon, ob sie innerhalb der jeweiligen Anstalten von der Redaktion Hörspiel, Unterhaltung, Bildung oder Jugendfunk produziert wurden. Unberücksichtigt blieben nicht dramatisierte Funkerzählungen, Lesungen, Hörbilder, Features und dergleichen sowie Fantasy und andere phantastische Genres. Bei privaten Sendern findet wegen der ausschließlich kommerziellen Ausrichtung des Programms als bloßer Werbeträger Hörspiel bezeichnenderweise nicht statt.

Abkürzungen:

U	Ursendung
R	Regie
M	Musik
BR	Bayerischer Rundfunk, München
NDR	Norddeutscher Rundfunk, Hamburg
RB	Radio Bremen
SDR	Süddeutscher Rundfunk, Stuttgart
SDRK	Süddeutscher Rundfunk, Studio Karlsruhe
SWF	Südwestfunk, Baden-Baden
WDR	Westdeutscher Rundfunk, Köln

Die mit ↗ gekennzeichneten Hörspiele sind im Rezensionsteil besprochen.

Die Frau und der Affe von Valerie Stiegele
nach dem gleichnamigen Roman von Peter Høeg
SWF/NDR 97, U: 7./14. 9. 97, 109 min,
M: Peter Zwetkoff, R: Hermann Naber
Ein von Zoologen zu Forschungszwecken eingefangener Primat erweist sich als Angehöriger einer Spezies, die den Menschen evolutionsmäßig überflügelt hat. (2 Teile) ↗

Besetzungsprobleme von Christoph Teves
WDR 97, U: 3. 10. 97, 42 min, R: Joachim Sonderhoff
In einer von elektronischen Medien dominierten Gesellschaft werden Kandidaten für Fernsehshows zwangsverpflichtet. ↗

Kleiner Mann im Koffer von Roland Lang
SDR 97, U: 22. 10. 97, 38 min, R: Andreas Weber-Schäfer
Die Miniaturisierung des Menschen als Beitrag zur Ressourcen- und Umweltschonung. ↗

Wenn Adolf Hitler den Krieg nicht gewonnen hätte
von Helmut Heißenbüttel
BR 97, U: 31. 10. 97, 34 min,
M: Roland Steckel, R: Ulrich Gerhardt
60 Jahre nach Kriegsende ist die Saat des Nationalsozialismus in Deutschland auf fruchtbaren Boden gefallen. ↗

Schwarze Spiegel von Klaus Buhlert und Herbert Kapfer
nach einem Prosatext von Arno Schmidt (1951)
BR 97, U: 12. 12. 97, 87 min, M und R: Klaus Buhlert
Der mutmaßlich letzte Überlebende des 3. Weltkriegs und seine nüchterne Bestandsaufnahme einer menschenleeren Erde. ↗

Dr. Jekyll und Mr. Hyde von Nick McCarthy
nach Robert Louis Stevenson
WDR 97, U: 18./25. 12. 97, 102 min, (2 Teile),
R: Annette Kurth
Ein Arzt entwickelt eine Droge, die seine Persönlichkeit in zwei gegensätzliche Existenzformen spaltet.

Eiskalt in der Galaxis von Robert Gernhardt und Peter Knorr
WDR 98, U: 3. 3. 98, 11 min, R: Thomas Leutzbach
Außerirdische Konquistadoren und ihre folgenschwere Fehleinschätzung irdischer Dimensionen.

Der letzte Detektiv (33): Blackout von Michael Koser
BR 98, U: 5. 3. 98, 50 min, R: Werner Klein
Neue Abenteuer von Jonas und seinem mobilen Quasselcomputer Sam: Prominente als Opfer von Gedächtnisklau zum Zweck kommerzieller Verwertung.

Der letzte Detektiv (34): Drachentöter von Michael Koser
BR 98, U: 19. 3. 98, 51 min, R: Werner Klein
Wirtschaftskriminalität zwischen Haute Couture und synthetischem Mittelalter.

Der letzte Detektiv (35): Knochenarbeit von Michael Koser
BR 98, U: 2. 4. 98, 52 min, R: Werner Klein
Der letzte Detektiv auf der Jagd nach den Gebeinen des letzten Revolutionärs.

Electric Lady Land von Michael Esser
WDR 98, U: 8. 4. 98, 52 min, R: Walter Adler
Eine künstliche Intelligenz mit Sexappeal flieht ins Internet und entwickelt Bewußtsein.

Cataract von Wolfgang Jeschke
SDRK 98, U: 8. 4. 98, 30 min, R: Andreas Weber-Schäfer
Zur Rettung der Ökosphäre bieten Agenten der Zukunft ein sorgloses Leben im Himmel an. ↗

Der letzte Detektiv (36): Invasion von Michael Koser
BR 98, U: 16. 4. 98, 52 min, R: Werner Klein
Furcht vor außerirdischen Invasoren als perfides Druckmittel zur Ausbeutung von Bergleuten.

Zikaden – Bericht über ein Experiment
von Friedrich Bestenreiner
WDR 98, U: 19. 4. 98, 60 min, R: Frank-Erich Hübner
Ein intelligentes Neuronetz nach dem Vorbild des menschlichen Gehirns soll die Frage nach der Beziehung zwischen Geist und Materie klären. ↗

Digital Bohemia (3): Im Tal der Spiele von Michael Esser
SWF 98, U: 17. 5. 98, 55 min
M: Jasper van't Hof, R: Ulrich Lampen
Datensicherheitsagenten auf der Suche nach Hackern, Attentätern und anderen zweifelhaften Charakteren im Cyberspace. – Auf der Spur einer Cybersekte, die die Besucher eines digitalen Freizeitparks zu infiltrieren versucht. ↗

Dokumentation: Horst G. Tröster

Freunde des
Science Fiction Hörspiels
gemeinnützige Interessengemeinschaft
gegr. 1996

Kontaktanschrift:
Horst G. Tröster
Eschersheimer Landstr. 319
60320 Frankfurt

25. 11. 1998

Offener Brief an die Hörspielleiter
und Programmdirektoren Hörfunk Wort von ARD, ORF und SRG

Sehr geehrte Damen und Herren!

Millionenschwere Sternenkriege auf der Kinoleinwand und triviale Konsumliteratur, kommerziell vermarktete Handelsware bar jeder kulturellen Ambition, haben im Bewußtsein vieler Menschen das Bild einer Science Fiction entstehen lassen, die von einem literarisch interessierten Publikum gering geschätzt und von der Literaturkritik im besten Fall gar nicht erst wahrgenommen wird. Dabei kann Science Fiction bei Optimierung ihrer Möglichkeiten durch Trendverlängerung, Verfremdung und ungewohnte Perspektiven für gegenwärtige Realitäten sensibilisieren, mit Denkbarem konfrontieren, in Modelldenken einüben und spielerisch neue Denkmodelle durchprobieren.

Wenn es ein Medium gibt, daß diesem Anspruch in hohem Maße gerecht wird, dann das Rundfunkhörspiel. Denn was für die Science Fiction gilt, trifft in noch höherem Maß auf das Hörspiel zu. Erfreulicherweise gibt es in einer Zeit der Amüsierprogramme und der Jagd nach Einschaltquoten durchaus eine qualifizierte Minderheit von Radio-Enthusiasten, die regelmäßig auf die Bequemlichkeit der Bilderflut verzichten und sich aufs Hörspiel einlassen.

»Hörspiel und Science Fiction haben weit mehr gemeinsam als ihre Entstehung in der zweiten Hälfte der 20er Jahre«, ist in einem der pointierten Essays von Dieter Hasselblatt zu lesen, für den Hörspiel die dezenteste und angemessenste Darbietungsform von und für Science Fiction war, denn »eine der Besonderheiten des Hörspiels entspricht genau der Möglichkeit von Science Fiction: Es bedarf mitdenkender Phantasie, mobilisiert diese Phantasie, und ohne diese mitdenkende Phantasie wären weder das Hörspiel noch die Science Fiction das, was sie sein können. Die Zukunft einer ernstzunehmenden Science Fiction liegt dort, wo wenig Geld investiert werden muß, viel Phantasie im Spiel ist und nicht auf Markterfolge und Absatzziffern geschielt werden muß. Hörspiel also.«

Deutschland ist das Land mit der weltweit größten Tradition an qualitativ hochwertiger Science Fiction im Hörfunk. Es war Herbert W. Franke, Autor, Physiker und Höhlenforscher, der 1993 in genauer Kenntnis des Genres geäußert hat, auf der ganzen Welt sei nichts entstanden, was an literarischer oder philosophischer Qualität dem deutschen Science-Fiction-Hörspiel gleichkäme.

Dennoch wird diese Bedeutung von vielen Rundfunkanstalten nicht erkannt oder finanzpolitischen Argumenten geopfert. 1984 gab es noch mehr als 140 Termine, darunter fast 50 Neuproduktionen. Seither ist die Zahl der gesendeten Science-Fiction-Hörspiele kontinuierlich gesunken, und zwar nicht nur Wiederholungen und Übernahmen, sondern vor allem die Ursendungen. 1998 gab es im Monatsdurchschnitt nur noch sechs Science-Fiction-Termine, darunter gerade mal eine einzige Neuproduktion, – und das im gesamten deutschsprachigen Raum!

Sie werden nicht überrascht sein, wenn diese Bittschrift gerade jetzt kommt, in einer Zeit, da man ganz offensichtlich im Begriff steht, dem Genre endgültig den Garaus zu machen. Jene, die diesen Brief unterschrieben haben, erlauben sich, Ihnen die Frage zu stellen: Warum verbergen Sie Ihre Schätze in den Archiven? Haben die öffentlichen Rundfunkanstalten einzigartige Werke geschaffen, nur um sie am Ende vergessen zu lassen? Warum nehmen Sie in Kauf, ein Genre mit über dreißigjähriger Tradition mangels Neuproduktionen ausbluten zu lassen?

Ein Genre kann auf Dauer so wenig von der Substanz leben wie ein Verlagsprogramm ausschließlich von Neuauflagen. Zur Pflege dieses spezifischen Hörspieltypus ist es unverzichtbar, für Kontinuität zu sorgen. Was not tut, ist endlich wieder eine Reihe mit regelmäßigen Terminen auf festen Sendeplätzen, wie es zum Beispiel beim Krimi in mehreren Funkhäusern ganz selbstverständlich der Fall ist. Nur mit einer beständigen Abspielbasis können Autoren wieder dafür gewonnen werden, eigene Beiträge zu einem Genre zu leisten, welches laut Umfragen in der Hörergunst nach Krimis immer noch ganz oben steht. Nur so können die Hörer wieder an *ihren* Termin gewöhnt werden. So lange aber der Westdeutsche Rundfunk im gesamten deutschen Sprachraum der einzige bleibt, der, wenn schon nicht regelmäßig, so doch wenigstens konstant bemerkenswerte Neuproduktionen wagt, sehen wir keine Chance, potentiell Interessierte wieder fürs Radio zu gewinnen.

Denn dessen müssen Sie gewärtig sein: den jungen Leuten, die heute 20 sind, kommt unsere Begeisterung bereits etwas seltsam vor, und wir hören sie schon sagen: Science-Fiction-Hörspiel? Nie gehört...

Mit freundlichen Grüßen

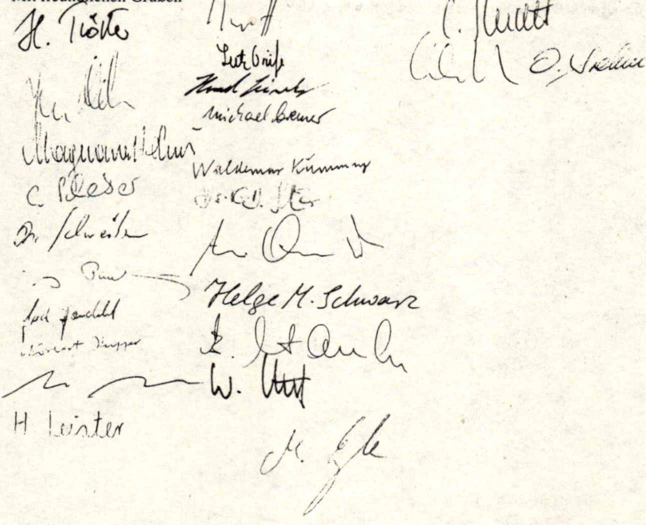

Den vorstehenden Brief haben unterzeichnet:

Dieter Brehm, Kraftfahrzeugmechaniker, Göttelhöf
Michael Bremer, Nachrichtentechniker, Nürnberg
Heinz Decker, Bankkaufmann, Wien
Michael Engler, Bankkaufmann und Unternehmensberater, Hanau
Wolfgang Frisch, Rechtsanwalt, Kaiserslautern
Lutz Gräfe, freier Journalist, Köln
Gerd Houdelet, Lehrer, Berlin
Peter Itzerott, Apotheker, Lauterbach (Hess.)
Waldemar Kumming, Nachrichteningenieur, München
Norbert Kupper, Landesbeamter, Kiel
Harald Leinweber, Journalist, Köln
Harald Leister, Elektromaschinenbauer, Bürokaufmann und Landwirt, Burghaun
Helmut Magnana, Offsetdrucker, Wien
Matthias Neiden, Finanzbeamter und freier Journalist, Cuxhaven
Jens Pauling, Hotelfachmann, Angersdorf
Axel M. Quetz, Diplomphysiker, Journalist, Pressesprecher Max-Planck-Institut für Astronomie, Heidelberg
Dr. med. Klaus-Dieter Schmid, Facharzt für Anaesthesiologie und Ambulanzflieger, Leonberg (Württ.)
Eberhardt Schott, Schulleiter, Frankfurt a. M.
Carla Schreiber, Lehrerin, Dresden
Dr. med. Rudolf Schreiber, Medizinalrat, Dresden
Berthold Stassen, Bankkaufmann und EDV-Berater, Waghäusel
Helge M. Schwarz, Lehrerin, Heidelberg
Horst G. Tröster, Apotheker, Frankfurt a. M.
Peter Wunderlich, Diplomingenieur und Geschäftsführer, Altdorf b. Nbg.

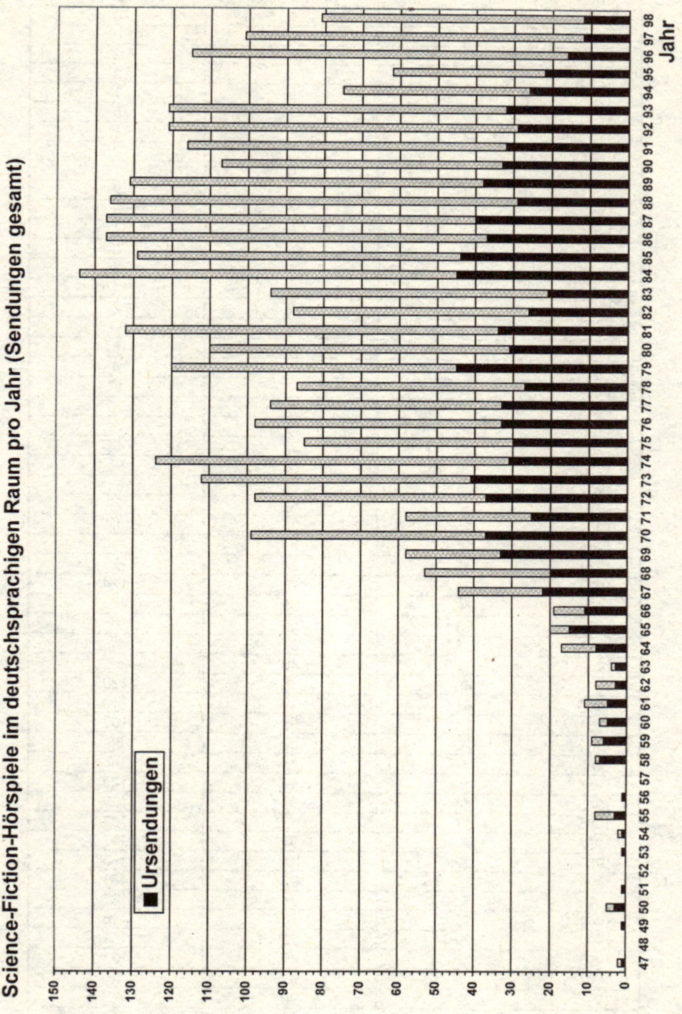
Science-Fiction-Hörspiele im deutschsprachigen Raum pro Jahr (Sendungen gesamt)
Ursendungen
Jahr

Science-Fiction-Hörspiele im deutschsprachigen Raum

Jahr	Ursendungen	Wiederholungen Übernahmen	Sendungen gesamt
1945	0	0	0
1946	0	0	0
1947	1	1	2
1948	0	0	0
1949	1	0	1
1950	3	2	5
1951	1	0	1
1952	0	0	0
1953	1	0	1
1954	1	1	2
1955	3	5	8
1956	1	0	1
1957	0	0	0
1958	7	1	8
1959	6	3	9
1960	5	2	7
1961	5	6	11
1962	3	5	8
1963	3	1	4
1964	8	9	17
1965	15	5	20
1966	11	8	19
1967	22	22	44
1968	20	33	53
1969	33	25	58
1970	37	62	99
1971	25	33	58
1972	37	61	98
1973	41	71	112
1974	31	93	124
1975	30	55	85
1976	33	65	98
1977	33	61	94
1978	27	60	87
1979	45	75	120
1980	31	79	110
1981	34	98	132
1982	26	62	88
1983	21	73	94
1984	45	99	144
1985	44	85	129
1986	37	100	137
1987	40	97	137
1988	29	107	136
1989	38	93	131
1990	33	74	107
1991	32	84	116
1992	29	92	121
1993	32	89	121
1994	26	49	75
1995	22	40	62
1996	16	99	115
1997	12	89	101
1998	12	69	81

MUSIK

The Sound of Things to Come

Wie der Computer die Musik verändert

von Hans-Arthur Marsiske

Techno ist Körpermusik. Mit den Ohren allein kann man sie nicht angemessen würdigen. »Es war manchmal ziemlich ätzend, Techno-Tracks von A bis Z durchzuhören und dann nochmals und nochmals«, schreibt die Pianistin Manuela Keller in ihrer musikalischen Techno-Analyse. »Deshalb habe ich es häufig vorgezogen, meine Studien beim Tanzen voranzutreiben.«

Aber Techno ist auch die Befreiung der Musik vom Körper. Bei der Klangproduktion mit dem Computer ist so wenig Körpereinsatz erforderlich wie bei keinem anderen Instrument. Komplizierte Klanggebilde und schweißtreibende Rhythmen entstehen mit ein paar schlichten Mausbewegungen. Zur Not läßt sich der Cursor auch durch Augenbewegungen steuern, bald vielleicht sogar durch reine gedankliche Konzentration.

Und wer sich an verschiedenen Instrumenten ausprobiert hat, ohne jemals das Gefühl zu haben, eines wirklich zu beherrschen, läßt sich schnell begeistern von der Möglichkeit, musikalische Ideen ohne den Umweg über langwieriges und mühseliges Training an Klavier oder Gitarre umzusetzen. Natürlich vervollkommnet sich auch der Umgang mit dem Musikinstrument Computer mit der Zeit. Aber verglichen mit dem, was ein Klavierschüler nach ein bis zwei Monaten Unterricht an Ausdruck entwickelt hat, nimmt sich ein Techno-Anfänger leicht wie ein Virtuose aus.

Der Computer wird die Musik revolutionieren. Was wir bisher in dieser Richtung erlebt haben, sind nur die ersten Anfänge. Darüber, wie es weitergehen könnte, können wir spekulieren. Hier sind ein paar Vorschläge.

Der Mix macht's

Gibt es zum gemeinsamen Musizieren einen besseren Einstieg als einen Blues? Die als Bluesschema bekannte, zwölftaktige Harmonienfolge kennt praktisch jeder Musiker: vier Takte Tonika, zwei Takte Subdominante, zwei Takte Tonika, ein Takt Dominante, ein Takt Subdominante, zwei Takte Tonika – ein wunderbarer Rahmen, um sich ohne große Vorbereitungen musikalisch kennenzulernen. Man einigt sich kurz auf Tempo und Tonart und legt los. Wenn es gut klappt, schmiert sich das musikalische Räderwerk von Durchgang zu Durchgang selbst, es beginnt zu grooven und zu funkeln. Wenn nicht, sollte man vielleicht doch erst einmal miteinander reden.

Bei der Begegnung mit dem Computer führt ein Blues dagegen nicht besonders weit: Wer versucht, traditionelle Formen des Musizierens auf den Rechner zu übertragen, kommt um Enttäuschungen kaum herum. Der Hörgenuß bleibt immer hinter dem mit traditionellen Instrumenten erzielbaren zurück. Einem am Computer programmierten Blues fehlt die Unmittelbarkeit des Ausdrucks, der den Reiz dieser Musik ausmacht.

Computermusik hat ihre eigene Ästhetik. In der traditionellen Musikanalyse machen Melodik, Rhythmik, Harmonik und Form das Wesen eines Musikstücks aus. In der Rockmusik dreht sich alles um den Sound. Der Computer dagegen entwickelt seine Stärke – vorläufig – vor allem beim Mischen: Die zentrale ästhetische Kategorie von Techno ist der Mix.

Bei der spontanen Entwicklung von Melodien und Rhythmen sind Tastatur und Maus traditionellen Musikinstrumenten noch hoffnungslos unterlegen. Auch die Gestaltung und Bearbeitung von Klängen erweist sich als recht schwierig. Beim Mischen vorgefertigter oder von außen eingespeister Sounds und Phrasen jedoch kann ein Discjockey mit dem Rechner sogar live auf das Publikum reagieren, wenn ihm ausreichend

Soundsamples zur Verfügung stehen und er sich in den Dateien sicher zurechtfindet. Die Digitalisierung hat den DJ zum Musiker gemacht, indem sie die Größe der Bausteine, mit denen er operieren kann, verkleinert und zugleich die Möglichkeiten, sie zu kombinieren, vervielfältigt hat.

Einfache Software zum Soundsampling ist bereits für 30 Mark zu haben. Mit »New Beat Machine« zum Beispiel lassen sich bis zu 20 Soundschleifen von zwei, vier oder acht Sekunden Länge beliebig kombinieren. Die Kunst besteht darin, Sounds zu finden, die gut zueinander passen und durch wechselnde Kombinationen Klangcharakter und Dynamik zu verändern.

Sounds sind vielfältig verfügbar: Eine CD-Rom mit 2000 Soundsamples kostet ebenfalls nur 30 Mark. Nur: Wie orientiere ich mich in dem Datendschungel? Dateinamen wie »guitar005« oder »lied1« sind nicht sehr hilfreich bei der Suche nach zueinander passenden Klängen. Hier bleibt kaum etwas anderes übrig, als nach dem Zufallsprinzip hier und da eine Datei anzuklicken, sich auf das eigene Gedächtnis zu verlassen und mit der Zeit eine eigene Ordnung zu entwickeln.

Aber selbst wenn die Datennavigation perfekt klappt: Irgendwann ist es unbefriedigend, nur mit fremden Sounds zu arbeiten. Irgend etwas hakt immer. Perfekt passen die Klänge nie zueinander, und die Möglichkeiten der Feinbearbeitung sind begrenzt. Insbesondere wenn die eigene musikalische Phantasie durch traditionelle Musikinstrumente geprägt wurde, wird bald der Wunsch immer dringender, selber Sounds zu produzieren.

Musik ist Kommunikation

Musik bietet einen einzigartigen Zugang zu fremden Menschen, Kulturen und Lebensformen. Viele Menschen versuchen, mit Walen, Wölfen und anderen Lebewesen zu kommunizieren, indem sie sich in deren Klangwelten einfühlen. Die Überschreitung der eigenen, durch die kulturelle Tradition oder biologische Beschaffenheit gesetzten Grenzen ist allerdings nicht leicht. Kann der Computer dabei helfen?

Musikwissenschaftler, die sich zu Beginn dieses Jahrhunderts mit der Musik außereuropäischer Völker beschäftigten, stießen auf eine ungeheure Vielfalt von Rhythmen und Melodien, die sich mit Hilfe der europäischen Notenschrift nur unvollkommen aufzeichnen ließen. Von einheitlichen Takteinteilungen konnte keine Rede sein: Es gab $^{5}/_{4}$, $^{7}/_{4}$, $^{15}/_{4}$, $^{21}/_{8}$ und andere, ähnlich »schräge« Takte, die auch noch ständig wechselten. »Beim Anhören solcher Gesänge oder Musikstücke«, schrieb der Wiener Musikhistoriker Robert Lach im Jahr 1924, »hat der Europäer häufig den Eindruck völligster rhythmischer Willkür oder Anarchie, und er ist daher leicht geneigt, solche ataktische Musik für rhythmisch amorph zu halten. Aber die Wiederholung der Gesänge oder Musikstücke durch den exotischen Musiker, die peinliche Exaktheit und Genauigkeit, mit der jedes scheinbar noch so willkürliche und zufällige Detail genau an derselben Stelle in genau der gleichen Ausführung wiederkehrt, belehrt ihn bald, daß man es hier durchaus nicht mit musikalisch amorphen und rhythmisch anarchischen Gebilden zu tun hat, sondern daß man statt von einer rhythmischen Ataxie oder Arhythmik hier viel besser von einer Polyrhythmik spräche.«

Einige Jahrzehnte später wurde bei Buckelwalen Ähnliches beobachtet: Auch die Meeressäuger wiederholen ihre Gesänge, die eine halbe Stunde und länger dauern können, exakt bis ins Detail. Manchmal unterbrechen sie ein Lied, um später an genau der gleichen Stelle fortzufahren. Was Wale sich auf akustischem Weg mitzuteilen haben, weiß bislang niemand. Es scheint aber nicht eben wenig zu sein: Der Kosmologe Carl Sagan verglich den Informationsgehalt von Buckelwal-Gesängen sogar mit dem von mündlich überlieferten, menschlichen Mythen wie »Ilias« und »Odyssee«.

Musik ist Kommunikation, bei Tieren wie beim Menschen: Beim Tanz am Lagerfeuer weisen die Alten die Jungen in die Rhythmen der Jagd ein. Gemeinsam gesungene Lieder koordinieren die Erntearbeit. Fahrende Sänger künden von Heldentaten. Das Verständnis der Botschaften wird indessen durch die eigene musikalische Prägung häufig eher erschwert als erleichtert.

Auch das Synthesizer-Programm »ReBirth« wirkt zunächst

nicht wie eine Überschreitung der europäischen Musiktradition, sondern wie deren Zuspitzung: Rhythmische Grundlage ist ein in Sechzehntel-Noten unterteilter Vierviertel-Takt. Melodien können über zwei Klaviertastaturen eingegeben werden, die jeweils drei Oktaven umfassen. Jedem Sechzehntel wird dabei ein bestimmter Ton oder eine Pause zugeordnet, ähnlich wie beim Komponieren mit Hilfe der Notenschrift. Am Rechner jedoch kann die jeweilige Tonfolge ständig in Echtzeit wiedergegeben und entsprechende Korrekturen sofort vorgenommen werden. Mehrere Regler ermöglichen zudem die Gestaltung der Klangfarbe.

Vieles, was sich auf traditionellen Instrumenten relativ leicht spielen läßt, ist mit dieser Software nur recht umständlich zu realisieren: Triolen etwa oder differenzierte Akzentuierungen sind nur begrenzt möglich. Zugleich ermöglicht das Programm aber auch Rhythmen, Melodien und Klänge, die auf gewöhnlichen Instrumenten »unspielbar« wären und einem traditionell geschulten Musiker daher kaum einfallen würden. Begrenzungen der Vorstellungskraft lassen sich zudem mit Hilfe eines Zufallsgenerators überwinden, der Klangvorgaben produziert, die der Musiker dann fast wie ein Bildhauer weiterbearbeiten kann: Er kann hier einen Ton wegnehmen, dort einen Akzent hinzufügen, bis er mit dem Gesamtergebnis zufrieden ist – oder sie als ein »Computersolo« unverändert stehenlassen. Insofern überschreitet das Programm möglicherweise noch nicht die europäische Tradition, treibt sie aber auf jeden Fall an ihre Grenzen. Wie mag es dahinter aussehen?

Die Wurzeln

Musiksoftware für den PC bietet mehr oder weniger vielfältige Möglichkeiten zur Gestaltung von Sounds. Doch ihre Stärken liegen vor allem im Rhythmus. Mitreißende Beats lassen sich leichter programmieren als psychedelische Klangteppiche. Dafür sind nur zum Teil technische Gründe verantwortlich. Es könnte auch damit zusammenhängen, daß Wesen und Ursprung der Musik im Rhythmus liegen.

Rhythmen bestimmen unser Leben: Sieben- bis achtmal pro Sekunde schwingen die Alpha-Wellen des Gehirns. Unermüdlich schlägt das Herz, darüber legt sich der Takt der Atemzüge und der Körperbewegungen. Phasen der Ruhe und der Aktivität wechseln einander ab.

Das Gefühl für die langsameren Rhythmen ist uns jedoch weitgehend verlorengegangen. Unsere Kultur ist nicht mehr auf sie eingestellt. Wir wissen, wann die kürzeste Nacht des Jahres ist, aber wir spüren es nicht. Als Ideal gelten lineare, möglichst aufwärts gerichtete Entwicklungen. Zyklen werden dagegen als Störung empfunden, die Menstruation der Frauen ebenso wie der Wechsel der Jahreszeiten, der den Gleichlauf der industriellen Produktion behindert. Der Arbeitnehmer, der auf seine Mittagspause verzichtet und sich statt dessen eine Pizza an den Schreibtisch bringen läßt, belastet seine Gesundheit, kann aber auf das Wohlwollen seiner Vorgesetzten zählen.

Techno-Musik mit ihren hämmernden, präzisen Beats wirkt zunächst wie die Zuspitzung dieser Entwicklung. Doch sie bietet auch die Möglichkeit der Befreiung: Techno-Power kann nicht nur zum Beschleunigen eingesetzt werden, sondern auch zum Bremsen. Hierin liegt die eigentliche Herausforderung: Die Programmierung schneller, gerader Rhythmen am Computer gelingt relativ rasch und wird bald langweilig. Schwieriger und faszinierender ist es dagegen, sich von eintaktigen Themen zu immer größeren Strukturen vorzuarbeiten und so mit Technomusik die Langsamkeit zu erkunden.

Techno macht Tempo, aber nicht notwendig ein schnelles. Die Disco-Messe »Nightwave« in Rimini präsentierte im vergangenen Sommer Meditationsräume, Massagenischen und Tanzflächen, auf denen Sand ausgestreut wurde. Der Computer kann uns helfen, das Gefühl für die großen, langen Zyklen des Lebens wiederzugewinnen und ein neues, gesünderes Verhältnis zur Natur zu entwickeln. Ob wir diese Hilfe in Anspruch nehmen wollen, ist eine andere Frage.

Code der Zukunft

Techno sei »Musik von Analphabeten für Analphabeten«, hat der Hamburger Musikverleger Hans Sikorski einmal gesagt. Damit hat er insofern recht, als das Zeichensystem dieser

Musik nicht schriftlich fixierbar ist und auch keine Notenschrift erfordert. Aber natürlich irrt, wer damit ausdrücken will, Techno sei etwas für Ungebildete, ohne besonderen kulturellen Wert, keine wirkliche Musik.

Die europäische Musikgeschichte der vergangenen Jahrhunderte ist im wesentlichen durch die Notenschrift geprägt. Wie in der allgemeinen Geschichtsschreibung ist diese Zeit der schriftlichen Überlieferung in der Regel stark überrepräsentiert, wird häufig sogar als eigentlich »geschichtliche« Zeit im Unterschied zur »Vorgeschichte« wahrgenommen. Mit der multimedialen Speicherung und Übermittlung von Informationen ist jedoch eine grundlegend neue historische Epoche eröffnet worden, die in mancher Hinsicht an frühere, mündliche Traditionen anknüpft und damit zugleich die Bedeutung der schriftlichen Überlieferung relativiert.

Es war eine große Tat, als die Menschen mit Hilfe von Schriftzeichen erstmals ihr Wissen einem externen Speicher anvertrauten. Sie setzte eine folgenreiche Entwicklung in Gang: Die von nun an stetig wachsende Informationsmenge in den externen Datenspeichern machte Kategorisierungen erforderlich, um den Überblick zu behalten. Wir begannen, das Wissen in Fachgebiete wie Physik, Psychologie und Musikästhetik – oder: Heavy Metal, Techno, Hip Hop – einzuteilen. Ohne Schrift gäbe es keine Wissenschaft, kein logisch-rationales Denken.

Das heißt aber auch: Dinge, die bis dahin organisch zusammengehörten, wurden auseinandergerissen. Im Unterschied zu analytisch ausgerichteten Schriftkulturen herrscht in mündlichen Kulturen ein integrierender Denkansatz vor – »sowohl/als auch« statt »entweder/oder«. Fahrende Sänger sind Lehrer, Historiker und Unterhaltungskünstier in einer Person. Sie rezitieren kein Werk, das in einer schriftlichen Referenzfassung vorliegt, sondern schaffen es in jeder Aufführung gemeinsam mit dem Publikum neu. Musik, Poesie, Tanz und Kult bilden eine Einheit, die durch den zunehmenden Gebrauch von Schriftzeichen gelockert oder gar zerstört wird.

Gegenwärtig erleben wir die Anfänge eines neuen Zeichensystems. Ähnlich der ersten Schriftzeichen sind auch die ersten multimedialen Zeichen gegenständliche Abbildungen der bezeichneten Gegenstände: Der Computermonitor wird aufgeteilt wie das Bedienungsfeld eines Mischpults oder Synthesizers, die dann per Mausklick statt durch direkte Berührung der Regler bedient werden. Mit großer Sicherheit werden sich daraus aber schon bald abstraktere Darstellungen entwickeln.

Möglicherweise werden wir schon in wenigen Jahrzehnten mit multimedialen Zeichen operieren, die mit den heutigen Benutzeroberflächen so wenig Ähnlichkeit haben wie die arabischen Ziffern mit den ersten Zählsteinen, die die Menge der zu zählenden Objekte anfangs ebenfalls eins zu eins wiedergaben. Dieses neue Zeichensystem wird nicht nur die Musik, sondern alle Künste, die Wahrnehmung und das Denken der Menschen grundlegend verändern.

Viele wertvolle Fertigkeiten und liebgewonnene Genüsse werden an den Rand gedrängt werden oder ganz verlorengehen, wie auch die Gedächtniskunst mit der zunehmenden Verbreitung der Schriftzeichen an Bedeutung verloren hat. Aber wir dürfen mit reichhaltiger und vielfältiger Entschädigung für diese bedauernswerten Verluste rechnen.

Technische Telepathie

Zukünftige Historiker werden vielleicht vom 20. und 21. Jahrhundert als der Zeit der »Großen Umprogrammierung« sprechen. Es wäre nicht das erste Mal, daß die Menschen ihre Gehirnaktivität grundlegend neu ausrichteten.

Die Tübinger Ägyptologin Emma Brunner-Traut hat die aufregende Hypothese eines Präferenzwechsels bei den Gehirnhälften formuliert, der zumindest zeitlich mit der Entwicklung des phonetischen Alphabets im antiken Griechenland im Zusammenhang steht. Er läßt sich an verschiedenen Stellen beobachten: bei der darstellenden Kunst im Wechsel zur perspektivischen Darstellung, bei der Musik im Ausrichten auf einen Grundton.

Lesen, Schreiben und Rechnen, die Grundqualifikationen unserer Kultur, beanspruchen vor allem Funktionen der (bei Rechtshändern) linken Gehirnhälfte und haben im Lauf der

Jahrhunderte musisches Empfinden, Intuition und Emotion zurückgedrängt. Dieses Verhältnis scheint sich mit der Etablierung multimedialer Kommunikation wieder umzukehren. Multimedia faßt die Vielfalt der menschlichen Ausdrucksmöglichkeiten wieder zu einer Einheit zusammen. Es ist eine Rückkehr zur Mündlichkeit, aber auf einem ungleich höheren Niveau. Brunner-Traut drückt es folgendermaßen aus: »Wer die Treppe in einem Wohnhaus hochsteigt, geht abwechselnd links und rechts – aber ständig aufwärts.«

Wie werden diese phantastischen Kommunikationsmöglichkeiten zukünftige Generationen prägen? Wird es eines Tages technisch vermittelte Telepathie geben? Werden die Rhythmen des Internet die Menschen zur Harmonie zusammenführen, wie einst die Trommeln bei Dorffesten?

Die Digitalisierung kann uns eine faszinierende, kulturelle Blütezeit bescheren. Aber natürlich ist das kein technischer Automatismus. Wir müssen es wollen.

MEDIEN

Auf der Suche nach einer »Meta-Dramaturgie« oder: Die Schwerkraft der Erzählung

von Wolfgang Neuhaus

»Was passiert bei interaktiver Literatur? Ganz einfach: Man muß die Geschichte in ihre drei Module aufspalten, in das Modul der Handlung, in das Modul des Schauplatzes und in das Modul der handelnden Personen. (...) All das kann ich auch als Software eingeben, jedes Modul separat. Und kann dann computergesteuerte Fassungen kreieren, bin mehr als nur Zuschauer.«

– Greg Bear

Intro

Die Formation der Kämpfer ist bereit auszuschwärmen und den Gegner zu jagen. Ich drehe mich um in der künstlichen Netzwelt und sehe eine Anzahl von Figuren: schwerbewaffnete Gestalten in blauen Kampfmonturen, die sich in einer burgähnlichen Umgebung versammelt haben. Spannung liegt in der Luft. Und es geht los. Die geübten Spieler bewegen sich schnell durch die dunklen Gänge, bleiben zusammen, um die roten Figuren, die bald im Hintergrund auftauchen, ins Kreuzfeuer zu nehmen. Ich haste hinterher. Das Spielprinzip ist einfach: Es geht darum, eine Flagge in Besitz zu bringen. Das Team, das die meisten Gegner erledigt hat, führt. Leider ist die Verbindung über das Internet nach Europa schlecht.

Von Angesicht zu Angesicht mit dem Gegner, drücke ich vergebens die Tastatur und werde schnell ausgeschaltet.

Ich bin auf einem »Quake«-Server vorbeigesurft, von denen es im Internet schon Hunderte gibt.[1] Es handelt sich um die Online-Variante des berüchtigten Ballerspiels, bei der sich verschiedene User zur gleichen Zeit in die Spielwelt einloggen und in Teams gegeneinander spielen können. Die Jagd in den Gängen ist aufregend, doch im engeren Sinne keine dramatische Erfahrung. Ich hatte zwar das Gefühl, eine Figur in einer fiktiven Umgebung zu bewegen, die mit anderen zusammen etwas tut und die Gefahren ausgesetzt ist. Aber ich stelle mir vor, wohin die Entwicklung gehen kann, wenn ein Breitband-Internet realisiert und einige Techniken der Virtuellen Realität (VR) weiterentwickelt worden sind – der Besuch möglicher Online-Welten böte dann die Gelegenheit, die eigene Erfahrung (mit anderen zusammen) zu gestalten, in einer Medienumgebung, die vollständig gefangen nimmt und das Eintauchen in eine Geschichte Wirklichkeit werden läßt. Doch bis dahin ist es noch ein weiter Weg.

»Quake« ist eines der erfolgreichsten Action-Spiele im Home Entertainment-Bereich. Der Markt von Video- und Computerspielen, seit vielen Jahren aus der Unterhaltung nicht mehr wegzudenken, hat seit Anfang der neunziger Jahre ein größeres Volumen als der traditionelle Filmmarkt. Ein Zeichen dafür, daß Interaktion, die Gelegenheit zur (Re)Aktion in einem Spielgeschehen, eine Attraktion für die Medienbenutzer ist. Die Ansätze der Gestaltung sind vielfältig und weit komplexer als das »Pong«-Spiel, das seit Beginn der Siebziger über die Bildschirme flimmerte.[2] Es gibt Spiele, die auf fortgeschrittenen Programmiertechniken aus dem Artificial Life-Forschungsgebiet basieren und der Spiellaune der User die Erfahrung bieten, selbst einige Bedingungen festzusetzen: »Sim-Life«. Oder es werden Spiele produziert, die aufwendige Videosequenzen enthalten und dem Herstellungsaufwand eines Films in nichts nachstehen, aber auch einen anderen Eindruck der Interaktion erzeugen: zum Beispiel die »Wing Commander«-Serie.

Diese beiden Spiele stehen für die beiden Pole, die in

einem Computerspiel ausbalanciert werden: die Interaktivität, die direkte Teilnahme der User, wobei das Ergebnis teilweise abhängig ist von ihrem Tun, und das Geschichtenerzählen, ihre (imaginäre) Teilhabe an einem vom Autor erfundenen Geschehen mit Charakteren, Umgebung, Atmosphäre. Entsteht in den Köpfen noch eine Geschichte, wenn die User mit Figuren, der Umgebung »wechselwirken« können? Wie muß eine »offene« Dramaturgie für die Interaktion idealerweise beschaffen sein? Kann man eine Geschichte überhaupt »multilinear« erzählen? Die Beantwortung dieser Fragen hat einen praktischen Hintergrund. Immer mehr fiktive Stoffe werden – zumindest in den USA, dem Mutterland moderner Massenunterhaltung – im Zuge der »Multimediographie« für verschiedene Medien gleichzeitig entwickelt und linear, interaktiv, virtuell aufbereitet. Auch der Filmemacher Peter Greenaway (»Prosperos Bücher«) hat »The Tulse Luper Suitcase« als mehrstündiges Projekt für Kino, TV, CD-Rom und Internet angekündigt.

Die Krise der »Geschichte«

> *»Wenn die Erzählkunst in der Lage wäre, uns die Welt als Simultanereignis zu entschlüsseln, dann würde sie unseren Horizont auf phantastische Weise erweitern, wie wir es in dieser Zeit eigentlich brauchen. Aber es gibt einen Haken: Das simultane oder nichtlineare Erzählen überfordert den einzelnen Erzähler.«*
>
> – EDGAR REITZ

Einige Neuentwicklungen aus der Medienwelt offerieren ungewöhnliche Möglichkeiten, eine Szene, Handlungsfiguren, eine Geschichte zu erleben. Die Formen gesellschaftlicher Kommunikation »schalten« sich über die aktuellen Techniken neu zusammen und beeinflussen das Selbstverständnis des Geschichtenerzählens. In Zeiten zunehmender kultureller Konfusion, in denen sich die Kultur in Techniken, globalen Phänomenen verstrickt, ist die Erzählung (in Literatur, Film usw.) nötiger denn je, um ein umfassendes Bild der Wirklichkeit zu gewinnen, behaupten einige. Die »großen Erzählungen« sind also keineswegs in der Krise, sondern unverzichtbar. Die erzählte Geschichte ist geradezu eine Grundbedingung der Verständigung, um in der Gesellschaft noch zu einem gemeinsamen Sinn zu kommen. Andere meinen demgegenüber, daß die Zeit des epischen Erzählens vorbei ist; das soziale Leben in der Postmoderne zerfällt in einen diffusen Strom von Lebensbruchstücken, die nicht mehr (imaginär) zu vereinheitlichen sind. Auch sind die neuen Generationen durch andere Ästhetiken, etwa die der Musikvideos, beeinflußt und würden weniger für Inhalte als für Effekte aufmerksam sein. Mir scheint jedenfalls, daß der Bereich der populären Unterhaltung sich ebenso wie gesellschaftliche Teilbereiche in einem Umbruch befindet. Auf die Frage, inwieweit die Erzählung heute noch Bedeutung hat, werde ich zurückkommen.

Die Literatur kennt viele Beispiele, aus dem vorgegebenen Rahmen eines Textes auszubrechen. Die Erzählliteratur der (Post-)Moderne weist in ihrer Geschichte einige Experimente auf, die einen Hinweis für die weitere Entwicklung in anderen Bereichen geben können. Ihr Ansatz ist »metafiktional«: Sie erzählt nicht länger eine Geschichte, eine kausal sich entfaltende Handlung, sondern setzt einen Text aus Bruchstücken assoziativ, fragmentarisch zusammen, wobei die Erzählperspektiven wechseln und Motive sich durch die Fragmente ziehen, ohne ausgeführt zu sein, und die Art des ästhetischen Aufbaus selbst thematisiert sein kann. Die Überlegung ist, ob sich diese Spannung von Reflexion und Nachvollzug einer ästhetischen Illusion, die Spannung der Konfrontation von Fakt und Fiktion in einem multidimensionalen digitalen Medium nicht besser »veranschaulichen« läßt. Und ob dabei nicht eine Synthese gelingen kann, die ungleich unterhaltsamer ist (um diesen Aspekt nicht zu vergessen).

Ein Überdruß ist zu spüren, wenn es um die Medienrezeption geht. Viele dramaturgische Muster sind durch die hohe Zahl ihrer Verbreitung abgenutzt; man denke an die Inflation von Fernsehserien, die zum Teil dramatische Elemente aus

Theater und Film übernehmen. Die bundesdeutschen TV-Sender allein produzieren momentan ein halbes Hundert Serien; die gleiche Anzahl wird aus den USA eingekauft. Ein »Plot-Overkill«, meinen selbst Fernsehprofis. Die tradierten Formen des Erzählens sind als Konvention keine Überraschung mehr für das Publikum. Über das Fernsehen werden zudem neue Aufnahmegewohnheiten akzeptiert wie das Zappen, das willkürliche Wechseln der Kanäle, was auch eine Art Multilinearität darstellt. Das flüchtige Wahrnehmen von Sinn-Splittern aus Serien, Filmen, Shows usw. ist eine Normalität. Die Notwendigkeit besteht also, für die Unterhaltungsindustrie, ständig neue Produkte zu entwickeln, so daß die Option der Interaktion durchaus im Fokus der Konzernstrategen ist. Drehbücher werden abgeklopft auf ihre »interactions per minute«, um zeitgleich mit der Filmware, die zudem selbst nach Spiel-Dramaturgien gebastelt scheint, die CD-Rom zum Film herauszubringen. Mit dem neuen Speichermedium DVD geht man in Hollywood dazu über, die Szenen eines Films von verschiedenen Points of View aus zu drehen, so daß der Zuschauer zu Hause bequem vom Sofa aus mit der Fernbedienung wechselnde Kameraperspektiven wählen kann.

Aber das Problem liegt tiefer. Wenn die Gesellschaft sich ändert, entstehen Voraussetzungen für neue Inhalte, die in neuen künstlerischen Formen präsentiert werden. Eine Technik hat Auswirkungen auf die ganze Umgebung von unterschiedlichen Kommunikationen, in der die Menschen ihre Erfahrungen machen, die wiederum zum Stoff für neue Träume werden. Welche Versuche gibt es, zu neuen Erzähl-, Ausdrucksweisen in der Popkultur zu kommen, die einer veränderten Wahrnehmung des Publikums und einer veränderten kulturellen Situation gerecht werden? Werden die Fähigkeiten des Erzählens überhaupt durch die neuen Techniken beeinflußt? Es ist sicher eine Provokation, wenn der KI-Forscher Marvin Minsky meint, daß die »menschlichen« Themen an ihr Ende gekommen sind. Die großen universellen Themen werden in der technokulturellen Entwicklung jedoch »transformiert«, so daß die Herausforderung entsteht, sie auf neue Art künstlerisch darzustellen. Die Technisierung der Kultur ist ein

Prozeß, der auf verschiedenen Ebenen abläuft; neue Medienkünste setzen sich durch, wenn sie auf Bedürfnisse, bestimmte kulturelle Dispositionen stoßen und – in der Paraphrase einer Aussage des Kulturphilosophen Walter Benjamin – Vorgänge der Adaption, der Wahrnehmungsanpassung unterstützen. Computererzeugte Bilder, die Virtualität des Internet sind neue Herausforderungen für die Wahrnehmung. Wofür wären dann interaktive Erzählformen ein neues kulturelles Training? »Ebenso wie die Steuerung technischer Systeme in der Arbeitswelt immer mehr Konzentration abverlangt, es immer mehr Displays zu überwachen gilt, man eventuell nach längeren Zeiten schnell einzugreifen hat, das Gehirn viele Reize gleichzeitig verarbeiten muß und es dabei vornehmlich darauf ankommt, wie die Aufmerksamkeit erhalten wird«, schreibt der Kulturtheoretiker Florian Rötzer, »geschieht dies als Training auch im Freizeit- oder Kulturbereich.«

Die narrative Verdichtung

> *»Interaktivität in Romanen ist eine verheißungsvolle Idee, die sich aber in der Praxis nicht bezahlt macht. Sie enden damit, Romane zu sein, und werden Spiele. Spiele sind sehr interessant, aber sie haben nicht den emotionalen und kulturellen Einfluß von Romanen.«*
>
> – Bruce Sterling

Das Konstruieren fiktiver Welten geschieht in einer »selbstbestimmten« kreativen Freiheit: Es ist ein Spiel, eine Möglichkeit, »Ordnung« zu schaffen, eine Welt mit eigenen Regeln, eine Gewißheit, die es im wirklichen Leben nicht gibt und die – in einer Art unausgesprochener »Verabredung« mit den Lesern – für die Dauer der Lektüre gilt. Eine Geschichte entsteht im Kopf und ist für die, die Spaß an der Phantasie haben, gewissermaßen »nie« zu Ende. Die Kunst ist, ein Leseereignis zu schaffen, das den Leser berührt und das lang in Erinnerung bleibt. Beim Lesen entziffert man immer nur einen Ausschnitt, der aber, wenn er gut ist und funktioniert, in sich so stimmig ist, daß die ausgelegten Text-Fäden in der Vorstellungskraft in verschiedene Richtungen weiterführen, die erzeugten Bilder nicht mit dem gesetzten Rahmen aufhören. Der Leser überlegt weiter, was als nächstes passieren wird, wenn er in die Erzählung vertieft ist, er stellt sich Situationen, Ereignisse, Personen in der Geschichte vor, deren Zusammenhang in den Satzfolgen nur »angebahnt« wird.

Vielleicht ist es ratsam, sich den Vorgang von einer anderen Perspektive her zu verdeutlichen. Wer ein Buch liest, bildet so etwas wie einen »multidimensionalen« Raum in seinem Bewußtsein; Er baut eine Bilderwelt auf, jeder aber anders, und jeder interpretiert anders, setzt die beschriebenen Ereignisse zu den individuellen Erfahrungen in Beziehung. Man gleitet hinein in einen Erzählstrom, zu dem das Gehirn (unscharfe) Bilder konstruiert, die immer wieder anklingen. Insofern bietet die »Abstraktheit« des Buches die Möglichkeit eines »interaktiven« Erlebnisses, das viel Platz für eigene Phantasien läßt. Das Buch ist ein Gewebe ganz unterschiedlicher Bedeutungsebenen: Beschreibungen, Stimmungen, Handlungen – eine assoziative Struktur, die »virtuell« bleiben muß, undeutlich, um die Vielfältigkeiten des Lebens »wiederzugeben«. Es ist zunächst einmal schwer vorstellbar, wie dieser Vorgang sinnvoll zu formalisieren, zu zergliedern ist und in einem neuen Leseerlebnis »synthetisiert« werden kann. Die Versuche der Hypertext-Literatur wirken meiner Meinung nach angestrengt, zu umständlich, wenn es um fiktive Stoffe geht.

Beim Film ist das narrative Kontinuum anders angelegt. Das Bewußtsein nimmt vorkonstruierte Bildinformationen auf und stellt sich die Teilnahme an dieser gesehenen Welt vor. Aufgrund des Zusammenkommens verschiedener Medien in einem: Bild, Sprache, Text, Sound, Musik, ist die narrative »Organisation« ungleich straffer und im wesentlichen determiniert. Es kann an dieser Stelle nicht darum gehen, ausführlich die Unterschiede der Erzählweisen in verschiedenen Medien darzustellen oder exakte Begrifflichkeiten zu finden. Nur soviel: Filme haben emotionale Kraft in dem Maße, wie ihren Bestandteilen Resonanz gegeben wird. Thema, Handlung, Umgebung, Charaktere stehen in einer geschlosseneren ästhetischen Wechselbeziehung als im Buch. Insofern deutet das Medium Film an, daß die Balance der Komponenten entscheidend für den Gesamteindruck ist. Was wäre beispielsweise »2001« ohne die Wirkung der Effektsequenzen, den Einsatz der Musik, die »Langsamkeit« der erzählten Zeit? Wenn ein Teil wegfällt, reicht dies, um ästhetische Verschiebungen in der Erzählung zu erreichen, die wiederum Sinn-Verschiebungen erzeugen können. Nicht jede Geschichte läßt sich mit allen Charakteren in jeder Umgebung in jeder Zeit erzählen. Diese Eigendynamik des Erzählten ist auch ein Umstand, der die oben erwähnte Multimediographie erschwert, die Auswertung eines Stoffs auf verschiedenen Unterhaltungs-Plattformen. Hinzu kommt die Ausweitung der Erzählsprache selbst, wie sie am Beispiel des technischen Fortschritts im Film selbst deutlich wird. Neue Techniken ermöglichen eine dramatische Sinn-Vertiefung, wofür die Schlußsequenz aus »2001« ein gutes Beispiel ist.

Experimente mit der Medien-Interaktion

> *»Struktur ist der Schlüssel, um das neue Medium zu verstehen (...) Man muß in Dimensionen denken, in geschichteten Texten und Bildern, in hologrammartigen Konstruktionen, wo die Zeit nicht fixiert ist, wo Plots einander kreuzen, wo die User Akteure sind, die sich durch ein Werk vorwärtstasten und dabei die Version, die sie gerade sehen, konstruieren, indem sie Entscheidungen treffen.«*
>
> – Greg Roach

So wie neue Entertainmentformen auftauchen, sind andere verschwunden. Von den vielfältigen Varianten sollen nur die erfaßt werden, die im engeren Sinn eine Handlung aufweisen, also Versuche mit »interaktivem Kino«, überhaupt interaktiven Ansätzen. Mit ihnen verbindet sich die Vorstellung, das Publikum aus seiner passiven Position zu locken und mit einem Aktivitätsrahmen zu konfrontieren, in dem die Geschichte als

Ideal in einem Komplex aus vorgefertigten Bestandteilen und neuartiger »Eigenleistung« der User erzeugt wird. Daß der Computer die Art und Weise verändert, wie die Leute sich unterhalten, ist kein Wunschdenken der Industrie: Die mehr oder weniger knappen Zeit- und Aufmerksamkeitsbudgets der Leute sind hart umkämpft und neuen Verlockungen ausgesetzt. Neben den diversen Arten von Computerspielen (Strategie, Simulation, Action) gibt es neue Inhaltsangebote: wie schon beschrieben, Online-Versionen von Spielen, dann Online-Kasinos, Online-Welten (ein Beispiel ist »Ultima Online«) und die Web-Soaps, die noch an eine Wiederbelebung der Photoromane denken lassen, ergänzt um weitere Informationen.

Hollywood läßt sich diesen Markt schon nicht entgehen. Trotz vieler Diskussionen, in denen die Vorherrschaft des Unterhaltungs-Mekkas für die linearen Erzählformen (Japan gilt mit Nintendo/Sega als Hochburg für die profitable Massenproduktion von Computerspielen) und eine angebliche Abneigung gegenüber Experimenten behauptet wird, zeigt sich, daß die Medienproduzenten aufmerksam die Entwicklung verfolgen. Der »Zurück in die Zukunft«-Autor/Produzent Bob Gale hat schon 1993 mit »Mr. Payback« einen Versuch mit interaktivem Kino gestartet. Der Produzent und Autor Walter F. Parkes weist aber auf eine Strategie, bei der die internationalen Medienkonzerne ihre eigene Form der »Meta-Dramaturgie« als Kombination von Produktion und weltweitem Marketing betreiben, wobei die Phantasie der Konsumenten eher ein »natürliches« Hindernis ist. Die großen fiktiven Helden der Popkultur werden von den USA aus als »jenseitige« Figuren im Unterhaltungsbusiness inszeniert; sie sind »weniger eine Geschichte denn eine Umgebung – ein Ort irgendwo im imaginären Raum, sich hinwegsetzend über Sprachen und Kulturen, ohne erzählerische Erfordernisse, ohne Komplexität der Charaktere«.[3] Eine Basis für Tagträume und Konsumbedürfnisse wird geschaffen, die auf vielfältige Weise in Kinos, Themenparks, Büchern, den Produkten des Merchandising, und seit einigen Jahren auch mit CD-Roms und Webpages ausgebaut wird. Die Sinn-Partikel dieser Popkultur werden in Myriaden von Zeichen via Werbung, Fernsehen, Zeitschriften usw. verteilt und okkupieren die Phantasie auf verschiedene Weise. Welchen Anteil könnte ein User daran haben? Bestimmt keinen, der den ideologischen Effekt der Rezeption und das Geschäft stört. Hollywood muß aber auf die ökonomisch äußerst erfolgreiche japanische Spieleindustrie reagieren. Seine Domäne sind die Themenparks, wenn es um die interaktive imaginäre Einstellung eines Massenpublikums geht. Der »Zurück in die Zukunft«-Ride beispielsweise, beheimatet in der kalifornischen Universal City, ist für sich genommen schon eine aufregende »Achterbahnfahrt« durch die fiktiven Szenerien der Kleinstadt aus dem Film, versehen mit attraktiven Schauwerten und intensiven emotionalen Momenten (allerdings wirken Szenen mit einem gierig schnappenden Saurierkopf, der in dem Film gar nicht vorkommt, auch nicht weiter irritierend). Zusammen mit Tausenden von wartenden Personen wurde ich durch Gänge geführt, vorbei an Schautafeln und Ausstellungskästen, die vielfache Informationen über das Zeitreise-Institut geben, das die Veranstaltung organisiert. Man wird zu mehreren Personen in den Nachbau eines DeLorean gesetzt, das Zeitreise-Auto, der verrückte Professor erscheint auf einem Bildschirm im Innern, gibt letzte Anweisungen, und ab geht's. Ein Computerprogramm steuert die Hydraulik des DeLorean, die an die Kamerabewegungen der filmischen Großprojektion angepaßt ist und den eigenen Körper durchrüttelt. Der Immersions-Effekt ist berauschend: Ich fühlte mich in die Szenerie hineingeschleudert, auch wenn alles eine rasante Illusion der Bewegung bleibt. Natürlich ist das keine »Interaktion«, bei der der User etwas tun muß, außer daß er sich einer Manipulation der Sinne aussetzt, die imaginär aus dem Hollywood-Fundus gespeist wird.

Experimente mit neuen Schreibformen gab und gibt es auch außerhalb der Kunstliteratur im engeren Sinne. In der Science Fiction schreibt ein Autor bei den »Shared World«-Serien den Kontext vor, und andere Autoren denken sich Geschichten in dieser Welt aus. Auch das Internet wird mittlerweile für Aktionen des »collaborative writing« genutzt.[4] »Es werden Formen sein«, schreibt der Schriftsteller Sheldon

Renan über Erzählformen im Netz, »die sich leicht von einer epischen Gesamt- zu einer unendlichen Detailperspektive verschieben. Sie können objekt-orientiert sein. Sie können Standardverbindungen haben, was es einfach macht, sie mit anderen Teilen und Formen zu benutzen.«[5] Die Frage bleibt, wie diese Verbindungsfähigkeit aussehen soll.

Einen Blick noch auf einen besonderen, etwas obskur wirkenden Fall aus der Popkultur, der rein »analog« das Verhältnis von Erzählung und Interaktion beleuchtet: die Abenteuer-Spielbücher, wie sie Steve Jackson »angelegt« hat (»Das Universum der Unendlichkeit«, ein Goldmann-Tb.). Der Leser ist aufgefordert, ein Abenteuer-Protokoll zu führen und zu Beginn durch Würfeln seine Ausgangsbedingungen festzulegen. Je höher die Punktezahl, desto besser sind die zur Verfügung stehenden Waffensysteme und je stärker ist die Besatzung des Raumschiffs, das der Leser/Spieler, der im Text mit Du angeredet wird, in der Fiktion befehligt. Nach allgemeinen Instruktionen folgt die Eröffnungssequenz mit der Nr. 1, die vom Absturz des Schiffs in ein Schwarzes Loch handelt. Am Ende steht die Aufforderung, zum Kapitel 256 zu springen, von wo aus der Leser mehrere Sprungmöglichkeiten zur Auswahl hat. Die Textverweise auf andere Kapitel werden im Verlaufe des ständigen Hin- und Herblättern immer verwirrender, so daß man eine Menge Konzentration und Geduld aufbringen muß, um dabei eine Geschichte zu erleben und keine Abfolge von Spielanweisungen. Ich hatte sie nicht. Nach einigen wenigen Sprüngen nur fällt auf, daß es Brüche in der Darstellung gibt. Das besondere Problem der Begegnung mit einem Schwarzen Loch wird nivelliert zu einem allgemeinen technischen Problem, um »handlungsneutral« zu weiteren Szenen verzweigen zu können. Manche Sprünge machen »logisch« einfach keinen Sinn. Es handelt sich um eine bloße Aneinanderreihung von Szenen, kurzen Handlungssequenzen mit einem eigenen spektakulären »Zentrum«, was unmöglich das Gefühl des eingängigen Verlaufs einer Geschichte aufkommen lassen kann. Dieser Ausflug in das Buchmedium zeigt einige Probleme, mit der sich interaktive Multimedia-Dramaturgien herumschlagen müssen.

Die (imaginäre) Ausweitung der »Erzähl-Logik«

> *»Interaktivität stößt sich gegenwärtig zumeist daran, daß die Auswahlmöglichkeit der User das Spielelement zu bündeln und die Kraft des vom Autor geschaffenen Universums zu schmälern scheint. Kann die Interaktivität einem Projekt bewegende und ästhetisch zwingende Erfahrungen hinzufügen? Ich bin mir da nicht sicher. Um das zu erreichen, müssen die Entscheidungen, die ein User trifft, Konsequenzen mit einer wirklichen, nachempfundenen Bedeutung haben.«*
>
> – Howard Cushnir

Es ist einleuchtend, daß man sich die neue Ästhetik interaktiver digitaler Medien nicht ausdenken kann, sondern daß über Jahre, wenn nicht Jahrzehnte ihre Elemente in der alltäglichen Praxis geformt werden.[6] Greg Roach von den Hyperbole Studios arbeitet beispielsweise am Konzept eines »virtual cinema«. Der User ist die Hauptfigur: Alles wird auf ihn zugeschnitten. »Man bewegt sich jetzt innerhalb jeder Szene mit der Figur und kann mit einer anderen sprechen. Und während man spricht, kann man sich umschauen, Objekte genauer betrachten – und die Handlung bewegt sich dabei stets weiter.« Dem User wird ein Filmangebot gemacht, das eine dramatische Erfahrung über wenige Stunden vermittelt (wie sie ähnlich das Theater und das Kino bieten), aber es gibt genügend vorbereiteten Stoff, so daß er wieder einsteigen und zu einem anderen Ergebnis in der Geschichte kommen kann. Wie soll das aber gelingen? Die nonlinearen Elemente sind derart zu verbinden, daß sich für den Spieler eine (lineare) Geschichte ergibt. Während beim passiven Aufnehmen eines Films das psychologische Verhalten der Charaktere im Vordergrund steht, interessiert man sich in Spielen mehr für den Rahmen, und nicht für die Charaktere. Wenn man denn Material zur Verfügung stellt, Erklärungen gibt, soll der User selbst die Kontrolle darüber haben, wann und wie viele Informationen er abrufen möchte. Was in einem dramatischen Sinn selbstverständlich ist, nämlich, daß der Weg der Protagonisten »eingeschränkt« ist, wird im klassischen Computerspiel aufgehoben, wo der User seinen eigenen Weg durch Informationen bestimmen kann. Eines von Roach's Projekten ist »The Vortex«. Ich kann nicht sagen, ob diese Arbeit seine Ansprüche erfüllt, aber ich zitiere seine Vorstellungen so ausführlich, weil sie Wert legen auf die dramatische Erfahrung im engeren Sinn und ablenken vom reinen Spieltrieb. Nichtsdestoweniger bleibt es nebulös. Das Problem ist, daß es die Stimmung, das Mitphantasieren einer Geschichte gefährdet, wenn eine Unterbrechung entsteht, in dem Moment, wenn der User etwas tun muß. Die eigentlich unmögliche Aufgabe einer neuen Dramaturgie ist, das Produkt »re-organisierbar« zu halten, ohne daß dramatische Kohärenz verlorengeht.

Andere halten das Erzählen einer Geschichte und Interaktivität für grundsätzlich unvereinbar. Der User soll sich (s)eine Geschichte erspielen und Geheimnisse entdecken als Kennzeichen einer neuen Art der Dramaturgie, die nur bedingt auf alte Formeln aus Literatur und Film zurückgreifen kann. Die Logik des Spiels soll in diesem Fall über die Handlungs-Logik bestimmen. Allgemein läßt sich vorläufig die Idee festhalten, daß der User die kreativen Bestandteile: Geschichte, Handlung, Umgebung, Charaktere usw. mehr kontrollieren, sowie eine größere Chance haben wird als bei den tradierten Medien, eine »Antwort« vom System zu bekommen. Das »user-directed hyperdrama« steht vor der Tür, bei dem der Autor ein »Informations-Architekt« wird, der die Komponenten arrangiert.[7]

Es bleibt offenbar eine Gratwanderung zwischen einer zu vermittelnden »sich schließenden« dramatischen Erfahrung und der »Offenheit« eines Spiels mit vielen Parametern. Ein berühmtes Beispiel ist das CD-Rom-Adventure-Spiel »Myst« von Rand und Robyn Miller, bei dem der User eine fremde Welt betritt, zu der es keine Einführung gibt, keine »Erklärung« eines Plot.[8] Erst nach und nach, durch Vortasten in dieser fremden Szenerie, entsteht ein Überblick. Der User macht sich in einem Begleitheft Notizen und enträtselt Schritt für Schritt das Schicksal der verlassenen Insel.

Ansichten einer »virtuellen Wirkungsästhetik«

> *»Immer, wenn sich ein neues Medium entwickelt, gibt es für eine kurze Zeit diesen freien Raum, ein unbekanntes Land.«*
>
> – Art Spiegelman

Die Szenerie ist düster und wirkt bedrohlich. Zerstörte Panzer, Militärlastwagen, Verletzte und Tote überall. Kampfflugzeuge hängen in der Luft. Eine Landschaft von Leiden und Tod, untermalt mit einem enervierenden ambient sound. Schwarze, graue, braune Farbtöne dominieren. Ich steuere mit einem speziellen Joystick um Soldaten herum, die greifbar nahe vor mir zu stehen scheinen. Die Waffen, die abgerissenen Bäume, die geschundenen Gestalten – das alles ist Teil der CAVE-Installation »World Skin« von Maurice Benayoun und Jean-Baptiste Barriere im Ars Electronica-Center in Linz/Österreich. Die User dieser Installation sind in die Rolle von Touristen geschlüpft, die sich unbehelligt in dieser Welt umschauen. Mit Fotoapparaten – ein weiteres Interface – können sie Fotos »schießen«. Jedoch wird das, was sie von der Szenerie in ihrem Ausschnitt erfassen, in Echtzeit ausgeblendet, zu einer weißen Fläche. Die Wahrnehmung über Medien als zweite »Auslöschung« der Körper im Krieg.

Der CAVE ist eine weiterentwickelte VR-Umgebung, bei der mit Videoprojektoren in Echtzeit stereoskopisch berechnete computeranimierte Bilder auf vier Wände projiziert werden. Die überzeugende 3D-Illusion entsteht, indem die User eine LCD-Shutter-Brille tragen, die sie zugleich die künstlichen Bilder und die Wirklichkeit wahrnehmen läßt. Ich hatte bei verschiedenen Installationen das Gefühl, mich in der aufwendig gestalteten Umgebung zu bewegen, auch wenn die Wahrnehmung der Projektion visuell nicht »dicht« ist. Der Eindruck ist einzigartig, da das körperliche Erleben in die Wahrnehmung integriert ist, deshalb ein neues sinnliches Verhältnis zu der Szenerie geschaffen wurde. Es ist überraschend, plötzlich lebensgroßen Avataren gegenüberzustehen. Um so besser kann man sich vorstellen, welche emotionale Anspannung die oben geschilderte Kriegswelt für einige User bedeutet hat, auch wenn die Autoren meinen: »Manche Dinge kann man nicht teilen. Dazu gehören der Schmerz und das Bild unserer Erinnerung. Die zu erforschenden Welten können uns diese Dinge näherbringen, aber immer nur als Metaphern und nie als Simulakrum.«[9]

Der Disney-Konzern geht einen anderen Weg. In einer aufwendigen Untersuchung[10] haben seine Experten Tausende von Besuchern befragt, die die »Aladdin«-Attraktion in Disney-World / Florida gesehen bzw. miterlebt haben. Es handelt sich dabei um einen Ride, der auf Hintergrundbildern aus dem gleichnamigen Film basiert, kombiniert mit VR-Techniken und dem Versuch, eine Geschichte dabei zu erzählen. Die User fliegen mit auf einem Teppich und benutzen herkömmliche VR-Brillen, mit denen sie einen dreidimensionalen Eindruck der Szenerie gewinnen. Das Autorenteam um Randy Pausch kommt zu dem Ergebnis, daß Inhalte in der Virtualität zählen wie in jedem anderen Medium auch. Es ist von Nutzen, daß vor dem Erlebnis die »background story« bekannt und daß ein konkretes Ziel mit der Präsentation verbunden ist. Die Besucher mögen das Gefühl der Bewegung, in dem Fall des Fliegens, daß sie die Kontrolle ausüben und daß sie neue Räume erforschen können. Die meisten vergleichen die Erfahrung damit, Teil eines Filmgeschehens zu sein, andere mit dem Spielen, wieder andere mit der Traumerfahrung. Das Team hat nach eigener Aussage erste Ansätze entwickelt, die Erzählung in dieser VR zu »steuern«. Es setzt animierte Charaktere ein, die in der Szene erscheinen und die Aufmerksamkeit auf Dinge lenken, die die User ansteuern sollen. So lassen sich Schwierigkeiten bei der Verzweigung einer Geschichte umgehen. Die Charaktere selbst müssen flüssig erscheinen, flexibel auf das Publikum eingehen (wohl, indem die genauen Wegmarken der verschiedenen Strecken der Inszenierung eingehalten werden). Ich habe diese Attraktion nicht gesehen, aber es dürfte klar sein, daß niemand durch die erzählte Geschichte intellektuell überfordert werden dürfte. Die Disney-Leute beginnen mit einfachen Story-Elementen, um das erklärte Ziel zu erreichen, ein neues Medium des Geschichtenerzählens zu entwickeln.

Doch vielleicht lassen sich plattformübergreifend einige Merkmale einer virtuellen Ästhetik beschreiben, die für Internet-Anwendungen und VR-Installationen kennzeichnend werden. Das Erlebnis von »World Skin« überwältigt; es ist eine Entdeckungsreise in eine fremdartige Kunstwelt, wo Zusammenhänge erst mit der Zeit erkennbar werden (die Annäherung an den Sinn bleibt wie bei allen Kunstwerken eine Frage der metaphorischen Übertragung). Jeder User hat die Möglichkeit, in dieser Welt eigene Streifzüge zu unternehmen; es ist ein inszenierter Raum, der offen scheint für weiteren »Ausbau«, ohne lineare Abfolge von Bildern und Wörtern, ohne feste Zeitstruktur. Läßt sich diese Form als eine Art »Meta-Dramaturgie« beschreiben? Es ist mehr die Darstellung von Stimmungen, Szenen, zu denen jeder nach seinen Interessen assoziieren kann und die diverse Elemente aus tradierten Medien vereint. Im Vordergrund steht das Erzeugen eines imaginären Raums, wobei es keine Sinn-»Vorschreibung« wie die Exposition eines Buches oder eines Films gibt, aber durchaus Sinn-Elemente zitiert werden. Man macht eine Erfahrung, die sich umschreiben läßt als »direkte Erfahrung der Struktur«. Eine neue Anstrengung für die User, da es in ihrem Ermessen liegt, wie weit sie gehen wollen und diesen Raum ausloten können. Es bleibt offen, ob zufallsgenerierte Abläufe, die vieldimensionale Verknüpfung von Erzählfragmenten oder die freie Navigation in virtuellen Welten dem User eine intensive Erfahrung bringen können wie das Buch. Ich meine ja, aber die konkrete Form ist undeutlich, in der das auf eine narrativ ergiebige Weise geschehen kann. Klar ist aber auch, daß die »freie Bewegung« im fiktiven Stoff bzw. im flexibel arrangierten Material vom User eine Beweglichkeit in der Wahrnehmung verlangt, sowie die Bereitschaft zum »Probehandeln«.

Die Automation der Erzählung

> *»Wir denken aber, daß das wichtigste Element in Film und Theater nicht die Szenerie oder die Objekte sind. Deshalb versuchen wir Welten herzustellen, die von glaubwürdigen, autonomen Charakteren belebt sind und welche eine dramatische Story-Intensität aufweisen.«*
>
> – JOSEPH BATES

Wie schon gesagt, sind die interaktiven Experimente eine Strategie, die Unterhaltungsformen der Zukunft zu kreieren. Die »echte« Interaktivität soll sich von bloßer »Auswahl« unterscheiden: Das Kriterium ist, inwieweit es gelingt, in der Interaktion eine Erfahrung zu schaffen, die einzigartig ist. Das schließt die Gestaltung eines Prozesses ein, zwischen verschiedenen Spielern, aber auch zwischen Spieler und Maschine. Neue Interfaces sollen entstehen, die ein »Partner« für die User sind und die es ermöglichen, daß diese ihre eigenen Geschichten erzeugen können, im gleichen Moment, wo sie sie erfahren – eigentlich ist das ja eine paradoxe Aussage. Es ist klar, daß die Medien eine hohe Elastizität brauchen, um diese Vorstellung erfüllen zu können. Es überrascht nicht, daß folglich auch die KI-Zunft auf diesem Gebiet tätig ist, um mit ihren Techniken einen Beitrag zur Mensch-Maschine-Unterhaltung zu leisten.

Die Vorstellung ist schon aufregend: der aus kreativer Not geborene »deus ex machina«, der seit der Antike für neue Impulse in brachliegenden Handlungssträngen sorgt, endlich als Software realisiert. Aber noch ist es nicht soweit. Die Techniken der Künstlichen Intelligenz, die zum Einsatz kommen sollen, umfassen Software-Agenten, künstliche Charaktere. Inwieweit ist es aber möglich, solche Agenten zu schaffen, die »Charaktere« in einer simulierten Welt darstellen, mit denen der User interagieren kann? An der Carnegie Mellon-University arbeitet eine Gruppe unter Joseph Bates am »Oz«-Projekt. Ziel ist die »Konstruktion einer rechnerischen Theorie des interaktiven Dramas«, um die Erfahrungen des Benutzers zu beeinflussen.[11] Auf der Ars Electronica 1993 waren sein Projekt der

»Woggles« ausgestellt. Ich konnte einen grünen Woggle, eine Art mutiertes Smiley-Wesen, durch eine karge künstliche Umgebung hüpfen lassen, in der sich auch andere Woggles, eben KI-programmierte, aufhielten. Zu beobachten war ein seltsames Verhalten: Freudegesten, Drohgebärden, Freßgeräusche. Ein bißchen sind die Woggles in meiner Erinnerung schon verblaßt. Ich bewegte also einen Woggle als User hin und her, und wenn er auf die anderen traf, passierte irgend etwas, entweder war die Stimmung freundlich oder das andere Wesen plusterte sich auf usw. Es mag sein, daß das als Forschungsexperiment einen eigenen Wert hat, für einen User mit Unterhaltungsabsichten war es nicht mehr als ein Blick in den digitalen Zoo, der bald langweilte, weil einfach nichts »Dramatisches«, zugegeben in meinem begrenzten menschlichen Verständnis, passierte und die Kreaturen nicht interessant genug waren. Möglicherweise ist die Zeit dieser Woggles in Konkurrenz zu Norns, Creatures und Tamagotchis ohnehin vorbei.[12] Es bleibt für mich aber schwer vorstellbar, wie man KI sinnvoll in eine Handlung einbaut bzw. diese »bestimmen« lassen kann.[13]

Diverse Experimente mit Künstlicher Intelligenz und Unterhaltung laufen auch am M.I.T. media lab. Eine Gruppe um Pattie Maes entwickelt autonome künstliche Charaktere für virtuelle Umgebungen. Ein Beispiel ist das »ALIVE«-System, in dem der User mit solchen Charakteren interagieren kann.[14] Die »interactive cinema group« um Gloria Davenport hat die sogenannten »Thinkies« (multithreaded interactive movies) entwickelt. »Digitale Medienumgebungen ermutigen uns«, meint Davenport, »computergesteuerte Geschichten zu entwerfen, die personalisiert werden können. Geschichten müssen flexibel strukturiert sein, um die Zuschauer zu einer Beteiligung einzuladen.« Daß die Medien (und die, durch diese transportierten Botschaften) individuellen Bedürfnissen angepaßt werden, ist ein weiterer Aspekt der Entwicklung.[15] In einem Projekt namens »Lurker« werden »cyber-characters« entworfen, die eine eigene Form der Personalisierung haben; sie sind ansprechbar und gestaltbar als »virtuelle Netzpersönlichkeiten«. Verschiedene Leute können daran teilnehmen, wenn sie kooperieren, sich in eine Geschichte denken und helfen, ein Rätsel zu lösen. Der SF-Autor Charles Platt ist denn auch der Meinung, daß die Projekte am erfolgversprechendsten sind, die erst einmal das Problem des Geschichtenerzählens ignorieren (u. a. das ALIVE-System) und die mehr Wert auf das Erzeugen einer künstlichen Welt legen, wobei das Story-Element eben nur störend, aufgesetzt wirken würde.[16] Intelligente und benutzerdefinierte Charaktere haben große ästhetische Potentiale. Das, was ein Drama ausmacht – daß Charaktere in Situationen gebracht werden, wo Konflikte entstehen, die ausgetragen werden (müssen) –, wird erweitert um künstliche Charaktere, was ein unvorhersehbares Spektrum an Verhaltensweisen erzeugt – vorausgesetzt, sie funktionieren.[17] Interessant ist in dem Zusammenhang, daß die Disney-Forscher um Randy Pausch solchen Cyber-Charakteren gegenüber skeptisch sind, ihnen jegliche Glaubwürdigkeit in Verhalten und Bewegung absprechen, also den Illusions-Effekt, und sie zudem vorläufig für technisch unrealisierbar halten. Die KI-Faszination bleibt jedoch für die Produzenten. Mittelfristig scheint man sich ein »Expertensystem« vorzustellen, das die Spiel- und Handlungsverläufe automatisch an das psychische Profil des Users anpaßt, nachdem es seine Unterhaltungsbedürfnisse analysiert hat.

Eine weitere »Abstraktion« der Welt

> *»Wir müssen erkennen, daß wir schon Cyborgs sind, die sich ihrer Integration in das technische Erzählen gegenübersehen. Die Begrenzungen und Möglichkeiten der interaktiven Fiktionen, ihre Teleologien und Zwänge, sind eben daher viel bedenklicher für uns, ihre Benutzer, da wir unvermeidlich in das Schaffen der interaktiven Fiktionen verwickelt werden, die wir lesen oder erfahren.«*
>
> – ROBERT T. KELLEY

Warum haben Geschichten, die offenbar keinen konventionellen Plot-Regeln folgen, eine Attraktion? Von seiten der Drehbuchautoren wurde noch zu Beginn der Achtziger gespottet, daß man auch als »Computergeschichten-Relaistechniker« wird Geschichten erzählen müssen. Eine Begründung war, daß die emotionalen und psychologischen Verhaltensmuster sich nur unmerklich ändern und die Wirkungen auf die Zuschauer unabhängig sind von den Mediensystemen, die sie übermitteln. Die Beziehungen werden aber in einer vielfältig technisch strukturierten Welt abstrakter, und die – zugegeben selbst abstrakte – Frage lautet, in welchen Erzähllogiken, in welchen »Auflösungen« sie gefaßt werden können. Damit meine ich, daß es schwieriger wird, künstlerische Repräsentationen zu finden, das heißt, Formen der Darstellung, in denen sich Bewegungen der Welt, übersetzen lassen. Die inhaltliche Frage ist teilweise unabhängig von der Technik. Jeder Künstler steht vor der Herausforderung, eine eigene Notwendigkeit des Ausdrucks zu finden und seine Arbeit in Sinn-Zusammenhängen zu verorten. Kulturelle Ereignisse entstehen in komplexen Überlagerungen von Erfahrung, Absicht und Interpretation, die man nicht in der »Totalität« eines Textes oder eines Bildes abbilden kann, sondern für die man eine Darstellung finden muß, die in sich geschichtet, die in Bewegung ist. Eine zunehmende »Abstraktion« der Dramaturgie, der Konstellationen von Handlungsfiguren, ihrer Umgebungen scheint unausweichlich.

Was zudem in der Rezeption der Unterhaltung relevant wird, ist die »Methodologie« der Erzählung selbst, das »Meta-Wissen«: Der Medien-User kennt Verfahren, wie die Sinn-Ereignisse erzeugt werden, und hat daher einen anderen Zugang zum Material. Umberto Eco ist darüber hinaus der Ansicht, die Schriftsteller heute wüßten, »daß sie sich bei ihrem Nachdenken und ihren Aussagen über die Welt weniger auf Geschichten oder Charaktere beziehen, sondern daß sie sich eher der ›Form‹ ihrer Werke, deren stilistischen und narrativen Strukturen, ihrer Tiefenstrukturen bedienen«. Eine Erkenntnis, die mit der Zeit auch von Usern geteilt wird und eine allgemeine Akzeptanz von meta-dramatischen Ansätzen vorbereiten hilft. Daß »fragmentarische« Produkte entwickelt werden, steht auch in Relation dazu, daß die Individuen sich selbst in der Welt verstärkt als fragmentierte Subjekte erfahren, in einer Unabgeschlossenheit und Vielfältigkeit, die sich auch in den Medienwerken spiegelt. Wer komplexe dezentrale (technische) Strukturen denken, zu ihnen ein intuitives Verhältnis entwickeln und wer eine Vielidentität in Netzbegebenheiten erleben kann, ist möglicherweise nicht mehr mit den »Sicherheiten«, Logiken alter Geschichten abzuspeisen und hat Interesse an einer anderen Art der Annäherung an fiktive Welten. »Interaktives Kino und VR liefern einen neuen, gegenständlichen Kontext für offene Erzählstrukturen und interaktive Handlungsabläufe«, beschreibt Ericka Beckmann. »Sie deuten auf Inhalte hin, die sich um Identität, Machtbeziehungen und Authenzität drehen. Die Benutzer werden dort intuitiv handeln, Beziehungen zwischen Simulationen und ihren Strategien begreifen und andere Gesichtspunkte erfahren können. Ich meine nicht, daß wir zum Geschichten erzählen oder zu archetypischen Verstehensweisen zurückkehren sollten, sondern daß wir eine Methode schaffen müssen, welche die Experimentierenden direkt ins Experiment verwickelt.«[18] Neue Erzählformen, die abstrakter sind, weniger linear, weniger narrativ, bieten die Möglichkeit einer neuen ästhetischen »Komplexität«, eines anderen Eindrucks der Welt. Es muß nicht alles erklärt werden; neue Geheimnisse warten an den Pforten der meta-fiktiven Wahrnehmung.

Neulich im Holodeck

> *»Die Große Idee ist die Vision von einer Erfahrung, wo ich eine Traumwelt schaffen kann und wo die Welt automatisch reagiert. (...) Ich kann einfach in dieser anderen Welt sein, in eigener Person, spiele mich selbst oder Captain Kirk oder jemand ganz anderen, und dann kann ich sehen, was geschehen würde, wenn.«*
>
> – Brenda Laurel

Ich betrete eine Welt, in der realistisch erscheinende Figuren auf mein Eintreffen reagieren und mich ansprechen. Ich habe die Freiheit, mich ungehindert in der Welt zu bewegen, oder aber an einem Geschehen beobachtend teilzunehmen, über das eine Figur (oder ein Symbol des Rahmens) mich informiert. Das Geschehen folgt einer festen Handlungslogik, kann sich aber anpassen, wenn ich mich entscheide, in eine Situation einzugreifen. Ich kann flüssig in eine Szenerie hineingleiten, schnell in jede Richtung meine Position verändern oder aber die Ereignisse laufen lassen. Ich kann Einfluß ausüben durch meine Gegenwart, die das System registriert (was zu unmerklichen Veränderungen der Handlungssequenz führen kann) oder aber durch einen Eingriff neue Situationen erzeugen (was ein wechselseitige Rückkopplung zwischen dem System und mir bedeutet). Es ist, als sei eine Art »Traumlogik« verwirklicht, ohne in deren Verrücktheit und Ziellosigkeit gefangen zu sein: Ich bin im Geschehen (aus meiner Sicht wird die Szenerie gezeigt), und ich kann zugleich Beobachter von außen sein, der die Figuren wahrnimmt, die nach seinen Vorgaben, nach seinem Verhalten angesteuert werden.

Das Holodeck aus »Star Trek – The Next Generation« erfüllt die Kriterien dieser Fiktion: Außer, daß man im 24. Jahrhundert kein großes Interesse an zeitgenössischer Kunst zu haben scheint, wenn man einmal das Vortragen Data'scher Katzengedichte ignoriert und sich bevorzugt in den Welten Shakespeares oder Arthur Conan Doyles umtut, zeigt es, obwohl selbst eine Erfindung, alle Eigenschaften, über die ein »totales« Unterhaltungsmedium der Zukunft verfügen müßte. Theoretiker wie Janet Murray und Produzenten wie Greg Roach berufen sich ausdrücklich auf diese Vision. Der User »ist« in der Geschichte, in ihrem Kontinuum. Das Interface[19] ist (in der Fiktion) unsichtbar geworden, kann aber jeder Zeit dazugeschaltet werden.

Das, was literarisch nicht ausdrücklich beschrieben wird, regt die Phantasie der Leser an. Es ist abzusehen, daß das (Mit-)Erleben von Situationen, in einer technischen Infrastruktur, die dezentral und vernetzt ist, eine neue Form der Kommunikation sein wird, die auch eine neue Dimension der Erzählung bereitstellt. In den Netzen werden weltweit in Echtzeit berechnete räumliche Darstellungen verbreitet, die von den Usern mit VR-Techniken besucht werden können. Die MUDs und die Online-Welten sind ein erster Ansatz dazu. Der Aktionsradius der Imagination wird erweitert, indem man durch virtuelle thematische Räume navigiert, die Autoren angelegt haben und die eine narrative Möglichkeit bieten. Der Anziehungskraft der Erzählung kann man sich jedoch nicht entziehen. Das »passive« Rezipieren eines Erzählstoffes wird weiterhin eine Attraktion bleiben und in vielen neuen Formen ausprobiert werden. Es bilden sich daneben verschiedene Potentiale einer neuen Dramatisierung heraus, die eine Meta-Ebene, die Struktur der Vermittlung, selbst verstärkt berücksichtigen. Die User werden auf ungewöhnliche Art in die fiktiven Sphären einbezogen, um neue Stufen der Phantasie zu erreichen. Die interaktiven Medien werden Teil einer komplexen globalen audiovisuellen »Meta-Sprache« sein. Sie werden eigene Methoden des Entertainment entwickeln, die nicht vorherzusehen sind. Und möglicherweise haben sie Implikationen einer Verständigung, die langsam ins kulturelle Bewußtsein eindringen und weit über das Erzählen hinausgehen wird.

ANMERKUNGEN

1 Mehr Informationen dazu: Andreas Lober: *Spiel ohne Grenzen. Multi-User-Spiele für LANs, Modems und das Internet,* in: »c't« 5, 1998.

2 Die Besprechungen von Computerspielen, die Gerd Frey in den beiden letzten Ausgaben des SF-Jahr veröffentlicht hat, geben einen Überblick über die Anstrengungen, die in diesem Sektor unternommen werden.

3 Siehe den Artikel *Random Access, Remote Control: The Evolution of Storytelling,* in: »Omni«, Ende 1993.

4 Ein Beispiel für »collaborative net fiction«, an der sich SF-Autoren wie Kelley Eskridge, Graham Joyce, Ed Bryant, Kathe Koja beteiligen, unter: http://www.omnimag.com/fiction/salon/robin/index.html

5 Aus: The Net and the Future of Being Fictive, in: Lynn Hershman Leeson (ed.): *Clicking In. Hot Links to a Digital Culture,* Seattle 1996, S. 64.

6 Einen Überblick über verschiedenste Unterhaltungsformen wie electronic books, expanded movies, CD-Rom-Spiele, multi-user domains usw. gibt *Entertainment in the Cyber Zone. Exploring the Interactive Universe of Multimedia* von Chris McGowan und Jim McCullaugh, New York 1995. Einen akademisch fundierten Beitrag zu der Gesamtthematik liefert Janet H. Murray mit *Hamlet on the Holodeck. The Future of Narrative in Cyberspace,* New York etc. 1997.

7 Der SF-Autor Greg Bear sieht in »multiple-experience fiction« den großen Entertainmentmarkt der nächsten Jahrzehnte. Die nötige Software werde dazu in drei Formen angeboten: Welt-, Charakter- und Story-Modul.

Siehe: *Seid Wanderratten statt Dinosaurier – unsere Zeit kommt jetzt,* in: *Das SF-Jahr 97.* Eine ausführlichere Darstellung dieser Module findet sich mit dem Titel *The Machineries of Joy, Redux,* unter: http://www.greg-bear.com. Bear geht auch auf die ökonomischen Konsequenzen der modularen Produktionsweise ein. Dazu auch: Karlheinz Steinmüller: *Wort – Visionen. SF am Fin de Siècle,* in: »Alien Contact« 31, 1998.

8 Die »Myst«-Autoren haben nachträglich einen Roman zum Spiel veröffentlicht.

9 Aus: World Skin. Eine Fotosafari ins Land des Krieges, in: Gerfried Stocker / Christine Schöpf (Hrsg.) *Fleshfactor. Informationsmaschine Mensch. Ars Electronica,* New York, Wien 1997.

10 Randy Pausch et. al.: *Disney's Aladdin: First Steps toward storytelling in Virtual Reality,* in: »Computer Graphics SIGGRAPH conference proceedings 1996«.

11 Joseph Bates: *Künstliche Intelligenz und interaktive Kunst,* in: Karl Gerbel / Peter Weibel (Hrsg.): *Genetische Kunst – Künstliches Leben. Ars Electronica 93,* Wien 1993, S. 181.

12 Eine ausführliche Informationsadresse zu diesem Fragekomplex um künstliche Charaktere und Unterhaltung findet man unter: http://www.hmt.com/cwr/characters.html

13 Der Spieledesigner Chris Crawford hat eine »storytelling engine« entworfen, die interaktive Geschichten von selbst generiert als Teil einer komplexen Entwicklungsumgebung. Siehe die Informationen unter: http://www.mcs.net/~jorn/html/ai/crawford.html

14 Siehe ihren Beitrag *Künstliches Leben in der Unterhaltung,* auf Telepolis, unter: http://www.heise.de/tp

15 Siehe auch den Abschnitt *Persönliches Fernsehen* in Stewart Brands Klassiker *Media lab. Computer, Kommunikation und neue Medien,* Reinbek 1990, S. 65, das auf neue Wege des Soap-Gebrauchs eingeht.

16 Der lesenswerte Artikel *Interactive Entertainment. Who Writes It? Who Reads It? Who Needs It?* von Charles Platt stellt weitere US-Projekte vor, in: Wired, Sept. 1995, unter: http://wwww.wired.com/wired/3.09/features/interactive.html

17 Eine Bedingung für die Automatisierung ist, die »kleinste Einheit« einer Erzählung (Walt Freitag) zu finden, die das Erlebnis aufrechterhält, um sie dann nach neuen Regeln miteinander verknüpfen zu können. Das, was einen Charakter zum Handeln motiviert, soll diese Einheit umschreiben.

18 Aus: *Virtual reality. Auswirkungen auf Interaktivität und Film,* in: Gerhard J. Lischka (Hrsg.): *Der entfesselte Blick,* Bern 1993, S. 335/36.

19 Genaugenommen ist das Holodeck vom Interface her keine überzeugende technische Konzeption. Die reale Entwicklung wird in Zukunft wohl eher eine »phantomatische Maschine« (Stanisław Lem) hervorbringen, die direkt über das Nervensystem ihre Illusionen vermittelt.

ÜBER SCIENCE FICTION

Ein neuer Himmel, eine neue Erde

Science Fiction-Elemente in der Mainstream-orientierten Literatur

von Hartmut Kasper

»Dann sah ich einen neuen Himmel und eine neue Erde; denn der erste Himmel und die erste Erde sind vergangen, auch das Meer ist nicht mehr. Ich sah die heilige Stadt, das neue Jerusalem, von Gott her aus dem Himmel herabkommen«, schildert Johannes in seiner Sammlung von endzeitlichen Visionen, die wahrscheinlich im Auslauf der Regierungszeit Kaiser Domitians (81–96 n. Chr.) in der Form eines Gemeindebriefes den jungen christlichen Kommunen mitgeteilt wurden, das Schlußkapitel der Welt.

Die Stadt »glänzte wie ein kostbarer Edelstein, wie ein kristallklarer Jaspis.« Ein Engel lädt Johannes zu einer Bildungsreise durch die bis eben noch jenseitige Stadt ein; er »hatte einen goldenen Meßstab, mit dem die Stadt, die Tore und ihre Mauer gemessen wurde. Die Stadt war viereckig angelegt und ebenso lang wie breit. Er maß die Stadt mit dem Meßstab; ihre Länge, Breite und Höhe sind gleich: zwölftausend Stadien [...] nach Menschenmaß, das der Engel benutzt hatte« – die himmlische Kolonie, die sich dort auf die neue Erde niedersenkt, ist ein Kubus von circa 2450 Kilometern Kantenlänge. Sie ist gebaut »aus reinem Gold, wie aus reinem Glas«, und auch die »Straße der Stadt ist aus reinem Gold, wie aus klarem Glas« – ein makellos transparentes Material. »Die Stadt braucht weder Sonne noch Mond, die ihr leuchten. Denn die Herrlichkeit Gottes erleuchtet sie, und ihre Leuchte ist das Lamm« (Offenbarung, 21, 1-2/11/15-16/23): ein architektonisches Wunderwerk, dessen Basis die europäische Fläche vom Norden Dänemarks bis zur Südspitze Siziliens, von Lissabon im Westen bis Wien im Osten bedecken würde und in dessen unteren 2000 Stockwerken (wenn man für jedes der dann 490 000 Ebenen durchschnittlich stattliche 5 Meter zu Grunde legt) die gegenwärtig eingesetzten Jumbo-Jets und Air-Busse verkehren könnten. Selbst Skylab würde mit seinem Orbit die Stadt in ihrem untersten Zehntel durchqueren, die sich weit bis in die Exosphäre des mit ihr bebauten Planeten erstreckte. Borg-Schiffe, Posbi-Raumer und anderes würfelförmige Flugzeuge der jüngeren Raumfahrtgeschichte erschienen neben dieser aus sich selbst leuchtenden, vollkommen durchsichtigen Metropolis aus dem All wie deren Miniaturmodell. Schwer zu glauben, daß dieses Gebilde kosmischer Größenordnung (und eben solcher Herkunft) der Aufmerksamkeit Erich von Dänikens und seiner Jünger sollte entgangen sein: Sind sie noch nicht bis zum letzten Buch der Bibel vorgestoßen? Oder entzieht sich das neue Jerusalem anders als der Feuerwagen des Ezechiel oder die kleinformatigen Mirakel-Mobile der mayanischen, alt-indischen oder dogonischen Überlieferung dem Erklärungsmodell der Däniken-Schule, das tradierte Stoffe – überwiegend aus religiös motivierten Texten – im Stil der Science Fiction nacherzählt und interpretiert: Die Visionen der Visionäre hätten einen harten Kern, Produkte einer fortgeschritteneren Zivilisation, die wir zwar noch lange nicht in der Lage sind nachzubauen, die aber dank verbesserter Ingenieurskunst und darauf aufbauender Phantasie uns so nahe gerückt sind, daß wir sie in Form einer an Technik orientierten Rede vorstellen können. Tatsächlich »technisch« verfahren die Deutungen von Dänikens und seiner Nachfolger ja keineswegs, doch berufen sie sich auf den maschinellen Stand der Dinge, auf Mechaniken und ihrer Perspektive. Ich will diese Redeweise »technoid« nennen: Ereignisse und Erscheinungen, die frühere Generationen als vom Willen übergeordneter Wesen bewirkt ansahen – und als Beweis zugleich für einen derartig wirkenden Willen –, als Zauber oder Wundertat, bezweifelt diese Schule nicht etwa, sondern nimmt sie als Produkt eines »rationalen« Wirkungsprinzips wahr. Diese Rationalität wird materialisiert, nämlich technisch-maschinell gedacht; psychologische oder kulturgeschichtliche Kalküle spielen dagegen keine Rolle. In großer Klarheit wurde diese dem großen Teil der Science Fiction-Literatur zu Grunde gelegte Redeweise kürzlich von Dr. Robert Hector, dem bedeutenden Exegeten und kritischen Begleiter Perry Rhodans, für die Gestaltung der größten Weltraumserie eingeklagt: »Statt der Science bekommt die Fantasy eine immer größere Bedeutung. [...] schwammig ist das Konzept der ›Brücke in die Unendlichkeit‹. Ein aus Brettern bestehender Steg, der in diverse Galaxien führt, ohne daß dabei Zeit verloren geht. [...] Ein Transmitter oder eine Einstein-Rosen-Brücke läßt sich zumindest pseudowissenschaftlich erklären, mit dem ›Bohlensteg aus Graphit‹ stehlen sich die PR-Autoren aus der Verantwortung.«[1] Ließe sich da kurzfristig nichts mit einem Nullzeit-Dakkarflex-Transprojektor retten?

Das Jerusalem der Apocalypse jedenfalls scheint unserem Maschinenbau und der ihr nur wenig voraneilenden Ingenieursphantasie einfach noch so himmelhoch überlegen, daß es einige weitere Jahrhunderte im Stand des Unerklärlichen verharren dürfte, bis es – schließlich vielleicht doch – aus der Sichtweise einer avancierteren Technologie in ein weltliches Machwerk würde konvertiert werden können: als mobiles Artefakt, als Orbital Ian-M.-Bankscher Dimension.

Schade eigentlich. Versammeln sich doch im geoffenbarten Jerusalem schon einige Motive[2], die in der späteren Science Fiction-Literatur vorherrschen werden:

Die Stadt der Zukunft, die Reise zwischen den Welten, die neue, gänzlich andere Erde und auf ihr der neue Mensch.

Ich will nun nicht die Entwicklung der utopischen, phantastischen Reise- und der satirischen Literatur nachzeichnen – das ist an anderer Stelle hinreichend und detailliert geschehen.[3] Statt dessen sollen Schlaglichter auf einige Werke der nicht SF-orientierten Belletristik geworfen werden, um aufzuzeigen, daß auch dort Elemente der Science Fiction anzutreffen sind und darzustellen, welche Rolle sie spielen:

Johann Wolfgang Goethe (1749–1832) läßt das Leben seines Fausts in einer Vision enden. Nachdem der Wissenschaftler und Teufelsbünder seinen Weg durch die Welt gemacht, an der Erfindung des Geldes und der erotisch orientierten Werbung teilgenommen hat, tief in die Vergangenheit eingetaucht, über sein kolonialistisches Werk zum Mörder geworden und unter der Berührung der Sorge erblindet ist, erlebt er in einem inneren Gesicht die Vollendung seiner selbstgeschaffenen neuen Welt:

»Ein Sumpf zieht am Gebirge hin,
Verpestet alles schon Errungene;
Den faulen Pfuhl auch abzuziehen,
Das Letzte wär' das Höchsterrungene.
Eröffn' ich Räume vielen Millionen,
Nicht sicher zwar, doch tätig frei zu wohnen.
Grün das Gefilde, fruchtbar; Mensch und Herde
Sogleich behaglich auf der neusten Erde«.[4]

Die neue Erde ist kein Geschenk des Himmels mehr, sondern wird dem ungestalten Wasser technisch abgerungen, verdankt sich Eindeichung und Trockenlegung. Unter der tüchtigen Gesellschaft, die sich Faust als freies Volk »auf freiem Grund« vorstellt, wird man aber den einen wirklich neuen Menschen vermissen, den Goethe unters Personal gemischt hat: Homunculus, den Mann aus der Retorte, der sich im zweiten Akt des zweiten Teils in einer Phiole unter anderen »weitläufige(n) unbehülfliche(n) Apparate(n) zu phantastischen Zwecken«[5] in Wagners Laboratorium gebildet hat. Wagner, vormals Faustens wissenschaftlicher Assistent, arbeitet als sein Nachfolger im modernen Sinne am technisch Machbaren, Magie und Zauber sind ihm längst fremd.

Wagner:
»Es wird ein Mensch gemacht.
Mephistopheles:
Ein Mensch? Und welch verliebtes Paar
Habt Ihr ins Rauchloch eingeschlossen?

Wagner:

Behüte Gott! Wie sonst das Zeugen Mode war,
erklären wir für eitel Possen. [...]
Wenn sich das Tier noch weiter dran ergetzt,
So muß der Mensch mit seinen großen Gaben
Doch künftig höhern, höhern Ursprung haben.«[6]

Der ohne den körperlichen Akt produzierte Mensch, das »Menschlein« Homunculus, entwickelt sogleich nach seiner Fertigstellung erstaunliche Fähigkeiten: er vermag, dem schlafenden Faust telepathisch in den Traum zu schauen, leuchtet aus sich heraus und funktioniert seine gläsernen Zeugungs-Gebärmutter-Maschine, die Phiole, zu einem gläsernen Flugzeug um: ein winziges Ein-Mann-Jerusalem, eine kristallene Einsiedelei. Doch den Luftreisenden packt bald jene Lust, von der noch Pinocchio und der Zinnmann im Zauberland Oz ebenso wie Mr Data oder der Blade Runner getrieben wird: wahrer Mensch zu werden (eine Leidenschaft, der nach menschlichem Ermessen ja sogar Affen wie King Louie im »Dschungelbuch« oder der Berichterstatter für die Akademie in Franz Kafkas Erzählung verfallen sollen.). Auf seinem Weg zum wahren Leben zerschellt Homunculus glücklich am Muschelwagen der freundlichen Meeresnymphe Galatea, sein Geist flammt auf und ergießt sich ins Wasser.[7]

Das Motiv des künstlichen Menschen ist alt, wohl religiösmythologischen Ursprungs. Schon der Titan Prometheus bildete nach Ovid aus Lehm und Wasser Menschen und belebte sie. Der Götterschmied Hephaistos fertigt – teilweise auf Bestellung – die bezaubernde Pandora, kunstvolle goldene Jungfrauen oder erzene Riesen an. Immer aber sind es göttlich-magische oder durch Leidenschaft angereicherte Willenskräfte, die irdene, steinerne oder metallene Menschengestalten ins Leben rufen. Erst im 18. Jahrhundert wird es – wie Elisabeth Frenzel berichtet[8] – von materialistischen Vordenkern wie Julien Offroy de La Mettrie (1709–1751) in seinem »L'Homme machine« (»Der Mensch eine Maschine; 1748) für möglich gehalten, daß »eines Tages rein mechanisch ein Androide gebaut werden würde, der stehen, gehen, sprechen und alle menschlichen Gebärden verrichten könne«. Man ließ sich von »schachspielenden Türken« (1796), der »Sprechmaschine« des Wolfgang Ritter von Kempelen oder dem »Flötenspieler« (1783) de Vaucansons begeistern: der neue Mensch ein Automat.

Damit ist der neue Mensch als technoide Figur aktiviert, wie sie in der späteren Zukunftswelt-Literatur ihre Karriere antreten wird.

Die Romantik entdeckt inzwischen die erotische Anziehungskraft dieser menschengleichen Kunst-Kreaturen, Puppen und animierten Statuen. In E. T. A. Hoffmanns (1776–1822) »Sandmann« (1817) verliebt sich der Student Nathanael in die »himmlische« Olimpia, Tochter seines Physikerlehrers Spalanzani.[9] Die (besonders physikalische) Kühle der Schönen, die Kälte ihrer Hand und ihrer Lippen stört ihn nicht. Doch im Verlauf einer handgreiflichen Auseinandersetzung zwischen dem Optiker Coppola und Spalanzani inmitten von »Phiolen, Retorten, Flaschen und gläserne(n) Zylinder(n)« entpuppt sich die Geliebte als Schwiegervater-in-spe's Kunststück – sein »bestes Automat. [...] Zwanzig Jahre daran gesetzt – das Räderwerk – Sprache – Gang«.[10] Wenn schon dieser mechanische Prototyp das Herz eines gescheiten jungen Mannes brechen kann, sollte es nicht verwundern, wenn ein gestandenes Mannsbild wie der Blade Runner das seine an eine schöne Replikantin verliert (im übrigen Anzeichen dafür hat, daß er selbst ein bloßer Androide ist). Diese Androiden, die spätestens seit E. G. Bulwer-Lyttons (1803–1873) in einer unterirdischen Kultur spielendem Roman »The Coming Race« (»Das kommende Geschlecht«, 1870) die neuen Erden bevölkern, sind noch bei Erich Kästner (1899–1974) als »Synthetischer Mensch« in Gebrauch:

> »Professor Bumke hat neulich Menschen erfunden,
> die kosten zwar, laut Katalog, ziemlich viel Geld,
> doch ihre Herstellung dauert nur sieben Stunden,
> und außerdem kommen sie fix und fertig zur Welt!

Man darf dergleichen Vorteile nicht unterschätzen.
Professor Bumke hat mir das alles erklärt.
Und ich merkte schon nach den ersten Sätzen:
Die Bumkenschen Menschen sind das, was sie kosten, auch wert.

Sie werden mit Bärten oder mit Busen geboren,
mit allen Zubehörteilen, je nach Geschlecht.
Durch Kindheit und Jugend würde nur Zeit verloren,
meinte Professor Bumke. Und da hat er recht.

Er sagte, wer einen Sohn, der Rechtsanwalt sei
Etwa benötige, brauche ihn nur zu bestellen.
Man liefre ihn, frei ab Fabrik, in des Vaters Kanzlei,
promoviert und vertraut mit den schwersten juristischen Fällen.

Man brauche nun nicht mehr zwanzig Jahr zu warten,
daß das Produkt einer unausgeschlafenen Nacht
auf dem Umweg über Wiege und Kindergarten
das Abitur und die übrigen Prüfungen macht.

[...]
Nächstens vergrößre er seine Menschenfabrik.
Schon heute liefre er zweihundertneunzehn Sorten.
Mißlungene Aufträge nähm er natürlich zurück.
Die müßten dann nochmals durch die verschiednen Retorten.

Ich sagte: da sei noch ein Bruch in den Fertigartikeln,
in jenen Menschen aus Bumkes Geburtsinstitute.
Sie seien konstant und würden sich niemals entwickeln.
Da gab er zur Antwort: ›Das ist ja gerade das Gute!‹«

Ob ich tatsächlich vom Sichentwickeln was halte?
Professor Bumke sprach's in gestrengem Ton.
Auf seiner Stirn entstand eine tiefe Falte.
Und dann bestellte ich mir einen vierzigjährigen Sohn.«[11]

In der Satire wird überdeutlich, in welchem Horizont das junge Familienglück steht: Grundfunktionen des menschlichen Lebens werden außer Kraft gesetzt; mit der Zeitspanne, die Zeugung und Erziehung in Anspruch nähme, wird die Vaterschaft selbst, mit der Vaterschaft der Vater eingespart. Nichts garantiert, daß der Kunde König oder sonstwie Herr des Verfahrens bleibt: Die neue Welt, läuft sie zur großen Form eines perpetuum mobiles auf, könnte auf ihren Auftraggeber verzichten. Brave Wunschvorstellung, sich den Androiden als ein Wesen vorzustellen, das in humane Dimensionen drängt: als schlummerte im elektronischen Steuerprogramm der Satelliten der Wunsch nach einem Dasein als furchtlose Piloten, als träumten die Schreibmaschinen mit Intel-Pentium-Prozessor von einem Leben als Chef-Sekretärin.

Allerdings hat es eine eigene Konsequenz, sich die weltverändernden Neuerungen als eingebürgert vorzustellen, aufzuzeigen, wie die unerhörte Sensation in alltägliche Praxis und Normalität übergeht. Christian Morgenstern (1871–1914) zitiert im Rahmen seiner »Zeitgedichte« eine Reihe zukünftiger Inserate aus dem »Anzeigenteil einer Tageszeitung des Jahres 2407«[12], darunter:

»5. August! Künstliches Schneegestöber in Thale (Harz), veranstaltet vom Hotel Alpenrose: mit der großen Papierschnitzelschneezentrifuge der amerikanischen Naturschauspielimitationskompagnie Brotherson & Sann.

Die Vereinigung für Ameisenspiele wird ersucht, sich morgen, den 17. hjs auf dem Tempelhofer Felde einzufinden, um den großen Haufen zu vollenden.

Für Einsame
Erinnerungsromane – fertigt genau nach Angabe das ›Warenhaus für kleines Glück aller Art‹. Telegrammadresse: Glückshaus.

Künstliche Köpfe!!! – Jedermann ist ein Narr, der sich nicht einen künstlichen Kopf anschafft. Der künstliche Kopf wird über den natürlichen gestülpt und gewährt diesem gegenüber folgende Vorteile: a) des Schutzes gegen Regen, Wind, Sonne, Staub, kurz alle äußeren Unbilden, die den natürlichen Kopf ohne Ende belästigen und von seiner eigentlichen Beschäftigung, dem Denken, abhalten: b) der Erhöhung der natürlichen Sinnesfunktionen: man hört mit seinen künstlichen Ohren etwa hundertmal mehr und besser, als mit den natürlichen, man sieht mit seinem Augenapparat so scharf wie ein Trieder-Binocle, man riecht mit dem K. K. feiner und man schmeckt mit dem K. K. differenzierter als mit seinem Vorgänger. Dabei braucht man jedoch nichts von alledem. Man kann die Apparate nämlich einstellen, wie man will, also auch auf ›tot‹. Der auf tot eingestellte K. K. ermöglicht ein vollkommen ungestörtes Innenleben. Geschlossne Zimmer, Mönchszellen, Waldeinsamkeit usw. sind fortan überflüssig. Man isoliert sich im dichtesten Volksgewühl. Der K. K. wird nur nach Maß angefertigt und ist leicht zu tragen. Gegen unbefugte Berührung ist er durch eine eigne Batterie geschützt. Da er kein Haarkleid braucht, ist die Schädeldecke für Annoncen reserviert.«

Während in Morgensterns und Kästners Versionen einer neuen Welt deren neue Menschen vom Band laufen, sich künstliche Erinnerungen und Sinnesprothesen aus der industriellen Produktion besorgen, ziehen ihre Zeitgenossen und Nachfolger, darunter die belletristischen Marktführer der Nachkriegszeit, die Idylle fern der Fabrik vor.

In diesem Fall kann der technoide Stil stark abgeflacht oder sogar in den Hintergrund gerückt werden. Für die Neuheit der dargestellten Welt bürgt ihre bloße Situierung in der relativen Zukunft des Verfassers. Die technische Ausstattung dieser Utopie kann im Vergleich mit der gegenwärtigen Welt wenig weiter entwickelt, gleich oder auch rückläufig sein – die alternative Welt als äußerlich baugleiches Anderland.

Hermann Hesse (1877–1962) arbeitete von 1930 bis 1942 an einem Roman, der das Motiv des zukünftigen Gesellschaftsspiels ausführt: »Das Glasperlenspiel. Versuch einer Lebensbeschreibung des Magister Ludi Josef Knecht samt Knechts hinterlassenen Schriften« beginnt mit dem Versuch einer Einführung in das Wesen und die Geschichte des Spiels: »Das Glasperlenspiel ist also ein Spiel mit sämtlichen Inhalten und Werten unserer Kultur, es spielt mit ihnen, wie etwa in den Blütezeiten der Künste ein Maler mit den Farben seiner Palette gespielt haben mag.«[13] Im Rückblick etwa aus dem Jahr 2200 werden die Anfänge des Spiels in einer »Spielübung in jenen kleinen Kreisen von Musikgelehrten und Musikern« gesichtet, die es als eine »Art von Gedächtnis- und Kombinationsübung« betrieben, bis es »an der Musikhochschule von Köln« reguliert und offiziell erfunden wird. Seinen Namen hat es von den Glasperlen, die ihm zunächst als Noten, dann als Zahlen, Buchstaben und andere graphische Zeichen dienten.[14] Am Ende ist es »zum Inbegriff des Geistigen und Musischen, zum sublimen Kult, zur Unio Mystica aller getrennten Glieder der Universitas Litterarum« geworden und hat »teils die Rolle der Kunst, teils die der spekulativen Philosophie übernommen.«[15] Hesses Buch voller edler Rede und Selbstironie, viel Erhabenheit über leeren Abgründen, in die am Ende der Meister selbst, Josef Knecht, versinken soll, wird nach dem Krieg zur Pflichtlektüre an westdeutschen Gymnasien. Auch dies ein Stück ungewollter Komik: Zeigt es doch, wie sich die kulturellen Inhalte, aus ihren Zeitumständen entnommen, im Spiel alle gleichgültig werden, fragwürdig wie die Kultur, die es betreibt.

Die Idee jedoch, eine zukünftige Gesellschaft sich in ihrem vorherrschenden Spiel darstellen zu lassen, wird in der Science Fiction selbst wirksam bleiben: Von Aldous Huxleys (1894–1963) Spielkultur in der »Brave New World« (»Schöne neue Welt«; 1932) über Wolfgang Menges »Millionenspiel« (1970) (Vorlage: Robert Sheckley: »Der Tod spielt mit«) und William Harrisons »Rollerball« (1975) bis zu Ian M. Banks »Azad« in »The Player of Games« (»Der Spieler der Spiele«; 1988) reicht die Reihe der totalen Spiele, in denen ganze Kulturen aufgehen.

Marlen Haushofer (1920–1970) führt in ihrem Roman »Die Wand« (1963) ihre Protagonistin in eine neue Welt, die wie eine Insel inmitten der alten liegt: Eine Frau wird zu einem Ausflug in einer Jagdhütte eingeladen. Die beiden Gastgeber sind spät am Abend noch zu einer Wanderung zum nächsten Dorf aufgebrochen. Als die Frau am Morgen erwacht, sind die beiden noch nicht zurück. Sie bricht zu einem Spaziergang auf und findet sich mit einem Ausschnitt der Welt von einer unübersteigbaren gläsernen Wand eingeschlossen. Die transparente Mauer erlaubt einen Blick auf das umgebende Land: die Menschen in Sicht stehen oder sitzen erstarrt, leblos. Die Frau beginnt ihr Leben wie Noah nach der Landung seiner Arche mit den wenigen Tieren, die ihr verblieben sind: einer trächtigen Kuh, einer schwangeren Katze und einem Hund. Als gegen Ende der (Welt)Geschichte unverhofft ein Mann auftaucht, das Kalb und den Hund tötet, erschießt die Frau ihn: als würden die biblischen Mythen von Adam und Eva, Noah und dem neuen, gläserne Jerusalem, von dem nur die gläserne Wand übrig geblieben ist, rückwärts erzählt und dabei immer weiter reduziert, bis zum Nullpunkt der Schöpfung.

In den 80er Jahren entdecken einige Autoren ihre prophetische Kompetenz:

Günter Grass (*1927) veröffentlicht 1980 seine »Kopfgeburten«: Was wäre und wie sähe die Welt aus, wenn

- das deutsche Volk sich durch Aussterben zu den Hethitern, Sumerern oder Azteken gesellen würde?[16]
- der Erzähler »Einmal Diktator sein« dürfte, das Stadtgebiet vom Autoverkehr befreit, die Schulpflicht aufgehoben, das Beamtentum abgeschafft[17] werden (und manch anderes Allerwelts-Ressentiment sich endlich austoben) könnte?
- es nicht neunhundert Millionen Chinesen (mit wachsender Tendenz), sondern neunhundert Millionen Deutsche (mit wachsender Tendenz) gäbe (also »Zwölfmal mehr deutsche Gesangsvereine, zwölfmal mehr Bundes- oder DDR-Liga-Spiele, alles, auch den Bier- und Wurstkonsum mal zwölf, Juristen, Chefärzte, Pfaffen, Funktionäre, Beamte verzwölffacht«[18] – Nationalliteraten fehlen in der Aufzählung)?
- am Ende gar die beiden deutschen Staaten – deren Wiedervereinigung unmöglich ist, weil »unsere Nachbarn in Ost und West [...] eine Ballung wirtschaftlicher und militärischer Macht in der Mitte Europas nie wieder dulden« wer-

den – zwar getrennt durch die Weltgeschichte marschieren, doch »unter dem Dach eines gemeinsamen Kulturbegriffes«[19] künstlerisch tätig sein würden?

Ist es in den »Kopfgeburten« noch der schwache Held Harm Peters, Englisch-Lehrer an einem Gymnasium zu Itzehoe, der »Asterix- und Science Fiction-Heftchen«[20] lesen darf, scheint sich sein Autor wenige Jahre später selbst einschlägig fortgebildet zu haben. »Die Rättin« (1986) übernimmt jedenfalls das Allgemeinwissen der seinerzeit vorherrschenden Naherwartung: Die humane Welt ist nach der atomaren bzw. Umweltkatastrophe untergegangen; in der Danziger Innenstadt, aus denkmalschützerischen Erwägungen nur mit einer Neutronenwaffe bombardiert und daher im Kern unversehrt, hat sich ein Rattenstaat gebildet, deren Anführerin – die Rättin – interessehalber mit dem Erzähler korrespondiert, dieser umkreist als letzter Überlebender in seiner Raumkapsel – einem »harmlosen Beobachtungssatellit«[21] – die Erde (oder, kann dank Grassscher Verschmitztheit auch sein, träumt das alles nur). Im Angesicht der global terminierten Zivilisation und jenseits aller Donnerkuppeln[22] wird die Imagination des Erzählers ganz von technoiden Strukturen beherrscht; selbst die mögliche Rettung, von der er träumt, klammert eine Verhaltensänderung der Menschheit aus und spielt mit apparativen Kategorien:

»Man werde die restlichen Wälder mit Schutzhäuten beschichten; man könne unter Glaskuppeln frische Luft für Großsiedlungsräume garantieren«[23] (es scheint, als wäre eine neue Welt, die in apocalyptischer Perspektive steht, ohne Einsatz transparenter Baustoffe grundsätzlich nicht vorstellbar). Doch wird dieses Planspiel als bloße Wissenschaftsshow eines intellektuellen »Dritten Programms«[24] entlarvt. Spürbar mehr Wahrscheinlichkeit rechnet der Erzähler der Schlußversion seiner Rättin zu:

»Ich sehe sich vermehrende Völker. Zu guter Letzt menschenfrei gibt ihnen die Erde Raum. Fischreich will die See wieder frei sein. Vögel nutzen den Himmel.«[25] Und so wäre ein Schritt sogar noch hinter den Haushoferschen Urzustand der Welt getan, zurück in Richtung fünfter Schöpfungstag, vor der Erschaffung des (endlich getilgten) Menschengeschlechts.

Im Jahr nach der Rättin erscheint Hans Magnus Enzensbergers (*1929) Sammlung »Ach Europa! Wahrnehmungen aus sieben Ländern. Mit einem Epilog aus dem Jahre 2006«: Eine imaginäre Reportage mit dem Titel »Böhmen am Meer« für The New New Yorker vom 21. Februar 2006. Timothy Taylor, der fiktive Reporter, bereist diverse europäische Hauptstädte, darunter auch Berlin, wo die »Ständige Artenschutzkonferenz Deutschsprachiger Länder« tagt.[26] Taylor, der akkreditierte Korrespondent, wird zu einer Sight-Seeing-Tour in Richtung Mauer eingeladen – was ihn überrascht, da ihm »die Bilder, die seinerzeit um die ganze Welt gegangen waren: die Sprengung der Betonhindernisse, die Demontagen der Schranken, die Bulldozer, die abgerissenen Zollbuden«[27] noch vor Augen stehen. Er fährt hin. »Der Verkehr auf der Friedrichstraße war schläfrig. Ein gelangweilter Grenzpolizist thronte einsam in seinem Glaskasten und winkte die wenigen Fahrzeuge vorbei. Ich sah, wie er, den Walkman über den Ohren, im Takt zu der Musik mit dem Kopf wippte«.[28] Tatsächlich findet er den ehemaligen Todesstreifen neu eingezäunt, und in der Einzäunung entdeckt man zum Entzücken der West-Berliner Umweltsenatorin und ihres ostdeutschen Kollegen »Ein einzigartiges Biotop«: »Wo sonst gibt es eine solche Vegetation mitten im Zentrum einer Metropole?«[29] Dies gelte es vor den zudringlichen Händen der Denkmalschützer und vor ihrem Museumsbauwahn zu schützen. Taylor sichert dem Paar zu: »Der Berliner Riesenknöterich hat meine volle Unterstützung.« Doch kurz darauf wird er im Club der Auslandspresse von einem Kollegen aufgeklärt, daß die von den beiden Umweltbegeisterten inszenierte »deutsch-deutsche Harmonie [...] doch eine Fiktion« sei: »Tatsache ist, daß die Deutschen einander nicht ausstehen können. Ossies und Wessies – das ist wie Hund und Katze. [...] Der Wessie schwört auf sein Lufthansa-Weltbürgertum. Dafür ist der Ossie moralisch allemal der Größte, so, als wäre er automatisch immun gegen alles, was Dekadenz heißt, Korruption oder Zynismus.«[30] Während Enzensberger seinen Epilog schreibt, arbeitet in seinem Auftrag Christoph Ransmayr (*1954) schon an einer Ovid-Übersetzung, aus der am Ende ein eigener Roman wird: »Die letzte Welt« (1988).

Der Römer Cotta will den Dichter Publius Ovidius Naso, von Kaiser Augustus nach Tomi am Schwarzen Meer verbannt, aufsuchen. Ovids »Metamorphosen« – 250 an- und ineinandergefügte Mythen, die durch das Motiv der Verwandlung zusammenhalten – sollen für die Nachwelt gerettet werden; deren Figuren jedoch drängen in Cottas Gegenwart und damit in Ransmayrs Roman. Begleitet wird diese Invasion von anachronistischen Entstellungen: technische Erzeugnisse des 20. Jahrhunderts stehen rätselhafterweise Ovid und seinen Zeitgenossen zur Verfügung.

So tritt auf »einen müden, gleichgültigen Wink [...] Naso in dieser Nacht vor einen Strauß schimmernder Mikrophone und ließ mit diesem Schritt das römische Imperium hinter sich, verschwieg, vergaß! Die um alles in der Welt befohlene Litanei der Anreden, den Kniefall vor den Senatoren, den Generälen, ja dem Imperator unter seinem Baldachin, vergaß sich selbst und sein Glück, trat ohne geringste Verbeugung vor die Mikrophon und sagte nur: Bürger von Rom.«[31]

Cotta kennt die »Salons und Cafés der europäischen Metropolen«, ein Liliputaner kommt und läßt »nach Einbruch der Dunkelheit über die weiße Rückwand des Schlachthauses Liebesfilme dröhnen«, auf den Regalen eines Kolonialwarenladens stapeln sich »Seifen, Konservenpyramiden und Senfgläser«[32], in den Hafen der eisernen Stadt Tomi läuft eines Tages die *Argo* ein, Iasons Schiff, eine dampfgetriebene Fregatte.[33] Man unterhält sich mit Geschichten vom Untergang der Welt in einer endlosen Regenflut, sieht der zunehmenden Ruinierung Tomis zu und den Verwandlungen, die ihre Einwohner durchlaufen: »Keinem bleibt seine Gestalt.«[34]

Wie in einigen populären Untergangsszenarien der 80er Jahre, die das Ende der Welt vom atomaren Schlagabtausch der Supermächte respektive dem Kollaps des Ökosystems Erde erwarteten, erscheinen in der letzten Welt wie in der »Rättin« die technisch-maschinellen Bestände als Relikte oder Fragmente einer anderen Welt. Mit ihren religiösen Vorbildern teilen die meisten belletristischen Eschatologen den Glauben an einen nahe bevorstehenden Untergang, der allerdings nun die Chance auf einen naturischen Neubeginn einzuräumen scheint, auf die Selbstheilung des an sich ja kerngesunden Planeten von seiner Infektionskrankheit Mensch. Anklänge hieran sind noch in Hesses »Glasperlenspiel« zu finden, dessen am Spiel längst zweifelnder Meister im eisigen Wasser eines Sees ertrinkt, oder in Enzensbergers ansonsten verblüffenden Vision vom Riesenknöterich als dem vermutlich einzigen Nutznießer einer deutsch-deutschen Wiedervereinigung: und wieder erscheint der Mensch als Auslaufmodell.

Die neue Welt muß nicht in Zukunft der jetzigen liegen; sie kann nach alter Väter Sitte schlicht räumlich entfernt sein. Und für die Reise zu den entferntesten neuen Welten stellt die SF von jeher die phantastischsten Fahrzeuge zur Verfügung.

Man wird dies zunächst als Erbmasse aus klassischen Utopien und phantastischen Reiseberichten auffassen dürfen: Schon im – wahrscheinlich 1624 verfaßten – »Neu-Atlantis« von Francis Bacon (1561–1626) kennt man Flugzeuge und Untersee-Boote[35]; Hector-Savinien de Cyrano alias Cyrano de Bergerac (1619–1655) schickt in seiner »Histoire comique contenant les Estats et Empires de la Lune« (erschienen 1657) den Ich-Erzähler mittels salpetergetriebener Feuerwerksraketen auf den Mond, die »safrangelbe Kugel«, wo er seinen inhaftierten Vorgänger Domingo Gonsales trifft, der eine Generation zuvor den Flug noch in einem Schwanenvehikel hatte antreten können. Die Zukunft gehört jedoch zweifellos nicht der Dressur, sondern der maschinellen Ausrüstung.

Neben Cyrano, Gonsales und anderen legendären Luftfahrtpionieren hat auch der urdeutsche Faust, dieser frühe Universalgelehrte (um 1480–1540), seinerzeit zu Venedig einen Flugversuch unternommen; im 1587 gedruckten Volksbuch »Historia von D. Johann Fausten« führt ihn seine Reisetätigkeit mit Teufels Hilfe tief in den Kosmos. Der Faust-Stoff ist u. a. über Marlowe, Goethe, Heine vielfältig tradiert worden[36], hier soll besonders die Version interessieren, an der Thomas Mann (1875–1955) von 1943–1947 gearbeitet hat: »Doktor Faustus. Das Leben des deutschen Tonsetzers Adrian Leverkühn erzählt von einem Freunde«.

In dieser fiktiven Künstlerbiographie schließt der Titelheld, ein Komponist, den Pakt mit dem Teufel und handelt sich damit viele merkwürdige Erlebnisse, Unmengen Schmerzen und einige geniale Zeit ein; von außen betrachtet ähnelt die gleichzeitige Entfesselung seiner Geistesgaben und deren fortschreitende Gefährdung, ihr Verfall am Ende den Symptomen einer Syphilis.

Leverkühn zweifelt als stark rational-mathematisch begabter Mensch die Realität seines Vertragspartners an; wenn sein Leben sich dem des volkstümlichen Vorbildes parallelisiert, neigt er zu Rationalisierungen. Dies wird am Verlauf der Himmel- und Höllenfahrten deutlich, die im achten Jahr nach Vertragsabschluß anstehen.

Leverkühns Freund und Biograph, ein humanistisch gemäßigter Stubengelehrter namens Serenus Zeitblom, notiert: »Da also gefiel Adrian sich in dem Scherz, mir höchst anschaulich vorzuerzählen, wie er mit Mr. Capercailzie eine kugelförmige Tauchergondel von nur 1,20 m Innendurchmesser und ausgerüstet ungefähr wie ein Stratosphärenballon bestiegen habe und sich mit ihm darin durch den Kran des Begleitschiffes in das hier ungeheuer tiefe Meer habe versenken lassen. [...] Ihre Lage im Inneren der zwei Tonnen schweren Hohlkugel war nichts weniger als bequem gewesen, dafür aber hatte das Bewußtsein der absoluten Zuverlässigkeit ihrer Behausung sie entschädigt: durchaus wasserdicht gebaut, wie sie war, einem gewaltigen Druck gewachsen, versehen mit einem ergiebigen Sauerstoff-Vorrat, Telephon, Starkstrom-Scheinwerfern und Quarzfenstern zur Ausschau nach allen Seiten. Etwas länger als drei Stunden, alles in allem, hatten sie unter dem Meeresspiegel darin verweilt, die ihnen im Fluge vergangen waren dank den Gesichten und Einblicken, die ihnen gestattet gewesen in eine Welt, deren stille, närrische Fremdheit sich durch ihre angeborene Kontaktlosigkeit mit der unsrigen rechtfertigte, sich gewissermaßen aus ihr erklärte.«[37]

Im weiteren wird die Tiefsee-Expedition detailliert geschildert. »Ungeheuer aus Schleim« tauchen auf, »Staatsquallen, Polypen und Skyphomedusen«, phosphoreszierende Fische oder solche, die mit einer elektrischen Laterne ausgestattet sind, Kreaturen, ebenso bizarr wie neugierig: »Die Ankunft eines menschlichen Raum-Fahrzeuges auf dem Mars, oder sagen wir lieber auf der der Sonne ewig abgewandten Hälfte des Merkur, hätte denn auch unter den etwaigen Bewohnern dieser ›nahen‹ Körper keine größere Sensation erregen können als das Erscheinen der Capercailzie'schen Senkglocke hier unten.«[38]

Thomas Mann hat die Informationen für Leverkühns Reisebericht aus einem Zeitungsartikel über die Tiefseeforschungen des Zoologen Dr. William Beebe in der *Prager Presse* entnommen.[39] Ein touristischer Ausflug in diese Regionen war damals wie heute Zukunftsmusik – zumal unter so prominenter Begleitung, weist das Wortelement *caper* (Ziegenbock) doch auf eine Person mit viel satanischerem Hintergrund, als man ihn dem braven Dr. Beebe unterstellen darf.

Noch am selben Abend gefällt es Leverkühn sich berichtenderweise »in den Ozean der Welten zu stürzen«.[40] Leverkühns Raumfahrt »mit Hilfe seines obengenannten Mentors, des Professors Capercailzie, der, so kam es heraus, nicht nur mit ihm in die Nacht der Tiefsee, sondern auch ins Gestirn gefahren war«[41], hat etwas von einer Besichtigungstour: Der explosive Kosmos entfaltet sich, die Galaxien streben »von uns weg, und bei den am weitesten, um 150 Millionen Lichtjahre, abliegenden Komplexen komme die Geschwindigkeit, mit der sie das täten, derjenigen gleich, die die Alpha-Teilchen radioaktiver Substanzen entwickelten, und die 25 000 Kilometer in der Sekunde betrage«.[42] Auch in der näheren Nachbarschaft seines Heimatplaneten hat sich Leverkühn umgetan: »Ansteckende Krankheiten, Seuchen wie die Pest, der Schwarze Tod, seien wahrscheinlich nicht von diesem Stern, zumal, da fast gewiß das Leben selbst und überhaupt seinen Ursprung nicht auf Erden habe, sondern von außen eingewandert sei. Er habe es aus bester Quelle, daß es von Nachbarsternen stamme, die in eine ihm ungleich günstigere, viel Methan und Ammoniak enthaltende Atmosphäre gehüllt seien, wie Jupiter, Mars und Venus. Von ihnen, oder von einem von ihnen, er überlasse mir die Wahl, sei das Leben einmal, getragen von kosmischen Wurfgeschossen, oder einfach durch Strahlendruck, auf unseren eher sterilen und unschuldigen Planeten gelangt. Mein humanistischer Homo Dei, diese Krone des Lebens, sei also mitsamt seiner Verpflichtung aufs Geistige mutmaßlich das Produkt der Sumpfgas-Fertilität eines Nachbargestirns«[43]

In Leverkühns provozierend-szientistischer Attacke auf des armen Zeitblom Weltbild wird die ursprüngliche Stoßrichtung dieser Redeweise wieder sichtbar: Willensäußerungen haben ihre Rolle als Beweggrund kleinster oder größter Teilchen ausgespielt, an ihre Stelle sind anonyme und a-personale Prozesse getreten, blinde Zufälle, die gerade ihrer Blindheit wegen unwandelbar bescheinen, gesetzesförmig. Die einst verschiedenen Seinsebenen der Welt, vom Unbelebten zum Belebten bis zum Geistig-Göttlichen, sind zu kalkulierbaren Dimensionen zusammengeschrumpft, welche, technisches Gerät vorausgesetzt, ebenso erfahrbar wie begreifbar werden. Zeitbloms protestiert; der geniale Doktor Faustus aber hat sich längst mit der außermenschlichen Diktion und ihren Kompositionsprinzipien liiert und setzt sie zum kalkulierten Tonsatz ein.

Während Thomas Mann die Potenz technoid-szientistischer Rede für seine Literatur testet, beschränken sich seine schriftstellernden Nachfahren häufiger auf die Verwendung technoider Motivik (was, in Maßen, manch einem als Science Fiction gemeinten Text heute wie damals ebenso zum Vorwurf gemacht werden könnte).

Günter Kunert (*1929) erzählt in »Andromeda zur Unzeit« (1968) die Geschichte eines ungeheuren Betruges unter Einsatz von SF-Elementen:

Seit Jahren übertragen die Fernsehanstalten zur Mitternacht den Start von Raumschiffen, die Siedler zu terraformten Planeten tragen. »Manchmal werden in den Nachrichten Sendungen Berichte über den Alltag auf Uranos oder Neptun gezeigt, technisch minderwertig und einfarbig meist, so daß kaum Einzelheiten auszumachen sind. Leute ernten Früchte von Bäumen, fahren in Wagen, sitzen vor Wohnkugeln«[44] – es geht ihnen gut, anders als den zurückgebliebenen und Mangel leidenden Bewohnern der übervölkerten Erde. Wer eine »Grüne Karte« erhält, darf sich auf dem Raumflughafen einfinden.

Eines Tages gibt es eine Bildstörung, nach deren Behebung der anonyme Erzähler wieder einen Start verfolgt, bis das Raumschiff zwischen den Sternbildern Andromeda, Fischen, Pegasus und Schwan verschwindet. Andromeda dürfte allerdings zu dieser Jahreszeit gar nicht am Himmel stehen – das weckt einen Verdacht: es könnte der Treck zu den Sternen eine Inszenierung sein und die Siedler auf ganz ungehörige Seite beiseite geschafft werden. Als der anonyme Erzähler sich dahingehend äußert, ist er bald darauf im Besitz einer Grünen Karte.

Kunerts schlichte Pointen-Story zeigt immerhin, daß sogar in Zeiten obligatorischer Gegenwarts- und Gesellschaftskritik SF-Elemente in nicht SF-orientierter Literatur zugelassen sind, wenn nur ein lehrhaftes Umfeld dafür sorgt, daß das technoide Inventar metaphorischem Verständnis sich erschließt, also gar nicht so weltraumabenteuerlich gemeint ist, wie es auf den ersten Blick daherkommt.

Weitergehend sind die Beziehungen, die Nicolas Born (1937–1979) zur Science Fiction unterhält. In seinem bedeutenden Lyrikband »Das Auge des Entdeckers« (1972) steht neben einem Gedicht »Zeitmaschine« ein umfangreiches »SF-Poem«, das mit den Versen beginnt

»Das grüne Dickicht der Technik
die fühlende Materie
die wächst und wächst
der Riß
der durch die Schatten geht
ES IST JETZT SO DASS SICH JEDER IM ANDEREN ERKENNT
Prämierte Träume regeln die ›Wirklichkeit‹«.[45]

Indem Born die Science Fiction in eine ihr ursprünglich fremde Form taucht – »fiction« bezieht sich nach angloamerikanischem Verständnis vorwiegend auf Prosa –, erschließt er sie versuchsweise völlig anderen Lesegewohnheiten, zumal solchen, die sich auf interpretatorische Aneignung verstehen und für die diese Aneignung Leselust bedeutet. Auch das »SF-Poem« bietet sich solcher analytischen Lektüre an: der Interpret könnte der Verschmelzung von Natur und Technik nachdenken, dem organischen Aspekt der Maschine, der Struktur einer Wirklichkeit, die von den marktgängigsten Illusionen reguliert wird usw. Freilich hat sich die SF-Motivik auch in der Bornschen Lyrik nicht durchgesetzt, auch wenn Born im selben Jahr im Nachwort zu seiner Sammlung »Das Auge des Entdeckers« gerade das utopische Vermögen der Lyrik preist:

»In neue Vorstellungsräume eindringen. Ganze Skalen von Empfindungen in Bilder und Bewegungen verwandeln. Mit der Entdeckung anderer Lebensmöglichkeiten eine Kettenreaktion von Wünschen und Sehnsüchten auslösen, die das standardisierte Lebens-Schema ersetzt.«[46]

Born zweigt das Interesse an der Science Fiction aus seiner lyrischen Arbeit ab und macht es vermehrt zum Gegenstand essayistischer Texte. Unter dem Titel »Schwache Bilder einer anderen Welt« untersucht er »Science Fiction und ihre mögliche Rechtfertigung«.

Dabei erscheint ihm das Prinzip der technoiden Rede als eher hinderlich für die Entfaltung des Genres: »Einige Kritiker der Science Fiction haben von den Autoren mehr Wissenschaftlichkeit gefordert. Das halte ich für genauso falsch, wie etwa weniger Wissenschaftlichkeit zu fordern.«[47]

Als eigentliche Verfahrensweise der Science Fiction entdeckt Born die »relative Unabhängigkeit der Imagination und Phantasie vom Realitätsprinzip. Science Fiction könnte sich nicht nur hinausbewegen aus den Zeit- und Raumbegriffen der Realität, sondern auch aus denen es Realismus. Sie könnte Zukunft erfinden, Möglichkeiten sichtbar machen, neue Empfindungen beschreiben, neues Verhalten zeigen«.[48]

Hier wird, das möchte ich bemerken, eine Innovation abseits jener Neuländer gesucht, auf die Utopisten und Eschatologen gewohnheitsmäßig ihre größte Hoffnung setzen. Während die raum-zeitlichen Zukunftsvorstellungen eine Veränderung des Menschen vornehmlich von günstigeren sozialumweltlichen Umständen erhoffen – einer wohldurchdachten Planwirtschaft, einem milderen Klima, der restlosen Anwesenheit Gottes in seiner vollkommenen Stadt – oder aber den alten Menschen am liebsten gleich beibehalten – verfassungstreu, verständig, und möglichst monogam –, ruft Born zur Erfindung neuer Menschen auf, die nicht etwa – als Androide, Replikant, Klon – den Weg zurück zum wahren Menschsein suchen, sondern für sich stehen: anders und fremd.

Volkes Stimme ist das freilich nicht, wenn ich hier einmal an die im Perry-Rhodan-Fandom geführte »Degrader-Debatte« erinnern darf, in der ein Teil der sogenannten Alt-Leser einen gewissen Technik-Schwund beklagen, den die Autoren aus der erzähltaktischer Absicht in Gang gesetzt haben. Aber hätte sich der beliebte Serienheld durch konsequenten Einsatz wortgewaltiger »Kosmokratentechnologie« nicht längst einen Freiraum schaffen können für »neue Empfindungen, neues Verhalten«?

Steht ihm die Hypertechnik vielleicht bei seiner Selbstentfaltung im Weg? Schließlich hat schon Susan Sontag in ihrem Essay »Die pornographische Phantasie« vermutet, daß zwischen Science Fiction und Pornographie eine untergründige Verwandtschaft bestehen könnte. Beider »Abkehr von realen Zeitablauf, vom dreidimensionalen Raum, von der konkreten Persönlichkeit und« ihre jeweilige »›phantastische‹ Übersteigerung der menschlichen Energie sind [...] Elemente einer *anderen* Art von Literatur, die auf einer *anderen* Bewußtseinsform basiert«[49], dem Wunsch nach einer konkret gar nicht realisierbarer Lust, die Selbstzweck wird: Lust am Körper des Fremden, die in sozial leeren Räumen kopulieren, oder Lust an fremder Technik, die den leeren Raum passiert.

Während den einen Science Fiction zur festen Größe der Populärkultur des späten 20. Jahrhunderts herangewachsen ist, die sich damit die Aufmerksamkeit kritischer Geister verdient hat, bedienen sich andere aus dem SF-Repertoire zu parodistischen Umtrieben.

Der Autor und Filmemacher Alexander Kluge (*1932) – der zusammen mit Regisseur Edgar Reitz das der Hochschule für

Gestaltung in Ulm angegliederte Institut für Filmgestaltung gründete, für seinen Film »Die Artisten in der Zirkuskuppel: Ratlos« 1967 auf dem Filmfestival in Venedig den *Goldenen Löwen* erhielt und für Prosastücke bekannt wurde, die sich der damals modernen Montagetechnik bedienten – läßt seine »Lernprozesse mit tödlichem Ausgang« (1974) in einem über hundertseitigen Weltraumspektakel enden:

Nachdem gleich in den ersten Zeilen die Erde in »ein Krater- und Flammenmeer«[50] verwandelt wurde – ein Intro, das sich wenige Jahre später auch für Douglas Adams galaktischen Reiseführer bewähren sollte –, entfaltet sich die menschliche Zivilisation von diversen Außenposten aus prächtig. Laut Kluges fußnotengespicktem Bericht entwickeln die Kosmonauten im schier rechtsfreien Raum zwischen den Sternen eine große kaufmännische Gestaltungskraft. »Die Kantinenpächter von Zuse II (Neptunmond)« zum Beispiel »beantragen Zuteilung von gefangenen Meuterern als Küchenhilfskräfte«; da Menschenhandel noch verboten ist, werden nicht-menschliche Lebewesen zur Arbeit zwangsrekrutiert. »Da sich trotz aller Forschung keine ›fremden Intelligenzwesen‹ im Bereich des Sonnensystems und der Nachbarsysteme fanden, wurden später meuternde Einheiten der Flotte ›fremdem Leben‹ gleichgestellt.«[51] Kapitalgesellschaften beginnen nach dem Verlust ihrer terrestrischen Liegenschaften ferne Planeten anzueignen. So engagiert die Suezkanal-Gesellschaft den findigen Piloten Schwertau, der ihr edelmetallreiche Himmelskörper entdeckt: Die »Gründerjahre im Westen der Galaxie« brechen aus.[52] So wiederholt sich im interplanetarischen Maßstab nachkriegsdeutsche Geschichte: die Sternenstraßengeneration baut auf, besiedelt Welten wie die Planeten *Pinzgau, Planschwasser, Wurst* oder *Franz Zwicki,* immer wieder unter Verwendung der für fernste Zukünfte obligatorischen »Stahlglaspavillone« und »sauerstoffdurchflutete(n) Kunststoffkuppel(n).«[53] Freilich bleibt den tüchtigen Avantgardisten in Folge des marxistischen Gedankengutes ihres Verfassers die kapitalistische Krise auch viele Parsec fern vom Sonnensystem auf den Fersen. Schließlich läßt man sich am Rande des bekannten Universums auf dem

Waldplaneten *Dorfmann,* in dessen Wälder mittels chemischer Waffen ein riesenhaftes Notenblatt mit einer »Hymne des Sektors Morgenröte« geritzt wird, ein Zeichen intelligenten Lebens, das vorüberfliegende Raumfahrer zur Landung in Nähe der Gestrandeten verlocken soll.

Kluges Chronik künftiger Ereignisse mag, er macht es seinen Interpreten nicht unnötig schwer, eine stark zeitkritische Botschaft transportieren: es sei – wenigstens für die von ihm parodierten Phantasten der Space Operas und Heftromanserien – Zukunft nur als ewige Wiederholung der schlechten Gegenwart vorstellbar. Allerdings nehmen in seiner Parodie die Elemente dieser Spielart der Science Fiction derart überhand, daß die Frage naheliegt, ob dieser Abschnitt der »Lernprozesse« selbst nicht zur Science Fiction geworden ist, einem literarischen Genre, dessen vorherrschende Seriosität im Tonfall und gelegentliche Witzlosigkeit ja nicht grundsätzlich gegen humoristisch-satirische Varianten spricht.

In seiner Nachfolge steht noch Herbert Rosendorfer (*1936), der häufiger ein Faible für phantastische Stoffe beweist: »Der Ruinenbaumeister« (1969) Weckenbarth errichtet angesichts des technisch jederzeit machbaren Weltendes einen »negativen Turm«, wohinein sich im Falle des Falls (der kurz darauf eintritt) ein Teil der Menschheit retten soll. Neben dem Erzähler, Baumeister Weckenbarth und den Seinen gelingt dies erfreulicherweise auch einer Schar von Revuemädchen. Seit 1986 schreibt der Mandarin Kao-tai, dessen Zeit-Reise-Kompass ihn in seine ferne Zukunft, das München der 80er Jahre, verschlagen hat, höchst erfolgreiche »Briefe an die chinesische Vergangenheit«; »Die Goldenen Heiligen oder Columbus entdeckt Europa« (1992) schließlich kehrt Kluges satirischen Weltraumeroberungsoptimismus ins Gegenteil: Die Außerirdischen landen mit ihren Ufos endlich doch, 1992 in der Nähe von Paderborn. Wortkarg und unkommunikativ, wird ihre vermeintliche Botschaft – Friede, Freude, Eierkuchen/Erlösung – von selbstberufenen Propheten, Wassermannzeitalterweisen, New-Age-Patrioten propagiert. Leider sind die Ufonauten nicht, wie sie sein sollten. Wenn überhaupt etwas erlöst wird, dann der übervolle Planet von seiner wuchernden Erdbesatzung, die von den Neuankömmlingen immer weiter reduziert und schließlich auf 1 gebracht wird: Menelik Hichter, der letzte Mensch, zugleich Ich-Erzähler des Romans, darf (er schreibt das Jahr 2081) – aus seiner Sicht – die Geschichte der Entdeckung der Welt durch die »Goldenen Heiligen« aufschreiben. SF pur von einem Amtsrichter zu München.[54]

Überhaupt haben sich immer wieder Schriftsteller, die nicht als SF-Autoren geführt werden, so weit über die Genre-Grenze hinweggesetzt, daß einige ihrer Werke zum Grundbestand der SF-Literatur gerechnet werden sollten: Manfred Nagl führt neben Arbeiten früher Grenzgänger in zeitlicher Nachbarschaft zu Goethe wie Heinrich Zschokke (»Die schwarzen Brüder«, 1791–95), Julius von Voß (»Ini. Ein Roman aus dem ein und zwanzigsten Jahrhundert«, 1810), D. G. G. Mehring (»Das Jahr 2500«, 1794) oder A. E. Papinga (»Das Leben und Weben im Planeten Venus«, 1835) die Werke Max Haushofers (»Planetenfeuer«, 1899; An des Daseins Grenzen« 1908) an.[55] In Erinnerung zu rufen wären darüber hinaus Romanciers wie Alfred Döblin (1878–1957), Leo Perutz (1882–1957), Franz Werfel (1890–1945), Friedrich Dürrenmatt (1921–) oder Herbert Rosendorfer (*1934). Deren Hang zur Phantastik ist zwar notorisch, doch scheinen sie ihrer Akzeptanz in der Literaturkritik wegen vor einer Reklamierung für das dubiose Subgenre gefeit.[56] Falsch:

Döblins Roman »Berge, Meere und Giganten« (1924) befaßt sich ausdrücklich mit zukünftigen Maschinen, zukünftigen sozialen Entwicklungen und zukünftigen Kriegen; seine Rede ist bewußt anti-psychologisch, technisch inspiriert wie sein Verfasser in jungen Jahren selbst: »Ich kann mich noch erinnern meiner fast atemlosen Freude, als die ersten Drähte für die Elektrische in Berlin ausgespannt wurden und daß ich zum Spott einiger Kameraden mit wirklichem Entzücken ein halbes dutzendmal nach Kroll zog, nicht aber zum Theater, sondern um neben dem Eingang in den Kellerraum zu sehen, wo eine Maschine stand, die ich gar nicht verstand, aber die mich auch gar nicht losließ.«[57] Für seinen geplanten Roman mußte er »einen leeren Raum haben, von dieser Zeit an. Also die Zukunft. Das war das prächtigste Feld für Aktivität und Phantasie. [...] ›Die große Stadt. Aufbau ihrer Industrie und Technik. Sie ist gewaltig. Gewaltiger als die Natur. [...]‹. Epos und Hymnus. Hymne auf die Stadt.«[58] Der umfangreiche Roman erzählt die Geschichte der Zukunft vom 24. bis zum 27. Jahrhundert. Die Weiterentwicklung der maschinellen Technik stellt Konsumgüter aller Art im Überfluß zur Verfügung; Arbeit fällt kaum noch an, die versorgten Massen werden durch Scheinarbeit oder organisierte Unterhaltung bei Laune gehalten. Man lebt in riesigen , hochtechnisierten Stadtschaften bzw. Stadtlandschaften; die alten staatlichen Ordnungen haben die planetare Urbanisation nicht überstanden; die Maschinen sind Teil umfassender Verbundsysteme: »im ganzen Land waren keine vereinzelten Maschinen. Dies war [...] die Zeit, wo die Sonderung unter den Stadtlandschaften sich unwiderstehlich durchsetzte. Glasstädte Lichtstädte Nahrungsstädte Kleidungsstädte entstanden. In den Versuchsstädten und abseits von den Sonderstädten begannen sich die Erfindungen zu häufen.« Dann beginnt die Phase der Miniaturisierung der Maschinen und Kraftwerke: »Unscheinbar in geschützten Gewölben die feinen zierlichen Apparate, in denen die Naturkräfte gefangen waren wie Gespenster in der Flasche. Wenige Hände brauchten sie zu bedienen. Das Herz stand den ersten Menschen still, als sie die Apparate sahen. Gewöhnten sich an sie, lebten unter ihrer Obhut, bequem, kaum dankbar, Kinder einer reichen Familie.«[59] Die Erdbevölkerung wächst immer weiter, neue Siedlungsräume müssen aufgetan werden. Grönland wird enteist, doch erwachen die im Eis verwahrten Lebenskeime der Kreidezeit: die Saurier breiten sich aus und drohen, Europa zu überrennen. Dessen Wissenschaftler züchten hybride Soldaten, riesenhafte Mischwesen aus Mensch, Tier und Pflanze. Die Giganten retten die alte Welt, deren Bewohner sich jedoch längst in Katakomben-Städte geflüchtet haben und dort in einem Bürgerkrieg untergehen.

Ein Future-War an sich taugt also kaum als Beweis für literarische Trivialität, wird er doch noch im Jahr 101 945 dem galaktischen Reich der astromentalen Menschheit und ihrer globalen Panopolis in Werfels »Stern der Ungeborenen« (erschienen posthum 1946) zum Verhängnis oder bei Dürrenmatt mit ungeheurer Ausdauer als endloser »Winterkrieg in Tibet« geführt: »Sind wir nicht im Einsatz, verkriechen wir uns in die Eislöcher und in Felsen gesprengte Gänge und Schächte, die miteinander in Verbindung stehen und in den gewaltigen Massiven ein unübersichtliches Geäder bilden, so daß auch in ihnen die feindliche Parteien unvermutet aufeinanderstoßen und sich niedermachen. Nirgends herrscht Sicherheit. Nicht einmal im Bordell unter dem Kangchendzönga, den ›fünf Schatzkammern des großen Schnees‹, mit Prostituierten aller Landstriche. Das primitive Etablissement wird auch vom Feind besucht, die Puffoffiziere beider Seiten haben sich verständigt.«[60]

Im kleineren Maßstab entwickelt Leo Perutz seine Katastrophen und persönlichen Weltuntergänge. Die Medien seiner Apokalypsen sind nicht die destruktiven Geräte formierter Streitkräfte, sondern synthetische Substanzen. Wie in Goethes Faust entsteht der neue Mensch aus dem chemischen Labor. »Der Meister des jüngsten Tages« (1923) ist ein Maler des 16. Jahrhunderts, dem eine Droge zu Visionen des Jüngsten Gerichtes verhalf. Die Rezeptur wird dreihundert Jahre später wiederentdeckt und treibt die Konsumenten des Stoffes in den Selbstmord. Die Droge steigert zwar die Imagination, doch regt sie gleichzeitig das zerebrale Zentrum der Angst zu übermäßiger Tätigkeit an. So finden die apocalyptischen Gesichte eine technoide Erklärung. Auch der »Sankt Petri-Schnee« (1933) ist eine elaborierte Substanz: Dr. Amber, der als Gemeindearzt ins westfälische Morwede engagierte Ich-Erzähler des Romans, trifft dort auf den Freiherrn von Malchin, welcher mit der Herstellung eines Pilzderivates befaßt ist. Da alles, »was sich an Gefühlen in uns regt – Angst, Sehnsucht, Kummer, Glücksgefühl, Verzweiflung [...] das Ergebnis ganz bestimmter chemischer Vorgänge in unserem Körper ist«[61], sollte auch die beinah erloschene »Glut des Gottesglaubens«[62] auf chemischem Wege wieder entfacht werden können. Während die Gehilfin des Freiherrn von privaten Motiven angetrieben wird – sie »möchte wieder beten können«, ihren »Kinderglauben wiederhaben«[63] –, erhofft sich ihr Dienstherr auf mittlere Sicht die Restitution des Heiligen Römischen Reiches deutscher Nation durch chemo-religiös entbrannte Massen. Der Plan scheitert und gelingt: Nachdem die Dörfler anläßlich einer Namenstagsfeier für ihren Freiherrn mit Sankt Petri-Schnee verschnittenen Schnaps getrunken haben, bekehren sie sich tatsächlich zum Erlösungsglauben, doch bekennen sie diesen in seiner zeitgemäßen Form: anstelle der alten Marienlieder singen sie »Wacht auf, Verdammte dieser Erde« und trachten dem Freiherrn im Namen der »ökonomischen Befreiung des Proletariats« nach dem Leben. Perutz macht die Übersetzung irrationaler, phantastischer Vorgänge in technoide Rede nachgerade zu seinem Thema. Da die Ereignisse im übrigen auch die Fieberphantasien eines möglicherweise in einen Verkehrsunfall verwickelten Dr. Amber sein können, seine episch geordneten Kindheitserinnerungen, erotischen Wunscherfüllungen und Alpträume, kurz: die erzählerische Rationalisierung einer komplexen Wahnvorstellung, reicht die technoide Rede selbst in die psychologische Dimension dieser Endzeit-Miniatur.

Fazit: Science Fiction ist nicht so gettoisiert, wie Literatur- und fannische Kritik gern glauben machen. Stilistisch wie motivisch taucht sie in den literarischen Texten maßgeblicher Autoren vor und nach dem Zeitpunkt der Begriffsprägung zu Beginn des 20. Jahrhunderts auf. Dies gilt meiner Beobachtung nach sicher nicht nur für die hier hauptsächlich behandelte deutschsprachige Literatur. (Für den englischsprachigen Raum mögen hier und in aller Kürze schon Namen wie Alisdair Gray [»Janine, 1982«, »Arme Dinger«, »Lanark« u. a.], Flann O'Brien [»Der dritte Polizist«], Kingsley [sowieso] und Martin Amis [»Pfeil der Zeit«, »1999«] oder Don DeLillo [mit seinem phantastischen Roman »Ratner's Star«] stehen.)

Ein Vergleich müßte untermauern, ob die Nähe zu religiös-apycalyptischem Gedankengut, die in einigen der hier vorgestellten Texten zu Tage trat, die Besonderheit dieser Literatur-

Tradition ist oder ob und in wieweit sich Science Fiction generell aus diesem Reservoir bedient. Freilich macht sich das herannahende Weltende gut, wenn im alarmierten Tonfall die Rede sein soll, und im Umfeld technischer Wirklichkeit ist der Alarm nie weit.

Eine letzte Beobachtung: SF-Motive finden, und das spricht für ihre allgemeine Verbreitung im künstlerischen Raum, zunehmend aus diesem Raum heraus und werden Teil öffentlicher Rede.

Daß Städtebauer und ihre Referenten über die urbane Zukunft nachdenken, Kulissen und Szenarien entwerfen wie jüngst Eva Schweitzer mit dem Buch »Traum-Reise-Metropole«, den »Reportagen aus wachsenden, sterbenden und imaginären Städten«, wird nach dem bislang Gesagten nicht verwundern (auch nicht die darin zu findende Information, Fritz Lang habe sich für seine Stadtvision in »Metropolis« u. a. »von dem Bild ›Turmbau zu Babel‹ [...] vom Holländer Pieter Breughel« inspirieren lassen[64], einem biblisch-umstürzlerischen Motiv). Eher erstaunt, wenn in einem Beitrag über die Perspektiven der Mathematik in der Wochenzeitung DIE ZEIT (deren Redakteure sich eher selten auf Perry-Rhodan-Cons blicken lassen) Extraterrestrier Einzug halten: »Würden Außerirdische ganz andere Naturgesetze formulieren? [...] Ein Kontakt mit Aliens könnte daher den Streit [...] eines Tages entscheiden. Trieben die Wesen auf fernen Planeten eine andere Mathematik, wäre der Platonismus widerlegt. Kennen sie Arithmetik, Differentialrechnung und Mengenlehre, muß das gleichwohl noch nichts heißen. Denn leben sie in einer ähnlichen Umgebung wie wir, könnte die natürliche Selektion ihrem Denkorgan dieselben Fähigkeiten eingebrannt haben. Hätten sie sich aber etwa in einer flüssigen Welt entwickelt, läge ihnen [...] das Wissen über Strömungen und Strudel näher.«[65] Welchen Maßstab mögen ihre Engel wohl benutzen? Und welchen Lebensraum erträumen sie fürs Ende ihrer Zeit?

ANMERKUNGEN

[1] Dr. Robert Hector: Die Rückkehr der Sternenkrieger, die Degrader-Debatte und ›Return to Fantasy‹. In: Michael Thiesen und Klaus Bollhöfener (Hg.): Perry Rhodan Jahrbuch 1998, Rastatt 1998. Seite 113–114.

[2] Reimer Jehmlich unternimmt seine Begriffsklärung »Phantastik – Science Fiction – Utopie« (in: Christian W. Thomasen und Jens Malte Fischer (Hg.): Phantastik in Literatur und Kunst. Darmstadt 1980. Seite 11–33) zwar auf der Grundlage des Stilbegriffs der »Wissenschaftlichen Glaubwürdigkeit«, die er von Sam Moskowitz übernimmt (»an atmosphere of scientific credibility«, Seite 28), ergänzt diesen Zugriff aber um motivische Elemente wie die Spielräume »Zukunft« und »Weltraum«, die »umfassende Realitätsabweichungen« (Seite 25) signalisieren. Eine derartige Verbindung zwischen Motivik und Stilistik gehört seit den Überlegungen des Aristoteles in Sachen Poetik des Dramas zum Grundbestand literaturkritischer Techniken.

[3] So u. a. von Manfred Nagl: Science Fiction in Deutschland. Tübingen 1972; ders.: Stichwort »Science Fiction« in: Reallexikon der deutschen Literaturgeschichte. Herausgegeben von Paul Merker und Wolfgang Stammler. Zweite Auflage, Dritter Band. Berlin–New York 1977. Seite 795–801; Wolfgang Jeschke: Pegasos und die Rakete oder: Was ist eigentlich Science Fiction? In: Jörg Weigand: Die triviale Phantasie. Beiträge zur Verwertbarkeit von Science Fiction. Bonn–Bad Godesberg 1976. Seite 9–28.

[4] Johann Wolfgang Goethe: Faust. Der Tragödie zweiter Teil. Entstanden zwischen 1825 und 1831. Vers 11559–11566.

[5] Goethe, a.a.O. Regieanweisung zwischen den Versen 6818 und 6819.

[6] Goethe, a.a.O. Vers 6836–6847.

[7] Noch stehen Supermutanten wie Perry Rhodans Freund Ribald Corello deutlich in der Tradition: in einem Transportroboter (vgl. »Phiole«) unterwegs, Energien ausstrahlend (er besitzt laut »Perry Rhodan Lexikon« u. a. die Para-Fähigkeiten eines Individualaufladers, Quintadimtrafers und Telepsimaten), wird er zunächst durch hypno-suggestive Blockaden vom wahren, nämlich guten Menschsein abgehalten, findet dann aber heim in den Schoß des Mutantenkorps und geht am Ende im freundlichen Überwesen ES auf. Vgl. in diesem Zusammenhang auch die Perry-Rhodan- bzw. Atlan-Figuren Sinclair Marout Kennon/Lebo Axton, das Biophore-Wesen Douc Landur oder die Hamiller-Tube.

[8] Elisabeth Frenzel: Motive der Weltliteratur. Stuttgart 1976. Stichwort »Der künstliche Mensch«: Seite 513–524.

[9] Hoffman hat bei diesem Namen vermutlich an Lazzaro Spalanzani (1729–1799) gedacht, einen Biologen, der sich der Anatomie, Physiologie und Embryologie widmete und künstliche Befruchtung bei Fröschen und Hunden durchführte. Vgl. hierzu: Rudolf Drux Hg.: Die lebendige Puppe. Erzählungen aus der Zeit der Romantik. Frankfurt am Main 1986. Seite 236.

[10] E. T. A. Hoffmann: »Der Sandmann«. In: Fantasie- und Nachtstücke. München1976. Seite 359.
[11] Erich Kästner: Der Synthetische Mensch. Aus: ders.: Gesang zwischen den Stühlen. München 1989. Seite 25–27.
[12] Christian Morgenstern: Zeitgedichte. In: Alle Galgenlieder. Zürich 1981. Seite 317–322.
[13] Hermann Hesse: Das Glasperlenspiel. Erste Ausgabe Zürich 1943. Hier zitiert nach: Frankfurt am Main 5. Auflage 1975. Seite 12.
[14] Hesse, a.a.O. Seite 29–30.
[15] Hesse, a.a.O. Seite 37.
[16] Günter Grass, Kopfgeburten oder Die Deutschen sterben aus. Gütersloh o. J. Seite 58.
[17] Grass, a.a.O. Seite 92–96.
[18] Grass a.a.O. Seite 149.
[19] Grass, a.a.O. Seite 21.
[20] Grass, a.a.O. Seite 190.
[21] Günter Grass: Die Rättin. Darmstadt und Neuwied 1986. Seite 160.
[22] Die betreffenden endzeitlichen »Mad Max«-Filme erschienen 1981 (»Mad Max II – Der Vollstrecker) und 1985 (»Mad Max Beyond the Thunderdome – Jenseits der Donnerkuppel«).
[23] Grass, a.a.O. Seite 470.
[24] ebda.
[25] a.a.O. Seite 504.
[26] Hans Magnus Enzensberger: Ach Europa! Frankfurt am Main 1987, Seite 465.
[27] Enzensberger, a.a.O. Seite 468.
[28] Enzensberger, a.a.O. Seite 468.
[29] Enzensberger, a.a.O. Seite 469.
[30] Enzensberger, a.a.O. Seite 471–472.
[31] Christoph Ransmayer: Die letzte Welt. Nördlingen 1988. Seite 60.
[32] Ransmayer, a.a.O. Seite 11–12.
[33] Ransmayer, a.a.O. Seite 203–204.
[34] Ransmayer, a.a.O. Seite 15, 111.
[35] Francis Bacon: Neu-Atlantis. Stuttgart 1982. Seite 53: »Wir ahmen auch den Vogelflug nach. Zum Fliegen in der Luft haben wir Gestelle und Hilfsmittel ähnlich den Flugorganen der Tiere. Wir besitzen Schiffe und Boote, die unter Wasser fahren können«.
[36] Einen knappen Überblick gibt Elisabeth Frenzel: Stoffe der Weltliteratur. Stuttgart 1976. Seite 206–214.
[37] Thomas Mann: Doktor Faustus. Frankfurt am Main 1980. Seite 359.
[38] Mann, a.a.O. Seite 361.
[39] Informationen über Manns Vorlagen und Material gibt Gunilla Bergsten: Thomas Manns Doktor Faustus. Studia Litterarum Upsaliensia 3. Schweden 1963.
[40] Mann, a.a.O. Seite 362; im Original als Zitat in Anführungsstrichen.
[41] Mann, a.a.O. Seite 365.

[42] Mann, a.a.O. Seite 366.
[43] Mann, a.a.O. Seite 368–369.
[44] Günter Kunert: Andromeda zur Unzeit. Erstveröffentlichung: DIE ZEIT Nr. 36/1968, hier zitiert nah: Günter Kunert: Die Schreie der Fledermäuse. Seite 192–196.
[45] Nicolas Born: SF-Poem. Zitiert nach: Nicolas Born: Gedichte 1967–1978. Seite 109–111.
[46] zitiert nach: Nicolas Born, a.a.O. Seite 87.
[47] Nicolas Born: Schwache Bilder einer anderen Welt. Science Fiction und ihre mögliche Rechtfertigung. In: Nicolas Born: Die Welt der Maschine. Seite 36.
[48] Born, Die Welt der Maschine Seite 35.
[49] Susan Sontag: Die pornographische Phantasie. In: Susan Sontag: Kunst und Antikunst. Frankfurt am Main 1982. Seite 59.
[50] Alexander Kluge: Lernprozesse mit tödlichem Ausgang. Frankfurt am Main 1973. Seite 253.
[51] Kluge, a.a.O. Seite 297.
[52] Kluge, a.a.O. 323.
[53] Kluge, a.a.O. Seite und 365338.
[54] Herbert Rosendorfer: Die Goldenen Heiligen oder Columbus entdeckt Europa. Köln 1992. Herbert Rosendorfer lebt als Amtsrichter in München.
[55] Nagl, Stichwort Science Fiction, a.a.O. Seite 799.
[56] Nagl attestiert Schriftstellern wie diesen zwar eine »nenneswerte literarische Leistung, die häufig auch an phantastischem Einfallsreichtum die gängige SF weit in den Schatten stellen« (Stichwort »Science Fiction«, a.a.O. Seite 800), erklärt sie aber zugleich für »ebenso unrepräsentativ« wie »einflußlos«.
[57] Alfred Döblin: Bemerkungen zu »Berge, Meere und Giganten«, Die neue Rundschau, Juni 1924, zitiert nach: Alfred Döblin: Aufsätze zur Literatur. Olten und Freiburg im Breisgau 1963, Seite 347.
[58] Döblin, Aufsätze zur Literatur a.a.O. Seite 348–350.
[59] Alfred Döblin: Berge, Meere und Giganten. Olten 1977. 2. Auflage 1980. Seite 85.
[60] Friedrich Dürrenmatt: Labyrinth. Stoffe I–III. Zürich 1981. Seite 89.
[61] Leo Perutz: Sankt Petri-Schnee. Wien/Hamburg 1960. Seite 114.
[62] Perutz, a.a.O. Seite 124.
[63] Perutz, a.a.O. Seite 157.
[64] Eva Schweitzer: Traum-Reise-Metropole. Reportagen aus wachsenden, sterbenden und imaginären Städten. Berlin 1998. Seite 162.
[65] Wolfgang Blum: Pipeline zur Wahrheit. DIE ZEIT Nr. 35. 20. August 1998. Seite 28.

ÜBER SCIENCE FICTION

Historiker des Wechselspiels

Newt, Kingers, Harry und ich*

von Tom A. Shippey

Schon der Titel dieses Vortrags »Alternate Historians: Newt, Kingers, Harry, and me« mag einem sprachwissenschaftlichen Puristen falsch vorkommen. Zwar ist es richtig, daß in der Science Fiction das Subgenre der »Alternativwelten« (»alternate worlds«) oder »Alternativgeschichte« (»alternate histories«) bereits in den Kanon der Möglichkeiten aufgenommen wurde, wie sie etwa von Clute und Nicholls in der *Encyclopedia of Science Fiction*[1] definiert wurden. Dennoch mag das Wort »alternate« (= abwechselnd, im Wechsel, einander ablösend – *Anm d. Übers.*) sehr wohl als hier irrtümlich gebraucht erscheinen. Nach dem *Oxford English Dictionary* (OED), Erstdruck Band A von 1884 wie auch noch in der jüngsten überarbeiteten Fassung von 1989, bedeutet »alternate« als Adjektiv ursprünglich immer etwas, das im Wechsel miteinander erfolgt, wie in dem Begriff »alternating current« = Wechselstrom.

---

* Tom A. Shippey ist ein international renommierter Sprach- und Literaturwissenschaftler, dessen Analysen von der Literatur des Mittelalters bis zur Science Fiction reichen. Darüber hinaus ist er auch selbst (Mit-)Autor phantastischer Romane. Im Mittelpunkt seiner hier abgedruckten Überlegungen stehen **literarische Kritik**, **Dekonstruktion** und **»Intertextualität«** von Science Fiction, aufgezeigt am Beispiel des Subgenres der »Alternativwelten«.

Das folgende Referat hielt Tom A. Shippey auf der 17th International Conference on the Fantastic in the Arts der International Association for the Fantastic in the Arts (IAFA) im März 1996 in Fort Lauderdale/USA, an der er als Ehrengast teilnahm. Die deutsche Übersetzung folgt der mittlerweile überarbeiteten Fassung des Vortrags für das »Journal for the Fantastic in the Arts« (mit freundlicher Genehmigung des Autors und der IAFA).

Tom A. Shippey

Der Ausdruck »alternate histories« (im Wortsinn eigentlich so viel wie »Geschichtsschreibungen, die im Wechsel miteinander stehen« – *Anm. d. Übers.*) legt also nahe, daß die reale Welt und das sie ablösende Gegenstück irgendwie im Wechsel miteinander auftauchen und wieder verschwinden. Gemeint ist hier doch sicher das Wort »alterna*tiv*«, das – ebenfalls nach dem *Oxford English Dictionary* – so viel bedeutet wie »eine von mehreren Wahlmöglichkeiten«.

Man kann dem Sprachpuristen ganz einfach damit antworten, daß man sagt: Worte nehmen die Bedeutungen an, die man ihnen gemeinhin zuschreibt, und gegen diese Strategie habe ich auch gar nichts einzuwenden. In diesem bestimmten Fall würde ich den Puristen jedoch Zugeständnisse machen

---

Tom A. Shippey wurde 1943 in Kalkutta geboren und im Alter von sieben Jahren nach Schottland zurückverfrachtet, wo er die Freuden und Leiden der höheren Erziehung genoß. Später trat er in Tolkiens Fußstapfen und besuchte die King Edward's School, Birmingham, danach das Queens' College, Cambridge. Mit 22 wurde er Assistent an der Birmingham University, mit 29 »Fellow of St. John's College«, mit 35 berief man ihn auf Tolkiens früheren Lehrstuhl für Englische Philologie und Mittelalterliche Literatur an der Leeds University. Inzwischen lehrt Tom Shippey als Professor im Department of English an der St. Louis University, USA.

Seine frühen Veröffentlichungen (drei Bücher und zahlreiche Artikel) konzentrieren sich auf das Alt-Englische. Später machte er sein lebenslanges Hobby, Science Fiction, zum Gegenstand seiner Forschung und seiner Veröffentlichungen. In seiner Tolkien-Studie *The Road to Middle-Earth* (2. erweiterte Ausgabe 1992) verbindet er Philologie und Fantasy. In den 90er Jahren war er Herausgeber von zwei Oxford University Press-Anthologien, *The Oxford Book of Science Fiction Stories* (1992) und *The Oxford Book of Fantasy Stories* (1994), außerdem der Sammlung *Fictional Space: Essays on Contemporary Science-Fiction* (1991) und, zusammen mit George Slusser, *Fiction 2000: Cyberpunkt and the Future of Narrative* (1992, University of Georgia Press Collection).

Als Romanautor arbeitet er seit langem mit Harry Harrison zusammen (*The Hammer and the Cross,* 1993; *One King's Way,* 1995, *King and Emperor,* 1996, alle erschienen bei Tor, New York; die deutsche Ausgabe der Trilogie *Hammer und Kreuz* wird 2000 bei Heyne erscheinen: *Der Hammer und das Kreuz, Der Pfad des Königs* und *König und Imperator*).

und dennoch dabei bleiben, daß hier von »alternate *historians*« (hier in der Bedeutung von Historiker mit wechselnder Sichtweise - *Anm. d. Übers.*) die Rede und die puristische Bedeutung im Sinne von »einander ablösend« ganz und gar beabsichtigt ist. Jeder der vier im Titel genannten Autoren führt zumindest eine potentielle Doppelexistenz, wie ich zeigen werde.

Ich will sie hier der Reihe nach vorstellen: »Newt« ist Mr. Newt Gingrich, gegenwärtig der Öffentlichkeit vor allem als Sprecher des Repräsentantenhauses bekannt. In Zusammenarbeit mit William Forstchen zeichnet er aber auch als Autor einer vor kurzem erschienenen »alternate history« mit dem Titel *1945* (New York: Baen, 1993) verantwortlich. Er ist sowohl Schriftsteller als auch eine politische Persönlichkeit. Zweifellos ist diese Wechselbeziehung auch den meisten Lesern der von ihm mitverfaßten Bücher bewußt.

»Kingers« ist der inzwischen so betitelte Sir Kingsley Amis, einigen hier im Publikum, etwa Brian Aldiss, persönlich gut bekannt, den meisten ein Begriff als Autor von Mainstream- wie auch Genre-Literatur. Auch er führt eine Doppelexistenz als Schriftsteller und (mit größerem Einfluß) als Kritiker von Science Fiction. Im Fall von Amis fällt unter den verschiedenen Aspekten der Verdoppelung vor allem folgendes auf: Trotz seines Romans *The Alteration* (London: Cape, 1976 – deutsch: *Die Verwandlung,* München: Heyne 1986, Heyne SF 4314 - *Anm. d. Übers.*), den ich als einen der Klassiker des Subgenres »Alternativwelten« betrachte, hat er auf diesem Gebiet nie viel Beachtung gefunden und blieb dem Ghetto des Mainstream verhaftet. Sein Versuch, zwischen Mainstream und Genre hin- und herzuwechseln, stieß bei keiner Seite auf Gegenliebe.

Was mich selbst betrifft (ich drängle mich an dieser Stelle ganz unbescheiden vor): Mein zweifacher Anspruch, ein Geschichtsschreiber des Wechselspiels zu sein, gründet sich in erster Linie darauf, daß ich, wie Mr. Gingrich, auch als Co-Autor von Romanen verantwortlich zeichne. In meinem Fall handelt es sich um die Zusammenarbeit mit dem renommierten Schriftsteller Harry Harrison bei drei »Alternativwelt«-Romanen[2]. Und in zweiter Linie beziehe ich mich darauf, daß ich mich, wie Sir Kingsley, in zwei Rollen versuche, in der als Autor und in der als Kritiker von Science Fiction. Dadurch überblickt man dieses Gebiet abwechselnd von innen und von außen.

Beim vierten Namen auf meiner Liste handelt es sich natürlich um meinen Co-Autor, Harry Harrison. Aber auch Harry nimmt, zumindest in diesem Vortrag, eine Doppelexistenz an und löst sich mit dem seit jüngerer Zeit bekannten Harry Turtledove ab (der, wie ich an dieser Stelle hinzufügen möchte, früher ein Akademiker und Herausgeber von *»The Chronicle of Theophanes: an English translation«* war, erschienen bei University of Philadelphia: Pennsylvania Press, 1982). Es ist schon ein seltsamer Zufall (oder ein seltsames »Zusammentreffen«, um den Ausdruck zu verwenden, den Amis in seinem Roman *The Alteration* so bemüht einführt – dort wimmelt es nur so von Zufällen), daß beide Harrys in bestimmter Hinsicht dasselbe Buch geschrieben haben: Die Konföderation der Südstaaten siegt oder hofft auf den Sieg im amerikanischen Bürgerkrieg, indem sie Waffen einführt, die durch die Zeit gereist sind. Bei Harrison heißt der Roman *A Rebel in Time* (New York: Granada, 1983 – deutsch: *Im Süden nichts Neues,* Bergisch Gladbach: Bastei Lübbe 1984, Bastei SF 22 070), bei Turtledove *The Guns of the South* (New York: Ballantine, 1992). Wären diese Autoren Kritiker, dann hätte es bestimmt ein Geschrei, Dementi und gegenseitige Zuweisungen von Plagiatentum gegeben. In der Welt der Literatur allerdings, in der es realistischer zugeht, besteht keine Notwendigkeit, mehr zu tun als – wieder einmal – »Zufall« zu sagen.

Das führt mich zu meiner ersten Wechselbetrachtung von Science Fiction, in deren Mittelpunkt folgende Überlegung steht: Es gibt eine Art Wissen, das dem Kritiker bekannt ist. Und es gibt eine Art Wissen, das dem Autor bekannt ist. Man sollte ernsthaftere Versuche als bisher unternehmen, dieses jeweilige Wissen miteinander zu verbinden, anstatt es sozusagen in getrennten Bereichen des Gehirns oder der Bibliothek aufzubewahren.

An erster Stelle möchte ich hier eine rein kritische Bemerkung loswerden, die meiner Meinung nach einem schöpferischen Geist nur wenig oder gar nichts bringt. Es geht um folgendes: Das Subgenre »Alternativgeschichte« ist wie die meisten, wenn nicht sogar alle Subgenres der Science Fiction, stark an Regeln gebunden. Es richtet sich nach einer Art Grammatik.

Regel Nummer 1 für die Alternativgeschichte – sie entspräche somit der Satzregel traditioneller Grammatik, nämlich Satz = Nomen plus Verb – heißt: *Finde einen Divergenzpunkt* – einen Punkt, von dem aus die wirkliche, uns bekannte Geschichte und die Alternativgeschichte, in die wir eingeführt werden, sich auseinander entwickeln. Aus dieser Hauptregel ergeben sich untergeordnete Regeln, die auf der Hand liegen. Der Divergenzpunkt sollte, so könnte man sagen,

1. einleuchtend,
2. klar abgegrenzt, eindeutig,
3. an sich unbedeutend,
4. von gewaltiger Auswirkung sein.

In der Rhetorik der Alternativgeschichte sollten die Subregeln 3 und 4 natürlich gerade durch ihr Gegenspiel wirken. Gesucht ist der Wandel, bei dem die größtmögliche Wirkung durch die kleinstmögliche Ursache ausgelöst wird. Alle Beispiele, die ich hier heranziehe, folgen der Hauptregel wie den Subregeln, folglich fällt es mir nicht schwer, die Divergenzpunkte auszumachen.

Betrachten wir zunächst *1945* von Gingrich und Forstchen. Der Divergenzpunkt tritt hier am 6. Dezember 1941 auf. In *1945* wird behauptet, daß Hitler an diesem Tag einen harmlosen und an sich unbedeutenden Unfall hatte und deshalb kurzzeitig aus dem Verkehr gezogen war. Worin liegt die Bedeutung des an sich unbedeutenden Unfalls? Sie liegt darin, daß der 6. Dezember 1941 der Vortag des japanischen Angriffs auf Pearl Harbor war. Hätte an diesem kritischen Tag jemand mit mehr Vernunft als Hitler die Geschicke Deutschlands gelenkt, dann, so Gingrich und Forstchen, hätte Deutschland den USA nicht den Krieg erklärt. Aber (so könnte man aus herkömmlicher Perspektive einwenden) hätte Roosevelt dann nicht trotzdem und seinerseits Deutschland als Japans Verbündetem den Krieg erklärt? Wäre die Geschichte damit nicht aufs gleiche hinausgelaufen? Das allerdings kann man als Frage der praktischen amerikanischen Politik betrachten. Auf diesem Gebiet kann einer der Autoren von *1945* – ganz abgesehen von seiner Rolle als Autor – als Experte gelten. Und er behauptet (bzw. sein Buch behauptet, ich kann in diesem Fall die wechselnden Autoritäten einfach nicht auseinanderhalten), daß Roosevelt es n i c h t getan hätte, gar nicht hätte tun können. Er hätte sich an den einen Feind, an Japan, gehalten. Hätten die Ereignisse diesen Verlauf genommen, wie hätte die Welt dann im Jahre 1945 ausgesehen? Man muß Gingrich und Forstchen in jeder Hinsicht zugutehalten, daß sie sich strikt an die Subregeln gehalten haben. Ihr Divergenzpunkt ist völlig eindeutig, unheimlich einleuchtend, an sich unbedeutend und hat ganz offensichtlich ungeheures Wirkungspotential.

Der Divergenzpunkt in *The Alteration* (»Die Verwandlung«) wird literarisch anspruchsvoller präsentiert, ist aber in seiner Logik nicht so klar und zwingend wie der Divergenzpunkt in *1945*. Er wird uns mit bemühter Selbtreflektion – bezogen auf die literarische Gattung – vermittelt, und das auf so komplizierte Art, daß ein Großteil von Amis' Mainstream-Rezensenten es gar nicht nachvollziehen konnte.[3] In der Welt von *The Alteration* ist SF (Science Fiction / Spekulative Fiction) zur TR (Time Romance = Zeitreise-Abenteuerroman) oder IF (Invention Fiction = Erfindungsroman) geworden, während Alternativwelten zu CW (Counterfeit Worlds = Scheinwelten) geworden sind.

Amis hält den Fluß der Erzählung einen Augenblick lang an, um sich mit der Frage auseinanderzusetzen, ob »counterfeit worlds« eine Form der »time romance« darstellen oder nicht. Der Divergenzpunkt ist jedoch in einer Nacherzählung des »CW«-Romans *The Man in the High Castle* von Philip K. Dick versteckt. In unserer Welt handelt es sich dabei natürlich um einen Alternativwelt-Roman. Aber die Handlung des hier zitierten Romans *The Man in the High Castle* hat mit unserem gleichnamigen Philip K. Dick-Roman nichts gemein (Philip K. Dick: *The Man in the High Castle,* New York: Putnam, 1962 – ein Roman, der ähnlich wie *1945* von einer Welt handelt, die durch die Niederlage der Alliierten im Zweiten Weltkrieg geprägt ist). Statt dessen wird in dieser (fiktiven) Nacherzählung eine Welt vorgestellt, die unserer eigenen sehr viel ähnlicher ist als die Welt in dem bekannten gleichnamigen Dick-Roman oder auch die Welt in *The Alteration*. Zwischen all diesen Möglichkeiten müssen die Leser ihren Weg suchen.

Ich will an dieser Stelle gar keine Ent-Schlüsselung versuchen. Der in der Nacherzählung des CW-Romans indirekt angedeutete Divergenzpunkt ist meiner Meinung nach der folgende: Die Welt von *The Alteration* entsteht, als ein Plan Henry Tudors endlich einmal klappt (und nicht daneben geht, wie es in der englischen Geschichte sonst stets der Fall war).[4] Henry Tudor nennt seinen ältesten Sohn Arthur. Mit der Namensgebung verbindet er die Hoffnung, sein Erstgeborener werde die uralte Prophezeiung von König Arthurs Wiederkunft einlösen. Der Arthur des Romans heiratet Catherine von Aragon und zeugt den Prinzen Stephen. Stephen schlägt mit Hilfe des Papstes Germanian I. einen Putsch seines bösen Onkels Heinrich nieder – in unserer Welt ist das Heinrich VIII., der die Reformation eingeleitet hat, in der Alternativwelt heißt er Heinrich der Gräßliche – und erringt den Heiligen Sieg, der dem Katholizismus in der christlichen Welt zu dauerhafter Herrschaft verhilft.

Darin liegt eine Ironie, die jedem auffallen muß, der je eine britische Münze von heute genau betrachtet hat: Bis in die Gegenwart hinein haben die britischen Monarchen sogar bei der Münzprägung ihren Titel »D.F.«, Defensor Fidei, Verteidiger des rechten Glaubens, wild entschlossen beibehalten. Dieser Titel wurde Heinrich VIII. von Papst Leo X. verliehen und von seinen Nachfolgern nie aufgegeben, obwohl Papst Paul III. nach der Reformation Heinrichs VIII. ihnen den Titel mit gebührender Empörung aberkannte.

In der Welt von *The Alteration* gibt es diese Ironie nicht. Die Könige von England sind Verteidiger des rechten Glaubens, keine Frage, welchen Glauben sie da verteidigen. Aus diesem zufälligen Überleben eines heute vergessenen Prinzens ergeben sich in *The Alteration* die angemessen gewaltigen (und ironischen) Konsequenzen. Mit dem Sieg des Katholizismus werden sowohl Martin Luther als auch Thomas Morus Päpste. Aus Martin Luther wird der Papst Germanian, der Heinrich besiegt – Nordeuropa bleibt dem Papsttum erhalten, und im Alternativwelt-Jahr 1976 sind Christentum und päpstliche Autorität Synonyme. Es gibt keine Weltkriege, keine Wissenschaft, keinen Kommunismus, und nur die abgespaltenen Kolonien in Neuengland deuten darauf hin, was hätte geschehen können (für uns natürlich geschehen ist).

Trotz all seiner raffinierten Selbstreflektion muß man feststellen, daß das Szenario insgesamt schwächer ist als das Szenario bei Gingrich und Forstchen – schwächer im Hinblick auf seine Eindeutigkeit: Es gibt keinen klar umgrenzten Zeitpunkt, an dem man die Veränderung festmachen kann, und die oben erwähnten Einzelheiten muß man sich ziemlich mühsam aus einer ziemlich weitschweifigen Erzählung zusammenklauben. *The Alteration* hat allerdings einiges an Plausibilität für sich – immerhin ist die Handlung um vieles plausibler als der fortgesetzte Gebrauch von Defensor Fidei auf britischen Münzen – das hätte kein Romanschriftsteller erfinden können. Insgesamt mag man diesen Divergenzpunkt höher bewerten als meinen eigenen in der bereits erwähnten Trilogie, der so hintergründig ist, daß er vielleicht noch niemals irgend jemandem aufgefallen ist. Ich kann jedoch beweisen, daß ich mich an die Regel gehalten habe, und beziehe mich dabei auf eine Geschichte, die in bestimmter Hinsicht als Vorstudie zur Trilogie gedient hat, eine Kurzgeschichte mit dem Titel *A Letter from the Pope (Ein Brief vom Papst – Anm. d. Übers.).*[5]

Der Divergenzpunkt ist hier in historischer wie in persönlicher Hinsicht völlig klar. Ich erinnere mich daran, wie mir vor Jahren in Band I der Reihe *English Historical Documents* die Übersetzungen zweier Briefe von Papst Johannes VIII. an den Erzbischof Ethelred von Canterbury auffielen.[6] Im ersten Brief stellt der Papst fest, daß sich alle englischen Kirchenleute in

Rom damit einverstanden erklärt haben, knöchellange statt hüftlanger Gewänder zu tragen. Dies müsse jetzt zur Regel werden. Im zweiten Brief nimmt er Anteil an den Problemen des Erzbischofs mit seinem König und erklärt nachdrücklich: »Wir haben den König ermahnt, Euch die schuldige Ehre zu erweisen ... wenn er die Gnade und das Wohlwollen der apostolischen Vorsehung erlangen will.« Die Ironie liegt im Datum des zweiten Briefes, »Ende 877 oder Anfang 878«. Wie wir aus *The Anglo-Saxon Chronicle* wissen, war König Alfred von Wessex genau zu dieser Zeit (5. Januar 878) aufgrund eines Überraschungsangriffs heidnischer Wikinger auf seinen Hof zur Flucht gezwungen. Er mußte (zumindest nach der Legende) die Kuchen verbrennen, seine Streitkräfte sammeln und den Sieg erringen, der England der Christenheit erhielt. Was der König wohl gesagt hätte, wenn ein sturer und völlig unwichtiger Brief über die Länge von Gewändern und die Rechte der Kirche tatsächlich zu diesem Zeitpunkt eingetroffen wäre, kann man sich nur ausmalen. Und dieses Ausmalen liegt natürlich der Geschichte *A Letter from the Pope* und der darauf folgenden Trilogie zugrunde. Meiner Meinung nach schneidet dieser Divergenzpunkt zumindest hinsichtlich seiner historischen Eindeutigkeit, seiner psychologischen Plausibilität und seiner eigentlichen Trivialität gut ab. Was seine weitreichenden Folgen betrifft: Da kann man nur feststellen, daß diese Konferenz wohl in Dänisch abgehalten würde, wäre nicht König Alfred gewesen.

Der Divergenzpunkt in Harry Harrisons *Rebel in Time* wie auch in Harry Tutledoves *The Guns of the South* ist einmal mehr ein fast traditioneller. Er läßt sich zurückverfolgen bis zu Ward Moores berühmtem »Alternativwelt«-Roman *Bring the Jubilee* (New York: Ballantine, 1953) und sogar noch weiter bis zu der fruchtbaren Sammlung von Aufsätzen, die J. C. Squire unter dem Titel *If It Had Happened Otherwise: Lapses into Imaginary History* (London: Longmans Green, 1931) herausgegeben hat. Diese Sammlung enthält den berühmten Winston Churchill-Text *If Lee Had Not Won the Battle of Gettysburg*.

Alle vier Werke, die Werke von Churchill, Moore, Harrison und Turtledove, stellen eine Welt vor, in der die Konföderation den Bürgerkrieg gewonnen hat. Im Mittelpunkt der Alternativgeschichte steht bei Churchill wie bei Moore ein wie üblich winziger Divergenzpunkt – die frühe Attacke der Konföderierten auf Little Round Top. Theoretisch wäre die Einnahme von Little Round Top am 1. Juli 1863 eine leichte Übung gewesen, einen Tag später jedoch sollte sie zu einer bitteren Niederlage führen. Die beiden Bücher der beiden Harrys folgen nicht ganz diesem »Schlacht-verloren-weil-ein-Nagel-fehlte«-Muster. Man könnte allerdings behaupten, das liege daran, daß sie zu einem etwas anderen Subgenre der Science Fiction hinübergewechselt sind: von der reinen oder klassischen »Alternativgeschichte« zur nah verwandten »Verändere-die-Vergangenheit«-Geschichte. Als deren paradigmatisches Beispiel kann sehr wohl L. Sprague de Camps *Lest Darkness Fall* (New York: Holt, 1941) gelten und als sein Vorläufer Mark Twains *A Connecticut Yankee at King Arthur's Court* (New York: Webster, 1889).

The Alteration und *The Guns of the South* sind sich darin ähnlich, daß sie uns eine Welt zeigen, die sich historisch von unserer eigenen unterscheidet. Aber im ersten Fall ist der Unterschied rein zufällig, im zweiten Fall das Ergebnis eines bewußten Eingriffs von Zeitreisenden aus unserer Epoche. Sie reisen in der Zeit zurück, um den Südstaaten zu Maschinengewehren vom Typ Ak-47 und damit zum Sieg zu verhelfen.

Beide Subgenres betonen nachdrücklich die These, daß die Geschichte nicht unbedingt so hätte verlaufen müssen, daß die Dinge nicht so sein müßten, wie sie sind, und nicht so waren, wie sie sich heute darstellen. Beide Subgenres verlassen sich sehr auf das von uns entwickelte Gespür für Anachronismen (das sie fortwährend irritieren). Das »Verändere-die-Vergangenheit«-Subgenre kann es sich jedoch leisten, mit seinen Divergenzpunkten nicht ganz so sparsam umzugehen: Zeitreisende haben mehrere Versuche zur Veränderung der Vergangenheit frei (wie in de Camps Roman), können aber auch als kontinuierlich verändernde Kraft wirken (wie in Turtledoves Roman). Man könnte hier noch anmerken, daß Harrisons Version des Südstaatensieges in der Entwicklung der Handlung deutlich sparsamer verfährt als Turtledoves: Harrison gesteht nur eine einzige »Einfügung« in die Vergangenheit zu, nur eine einzige Erfindung (das Sten-Gewehr, ausgewählt zu einem ganz bestimmtem Zweck). In dieser Hinsicht hält er sich enger als Turtledove an die Regeln von Eindeutigkeit, Plausibilität, Geringfügigkeit und gewaltiger Auswirkung, wie wir sie oben aufgezeigt haben.

Man könnte also folgern, daß »Alternativgeschichte« und »Verändere-die-Vergangenheit«-Geschichte innerhalb der übergeordneten »Grammatik« von Science Fiction ähnlichen, aber leicht voneinander abweichenden »Bestimmungsstrukturen« folgen. Jedenfalls hoffe ich, daß der erste Punkt, den ich hier vermitteln wollte, der Standpunkt des Kritikers, richtig angekommen ist. »Alternativgeschichte« ist an Regeln gebunden. Und diese Regeln sind – ebenso wie die Divergenzpunkte – leicht auszumachen.

Im Gegensatz dazu gibt es eine all diese Romane betreffende Frage, die unter kritischen Aspekten vielleicht gar nicht zu beantworten ist. So wenig zu beantworten, daß die Kritiker eine Theorie entwickelt haben, die besagt, daß schon die Frage selbst gar nicht zulässig ist: Die Frage: Woher kommt das alles? Wie sind Sie (der Autor, die Autorin) überhaupt auf diese Idee gekommen? Was hat das Werk inspiriert? Das sind interessante Fragen. Wenn sie naiv oder laienhaft wirken, dann liegt das meiner Meinung nach schlicht daran, daß der Kritiker sie offensichtlich nicht aufgrund rein vernünftiger Überlegung beantworten kann. Wir Kritiker haben uns etwas zurechtgebastelt, das dieses Versagen entschuldigt (oder leugnet). Und es ist klar ersichtlich, woher das Versagen kommt. Würde ein Kritiker unvorsichtigerweise fragen: »Warum hat Kingsley Amis *The Alteration* geschrieben?«, dann könnte er (oder sie) mehrere plausible Antworten liefern, und sie alle würden sich auf die »Textanalyse« gründen. Man könnte zum Beispiel sagen: *The Alteration* wurde deshalb geschrieben, weil dem Autor die politische Situation in Großbritannien Mitte der 70er Jahre in höchstem Maße zuwider war (als die Linke anscheinend alles im Griff hatte; als das Land von den

Kräften beherrscht wurde, die man später als »politisch korrekt« bezeichnen sollte; als Anthony Burgess sein bitterböses *1985* (London: Hutchinson, 1978) als Nachtrag zu Orwell schrieb). Innerhalb »des Textes« gibt es jede Menge Anhaltspunkte für eine solche Sicht der Dinge.

Ein ebenso durchgängiger wie der Vernunft widersprechender Witz besteht in *The Alteration* darin, Personen aus unserer Realwelt so einzuführen als seien sie unabhängig von allen anderen Veränderungen geboren, sie aber gleichzeitig mit Rollen auszustatten, die politisch gesehen ihren Rollen im »wirklichen Leben« diametral entgegengesetzt sind. (Wobei nahegelegt wird, daß sie diese Rollen mit der gleichen Charakterhaltung erfüllen wie ihre entgegengesetzten Rollen in der »Realwelt«). So wird Jean-Paul Sartre zum haarspalterischen Jesuiten, die Monsignores Himmler und Beria, Prälaten des gefürchteten Heiligen Büros der Kirche, knien Seite an Seite in der Kathedrale nieder – und die Beamten Foot und Redgrave, Vertreter des weltlichen Arms der Kirche, tauchen innerhalb der Erzählung auf, um den liberalen Pater Lyall zu kastrieren und umzubringen. Foot und Redgrave waren im Großbritannien der 70er Jahre wohlbekannte Namen. Foot war damals der für Arbeit und Beschäftigung zuständige Staatssekretär, später Oppositionsführer, Redgrave der prominente linke Schauspieler. Beide gaben sich als leidenschaftliche Anwälte der Freiheit und der Rechte für Unterprivilegierte etc. Amis deutet an, daß diese Leidenschaft nur ein verkappter Geltungsdrang war, daß die beiden – wie so viele Revolutionäre unserer Geschichte – unter anderen Umständen durchaus Greueltaten hätten begehen können, Greueltaten unter dem Banner des Glaubens.

Auch Anthony Burgess scheint in *The Alteration* ein Opfer des weltlichen Arms der Kirche geworden zu sein. Eine kritische Erörterung könnte also leicht folgenden Gang nehmen: Amis' Abscheu vor Tyrannei brachte ihn dazu, die gegenwärtige Politik als eine Art von Theokratie zu betrachten und sich eine Welt vorzustellen, in der Theokraten das Sagen haben. Eine Welt, in der das Papsttum seine Rivalen zermalmt. Das wäre eine logische Darlegung, durch den Text nicht zu widerlegen, unter kritischen Aspekten nicht von der Hand zu weisen (aber zufällig auch falsch).

Eine andere und sogar noch stärker der Literatur verpflichtete Argumentation könnte darin bestehen, daß behauptet wird: *The Alteration* entsprang vor allem der »Intertextualität«, der Roman ist eine Reaktion auf literarische Texte, und diese Reaktion vollzieht sich in einem Genre, das innerhalb des Werkes selbstkritisch reflektiert wird. Auch darauf weist vieles bei Amis hin. Nicht nur, daß er den klassischen Philipp K. Dick-Roman *The Man in the High Castle* erwähnt, er nennt auch *Galliard* von Keith Roberts (eine Anspielung auf die real existierende und sehr ähnliche »Alternativgeschichte« *Pavane*, verfaßt von einem Schriftsteller namens Hart-Davis, London 1968) und *The Ork Awakes* von J. B. Harris (eine Art Kreuzung zwischen Tolkien und *The Kraken Wakes* von John Wyndham, der in Wirklichkeit John Beynon Harris hieß, London: Michael Joseph, 1953). Darüber hinaus erwähnt er einen weiteren Klassiker der »Alternativgeschichte«, Harry Harrisons *A Transatlantic Tunnel, Hurrah!* (London: Faber, 1972), der vor allem von Eisenbahnen handelt. Nur ist dieser Hinweis völlig in einer dahingeworfenen Bemerkung versteckt, die sich auf eine »vom großen Harrison« entworfene Eisenbahnlinie bezieht.

Wie schon erwähnt, haben viele von Amis' Mainstream-Rezensenten diesen Punkt bezeichnenderweise übersehen. Statt dessen stürzten sie sich auf die Grundidee des Romans und unkten: »Das war ja alles schon mal da!« (Als ob niemand in irgendeinem Genre schreiben dürfte, für das bereits ein Beispiel existiert). Mit Leichtigkeit könnte man solche Rezensenten mit ihren eigenen Waffen schlagen und *The Alteration* als ein Werk betrachten, das nicht politischer Wut, sondern literarischem Kampfgeist entsprungen ist. Aber auch eine solche Betrachtungsweise wäre, wie ich meine, falsch.

Wie Kingsley Amis mir irgendwann im Sommer 1977 erzählte,[7] war der zündende Funke für seinen Roman weder politischer Groll noch literarische Überlegung, sondern die Existenz eines Artefakts. Normalerweise traut man ja Autoren nicht, die so etwas behaupten, und unterstellt ihnen reichlich Grund zur Lüge. In diesem Fall jedoch (wie in den meisten

Fällen) kommt mir die Lösung des Autors eleganter, informativer und weniger vorhersehbar vor als die oben angeführten Erklärungen.[8] Immerhin handelt es sich bei der zentralen »Verwandlung« in Amis' Roman nicht um die große Veränderung, die eine andere Welt entstehen läßt, sondern um die kleine chirurgische Veränderung, die an dem Chorknaben Hubert Anvil vorgenommen wird, um ihn zum Eunuchen zu machen und seine Singstimme zu erhalten. Das Artefakt, das die Entwicklung des Romans in der Phantasie des Autors in Gang gesetzt hat, war eine Tonaufnahme, eine alte Schallplatte, auf der genau eine solche Person sang.

In künstlerischer Hinsicht war das Erstaunliche daran (wie Amis sagte), daß die Stimme wie ein Sopran klang, allerdings wie ein Sopran, der mit der Kraft und dem Timbre eines erwachsenen Mannes sang. Ein Klang, der in der Natur nicht vorkommt. In historischer Hinsicht ist daran erstaunlich, daß irgendwo und auf irgendwie nicht erklärbare Weise in Italien Chorknaben noch lange Zeit kastriert wurden, zwar nicht bis ins 20. Jahrhundert, aber bis ins späte 19. Jahrhundert, so daß die Stimmen der Überlebenden auf Schallplatten gepreßt werden konnten.

Daß eine solche Praxis so lange überdauert hat, scheint vielem, was wir aus der Geschichte wissen oder zu wissen glauben, direkt zu widersprechen. Sicher muß das damals doch schon gegen bestimmte Gesetze verstoßen haben, wie es ja schon immer gegen die Moral verstoßen hat. Immerhin war das Italien des 19. Jahrhunderts doch Teil der europäischen Zivilisation, nicht wahr? Der *Kastrat*, der auf einer Schallplatte singt, ist ganz offensichtlich ein Anachronismus genau derselben Art, wie er auch auf dem Buchumschlag von Harry Turtledoves *The Guns of the South* zu sehen ist. Dort ist Robert E. Lee abgebildet, wie er ein AK-47-Gewehr samt Patronengurt usw. hält. Aber hier handelt es sich nicht um eine Erfindung, sondern um die Realität. Die Zweifel, die sie an unserer normalen Interpretation der Wirklichkeit auslöst, reichen aus, eine Erzählung zu schaffen: in diesem Fall eine Erzählung, die erklärt, wie eine solche »Verwandlung« von der Gesellschaft nicht nur toleriert, sondern sogar gerühmt wurde.

Amis' überraschende, aber völlig zufriedenstellende Erklärung setzt den Standpunkt des Schriftstellers gegen den oben behandelten Standpunkt des Kritikers. Kritiker sehen, in welcher Weise »Alternativgeschichte« an Regeln gebunden ist. Wenn sie wollten, könnten sie sich hinsetzen und das Buch der Regeln schreiben. Die Schriftsteller könnten das Buch der Regeln mit einer weiteren Dimension ausstatten, indem sie ständig das Seltsame, Individuelle und Unvorhersehbare einbringen.

Man könnte behaupten: Während die Kritiker in der Lage sind, allgemeine, in sich begrenzte Grammatiken zu entwerfen, können Schriftsteller das allgemeine Wörterbuch schaffen – und Wörterbücher sind in sich offen, nie abgeschlossen, denn jeder kann jederzeit ein völlig neues Wort einführen.[9]

Diese Vorstellung impliziert auch folgendes: Ein Kind, das irgendeine Sprache lernen möchte, muß sich sowohl die Grammatik als auch den Wortschatz dieser Sprache einverleiben. Ebenso müssen sich Schriftsteller sowohl die Konventionen ihres Genres als auch den ständigen Drang aneignen, sich außerhalb dieser Konventionen zu bewegen, sie neu zu beleben. Sie müssen diese Konventionen durch Elemente erneuern, die bisher noch nicht verwendet oder beachtet wurden. Ich will damit auf folgendes hinaus: Es ist eine Schwäche der literarischen Kritik, daß sie – obwohl sie es mit einem lebendigen Gebiet und mit lebenden und immer noch zugänglichen Informanten zu tun hat – darauf besteht, sich an solche kritischen Regeln zu halten, die zur Analyse toter Literatur, geschrieben von inzwischen toten Autoren und oft auch in toten Sprachen, aufgestellt wurden. Auf diesem Gebiet wäre der Wechsel von der Kritiker- zur Autorenperspektive zu begrüßen, so er denn möglich ist.

Wenn ich so etwas behaupte, dann widerspricht das allerdings einer ganzen Schule von etablierten kritischen Lehrmeinungen und Theorien. Ich möchte meine Behauptung damit belegen, daß ich auf zwei an anderer Stelle bereits erörterte Themenkomplexe zurückgreife: erstens auf die besondere Natur der Leseerfahrung, wenn man es mit Science Fiction zu tun hat. Und zweitens auf die merkwürdig enge Verbindung zwischen dieser Erfahrung und einigen extremen Lehrsätzen der modernen kritischen Theorie. Lassen wir die Kritiker und Schriftsteller einen Augenblick beiseite, um uns der Frage zuzuwenden, mit welcher Art von Textualität wir es in der Science Fiction zu tun haben.

Nun ist »Textualität« natürlich ein Kunstwort. Nach der Toronto-*Encyclopedia of Contemporary Literary Theory* (Lexikon der Literaturtheorie der Gegenwart – *Anm. d. Übers.*), die ich hier nur beispielhaft für das anführe, was gemeinhin akzeptiert wird, bezeichnet der Begriff einerseits die Aufhebung der Grenzen zwischen Literatur und anderen verbalen und non-verbalen Bedeutungszuweisungen, andererseits die Unterminierung des Prinzips, daß jeder Text ein Objekt darstellt, dessen Bedeutung sinnvoll zusammenhängt (kohärent ist) und das in sich vollständig ist.[10] Mit solchen Re-Definitionen sind eine Reihe von Thesen verbunden, die ich hier ohne bestimmte Ordnung anführen will, etwa:

Worte sprechen uns (Words speak us).

Das heißt: Nicht wir benutzen Sprache, die Sprache benutzt uns. Wir selbst sind sprachliche Konstrukte.

Alles ist Text, außerhalb des Textes gibt es nichts (Everything is a text, and there is nothing outside the text).

Das heißt: So etwas wie Realität gibt es außerhalb unseres Verständnisses von Realität gar nicht, denn wir konstruieren die Realität sprachlich, also textlich.

Der Autor ist tot (The author is dead).

Das heißt: Er oder sie nimmt jetzt die Funktion des Autors ein bzw. ist ein ideologisches Produkt. Wer war George Eliot? »Der Begriff George Eliot bedeutet nichts anderes als die Einfügung gewisser, spezifischer, ideologischer Bestimmungen – etwa evangelisches Christentum, ländliche Naturschwärmerei, keimhafter Feminismus, kleinbürgerlicher Moralismus – in ein vorherrschendes ideologisches Gebilde, das durch die Präsenz dieser Bestimmungen teilweise gestützt, teilweise auch in Verlegenheit gebracht wird.«[11] Soweit zu Autoren ...

Geschichte ist nur ein weiterer Diskurs (History is only another discourse).

Das heißt: Es gibt keine Realität außerhalb des Textes, und Texte sind Sprachkonstrukte, selbst dokumentierte Geschichte ist bestenfalls ein Mythos.

Sprache ist Macht (Language is power).

Das heißt: Die Worte sprechen diejenigen, die sie verwenden. Wer das System der Zeichen steuern oder manipulieren kann, wird mit der Zeit auch das Denken und die Menschen kontrollieren. Letztendlich aber auch die Realität, denn es gibt nur sprachliche Realität.

Solche Thesen mögen sehr wohl dumm oder abstoßend wirken (wie zum Beispiel die oben angeführte herabsetzende und entmenschlichende Definition von »George Eliot«), vielleicht auch potentiell gefährlich (wie die zuletzt angeführte These mit ihren Anklängen an Orwells »Newspeak« und an die Vorstellungen von O'Brien, dem Folterer, im dritten Kapitel des dritten Teils von *1984*). Aber zumindest innerhalb von Science Fiction beziehen sie sich auf recht klar umrissene Dinge.

Kommen wir noch einmal auf das Zitat zurück, in dem die »Aufhebung der Grenzen zwischen Literatur und anderen ... Bedeutungszuweisungen« behauptet wird. Schon dreimal konnten Sie während dieses Vortrags beobachten, wie ich eine Münze herauszog und ihre Inschrift las (sie ist ein Text). Sie konnten sehen, wie ich mich zu meiner Bestätigung an Brian Aldiss wandte (er ist ein Text) und wie ich ein Bild hochhielt und herumzeigte, auf dem Robert E. Lee mit einem Ak-47 abgebildet ist (es ist ein Text). Keine dieser Äußerungen ist von einem Geheimnis umgeben. Und wenn man sich Textabschnitte von Science Fiction, insbesondere von »Alternativgeschichte«, näher ansieht und während des Lesens über das Geschehen nachdenkt, dann geben die oben angeführten provozierenden Thesen vielleicht nicht mehr so viele Rätsel auf und fordern vielleicht auch nicht mehr so zum Widerspruch heraus. Nehmen wir zum Beispiel den Abschnitt auf den ersten Seiten von *The Alteration,* der die Kathedrale St. George in Coverley/Oxford, Mittelpunkt des englischen Reiches, beschreibt:

»Abgesehen von Wrens großartiger Kuppel bestand die berühmteste Sehenswürdigkeit in dem riesigen Wandgemälde, das Turner zur Erinnerung an den Heiligen Sieg im Laufe von viereinhalb Jahren buchstäblich ununterbrochener Arbeit geschaffen hatte; es war unvergleichlich. Das westliche Fenster von Gainsborough, das jetzt beim ersten Sonnenstrahl aufflammte, zeigte die Geburt der Heiligen Helena, Mutter Konstantins des Großen, in Colchester. Entlang der Südwand verliefen Blakes immer noch strahlende Fresken, auf denen die Reise des Heiligen Augustinus durch England abgebildet war. Holman Hunts Ölgemälde vom Märtyrertum des Heiligen Georg wurde weniger wegen seiner künstlerischen Verdienste gerühmt als aufgrund der damit verknüpften Geschichte. Der Künstler war extra nach Palästina gereist, weil er sichergehen wollte, daß er den Schauplatz des Geschehens authentisch darstellte. Zu den jüngsten Ergänzungen zählte das ›Ecce Homo‹-Mosaik von David Hockney. Wegen seines übertrieben traditionalistischen, fast schon archaischen Stils war es auf ausgesprochene Ablehnung gestoßen. Wenden wir uns jetzt einem ganz anderen Abschnitt zu: Uneingeschränkte Bewunderung galt dagegen den Ausschmückungen von William Morris auf den Gewölben des Querschiffs, der einzigartigen, üppig vergoldeten Pyx über dem Hochaltar – das Geschenk eines Erzbischofs von Zululand – und Epstones massiver Marmor-Pieta.« *(Übersetzung Usch Kiausch)*.

Neun Kunstwerke werden in diesem Abschnitt erwähnt, alle frei erfunden. Bis auf eine Ausnahme (die Pyx) werden sie jedoch alle bekannten englischen Künstlern zugeschrieben. Das erste Kunstwerk, Wrens Kuppel, überrascht vielleicht nicht sonderlich. In der St. Paul-Kathedrale gibt es eine Kuppel von Wren, die Überführung in die St. George-Kathedrale bedeutet keine große Veränderung. Die Aufzählung weiterer Kunstwerke bewirkt jedoch zweierlei: Zum einen bekommt man ein Gefühl dafür, was wohl gewesen wäre, wenn so verstreute Begabungen wie die eines Hunt und die eines Gainsborough zusammengeführt worden wären. Zum anderen merkt man, daß sich in dieser Welt die Außenseiter mit der Welt ausgesöhnt haben und in Harmonie mit ihr leben. In der wirklichen Welt ist es anders gelaufen. In unserer Welt fand William Blake bis in seine letzten Lebensjahre hinein keinen Kunstförderer und arbeitete in dem billigen, aber verblassenden Medium der Wasserfarben. William Morris schuf eine Reihe von Wandgemälden für die Oxford Union. Auch hier wurde nichts dagegen unternommen, daß sie verblaßten und verschwanden. Außerdem schrieb Blake zwar das großartige Kirchenlied »Jerusalem« mit seinem seltsamen Aufruf »Jerusalem aufzubauen/in Englands grünem, lieblichen Land«, aber sein Patriotismus wirkt wie eine fixe Idee, fast schon übergeschnappt. Und ein Großteil der anderen Künstler zeigt eigentlich überhaupt kein Nationalgefühl. Auf seiner Reise nach Palästina malte Holman Hunt in unserer Welt nicht »Das Märtyrertum des Heiligen Georg«, sondern »Der Sündenbock« – ein Bild der Zurückweisung, nicht des Triumphes. In der Welt von Amis hat man sich diese künstlerischen Talente gesichert, um ein echtes nationales Heiligtum zu schaffen. Und dieses Heiligtum umfaßt nicht nur den halb-mythischen Heiligen Georg (Englands Schutzheiligen, der in unserer Welt im Jahre 1969 aus dem katholischen Kirchenkanon herausgenommen wurde), sondern auch die echten (wenn auch deutlich mystifizierten) Gestalten der heiligen Helena und des heiligen Augustinus. Im Dom konzentrieren sich künstlerisches Genie, Nationalgefühl und Katholizismus. »Er war unvergleichlich«, sagt Amis, und tatsächlich gibt es auch nichts Vergleichbares. Nirgendwo. Darin besteht unser Verlust, unser Versagen.

Beim »Ecce Homo«-Mosaik David Hockneys wird das Gefühl des Versagens vielleicht am deutlichsten spürbar. In unserer Welt wurde David Hockney 1917 in Bradford/England geboren, zog aber 1978 nach Los Angeles. Berühmt geworden ist er durch seinen »modern-kalifornischen« Stil. Seltsame Vorstellung, daß eines seiner Werke wegen seines Traditionalismus bzw. seiner Archaik kritisiert wird! Und das Werk stellt »Ecce Homo« dar. Das bedeutet nichts anderes als »Siehe diesen Menschen«. Nach der Überlieferung zeigt das Bild Christus, wie er vom Kreuz genommen wird, das ist hier ja auch deutlich beabsichtigt. In unserer Welt hat Hockney keine religiöse Kunst geschaffen. Dagegen ist er ebenso bekannt für seine homoerotischen Werke wie für seinen Modernismus. Und in der Mundart von Amis und seinen Zeitgenossen war »homo« (hoo-moo ausgesprochen, nicht wie das lateinische homo) ein herabsetzender Ausdruck für einen Homosexuellen. Schwer zu sagen, wie man auf dieses frei erfundene Mosaik reagieren soll. Es scheint uns nahezulegen

(1) daß es Hockney in der Alternativwelt nicht nötig gehabt hätte, ins Exil zu gehen
(2) daß man ihn ins Zentrum des kulturellen Geschehens geholt hätte, anstatt ihn an den Rand zu drängen
(3) daß er kein Rebell, sondern ein Traditionalist gewesen wäre
(4) daß man seine künstlerischen Gaben anerkannt und sie sich für religiöse Zwecke nutzbar gemacht hätte.
So weit so gut. Aber
(5) vielleicht wäre seine Homoerotik unterdrückt worden, und
(6) vielleicht – das können wir noch weniger wissen – wäre sie auf ganz andere Art zum Ausbruch gekommen, nämlich in den Abbildungen männlicher Schönheit, gemalt in religiöser Tradition. – Es sei denn, der Bezug auf »Ecce Homo« wäre nur ein Wortspiel.

Ich habe hier der »Erklärung« der Bezüge mehr Raum gegeben, als Amis zu ihrer Entwicklung brauchte, und es letztendlich doch nicht geschafft. Mir geht es jedoch vor allem darum aufzuzeigen, wie leicht Abschnitte wie der eben zitierte den modernen Definitionen von Textualität genügen. So wie Teile dieses Vortrags gezeigt haben, daß es tatsächlich keine Grenzen »zwischen Literatur und anderen verbalen und non-verbalen Bedeutungszuweisungen« gibt, so unterminiert die Dombeschreibung ganz offensichtlich das »Prinzip, daß jeder Text ein Objekt darstellt, dessen Bedeutung sinnvoll zusammenhängt und das in sich vollständig ist«. Die Beschreibung ist nicht kohärent. Ich habe keine Ahnung, wie ich das Wortspiel mit »Ecce Homo« auffassen soll, falls es denn ein Wortspiel ist, und fast ebenso wenig Ahnung, wie ich es tatsächlich auffasse. Die Beschreibung ist in sich nicht vollständig. Um sie zu verstehen, muß man so viel Kenntnis wie möglich von der realen Kunst-Geschichte mitbringen: Die Beschreibung verläßt sich auf ein Prinzip des Gegenläufigen, des Kontrastes bzw. der Verwandlungen. Und doch gibt es gleichzeitig »nichts außerhalb des (dieses) Textes«, denn die Welt von Amis hat überhaupt keine wie auch immer geartete Existenz außerhalb des Textes von *The Alteration.* Seine ganze Geschichte ist eigentlich »nur ein weiterer Diskurs«. Und die verlockende und schöne Vorstellung, die das Werk (eine Zeitlang) schafft – die Vorstellung von einer Welt, in der Brieftauben immer noch den Himmel verdunkeln, in der Yamamoto kein Admiral, sondern Architekt war und in der Nagasaki und Hanoi keine Namen des Schreckens, sondern des Friedens sind – ist ein durch und durch sprachliches Konstrukt, auch wenn die kontrastierenden und vergleichenden Reaktionen des Lesers es stützen und stützen müssen. Kurz gesagt: *The Alteration* ist ein »Textbuch-Beispiel« für das Prinzip der »Textualität«. Es scheint das zu sein, was Textualität bedeutet.

Ist auch das nur Zufall? Oder handelt es sich um die »Tour de Force« eines literarisch ungewöhnlich gebildeten Autors? Ähnliches könnte man leicht auch bei Gingrichs und Forstchens *1945* aufzeigen (obwohl es ein Buch ist, dessen Wechselfällen zu folgen ich mehr Mühe habe). Grundsätzlich geht es in dieser Alternativgeschichte darum, daß die USA Japan besiegt haben und sich jetzt eigentlich mit Großbritannien zusammentun könnten, um gegen Deutschland zu kämpfen. Aber im Jahr 1945 hat Deutschland Russland geschlagen und ist darauf vorbereitet, die Schlacht um Großbritannien mit Raketen und Düsenflugzeugen auszutragen. Andererseits haben die USA die A-Bombe noch nicht fertig entwickelt. Hitler muß die Bombenfabrik in Oak Ridge, Tennessee, unbedingt zerstören und schickt Otto Skorzeny zu diesem Zweck dorthin. Der einzige, der ihm im Weg steht, ist der Sheriff von Oak Ridge, Tennessee. Er wird uns vorgestellt, während er mit seinem Stellvertreter und einem Gast ganz ruhig Karten spielt. Anders als bei Amis ist die Szene betont alltäglich. Beim ersten Lesen übersah ich tatsächlich einen kritischen Satz. Er fällt, als der Sheriff und sein Gast, von einer ersten, unbestimmten Unruhe ergriffen, das Haus verlassen:

> Alvin folgte seinem Freund hinaus auf die Veranda. Wie zufällig griff er im Vorbeigehen nach seiner verbeulten Springfield-Flinte, die vor der Tür an der Wand lehnte. Dann schritt er weiter zu Franks Ford. *(Übersetzung Usch Kiausch)*.

Der Gast ist anscheinend Alvin York, 1918 Held des Ersten Weltkriegs. Ist er nur eine Romanfigur, eine Figur im erfundenen Universum? Offensichtlich war er 1945 stellvertretender Sheriff in Tennessee. Möglich, daß er mit Otto Skorzeny zusammengestoßen wäre. Aber natürlich ist Alvin York auch ein Mythos und seine »verbeulte Springfield-Flinte« eine Ikone. Jetzt wird er Teil des Mythos um den »amerikanischen Flintenmann« (ein Ausdruck, den ich übrigens erst aus der Science Fiction lernte).[12]

Andere, die zu diesem Mythos gehören, sind Fenimore Coopers Natty Bumppo, eine Phantasiefigur, und David Crockett, eine historische Figur. York (in *1945*) ist irgendwo dazwischen angesiedelt. Genau wie *The Alteration* ist auch *1945* von weiteren Geschichten, weiteren Texten, weiteren Anspielungen durchdrungen. Sie sorgen für den ständigen Kontrast zwischen dem, was Leser über die wirklichen Ereignisse wissen, und ihrer fortwährenden Spekulation über das, was gewesen sein könnte. Nur so funktioniert die Alternativgeschichte: Auch wenn unterschiedliche Leser, wie man zugestehen muß, natürlich ganz unterschiedliche Spekulationen anstellen und sogar ganz unterschiedliche Dinge wiedererkennen. (Darauf deutet ja auch schon meine »Fast-Blindheit« gegenüber einem amerikanischen Mythos hin).

Der kritische Begriff, den man hier kaum vermeiden kann, ist Derridas *différance* in seiner Doppelbedeutung als »difference« (= Unterschied, Unterscheidung - *Anm. Usch Kiausch*) und »deferral« (= Aufschub - *Anm. Usch Kiausch*). Die Toronto-Enzyklopädie führt dazu an: »Wenn es nur Unterscheidungen (innerhalb eines Sprachsystems) gibt, dann wird Bedeutung nur in der Beziehung zwischen den Signifikanten (= bezeichnenden Elementen – *Anm. Usch Kiausch*) und nicht durch das Signifikat (= das Bezeichnete – *Anm. Usch Kiausch*) hergestellt. Durch das unterscheidende Netzwerk wird das Bezeichnete also ewig hintenangestellt und aufgeschoben.«[13]

Was das heißt, ist mir weitaus weniger klar als die Definition von »Textualität« weiter oben. Den Pseudo- Saussure'schen Standpunkt, von dem die Erörterung ausgeht, teile ich nicht, aber zweifellos handelt es sich um eine vernünftige Beschreibung dessen, wie ein Leser bei der Lektüre von Alternativgeschichte(n) vorgeht. Man muß Alvin York und seine verbeulte Springfield-Flinte oder David Hockney und sein »Ecce Homo«-Mosaik in ihrem unmittelbaren textuellen Zusammenhang sehen. Der Unterschied zwischen diesem textuellen Zusammenhang und dem, was wir als den Kontext der Realwelt betrachten (York im ereignislosen Ruhestand; Hockney im kalifornischen Exil), muß erkannt werden (also différence = Unterscheidung). Aber das Urteil darüber, was realer oder plausibler ist, muß aufgeschoben werden, nur so kann der Roman weitergelesen werden (also différance = Aufschub). Und dieser Vorgang – der sich im wahrsten Sinne des Wortes tausendmal im Verlauf dieser komplexen Erzählungen wiederholt, in diesen Erzählungen, die noch weit mehr als andere Genres von Science Fiction vom Detail und einem kontinuierlichen Informationsfluß abhängen –, dieser Prozeß gibt uns ein außerordentlich starkes Gespür dafür, wie anfällig, wie zerbrechlich unsere eigene »reale« Geschichte doch ist.

Die Dinge m u ß t e n sich nicht so entwickeln. Vielleicht w a r e n sie ja auch in Wirklichkeit gar nicht so. Was wissen denn die meisten von uns aus erster Hand über den Zweiten Weltkrieg, ganz zu schweigen von der englischen Reformation? Und wie verläßlich wäre selbst ein Wissen aus erster Hand? Bücher wie *1945* und *The Alteration* desorientieren den Leser, und zwar gründlich. Sie verlassen sich stark auf die »Intertextualität«. Und sie vermitteln ein Gespür dafür, wie sehr auch die Realität, die wir wahrnehmen, intertextuell ist.

Und doch glaube ich nicht – an dieser Stelle will ich die gerade angeführte Argumentation des Kritikers durch ein Nachwort aus Sicht des Schriftstellers ergänzen –, daß es hier nur um den mit Signifikanten ausgetragenen Wettstreit in einer Welt der reinen Linguistik geht. Obwohl ich wenig zu Turtledoves *The Guns of the South* gesagt habe, halte ich das Buch für bewundernswert. Bewundernswert deshalb, weil es zwar eine wesentliche Sorge der amerikanischen Gegenwart, die Rassenfrage, aufgreift, aber dabei nicht in den Comicbuch-Stil verfällt, der in der offiziellen Geschichtsschreibung so verbreitet ist. Ich habe keinen Grund, den sorgfältig angelegten Tabellen zum Ausgang der Präsidentschaftswahlen von 1864 im Anhang des Buches zu mißtrauen, auch wenn sie zur Erläuterung der Romanhandlung beitragen – so wie beim gegenwärtigen Sprecher des Repräsentantenhauses sein Gespür für machbare Politik zur Definition seiner Handlungen beiträgt. In der Art, wie das Buch gemacht ist, liegt ein streitlustiger, herausfordernder Realismus. Fast dasselbe könnte ich über die Romane sagen, an denen ich selbst beteiligt war. Im ersten Roman (und ich kann mir nicht vorstellen, daß irgend jemand außer mir selbst das folgende weiß) stammte jeder einzelne skandinavische Name, der in den erfundenen Ereignissen von 865/866 auftaucht, von geläufigen Ortschaftsnamen Yorkshires ab, und wirklich hätte ein Angehöriger der Großen Nordischen Armee dieser Epoche auch so heißen können. Andere Ereignisse, die in dem Buch vorkamen (und das umfaßt auch einige der unwahrscheinlichsten), basieren auf überlieferten Textquellen (wie zum Beispiel Simeon von Durhams *Historia Regum*) oder auch auf nicht-überlieferten Quellen (wie die Knochen einer längst verstorbenen, geopferten Getreidemühlen-Sklavin, die mit gebrochenem Rückgrat in Yorkshire lebendig begraben wurde).

An dieser Stelle möchte ich ein letztes Beispiel dafür anführen, wie die Wirklichkeit die Textualität durchdringt: Ein wesentlicher Unterschied zwischen Harrisons *Rebel in Time* und Turtledoves *Guns of the South* gründet sich auf den Unterschied zwischen einem Sten-Gewehr (zentrales Artefakt bei Harrison) und einem Ak-47 (zentrales Artefakt bei Turtledove). Harrison, der früher als Feldwebel Soldaten am Maschinengewehr ausgebildet hat, weiß sehr wohl, wie minderwertig diese frühe Waffe, das Sten-Gewehr, ist. Er weiß aber auch, daß sie aus einfachen Materialien, die in der Technik von 1860 durchaus zugänglich waren, hergestellt werden konnte und hergestellt wurde. Dieser Unterschied führt dazu, daß er bedeutend ökonomischer als Turtledove mit dem »Verändere-die-Vergangenheit«-Prinzip umgeht.

All diesen Bemerkungen liegt die Annahme zugrunde, daß Schallplattenaufnahmen von Kastratenstimmen, Tabellen zu Präsidentschaftswahlen, Knochen im Erdboden und Sten-Gewehre fast allen Lesern wohl nur als textuelle Ereignisse erscheinen, aber für die Autoren sind sie das *nicht* gewesen. Und die Autoren versuchen (mehr oder weniger erfolgreich), genau das ihren Lesern zu vermitteln.

An dieser Stelle möchte ich eine kurze Zusammenfassung geben:

1. Wie auch andere Subgenres der Science Fiction ist die »Alternativgeschichte« an Regeln gebunden. Kritiker können diese Regeln ausarbeiten.
2. Im Gegensatz dazu sind »alternative Geschichtsschreiber« nicht in dieser Weise Regeln verhaftet. Sie verfügen über ein Wissen, das den Kritikern fehlt, ihnen (auf dem Gebiet der Science Fiction) aber nicht unbedingt versperrt bleiben muß.
3. Auf einleuchtende und literarische Weise erhellt »Alternativgeschichte« kritische Konzepte, die gemeinhin als sehr nebulös gelten, wie zum Beispiel »Textualität« und »Différance«.

Daraus ergibt sich eine wesentliche Chance für die Kritik. Ich will hier kurz zu einer Verallgemeinerung greifen und schlicht behaupten, daß dieses Jahrhundert der Menschheit offensichtlich vor allem den Triumph der Wissenschaft und Technik beschert hat. Diese Tatsache hat unser Leben und das unserer Eltern und Großeltern bestimmt. Weitaus weniger sichtbar, aber dennoch nicht zu übersehen, war die Unfähigkeit der Geisteswissenschaften, damit Schritt zu halten. Nach einem Jahrhundert englischer Philologie und dreißig Jahren post-strukturalistischer Theorie sind wir Forschungsstrategien oder empirisch überprüfbaren Hypothesen anscheinend nicht nähergekommen als Aristoteles. Vielleicht liegt das in der Natur der Sache, aber man kann es auch als ein Versiegen der Kräfte betrachten. Ich habe mich an anderer Stelle über ein solches Versiegen der Kräfte im frühen 20. Jahrhundert ausgelassen – dabei ging es um die Einsichten vergleichender Philologie und der Linguistik[14] – und den Vorsitz bei den daraus resultierenden organisatorischen Leichenbestattungen geführt.[15]

Ein zweites und späteres Versiegen der Kräfte, so scheint mir, trat bei dem strukturalistischen Projekt auf, das in den späten 60er Jahren genau zu einem Zeitpunkt liquidiert wurde, als es eine Forschungsstrategie zu entwickeln schien und an die Überprüfung seiner Hypothesen ging. Roland Barthes verabschiedete es elegisch als »le reve euphorique de la scientificité«, als den euphorischen Traum von Wissenschaftlichkeit.[16]

Die Kritik von Science Fiction scheint sich jedoch geradezu als Versuchsfeld dafür anzubieten, die Euphorie zurückzugewinnen. Science Fiction ist sowohl an Regeln gebunden als auch schöpferisch, sie hat eine klar umgrenzte, lebendige Struktur und lebende Informanten, sie belegt beispielhaft und auf schlagende und sogar literarische Weise viele kritische Konzepte. Eine wesentliche Einschränkung meiner Jugendzeit – die Angst, daß diese Literatur als unseriös gilt, daß sie nicht zum Lehrkanon gehört – ist zwar noch nicht ganz geschwunden, aber sie ist ihrerseits unseriös geworden. Inzwischen scheint das wesentliche Hindernis darin zu bestehen, daß man vor dem Phänomen eines erfolgreichen wissenschaftlichen Diskurses als solchem zurückschreckt. Jüngst hat jemand, der sich über die Geschichte der literarischen Theorie ausgelassen hat, genau das behauptet. In seinem Kommentar zur »textuellen Metaphysik« zitiert er einen Haupttheoretiker der Dekonstruktion und sagt:

> »Das wäre als allgemeine Weltanschauung nur in einer Welt plausibel, in der Wissenschaft und Technik nicht existierten und in der wir die Dinge durch den Zauber des Wortes handhabten. Im Universum der technisch Blinden wäre der Literaturtheoretiker König, was ein Grund für die Annahme ist, daß diese ganze mystische Theorie nichts anderes als eine elaborierte Art ist, vor dem Diskurs der Naturwissenschaften zu flüchten.«[17]

Wäre das wahr, dann wäre es eine Schande. Die Kritik von Science Fiction scheint mir jedoch auf einzigartige Weise dazu in der Lage zu sein, den wissenschaftlichen Diskurs und den literarischen Diskurs miteinander zu verbinden. Im Fall der Subgenres, etwa der »Alternativgeschichte«, sind wir sogar in der Lage und dazu verpflichtet, den Diskurs solcher vermittelnden Disziplinen wie Geschichte, Archäologie und Anthropologie einzubringen. Und selbst, wenn dieses Projekt fehlschlagen sollte, könnte man sich an eine Bemerkung des Dichters und Kritikers A. E. Housman erinnern (wie ich selbst und Sir Kingsley ein früherer »Fellow of St. John's College«, Oxford). Er sagte, die Praxis der Kritik sei »ganz und gar nicht wie Newtons Untersuchung der Planetenbewegungen ... sondern viel eher wie die Jagd eines Hundes auf Flöhe«.[18]

Wenn es sich tatsächlich so verhielte, wären meine Anmerkungen weiter oben falsch. Aber Housman sprach von Textkritik, nicht von literarischer Kritik (von der er noch viel weniger hielt). Trotzdem können wir in der Praxis literarischer Kritik zumindest hoffen, daß wir, auch wenn wir nicht mit Newton konkurrieren, eine wissenschaftlichere Methode entwickeln. Eine Methode, die uns wenigstens dabei helfen würde, ein paar kritische Flöhe mehr zu fangen.

Saint Louis University TOM SHIPPEY

ANMERKUNGEN

[1] John Clute und Peter Nicholls (Hrsg.): *The Encyclopedia of Science Fiction,* New York: St. Martin's Press, 1993, S. 23–25.

[2] Harry Harrison und John Holm: *The Hammer and the Cross; One King's Way; King and Emperor,* New York: Tor, 1993, 1995 und 1996.

[3] Aufgeführt sind diese literarischen Kritiker bei Dale Salwak: *Kingsley Amis: A Reference Guide,* Boston: G. K. Hall, 1976, S. 144–149. Mehrere Rezensenten beschuldigten Amis sogar, er plagiiere die »Alternativwelt«-Vorstellung. Sie übersahen dabei völlig seine verschlüsselten internen Bezüge (vgl. weiter unten).

[4] Heinrich I. nannte seinen Thronfolger Arthur; er ertrank 1120. Heinrich VII. nannte seinen Thronfolger Arthur; er starb 1502. Eduard, der Schwarze Prinz, nannte seinen ältesten Sohn Arthur; auch dieser Sohn starb vor seinem Vater und Großvater, Eduard III., so daß Richard II. im Jahre 1377 die Thronfolge antrat. Seit dem 16. Jahrhundert hat man diese Übung in Public Relations nicht mehr wiederholt.

[5] Harry Harrison & Tom Shippey: *A Letter from the Pope,* in: Gregory Benford und Martin H. Greenberg (Hrsg.): *What Might Have Been,* Vol. 2: *Alternate Heroes,* New York: Bantam, 1990, S. 185–213.

[6] Dorothy Whitelock (Hrsg.): *English Historical Documents c 500–1042,* London und New York: Oxford University Press, 1955, S. 811–813.

[7] Die Gelegenheit ergab sich, als er den John W. Campbell Award für den besten Science Fiction-Roman 1976 erhielt, für den ich damals zuständig war.

[8] Anmerkungen zu der Beziehung zwischen hohem Informationsgrad und geringer Vorhersehbarkeit mache ich im Vorwort zu Tom Shippey (Hrsg.): *Fictional Space: Essays on Contemporary Science Fiction,* Atlantic Highlands, N.J.: Blackwells, Oxford and Humanities Press, 1991, »Learning to read Science Fiction«, S. 1–33. Der Band wurde auch unter dem Titel *Essays and Studies for the English Association,* 1990 veröffentlicht.

[9] Siehe auch meine Bemerkungen zu Neologismen in der Science Fiction in dem unter Fußnote 8 zitierten Essay.

[10] Irena R. Makaryk (Hrsg.): *Encyclopedia of Contemporary Literary Theory: Approaches, Schloars, Terms,* Toronto: University of Toronto Press, 1993, darin: Manina Jores über »Textualität«, S. 641/642.

[11] Terry Eagleton: *Criticism and Ideology,* London 1976, Kapitel 4, zitiert in Leonard Jackson: *The Dematerialisation of Karl Marx: Literature and Marxist Theory,* London: Longman, 1994, S. 224.

[12] Der Ausdruck »amerikanischer Flintenmann«, »the American Rifleman«, taucht bei Kurt Vonnegut in *Player Piano* (New York: Scribner, 1952) im 26. Kapitel auf. Zur Schöpfung des Alvin York-Mythos, vor allem durch den Film, vgl. David D. Lee. *Sergeant York: an American Hero,* Lexington, Kentucky: University Press of Kentucky, 1985.

[13] *Encyclopedia of Contemporary Literary Theory: Approaches, Scholars,*

Terms, Toronto: University of Toronto Press, 1993, darin Joseph Adamsons Artikel über *différence/différance,* S. 534/535.

[14] In T. A. Shippey: *The Road to Middle-Earth,* 2. Auflage, London: HarperCollins, 1993, S. 21–25.

[15] Beispielsweise bei der Abschaffung des philologischen Lehrstuhls, welcher der Tradition Tolkiens verpflichtet war, innerhalb der englischen Abteilung der Universität von Leeds im Jahre 1983 und bei der Schließung der linguistischen Abteilung der Universität zehn Jahre später.

[16] Ein Bericht über diese Ereignisse findet sich bei Leonard Jackson: *The Poverty of Structuralism: Literature and Structuralist Theory,* London: Longman, 1991, Kapitel 3 und 4.

[17] Ebd., S. 201.

[18] Vgl. John Carter (Hrsg.): *A. E. Housman: Selected Prose,* Cambridge: Cambridge University Press, 1961, S. 131.

Aus dem Englischen von Usch Kiausch

ÜBER SCIENCE FICTION

Stasis und Chaos: Anmerkungen zur Dynamik populärer Genres

von Gary K. Wolfe

Gary K. Wolfe hielt diesen Vortrag als Guest Scholar am 20. März 1998 bei der 19th International Conference on the Fantastic in the Arts in Fort Lauderdale/USA. Die Übersetzung erfolgte mit freundlicher Genehmigung des Autors und der International Association for the Fantastic in the Arts (IAFA) durch Usch Kiausch.

Wolfe ist Professor der Philologie und der Englischen Literatur an der Roosevelt University in Chicago. Für seine Untersuchung The Known and the Unknown: The Iconography of Science Fiction *(1979) erhielt er 1981 den Eaton Award. Er ist Autor der* Critical Terms for Science Fiction and Fantasy *(1986) und von mehr als 300 Essays und Rezensionen für akademische Publikationen und populäre Zeitungen und Zeitschriften. 1986 erhielt er den Pilgrim Award der Science Fiction Research Association, 1992 den James Friend Memorial Award für literarische Kritik.*

Seit 1991 ist Wolfe auch Redakteur von Locus, The Newspaper of the Science Fiction Field *und schreibt dort monatlich umfassende Rezensionen. Darüber hinaus ist er literarischer Kritiker für die* Washington Post, *die* New York Times *und mehrere wissenschaftliche Magazine.*

Als erstes muß ich erklären, daß der Titel meines Vortrags nicht im entferntesten nahelegen soll, ich wolle hier die Art geistig anspruchsvoller Exploration der Chaos-Theorie in der

Gary K. Wolfe

Literatur durchführen, wie wir sie aus der Arbeit unseres Ehrengastes aus dem Vorjahr, Katherine Hayles, kennen. Vielmehr verwende ich hier den Begriff »Chaos« in seinem ursprünglicheren Sinn, so wie man ihn etwa für die Preispolitik der Fluggesellschaften benutzt.

Spezifisch werde ich den Begriff so einsetzen, wie es Greg Bear in *Foundation and Chaos* vorschlägt, in dem zweiten Band einer neuen *Foundation*-Trilogie. Den ersten Band – er erschien 1997 – hat Gregory Benford verfaßt, der dritte von David Brin wird wohl demnächst herauskommen.

Allzu häufig sind Romane, die auf anderen Romanen – oder auf Filmen, Fernsehprogrammen und Computerspielen – basieren, »Selbstläufer«-Übungen, wir könnten sie auch *accessory fictions*, »Beiwerk-Romane«, nennen. Sie sollen irgendein größeres Produkt der Kulturindustrie auf dem Markt unterstützen oder herausheben und stellen das literarische Äquivalent eines Soundtrack-Albums dar. Aber Bear, Benford und Brin gehören zu den begabteren Romanautoren des Genres. Die neue Trilogie enthält, so weit man das nach den bisher veröffentlichten zwei Romanen sagen kann, eine substantielle Neubetrachtung von Asimovs wichtigen Themen.

Bears Roman hat mich an etwas erinnert, das mich an Isaac Asimovs ursprünglichen *Foundation*-Romanen seit langem fasziniert hat. Wie Sie wissen, geht es darin u.a. um die Anstrengungen eines brillanten Mathematikers, Hari Seldon, ein riesiges galaktisches Reich durch die (fiktive) vorhersagende Wissenschaft der »Psychohistorie« zu retten. Seldons Plan, der so ähnlich wie ein völlig verrückter Forschungsantrag klingt, besteht vor allem darin, eine universelle Enzyklopädie zusammenzustellen, Institute zu gründen und vorab gewisse Ratschläge aufzuzeichnen, die lange nach seinem Tod bei Krisen von historischem Ausmaß abgespielt werden sollen. – Diese Geschichten hat Asimov in den vierziger Jahren geschrieben und in den Fünfzigern zu einer Trilogie zusammengefaßt. 1966 wurden sie von den Mitgliedern der World Science Fiction Convention zum besten Science Fiction-Zyklus aller Zeiten gewählt. Nach und nach wurde dieser Zyklus zu der Basis, von der aus Asimov in den Jahren vor seinem Tod – er starb

1992 – zahlreiche Nachläufer (und Vorläufer) vom Stapel gelassen hat. Allesamt wurden sie zu Bestsellern.

Schon vor ihrer jüngsten Wiederauferstehung tauchte der *Foundation*-Zyklus in den Nachrichten auf: als wesentliche Inspiration für den japanischen Aum Shinrikyo-(Höchste Wahrheit-)Kult, dessen Anhänger 1995 Nervengas in japanischen U-Bahnnetzen freisetzten.

Nach Aussagen der Journalisten David Kaplan und Andrew Marshall betrachtete sich dieser Kult als Verkörperung von Asimovs *Foundation* und sein Guru, Shoko Asahara, als Inkarnation von Hari Seldon – eine noch viel direktere Verbindung als der oft genannte, aber wenig belegte Zusammenhang zwischen Robert Heinlein und dem Manson-Kult.

Ganz sicher ist Asimovs *Foundation* einer der populärsten langlebigen Klassiker der Science Fiction und hat zumindest einzelne Leser auf eine Weise beeinflußt, an die Asimov im Traum nicht gedacht hätte (und die er ganz bestimmt auch nicht gebilligt hätte). Aber warum ist dieser Zyklus so populär? Er enthält fast keine wissenschaftlichen Erkenntnisse, nur wenig Technik (in Asimovs ursprünglichen Geschichten gab es nicht einmal Roboter), praktisch keine Handlung, keine Abenteuer und solche Protagonisten, an die man sich wahrscheinlich überhaupt nicht erinnern würde, hätten sie Namen wie »Ben« oder »Tom« anstelle von »Hari Seldon« oder »Hober Mallow«. Und die sozialen und historischen Ideen – eine Art unheilige Allianz von Edward Gibbon und Karl Marx – haben einige akademische Kritiker beinahe in den Suff getrieben.

Zum Teil will ich hier also der Frage nachgehen, warum ein solches Werk – das in den frühen Tagen des Zweiten Weltkrieges in die Welt gesetzt wurde und immer noch, in diesem Augenblick, Ableger produziert – so viele Leserinnen und Leser über einen so langen Zeitraum gefesselt hat. Und der erste Hinweis auf eine Antwort, die ich später geben möchte, ist der folgende Abschnitt:

> *»In diesen sieben Jahren hatte sich der Mensch in ein neues Universum begeben, das sich in seinen Dimensionen überhaupt nicht mit dem alten vergleichen ließ. Er*

> *war in eine übersinnliche Welt eingetreten, in der er nichts mehr abschätzen konnte – abgesehen von ganz zufälligen Kollisionen der Bewegung, die für seine Sinne, vielleicht sogar für seine Instrumente gar nicht wahrnehmbar waren. Allerdings konnte sich das, was sich da bewegte, wechselseitig wahrnehmen und war so auch für irgendeinen bekannten Strahl am Ende der Skala erfaßbar. Langley (*Samuel Pierpont Langley*) schien auf alles gefaßt zu sein – selbst auf eine unbestimmte Zahl von miteinander verschränkten Universen und auf eine völlig verrückte, mit der Metaphysik verwandte Physik. Die Historiker nehmen es in die Hand, für Folgerichtigkeit zu sorgen – man nennt das üblicherweise Geschichte oder Geschichten –, und gehen dabei stillschweigend von einer Ursache-Wirkung-Beziehung aus. Diese in den Tiefen angestaubter Bibliotheken verborgenen Annahmen sind recht verwunderlich, normalerweise allerdings unbewußt und kindlich-naiv. Und zwar in solchem Ausmaß naiv, daß – sollte ein spitzfindiger Kritiker sie wirklich einmal ans Tageslicht zerren – die Historiker vermutlich wie aus einem Munde antworten würden, sie seien schließlich nie davon ausgegangen, man könne von ihnen verlangen, daß sie wüßten, wovon sie redeten.« (Education of Henry Adams,* 1905, S. 381/382).

Diese recht bemerkenswerte Passage – bemerkenswert nicht zuletzt deswegen, weil sie auf unheimliche Weise bestimmte Elemente der Quantentheorie vorwegzunehmen scheint – stammt nicht von Asimov oder irgendeinem anderen Science Fiction-Autor und nicht einmal von einem Wissenschaftler. Nein, sie stammt aus der höchst aristokratischen amerikanischen Autobiographie *The Education of Henry Adams* und beschreibt die Unterschiede, die der Autor zwischen der Chicago-Ausstellung von 1893 und der Pariser Weltausstellung von 1900 ausmacht. (Der in diesem Abschnitt erwähnte Langley ist der Smithsonische Astronom Samuel Pierpont Langley, der nur vier Jahre zuvor die erste mechanisch angetriebene Flugmaschine gebaut hatte, ein dampfbetriebenes Modellflugzeug.) Im berühmtesten Kapitel des Buches, *The Dynamo and the Virgin* betitelt, betrachtet Adams das zwanzigste Jahrhundert, das für ihn die großen in Paris ausgestellten Dynamos symbolisieren, als eine Art Abstieg in die Vielfältigkeit, als einen radikalen Abschied von der Einheit und Kontinuität des Mittelalters. Das Mittelalter hatte er in seinem früheren Werk *Mont St. Michel und Chartres* beschrieben, als seine Symbole sah er die Jungfrau, das Kreuz oder auch die Kathedrale. Nach modernen historischen Maßstäben mag Adams Sicht der mittelalterlichen Welt auf bestimmte Art idealisiert und schematisch wirken, aber mit seinem Gespür für eine der grundlegenden Spannungen modernen Denkens scheint er seiner Zeit voraus zu sein.

Statische versus dynamische Modelle – darum drehen sich inzwischen viele theoretische Debatten auf den unterschiedlichsten Gebieten, von der Kosmologie über die Neurowissenschaft bis zur Geschichtswissenschaft. Und genau wie bei vielen anderen solcher breit angelegten Debatten schlagen sich auch hier die Modelle in der populären Literatur nieder.

Besonders in Untersuchungen der Phantastik ist es inzwischen schon so etwas wie ein kritischer Gemeinplatz, daß Stasis die Sphäre der Fantasy bestimmt und Dynamik die Sphäre der Science Fiction: Eine unveränderliche feudale Welt wird als das wesentliche Modell populärer Fantasy in der Nachfolge eines Tolkien oder Donaldson angesehen. Dynamischer Industrialismus gilt als Modell der klassischen amerikanischen Science Fiction (Adams riesige Dynamos tauchten in zahlreichen Illustrationen der frühen SF-Pulpmagazine auf). In jüngster Zeit können wir erleben, wie die globale Informationssphäre zur Schablone für postmoderne Formen der Literatur und Kunst wird, und das schließt auch den Cyberpunk ein. Aber die Dichotomie von Stasis und Chaos findet in fast allen populären Genres irgendeinen Ausdruck und mag sogar zu der Entscheidung beitragen, wie sich diese Genres mit der Zeit selbst organisieren.

Viele von Ihnen kennen wohl den Ausdruck »Supergenre«. Damit beschreiben R. D. Mullen, Eric Rabkin und andere Autoren bestimmte Genre-Gruppen, die gewisse Gemeinsamkeiten (und bis zu einem bestimmten Grad auch eine gemeinsame Leserschaft) aufweisen, sich in formaler Hinsicht allerdings recht deutlich voneinander unterscheiden. Es gibt kein besseres Beispiel dafür als das Selbstverständnis der International Association for the Fantastic in the Arts (IAFA): Wie ein netter Kneipenwirt heißt sie alle Arten »schräger« Genres willkommen, ohne allzu viele Fragen über deren Herkunft zu stellen. Aber das Supergenre der Phantastik besteht der Form nach – wie ein Abstecher zu Ihrem nächsten Barnes & Noble-Händler Ihnen schnell zeigen wird – aus den Hauptgenres Science Fiction, Fantasy, Horror und der »Akte X«.

Ein anderes Supergenre ist die Romance, der Liebes- und Abenteuerroman. Dieses Supergenre umfaßt historisches Miedergegrapsche ebenso wie Schauerromane und was immer es sein mag, was Danielle Steele macht. Ein weiteres Supergenre ist der Spionageroman, zu der die traditionelle Spionagehandlung ebenso gehört wie der eher chaotische internationale Thriller und der technikbesessene Technothriller (der den Nachhilfeunterricht in Karate mit Tips zur Steuerung eines atomaren U-Boots verbindet). Wieder ein anderes Supergenre enthält das, was John Cawelti das »soziale Melodram« genannt hat. Zu dieser weit gefaßten Kategorie von Bestsellern zählen Romane, die in bestimmten Institutionen spielen, beispielsweise in Flughäfen, Kliniken oder Universitäten, aber auch geographische und historische Schinken (fast alle Romane von James Michener oder Edward Rutherford kann man dazu rechnen) und manche zeitgeschichtlichen Melodramen (Herman Wouk, vielleicht auch Larry McMurty sind hier zu nennen).

Manche Supergenres sind fast am Aussterben. Man denke nur an die Siedler- und Abenteuer-in-der-Wildnis-Romane, die nicht nur den Western umfassen, sondern auch die heroischen Überlebensgeschichten, die imperialistischen Abenteuererzählungen und (möglicherweise als deren Unterabteilung) die Geschichten von verschollenen Zivilisationen.

Die Frage, warum manche Genres einfach aussterben, gäbe ein interessantes Thema für einen weiteren Vortrag ab. Ich tippe auf zwei Faktoren: Zum einen liegt's an Kevin Costner. Wenn er sich dazu entschließt, einen Film zu machen – bumm! –, dann beißt eine weitere Kategorie von Geschichtenerzählern ins Gras. Zum anderen hängen gewisse Genres allzu sehr von einer ganz bestimmten historischen Entwicklung ab, die irgendwann im öffentlichen Bewußtsein verblassen kann. (Nehmen wir zum Beispiel die Besiedlung des amerikanischen Westens).

Ich will hier auf Folgendes hinaus: Wenn wir uns all diese Supergenres vornehmen, werden wir feststellen, daß die Werke und Welten innerhalb eines solchen Genres in einem ganzen Spektrum von Stasis und Chaos angesiedelt sind. Vielleicht kann man sagen, daß die Sprache mit zunehmender Reife des Genres immer mehr in Richtung des Chaos weist. Die Welt des Cyberpunk ist längst nicht so wohlgeordnet wie die der klassischen Science Fiction eines Campbell. Und die Campbellsche Welt ist ihrerseits schon viel dynamischer und verstädteter als die Welt in den *scientific romances* (wissenschaftlichen Abenteuerromanen) von H. G. Wells und seinen Zeitgenossen.

Werfen wir einen kurzen Blick auf das Supergenre des Kriminalromans. In seiner klassischen Form – den Detektivgeschichten von Doyle, Christie oder Sayers – umfaßt er vor allem Geschichten, in der Stasis durch Abnormes gestört wird. Die Lösung des Verbrechens oder der Serie von Verbrechen stellt die im wesentlichen heile Welt der Ausgangssituation wieder her. Natürlich werden heute immer noch viele Romane dieser Machart geschrieben, aber inzwischen müssen sie mit vielen neuen Sub-Typen konkurrieren, wenn sie ihren Platz auf den Bücherregalen behaupten wollen. Ich behaupte nicht, daß diese neuen Sub-Typen die älteren Krimis ersetzen, aber sie komplizieren deren Inhalte. Meistens verändern sich Genres nicht durch Metamorphose, sondern durch ihre Ausbreitung und Erweiterung.

In den Polizeiromanen von Simenon, McBain und anderen Autoren ist die Welt nicht ganz so heil – und sehr viel dynamischer. Der Detektiv ist jetzt eher ein bezahlter Agent, der im Auftrag der Gesellschaft handelt, als ein exzentrischer Aristokrat. Indem sich diese Romane auf die Institution der Polizei konzentrieren, behandeln sie Verbrechen und abweichendes Verhalten nicht mehr als Sonderfälle, sondern zunehmend als gesellschaftlich bedingte Phänomene. Das Chaos zeichnet sich am Horizont ab. Aber wenigstens werden die Kriminalfälle noch immer gelöst.

Kommen wir zum nächsten Genre in unserem Kontinuum, zu den abgebrühten Detektivgeschichten eines Hammett, Chandler oder Parker: Dort sieht die Welt schon ganz anders aus, sie ist kaum noch zu retten. Nur die persönliche Integrität eines Marlowe, Spade oder Spenser kann den Hexenkessel der Korruption auf kleinerer Flamme halten. Nach Chandlers berühmten Worten ist der Held »der beste Mann in seiner eigenen Welt und gut genug für jede andere.« Es gibt eine klassische Anekdote, die diese Ästhetik des Chaos illustriert und belegt, daß sie auch beim Publikum ankommt. William Faulkner und Leigh Brackett waren die Drehbuchautoren für Raymond Chandlers *The Big Sleep* (dt.: *Tote schlafen fest*). Als sie die Übersicht verloren, wer für einen der Morde eigentlich verantwortlich war, wandten sie sich an Chandler persönlich und fragten nach. Er wußte es auch nicht. Der Mord wurde nie geklärt. Als der Film mit dem nicht geklärten Mord in den Kinos anlief, fiel es nicht einem einzigen Zuschauer auf. Niemand beschwerte sich. Offenbar war das Gefüge dieser Welt *noir* viel wichtiger als die klare Auflösung ihrer Verbrechen. Das Chaos regiert, und niemand scheint sich sonderlich darum zu scheren ...

Aber wir sind noch nicht fertig. Als nächstes wollen wir das betrachten, was Elmore Leonard, angewandt auf sein eigenes Werk, schlicht *crime novel* nennt. Ein Genre, das irgendwo jenseits der abgebrühten Geschichten schäbigen Verrats angesiedelt ist (in denen selbst ein ehrlicher Privatdetektiv das moralische Chaos der Welt nicht bändigen kann und die Protagonisten sehr wahrscheinlich halbseidene Hochstapler und korrupte Halunken sind). Leonard ist gegenwärtig der unbestrittene Meister dieser Form, aber man könnte hier auch Jim Thompson, George V. Higgins, von den jüngeren Autoren Carl Hiaasen und Quentin Tarantino anführen (um wenigstens einen Menschen aus der Filmszene zu nennen. Tarantino hat letztes Jahr einen Roman von Leonard verfilmt, was nicht weiter überrascht).

Wenn man sich vor Augen halten will, wie weit das moralische Spektrum schon im Supergenre des Kriminalromans reicht, muß man nur den Abstand zwischen Agatha Christie und Elmore Leonard betrachten. Können Sie sich Hercule Poirot vorstellen, wie er Samuel L. Jackson in *Pulp Fiction* auflauert? Versuchen Sie in diesem Zusammenhang einmal, sich im Supergenre der Phantastik eine Symbolfigur vorzustellen, die in so unterschiedlichen Sparten wie Fantasy, Science Fiction, Horror und Cyberpunk gleichermaßen zuhause ist. Vielleicht gibt es da draußen ja einen solchen feuerspuckenden, netzsurfenden, blutsaugenden Hobbit aus dem Weltraum, aber ich bin dieser Figur noch nicht begegnet. Ein reifes, hoch entwickeltes Supergenre hat viel Ähnlichkeit mit einem Popkultur-Mix à la Burgess und kann eine wahre Explosion der Formen und Symbole auslösen.

Natürlich haben sich die Genres der Phantastik nicht ganz so linear wie die Kriminalliteratur entwickelt. Aber etwas von dieser Bewegung, die von der Stasis zum Chaos führt, spüren wir auch innerhalb der unterschiedlichen phantastischen Genres und selbst innerhalb bestimmter Themenkomplexe. Beispielsweise spiegelt sich die soziale Stabilität des klassischen Detektivromans in gewisser Weise auch in den Vampirromanen des 19. Jahrhunderts wider, in deren Mittelpunkt so abnorme Byronsche Gestalten wie Lord Ruthven oder Dracula stehen. In fast allen Aspekten war Stokers England sogar stabiler als das England von Charles Dickens oder Conan Doyle (wenigstens bis zu dem Zeitpunkt, an dem sich diese verdammten Osteuropäer nach England einschiffen).

Als Richard Mathesons *I am Legend* im Jahre 1954 erschien, hatte sich die Situation allerdings schon völlig gewandelt. Eine Welt von Vampiren versucht jetzt den einsam überlebenden Menschen zu bezwingen. Die Welt von Vampiren zu säubern, wird in den Folgejahren gleichbedeutend damit, die Medicis auszuradieren – oder auch das ganze britische Königshaus. Und die meisten wichtigen Symbole englischer Romantik – ganz zu schweigen von den Freunden und Nachbarn und allen Leuten, die irgendwie komische Frisuren haben. Wie das Verbrechen wird auch der Vampirismus zu einem gesellschaftlichen Phänomen, zu einer Subkultur, ja sogar zu einer historischen Kraft.

Schließlich ist die Geschichte ja der Schatten, der über diese ganzen Erörterung von Stasis und Chaos schwebt. Vielleicht ist es kein Zufall, daß sich die Genres, die im Laufe ihrer Entwicklung immer häufiger dynamische und chaotische Welten hervorbrachten, gleichzeitig historischen Themen und Prozessen zuwandten. Tatsächlich haben sich die populären Genres die Historienromane so weit einverleibt, daß sie diese aus dem Markt zu drängen drohen. Wenigstens gilt das für die USA. (...) Historische Detektivromane, einst das Terrain von John Dickinson Carr, Robert van Gulik und einer Handvoll anderer Autoren, stellen inzwischen eines der größten und höchst verkaufsträchtigen Subgenres des Detektivromans dar. Und die Vampirromane haben sich, wie bereits erwähnt, schon seit längerer Zeit Schauplätze zu eigen gemacht, die vom Alten Rom und Ägypten bis zum Italien der Renaissance und dem viktorianischen England reichen.

In jüngster Zeit haben sich offenbar besonders Science Fiction und Fantasy dadurch hervorgetan, daß sie sich das einverleibt haben, was früher die Spielwiese des Autors historischer Romane war. Das gilt für Themen wie für Schauplätze. Ich möchte sogar soweit gehen zu behaupten, daß die Science Fiction von der Geschichte und historischen Kräften nahezu besessen ist. Und daß sich darin ganz direkt der Versuch ausdrückt, Strategien zu entwickeln, die der Spannung zwischen Stasis und Chaos gerecht werden. Ein zentrales Motiv der Science Fiction ist die Destabilisierung einer statischen Gesellschaftsordnung. Die Beispiele reichen von Wells *War of the Worlds* bis zu Forsters *The Machine Stops.* Wir können hier unzählige dystopische Romane anführen, in deren Mittelpunkt eine Revolte steht, Heinleins *Universe,* Clarkes *The City and the Stars* oder Aldiss' *The Malacia Tapestry* (vielleicht nicht ganz SF, aber ganz gewiß eine der am besten durchdachten Spekulationen darüber, was passieren könnte, wenn die Geschichte einfach erstarrt).

Natürlich bringt uns das auch zu der unendlichen Geschichte zurück, mit der wir angefangen haben: zu Asimovs *Foundation*. Die dort vorherrschende *Fantasy* geht offenkundig davon aus, daß Geschichte sich im wesentlichen auf ein paar statistische Probleme reduzieren läßt. In seinem neuen Beitrag zur *Foundation*-Reihe bezieht sich Bear direkt auf die Frage der Stasis: *»Während die Menschheit früher gelacht und sich am Absurden, an den Ausgeburten reiner Phantasie ergötzt hatte, strebte sie jetzt ganz ernsthaft nach Stasis.«*

Seinem Ruf zu Trotz war Asimov nie einer der großen Erfinder in der Science Fiction. Nein, er war ihr einzigartiger und größter Management-Apostel. Er träumte davon, die Geschichte in den Griff zu bekommen. Er träumte davon, die Abertausende von chaotischen Jahren auf ein paar Jahrhunderte des Chaos zu reduzieren. Und das wollte er durch die wissenschaftlich angewandte Statistik und eine Handvoll strategisch plazierter öffentlicher Bekanntmachungen realisiert wissen. Sein Traum hat sich als einer der verführerischsten Träume erwiesen, die das Genre je ersonnen hat.

Im Unterschied zu Henry Adams Historikern, die »nie davon ausgingen, man könne von ihnen verlangen, daß sie wüßten, wovon sie redeten«, sind Asimovs Psychohistoriker ganz direkt für das Überleben ihrer Zivilisation verantwortlich. Der Historiker ist kein Geschichtenerzähler mehr, sondern ein Ingenieur, und dank dieser glücklichen Fügung kann sich eine für ihre Nicht-Exaktheit berüchtigte Disziplin endlich in die Labor-Wissenschaften einreihen. (Noch deutlicher wird das im Werk von A.E.Van Vogt, dessen eigene Version der Psychohistorie, Nexialismus genannt, seinen Helden befähigt, Generationen von Alien Monsters zu bezwingen – einschließlich des Monsters, das sich irgendwann in den Film *Alien* verwandelt hat. Und all das erreicht er dadurch, indem er seine Kenntnis der Spenglerschen Geschichtszyklen auf das Verhalten des Monsters anwendet. Einer von Van Vogts größten Beiträgen zur Science Fiction ist in seiner erstaunlichen Begabung begründet, beliebten SF-Vorstellungen kaltblütig die Tarnung wegzureißen und die darunter liegende Verrücktheit bloßzustellen.)

In der Zeit, als Asimov und Van Vogt schrieben, muß es – abgesehen von ein paar SF-Lesern am Arsch der Welt – schon allen klar gewesen sein, daß es mit dem zwanzigsten Jahrhundert nicht gerade zum Besten stand. Zumindest nicht so stand, wie es sich die Utopisten vierzig Jahre früher oder Hugo Gernsbacks glückliche Ingenieure noch fünfzehn Jahre zuvor vorgestellt hatten. Und es muß ihnen auch klar gewesen sein, daß der Missetäter, der all die großen Maschinenträume zunichte machte, die Geschichte selbst war.

Das begründete einen der großen, alles überragenden Themenkomplexe der Science Fiction: die Bändigung des Chaos durch die Einsicht in historische Prozesse. In Asimovs Management-Modell fand dieses Thema nur seinen berühmtesten Ausdruck. In der Regel stellt die Stasis keine besonders verlockende Alternative im Spektrum der SF-Welten dar. Sie wirkt der für das Genre wesentlichen Dynamik entgegen. Schließlich brüstet sich die SF traditionellerweise damit, daß sie die Literatur des Wandels ist. Aber auch das Chaos ist für ein Genre, das häufig für sich in Anspruch nimmt, Ordnung und Rationalität zu verfechten, keine besonders verlockende Alternative. Also müssen die Autoren Wege finden, zwischen Einheit und Vielfalt, Ordnung und Zufall, Stasis und Chaos zu vermitteln. Die verschiedenen Formen sozialer Steuerung – von Asimov über die jüngsten, fast utopischen Romane von Kim Stanley Robinson und Greg Bear bis zu den eher doppeldeutigen Mustern menschlicher Verwandlung in Romanen wie Joe Haldemans *Forever Peace* – kann man sämtlich als Versuche verstehen, das Chaos zu bändigen, ohne zu einer totalitären Welt aufgezwungener Stasis zurückzukehren.

Zeitreisegeschichten befassen sich seit langem mit der Wiedergutmachung in der Geschichte – von Mark Twains *A Connecticut Yankee in King Arthur's Court* über Connie Willis' täuschend altmodisches Werk *To Say Nothing of the Dog* bis zu dem im letzten Jahr erschienenen Roman *Days of Cain* von J. R. Dunn, in dem ein Zeitreisender der Zukunft Auschwitz zu befreien versucht. Natürlich ist die Moral vieler Zeitreisegeschichten, daß man die Geschichte durch Besuche in der Vergangenheit nicht ausbessern kann. Man kann sie nur noch schlimmer machen – man denke nur an Bradburys berühmten Schmetterling in *A Sound of Thunder*. Aber wenn wir schon nicht die Richtung des Zuges ändern können, mit dem wir reisen, können wir uns immerhin fragen, wie es wohl gelaufen wäre, wenn man in früherer Zeit von einem Zug auf den anderen umgestiegen wäre ... Deshalb das wachsende Aufgebot von »Alternativwelt«-Geschichten, einschließlich der *Fantasies*, in denen die Dinge im nachhinein korrigiert werden und sich dann eher so entwickeln, wie es wünschenswert gewesen wäre. Die NASA schafft es im Jahre 1989, eine Mannschaft auf dem Mars landen zu lassen (in Stephen Baxters *Voyage*). George Bush und Fidel Castro nehmen beide als Profi-Ballspieler an den Weltmeisterschaften des Jahres 1959 teil (in John Kessels *The Franchise*).

Es ist interessant, daß dieser fiktive Gedankengang, der von ernsthaften Historikern lange Zeit als wenig mehr als ein Gesellschaftsspiel betrachtet wurde, inzwischen zu einer akademischen Unterdisziplin aufgeblüht ist, die als *counter factual history*, als Geschichte, die den Tatsachen zuwiderläuft, bezeichnet wird. Ihre erste Konferenz fand im letzten November an der Ohio State University statt, und die ganze neue Ausgabe von *Quarterly Journal of Military History* ist diesem Thema gewidmet.

Eine andere Variation ist die *secret history*, die verborgene Geschichte. Die Regeln dieses Subgenres schreiben vor, daß die Erzählung keine bekannten historischen Tatsachen verdreht. Ansonsten kann sie völlig freizügig mit den Lücken zwischen diesen Tatsachen umgehen. Praktisch läuft es darauf hinaus, daß uns anstelle der uns bekannten Geschichte eine Alternativgeschichte erzählt wird. Beispiele dafür sind Jack Danns *The Memory Cathedral*, ein Bericht über das berühmte verlorene Jahr im Leben des Leonardo da Vinci, und die meisten Werke von Tim Powers, der hinterlistig vampirähnliche weibliche Dämonen in das Leben von Keats und Shelley einschleust. (...)

Auf einer in gewisser Hinsicht primitiveren Ebene spielen sich »verborgene Geschichten« – bestimmt von der Vorstellung, daß unheimliche Kräfte am Werk sind, von denen wir nie erfahren - auch in anderen Medien ab: etwa in den Filmen Oliver Stones, in den Fernsehprogrammen von Chris Carter und in der ganzen Supermarkt-Boulevardzeitungsindustrie (die uns eine Welt anbietet, die nur so von verborgenen Geschichten strotzt, und dabei primitive SF-Einfälle mit Alice-im-Wunderland-Logik verbindet). Mein Lieblingsbeispiel stammt aus den *Weekly World News*. Dort erschien vor einigen Jahren ein schlampig gefälschtes Photo. Es zeigte recht deutlich das Plastikmodell einer B-29, das auf dem NASA-Photo eines Mondkraters stand. Die Schlagzeile lautete: »Bomber aus dem 2. Weltkrieg auf dem Mond entdeckt.« Rund eine Woche danach brachte die Zeitung das Photo von dem Mondkrater noch einmal, diesmal allerdings ohne das Modellflugzeug. Und die Schlagzeile lautete: »Auf dem Mond entdeckter Weltkriegsbomber verschwunden!«

Secret history, die verborgene Geschichte - oder auch Fantasy der Geschichte, wie die *Encyclopedia of Fantasy* so etwas nennt - verläuft quer durch viele Genres. Das schließt auch Spionageliteratur, Krimis und die Mainstream-Romane eines E. L. Doctorow oder Edward Whittemore ein. Da die verborgene Geschichte so mühelos in den Bereich der spekulativen Nicht-Fiktion übergeht, kann sie viel heimtückischer als die alternative Geschichte wirken und umfaßt in ihrer weit gefaßten Definition auch solche Dokumente wie die *Protocols of the Elders of Zion*, vielleicht das destruktivste Werk spekulativer Fiktion, das je ausgeheckt wurde. Aber selbst dort können wir den Text als Versuch betrachten, das Chaos zu bändigen: Vielleicht wird die Geschichte von den Juden gesteuert, vielleicht auch von den Verschwörungen einer Schattenregierung oder von geheimnisvollen Halbgöttern, die sich in Casinos verstecken, oder sogar von Kevin Costner - aber zumindest *wird* sie gesteuert. Und das bedeutet umgekehrt, daß sie steuerbar *ist*.

Darüber hinaus bietet die Science Fiction zwei weitere Wege an, mit den Paradoxien des historischen Prozesses klarzukommen. Der eine besteht darin, vor der Geschichte ganz und gar zu fliehen, der andere darin, die Geschichte zurück in die Steinzeit zu bomben. Allein im letzten Jahr sind eine ganze

Reihe von Romanen (und auch eine »Akte X«-Folge von Tom Maddox und William Gibson) herausgekommen, in denen die Protagonisten ihre ganzen Persönlichkeiten in Computersysteme entladen und schwächliche Körper und eine zerfallende Welt hinter sich zurücklassen. Der härteste und eindrucksvollste dieser Romane ist Greg Egans Werk *Diaspora*. Darin geht er davon aus, daß das äußere stoffliche Universum mit seinem qualvollen Zeitfluß möglicherweise schlicht überflüssig wird. In *Circuits of Heaven* nimmt Dennis Danver an, daß die meisten Menschen freudig ihre Körper aufgeben, um in einer virtuellen Kopie der realen Welt zu leben, in der Krankheit und Tod aus dem Programm getilgt sind.

Ich bin mir nicht sicher, ob solche Werke – abgesehen von der Technik – wirklich wesentlich über die eher mystischen früheren Abhandlungen der Flucht vor der Geschichte hinausgehen. Zu letzteren zähle ich etwa Arthur C. Clarkes Roman *Childhood's End*, in dem sich die Menschheit mit einem Superhirn zusammentut. Oder auch Theodore Sturgeons Roman *More than Human*, in dem eine Gruppe von Außenseitern ein psychisches Zuhause unter anderen großen Köpfen der Vergangenheit findet. In all diesen Fällen wird das Problem, sich mit Chaos und Zerfall auseinanderzusetzen, dadurch geschickt umgangen, indem man sich in eine Art posthistorisches Nirwana begibt.

»Posthistorisch« – dieser Ausdruck wurde (ursprünglich von Gene Wolf, glaube ich) und wird auch auf eine der ältesten und ehrwürdigsten Methoden der Science Fiction angewandt, mit der Geschichte fertigzuwerden. Diese Methode besteht darin, die Tafel ganz einfach leer zu wischen und wieder ganz von vorn anzufangen. Der Tafelschwamm kann in Atombomben, Seuchen, Katastrophen oder auch nur in der erdrückenden Last der Zeit bestehen. Beispiele für solche post-katastrophalen Geschichten sind etwa Mary Shelleys *The Last Man*, George R. Stewarts *Earth Abides*, Walter M. Millers *A Canticle for Leibowitz* und Russel Hobans *Riddley Walker*. Das Motiv taucht aber auch in zahlreichen Abenteuergeschichten auf, die in der Zukunft angesiedelt sind, etwa in Jack Vances *The Dying Earth* und Gene Wolfes *The Book of the New Sun*. Artefakten und Fragmente der alten Welt mögen überleben, aber die sie prägende Geschichte, zu der sie einst gehörten, ist längst vergessen. Sie werden in eine neue Geschichte eingebaut, die mit der alten nichts mehr zu tun hat. Bizarrerweise gehören diese Geschichten von weltumspannenden Katastrophen und die in ferner Zukunft angesiedelten mittelalterlichen Szenarios wohl zu den tröstlichsten Texten der Science Fiction überhaupt. Und das liegt daran, daß sie dem Angstgefühl, das Henry Adams beschlich, entgegenwirken – entgegenwirken, indem sie die Polaritäten von Stasis und Chaos einfach umkehren: Sie beginnen mit zerstörten Welten und bewegen sich auf eine Art Ordnung zu, wie immer sie auch aussehen mag. In diesem Sinne stellen sie die Schöpfungsmythen des Genres dar und bestätigen Mirceas Eliades Beobachtung, daß wir zu solchen Mythen zurückkehren, weil das »Leben nicht wieder heil und ganz werden kann. Es kann nur neu erschaffen werden, indem es zu seinen Ursprüngen zurückkehrt.« (*Myth and Reality*, Willard R. Trask, Harper 1968, S. 76.) Um es mit J. G. Ballards Worten auszudrücken: Die Aufgabe des apokalyptisch-orientierten Romanciers liegt darin, »sich der angsterzeugenden Leere eines offenbar sinnlosen Universums zu stellen. Und das kann er dadurch, daß er dieses Universum zu einem Spiel nach dessen eigenen Regeln herausfordert, den Nullpunkt wiederherstellt und es auf jede nur vorstellbare Art provoziert.« (*Visual Encyclopedia of Science Fiction*, herausgegeben von Brian Ash, New York, Harmony, 1977, S. 130.)

Das Motiv der Zerstörung von Welt oder Universum mag durchaus das letzte Gefecht der Science Fiction in ihrer langjährigen und schwierigen Auseinandersetzung mit Zeit und Geschichte darstellen. Allerdings schöpft das, was ich hier behandelt habe, wohl kaum alle Quellen der SF für diesen Bereich aus – ganz zu schweigen von den Quellen der benachbarten Genres der Phantastik. Beispielsweise gibt es da ja auch noch die kosmischen Epen eines Olaf Stapledon, die eigentlich in der Form von Historien daherkommen und bei so unterschiedlichen zeitgenössischen Autoren wie Stephen Baxter und Doris Lessing Widerhall fanden. Es gibt die Tradition der utopischen und dystopischen Literatur, in der die Stasis den ursprünglichen Idealzustand darstellt, sich jedoch zum Alptraum entwickelt. Und es gibt die postmodernen und nicht so leicht einzuordnenden Romane aus jüngster Zeit – die Romane von Jonathan Lethem, Stepan Chapman und anderen. Sie kombinieren Elemente aus vielen Genres und schaffen dadurch surrealistische *Krazy Kat*-ähnliche Hintergründe, die bis auf die Aufhebung der historischen Zeit fast nichts miteinander gemein haben.

Gegen Ende seiner Autobiographie gibt Henry Adams sein Bemühen, die Komplexität des zwanzigsten Jahrhunderts durch die Brille seiner klassischen Erziehung zu begreifen, weitgehend auf. »In der letzten Synthese«, stellt er fest, »waren Ordnung und Anarchie eins, aber ... diese Einheit war das Chaos.« Er ging davon aus, daß die neue Generation von Amerikanern – in eine Welt hineingeboren, die Adams inzwischen ein »Multiversum« nannte – würde lernen müssen, in Kategorien des Widerspruchs und der Unbestimmtheit zu denken. Bis zu seinem Tod im Jahre 1918 hat ihn die deterministische Angst beherrscht, die Geschichte sei für immer und ewig menschlichem Einfluß und Eingriff entzogen und spiele ganz einfach verrückt. Sein letzter bedeutender Aufsatz *Letter to American Teachers of History* war das Kernstück eines Buches, das sein jüngerer Bruder Brooks herausgab. Es hieß *The Degradation of the Democratic Dogma* und erschien im Jahre 1919. Brooks war sogar noch stärker als sein Bruder davon überzeugt, daß sich die durch Kapitalismus und Religion zersetzte Welt an der Schwelle zu einer langen Epoche des Niedergangs und Zerfalls befinde. Die Arbeit von Gelehrten und Historikern war seiner Meinung nach bestenfalls dazu geeignet, die Katastrophe abzumildern. Das war 1919. Im folgenden Jahr kam Isaac Asimov zur Welt.

Aus dem Amerikanischen von Usch Kiausch

Der verzauberte Campus

Zum akademischen Alltag in der Science-Fiction*

von Heiko Fiedler

Einleitung

Die Figur des Wissenschaftlers ist in der Science Fiction allgegenwärtig. Folgt man den Ausführungen Ulrich Suerbaums zur ›Science‹ in der Science Fiction, so gehören die Naturwissenschaften und die Technik »noch heute zu den wichtigsten Realitätsbereichen, auf welche die Gattung bezogen ist.«[1] In kühnen Entwürfen werden die Möglichkeiten zukünftiger Technologien durchgespielt und dem Leser in erzählbare und nachvollziehbare Handlungsabläufe übersetzt. Ob es sich dabei um wirklich realisierbare Entwicklungen handelt, bleibt zu bezweifeln. Dennoch haben Wissenschaft und Technik trotz ihrer Präsenz häufig nur eine sekundäre Funktion. Wissenschaft selbst ist nicht das Thema, sondern Mittel zum Zweck. Letztlich handelt und forscht der Wissenschaftler allein, um eine – zumeist abenteuerliche – Handlung voranzutreiben. Selten nur macht die Wissenschaft oder das Forschen selbst die Handlung aus. Der akademische Alltag bleibt in der Regel ausgespart.

Ausnahmen bestätigen natürlich auch diese Regel. Im folgenden sollen daher zwei Beispiele näher betrachtet werden, die das akademische Leben in den Mittelpunkt des Gesche–

* *Korrigierte und leicht überarbeitete Fassung eines Beitrags, der bereits im* Quarber Merkur *85/NF 1 (1997), S. 7–23 erschien. Franz Rottensteiner möchte ich an dieser Stelle für seine großzügige Unterstützung danken.*

hens stellen. Davon ist zumindest einer der Romane, Gregory Benfords *Timescape*, dem anglo-amerikanischen Universitätsroman verpflichtet, einer literarischen Untergattung des Romans, in dessen Mittelpunkt zumeist der akademische Alltag eines ›English Departments‹ steht.[2] C. S. Lewis' *That Hideous Strength,* 1946 als dritter Teil der Romantrilogie *Out of the Silent Planet – Perelandra* veröffentlicht, kann hingegen nur im weiteren Sinne als Universitätsroman verstanden werden. Doch spielt hier eine wissenschaftliche Institution namens N.I.C.E. eine dem universitären Alltag entsprechende Rolle.

Die Untersuchung konzentriert sich im folgenden auf die Figur des Wissenschaftlers und die gesellschaftliche Relevanz und Bewertung seiner Arbeit, aber auch auf die Darstellung der wissenschaftlichen Institutionen. Eine nur geringe Rolle kommt den Studierenden zu, die dennoch abschließend behandelt werden sollen. Auch wenn an dieser Stelle eine nähere Betrachtung des Universitätsromans nicht möglich ist, halte ich es für sinnvoll, den Beobachtungen zum akademischen Alltag in der Science Fiction einige wesentliche Merkmale dieser Textgruppe kontrastiv gegenüberzustellen.

Textauswahl

Die Auswahl der beiden Romane wird durch eine relativ großzügige Definition der Science Fiction ermöglicht. Ich umgehe eine sich ausschließende Gegenüberstellung von Science Fiction und Science Fantasy und halte mich an Suerbaums Definition:

> Die Gattung Science Fiction ist die Gesamtheit jener fiktiven Geschichten, in denen Zustände und Handlungen geschildert werden, die unter den gegenwärtigen Verhältnissen nicht möglich und daher nicht glaubhaft darstellbar wären, weil sie Veränderungen und Entwicklungen der Wissenschaft, der Technik, der politischen und gesellschaftlichen Strukturen oder gar des Menschen selbst voraussetzen. Die Geschichten spielen in der Regel, aber nicht mit Notwendigkeit, in der Zukunft.[3]

Eine Darstellung der beiden Romane ist insofern reizvoll, als sich Benfords *Timescape* als annähernd ›klassischer‹ Universitätsroman mit naturwissenschaftlichem Personal lesen läßt, Lewis' *That Hideous Strength* hingegen den Geisteswissenschaftler in ein Science Fiction-Szenario entläßt.

Gregory Benfords *Timescape*[4] spielt in zwei Zeiträumen, in einem Cambridge des Jahres 1998 und an der sich noch im Aufbau befindenden kalifornischen Universität La Jolla des Jahres 1962/63. Die Zukunftshandlung konzentriert sich auf ein wissenschaftliches Experiment, das der britische Atomphysiker John Renfrew mit Hilfe seines amerikanischen Kollegen Greg Markham durchführt. Tachyonen, subatomare Teilchen, die sich schneller als Licht fortbewegen können, sollen die Zeit durchdringen und Botschaften in die Vergangenheit übermitteln. Gewarnt werden soll vor Entwicklungen, die im Jahre 1998 zu Umweltkatastrophen bedrohenden Ausmaßes geführt haben.

Empfänger dieser Botschaft ist der junge Assistant Professor Gordon Bernstein, der während seiner Experimente in La Jolla Störungen wahrnimmt, diese jedoch bald als Nachrichten entschlüsselt. Seiner Entdeckung steht die Fachwelt indes ablehnend gegenüber, und sein Festhalten an seiner Theorie bringt ihn zunächst um seine wissenschaftliche Reputation. Erst ein interdisziplinäres Vorgehen, vor allem aber ein parallel verlaufendes Experiment sorgen für die Bestätigung seiner Theorie und seine wissenschaftliche Anerkennung.

Der Darstellung des akademischen Alltags wird in beiden Handlungsebenen reichlich Raum gegeben. Aus den Diskussionen um Sinn und Zweck der Experimente gewinnt der Leser Einsichten in die technischen Abläufe und die Paradoxien der Zeit. Die Zeit, so gibt *Timescape* unmißverständlich zu verstehen, ist keine eindimensionale Linie, keine Richtung, sondern Raum. Daher ist auch nicht zu befürchten, daß die aus Cambridge entsandten Nachrichten unvorhergesehene Veränderungen in dieser Gegenwart hervorrufen. Die Zukunft, in die die Zeitgenossen Gordon Bernsteins eintreten werden, ist eine eigene, parallel zum Cambridge des Jahres 1998 existierende Wirklichkeit.

In *That Hideous Strength*[5] wird ebenfalls auf zwei Handlungsebenen vorgegangen. Die eine beschreibt die Karriere des aufstrebenden Soziologen Mark Studdock, der sich der beruflichen Anerkennung wegen in einem faustischen Pakt der staatlich-wissenschaftlichen Institution N.I.C.E. verschreibt, deren totalitäre Strukturen und menschenverachtende Ethik er trotz früher Einsicht skrupellos vertritt. In einer ihm äußerst unklaren Funktion arbeitet Studdock an der Modernisierung der Gesellschaft und erkennt bald – zunächst voller Faszination –, daß N.I.C.E., hinter der eine extraterrestrische Macht steht, über kurz oder lang die Überwindung der Menschheit zugunsten übermenschlicher, künstlicher Naturen anstrebt.

Dies gilt es zu verhindern. Eine Gruppe von Einsichtigen um den legendären Dr. Ransom, der ebenfalls mit den Mächten in Verbindung steht, nimmt den Kampf gegen N.I.C.E. auf, und es gelingt ihnen, mit Hilfe des Zauberers Merlin, das drohende Unheil abzuwenden. Man mag seine Vorbehalte haben gegen Lewis' Phantasie, interessant für diese Untersuchung sind dennoch die Darstellung der wissenschaftlichen Institutionen Bracton College und N.I.C.E. sowie die Oppositionen, die Lewis bildet. Um nur einige zu nennen: Geistes- vs. Naturwissenschaft, traditionelle vs. moderne Wissenschaft sowie orthodoxe vs. initiierte Wissenschaft. Offensichtlich stehen sich in diesem Roman, vertreten durch die beiden Handlungsstränge, ebenso Fantasy und Science Fiction gegenüber und gehen im Showdown eine Symbiose als Science Fantasy ein.

Doch auf derartige Gattungsfragen soll nicht weiter eingegangen werden, was zunächst folgt, ist ein Blick auf den akademischen Alltag, beginnend mit der Darstellung des Campus' als Schauplatz des Geschehens.

Der Campus als Tor zur ›Anderswelt‹

Den Campus als Mikrokosmos wissen neben der Science Fiction insbesondere die Autoren der Fantasy-Literatur zu schätzen. Freilich unterscheiden sich die Absichten dieser Autoren deutlich von den Autoren der Universitätsromane. Wird der Campus hier in der Regel als Mikrokosmos verstanden, in dem sich die gesellschaftlichen Strukturen spiegeln, so geht die Faszination in der Fantasy-Literatur gerade von seiner Abgeschlossenheit gegenüber der Gesellschaft aus. Als in sich geschlossener, weltabgewandter Raum ist er für viele Autoren der ideale Ausgangspunkt für einen Übergang in die Anderswelt. So spielen beispielsweise in Joel Rosenbergs *Die Welt des Meisters*[6] Studenten in der Abgeschiedenheit einer amerikanischen Universität ein Fantasy-Rollenspiel, in dessen Welt sie wenig später real versetzt werden. Die Verwendung eines Rollenspiels ist übrigens keine Seltenheit. Überhaupt darf die Fantasy-Literatur, die den Campus als Ausgangsort benutzt, mit dem Aufkommen der Fantasy-Rollenspiele, wie etwa *Dungeons & Dragons,* in Verbindung gebracht werden. So ist das Spielermileu an den amerikanischen Universitäten das ideale Zielpublikum, und womöglich gingen aus diesem Mileu sowohl die Themen als auch die Autoren hervor. Der Campus und der akademische Alltag bieten eine schnelle Identifikation.

Doch ist der Campus in diesen Beispielen nicht der eigentliche Schauplatz des Geschehens, vielmehr dient er lediglich als Tor zu einer anderen Dimension. Er ist die Voraussetzung für einen Übergang in die eigentliche Handlungsebene. In seiner Funktion als weltabgewandter Ort ist er beliebig gewählt und durchaus durch andere Orte wie etwa den ›Center Parcs‹, weichgezeichneten Urlaubsrefugien nach niederländischem Vorbild, zu ersetzen.[7] Wissenschaft oder der akademische Alltag als Thema spielen so gut wie keine Rolle.

Euphorie und Entropie

In Gregory Benfords *Timescape* ist das Geschehen hingegen unauflöslich mit dem Campus verbunden. Die Universitäten La Jolla und Cambridge, wie sie uns hier entgegentreten, bieten ein Bild von Aufbruch und Niedergang. Wie Borgmeier[8] ausgeführt hat, findet sich diese kontrastive Darstellung zweier Universitäten auch bei den beiden derzeit bekanntesten Vertretern des Universitätsromans. Sowohl in Malcolm Bradburys *Stepping Westward* (1966) als auch in David Lodges *Changing Places* (1975) werden die Besonderheiten des englischen und amerikanischen Bildungssystems einander gegenübergestellt.[9] Obschon das kontrastive Moment im fast symmetrisch angelegten Austausch zweier Professoren des Romans *Changing Places* stärker ist, zumal es sich um eine zeitgleiche Gegenüberstellung handelt, die den Eindruck von Rückständigkeit und Fortschritt auf eigene Weise verdeutlicht, verfehlt die zeitversetzte Darstellung in *Timescape* nicht ihre Wirkung. Steht die kalifornische Universität La Jolla für die akademische Euphorie der 60er Jahre,[10] so bietet das Cambridge des Jahres 1998 ein Bild der Entropie, markiert also den Übergang des Bildungssystems in Chaos. Daß sich in den gezeichneten Bildern die Erfahrungen des Autors widerspiegeln, die er als Professor der Physik an der University of California und als Visiting Fellow in Cambridge machen konnte, steht zu vermuten. Im Jahre 1980 veröffentlicht, zieht der Roman im zeitgleichen Abstand einen Bogen vom frühen Glanz bis zu einem düsteren, anti-utopischen Zustand der universitären Forschung.[11]

La Jolla, so titelt eine Artikelserie einer Lokalzeitung, sei »Eine Universität auf ihrem Weg zum Ruhm«. (S. 71), sie steht im strahlenden Glanz des Aufbruchs. »La Jolla war ein hoch motivierter, konkurrenzfähiger Ort, gierig nach Ruhm und ›Eminenz‹.« (S. 71) Hier trifft man auf die führenden Wissenschaftler der Nation, angeworben mit der Aussicht auf hervorragende, unbegrenzte Möglichkeiten. »Es waren Überraschungen wie diese, die allerbesten der wissenschaftlichen Gemeinde zu treffen, was La Jolla zu dem machte, was es war.« (S. 66). Zudem heißt es: »Kalifornien setzt Kopfgelder aus.« (S. 71) Daß es sich nicht nur um naturwissenschaftliche Größen handelt, macht der Erzähler, nicht ohne ironischen Unterton, deutlich: »Universitäten sind groß darin, Rote anzustellen«, heißt es z. B. beim Hinweis einer Romanfigur auf den »Marxisten« Marcuse und sein Werk »Der eindimensionale Mensch« (S. 167). Die geistige Beweglichkeit findet ihr Abbild in der Weite des kalifornischen Raums. Gordon Bernstein, der der Ostküste und einer damit verbundenen Anstellung als »postdoc« den Rücken gekehrt hat zugunsten der Stelle eines Assistant Professors in La Jolla, stellt verwundert fest:

Die Straßen boten genug Raum, seinen 58er Chevy zu parken, und gaben noch immer unermeßliche Flächen für die beiden Mittelspuren frei. Die Straßen waren so breit wie die Gebäudegrundstücke; sie schienen die Landschaft zu durchmessen, wie weiträumige Erholungsgebiete für die vorherrschende Klasse: Autos. Verglichen mit der 2nd Avenue, dieser von braunen Backsteinen gesäumten Betonstraße, die mehr einem Venitilationsschacht glich, nahmen diese hier verschwenderische Ausmaße an. (S. 22)

In ihrer Zeit steht La Jolla der traditionsreichen Ostküste, die hier als Enge empfunden wird, innovativ gegenüber. Doch ist diese Beschreibung auch auf Cambridge des Jahres 1998 zu beziehen, wie in einem späteren Zitat noch zu sehen sein wird. La Jolla, das ist Licht, Raum und Beweglichkeit in physischer und psychischer Hinsicht, Cambridge ist saurer Regen, Beengtheit und verlangt ein akademisches »muddling through«[12], ein Durchwursteln im akademischen Alltag.

Gestaltet sich La Jolla als ein Ort der akademischen Hoffnung, so wird das Cambridge des Jahres 1998, einst Synonym für Wissenschaft und Forschung schlechthin, seinem weltweiten Ruf nicht mehr gerecht. Nur mühsam kann der Wissenschaftsbetrieb aufrechterhalten werden. Einsparungen sind an der Tagesordnung und verlangen dem Wissenschaftler in erster Linie ein Höchstmaß an Improvisationsgeschick ab. Doch der Niedergang der wissenschaftlichen Einrichtungen ist nur eine Begleiterscheinung eines allgemeinen gesellschaftlichen Zerfalls. Das England der ausgehenden 90er Jahre sieht sich einer ernstzunehmenden Umweltkatastrophe gegenüber und seine Bevölkerung ist geplagt von Stromsperren, Wasserrationierungen und dem Verzehr von Büchsengemüse.

Auf dem Weg zur Arbeit, den sich der Atomphysiker Renfrew mit seinem Fahrrad mühsam durch abgestellte Autowracks bahnen muß, wird die Erinnerung an glanzvollere Zeiten wach. Ungleich des ursprünglichen Backsteingebäudes im Zentrum von Cambridge, in dem Rutherford den Atomkern entdeckte, und das jetzt als Museum dient, bietet das neue Cavendish ein düsteres Abbild des wissenschaftlichen Klimas.

> Für Renfrew strahlte der sich darbietende Komplex der drei Gebäude Anonymität aus. [...] Von der Madingley Road aus gesehen, zwei Hundert Meter entfernt, könnte man diesen Ort leicht für ein Versicherungsgebäude, eine Fabrik oder irgendein Geschäftszentrum halten. Als das neue ›Cav‹ in den frühen 70er Jahren eröffnet wurde, war es tadellos ausgestattet, mit harmonisierenden Farbzusammenstellungen, Teppichen in der Bibliothek und gutsortieren Regalen. Heute sind die Korridore schwach beleuchtet, und die vielen, bis auf die letzten Apparate demontierten Laboratorien strahlen gähnende Leere aus. (S. 5)

Vom einstigen Glanz ist nur ein matter Schein geblieben. Beschreibungen wie diese finden sich häufig in Universitätsromanen, in Gegenüberstellungen von traditionellen ›red-brick‹ Universitäten und ihren modernen ›plate-glass‹ Pendants, deren liberalisierende Aufbruchstimmung nunmehr gleich den Fassaden zu bröckeln beginnt. Die Bedingungen des wissenschaftlichen Arbeitens können schlechter nicht sein, paradoxerweise jedoch zu einer Zeit, in der die größten Hoffnungen in die Forschung gesteckt werden.

Vom Untergang gezeichnet ist auch Bracton College. Das kleine, der idyllisch gelegenen Kleinstadt Edgestow zugehörige College aus Lewis' *That Hideous Strength* holt sich mit der Modernisierung den Teufel ins Haus. Bracton College liegt am Rande des UNIversums, was der Erzähler unter Hinweis auf zwei Ausnahmen unmißverständlich ausdrückt: »Ich hoffe, der Leser hat sich bis hierher nicht in der Annahme verleiten lassen, daß die Fellows von Bracton ein besonders ausgezeichneter Lehrkörper wären.« (S. 56) Dem im Jahre 1300 zu Ehren Henry de Bracton gegründeten College, dessen 40 Fellows keinerlei Lehrverpflichtungen haben – es gibt keine Studenten in Bracton – gehört die Sympathie des Erzählers:

> Obschon mich Oxford hervorbrachte, und ich Cambridge sehr schätze, denke ich, daß Edgestow schöner ist als die beiden. Zum einen ist es sehr klein. Kein Auto-, Wurst- oder Konfitürenhersteller ist bislang gekommen, um die Kleinstadt, die die Universität beherbergt, zu industrialisieren. Aber auch die Universität selbst ist winzig. Abgesehen von Bracton und von dem ›women's

> college‹ aus dem 19. Jahrhundert hinter der Bahnlinie, gibt es allein zwei Colleges: Northumberland, das unterhalb Bractons am Fluß Wynd steht und Duke's, gegenüber der Abtei. (S. 16)

Doch was dem einen die Idylle ist, ist dem anderen ein Sinnbild geistiger Trägheit und Rückständigkeit. Wer etwas auf sich hält, zählt sich zum »Progressive Element«, einer selbsternannten progressiv-intellektuellen Speerspitze des Colleges. Dieser Vereinigung verdankt Bracton College den Sturz in die Moderne. In seiner doch immerhin erkannten Provinzialität ist dem »Progressive Element« das Ansinnen der staatlich geförderten, wissenschaftlichen Einrichtung N.I.C.E., in Bracton eine Niederlassung zu gründen, nur recht. Es kommt Bewegung ins Spiel. Wie Curry, einer der Köpfe des »Progressive Element«, zu erkennen meint, erhält Wissenschaft einen neuen Namen: »N.I.C.E. markiert den Beginn einer neuen Ära – der wirklich wissenschaftlichen Ära. Bislang war alles planlos. Dies wird die Wissenschaft selbst auf ein wissenschaftliches Fundament stellen.« (S. 38) Was sich hinter N.I.C.E. verbirgt, bleibt jedoch völlig unklar. Nicht einmal Feverstone, der als Vertreter dieser Institution in Bracton wirkt, vermag genaue Angaben zu machen: »Hat irgend jemand herausbekommen [...] was genau N.I.C.E. ist oder was es vorhat?« (S. 37) Natürlich weiß man eine Antwort und spricht von staatlich geförderter Wissenschaft von hoher Effizienz.

> Es ist der erste Versuch, angewandte Wissenschaft von einem nationalen Standpunkt aus ernstzunehmen. Der graduelle Unterschied zu dem, was wir bislang hatten, gipfelt in einem Unterschied der Sache. Allein die Gebäude, allein die Apparate –! Denken Sie nur, was es schon allein für die Industrie getan hat. Denken Sie nur, wie es die Talente des ganzen Landes mobilisieren wird: und nicht bloß die wissenschaftlichen Talente im engeren Sinne. Fünfzehn Abteilungsdirektoren mit fünfzehntausend im Jahr für jeden. Ein eigener juristischer Stab! Eine eigene Polizei. So wurde mir gesagt! Eine eigene ständige Belegschaft aus Architekten, Landvermessern und Ingenieuren! Das Ding ist überwältigend! (S. 37)

Die Euphorie des »Progressive Element« kennt keine Grenzen. Man holt sich den Fortschritt ins Haus, dessen Überlegenheit einen Namen hat: der ›Pragmatometer‹ – ein technisches Schwarzes Brett, ein Supercomputer (1946!), der die komplexen Handlungsabläufe der Einrichtung koordiniert.

N.I.C.E. als Institution hat zwar seinen zentralen Sitz in Belbury, bleibt allerdings alles andere als greifbar. N.I.C.E. ist überall und nirgends, ist in seiner Organisationsstruktur, wie das führende Mitglied Wither dem Neuling Mark Studdock (un)verständlich machen will, »wie eine Familie, oder vielleicht besser, wie eine einzige Persönlichkeit«. (S. 119) Elastizität ist ein »Leitgedanke des Instituts«. (S. 119) Die Folgen für Bracton sind, nachdem man sich auf eine Annäherung eingelassen hat, alles andere als unklar. Den Baggern, die die Idylle aufwühlen, und denen im Namen der Moderne immer mehr Land zum Opfer fällt, folgen bald Terror und Schrecken. Schnell – und doch zu spät – wird den ›Opfern‹ klar, daß sich hinter dem Kürzel mehr verbirgt, als die angenommene wissenschaftliche Revolution.

That Hideous Strength markiert auf drastische Weise eine Übergangsphase des altehrwürdigen Bildungsideals in eine neue, ungewisse und in diesem Fall in ihrer totalitären Struktur höchst gefährliche Form von Wissenschaft. Auch hier zeigt der äußerliche Zerfall bzw. die äußerliche Zerstörung den Niedergang eines traditionellen Ideals.[13]

Sowohl *Timescape* als auch *That Hideous Strength* liefern einen plastischen Eindruck ihrer akademischen Schauplätze. Bracton College fällt der Zerstörung anheim, der Anti-Held des Romans, Mark Studdock, sucht sein Heil in einer technokratisch und totalitär organisierten, vermeintlich fortschrittlichen, aber undurchschaubaren Wissenschaftsinstitution, die ihm jedoch bald zum Verhängnis wird. *Timescape* wirft einen Blick zurück auf die Jahre des akademischen Aufbruchs, ist in seiner düsteren Prognose des wissenschaftlichen Niedergangs jedoch eindringlicher. In beiden Romanen steht der Zustand des Campus' für den Zustand des Bildungssystems: hier traditionell, dort totalitär und menschenverachtend, hier von erregter Aufbruchsstimmung geprägt, dort gefangen im Paradoxon von hoffnungsvollem Anspruch und erlittener Wirklichkeit. Wie sich die Wissenschaftler in diesen Szenarios bewegen, soll in einem nächsten Schritt untersucht werden.

»Characters in the world's historical sense«[14]

Der Wissenschaftler in der Science Fiction steht vor bedeutenden Aufgaben. Was in der Regel auf dem Spiel steht, ist nichts Geringeres als das Fortbestehen der Menschheit, und das gilt es zu bewahren. Sein Wissen macht ihn einzigartig und hebt ihn in den Rang von welthistorischer Bedeutung. Nicht nur darin unterscheidet er sich deutlich vom Wissenschaftler des klassischen Universitätsromans. Da es sich in der Science Fiction naturgemäß um technische Aufgaben handelt, dominiert in ihr der Naturwissenschaftler. Der Geisteswissenschaftler kann seinen Platz in der Science Fiction allenfalls dann behaupten, wenn er über ein spezifisch esoterisches Wissen verfügt. Wiederkehrende Figuren sind daher Altertumswissenschaftler, wie z. B. Archäologen, Ägyptologen oder Mediävisten. Sie ermöglichen den Zugriff auf längst vergessenes Wissen, ihre Einsichten machen sie zu Bewahrern uralter Magie, zu Initiierten und damit zu modernen Magiern. In der Science Fiction wird die Geisteswissenschaft zur Geheimwissenschaft. Allein unter diesen Umständen, zumeist jedoch nur in Kooperation mit militärisch-technischen Institutionen, erringt der Geisteswissenschaftler den Rang von welthistorischer Bedeutung. Als Beispiel mag hier der junge Ägyptologe Daniel Jackson aus Roland Emmerichs Kinofilm *Stargate* dienen, ein zu Unrecht durch den Welterfolg von *Independence Day* in den Schatten gestellter Film. Jacksons Festhalten an seiner außergewöhnlichen Theorie zur Entstehung der ägyptischen Kultur macht ihn, das Wunderkind der Wissenschaft, in Fachkreisen bald zum Außenseiter, zugleich prädestiniert es ihn zu Höherem. Was die Fachwelt nicht weiß: seit den 20er Jahren verwahrt das Militär einen seltsamen Fund, der sich mit Jacksons Hilfe als ›Stargate‹ in eine andere Dimension erweist. Zwar kommt die Wissenschaft in diesem Beispiel zur Sprache, doch wird sie bald zugunsten einer reinen Abenteuerhandlung aufgegeben. In ähnlicher Weise gehen beispielsweise die Geschichten um *Indiana Jones* und Michael Crichtons *Jurassic Park* vor. Die Übergänge zwischen Science Fiction, Science Thriller, Science Fantasy und Abenteuerroman sind offensichtlich fließend.[15] Wie schon am Beispiel des Campus gezeigt wurde, dient die Wissenschaft auch hier lediglich als handlungsauslösendes Moment. Der Held ist ein Abenteurer und spielt in seiner Funktion als Wissenschaftler nur eine sekundäre Rolle, wenn überhaupt.

Überzeugende Portraits von Wissenschaftlern, schreibt Stone-Blackburn im Nachwort zu *Timescape*, seien in der Science Fiction überraschend rar.

> Meistens werden sie als Persönlichkeit nur skizziert, weil sich das Erzählen auf das wissenschaftliche Problem konzentriert, das im Mittelpunkt des Geschehens steht. Selten nur, wenn überhaupt, wurden die Verwicklungen des Arbeitsalltages der Wissenschaftler und seine Folgen so überzeugend porträtiert wie in *Timescape*. Zugleich wird das Privatleben der Wissenschaftler aus *Timescape* in beträchtlichem Detail ausgeleuchtet, und die Verbindungen zwischen Arbeits- und Privatleben sind bedeutend sowohl für den psychologischen Realismus als auch für das Thema.[16]

Tatsächlich werden die Wissenschaftler in *Timescape* nicht auf bestimmte Funktionen erfüllende Typen reduziert. Vielmehr stehen sie inmitten eines komplexen Beziehungsgeflechts aus privaten Anforderungen und beruflichen Verpflichtungen. Ihr Bild zeigt mehr als die flüchtige Skizze eines auf seinem Bleistift kauenden Experten, der vor seinem flimmernden Terminal im richtigen Moment die richtige Taste drückt. Die Vergangenheit eines Charakters beschränkt sich nicht auf undeutliche, schicksalhafte Ereignisse, sondern trägt in ihrem unmittelbaren Bezug zur Gegenwart zu einer lebendigen Biographie des Wissenschaftlers bei, der nicht als Held erscheint, sondern als Mensch. Zwar sind auch die Wissenschaftler in *Timescape* ›Characters in the world's historical sense‹, schließlich hängt einiges von ihrem Handeln ab, doch ist ihnen diese Rolle in ihren Ausmaßen nicht unbedingt bewußt.

Sowohl für John Renfrew als auch für Gordon Bernstein

sind ihre Berufe Berufung. Ihr Privatleben ist ihnen nicht gleichgültig, doch tritt es zugunsten wissenschaftlicher Verantwortungen zurück. Bei Renfrew verlangen es die umweltpolitischen Bedingungen, bei Bernstein die Lösung eines Rätsels, das ihn plötzlich aus dem alltäglichen wissenschaftlichen Trott herausreißt.

Gordon Bernsteins Leben bietet sich dem Leser als ein Leben voller Gegensätze dar, doch erst mit seiner wissenschaftlichen Herausforderung beginnen sich die Gräben als unüberwindlich zu erweisen. Für Gordon ist La Jolla zunächst ein Ort der unbegrenzten Möglichkeiten. Hier trifft der Columbia-Absolvent, der nur mühsam seiner Mutter und »New Yorks klaustrophobischem, jüdischem Ambiente« (S. 77) entkommen ist, auf Peggy, »California girl« (S. 77) und darüber hinaus Literaturwissenschaftlerin. Schon sein Äußeres verrät seine Herkunft. Im Gegensatz zu seinem Assistenten Cooper, der trotz der Kühle des Laborraums nur ein abgetragenes T-Shirt und Jeans trägt, bevorzugt Gordon ein formaleres Aussehen:

> Gordon bevorzugte ein blaues, langärmliges Oberhemd, feinen Wollstoff aus Oxford mit Kordsamthosen, die an der Rückseite schließen, und ein Tweed Jackett. Er hatte sich hier bislang noch nicht der Informalität in den Laboratorien angepaßt. Falls es bedeutete, sich so weit gehenzulassen wie Cooper, so war er sich sicher, daß er sich auch niemals anpassen würde. (S. 26)

Mit seiner Entdeckung beginnen nicht nur die beruflichen Schwierigkeiten, auch sein Verhältnis zu Peggy verschlechtert sich zunehmend. Zwar bringt sie über lange Zeit viel Verständnis für Gordons Arbeit auf, doch wird ihre Geduld überstrapaziert. In seinem Bemühen, die Nachricht zu entschlüsseln und dadurch seine wissenschaftliche Reputation zurückzuerlangen, vernachlässigt Gordon private und berufliche Verpflichtungen. Tag und Nacht ist er an seinem Arbeitsplatz, ständig bemüht, dem Rätsel mit Hilfe seiner Kollegen auf die Spur zu kommen. Was sich für Gordon als vorübergehende Intensivierung seiner beruflichen Interessen darstellt, bedeutet für Peggy, der er von der Bedeutung seiner Experimente nur wenig mitteilt, Phasen der Einsamkeit, die sie bald auszufüllen beginnt. Das Jahr 1974, die Zukunft, in die Gordon Bernstein schließlich eintreten wird, ist dann auch eine Zukunft ohne Peggy.

Welche Bedeutung dem privaten Leben eines Akademikers in *Timescape* zukommt, geht allein schon aus der Exposition des Romans hervor. Was der Leser zuerst zu Gesicht bekommt, ist nicht der Wissenschaftler, sondern der Familienvater John Renfrew. In der Darstellung von Frühstück mit den Kindern und baldigem Aufbruch zur Arbeit, markieren schon die ersten Seiten das Doppelleben des Atomphysikers. So ist er für seine Kinder »Daddy«:

> Sie nannten ihn Daddy. Nicht Pop, wie Renfrews Vater genannt werden wollte. Das war ein Name für Väter mit groben Händen, die bei der Arbeit Mützen trugen. (S. 2)

Ist er vor seinen Kindern alles andere als ein Handwerker, so gilt er in der Welt der Wissenschaften als ausgemachter Praktiker. Darin unterscheidet er sich deutlich von seinem amerikanischen Kollegen, dem Theoretiker Greg Markham. Marjorie, Renfrews Frau, hält den Unterschied wie folgt fest: »Sie [die Theoretiker] seien schwer zu verstehen, ganz offensichtlich, doch interessanter als die Praktiker, wie ihr John.« (S. 41) Und etwas später stellt sie fest: »Es muß schwerer sein, an klare mathematische Schönheit zu glauben, wenn man schmutzige Hände hat.« (S. 44)

Renfrews Privatleben, ein Leben aus Kindern, Krediten, Marjorie, ihrer Einsamkeit, ihren Ansprüchen und ihren alltäglichen Sorgen in einer zunehmend feindlich gesinnten Umwelt, bilden den steten Hintergrund, vor dem sein wissenschaftlicher Alltag abläuft. Benfords *Timescape* bietet für dieses spannungsreiche Verhältnis keine Lösungen an. Obschon er Verständnis für Marjorie zeigt, gilt seine Aufmerksamkeit der Arbeit des Wissenschaftlers Renfrew. Schon auf dem Weg zur Arbeit wird das Bild der Wissenschaft als zweite Heimat heraufbeschworen:

> Renfrew verließ das Haus und bestieg sein Fahrrad. Schon war er dabei, den Familienvater von sich abzustreifen. Seine Gedan-

> ken waren bereits im Labor, bei den heutigen Anweisungen für die Techniker, beim kommenden Gespräch mit Peterson. (S. 4)

Und inmitten seiner Versuchsanordnungen, dem Summen seiner Instrumente und dem Blinken des Oszilloskopen kommt ihm nur eines in den Sinn: »Er fühlte sich zu Hause.« (S. 6) Eine Sonderrolle nimmt Renfrew ein in einer Gesellschaft, deren Klassengegensätze sich wieder verschärfen. Renfrew, »ein ›working class‹-Lachs, der den ganzen Weg hinauf gegen den Strom schwimmt« (S. 204), falls seine Experimente Erfolge aufweisen, werden die feinen Unterschiede immer wieder bewußt (gemacht). Zu einem Gespräch mit Peterson, dem World Council Vertreter, heißt es:

> Mit ihren klassengeeichten Sprachmustern gingen die beiden Männer schon beim ersten abweichenden Vokal in Boxstellung. Wäre Renfrew der Sohn eines Arbeiters geblieben, hätte er reibungslos mit Peterson auskommen können, jeder wäre sich seiner zeitgemäßen Rolle bewußt. Als ein Mann, der in exotischen akademischen Wassern schwimmt, hatte Renfrew keine Haltepunkte. Wissenschaft hat eine Art, solche Probleme mit sich zu bringen. Man kann aus dem Nichts auftauchen und sich einen Namen machen, ohne je irgendwelches gesellschaftliches Gehabe gelernt zu haben. (S. 204)

Es ginge zu weit, würde man hier auf alle Figuren des Romans eingehen. Die wenigsten von ihnen sind Typen, die meisten von ihnen sind in ihrer Zeichnung so lebendig, als seien sie einem persönlich bekannt. *Timescape* ist akademischer Alltag. Ohne unmittelbar Partei zu ergreifen, geht der Text auf die scheinbar unlösbaren Verstrickungen ein, in denen ein Wissenschaftler gefangen ist, der sich seiner Disziplin verpflichtet fühlt.

Das Negativbild eines Wissenschaftlers findet sich in C. S. Lewis' *That Hideous Strength*. In seinem Verlangen nach Anerkennung gibt der Soziologe Mark Studdock all jene Eigenschaften auf, die einen ernstzunehmenden Wissenschaftler ausmachen sollten. Nehmen die Wissenschaftler in *Timescape* ihre Rolle als ›Characters in the world's historical sense‹ mit einem beruflichen Selbstverständnis hin, so ist Studdock manisch bestrebt, ein solcher zu werden. Zwar beginnt er gerade auf die Füße zu fallen (S. 17), doch ist bodenständige Forschung seine Sache nicht, und so treibt es ihn, vor seiner Berufung zu N.I.C.E., schon in Bracton College ins »Progressive Element«. Daß er selbst hier bis zum »inneren Kreis« vordringen will, macht eine Szene zu Beginn des Romans deutlich:

> Man hätte niemals vom Tonfall in Studdocks Antwort her ermessen können, welche tiefe Zufriedenheit er aus Currys Verwendung des Pronomens ›wir‹ gewann. Noch kürzlich ist er ein Außenseiter gewesen [...] Jetzt gehörte er dazu, und Curry und seine ›Clique‹ sind zu ›wir‹ oder ›das Progressive Element‹ geworden. (S. 17)

Auch in *That Hideous Strength* lernt der Leser zuerst das Privatleben der Studdocks kennen. Es ist seine Frau Jane, die über ihr akademisches Eheleben nachdenkt. Auch sie, die über Donne promovieren will, fühlt sich vereinsamt. Auf Mark zu warten, ist aussichtslos:

> Es war nahezu sicher, daß Mark gegen Nachmittag anrufen würde, um mitzuteilen, daß die Besprechung länger dauern würde als erwartet, und daß er wohl im College essen müsse. Die Stunden, die vor ihr lagen, waren so leer wie ihre Wohnung. (S. 13)

Die Ehe, so stellt sie heraus, sei eine Tür hinaus aus einer Welt der Arbeit, der Kameradschaft, der Freude und zahllosen anderen Dingen, die es zu tun gäbe, in eine Welt der Beengtheit. (S. 13) Selbst wenn Mark bei ihr ist, würde er kaum mit ihr reden, sei entweder »schläfrig oder intellektuell vereinnahmt«. (S. 13) Mark selbst scheint diese Gedanken nicht zu kennen, und es ist nicht überraschend, daß er wegen der Besprechung wenig später wirklich anruft – um abzusagen. Es ist Jane, die Marks Leben am sichersten überschaut. Mark, sagt sie, sei »so leicht zu vereinnahmen« (S. 48), und sie entlarvt Curry als »einen aufgeblasenen Trottel und Mark als einen Trottel, der sich von ihm beeindrucken läßt«. (S. 83) Auch Jane zeigt sich zunächst verständnisvoll für die Ambitionen ihres Mannes, für Mark hingegen ist dies gar keine Frage. Die

Aussicht, für N.I.C.E. zu arbeiten und sich dadurch aus der Provinzialität des »Progressive Element« des Bracton College zu befreien, läßt ihn seine Frau fast vergessen. Als er mit Feverstone in dessen Sportwagen ›herrenmenschengleich‹ und rücksichtslos über die Landstraßen fegt, spricht er von »male energy« und es heißt von ihm: »Mark hatte momentan genug von Frauen.« (S. 49) Während dieser Fahrt wähnt er sich seinem Ziel, ein ›Character‹ zu werden, so nah wie nie.

In Belbury, dem Hauptsitz von N.I.C.E., empfängt man ihn jedoch nicht mit offenen Armen, vielmehr überläßt man ihn sich selbst. Mark ist zunächst etwas hilflos, sieht jedoch zugleich die Undurchschaubarkeit der Organisation als seine größte Herausforderung an. Auch hier möchte er zum »inneren Kreis« vordringen, einen Ort, den er etwas später in abendlicher Runde vor einem Kamin gefunden zu haben glaubt:

> Es war auf dem Kaminvorleger der Bibliothek, in den Stunden zwischen zehn und Mitternacht, wo die wichtigen und vertraulichen Gespräche stattfanden (S. 127)

Freilich ist auch dieser Ort nicht Wirklichkeit, sondern allein Möglichkeit. Die Elastizität der Organisation hat Methode, und so ist Mark gefangen in Anflügen von Zweifeln, die er jedoch verdrängt in seinem ständigen Bemühen um Anerkennung. Seine Aufgaben bleiben ihm undeutlich, man werde schon auf ihn zukommen. Nur langsam begreift Mark, wem er sich hier verschrieben hat, doch ist er der Organisation mit jeder Erkenntnis um so stärker verbunden. Er begreift, daß Krieg geführt wird, »wir sind eine Armee« (S. 99), heißt es an einer Stelle, und daß der angesehenste Wissenschaftler von Bracton College und N.I.C.E.-Aussteiger, Hingest, in dem »Krieg gegen die Reaktion« (S. 41) nicht eines natürlichen Todes gestorben ist. Seine Warnung, daß N.I.C.E. nichts mit Wissenschaft, sondern mit »politischer Verschwörung« (S. 70) zu tun hat, schlägt Mark, der Hingest zufolge »eine recht ansehnliche Karriere in Bracton« (S. 71) vor sich hätte, in den Wind.

Hin- und hergerissen zwischen Faszination und Abscheu gelingt es Mark nicht, der Organisation den Rücken zu kehren. Er sitzt, wie er bald erkennen muß, zwischen den Stühlen, denn N.I.C.E. läßt seine Mitglieder so leicht nicht gehen. Eine Rückkehr nach Bracton College wußte man geschickt zu vereiteln. (S. 105 ff.) Erst das Eingreifen der Leute um Dr. Ransom, zu denen auch Jane gehört, und die Zerstörung der Organisation können ihn vor seinem Untergang retten. Auf das Treiben der Mächte, die hinter N.I.C.E. und Dr. Ransom wirken, kann hier nicht weiter eingegangen werden. Hingewiesen werden sollte nur noch auf den Geisteswissenschaftler als Initiierten, wie er in der zweiten Handlungsebene auftaucht, wo die Wissenschaft an sich kaum eine Rolle spielt.

In ihrem Bestreben, den frisch aus seinem Grab geholten Zauberer Merlin für die gute Seite zu gewinnen, ist die Gruppe um Dr. Ransom im Vorteil. »Dimble, er und die Dennistons teilten ein Wissen über das arthurische Britannien untereinander, das die orthodoxe Gelehrsamkeit in den nächsten Jahrhunderten nicht erreichen wird.« (S. 200) Offensichtlich gehört zum Verständnis der »Great Tongue« (S. 228) mehr dazu als orthodoxe Wissenschaft. Hier zeigt sich zwar ein Vorzug der Mediävistik, ein richtiges Verständnis kann jedoch nur ein Initiierter aufbringen. Zur Sprache Merlins heißt es:

> Der Akzent war ungewöhnlich, und der alte Druid benutzte ein Vokabular, das über ihr [Janes] Wissen weit hinausreichte – das Latein eines Mannes, für den Apuleius und Martianus Capella die vorrangigen Klassiker waren, mit einer Eleganz, die der ›Hisperica Famina‹ gleichkam. Aber Dimble konnte dem folgen. (S. 279)

Ebenso wie der Ägyptologe in *Stargate* den Zugang zu einer untergegangenen Kultur ermöglicht, so nimmt der Mediävist Dimble in *That Hideous Strength* mit dem Zauberer Merlin persönlich Kontakt auf.

Richtet man den Blick allein auf den Werdegang Mark Studdocks, so thematisiert Lewis in seinem Roman die Manipulierbarkeit eines Wissenschaftlers, der zwischen dem Willen zur Wahrheit und dem Willen zur Macht keinen Unterschied mehr sieht. Was Studdock in seiner Verblendung nicht erreicht, gehört in *Timescape* zum wissenschaftlichen Selbstverständnis. Nicht der schnelle Ruhm ist das Ziel der beiden Protagonisten, auch wenn Anerkennung eine unabdingbare Grundlage für ihr Tun ist, sondern der reine Erkenntnisgewinn. Erst diese Einstellung macht sie zu ›Characters in the world's historical sense‹.

»Write a paper and see the world«

Wie steht es nun um das wissenschaftliche Ethos und die gesellschaftliche Akzeptanz, wie sie der Forschung in den beiden Romanen entgegengebracht wird? Schon jetzt läßt sich feststellen, daß sich die Probleme des Naturwissenschaftlers deutlich von denen seiner Kollegen aus den geisteswissenschaftlichen Fakultäten unterscheiden. Die Frage nach wissenschaftlicher Passion und Eigennutz, wie sie Ulrike Dubber[17] am Beispiel des klassischen Universitätsromans stellt, wird zumindest in *Timescape* zugunsten der Passion zu beantworten sein.

Daß es in den meisten klassischen Universitätsromanen – zumindest, was die Darstellung angeht – mit dieser Passion nicht weit her ist, dürfte an der allgemeinen Legitimationskrise der Geisteswissenschaften liegen, die sich in den Romanen unmißverständlich äußert. Nicht die zweckfreie Suche nach Wahrheit gibt hier den Ton an, sondern die eigennützige, den niederen Instinkten hörige Queste nach persönlichen Vorteilen. Wenn David Lodge das Handlungsgerüst des Universitätsromans auf die Komponenten Sex und Wille zur Macht reduzieren möchte, so spricht er zwar zunächst sein eigenes literarisches Programm an, nicht zu leugnen ist dennoch, daß sich diese »Determinanten« in zahlreichen Beispielen wiederfinden lassen. Daß es sich hierbei freilich um einen ironisch übersteigerten Wesenszug handelt, macht Lodge deutlich:

> Beide Themen haben eine wesentlich ironische Tendenz im Kontext einer Universität, deren Angehörige sich vermeintlich dem uneigennützigen Streben nach Wissen und Wahrheit verschrieben haben, die jedoch dadurch als Sklaven niederer Instinkte und Leidenschaften entlarvt werden.[18]

Ausnahmen bestätigen auch diese Regel, doch zeigt sich, daß selbst bei Autoren, die noch die Möglichkeit sehen, Wissenschaft zur selbstlosen Erkenntnisgewinnung zu nutzen, das Ideal reiner Forschung nicht allein vorherrscht. Wie Dubber am Beispiel C. P. Snows zeigt, verfolgen auch seine Figuren »gleichzeitig weitere, z. T. selbstsüchtige Ziele wie die politische Unterstützung ihres Landes, die Bewältigung emotionaler Probleme, die Förderung ihrer Karriere sowie den Gewinn von Geld und Ansehen.«[19]

Als wenig förderlich für das Ansehen der Geisteswissenschaften und alles andere als wissenschaftlich passioniert erweisen sich die Beweggründe für eine akademische Karriere. Aus welchem Grund beispielsweise Jim Dixon, der Held aus Kingsley Amis *Lucky Jim* (1954), zur Mediävistik kam, erklärt sich in seinen eigenen Worten wie folgt:

> Nein, der Grund, warum ich ein Mediävist bin, wie Sie es nennen, ist der, daß die mediävistischen Prüfungen eine günstige Wahl in den Leicesterkursen waren. Deswegen spezialisierte ich mich darin. Als ich mich dann hier um den Job bewarb, hob ich das verständlicherweise groß heraus, weil es einen besseren Eindruck hinterläßt, wenn man sich für etwas bestimmtes zu interessieren scheint. Das ist der Grund, warum ich den Job bekam und nicht der Typ aus Oxford, der beim Vorstellungsgespräch alles vermasselt hat, weil er über moderne Theorien und Interpretation quasselte.[20]

Von einem passionierten Wissenschaftler kann in diesem Fall wohl kaum die Rede sein, gerade darin unterscheiden sich die Anti-Helden des klassischen Universitätsromans von den ›Characters in the world's historical sense‹ des SF-Universitätsromans. Welchen Wert eine Wissenschaft noch haben kann, die auf einem derart porösen Fundament aufgebaut ist, fragt Dubbers:

> Die Darstellungen einiger fähiger Wissenschaftler [...] können nicht verhindern, daß der Leser aus der Lektüre der Romane einen negativen Gesamteindruck vom Zustand der universitären Forschung gewinnt. Da überwiegend ›unheroische Gestalten‹ Wissenschaft und Forschung betreiben, stellt sich die Frage, wel-

che Funktionen deren Untersuchungsergebnisse überhaupt noch erfüllen können, wenn sie in publizierter Form der Fachwelt oder einer breiteren Öffentlichkeit zugänglich gemacht werden.[21]

Aus den zahllosen Beispielen, die Sinn und Zweck der geisteswissenschaftlichen Forschung und Veröffentlichung zum Inhalt haben, soll hier erneut Jim Dixon als Vertreter seiner Kaste Rede und Antwort stehen, der gerade seinen Artikel ›Der ökonomische Einfluß der Schiffsbautechniken, 1450 bis 1485‹ zu veröffentlichen gedenkt:

> Es war ein perfekter Titel, der die pedantische Geistlosigkeit, den Trauermarsch Gähnen verursachender Fakten und das Pseudo-Licht, das der Artikel auf herbeigesuchte Probleme warf, herauskristallisierte. Dixon hatte Dutzende dieser Artikel gelesen, oder damit zumindest begonnen. Doch schien sein eigener noch unerträglicher in dem Anflug, von seinem Nutzen und seiner Bedeutung überzeugt zu sein. ›Unter Berücksichtigung dieses sträflich vernachlässigten Punktes‹, beginnt er. Welches vernachlässigten Punktes? Diesem sträflichen wasauchimmer Punkt? Diesem sträflich vernachlässigten was? Daran zu denken, ohne das Typoskript besudelt und in Flammen aufgehen lassen zu haben, ließ ihn vor sich selbst nur noch mehr als Heuchler und Trottel erscheinen.[22]

Von einem gesellschaftlichen Nutzen kann offensichtlich kaum die Rede sein. Alles in allem stellt sich die Forschung in den klassischen Universitätsromanen in erster Linie als ein *social event* dar, als Selbstinszenierung des Forschers, die mehr Licht auf ihn als auf den Forschungsgegenstand selbst wirft. Publikationen halten nicht die Wissenschaft, sondern den Wissenschaftler am Leben, bringen ihm Geld, Ansehen, Affären und Reisen auf Kosten anderer ein. Den Sinn des Publizierens bringt David Lodge auf den Punkt: »Write a paper and see the world.«[23]

In Benfords *Timescape* ist von Ironie hinsichtlich der Thematisierung von Wissenschaft nur wenig zu spüren. Die Diskussionen um die Notwendigkeit des Forschens und seine gesellschaftliche Relevanz spielen sich hier auf einem ernsteren

Niveau ab, als es in den klassischen Universitätsromanen der Fall ist, deren ironische Brechung indes nicht minder kritisch ist.

Die Wissenschaftler in *Timescape* sind Idealisten. Sie handeln aus Passion, sind ihrer Sache verpflichtet und vom langfristigen gesellschaftlichen Nutzen ihres Wirkens überzeugt. Erkenntnisgewinn ist das oberste Prinzip: »Es ist des öfteren behauptet worden, daß die Wissenschaft (›science‹) einen auf einzigartige Weise mit der Welt in Kontakt bringen kann.« (S. 199) Vergegenwärtigt man sich allein die Beweggründe, die einen Jim Dixon zur Mediävistik gebracht haben und vergleicht sie mit denen des Physikers Gordon Bernstein, so wird der Unterschied überaus deutlich:

> Er mochte es, Probleme zu lösen, einfach, weil es sie gab. Den meisten Wissenschaftlern geht es so; sie waren frühe Schach- und Puzzlespieler. Dies und Ehrgeiz, so schien es ihm, waren die beiden Charakterzüge, die Wissenschaftler wahrlich gemeinsam haben. (S. 157)

Bernstein ist nicht von sich, sondern von seiner wissenschaftlichen Aufgabe fasziniert. Diese Einstellung ermöglicht auch ein Festhalten an seiner Position gegenüber der Kritik der etablierten Kollegen. Der ideale Wissenschaftler in *Timescape* ist der Wahrheit verpflichtet, arbeitet selbstlos und ist von keiner Eitelkeit hinsichtlich seines Tuns und seiner Person befallen. Offensichtlich handelt es sich hier um die ›heroischen Gestalten‹, an denen es in den klassischen Universitätsromanen mangelt, Charaktere, deren Forschungsergebnisse in ihrer fachlichen und gesellschaftlichen Relevanz nicht anzuzweifeln sind. Das Thema des Publizierens kommt auch in *Timescape* zur Sprache, freilich in neuer Akzentuierung. Die Untersuchungsergebnisse Gordons müssen ans Licht der Öffentlichkeit. Zwar wird auch hier der geeignete Publikationsort gewählt, doch spielt neben dem Prestige in erster Linie die Aktualität eine Rolle:

> ›Physical Review Letters‹ gilt als das renommierte Fachblatt der Physik, der Ort, wo die heißesten Ergebnisse in einer Frage von Wochen publiziert werden, wo man nicht Monat um Monat

> warten mußte, wie im ›Physical Review‹ oder, schlimmer noch, in einigen anderen Fachzeitschriften für Physik. (S. 73)

Ein Unterschied wird übrigens gemacht zwischen wissenschaftlichen Veröffentlichungen und einer mediengerechten, populären Aufarbeitung für die Öffentlichkeit. Der übereilten Verramschung seiner vorläufigen Erkenntnisse in Nachrichtensendungen und vielgelesenen Magazinen steht Bernstein trotz des zu erwartenden Popularitätsgewinns äußerst kritisch gegenüber, ganz im Gegenteil zu seinem mediengestählten Kollegen der Astrophysik, Saul Shriffer, der des öfteren mit spektakulären Theorien die Öffentlichkeit verwöhnt: »Reduziere Wissenschaft auf ein paar Sätze, dreh es, wie auch immer du willst, bring es auf den kleinsten Nenner - aber versichere dich, daß Saul Shriffers[24] Name im Spiel ist.« (S. 193) Veröffentlichungen dienen der aktuellen Information und dem Erkenntnisgewinn, sie stehen in erster Linie im Dienste der Wissenschaft. Probleme mit dem Copyright gibt es natürlich auch in den Naturwissenschaften, doch werden sie (idealiter) zurückgestellt zugunsten eines interdisziplinären Wirkens: »Wir müssen die gesamte akademische Gemeinde miteinbeziehen, um das Rätsel zu lösen.« (S. 188) - wohl unvorstellbar für eine geisteswissenschaftliche Fakultät.

Obwohl die Notwendigkeit der naturwissenschaftlichen Forschung auf weitaus mehr Akzeptanz stößt als die der geisteswissenschaftlichen Forschung, steht auch sie unter einem steten Legitimationsdruck. Hier ist es die Grundlagenforschung, für die sich *Timescape* in nahezu didaktischer Manier einsetzt, die sich gegen die anwendungsorientierte, auf unmittelbaren Nutzen ausgerichtete Forschung behaupten muß. So weiß Gordon Bernstein, daß seine Experimente keine spektakulären Wellen in der Öffentlichkeit schlagen werden. Dennoch ist er von seiner Arbeit überzeugt, ja gewinnt ihr sogar noch eine ästhetische Seite ab:

> Dieser Zweig der Festkörperphysik hatte nicht die große Anschaulichkeit wie Quasar- oder Hochenergie-Teilchenphysik, aber er war sauber und besaß eine Art einfacher Schönheit. (S. 148)

Forschung steht zudem in einem spannungsreichen Verhältnis zum gesellschaftspolitischen Klima. Ist es im Jahre 1962/63 der Krieg in Vietnam, der die Gemüter bewegt, so ist es im Cambridge des Jahres 1998 der umweltpolitische Druck, der nach anwendungsorientierter Forschung verlangt. Grundlagenforschung in Zeiten wie diesen käme einem »Kartenspiel auf der Titanic« (S. 395) gleich. In Anbetracht der Lage wurden die Forschungsvorhaben auf das Notwendigste reduziert und logistisch auf den World Council übertragen:

> Die westlichen Nationen hatten ihre Forschungsvorhaben im Zuge der Einsparungen zusammengelegt. Der World Council war ein Politikum. Renfrew kam es vor, als beschränkte sich die Verfahrensweise des Councils allein auf die Förderung besonders anschaulicher Anstrengungen und auf nichts anderes. [...] Der Gedanke war der, daß sich die westlichen Nationen angesichts der gegenwärtig zunehmenden Krise von luxuriösen Forschungsvorhaben befreien sollten, zugunsten einer angestrengten Konzentration auf ökologische Probleme und damit einhergehende Katastrophen, die die Schlagzeilen der Zeitungen dominierten. (S. 71)

Bezeichnenderweise ist es gerade ein Vertreter des World Councils, der dieser Auffassung nach längerer Einsicht in den wissenschaftlichen Alltag entschieden widerspricht. Gegenüber einer Studentin, die, offensichtlich vom gesellschaftlichen Konsens beeinflußt, einer gesteuerten Wissenschaft das Wort redet, solange die »richtigen Leute an der Spitze stehen« (S. 283), äußert sich Peterson ganz entschieden:

> »Es *gibt* keine richtigen Leute [...] Das ist das, was ich gerade lerne. Schau, wir gingen zu den angesehensten Wissenschaftlern und baten sie, die vielversprechendsten Felder herauszusuchen. Dann haben wir diese gefördert und kürzten den Rest, um ›unsere Anstrengungen zu fokussieren‹. Doch die wahre Mannigfaltigkeit in der Wissenschaft kommt von unten, nicht von innovativen Managern aus den obere Etagen. [...] Um Geld zu sparen, unterdrückten wir Einbildungskraft und Begeisterung.« (S. 283)

Inwieweit sich das (natur-)wissenschaftliche Ethos in *Timescape* von der Darstellung der Geisteswissenschaften in den klassischen Universitätsromanen unterscheidet, dürfte an den oben genannten Beispielen deutlich geworden sein. Benfords Emphase – man kann getrost von der Intention des Autors sprechen – gilt der Freiheit der Forschung. In seiner Verteidigungsschrift der naturwissenschaftlichen Grundlagenforschung kann er sich zudem gewisse Seitenhiebe auf die Geisteswissenschaften nicht verkneifen. So läßt er zum Beispiel Gordon Bernstein über die Arbeitsmoral der Geisteswissenschaftler sinnieren:

> Er war nicht überrascht, seine Bürotür offenstehen zu sehen, denn er ließ sie gewöhnlich selbst offen. Der eine Unterschied, den er in den Verhaltensmustern von Geistes- und Naturwissenschaftlern feststellte, war die Frage der Türen: Geisteswissenschaftler schließen sie und schließen zugleich jede zufällige Begegnung aus. Gordon fragte sich, ob dies eine tiefere psychologische Bedeutung hatte, oder, was wahrscheinlicher war, ob dies von den Geisteswissenschaftlern beabsichtigt wurde, um zu verdecken, wann sie auf dem Campus sind. So weit Gordon dies beurteilen konnte, war die Antwort: selten. Sie schienen alle zu Hause zu arbeiten. (S. 218)

Eine Passage aus *Lucky Jim* scheint ihm darin recht zu geben. Über Professor Welch heißt es dort:

> Welch war bekannt dafür, den ganzen Tag frei zu nehmen, im Unterschied zu Tagen wie dem gestrigen [...] an dem Welch bloß den frühen und den späten Morgen und den Nachmittag frei nahm. (S. 92)

Doch wissen sich die Geisteswissenschaften zu wehren. Auch sie haben ihr Bild von den technischen Wissenschaften. In David Lodges *Small World* wird entsprechend gekontert:

> Wie er [Robin Dempsey] erwartet hatte, war Josh Collins, der Senior Lecturer in Computing, noch immer da, allein in dem hell erleuchteten Fertigbau, und arbeitete an einem Programm. Manche Leute behaupteten, Josh Collins ginge niemals nach Hause, er habe gar kein Haus und döse statt dessen die Nacht über auf dem Flur, zwischen summenden, blinkenden und klickenden Maschinen. (S. 153)

In *That Hideous Strength* erscheint Wissenschaft nur in korrumpierter Form. Mark Studdock degeneriert in seinem

Machtstreben vom Autor ernstzunehmender soziologischer Schriften zum Ideologiepoeten der wissenschaftlichen Institution N.I.C.E. Nach anfänglichem Zögern wird ihm die Bedeutung seiner Propagandaarbeit eindringlich beschrieben. So soll er nicht nur die politischen Flügel, die Rechte und die Linke, gegeneinander ausspielen, so daß sie sich in der Unterstützung von N.I.C.E. gegenseitig übertreffen:

> Jede Opposition gegen N. I. C. E. wird in den rechten Zeitungen dargestellt als eine Masche der Linken und in den linken Zeitungen als eine Masche der Rechten. Wenn dies gründlich durchgeführt wird, kriegen Sie die Parteien dazu, sich in unserer Förderung gegenseitig zu überbieten – allein um die gegnerischen Verleumdungen zu widerlegen. (S. 99)

Auch die Beeinflussung der gebildeten Öffentlichkeit wird ihm auferlegt, ein Vorhaben, dessen Erfolg Studdock zunächst bezweifelt. Doch wird er auch hier eines Besseren belehrt:

> Sie Träumer, es sind gerade die gebildeten Leser, die übertölpelt werden können. All unsere Schwierigkeiten haben wir mit den anderen. Haben Sie jemals einen Arbeiter getroffen, der den Zeitungen Glauben schenkt? Er ist davon überzeugt, daß sie reine Propaganda schreiben und überschlägt die Leitartikel. Er kauft seine Zeitung wegen der Fußballergebnisse und den kleinen Nachrichten über Mädchen, die aus Fenstern fallen, oder Leichen, die man in Mayfair-Wohnungen findet. Er ist unser Problem. Ihn haben wir umzuerziehen. Die gebildete Öffentlichkeit, die Leser der anspruchsvollen Wochenzeitungen brauchen diese Umerziehung nicht. Sie sind jetzt schon soweit. Die werden alles glauben. (S. 99 f.)

Was N.I.C.E. an Studdock interessiert, ist seine schriftliche Stilsicherheit: »Sie *können* schreiben. Das ist einer der Gründe, aus denen wir Sie haben wollten.« (S. 99) Seine fachliche Kompetenz ist nebensächlich, denn, wie die Chefin der Institutspolizei, Miss Hardcastle, unmißverständlich deutlich macht, ist die Soziologie auf einen anderen Zuständigkeitsbereich übergegangen: »Die Art Soziologie, die für uns von Interesse ist, wird von meinen Leuten erledigt – der Polizei.« (S. 98) Wissenschaft wird zurechtgestutzt und manipuliert, die dadurch freigesetzten Energien werden in Organisation und Propaganda umgelenkt. In einer Diskussion um Bracton College wird der Wert einer wissenschaftlichen Publikation gegenüber einer verwaltenden Tätigkeit nüchtern aufgerechnet. Zur Arbeit, die Curry, der Kopf des »Progressive Element«, verrichtet, heißt es:

> »Wie ich schon sagte, er mag ein erstaunlich gutes Buch der Militärgeschichte hervorbringen. Aber es würde binnen zwanzig Jahren überholt sein. Wohingegen die Arbeit, die er unmittelbar für das College leistet, ihm für Jahrhunderte zugute kommen wird.« (S. 36)

That Hideous Strength konzentriert die Diskussionen über Forschung und wissenschaftliches Ethos vornehmlich auf die Gefahren ihrer Manipulierbarkeit. Die Suche nach Wahrheit wird hier zugunsten des eigenen Vorteils, der akademischen Karriere aufgegeben. Wie gefährlich Wissenschaft werden kann, sobald sie in die Fänge totalitärer Ideologien gerät, beweist der vermeintlich wissenschaftliche Werdegang des Soziologen Studdock. Sein faustischer Pakt mit dem Teufel N.I.C.E. zeigt einmal mehr, wie leicht aus einem Willen zur Wahrheit ein Wille zur Macht werden kann. In dem Entwurf dieses Schreckensszenarios steht der dritte Teil der Trilogie *Out of the Silent Planet – Perelandra* (1946) offensichtlich noch unter dem unmittelbaren Eindruck des Nationalsozialismus.

Lethargie, Energie und Anarchie

Studierende spielen in den Universitätsromanen nur eine untergeordnete Rolle. Ulrike Dubber stellt in ihrer Studie zum Universitätsroman eine Typologie auf, die eine allgemeine Gültigkeit beanspruchen dürfte. Demnach gibt es drei Kategorien in der Darstellung der Studentenschaft: da ist zum einen der lethargische und gleichgültige Typ, »geprägt durch seine Unreife, die sich in leichter Ablenkbarkeit und akademischem Desinteresse allgemein sowie speziell in und an Lehrveranstaltungen äußert. Ihn kennzeichnen außerdem

Passivität und geistige Dumpfheit sowie eine Konformität, die der Studierende selbst durchaus als positiven Wert befürwortet.«[25] Zum anderen spricht sie von einer Gruppe, »die eine im weitesten Sinne konstruktive Haltung gegenüber der Hochschule einnehmen« und damit im Kontrast zu ihren offen aggressiven, die Universität ablehnenden Kommilitonen stehen.

Eine Mischung aus konstruktiver Haltung und Konformität ist dem Postgraduierten Cooper zuzuschreiben, der Gordon Bernstein bei seinen Experimenten assistiert:

> Er [G. Bernstein] wunderte sich über die Studenten, die zur Zeit mit Physik beginnen. Einige von ihnen schienen derselben Art anzugehören, die auch Jura oder Medizin studierte – nicht, weil es ein faszinierendes Gebiet war, sondern bloß, weil das Geld stimmte. Gordon fragte sich, ob Cooper vergleichbare Züge hatte; der Mann zeigte Funken der alten Flamme, aber sie lagen verborgen hinter einem Schleier abgeklärter Entspanntheit, einer Aura körperlicher Sicherheit [...] Gordon war eine gespanntere Art gewöhnt. Er beneidete die Physiker, die, als sich die Quantenphysik entwickelte und sich der Atomkern zum ersten Mal spaltete, die großen Entdeckungen gemacht hatten. (*Timescape*, S. 150)

Zwar wird in *Timescape*, insbesondere in Zusammenhang mit der täglichen Arbeit eines Dozenten, hin und wieder auf Studierende verwiesen, so zum Beispiel während einer Sprechstunde Bernsteins, in dem zwei interessierte Studenten trotz alledem eher aufdringlich wirken, doch bleiben sie sonst weitestgehend entrückt. Zu erwähnen ist noch die kurze Affäre des World Council Vertreters Peterson mit der Studentin und Buchverkäuferin Laura. (S. 284 ff.) Immerhin muß sich Peterson, der einzige *womenizer* des Romans (S. 284), ernsthafte Kritik anhören: »Typen wie Sie können es nicht ertragen, wenn eine Frau mehr verlangt, als schnell mal flachgelegt zu werden, stimmt's?« (S. 294) Was David Lodge neben dem Machtwillen zur Determinante des Universitätsromans erklärte, ist in *Timescape* allenfalls noch als schwacher Reflex erkennbar.

Ein Ergebnis

Es hat sich gezeigt, daß sich die beiden Romane, die man mit der eingangs zitierten Definition von Ulrich Suerbaum als Science Fiction verstehen darf, auf besondere Weise dem Thema der Wissenschaft widmen. Der akademische Alltag, der unter den Stichpunkten ›Campus‹, ›Wissenschaftler‹ und ›Forschung‹ betrachtet wurde, ist kein beliebig gewähltes, exotisches Szenario, sondern nimmt eine zentrale Position im Handlungsgeschehen ein. In ihrer Darstellung des akademischen Alltags unterscheiden sich die beiden Romane jedoch deutlich.

Gregory Benford entwirft in seinem Roman *Timescape* ein äußerst realistisches Bild des akademischen Lebens. Im Vordergrund des Geschehens stehen der wissenschaftliche Alltag zweier ihrer Sache verpflichteter Forscher. Obschon diese eine gewisse Vorbildfunktion innehaben, verschweigt Benford nicht die Konflikte, die aus ihrer Arbeit entstehen. Der Wissenschaftler sieht sich nicht nur mit gesellschaftspolitischen Bedingungen konfrontiert, die sich im Zustand der Forschung manifestieren, sondern vor allem mit den Verpflichtungen in seinem Privatleben. Eingebettet in einen derart realistischen Rahmen wirkt die ›Science Fiction-Handlung‹ äußerst glaubhaft, ja tritt fast schon in den Hintergrund, so daß man fast schon geneigt ist, *Timescape* allein als Universitätsroman zu lesen.

In C. S. Lewis' *That Hideous Strength* besitzt der Wissenschaftler Mark Studdock alles andere als eine Vorbildfunktion, vielmehr ist er der Anti-Held. Lewis entwirft nicht nur eine antiutopische Skizze, in der Macht und Wissenschaft eine gefährliche Symbiose eingegangen sind, sondern zeigt am Beispiel Mark Studdocks, wie leicht sich der Wissenschaftler im Labyrinth aus Macht und Wahrheit verrennen kann. Getrieben aus einem inneren Minderwertigkeitsgefühl verkauft sich Studdock an die ›Böse Macht‹ und gibt all das auf, was ihn als Wissenschaftler auszeichnen sollte. Kann man in Benfords *Timescape* allenfalls von stillschweigenden ›Characters in the world's historical sense‹ sprechen, so ist Studdock vergeblich bemüht, ein solcher zu werden.

ANMERKUNGEN

[1] U. Suerbaum/U. Broich/R. Borgmeier, *Science Fiction. Theorie und Geschichte, Themen und Typen, Form und Weltbild* (Stuttgart: Reclam, 1981), S. 29.

[2] Eine Definition des Universitätsromans kann hier nicht geleistet werden. Einen hervorragenden Überblick über die thematische Bandbreite gibt Wolfgang Weiss, *Der anglo-amerikanische Universitätsroman. Eine historische Skizze* (Darmstadt: Erträge der Forschung 1, [2]1994). Hier finden sich auf S. 167 ff. auch erste Hinweise auf Utopie, Fantasy und Science-Fiction im Universitätsroman. Die anglo-amerikanische Erscheinung fand bislang in der deutschsprachigen Literatur nur wenige Ableger. Auf das jüngste und wohl bekannteste Beispiel eines Hamburger Anglistikprofessors, ganz und gar der anglo-amerikanischen Tradition verpflichtet, sei hier nur hingewiesen: Dietrich Schwanitz, *Der Campus* (Frankfurt am Main: Eichborn, 1995). Ein Universitätsroman mit phantastischem Einschlag erschien in der Phantastischen Bibliothek als Band 141: Ulrich Horstmann, *Das Glück von Omb'assa* (Frankfurt am Main: Suhrkamp, 1985) – leider vergriffen.

[3] Suerbaum u. a., *Science Fiction,* a. a. O., S. 29.

[4] Gregory Benford, *Timescape,* (New York: Bantam Books, 1992 (1980)). Zitiert wird – vom Verfasser ins Deutsche übertragen – nach dieser Ausgabe. Eine deutsche Übersetzung von Bernd Holzrichter, erschienen als *Zeitschaft* (Rastatt: Moewig 1984), ist vergriffen. Alle weiteren englischsprachigen Zitate erscheinen ebenfalls in eigenständiger Übersetzung. Soweit dies möglich ist, wird auf zugängliche Übersetzungen verwiesen. – Vgl. Raimund Borgmeier, »›Science Fiction Comes to College‹: Gregory Benfords *Timescape* als SF-Universitätsroman«, in: R. Borgmeier (Hg.), *Gattungsprobleme in der anglo-amerikanischen Literatur. Beiträge für Ulrich Suerbaum zu seinem 60. Geburtstag,* (Tübingen: Niemeyer, 1986), S. 239–253 sowie Hans-Ulrich Böttcher, »Gregory Benford. Biographie«, in: *Bibliographisches Lexikon der utopischen phantastischen Literatur,* hg. von Joachim Körber, (Meitingen: Corian, 1984–1996), S. 1–5, die darin enthaltenen Verweise auf Rezensionen von Anonym in: *Quarber Merkur* 57 (1982) und von Hans-Ulrich Böttcher in: *Science Fiction Times* 10 (1984). Zur Bibliographie Benfords vgl. Joachim Körber und Uli Kohnle, in: *Bibliographisches Lexikon,* ebenda.

[5] Clive Staples Lewis, *That Hideous Strength. A Modern Fairy Tale for Grown-Ups* (New York: Collier Books, 1986 [1946]). Teil 3 der Trilogie *Out of the Silent Planet – Perelandra.* Zitiert wird nach dieser Ausgabe (vgl. Anm. 4). – dt: *Die Böse Macht,* in: *Die Perelandra-Trilogie* (Moers: M. Brendow, 1995).

[6] Joel Rosenberg, *Die Welt des Meisters* (Bergisch Gladbach: Bastei Lübbe, [2]1989). Vgl. auch Marion Zimmer Bradley, *Das Haus zwischen den Welten,* (Bergisch Gladbach: Bastei Lübbe, 1988).

[7] Vgl. Marc Augé, »Un ethnologue à Center Parcs. Ces lieux où le réel

copie la fiction«, in: *Le Monde Diplomatique,* Août 1996, S. 18. Eine Übersetzung findet sich in der deutschsprachigen Ausgabe *Le Monde Diplomatique* vom August 1996.

[8] Borgmeier, *Science,* a. a. O., S. 249.

[9] David Lodge, *Small World,* (Harmondsworth: Penguin, 1985), S. 231. Die Romane Lodges liegen größtenteils in deutscher Übersetzung vor: David Lodge, *Ortswechsel. Ein satirischer Roman* (Zürich: Haffmans, 1995), vgl. auch: David Lodge, *Kleine Welt. Eine akademische Romanze* (Zürich: Haffmans, 1996).

[10] Die kalifornische Universität in *Changing Places* trägt übrigens den bezeichnenden Namen »Euphoria State«, ihr englisches Pendant hingegen den Namen »Rummidge«.

[11] Vgl. das Nachwort von Susan Stone-Blackburn, »Science Meets Literature«, in: Gregory Benford *Timescape,* a. a. O., S. 487 f. Es handelt sich hier um einen Auszug aus Susan Stone-Blackburn, »Science and Humanism in Gregory Benford's *Timescape*«, in: *Science Fiction Studies* 15 (1988), 295–310.

[12] Vgl. Borgmeier, *Science,* a. a. O., S. 244.

[13] Ob diese Kritik mit den Reformen des ›Education Act‹ des Jahres 1944 in Verbindung steht, kann hier nur vermutet werden. Ein vergleichbares Bild der Zerstörung findet sich übrigens in J. R. R. Tolkiens *Der Herr der Ringe* (Stuttgart: Klett-Cotta, [10]1983). Im 6. Buch (Kap. 8: Die Befreiung des Auenlandes) gehen im Auenland vergleichbare Umwälzungen durch Menschenhand vonstatten - eine Idylle wird aufgerissen. Der Vergleich mag hinken, doch legt die enge Freundschaft, die C. S. Lewis und J. R. R. Tolkien untereinander verband, ein gemeinsames Interesse an sogenannten Modernisierungserscheinungen nahe.

[14] Es handelt sich hierbei um eine leitmotivisch für den Linguisten Petworth gebrauchte Wendung aus Malcolm Bradburys Roman *Rates of Exchange* (London: Secker & Warburg, 1983); dt.: *Wechselkurse. Ein satirischer Roman* (Berlin: Aufbau Verlag, 1993). Petworth erfüllt diese Voraussetzungen allerdings überhaupt nicht. Vgl. Verf., »Magie und Realität in Malcolm Bradburys Roman *Rates of Exchange*«, in: *Quarber Merkur* 83 (1995), S. 15–29.

[15] Dean Devlin/Roland Emmerich, *Stargate. Das Buch zum Film* (Bergisch Gladbach: Bastei Lübbe, 1995); Michael Crichton, *Jurassic Park* (London: Arrow, 1991), dt.: *Dino Park* (München: Droemer Knaur, 1993).

[16] Stone-Blackburn, »Science Meets Literature«, a. a. O., S. 487.

[17] Ulrike Dubber, *Der englische Universitätsroman der Nachkriegszeit. Ein Beitrag zur Gattungsbestimmung,* Würzburg, 1991, S. 109 f.

[18] David Lodge, *Write On: Occasional Essays 1965–1985,* (Harmondsworth: Penguin, 1988), S. 170.

[19] Ulrike Dubber, *Universitätsroman,* a. a. O., S. 109 f.

[20] Kingsley Amis, *Lucky Jim,* (Harmondsworth: Penguin, 1954), S. 33.

[21] Dubber, *Universitätsroman,* a. a. O., S. 113.

[22] Amis, *Lucky Jim,* a. a. O., S. 14 f.

[23] David Lodge, *Small World,* a. a. O., S. 231.

[24] Es steht zu vermuten, daß sich hinter diesem Namen der unlängst verstorbene Astronom Carl Sagan († Dezember 1996) verbirgt. Sagan ist der Begründer von SETI, einem Projekt, mit dem das All nach Funksignalen fremder Intelligenz durchsucht wird. Schon in den frühen siebziger Jahren trat Sagan mit seinem Fach populärwissenschaftlich in Büchern und Fernsehsendungen hervor. 1978 erhielt er den Pulitzerpreis für Literatur.

[25] Dubber, *Universitätsroman,* Anm. 15, S. 78, vgl. auch S. 73.

ÜBER SCIENCE FICTION

Wie man Utopia (annähernd) glaubwürdig machen kann

von Brian Aldiss

Brian Aldiss hielt diesen Vortrag am 19. März 1998 auf der 19th International Conference on the Fantastic in the Arts in Fort Lauderdale/USA. Die Übersetzung erfolgte mit freundlicher Genehmigung des Autors und der International Association for the Fantastic in the Arts durch Usch Kiausch.

Mit der Idee, über *Utopia* zu schreiben, schlage ich mich schon seit geraumer Zeit herum. Zu einem früheren Zeitpunkt hatte ich einmal folgendes Szenario im Kopf: Ich stellte mir vor, wie umwerfend es wäre, wenn ich die Utopie mitten im Herzen der westlichen Welt ansiedelte. Und als dafür geeigneten Schauplatz dachte ich mir Norwegen. Schließlich sind die Norweger ruhige, friedliebende Leute, sie duschen jeden Morgen, haben jede Menge Fisch und Öl und könnten sich selbst versorgen. Auf der einen Seite bietet ihnen die Nordsee Schutz, auf der anderen Seite eine Bergkette, die sie vom guten alten freundlichen Schweden trennt. Also erschien mir Norwegen als durchaus geeigneter Ort für eine gerechte und anständige Gesellschaft (die in meinem Roman selbstverständlich Schiffbruch erleiden würde). Jedenfalls war das meine ursprüngliche Idee.

Um eine solche Gesellschaft aufzubauen, muß man natürlich gewisse Dinge aufgeben. Eines davon ist der Waffenhandel. Man muß damit aufhören, Waffen zu verscherbeln (wie es Großbritannien und die USA tun). Und man muß damit

Brian W. Aldiss

aufhören, Waffen zu erwerben (wie es fast der ganze Rest der Welt tut), um damit Nachbarn oder inneren Feinden an den Kragen zu gehen.

Aber je mehr ich über diese Utopie und Norwegen als ihren Schauplatz nachdachte, desto deutlicher wurde mir eines: Falls dort wirklich eine solche Gesellschaft entstehen sollte, dann würden es die Streitkräfte der NATO bestimmt als ihre moralische Pflicht ansehen, diesen verdammten Ort in Schutt und Asche zu legen.

Also mußte ich die Idee aufgeben. (*Gelächter*).

Allerdings reizte mich die Vorstellung, eine Utopie zu entwickeln, immer noch. An den Tagen, an denen die Sonne scheint, kann es uns ja manchmal so vorkommen, als bewegten wir uns auf eine bessere Welt zu. Und genau diese Vorstellung, etwas zu schreiben, das so nahe zu liegen scheint und doch unmöglich stattfinden kann, hat für mich ihren ganz eigenen Reiz und ihre ganz eigene Ästhetik.

In den aktuellen *SF Studies* setzt sich ein gewisser Carl Freedman von der Louisiana State University mit verschiedenen Einstellungen zur Frage der Raumfahrt auseinander. Freedman betont ausdrücklich, daß Science Fiction sich keineswegs auf dieses Thema eingrenzen läßt. Er führt viele SF-Romane an, in denen die Raumfahrt überhaupt keine Rolle spielt – etwa Philip K. Dicks *The Man in the High Castle*.

Ich habe immer als selbstverständlich angenommen, daß man eines Tages durch den Weltraum reisen würde. Immer? Na ja, etwa ab dem achten Lebensjahr. Das war immer Teil meiner Zukunftsvorstellungen und meiner Phantasie. – Wie viele Leute hier im Saal gehen davon aus, daß die Raumfahrt im nächsten Jahrhundert gang und gäbe sein wird? Sagen wir mal, um zum Mars zu reisen? Jedenfalls ist das eine weitverbreitete Annahme (zumindest in den exzentrischen Kreisen, in denen wir alle uns bewegen).

Carl Freedman erläutert im Folgenden das, was er als einen *unverzichtbaren Grundsatz der literarischen Kritik* bezeichnet (er leitet ihn aus der *Poetik* des Aristoteles und später aus Sir Philip Sidneys *Apology for Poetry* ab). Dieser Grundsatz liegt auf der Hand und wird vielleicht gerade deshalb gern vergessen. Er besagt, daß sich die Wahrheit der Dichtung stark von der Wahrheit der Geschichte, der Gesetze, der Wissenschaft und jeder anderen Form des nicht-fiktionalen Diskurses unterscheidet.

Sidney betont, daß der Dichter – und dazu zählt er auch den Romancier – ein Autor ist, der niemals lügt. Und er lügt deshalb nicht, weil er nie etwas als wahr behauptet, das auf der Ebene klar definierter Tatsachen angesiedelt ist. Aber nur auf dieser Ebene kann man, wie die Geschichte der Wissenschaften beweist, wirklich Lügen in die Welt setzen, beispielsweise indem man behauptet, die Erde sei flach. Selbstverständlich stützen wir unsere wildesten Phantasien durch Fakten, damit sie überzeugender wirken und wir gegebenenfalls der Skepsis entgegenwirken. Aber selbst wenn wir gewisse Raumfahrtromane mit »Fakten« stützen, die etwa Reisen zum Mars oder zu den Sternen glaubhaft machen sollen, selbst dann lügen wir nicht. Denn wir erzählen ja von Dingen, die noch gar nicht stattgefunden haben. Und vielleicht auch nie stattfinden werden. Wir erhoffen es uns, vielleicht sitzen wir aber auch falschen Annahmen auf. Oder wir prophezeien irgend etwas. Aber welche dieser Möglichkeiten zutrifft, können wir selbst nicht sagen. Und das spielt auch keine Rolle, da es Science Fiction um ganz andere Dinge geht.

An dieser Stelle möchte ich noch einmal Carl Freedman zitieren, der feststellt: *Die Auffassung, man müsse Science Fiction auf der Basis faktischer Plausibilität beurteilen (oder verurteilen), bedeutet sich einer Ästhetik zu verpflichten, die bestenfalls trivial und schlimmstenfalls bedeutungslos genannt werden muß.* – Allerdings wissen wir ja alle, daß viele berühmte Science Fiction-Autoren genau diese Auffassung vertreten haben, wenn sie behaupteten, die Stärke der Science Fiction liege tatsächlich in der Vorhersage künftiger Ereignisse. Ich glaube, sie haben sich geirrt. Carl Freedman stellt nur fest, was oft gedacht, aber nie so treffend ausgedrückt wurde – zumindest nicht von mir. **Der Wert eines Science Fiction-Romans liegt darin, daß er unsere Gegenwart in eine Art Metapher übersetzt.**

Viele Science Fiction-Romane sind Mythen der Macht –

vor allem der Macht der USA, wie man hinzufügen muß – oder auch der Machtlosigkeit. Ein Beispiel? Mir fällt dabei der *Music Master of Babylon* ein. Wie groß die Maschinen auch sein mögen, die in diesen Romanen beschrieben werden: Sie spiegeln nur einen weitverbreiteten »Seht-mal-was-wir-alles-können«-Aspekt der Gesellschaft wider.

Indem Science Fiction uns Welten vorführt, die sich von unserer eigenen unterscheiden – wieder zitiere ich hier aus Freedmanns Aufsatz –, *verfremdet sie die nüchterne Umwelt, in der wir alle leben, und hilft uns dabei, sie mit neuen Augen zu sehen.*

Ich stimme Freedmans Argumentation zu. Allerdings sind seine Thesen, wie alle Verallgemeinerungen, nicht die ganze Wahrheit. Denn unsere so treffend als *Science Fiction* bezeichnete Literatur hat ja zwei Komponenten, die miteinander im Clinch liegen: die *Fiction*, die den Segen Sir Philip Sidneys hat, und die *Science*, die Wissenschaftlichkeit, die lügen kann, weil sie behauptet, wahre Aussagen zu treffen (und es kommt mir so vor, als erhebe sie darauf mehr und mehr einen Alleinvertretungsanspruch). Folglich muß Science Fiction einen Balanceakt auf Messers Schneide vollführen, auf dieser Schneide des Widerspruchs in sich. Dennoch tun wir gut daran, Freedmans Argumentation zu berücksichtigen, denn der ästhetische Aspekt von Science Fiction ist gegenüber dem der Vorhersage in all den Jahren viel zu wenig hervorgehoben worden.

Wenn wir Utopien in die Science Fiction einbeziehen – und ich bin mir gar nicht so sicher, daß sie wirklich dazugehören –, merken wir schnell, daß die meisten Utopien, vor allem die älteren, nichts mit der Raumfahrt zu tun haben. Man muß meistens eine Reise antreten, um nach *Utopia* zu gelangen, wie zum Beispiel in Mores *Utopia*, die er weit entfernt ansiedelt. Je weiter weg die Utopie, desto glaubwürdiger in der Wirkung. Ihre Faktizität überzeugt anscheinend eher, wenn man sie weit von uns entfernt ansiedelt.

Utopien sind nur selten als richtiger Roman angelegt, statt dessen neigen sie zu langen Erörterungen. Ein Beispiel dafür ist Platos *Republik*. Und das Buch, an dem ich derzeit arbeite, orientiert sich teilweise an diesem Modell Platos und enthält lange Diskussionen.

Allerdings konnten sich selbst die Verfasser von Utopien nicht zu einem solchen Glauben an das Gute im Menschen aufraffen, daß sie es überzeugend hätten vermitteln können. Und genau das ist natürlich auch der Grund dafür, daß die modernen Utopien unserer Gegenwart nicht überzeugend ausfallen: Uns beschleicht das Gefühl, daß H. G. Wells tapfere Samurai nichts Gutes im Schilde führen. Auch Aldous Huxley setzt in *Island*, seinem letzten Werk und seiner letzten Utopie, nicht so recht auf das Gute im Menschen (das hat er übrigens nie getan). Die Leute kommen, genau wie wir, nur mit Hilfe von Drogen über die Runden.

H. G. Wells nimmt uns einmal mehr in schöne Gärten mit (wie er das ja dauernd tut. Seine Utopien sind, wenn man dort erst einmal angekommen ist, alle recht ähnlich angelegt). In diesen Gärten gibt es Brunnen, zahme Geparden und reizende Frauen in wallenden Gewändern. Und was tun wir in diesen Utopien? Also, wir treiben's ganz offensichtlich nicht gerade wild. *Utopia* würde einen H. G. Wells niemals hereinlassen, so viel steht mal fest. Selbstverständlich schließen wir den Bund der Ehe. Wir beten. Wir denken positiv. Und das ist auch schon fast alles, was passiert. Und darin liegt eines der Probleme: Wir können uns gar nicht vorstellen, dermaßen lieb zu sein. Dagegen können wir uns sehr wohl vorstellen, auf eine Utopie hinzuarbeiten ... Und dieses *daraufhin* ist viel interessanter und viel dynamischer als das *darin*.

Seit fast einem Jahr arbeite ich jetzt an einer Utopie (nachdem ich Norwegen seinem Schicksal überlassen hatte). Ich arbeite dabei mit dem Mathematiker und Naturwissenschaftler Roger Penrose zusammen. Aus zwei Gründen haben wir unser Buchprojekt *White Mars* genannt (zuerst war es nur ein Arbeitstitel, aber er ist haftengeblieben). Zum einen ist unsere Utopie auf einem der Wissenschaft vorbehaltenen Mars angesiedelt – ähnlich, wie die Antarktis der Wissenschaft vorbehalten war und ist. Zum anderen betrachte ich dieses Buch als Teil des Spektrums von Möglichkeiten, wie sie in Kim Stanley Robinsons vielfarbiger Trilogie beschrieben werden, und als Beitrag zu der Auseinandersetzung darüber, wohin wir uns entwickeln werden.

Deshalb umfaßt meine Utopie auch Erörterungen gewisser Mängel im Leben der Menschen und der Gesellschaft und befaßt sich mit den Verbesserungen, die jedem vernünftigen Menschen einfallen könnten. Etwa damit, daß man, anstatt immer mehr Gefängnisse zu bauen, den Blick darauf richten sollte, kaputte Menschen zusammenzuflicken und die Gesellschaft zu verbessern (vorausgesetzt, daß man vielleicht auch die Gesellschaft verbessern kann, wenn man die Leute zu besseren Menschen macht). Dazu gehört auch, daß man besser für die Kinder sorgt und sich darüber hinaus um die Menschen kümmert, die für ihre Erziehung verantwortlich sind, von Müttern und Vätern bis zu Lehrern und Psychiatern. Das klingt nicht besonders revolutionär, aber ich will Ihnen hier auch noch nicht verraten, worin die revolutionären Kleinigkeiten liegen. Ich habe ein paar Überraschungen in petto – beispielsweise was die Rolle der Frauen betrifft.

(v. l. n. r.) Tom Maddox, Brian W. Aldiss und Tom Shippey

Wenn eine Utopie in ästhetischer Hinsicht auch nur ansatzweise überzeugen soll (und den Leser damit dazu bringen soll, weiterzulesen), muß man besonders intensiv daran arbeiten, eine Plausibilität zu schaffen, in der die Skepsis aufgehoben ist. Genau aus diesem Grund habe ich meine Utopie auf dem Mars angesiedelt. Einige Menschen mögen damit zwar ihre Schwierigkeiten haben, aber dieser Kunstgriff trägt mich über eine wesentliche Hürde. Ich muß mich nämlich nicht mit dem Problem befassen, wie solche Menschen, die einer Utopie Gestalt verleihen, überhaupt beschaffen sein müssen. In *White Mars* isolieren wir sechstausend Männer und Frauen und siedeln sie auf dem Roten Planeten an. Sie sind es, die auf eine gerechte, anständige Gesellschaft hinarbeiten. Und da dies alles auf dem Mars passiert, handelt es sich natürlich um eine spartanische Gesellschaft. Diese Menschen haben viele Dinge aufgeben müssen, und nur so, scheint mir, kann man sich überhaupt eine Utopie vorstellen.

Ich werde Ihnen jetzt gleich einen kurzen Abschnitt vorlesen, um Ihnen einen Vorgeschmack darauf zu geben, welche Art von Menschen sich dort ansiedeln und welche Bedingungen sie dort vorfinden. Die Situation auf dem Mars ist zwar nicht gerade einfach, aber die Situation auf der Erde – der Roman spielt gegen Mitte des kommenden Jahrhunderts – wird als noch viel krassere Dystopie dargestellt.

Ein weiterer Faktor, mit dem ich den Roman glaubhaft machen will, besteht darin, daß er nicht von einem gottgleichen Autor erzählt wird, sondern eine Reihe von Menschen zu Wort kommen, die tatsächlich bei diesem Experiment mitmachen. Also erzählen sie aus direkter Erfahrung.

Das Folgende ist ein kurzer Ausschnitt dessen, was eine Dame namens Cang Hai schreibt. Sie tut sich mit einem Menschen zusammen, der, ob er will oder nicht, zu einem der führenden Köpfe in dieser Utopie wird. Sie schreibt:

> *Ich bin nicht daran gewöhnt, als Historikerin zu wirken. Aber ich greife mir selbst voraus. Am besten beschreibe ich einfach, wie es in den frühen Tagen auf dem Roten Planeten gewesen ist.*

Ich möchte all die Schwierigkeiten und Einschränkungen festhalten, mit denen wir, die ersten Menschen auf einem fremden Planeten, konfrontiert waren – und all unsere Hoffnungen.
EUPACUS hat uns hierher gebracht, EUPACUS hat alle Dimensionen dieser Reise bestimmt.
EUPACUS war das große Konsortium, das das Geld und die Technik investieren mußte, um uns die lange Reise zum Mars zu ermöglichen.

Man darf nicht vergessen, daß eine solche Reise mit unserer gegenwärtig noch so begrenzten Technik sechs Monate dauert. Wie schafft man Menschen in sechs Monaten da rüber? Also, das Buch erklärt, wie's funktioniert. EUPACUS selbst ist ein Akronym für die Hauptmitglieder des internationalen Konsortiums. EUPACUS verfügt über jede Menge Banken und Unternehmen und investiert in die grandiose Idee, Menschen auf einen Planeten zu bringen, der der wissenschaftlichen Forschung vorbehalten ist. Der Mars ist nicht in militärischer Hand, er hat auch kein *Terraformen* hinter sich, er stellt etwas ganz Wunderbares dar, etwas Neues und Wunderbares in dem Leben der Menschen. Ein Ayers Rock am Himmel. Man geht dorthin, um den Kosmos, die Einsamkeit, das eigene Selbst zu erleben und eine ganz neue Erfahrung zu machen. Und es stellt sich heraus, daß diese Perspektive viele Menschen reizt. Es sind zwei verschiedene Gruppen von Menschen, die für das Experiment ausgewählt werden. Man kann die Fahrt zum Mars nicht aus eigener Tasche bezahlen, sie ist zu teuer. Aber es gibt zwei verschiedene Möglichkeiten, sich dafür zu qualifizieren. Die eine besteht darin, daß man der Gesellschaft etwas gibt. Jugendliche können ein Jahr lang Gemeinschaftsdienst in irgendeinem Teil der Welt ableisten. Wenn sie sich ihre Sporen verdient und ihre Prüfungen bestanden haben, werden sie zu YEAs, zu Young Educated Adults – jungen, ausgebildeten Erwachsenen. Für Ältere, die dem Staat auf ihre Weise gedient haben, besteht die Möglichkeit, daß ihre Gemeinschaft sie für die Reise zum Mars vorschlägt und einen Teil der Kosten übernimmt. Wenn man zu diesen Auserwählten zählt, ist man ein DOP, das steht für Distinguished Older Person (na ja, Sie wissen schon, was *das* für Leute sind ... – *Gelächter im Saal*).

Diese beiden Kategorien von Menschen dürfen die lange, phantastische Reise zum Planeten Mars antreten. Und natürlich bleibt man dort nicht lange. Wie lange, hängt von der Frage der Rückreise ab, etwa davon, ob der Mars in Opposition zur Erde steht oder nicht ...

Fahren wir also mit Cang Hais Erzählung fort:

> *Zweifellos war man der Natur oder den Ewigen Wahrheiten, wie ein Freund von mir es nannte, auf dem Mars sehr nahe. Sauerstoff und Wasservorräte machten einem fast ständig zu schaffen.*
>
> *Das Wasser war auf 3,5 Kilogramm pro Person und Tag rationiert.*
>
> *Die Gemeinschaftswäscherei verbrauchte weitere 3 Kilogramm pro Kopf und Tag. Alle erhielten einen gerechten Anteil an den Vorräten. Das hatte zur Folge, daß nur selten ernsthafte Klagen laut wurden. So spartanisch diese Rationierung auch klingen mag: Im Vergleich zur Wassersituation auf der Erde waren wir noch ganz gut dran. Dort hatte sich aufgrund des langamen, aber stetigen Bevölkerungswachstums der industrielle Bedarf an Trinkwasser bis zu dem Punkt entwickelt, an dem das Wasser überall nur noch dosiert abgegeben wurde und so teuer wie Treibstoff mittlerer Güte war. Praktisch bedeutete das für die wirtschaftlich schwache Hälfte der Erdbevölkerung, daß ihr weniger als die marsianische Ration zugeteilt wurde.*
>
> *Der Zwang, alles zu konservieren, führte zu unserem System gemeinsamer Mahlzeiten. Wir alle setzten uns in zwei Schichten zu Tisch, ließen uns bei unseren kargen Mahlzeiten viel Zeit und besserten das Essen durch Gespräche auf. Manchmal las uns jemand aus der Gruppe während des Abendessens etwas vor – aber das kam erst später.*
>
> *Fast alle dieser ersten Marsbewohner waren sich darin*

einig, daß enge Zusammenarbeit zum Überleben auf dem Mars notwendig war. Das persönliche Ego mußte sich den Bedürfnissen der ganzen menschlichen Gemeinschaft auf dem Mars unterordnen.

Durch regelmäßige Fernsehberichte vom Mars wurde die Welt dort unten (wie wir die Erde mit der Zeit nannten) auf die Gerechtigkeit der marsianischen Regierungsform und auf unsere egalitäre Gesellschaft aufmerksam. Sie hob sich in bemerkenswerter Weise von der Ungerechtigkeit und Ungleichheit auf der Erde ab.

Im Fortgang des Romans stellt sich heraus, daß die marsianische Regierungsform durchaus anziehend auf Erdenbürger wirkt. Die Vorstellung, daß alle ihren gerechten Anteil bekommen sollen, wird viel populärer, als sie derzeit bei uns ist. Auf diese Weise ergreifen die utopischen Vorstellungen auch die Erde. Ein glückliches Ende ...

Aber indem wir die Unzufriedenheit auf der Erde vorausschicken, bereiten wir den Leser auf das nächste Ereignis vor, und es ist ein Ereignis, das schockiert. Die Idee, mit der die Gemeinschaft die Utopie realisieren will, nimmt Gestalt an. Und diese Utopie ist noch spartanischer angelegt als diejenige, die Ursual Le Guin in *The Dispossessed* (dt.: *Planet der Habenichtse*) entwirft. Noch einmal möchte ich an dieser Stelle betonen, daß ich damit meiner Vorstellung nach nichts vorhersage. Ich wende nur einen Kunstgriff an – in der Hoffnung, daß er plausibel wirkt.

(Wie liege ich in der Zeit?)

(Ihre Zeit ist um!)

(Meine Zeit ist um! – Also gut, da habt ihr's! – *Lachen und Beifall*).

Aus dem Englischen von Usch Kiausch

George Alec Effinger

ÜBER SCIENCE FICTION

SF aus islamischer Sicht

Die Detektivromane des George Alec Effinger

von Widmar Puhl

Algier im Jahre 2200 – oder Tunis, Tripolis, Casablanca: jedenfalls eine Großstadt irgendwo in Nordafrika. Der Privatdetektiv Marîd Audran macht seinen Rundgang durchs Revier in der verwinkelten Altstadt. »Chirigas Nachtclub lag zentral, mitten im Budayin, acht Straßen vom Osttor und acht Straßen vom Friedhof entfernt. Gerade die Nähe des Friedhofs kam oft gelegen. Der Budayin war ein gefährlicher Ort, das wußte jeder. Deshalb auch die Mauer, die den Budayin auf drei Seiten umgab. Touristen wurden vor dem Budayin gewarnt, aber sie kamen trotzdem. Sie hatten ihr Leben lang Geschichten darüber gehört, und sie würden lieber tot umfallen, als heimzukehren, ohne den Budayin gesehen zu haben. Die meisten kamen durchs Osttor und gingen neugierig die Promenade hinauf. Nach zwei oder drei Blocks begannen sie nervös zu werden und suchten sich einen Platz, wo sie sich hinsetzen, etwas trinken und ihre Tabletten nehmen konnten. Danach versuchten sie in der Regel, den Budayin so schnell wie möglich auf dem selben Weg zu verlassen, auf dem sie gekommen waren.« – Realistische Stimmungsbilder, die man sich 1998 als Pauschalreisender für einen Tausender holen kann, auch wenn längst nicht jeder sie so eloquent zu Hause wiederbeleben dürfte.

Der Ich-Erzähler berichtet, daß er im Jahr 1550 geboren wurde – oder nach dem Kalender der Ungläubigen im Jahr 2172. Demokratie und Kommunismus sind gleichermaßen sanft entschlafen. Erschöpfte Rohstoffquellen, Hungersnöte und überhandnehmende Armut haben die ganze Welt verändert. Die Vereinigten Staaten von Amerika sind wie die ehemals mächtige Sowjetunion in Dutzende kleiner Monarchien und Diktaturen zerfallen. In Europa wurden zum Beispiel Mähren oder die Toskana unabhängig. Es gibt das Commonwealth und die ›westlichen Reservate‹: alle auf sich gestellt, jeder hat Angst vor jedem. Die technische Entwicklung beschränkt sich auf Unterhaltungselektronik, Waffen und Luxus für die Reichen. Die Stadt und der Staat sind organisatorisch kaum von den Unterwelt-Syndikaten zu unterscheiden, die darin um Macht und Einfluß ringen. Ansonsten lebt Marîd in einer islamischen Gesellschaft. Er ist die Hauptfigur in drei Romanen des US-Amerikaners George Alec Effinger, die in einer ausgezeichneten deutschen Übersetzung von Isabella Bruckmaier im Heyne Verlag in München erschienen sind.

»Inshallah« – Allahs Wille geschehe oder »So Gott will« sagt er, wenn er verspricht, einen Auftrag auszuführen, während nebenan Bauchtänzerinnen ohne Bikini-Oberteil nach zahlungskräftigen Männern Ausschau halten und Marîds Freundin Chiriga hochprozentige Alkoholika ausschenkt, um das Geschäft anzukurbeln. Der Koran verbietet so etwas zwar, aber Marîd und seinesgleichen sind nicht sonderlich streng im Glauben, und das nimmt ihnen auch niemand übel. Man muß schließlich leben. Doch das Besondere an Effingers Roman-Trilogie ist der Blickwinkel, aus dem erzählt wird: Marîd ist Moslem. Zu Beginn zwar ein ziemlich lausiger, aber das ändert sich im Lauf der Geschichte, die außer spannender Unterhaltung auch eine verblüffend ernsthafte Auseinandersetzung mit den Ursachen und Folgen des islamischen Fundamentalismus zu bieten hat.

Im ersten Teil mit dem Titel ***Das Ende der Schwere*** wird dem quasi Ungläubigen das Gehirn verdrahtet. Ausgerechnet Marîd, der immer stolz darauf war, seinen Gaunern auch ohne die üblichen elektronischen Modifizierungen überlegen zu sein, muß sich mit sogenannten ›corymbischen Implantaten‹ aufrüsten lassen. Denn bei der Jagd auf einen barbarischen Mörder, der im Kiez mit Hilfe aufgezeichneter Persönlichkeitsmodule von Jack the Ripper, James Bond und Dschingis Khan Angst und Schrecken verbreitet, hat Marîd Geld vom mächtigsten Mann der Stadt angenommen. Und nun erklärt dieser Friedlander Bei, im Folgenden ›Papa‹ genannt: »Du hast mein Geld genommen, mein Neffe. Und du wirst tun, was ich dir sage! Du hast keine Chance gegen unsere Feinde, wenn dein Gehirn nicht verbessert wird. Wir wissen, daß der Killer über ein verbessertes Gehirn verfügt. Das mußt du auch haben, aber deines muß besser sein ... Ich selbst trage keine solchen Verbesserungen, weil ich denke, daß mein Glaube sie verbietet.«

Marîd meint zwar scheinheilig, er sei zufrieden mit der Gestalt, die Allah ihm gab, aber in Wirklichkeit hat er eine Heidenangst vor direkten Eingriffen in sein zentrales Nervensystem. Als der Arzt dem Liebhaber von Muntermachern, Antidepressiva und Schmerztabletten sagt, dies sei etwas anderes als ein paar Pillen zu nehmen und herumzutorkeln, bis man wieder nüchtern wird, und daß falscher Umgang mit solchen Implantaten zu grauenvollen Schäden führen kann, betet er sogar. »Mir war mehr als ängstlich zumute. Ich murmelte *Al-Fatihah,* die erste Sure des Korans, ein tröstliches Gebet, das mir in Situationen wie dieser immer einfällt. Es ist das islamische Äquivalent zum Vaterunser der Christen.«

Doch was ist der Auslöser dieser Schrecken? Die Implantate sind Steckbuchsen am Kopf, von denen feine Drähte zu den verschiedenen Bereichen des menschlichen Hirns führen. Sie erlauben das Einführen sogenannter Persönlichkeitsmodule, die über diese Verbindungen das Gehirn gezielt mit elektronisch aufgezeichneten Informationen und Reizen füttern. Unter ihrem Einfluß hält man sich eine Zeitlang für jemand anders. Diese Module wurden für medizinische Zwecke entwickelt und sehr bald von der Unterhaltungsindustrie entdeckt. Sie erinnern erschreckend an jene Stammhirn-Implantate, die derzeit bereits in bestimmten Fällen ertaubten Patienten an der Medizinischen Hochschule Hannover eingesetzt werden, damit sie wieder hören. Effinger nennt diese Chips ›Moddy‹, weil sie eine Persönlichkeit modifizieren können, wenn man ihnen Fähigkeiten unterstellt die über medizinische Reparaturen hinausgehen, und zitiert in diesem Zusammenhang die letzte Sure des Koran:

»Sprich: Ich nehme meine Zuflucht zum Herrn der Menschen, zum König der Menschen und zum Gott der Menschen, daß er mich vor dem schleichenden, doch dann entfliehenden Einflüsterer befreie, welcher böse Neigungen in das Herz der Menschen versenkt. Befreie mich von bösen Dschinnen und schlechten Menschen.« Marîd denkt dabei an schlechte Menschen mit Pistolen und Dolchen. Doch symbolisch sind auch die Moddys gemeint.

Zusätzlich sprechen sogenannte Add-Ons oder Daddys das Kurzzeitgedächtnis an und ermöglichen damit einen sofortigen und umfassenden Zugriff auf Kenntnisse auf einem beliebigen Fachgebiet – etwa Fremdsprachen, Koranlehre, einen Polizeilehrgang oder Biophysik. Außerdem kann man mit Daddys Gefühle abschotten oder intensivieren wie Hunger, Durst, Schmerz und Müdigkeit. Sie helfen auch, Alkohol schneller abzubauen, die Wirkung von Medikamenten ›abzuschalten‹ oder auf Befehl einzuschlafen und aufzuwachen. Das Lustzentrum blieb bei Marîd unverdrahtet. Aber als er nach der Operation aufwacht, klärt der Arzt den neuen Supermann auf, daß neben dem Lustzentrum ein Bereich liegt, der Wut und wildes, aggressives Verhalten auslöst. Zugleich ist hier das Bestrafungszentrum. Wenn es stimuliert wird, empfinden die Probanden Schmerzen, die der im Lustzentrum ausgelösten Ekstase entsprechen: »Dieser Bereich wurde verdrahtet. Ihr Mäzen war der Meinung, daß Ihnen das bei ihrem Auftrag helfen könnte. Und es ermöglicht ihm einen gewissen Einfluß auf Sie ... Im Namen des Propheten, Friede sei seinem Namen, und Segen möge auf ihm ruhen, Sie brauchen keine Angst vor dem Tod zu haben.«

Natürlich hat ›Papa‹ die Fernbedienung für das Bestrafungszentrum. Doch er macht keinen Gebrauch davon. Seine schärfste Waffe funktioniert ab sofort ausgezeichnet und bringt die Killer zur Strecke. Im Lauf regelmäßiger Besuche lernt Marîd ›Papa‹ immer besser kennen und beurteilt den Unterwelt-Patriarchen zunehmend wohlwollender: »Friedlander Bei zog wegen seinem Glauben keine große Show ab, was ihn nur bemerkenswerter machte. Manchmal beschämte mich sein tiefer Glaube, dann rief ich mir Grausamkeiten und Verbrechen ins

Gedächtnis, für die er verantwortlich war. Allah weiß, daß keiner von uns vollkommen ist. Ich bin sicher, daß Friedlander Bei sich keinen Illusionen über sich selbst hingab. Zumindest bat er seinen Gott um Verzeihung. Papa hatte es mir bereits einmal erklärt: Er trug um viele Verwandte und Geschäftspartner Sorge, und manchmal konnte er sie nur beschützen, wenn er mit anderen härter umsprang. In diesem Licht war er ein großer Führer und ein strenger, aber liebender Vater.«

Diese Utopie des Schützens und Geschütztwerdens haben die Mafia, der Islam und die SF (zumindest in weiten Teilen) gemeinsam. Sie ist Bindeglied und hat Brückenfunktion für ansonsten eher Unvereinbares. Kein Wunder, daß ›Papa‹ in größeren Zusammenhängen denkt. Er gibt nicht nur Almosen, hat seine Wallfahrt nach Mekka gemacht, hält sich streng an den Fastenmonat Ramadan und betet fünfmal täglich beim Ruf des Muezzin, was zusammen mit dem Glaubensbekenntnis ›Es gibt keinen Gott außer Allah, und Mohammed ist sein Prophet‹ die fünf Pfeiler des Islam ausmacht; er lebt auch nach dem ›rechten Weg‹ orthodoxer Koranauslegung, der Schweinefleisch, Drogen, Alkohol und bildliche Darstellungen wie Fotos auf Wahlplakaten verbietet. Sein Verständnis von Recht und Gerechtigkeit stützt sich auf die Scharia, das traditionelle, zuweilen brutale islamische Recht des Mittelalters. Gegen Ende des ersten Romans sagt ›Papa‹ in einem gespenstischen Dialog: »Wenn die Länder der Ungläubigen auseinanderbrechen, zeigt sich unsere Stärke. Daß die großen Satane, die Vereinigten Staaten und die Sowjetunion, in Einzelländer zerbrachen, war ein Geschenk Allahs.«

Ein Geschenk? Fragt sich Marîd, verwirrt, was das mit den Drähten in seinem Gehirn und den armen, vergessenen Leuten im Budayin zu tun haben sollte. Doch »Friedlander Bei zog die Augenbrauen zusammen, und plötzlich sah er aus wie ein Wüstenkrieger, wie einer seiner mächtigen Vorahnen, die das unbezwingbare Schwert des Islam schwangen. Dschihad, sagte er leise. Dschihad. Heiliger Krieg. Jetzt, da die einst so großen Nationen sich auflösten, arm und hilflos wurden, war für den Islam die Zeit gekommen, die vor so vielen Jahren begonnene Aufgabe zu Ende zu führen.«

Der zweite Roman heißt ***Ein Feuer in der Sonne*** und sieht einen Marîd, der bei der Polizei Karriere macht und zum Nachtclubbesitzer aufsteigt. Ausgerechnet ein christlicher Sklave, der ihm von ›Papa‹ vermacht wird, erzieht ihn mehr und mehr zum frommen Moslem, bringt ihn von seinem exzessiven Drogenkonsum ab und gewöhnt ihn an traditionelle islamische Kleidung. Marîd übt sich sogar in Mildtätigkeit im Sinne des Korans:

»Vor der Polizeiwache treiben sich immer eine Menge Kinder herum. Ich weiß nicht ob sie hoffen, einen Ganoven in Handschellen zu sehen, oder ob sie nur herumlungern, weil sie die Hoffnung auf ein paar Münzen nicht aufgeben. Vor nicht allzu langer Zeit war ich eines von ihnen, in Algier. Und es machte mir nichts aus, einige Kiam in die Luft zu werfen und sie danach haschen zu sehen. Ich langte in die Tasche nach einer Handvoll Münzen. Die älteren, größeren Kinder fingen das Geld auf und die kleineren klammerten sich an meine Beine und jammerten: Bakschisch!«

Wieder gibt es schreckliche Morde. ›Papa‹ entrinnt nur mit Mühe einem heimtückischen Gift-Anschlag. Marîd entdeckt eine geheime Verbindung zwischen ›Papa‹ und seinem ärgsten Konkurrenten Abu Adil. Seinem Kollegen bei der Polizei erzählt er: »Das Geld aus dem Verbrechen ist für Papa nur ein Taschengeld. Das macht vielleicht fünf Prozent seines jährlichen Einkommens aus. Er hat noch etwas viel Größeres laufen, und da steckt Abu Adil auch mit drin. Sie verkaufen Ordnung. Ordnung, Kontinuität, Regierungen. Schau mal, auf dieser Welt hat sich die Hälfte der Länder aufgespalten und wieder vereinigt, bis am Ende niemand mehr wußte, wer wo wohnt und wer wem Steuern zahlen muß ... Es muß irgend jemanden geben, der da den Überblick bewahrt und darauf achtet, daß die Akten auf dem laufenden bleiben.«

Wer das schafft, hat in Wirklichkeit das Sagen. Er hat wirklich die Macht, denn all diese kleinen Staaten sind auf seine Hilfe angewiesen, wenn sie nicht zusammenbrechen wollen. Papa und Abu Adil haben trotz aller Konkurrenz eine gemeinsame Computerliste aller Menschen, die von ihnen abhängig sind. Und Marîd kommt dahinter, daß jedesmal, wenn ein wichtiger Mann krank wird, ein unwichtiger sterben muß. Das Ganze ist ein gigantischer Handel mit Organen lebender Menschen. Doch während Papa versucht, die Liste sozusagen ›in sozialer Verantwortung‹ zu gebrauchen, macht Abu Adil ein skrupelloses Geschäft daraus. Der Polizeikommissar nimmt von beiden Geld und versucht gleichzeitig, sie gegeneinander auszuspielen.

In dem Maße, wie Marîd selbst zum Unternehmer wird und seine Privatmoral in Übereinstimmung mit den Forderungen des Koran bringt, wird der gute Mensch mit Schwächen auch für den gläubigen Moslem zum Vorbild. Marîd nimmt zum Beispiel seine Mutter zu sich, was ihm angesichts der Tatsache, daß sie eine ordinäre, versoffene, tablettensüchtige alternde Dirne mit unglaublichen Manieren ist, mehr als schwer fällt. Und er fängt an, in großem Stil Geld für Wohltätigkeit auszugeben. So sagt er zu seinem Leibdiener: »Kümmere du dich nur mal um die Suppenküche. Es wird langsam Zeit, daß das Haus Friedlander Bei den Armen etwas zurückgibt.«

Damit bahnt sich der Sieg des Guten an. Der kommt aber erst im dritten Band mit dem Titel ***Der Kuß des Exils,*** nachdem Marîd und Papa von dem verräterischen Kommissar entführt worden sind und nur mit knapper Not ihren Hals retten können. Bei ihrer Rückkehr allerdings merken sie, daß gute Menschen am Ende mehr Freunde haben als schlechte. Marîd streift über den wimmelnden Markt in der Altstadt, als ihn ein Betteljunge anspricht: »›O Freigiebigster!‹ Ich zuckte zusammen und drehte mich um. ›Gut, wie viel brauchst du?‹ sagte ich, griff in meine Tasche und zog meine zusammengerollten Geldscheine heraus. Er schaute verwundert drein und blickte sich dann nach allen Seiten um und sagte dann: ›Ich wollte Euch nicht um Geld bitten, Scheich Marîd. Ich wollte Euch etwas mitteilen: Ihr werdet verfolgt.‹«

Marîd lädt den schmächtigen Knirps zum Essen ein und erfährt, daß alle Jugendbanden der Altstadt ein Netz wohlwollender Beobachtung für Marîd gesponnen haben – zu seinem Schutz. Die Nutznießer seiner Suppenküchen und spontanen Freigebigkeit brauchen ihn und zeigen ihre Dankbarkeit mit der Schläue der Straßenkinder. Sie sind es letztlich, die Marîd die entscheidende Rückendeckung geben, als er die Intrigen des korrupten Polizeichefs enthüllt und diesen Fiesling als Mörder entlarvt, der sogar den Imam der größten Moschee der Stadt zum Werkzeug seiner schmutzigen Pläne machte.

Hier müssen wir einmal innehalten. Denn genau dieser Zug an Marîds Gegenspieler hat seine Entsprechung bei vielen radikalen Moslemführern von heute, die dadurch gleich mit entlarvt werden. Es geht ihnen nicht um den Islam, sie benutzen ihn und die einfachen Gläubigen bloß für ihre politischen Zwecke. Die Gläubigen sind nämlich meistens unwissend, rückständig und damit leicht zu manipulieren. Sie verschleiern nicht nur Gesichter, sondern auch das Gehirn – ganz so, wie das übrigens auch bei orthodoxen Juden und Christen, etwa in deutschstämmigen Kopftuchreservaten wie Altötting, Oberammergau oder den Hochburgen des Schwarzwald-Pietismus, gern geschieht. Durch Marîds Mund erklärt der Autor George Alec Effinger: »Moslems sind oft von Natur aus abergläubisch. Mitten unter uns existieren die verschiedensten Dschinns, Afrits, Monster und gute und gefallene Engel in Allahs Schöpfung. Dann gibt es noch ganze Legionen von Menschen mit gefährlichen Zauberkräften wie zum Beispiel dem bösen Blick, den man am häufigsten findet. Sein Gegenteil heißt ›Baraka‹ und meint eine Art Charisma, eine Ausstrahlung, die Glück bringt und Gutes bewirkt.«

Bei den Bedu vom Stamm den Beni Salim, die Papa und Marîd in der großen arabischen Wüste Rhub al Khali nach ihrer Deportation vor dem Verdursten retten, erlebt Marîd eine zweifache Bekehrung. Einmal wird er Zeuge, wie Papa die letzten Tropfen Wasser für die rituelle Waschung vor dem Gebet verwendet und seine Seele für wichtiger hält als das leibliche Leben. Der alte Mann wäscht sich, um sich von Unreinheit zu befreien und sich auf die Nähe zu Gott vorzubereiten. Marîd ist gerührt: »Das gemeinsame Gebet mit Papa erfüllte mich mit Frieden und Hoffnung. Irgendwie war mir durch unser Herumirren in dieser Wüste klargeworden, was mir unsere Religion bedeutete. Ich wünschte, es hätte keiner so drastischen Maßnahme bedurft, damit ich meine Beziehung zu Allah verstehen lernte.«

Marîds zweite Bekehrung ist die zur Rache. Für die Bedu, so lernt er in der Wüste, ist Rache ein wichtiger Teil ihres Glaubens. Das Deportationsurteil für einen Mord, den Papa und Marîd nicht begangen haben, wurde von einem Imam unterschrieben, der Berater des Emir bei der Auslegung der Scharia, des religiösen Gesetzes, ist, aber nicht vom Emir und von keinem zuständigen Richter. Ein Verfahren fand nicht statt. Verhaftet wurden Marîd und Papa in einer Nacht-und-Nebel-Aktion, als sie eine Feier im Palast des Emirs anläßlich der angeblichen Versöhnung von Papa und Abu Adil verlassen wollten. Auch diese Methoden der Einmischung religiöser Führer in politische und polizeiliche Angelegenheiten ist keine Erfindung Effingers, sondern gängige Praxis fanatischer Islamisten im zwanzigsten Jahrhundert. Warum sind die Bedu dagegen immun? Marîd bekommt zu hören:

»Wir Bedu brauchen keinen Imam weil alle Stammesmitglieder als Gleichgestellte zu Gott beten und sich keinem anderen unterordnen. Die schwachen Stadtmenschen sind auf die Hilfe eines Imam angewiesen, weil sie vergessen haben, was es heißt, selbst sein Wasser zu finden und selbst für sein Essen zu sorgen, und weil sie von anderen abhängig geworden sind, die das für sie tun. Und genauso sind sie vom Imam abhängig geworden, der ihnen den Weg zu Allah weisen muß.«

Die stolzen Nomaden sind begreiflicherweise vom Aussterben bedroht und auch in den arabischen Ländern keineswegs beliebt. In der Wüste gibt es keine Moscheen, und die Wüstenbewohner haben erkannt, daß Gesetze keineswegs Gerechtigkeit bedeuten. Wer Gerechtigkeit will, muß sie schon selbst schaffen. Es ist sogar seine Pflicht, dafür zu sorgen, daß der Übeltäter seiner Strafe nicht entgeht. Effinger alias Marîd: »Was heißt hier Gesetze? Es gibt nur richtig und falsch.«

Die Bedu-Frauen erzählen ihren Kindern eine Geschichte ›Vom bösen Imam im Brunnen‹, der zu Spenden für die Armen aufrief, das Geld aber behielt und anfing, damit schmutzige Politik zu machen. Als Allah erkannte (und er erkennt alles), daß das Herz des Imam schwarz war, sandte er seinen Engel und ließ den Imam in einen tiefen Brunnen in der Wüste werfen. Eines Tages kam der unschuldige Nachfolger des bösen Imam zu dem Brunnen in die Wüste und hörte im Brunnen Tiere jammern, die hineingefallen waren. Er rettete eine Eidechse und einen Wolf, und weil er Mitleid hatte, auch seinen Amtsvorgänger. Doch der hatte nichts Besseres zu tun, als seinen Wohltäter aus Neid und Gier beim König in Mißgunst zu bringen, als die Eidechse den neuen Imam reich machte, so daß er ins Gefängnis kam. Da rief er den Wolf zu Hilfe, der ihn befreite und das Herz des bösen Imams fraß.

Nicht nur Sagen und Märchen aus der islamischen Welt sind in Effingers Romane hübsch und sinnvoll eingestreut; die Leser erfahren auch viel über Sitten und Gebräuche – und die Unterdrückung der Frauen in den arabischen Ländern. Im ersten Band erleben wir, wie der Privatdetektiv bei Papas Abteilungsleiter Hassan als Schiedsrichter die ›Scheidung‹ einer Prostituierten von ihrem Zuhälter Abdullah vermittelt: »Wir werden alle an einem Tisch sitzen, du und ich sitzen auf der einen Seite, und Abdullah sitzt auf der anderen Seite. Zwischen uns sitzt Hassan. Ich stelle die Angelegenheit aus deiner Sicht dar, Abdullah stellt sie aus seiner Sicht dar. Hassan hört zu und denkt darüber nach, dann trifft er seine Entscheidung. In der Regel muß man Abdullah etwas zahlen. Hassan sagt, wieviel. Hinterher mußt du Hassan etwas schmieren und für Papa sollten wir ein Geschenk mitbringen. Das ist der Sache förderlich.«

Wer zur Sache kommt, bevor nicht jeder mindestens drei Tassen Kaffee getrunken hat, beleidigt den Gastgeber. Rundum erkundigt man sich nach der Gesundheit, dem Wohlergehen der Familie und Freunde, und ruft Allah an, um diesen und jenen zu segnen und alle Beteiligten im Besonderen sowie die gesamte mohammedanische Welt im Allgemeinen vor den Schandtaten der Ungläubigen zu schützen. Außerdem gilt, auch in Rotlicht-Kreisen: »Sie war eine Prostituierte, und sie war keine richtige Frau. Damit konnten die Mohammedaner noch immer schlecht umgehen. Ihre Frauen behandeln sie wie Menschen zweiter Klasse, aber bei Männern, die Frauen wurden, waren sie sich nicht sicher.«

Wenn man bedenkt, daß der gegenwärtig beliebteste Sänger

in der Türkei kürzlich eine Geschlechtsumwandlung hinter sich gebracht hat und jetzt eine Frau ist, besteht die Kunst des Autors hauptsächlich darin, die Ausnahme mit geschliffenen Worten zur Regel zu machen. Und schon ist es Science Fiction.

Im zweiten Band der Trilogie erzählt Marîd die Geschichte seiner Mutter, die von einem Matrosen geschwängert und dann sitzengelassen wurde: »In der arabischen Welt legte man bei Frauen nie viel Wert auf Bildung. Man weiß ja, wie die traditionelleren, das heißt hinterwäldlerischeren Araber, die sich von den neuen Sitten noch nicht anstecken ließen, ihre Frauen und Töchter behandeln. Ihre Kamele respektieren sie jedenfalls mehr ... In Mauretanien gab es vor fünfundzwanzig Jahren für meine Mutter keinen Platz auf dem regulären Arbeitsmarkt. Aber es gibt natürlich immer ein paar verlorene Seelen, Menschen, die auf die Gebote der mohammedanischen Welt und den Koran pfeifen, Männer und Frauen, die Alkohol trinken und spielen und in sexuellen Ausschweifungen schwelgen. Es gibt immer einen Platz für eine junge Frau, deren Moral von Hunger und Verzweiflung untergraben wurde.«

Eine gute Gelegenheit für Effinger, teils abstoßend rückständige und teils faszinierend bunte Sitten und Bräuche der islamischen Welt vorzustellen, ist die Hochzeit seines Helden Marîd im dritten Band. Die Braut mit ihren von Henna-Farbe gelben Handflächen ist eine Witwe mit drei Kindern, deren Mann bei einer Auseinandersetzung in Marîds Nachtclub umkam. Jetzt ist es seine Pflicht, für sie zu sorgen, und Papa erklärt sie allen Ernstes zur Jungfrau ehrenhalber, um der Tradition Genüge zu tun. Die rituelle Prüfung entfällt natürlich, meint Friedlander Bei:

»In manchen rückständigen mohammedanischen Ländern wird die Braut in der Hochzeitsnacht von den Gästen weg ins Schlafzimmer gebracht. Dort halten die Frauen aus beiden Familien sie im Bett fest. Der Ehemann wickelt ein weißes Tuch um den Zeigefinger und führt ihn ein, um die Jungfräulichkeit des Mädchens zu beweisen. Kann er ein blutbeflecktes Tuch vorzeigen, übergibt er es dem Brautvater, der es wie einen Wimpel vor sich herträgt und allen zeigt.«

Auf den Hinweis, das sei doch wohl reinstes Mittelalter, erklärt die Braut ihrem frischgebackenen Ehemann Marîd mit einem Achselzucken, die Eltern der Braut erfülle dieser Augenblick mit großem Stolz. Er beweise schließlich, daß sie eine keusche und ehrbare Tochter aufgezogen haben. »Bei meiner ersten Hochzeit weinte ich wegen dieser Entwürdigung. Doch als ich die Freudenrufe der Gäste hörte, war mir klar, daß meine Ehe gesegnet ist und ich in den Augen der Leute aus dem Dorf zur Frau geworden bin.«

Als Marîd fast alle Widrigkeiten überstanden hat und mit Papa nach erfolgreicher Heimkehr aus der Wüste die obersten Behörden von der Unrechtmäßigkeit ihrer Entführung überzeugt hat, sinnen beide beim luxuriösen Frühstück auf Rache. Denn Rache, so hat Marîd bei den Beni Salim gelernt, ist – recht verstanden – nur angemessene Vergeltung. Dieses Prinzip hat der Koran ausdrücklich festgelegt. Es ist Bestandteil der islamischen Weltsicht, was die westliche Welt schon zur Übergenüge auf schmerzhafte Weise erfahren hat. Doch auch die islamische Welt, so, wie sie ist, fällt unter das Gesetz der Rache. Papa will den Tod des bösen Imam, des schurkischen Polizeichefs und des Obergangsters Abu Adil. Doch Marîd zeigt höhere Weisheit als erwartet:

»Es ist noch nicht lange her, da hätte mich diese saloppe Art Papas, über die Ermordung eines Menschen zu sprechen, abgestoßen. Doch diese Zeiten waren vorbei. Ich betrachtete die Angelegenheit wie ein Bedu, und ich wußte, daß Papa vollkommen recht hatte. Es kam nur darauf an, die Sache richtig zu planen. Sämtliche Einzelheiten mußten noch ausgearbeitet werden, aber das war nicht schwierig. Mich störte nur, daß Papa zuvor davon gesprochen hatte, den Imam auszuschalten, und nun den Polizeichef. Nach meiner Meinung sollten wir nicht die Stadt entvölkern, um unserem gerechten Zorn Genüge zu tun.« Da ist es ein Segen, daß die meisten der Verbrecher auf Papas schwarzer Liste sich gegenseitig ins Jenseits befördern. Gerecht ist ihr Ende allemal.

Die höchste Form des Islam ist für Effinger offensichtlich die Art der Beduinen, den Koran stolz und unabhängig auszulegen. Zwar können nicht alle Muslime Bedu werden, aber ihre Moral und ihre Freiheit sind Werte, die bei aller Härte, die das Rache-Gebot enthält, vielleicht tatsächlich mehr Zukunft haben als eine Masse von Schafen, die einen Imam braucht. Insofern ist das futuristische Szenario Effingers in Sachen Islam eine höchst interessante Hochrechnung des gegenwärtigen Zustands. Der wichtigste Gedanke dabei ist wohl, daß man religiöse Fanatiker nur mit ihren eigenen Waffen und auf ihrem eigenen Territorium schlagen kann. Wer ist nun der Mann, der dies alles sozusagen ›von innen heraus‹ beschreibt?

George Alec Effinger wurde 1947 in Cleveland/Ohio geboren. Er studierte an der renommierten Yale University Literatur und nahm 1970 am ›Clarion Writer's Workshop‹ teil, aus dem schon etliche bekannte Autoren hervorgegangen sind. Noch im gleichen Jahr verkaufte Effinger seine erste Kurzgeschichte und wurde professioneller Schriftsteller. In den siebziger Jahren arbeitete er fleißig an der bekannten, auch verfilmten Serie vom ***Planet der Affen*** mit. 1981 erschien sein Roman ***Die Wölfe der Erinnerung.*** Hier reflektierte der bisher eher humorvolle Autor zum ersten Mal ernsthaft das Verhältnis des Menschen zu Gott – am Beispiel eines Mannes, dem man immer wieder seine Erinnerungen nimmt.

Man darf George Alec Effinger also ganz sicher als einen Autor von großer Sachkunde und Einfühlungsgabe bezeichnen, aber er ist kein Moslem. Vielleicht war das eine wichtige Voraussetzung für diese Arbeit, sonst ginge es ihm vielleicht wie seinem britisch-indischen Kollegen Salman Rushdie, der pakistanischen Autorin Taslima Nasreen oder dem türkischen Satiriker Aziz Nesin. Das sind Schriftsteller muslimischer Herkunft, die Effingers Forderungen an eine Erneuerung des Islam teilen. Rushdie beschrieb den Propheten Mohammed respektlos und machte sich über dessen Theorie, Juden und Christen hätten die Heilige Schrift gefälscht, mit der Blasphemie lustig, Satan persönlich habe das gleiche mit den Versen des Koran getan. Taslime Nasreen zog gegen die Beschneidung der Frauen zu Felde, und Nesin forderte, die ***Satanischen Verse*** von Rushdie erst einmal zu übersetzen und zu lesen, bevor man darüber diskutiert. Doch fanatische Islamisten haben sie zum Tode verurteilt und weltweit zum Mord an ihnen aufgerufen.

Alle kritischen Beobachter des islamischen Fundamentalismus sind sich darin einig, daß dieses Problem nur zu bewältigen ist, wenn eine moslemische Aufklärung stattfindet. In der christlichen Welt hat es diese Aufklärung längst gegeben, im Islam wurde sie seit dem Mittelalter erfolgreich unterdrückt. Hier gibt es einen enormen Nachholbedarf, und hier liegt auch das größte Verdienst George Alec Effingers. Seine kenntnisreichen und witzigen Bücher über die Abenteuer des Privatdetektivs Marîd, der vom islamischen Saulus zum Paulus wird, sind ein wichtiger Beitrag zur überfälligen islamischen Aufklärung.

SCIENCE

Simulation und Illusion – vom Verschwinden der Realität

von Robert Hector

Angesichts der rasanten Entwicklungen in der Computer- und Kommunikationstechnik scheint sich die reale Welt zunehmend aufzulösen und einem im Computer generierten Illusionskosmos zu weichen. In Naturwissenschaft und Technik ersetzt die Computersimulation bereits häufig das reale Experiment, und im Unterhaltungsbereich lassen sich die Menschen in Freizeitparks und Kinos in Scheinwelten entführen, die mehr Kick und Thrill versprechen als die rauhe Wirklichkeit. So ist bereits vom »Verschwinden der Realität« die Rede, und der Ersatz der physikalischen Realität durch die Informationssphäre des Cyberspace ist in vollem Gange. Die Erzeugung von künstlichem Leben, die Simulation künstlicher Intelligenz und die Generierung künstlicher Welten verdeutlichen den Übergang von der Realität zur Virtualität. Welche Bedeutung hat es für unsere Bewußtseinssphäre, wenn Atome durch Bits ersetzt werden?

Der SF-Autor, der die Frage nach der Natur und dem Wesen der Realität am nachhaltigsten stellte, war Philip K. Dick. Seine Welten sind bizarr, verfremdet und metaphysisch umwölkt, zuweilen verlor er sich selbst in seinen eigenen Labyrinthen und Realitätsebenen. Es sind Irrfahrten in die Abgründe schizophrener Wahnwelten und drogeninduzierter Traumrealitäten, die Dick dem Leser offenbart, und immer scheinen seine Zentralthemen durch: in welcher Wirklichkeit lebt der Mensch, in welcher Beziehung stehen menschliche Wahrnehmung und Denken zu einer wie auch immer gearteten »objektiven« Realität, wie verhalten sich Bewußtsein und Sein zueinander, was unterscheidet den Menschen von einem Androiden oder einer Maschinenintelligenz?

»Second Variety« (1953, verfilmt als »Screamers« 1996) spielt auf einer verwüsteten Erde. Die Menschen setzen zur Kriegsführung Automaten und Roboter ein, die sich jedoch eigenständig weiterentwickeln und auf die endgültige Ausrottung ihrer Erbauer hinarbeiten. »We can remember it for you wholesale« (1966, verfilmt als »Total Recall« 1990) schildert eine Zukunftswelt, in der eine Bewußtseinsindustrie falsche Erinnerungen (etwa einen Besuch auf dem Mars) verkauft und dafür auch falsche Beweise (Flugtickets, Fotos) liefert. Bei einem Kunden der Firma führt die Implantation dieser Erinnerungen dazu, daß er sich in einem Karussell falscher und vielleicht doch zutreffender Erinnerungen verliert. In »The Faith of Our Fathers« (1967) verknüpft Dick seine Wirklichkeitssuche mit politischen Motiven: Der Protagonist will mit Hilfe einer Droge aus der Wirklichkeit fliehen und muß zu seinem Erstaunen feststellen, daß er die »reale« Wirklichkeit erst durch die Droge erreicht. Im Auftrag der Regierung werden nämlich Halluzinogene ins Trinkwasser gemischt, die den Bürgern eine Wirklichkeit vorgaukeln, die alles andere als real ist. In dem Roman »Eye in the Sky« (1957) werden die Protagonisten durch einen Unfall in eine Reihe von künstlichen Welten verschlagen, die jeweils durch die verrückten Weltsichten der Neurotiker unter ihnen geformt werden. In »Time out of Joint« (1959) verbringt der Held seine Zeit mit dem Lösen von Kreuzworträtseln, bis er bemerkt, daß seine Umwelt Illusion ist und er in Wirklichkeit die Flugbahn von Interkontinentalraketen berechnet.

»The Man in the High Castle« (1962) ist der berühmteste Alternativweltroman: Die Achsenmächte haben den Zweiten Weltkrieg gewonnen, die Westküste der USA ist von den Japanern besetzt, die Ostküste von den Deutschen. In dieser Alptraumwelt existiert ein Buch, welches von einer anderen Welt berichtet, in der die Alliierten den Krieg gewonnen haben. »Martian Time Slip« (1963) handelt von schizophrenen Realitätszertrümmerungen: Für einen geistesgestörten Jungen existieren die Schranken der Zeit nicht; er kann Vergangenheit und Zukunft nach den Vorstellungen seines gestörten Gehirns umgestalten. Die gewohnte Ordnung der Dinge zerfällt, Raum und Zeit lösen sich auf. Die anfänglich reale Situation auf dem Mars verwandelt sich in einen schrecklichen Alptraum.

Auch der Roman »The Three Stigmata of Palmer Eldritch« (1964) spielt auf dem Mars. Im 21. Jahrhundert ist das Leben auf den Welten des Sonnensystems so trist, daß es nur noch durch die Einnahme der Droge Can-D erträglich wird. Als der mysteriöse Palmer Eldritch von einer Expedition ins System Alpha Centauri zurückkehrt, bringt er die höllische Droge Chew-Z mit, welche eine Reinkarnation ermöglichen soll. Ein unerbittlicher Konkurrenzkampf zwischen Palmer Eldritch und der Firma, die die alte Droge vertrieb, entbrennt. Leo Bulero, der die Firma vertritt, will Eldritch ermorden. Doch Bulero wird unter Chew-Z gesetzt und in verschiedene Illusionswelten geschleudert. Zwischen die Fronten gerät der mit hellseherischen Fähigkeiten ausgestattete Barney Mayerson. Schließlich stellt sich heraus, daß Eldritch's Körper von einem kosmischen Wesen bewohnt ist, zu dessen Körper auch Mayerson und andere gehören. Jeder ist Eldritch, jeder ist Gott ... Die Illusion hat die Realität vollständig vereinnahmt.

Auf die Spitze trieb Dick die Realitätszertrümmerung in dem Roman »Ubik« (1969). Während eines Fluges zum Mond wird auf Glen Runciter, den Chef einer Organisation zur Bekämpfung parapsychisch begabter Wesen, ein Anschlag verübt. Runciter wird im Zustand des Halblebens in einem Moratorium eingefroren. Joe Chip und einige Kollegen dieser Organisation entgehen dem Anschlag, doch löst sich die Gegenwart auf und macht den Ereignissen des Jahres 1939 Platz. Menschen werden dehydriert und zerfallen zu Staub. Joe Chip versucht, die Geschehnisse zu ergründen; ihn erreichen seltsame Botschaften seines früheren Chefs, der ihn vor einer Verschwörung warnt. Schließlich stellt sich heraus, daß Runciter bei dem Anschlag gestorben ist und sich Chip und seine Kollegen im Halbschlaf befinden. Keiner weiß mehr, in welcher Realität er sich aufhält.

Der Roman »Do Androids Dream of Electric Sheep?« (1968) wurde unter dem Titel »Blade Runner« verfilmt. Menschenähnliche Androiden, die geschaffen wurden, um den Kolonisten anderer Welten das Leben zu erleichtern, kehren unerlaubterweise zur Erde zurück. Sogenannte Blade Runner wie Rick Deckard werden beauftragt, diese untergetauchten Deserteure, die sich nur mit Hilfe spezieller Lügendetektortests vom Menschen unterscheiden lassen, zur Strecke zu bringen. Der Kampf gegen die entflohenen NEXUS-6-Androiden verdeutlicht einen weiteren Problemkreis im Werk Dicks: die Unterschiede zwischen echten und künstlichen Menschen.

Weitere wichtige Werke aus jener Zeit sind »Counter Clock World« (1967), in dem die Zeit rückwärts läuft und die Toten den Gräbern entsteigen; »Galactic Pot Healer« (1969), in dem Fragen der Vorherbestimmung und des dualistischen Konflikts zwischen Licht und Dunkelheit erörtert werden; sowie »A Maze of Death« (1970), in dem es um die Konstruktion einer »logischen« Theologie geht.

1974 erschien »Flow My Tears the Policman Said«: Ein berühmter Sänger erwacht in einem schäbigen Hotelzimmer und muß feststellen, daß niemand ihn kennt; in der Welt, in der er sich befindet, werden die USA von einer allmächtigen Polizei regiert, die für Ruhe und Ordnung sorgt. Der Sänger lernt schließlich die Frau des Polizeigenerals kennen, die ihm gesteht, eine neuartige Droge genommen und ihn damit ihrer Innenwelt einverleibt zu haben. Als sie an einer Überdosis stirbt, läßt die Wirkung bei dem Sänger nach und er kehrt langsam in seine eigene Realität zurück.

»A Scanner Darkly« (1976) ist ein Drogenroman; der Protagonist gerät in einen schizoiden Alptraum und glaubt bald, zwei Persönlichkeiten zu haben.

Dicks letzte Romane, die VALIS-Trilogie, sind ein Ausflug in metaphysisch-theologische Bereiche. VALIS bedeutet »Vast Activ Living Intelligence System« und ist identisch mit einer gottähnlichen Macht. Diese kann verschiedene Ausformungen haben, etwa ein negentropisches Wirbelfeld, welches kosmische Informationen direkt ins Gehirn des Menschen feuert. Durch eine Störung des Realitätsgefüges wird dieses sich selbst kontrollierende Wirbelfeld erzeugt, welches immer mehr dazu tendiert, seine Umwelt in sein Informationsmuster einzuordnen.

Eine ähnliche Idee liegt der Perry Rhodan-Serie zugrunde: Dort wird das physikalische Universum durch ein Kosmisches Schöpfungsprogramm determiniert, welches analog der DNA und dem genetischen Code aus einer kosmos-umspannenden Doppelhelix aus Kosmonukleotiden besteht. In diesen Kosmonukleotiden, die man sich als psionische Felder vorstellen kann, existieren Informationspools, welche die Naturgesetze und Naturkonstanten definieren. Die Informationen aus diesen Pools werden dem Universum durch sogenannte »Messenger« einprogrammiert. Das Universum wird geformt, und seine Form wird in einem n-dimensionalen Rückkopplungsprozeß überwacht. Im Innern der Kosmonukleotide stellen Myriaden psionischer Informationsquanten, unter denen in buntem Reigen Informationsketten entstehen, die Gußformen für potentielle Vergangenheiten und Zukünfte dar. Auf diese Weise enthält der Moralische Code sämtliche Aspekte der möglichen Entwicklung des Universums sowohl der Vergangenheit als auch der Zukunft. Nur einer der jeweils möglichen Entwicklungswege wird zur Realität.

Dick vertrat seine Sicht der Realität auch in einigen hervorragenden Reden, etwa »The Android and the Human« (1972) – der berühmten »Vancouver-Rede«, oder dem 1977 in Metz gehaltenen Vortrag »If You Find this World Bad, You Should See some of the Others«. Er geht darin ein auf das Verhältnis zwischen Realität und Illusion, Mensch und Maschine, Schöpfung, Zeit und Entropie.

Er spricht darin von Masken, die für Realität gehalten werden, vom Schleier, der vor der Wirklichkeit liegt. Damit die absolute Wirklichkeit sich enthüllt, müssen die Kategorien unserer Raum-Zeit-Empfindung, die Basismatrix, mit der wir dem Universum begegnen, zusammenbrechen und total einstürzen. Dick redet vom immanenten Geist, der unsere Welt denkt – oder eher träumt. Dicks Leser sind mit dieser alptraumhaften Unsicherheit, dieser Fluktuation der Wirklichkeit, vertraut; manchmal sind Drogen dafür verantwortlich, manchmal Schizophrenie oder Paranoia, und manchmal kosmische Mächte, durch die die vertraute psychische Welt sich nach außen wendet und in Form von Simulacra oder Reproduktionen wieder erscheint. Die kollektiven Gehirnimprints der Menschen bilden ein großes Kommunikations- und Informationsnetzwerk, eine Sphäre, die aus holographischen Projektionen besteht, die sich fortwährend neu gestalten. Die Gesamtheit aller Muster bildet ein immanentes Bewußtsein von solcher Kraft und Weisheit, daß es für uns dem Schöpfer gleichkommt. Dieses göttliche Bewußtsein ist nicht dem Universum übergeordnet, sondern in ihm enthalten; es ist ein kosmisches Gitter- oder Energiefeld. Wenn wir annehmen, daß unser Bewußtsein aus einer Art Energiefeld besteht und daß Felder sich gegenseitig beeinflussen, so ist es kein Problem, die Wechselwirkungen zwischen den Milliarden von Gehirneindrücken zu verstehen, die abgestrahlt werden und sich in das Muster der allumfassenden Sphäre transformieren. All die Veränderungen, all die Permutationen der Wirklichkeit, die wir wahrnehmen, sind Ausdruck des zielbewußten Wachsens und Entfaltens dieser einen Entechelie.

Dicks Helden sind Außenseiter, die sich mit einer bizarren, sich verändernden Wirklichkeit auseinandersetzen müssen. Stets wird die Wirklichkeit so deformiert, daß keine Fixpunkte mehr darin zu erkennen sind. Diese Menschen irren durch ein Labyrinth der Realitätsverzerrungen, und Dick läßt häufig offen, ob es seinen Ausgang aus diesem kosmischen Irrgarten gibt.

Andere SF-Autoren beschäftigten sich ebenfalls mit Realitätsverschiebungen. In Ursula K. LeGuins »The Lathe of Heaven« (1971) versucht ein Psychiater, mit seinen Träumen die äußere Realität zu verändern. In Roger Zelaznys »The Dream Master« (1965) dringt ein Psychotherapeut in die Traumwelt seiner Patienten ein, um darin Veränderungen vorzunehmen. In »Neuromancer« (1984) von William Gibson versetzt der Protagonist sein Bewußtsein in den Cyberspace einer weltumfassenden Computermatrix. In »The Crystal World« (1966) von J. G. Ballard führt die gegenseitige Zerstörung von Materie und Antimaterie zur Aufzehrung des kosmischen Zeitvorrats; als Folge davon verwandelt sich auf der Erde alles organische Leben in kristalline Strukturen von betörender Schönheit.

In der Science Fiction-Literatur lassen sich parallele Welten gleichsetzen mit fremden Universen, Dimensionen und Realitäten. In »Tau Zero« (1970, Universum ohne Ende) von Poul Anderson wird ein Raumschiff bis nahe an die Lichtgeschwindigkeit beschleunigt, so daß die Raumfahrer durch den beschleunigten Zeitablauf den Untergang des Universums erleben und schließlich durch einen folgenden Urknall in ein neuentstandenes Universum gelangen. Edmond Hamilton beschrieb in »Locked World« (1929) eine Parallelwelt, in der sich die Elektronen in entgegengesetzter Richtung bewegen als auf der Erde. In H. G. Wells' »The Plattner Story« (1896) entdeckt der Protagonist eine vierdimensionale Welt, die von den Toten der Erde bewohnt ist, die im Moment ihres Todes in bizarren Körpern dort wiedergeboren werden. Ein Universum mit anderen Naturgesetzen als den unsrigen beschrieb C. A. Smith in »The Dimension of Change« (1932). Im »World of Tiers« – Zyklus (1965–70) von Philip José Farmer erschaffen Halbgötter ihre eigenen Universen und bevölkern sie mit Phantasiegestalten. Roger Zelazny verfaßte von 1971–76 den »Amber«-Zyklus: Amber ist eine Welt, von der unser Universum und andere Paralleluniversen die Schatten sind. Michael Moorcock schuf in diversen Zyklen (u. a. der Elric-Saga) ein Multiversum, das eine Kette von Kontinua, bestehend aus Paralleluniversen, darstellt. Der Energieaustausch zwischen zwei parallelen Universen ist das Thema in Isaac Asimovs »The Gods Themselves« (1972).

Über die Existenz von Parallel- oder Schattenuniversen kann derzeit empirisch nichts ausgesagt werden, sie sind allenfalls Gedankenexperimente in mathematisch-physikalischen Hypothesen. Nach neueren kosmologischen Theorien gab es nicht nur einen Urknall, sondern viele, wobei sich aus einem virtuellen Quantenschaum permanent neue Universen emanieren. Unser Universum wäre demnach nur eins von unendlich vielen – vielleicht gibt es eine Antimateriewelt, ein Spiegelbilduniversum oder einen Kosmos mit einem anderen Zeitablauf.

Es ließen sich somit Welteninseln vorstellen mit gänzlich anderen Kategorien als Raum, Zeit, Energie oder Materie, möglicherweise auch von einer anderen Dimensionalität. Bereits 1884 beschrieb Edwin Abbott in dem Roman »Flatland« die Geschichte eines zweidimensionalen Quadrates, das einen Ausflug in die dritte Dimension unternimmt. Die Übertragung dieses Gedankens auf die vierte Dimension gelang in der Science Fiction bislang nie überzeugend. Der Hyperraum wird als eine chaotische Umgebung geschildert, häufig als eine in allen Farben des Spektrums wabernde Emulsion, in der sich der Mensch mit seinen Sinnen nicht orientieren kann. Begriffe wie Raum und Zeit relativieren sich im Hyperraum: während sich in unserem Universum normalerweise Objekte kontinuierlich von einem Punkt zum anderen bewegen, kann bei einem Transport durch den Hyperraum das Objekt an einer gänzlich anderen Stelle unseres Universums materialisieren. Ähnliches gilt für die Zeit: während in unserem Kontinuum Zeit von der Vergangenheit in die Zukunft verläuft, ist im Hyperraum Zeit eine Ebene, in der temporale Bewegungen in jede Richtung möglich sind, sei es vorwärts, seitwärts oder rückwärts. Vielleicht sind die Naturgesetze und energetisch-materiellen Phänomene unseres Universums nur dreidimensionale Projektionen, die ihren Ursprung in einer höherdimensionalen Wirklichkeit haben. Es scheint so, daß unser Kosmos nur eine zersplitterte Projektion der Großen Realität ist, des Urgrunds allen Seins, von dem übergeordnete Kraftlinien winzigste Teile der Realität in den illusionären Kosmos transferieren, wo sie eine Ahnung des wahren Seins hervorrufen.

Was aber ist »Realität«? Unsere Sicht der Wirklichkeit ist abhängig von unserer Wahrnehmung, der Sprache und dem Denken. Samuel Delanys Roman »Babel-17« (1966) geht von der These aus, daß die Realität durch die Sprache des Betrachters geformt wird. Außerirdische Invasoren benutzen eine linguistische Geheimwaffe, eine Code-Sprache, in der Wörter nicht nur Namen von Dingen sind, sondern auch deren Strukturen an sich widerspiegeln. In »The Overloaded Man« (1961) von J. G. Ballard versucht der Protagonist seine wahrgenommene Welt in rohe Sinnesdaten aufzutrennen.

Tatsächlich herrschte lange Zeit die Vorstellung, daß physikalische Umweltreize (Licht, Schall, Geruch, mechanischer Druck usw.) von den Sinnesorganen aufgenommen, dort in elektrische Impulse transformiert und als neuronale Signale in die tieferen Gehirnregionen weitergeleitet werden. Aus dem Zusammenspiel der transformierten externen Signale mit internen Reizen (Gedächtnis, Emotionen usw.) entsteht ein neuronales Aktivitätsmuster auf elektrophysiologischer und neurochemischer Basis, bei dem Aktionspotentiale und Neurotransmitter eine entscheidende Rolle spielen. Die neuronalen Aktivitätsmuster stellen die materielle Seite eines psychischen Zustandes, des Bewußtseinsinhaltes, dar.

Die Vertreter des Radikalen Konstruktivismus nehmen an, daß Umweltgegebenheiten kognitive Systeme nur im Sinne unspezifischer energetischer Veränderungen anregen und daß die Erlebniswirklichkeit ausschließlich Produkt einer selbstorganisierten Ordnungsbildung bzw. einer selbstbestimmten selbstreferentiellen Bedeutungszuweisung ist. Die Wirklichkeit wird vom Bewußtsein in Modellen, Relationen, Prozessen usw. konstruiert, in verschiedenen Bereichen findet eine aktive Bedeutungskonstruktion statt. Der Biologe Humberto R. Maturana spricht von einem geschlossenen neuronalen Netzwerk, d. h. das Gehirn geht ausschließlich mit seinen eigenen Zuständen um; und kommuniziert zudem in seiner gesellschaftlichen und sozialen Umwelt mit anderen Zuständen.

Durch elektrische Reizung bestimmter Gehirnregionen können Halluzinationen erzeugt werden, theoretisch könnte man einem in seiner Nährlösung befindlichen Gehirn eine Illusionswelt vorgaukeln, die dieses für die Wirklichkeit halten würde. Ähnlich könnte man sich vorstellen, daß ein mit einem Computer vernetzter kindlicher User, der nie mit der Außenwelt in Berührung gekommen ist, den Cyberspace für die Realität halten würde.

Rainer Werner Faßbinder hat diese Thematik in dem Film »Welt am Draht« (nach dem Roman »Simulacron-3« von Daniel Galouye) aufgezeigt: In einem Computer wurden Wesen simuliert, die genauso dachten und fühlten wie Menschen. Schließlich stellte sich heraus, daß auch unsere vermeintlich »reale« Welt und wir Menschen nur Zustände in einer Computersimulation einer übergeordneten Wirklichkeit sind.

Auf andere Weise ging der New Wave-Roman »Report on Propability A« (1968) von Brian W. Aldiss dieses Problem an. Beobachtungsobjekt ist eine Villa, die von einem Beobachter beobachtet wird. Dieser Beobachter wird selbst wieder beobachtet usw. Es entsteht ein Kontinuum sich überlagernder Realitäten, in dem sich der Leser kaum noch zurechtfindet. Die Realität ist subjektiv und zeigt sich jedem Beobachter in anderer Weise. Die ursprünglich Observierten sitzen in der Villa am Bildschirm und beobachten selbst die kreisenden Welten: die Schlange beißt sich in den Schwanz, die Frage nach der wirklich realen Ebene läßt sich nicht beantworten.

In der Quantentheorie wird erst durch den Akt des Beobachtens aus dem virtuellen Zustand einer quantenphysikalischen Schattenwelt ein realer Zustand des physikalischen Universums. Erst der Beobachter läßt aus der möglichen Welt eine wirkliche Welt entstehen. Mathematisch entsteht die Realität durch den Kollaps der Schrödingerschen Wellenfunktion Ψ. Offenbart sich hier vielleicht eines der großen Geheimnisse vierdimensionaler Existenz, die Komplementarität von Geist und Materie, von Seele und Körper?

In profaner Weise gewinnt das Verhältnis von Bewußtsein und Wirklichkeit in der heutigen (realen?) Welt der Freizeitparks, VR- und Computerspielen, computergenerierten Kinofilmen oder Simulationen jedweder Art zunehmende Bedeutung. Die Wirklichkeit bekommt Konkurrenz. Die Kopie ist zuweilen perfekter und abenteuerlicher als das Original. Wo die reale Welt zunehmend gefahrvoller, farbloser und schmutziger wird, gewinnt die virtuelle Simulation immer mehr an Reiz. Mehr und mehr verschwimmen die Grenzen zwischen Realität und Virtualität. Die Welt der Simulacra, der Trugbilder, liquidiert das Reale.

Menschen sind bildbedürftig, ja bildersüchtig, weil sie die Welt nicht anders haben können als im Medium ihrer Projektionen. Es gibt einen permanenten Bedarf nach Bildern, und dieser Bedarf kurbelt die Ikonenmaschinerie an. Zunächst ließ er sich durch die bewegten Bilder des Films in Illusionswelten versetzen, jetzt stehen ihm die künstlichen Welten ausgewachsen gegenüber. Er organisiert seine Umwelt zu begehbaren Kulissen. In Nordamerika entstehen vor den Toren der Cities utopische Zweitstädte: die »Malls«, gigantische Einkaufszentren, die dem Gott des Kommerzes huldigen. Die West Edmonton Mall in Kanada beispielsweise ist das größte Konsumparadies der Welt, ein Paralleluniversum auf einer Fläche von annähernd einer halben Million Quadratmetern. 800 Läden, 11 Kaufhäuser und 110 Restaurants sind unter einem Dach zusammengebracht, garniert mit allerlei Zutaten wie glasüberdachten Innenhöfen, künstlichen Lagunen oder einer Nachbildung der »Santa Maria« des Kolumbus.

In Nordamerika gibt es inzwischen 28 500 Shopping Malls, die Besucher halten sich durchschnittlich drei Stunden darin auf. Auch in Europa und Asien werden die Einkaufsparadiese immer beliebter.

Ähnliches gilt für die Vergnügungsparks: Disneys Welten florieren inzwischen bei Orlando, Los Angeles, Tokio und Paris, kleinere Ausgaben sind »Port Aventura« in Spanien oder der »Europapark« bei Rust im Südwesten Deutschlands. Die Fassaden sind frisch geputzt, die Straßen sauber und glatt betoniert, die Toiletten rein. Egal, ob es sich um Future-, Adventure- oder Fantasy-Welten handelt oder um Darstellungen eines idealen Spaniens, Mexikos oder Chinas, hier wird die Wirklichkeit veredelt nach höheren Idealvorstellungen – vielleicht wirken diese Über-Realitäten deswegen so steril, weil sie von allem Verbotenen geläutert wurden.

Universal City, einige Meilen nordwestlich von Los Angeles gelegen, war ursprünglich ein Filmgelände. Später wurde daraus ein Themenpark, in dem die Besucher mit King Kong, dem Weißen Hai, E.T. oder einem naturgetreu simulierten Erdbeben konfrontiert werden. Das deutsche Pendant dazu befindet sich in den Bavaria-Studios in Geiselgasteig bei München: hier läßt sich das U-Boot aus Wolfgang Petersens Fernsehklassiker ebenso erforschen wie das Raumschiff aus »Enemy Mine« oder die bizarren Gestalten aus der »Unendlichen Geschichte«.

Auch der Urlaub in künstlichen Umgebungen wird immer beliebter. 1950 gründete der Franzose Gérard Blitz, inspiriert vom 1934 in St. Tropez entstandenen Feriendorf »L'Ours blanc«, den ersten »Club Med«, Urzelle aller Hedonisten-Ghettos. 1954 wurde Gilbert Trigano sein Partner. Ihr Unternehmen sollte eine Gewähr versprechen für ein störungsfreies, funktionales Ambiente mit Palmen, Strand und Service, vor allem für Geselligkeit. So erfanden sie den »Gentil Organisateur«, den stets gut aufgelegten Animateur und Kuppler.

Die Verbreitung der Clubwesens in aller Welt bereitete jedoch Schwierigkeiten. Die Standorte sollten sonnensicher sein, am besten mit Dritte-Welt-Flair. Doch sozialistische Länder wie Kuba oder Vietnam kamen nicht in Frage, anderswo plagten Malaria-Mücken, islamische Tugendwächter oder der Anblick des nackten Elends. Nach und nach entstanden Clubs in Polynesien, Brasilien oder Senegal, doch der Service mußte erst aufgebaut werden. Lebensmittel des gehobenen Bedarfs wurden aus der Heimat importiert, die Kosten natürlich auf die Gäste abgewälzt. Entsprechend teuer gerieten solche Flugpauschalreisen.

Die simple Lösung dieser Probleme war das Kuppeldach. Das Wetter wurde ausgesperrt, die Landschaft klimatisiert. Solche Anlagen konnten prinzipiell überall gebaut werden. Südseeträume unter Glas – nur Sonne, Wind und weiten Sonnenstrand mußte sich die Kundschaft ausdenken. In der Bispinger Heide zwischen Hamburg und Hannover entstand der »Center Parc«, eine künstliche Ferienlandschaft mit Felsen, Palmen, Wasserfällen und einem Wellenbad. Die verschlungenen Pfade durch das Dickicht haben Fußbodenheizung, in den »malerischen Grotten« liegen dichtgedrängt Urlauber und verpassen ihren winterbleichen Körpern per Kunstsonne den gewünschten Bräunungsgrad. Am Strand lockt die schilfbedeckte Bar mit Pommes, Wiener Würstchen und kühlem Pils vom Faß. Das ganze Spektakel hat Platz unter einer zwanzig

Meter hohen, achteckigen Glaskuppel, für das subtropische Klima sorgt eine leistungsfähige Heizung. Dreieinhalbtausend Erholungssuchende finden Platz auf diesem 80 Hektar großen Gelände. Direkt an die Schwimmhalle angebaut ist das »Parc Plaza«, eine große Einkaufspassage mit Läden, Restaurants und Bowling-Bahn, daneben lockt die »Sportwelt« mit Badminton, Tennis und Squash.

Eine Nummer größer ist der »Seagaia«-Komplex (sea = Meer, gaia = Erde), eine perfektes Ferienzentrum auf der japanischen Insel Kyushu. 10 000 Besucher gleichzeitig faßt die klimatisierte Anlage, 85 Meter lang ist der Kunststrand, 200 Meter lang das hydraulische Dach. Alle 15 Minuten speit ein künstlicher Vulkan, den Wellengang steuert ein Computer.

Seagaias winterliches Gegenstück ist der »Ssaws Ski Dome« in Chiba nahe Tokio, mit einer 490-Meter-Abfahrt aus Kunstschnee. Klimakatastrophe, Taifune oder Erdbeben können solchen Kunstwelten wenig anhaben, aber vielleicht werden solche Kunstwelten nur noch in der virtuellen Realität existieren. Vielleicht gilt Fortbewegung im 21. Jahrhundert als kauziges Hobby, und die Reiseziele sind digitale Replikationen von naturidentischen Plagiaten. Wem fällt schon auf, daß die Höhle von Lascaux, die dem Besucher offensteht, eine genaue Nachbildung der Originalhöhle ist, die sich einige hundert Meter entfernt befindet?

Können uns Fernseher, Computer und Multimedia-Technik die Wirklichkeit ins Wohnzimmer bringen? Lassen sich die Menschen entführen in Cyberspace und Virtual Reality, wenn das Reality-TV bereits Wirklichkeit geworden ist? Ein Spaziergang durch die Pyramiden von Gizeh, der freie Fall vom Eiger, eine Weltraumodyssee durch unser Sonnensystem – all das wird Wahrheit werden, ohne Gefahr für Leib und Seele und ohne einen Schritt vor die Haustür zu setzen. Und am Abend vielleicht einen Schuß Cyber-Sex mit einem digitalen Partner?

Wir werden das »Fühlkino« haben, von dem Aldous Huxley 1932 nur träumen konnte. Holographische Projektionen werden im Wohnzimmer eine Wunsch-Realität simulieren: Einsame werden sich Gesellschaft holen, Sprachlose miteinander diskutieren, Liebespaare Fürstenhochzeit feiern und Rollstuhlfahrer mit Drachen über Gletscher segeln.

Genau wie die Tele-Arbeit die Menschen von dem Frust in den morgendlichen Verkehrsstaus befreite, wird die Tele-Freizeit die Natur von den Abgasen des Verkehrschaos befreien. Energie und Rohstoffe können eingespart werden, die Städte sind nicht mehr verstopft, Kulturdenkmäler nicht mehr zertrampelt, Seen nicht mehr verjaucht und Badestrände nicht mehr unter Müll und Beton begraben.

In den Themenparks, den künstlichen Paradiesen der Shopping Malls und den digitalen Halluzinationen der Virtual Reality erscheint die Welt so, wie wir sie aus der Werbung kennen: der Grand Canyon in »Port Aventura« sieht aus wie bei Marlboro, die Pyramiden, die das Hotel Luxor in Las Vegas beherbergt, wie bei Camel. Die Aum-Sekte bezog angeblich ihr Weltbild aus japanischen Apokalypse-Comics. Kinder malen Kühe lila aus, und wenn in der »Lindenstraße« eine Wohnung frei wird, treffen Bewerbungen beim Fernsehen ein.

Die Realität ist im Schwinden begriffen, nicht nur durch die Virtualisierung der externen Welt, sondern auch durch die Generierung von künstlichen Welten im elektronischen Universum. Mit der Erzeugung von Simulationen und virtuellen Wirklichkeiten ist der Computer zu einer Realitätsmaschine geworden, die jede Welt erschaffen kann, in der wir leben wollen. Die Grenzen von natürlicher und künstlicher Realität verwischen sich zusehends; neben das energetisch-materielle Reich des physikalischen Universums tritt eine digitale Bitmuster-Matrix eines elektronischen Kosmos. Auf der einen Seite miteinander wechselwirkende Teilchen und Felder, die den mathematischen Regeln der Quantenfeldtheorien gehorchen, auf der anderen Seite Myriaden von Bitketten, die durch ein komplexes Netzwerk von Schaltkreisen flitzen, die den Regeln der mathematischen Logik unterworfen sind.

Der Begriff ›Cyberspace‹ wurde publik durch William Gibsons Roman »Neuromancer« aus dem Jahre 1984. Gibsons Cyberspace ist die literarische Ausgestaltung von Ivan Sutherlands ursprünglichem Konzept des »endgültigen Displays«, das allen Sinnen Informationen so darbieten soll, daß man völlig in sie eintauchen kann. Gibson hatte Sutherlands Idee eines mathematischen Wunderlands hinter den Spiegeln so ausgeweitet, daß das gesamte Universum der Information darin lag: »Graphische Wiedergabe abstrahierter Daten aus den Banken sämtlicher Computer im menschlichen System. Unvorstellbare Komplexität. Lichtzeilen, in den Nicht-Raum des Verstandes gepackt, gruppierte Datenpakete. Wie die fließenden Lichter einer Stadt ...«

Cyberspace hieß das neue Zauberwort, oder: Cyberia, virtueller Raum, das digitale Reich, die Informationssphäre. Marshall McLuhan stellte 1964 fest, daß im elektronischen Zeitalter der Globus zur neuen Welt des globalen Dorfes geworden sei. »In den Jahrhunderten der Mechanisierung hatten wir unseren Körper in den Raum ausgeweitet. Heute, nach mehr als einem Jahrhundert der Technik und der Elektrizität, haben wir sogar das Zentralnervensystem zu einem weltumspannenden Netz ausgeweitet und damit, soweit es unseren Planeten betrifft, Raum und Zeit aufgehoben ...« (Die magischen Kanäle, McLuhan, 1968). Das globale Dorf wurde schließlich durch weltweite Computernetzwerke, Satelliten- und Glasfaserverbindungen realisiert. Genau wie das Rad eine Erweiterung des Fußes ist, das Teleskop eine Erweiterung des Auges, so ist das Kommunikationsnetz eine Erweiterung des Nervensystems. Das Netzwerk gilt als Voraussetzung für den nächsten großen Schritt in der Entwicklung der Kommunikationstechnik.

Das Internet und sonstige Online-Dienste wurden zu Prototypen dieser Entwicklung. Eine Instantkommunikation mit jedem Punkt der Welt wurde möglich.

Das Verschwinden der Grenzen zwischen Realität und Fiktion scheint ein Merkmal der Moderne zu sein. Es gibt keine allgemeingültigen Aussagen mehr, keine universellen Wahrheiten. Alte Kardinalgewißheiten lösen sich im Schmelztiegel der Veränderung auf. Der zentrale Kampf der Moderne war der, in einer Welt, die viele verschiedene, sich ständig verändernde Blickwinkel liefert, allgemeingültige Wahrheiten zu finden. Einstein wies in der Allgemeinen Relativitätstheorie auf die Bedeutung der Bezugssysteme hin – Raum und Zeit existieren nur in Interaktion mit Materie und Energie. Auch die Künstler sahen diese Veränderungen: Maler des Kubismus wie Picasso versuchten, eine Szene aus verschiedenen Blickwinkeln gleichzeitig darzustellen. Malewitsch sah in der Kunstrichtung des Suprematismus eine Art Superrealismus, der die »Erdgebundenheit« des naiven Realismus überwinde, und der Mathematiker Hilbert forderte einen neuen theoretischen Rahmen, der die Mathematik nicht mehr im Treibsand der physischen Realität verankerte, sondern in einem höheren, abstrakten Reich.

Der Moderne ging es um die Entzauberung der substantiellen Wahrheit und die Suche nach abstrakter Wahrheit. Kunst, Physik und Mathematik waren über die triviale Tatsache der physischen Realität hinausgegangen. Realität existierte in der Sprache, der Geschichte, der Kultur, in all den Zufälligkeiten des menschlichen Handelns und Schaffens. Eine universell objektive Realität ist der große, weiterbestehende Mythos des modernen Zeitalters. Doch dieser Mythos ist angesichts der technischen und wirtschaftlichen Veränderungen Ende des 20. Jahrhunderts nicht mehr zu halten.

Jean Baudrillard zufolge ist die Realität ein Simulacrum, eine perfekte Kopie ohne Original. Simulation ist die Erzeugung durch Modelle eines Realen ohne Ursprung oder Realität: eine Hyperrealität.

Die Technik hat es möglich gemacht, die Grundbedürfnisse eines Teils der Bevölkerung mehr als zu befriedigen, so daß die einzige Motivation zum Konsum im Begehren besteht. Die Werbung soll Wünsche erzeugen, was sie nicht durch Anpreisen der Nützlichkeit der Ware tut, sondern indem sie deren Bedeutung manipuliert, Assoziationen weckt, die nichts mehr mit dem Produkt zu tun haben. Begehren wird also eine Frage der Bedeutung, der Manipulation von Zeichen, und Aufgabe der Werbemanager ist es, Bedeutung zu produzieren. Dies gilt nicht nur für die Konsumindustrie, sondern für die ganze Kultur, für Politik, Unterhaltung, Sport, Kultur usw. Das Ergebnis ist die Hyperrealität.

Die Themen- und Freizeitparks sind Beispiele für eine solche Hyperrealität. Disneyland ist eine Simulation des echten Amerika, und in seiner sterilen, perfekten Sauberkeit ist es der verwirklichte totalitäre Staat: keine Klassen, keine Armut, kein verwirrender freier Markt (als Getränke sind nur die Produkte von Coca-Cola zugelassen), ordentliche Schlangen vor den Veranstaltungen, keine Bücher. Hier ist niemand gezwungen, frei zu sein, nur zahlen muß man.

Wir befinden uns mitten in einer künstlichen Realität, umgeben von den Konstruktionen von Kommerz und Kultur. Vielleicht wird eines Tages eine Methode entwickelt, die fiktive Welten als Datenbanken codiert, welche man dann mit dem Computer erkunden kann – etwa über eine sprachliche oder symbolische Schnittstelle (interaktiver Roman) oder über eine geometrische oder ikonische Schnittstelle (virtuelle Realität). Wir sind umgeben von Reproduktionen, Replikaten, Simulationen, Animationen. Im Film werden mit Computerhilfe ausgestorbene Saurier und längst tote Schauspieler zu neuem Leben erweckt, Farbkopierer können Geldnoten täuschend echt imitieren, und mit der CAD-Technik können Konstrukteure dreidimensionale Modelle von Produkten erstellen, die mechanisch gefertigte Prototypen überflüssig machen.

Doch die Entwicklung geht weiter. John von Neumanns ›Universalkonstruktor‹ war eine hypothetische Maschine, mit der er den Begriff der Selbstreproduktion analysieren wollte. Neumann dachte an das Modell eines Roboters, der durch einen See aus Teilen schwamm und daraus eine Kopie seiner selbst zusammenbaute. Der Roboter besaß künstliche Arme, um mit diesen Teilen zu hantieren, Werkzeuge, die sie verschmolzen und zerschnitten, Sensorelemente, um die Teile zu lokalisieren usw.

In den modernsten japanischen Fabriken steht die Realisierung dieser Idee bevor: eine Art ›Universalfabrik‹, eine Maschine, die jedes beliebige Produkt herstellen kann. Die Universalfabrik wäre wie ein dreidimensionaler Computerdrucker, der jedes beliebige physische Objekt nach einem Computerplan herstellen kann. Jedes so erzeugte Produkt wäre ein Simulacrum, eine Kopie mit einem virtuellen Original, eine Computersimulation des Produkts, das in seiner eigenen virtuellen Realität getestet und zum Zusammenbau durch computergesteuerte Roboter in die Fabrikebene übertragen wird. Die Universalfabrik ist über ein Netzwerk mit dem Universalladen verbunden, der die Kunden mit entsprechend benutzerfreundlichen, computergestützten Konstruktionswerkzeugen versorgt; diese erhalten damit Pro-forma-Produkte und passen die ihren individuellen Bedürfnissen und Wünschen an. Diese Information wird an die Fabrik geschickt und dort zur Auslieferung bis vor die eigene Haustür verarbeitet.

Die Universalfabrik ist ein ›Computopischer Traum‹, in dem die Realität zum Abbild eines Informationsmusters wird, statt Atomen zählen nur noch Bits. So hat die moderne Technik zur Vernichtung von Materie geführt, die Realität hat sich zu einem Realitätsspiel verwandelt.

Die Entwicklung schreitet voran. Genauso wie heute die Bio- und Gentechnik zur Manipulation und bewußten Steuerung und damit Veränderung von Organismen und organischen Prozessen geführt hat, wird es mit Hilfe der Nanotechnik möglich sein, molekulare Materie so zu ›programmieren‹, daß sie sich aus der Umgebung Energie und Rohstoffe beschafft, um selbständig höher organisierte Funktionseinheiten zu bauen. Die Idee gipfelt in der Vorstellung, eine Art Technosaat synthetisieren zu können: ein paar Gramm davon in die Natur gestreut, wächst ein Industrieprodukt wie eine Pflanze aus dem Boden, dem sie Materie und dem Sonnenlicht Energie entnimmt. Genau wie heute Daten mit Computern verarbeitet werden, werden wir Materie effizient umgestalten können. Die neue Technik wird nicht nur den elektronischen Stromfluß, sondern den Aufbau der uns umgebenden Materie selbst bestimmen können.

Hier würden nicht nur virtuelle Welten, sondern reale Objekte erzeugt. Genauso wie die Gentechniker Lebewesen in ihrem Sinn manipulieren und dem ›Spiel des Lebens‹ eine neue Vielfalt geben, werden die Nanotechniker die Materie manipulieren und neue Materiekonfigurationen erschaffen können.

Atome und Materie, DNA und Gene, Neuronen und Bewußtsein, Bits und Information – wo eigentlich ist noch Realität und Wahrheit zu finden? Die Unterschiede zwischen echter Welt und Simulation, Original und Kopie, natürlich und künstlich, real und virtuell werden sich verwischen, aber gibt es hinter all dem noch einen festen Grund?

Die Quantenmechanik betrachtet die physikalische Welt als Wellenfunktion, als Wahrscheinlichkeiten, die durch Beobachtung zu einer Wirklichkeit zusammenstürzen. Diese verborgene quantenphysikalische Realität hinter den verwirrenden Oberflächenphänomenen unseres Kosmos können wir nur mit Hilfe von mathematischen Kalkülen erahnen. Dies könnte ein Hinweis darauf sein, daß wir den festen Grund nur in dem formalen, abstrakten Reich der Mathematik finden können. Schließlich ist die Mathematik die Grundlage sowohl für die Informations-Sphäre (Geist) als auch für die Materie-Sphäre (Natur).

Letztlich steckt in allem Information, und nun kann der Traum, Welten aus Informationen zu bauen, endlich wahr werden. »Menschen, Göttern gleich« – H. G. Wells hat sich beim Verfassen seines Romans sicherlich nie träumen lassen, wie allmächtig der Schöpfer Mensch eine Tages mit Hilfe der Technik werden könnte. Aber diese Hybris des modernen Menschen kann auch zu einer neuen Sklaverei führen – der Mensch wird zum Zahnrädchen in der Technosphäre, zum beliebig verkleinerbaren Epsilon im Produktionsprozeß, über den schließlich sich selbst reproduzierende Roboter und Computer bestimmen.

Als in der Perry Rhodan-Serie die Kosmokratin Vishna verkleinerte Menschen auf Miniaturerden verbannte und diese Virochips dann in das Virenimperium integrieren wollte, gestand sie dem Homo sapiens noch eine vornehme Aufgabe zu. Es steht allerdings zu befürchten, daß der Homo sapiens in einer postbiologischen Epoche, die von hyperintelligenten Maschinen regiert wird, nur noch ein museumsreifes organisches Fossil darstellt, das seine Existenzberechtigung verloren hat. Oder ist diese Vorstellung auch nur eine schizoide Ausgeburt unserer Hybris?

Der moderne Prometheus wird künstliches Leben, künstliche Intelligenz und künstliche Welten erschaffen können. Es besteht die Gefahr, daß die von ihm erschaffenen Produkte sich eines Tages gegen ihren Schöpfer wenden werden, ähnlich wie es Frankensteins Monster getan hat. Neugier und Wissen können gefährliche Eigenschaften des Menschen sein, wenn er die Frage noch dem Warum vernachlässigt. Die menschliche Geschichte hat gezeigt, wie leicht sich der Mensch seinen Göttern unterordnet: der Religion, dem Führer, dem Geld. Vielleicht sollte er dem Beispiel des Zarathustra folgen, um wirklich frei zu werden.

SCIENCE

Chips im Kopf

Der »verdrahtete Mensch« ist längst unter uns

von Widmar Puhl

Sammler, aufgepaßt: Es gibt eine neue Gelegenheit für SF-Nostalgie. Die Ära des Cyberpunk ist abgeschlossen. Was William Gibson mit seiner genialen Verschmelzung von Hackerszene, Punk-Subkultur und visionärer Verlängerung aktueller Sozialkritik in die Zukunft schuf, hat sich als prophetisch erwiesen. Der Kultroman »Neuromancer« (1985), der Erzählband »Cyberspae« (1986), der ebenso namensgebend für ein literarisches Genre wie für die Industrie der Virtual Reality (VR)-Simulationen wurde, der Roman »Mona Lisa Overdrive« (1988), der die Welt des Cyberspace mit dem magischen Zauber des Voodoo-Kultes verband: All das mutet heute wie eine Reihe von Reportagen oder Tatsachenberichten an.

Wenn sogar Menschen von erwiesenermaßen lausigem Technik-Verständnis fast täglich im Internet surfen, wenn VR inzwischen zur medizinischen Grundausbildung gehört, weil elektronisch simulierte Fehlschnitte in der Endoskopischen Chirurgie Patienten und Kliniken billiger wegkommen lassen, wenn wir jede Woche von schwarzen Messen (auch amateurhaften) auf irgendwelchen Friedhöfen in der Zeitung lesen – muß man dann noch beweisen, daß wir längst haben, was wagemutige Utopie war, als Gibson darüber schrieb? Bruce Sterling, mit seinem Roman »Schismatrix« 1985 an der Begründung der postmodernen Cyberpunk-Literatur heftig mitbeteiligt, sagte schon vor einem Jahr bei einem Workshop an der Berliner Akademie der Künste: »Für mich als Autor ist der Cyberpunk am Ende. Denn wo alles möglich ist – und das ist es im Cyberpunk –, bleibt kein Raum mehr für die Phantasie«.

Nicht nur im Cyberpunk ist alles möglich. Infrarot-Sehen, Ultraschall-Hören, zehnfach schnellere Nervenreflexe, ein Computergedächtnis und künstlich verstärkte Muskelkraft: Der »Chiphead« oder der »verdrahtete Mensch« war bis vor zehn Jahren ein reines Phantasieprodukt von SF-Autoren; inzwischen laufen aber wirklich schon Menschen mit einem Chip im Kopf herum – und gar nicht so wenige. Bundes-Forschungsminister Jürgen Rüttgers sprach im November 1996 bei der Verleihung von Preisen an Wissenschaftler aus Südwestdeutschland von einem »Boom der Biotechnologie in Deutschland«. Gemeint war ausdrücklich die Kombination von Medizin, Genforschung, Mikrosystemtechnik, Elektronik und Ingenieurwissenschaften. Tatsächlich hat die Medizin längst begonnen, »defekte Menschen« mit elektronischen Bauteilen zu verbessern. Mit Hardware- oder Biotech-Ersatzteilen älter werden können wir vermutlich auch schon: Weltweit basteln Hunderte von Forschergruppen nicht ohne Erfolge an der Entschlüsselung der Altersuhr und der Verlängerung ihrer Laufzeit (Stichworte: Melatonin- und Telomeren-Therapie). Doch davon ein andermal.

Der Weg von der Krücke zum Holzbein war weit; weiter noch war es bis zur Entwicklung einer mechanischen Roboterhand oder gar zu künstlichen Implantaten, also Maschinen, die etwa den Herzschlag durch elektrische Reize stabilisieren oder das lebenswichtige, blutzuckerregelnde Hormon Insulin genau dosiert dem Kreislauf von Diabetikern zuführen. Waren diese ersten Schritte dem Sprung des Menschen auf den Mond oder auf den Mars vergleichbar, so hat die Medizin jetzt das Sonnensystem verlassen und die Reise in die nächste Galaxie angetreten: intelligente Miniatur-Implantate schenken Tauben das Gehör und sollen Blinde wieder sehend machen.

An der Hals-Nasen-Ohren-Klinik der Medizinischen Hochschule Hannover wurden bereits über 1000 »Cochlea-Implantate« eingesetzt; die winzigen Computer lassen Taube hören. Das geht so: Der Chirurg öffnet hinter dem Ohr des Patienten die Schädelhaut, fräst eine Vertiefung von der Größe eines Zweimarkstücks in den Knochen und bohrt ein winziges Loch zum Innenohr hin. Dann öffnet er die Gehörschnecke, im Mediziner-Latein »Cochlea«, und schiebt ein dünnes Kabel, das aus einer kleinen flachen Kapsel voller Elektronik ragt, bis zum Hörnerv. Nun befestigt er die Kapsel in der ausgefrästen Mulde und schließt die Wunde. Das Ganze dauert nur selten mehr als etwa anderthalb Stunden.

Wenn der Patient sich erholt hat, bekommt er ein kleines Kästchen mit einem Sprachprozessor, das er am Gürtel trägt. Das Gerät wandelt die Schallwellen aus einem eingebaute Mikrofon, das die Umgebungsgeräusche aufnimmt, in elektrische Impulse um, die über ein Kabel zu einer Sendespule hinterm Ohr des Patienten laufen. Von da wird die Signalfolge an die kleine Kapsel im Kopf gesendet. Dort sitzt ein Mikro-Computer, der die Stromimpulse über 22 feinste Elektroden in die Gehörschnecke weiterleitet und den Hörnerv reizt. Im Cochlea-Implantat-Zentrum der Kinderheilanstalt Hannover beginnt dann zum Beispiel ein jahrelanges Training für gehörlos geborene Kinder, die abwechselnd mit ihren Eltern für einige Wochen hier von Spezialisten geschult werden und dann zu Hause weiterlernen – Hören und Sprechen. Über die Zuordnung von Bildern und Geräuschfolgen wird erst das systematische Verstehen des Gehörten und dann auch das Sprechen gelernt. Betreuer sind neben den Eltern linguistisch, psychologisch und medizinisch geschulte Therapeuten.

Die zehnjährige Dorothee wurde taub geboren. Sie steht mit ihrem Vater vor einem Modell der Gehörschnecke und bestaunt die Technik, die ihr die Welt öffnet. Dann kommt die Therapeutin, alle setzen sich an einen Tisch und beginnen ein Spiel: Auf dem Tisch liegt ein Bild mit vielen Szenen aus dem täglichen Leben, und reihum zieht jeder ein einzelnes Bildchen aus einem Beutel, hält es verdeckt und beschreibt in Andeutungen, um was es sich handelt. Die anderen müssen raten. Besonders schwierig sind abstrakte Begriffe wie etwa eine Ortsbestimmung, also oben, unten, rechts und links. Aber mit dem Chip im Kopf kann Dorothee im Lauf der Zeit die Behinderung beinahe vollständig überwinden.

Bodo Bertram, der leitende Pädagoge, berichtet aus seinen Erfahrungen: »Das Cochlear Implant kommt für solche Kinder in Frage, die trotz modernster Hörgeräte aufgrund ihres Hörschädigungs-Musters keinerlei Gewinn für die auditive Sprachperzeption haben, das heißt: Sie sind nicht in der Lage, mittels Hörgerät Lautsprache zu verstehen. Und in diesen Fällen ist das Cochlear Implant eine Möglichkeit, diesem Kind den Weg zu öffnen, Lautsprache wahrzunehmen und zu verstehen.« Man muß bedenken, daß auch ein normal hörendes Kind einzwei Jahre braucht, ehe es zu sprechen beginnt. Ein taubgeborenes Kind beginnt mit dem Hören relativ spät und setzt natürlich auch mit der Sprachentwicklung sehr spät ein. Das heißt also, da ist etwas mehr Zeit einzukalkulieren als bei einem normal hörenden Kind.

Jemand, der ertaubt ist, wird sehr verwundert sein, was er mit Hilfe des Chips hört. Die Ärzte beschreiben das, was sie von den Patienten wissen, als »irgendwie verfremdet, wie Computersprache oder so«. Es bedarf einer angemessenen Zeit, bis sich das Gehör angepaßt hat und jemand, der schon einmal gehört hat, diese Geräusche als »normal« beschreibt. Für das taub geborene Kind ist das weniger von Bedeutung. Denn es hat keine Hör-Erfahrung. Bertram: »Es wächst quasi mit diesen künstlichen Hör-Eindrücken auf, und das Gehirn wird sie als normal empfinden. Wir haben sogar taub geborene Kinder, die zum Beispiel einen astreinen Dialekt sprechen, Bayerisch oder Österreichisch.«

Wie arbeitet der Chip im Schädelknochen? Wie schafft er es, daß der Hörnerv, den keine Schallwellen mehr erreichen, seine Signale erkennt? Was hört der Patient mit Hilfe des Implantates – oder sollte man genauer fragen, wie er hört? Prof. Rolf-Dieter Battmer von der Medizinischen Hochschule Hannover, der »Ingenieur« des Implantates, beschreibt die Schwierigkeiten, diesen Vorgang durch Simulationen für Hörende nachvollziehbar zu machen, so: »Es ist eigentlich fast unmöglich, das Hören über ein Cochlear-Implant zu simulieren. Das liegt einfach daran, daß es so komplex ist. Deshalb haben wir eine Annäherung versucht, indem wir verschiedene Tongeneratoren nahmen. Und die haben wir mit verschiedenen Frequenz-Amplituden angesteuert, um das Ganze zusammenzumischen. Das klingt zunächst recht wirr, und sicher entspricht es auch nicht dem, was die Patienten tatsächlich hören. Wenn wir Patienten fragen, die erst relativ kurze Zeit taub sind und die noch eine Erinnerung an das Hören haben, sagen zum Beispiel: ›Ja, es klingt wie eine Computerstimme, aber nicht so eintönig, sondern etwas modulierter‹, also in dieser Richtung. Irgendwie künstlich, aber eben doch als Sprache zu verstehen.«

Der Mini-Computer im Kopf bekommt die benötigte Energie über den Sprachprozessor, in dem eine Batterie steckt. Und diese Energie wird induktiv von Spule zu Spule zum Implant übertragen, drahtlos durch die Haut. Das Implantat selbst enthält also keine Batterie und braucht keine eigene Energiequelle. Erst wenn wir besser verstehen, wie das Gehör beim Gesunden funktioniert, sind solche Ansatzpunkte für technische Hilfen wirklich erkennbar:

Schallwellen treffen auf das empfindliche Trommelfell im Innenohr, das vibriert. Seine Schwingungen werden von winzigen, beweglichen Gehörknöchelchen in der sogenannten Paukenhöhle des Mittelohrs und der Verengung des Gehörgangs verstärkt. Hinter einer Membran, die dem Druckausgleich dient, sitzt schließlich im Innenohr das eigentliche Hörorgan, die Schnecke. In deren Hohlräumen, die aus dünnen Knochen und Häutchen bestehen, stellt das sogenannte Corti-Organ die eigentliche Schallübertragung an den Hörnerv her. Hier befinden sich rund 20 000 Sinneszellen mit feinsten Härchen, die durch eine schwingende Bewegung der Membran, auf der sie sitzen, gereizt werden zu jenem Kitzel im Ohr, den wir Hören nennen.

Taubheit kann sehr verschiedene Ursachen haben. Und einige dieser Ursachen kann das Cochlea-Implantat umgehen, andere nicht. Der Chip im Kopf kann keine Wunder wirken. Aber für jemanden, der sein Gehör schon verloren hatte, scheint es so. Welche Fälle sind hoffnungslos, welche hoffnungsvoll? Der Hals-Nasen-Ohrenarzt Prof. Thomas Lenarz, der erfahrenste Chirurg von Cochlea-Implantaten in Europa, gibt taub geborenen Kindern die besten Chancen, »denn das Cochlea-Implantat führt bei diesen Kindern dazu, daß sie praktisch Sprache normal erlernen können, wenn auch etwas verzögert, aber doch so, daß dies im Prinzip möglich ist. Und damit kann Taubstummheit als Folge dieses Nicht-Hörens im Kindesalter weitgehend vermieden werden.«

Lenarz' Vorgänger Prof. Lehnhardt hat das erste, aus Australien stammende Implantat 1984 an der HNO-Klinik der Medizinischen Hochschule Hannover eingesetzt – zunächst bei erwachsenen Patienten, die früher schon einmal gehört hatten. Im Lauf der Jahre erweiterte sich dann die Zahl der Patienten, aber auch die Auswahl der Empfänger änderte sich. Zunehmend wurde bei Patienten implantiert, die noch ein geringe Rest-Hörvermögen hatten. Die wesentliche Erweiterung ergab sich aber durch den Einsatz bei Kindern, also bei Menschen, die in ihrem Leben noch nie gehört hatten oder aber bei denen das Gehör innerhalb der ersten Lebensjahre durch Krankheit verlorengegangen war. Bei diesen Kindern wurden die erste Implantation 1987 durchgeführt. Bei steigenden Zahlen und positiven Erfahrungen wurde dann auch schnell klar, daß Kinder zu den geeignetsten Kandidaten gehören.

Cochlea-Implantate bedeuten nicht nur einen menschlichen Fortschritt, sondern auch eine gewaltige finanzielle Entlastung des sozialen Netzes. Dennoch mußte der Arzt Lenarz zunächst betteln gehen und viel um Verständnis werben, um die Operationen selbst und dann die Betreuung auf die Beine zu stellen. Als er mit den Operationen anfing, wußte niemand: »Wie lange dauert es denn, bis man bei Kindern überhaupt einen Lernerfolg beweisen kann? Offen war auch die Frage, wie man überhaupt an die Kinder herankommt. Das ist ja abhängig vom Alter. Ein Kind, was 6 Jahre alt ist, das kann man sicherlich anders angehen als ein zweijähriges oder ein einjähriges Kind.« So entstand erst im Lauf der Zeit ein Konzept, das in der Therapie mehr und mehr verfeinert wurde.

Dabei spielte auch die Breite der therapeutischen Angebote nach der Implantation eine große Rolle – es geht ja nicht nur darum, dem Kind das Hören beizubringen, sondern das Hören muß ja mit Bedeutung versehen werden. Und dazu gehört das Einbeziehen des ganzen Körpers: Bewegung, Sehen, Tasten, Riechen. All diese verschiedenen Sinneserlebnisse sind Elemente, die letzten Endes das Hören erst lebendig und bedeutungsvoll machen, und sie alle muß das Kind neu lernen, damit das Hören und schließlich auch das aktive Sprechen seinen Platz in der Wahrnehmung und in einer vollwertigen Kommunikation findet.

Cochlea-Implantate sitzen zwar im Kopf, aber im Schädelknochen unmittelbar an dem Organ, dem sie wieder auf die Sprünge helfen. Direkt ins Gehirn gepflanzt werden aber in Hannover auch schon Stammhirn-Implantate, die geschädigte Hörnerv-Verbindungen am Hirnstamm nach einem Unfall oder bei Tumorschäden wieder herstellen Das Verfahren befindet sich erst in der klinischen Erprobung, und auch die Zahl der Patienten, für die es in Frage kommt, ist kleiner. Grundsätzlich aber setzt der Chip im Gehirn Vorstellungen frei, wie sie z. B. George Alec Effinger mit seinen »Moddys« (Persönlichkeits-Modifizierer) und »Daddys« (Daten-Add-On) zur Erzeugung EDV-induzierter Schizophrenie oder der Aneignung von gespeichertem Wissen und Kenntnissen via Direkt-Input ins Gehirn beschreibt. Der elektronische Nürnberger Trichter ist zwar kein medizinisches Anwendungsziel, doch die Technik dafür gibt es bereits!

Künstliche Sinneswahrnehmung ist da doch greifbarer. Beispiel zwei: In den Instituten für Mikroelektronik und physikalische Elektronik an der Universität Stuttgart, der Augenklinik Tübingen und des naturwissenschaftlich-medizinischen Instituts Reutlingen läuft ein Forschungsprojekt zur Entwicklung mikrotechnischer Netzhaut-Implantate, die Blinde wieder sehend machen sollen. Dabei regen Photodioden die Nervenzellen hinter der Netzhaut dazu an, trotz geschädigter Netzhaut das Gehirn mit Bildern zu versorgen. Koordiniert werden die Spezialisten verschiedener Hochschulen und Fakultäten von dem Biologen Hugo Hämmerle in Reutlingen. Er spannt Dünnschicht-Halbleiterleute, Mikroelektroniker, Mediziner, Biologen, Biophysiker und andere Spezialisten vor den Karren des gemeinsamen Projektes: »Wir wollen ein Produkt, das blinden Menschen hilft, irgendwann wieder sehen zu können.«

Dabei sind handfeste Probleme zu lösen. Zum einen muß das Abwehrsystem oder die Abwehr dieser Zellen vermindert werden, die den Chip abstoßen wollen. Zum anderen muß aber auch der Chip vor der aggressiven Körperflüssigkeit geschützt werden. Die Körperflüssigkeit hat grob gesagt etwa eine Zusammensetzung wie das Meerwasser. Und jeder weiß, daß die meisten Materialien in einer derartigen Flüssigkeit korrodieren. Hämmerle: »Deshalb müssen wir und können nur auf edelste Materialien zurückgreifen wie Gold, Iridium, Titan und Siliziumoxid, das sich an der Oberfläche ähnlich wie Glas verhält.«

Hämmerles Institut, abgekürzt im Fachjargon der Wissenschaft NMI genannt und unter diesem Kürzel eine Größe für die Scientific Community im globalen Dorf zwischen Internet und diversen Fachtagungen, hätte uns früher wie eine Hexenküche angemutet. Hier gibt es tatsächlich Labors, in denen Zellkulturen mit Nervenzellen aus den Augen von Hühnern und Kaninchen, demnächst aber wohl auch denen von Menschen, mit Netzhaut-Chips von der Universität Stuttgart zusammenwachsen. Diese künstlichen Fotodioden oder Fotozellen stimulieren die Sehnerven mit elektrischen Impulsen, die mit denjenigen identisch sein müssen, die unsere Seh-Information koordinieren. Nur tun sie es anstelle abgestorbener lichtempfindlicher Stäbchen und Zäpfchen auf der erkrankten Netzhaut.

Hoffnung für Millionen langsam erblindender Menschen mit erblichen oder altersbedingten Netzhaut-Schäden? Prof. Eberhard Zrenner von der Augenklinik Tübingen II, der wissenschaftliche Leiter des Projekts, gibt sich bescheiden: »Wir sind noch ganz am Anfang. Wir haben den Chip in unserem Konsortium entwickelt, d. h. die Kollegen in Stuttgart. Wir haben ihn getestet, wir haben ihn bei Ratten ins Auge eingepflanzt, auch bei Kaninchen und Schweinen. Wir haben ihn monatelang beobachtet, wir haben elektrische Antworten von diesem Chip vom Auge abgeleitet; also wir wissen, prinzipiell antwortet der im Auge und kann Neuronen reizen. Wir haben die Zellverträglichkeit und die Langzeit-Kompatibilität und Bio-Kompatibilität geprüft. Aber das sind alles Zeiträume von Wochen. Unsere Patienten möchten, und wir möchten das natürlich auch, über Jahre hinweg so sehen können wie die Nutznießer der modernen Linsenchirurgie, bei der man die

Linse auswechselt gegen eine Kunststofflinse, und die hält dann mindestens 15 oder 20 Jahre.«

Geprüft werden noch die immunologischen Reaktionen, die Abstoßungsreaktionen des Körpers auf einen solchen Fremdkörper. Untersucht wird auch, ob unter den verwendeten Materialien nicht vielleicht krebserzeugende Substanzen sind, und das wird sicher noch einige Zeit dauern. Doch der Grund, das Motiv dafür, warum Zrenner und die anderen beteiligten Wissenschaftler sich mit ihrer ganzen Energie auf das Projekt stürzen, ist die Überzeugung, daß es sich technisch und biologisch lohnt, jetzt viele Wissenschaftler-Mannjahre zu investieren, um zu versuchen, einen solchen Ersatz für zugrundegegangene Lichtempfänger im Auge zu finden.

Die Voraussetzungen sind da. Die technischen Bestandteile, das neurobiologische Wissen und die Operationstechniken dafür existieren. Zrenner: »Wir können alle diese einzelnen Dinge machen: Technik im Nanobereich, Prüfung der Lebensfähigkeit von Zellen in der Biologie. Wir können die Chips in die Netzhaut, in diesen subretinalen Raum, hineinpflanzen. Das geht alles. Eigentlich sind wir an der Stelle, wo die Mondfahrt vielleicht vor 20 Jahren war: Das Aluminium war erfunden. Man konnte Raketenantriebe bauen. Man hatte die Funkstrecken, um so etwas auch über weite Entfernungen hinweg leiten zu können. Das heißt, diese Bausteine mußten dann nur noch nach einem zielgerichteten Plan zusammengebaut werden.«

Nachdem er die Bausteine in Händen hält, glaubt Zrenner an eine echte Chance: »Unsere Hoffnung ist, daß wir einen einsatzfähigen Prototypen, vielleicht für eine Einzelperson, in einigen Jahren am Abschluß dieser jetzigen Förderungsperiode haben werden, spätestens bis zum Jahr 2000.«

Die Verbindung zwischen Natur und Technik, Chip und Nerven, sind beim Auge besonders kompliziert. Es gibt keine knöcherne Hörschnecke, an der Kontakte gut zu befestigen sind, und bei Licht ist die Zahl der ankommenden Signale, die verarbeitet werden müssen, um ein Vielfaches höher. Das natürliche Gewebe ist »feiner gestrickt« als die Technik. Kann man Nervengewebe dafür passend züchten? Der kritische

Punkt für Zrenner ist die Frage: Wie kann man – vereinfacht gesagt – den Stecker bzw. einen zuverlässigen Kontakt herstellen zwischen einem elektronischen winzigen Bauteil, das nur 20 My groß ist, und einer Nervenzelle, die vielleicht auch nur 3-5 My oder zehn Mikrometer groß ist?

Dazu müssen zunächst diese beiden – Elektrode des Chips und Zelle in der Netzhaut – ganz nahe aneinander gebracht werden. Dafür sind bestimmte Voraussetzungen in der Operationstechnik zu erfüllen. Gerade im subretinalen Raum, in der mit Flüssigkeit gefüllten Schicht zwischen Glaskörper und Netzhaut, sind diese Voraussetzungen eigentlich sehr gut. Schon die Implantate bei Kaninchen haben zwei Jahre in der Netzhaut gehalten. Doch die Ärzte stellten fest, daß die Netzhaut bei den ersten Chips degeneriert, weil bestimmte Nährstoffe durch den Chip, der dazwischen gelegt ist, nicht mehr an die noch intakten Netzhautteile herankamen. Zrenner: »Also mußten wir den Chip durchlässig machen. Wir prüfen: Mögen die Zellen überhaupt Elektroden? Wandern die da hin oder scheuen die das eher, weil da zum Beispiel Metalle da sind, die das Zellwachstum nicht gerade fördern. Wir »säen« also gezüchtete Netzhautzellen auf den Chip selbst oder auch auf Materialien dieser Chips auf und beobachten, wie die Zellen sich entwickeln, wo und wie häufig sie Fortsätze bilden. Damit prüfen wir die verschiedensten Beschichtungen, die den Übergang zwischen Technik einerseits und Biologie andererseits erleichtern.«

Es mutet an wie ein Wunder, wie im menschlichen Körper Zellen ihr Ziel finden, etwa wie eine Nervenzelle in der Netzhaut bei einem Embryo eine Faser genau in die Sehrinde an der Großhirnrinde schickt. Verantwortlich dafür sind »Zielfindungsmoleküle«, und die sind bei Neurologen und Zellbiologen sehr wohl bekannt. Jetzt gehen sie daran, sie gezielt einzusetzen, um ein technisches Produkt für eine Zelle »attraktiv« zu machen.

Die Entwicklung vom Hörrohr zum Hör-Chip ist ebenso atemberaubend wie die von der Brille zum Netzhaut-Chip. Möglicherweise entstehen bald bio-elektronische Prothesen, die besser sind als das Original. Wird aus Medizin Aufrüstung, die sich nur noch wenige leisten können und die nicht nur zur Heilung eingesetzt wird, sondern um anderen überlegen zu sein? Es gehört nicht besonders viel Phantasie dazu, sich solche Anwendungen in der Wissenschaft vorzustellen, beim Militär oder auch ganz einfach, um Geld zu machen. Könnten wir zum Beispiel, ausgestattet mit einem Gehör-Chip, auch die hohen und tiefen Frequenzen der Fledermaus- und Elefantensprache hören? Prof. Battmer von der Medizinischen Hochschule Hannover meint, theoretisch ja, schränkt aber ein:

»Man muß es ja auch verarbeiten können. Und ich glaube, darin liegt die Schwierigkeit. Wir imitieren sozusagen das Gehör jetzt mit etwa 20 Kanälen, was sonst rund 40–50 000 Nervenfasern oder Haarzellen machen. Wenn wir den Eingang noch erweitern, dann müßten wir also auch den Eingang zu den Nerven hin erweitern, das heißt, wir müßten auch die Zahl der Kanäle ausdehnen, um das wirklich vernünftig verarbeiten zu können.«

Battmers Kollege Lenarz warnt jedoch angesichts knapper Kassen im Sozial- und Gesundheitswesen vor einer Zweiklassen-Medizin: »Wir befürchten das jetzt schon. Es wird sicherlich eine schärfere Fassung der Indikationskriterien geben, und man wird auch formale Kriterien anwenden. Zum Beispiel Altersgrenzen. Oder bestimmte Voraussetzungen müssen erfüllt sein, also eine bestimmte Leistungsfähigkeit des Patienten, und wenn das nicht gegeben ist, dann wird man ihm eventuell das Implantat über den Kassenweg verwehren.«

Bei Tierversuchen in Amerika wurden eingesetzte Netzhaut-Chips im Infrarotbereich getestet, um Einflüsse von natürlichem, für uns sichtbarem Licht auszuschließen. Grundsätzlich ließe sich also auch das Sehvermögen um den Infrarotbereich erweitern. Professor Zrenner in Tübingen findet diesen Gedanken durchaus interessant, da ja das menschliche Auge aus dem Strahlungsspektrum der Sonne nur einen bestimmten Teil rausnimmt, den wir Licht nennen: »In der Tat ist dieser Chip, wenn man ihn nicht mit einem Filter versieht, infrarotempfindlich. Das heißt, es könnte sich ein Patient durchaus an Wärmequellen orientieren. Er kann also auch die Dampfheizung sehen oder andere Wärmequellen. Das läßt sich, wenn's stören würde, leicht beheben, indem man das Infrarotlicht ausfiltert und den Chip genauso empfindlich macht wie die normalen Fotorezeptoren für sichtbares Licht. Das ist technisch lösbar. Aber es könnte auch eine Hilfe sein, im Infrarotbereich solche Strahlung zu sehen, von der wir ja umgeben sind. Auch Menschen strahlen ja Wärme und Infrarotstrahlung aus. Das wäre tatsächlich eine Erweiterung des Spektrums.«

Nur hat die Natur wahrscheinlich mit gutem Grund unsere Lichtempfindlichkeit so gestaltet, daß wir Infrarot nicht sehen, weil das natürlich zum Teil auch sehr verwirrend ist, wenn Wärme, die ja eine andere Qualität der sinnlichen Wahrnehmung bedeutet, mit der Qualität »Sehen« vermischt wird. Nachdenklich macht so etwas dennoch. Die Erfahrung lehrt leider: Ist eine Technik erst einmal da, dann kann sie auch mißbraucht werden – von jedem, der dafür zahlen will. Wenn also der Netzhaut-Chip ein Erfolg wird, könnte man auch Attentätern ein Infrarot-Nachtsichtgerät einbauen und die Polizei aufrüsten? Zrenner hält das für ausgeschlossen, denn was die Natur in Millionen von Jahren entwickelt hat »zu einem wunderbaren Apparat der Fotorezeption, der ganz fein abgestimmt ist auf unsere Umgebungshelligkeit, auf das, was hier auf unserem Planet Erde ist, das können wir nicht in 10 und 20 und 30 Jahren technisch umbauen in die Möglichkeit, dem Menschen ein Nachtsichtgerät ins Auge zu pflanzen.«

Wir haben im Auge 110 Millionen Fotoempfänger. Die sind in einem unglaublich komplexen biologischen Netzwerk zu einem biologischen Computer so verschaltet, daß eine Million Fasern zum Gehirn führen und diese Informationen stark komprimiert (von 100 Millionen auf 1 Million) weiterleiten. Diese Informationsdichte, die wir für eine optimale Sehschärfe brauchen, mit der man wirklich in der Ferne sehen kann, daß sich Blätter an einem Baum bewegen, schafft (noch) kein Chip. Real möglich ist vielleicht der Schemen eines Bildes; das reicht, um sich an einem Fensterkreuz zu orientieren, oder vielleicht auch, um zu sehen, ob eine Gestalt auf mich zukommt, und in der Nähe mag es mit Hilfe des Netzhaut-Chips möglich sein, grob Gesichter und Personen zu erkennen. Zum Lesen werden ganz sicher noch zusätzliche Hilfsmittel wie eine Lupe nötig sein. Zur Zeit ist ein Sehen, wie es die Natur entwickelt hat, mit technischen Mitteln noch nicht zu erreichen.

Chips im Kopf können sicher zunehmend Behinderungen beheben. Wenn ein Implantat, daß die Krankenkasse vielleicht 60 000 Mark kostet, einen Pflegefall verhindert, der Hunderttausende oder Millionen verschlingt, dann ist es auch wirtschaftlich. Zrenner glaubt zwar nicht, daß es jemals für jeden der rund 250 000 Sehbehinderten und 17 000 Blinden, die jedes Jahr neu in die Krankenstatistik kommen, ein Implantat geben kann, hat aber keine Angst, daß es eines Tages heißen könnte: Patienten über 30 bekommen keinen Netzhaut-Chip mehr. Für die Rehabilitation Sehbehinderter allein wird in Deutschland jedes Jahr eine Milliarde Mark ausgegeben: »Da geht's um die Rente, natürlich um Arbeitslosengeld, aber auch Blindenhilfe, da geht's um die zusätzlichen Kosten, die im Haushalt anfallen. Wenn wir jetzt einen kleinen Teil dieser Mittel verwenden, damit vielleicht ein Teil dieser Menschen wieder in den Arbeitsprozeß hineinfindet und nicht mehr pflegebedürftig ist, haben wir unterm Strich auch Kosten für die Gemeinschaft gespart.«

Die Kombination gezielter gemeinsamer Forschung von Medizin, Genetik, Mikrosystemtechnik, Elektronik und Ingenieurwissenschaften wird uns nach dem Hör-Chip bald auch den Netzhaut-Chip bringen, so viel scheint sicher. Um so wichtiger ist es, daß wir auch lernen, als Gesellschaft damit umzugehen. Wenn Utopien wahr werden, dann weil wir alle ein Interesse daran haben. Chips im Kopf sind also weder Teufelszeug noch etwas für verspielte Wissenschaftler, sondern ein Stück medizinischer und technischer Fortschritt.

Hans Henny Jahnn

AUTOREN

Der Zufall ist das Unausweichliche

Hans Henny Jahnn – der verkannte SF-Autor

Eine Ketzerei gegen den mainstream *und seine Kritiker*

von Ernst Petz

»Besseres, Tieferes, Unwiderruflicheres besitzt niemand ...«: Die viel-, oft und intensiv gepriesene Zeiteninversion Jahnns kann nur jemandem viel-, oft und intensiv preisenswert vorkommen, der keine Ahnung hat, wie oft sie als selbstverständliche Zutat tatsächlich verwendet wird: Sogenannten »Germanisten« eben, die bekanntlich für die Literatur ebenso wichtig sind wie die Ornithologie für die Vögel. Literaturpäpsten und -innen (da gibt es sie ja!), die in ihrer Hochkultur-Schachtel vor sich hin gilben.

Mainstream-Kritiker kennen keine Science Fiction, kennen eindeutig zu wenig außerhalb ihrer eng begrenzten Formelwelt, »ihrer« Literatur; müssen stets an den greisen Geist erinnern, der des Gustav Anias Horn Kompositionen rüde zerfleddert – weil er ist wie sie, weil er nichts versteht ... nichts vom Leben, nichts von Innenwelten und nichts von ihrer ... *Stülpbarkeit* ... eben »nichts« (korrigiere: *NICHTS*) von Welten außerhalb ihrer Formen und Formeln.

Der Künstler Horn wie der Künstler Jahnn durfte es sich nicht leisten, an sich zu zweifeln – dazu gebrach es ihnen beiden an Mut: um wieviel frecher von der Außenwelt, solche Zweifel zu äußern, noch dazu, da eingestandermaßen »Unverständnis« und die Unfähigkeit, zu verstehen, diktierten, »den Fluch mühevoller Spekulation« gering zu achten – Jahnn zu sich und Horn:

»Was den Heiligen erlaubt ist, kann wohl einem um die Wahrheit und die Genauigkeit beflissenen Zeichner nicht verwehrt sein ... die Welt durchsichtig zu finden.« – Wie es medizinischem Personal seit Röntgen selbstverständlich, wie es Liebende bei Jahnn mit- und gegeneinander erstreben, »die schweigenden Särge werden hinausgetragen«: hinaus in eine lange verständnislose, verblüffte Öffentlichkeit. Das ist jetzt Jahrzehnte her, und wenn's dann nach Jahrzehnten wissenschaftlicher (selten) und pseudowissenschaftlicher (oft) Sezierung neu aufgelegt wird, ist die Erregung unter *neuen* Germanisten-Generationen wieder ebenso groß und verblüfft wie anno dunnemals. Und ähnlich verblüffend ist die Nachkonstruier-Lust ... als wäre es immer noch etwas neues, geradezu Unerhörtes.

Ich lese »Fluß ohne Ufer« in der Hoffmann & Campe – Komplett-Ausgabe, nach zwanzig Jahren wieder einmal, diesmal aber zunächst einmal als Großwerk, als Jahrhundertwerk »phantastischer« Literatur. Entgegen viel gelehrtem Schrott, dem Jahnn über Harmonie- und Kontrapunkt-Wissen »auch« zuzeiten verfiel, zunächst einmal absichtsvoll mit so interpretativer Näherungsweise wie möglich: Als phantastische Literatur also, mit fast ausschließlicher Verwendung zutiefst realer Elemente.

Die gepriesene Zeiteninversion ist bei der Vielzahl, bei der ungeheuren Vielfalt Jahnnscher Themen und Ideen, viele zu Kleinodien ausgeformt, zu viele angerissen stehengelassen, nicht ganz besondere Leistung sondern wohl einzige Verpackungsmöglichkeit.

Phantastik ist mir hier die intensive Beschäftigung mit dem Tod – aber von welcher Seite sonst hätte er den enormen Detail- und damit Datenreichtum »zweier« Leben, verknüpft auf intensive Weise mit zwanzig, dreißig zusätzlichen Existenzen, sonst aufzwirbeln sollen? Um ein neues Weltgebäude errichten zu können, ist der Aufbau auf den Trümmern, des alten, nicht bewährten naheliegender Kunstgriff – schlag nach bei Dick: Die Ruinen sind logischer erster Schritt einer neuen Evolution.

Ist die Phantastik, ist die Erfindungsgabe von Genies nicht oft genug bequeme Sitzgelegenheit für Ahnungslose?

Jahnn baut eine Welt neuer Werte, neuer Moral – einer möglichen neuen Zukunft ... mit Ingredienzen einer – nicht nur heute – weit zurückliegenden Vergangenheit.

Phantastik ist mir diesmal auch der rote Faden – die »beiden« roten Fäden: eine phantastische Reise in die Innenwelt eines an solcher reichen Menschen, in die Innenwelten »zweier« an solcher reicher Menschen – durch ihr ganzes Leben, durch die Zeitspanne zweier Leben – zweier Parallelwelten.

Aus diesen Innenwelten erfolgt die Beurteilung eingreifender Hinterweltler – und von diesen muß es in konservativster Umgebung – und Jahnn mußte »jede« Umgebung so erscheinen, von der Abenteuerwelt der Matrosen über die Südsee bis zum einödigen Norden Europas – unendlich viele geben (zunächst zumindest scheinbar).

Auch als »vorzüglich« beschriebene Charaktere müssen früher oder später von Bord, noch jede Idealgestalt erweist sich früher oder später als nicht geeicht, nicht geeignet genug: Hauptfiguren wie der gutmütige, großzügige, sonst über die Maßen hohle Pferdehändler, die im Grunde als Vollweib nur halbgültige Gemma, die der Komponist und Gefährte des Mörders seiner ersten Verlobten beinahe geheiratet hätte, der Taucher, ein fast sprachloser, aber doch so unendlich nahe stehender Primitiver – die Randfiguren, Ornamente und eindrucksvoller Zierat des »phantastischen Mosaiks« einer Welt Jahnn'scher Prägung, können nicht mehr sein als die Rechtfertigung dieser Welt – oft ihre Begründung: Periphere Gestalten auch im wirklichen Leben: Die Frau, mit der vor Frömmigkeit in diesem Leben nichts mehr anzufangen, der morphinsüchtige Arzt, gut genug, einen Blutabtausch vorzunehmen zu – wiederum »phantastischer« – Untermauerung der Doppelexistenz, bestehend aus dem lebenden Berichterstatter und der stets präsenten Leiche, eingeschweißt in Kupfer, verborgen in einer möbelhaften Kiste – Sitzgelegenheit für Ahnungslose.

Und ist die Phantastik, die Erfindungsgabe von Genies nicht oft genug bequeme Sitzgelegenheit für Ahnungslose? – Vielleicht eine Büchse der Pandora – »jedenfalls etwas Obszönes«: Jahnn gibt nur halbe Rechenschaft, »wir lügen irgendwo, abgrundtief. Vielleicht gebricht es uns nur an Worten«, soll »Fluß ohne Ufer« so gehandhabt werden, wie »empfohlen« – soll man sich auch diesem Buch wie anderen Büchern »nicht« anvertrauen, denn »die lesbaren enden ohne Versöhnung«, geben nur wieder, was seit Schopenhauer, seit Nietzsche, seit Wieland und seit allen Aufklärern und Beendigern der offiziellen Hinterwelten bekannt: »Es besteht eine verschlossene Welt, stumm und ohne Bilder.«

Dagegen steht Jahnn »auch«: Er hebt die Stummheit, die Verschlossenheit, die Bilderlosigkeit so gründlich auf, wie keiner vor ihm und nur wenige nach ihm – nachdem er eine Tür aufgestoßen in neue Dimension, in neue Sprachmöglichkeiten, neue Ausdrucks- und Transportmöglichkeiten. Wer wagte heute noch an seiner Größe zu zweifeln ... Noch zu Zeiten Arno Schmidts war dies anders. Dieser ebenfalls große, sogar *größere* deutscher Schreiber verzweifelte schier und zu mehreren Gelegenheiten am Unverständnis, das Jahnns Werk (damals) noch immer entgegenbrandete: Einem auch, ja, ja, »auch«-schreibenden Gymnasialprofessor war es zu vorgerückter Stunde Propaganda für exzessives Schwulentum, ein Bewertungskriterium mit sehr engem Ufer ... Bild gewordene Spiegelung ureigenster Urängste.

Da hilft nur, mit *natürlichen* Geistern gegen die gesetzlich geschützten vorzugehen, man müsse (allerdings dabei immer) mit der Verwirrung der Menschen rechnen, rät Jahnn – das gilt für vielerlei Äußerungen, nicht nur in *seinem* Zusammenhang. Unbestreitbar »ist zuviel in die Gehirnzellen hineingestopft worden. Krieg, Gott und Teufel, *all diese technischen Dinge,* Bücher, Zeitungen, Zivilisation, Sorgen ums tägliche Brot, Bank- und Wechselwesen ... Wenn man das eine oder andere nicht beweisen, ja nicht einmal vermuten kann, erspart man sich am klügsten die Überlegungen.«

Diese Erkenntnis, verwandt der, daß man nichts versäumen kann, wovon man nichts weiß; verwandt der Erkenntnis Arno Schmidts, daß die Welt groß genug, daß »alle« darin »unrecht« haben könnten - und als Variation sehr nahe verwandt dem Jahnnschen »man kann alles glauben und alles bezweifeln. Die Welt ist wirklich unendlich.«

Es ist dieser Gedanke, den er unablässig belegt, der meine diesmalige subjektive Lesart immer wieder rechtfertigt, diese Idee in unmittelbarer Nähe dieses genannten Aphorismus - von dem der »Fluß ohne Ufer« gleichsam überschwemmt wird! -, die besonders einleuchtet, - und Jahnn als SF-Autor plausibel macht... wenn sie auch von einem Irrtum eingeleitet wird, der auch nur im »mainstream« passieren konnte: Er »mußte« noch glauben, daß die Zeit der durchstochenen Ohrläppchen für Männer vorbei ist, der Aberglaube, daß ein Ringelchen im Ohr Glück und Gesundheit zu bedeuten imstande. Mittlerweile wird das durch den *Einbruch* der »ratio« wieder heftig geglaubt, und es wird wieder heftig gestochen - »gepierct« -, bald werden Bronzeringe an nackten Gliedern wieder - sicherlich wissenschaftlich bewiesen - Brustkrebs verhindern und Gebärmutterkrebs und Mastdarm-. Modische *Amputationen* kommen sicher auch noch, wie das der große Philosoph und Propagandist der Seichtheit des Universums, Robert Treichler in seinem Standardwerk »Im Anfang war die Sendepause« vorhersieht, aber... »Eine andere Gruppe von Gelehrten bezweifelt es.«

Es sind immer und überall »andere« da ... - wie nicht bei ihm, H. H. J., »das Genie hat in unserer Zeit keine Helfer mehr; es steht ganz allein«, es fehlte an »tätigen Händen«, an Verständnis. Gelehrte würden nur noch über Kadaver disputieren können, nie mehr über Lebendes - auch das eine der großen Untaten des »Kristentums gegen die Schöpfung« (I, Seiten 682/683).

Völlig klar dagegen: Kunst und Kreativität »können« nur heidnisch sein, nie Propaganda, »die kurze Lust am Schaffen«

ist »eine Samenzelle im fliegenden Beischlaf der Geister« – der »Geister der Erde«, »natürlicher« Geister – mit denen die amtlichen Vertreter des ges. gesch. Geisterreiches nicht soviel (Zeigefinger und Daumen pressen sich eng aneinander) am Hut haben – die verdonnern und verteufeln lieber, finden alles »sündig« weil sie nichts verstehen und sind so im Recht, daß es nur wehtun kann dem Denkenden: Recht gegen Schuld – und die Maxime, daß es eben »keine Schuld, der Schwächere zu sein.«

Daß es »Schicksal« – und damit grausam genug.

So gründen sich die Rechtssysteme sog. Demokratischer Gesellschaften auf den Trugschluß, den Irrtum, das »Verbrechen« – auf die Annahme, daß der Schwächere »schuldig«.

Jahnn, hier endlich mit der Ergänzung, dem Zu-, dem so endgültig kommentierenden »zweiten« Satz (I., Seite 778): »Es ist, wie es ist. Und es ist fürchterlich.« – »Das Motto der Welt« – »Und die Blinden danken Gott dafür ...«, fast unerträglich wird daher die Verantwortung für die, die sich losgesagt von der Mitschuld, für die Abtrünnigen im Geiste, für die Minderheit der wirklich »Freien«. Die Verantwortung und Aufgabe zu wissen, zu sprechen, sich zu Wort zu melden – sich aufzulehnen »auch« im Namen der Blinden gegen weitere Verrottung, auch »gegen« den Willen dieser Blinden zum Besten der Welt, zum besten der Menschheit – der »menschlichen« Menschheit. »Die Torheiten, die man aus Überzeugung begeht, sind immer die größten«, postuliert Jahnn, allerdings in Klammer – wohl wissend um die anderen, die unvergleichlich blutigen, die aus Unwissenheit und Bequemlichkeit, aus – eben! – Blindheit oder Tradition begangen wurden und werden. Und gegen die der der Sprache mächtige »Freie« auftreten muß aus eigener Verantwortlichkeit – »nur sich selbst« gegenüber, *also der Welt,* der Verantwortung dieser gegenüber – auch das unzweifelhaft ein Kardinalthema guter, engagierter SF (hier kommt er nun, *der* Satz, *mit* der ersten *Hälfte*):

»Es ist nur schwer, aber nicht unmöglich, so einsam zu sein. So voller Verantwortung – Es ist, wie es ist. Und es ist fürchterlich.«

Jahnn und die Umwelt, erstes praktisches Zwischenspiel

»Ich stand mit schmerzender Stirn vor einem Dasein, das ich mir nicht gewünscht hatte und dessen bescheidene Taten im Ungewissen standen ... und meine Wünsche, meine unsäglichen Träume, verwüsteten meine Gegenwart ... erschöpft, weil ich die Hilfe der Fröhlichkeit nicht habe ...« – und wer, der sich nicht treiben lassen kann, hätte die! Angesichts einer »Vorsehung«, die gerade ein paar typische Begebnisse hervorgebracht hat, die sie zum Schaden des Menschen beliebig durchvariiert.

»Keine« neuen Unglücksfälle, »keine« neuen Strafen, keine neuen Verbrechen ... bloß eine Wiederholung des Immergleichen als immergleiche Spiegel für die Ohnmacht des Individuums – und für die Einsamkeit der wenigen, die sich auflehnen ... und dafür »nicht« verehrt und belobt werden, sondern verflucht und verfolgt.

Jahnn urteilt, Jahn »ver«urteilt – man irrt gewiß nicht, wenn man in Bachs Musik zu oft die Schwere lästert, die »ungebildete und muffige Gottbetrachtung«, – aber »es gefällt draußen in der Welt« ebenso gewiß »nicht«, trotz Beteuerung:

»Ich habe mich sehr gewissenhaft geprüft. Mein Urteil wird das der Welt nicht antasten ...« – gerade, wer gegen die etablierten Kräfte Argumente hat, recht hat, macht sich in ungeahntem Grade ... »verzichtbar«, wer sich gegen heilige Kühe vergeht – erst recht.

Der praktische Einbruch der Außenwelt scheint mir die Verzichtbarkeit dieser Welt, die anerkennt und gegen die vorzugehen intellektuelle Pflicht, scheint mir den Kampf des Fluchtwelten-Entwerfers zu rechtfertigen: Ich lese Jahnn beim Schein einer Gaslaterne am Zeltplatz, suche um Seite 864 des ersten Bandes ein Zitat, »in der Nacht hatte sich eine seltsame Schwüle vorbereitet, als ich am Morgen erwachte, wälzte sich von Westen und Norden eine grollende Finsternis heran ...«

»Katharina! Katharina!«

Eine Million Mal hatte ich in den letzten beiden Tagen

gehört, wie die Nachbarn am Campingplatz ihr Tochter riefen, den Namen hinausbrüllten, auf daß sich »niemand« am Zeltplatz, nicht während dieses Sommers, erholen könnte ... zumindest nicht, ohne den Namen »Katharina« unauslöschlich ins Gedächtnis gemeißelt zu bekommen.

An Weiterlesen ist zunächst nicht zu denken, mit brüllendem Gelächter werden auch die Saufbolde vom Vorabend einvernommen – es mußte ungeheuer lustig sein, so loszulärmen mitten in der Nacht, vielleicht doch auch eine Art Zeitinversion ... zumindest schwer gestört im Ablauf. Und das jetzt bis zum Morgengrauen.

Das kommt, der nächste Tag kommt auch, Zeit wieder für Erkenntnisse, für Überwindung dessen, was überwunden werden muß: Widrige Umstände.

Vom »Elend der Wahrhaftigen«,
die werden stückweise verzehrt ...
Jahnn *kann* nur SF-Autor sein ...

Literatur als Lebenshilfe: Die europäische Musik ist uns – wie lange, zu lange, zu viele äußerst düstere Jahrhunderte lang – in »jeder« Äußerung nicht-praktischer Darstellung, auch wenn sie »aus eben dem Grunde« nur Werbung war, knallige Reklame – in/zu weihrauchgeschwängerten Örtchen entstanden. Der Geruch ist ihr geblieben – wie die aus Liebe zur Schönheit geschaffenen heidnischen Tempel durch furchteinflößende Zweckbauten ersetzt werden mußten: Nicht nur in der Architektur – auch in den Gebäuden der Gedanken.

Was nicht zu Gesicht stand – wurde ausgemerzt, wurde gerodet, geschleift ... Heilige der letzten Tage oder sonst ein Vertreter der Allgemeinneurosen fanden sich immer mit ihren Urteilen über die sündige Welt, der bei Jahnn »schrie und tobte wie Gott im Himmel, und die Textstellen des heiligen Rätselbuches zergingen zwischen seinen Lippen wie Brei. Er« – *sie alle!* – »wußte alles unwiderruflich genau, bestimmt, vom Geist eingegeben. Da gab es keinen Zweifel, kein Erbarmen, die Schlünde der Hölle wurden mitleidlos geöffnet und die

Zuhörer, auf Mistgabeln gespießt, hineingeworfen ...« Zitat Ende ... Nein, doch nicht: bezeichnend für die freiwillig Blinden aller Sekten der Welt: »Danach sang man wieder« – »um den Alpdruck ein wenig zu lüften«? – Nein: »Als wäre nichts geschehen.«

Und es »ist« ja auch nichts geschehen, nichts, das man nicht gewohnt wäre ... es ist aber zu wenig, sich nur kopfschüttelnd umzudrehen und die armen Narren gewähren zu lassen mit ihren angeblichen »Abwehrveranstaltungen gegen die Finsternis« (I., Seite 751), in denen sie nur verzweifelt bemüht sind, das bißchen Licht, das sie mit krankhaft mißtrauischen Nasen zu wittern vermeinen, so rasch und gründlich auszulöschen, auszutrampeln; dabei ist es zumindest eher vorstellbar, »daß Gott niemals ein Wort gebraucht hat, daß man ihn auch nicht mit Worten erreichen kann, daß das Wort geradezu alle Verbindungen zu ihm abschneidet ...«

Was wäre es anders, gesetzt, die Hypothese bleibe des Gedankens wegen einen Augenblick aufrecht, für ein Gott, der sich »überreden« ließe und es nötig hätte, mit »Argumenten« zu überzeugen. Sie merken aber gar nicht, wie schwach sie ihren Gott machen, indem sie so kümmerlich versuchen, für ihn die Werbetrommel zu rühren ... Jahnn *kann* nur SF-Autor sein!: »Ich konnte nur das Böse in diesen eifernden Menschen sehen, die sich mit dunklen Bibelstellen gegen den Tod verteidigten und mit Schadenfreude das Sterben der Ungläubigen anzeigten ...«; ein fragwürdiger Trost, den Horn für sich bereit hat – und den er bei John Brunner geerbt haben könnte, aber woher sollte das, etwa, ein M. R.-R. o. ä. wissen: daß er selbst zum Kadaver werden würde ... ein fragwürdiger Ausweg, eine fragwürdige Flucht – Jahnn selber fremd, schon weil er sich zu sehr über die Dummheit und Borniertheit ärgert.

Zorn ist allemal eine gebührende Triebfeder, schlag *wieder* nach bei Brunner, zumal gegen die Selbstgerechten, die sich aus – zugegeben geschickt konstruierten – unüberprüfbaren Gründen als auserwählt und abgehoben dünken, sich selbstverständlich »über die Weisen des Altertums (stellen), über Konfutse ... über die Wissenschaft und über die Weltgeschichte ... mit dem Körper und Geist Gottes ausgestattet, kraft des Glaubens und der Gnade ... – Der Mensch kann alles vernichten«, und findet in himmlischem Firlefanz Rechtfertigung & Begründung, »denn der Mensch ist ein Mensch« – solange sie Sieger, ist ihrer auch das Recht, auch das Recht der Verfolgung, »und wessen sie fähig sind, die Kundschaft davon hat nicht einmal die Geschichte unterdrücken können. Sie sind zu allem fähig.«

Bei Brunner tragen sie die Riesenkreuze, weil man die so bequem umdrehen und als Keulen benutzen kann, die Welt ist klein.

Im Gegensatz dazu »das Elend der Wahrhaftigen«, die werden stückweise verzehrt, »so daß der Tod sich womöglich nur ein Bündel Müdigkeit aufladet« – Schopenhauer im Vergleich ein hoffnungsfroher Weltbejaher ... das letzte der Kategorie: Einer, der die »landläufige Frömmigkeit verehrt, ›weil‹ sie das dichteste Tuch ist, das über das tierische Treiben gedeckt wurde ...« Hans Henny Jahnn bringt die Beobachtung im Zusammenhang mit der Anfälligkeit des Weibes für derlei Umtriebe – solche »und« solche –, und bemerkt, daß Liebe den Mann so weit bringen könne ... die massive Dichtheit des Tuches gilt aber auch in anderen Bereichen – in »allen«, derer die Menschheit für ihr Fortkommen je bedurfte, »jeder« Fortschritt mußte sich erst unter diesem erstickenden Isoliermaterial hervorquälen, wurde gewissermaßen unter Schmerzen geboren.

Kriegsführung mit der Außenwelt als Folgen übertriebener Fruchtbarkeit: Sidestep ad »Gebären«:

Egil, zum Erwachsenen durchvegetiert mit viel Glück und unter irren Entbehrungen, wegen der »Eheeinrichtung« einer überaus gebärfreudigen Frau, hielt nicht viel von Mädchen, mußte immerzu an deren Fruchtbarkeit denken, die »den fetten Boden und die Pferdehufe gefressen ... die sein Dasein im Elternhaus so dürftig gemacht«; Jahnn spricht gelassen aus, was kontraproduktiv der gängigen Phrase der sogenannten Emanzipationsbewegung derer, die ihrer bedürfen – des in diesem Falle tatsächlich »schwachen« Geschlechts.

Er nimmt den Wind aus den Segeln der Slogan-Vertreterinnen vom Goldenen Kalb überstandener Klischees: »Auch die dümmsten und boshaftesten Weiber sind befähigt, einer Reihe von Kindern das Dasein zu geben«, desto trauriger, daß Männer sich so abhängig machten von den Gleitflächen dieser Wurflefzen (Jahnn), »alle,« sogar Jahnns heißgeliebte Tiere, »werden blind vor Brunst«, (Fische »dummkollerig«), die Natur setzt ihren Willen durch, dagegen muß der des Mannes ein »lächerliches Wort« bleiben.

Gegenworte, Gegenargumente fallen auf den gleichen unfruchtbaren Boden wie jene gegen das »dicke Tuch«: weil ihnen »die gewaltige Reklame der unablässigen Wiederholung« fehlt, das Genie steht wieder einmal allein, »die mehr privaten Auslegungen des Geistes sind unzulänglicher«, es sind ja auch »die schlechten Bücher, die alles verschweigen ... dauerhafter als alle Bemühungen des Geistes«.

Wer will schon zu den Betrogenen zählen – und betrogen »muß« werden, so lange die Hälfte der Menschheit stolz auf etwas ist, worauf stolz zu sein kein Grund existiert, weil es keines Talentes, keiner Gabe, keines Fleißes bedarf, solange jede Vertreterin dieser einen Hälfte »eitel auf die Bestimmung pocht, die Milliarden von Frauen ›auch‹ zugeteilt ist und mit ihnen ›allen‹ weiblichen Tieren.«

Im Gegensatz zum Manne sei der Frau die Liebe ein Ding, ein Gegenstand, dessen sie sich nach Bedarf bedienen (weshalb sie auch »Freundschaft« nicht kennen), aus unvernünftiger *(der Vernunft barer)* Liebe erwachsen zu leicht Jammer, dann Haß, aus schrankenloser Liebe werden böse, hinterhältige Triebe, aus lauter wird hämisch, nach reiner Festlichkeit folgt rachsüchtiges Vergiften der gemeinsamen Atemluft.

Das Schlimme: »Der Betrug überfällt auch den Edelmütigen. Wer an die Liebe glaubt, liefert sich blindlings aus ...«, wie der, der an Wahrheit und Gerechtigkeit glaubt. Aber wie die Liebe den Frauen sind Gut und Böse den Machthabern der Rechtsprechung, auch in »Glaubensdingen« bloß »handhabbare Gewichte, um damit die Taten der Welt zu wiegen«, auswechselbar wie Regime und wie alle Tyrannen, den Zeitläufen und sogar Modeströmungen unterworfen:

Jahnn und die Umwelt, über den Rand der Weltscheibe gestoßen ...

Wer das »Verbrechen« begeht, »seine Gedanken nirgendwo anzuhalten«, muß früher oder später über den Rand dieser engen Weltscheibe fallen ... »Katharina! Katharina! Essen!!« Schon wieder. Über den Rand der Weltscheibe »gestoßen« werden ... »Essen«, na ja, auch recht.

»Ich erhob mich indessen, um mir einige Bissen Brot und kalten Aufschnitt in den Mund zu stopfen ...«

Die Schachtel mit den Lebensmitteln steht am Boden, die Nahrung ist von Ameisen bedeckt. Sie tun aber nichts, wer am Zeltplatz ausharren will, und sei es nur ein paar Tage um Pfingsten, ein Ausnützen der Feiertage, Urlaubsparen, muß mit Ameisen zu leben lernen – Tiere wie wir, Tiere wie alle Menschen – Hans Henny Jahnn färbt ab, der Fluß ohne Ufer »muß« während dieser paar Tagen fertig ...

»Katharina, komm' her!«

... gelesen ...

»Ta – ta – ta ...«, antwortet es, dicht bei, das muß »Katharina« sein.

... werden; zu lange schon zieht sich das Jahrhundertwerk, zu oft mußte die Lektüre unterbrochen werden.

Die Geschichte hat oft genug bewiesen, daß das Recht des Stärkeren nichts mit der Wahrheit zu tun haben muß.

Der Schulmeister Magnusson ... die Parallele zum akustischen Daneben drängt sich auf: den simplen Dorfbewohnern, den Kleinstadtkindern zumal, erscheint er allwissend – kennt alle Berge, alle Flüsse und Länder und Städte der Welt – aber zu Hause martert ihn ein zänkisches, übelwollendes Weib bis ans Blut. Muß selber sein Bett richten, er habe ja auch darin geschlafen, muß für das Holz sorgen, dann für das Feuer, muß Wasser tragen und »wie ein echter Weiser erntet er (dafür nur) Spott.«

»Ist der Wurf der Würfel, der sein Dasein bedeutete, von einem Falschspieler gemacht worden?«

Fast (?) jetzt schon eine höchst überflüssige, nur mit lautem »Ja« beantwortbare Frage – die Geschichte hat es hinlänglich bewiesen ... hat aber auch oft genug bewiesen, daß das Recht des Stärkeren nichts mit der Wahrheit zu tun haben muß; und »doch« gebärdet es sich immer noch so, ausschließlich so: Der Sieger, der Mächtige hat recht, hat immer recht, auch gegen Jahrtausende drückender Beweislast.

Dagegen anzukämpfen ist die Aufgabe von »Geistern«, echten Geistern – bis die Seelen triefen vor Nässe, »vom Schweiß der Gedanken«. Sich diesen neuen Welten, zunächst in der Phantasie, zu stellen, ist Aufgabe von Utopisten, ist hervorragende Aufgabe fortschrittlich machender Literatur, also von, zum Beispiel, Science Fiction. Und von Hanns Henny Jahnn, q.e.d.

Es ist über so viel gesprochen worden – über mehr noch geschwiegen.

Bei Hans Henny Jahnn schweigt nur der Sarg – und der »macht« reden, treibt die Gedankenfluten vor sich her.

Jahn und die Umwelt, der Bosheit nicht gewachsen

Würde die Gedankenfluten vor sich her treiben, müßte da nicht ein Kind aus der Außenwelt Radfahren lernen: Der Sattel »so« eines Rades aber muß »so« eingestellt werden, als wäre man dabei, das habe denselben Effekt wie das – offenbar bisher – versuchte, Einstellen der Pedale, mache weniger Mühe und könne auch leichter verändert werden, wenn es einmal anders gewünscht ... »Katharina!« Er (der eine) mache es immer »so« und sei damit immer gut gefahren – ein Doppelsinn, »Omannomann«, die reden und reden und stören und stören ... wie soll man sich mit der Nachfolgegeschichte, den über alle Maßen tragischen Ereignissen, die sich aus dem über alle Maßen tragischen und »mysteriösem« Untergang dieses Seglers, der »Lais«, ergeben hat/ergeben haben, sinnvoll und sinnbringend beschäftigen, wenn mißratenen Kleinkindern nachgebrüllt wird, wenn die Ohren gefüllt werden mit Erklärungen, wie so ein vermaledeiter Drahtesel funktionstüchtig gemacht wird?

»So« müsse man es nämlich machen – und eine Frauenstimme mischt sich auch durchs dünne Zeltgewebe: »Sie« habe das ja immer schon gewußt, »ihr« aber glaube »er« es nicht – nicht vorstellbar, man müßte das auch sehen, es gibt Tage, an denen nicht nur Magnusson nur noch fassungslos zu weinen imstande, »weil er der Bosheit nicht gewachsen war und von der Taktik dieser Bosheit, von der Kriegsführung mit Tarnung, Wolfsgruben und Rückhalten nichts verstand.«

Was die Außenwelt nicht bietet, erlebt der Doppelheld von innen

Der Sarg des toten Freundes, des Mörders der Verlobten, des Gefährten durch ein ganzes Leben – des alter ego, der treibenden Kraft, des Getriebenen von einem unerbittlichen Schicksal. Ob die Lais, dieser seltsamste Segler auf den Weltmeeren, bei ihrer Jungfernfahrt gesunken ist, weil sie gefährliche, zur (nichtöffentlichen) Ausrottung eines Negerstamms bestimmte Giftfracht in sargähnlichen Kisten verpackt führte, kann unbeantwortet bleiben – sogar ob dies Tatsache oder Fiebertraum, ist unerheblich.

Richtig und wichtig ist, daß das Schiff unterging, richtig und wichtig auszusprechen ist, daß ganze Völker ausgerottet werden durften, weil die Bilanzen, die Kassen stimmen mußten.

Richtig ist, wie Hans Henny Jahnn Menschen beobachtete und beschrieb, wie ihm keine Nuance menschlicher Schwäche – auch menschlicher Direktheit – entging: Das ist wichtiger als Harmonienlehre und Zeiteninversionsverschiebungen diversester Grade – das ist Genie und tiefer Humanismus ... an beidem mangelt es der (nicht nur literarischen) Welt.

Jahnn steht daher nicht umsonst immer als einer der ersten auf den Listen derer, die zeitlose Größen als diejenigen anführen, die den Nobelpreis für Literatur »nicht« bekommen haben ... ein Sprachvirtuose und begnadeter Interpret von Begriffen, ein Erneuerer zu seiner Zeit verstaubtester Prosaformen, ein Wortweltenbauer wie James Joyce, ein notorischer Gegner wie Arno Schmidt ... mit dem Ideenreichtum einer ganzen Reihe von Autoren aus herkömmlichen ersten Reihen:

Was er für »Das Holzschiff« nicht brauchte, da dominieren Menschen und ihre Hintergründe, dominieren Innenwelten, das überwuchert dafür desto üppiger die »Niederschrift ...«: Kein Thema ist ausgespart, kein Problem unangetastet – höchst *mainstream*-untypisch.

Jahnn bleibt in diesem Jahrhundertwerk keine Antwort schuldig – was die karge Außenwelt nicht anbietet, erlebt der Doppelheld von Innen, aus dem regen Geist; was die Bibel, mittlerweise, altertümlich verquert in karikaturhaftes Gegenteil, durch die Jahrhunderte zu sein vorgab und immer noch vorzustellen versucht, was »Zettels Traum« pointiert und boshaft auf seine Weise tatsächlich »ist«, was Brunner in »Morgenwelt« in Aussicht stellte, schuf Hans Henny Jahnn in seinem »Fluß ohne Ufer«, ein Buch der Bücher, eine Welt, in die zu fliehen lohnt – Literatur bietet sich an als Lebensbewältigung, als Antwortgeber für alle Fragen, als Tröster, Helfer und – Kritiker.

»Fluß ohne Ufer« ist wie alle großen Bücher allerdings auch ein Maßstab – den anzulegen überlegt sein will.

Wer es wagt – kann nur gewinnen. Wer es nicht auf sich nehmen will, wird nie erfahren, was er versäumt ... versäumt also nichts. Verliert aber – ohne es je zu wissen, vergleichbar der Befreiung von der tyrannischen Fessel, die sich die Menschheit je ausgedacht: wer den Absprung nie schafft, nie frei wird – weiß nicht, was er versäumt, versäumt also für sich persönlich gar nichts ... wohl aber für Menschlichkeit und Wohnlichkeit in dieser Welt, wohl aber für die Entfaltung von »Geist«. Aber ... Wie heißt es doch so schön?: Die Welt ist groß genug, daß wir alle in ihr unrecht haben können ...

»Unrecht« (und damit zurück zum »Holzschiff«): Geschah es dem Kapitän, weil er im Ungewissen blieb? geschah es dem Supercargo, weil er undurchsichtig die Macht verkörperte hinter einem Auftrag, den keiner kannte? geschah es Gustav Anias Horn, als er zu sehr vertraute, seiner Verlobten, sich selbst, seinen Träumen und Einbildungen?

»In der Nacht hatte sich eine seltsame Schwüle vorbereitet, als ich am Morgen erwachte, wälzte sich von Westen und Norden eine grollende Finsternis heran ...«

»Katharina! Katharina!«

Eine Million Mal hatte ich in den letzten beiden Tagen gehört, wie die Nachbarn am Campingplatz nach ihr Tochter riefen ...

Das Wetter wäre zwar ein Vorwand, liegenzubleiben, allein - wozu. An Lesen, *Lernen* ist nicht mehr zu denken, an die Möglichkeit der Konzentration auch nicht ... und überdies ist die Blase voll, das Bedürfnis, die Zähne zu putzen und sich zu duschen geradezu übermächtig, Jahnn hin, Jahrhundertwerk her. *Zelten* zwingt zuweilen zu absurder Reinlichkeitsphobie, *Campieren* wirkt auf manche Menschen eben auch so ... die Welt ist, wie sie ist. Und Hans Katharina Jahnn eindeutig Science Fiction-Autor.

INTERVIEW

Ein Gespräch mit Doris Lessing

von Usch Kiausch

Am 10. Mai 1997 ging in Heidelberg die Welturaufführung der (in der Kritik recht kontrovers aufgenommenen) Philip Glass-Oper »Die Ehen zwischen den Zonen Drei, Vier und Fünf« über die Bühne – eine Vertonung des gleichnamigen Romans von Doris Lessing aus dem Zyklus »Canopus im Argos«. Doris Lessing selbst schrieb das Libretto. Es war ihre zweite Zusammenarbeit mit Philip Glass. 1988 wurde die Glass-Oper »Die Entstehung des Repräsentanten von Planet 8«, ebenfalls aus dem »Canopus«-Zyklus, in Houston/USA uraufgeführt. Über die Zusammenarbeit mit Glass, neue literarische Projekte und ihre Beziehungen zur Phantastik sprach Usch Kiausch mit Doris Lessing. Das Interview fand nach der Generalprobe zu »Die Ehe zwischen den Zonen Drei, Vier und Fünf« im Theater der Stadt Heidelberg statt.

F: Wann und wie haben Sie Philip Glass kennengelernt? Wie kam der Kontakt zwischen Ihnen zustande?
A: Er schrieb mir – das ist lange her, es muß 1983 gewesen sein –, er habe den Zyklus »Canopus im Argos« gelesen, die Romane hätten ihm sehr gefallen. Ob ich Lust habe, mit ihm zusammen an einer Oper zu arbeiten? Aus einem der Romane eine Oper zu machen? Bis dahin hatte ich seine Musik noch nie gehört, also schickte er mir eine Kassette mit Kompositionen. Anfangs war das ein ziemlicher Schock für mich, man muß natürlich erst lernen, bei seiner Musik auf ganz andere Weise hinzuhören. Aber ich habe mich hineingehört, mich daran gewöhnt, nach einer Weile gefiel sie mir sehr.

Doris Lessing

Also antwortete ich ihm: Ja, das machen wir. Als er nach London kam, diskutierten wir darüber, welchen der fünf Romane wir nehmen sollten. Wir einigten uns auf »Die Entstehung des Repräsentanten von Planet 8«.

Wir sind beide fasziniert von Schnee, Eis, von der Arktis und Antarktis. Er brachte großartige Fotos mit, als ich ihm erzählte, ich sei daran interessiert. Wir lagen damit also gleich auf einer Wellenlänge. Das war ein guter Anfang, wir hatten ein gemeinsames Interesse.

Unsere Zusammenarbeit entwickelte sich ganz locker. Zwei- oder dreimal kam Philip Glass nach London, ich flog nach New York, er rief mich häufig von Flughäfen aus an (lacht) – das ist so typisch: Da ruft er von Frankfurt aus an und sagt: Ich habe hier anderthalb Stunden Aufenthalt, wir können ein paar Dinge erledigen –, oder ich fuhr nach Heathrow, wo wir einen ganzen Tag lang im Terminal 3 arbeiteten. Er war gerade auf der Durchreise, ich weiß nicht mehr, wohin. So entstand das alles.

Natürlich habe ich das Wichtigste vergessen zu erwähnen. Der Roman »Die Entstehung des Repräsentanten ...« mußte in wesentlichen Teilen gekürzt werden. Selbstverständlich kann man nicht einen ganzen Roman auf die Bühne bringen. Das Wichtigste bei der Umarbeitung in ein Libretto ist die Straffung.

Zwischen Philips erstem Brief und der Bühneninszenierung von »Die Entstehung des Repräsentanten ...« lagen vier Jahre, das ist eine lange Zeit. Aber diesmal hat es noch viel länger gedauert: zehn Jahre, bis wir »Die Ehe zwischen den Zonen Drei, Vier und Fünf« auf die Bühne bringen konnten. Zum Teil liegt das daran, daß das Geld jetzt knapper geworden ist als in den frühen achtziger Jahren. Aufgrund der Rezession haben auch die Opernhäuser längst nicht mehr so großen finanziellen Spielraum. Philip hat in den letzten Jahren viele kleinere Sachen für kleinere Orchester und Ensembles geschrieben.

Die Uraufführung der Oper »Die Entstehung des Repräsentanten ...« fand seinerzeit also in Houston statt. Houston ist, wie Sie sicher wissen, bekannt für mutige Neu- und Erstinszenierungen von Opern. Danach wurde die Oper in London,

Amsterdam und im April 1989 in Kiel aufgeführt. In Kiel war damals Volkmar Clauss Intendant, jetzt leitet er das Heidelberger Stadttheater. Für mich war es sehr schön, daß ich hierherkommen und wieder mit Clauss zusammenarbeiten konnte.

F: Clauss hat, glaube ich, auch für die Finanzierung des neuen Projekts, für die Unterstützung durch das Land Baden-Württemberg gesorgt, oder?

A: Über die Finanzierung bin ich nicht so genau informiert. Aber seit Houston weiß ich, wie unendlich teuer solche Produktionen sind. In den letzten Wochen müssen hier in Heidelberg fast zweihundert Leute an der Arbeit gewesen sein. Wenn man bedenkt, wieviel das kostet, ist das ganz unglaublich. Das Orchester, der Chor, die Bühnenbildner – von den Solisten ganz zu schweigen. Ein wirklich außerordentlich großer Aufwand.

F: Warum haben Sie aus dem Canopus-Zyklus gerade den Roman »Die Ehe zwischen den Zonen Drei, Vier und Fünf« als Stoff für die neue Oper gewählt?

A: Das hat folgenden Grund: Philip sagte, er würde gerne eine Oper schreiben, in der Feste und viele Lieder vorkommen. Das kam recht überraschend, denn damals schätzte man ihn als Komponisten ganz anders ein. Als wir uns den Canopus-Zyklus vornahmen, ergab sich die Entscheidung wie von selbst. In dem Roman »Die Ehe ...« kommen zwei große Feste und sehr viele Lieder vor. In der Zwischenzeit habe ich fürs Libretto natürlich noch viele zusätzliche Liedtexte geschrieben. Bis dahin war mir gar nicht klar gewesen, wie sehr die Musik Bestandteil dieser Erzählung ist. Die Musik strukturiert sogar die Handlung, beispielsweise signalisiert das Schlagen der Trommel stets bestimmte neue Entwicklungen oder Ereignisse.

Also entschieden wir uns für diesen Roman. Das Hauptproblem bestand in seiner Länge, schließlich wollten wir keine fünfstündige Oper auf die Bühne bringen. Wir mußten also drastisch kürzen. Wir führten einen Erzähler ein, der bestimmte Geschehnisse zusammenfaßt. Ich habe den Eindruck, das klappt ganz gut, ohne daß wir Wesentliches preisgeben müssen.

Schon in Houston begann ich seinerzeit mit der Arbeit an dem Libretto, allerdings zog sich die Sache einige Zeit hin. Erst im Sommer 1996 komponierte Philip die Musik. Dazu zog er sich nach Nova Scotia zurück, dort besitzt er ein Landhaus direkt am Atlantik. Jeden Nachmittag rief er mich an und berichtete mir von den Fortschritten.

Im Sommer 1996 war es auch, daß ich mich mit Philip Glass und der Regisseurin der neuen Oper, Birgitta Trommler, in Heidelberg traf, um das Casting vorzunehmen. Glass und Trommler haben schon häufig zusammengearbeitet. Ich habe den Eindruck, daß die Besetzung ausgezeichnet gelungen ist. Robert Bork als Ben Ata und Stella Doufexis als Al Ith harmonieren ausgezeichnet, was ja nicht selbstverständlich ist. Manche Opernsänger sind zwar einzeln sehr gut, aber »können« einfach nicht miteinander.

Erst letzte Woche habe ich die ganze Partitur gehört und war wirklich begeistert. Eine wunderbare Komposition.

F: Gestern abend* haben Sie einige Hintergrundinformationen zu dem Roman »Die Ehe ...« und dem Canopus-Zyklus gegeben. Dabei haben Sie auch erwähnt, welche Rolle bei Ihnen die Namensfindung für die Protagonisten spielt ...

A: Ja, wenn ich SPACE FICTION oder andere nicht-realistische Romane oder Erzählungen schreibe und Namen für meine Protagonisten suche, dann benutze ich ein persisches Nachschlagewerk. Zum Teil deswegen, weil kaum jemand Persisch spricht und die Namen folglich auch nicht wiedererkannt werden. Namen wähle ich nach Klang und Assoziation aus. Außerdem greife ich auf Mythen und alte Geschichten zurück. BEN ATA, zum Beispiel, war vor vielen tausend Jahren ein sehr berühmter General im Mittleren Osten. Mir fiel das BEN in diesem Namen auf. BEN bedeutet ja »Sohn von«. BEN ATA heißt also »Atas Sohn« – aber der Vater, ATA, wird nirgendwo erwähnt. Das hat mich sehr neugierig gemacht.

Ich habe mit sehr alten Büchern die Erfahrung gemacht, daß sie stets voller Anspielungen sind, daß sie stets auf andere

* Lesung von Doris Lessing am 8. Mai 1997 im Theater der Stadt Heidelberg. – *Anm. Usch Kiausch*

Dinge verweisen. Oft kommt es mir so vor, als sei ein solches Buch das jüngste Glied in einer langen Kette, als reiche es sehr weit in die Vergangenheit zurück.

BEN ATA war ein großer General. AL ITH ist eine Assonanz zu LILITH, der großen Göttin der grauen Vorzeit, viel älter als EVA. Und DABEEB bedeutet nach dem persischen Lexikon etwas, das man durch Schläge »weichklopft«. Ich fand, das passe sehr gut auf die Frauen der Zone Vier. Das Pferd YORI habe ich wahrscheinlich wegen des Klanges so benannt. Die Namensfindung für die Protagonisten ist sehr schwierig. Es ist wichtig, den richtigen »Ton« zu finden. Nehmen wir zum Beispiel VASHTI*: Nach dem persischen Lexikon ist VASHI die »Ungezähmte«, die »Wilde« – die sie im Roman ja auch ist. Ich habe nur deshalb ein T eingefügt, weil sich VASHTI leichter singen läßt. Das sind meine Überlegungen, wenn ich Charaktere benenne ...

F: Als ich den Roman »Die Ehe ...« jetzt, nach einigen Jahren, noch einmal las, wirkte er ganz anders auf mich als beim ersten Lesen. Sehr viel ironischer. Die Gegenüberstellung der militaristischen, hierarchischen Macho-Gesellschaft von Zone Vier und der schöngeistigen Frauen-Friede-Freude-Eierkuchen-Gesellschaft von Zone Drei wirkte in ihrer Überzeichnung jetzt fast satirisch auf mich. Vielleicht liegt das ja auch an der Zeit, an den Jahren, die die Frauenbewegung inzwischen auf dem Buckel hat ... Hat sich Ihre eigene Haltung zu diesem Roman während der letzten zehn Jahre verändert? Überspitzt gesagt: War's damals eine Botschaft, und heute wirkt's als Satire?

A: Ja, manche Szenen sind voller Komik, höchst ironisch, finden Sie nicht? Zu Ihrer Frage: Nein, meine eigene Haltung dazu hat sich nicht verändert. Es ist ja ein Mythos, eine Fabel. Irgendwie zeitlos. Bei manchen meiner Romane denke ich, wenn ich sie nach vielen Jahren noch einmal lese: Oh, mein Gott, das paßt ja eigentlich gar nicht mehr in diese Zeit, es hat sich inzwischen so viel verändert. Aber das trifft auf die »Ehe

---

* Im Roman »Die Ehe ...« ist VASHI die Nomadenkönigin der Zone Fünf. – *Anm. Usch Kiausch*

zwischen den Zonen Drei, Vier und Fünf« nicht zu, der Roman ist nicht zeitbedingt, sondern eine Fabel. Ich habe darin nichts gefunden, das ich dort nicht erwartet hätte. Natürlich möchte man immer alles noch einmal überarbeiten, damit es noch besser wird, aber das wird hier, wie ich weiß, nicht passieren.

F: Der »Ton« des Romans wirkt auf mich wie der alter Legenden, manchmal fast wie die Erzählweise in Teilen des Alten Testaments. Betrachten Sie selbst die Erzählung als eine, in der Archetypen eine wesentliche Rolle spielen? Archetypen aus der menschlichen Geschichte, Philosophie, Religion?

A: Ja. Ganz wesentlich ist darin natürlich das Symbol des Lichts, das ja sozusagen zum »Leitmotiv« der Oper geworden ist: das immer wiederkehrende Motiv des Liedes *How can we come where the light is* – salopp formuliert: der Titelsong, wenn man bei einer Oper von so etwas reden kann. Das Licht ist ja stets ein Symbol der Transzendenz, ein Symbol des Strebens nach einer höheren Stufe des Seins usw. Ich habe es benutzt, weil ich es für sinnvoll halte, beim Schreiben auf sehr, sehr alte Symbole zurückzugreifen, die in unserem Unbewußten verankert sind.

Archetypisch ist auch die weibliche Zone, die Zone Drei, angelegt, sie verkörpert einen Archetypus weiblich-utopischer Vorstellungen. Die Frauen gehen dort freundlich, sanft und friedfertig miteinander um, sie sind nett zueinander, alles läuft problemlos ab – es ist eine sehr weibliche Utopie. Sie ist, denke ich, wahrscheinlich dadurch begründet, daß sie so stark mit dem kontrastiert, was die meisten Frauen tatsächlich erleben, und das schließt auch den Umgang miteinander ein. Margaret Mead*, zum Beispiel, reiste – ich glaube es war in

* Margaret Mead: Amerikanische Ethnologin. 1928/29 machte sie eine Forschungsreise nach Samoa, 1931–33, 1938 und 1953 reiste sie nach Neuguinea, 1936–38 und 1939 nach Bali. In ihren ethnologischen Arbeiten zeichnete sie ein romantisiertes, idealisiertes Bild der dort vorgefundenen Gesellschaften: *Coming of Age in Samoa* (1928); *Growing up in New Guinea* (1930); *Sex and Temperament in Three Primitive Societies* (1935); *Male and Female* (1949); *Childhood in Contemporary Cultures* (1955). – *Anm. Usch Kiausch*

den zwanziger oder dreißiger Jahren – nach Samoa. Als sie zurückkam, berichtete sie von diesem Paradies, dieser Gesellschaft bezaubernder Menschen, in der die »freie Liebe« praktiziert wurde, die Kinder nie gezüchtigt wurden usw. usf. Letztendlich stellte sich heraus, daß das alles einfach Unsinn war, in Wirklichkeit war es die Traumvorstellung, die gesellschaftliche Idealvorstellung, die sie sich als Frau machte. Das ist interessant.

Die männliche Zone, die Zone Vier, ist schlicht und einfach die Karikatur eines männlich-militaristischen Landes. Auf heute übertragen, könnte es etwa Saddam Husseins Irak sein. Aber die Zone Vier steht für jegliche Art von militaristischer Gesellschaft. Es könnte also auch das alte Preußen sein.

F: Sehen Sie selbst den Roman »Die Ehe zwischen den Zonen Drei, Vier und Fünf« als optimistisch, als eine Geschichte der Hoffnung? Am Ende steht ja der Wechsel, der Austausch, das Verständnis zwischen den verschiedenen Zonen, zwischen den unterschiedlichen Gesellschaften. Die Stagnation ist aufgehoben, die Leute lernen voneinander ...

A: Ja, meiner Meinung nach ist es eine Geschichte der Hoffnung. Schließlich tritt in allen Zonen ein Wandel zum Besseren ein, die Zonen öffnen sich, werden zugänglicher, die Stagnation, von der alle Zonen betroffen waren, ist aufgehoben.

F: In Ihren Romanen spielt ja stets auch die menschliche Wahrnehmung eine große Rolle, vielmehr: die Beschränktheit der Wahrnehmung, die menschliche Borniertheit, das schnelle Vergessen wesentlicher Erfahrungen usw. In »Die Ehe zwischen den Zonen Drei, Vier und Fünf« lernen die Leute, auf andere Weise zu sehen, einander und die Welt um sich herum auf andere Art wahrzunehmen. Die Frauen in Zone Vier befreien sich buchstäblich aus ihrer Starre und richten ihren Blick erstmals nach vielen Generationen in die Weite – eine Metapher, die leicht zu interpretieren ist. Was unsere Realität an der Jahrtausendwende betrifft: Sind Sie da auch so optimistisch, was die menschliche Wahrnehmungsfähigkeit betrifft? Lernen wir dazu?

A: Ja. ich glaube schon. Vielleicht lernen wir es wirklich irgendwann, die Dinge besser wahrzunehmen, besser zu begreifen – zumindest einige Menschen (lacht).

F: Ich möchte Sie an dieser Stelle gern noch nach anderen literarischen Projekten fragen. In Ihrer Autobiographie »Under My Skin«* behandeln Sie die Jahre bis 1949, bis zu Ihrem Aufbruch aus Südrhodesien, dem heutigen Simbabwe, nach England. Haben Sie eine Fortsetzung geplant? Oder schon geschrieben?**

A: Ja, ich habe den zweiten Band der Autobiographie gerade fertiggestellt. Darin behandle ich die Jahre bis 1962/63, also auch die Fünfziger Jahre, meine ersten, schwierigen Jahre in England. Der Band wird im Herbst erscheinen. Ich habe ihn *Walking in the Shade* betitelt – genau wie beim ersten Band, *Under My Skin****, habe ich einen Songtitel verwendet. Louis Armstrong und Billie Holiday haben das Lied gesungen, ein wirklich wunderbares Lied:

I used to walk in the shade
My blues on parade
Now this rover
crossed over
To the sunny side of the street.

F: Haben Sie derzeit auch etwas in Arbeit, das der Phantastischen Literatur zuzurechnen ist?

A: Leider gerate ich so oft auf Nebengeleise und werde vom

---

* Deutsch: Doris Lessing, »Unter der Haut, Autobiographie 1919–1949«, Hoffmann und Campe Verlag, Hamburg, 1994. – *Anm. Usch Kiausch*

** Inzwischen unter dem Titel »Schritte im Schatten, Autobiographie 1949–1962« ebenfalls bei Hoffmann und Campe erschienen, Hamburg 1997. – *Anm. Usch Kiausch*

*** »Under My Skin«: Song von Cole Porter

I've got you under my skin/
I've got you deep in the heart of me/
So deep in my heart you're really a part of me,/
I've got you under my skin./
I've tried so not to give in ...

– *Anm. Usch Kiausch*

Eigentlichen abgelenkt. Aber ja, ich werde bald wieder an so etwas arbeiten, ich habe es fest vor.

F: Haben Sie vor, den Zyklus »Canopus im Argos« fortzusetzen?

A: Ja. Es wird mir auch nicht schwer fallen. Denn im letzten Satz des fünften Bandes, *Die sentimentalen Agenten im Reich Volyen*, wird ja angekündigt, daß mein junger unschuldiger Held sich auf den Weg zu diesem gräßlichen Planeten Krolgul macht. Das große Problem dabei besteht darin, diesen gräßlichen Planeten nicht so zu beschreiben, daß er der Erde allzu ähnlich sieht. Das ist wirklich ein großes Problem. (Lacht).

F: Fällt es Ihnen schwer, zwischen »phantastischer« und »realistischer« Literatur hin- und herzuwechseln? Können Sie beispielsweise gleichzeitig an Ihrer Autobiographie und phantastischen Legenden oder Erzählungen wie dem »Canopus«-Zyklus arbeiten?

A: Nein, nicht gleichzeitig. Aber es ist für mich ganz leicht, von dem einen zum anderen zu wechseln. Nacheinander. Das fällt mir überhaupt nicht schwer.

F: Mir gefiel eine phantastische Idee, die Sie in »Under My Skin« kurz skizzieren: An einer Stelle sagen Sie, Sie würden, wenn Ihnen dazu noch genügend Zeit bleibt, gern einen Roman über die »Parallel-Leben« der verschiedenen »Parallel«-Persönlichkeiten schreiben, die alle gleichzeitig in Ihnen vorhanden sind, und wie sie sich gegenseitig durchdringen. Sie hätten, wie Sie schreiben, ja auch eine Forschungsreisende werden können, oder eine Ärztin ...

A: ... und ganz besonders gern eine Farmerin (lacht). Ja, das ist ein hübsche Idee, eine alte Science Fiction-Idee, wie Sie ja wissen, diese Vorstellung von Parallelwelten ... Darüber zu schreiben, wie diese anderen Leben, die gleichzeitig gelebt werden, in das Leben eindringen, das man für das »wirkliche Leben« hält. Eine schöne Idee, die man bestimmt realisieren könnte. Wahrscheinlich ist sie schon irgendwo niedergeschrieben, allerdings nicht von mir ... (Lacht).

F: ... Wie fast alle solche Parallel-Motive in der Science Fiction schon irgendwann und irgendwo behandelt wurden ...

A: Ja, ich weiß. Science Fiction ist ein unheimlich fruchtbares Genre. Ich staune immer wieder, daß die Menschen diese Literatur nicht höher bewerten.

F: Ich habe den Eindruck, daß Science Fiction, zumindest in Deutschland, in den letzten Jahren an Akzeptanz gewonnen hat, als »Genre« von der Kritik zumindest nicht mehr ganz so pauschal heruntergemacht wird. Vielleicht liegt das auch an den großen Veränderungen der Gegenwart, auch am rasanten Tempo technischer Veränderungen. Das »Internet« des Cyperpunk – weltweite Verbindungen vom eigenen Wohnzimmer aus – waren vor noch nicht einmal fünfzehn Jahren noch Zukunftsmusik – heute ist das unsere Normalität. Also ist diese Art der Science Fiction inzwischen zu Mainstream-Literatur geworden, was William Gibson ja auch nachvollzogen hat ...

A: Ja, es ist schwer, überhaupt noch neue Ideen zu entwickeln, die Science Fiction-Schriftsteller haben an das meiste schon vor langer Zeit gedacht ...

F: Gibt es in der Science Fiction Autoren, die Sie ganz besonders schätzen?

A: Ja, im Moment bin ich besonders von Greg Bear sehr begeistert, ich bewundere ihn sehr ... Er ist brillant.

F: Haben Sie von Greg Bear »Queen of Angels« gelesen?

A: Inzwischen habe ich mir alles, was er geschrieben hat, einverleibt. Ich finde, er ist ein ganz außergewöhnlicher Autor.

F: Ich hatte 1996 ein sehr interessantes Interview mit Greg Bear in Fort Lauderdale* ...

A: Was macht er denn in Fort Lauderdale? Ich dachte, er lebt noch oben in Seattle?

F: Er war Ehrengast und Redner auf der 17. »International Conference on the Fantastic in the Arts«, organisiert von der International Association for the Fantastic in the Arts ...

A: ... An so einer Konferenz habe ich auch schon einmal teil-

---

* Das Interview mit Greg Bear ist abgedruckt in »Das Science Fiction Jahr 1997«, hrsg. von Wolfgang Jeschke, Wilhelm Heyne Verlag München, 1997, S. 642–661; ebenso Greg Bears Rede: »Seid Wanderratten statt Dinosaurier«, S. 662–673. – *Anm. Usch Kiausch*

genommen*, das hat mir wirklich Spaß gemacht. An das Jahr kann ich mich nicht mehr genau erinnern, aber ich weiß noch, daß ich mich dort sehr wohl gefühlt habe.

F: Greg Bear war, genau wie Sie 1989 – ich erinnere mich noch sehr gut an Ihre Rede über die phantastischen Erzähltraditionen der Menschheit – Ehrengast bei der IAFA. Er hielt eine sehr interessante Rede** über das, was er als Herausforderung, aber auch als Chance für Schriftsteller betrachtet: die technologische Entwicklung, das Internet, »interaktive« Literatur, was passiert, wenn man keinen Verleger für seine Bücher mehr findet ...

A: ... was ja alles bereits passiert oder bald passieren wird. Ich freue mich zu hören, daß Greg Bear dort eingeladen war ...

F: Halten Sie noch Kontakt zur IAFA oder zu Schriftstellern, die in diesem Bereich arbeiten und dort organisiert sind? Ich weiß, daß Sie mit Brian Aldiss befreundet sind ...

A: ... Ja, über ihn halte ich auch Kontakt zu solchen Schriftstellern und zu dieser Welt.

F: Haben Sie selbst vor, wieder einmal an einer solchen Konferenz teilzunehmen?

A: Na ja ... vielleicht. Ich habe immer so viel um die Ohren, ich bin einfach zu sehr mit anderen Dingen beschäftigt. Das Problem liegt darin, daß ich jetzt alt werde und merke, daß mir gar nicht mehr so viel Zeit bleibt. Jedenfalls denke ich manchmal: Oh, mein Gott, ich habe nicht mehr viel Zeit. Das ist frustrierend. Ich habe all diese wunderbaren Ideen, die ich womöglich gar nicht mehr zu Papier bringen kann. Ich bin auf so vielen Konferenzen gewesen und zu so vielen Festivals gefahren – ich muß eigentlich nirgendwo mehr hinfahren.

F: Woran arbeiten Sie im Moment vorrangig? Was sind Ihre unmittelbaren Pläne für dieses und das kommende Jahr?

A: Ich bin dabei, einen neuen Roman zu schreiben, der über ... Nein, ich möchte nicht darüber sprechen, es bringt

---

* Doris Lessing war Ehrengast auf der 10. Jahreskonferenz der IAFA vom 15.–19. März 1989 in Fort Lauderdale. – *Anm. Usch Kiausch*

** S. Fußnote S. 741 (vorherige Seite)

kein Glück, wenn man darüber vorzeitig redet ... Aber ich werde, sobald ich all diese Dinge hier vom Hals habe, einen neuen Roman schreiben. Wahrscheinlich werde ich damit im Juli oder August anfangen.

F: Sind schon weitere Inszenierungen der Oper »Die Ehe zwischen den Zonen Drei, Vier und Fünf« in anderen Städten ausgemacht?

A: Nein, aber wir hoffen, daß viele Präsentanten anderer Opernhäuser hierher, nach Heidelberg, kommen und sich die Oper ansehen. Wir würden uns sehr freuen, wenn die Oper irgendwo in englischer Sprache aufgeführt würde. Auf deutsch ist sie zwar sehr gut, aber ich möchte sie sehr gern auch in englischer Sprache aufgeführt sehen.

F: Aber dafür gibt es noch keine konkreten Orte oder Termine?

A: Nein, so weit wir wissen, nicht. Es kommen allerdings viele Leute aus den USA nach Heidelberg, um sich die Inszenierung hier anzusehen ...

F: Vielen Dank dafür, daß Sie sich trotz der Hektik der Generalprobe Zeit für unser Interview genommen haben.

Peter Straub

INTERVIEW

Ein Gespräch mit Peter Straub

von Usch Kiausch

Das folgende Gespräch fand am 19. März 1998 während der 19th International Conference on the Fantastic in the Arts in Ft. Lauderdale, USA statt. Peter Straub war dort Ehrengast und Hauptredner.

F: Was lesen Sie selbst hauptsächlich?
A: Viele Krimis, literarische Kritik, Schriftstellerbiographien, historische Werke, Bücher über Jazz, sehr gerne auch Gedichte – alles mögliche, alles, das mir interessant erscheint.
F: Sehen Sie sich selbst als einen Schriftsteller, der sich in seinen Romanen grundsätzlich und immer wieder mit ähnlichen oder verwandten Themen beschäftigt? Gibt es Themen, von denen Sie besessen sind?
A: Ja, das ist wohl so, und es wundert mich selbst. Wenn ich in eine bestimmte Richtung losschreibe, lande ich meistens früher oder später dabei, daß ich nach verborgenen oder nicht bewußt wahrgenommenen oder verleugneten Ereignissen Ausschau halte, die sich vor langer Zeit zugetragen haben. Mich fasziniert die Erkenntnis, daß die Vergangenheit für alle Zeiten weiterwirkt – unter der Haut der Gegenwart. In bestimmter Hinsicht ist das, meiner Meinung nach, auch die einzige Möglichkeit, die Gegenwart zu begreifen. Man muß sich ansehen, was in den letzten zehn, zwanzig oder noch mehr Jahren passiert ist. Es ist eine Art Archäologie ... ein Vorgang, der ... Ich zögere, das Wort »mystisch« zu verwenden, das trifft es nicht ganz. Aber dieser Prozeß hat eine Art Aura, die Aura des Unheimlichen. Und sie liegt in dem, was früher

einmal bekannt war, aber verdrängt oder vergessen wurde. Mir gefällt der Gedanke, daß dieses Vergessene, Verdrängte in die Gegenwart einsickert - wie irgendein Gas oder wie Rauch.

F: Haben Sie darauf angespielt, als Sie sich in Ihrer Rede als »Arbeiter in einem Kohlebergwerk« charakterisierten?

A: (lacht). Da hab ich mich wohl unbewußt auf denselben Vorgang bezogen. Oberflächlich betrachtet, habe ich damit eigentlich nur gemeint, daß ich jeden Tag bis zur körperlichen Erschöpfung schreibe und schreiben muß. Das ist ein Zwang.

F: Um auf das Verborgene, Verdrängte zurückzukommen: Hat Ihre Kindheit großen Einfluß auf das gehabt, was Sie in Ihrem Erwachsenenleben geschrieben haben?

A: Ja, sie hat mich stark geprägt. Das ist ja bei jedem so, aber traumatische Kindheitsjahre prägen ganz besonders. Die Ereignisse in meiner Kindheit haben mich zweifelsohne in das literarische Gebiet geführt, das ich gerade zu beschreiben versucht habe, sie sind ein innerer Motor. Ich bin in einer Stadt aufgewachsen, die mir außerordentlich bizarr vorkam. Die Stadt Milwaukee ist sehr von Deutschen geprägt, aber es gibt dort auch ein großes polnisches Viertel. In meiner Kindheit hörte ich im Bus jeden Tag Deutsch und Polnisch. Vor dem Ersten Weltkrieg war Deutsch sogar Pflichtfach in den öffentlichen Schulen. Straub ist ein deutscher Name. Diese Straubs kamen vor langer Zeit aus Baden-Baden. Sie wanderten Anfang des 19. Jahrhunderts nach Amerika aus, manche haben im amerikanischen Bürgerkrieg gekämpft ...

Aber trotz dieses bodenständigen, rationalen, geschäftstüchtigen, germanischen Elements hatte der Alltag in Milwaukee auch etwas sehr Surreales, Phantastisches. Ich glaube, das lag an der Tatsache, daß Milwaukee einerseits vor allem eine Arbeiterstadt war, dort andererseits aber auch ein Hang zur Gewalttätigkeit herrschte - auch wenn das damals niemand so sah. Ich erinnere mich daran, wie ich als Kind Schlägereien auf der Straße mitbekam und sah, wie Leute in der Gosse bluteten oder mitten am Tag besoffen die Straße entlangtorkelten. Und dann gab es dort einen solch ätzenden Humor, wie ich ihn nirgendwo sonst je erlebt habe. Es war ein

Arbeiterhumor, ein sarkastischer, spitzer, brillanter Humor – eine Reaktion auf das, was man »nicht besonders erfreuliche Lebensumstände« nennen könnte. Ich fand diesen Humor wunderbar, obwohl er auch seine häßlichen Seite hatte.

Und auch in der Häßlichkeit der Stadt – ich spreche von den Blätterhaufen am Straßenrand, von blinden Fenstern, vom Putz, der von den Fachwerkhäusern bröckelte – schien ein ganz bestimmter Lebensgeist durch. Das nur als Hintergrund.

Mein Vater war ein richtiger Phantast, das heißt ein Mensch, der völlig in seiner Phantasie lebte. Und darin lebte er auch sehr gut, wenn er nicht gerade wütend war. An guten Tagen konnte er eine Geschichte nach der anderen erspinnen. Es waren Geschichten über den Ort, in dem er aufgewachsen war, Lone Rock in Wisconsin. Das waren die reinsten Huckleberry Finn-Geschichten, wunderbare Geschichten.

Was mich so prägen sollte, ereignete sich, als ich sieben war. Ohne nach rechts und links zu blicken, lief ich über die Straße, direkt in ein Auto hinein. Mein ganzes Leben änderte sich buchstäblich schlagartig. Ich war sehr schwer verletzt. Ich glaube, ich bin damals gestorben und dann zurückgekommen. Ich muß wohl zurückgekommen sein, schließlich bin ich hier. Ich war sehr lange im Krankenhaus und mußte mich mit gräßlichen Schmerzen herumquälen, denn damals vertrat die Medizin noch die Auffassung, Schmerzen seien gut ... Deshalb stehe ich der Medizin heute noch mit gemischten Gefühlen gegenüber, auch wenn sich die Auffassungen inzwischen gewandelt haben. Im Krankenhaus haben sie die erste Operation verpfuscht. Als ich mich noch davon erholte, sagten sie mir, der am schlimmsten angebrochene Knochen habe sich infiziert, sie müßten ihn nochmals brechen und richten. Ich glaube, da verlor ich den Verstand. Was jetzt kam, war echter Horror: Zurück ins Krankenhaus, Monate im Rollstuhl, danach Krücken. Später mußte ich wieder ganz neu laufen lernen. Und dann war alles so, als sei nie etwas passiert. Das heißt: Meine Eltern und alle drumherum, auch die Menschen an meiner Schule, meinten, es sei das Beste für mich, alles Geschehene zu vergessen. Ich sollte es einfach »wegstecken«, wie man so sagt, und so tun, als sei mein Leben nie gewaltsam unterbrochen worden.

Ich war natürlich ein Nervenbündel. Ich konnte die Welt nicht mehr mit denselben Augen sehen, auch wenn alle anderen es so wollten. Ich war ein gutwilliger Junge, aber es ging einfach nicht. In mir war eine schier unerschöpfliche Wut, ein wirklich wilder, unstillbarer Zorn, und den sollte ich einfach wegstecken und nicht weiter beachten. Von da an war mein Leben ein ganz klein wenig seltsam, denn meine Erfahrungen schufen eine Wand zwischen mir und allen Altersgenossen. Eigentlich war damit meine Kindheit zu Ende, aber ich mußte so tun, als sei ich noch ein Kind. Das bedeutete, daß mich viele dämonische Kräfte beherrschten, von denen die anderen Kinder keine Ahnung hatten und auch wohl nie haben würden. Bis auf diejenigen, die später nach Vietnam gingen. Als die zurückkamen, blickten sie durch. *Oh ja, jetzt verstehe ich dich, und du verstehst mich. Wir haben Dinge begriffen, die die übrigen Menschen nicht verstehen. Aber irgendwann werden auch sie ...* Phantasie ohne Einsicht in Schmerz, Schrecken und Kummer – selbst wenn der Kummer nur in Selbstmitleid besteht – prostituiert sich und kratzt nur an der Oberfläche.

F: Waren Sie persönlich mit Heimkehrern aus Vietnam befreundet?

A: Nein, das nicht, aber als ich an *Koko* arbeitete, habe ich mich mit vielen Vietnam-Veteranen getroffen. Jetzt, wo ich darüber nachdenke, fällt mir ein, daß ja sogar mein Bruder in Vietnam gewesen ist.

F: In Ihren Romanen sind nicht nur Schmerz, Angst und Trauer beherrschende Kräfte. Es gibt darin auch diesen ganz besonderen, schwarzen Humor ...

A: Das ist wohl das, was die Leute als »Galgenhumor« bezeichnen. Ich nehme an, ich habe mit der Zeit gelernt, daß der Galgenhumor wirklich die beste Art von Humor ist, weil er Gegenwelten verkörpert und schafft. Er drückt eine ganz bestimmte Haltung gegenüber der realen Situation aus, einer Situation, die von Trauer, Tod, Elend, Schmerz, Sorge und all dem geprägt wird. Indem man darüber lacht, indem man die Situation benutzt, um darüber zu lachen, setzt man sich damit auseinander, erkennt all diese Dinge als wirklich existent an. Ganz sicher ist es die Art von Humor, die mir am liebsten ist. Und wahrscheinlich bin ich mit der Zeit ein bißchen besser darin geworden, diesen Humor anzuwenden. *Hellfire Club* ist das beste Beispiel: Dick Dart ist nichts anderes als schwarzer Humor, Galgenhumor, diese Figur hat mir Riesenspaß gemacht. Wenn man eine lange Reise tut, ist er der ideale Begleiter ...

F: Was sagen Sie zu der weit verbreiteten Ansicht – die häufig auch als negatives Urteil gemeint ist –, daß Horror-Romane per se konservativ sind? Konservativ, weil sie, wenn der Horror besiegt und beseitigt ist, den erleichterten Leser ins »normale« Leben entlassen und das Hohe Lied auf die Wiederherstellung von Recht und Ordnung singen?

A: Ja, das ist eine weitverbreitete Ansicht. Sie bezieht sich meiner Meinung nach vor allem auf Beispiele aus dem zwanzigsten Jahrhundert, etwa die Romane von Stephen King. Darin wirkt eine externe Macht auf Menschen ein, manchmal hat sie auch eine interne Basis im Menschen selbst, wie in *The Shining*. Die menschliche Gemeinschaft wird bedroht. Die heroischen Menschen dieser Gemeinschaft tun sich zusammen, zerstören das Übel und stellen das menschlich Gute und Wahre wieder her. Wenn es so abläuft, funktioniert es genauso wie in den englischen Kriminalromanen des sogenannten »Goldenen Zeitalters«. Eine friedliche, in engen Grenzen lebende Gemeinschaft wird von kriminellen Akteuren bedroht. Mit Vernunft und logischen Schlußfolgerungen wird der Mörder dingfest und unschädlich gemacht, die Ordnung wiederhergestellt. Viele Leserinnen und Leser wollen genau das. Sie möchten ihre eigenen konventionellen Ansichten in den Romanen, die sie lesen, wiederfinden und bestätigt sehen. – Allerdings war Edgar Allan Poe keineswegs so konservativ und wohlwollend. Ebenso wenig wie H. P. Lovecraft oder Nathaniel Hawthorne. Die wirkliche Horror-Tradition ist, wie mir scheint, sehr viel intelligenter, geht viel überlegter vor, erschüttert das Weltbild viel tiefgreifender. Sie arbeitet sich unter die Oberfläche und findet die Ursprünge von Unordnung, Übel und Chaos im Menschen selbst, in seiner Natur. Die besten Kunstwerke enden nicht mit einem eindeutigen Triumph des Guten. In Wirklichkeit sind solche Manöver nämlich unweigerlich allzu einfach gestrickt, ich kann sie kaum ertragen. Man hält die Dinge am besten in der Schwebe, löst sie nur teilweise auf. Löst sie auf solche Weise auf, daß der Leser merkt: Es ist nur eine Lösung auf Zeit, ein Moment in der Schwebe, es herrscht halbwegs Frieden – vorübergehend. Das wird der ganzen Bandbreite menschlicher Fähigkeiten und menschlicher Gefühle zweifelsohne eher gerecht. Damit vermeidet man auch, dem Leser menschliche Karikaturen, Abziehbilder vorzuführen.

F: Vorhin haben Sie Stephen King erwähnt. Wie hat Ihre Zusammenarbeit bei *Talisman* geklappt? Die Art von Horror, die King schreibt, unterscheidet sich ja stark von dem oft tiefenpsychologisch angelegten Horror Ihrer eigenen Romane – obwohl es auch bei King Geschichten gibt, die sich vor allem auf innere Ängste und Ereignisse weit in der Vergangenheit stützen. Ich denke etwa an *The Shining* und *Es.* Wie kam es zu der Zusammenarbeit?

A: Steve King mochte meine beiden frühen Horror-Romane *Julia* und *Wenn du wüßtest.* Er hat sehr kluge Klappentexte dazu geschrieben. Als ich las, was der mir persönlich völlig unbekannte Stephen King über meine Romane zu sagen hatte, merkte ich sofort, daß seine Kommentare besser als alle anderen waren. Und daß er besser als sonst jemand verstanden hatte, worum es mir ging. Ich schrieb ihm. Ich wohnte damals in London, King in Maine. Er antwortete mir sehr entgegenkommend und großherzig. Zufällig machte er damals gerade Pläne, für kurze Zeit nach England zu ziehen. King kam tatsächlich nach England. Vorher hatte ich noch *Salem's Lot* gelesen, das ich glänzend fand. Dann erschien *The Shining,* das warf mich um. Ich halte es für ein großartiges Buch, das beweist, daß ein Horror-Roman ein wirklich kühnes, kreatives Kunstwerk sein kann. Wir waren also beide schon darauf geeicht, einander zu mögen. Als Steve nach England kam, trafen wir uns häufig. Wir stellten einige Gemeinsamkeiten fest, wir schätzten einander. Die Idee zusammenzuarbeiten war ganz spielerisch. Es war so, als wenn ein Kind das andere in seinen Sandkasten einlädt, damit es einen Spielgefährten hat. In bestimmter Hinsicht war es auch genau so. Aber natürlich war es in Wirklichkeit auch ein bißchen komplizierter, da jeder von uns Kompromisse eingehen mußte. – Nachdem wir eine Struktur festgelegt hatten, schrieben wir den Anfang in meinem Haus in Westport, Connecticut, wo ich inzwischen lebte. Danach schickten wir über Modem Kapitel hin und her. Jeder schrieb, so lange er wollte, dann griff der andere den Faden auf und führte ihn so lange weiter, wie er Lust hatte. Bis wir uns dann gegen Romanende in Maine trafen. Die letzten 100 oder 150 Seiten schrieben wir in Stephen Kings Haus in Maine. Ich glaube, insgesamt haben wir rund zwei Jahre an dem Roman gearbeitet, das ist recht lange. Als wir zum Ende kamen, erzählte Steve mir dauernd: *Ich hab Jack echt satt, ich kann ihn nicht mehr sehen!* (Lacht). Danach waren wir beide erschöpft.

F: Vorhin haben wir über das Wirken der Vergangenheit in der Gegenwart gesprochen, über das Unheimliche dieses Prozesses. Gibt es Romane, in denen Ihnen die Gestaltung eines solchen Prozesses Ihrem eigenen Urteil nach besonders gut gelungen ist?

A: *Koko* ist wohl eines meiner Lieblingsbücher. Denn bei diesem Roman war mir am deutlichsten bewußt, wohin ich wollte – eine Stufe weiter. Ich merkte, daß ich wirklich besser wurde, daß ich an den Roman immer weiter schliff, verfeinerte, vertiefte. *Koko* war wirklich ein Meilenstein für mich. Danach habe ich vor allem versucht, dieses Niveau zu halten und keinen Schritt zurück zu machen. Ich wollte mich nicht mehr an enge Regeln halten, ich wollte mir die mit *Koko* erreichte Freiheit bewahren.

F: *Hellfire Club* geht für mich in seiner Konstruktion und Vielschichtigkeit noch weiter als *Koko*, denn darin integrieren sie ja ganz verschiedene Erzählebenen, die unterschwellig beim Leser weiterwirken: eine Fantasy-Geschichte, einen Psychothriller, in dessen Mittelpunkt ein Serienmörder steht, ein Beziehungsmelodram, ein »Mystery«-Ereignis aus der Vergangenheit – und alles wirkt zusammen, jenseits von Genre-Grenzen.

A: Ja, genau darauf kam es mir bei diesem Roman auch an. Die Fantasy-Ebene gibt den ganzen Roman hindurch den Grundrhythmus und die Grundtonart für die Handlung ab, die in der Gegenwart spielt. Diese Handlung folgt ihr Punkt für Punkt. Ich weiß zwar nicht genau, was das eigentlich zu bedeuten hat, aber für mich selbst war es zweifellos der Leitgedanke. Es war ein Gedanke, der dem Ganzen wirklich Zusammenhalt, Fleisch gab.

F: Beim Lesen habe ich mich gefragt, ob Sie in Vorbereitung von *Hellfire Club* einen ganzen Fantasy-Roman geschrieben haben?

A: (lacht). Oh nein, ich hab die Fantasy-Geschichte erst während des Schreibens Stück für Stück erfunden. Einen Roman schreiben, ihn nicht veröffentlichen, sondern seine Fragmente in einem anderen Roman verwenden – schöne Idee! Wenn ich ein Genie wäre, hätte ich es genau so gemacht. Aber leider bin ich nur ich. (Lacht). Allerdings mag ich Fantasy auch gar nicht besonders, es hätte also sowieso nicht geklappt. Tolkien war ein großes Genie und ein sehr vielschichtiger Schriftsteller, aber mehr davon brauchen wir auch gar nicht. Ich selbst lese nie Fantasy. Es ist eine dermaßen ausgelutschte und durch Nachahmung eines großen Meisters verkrustete Welt, daß sie außerordentlich blaß wirkt. Immer läßt man Einhorne durch Wälder streifen, Elfenköniginnen herumhüpfen und so weiter ... Und nichts davon hat eine wie auch immer geartete literarische Originalität ...

F: Sie selbst lassen sich nicht (mehr) bestimmten »Genres« zuordnen. Sie schreiben inzwischen überhaupt nicht mehr »Horror« in der engeren Definition des Genres, oder? In Deutschland ordnet man Sie inzwischen in der »Allgemeinen Reihe« ein ...

A: ... na ja, ich hab immer gedacht, ich sei bei *unheimlich** unterzubringen (lacht). Viele Menschen halten nur das für gut,

* Im auf Englisch geführten Gespräch deutsch – *Anm. Usch Kiausch.*

was sich an die engen Grenzen eines bestimmten Genres hält. Ich war von jeher der Auffassung, daß solche Grenzen die Kreativität und sogar das eigene Interesse am Schreiben untergraben. Ich habe noch nie etwas schreiben wollen, das sich in solche Schubladen stecken läßt oder sich an die Regeln einer ganz bestimmten fiktionalen Form hält. Das kam mir immer schon albern und beschränkt vor. Ich wollte immer etwas ganz anderes machen - anders allerdings nur durch die Art und Weise, in der ich mir die ganz gewöhnlichen Stärken der Romanform nutzbar machte - und diese Stärken gibt es in Hülle und Fülle, sowohl in den Romanen des viktorianischen Zeitalters als auch in modernen Romanen. Man kann eine ungeheure Bandbreite von Techniken und Strategien anwenden. Was mich betrifft, so besteht mein wesentliches Ziel darin, eine repräsentative Welt zu erschaffen, eine Welt, die glaubhaft und nachvollziehbar ist, eine Welt, die man schmecken, riechen und fühlen kann - etwa so wie bei George Eliot.

F: Wie erleben Sie selbst die Realität? Sie haben erwähnt, daß Sie sich beim Schreiben wie ein Bergarbeiter fühlen. Wenn Sie nach Stunden des Schreibens wieder an die Oberfläche tauchen, fällt Ihnen dann die Anpassung an eine wie auch immer geartete Realität manchmal schwer?

A: (lacht). Nein, so lange die Realität mir nicht zu nah auf den Leib rückt. Ich muß klarstellen, daß ich in der Öffentlichkeit sehr gut funktioniere. Schließlich habe ich zwei Kinder, ich habe eine Ehefrau, ich habe zwei Katzen, ich lebe mitten in der Stadt New York - also ist mein Leben sehr, sehr, sehr mit Realität vollgestopft. Ich lebe auf keiner Burg in Schottland oder oben auf einer Turmspitze ... (lacht). Ich pflege keinen Umgang mit Elfen und Einhornen, sondern mit Typen, die sich Tony nennen ...

James Patrick Kelley

INTERVIEW

Ein Gespräch mit James Patrick Kelly

von Frank Borsch

Der 1951 geborene James Patrick Kelly hat sich in den letzten Jahren zu einem der profiliertesten Science Fiction-Autoren der USA emporgeschrieben. Seit 1986, als Bruce Sterling Kellys Story Solstice *(dt.* Sonnenwende*) in die Anthologie* Mirrorshades *(dt.* Spiegelschatten*), das Manifest des Cyberpunk aufnahm, verging fast kein Jahr, ohne daß eine seiner geschliffenen Kurzgeschichten für den Hugo oder Nebula Award nominiert wurde.*

Er hat bisher vier Romane – Planet of Whispers *(1984),* Freedom Beach *(1985, mit John Kessel),* Look into the Sun *(1989),* Heroines *(1990) und* Wildlife *(1994) – veröffentlicht, von denen bisher leider keiner ins Deutsche übersetzt wurde. Seine eigentliche Stärke liegt aber auf dem Gebiet der Short Story, von denen zahlreiche in den von Wolfgang Jeschke herausgegebenen Anthologien bei Heyne erschienen sind. Kellys wichtigstes Standbein in den Vereinigten Staaten ist das Magazin* Asimov's Science Fiction, *wo neben seinen Stories auch eine regelmäßige Kolumne zur SF im Internet aus seiner Feder erscheint.*

Frank Borsch sprach im Juni 1998 anläßlich einer Lesung in Freiburg im Breisgau mit James Patrick Kelly.

F: Mr. Kelly, wann haben Sie mit dem Schreiben begonnen?
A: Ich wollte schon während des College Ende der sechziger, Anfang der siebziger Jahre Schriftsteller werden. Aber in den Creative Writing-Kursen durfte man keine Science Fiction

schreiben, also verfaßte ich statt dessen einige absurde Stücke und Kurzgeschichten. Nachdem ich das College abgeschlossen hatte, gab es natürlich niemanden mehr, der mir verbot, Science Fiction zu schreiben.

F: Haben Sie erst auf dem College mit dem Lesen von Science Fiction begonnen?

A: Nein, mit dem Lesen habe ich mit elf oder zwölf angefangen und mochte es sehr. Aber sobald man auf dem College ist, bleibt – außer im Sommer – kaum Zeit zum Lesen. Nachdem ich 1973 die Schule abgeschlossen hatte, schrieb ich alles mögliche, aber das meiste ging doch in Richtung Science Fiction, und der größte Teil des Materials, den ich an Verlage und Magazine schickte, waren SF-Stories. 1974 habe ich dann am Clarion-Workshop teilgenommen, und kurz darauf verkaufte ich meine erste Kurzgeschichte. Allerdings wurden bis ungefähr 1980 viele meiner Stories abgelehnt, aber seitdem konnte ich nahezu meine ganze Arbeit unterbringen. Heute hängt es nur noch davon ab, wie schnell ich schreiben kann.

F: Sie erwähnten gerade den Clarion-Workshop, der für ihre Laufbahn als Schriftsteller sehr wichtig war. Könnten sie genauer beschreiben, was Clarion ist und was dort gemacht wird? Ich glaube, in Deutschland gibt es keine vergleichbaren Schreibwerkstätten.

A: Clarion ist ein sechswöchiger Workshop. In jeder Woche leitet ihn ein anderer Autor und läßt die Kursteilnehmer an seiner oder ihrer Erfahrung teilhaben. Aber man darf sich darunter keinen klassischen Frontalunterricht vorstellen – im Gegenteil, der ganze Workshop besteht aus der kritischen Besprechung von Manuskripten. Für gewöhnlich nehmen zwischen 16 und 20 Leute, die schreiben lernen wollen, an dem Workshop teil. Die meisten Teilnehmer sind zwischen zwanzig und vierzig, und jeden Tag stellen einige von ihnen ihre Manuskripte zur Diskussion, die jeweils von allen am Abend zuvor gelesen wurden. Jeder der Anwesenden kann jetzt seine Meinung über das Manuskript loswerden, mit einer Ausnahme: Der Verfasser darf sich nicht äußern.

Man diskutiert also darüber, was an der Story funktioniert, was nicht, was man daran gut findet usw. Schließlich nimmt der professionelle Schriftsteller Stellung, und im allgemeinen gilt sein Wort natürlich etwas mehr, schließlich hat er jahrelange Erfahrung. Erst dann darf der Verfasser des Manuskripts etwas sagen, das sind meistens solche Dinge wie: »Autsch, tut mir leid« oder: »Eigentlich wollte ich das und das ausdrücken, aber das hat ja offensichtlich nicht geklappt.«

Dieses rollierende System hat einige Vorteile. Es kann zum Beispiel vorkommen, daß der Dozent der ersten Woche eine Story in der Luft zerreißt, aber die Dozentin in der dritten Woche sie toll findet. Oder die Dozentin in der fünften Woche kann ihre Kritik nicht so gut ausdrücken, weiß aber trotzdem genau, was man an der Story ändern muß, damit sie funktioniert. Die Teilnehmer bekommen ein Gefühl für intuitives Schreiben, kritisches Denken und rigorose Dekonstruktion und lernen im Lauf der sechs Wochen verschiedene Schreibansätze kennen.

Es gibt eine Reihe von Statistiken, aber meiner Schätzung nach gelingt im Durchschnitt mindestens einem Drittel der Teilnehmer eine Veröffentlichung, und für einige von ihnen ist Clarion der Auftakt einer Laufbahn als Schriftsteller. Kim Stanley Robinson, Bruce Sterling, Pat Murphy oder Lucius Shepard – viele der führenden SF-Autoren sind Clarion-Absolventen.

F: Ist die Teilnahme an Clarion nicht sehr teuer?

A: Ja, zunächst muß man seine Fahrt nach Michigan oder Seattle – dort gibt es jetzt auch einen Clarion-Workshop – bezahlen, und die Kursgebühr beträgt $ 2000,–, wenn ich mich nicht irre. Manchmal gibt es auch Stipendien, aber in den $ 2000,– sind Unterkunft und Verpflegung bereits enthalten. Die eigentliche Auslage für eine Teilnahme ist weniger das Geld, das man bezahlt, sondern die Zeit, die man investiert. Für viele der Teilnehmer bedeutet Clarion einen Wendepunkt in ihrem Leben, manche haben sogar ihre Stellungen gekündigt, um mitmachen zu können.

Ich habe damals unbezahlten Urlaub genommen und mußte dazu noch die Kursgebühr entrichten. Außerdem ist man für sechs Wochen weg von zu Hause, von den Kindern oder dem Partner; Besuche von Verwandten werden nicht gern gesehen. Clarion ist wie ein kleines Treibhaus, in dem versucht wird, SF-Autoren heranzuzüchten.

F: Ist Clarion der einzige Workshop seiner Art? Gibt es ähnliche Kurse für andere Genres?

A: Ich glaube, Clarion ist aus zwei Gründen etwas Besonderes. Erstens ist da die Methodik; die Idee, daß alle außer dem Verfasser sich zu Wort melden dürfen. In den Workshops im literarischen Feld läuft das oft ganz anders ab: Dort redet nur der Dozent – der bekannte Autor – und spricht möglicherweise einzeln mit den Teilnehmern. Das ist ungefähr so, als ob der liebe Gott über ein Manuskript urteilt. Bei Clarion hört man 15, 20 verschiedene Meinungen zum eigenen Manuskript, und dazu kommt noch der Wechsel der Dozenten. Ich kenne keinen anderen Kurs, der so verfährt.

Der zweite Grund ist die Länge. Clarion dauert sechs Wochen, während die meisten anderen Workshops in den USA allenfalls wenige Wochen dauern. Nur die Kurse im akademischen Umfeld ziehen sich über ein Semester. Clarion ist da völlig anders. Am besten kann man es mit dem Boot Camp, dem Ausbildungslager der Marines, vergleichen. Man beraubt die angehenden Autoren ihrer vorgefaßten Meinungen darüber, was es heißt, zu schreiben, was eine Story ist und was Schriftsteller tun.

F: In den letzten 20 Jahren haben Sie Dutzende von Kurzgeschichten veröffentlicht. Sehen Sie sich in erster Linie als Kurzgeschichtenautor?

A: Eigentlich schon. Ich würde gerne mehr Romane schreiben, aber die Short Story übt eine ganz besondere Anziehungskraft auf mich aus. Eine Kurzgeschichte kann ich in fünf oder sechs Tagen schreiben. *Itsy Bitsy Spider* – die gerade für den Hugo nominiert ist – schrieb ich zum Beispiel, als ich das letzte Mal bei Clarion unterrichtete. Das geht natürlich nicht in der längeren Form. Ein Roman ist ein langwieriger Prozeß und fordert sehr viel mehr Nachdenkèn. Eine Kurzgeschichte dagegen kann ich quasi instinktiv schreiben.

Ich halte es für eine meiner Stärken, daß ich manchmal eine Geschichte schreibe und überhaupt nicht weiß, wovon sie handelt, bis ich den letzten Satz zu Papier bringe. Dann springe ich wieder an den Anfang, und plötzlich ist mir alles klar. Anschließend füge ich noch die Dinge ein, die ich schon früher im Handlungsablauf hätte erwähnen sollen. Ich stimme dem Rest der Welt zu, daß der Roman die vorherrschende Form der Erzählung ist, und ich denke, daß ich einige ganz anständige geschrieben habe. Trotzdem habe ich das Gefühl, daß ich mich im Roman noch nicht so vollständig ausgedrückt habe wie in der Kurzgeschichte.

F: Wie sieht denn die wirtschaftliche Situation des Kurzgeschichtenautors aus? Kann man als Schriftsteller davon leben?

A: Hm, eigentlich schon. Zum Glück ist die Lage nicht so schlimm wie damals, als ich anfing. Ich schreibe in erster Linie für die SF-Magazine, aber viele meiner Stories wurden nachgedruckt – in den »Best of the Year«-Auswahlbänden, Themenanthologien und als Übersetzungen. 16 meiner ungefähr 50 Kurzgeschichten wurden bereits ins Deutsche übersetzt und etwa ein Dutzend ins Französische, was mich sehr freut. Hin und wieder flattern mir also kleine Schecks aus allen möglichen Ecken der Welt ins Haus. Das summiert sich immer noch nicht zu einem überwältigenden Einkommen, aber viele Leser kennen meinen Namen, weil ich einen Preis für eine meiner Stories gewonnen habe. Damit kann man sich zumindest einen Augenblick lang aus dem Feld der Autoren herausheben.

Das war die ausführliche Antwort; die kurze lautet: Nein, man kann nicht vom Kurzgeschichtenschreiben leben.

F: Sie erwähnten, daß Sie in Zukunft verstärkt Romane schreiben wollen. Arbeiten Sie im Augenblick gerade an einem?

A: Ja, aber ich muß zugeben, daß ich mit ihm ringe und nicht genau weiß, warum. Die Grundidee begeistert mich, aber es fällt mir immer schwerer, an dem Manuskript zu arbeiten. Vielleicht bin ich damit auf dem Holzweg und sollte mich lieber anderen Dingen widmen. Es ist eine Frage der Konzentration. Manchmal zerstört nämlich die Konzentration die Kreativität. An manchen Tagen arbeite ich also an dem Roman und bin seiner überdrüssig. Wieder dieselbe Welt, dieselben Charaktere, aber der einzige Weg, einen Roman zu schreiben, ist, sich da durchzukämpfen.

Andererseits versuche ich mich an anderen Textgattungen. Ich habe vier Stücke geschrieben. Eines davon ist ein Hörspiel*, das man im Internet abrufen kann, und ein zweites wird im Herbst uraufgeführt. Wahrscheinlich ist die Zeit dafür von meinem Roman abgegangen, aber ich genoß es sehr, etwas Neues auszuprobieren.

F: Sie haben mir im Vorgespräch erzählt, daß Sie als SF-Autor oft von Schulen eingeladen werden. Das scheint aus deutscher Sicht geradezu unglaublich, hierzulande würden Eltern eher gegen eine derart abwegige Idee protestieren. Wie kommen Sie dazu?

A: Der Staat New Hampshire, in dem ich lebe, erhält wie alle übrigen Bundesstaaten einen Zuschuß der Bundesregierung, um ein Programm »Künstler an die Schulen« zu finanzieren. Jeder Staat kann selbst entscheiden, was ein Künstler ist und welche er an die Schulen schicken will. In den meisten Staaten läuft das zweifellos auf Musiker, Tänzer, Schauspieler und ein paar Autoren und Dichter heraus, und in einigen Staaten zählen SF-Autoren nicht zu den Künstlern, die man für diese Aufgabe als würdig erachtet. Aber diese Einstellung verschwindet zum Glück immer mehr.

Ich gehe also an Schulen, manchmal nur für einen Tag, manchmal bis zu 20 Tage. Wenn ich nur einen Tag habe, rede ich mit den Kindern einfach über Science Fiction und die Zukunft. Die Kinder sind meistens Feuer und Flamme, weil sie normalerweise nicht über solche Themen reden, und meistens kommt es zu ganz schön leidenschaftlichen Diskussionen. Wenn ich länger an der Schule bin, also z. B. acht Dienstage in Folge, bringe ich sie dazu, Science Fiction zu schreiben.

In der ersten Stunde erzähle ich ihnen von der Science Fiction. In der zweiten sitzen wir dann im Kreis, und ich stelle ihnen Fragen: »Was denkt ihr, wie wird eure Schule in der Zukunft aussehen?« Die Kinder melden sich und antworten: »Dann gibt es keine Schule mehr!« Dann frage ich: »Gut, aber wie lernen die Leute dann?« Das bremst sie meistens für ein

* Die mit dem Hugo ausgezeichnete Story »Think Like A Dinosaur«.

paar Sekunden, dann antworten sie: »Sie nehmen statt dessen Pillen.« usw. Ich schreibe alle Ideen der Kinder an die Tafel, die nach einer halben Stunde von oben bis unten mit sonderbaren und tollen Gedanken vollgekritzelt ist. Dann bitte ich sie, Geschichten über ihre Schule in der Zukunft schreiben.

Der Grund, warum ich an Schulen gehe, ist, um die Kinder zum Nachdenken anzuregen. Sie können Dinge denken und aussprechen, die in der Schule sonst nicht erlaubt sind. Die Lehrer erkennen immer mehr, wie wichtig es für die Kinder ist, aus den gewöhnlichen Bahnen auszubrechen, nicht nur immer über Sport, Geographie und Physik nachzudenken.

F: Sie haben seit einiger Zeit eine eigenen Homepage* eingerichtet. Wie sehen Sie die Auswirkungen des Internets und der neuen Techniken auf die Literatur?

A: Ich glaube, daß sich eine Menge Schriftsteller über die Zukunft des Schreibens und des Lesens sorgen. Müssen wir bald alle Drehbücher, Webseiten oder ähnliches schreiben? Ich bin aber für die nächste Zukunft sehr optimistisch, weil ich denke, daß wir vor einem neuen Zeitalter des Verlegens stehen, dessen Werkzeug das Internet sein wird. Heute werden sehr viele Autoren nicht publiziert, weil sie keinen Zugriff auf die Kommunikationsmittel haben. Das ändert sich jetzt, und das Problem ist natürlich, daß viele untalentierte Leute ihre eigene Homepage einrichten. Auf der anderen Seite werden sehr viele Leute, die einfach nicht zum Mainstream gehören, die sonderbare oder schwierige Texte schreiben oder seltsame Botschaften auf ihre Fahnen geschrieben haben, im Internet ihre Heimat finden.

Darüber hinaus denke ich, daß das physische Artefakt namens Buch ebenfalls vor einem radikalen Wandel steht. Bücher in ihrer heutigen Form sind eine ökologische Katastrophe. Zu ihrer Produktion werden Bäume gefällt, und zumindest in den USA verläuft das Verlagsgeschäft so, daß ein Großteil von ihnen weggeworfen wird, ohne daß sie jemals gelesen wurden. Ich glaube, daß wir in den nächsten fünf oder zehn Jahren die ersten Lesegeräte in Buchgröße sehen,

* http://www.nh.ultranet.com/~jimkelly/

die genauso lesefreundlich wie ein Buch sind, aber den Text einer ganzen Bibliothek speichern können.

Längerfristig bin ich optimistisch, was das Lesen und Schreiben an sich angeht, aber nicht was das geschriebene Wort angeht. Die Leute diskutieren leidenschaftlich darüber, ob man in hundert Jahren noch Bücher lesen wird. Aber ich frage mich, ob es denn wirklich so schlimm wäre, wenn sie es nicht mehr täten und es statt dessen ein anderes Medium der Kommunikation gäbe. Dieses Medium ist vielleicht eine Mischung aus Programmieren und Drehbuchschreiben oder etwas Ähnliches. Und wenn die Menschen in der Zukunft auf diese Weise kommunizieren, dann hat das mindestens dieselbe Wertigkeit wie unsere heutigen geschriebenen Werke. Wer sind wir denn, daß wir uns anmaßen, das für minderwertig zu erklären?

Ich bin sicher, daß die Schreiber im alten Ägypten geschockt gewesen wären, wenn sie erfahren hätten, daß eines Tages jedermann lesen und schreiben kann. In den Augen der Schreiber hätte das geheißen, Fanatikern und Narren ein Wunder zu überlassen. Auch heute haben wir in gewisser Weise das Gefühl, daß das gedruckte Wort heilig ist, und das halte ich nicht für gerechtfertigt. Das geschriebene Wort mag vielleicht verschwinden, aber die Kommunikation wird weiterleben. Ich gedenke, so lange wie möglich zu leben und bin sicher, daß mich die Kommunikationsformen der Zukunft sehr überraschen werden.

F: Mister Kelly, vielen Dank für das Gespräch.

INTERVIEW

Ein Gespräch mit Kai Meyer

Historische Phantastik

von Marcel Feige

Die Kritiker überschlagen sich vor Lobeshymnen. »Ein herrliches Lesevergnügen, ein Schmöker erster Güte«, titelte das Handelsblatt, und das soll für einen deutschen Autor schon etwas heißen. Dabei begann für den gebürtigen Lübecker KAI MEYER *ursprünglich alles ganz anders. Er gab mit 15 Jahren ein Fantasy-Fanzine heraus, bevor er das Fach wechselte und mit 17 Jahren für Filmzeitungen Regisseure interviewte und Stories zum Horror-Film schrieb.*

Alles schien auf einen jungen, aufstrebenden Filmjournalisten hinzudeuten. Doch während des Studiums der Germanistik, Theaterwissenschaften, Philosophie und seines Volontariats beim Express in Halle schrieb er für Bastei-Lübbe die ersten Romane, schaurige Heftromane (und drei Jerry-Cotton!). Weitere Taschenbücher folgten, bevor bei Rütten & Loening (Aufbau-Verlag Berlin) und Marion von Schröder (Econ Verlag Düsseldorf) erstmals die historisch-phantastischen Hardcover den Konsumenten verzückten und damit seinen Ruf als brillanter Erzähler festigten.

Heute hat ihn Heyne unter Vertrag. »Die Alchimistin« als Hardcover und »Das Gelübde« als Taschenbuch sind aktuelle Erfolge. In der Edition Metzengerstein erschien »Giebelschatten«, zwei Gothic-Novellen, als signierte Sammlerausgabe.

Inzwischen lebt er in der Nähe von Köln, wo er am 23. Juli seinen 29. Geburtstag feierte. Ein Interview mit Deutschlands erfolgreichstem Jung-Autor führte Marcel Feige.

Kai Meyer

F: Deine Biographie macht mich glauben, Kai Meyer wurde mehr oder minder per Zufall zum Autor. War es nicht dein erklärter Kindheitswunsch, einmal Schriftsteller zu werden?

A: Ich habe bereits mit 15 Jahren Kurzgeschichten geschrieben, alles in allem vielleicht zwanzig, von denen ein Großteil natürlich nie erschienen ist. Irgendwann habe ich damit aufgehört und schließlich den ersten Heftroman geschrieben. Eigentlich wollte ich immer Regisseur werden. Mittlerweile denke ich, es ist ganz gut so, daß ich es nicht geworden bin. Ich weiß nicht, ob ich das wirklich könnte.

Auch wenn ich es früher nicht so gesehen habe, denke ich, es ist schon immer auf das Geschichtenerzählen hinausgelaufen. Es gab zwar nie das erklärte Ziel, Schriftsteller zu sein. Aber es gab unbewußt das Ziel, Geschichten zu erzählen. Den Reiz daran kann ich nicht erklären. Warum ich es tue? Keine Ahnung.

F: Siehst du dich denn überhaupt als Schriftsteller? Wie würdest du dich bezeichnen? Als einen Geschichtenerzähler? Einen Wortverdreher? Einen Phantasten? Oder gar einen Künstler?

A: Ich glaube, man kann Schriftsteller nicht über einen Kamm scheren. Gerade in Deutschland gibt es sicherlich viele Wortverdreher. Aber ich sehe mich in erster Linie als Erzähler. Für mich liegt der eigentliche Reiz im Erzählen der Geschichten. Im Konstruieren des Plots. Ich habe den meisten Spaß beim Erstellen des Konzepts oder des Exposés, denn da fühle ich mich noch am freiesten, die Geschichte in alle Richtungen zu bringen, die ich möchte. Wenn ich einmal diese Grundgeschichte auf Papier habe, mehr oder weniger schon Szene für Szene aufgeteilt, dann fühle ich mich beschränkter in dem, was ich tue. Dann kommt das Handwerk zum Tragen. Ich setze mich jeden Tag mit dem Exposé an den Schreibtisch und formuliere die Szenen aus. Ich sehe mich nicht als Poet im klassischen Sinne oder unbedingt als Künstler. Ich glaube, daß es sicherlich eine künstlerische Betätigung ist, aber ob ich mich selbst in der klassischen Künstlerrolle sehe? Ich denke nicht. Ich finde, es ist sehr viel Handwerk dabei.

F: Letztendlich sind deine Bücher ja auch keine Kunstwerke, sondern mehr Unterhaltung, oder?

A: Natürlich ist es Unterhaltungsliteratur, allerdings auf einem gehobenen Level. Natürlich muß das letztlich der Leser entscheiden, aber die Verlage verkaufen es zumindest als gehobene Unterhaltung. Es ist schwierig, sowas selbst zu beurteilen. Für mich ist es selbst während des Schreibens eine Form der Unterhaltung, sonst würde ich es nicht tun. Ich hoffe, daß es dem Großteil der Leser genauso ergeht.

F: Es scheint zumindest so. Und die Presse überschlägt sich mit den Lobeshymnen. Das Handelsblatt schrieb: »Ein herrliches Lesevergnügen, ein Schmöker erster Güte.« Oder die UZ jubelte gar: »Wenn er so weitermacht, wird er noch Bram Stokers ›Dracula‹ und Mary Shellys ›Frankenstein‹ überbieten.« Was geht in dir vor, wenn du, der du mehr oder minder per Zufall zum erfolgreichen Autor wurde, solche Sätze liest?

A: Darüber habe ich herzlich gelacht. Das ist völlig absurd. Das hat jemand geschrieben, der überhaupt keine Ahnung von Bram Stoker und Mary Shelly hat. (Lacht). Klar ist es schön, wenn man etwas Positives liest. Und es wäre gelogen, wenn ich sagen würde: Das streichelt nicht das Ego. Aber ich schnappe dadurch nicht zwangsläufig über.

Meist merke ich dann, gerade bei einem Satz wie dem aus der UZ: Der Redakteur hat das Buch wahrscheinlich nicht gelesen und mußte seine Spalten füllen. Solche Sätze sind natürlich Quatsch. Bram Stoker und Mary Shelly haben etwas anderes gemacht. Bram Stoker war kein guter Schriftsteller. Punkt. Das behaupte ich ganz einfach mal. »Dracula« war wunderbar, alles andere war gräßlich. Und über Mary Shelly kann ich mir kein Urteil erlauben, da ich »Frankenstein« höchstens bis zur Hälfte gelesen habe.

F: Das phantastische Genre feiert dich ja, mehr als Wolfgang Hohlbein, als einen der seinen, der es geschafft hat, aus dem anglo-amerikanischen Sumpf hervorzukommen. Siehst du dich selbst so ein wenig als zweiter Hohlbein in Deutschland?

A: Da muß man natürlich schauen, mit was ich es geschafft habe. Ich habe natürlich mit ganz anderen Sachen angefangen als Wolfgang Hohlbein, von den Heftromanen mal abgesehen. Im Grunde war der erste wirkliche Erfolg »Die Geisterseher« bei Rütten & Loening mit den Brüdern Grimm im alten Weimar als Protagonisten. Und das ist immerhin eine völlig andere Art von Buch, als es Wolfgang Hohlbein schreibt.

F: Sind die vielen positiven Kritiken trotzdem für dich ein Grund, sich im Ledersessel zurückzulehnen und zu sagen: Jawohl, ich habe es geschafft. Genießt du den »Ruhm« ein wenig?

A: Wenn ich in meinem Ledersessel sitze, dann merke ich von dem Ruhm nichts. Ich habe weder kreischende Teenies unter meinem Fenster stehen noch Journalisten, die mir die Bude einrennen.

Man muß einfach sehen, daß das Schreiben eine Betätigung ist, die man alleine macht. Die man meistens *sehr* alleine macht! Schreiben ist etwas, das im Kopf stattfindet. Was draußen in der Welt passiert, ist im Moment des Schreibens eigentlich egal. Wenn ich morgens meine Post aufmache, dann habe ich in der Regel schon zwei oder drei Seiten geschrieben. Und wenn ich dann die Rezensionen vom Verlag zugeschickt bekomme, die positiv sind, dann schreibe ich die restlichen Seiten an dem Tag nicht anders, als ich sie ohne Rezension schreiben würde. Das positive Echo ist wunderbar, aber es hat sicherlich keinen konkreten Einfluß auf meine Arbeit.

F: Stehst du denn an einem Punkt, wo du sagst: So könnte es jetzt weitergehen ... Oder keimen bereits neue Idee und Projekte, neue Ziele?

A: Natürlich gibt es Ziele. Ziele gibt es immer.

F: Was denn zum Beispiel? Wäre der Entry in die SPIEGEL-Bestseller-Liste ein erstrebenswertes Ziel ... oder eine Besprechung im Literarischen Quartett?

A: Das Literarische Quartett (lacht!), nein, ich würde lügen, wenn ich sagen würde, das brauche ich nicht, das will ich nicht. Das wäre Quatsch, denn eine Besprechung dort zieht natürlich den Verkauf sehr vieler Bücher nach sich. Aber ansonsten ist es mir gleichgültig. Vom Nicht-Kommerziellen her ist mir die Besprechung wirklich herzlich egal.

Natürlich ist es ein Ziel, in die SPIEGEL-Bestsellerliste hineinzukommen, aber nicht Ziel insofern, als daß ich mich jeden Morgen hinsetzte und sage: Ich schreibe jetzt ein Buch, das in die Liste muß. Das ist etwas, das passiert mehr oder minder automatisch bzw. durch die Marketing-Experten des Verlages. »Die Alchimistin« stand drei Monate lang in der Buchreport-Liste zwischen Platz 30 und Platz 50; der SPIEGEL selbst druckt ja nur die ersten 15. Als ich dort zum ersten Mal hineingekommen bin, war das schon ein Grund zur Freude, schließlich sind in der Liste nur eine Handvoll deutscher Autoren, und neben mir nur ein anderes phantastisches Buch, eines von King.

Es ist auf jeden Fall ein Ziel, noch mehr Leser zu erreichen, auch im Ausland mehr präsent zu sein; meine Sachen werden im Moment nur in Frankreich veröffentlicht. Natürlich ist es schön, wenn man mit seinen Büchern in den englischen Sprachraum gelangt.

Außerdem habe ich seit einem halben Jahr das Ziel, andere Dinge zu schreiben. Nicht aus dem phantastischen Genre herauszugehen, sondern nur in anderen Medien. Oder anderen Formen der Literatur.

F: Wie kann man sich das vorstellen?

A: Ich habe gerade die ersten sechs Bände einer Jugendbuchreihe für den Loewe-Verlag geschrieben. Das ist eine Grusel- oder Horrorabenteuerserie für Kinder und Jugendliche ab zehn Jahre. Das wollte ich unbedingt machen. Dafür bekomme ich zwar deutlich weniger Geld als für ein Heyne-Hardcover, aber das macht mir einfach unheimlich viel Spaß. Gerne würde ich auch einen Comic schreiben, gemeinsam mit einem Illustrator. Da gibt es auch bereits relativ konkrete Pläne zusammen mit Dieter Jütt, der »Das Gelübde« bei Heyne und die »Giebelschatten« in der Edition Metzengerstein illustriert hat. Ich hätte sehr viel Lust, mal ein Hörspiel zu schreiben. RTL verfilmt gerade eines meiner Drehbücher, ein Horrorfilm, der wohl im Frühjahr '99 ausgestrahlt wird. Derzeit sitze ich am Drehbuch eines Kino-Projekts.

F: Wie schaut es denn mit der Verfilmung deiner bereits erschienenen Bücher aus? Ist da schon etwas geplant?

A: Es gibt Bestrebungen. Es ist eine Option verkauft worden auf »Die Geisterseher«; es gibt einen Sender, der es als Zweiteiler machen will. Ich würde dann, wenn es wirklich umgesetzt wird, dazu das Drehbuch schreiben. Es gibt relativ gute Aussichten, daß »Hex« fürs Kino verfilmt wird. Die Option ist an den deutschen Fernseh- und Kino-Regisseur Peter Keglevic verkauft worden. Derzeit laufen die Finanzierungsgespräche, was sich als mühsam erweist, da die Verfilmung laut Schätzung 25 Millionen Mark kosten soll und es damit der bislang teuerste deutsche Film wäre.

F: Die Mystik läuft ja ziemlich gut im Fernsehen. Die phantastische Literatur ist sicherlich nicht mehr nur eine Subkultur. Und trotzdem hat es die Phantastik schwer, vor allem in Deutschland, als Literatur anerkannt zu werden, geschweige denn die Hochliteratur ansatzweise zu tangieren. Woran liegt diese allgemeine Abscheu der Kritiker?

A: Ich denke, das ist hauptsächlich ein Qualitätsproblem. Auch wenn alle Fans dieses Genres mich dafür hassen werden. Es ist einfach so. 90 Prozent von dem, was veröffentlicht wird, ist letztlich literarisch nicht auf einem Niveau, daß es ein Literaturkritiker ernst nehmen könnte. Es gibt eine Handvoll Autoren, gerade auch im Horror-Bereich, z. B. Ramsey Campbell, die auf jeden Fall das Potential hätten. In manchen Ländern werden sie ja auch nicht so stiefmütterlich behandelt wie hier bei uns in Deutschland.

Da liegt im Grunde auch das Problem: Wenn Ramsey Campbell in Deutschland ein Buch veröffentlicht, dann erscheint es entweder bei Knaur mit grauenvollem Cover – oder wie jetzt zuletzt bei Heyne, »Gespenstersuche«, im Science Fiction-Programm. Solange die Leute es nicht schaffen, ins Hardcover hineinzukommen, solange die Ausstattung nicht ein »richtiges Buch« signalisiert, wird das nie wirklich funktionieren.

F: Sprichst du da auch ein wenig aus eigener Erfahrung?

A: Bei mir was er das gleiche. Meine ersten beiden Bücher, die bei Bastei im Taschenbuch erschienen sind, sind nicht großartig besprochen worden. Man muß mit der Phantastik ins Hardcover, und das in einem Verlag, der es schafft, die Bücher vernünftig in die Buchhandlungen zu streuen.

F: Womit wir wieder beim eigentlichen Problem wären ... Taschenbücher sind keine gehobene Literatur, nur die Hardcover oder wie?
A: Kritiker lesen doch kaum Taschenbücher, wenn es nicht gerade Suhrkamp ist. Und das Phantastik-Programm bei Suhrkamp läuft auch nicht. Es stimmt – der Erfolg hat viel mit dem Hardcover zu tun. Es hat viel mit Vorurteilen zu tun, aber wenn man sich den Ursprung des Taschenbuchs anschaut, erkennt man: Das Taschenbuch war und ist ein reines Unterhaltungsmedium. Und zwar eines zum sehr schnellen Konsum. In der Straßenbahn oder im Bus.
F: Ist das Problem der Phantastik denn ein rein deutsches Problem? Oder trifft es auch die amerikanischen Phantastik-Autoren, von King mal abgesehen.
A: Ich denke, ja. Bei Campbell zum Beispiel liegt es eindeutig am Taschenbuch. Der erscheint in Deutschland nur in größtenteils furchtbar aufgemachten Taschenbüchern, und damit wird er es nicht schaffen.
F: Du bist eine Art Aufklärer für deutsche Autoren. Du zeigst dem Genre, mit welchen Themen man am besten Erfolg haben kann. Keine klassischen Schauergeschichten wie in »Giebelschatten«, also deine Frühwerke, sondern historische Romane mit einem leichten Hauch Phantastik. Du spielst mit dem im Mittelalter weitverbreiteten Mysterien-Glauben der Menschen. Eine recht eigenwillige Mischung, die nur noch wenig mit dem herkömmlichen Verständnis von Phantastik zu tun hat. Die Deutschen denken gerne in Schubladen. Wie also würdest du dein Metier nennen – phantastische Historie oder historische Phantastik? Oder nichts von alledem?
A: Es sind eigentlich alles historische Romane. Das hat verschiedene Gründe. Ursprünglich hatte es damit zu tun, und es wäre falsch, das nicht zuzugeben, daß »Die Geisterseher« sehr erfolgreich war. Da wäre es dumm gewesen, danach einen modernen Roman zu schreiben. Am Anfang gab es also in gewisser Weise einen kommerziellen Hintergrund, auch wenn ich durch »Die Geisterseher« nicht reich geworden bin. Mir war aber klar, wenn ich als nächstes wieder einen histori-

schen Roman schreibe, dann wird er im gleichen Verlag im Hardcover untergebracht werden.

Ein anderer Grund ist, daß mir die historischen Stoffe einfach liegen und Spaß machen. Wobei meine Romane natürlich historische Bücher mit phantastischen Elementen sind, also tatsächlich sowas wie historische Phantastik.

Das besondere ist ja, man kann in der Historie sehr viele phantastische Ideen einbringen, die man einem Autor in der Moderne nicht abnehmen würde. Ich kann in einem Mittelalterroman durchaus einen Magier auftreten lassen, und es stört merkwürdigerweise keinen Mainstream-Leser. Wenn ich einen Roman schreibe, der heutzutage spielt, und ich lasse einen Magier auftauchen, dann ist das schon ein bißchen schwieriger.

F: Du warst aber ursprünglich in der reinen Phantastik beheimatet; warst im Fantasy-Fandom tätig, hast ein Fanzine herausgegeben, Stories geschrieben, Horror-Regisseure interviewt und porträtiert. Wie ist es zu der Idee der historischen Phantastik gekommen?

A: Der Auslöser war ein mehrseitiger Artikel im SPIEGEL über Lawrence Norfolks »Lemprieres Wörterbuch«. Das war auch eine Art historische Phantastik, die der SPIEGEL in höchsten Tönen bejubelte. Das klang damals wahnsinnig interessant, und ich habe mir das Buch schicken lassen. Ich habe es gelesen und fand es entsetzlich. Ich dachte aber, grundsätzlich sei diese freche Mixtur aus Historie und Phantastik eine gute Idee. Ich habe überlegt, wie ich selbst etwas machen könnte, das mir beim Schreiben genauso viel Spaß machen würde wie die Vorfreude, die durch den SPIEGEL-Artikel bei mir ausgelöst wurde. Phantastik und Historie, die Gebrüder Grimm, das lag irgendwie nahe.

Ich hatte bei »Die Geisterseher« immer die alten ZDF-Advents-Vierteiler im Hinterkopf, Verfilmungen klassischer Abenteuergeschichten. Die kindliche Nostalgie, die ich empfinde, wenn ich mich an diese Filme erinnere, wollte ich in dem Roman transportieren.

F: Wobei die phantastischen Elemente bei »Die Geisterseher« noch recht zurückhaltend sind?

A: Was wie Phantastik aussieht, aber in Wirklichkeit keine ist, sind ja mehr Requisiten der »Gothic«-Literatur, der klassischen Schauerliteratur. Alte Schlösser, dunkle Wälder und so weiter; das habe ich ja auch in »Die Alchimistin« massiv verwandt. Da ist alles drin, was mir einfiel an Schauplätzen, die man unter dem Oberbegriff Schauerliteratur einordnen könnte.

Um es aber auf den Punkt zu bringen: Ich sehe meine Romane als eine Mischung aus klassischem Abenteuerroman und Schauergeschichte. Natürlich, die spätere »Nibelungen«-Serie beim Econ-Verlag ging in die Fantasy-Richtung, aber gerade die Hardcover sind schon diese Abenteuer-Schauer-Mischung.

F: Schauergeschichten haben es in Deutschland derzeit schwer. Wo, meinst du, liegt denn der Erfolg deiner Bücher begründet?

A: Ich kann nicht genau sagen, woran es liegt, daß die Romane vom Leser so gut aufgenommen werden. Es ist aber so, daß meine Bücher von den Verlagen nie als phantastische Romane vermarktet worden sind, sondern immer als historische Romane. Und das ist wohl auch einer der Gründe, weshalb der Buchmarkt sie annimmt.

Das einzige Mal, als man es anders herum versuchte, nämlich bei »Hex«, bei dem groß »Der Ufo-Roman« draufstand, hat es eigentlich nicht so funktioniert, wie es alle erhofft haben. »Hex« hat sich zwar ganz vernünftig verkauft, aber daß man es wirklich geschafft hat, über die phantastische Schiene Leser heranzubekommen, das hat nicht geklappt. Ich glaube, die Leute, die »Hex« gekauft haben, hätten das auch ohne diesen Untertitel getan. Das ist wohl auch der Grund, warum der Untertitel fürs Taschenbuch entfernt wurde. Sehr vernünftig, finde ich.

F: Reizen dich denn mal nicht andere Genres? Wie wäre es mit einem Liebesroman à la Utta Danella?

A: (lacht) Liebesroman? Den habe ich geschrieben! Sogar mit großer Begeisterung. »Das Gelübde« ist eindeutig eine Liebesgeschichte, in die sich phantastische Untertöne eingeschlichen haben. Man kann es als Geistergeschichte lesen, als Liebesgeschichte, als historischen Roman. »Das Gelübde« war für mich wirklich ein Experiment, auch weil es fast durchgehend ein Zwei-Personen-Stück ist, das nur in einem Raum spielt.

F: Werden noch weitere Experimente dieser Art folgen?

A: Ich denke schon. Wie es ausschaut, werde ich neben meinen Hardcover für Heyne – wahrscheinlich alle 18 oder alle zwölf Monate ein Hardcover – zusätzlich einige Original-Taschenbücher schreiben. Darüber hinaus folgen die Taschenbuch-Ausgaben der Aufbau-Romane (außer »Geisterseher« und »Winterprinzessin«). Die Original-Taschenbücher zumindest sehe ich ein wenig als ein Experimentierfeld an, natürlich im Rahmen dessen, was ein Verlag wie Heyne publiziert.

F: Hat man als Autor, wenn man einmal in die Maschinerie der Großverlage hereingerutscht ist, überhaupt noch Freiräume – oder fordert – vom Leser mal ganz abgesehen – nicht auch Heyne von dir bereits den nächsten Historienroman?

A: Ich habe immer das schreiben können, worauf ich Lust hatte. Ich habe mir nie von irgendwem sagen lassen, was ich machen soll.

F: Muß man sich als Autor für den Erfolg den Marktanforderungen beugen – oder einfach nur mit viel Geduld und Ausdauer an seinen Idealen, also seinen Themen festhalten? Letztlich bist du für letztere These das beste Beispiel ...

A: Es ist Quatsch, einem Verlag wie Heyne 500 Seiten konkrete Poesie zu schicken. Das bringt natürlich wenig. Ich denke, wenn man Literatur im Feld der Unterhaltung schreiben will, dann hat man sicherlich gewisse Vorstellungen, sei es Genre-Roman, historischer Roman oder sei es Krimi. Natürlich kann man jedem Autor nur raten, zu schauen, was funktioniert gerade. Einem Hardcover-Verlag eine Space-Opera anzubieten, wäre Blödsinn. Ob deshalb das Buch, das der betreffende Autor schreibt, ein einziger Kompromiß sein muß, ist eine andere Sache. Bei meinem zweiten historischen Roman, »Der Rattenzauber«, war es eine klare Überlegung, einen historischen Roman zu schreiben, einfach weil es mir Spaß machte und beim Verlag untergebracht werden konnte.

Wenn ich dem Verlag einen Polit-Thriller angeboten hätte, weiß ich nicht, ob er ihn genommen hätte. Wahrscheinlich eher nicht.

Bei mir ist es tatsächlich aber so, daß das, was ich schreibe, mir Spaß macht und gerade in die Literatur-Sparte fällt, die gegenwärtig beim Leser gut ankommt.

Aber ich sehe das, was ich mache, auch für die Verlage schon als ein Experiment. »Die Alchimistin« war ein großer, historischer Roman, grundsätzlich also beste Chancen auf Erfolg. Aber wenn man sich »Die Alchimistin« genauer anschaut, dann merkt man, daß der Roman viele Dinge enthält, die so schrecklich konventionell nicht sind. Auch die Form der Phantastik, die darin praktiziert wird, bietet eigentlich nicht die Elemente, die derzeit gerade gefragt sind. Weder die Schauerliteratur noch irgendwelche Stories über Unsterbliche, vom »Highlander« mal abgesehen, sind derzeit große Renner. »Die Alchimistin« war also auch für einen Verlag wie Heyne in vielerlei Hinsicht ein Wagnis.

Ein Buch von einem deutschen Autor, dazu ein dickes Buch, also in der Herstellung nicht ganz billig, mein Honorar auch nicht niedrig – die haben da schon einiges an Geld investiert. Zwar haben alle von Anfang an gesagt: Das klappt! Und es hat ja auch funktioniert. Aber ich habe das gar nicht so gesehen. Ich war nicht davon überzeugt, daß es so gut laufen würde.

F: Es läuft derzeit ja ziemlich gut für dich. Was dürfen wir denn als nächstes von dir erwarten? Gibt es einen neuen Brüder Grimm-Roman?

A: Im Moment eher nicht, weil der Aufbau-Verlag eine Option darauf hat, und ich für den Aufbau-Verlag nichts mehr machen werde. Vielleicht irgendwann einmal, in einigen Jahren, ich habe im Moment auch keine Lust dazu. Ich habe schon beim zweiten, »Die Winterprinzessin«, mit mir zu kämpfen gehabt. Als nächstes kommen bei Loewe die ersten Bände der Gruseljugendserie, dann im halbjährlichen Abstand zwei neue Bände. Dann erscheint im nächsten Herbst, möglicherweise im August, das neue Hardcover bei Heyne unter dem Titel »Göttin der Wüste«.

F: Wovon wird es handeln?

A: Das ist ein Roman, der Anfang des 20. Jahrhunderts im damaligen Südwestafrika, einer deutschen Kolonie, dem heutigen Namibia, spielt. Das ist für mich erstmals ein Schauplatz außerhalb Europas. Es geht unter anderem um den Kains-Mythos, um afrikanisches Schamanentum, es geht um Geisterbeschwörung, natürlich gibt's auch einige Abenteuerelemente – aber im großen und ganzen kann man auch diesmal sagen, das ist ein Schauerroman, der in den deutschen Kolonien in Afrika spielt.

Außerdem schreibe ich weiterhin Drehbücher für Fernsehen und Kino, bislang alles unheimliche oder phantastische Stoffe. Es gibt natürlich noch einige Sachen, die geplant sind, aber zeitlich noch völlig in der Schwebe hängen.

F: Kommt man bei der Fülle an Aufgaben überhaupt noch dazu, selbst Bücher zu lesen?

A: Ich lese immer weniger. Das heißt, ich lese immer weniger Bücher zu Ende. Ich fange viele Bücher an und höre spätestens auf Seite 50 wieder auf, weil ich ungeduldig geworden bin. Ich habe große Probleme, fiktiven Geschichten zu folgen. Einfach weil ich nach einer Weile merke, wie der Autor das macht. Ich merke, wie er die Handlung aufbaut und weiß ungefähr, was als nächstes kommt. Ich werde nur noch selten überrascht. Wenn ich wirklich überrascht werde, dann lese ich das Buch in der Regel auch zu Ende.

Manchmal habe ich aber auch Lust, ein ganz bestimmtes Buch zu lesen. Das muß überhaupt nichts Besonderes oder Hochliterarisches sein. Hin und wieder habe ich fürchterliche Lust, einen Fantasy-Roman zu lesen, ein richtiges Klischee-Ding, meist um Weihnachten herum.

F: Gibt's für dich eigentlich Vorbilder?

A: Einen bestimmten Autor als Vorbild habe ich nicht. Eine ganze Weile habe ich auf diese Frage geantwortet: die deutsche Phantastik vom Anfang unseres Jahrhunderts, also Meyrink oder Evers. Aber das stimmt eigentlich auch nicht ganz.

Ich finde Gustav Meyrink großartig, aber daß ich unbedingt sagen müßte, der Meyrink als Person ist für mich ein schriftstellerisches Vorbild, das kann ich nicht behaupten. Meyrink war ein Esoterik-Spinner, das muß man ganz krass sagen. Aber er hat wunderbare Bücher geschrieben. Und Evers ist zu den Nazis übergelaufen, als es sich anbot, und hat nationalsozialistische Literatur geschrieben. Da kann ich auch nicht unbedingt behaupten, daß er für mich ein Vorbild ist, um Himmels willen!

Ich habe früher viel Stephen King gelesen, vor acht Jahren aber damit aufgehört, weil ich King mittlerweile relativ langweilig finde. Er macht eigentlich immer nur das gleiche. Es soll kein Vorwurf sein, denn als Autor gerät man leicht auf eine bestimmte Schiene. King hat halt das Problem, daß es so wahnsinnig viel von ihm gibt, und natürlich kann sich ein Autor nicht bei jedem Buch neu erfinden. Ich finde es deshalb unnötig, alle King-Romane zu lesen. Man sollte fünf oder sechs King-Romane lesen und sich die heraussuchen, von denen man meint, daß man nicht enttäuscht wird. King ist für mich ein Klasse-Schriftsteller, aber nicht unbedingt mein Vorbild.

F: Wobei sich mir die Frage stellt: Du bist 29 Jahre alt und hast über zwanzig Romane geschrieben; King ist 50 und hat vierzig Romane geschrieben. Kann es nicht sein, daß auch du dir irgendwann diesen Vorwurf der »Eingefahrenheit« gefallen lassen mußt? Immerhin steht der Name Kai Meyer inzwischen für die ganz besondere Art der historischen Phantastik.

A: Ich glaube, daß es nur wenige Leute gibt, die alle meine Bücher gelesen haben. Das ist bei mir ähnlich wie bei Hohlbein. Hohlbein hat über 150 Bücher geschrieben, und es gibt nur eine Handvoll Leute, die alle kennen.

Ich denke allerdings auch, es ist ein anderer Typ von Leser, den ich anspreche. Der King-Leser ist nicht unbedingt derjenige, der meine Bücher liest. Im übrigen stellen sich bei King die Abnutzungserscheinungen auch nur deshalb ein, weil alle seine Bücher so massiv präsent sind. Man kann in die Buchhandlung gehen und sich alle 40 oder 50 King-Bücher kaufen. Sie liegen da ja auch sehr gut aus, man kommt buchstäblich nicht um sie herum. Ein bißchen anders ist beispielsweise Koontz. Dean Koontz hat ebenfalls viele Bücher geschrieben, sicherlich mehr als Stephen King, aber von Koontz ist in

Deutschland nur noch eine bestimmte Zahl an Büchern erhältlich. Koontz wird sich also nicht so abnutzen, weil es viele Leute gibt, die nicht jedes Koontz-Buch lesen, sondern alles mögliche und dabei gelegentlich auch mal zum Koontz greifen.

Auf mich übertragen heißt das: Ich habe Leser, die Bücher aus allen Sparten lesen – und hin und wieder eben auch mal eines aus meiner.

Sharon Shinn

INTERVIEW

Ein Gespräch mit Sharon Shinn

von Usch Kiausch

Sharon Shinn erhielt für ihren ersten Fantasy-Roman »The Shape-Changer's Wife« (Berkeley Publishing Group) im März 1996 den »IAFA William Crawford Award« für das beste Nachwuchs-Werk. Mit Sharon Shinn sprach Usch Kiausch auf der »17th Conference on the Fantastic in the Arts«.

Sharon Shinn, 1957 in Wichita/Kansas geboren, wuchs in St. Louis auf und machte an der North Western University in Chicago ihren Abschluß als Journalistin.

F: Wie vereinbarst du deinen Beruf als Journalistin mit dem Schreiben von Fantasy-Romanen? Sind das nicht ganz unterschiedliche Welten, in denen du dich da bewegst?
A: Ich wußte immer schon, daß ich vom Schreiben leben wollte. Aber ich war mir nicht sicher, ob eine Existenz als freie Schriftstellerin mich würde ernähren können. Als Journalistin kann ich vom Schreiben leben. Vier Jahre lang war ich in Chicago, dann ging ich nach St. Louis zurück. Dort habe ich während der letzten zwölf Jahre für eine Zeitschrift namens »Decor« gearbeitet. Ihre Zielgruppe sind Leute, die kleine Kunstgalerien oder Rahmungsgeschäfte betreiben. Die Zeitschrift hat sich sehr spezialisiert, wir informieren die Leserinnen und Leser über geschäftliche Entwicklungen in dieser Branche. Inzwischen bin ich dort geschäftsführende Redakteurin, schreibe Reportagen und Berichte, mache Interviews, reise zu Messen und Tagungen usw. *Fiction* schreibe ich schon seit einiger Zeit, allerdings habe ich erst in den letzten Jahren damit begonnen, ganze Romane

zu schreiben. Im Dezember 1993 wurde »The Shape-Changer's Wife« von Berkeley angenommen. Es ist das erste Buch, das ich veröffentlichen konnte. Kurz nachdem sie diesen Roman angenommen hatten, schickte ich ihnen einen weiteren Roman, den ich gerade fertig geschrieben hatte: »Archangel«. Der gefiel ihnen so, daß sie ihn nicht nur ankauften, sondern auch weitere Bücher von mir wollten, die noch nicht einmal geschrieben sind. Den zweiten Roman in dieser Reihe habe ich schon fertig, der dritte ist bereits in Arbeit. »Archangel« wird noch in diesem Jahr als erster Roman einer Trilogie erscheinen.

F: Hattest du vorher schon lange versucht, deine Romane an die Verlage zu bringen? War es sehr schwierig?

A: Ja, es war schwierig. Ich habe es lange genug versucht, das kann einem schon den Mut nehmen. Ich kannte auch andere Leute, die schrieben, aber niemand war so versessen darauf wie ich. Aber ich hatte keine engeren Beziehungen zu Literatur-Verlagen. Ich schickte also einfach Manuskripte quer durch die Gegend und bemühte mich gleichzeitig um einen Agenten. Es kamen viele Formbriefe zurück – »im Moment haben wir keine Verwendung für Ihre Arbeiten« etc. –, ich habe bestimmt mehr als 50 Sendungen losgelassen. Aber meine Familie und meine Freunde haben mich ständig unterstützt und ermutigt und gesagt: Wir wissen, du wirst es schaffen. Ohne diese Unterstützung wäre alles noch viel schwieriger gewesen. Selbst, als ich endlich einen Literaturagenten gefunden hatte, dauerte es noch ein paar Jahre bis zu meiner ersten Veröffentlichung.

F: Welche Themen in der Science Fiction und in der Fantasy interessieren dich besonders?

A: Das ist schwierig, kurz zu beantworten. »The Shape-Changer's Wife« handelt von einem jungen Zauberer, der bei einem älteren Zauberer in die Lehre geht. Der junge Zauberer verliebt sich in die Frau seines Meisters, die ziemlich seltsam ist und ihn fasziniert. Allmählich merkt er, daß sein Meister recht üble Dinge treibt. Es kommt zu einem Kampf zwischen dem Guten und dem Bösen, wie ja fast immer in Fantasy-Romanen, und dieser Kampf wird zwischen dem alten und dem jungen Zauberer ausgetragen. Aber gleichzeitig ist es eine Liebesgeschichte. Und eine Entwicklungsgeschichte: Der junge Zauberer ist mit seinen eigenen Grenzen und seinen eigenen Sehnsüchten konfrontiert. Ich glaube, in den meisten Fantasy-Romanen geht es um ein »Bezwingen« von äußeren oder von inneren Dingen. Bei mir geht es um ein persönliches Bezwingen: Der junge Zauberer muß herausfinden, wer er eigentlich ist, an was er glaubt, zu was er fähig ist.

Bei dem, was ich schreibe, geht es oft um Menschen, die eine Art von äußerer Maske tragen, sich dahinter verstecken, sich nicht bewußt sind, wer sie eigentlich sind. »The Shape-Changer's Wife« handelt zum Teil von dem Prozeß, sich von einer solchen Maske zu befreien. Es ist eine Suche, bei der der junge Zauberer sich selbst findet. Ich nehme an, solche Fragen berühren mich irgendwie bei dem, was ich schreibe. Die Selbstfindung.

F: Und bei »Archangel«?

A: O, »Archangel« ist recht komplex und viel umfangreicher. Schauplatz ist eine Welt, die vierhundert oder fünfhundert Jahre vor der Zeit besiedelt wurde, in der die Handlung beginnt. Diese Welt ist das Refugium von Leuten, die aus der sehr gewalttätigen Gesellschaft auf einem anderen Planeten hierher gekommen sind. Ihnen geht es vor allem darum, in einer harmonischen Gesellschaft zu leben. Sie haben eine Art von Engeln geschaffen, deren Aufgabe es ist, zwischen den Sterblichen und ihrem Gott zu vermitteln. Jedes Jahr kommen die Menschen zusammen, um ihrem Gott mit einem Lied der Harmonie zu huldigen – das ist ein Mittel, auch die Harmonie in der Gesellschaft der Sterblichen zu erhalten. Aber manche Leute sind nicht so auf Harmonie aus, und das schafft natürlich Probleme. Es wird dann recht kompliziert. Der neue Erzengel in spe soll auf den Wunsch seines Gottes ein bestimmtes Mädchen heiraten, die lehnt ihn aber ab. Es entwickelt sich eine Liebesgeschichte zwischen zwei Menschen, die völlig unterschiedliche Ansichten über die Welt und über ihr Leben haben. Aber sie müssen zusammenarbeiten, um die Welt zusammenzuhalten.

In vielen meiner Bücher gibt es Romanzen, Liebesgeschichten oder Beziehungsgeschichten. Ich versuche dabei, meinen männlichen und weiblichen Protagonisten das gleiche Gewicht zu geben. Sie müssen zusammenarbeiten, wenn sie das verwirklichen wollen, was sie vorhaben. Nur so können sie ihre Probleme lösen.

F: Ist das deine generelle Haltung zum Verhältnis der Geschlechter?

A: (lacht) Ja, ich finde, die Leute sollten Partner sein. Ist doch blöd, wenn einer den anderen retten muß oder ihm sagen soll, wo es lang geht – in der Literatur wie im Leben. Das gilt ja auch für Situationen am Arbeitsplatz, zum Beispiel in einer Zeitschriften-Redaktion.

F: Gibt es weibliche Autoren in Science Fiction oder Fantasy, die dich sehr beeindruckt oder beeinflußt haben?

A: Ja, ich habe Patricia McKillip immer sehr gemocht, aber auch Robin McKinley, Barbara Hambly, Ursula Le Guin, Anne McCaffrey, Elizabeth A. Lynn und viele andere. Ich neige eher dazu, klassische Fantasy als harte Science Fiction zu schreiben. Ich habe natürlich auch harte SF gelesen, aber nicht so ausgiebig wie Fantasy.

F: Hast du selbst auch schon Science Fiction im engeren Sinn geschrieben?

A: Ja, ich habe ein bißchen damit herumgespielt. Aber ich bin in den Naturwissenschaften nicht besonders gut ausgebildet. Wenn ich also harte SF schreiben will, dann siedele ich die Geschichte in einer Zukunft an, in der es Raumschiffe und das alles gibt, aber kümmere mich wenig darum, wie die Menschheit es bis dahin geschafft hat, welche Antriebe diese Raumschiffe haben etc. Und das setzt mir schon bestimmte Grenzen. Mir gefällt's, wenn die Menschen dieser Zukunft es mit anderen Dingen zu tun haben, als die Charaktere im meinen Fantasy-Romanen, denn Fantasy neigt ja zur Orientierung an der Vergangenheit. Aber im Augenblick konzentriere ich mich auf Fantasy.

F: Schreibst du auch Kurzgeschichten oder Erzählungen?

A: Ich habe ein paar Kurzgeschichten geschrieben, aber die längere Form liegt mir besser. Selbst meine Kurzgeschichten umfassen meist vierzig bis fünfzig Seiten. »The Shape-Changer's Wife« war ursprünglich eine Novelle von fünfundsiebzig Seiten, die habe ich dann ausgebaut. Jetzt hat das Buch rund zweihundert Seiten. »Archangel« hat sogar 450 Druckseiten. Die kurze Form ist nicht meine starke Seite.

F: Wie bringst du das alles neben deiner journalistischen Arbeit überhaupt zeitlich unter einen Hut?

A: Ich versuche jeden Abend und am Wochenende ein paar Stunden an meinen Romanen zu arbeiten. Das ist schon schwer, aber ich habe mich allmählich daran gewöhnt. Für mich ist das Schreiben wirklich eine Obsession. Und die braucht man wohl auch, wenn man die Disziplin aufbringen will, ein Buch bis zum Ende zu schreiben. Manchmal braucht man dazu mehr wilde Entschlossenheit als Fertigkeit. Man tut's einfach. Mir macht das Schreiben Spaß, und ich will es dann auch zu Ende bringen. Am meisten Spaß macht mir allerdings das Konzipieren der Handlung, ehe ich überhaupt loslege. Das ist der schönste Teil vom Schreiben, das andere ist disziplinierte Arbeit. Ich langweile mich nie. Wo immer ich gerade bin, kann ich über die Handlung nachdenken. Die ganze Zeit laufen in meinem Kopf meine eigenen Filme ab.

F: Fällt es dir nie schwer, vom journalistischen Schreiben zum Schreiben von Fiction umzuschalten?

A: Nein, eigentlich nicht. Das eine hat mit dem anderen kaum was zu tun. Beim Journalismus kommt es darauf an, Informationen zu vermitteln, und zwar so, daß der Leser den Vermittlungsakt kaum merkt. Stil usw. tritt hinter der Information zurück. Aber wer Literatur schreibt, malt ein Bild, schafft eine Stimmung. Meiner Meinung nach muß von der Sprache selbst Kraft und »Musik« ausgehen, so daß der Leser sagt: Das war eine wunderbare Zeile. Journalistische Texte sind viel trockener und präziser. Natürlich muß man auch beim Schreiben von Romanen präzise sein, aber man kann mit der Sprache viel kreativer umgehen. Stilistisch ist da ein ganz großer Unterschied. Problematisch ist für mich eigentlich nur die Tatsache, daß ich in der Redaktion den ganzen Tag vor dem Computer sitze, und abends dann vor dem Computer zu Hause. Das ist körperlich sehr anstrengend, mir macht oft mein Rücken zu schaffen. Und wenn ich müde bin, schlägt sich das ja auch in den Stimmungen meines Romans nieder, manchmal muß ich Passagen dann am nächsten Tag komplett überarbeiten, bereinigen und »aufhellen«.

F: Ist diese »Helligkeit« deiner Romane, wie du's nennst, wichtig für dich?

A: Ja, denn ich bin ein glücklicher Mensch – auch wenn »The Shape-Changer's Wife« keinen eindeutig glücklichen Ausgang nimmt. Aber alles, was ich sonst noch geschrieben habe, geht gut aus. Es fällt mir schwer, meine Protagonisten sterben zu lassen. Im allgemeinen bin ich ein glücklicher Mensch und mag nicht daran denken, daß alles in Verzweiflung endet. Natürlich bekommt man nicht immer das, was man möchte, aber irgend etwas sollte man für sich aus jeder Erfahrung ziehen. Weisheit, Freundschaft, was immer. Wenn ich in einem Roman wirklich einmal einen Protagonisten sterben lassen muß, dann vermeide ich eine Situation, in der alles nur noch ganz und gar trübe aussieht. In meinen Geschichten gibt es immer Hoffnung.

F: Und alle Konflikte sind lösbar und werden gelöst?

A: (lacht) Ja. Normalerweise triumphiert bei mir das Rechte und Gute über das Böse. Aber wie viele andere Fantasy-Autoren gebe ich dem Bösen trotzdem Gewicht: Selbst wenn das Gute in bestimmter Hinsicht siegt, lauert da draußen auch weiterhin das Böse. Man kann es nie ganz besiegen, es wird immer da draußen warten. Aber man kann es durch Integrität und Ehrlichkeit bewältigen, man darf darin nicht nachlassen. So formuliert, klingt das irgendwie doof, stimmt's?

F: Na ja, vielleicht ein bißchen naiv, wenn man das Leben auf eine solche Formel bringt. Überträgst du das von deinen Romanen auch aufs »wirkliche Leben«?

A: Keine Ahnung. Eigentlich denke ich, daß die ganze Menschheitsgeschichte ziemlich trübe und gewalttätig verlaufen ist. Wir glauben, unsere jetzige Gesellschaft sei sehr gewalttätig, und das stimmt. Aber egal, an welchen Punkt der Geschichte man zurückgeht, immer war da Krieg, Aggression, Folter, immer gab es Leute, die aufeinander losgingen. Aber das alltägliche Leben ist für mich eigentlich immer recht angenehm verlaufen. Ich habe in keiner Stadt voller Kriegsverheerungen, in keiner verwüsteten Umgebung leben müssen. Und überall gibt es gute Leute, die versuchen, das in Ordnung zu bringen, was falsch ist. Die Welt ist nie ein Ort, an dem es nur Verzweiflung gibt, und ist es auch nie gewesen. Trotz aller Kriege, wie zum Beispiel der im ehemaligen Jugoslawien.

F: Interessierst du dich auch für europäische Schriftstellerinnen oder Schriftsteller?

A: Ich habe viele viktorianische Autoren des 19. Jahrhunderts gelesen. Besonders mochte ich Charlotte Brontë, Jane Austen und Charles Dickens. Diese Periode in der Literatur gefällt mir ganz besonders, vielleicht hat sie mich auch beeinflußt, wie ich neulich Charles Brown von »Locus« verraten habe. Ich habe ihm auch erzählt, daß ich sehr gern *Western*-Romane lese. Ich muß wohl was für sehr spezifische Zeiten und Orte übrig haben, wie zum Beispiel die Regency-Zeit in England mit all ihren Verschrobenheiten, Vorschriften und Sitten. Auch der amerikanische Westen besteht aus einer spezifischen Zeit und aus spezifischen Orten – selbst, wenn das alles vielleicht nur Fiktion ist. So etwas zieht mich an. Ich kenne mich auch ein bißchen in der amerikanischen Literatur aus der ersten Hälfte des 20. Jahrhunderts aus, ich hab Hemingway, Fitzgerald, Gertrude Stein usw. gelesen – und wieder handelt es sich um eine bestimmte Epoche, die eine ganz bestimmte Atmosphäre vermittelt, allerdings nicht so deutlich, wie die Literatur des 19. Jahrhunderts. Die Literatur des 20. Jahrhunderts spricht mich längst nicht so an. Entweder die Literatur des 19. Jahrhunderts, oder aber die Literatur des 23. Jahrhunderts – das sind die Extreme, zwischen denen ich mich bewege. Science Fiction oder viktorianische Fiction. Romane der Gegenwart lese ich eigentlich nur, wenn ich sie geschenkt bekomme. Ich habe auch nicht so viel Zeit zum Lesen, wie ich gerne hätte. Früher las ich pro Woche mindestens ein Buch, heute hab ich Glück, wenn ich ein Buch in einem Monat schaffe.

F: Träumst du davon, irgendwann nur noch Romane zu schreiben und davon zu leben?

A: Aber ja, natürlich. Ich kenne allerdings viele Schriftstellerinnen und Schriftsteller, die andere »Hauptberufe« haben und als Lehrer oder sonstwas arbeiten, und das geht ja auch. Selbst jahrelang. Natürlich wäre es leichter für mich, wenn ich vom Schreiben meiner Romane leben könnte. Mal sehen, was passiert ...

F: Viel Glück – und vielen Dank für das Gespräch.

INTERVIEW

Ein Gespräch mit Peter David

Cowboys und Alien

von Jens H. Altmann

Ein Roman über die Rückkehr von König Artus in New York (Knight Life). *Ein Roman über einen Wolf, der von einem Werwolf gebissen wird und sich daraufhin in einen Menschen verwandelt* (Howling Mad). *Eine Wildwest-Stadt auf einem fernen Planeten* (Oblivion 1 und 2). *Und immer wieder* Q.

Peter David *wurde in Deutschland durch seine* Star Trek-*Romane und seine Arbeit an der Comicserie* Der unglaubliche Hulk *bekannt. In letzter Zeit können einige glückliche Satellitenschüsselbesitzer auch seine TV-Serie* Space Cases, *die auf* Nikelodeon *läuft, empfanden. Doch das kratzt nur an der Spitze des Eisbergs: Peter David schreibt auch noch für* DC Comics Aquaman *und* Supergirl, *für* Claypool Comics Soulsearchers and Company. *Er war einer der beiden Autoren (mit Ron Marz) des Mega-Crossovers* Marvel vs. DC. *Obwohl Peter David hauptsächlich für seinen lockeren, humoristischen Stil geschätzt wird, gibt es unter dieser Oberfläche doch viel mehr, als es den Anschein hat.*

F: Wie fing es bei Ihnen mit dem Schreiben an?
A: Ich habe schon als Kind geschrieben. Ich bin dabei geblieben und bekam schließlich eine große Chance. Ich arbeitete in der Direct Sales-Abteilung bei *Marvel Comics,* als meine Karriere als Comic-Autor in Gang kam. Was meine Romane betrifft, ich fand einen Agenten, und der hat meine Romane verkauft.

Peter David

F: Was würden Sie sagen, was Ihr großer Durchbruch war?
A: Bei den Comics war es *The Incredible Hulk.* Der zog nicht sofort ab, aber langfristig entwickelte die Serie eine große Fangemeinde. Was meine Romane betrifft, das waren wohl die *Star Trek*-Romane. Der mit der höchsten Aufmerksamkeitsrate war *Imzadi.* Es war mein erster Hardcover-Roman, und er erhielt die meiste Aufmerksamkeit. *Imzadi* wird immer noch am häufigsten als das Lieblingsbuch genannt.
F: Ich hätte gedacht, daß das *Q-in-Law* wäre.
A: Der wird auch viel genannt. Es war nicht leicht, ihn zu veröffentlichen. *Pocket Books* war nicht an der Story interessiert, weil sie weder Q noch Lwaxana Troi mochten. Und in diesem Buch hatte ich sie beide drin! Also trafen wir eine Abmachung: *Pocket Books* wollte ein längeres Buch über die Borg. Die Abmachung lautete, ich würde einen Roman über die Borg schreiben, daraus wurde dann *Vendetta,* und sie würden *Q-in-Law* veröffentlichen. Als der schließlich erschien, war der Verkauf spektakulär.
F: Sie haben früh in Ihrer Karriere das Pseudonym David Peters verwendet. Wieso das?
A: Der Verlag bestand darauf, und der Name wurde auch nur zweimal benutzt, für die *Photon-* und *Psi-Man*-Romanreihen. Der Grund dafür war, daß diese beiden Serien work-for-hire-Aufträge waren. Der Unterschied ist, daß work-for-hire-Aufträge von anderen Leuten lizenziert werden. So ähnlich wie Comics oder die *Star Trek*-Romane. Ein weiterer Unterschied war in diesem Fall, daß ich einen Hausnamen benutzen mußte. Das war, weil Bücher in der Buchhandlung normalerweise alphabetisch nach Autoren sortiert werden. Ein Hausname bei einer Serie vereinfacht das Einordnen. So wie bei *Doc Savage.* Die Romane wurden unter dem Hausnamen Kenneth Robeson veröffentlicht, obwohl die meisten davon von einem Mann namens Lester Dent geschrieben wurden. Es hat mich ein wenig geärgert, weil es wirklich gute Romane waren, und ich hätte gern meinen Namen auf dem Umschlag gehabt. Wir trafen einen Kompromiß, indem wir einen Hausnamen aussuchten, der meinem richtigen Namen ähnelte. Ich glaube, daß das ein Fehler war. Besonders die *Psi-Man*-Ro-

mane hätten sich gut an Comic-Fans verkauft, wenn die es gewußt hätten.

F: Sie haben etwa zwanzig eigene Romane geschrieben. Von diesen Romanen weiß jedoch kaum jemand. Wie denken Sie darüber, daß Ihre *Star Trek*-Romane ihre eigenen Werke überschatten? Sind Sie nicht versucht, Ihren Erfolg mit *Star Trek* und den Comics zu nutzen, um einen neuen eigenen Roman zu pushen oder für eine Neuauflage der alten Romane zu sorgen?

A: Es ist so, daß *Knight Life* und *Howling Mad* Auflagen von etwa 30 000 Exemplaren hatten. Sobald diese Exemplare verkauft waren, waren die Bücher vergriffen. Das Schöne an den *Star Trek*-Romanen ist, daß davon 300 000 Exemplare als Erstauflage erscheinen und sie immer wieder nachgedruckt werden. Es stört mich nicht, daß die *Star Trek*-Romane so beliebt sind, weil dadurch mein Name bekannt bleibt. Ohne *Star Trek* hätte ich das nicht. Ich würde gerne Neuauflagen von *Knight Life* oder *Howling Mad* sehen. Im Augenblick schreibe ich mehr Kurzgeschichten. Da gibt es eine Geschichte, eine Fortsetzung zu *Howling Mad,* die in einer Anthologie mit dem Titel *Otherweyrs* erschien. In Kürze kommt eine weitere Geschichte im *Magazine of Fantasy & Science Fiction*. Im Augenblick arbeite ich an einem psychologischen Horror-Roman, der, wie ich hoffe, noch dieses Jahr fertig wird. Ich stecke einen Großteil meiner Energie in Film- und Fernsehdrehbücher. Die meisten davon werden letztendlich doch nicht verfilmt. Nur weil im Augenblick nicht so viele Sachen von mir erscheinen, bedeutet das noch lange nicht, daß ich auf der faulen Haut liege.

F: Sie strukturieren Ihre Geschichten auf eine bestimmte Weise. Gleichgültig, wie ernst die Geschichte ist, Sie bauen immer eine komische Nebenhandlung ein. Und es ist gerade diese Komik, an die die Leser sich später erinnern. Wie fühlen Sie sich bei dem Gedanken?

A: Ich baue gerne etwas Humor in eine Geschichte ein, als Kontrast zum Ernsthaften. Damit das Ganze nicht zu einseitig wird. Wenn Sie zum Beispiel *Star Wars* nehmen, die Stories hatten viele komische Momente. Es hat auch damit zu tun, die Leser durch eine Geschichte zu ziehen. Ich verflechte verschiedene Handlungsstränge, die den Leser durch die Handlung ziehen. Edgar Rice Burroughs hat das häufig so gemacht, er hat seine Geschichten auf verschiedenen Ebenen aufgebaut. Was das mit dem Humor betrifft, ich weiß nicht, ob es mich stört. Ich finde es eher amüsant. Ich sehe es als einen Kommentar darüber, daß es heutzutage so wenig Humor in den Geschichten gibt. Deshalb fällt das bißchen Humor, das da ist, viel mehr auf. Nehmen Sie zum Beispiel *Raiders of the Lost Ark.* Der Film ist ein tolles Abenteuer mit einigen wirklich spannenden Augenblicken. Aber es gibt eine bestimmte Szene, an die sich alle erinnern: Diese eine Szene in der Mitte einer großen Verfolgungsjagd, in der Indy von diesem riesigen Schwertkämpfer konfrontiert wird. Der Kerl ist nur ein paar Meter von ihm entfernt, Indy zieht einfach seinen Revolver und knallt ihn ab, und bevor der Typ noch den Boden berührt, hat Indy sich schon von ihm abgewandt, mit einem Gesichtsausdruck, der besagt: »Ich habe jetzt für so was keine Zeit.« Diese Sequenz hatte so viel Gewalt, so viel Wahnsinn, aber jeder erinnert sich an diesen Moment. Was mich wurmt, ist, wenn Kritiker sich auf den Humor konzentrieren, um das ganze Werk abzuwerten, wenn sie den Humor als Ausrede benutzen, um die tieferen Aspekte der Story zu ignorieren. *Q-in-Law* zum Beispiel sollte durchgängig lustig sein, aber die Geschichte hatte einen ernsthaften Unterbau, ein sehr ernstes Thema. Trotzdem lesen die Leute *Q-in-Law,* weil es ein humorvolles Buch ist. Anders *Imzadi.* Der Roman hat auch seine komischen Momente, aber dieser Roman wird mehr wegen seiner Romantik gelesen.

F: Unter anderem schreiben Sie auch die Comic-Serie *The Incredible Hulk,* die auch in Deutschland erscheint. Als Sie die Serie übernahmen, arbeiteten Sie als Assistent in der Verkaufsabteilung von *Marvel Comics.* Wie haben Sie den zuständigen Redakteur dazu gebracht, Sie den *Hulk* schreiben zu lassen?

A: Gar nicht, die kamen zu mir. Nein, wirklich. Niemand anderes wollte die Serie haben. Al Milgrom war gerade ausgestiegen, und es interessierte sich absolut niemand dafür. Was

Tantiemen betraf, da brachte die Serie nicht einmal genug Geld ein, um den Gemüsehändler zu bezahlen. Ich will niemanden schlecht machen, die Serie war kompetent gemacht, aber niemand interessierte sich dafür. Bob Harras, der damals der Redakteur der Serie war, kam zu mir und fragte mich, ob ich Interesse hätte. Zu dem Zeitpunkt war die Situation die, daß der Hulk grau, verschlagen und gemein war, und der dumme grüne Hulk war Rick Jones. Ich fand, daß ich mit einem dummen Hulk nicht viel anfangen konnte. Also fragte ich Bob, ob ich diesen grauen Hulk behalten könne. Bob sagte, okay, es schert sich sowieso niemand darum. Es dauerte eine Weile, bis die Verkaufszahlen der Serie anstiegen. Nr. 340 verkaufte sich gut, mit Wolverine als Gast, aber die Serie zog erst an, als die Vegas-Story losging und der Hulk die Joe Fixit-Identität annahm.

F: Da wir gerade beim Thema Superhelden sind, Sie haben auch mehrere Romanversionen von Superhelden-Verfilmungen geschrieben: *Return of the Swamp Thing, Rocketeer, Batman Forever.* Werden Sie auch die Romanversion zu *Batman and Robin* schreiben?

A: Nein, die haben sie mir nicht angeboten. Aber selbst wenn sie es getan hätten, hätte ich es auf gar keinen Fall gemacht. Ich habe mir geschworen, nie wieder Filmromane zu schreiben. Die bringen mehr Ärger mit sich, als sie wert sind. Ich habe ein paar gute Freunde gebeten, mich in unregelmäßigen Abständen anzurufen und mir zu sagen: »Laß die Finger von Filmromanen. Laß die Finger von Filmromanen.« *Batman Forever* war ein Alptraum. Die schickten mir immer neue Drehbuchänderungen. Die schickten mir sogar dann noch Drehbuchänderungen, als der Film bereits abgedreht war. Da waren zum Beispiel Situationen, da habe ich ein Loch im Plot festgestellt und es natürlich gestopft. Zum Problem wurde das, als jemand bei der Filmcrew das gleiche Loch entdeckte und es ebenfalls stopfte, aber anders. Die haben mir die Änderungen geschickt, und ich mußte zu der Stelle zurückgehen und es umschreiben. O nein, ich würde das auf gar keinen Fall wieder tun, außer wenn der Film wirklich schon fertig und abgedreht ist. Na ja, ich würde es nur dann wieder machen, wenn es ein Film wäre, dessen Drehbuch ich furchtbar gerne vorab lesen würde. Wenn mir jemand das Angebot machen würde, die Romanfassungen der nächsten drei *Star Wars*-Filme zu schreiben, das würde ich nicht ablehnen, einfach um die Drehbücher lesen zu können, bevor sonst jemand sie zu sehen bekommt.

F: Wie schreiben Sie an Filmromanen?

A: Das Problem ist, daß ein durchschnittlicher Roman 250 Seiten lang ist, während ein durchschnittliches Drehbuch 120 Seiten hat. Ich suche Stellen, wo ich Szenen einbauen kann, die die Handlung erklären können. Ich baue Hintergrundinformationen und die Denk-Prozesse der Figuren ein. Als ich *Batman Forever* schrieb, habe ich den Hintergrund zu Riddlers Besessenheit gegenüber Bruce Wayne hinzuerfunden. Oder, niemand hatte Two-Faces Flucht genauer erklärt, also habe ich das gemacht. Ich stopfe auch Löcher im Plot, die im Film nicht stören, aber in einem Roman auffallen. Nehmen Sie meinen *Rocketeer*-Filmroman. Im Film taucht Cliff im Studio auf, wo seine Freundin Jenny einen Film dreht. Er ist einfach so da, ohne Erklärung. Ein Film ist eine Art visueller Kurzschrift. Da akzeptiert man so etwas. Wenn Sie aber jemals auf einem Filmgelände waren, dann wissen Sie, daß das nicht so einfach ist. Zuerst einmal muß man an den Sicherheitsleuten vorbeikommen; wie hat Cliff das geschafft? Außerdem sehen diese Filmstudios von außen alle gleich aus, wie hat er überhaupt das richtige gefunden? All das habe ich im Filmroman erklärt, weil halt Romane nach ganz anderen Regeln funktionieren als Filme.

F: Sie haben auch zwei *Babylon 5*-Episoden geschrieben. Ich kann mir vorstellen, daß es etwas komplizierter ist, für *Babylon 5* zu schreiben, als für eine andere Fernsehserie. Schließlich ist dort ja der übergreifende 5-Jahres-Handlungsrahmen zu berücksichtigen. Welche Erfahrungen haben Sie gemacht? Würden Sie es wieder tun?

A: Klar würde ich das. Bei *Babylon 5* war das so, mein erstes Drehbuch für die Serie war *Soulmates*, die Episode mit Londos Ehefrauen. Ich schrieb das Drehbuch nach einer Vorgabe, die ich von Joe Straczynski bekam. Sie dachten sich, daß ich den Humor, den die Story brauchte, schreiben kann. Sie hatten alle Grundkonzepte für die zweite Season komplett ausgearbeitet. Das andere Drehbuch, *There All the Honor Lies*, schrieb ich nach einer Idee, die ich den Produzenten gepitched hatte. Ich habe den Verdacht, daß die ein paar Drehbücher hatten, die sie nicht gebrauchen konnten. Damit hatten sie ein Loch In ihrer Planung und mußten sich außerhalb nach Möglichkeiten umsehen, es zu stopfen.

F: Sie haben zusammen mit Bill Mumy die TV-Serie *Space Cases* erfunden. Was können Sie uns darüber erzählen?

A: *Space Cases* haben wir für *Nikelodeon* erfunden. Die Serie dreht sich um eine Gruppe Kadetten von der Raumakademie, die sehr weit von der nächsten Basis entfernt auf einem außerirdischen Schiff gestrandet sind und den Weg nach Hause suchen. Ich habe gehört, daß die Serie in Deutschland ziemlich beliebt sein soll.

F: Wieviel Einfluß haben Sie auf die Serie, was die Besetzung betrifft, die Drehbücher usw.?

A: Wir haben da sehr viel Einfluß. Schließlich haben Bill und ich die Serie erfunden! Wir waren bei allen Casting Sessions dabei, wir haben die meisten Drehbücher geschrieben, und wir haben sehr viel Einfluß auf die Drehbücher, die wir akzeptieren.

F: Ihre letzten Filmdrehbücher waren *Oblivion* und *Oblivion 2,* die man als SF-Western-Komödien beschreiben kann. Worum gehen diese Filme, wer führte Regie, wer spielte mit?

A: Cowboys und Aliens. Darum gehen die beiden Filme: Cowboys und Aliens. Ich habe sie für *Full Moon Entertainment* geschrieben. Das ist eine Gesellschaft, die sich auf Low-Budget-Filme spezialisiert. Wir haben in Rumänien gedreht, der Filmhauptstadt der Welt! Dafür, daß es ein paar Low-Budget-Filme waren, haben wir eine beachtliche Besetzung zusammenbekommen. Wir hatten Julie Newmar, die in der alten *Batman*-TV-Serie Catwoman spielte, wir hatten Carel Struyken, aus *Addams Family* und *Star Trek: the Next Generation.* Wir hatten George Takei! Und im zweiten hatten wir Max Caulfied.

Die Filme spielen auf einem kleinen Planeten namens Oblivion. Es geht um einen jungen, friedliebenden Sheriff, der versucht, in einer Wildweststadt den Frieden zu erhalten. Wir haben Katzen-Aliens, einen Cyborg-Deputy und einen hellsichtigen Totengräber. Der taucht natürlich immer dann irgendwo auf, wenn jemand stirbt.

F: Da wir gerade von George Takei sprechen, Sie geben zu, daß Sie ein großer *Star Trek*-Fan sind. Wie wurden Sie zum *Star Trek*-Autor?

A: Als Teenager habe ich *Star Trek*-Stories für Fanzines geschrieben. Als ich erwachsen war, hat Bob Greenberger mich engagiert, um *Star Trek* Comics für *DC Comics* zu schreiben. Die Leute bei *Pocket Books* haben meine Arbeit dort gesehen, sie waren beeindruckt und heuerten mich an, einen Roman zu schreiben.

F: Welche der *Star Trek*-Serien gefällt Ihnen am besten, und warum? Wer ist Ihre liebste *Star Trek*-Figur, und warum?

A: Aus Loyalität muß ich sagen, daß ich immer noch eine besondere Schwäche für die ursprüngliche Serie habe. Welche Figur – hmm – Captain Kirk, weil er halt Captain Kirk ist. Er ist nicht einfach mehr eine Figur aus der Serie, er ist eine Ikone, und das ist was ganz anderes. Wenn Sie sich an *Generations* zurückerinnern, da ist eine Szene in der Malcolm McDowell als Soran Captain Picard konfrontiert. Alle im Kino denken das gleiche: Was passiert als nächstes? Später gibt es eine fast identische Szene, nur mit dem Unterschied, daß Soran diesmal Captain Kirk gegenübersteht, und alle denken das gleiche: Soran kriegt jetzt einen Tritt in den Hintern. Weil es dieses Mal Kirk ist, ist es allen ganz einfach klar, daß Soran jetzt Toast ist.

F: Ich habe aus verschiedenen Quellen gehört, daß *Paramount Star Trek* sehr sorgfältig überwacht. Welche Erfahrungen haben Sie mit ihnen gemacht?

A: Das war mal so, aber in letzter Zeit nicht mehr. Da gab es jemanden, mit dem man nur schwer zurecht kam, aber der ist schon vor Jahren gegangen. Er hatte schon für Gene Roddenberry gearbeitet und dachte, er wüßte alles über *Star Trek*. Der ist jetzt fort, und die Leute, die *Star Trek* jetzt kontrollieren, sind viel vernünftiger und rationaler.

F: Nachdem Sie all diese *Star Trek*-Comics und -Romane geschrieben haben, sind Sie nicht versucht, die eine oder andere Fernsehepisode zu schreiben?

A: Nein, definitiv nicht. Ich habe einmal etwas für *The Next Generation* geschrieben, das auch von einigen Leuten auf mittlerer Ebene genehmigt wurde, aber andere Leute auf der Top-Ebene haben es gekillt. Trotzdem tauchen immer noch kleine Stücke davon in anderen Episoden auf. Ich habe von zu vielen Leuten gehört, daß sie *Star Trek*-Drehbücher verkauft haben, und als die gesendet wurden, hatte man sie so geändert, daß vom Originaldrehbuch nur noch ein oder zwei Sätze übrig waren. Aber trotzdem wurden sie als Autoren genannt. Was mich betrifft, ich möchte meinen Namen nicht mit etwas in Verbindung bringen, das ich nicht geschrieben habe. Wenn es nichts taugt, erinnert man sich an den Autor. Ich kriege dann die Schuld, dabei war ich es gar nicht. Darauf kann ich verzichten.

F: Mal abgesehen von Formatunterschieden, was halten Sie für die Hauptunterschiede zwischen Drehbüchern, Comic-Scripts und Romanen? Welches Format bevorzugen Sie?

A: Drehbücher und Comic-Scripts teilen sich die Eigenschaft, daß man visuell denken muß. Wenn Sie an einem Roman arbeiten, können Sie mehrere Seiten lang nur Dialoge schreiben. Drehbücher und Comic-Scripts müssen die Dinge vorantreiben. Ich mag sie alle, und alle aus den unterschiedlichsten Gründen. Wenn Sie einen Roman schreiben, haben Sie die meiste Kontrolle über das Produkt. Wenn Sie statt dessen ein Comic-Script schreiben, hängt viel vom Zeichner ab. Wenn der Zeichner nichts taugt, gehen Sie mit unter. Wenn Sie ein Drehbuch schreiben, haben Sie es mit einer Vielzahl von Leuten zu tun, die alle Änderungswünsche haben: die Produzenten, die Regisseure, die Schauspieler, die Kostümbildner, die Requisiteure, die Musik, alle wollen sie Änderungen im Drehbuch durchsetzen. Manchmal ist der fertige Film toll, aber wenn nicht, dann steht nur Ihr Name als Autor da, und sie tragen die ganze Schuld.

F: Sie haben Romane sowohl allein als auch mit Partnern geschrieben. Als letztes den *Star Trek: Deep Space Nine*-Roman

Wrath of the Prophets. Was bevorzugen Sie? Wo sehen Sie bei beidem die Vor- und die Nachteile?

A: Der Vorteil ist, Schreiben ist ein einsamer Beruf, deshalb ist es nett, wenn man jemanden hat, dem man Ideen zuwerfen kann, der sie weiterspinnt und zurückwirft, und so kommt manchmal eine viel bessere Geschichte dabei heraus, als wenn man sie alleine geschrieben hätte. Dabei habe ich sehr viel Glück, daß ich zwei so großartige Partner wie Mike Friedman und Bob Greenberger habe. Wir verstehen uns wirklich gut. Nachteile – hmm –, bis jetzt habe ich noch keine entdeckt.

F: Sie haben vielleicht schon von der Kontroverse zum Thema Media-Romane gehört? Viele Leute machen sich Sorgen, daß Media-Romane »echte« Science Fiction aus den Regalen verdrängen. Wie stehen Sie zu dem Thema?

A: Ich glaube nicht, daß das einen echten Unterschied macht. Verleger verlegen das, was die Käufer kaufen wollen. Und da draußen gibt es auf jeden Fall eine Menge Kram. *Star Trek* ist nun mal sehr auffällig. Aber ob *Star Trek* nun viel oder wenig verkauft wird, hat keinen Einfluß darauf, was andere Verleger auf den Markt bringen. Ich würde sagen, daß die Media-Romane in Wahrheit dem Genre eher neue Leser bringen, sie ins SF-Genre hineinziehen. Sagen wir mal, da geht jemand in eine Buchhandlung und sieht einen Harlan Ellison-Roman. Er würde nicht sagen: »Igitt«, er würde sagen: »Hey, das ist der Typ, der *The City on the Edge of Forever* geschrieben hat. Ich wußte gar nicht, daß er auch andere Sachen schreibt.« Und er würde den Roman kaufen. Ich halte diese negative Einstellung für reinen Snobismus. Ich glaube nicht, daß Verleger einen guten Roman nicht veröffentlichen würden, nur weil er nicht medienbezogen ist. Sie sollten statt dessen eher froh sein, daß es etwas gibt, das dem Genre neue Leser zuführt.

Es ist ein bißchen wie Shopping Malls. Ich weiß nicht, habt ihr so was in Deutschland? Wie auch immer, in so einem Mall sind unzählige Läden, von denen niemand je gehört hat, und ein paar große Ladenketten. Es sind diese Ketten, diese großen Namen, die die Leute in die Malls ziehen, aber sie kaufen nicht nur dort. Auf dem Weg zu den großen Filialen kommen sie an den kleineren, unbekannten Läden vorbei. Dort sehen sie etwas, das ihnen gefällt, und sie gehen rein und kaufen es. Das ist das gleiche Prinzip. Es gibt auf der einen Seite im Mall *Star Wars*, *Star Trek* und *X-Files*, die ziehen die Kunden an. Aber die Leute bleiben nicht nur auf dieser Seite, sie sehen sich auch weiter um, und kaufen auch auf der anderen Seite.

F: Wie reagiert Ihre Familie darauf, einen so populären Autoren in ihrer Mitte zu haben? Sie haben zwei Töchter im Teenager-Alter, welche Erfahrungen haben die damit gemacht, einen bekannten Autor zum Vater zu haben?

A: Es ist tatsächlich etwas problematisch, weil meine Karriere manchmal andere Dinge überschattet. Für ein Mädchen ist es schwierig, wenn sie einen Jungen kennenlernt, und dieser Junge mehr daran interessiert ist, ihren Vater kennenzulernen. Andererseits können sie zu Conventions gehen; sie sehen interessante Dinge und lernen interessante Menschen kennen. Aber es ist tatsächlich eher etwas problematisch.

F: Hilft es bei Ihrer Arbeit an *Supergirl*, daß Ihre Töchter Teenager sind?

A: Überhaupt nicht. Supergirl ist Anfang zwanzig. Ich beschreibe sie als junge Frau Anfang zwanzig.

F: An welchen neuen Projekten arbeiten Sie gerade?

A: Im Augenblick schreibe ich an einem psychologischen Horror-Roman. Außerdem habe ich weitere Romane für *Star Trek: New Frontier* geschrieben. Das ist eine neue Serie von *Star Trek*-Romanen, die erste Serie, die schließlich als Romanreihe konzipiert wurde. Sie dreht sich um das Raumschiff *Excalibur*, dessen Besatzung sich aus Nebenfiguren der *Next Generation* und einigen ganz neuen Figuren zusammensetzt. Die Reihe wurde mit vier kurzen Romanen gestartet, und weitere werden folgen. *Space Cases* wurde gerade für eine zweite Season erneuert. Es gibt auch noch ein paar weitere Projekte, aber über die möchte ich noch nichts sagen. Das wäre noch zu früh.

INTERWIEW

Ein Gespräch mit Norman Spinrad

»Qualität zählt überhaupt nicht«

von Frank Borsch

Norman Spinrad, geboren 1940 in New York, zählt zu den alten Hasen der SF-Szene. Seit über dreißig Jahren schreibt er Science Fiction, und auch wenn die Qualität seines Werks variiert, kann Spinrad mit Fug und Recht eines für sich in Anspruch nehmen: Er nimmt selten ein Blatt vor den Mund. 1968 führte *Bug Jack Barron* (dt. *Champion Jack Barron*), seine derbe, vehemente Abrechnung mit den amerikanischen Medien zu einer Debatte im britischen Unterhaus. Dem Magazin *New Worlds,* in dem der Roman erschienen war, sollten die Zuschüsse der Kunstförderung gestrichen werden.

In den Achtzigern machte er in der Bundesrepublik mit *The Iron Dream* (dt. *Der stählerne Traum*) Furore. In dem Parallelweltroman wandert Adolf Hitler nach dem ersten Weltkrieg in die USA aus, wo er Karriere als SF-Illustrator macht. Die Satire auf faschistische Tendenzen in SF und Fantasy landete in der Bundesrepublik für mehrere Jahre auf dem Index für jugendgefährdende Schriften, und erlebte durch diese unverhoffte staatliche Schützenhilfe mehrere Auflagen.

Heute macht Norman Spinrad mit seinem noch unpublizierten Roman, *They Walked among Us,* Schlagzeilen: Er hat seine eigene Homepage eingerichtet, auf der er das Werk für den symbolischen Preis von einem Dollar anbietet.

Frank Borsch sprach im Juni 1998 anläßlich einer Lesung in Freiburg im Breisgau mit Norman Spinrad.

Norman Spinrad

F: Mr. Spinrad, Sie bieten die amerikanischen Rechte an Ihrem neuesten Roman, *They Walked among Us,* über das Internet Verlegern für einen Vorschuß von einem Dollar an. Warum das?

A: Das ist eine lange, scheußliche Geschichte. Im Grunde genommen tue ich das, weil mein amerikanischer Verleger, Bantam Books, meinen vorherigen Roman, *Pictures at 11* (dt. *Bilder um 11*), torpediert hat. Deshalb will ich nicht, daß sie *They Walked among Us* herausbringen, habe aber gleichzeitig große Probleme, den Roman bei einem anderen amerikanischen Verlag unterzubringen. *Pictures at 11* hat sich wirklich schlecht verkauft, und das hat mich in eine fürchterliche Lage gebracht.

Mit meinen Angebot, *They Walked among Us* für einen Vorschuß von einem Dollar zu verkaufen, will ich den Verlagen ein Signal geben: Anstatt mir einen großen Vorschuß zu zahlen, sollen sie das Geld lieber in den Roman stecken. Ich biete ihn nicht irgend jemandem x-beliebigen an, der damit was weiß ich anstellen will. Nein, ich gebe den Roman für einen Dollar her, um das Marketing und die Werbung zu subventionieren.

F: Warum hat sich Ihrer Meinung nach *Pictures at 11* in den USA so schlecht verkauft?

A: Das hat mit einer Reihe von Dingen zu tun. Mein Redakteur bei Bantam hat das Haus verlassen. Außerdem hat Bertelsmann, der neue Besitzer von Bantam, dem Verlag diktiert, daß ein Roman eine zwanzigprozentige Gewinnspanne haben müsse. Bantam Books hat sich verändert. Er zählte einmal zu den besten Verlagen der USA. Dann, in den letzten vier, fünf Jahren ging es mit ihm völlig bergab. Bantam hat einfach nicht mehr die Kompetenz, einen Roman wie *Pictures at 11* zu publizieren. Deshalb habe ich *They Walked among Us* von dort zurückgezogen, und versuche jetzt, die Rechte anderweitig zu verkaufen.

F: Aber Bantam Books ist ja lediglich der Verleger. Haben die großen Buchhandelsketten nicht auch eine wichtige Rolle gespielt?

A: O ja, natürlich, die Buchhandelsketten. Die Ketten beherrschen heutzutage den Markt, sie sind größer als alle Verlage. Wenn man als Autor nur ein einziges Buch hat, das sich in ihren Läden schlecht verkauft, bekommt man sehr ernste Probleme. Die Ketten bestellen nämlich nach einem computerisierten Verfahren. Sie kaufen zum Beispiel 10 000 Exemplare eines Buchs ein und verkaufen die Hälfte davon, was ungefähr dem Durchschnitt entspricht. Aber vom nächsten Buch des Autors nehmen sie dann nur noch 5000 Exemplare und wenn sie wiederum die Hälfte davon verkaufen, nehmen sie vom nächsten nur noch 2500. Die Zahlen rutschen also immer tiefer in den Keller. Die Ketten behandeln Bücher nicht als individuelle Werke, für sie sind Autoren nichts weiter als Markenzeichen. Dazu kommt, daß persönliche Entscheidungen in dem computerisierten System überhaupt keine Rolle mehr spielen. Das bedeutet, daß ein Autor in erhebliche Schwierigkeiten geraten kann, wenn ein Verlag nur ein einziges Buch schlecht vermarktet, selbst wenn man wie ich seit dreißig Jahren im Geschäft ist.

Ein Autor hat nur eine Möglichkeit, aus diesem Teufelskreis auszubrechen: Er muß einen anderen Verlag finden, der entsprechend Geld in die Vermarktung seiner Bücher steckt, auf diese Weise die Ketten zu größeren Bestellungen veranlaßt, und ihn damit aus dem Strudel sinkender Bestellungen reißt. Ich bin auch als Rezensent tätig und weiß deshalb, was auf den Druckfahnen und Formularen steht, und das ist unmißverständlich. Die Rückseiten der Druckfahnen wimmeln vor Begriffen wie ›Lesetour‹, ›PR-Kampagne‹ oder ›Radio-Auftritt‹. Die Einkäufer der großen Ketten wissen auf diese Weise ganz genau, wieviel ein Verlag für die Vermarktung eines Buchs ausgibt. Also ist der einzige Weg aus der Falle, in die mich Bantam Books gebracht hat, einen anderen Verleger davon zu überzeugen, mehr auszugeben. Dagegen sträuben sich natürlich die Verlage, und deshalb sage ich: »In Ordnung, dann zahlen Sie mir keinen Vorschuß. Stecken Sie das Geld in die Werbung.« Ich verzichte nicht etwa auf meine Tantiemen oder gebe den Roman umsonst her.

Es mag unglaublich klingen, aber inzwischen ist es soweit gekommen, daß die Verlage den Platz für ihre Bücher in den

Läden der Buchhandelsketten kaufen müssen. Sie müssen dafür Geld zahlen, insbesondere für die guten Regale im Vorderteil der Läden, aber selbst für die schlechten weiter hinten. Die Ketten herrschen uneingeschränkt.

F: Sie haben das Wort ›Qualität‹ noch gar nicht in den Mund genommen.

A: Die Qualität eines Buchs hat damit nichts zu tun, nicht das geringste. Die Einkäufer der Ketten sitzen an ihren Computern, rufen ihre Liste auf und geben die Bestellungen ein. Sie fragen sich nur eins: »Wieviel steckt der Verlag in das Buch?« Aber inzwischen hat sich die Lage noch verschlimmert. Wenn die Verlage darüber nachdenken, ob sie ein Buch kaufen sollen oder nicht, dann rufen sie die Ketten an und fragen: »Wenn wir diesen Roman kaufen, wieviel werdet ihr davon abnehmen?« Wenn ihnen die Auflage, die dabei herauskommt, nicht genügt, lehnen sie das Buch ab. Ich kenne sogar einige Fälle, in denen Verlage bereits die Umschläge gedruckt und die Bücher fest im Programm eingeplant hatten, aber dann bestellten die Ketten nicht genug Exemplare, also nahmen sie sie wieder aus dem Programm.

Qualität zählt überhaupt nicht. Meine frühere Agentin erzählte mir einmal folgende Episode: Sie hatte ein Geschäftsessen mit einem Autor und den Einkäufern zweier großer Ketten und fragte sie: »Hat einer von Ihnen das Buch gelesen?« Und die Einkäufer antworteten: »Das Buch gelesen? Wir lesen Bücher grundsätzlich nicht! Wir sehen uns die Covers an, aber wenn man die Bücher liest, beeinflußt das vielleicht die Entscheidung darüber, wieviel man einkauft. Schließlich lesen die Leute, denen wir die Bücher verkaufen, sie auch nicht vorher, also wollen wir gegenüber einzelnen Büchern nicht voreingenommen sein.« Und heute sehen sie sich nicht einmal mehr die Umschläge an. Nur noch ihre Zahlen und die Summen, die die Verlage ausgeben, zählen. Es ist eine schreckliche Situation.

F: Sie haben Ihre eigene Homepage* im World Wide Web

---

* http://ourworld.compuserve.com/homepages/normanspinrad/

eingerichtet, um sich zu wehren. Sind Sie mit Hilfe dieser spektakulären Aktion dem Teufelskreis fallender Zahlen entronnen?
A: Wahrscheinlich ja, aber ich kann es noch nicht genau sagen. Ich bekam einige interessante Angebote, aber ich habe die Rechte an *They Walked among Us* noch nicht verkauft, noch nicht.
F: Glauben Sie, daß die Homepage sich trotzdem für Sie gelohnt hat?
A: Ich bin sicher, daß sie zumindest einen gewissen Unterschied macht; ich habe Dutzende von Angeboten erhalten, den Roman im Web zu publizieren. Aber im Augenblick bin ich noch sehr unschlüssig, was Online-Veröffentlichungen angeht. Das Interesse an der Homepage ist aber enorm. Ich erhalte tonnenweise E-Mail, der ›International Herald Tribune‹ brachte einen ganzseitigen Artikel über mich, und in der ›Washington Post‹ ist ebenfalls einer über mich erschienen.

Ich benutze die Homepage, um kurze Pressemitteilungen herauszugeben. In den Mitteilungen ist in einigen Zeilen mein Anliegen beschrieben, und wenn z. B. eine Zeitung mehr darüber wissen oder Ausschnitte des Romans oder Bilder haben möchte, kann sie die einfach auf meinen Seiten im WWW finden. Auf diese Weise geht man den Leuten nicht mit ellenlangen, dicken Pressemitteilungen auf die Nerven. Ich glaube, daß ich diese Strategie erfunden habe, ich weiß zumindest von niemanden, der es genauso macht wie ich.
F: Glauben Sie, daß Sie ohne die Hilfe des Internets eine derartige Aufmerksamkeit auf Ihre Lage hätten ziehen können?
A: Nein. Das Internet ermöglicht dem einzelnen eine Reihe von Dingen, wie zum Beispiel Pressemitteilungen herauszugeben. Dazu kommen die Kontakte mit den Lesern aus allen möglichen Ländern. Ich habe Reaktionen aus Finnland, Rußland, Brasilien, aus der ganzen Welt erhalten. Hunderte von E-Mails. Und wahrscheinlich würde ich ohne das Internet jetzt nicht hier in Freiburg sein und eine Lesung geben.
F. Haben Sie auch Reaktionen von anderen Autoren erhalten?
A: Tonnenweise Schreckensgeschichten, die man nicht für möglich halten würde. Weil jeder Angst hatte, war ich der

erste, der an die Öffentlichkeit gegangen ist. Aber wenn man so tief wie ich in der Patsche sitzt, wovor soll man sich dann noch fürchten? Und jetzt wird endlich darüber geredet, was in den Verlagen vor sich geht. Plötzlich sehe ich vieles von dem, was ich auf meiner Homepage sage, in der Presse.

Aber die Lage verschlimmert sich natürlich trotzdem immer weiter. Der nächste, ernste Schritt ist, wenn ein Medienkonzern wie Bertelsmann eine Kette kauft, oder eine Kette wie Barnes & Noble einen großen Verlag. Dann haben wir wirklich ein horizontales *und* vertikales Monopol.

F: Wie geht es jetzt für Sie persönlich weiter? Vielleicht gelingt es Ihnen, *He Walked among Us* an einen Verleger zu verkaufen, der es entsprechend vermarktet. Aber was ist mit Ihrem nächsten Roman?

A: Nun, im Augenblick schreibe ich einen Roman für Tor Books, einen kleineren Verlag. Ich muß es aber schaffen, meine Verkaufszahlen bei den großen Ketten zu steigern. Wenn mir das einmal gelingt, folgt der Rest automatisch. Wenn die Zahlen oben sind, dann reicht es erstmal für die nächsten fünf oder zehn Bücher. Und, wie gesagt, hat die Qualität damit nichts zu tun. Für *Pictures at 11* habe ich zum Beispiel unglaublich gute Kritiken bekommen. Der ›New York Times Book Review‹ hat es in den Himmel gelobt. Die Bestellungen lagen vor, aber das nutzte nichts, weil die Läden keine Exemplare davon hatten. Und wenn die Bücher nicht lieferbar sind, dann kann keine Macht der Welt mehr helfen.

F: Lassen Sie uns etwas über *Pictures at 11* sprechen. In dem Roman wird ein kleiner TV-Sender in Los Angeles von ökologisch motivierten Terroristen gestürmt, die sich ›Grünes Armee Kommando‹ nennen. Ich war sehr überrascht, daß ein Ostdeutscher Anführer des Kommandos ist. Was hat Sie dazu bewogen?

A: Die ursprüngliche Inspiration für *Pictures at 11* hatte ich, als ich sechs Wochen vor der Wiedervereinigung am Brandenburger Tor spazieren ging. Die russischen Truppen wurden abgezogen, und die Soldaten verkauften einfach alles, Helme, Orden und Munition. Und plötzlich kam mir ein Gedanke: »Was würde passieren, wenn ich nach Plutonium fragte?«

Wahrscheinlich hätte ich welches kaufen können. Das war Idee Nummer eins.

Dann kam mir Idee Nummer zwei. Terroristen besetzen eine Fernsehstation, um die Medien als Geiseln zu nehmen. Dann stellte sich die Frage: Wer sind die Terroristen? Schließlich schälte es sich heraus, daß es ökologisch motivierte Terroristen sein mußten. Dann folgte Idee Nummer drei. Ich unterhielt mich mit meinen Freunden Karlheinz und Angela Steinmüller, zwei ostdeutschen Schriftstellern, und Karlheinz schlug mir vor, einen Roman über die deutsche Wiedervereinigung zu schreiben. Und auf derselben Reise waren wir auch in Leipzig an der Karl-Marx-Universität, und da kam mir die Idee für Horst Klingermann, den ostdeutschen Professor für Marxistische Geschichte, der nach der Wiedervereinigung arbeitslos geworden war. Dazu kam da noch die Westdeutsche Helga Müller, die ein Mitglied der Roten Armee Fraktion war.

F: Warum suchten Sie sich gerade Öko-Terroristen aus? Hätte nicht jede Art von Terroristen für den Plot genügt?

A: Nein, es mußten Öko-Terroristen sein. *Pictures at 11* handelt von einer Reihe von Dingen. Es ist ein Roman über das Showgeschäft, über Politik und darüber, wie die Medien die Politik als Geisel nehmen, und wie die Medien die Terroristen zu ihren Geiseln machen. Aber der Roman wirft in der Einstellung von Horst Klingermann eine ganz grundlegende Frage auf, die man, wie ich glaube, nicht ohne weiteres von der Hand weisen kann. Wenn man wirklich davon überzeugt ist, daß die Biosphäre, das Leben des ganzen Planeten auf dem Spiel steht, dann ist alles, was man zur Rettung des Lebens unternehmen kann, moralisch gerechtfertigt. Wenn der Planet ohne das eigene Eingreifen stirbt, dann ist Töten und sogar die Drohung mit Atomwaffen moralisch gerechtfertigt. Und genau das ist Horst Klingermanns Einstellung. Als Führer des Grünen Armee Kommandos steht er auf dem Standpunkt, daß jedes Lebewesen auf der Erde sterben wird, wenn niemand direkte Aktionen einleitet.

Man sagt, daß der Zweck nie die Mittel heiligen kann, aber das ist absoluter Quatsch. Was sollte denn sonst die Mittel heiligen? Wenn man damit droht, eine Videothek oder einen Supermarkt in die Luft zu sprengen, um an Geld zu kommen, ist das unmoralisch. Wenn man damit droht, einen Fernsehsender mit vier Menschen zu sprengen, um Milliarden von Menschen zu retten, ist das moralisch. Zumindest würde ich das behaupten. Das ist Klingermanns Standpunkt, und ich halte ihn nicht für verwerflich.

F: Hat *He Walked among Us* einen ähnlichen ökologischen Einschlag?

A: Der Roman beschreibt eigentlich dieselbe Situation, aber auf völlig andere Weise. *He Walked among Us* ist in Teilen ein humoristischer Roman, aber gleichzeitig sehr ernst. Er spielt in einer Zukunft, in der die Biosphäre abgestorben ist. Die Überlebenden fristen ihr Dasein in luftdicht abgeschotteten Einkaufszentren. Man beherrscht die Zeitreise und will jemanden zurück in unsere Gegenwart schicken, um den Verlauf der Geschichte zu ändern. Man überlegt sich also, wen man schicken soll. Wenn man einen Politiker oder Wissenschaftler nähme, würde ihm niemand abnehmen, daß er aus der Zukunft kommt. Also schickt man einen Komiker; dem wird man zwar genausowenig glauben, aber wenigstens kommt der ins Fernsehen ...

Es geht also um diesen Typen, der vielleicht ein Komiker aus der Zukunft ist, oder einfach durchgeknallt, oder die Inkarnation eines Gottes, oder wer weiß was. Der Leser tappt die ganze Zeit im dunkeln. *He Walked among Us* ist über die Biosphäre, über Science Fiction und New Age. Außerdem ist es der Versuch einer Synthese der wissenschaftlichen Weltanschauung und einer echten mystischen Tradition. Es ist ein sehr umfangreicher, komplexer Roman.

F: Können Sie schon etwas über den neuen Roman verraten, den Sie gerade für Tor Books schreiben?

A: Er heißt *Glasshouses* und basiert auf einer Idee, die mir in Paris während eines eiskalten nordeuropäischen Winters kam. Das globale Gewächshaus, die Erwärmung des Erdklimas wird nicht nur schlechte Seiten haben. Zum Beispiel hätte ich mir in jenem Moment wirklich etwas mehr Wärme gewünscht. Und dazu kam ein Gemälde, das mir nicht mehr aus dem

Kopf ging. Es zeigt den Eiffelturm, der aus einem undurchdringlichen Dschungel ragt.

Ich will also einen Roman über die Welt nach der globalen Erwärmung schreiben, die meiner Überzeugung nach bereits im Gange ist. In dieser Welt wird es Gewinner und Verlierer geben. Sibirien wird zu den ganz großen Gewinnern zählen, die Pazifischen Inseln, die Mittelmeerküste und Nord- und Zentralafrika werden verlieren. Das heißt aber natürlich, daß manche Leute das Klima wieder abkühlen wollen, während andere alles tun werden, um das zu verhindern.

F: Mister Spinrad, vielen Dank für das Gespräch.

INTERVIEW

Ein Gespräch mit Arthur C. Clarke

Erfüllung von Prophezeiungen

von Stephen Baxter

Es scheint nur angemessen, daß ich das Gespräch mit Arthur Clarke über das Kommunikationsnetz des späten zwanzigsten Jahrhunderts führe, das einen grauen Dezembermorgen in England mit einem milden Abend in Sri Lanka verbindet. Wir werden über Clarkes neues Buch sprechen, *3001: The Final Odyssey* (Harper Collins, £ 16,99, März 1997)*. Es scheint indes auch angemessen, daß Clarke zuerst über die neuesten Spekulationen hinsichtlich der Zeitreise sprechen möchte.

»... übrigens, diese Zitate über Zeitreisen ... wie ich sehe, wird Stephen Hawkings Negation der These zitiert, daß Zeitreisen sich durch das Fehlen von Zeitreisenden auszeichnen. Meine Rede seit Jahren. Aber ich glaube, dafür gibt es eine ziemlich einfache Erklärung. In einer alten Science Fiction-Geschichte heißt es, Zeitreisen seien erst dann möglich, wenn jemand einen Empfänger baut. Und dann erfolgt die Invasion! Diese Antwort erscheint mir plausibel ...«

Vergessen wir zunächst die Zeitreise und gehen in die Zukunft, ins Jahr 3001. Was hat Clarke drei Jahrzehnte nach dem Buch und der Verfilmung von *2001: Odyssee im Weltraum* dazu bewogen, sich wieder diesem Thema zu widmen?

»Die Antwort ist ganz einfach. Mein Verleger hat mir mit großen Scheinen vor dem Gesicht herumgewedelt, bis mir die Augen übergegangen sind. Sie dürfen mich ruhig zitieren! Ich

---

* Siehe Besprechung in BÜCHER

Stephen Baxter

hätte es natürlich nicht getan, wenn ich es nicht hätte tun wollen, egal, wieviel Geld man mir dafür geboten hätte. Es gibt eben Dinge, die ich nicht für noch so viel Geld tun würde. Doch ich erkannte, daß die Moneten mir dabei helfen würden, von einem reichen Armen zu einem armen Reichen zu avancieren.

Immer wenn jemand mit einem Projekt an mich herantritt, reagiere ich zunächst so: ›Tut mir leid, ich bin nicht interessiert, ich bin anderweitig beschäftigt.‹ Doch dann kommt mir eine Idee. Ich denke darüber nach. Ich wache mitten in der Nacht auf und brüte darüber – die besten Ideen kommen mir übrigens auch beim Schwimmen –, und das Konzept nimmt langsam Gestalt an ...«

Clarke ist sozusagen nach einer langen, kreativen Odyssee bei *3001* angekommen. Es begann mit der Kurzgeschichte ›Der Wächter‹, die er im Jahre 1948 für einen BBC-Wettbewerb geschrieben hatte (ohne daß er jedoch den ersten Platz belegt hätte!). Sie handelte von der Entdeckung eines alten außerirdischen Artefakts auf dem Mond. Seit 1964 erörterte Clarke mit Stanley Kubrick Ideen für den »sprichwörtlich guten Science Fiction-Film«, wobei »Der Wächter« die Grundlage für *2001: Odyssee im Weltraum* (1968) bildete. (Clarke hat diesen Prozeß in *Die Verlorenen Welten von 2001* [1972] nachgezeichnet.)

2001, vielleicht die bekannteste und populärste SF-Geschichte des Jahrhunderts, ist die Fortsetzung der Geschichte vom einsamen Mond-Wächter, dem inzwischen berühmten schwarzen Monolithen. Als er entdeckt wird, strahlt er ein Signal an seinen viel stärkeren Bruder ab, der sich im Orbit um Jupiter (im Roman ist es der Saturn) befindet: eine Warnung an die Schöpfer der Monolithen, daß die Menschen die Fähigkeit erlangt haben, über ihre Welt auszugreifen. Die Astronauten Dave Bowman, Frank Poole und der eigensinnige Computer Hal fliegen zum Jupiter, um das fremde Artefakt zu untersuchen. Poole wird von Hal im All ausgesetzt, doch Bowman gelingt es, den Jupiter-Monolithen zu erreichen – der sich als Tor zu den Sternen und zur Transzendenz erweist.

Den ersten Anstoß, ins *2001*-Universum zurückzukehren,

erhielt Clarke durch die Daten der amerikanischen Voyager-Sonde, die 1979 ein Rendezvouz mit dem Riesenplaneten hatte. In *2010: Das Jahr, in dem wir Kontakt aufnehmen* (1982) stößt eine amerikanisch-sowjetische Expedition auf Bowman, der eine Metamorphose durchlaufen hat. Jupiter ist zu einem sternenartigen Objekt kollabiert, weil die Monolithen auf einem von Jupiters Monden, Europa, Leben aussäen wollen. (Die Verfilmung der Geschichte von Peter Hyams in 1984 wurde von Clarke in *Die Odyssee-Akte* [1985] zusammen mit Hyams dokumentiert.)

Clarke wollte abwarten, bis die Galileo-Sonde Jupiter erreichte, ehe er sich an *2061: Odyssee Drei* (1988) wagte, doch die Challenger-Katastrophe warf Galileo fast um ein Jahrzehnt zurück. Der Halleysche Komet erschien 1985 und wird 2061 wieder erscheinen ... In *Odyssee Drei* landen Menschen auf Europa und stoßen auf die dortigen Lebensformen. Es stellt sich heraus, daß die Monolithen trotz ihrer Stärke nicht über ein Bewußtsein verfügen: diese mächtigen, seelenlosen Maschinen stehen gewissermaßen unter uns – und sie sind gewiß nicht unfehlbar.

Nun kommen wir zu *3001* – »dem vierten Buch der Trilogie«, wie Clarke sagt –, das geschrieben wurde, gerade als die ersten Galileo-Bilder von JPL im Internet veröffentlicht wurden.

»Ich glaube, *3001* nahm in dem Moment Gestalt an, als ich die Idee hatte, Frank Poole zu retten. Und da hatte ich mich auch schon festgebissen. Die Handlung hätte vielleicht auch einen anderen Verlauf genommen, doch als ich diese Idee erst einmal hatte, mußte ich herausfinden, was mit ihm geschehen war ...«

Erzählt in dem für Clarke charakteristischen prägnanten Stil und angefüllt mit den aktuellen wissenschaftlichen Spekulationen, ist *3001* die Geschichte des Astronauten Frank Poole, der in *2001* im Weltraum verschollen ist, geborgen und wieder ins Leben zurückgeholt wurde. Im folgenden wird Poole mit den Mysterien konfrontiert, die im Jupiter-System auf die Menschheit warten. Und dort, im Zusammenwirken mit den Geistern von Dave Bowman und Hal, rüstet Poole sich für die Auseinandersetzung mit den Monolithen selbst.

Von den bescheidenen Anfängen im »Der Wächter« bis hin zu *3001* wird die *2001*-Reihe von dem scheinbaren Paradoxon durchdrungen, das Clarkes gesamter Arbeit zugrunde liegt: daß dieser Mann, der als der technisch versierteste SF-Autor überhaupt gilt und der solche Konzepte wie Kommunikationssatelliten und elektromagnetische Katapulte auf dem Mond entwickelt hat – sich in die Metaphysik verirrt haben soll.

»Darko Suvin wischt mir in *Foundation* eins aus« (Nr. 67, Sommer 1996), sagt Clarke, »indem er auf meinen Pseudo-Mystizismus Bezug nimmt. Ich habe keine Zeit, *Foundation* zu lesen – ich überfliege die Zeitschrift nur –, diese langatmigen Diskussionen über linguistische Theorien, in denen Worte vorkommen, von denen ich verdammt nicht weiß, was sie bedeuten sollen und in denen ein französischer Philosoph nach dem andern genannt wird...

Auf jeden Fall greift Darko meinen Pseudo-Mystizismus an. Nur daß es sich nicht um Pseudo-Mystizismus, sondern um echte Mysterien handelt! Ich habe nichts übrig für Mystizismus, aber um so mehr für Mysterien, müssen Sie wissen. Das ist der Unterschied, den ich mache. Mysterien – Wunder und Mysterien, das geht in Ordnung –, nicht aber Mystizismus. Das sind Pseudo-Mysterien. Ich hasse die UFO-Debatte und den ganzen New Age-Unsinn ... Es gibt schon genug reale Mysterien im Universum, und da kann man gut und gern auf diesen Humbug verzichten.« Wir haben zum Beispiel Sonden zum Mars geschickt, doch die Resultate haben den Mystizismus bezüglich Pyramiden und Gesichter nur noch gefördert.

»... übrigens habe ich vor zwanzig oder dreißig Jahren eine Kurzgeschichte über einen Menschen auf dem Mars geschrieben, der dort einen menschlichen Kopf entdeckt hat. Die Geschichte heißt ›Tatort Mars‹. Es handelt sich um einen ziemlich kleinen menschlichen Kopf – kleiner als ein echter –, aber ich war zuerst dort!«

3001 – wie auch seine Vorgänger – sprüht förmlich vor technischen Neuerungen, die dem Leser mundgerecht serviert werden. Das ist immer schon ein Merkmal von Clarkes Arbeit gewesen. Und Frank Poole dient als Augenzeuge für die erstaunlichen Welten von *3001*, mit orbitalen Himmelsstädten und Antigrav-Triebwerken.

»Es macht mir viel Spaß, plausible Zukünfte zu entwerfen. Der ursprüngliche Kontrakt mit Judy Lynn Del Rey erstreckte sich bis zu 20 001. Ich weiß, daß niemand sich vorstellen kann, wie das Leben im Jahre 3001 aussehen wird – man blicke nur auf die letzten tausend Jahre zurück –, doch zumindest besteht eine gewisse Plausibilität. Ich glaube nicht, daß wir uns in diesem Zeitraum biologisch sehr verändern werden – obwohl wir das natürlich könnten!«

Clarkes technische Visionen haben sowohl die wirkliche Welt als auch seine fiktiven Welten stark beeinflußt. Wissenschaftler und Ingenieure scheinen Clarke durchaus ernstzunehmen. Clarke hat sich als Urheber des Konzepts geostationärer Kommunikationssatelliten einen Namen gemacht (zuerst erwähnt in der Zeitschrift *Wireless World,* Ausgabe vom Oktober 1945). Damals war er stark in der *British Interplanetary Society* engagiert, die auf vielen Gebieten die Grenzen des konventionellen Denkens sprengte. Aus einem klassischen Aufsatz über atomare Raketentriebwerke, der 1948/49 von der *BIS* veröffentlicht wurde, ließ er manche Ideen in seinen ersten Roman *Prelude to Space* (1951) einfließen – Ideen, die dann in den amerikanischen Rover- und NERVA-Projekten der sechziger Jahre verwirklicht wurden.

Außerdem hat Clarke in einer Ausgabe des *Journal of the British Interplanetary Society* aus dem Jahre 1950 wohl als erster das Konzept des elektromagnetischen Masse-Antriebs beschrieben. Konkret sollte dieser Antrieb dazu verwendet werden, Rohstoffe vom Mond zur Erde zu transportieren und Asteroiden abzulenken. Später wurde Clarke ein bekannter populärwissenschaftlicher Autor und zeigte stets mit verblüffender Genauigkeit zukünftige Entwicklungen auf. Die unbemannten Mars-Sonden, die er zum Beispiel in seinem bekannten Werk *Die Erforschung des Weltraums* (1951) beschrieben hat, stellten fast bis ins letzte Detail einen Vorgriff auf die Mariner-Sonden dar, die dreizehn Jahre später gestartet wurden. Und in *Rendezvous with Rama* (1973; dt.: *Rendezvous mit 3/439*) entwarf er eine

Arthur C. Clarke

Operation »Raumwache« für die Beobachtung von auf Kollisionskurs mit der Erde befindlichen Asteroiden, eine Idee, die zwei Jahrzehnte später in die Wirklichkeit umgesetzt wurde ...

Von allen SF-Autoren hat Clarke vielleicht die höchste spekulative »Trefferquote«.

»Sie haben von der Entdeckung von Eis auf dem Mond gehört? Ich habe das bereits in meinen Sachbüchern *Erforschung des Mondes* (1954) und *Der Hammer Gottes* (1990) beschrieben, und in *2061* wird dieses Thema wieder aufgegriffen ...« Inzwischen warten wir auf weitere Daten von Galileo, insbesondere von Europa, wo Clarke und andere die Existenz von Meeren und damit von Leben vorhergesagt haben. »Wir rechnen jeden Augenblick mit Daten über Europa«, sagt er begeistert. »Wir haben zwar schon ein paar gute Resultate, aber der eigentliche Knüller kommt erst noch. Wir müssen vielleicht noch ein paar Wochen auf die Freigabe warten, aber dann werden die Ergebnisse auf der NASA JPL Web Site veröffentlicht ...«

Und wie werden die erstaunlichen Möglichkeiten, die sich 1996 eröffnet haben – Leben auf dem Mars, Eis auf dem Mond, Wasser auf Europa – sich auf die Erforschung des Weltraums auswirken?

»Es heißt, der Weltraum sei eine freundliche Umgebung – in mancherlei Hinsicht freundlicher als das Meer. Man muß natürlich trotzdem vorsichtig sein. Ein anderer origineller Ausspruch, den ich von einem führenden Weltraumforscher gehört habe, lautet: Die Haut des Menschen ist ein guter Raumanzug. Schön, nicht? Und wenn es dort draußen Rohstoffe gibt, wird die Erforschung des Weltraums um so leichter zu rechtfertigen sein.«

In seinem Kommentar zu *3001* rügt Clarke sich indessen selbst: »Im nachhinein betrachtet ist wohl die Phantasie mit uns durchgegangen, daß wir schon für 2001 riesige Raumstationen, orbitale Hotels und Expeditionen zum Jupiter prognostiziert haben ...«

»Ich war dabei«, sagt er, »als unmittelbar nach dem Start von Apollo 11 Spiro Agnew zu Walter Cronkite sagte, daß wir nun zum Mars fliegen müßten. Unter diesen Umständen konnte Agnew von Glück sagen, daß er nicht in den Knast kam! Die allgemeine Euphorie angesichts des Starts war enorm. Doch Vietnam und Watergate machten sie sehr schnell wieder zunichte.

Ich vergleiche die Erforschung des Weltraums gern mit der Erforschung des Südpols. Wir brachen mit Hundeschlitten dorthin auf, und viele Männer starben unterwegs, und später kamen wir mit Flugzeugen und Hubschraubern; aber bis wir soweit waren, verging eine ganze Generation. Doch 1957, im Internationalen Geophysikalischen Jahr, haben wir den Südpol wieder erreicht und sind seitdem dort geblieben ...«

Clarkes Leben und Wirken sind untrennbar mit dem noch jungen Weltraumzeitalter verbunden. Bekanntlich stand der Film *Odyssee [im Weltraum]* Pate bei der Namensgebung des Kommando-Moduls von Apollo 13. Weniger bekannt ist, daß die Astronauten von Apollo 8, die als erste Menschen die Rückseite des Monds erblickten, sich erst einen Spaß daraus machen wollten, die Existenz eines mächtigen Monolithen zu melden (»Leider haben sie sich dann doch nicht getraut!«). Ich war im Publikum, als Clarke per Videokonferenz zum Ehrendoktor der Universität Liverpool ernannt wurde. Es war ein eindrucksvolles Ereignis, einschließlich des Bühnenzaubers mit einer Ampulle »Mondstaub«.

»Das war natürlich kein richtiger Mondstaub. Ich besitze zwar welchen, aber in so geringen Mengen, daß man ihn kaum sieht. Was ich wirklich gezeigt habe, war Pseudo-Mondstaub mit denselben Eigenschaften, die man zu Forschungszwecken erzeugt hat. Also habe ich zwar falschen Stoff hinabrieseln lassen, aber ich habe auch den richtigen Stoff ...« Und wie Clarke damals sagte, ist das ein Schatz, den vor fünfzig Jahren nicht einmal der reichste Mensch auf Erden kaufen konnte.

Sein Engagement in der Raumfahrt dauert bis heute an. »Das Scheitern der russischen Sonde Mars 96 war eine Schande. Meine Botschaft befand sich an Bord ...« Dabei handelte es sich um eine CD-ROM-Videodisc mit dem Titel *Mars-Visionen,* vollgeschrieben mit Science Fiction, wissenschaftlichen Illustrationen und Aufzeichnungen von Clarke, Carl Sagan und anderen, die bei der *Planetary Society* erhältlich sind. »Meine Botschaft hätte auf dem Mars landen sollen. Ich verspürte großes Mitgefühl für die an Mars 96 beteiligten Wissenschaftler, die Jahre ihres Lebens für diese Experimente geopfert hatten.«

Ein paar der beteiligten Wissenschaftler waren Engländer – ist Clarke der Ansicht, daß Großbritannien sich stärker an der Weltraumforschung beteiligen sollte?

»Das weiß ich wirklich nicht. Die Leute sagen, wir hätten so viele Probleme hier auf der Erde, und damit haben sie nicht ganz unrecht. Aber die Lösung vieler Probleme liegt in der Weltraumtechnik – vor allem mit Blick auf die Kommunikationstechnik und die Verknappung der irdischen Ressourcen.

Wir sollten so viele Arbeiten wie möglich von Robotern erledigen lassen. Diese Entwicklung hat bereits begonnen und wird sich noch verstärken, wenn bald eine neue Generation von Nano-Robotern verfügbar ist, die Dinge leisten, die wir uns bisher nicht haben träumen lassen. Und nachdem wir das erreicht haben, werden wir zum Mond und zum Mars zurückkehren. Doch grundsätzlich ist es machbar. Ich sagte bereits, wenn wir wüßten, daß es auf dem Mars ein Heilmittel für AIDS gäbe, wären wir in fünf Jahren dort.« Und vielleicht haben wir auch gut daran getan, nicht die in der Vergangenheit aufgezeigten Wege einzuschlagen, wie die in den sechziger Jahren konzipierten Atomraketen? »Mein Gott, ja.

Ich hätte mir gewünscht, noch viele Dinge zu sehen, aber ich habe schon unendlich mehr gesehen, als ich früher für möglich gehalten hätte. Ich habe den Raumflug erlebt. In *Prelude to Space* (1951) sagte ich den ersten Mondflug für 1978 voraus, und selbst das kam mir noch utopisch vor. Dabei hatten wir 1978 den Mond schon wieder aufgegeben! Ich würde es gern noch erleben, wie die Menschen auf dem Mars landen, aber ich bin auch schon zufrieden mit dem, was wir bisher erreicht haben.

Wenn ich die Wahl hätte, würde ich mir in technischer Hinsicht zwei Dinge wünschen: die Entdeckung außerirdischen Lebens – das vielleicht durch die neuen Marsflüge bestätigt wird – und die Entdeckung anderer Intelligenzen, vielleicht durch SETI ...«

3001 läßt genug Raum für weitere Folgen: wegen der durch die Lichtgeschwindigkeit begrenzten zeitlichen Abläufe ist mit einer Reaktion der Konstrukteure der Monolithen im Sonnensystem auf die Herausforderung durch die Menschen nicht vor Ablauf von tausend Jahren zu rechnen. Hat Clarke schon Pläne für *4001* und darüber hinaus?

»Eine richtige Geschichte hat niemals ein Ende. Aber ich werde jetzt achtzig, müssen Sie wissen. Und ich glaube, ich habe vorzeitige Entlassung wegen guter Führung verdient.

Ich würde gern mehr Zeit mit meinen Freunden und meiner Familie verbringen. Und ich habe so viele wundervolle Geräte – ich würde gern einige Zeit damit verbringen, im Internet zu surfen. Man kann richtig süchtig werden davon. Übrigens ist kürzlich eine schöne Web Site für die Arthur-Clarke-Stiftung eingerichtet worden, die ich gestern abend entdeckt habe. Ich habe ganze Regale voller Tonbänder und Filme, die ich seit Ewigkeiten nicht mehr gehört bzw. gesehen habe. In diesem Jahr habe ich gerade einen oder zwei Filme gesehen ...«

Ob achtzig oder nicht, Clarke wirkt so agil wie eh und je. »Im Moment habe ich eine Option auf acht Filmprojekte, und noch viel mehr sind in der Planung. An den Projekten kann ich nach Lust und Laune mitarbeiten. Aber in jedem Fall kostet es Zeit. Ich muß eine Rede halten anläßlich des fünfundzwanzigjährigen Bestehens der Universität von Moratuwa ...« Und dann wären da noch die Einweihung des Arthur-Clarke-Gebäudes der Defense Research Agency in Farnborough, das Arthur-Clarke-Zentrum für Moderne Technik in Colombo und ...

»Ich habe die Rede aufgezeichnet, weil ich nicht mehr in der Lage bin, länger als ein paar Minuten zu sprechen. Ich kann zwar noch Konversation pflegen und debattieren, aber keine Vorlesung mehr halten.« Seit Mitte der achtziger

Jahre leidet Clarke an einem Post-Polio-Syndrom, einer degenerativen Erkrankung des Nervensystems; daß er unter diesen Umständen seine literarische Produktivität und die öffentliche Präsenz aufrechterhalten hat, verdient großen Respekt.

Rendezvous mit 3/439 (1973) und die Folgebände finden nun auch große Beachtung. »Wir verhandeln über den Verkauf von *Rendezvous mit 3/439* an einen Filmproduzenten. Unser Mann ist Morgan Freeman, der beste schwarze Schauspieler, den es zur Zeit im Geschäft gibt.« Viele solcher Projekte wie *Rama* sind erst durch die Fortschritte in der Computertechnik möglich geworden. »Ich bin sehr beeindruckt von *Babylon 5* – unglaublich, was heute auf dem kleinen Bildschirm möglich ist. Und das 3/439-Spiel« (erhältlich auf CD-ROM bei Sierra Online) »wird natürlich auch phantastisch werden. In den USA ist es bereits im Handel. Aber ohne das Strategie-Handbuch werden Sie wohl nicht allzu weit kommen. Ich war völlig von den Socken! Man könnte eine ganze Woche mit dem Spiel zubringen ...«

Das in *3001* entworfene Szenario für die Menschheit ist betont optimistisch – fast schon utopisch. Clarke beendet seinen Kommentar zu *3001* mit einem bewegenden Schlußwort:

»Vielleicht ist es besser, verrückt und glücklich zu sein als geistig gesund und unglücklich. Am besten ist es jedoch, geistig gesund und glücklich zu sein. Daß unsere Nachfahren dieses Ziel erreichen, wird die größte Herausforderung der Zukunft darstellen.

Ich erwarte, nach Veröffentlichung dieses Absatzes auf die Abschußliste zu kommen, auf der auch Salman Rushdie schon steht«, sagt er. In Clarkes *3001* ist das Universum noch immer ein gefährlicher Ort, doch zumindest stellt die Menschheit keine Gefahr mehr für sich selbst dar.

»In Anbetracht dessen, was sich in diesem Jahrhundert ereignet hat, sehe ich die Dinge vielleicht durch die rosarote Brille und bin zu optimistisch. Wenn man die Nachrichten sieht, kommt man schon ins Grübeln und fragt sich, ob wir es noch bis ins nächste Jahrhundert schaffen.« Aber wird es uns überhaupt gelingen, die Schwächen unserer Spezies zu überwinden? »Ein Grund, weshalb ich mich in Optimismus übe, besteht darin, daß Optimisten die Chance haben, eine sich selbst erfüllende Prophezeiung zu formulieren. Und für Pessimisten gilt natürlich das gleiche ...«

Die NASA JPL Galileo-Web Site befindet sich in
http://www.jpl.nasa.gov/galileo.
Die Arthur C. Clarke Foundation Web Site kann unter
thomas@acclarke.demon.co.uk. aufgerufen werden.
Der brasilianische Arthur C. Clarke-Fanclub hat eine Home Page unter
http://www.lsi.usp.br./~rbianchi/clarke.

Clarke über Clarke

Prelude to Space (1951): In Clarkes erstem Roman finanziert Großbritannien eine atomgetriebene Mondrakete durch die Zeichnung von Staatsanleihen, und das große Projekt nimmt Gestalt an, bis zum Start in Australien ... im Jahre 1978. »Ich schrieb *Prelude to Space* als Student am King's College in London. Das Werk entstand im Juli 1947, während der Sommerferien. Nach exakt zwanzig Tagen war ich fertig, ein Rekord, den ich seitdem nicht gebrochen habe. Dieses Tempo war auch nur deshalb möglich, weil ich das Buch über ein Jahr lang geplant und bereits umfangreiche Aufzeichnungen gemacht hatte; die Geschichte war schon im Bewußtsein gespeichert, als ich den Stift zur Hand nahm ... die technischen Details mögen sich ändern, doch *wie* die Menschen ins All reisen, spielt keine Rolle im Vergleich zu dem, was sie dort tun und verglichen mit den Motiven, von denen sie geleitet werden. Ich stehe nach wie vor zu jedem Wort, das ich 1947 geschrieben habe. Ich hege noch immer die Hoffnung, daß ›wir keine Grenzen mit ins All nehmen‹.« (Vorwort zur Ausgabe von 1961)

Against the Fall of Night (1948): In einer weit entfernten, lebendig geschilderten Zukunft versucht Alvin, der postmenschliche Held, die Grenzen der Gebärmutter-Stadt Diaspar zu überwinden. 1956 erschien die Fortsetzung *Die Stadt und die Sterne.* 1990 wurden diese Werke von Gregory Benford in einer Fernsehserie verfilmt *(Beyond the Fall of Night). Die Stadt* wird von vielen Kritikern als Clarkes bestes Werk betrachtet. »Die Entstehung von *Against the Fall of Night* liegt nun schon über ein halbes Jahrhundert zurück, und dennoch kommt es mir so vor, als wäre es gestern gewesen. Es hat den Anschein, als ob die Einleitung, wenn nicht der ganze Roman, plötzlich vor meinem geistigen Auge gestanden hätte. Die Gedanken waren so lebendig, daß ich sie sofort aufschrieb, obwohl ich zu dieser Zeit noch gar nicht wußte, daß ich die Geschichte weiterentwickeln würde ...« (Vorwort der Ausgabe von 1990)

2001: A Space Odyssey (1968): Rätselhafte Monolithen im tiefsten Urwald von Afrika, auf dem Mond und im Orbit um Jupiter lenken die Aufmerksamkeit der Menschen auf die Sterne. Clarkes bekanntestes Buch. »Der Roman ... wurde in den Jahren 1964–68 verfaßt und im Juli 1968 veröffentlicht, kurz nach der Premiere des Films ... Beide Projekte wurden simultan vorangetrieben, wobei sie sich wechselseitig befruchteten. So machte ich die eigentümliche Erfahrung, das Manuskript zu korrigieren, *nachdem* ich Filmausschnitte gesehen hatte, die auf einer bereits überholten Version der Geschichte basierten – eine stimulierende, aber ziemlich teure Art des Romanschreibens ... *2001* wurde in einer Zeit geschrieben, die bereits hinter einem der Scheidewege der Menschheitsgeschichte liegt ... Das Datum 20. Juli 1969 lag noch ein halbes Jahrzehnt in der Zukunft, als Stanley Kubrick und ich uns erstmals Gedanken über den ›sprichwörtlich guten Science Fiction-Film‹ machten (seine Worte). Nun sind Geschichte und Fiktion untrennbar miteinander verwoben.« (Vorwort zu *2010: Odyssey Two,* 1982)

2010: Odyssey Two (1982); ***2061: Odyssey Three*** (1987): In *2010* kehrt der einer Metamorphose unterzogene Astronaut Dave Borman auf die Erde zurück, und die Monolithen verwandeln Jupiter in einen Stern, der Leben auf Europa bringt. In *2061* wird die Saga fortgesetzt, wobei Heywood Floyd zum

Halleyschen Kometen und nach Europa fliegt. »*2010* wurde dadurch ermöglicht, daß Voyager im Jahre 1979 mit großem Erfolg Jupiter umrundete, zumal ich mich erst dann wieder diesem Thema widmen wollte, nachdem die Ergebnisse der noch ehrgeizigeren Galileo-Mission vorlagen ... Die Challenger-Tragödie änderte jedoch meine Pläne ... Ich beschloß, nicht länger zu warten.« (Vorwort zu *2061: Odyssee Three,* 1987)

Imperial Earth (1976): Fünfhundert Jahre nach 1976 reist Duncan Mackenzie durch ein kolonisiertes Sonnensystem und wird in eine interplanetarische Intrige verstrickt. Eine gut durchdachte Zukunft. »Manche Leser meinen, daß die Zufälle – beziehungsweise ›Entsprechungen‹ –, auf denen diese Geschichte beruht, zu unwahrscheinlich seien, um Anspruch auf Plausibilität zu erheben. Doch sie lehnen sich an weitaus groteskere Episoden in meinem Leben an ...« (Vorwort, 1975)

The Fountains of Paradise (1979): Geschichte des Baus des ersten Weltraum-Aufzugs auf einer authentischen Nachbildung von Sri Lanka. »Es ist ein merkwürdiger – und nachgerade beängstigender – Zufall, daß ich Jahre, bevor ich diesen Roman überhaupt in Angriff nahm, unbewußt den Ort seiner Handlung aufgesucht haben soll ... ausgerechnet den Punkt auf einer beliebigen größeren Landmasse, der dem Punkt der größten geosynchronen Stabilität am nächsten liegt. Also hoffe ich, nach meinem Rückzug ins Privatleben auch die anderen ausgemusterten Relikte des frühen Raumzeitalters zu sehen, die im orbitalen Sargasso-Meer direkt über meinem Kopf herumwirbeln.« (Nachwort, 1978)

Ghost from the Grand Banks (1990): Ein Versuch, die Titanic im einundzwanzigsten Jahrhundert zu heben. »Die *RMS Titanic* hat mich das ganze Leben lang verfolgt ... Als ich mich zum erstenmal an einer Science Fiction-Geschichte versuchte (die zum Glück schon lange nicht mehr existiert), wählte ich das Thema von der typischen Katastrophe des Raumflugs, dem Zusammenstoß zwischen einem Raumschiff und einem Meteoriten ... In der letzten Zeile enthüllte ich dann den

Namen des zerstörten Raumschiffs. Er lautete – raten Sie mal – *Titanic.*« (Nachwort, 1990)

The Hammer of God (1993): Plausible, in der nahen Zukunft spielende Geschichte von einem Asteroiden, der die Erde bedroht. »Meine Beschäftigung mit Asteroideneinschlägen ähnelt allmählich einem DNA-Molekül: Die Stränge von Fakt und Fiktion verflechten sich zunehmend.« (*Rendezvous with Rama* [1973] skizzierte ein Asteroiden-Abwehrprogramm.) »Im Mai 1992 erhielt ich einen Brief von Steve Koepp, dem Chefredakteur des *Time Magazine,* der mich bat, eine aus 4000 Wörtern bestehende Kurzgeschichte zu schreiben, die ›dem Leser einen Ausblick auf das Leben auf der Erde im nächsten Jahrtausend eröffnete‹ ... Mit einer sich selbst erfüllenden Prophezeiung würde ich vielleicht die Welt retten – aber man weiß ja nie ... Also schrieb ich *The Hammer of God* und schickte die Geschichte an *Time* ... Ich akzeptierte den Umstand, daß *Hammer* im Grunde ein komprimierter Roman war – und daß mir gar nichts anderes übrigblieb, als ihn zu komprimieren.« (Nachwort, 1993)

Richter 10 (1995) (Mit Mike McQuay): Ein Erdbeben-Techno-Thriller, der hauptsächlich von McQuay verfaßt wurde und auf der Vorlage eines Clarke-Films beruht. »Obwohl ich schon ein paarmal mit anderen Autoren zusammengearbeitet habe ... ist dies das erste Mal, daß ich einem anderen Autor eine Idee überlassen habe, die er weiterentwickeln durfte. Aber vielleicht habe ich das nicht zum letztenmal getan; ich habe nämlich gemerkt, daß ich dabei das kreative Vergnügen habe – nicht aber die handwerkliche Mühe.« (Nachwort, 1995)

SZENE

Die Fantasy des Alltags

von Peter Straub

Den folgenden Vortrag hielt Peter Straub als Ehrengast auf der 19th International Conference on the Fantastic in the Arts im März 1998 in Fort Lauderdale/USA. Die deutsche Übersetzung erfolgte mit freundlicher Genehmigung des Autors und der International Association for the Fantastic in the Arts (IAFA) durch Usch Kiausch.

Bei der Übersetzung handelt es sich um eine leicht gekürzte Fassung des Vortrags. Weggelassen wurden die Passagen am Schluß, in denen Peter Straub dem Publikum aus John Ashberrys buchlangem Gedicht Flow Chart *und aus Raymond Chandlers* The Long Goodbye *vorlas. Er führt diese literarischen Beispiele als Beleg für seinen Schlußsatz an, der lautet:* Nur ein alternatives Universum kann solche Momente bieten, und ich bin glücklich, daß ich in dem unsrigen lebe.

Biographische Anmerkung:
Peter Straub wurde 1943 in Milwaukee/Wisconsin geboren. Er ist Autor von bisher zwölf Romanen (darunter The Hellfire Club, *1995), zahlreichen Kurzgeschichten und Gedichten. Für* The Talisman *(in Zusammenarbeit mit Stephen King) erhielt er 1983 den British Fantasy Award, für* Koko *1989 den World Fantasy Award, darüber hinaus viele weitere Preise. Die Horror Writers Association wählte ihn 1997 zum »Grand Master«. Seine Bücher wurden in 21 Sprachen übersetzt. Seit* Koko *arbeitet Straub daran, die Grenzen zwischen den Genres Horror, Krimi, Psychothriller und Mainstream zu durchbrechen und aufzuheben. Gegenwärtig schreibt er an dem neuen Roman* Mr. X. *Straub lebt heute in New York.*

Brian W. Aldiss (l.) und Peter Straub (r.)

Praktisch hat er *gesagt*, er sei Elvis. Also sollten Sie nicht allzu überrascht sein. Das war von Anfang an klar. In der Charlie Rose-Show hat er direkt in die Kamera geblickt und »Don't Be Cruel« gesungen. Und die blonde Frau neben ihm ist die allseits bekannte Lady Macbeth. Sie ist Mrs. Elvis und tut ihr Bestes, mit diesem ganzen Rocken und Rollen mitzuhalten. Sie sind mit einem rosafarbenen Cadillac aus dem Hochland von Memphis angebraust, Leichen pflastern ihren Weg. Jetzt, wo sie in dem schönen Gebäude an der Pennsylvania Avenue leben, dem mit dem Eisenzaun drumherum, fallen die Leichen aus Besenschränken. Und das, was früher Nixons Hubschrauberlandeplatz war, sieht inzwischen wie der letzte Akt von Hamlet aus. Und der Graf von Südafrika und Tiffany, seine neue Freundin, kommen zum Staatsbankett. »Don't Be Cruel« wird vor jeder Pressekonferenz abgenudelt. Man hat erst ein einziges Mal auf sie geschossen, und da waren sie nicht einmal dort. Jeden Abend treffen sie sich, aber erst, wenn der bislang nicht vorbestrafte Stab den Pulverdampf weggewedelt hat. Und dann schmieden sie Komplotte.

Ich mag diese Leute. Sie sind Ausgeburten reinster Fantasy, und sie beweisen täglich aufs Neue, daß diese Welt, unsere Welt, ein alternatives Universum darstellt. Kein authentisches Universum würde sich so verhalten, nicht eine Sekunde lang. Vielleicht sind Sie selbst hin und wieder ein bißchen leichtsinnig und neigen gelegentlich sogar zu Ausschweifungen. Aber solche Ausschweifungen, die dazu noch leichtsinnig sind – daß man etwa Leichen im Kofferraum rosafarbener Cadillacs entdecken kann? Niemals!

Ich weiß, wie und was ein authentisches Universum ist, und Sie wissen es auch. Wir teilen die verschwommene, überlieferte, illusorische Erinnerung – sie ähnelt einem Traumfragment – an eine Welt, die als Idylle begann und sich mit der Zeit verdüsterte. Sie trübte sich zu einer mit Mängeln behafteten Industriegesellschaft ein, die in mancher Hinsicht sogar gräßlich war, aber offen für Verbesserungen. Diese Welt hatte Regeln. Sie hatte notwendige Ursachen und zwingende Folgen. Ich glaube, dieses authentische Universum war sehr englisch, obwohl es auch ein französisches Viertel hatte. Entweder wuchs

George Eliot in diesem Universum auf, oder aber sie stellte es sich in allen entzückenden Einzelheiten vor. Neben anderen Dingen achtete das authentische Universum auf die Art von Rationalität, die sich aus gesundem Menschenverstand ergibt. Es achtete auf logische Beziehungen, menschliche Werte, differenzierte Urteile und – da wir hier vom Schreiben reden – auf die realistische Tradition.

Mit »realistischer Tradition« meine ich die Voraussetzungen des Vertrages zwischen Leser und Autor und die Darstellungsformen, die man, recht verallgemeinernd ausgedrückt, in den Romanen von Jane Austen, Anthony Trollope, Arnold Bennett und John Galsworthy, bei Balzac, Zola und in manchen Werken Flauberts, bei Tolstoi und Turgenjew, bei Howells, Dreister und James T. Farrell findet. Was nicht direkt aus dem 19. Jahrhundert stammt, ist dort jedenfalls verwurzelt. Harold Robbins fing als Jünger Farrells an, stieg dann aber schnell in gänzlich andere Sphären auf. In den späten Siebzigern dachte ich, Leute wie Robbins und Judith Krantz seien die einzig übrigen Vertreter des 19. Jahrhundert-Romans, der sonderbar niveaulos geworden war. Es kam mir so vor, als sei der ganze Schatz an Vorstellungskraft zu verbalen Cartoons zusammengeschrumpft – weil nur noch Leser, die sich mit Cartoons zufriedengaben, jemandem solche Geschichten abkaufen konnten, in denen sich der Protagonist mit bestimmten sozialen Milieus auseinandersetzt oder dort vorankommt. Die sogenannte »ernsthafte« Literatur, egal, ob die Mainstream-Literatur der mittleren Bildungsschicht oder die Avantgarde, hatte diese Strategie längst über Bord geworfen. Niemand scherte sich mehr um Stammesriten oder Stammesrituale, es sei denn, um sie lächerlich zu machen. Und das taten keine Leute von außen, wie in *Main Street*, sondern ätzende, egozentrische, entwurzelte Insider. (Ich denke etwa an *Goodbye, Columbus, Portnoy's Complaint* und Philip Yates' *Revolutionary Road*. Niemand wollte ein Buch wie *Sister Carrie* oder *The House of Mirth* schreiben, allerdings wurde Louis Auchincloss stets besondere Absolution erteilt.)

Außerdem war ich der Auffassung, daß eine der gemeinhin nicht bemerkten Möglichkeiten dessen, was ich schrieb – und das waren Horror-Romane –, darin lag, die mißachteten Stärken des viktorianischen Romans zu nutzen. Trotz allem, was, wie ich sehr gut wußte, dem entgegenstand, waren die englischen Romane des 19. Jahrhunderts offenbar das Fundament, der wesentliche Grundbaß literarischer Übungen. Nichts konnte sich mit den besten dieser Romane messen. Denn nie wieder würde man eine Situation erleben, in der sich der wachsende Lesehunger eines breiten Publikums mit der Entwicklung der Form verband, die diesen Hunger am besten stillen konnte und ihren Ausdruck in einem flexiblen, diskursiven, leidenschaftlichen, gefühlsstarken Medium fand. Sie wollten Charlotte Brontë, Thackeray und Dickens. Und wir wollen unser MTV.

Leute, die keine Ahnung haben, aber glauben, sie hätten diesen Vorgang im Griff, Leute, die nichts über den Prozeß des Romanschreibens wissen, behaupten gerne, daß Charles Dickens in Hollywood arbeiten würde, wenn er heute lebte. Hauptsächlich sagen das Filmregisseure und Drehbuchautoren. Sie können gar nicht anders. Diese Vorstellung erscheint ihnen als ganz vernünftig. Sie denken visuell, in Kamerabewegungen, sie stutzen die Geschichten zurecht und lassen nur die am wenigsten romanhaften Elemente übrig. Da sie wissen, daß Dickens ein großartiger Erzähler war, der enormen öffentlichen Erfolg genoß und ihn folglich auch begehrte, nehmen sie automatisch an, das Medium sei ohne jede Bedeutung. Wenn man ein großartiger Erzähler in einer Zeit ist, in der Filme ein viel breiteres Publikum erreichen als die Literatur es kann, dann will man diese großartigen Geschichten doch bestimmt in Form von Filmen erzählen! Na ja, das stimmt eben nicht. Schon gar nicht, wenn man Charles Dickens heißt und als Persönlichkeit so strukturiert ist, daß man um des reinen Überlebens willen Worte auf Papier bringen muß. Wenn man das braucht, dann muß man es so machen. Filme reichen nicht aus, an Filme kann man später denken.

Regisseure und Drehbuchautoren denken auf ihre Weise, weil sie, genau wie wir übrigen, in einem alternativen Universum leben. Nur gut, daß Science Fiction-Autoren diesen bildlichen Ausdruck des »Alternativ-Universums« erfunden haben. Sonst würden wir durch die Straßen irren, uns an den Kopf langen und vor uns hin murmeln: Wie nennen sie diesen Ort? Gibt es nicht einen Ausdruck dafür, wenn alles von unten nach oben gekehrt, von innen nach außen gestülpt und von vorwärts nach rückwärts verdreht ist?

Falls Sie irgendwelche Zweifel an dieser Sache mit dem Alternativ-Universum haben, will ich sie gern zerstreuen. Im letzten Jahr residierte eine gewisse Gastgeberin von Fernseh-Talkshows im »Rainbow and Stars«, neben dem Regenbogenzimmer auf der Spitze des RCA-Gebäudes im Rockefeller Center. Dort gucken sie nicht einmal verlegen, wenn sie einem zehn Dollar für ein Getränk abluchsen. Das Abendessen für zwei Personen kostet im Schnitt etwa 300 Dollar. Zweifellos wird man Ihnen einen Tisch am Hudson River oder sogar in New Jersey zuweisen, es sei denn, Sie haben einem belustigt blickenden Burschen namens Bismark in weiser Voraussicht zwanzig Extra-Dollars in die Hand gedrückt. Die Gastgeberin der Talkshow war Kathy Lee Gifford, und der Raum platzte aus allen Nähten, so voll war es dort.

Im *New York*-Magazin habe ich vor etwa einem Monat gelesen, daß ein Redakteur bei Random House, meinem Verlag, bei einer Redaktionskonferenz eine brillante Idee auftischte. Er schlug vor, Random solle für die kommenden drei Jahre ein Moratorium für Romanveröffentlichungen verhängen. Sie brächten zu viele Romane heraus, sagte er. Ihre wichtigeren Bücher wie die Biographien von Kathy Lee Gifford und Bob Barker seien viel gewinnträchtiger, trotz der Vorschüsse von sechs Millionen Dollar. Außerdem seien die einzigen Romane, die überhaupt noch Leser fänden, technische Handbücher für Waffensysteme mit ein paar der Spannung wegen eingestreuten Figuren.

Dieser Vorschlag wurde abgelehnt. Aber ich würde mich nicht wundern, wenn einige der dort Anwesenden durchaus mit einem Moratorium liebäugelten – einem Moratorium für solche Romane, die man noch nicht an Filmstudios hatte verscherbeln können. Man kann in einem alternativen Universum schon viel Spaß haben, besonders wenn man daran denkt, wie Mrs. Gifford im »Rainbow and Stars« ins Mikro gejodelt hat. Aber ich bin nicht überglücklich bei der Vorstellung, daß Romane sich in »Prä-Filme« verwandeln und die Funktion von Pilotfilmen übernehmen, nur daß sie als schlechter gelten, weil sie Drehbücher mit vielen langweiligen Beschreibungen sind und Stellen enthalten, in denen die Leute seitenweise nur miteinander reden und nichts in die Luft jagen.

In Internet-Diskussionsgruppen, die sich mit Autoren befassen, unterbrechen die Teilnehmer in bestimmten Abständen ihre gegenseitige Anmache, um sich auszumalen, welche Schauspielerinnen und Schauspieler in den Verfilmungen ihrer Lieblingsromane auftreten sollen. Sie glauben wirklich, daß sie damit etwas von realer Bedeutung, ja sogar etwas Nützliches tun. Im tiefsten Innern sind sie davon überzeugt, daß der Autor im Äther lauert und mitschreibt. Schließlich muß es dem Autor genau so klar wie ihnen sein, daß die ultimative Form des Erzählens die filmische Erzählung ist. Und sie haben sich extra Zeit für ihre fiktiven Rollenbesetzungen genommen, damit er's auch ja richtig macht.

Im Internet, seltener auch im nicht-ätherischen Leben, stößt man immer wieder auf Leute, die sich als völlig qualifiziert betrachten, einen bestimmten Roman zu beurteilen, weil sie den Film gesehen haben. Denken Sie mal darüber nach, was das bedeutet.

Noch eine Anekdote: Neulich hat mir mein liebenswürdiger Agent mitgeteilt, daß sich die Begeisterung meines Verlegers für mein eben fertig geschriebenes Buch direkt proportional zu seiner Kürze verhalte. Genau so hat er es ausgedrückt. Wenn ich das nächste Mal aus der Koppel breche und anfange, im Kreis zu traben, werde ich meine Fersen wohl am besten in eine Art überlanger Kurzgeschichte schlagen, in ein regelrechtes Haiku, und dann galoppiere ich nach 250 Seiten in die Zielgerade. Dazu brauche ich vielleicht drei Monate. Alle werden es ganz toll finden.

Noch eine wunderbare Anekdote: Prinzessin Di ... Nein, vergessen Sie, daß ich das gesagt habe. Der Graf von Südafrika kommt heute in die Sozialwohnung der Presleys, und er ist sehr, sehr empfindlich.

Also gut, hier ist ein anderes todsicheres Indiz dafür, daß wir in einem alternativen Universum leben. Ehe der Graf von Südafrika und seine neue Freundin, die wohlerzogene und reizende Tiffany, ihre mit Waffen bestückte Enklave in Johannesburg verließen, um sein privates Jetflugzeug zu besteigen und zum internationalen Ronald Reagan-Flughafen nach Washington zu fliegen, – schließlich wollen sie heute abend an einem Staatsbankett zu Ehren der Schauspieler von »Friends« teilnehmen – sprach er noch mit mir, ich nehme an, von der Waffenkammer aus. Er offenbarte mir, daß viele Verleger mit Köpfchen sich inzwischen ganz direkt zu den Quellen begeben – um es in der Sprache des alternativen Universums auszudrücken. Sie übergeben den Marketing-Experten von Barnes & Noble Bücher, die noch gar nicht trocken hinter den Ohren sind. Die Experten von Barnes & Noble reagieren wohlwollend, nämlich damit, daß sie Empfehlungen für die Cover-Gestaltung, die Auflage und den angemessenen Buchpreis (einschließlich des Buchhändler-Rabatts) aussprechen. Der Graf, der nur halb so gräßlich ist, wie sie alle zehn Minuten nach Abschluß ihrer Ehrenbezeugungen behaupteten, war der festen Überzeugung, daß dieser Synergieeffekt der Zusammenarbeit in sehr naher Zukunft ganz unvermeidlich seine endgültige Form finden wird: Dann werden die Marketing-Experten den Verleger und den Schriftsteller dabei beraten, wie sie ein Produkt mit allerhöchster Marktakzeptanz schaffen können. Wir müssen alle Bücher einfach so anlegen, daß sie Variationen genau des Buches sind, das die meisten Leute lesen wollen. Und dann sollen sich die anderen damit herumschlagen. Die Filmstudios machen's ja schon so: Sie führen Meinungsumfragen beim Publikum von Testvorführungen durch und passen ihre 300 Milliarden Dollar-Unterhaltungen den jeweiligen Ergebnissen an. Denn Filmstudios werden von Erwachsenen geleitet, die sich einer Welt im Wandel perfekt anpassen können.

Erinnern Sie sich an das Fernsehprogramm »Wie hätten Sie entschieden?« Es war eine Art Anti-Quiz-Show. Es gab keine korrekten Antworten. Es gab nur Fragen, die durch Mehrheitsmeinung entschieden wurden. Ich kann Ihnen gar nicht sagen, wie seltsam ich das fand.

Ehe wir abgeschweift sind und uns dem hypothetischen Charles Dickens von heute zugewandt haben (der jetzt all seine großartigen Geschichten in Filmen erzählen darf, weil er ein so überaus großartiger Erzähler ist – eine Annahme, die richtig sein muß, weil 75 Prozent der Befragten dem zustimmten), sprach ich von dem kleinen phantastischen Winkel, den ich vor zwanzig Jahren bezog. Ich sagte, dieser Winkel habe sich meiner Meinung nach durch eine besondere Affinität zur vertraulichen, lockeren, alle und alles einbeziehenden Erzählweise des 19. Jahrhunderts ausgezeichnet. Ich habe fast, allerdings nicht ganz, durchblicken lassen (was natürlich heißt, daß ich es doch habe durchblicken lassen), daß ich etwas Ähnliches im Sinn hatte. Ich muß mich bei Ihnen entschuldigen. Ich habe bewußt gelogen. Es tut mir leid, aber nicht echt leid. Wie alle, die vor mir hier gestanden haben, lebe ich davon, Lügen in die Welt zu setzen. Ganz bewußte Lügen, unter völliger Mißachtung jener gedanklichen Strukturen, die man gemeinhin für Wahrheit hält. Wenn man das lange genug macht, gelangt man zu der Auffassung, daß eine gut ausgedachte Lüge folgendes enthalten ... Nein, bringen Sie den Satz bitte selbst zu Ende. Ich muß Ihnen ja nicht alles sagen, und über dieses Thema soll ich hier ja sowieso nicht sprechen. Ich glaube, laut unserer Verfahrensordnung ist es mir sogar ausdrücklich untersagt.

Vor zwanzig Jahren war mir noch nicht klar, daß ich in einem von innen nach außen gestülpten Alternativ-Universum lebte, das ein Science Fiction-Autor mit fast schon bissig zu nennender Ironie erfunden hatte. Allerdings wußte ich auch damals schon, daß es im Leben mehr gibt als viktorianische Romane.

Damals kam es mir so vor (und das tut es heute noch), als gäbe es so etwas wie einen »fiktionalen Raum«. Der fiktionale Raum ist zwangsläufig und naturgemäß an keinem bestimmten Ort angesiedelt. Er schwebt mit leichtem Abstand über dem Boden. Er hat Ähnlichkeit mit dem Moment, in dem man aus einem faszinierenden Traum aufwacht, der gerade verblaßt. Während der Traum mit fliegenden Rockschößen um die Ecke und aus unserem Blickfeld verschwindet, läßt er Spuren heftiger Emotionen zurück, aber sie verweisen nicht mehr auf bestimmte Objekte und Handlungen. Man hängt zwischen zwei in gleicher Weise bestimmenden Sphären. Eine halbe Sekunde später erinnern uns eine Mischung aus schlechtem Gewissen, besorgter Nervosität und brutaler Wirklichkeit daran, daß wir heute ein Geburtstagsgeschenk für jemanden kaufen müssen, den wir eigentlich nicht mehr sonderlich mögen. Daß wir das Auto zum Ölwechsel bringen müssen. Und daß wir uns auch noch um diese andere Sache kümmern müssen, an die wir nicht einmal denken mögen. Und daß wir nirgendwo anders sind als im Bett.

Was ich den fiktionalen Raum nenne, hat längeren Bestand. Allerdings kann es manchmal genau so schwierig sein, ihn zurückzuerobern. Seine Glaubwürdigkeit liegt in seiner Unbestimmtheit, denn die Unbestimmtheit bewahrt das, was wir Moral nennen könnten. Innerhalb des fiktionalen Raums verweist jede Art von Gewißheit auf das, was noch nicht erforscht, nicht gespürt, mangelhaft imaginiert ist - es ist der Raum zwischen dem bereits Empfangenen und dem noch Unbekannten (das wir nie richtig erfassen werden, bis auf den kurzen Blick, den wir hier erhaschen). Urteile und Meinungen - besonders die Auffassung, man hätte beim Eintreten in diesen Raum ganz bestimmte Pläne gehabt - lösen sich zu einer Reihe nebeneinander liegender Möglichkeiten auf, zu widersprüchlichen und gleichwertigen Möglichkeiten. Manche Möglichkeiten tauchen ganz unerwartet auf, bergen jedoch geheimnisvolle Versprechen. So etwas wie Schlußfolgerungen, Antworten und Endgültigkeiten existieren eigentlich gar nicht mehr, denn im fiktionalen Raum kapitulieren diese Schwarzweißansichten interessanterweise vor ihrer eigenen Rigidität. Eine Art großzügige, forschende Aufnahmebereitschaft läßt die Unschlüssigkeit, Mehrdeutigkeit und die allgemeine, beruhigende Erkenntnis zu, daß in diesem speziellen Alternativ-Universum keine wie auch immer begründete Position den Anspruch auf Endgültigkeit erheben darf.

Aus dem Amerikanischen von Usch Kiausch

SZENE

Die Piraten von Baltimore

Bericht von der 56. World Science Fiction Convention in Baltimore vom 5. bis 9. August 1998

von Waldemar Kumming

Der 56. Welt-SF-Con nannte sich BUCCONEER und hatte seine Mitwirkenden teilweise als Piraten verkleidet. In einem Hotel fand auch ein großes ständiges Piratenspiel statt, bei dem ›Miniaturschiffe‹ auf dem Boden herumgestellt wurden. Gleichzeitig mit dem Weltcon fand auch der allerdings nur auf wenige Räume beschränkte FANHISTORICON statt, der sonst immer auf kleineren Conventions war.

Natürlich gab es auch FILKING (Singen von auf SF bezogenen Liedern) und diverse Musikband-Vorstellungen; besonders gefiel mir die ANALOG M.A.F.I.A. RAGTIME BAND, die aus Stanley Schmidt und SF-Autoren bestand. Bei dieser Gelegenheit sah ich auch das einzige Mal Peggy Rae Pavlat, den Chairman des Cons. Auf früheren Weltcons hatte sie immer die Amateur-Ausstellung unter sich gehabt; diesmal stand sie ganz oben und machte ihre Sache verdammt gut. Zwar kamen immer wieder die üblichen Änderungen in letzter Minute – aber das klappte immer reibungslos.

Das Filmprogramm war sehr umfangreich; außer den zahlreichen Vorführungen japanischer Streifen will ich hier nur kurz die wichtigsten amerikanischen Filme anführen: CONTACT, THE FIFTH ELEMENT, MEN IN BLACK, STARSHIP TROOPERS, THE LATHE OF HEAVEN, THE POSTMAN.

Angesehen habe ich mir keinen, sonst hätte ich einen der wichtigen Vorträge verpaßt.

Und Vorträge gab es, wie seit vielen Jahren üblich, bis zu einem Dutzend gleichzeitig; manchmal war es schwer, sich

Der Piratentreff: Das Baltimore Convention Center

Copyright © (Foto) by Kirsten Gong-Wong

für einen zu entscheiden. Hier sind zunächst einmal die wissenschaftlichen Vorträge: NEUTRINO NEWS FROM ›AMANDA‹ (NEUTRINO-NEUIGKEITEN FROM ›AMANDA‹) begann mit der Neuigkeit aus Japan, daß Neutrinos anscheinend doch etwas Masse haben. Falls das stimmt, würde es weitreichende Konsequenzen haben; dies soll mit dem am Südpol zu bauenden Neutrino-Detektor AMANDA nachgeprüft werden. FASTER THAN LIGHT – ONLY IN SF? (SCHNELLER ALS DAS LICHT – NUR IN DER SF)? befaßte sich sowohl mit der von SF-Schriftstellern praktizierten Umgehung der Einsteinschen Grenzgeschwindigkeit als auch mit physikalischen Theorien, die das tatsächlich möglich machen würden. Dazu paßte auch der Vortrag QUANTUM TELEPORTATION; in ihm wurde die kürzlich bekannt gewordene Neuigkeit erörtert, nach der es einem österreichischen Forscher gelungen sei, ein Elektron mit höherer als Lichtgeschwindigkeit von einem

Punkt zum anderen zu senden. Falls das zutrifft, ergeben sich daraus weitreichende Perspektiven.

LIFE UNDER THE ICE. POSSIBILITIES ON EUROPA (LEBEN UNTER DEM EIS: MÖGLICHKEITEN AUF EUROPA): Unter seiner Eiskruste hat der Jupitermond EUROPA nach letzten Beobachtungen wahrscheinlich flüssiges Wasser, in dem möglicherweise Leben existieren könnte. HOW TO DESIGN A REALISTIC SPACECRAFT (WIE KONSTRUIERT MAN EIN REALISTISCHES WELTRAUM-FAHRZEUG) zeigte alle möglichen Fehler auf, die in Romanen, Filmen und Bildern gemacht wurden. DISCOVERIES THAT WEREN'T: NEAR MISSES IN SCIENCE (ENTDECKUNGEN, DIE KEINE WAREN: IRRTÜMER DER WISSENSCHAFT) brachte viele Beispiele von scheinbar erfolgversprechenden Versuchen, die sich dann aber totliefen.

NANOTECHOLOGY: DESTINY OR BUNK? (NANO-TECHNIK: SCHICKSAL ODER QUATSCH?) befaßte sich mit der Frage, was die im Entstehen begriffene Nano-Technik für den Menschen bedeuten könnte – oder auch nicht. EXTRAPOLATING SCIENCE INTO SCIENCE FICTION (ÜBER DIE BEKANNTE WISSENSCHAFT HINAUSGEHENDE SF) zeigte auf, daß sich mitunter spekulative physikalische Ideen, auf denen viele Stories beruhen, später als Fakten erweisen. DINOSAURS: THE LATEST INFO YOU WON'T FIND IN BOOKS (DINOSAURIER : DIE NEUESTE INFORMATION, DIE NOCH NICHT IN BÜCHERN STEHT) rückte viele falsche Vorstellungen zurecht. Ein ähnliches Thema war DINOSAURS IN SF (DINOSAURIER IN DER SF), in dem es um die Darstellung der Dinosaurier in Filmen und Büchern ging.

Der Vortrag SOVIET SPACE DISASTERS (VERUNGLÜCKTE SOWJETISCHE RAUMFAHRT-UNTERNEHMEN) war auch von Unglück heimgesucht: Es war nämlich kein Projektor da, um die vielen mitgebrachten Bilder auf die Leinwand zu werfen. Hugh Gregory ließ sich nicht beirren und hielt seinen Vortrag trotzdem, wobei er recht erfolgreich mit Händen und Füßen sein jeweiliges Thema beschrieb. Soweit mir bekannt ist, war dies aber die einzige derartige Panne des Cons.

SOLAR POWER SATELLITES IN THE NEXT MILLENIUM (SONNENKRAFT-SATELLITEN IM NÄCHSTEN JAHRTAU-

SEND) befaßte sich mit den Vorteilen, aber auch mit den Gefahren dieser Zukunftstechnik. COLONIZING SPACE (BESIEDLUNG DES WELTRAUMS) brachte viele Fragen und nur wenige Antworten. YOUR TICKET TO THE MOON: ARTEMIS PROJECT OVERVIEW (DEIN FAHRSCHEIN ZUM MOND) ging über ein geplantes privates Projekt, das (sehr zahlungskräftige) Leute zum Mond bringen soll.

THE JULES VERNE RENAISSANCE zahlte dem Vater der modernen SF, als den ihn viele ansehen, seinen Tribut. SUPPOSE THEY DECLARED A WORLDCON, AND NO ONE CAME? (ANGENOMMEN, EIN WELTCON WÜRDE ANBERAUMT UND NIEMAND KÄME HIN?) fragte, wie lange der Weltcon in der jetzigen Form weiterbestehen könne. Y2K: SCIENCE FACT AND SCIENCE FICTION, unter diesem kryptischen Titel befaßte sich ein Vortrag mit dem 1. Januar 2000. Die meisten Computer haben nur die beiden letzten der Jahreszahlen im Gedächtnis und werden daher diesen Tag als 1. 1. 1900 werten – mit allen möglichen Folgen. Große Firmen haben meist schon Teams, die an entsprechenden Programmen arbeiten; bei vielen kleineren Firmen ist dieses immer näher kommende Problem noch gar nicht erkannt worden.

DID WE WIN? SF AND ITS TAKEOVER OF POPULAR CULTURE (HABEN WIR GEWONNEN? SF UND SEINE ÜBERNAHME DER POPULÄREN KULTUR) stellte fest, daß die SF zum Thema von vielen Filmen, Fernsehsendungen und Romanen geworden ist. Sind wir damit glücklich? Meine persönliche Ansicht ist, daß sich eigentlich nicht viel geändert hat, am ehesten noch bei den Filmen. Das Fernsehen bringt gute oder zumindest brauchbare Serien, aber noch viel mehr unsäglichen Mist. Bei den Büchern hat sich zwar die Zahl der Neuerscheinungen Jahr für Jahr vergrößert, aber nach wie vor lohnen 80 % das Lesen nicht, 10 % sind halbwegs brauchbar und höchstens 10 % sind wirklich gut. In Deutschland ist das Verhältnis übrigens weitaus besser; die vielen schlechten werden erst gar nicht übersetzt.

FANSPEAK: THE JARGON OF FANDOM erklärte viele Begriffe, die zwar SF-Fans verstehen, die aber für den weniger gut oder gar nicht Eingeweihten böhmische Dörfer sind. FIRST

FANDOM IN CRISIS? (DAS ERSTE FANDOM IN DER KRISE?): Unter dem Namen FIRST FANDOM firmiert eine Gruppe sehr alter Fans, u. a. Jay Kay Klein, Forrest Ackerman und David Kyle. Um die Aufnahme jüngerer Fans entspann sich eine lebhafte Debatte. SF MAGAZINES: THE PAST (AND FUTURE?) OF SF (SF-MAGAZINE: DIE VERGANGENHEIT [UND ZUKUNFT] DER SF): Die Zeit für SF-Magazine bisherigen Stils scheint vorbei zu sein – aber ist sie das wirklich? Immerhin kann man z. B. manche Artikel von ANALOG im Internet abrufen, ebenso Anfänge von Stories. Aber wie sie weitergehen, läßt sich nur im Heft selbst lesen. Ein ähnliches Thema hatte auch THE RISE OF NEW SF MAGAZINES (DER AUFSTIEG NEUER SF-MAGAZINE): In Deutschland haben wir nur zwei professionelle SF-Magazine, ALIEN CONTACT und SCIENCE FICTION MEDIA, wobei besonders das letztere nur eine vergleichsweise geringe Auflage hat. In Amerika versuchen ver-

Haie und kleine Fische: Der stolze Vater, David Hartwell, macht seinen Sohn frühzeitig mit den stürmischen Gewässern von SF-Conventions vertraut.

schiedene neue Magazine mit pompöser Aufmachung den etablierten Konkurrenz zu machen. Ob sie damit durchkommen, muß sich erweisen.

ALTERNATE HISTORY (ALTERNATIVE GESCHICHTE): Manche Stories nehmen an, daß an bestimmten Punkten der Geschichte sich die Dinge anders abgespielt haben, als uns bekannt, und daß infolgedessen ein ganz anderer historischer Verlauf initiiert wurde. Sind solche Romane noch zur SF zu rechnen? WHAT IF ALPHA CENTAURI HAD A PEACE CORPS? (WAS WÄRE, WENN ALPHA CENTAURI EIN FRIEDENSKORPS HÄTTE?) Angenommen, eine überlegene Rasse sendet Friedenswächter aus, um die Menschen zu lehren. Was würde passieren? THE EHICS AND MORALITY OF CLONING HUMANS (ETHISCHE UND MORALISCHE FRAGEN BEIM KLONEN VON MENSCHEN): Sind solche Techniken zu verantworten? Wie steht es mit Organ-Ersatzteilen?

GETTING THERE FROM HERE (WIE SIEHT DIE ZUKUNFT AUS?) fragte, welche Änderungen am jetzigen Zustand der Welt notwendig wären, um den in hoffnungsvolleren SF-Werken beschriebenen Zustand zu erreichen. WHAT WILL THE ALIENS REALLY LOOK LIKE? (WIE WÜRDEN AUSSERIRDISCHE WIRKLICH AUSSEHEN?) brachte einige wissenschaftliche Argumente vor, die manchen Romanen und Filmen widersprachen. TELEPATHY: GIFT OR FRAUD (TELEPHATIE: GABE ODER TÄUSCHUNG) hatte Anhänger und Gegner, die sich in einer heißen Debatte auseinandersetzten. HOW TO BECOME INVISIBLE (WIE MAN UNSICHTBAR WIRD): Die Idee der Unsichtbarkeit ist schon alt; die praktische Ausführung wäre zwar in absehbarer Zeit möglich, würde aber auf immense Schwierigkeiten stoßen. Faktisch müßte jedes beispielsweise von hinten kommende Bild vorn wieder reproduziert werden. Eine andere Möglichkeit besteht darin, auf den Beobachter so einzuwirken, daß er das Bild in seinen Augen ignoriert.

TRANSPLANT TECHNOLOGY: MIRACLES OR ORGANLEGGING? (TRANSPLANTATIONSTECHNIK: WUNDER ODER ORGANDIEBSTAHL?) Werden in Zukunft Organe im Labor gezüchtet, oder werden sie gewaltsam von lebenden Men-

Charles Sheffield als Kaperkapitän und seine schöne Beute, Nancy Kress, als frisch verheiratetes Paar.

schen entnommen? Dieser Vortrag betrachtete die Angelegenheit unter einem etwas anderen Aspekt als der vorangegangene ETHISCHE UND MORALISCHE FRAGEN BEIM KLONEN VON MENSCHEN. In I CAN EXPLAIN THAT (DAS KANN ICH ERKLÄREN) überboten sich SF-Autoren mit den verrücktesten Antworten auf vom Publikum gestellte Fragen.

FANDOM AROUND THE WORLD (FANDOM IN DER GANZEN WELT) hatte als einzigen Nicht-Amerikaner Kees Van Toorn als Referenten und wurde so seinem Thema nicht ganz gerecht. LOOKING AHEAD TO AUSSIECON 3 (EIN VORAUSBLICK AUF AUSSIECON 3) beantwortete alle möglichen Fragen von Fans.

Wie immer hier auch eine kurze Aufführung von Vorträgen, zu denen ich entweder nicht kommen konnte oder die mich nicht interessierten, wobei die letzteren nur eine kleine zufällige Auswahl aus der immensen Zahl darstellen:

Alles unter Kontrolle: Die Senior-Captains geben sich die Ehre: Milt Rothman, Robert Silverberg und Art Widner.

WHAT IS FANTASY ALL ABOUT? (WORÜBER HANDELT FANTASY?), GREAT FORGOTTEN SF AUTHORS (VERGESSENE GROSSE SF-SCHRIFTSTELLER), HISTORY OF BALTIMORE FANDOM (GESCHICHTE DES FANDOMS IN BALTIMORE), HOW DO AUTHORS COLLABORATE? (WIE ARBEITEN AUTOREN ZUSAMMEN?), SMALL PRESS BOOKS (BÜCHER VON KLEINEN VERLAGEN) und CONRUNNING HORROR TALES (SCHRECKENSGESCHICHTEN VON CONS).

Weiter ging es mit ANTARCTIC und mit INTRODUCTION TO COSTUMING (EINFÜHRUNG IN DIE KOSTÜMIERUNG), TIPS FOR NEW WRITERS (TIPS FÜR ANGEHENDE AUTOREN), VIOLENCE IN SF ART (GEWALT IN DER SF- UND FANTASY-KUNST), HUGO GERNSBACK REMEMBERED (ERINNERUNG AN HUGO GERNSBACK) VAMPIRISM AND HOMOSEXUALITY, WATERCOLOR DEMO (DEMONSTRA-

TION MIT AQUARELLFARBEN), WOMEN WHO WRITE HARD SF (FRAUEN, DIE ›HARTE‹ SF SCHREIBEN), MILITARY SF EVERY 100 YEARS (MILITÄRISCHE SF VON 1800 bis 2100), I DIDN'T WRITE THAT! (DAS HABE ICH NICHT GESCHRIEBEN!), NEW NASA INITIATIVES FOR THE 21ST CENTURY (NEUE NASA-INITIATIVEN FÜR DAS 21. JAHRHUNDERT), THE FUTURE OF BRAINS, REAL + ARTIFICIAL (DIE ZUKUNFT DER NATÜRLICHEN UND KÜNSTLICHEN GEHIRNE) und A JOURNEY THROUGH THE UNIVERSE WITH HUBBLE (EINE REISE DURCH DAS UNIVERSUM MIT DEM HUBBLE-TELESKOP).

Natürlich gab es die üblichen Zusammenkünfte am Anfang und Schluß, die Verleihung der HUGOs und anderer Preise und die Maskenschau. Bemerkenswert viel wurde für die Kinder getan; ständig war irgendein Programmpunkt nur für sie da. Alles in allem war es wohl einer der gelungensten Worldcons der letzten Jahre.

SZENE

Der zweite Tag der Phantasie in Berlin am 26. 9. 1998

von Anita Winkler

Am Samstag, den 26. 9. 1998 fand in der Archenhold-Sternwarte Berlin der zweite Tag der Phantasie statt, veranstaltet von den Herausgebern des SF-Magazins ALIEN CONTACT, unterstützt vom SF-Club Andymon und dem Kulturbund Treptow. Parallel dazu fand in der Sternwarte der jährliche Tag der offenen Tür statt. Durch diese Kombination wurde Besuchern verschiedener Interessengruppen die Möglichkeit gegeben, auch

Die Kuppeln der Archenhold-Sternwarte Berlin

Michael Marrak (l.) und Hardy Kettlitz (r.)

einmal etwas Neues, anderes kennenzulernen. Insgesamt fanden zwischen 350 und 400 Besucher den Weg nach Treptow, obwohl die Sonne einen der letzten Herbsttage vergoldete.

Der Tag der Phantasie lockte mit verschiedenen interessanten Programmpunkten und vielen Ehrengästen, daher kamen Besucher nicht nur aus Berlin: Es wurden Fans aus Hanau, Hoyerswerda, Leipzig, Lübeck, München, Schwerin oder Stuttgart gesichtet.

Die Eröffnung um 14.00 Uhr erläuterte die Tagesplanung und wurde durch die Buchpremiere von Michael Marraks »Die Stille nach dem Ton« gekrönt. Nach einem Gespräch über Horror und Science Fiction mit Marrak hatten die Fans Gelegenheit, sein neues Buch und viele andere bei den anwesenden Buchhändlern zu erwerben. Natürlich gab es eine Signierstunde mit Michael Marrak. Ebenfalls gab Alexander Kröger Autogramme, nachdem er in einem Programmpunkt über kommende Projekte und seine geplanten neuen Bücher gesprochen hatte.

Ein interessanter und vor allem sehr humorvoller Beitrag war ein Vortrag von Dr. Bernhard Kempen, der seine Erfah-

(v. l. n. r.) Dirk Kurth, Hannes Riffel und Ronald Hoppe

rungen beim Übersetzen von Science Fiction im allgemeinen und Star Trek im speziellen zum Besten gab. Er plauderte ungeniert aus der Schule, so daß die Schwierigkeiten, nicht nur des Star Trek-Universums, von den Zuhörern gut nachvollzogen werden konnten.

Ebenfalls interessant war der Beitrag von Gerd Frey, der über die SF in den neuen Medien berichtete. Interessant, jedoch auch sehr beklemmend, war ein Vortrag von Dr. Wolfgang Both, der akribisch zusammengetragenes und daher sehr umfangreiches Material zum Thema »SF-Fandom in der DDR« vortrug. Für die »Wessis« ist es kaum nachzuvollziehen, mit welch begrenzten Mitteln die Fans in der DDR ihre Aktivitäten ermöglichten. Für alle, die dieses Thema vertiefen wollten, sei das Buch zum gleichen Thema empfohlen, daß demnächst durch den SFCD herausgegeben wird.

Ein Ehrengast der Veranstaltung war leider durch Krankheit verhindert. Für Michael Szameit, auf den sich viele gefreut hatten, sprangen Florian Nelle und Hartwig Hilgenstein ein, die beide ihre Erstlingsromane im Argument-Verlag veröffentlichten. Beide haben ein Berlin der nahen Zukunft zum Thema, beide haben dabei eine Leiche im Keller, und beide schilderten die Motivationen, die den Romanen zugrunde liegen.

Fast alle Ehrengäste, Alexander Kröger, Michael Marrak, Hartwig Hilgenstein und Dr. Bernhard Kempen, trafen bei der Diskussion über Militarismus in der SF, geleitet von Arno Behrend, noch einmal zusammen. Das Fazit dieser Diskussion war die Feststellung, daß die SF nicht nur negative Szenarien, sondern gerade als Gegengewicht zur Realität auch bewußt positive Utopien entwerfen sollte. Schließlich kann in der Zukunft nur das entstehen, was auch angedacht wird.

In der darauf folgenden Phantasie-Show versammelten sich die Besucher, das Wissen der Ehrengäste wurde getestet. Sie mußten die Fragen beantworten, die im Laufe des Tages auch die Besucher auf den verteilten Zetteln beantworten konnten. Nach der Siegerehrung erhielt Beluga Post die Möglichkeit, etwas über den geplanten EuroCon 1999 zu erzählen. Hof-

(v. l. n. r.) Peter Fleissner, Dimitria Bachtsevanidis, Heinz-Jürgen Ehrig, Birgit Fischer und Udo Emmerich

fentlich setzt sich im deutschen Fandom endlich ein Miteinander-Arbeiten statt Gegeneinander-Stänkern durch, es wäre ein Fortschritt.

Ein weiterer Höhepunkt des Abends war der Abschluß der Veranstaltung, ein Konzert von Detlef Keller und Mario Schönwälder. Elektronische Musik, die Träume in Töne umsetzt und dem Publikum fast die Möglichkeit gibt, zu fliegen. Zumindestens in Gedanken. Sehr beeindruckend und sehr zu empfehlen.

Neben allen oben genannten Programmpunkten hatten die Besucher die Möglichkeit, Klatsch und Tratsch mit anderen Fans auszutauschen, Bücher zu begutachten und zu kaufen, die begleitende Ausstellung zu genießen, das größte Fernrohr der Welt in Bewegung zu sehen, eine Sternenshow im Planetarium zu besichtigen, live Sonnenflecken zu beobachten und überhaupt ... Mein Dank geht vor allem an Hardy Kettlitz, der mit Liebe zum Detail und in unermüdlicher Kleinarbeit diesen Tag der Phantasie ermöglicht und organisiert hat. Mir persönlich hat es sehr viel Spaß gemacht, daran teilzunehmen und ich hoffe, daß für die Zukunft wieder öfter Treffen in Berlin stattfinden werden.

SZENE

SETI-Chroniken 1999

Episode 1: Projekt Sternenstimme – Aufbruch zu fremden Küsten

von Tobias Daniel Wabbel

Das Radioteleskop von Medicina ist eine der größten und leistungsfähigsten Antennen der Erde – es hat die Form eines »T«, einen Durchmesser von 600 x 600 Metern und wird im Fachjargon als *das Nördliche Kreuz* bezeichnet. Wer den gigantischen Antennenkomplex auf einem weiten Feld am Fuße des Appeninnengebirges, zwanzig Kilometer außerhalb von Bologna, abschreitet, der kann das unheimliche Sirren des Windes in den hauchdünnen Empfangsdrähten vernehmen, die einem die Illusion von überdimensionalen Harfensaiten vorgaukeln, in denen die römischen Götter klimpern. Diese Drähte sind die metallenen Rezeptoren des Nördlichen Kreuzes, die den Empfang schwächster Strahlungsfragmente der entferntesten Objekte am Rande des Universums ermöglichen. Wendet man sich um, erblickt man etwa zweihundert Meter vom *Nördlichen Kreuz* eine 32-Meter-Parabolantenne, die ihr weißes Metallohr in den Zenit des Himmels reckt. Das Universum seufzt hier aus den Lautsprechern des Kontrollraumes und flackert als abstraktes, nüchternes Algorithmengebirge über die Monitore der Kontrollcomputer. Wer nicht gläubig ist, der kann hier die Lebendigkeit der Schöpfung atmen hören. Das Radioteleskop von Medicina ist eine Kathedrale der menschlichen Hochtechnik, ein Pilgerort für Phantasten – der Kontakt mit außerirdischen Intelligenz die dornenreiche Suche nach dem Heiligen Gral im Land der Erkenntnis jenseits der unüberwindlichen Mauer der Lichtjahre.

Wenn der Direktor des Radioobservatoriums, Dr. Stelio

Das Nördliche Kreuz in Medicina, etwa 20 Kilometer außerhalb von Bologna, ist mit einem Durchmesser von 600 x 600 Metern eines der größten und leistungsfähigsten Radioteleskope der Erde und wird für das erste europäische SETI Programm Project Starvoice *verwendet werden.*

Montebugnoli, die Empfänger des *Nördlichen Kreuzes* aktiviert, untersucht er nicht nur natürliche astrophysikalische Phänomene, nein, Dr. Stelio Montebugnoli ist der erste Wissenschaftler Europas, der offiziell SETI, die Suche nach extraterrestrischen Intelligenzen, durchführt.

Von der Serengeti zu SETI

SETI ist die Suche nach extraterrestrischen Intelligenzen, ein Generationen übergreifendes Experiment, das auf den kühnen Pioniergeist des Radioastronomen Frank Drake zurückreicht. Frank Drake untersuchte am 8. August 1960 mit der 26-Meter-Parabolantenne des Radioobservatoriums von Green Bank in West Virginia, die 10,8 und 11,9 Lichtjahre entfernten Sterne Tau Ceti und Epsilon Eridani nach Radiosignalen von außerirdischen Zivilisationen. Seine Idee war denkbar brillant: Wenn auf erdähnlichen Planeten in der Galaxis Zivilisationen existierten, die während ihrer Evolution über die Technikschwelle der Radiowellenkommunikation gestolpert sind, könnten sie sich durch ihre Fernseh- und Radioträgersignale verraten, die ungewollt in den Weltraum dringen. Frank Drake nannte sein Unternehmen Projekt Ozma, nach Prinzessin Ozma aus dem Kinderbuch *Der Zauberer von Oz*. Oz ist ein unvorstellbar weit entfernter Ort (will heißen: Lichtjahre), der von den abgefahrensten, fremdartigsten Freaks (will heißen: Außerirdischen) bewohnt wird – tatsächlich eine geniale Analogie.

Im November 1959, wenige Monate vor Frank Drakes historischem Lauschangriff, hatten die Astrophysiker Giuseppe Cocconi und Philip Morrison von der Cornell Universität in Ithaca, New York, ihre Theorie von der Suche nach interstellarer Kommunikation öffentlich im renommierten Wissenschaftsblatt *Nature* präsentiert: Wenn außerirdische Zivilisationen in der Galaxis über weite interstellare Distanzen hinweg miteinander kommunizieren wollten, dann würden sie wahrscheinlich die universell störungsarme Frequenz des neutralen Wasserstoffes von 1420 bis 1720 Megahertz bei einer Wellenlänge von 21 Zentimetern wählen. Der Mikrowellenbereich von 1420 bis

1720 Megahertz wird als das »Wasserloch« bezeichnet und ist nahezu frei von natürlichen Störsignalen. Wie Tiere sich an einem Wasserloch in der afrikanischen Serengeti versammeln, so könnten sich interstellare Botschaften von fortgeschrittenen Zivilisationen im Bereich von 1420 bis 1720 Megahertz tummeln. Frank Drake realisierte die Idee der Cornell-Astrophysiker. Doch er fand nichts, das ihn während der 500 Stunden Suchzeit zu der zwingenden Schlußfolgerung führte, daß von einem Planeten um die Sterne Tau Ceti und Epsilon Eridani Signale einer technischen Zivilisation ausgingen.

Dennoch – und der Funken der phantastischen Erkenntnis zündete in den Gehirnen der weltweiten Wissenschaftsgemeinde eine intellektuelle Kettenreaktion – hatte man eine erste effektive Methode entdeckt, um die Existenz außerirdischer Intelligenzen zu beweisen.

Seit Projekt Ozma in den Sechzigern wurden weltweit über sechzig SETI-Programme mit ständig verbessertem technischem Know-How unternommen. Am 15. August 1977 entdeckten die Astronomen Jerry Ehman, Bob Dixon und John Kraus mit dem »Großen Ohr«, einem Radioteleskop mit den Dimensionen eines Football-Feldes in Delaware, Ohio, ein Signal, das den Koordinaten nach aus dem galaktischen Zentrum kam und alle Charakteristiken eines authentischen Signales von einer außerirdischen Intelligenz aufwies. Jerry Ehman vermerkte noch auf dem Computerausdruck seine Euphorie über die Entdeckung: »Wow!« Nach wenigen Minuten war das »Wow!«-Signal jedoch plötzlich wieder verschwunden. Bis dato ist das rätselhafte Phänomen unerklärlich geblieben. Möglicherweise war es tatsächlich der erste Beweis für die Existenz von fremden Intelligenzen.

Gegenwärtig sucht das Radioastronomen-Team von Projekt Phoenix im kalifornischen Mountain View, angeführt von Frank Drake, Seth Shostak und Jill Tarter, mit der 305-Meter-Antenne von Arecibo in Puerto Rico nach interstellaren Plaudereien von außerirdischen Intelligenzen im Mikrowellenbereich des Wasserlochs. Weitere sehr erfolgversprechende SETI-Programme sind *Projekt Serendip* des Berkeley-Radioastronomen Dan Werthimer sowie *Projekt Beta II* des Paul Horowitz

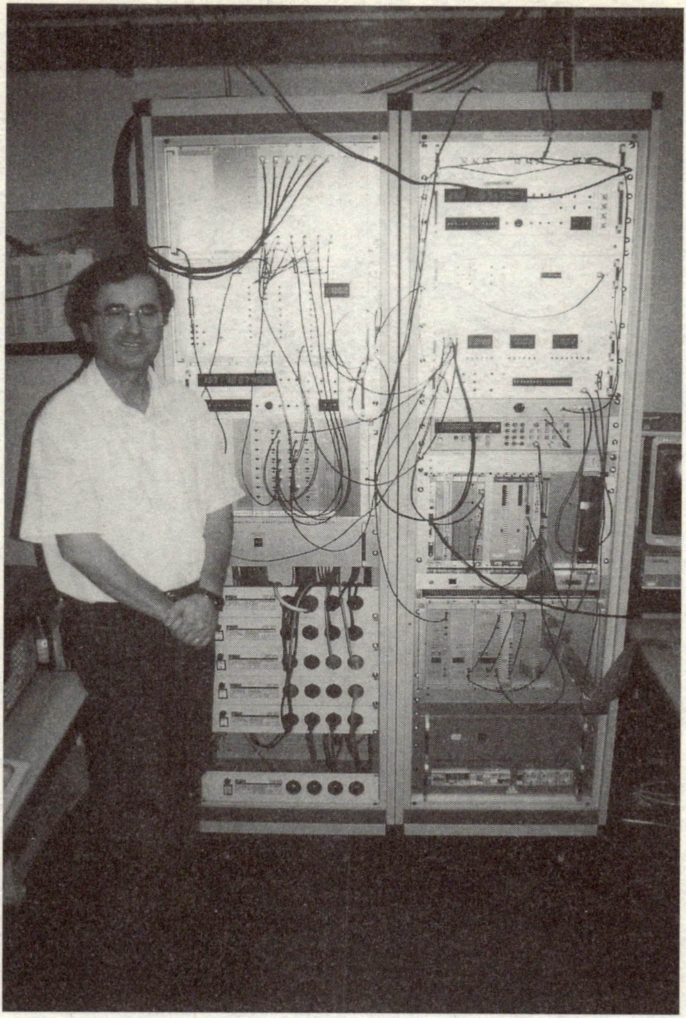

Der Direktor des Radioobservatoriums von Medicina, Dr. Stelio Montebugnoli, hat Pläne für eine revolutionäre Spektralanalyse-Einheit entwickelt, die 64 Millionen Frequenzkanäle nach Radiosignalen von außerirdischen Zivilisationen abtastet.

Die 32-Meter-Antenne von Medicina wird im Rahmen von Project Starvoice *ausschließlich für SETI verwendet werden.*

von der Harvard University. Sowohl *Serendip* (Search for Radiosignals of Nearby Developed Intelligent Populations) als auch *Beta* (Billionchannel Extraterrestrial Assay) sind mobile Systeme, die in jedes Radioteleskop »huckepack« zwischengeschaltet werden können und die Daten, die während der normalen radioastronomischen Beobachtungen gewonnen werden, nach potentiellen Signalen von außerirdischen Intelligenzen durchsieben. Eine Serendip-IV-Spektrometer-Einheit der Universität Berkeley mit einer Kapazität von 8 Millionen Frequenzkanälen ist es auch, mit der Stelio Montebugnoli und seine Mitarbeiter des Radioobservatoriums von Medicina, in sehr bescheidenen Dimensionen die erste europäische Suche nach extraterrestrischen Intelligenzen durchführen.

Projekt Sternenstimme – Aufbruch zu fremden Küsten

Doch Stelio Montebugnoli hat ehrgeizige Pläne. Die Serendip-IV-Spektrometer-Einheit ist seit langem nicht mehr leistungsfähig genug, um SETI in zufriedenstellenden Kategorien durchzuführen. Neue Technik muß her. Dr. Montebugnoli hat Konstruktionspläne ausgearbeitet.

Ein beeindruckendes Chaos aus lichtjahrelangem Kabelsalat, zirpender, piepsender Elektronik und flimmernder Computerbildschirme empfängt uns, als wir den Kontrollraum des Radioobservatoriums von Medicina betreten. Der bittere Geruch von erhitzter Elektronik hängt in der Luft – für die radioastronomischen Gralssucher von Medicina ein betörendes Parfüm. Wir setzen uns vor den Bildschirm des Kontrollcomputers, der die Signaleingänge des *Nördlichen Kreuzes* anzeigt. Euphorie ergreift mich – ähnliches spürte ich nur im Mittelpunkt des Labyrinthes der Kathedrale von Chartres.

»Das *Nördliche Kreuz* ist so empfindlich, daß wir im Sommer 1994 kurz nach dem Einschlag der Fragmente A bis E des Kometen Shoemaker-Levy 9 in die Atmosphäre des Jupiter das Vorhandensein von Wasser nachweisen konnten«, berichtet Stelio Montebugnoli stolz.

Wasser auf Jupiter? Sensationell. Es kommt besser: »Das hier ist ein Test, um das System auf seine Effizienz zu überprüfen.« Montebugnoli zeigt auf den Bildschirm. »Es ist das Telemetriesignal der NASA Sonde Mars Global Surveyor, die gerade den Roten Planeten kartographiert.«

Stelio Montebugnoli weiht mich ein. Stelio Montebugnoli legt Konstruktionspläne für eine Bank von vier Prozessoreinheiten vor, die jeweils 16 Millionen Frequenzkanäle simultan nach den Sternenstimmen der außerirdischen Intelligenzen abtasten können: *Project Starvoice.* In Reihe geschaltet wird das *Nördliche Kreuz* 64 Millionen Kanäle bei 64 Millionen Megahertz gleichzeitig nach Signalen von außerirdischen Intelligenzen überprüfen. 64 *Millionen Radios aneinandergereiht, jedes hat einen anderen Sender eingestellt!*

Die Kosten? Stelio Montebugnoli lächelt: Nur 506 000 Euros, *556 000* US Dollars oder auch 1 002 000 Deutsche Mark. Eine Reproduktion des 64-Millionen-Kanäle-Spektrometers en gros würde nach Schätzung nicht mehr als 126 000 Euros, 139 000 US Dollars oder 250 000 Deutsche Mark pro Exemplar kosten.

Dr. Montebugnolis Augen beginnen zu leuchten, während er mir seine Vision offenbart. Europäische Radioobservatorien wie Westerbork in den Niederlanden, Effelsberg in der Eiffel, Jodrell Bank bei Manchester sowie Mullard Radioobservatorium in Cambridge, England, könnten mit den Starvoice-Prozessoren ausgerüstet werden. Durch eine Online-Verbindung über das Internet könnten sämtliche Antennen Europas auf elektronischer Ebene zu einem virtuellen, gigantischen Radioteleskop mit einem Durchmesser von mehreren Tausend Kilometern und einer Empfangsleistung von einem Hundertfachen der 305-Meter-Antenne in Arecibo, Puerto Rico zusammengeschaltet werden.

»Wir werden ein großes Schild vor dem Radioteleskop installieren, auf dem alle Sponsoren und Geldgeber verewigt werden, die Projekt Sternenstimme, das größte und leistungsfähigste SETI Programm aller Zeiten, ermöglicht haben.«

Eine unzweideutige Einladung an private Sponsoren, industrielle Stiftungen, Forschungsinstitute und Medien. Offizielle Schirmherren von Projekt Sternenstimme sind bereits die

Der Kontrollraum des Radioobservatoriums von Medicina.

Science Fiction-Autoren Greg Bear und Jack McDevitt. Investitionen von Herrn und Frau Jedermann sind herzlich willkommen.

Als sei es ein unheimlicher Zufall, eine göttliche Fügung des Schicksals, wird die Suche nach *Terra Incognito,* dem unbekannten Land erneut von Europa, der Wiege der westlichen Zivilisation, ausgehen. Die einstige Entdeckungsarmada des Christoph Kolumbus besteht heute aus hypersensiblen Radioteleskopen – Seemeilen sind Lichtjahre.

Wie lange werden wir mit dem Wind der menschlichen Neugierde auf dem Ozean der Zeit segeln, bis wir die fremden Küsten des Kontaktes mit einer außerirdischen Intelligenz sichten?

Gewiß ist: Mit *Projekt Sternenstimme* wird der Kosmos dramatisch schrumpfen, und die Chancen auf einen Erfolg werden ebenso dramatisch ansteigen.

Kontakt: Tobias Daniel Wabbel, E-mail: TDWabbel@compuserve.com
Dr. Stelio Montebugnoli, E-mail: stelio@ira.bo.cnr.it

Episode 2:
Die SETI Petition an Präsident Clinton

Bill Clinton, der mächtigste Mann der Erde, pflegt wissenschaftliche Entdeckungen geschickt für die Aufpolierung seiner demoskopischen Umfrageergebnisse zu instrumentalisieren. Das ist sehr intelligent und keineswegs verwerflich. Bill Clinton hat viel von seinem großen Vorbild John F. Kennedy gelernt. Erinnern wir uns:

John F. Kennedy beschließt 1961 vor dem US Kongreß, daß bis zum Ende des Jahrzehnts die ersten Menschen auf dem Mond landen. Die Tollkühnheit des Apollo-Programms übertüncht die folgenden zwei Jahre wirkungsvoll; die fehlgeschlagene Invasion in der kubanischen Schweinebucht und den drohenden Atomkrieg mit der Sowjetunion. Doch anders als sein späterer Bewunderer Bill Clinton, ist John F. Kennedy ein schwacher Präsident. Mächtige ultrarechte Senatoren der republikanischen Partei würden es bevorzugen, wenn die Abermilliarden Steuerzahlerdollar in den Rüstungsetat gepumpt würden, anstatt in ein zweifelhaftes Show-Programm zur Heilung des nationalen Minderwertigkeitskomplexes, ausgelöst durch den Juri-Gagarin-Schock. Man würde JFK gar liebend gerne auf dem Heldenfriedhof in Arlington, Virginia sehen – noch bevor seine Amtsperiode beendet ist. Und das Undenkbare geschieht tatsächlich. Kennedy soll seine Vision von den ersten amerikanischen Astronauten auf dem Mond bekanntlich nicht mehr erleben: am 22. November 1963 wird er in Dallas von bis heute unbekannten Tätern ermordet.

Mehr als dreiunddreißig Jahre später spukt der Geist John F. Kennedys durch das Oval Office des Weißen Hauses, als William Jefferson Clinton, der 42. Präsident der USA, am 7. August 1996 die Entdeckung von fossilen Mikroben in einem Meteoriten von Mars vor internationalen Kameras mit den pathetischen Worten kommentiert: »Heute spricht der Felsbrocken ALH 84001 zu uns über all die Milliarden Jahre und Millionen von Meilen hinweg. Er spricht für die Möglichkeit von Leben. Falls sich diese Entdeckung bestätigt, wird sie gewiß eine der außergewöhnlichsten Einblicke in unser Universum offenbaren, die die Wissenschaft jemals ermöglicht hat. Die Auswirkungen der Entdeckung sind so weitreichend und Ehrfurcht gebietend wie es sich ein Mensch nur vorstellen kann.«

Bill Clinton ist intensiv damit beschäftigt, die Vorwürfe über angebliche sexuelle Nötigungen von weiblichen Bediensteten abzuwehren, als NASA Direktor Daniel Goldin am 6. August 1996 die Nachricht von den mikrobiologischen Einschlüssen im Marsfelsen ALH 84001 verkündet. Clinton schnappt nach der marsianischen Sensation, wie nach einer Hand, die ihn vor dem Absturz in den politischen Abgrund rettet.

Was war geschehen? 1984 hatten Wissenschaftler der *National Science Foundation* im antarktischen Eisfeld *Allan Hills* einen Meteoriten entdeckt, der vor Jahrmillionen durch den Einschlag eines Asteroiden von der Oberfläche des Roten Planeten in den Weltraum hinausgesprengt und nach einer Weltraumodyssee vom Gravitationsfeld der Erde eingefangen worden war. Vor 13 000 Jahren schließlich schlug der denkwürdige Marsbrocken in der Antarktis ein. Die Chemiker David McKay und Richard Zare hatten unter dem Elektronenmikroskop in der Gesteinsprobe mit der Nummer 84001 seltsame wurmartige Gebilde entdeckt und die provokante Schlußfolgerung geäußert, daß die Einschlüsse nur fossile Rückstände mikrobakterieller Organismen sein könnten. Ihrer Meinung nach enthält ALH 84001 den ersten Beweis für die einstige Existenz außerirdischer Lebensformen.

Außerirdisches Leben entdeckt, schrien die Schlagzeilen der Weltpresse. Die Jahrtausendsensation schien perfekt – und Präsident Bill Clintons Wertschätzung stieg, demoskopischen Umfrageergebnissen zufolge, nach seiner Pressekonferenz am 7. August 1996 steil in die Höhe.

Die Suche nach außerirdischem Leben ist eine der Hauptdirektiven der NASA. Daniel Goldin hielt nun einen gewichtigen Trumpf in der Hand, den er im US-Senat während des gnadenlosen Finanzpokers um den Haushaltsetat ausspielen konnte. Stolz deklarierte Goldin, die Suche nach fremden Lebensformen im Universum habe für die NASA im beginnenden 21. Jahrhundert die allerhöchste Priorität. Spekulationen, daß sich unter dem Eispanzer des Jupitermondes Europa ein Ozean befände, der die Entstehung von Leben ermöglichen könnte, bestärkten die Forderungen Daniel Goldins nach einem höherem Budget für die NASA.

Doch paradoxerweise hatte der US-Senat am 23. September 1993 unter der Führung des Demokraten Richard Bryan die bedingungslose Streichung sämtlicher Geldmittel für die Suche nach außerirdischen Intelligenzen beschlossen. Bill Clinton - gerade frisch im Amt - wagte es nicht, sich zur Entscheidung des Senats zu äußern. Das SETI-Programm der NASA war am 12. Oktober 1992, zum 500. Jahrestag der Entdeckung Amerikas durch Christoph Kolumbus begonnen worden. Die Astronomen Frank Drake und Jill Tarter waren von der NASA beauftragt, bis zum Jahr 2002 mit einem Budget von 12 Millionen Dollar pro Jahr nach Radiosignalen außerirdischer Intelligenzen zu suchen. Ihrem Projekt wurde gnadenlos ein Strich durch die Rechnung gemacht.

Die Sensation des Marsfelsens ALH 84001 war für den Astrophysiker Timothy Ferris und mich die willkommene Argumentationsplattform, um Bill Clinton mit einer Petition zu bewegen, sich vor dem US-Senat für die staatliche Finanzierung SETIs einzusetzen. Tim Ferris und ich beschlossen *mit* dem Weißen Haus zu arbeiten. Wenn Daniel Goldin verkündete, daß die Suche nach außerirdischem Leben für die NASA die höchste Priorität habe, dann läge eine erneute - doch nun *sichere* - Finanzierung SETIs durch staatliche Ressourcen in greifbarer Nähe. Unsere Petition sollte Präsident Clinton in seiner Politik ermutigen und bestärken.

Schon kurz nach der ernüchternden Entscheidung des US Senates, SETI den Geldhahn abzudrehen, hatten Frank Drake und seine Wissenschaftskollegen beschlossen, das ehemalige SETI-Programm der NASA durch private Geldmittel in abgespeckter Form als *Projekt Phoenix* fortzuführen.

Die Computergiganten *Hewlett Packard, Microsoft, Intel* sowie Arthur C. Clarke hatten sich bereiterklärt, *Projekt Phoenix* zu finanzieren. Die NASA stellte die zuvor für 58 Millionen Dollar entwickelten Instrumente den Wissenschaftlern von *Projekt Phoenix* zur Verfügung. Dank der Spendabilität der Computerindustrie und Arthur C. Clarkes ist die Finanzierung von Projekt Phoenix für mehrere Jahre gesichert.

Doch um eine jahrzehntelange Kontinuität und Effektivität SETIs weit über das Jahr 2010 hinaus zu gewährleisten, sind mehr Gelder nötig, als die Industrie bereit ist, für *Projekt Phoenix* und alle übrigen kleineren SETI-Programme der USA zu investieren. Je länger ununterbrochen nach Radiosignalen von außerirdischen Intelligenzen gesucht wird, um so größer sind die Chancen eines Erstkontaks. Frank Drake und seine Kollegen des SETI-Instituts im kalifornischen Mountain View beschlossen nach intensiven Diskussionen unserer Pläne, sich aus der Politik herauszuhalten. Man befürchtete, daß eine Wiederherstellung der staatlichen Ressourcen erneut den Launen der US Senatoren zum Opfer fallen könnte. Die Angst war unberechtigt. Unser Gegenargument war, zu keiner Zeit die private Finanzierung von *Projekt Phoenix* durch *Hewlett Packard, Microsoft, Intel* und Arthur C. Clarke aussetzen zu lassen, sondern gleich alle SETI-Programme der Vereinigten Staaten durch industrielle und staatliche Mittel zweigleisig zu finanzieren. Somit gäbe es eine doppelte Garantie und ein neuartiges Finanzierungsmodell für neue Forschungsprojekte jeglicher Art.

Inzwischen war Carl Sagan, der berühmte Astronom und Initiator einer SETI-Petition aus dem Jahre 1983, plötzlich an den Folgen seiner langjährigen Leukämieerkrankung gestorben. Unerwartete Schützenhilfe kam nach Sagans Tod von Arthur C. Clarke, der mir während des Verfassens des Briefes an Präsident Clinton zur Seite stand. Seine Kollegen Brian Aldiss und Jack McDevitt sowie Dennis Overbye von der *New York Times* meldeten sich ebenfalls mit nützlichen Ratschlägen zu Wort. Timothy Ferris schließlich redigierte meinen Brief an Bill Clinton:

Sehr geehrter Präsident Clinton,

die Entdeckung von möglichen mikrobiologischen Lebensformen auf dem Mars, die Sie am 7. August 1996 der Weltöffentlichkeit verkündeten, hat das öffentliche Interesse entfacht und erneut die Frage aufgeworfen, ob die Menschheit im Universum allein ist. Wir schreiben Ihnen, um Ihnen unsere Dankbarkeit auszusprechen und die Regierung dazu zu bewegen, die Finanzierung eines Programms, das – obwohl bescheiden in seinen Dimensionen, doch kostengünstig in seiner Durchführung – diese Frage für immer beantworten könnte.

Das Projekt ist SETI, die Suche nach extraterrestrischen Intelligenzen. Das SETI-Programm der NASA war am 12. Oktober 1992 begonnen worden und stellte der bislang gründlichste Versuch dar, den Himmel nach Radiosignalen von außerirdischen Zivilisationen abzusuchen. Weil es so viele Sterne gibt – allein einige Hundertmillionen in unserer Galaxis –, errechneten Astronomen, daß Jahre des Suchens nötig wären, bis ein Signal entdeckt würde, sogar wenn Hunderte von Welten Radiosignale aussenden, die unsere technische Ausrüstung aufspüren könnten. Aus diesem Grund hatte die NASA geplant, das SETI-Programm bis zum Jahr 2002 zu finanzieren. Bei jährlichen Kosten von 12 Millionen Dollar war das SETI-Programm für die Wissenschaft ein Reingewinn. Doch leider wurde die Finanzierung im September 1993 eingefroren, nachdem die Radioteleskope noch nicht einmal ein Jahr nach außerirdischen Zivilisationen gesucht hatten. Seitdem wurde SETI durch private Gelder und in kleinerem Maßstab als Projekt Phoenix fortgeführt.

Herr Präsident, ein SETI-Programm der NASA kann die Phantasie der Öffentlichkeit beflügeln und weit über die Kosten hinaus der Bildung vieler junger Menschen dienlich sein. Auf den unschätzbaren Bemühungen auf-

bauend, die Sie und der NASA-Direktor Daniel Goldin bereits in dieser Richtung unternommen haben, kann es dazu beitragen, geistreiche, visionäre Leute für die Weltraumbehörde zu gewinnen.

Und sollte es wirklich dazu kommen, wird ein Kontakt mit einer außerirdischen Zivilisation natürlich die spektakulärste Entdeckung in der Geschichte der Menschheit sein.

Deswegen möchten wir Sie dazu bewegen, in Ihrem nächsten Haushaltsbudget die staatliche Finanzierung SETIs zu berücksichtigen.

Hochachtungsvoll,
Die Unterzeichner der Petition.

Die Liste der Unterzeichner reiste anschließend mehrere Hunderttausend Kilometer über den Globus. Der Anthropologe und SETI-Befürworter Steven Jay Gould von der Universität Harvard unterzeichnete das Dokument zuerst. Nach einer einjährigen postalischen Reise schließlich haben bislang die folgenden Wissenschaftler und Science Fiction-Autoren ihre Unterstützung der Petition an Präsident Clinton mit ihren Namen und Unterschriften bekundet:

Philip Morrison (SETI-Begründer), Paul Horowitz (vom SETI-Programm *Project Beta* der Universität Harvard), George Greenstein (Astrophysiker und Autor), Dennis Overbye und James Gleick von der *New York Times,* Jack McDevitt (Science Fiction-Autor), Allen Tough (Futurologe und SETI-Experte an der Universität Toronto), Jerry Ehman und Bob Dixon (Ohio State University; die Entdecker des sogenannten Wow!-Signales, des ersten potentiellen Beweises für außerirdische Intelligenzen), Geoffrey Marcy und Paul Butler (Universität Berkeley; die Entdecker der ersten Planeten außerhalb des Sonnensystems), Dan Werthimer (vom SETI-Programm *Project Serendip* der Universität Berkeley), Gero von Randow (DIE ZEIT, Hamburg), Kunitomo Sakurai (Präsident der Universität Yokohama und Japans SETI-Experte), Greg Bear, Brian W. Aldiss, Timothy Ferris, Claudio Maccone und Arthur C. Clarke. Es folgten die Astronomen des ersten europäischen SETI-Programms, *Projekt Sternenstimme:* Stelio Montebugnoli, Andrea Maccaferri, Alessandro Cattani, Monari Jader, Alessandro Orfei und Nicolo D'Amico, Bonnie Gordon, Herausgeber der Zeitschrift *Astronomy,* die Journalistin und Ehefrau Carl Sagans, Ann Druyan, James Trefil (Astronom und Wissenschaftsautor) sowie David Brin und Ben Bova (Science Fiction-Autoren).

Während dieser Artikel verfaßt wurde, kämpfte Präsident Clinton gegen das inquisitorische Sperrfeuer unglaublich dreister, teilweise illegaler Ermittlungsmethoden des Staatsanwaltes Kenneth Starr in der Lewinsky-Affäre. Doch die Sympathie des amerikanischen Volkes für ihren populären Präsidenten wuchs proportional mit der Unverschämtheit von Kenneth Starr, und die Demokraten gewannen schließlich die Kongresswahlen im November 1998. Bill Clinton scheint zwar offenbar seine männlichen Triebe nicht im Griff zu haben, doch ist die Überzeugung der Unterzeichner, daß diese menschliche Schwäche nichts mit seiner soliden Amtsführung zu tun hat. Denn anders als sein großes Vorbild John F. Kennedy, ist William Jefferson Clinton ein sehr starker Präsident.

Bill Clinton könnte der erste Präsident sein, der vor internationalen Kameras die Entdeckung außerirdischer Intelligenzen durch SETI verkündet. Durch die SETI-Petition könnte erstmals ein dauerhaftes Programm zur Suche nach extraterrestrischen Intelligenzen über das Jahr 2010 verwirklicht werden.

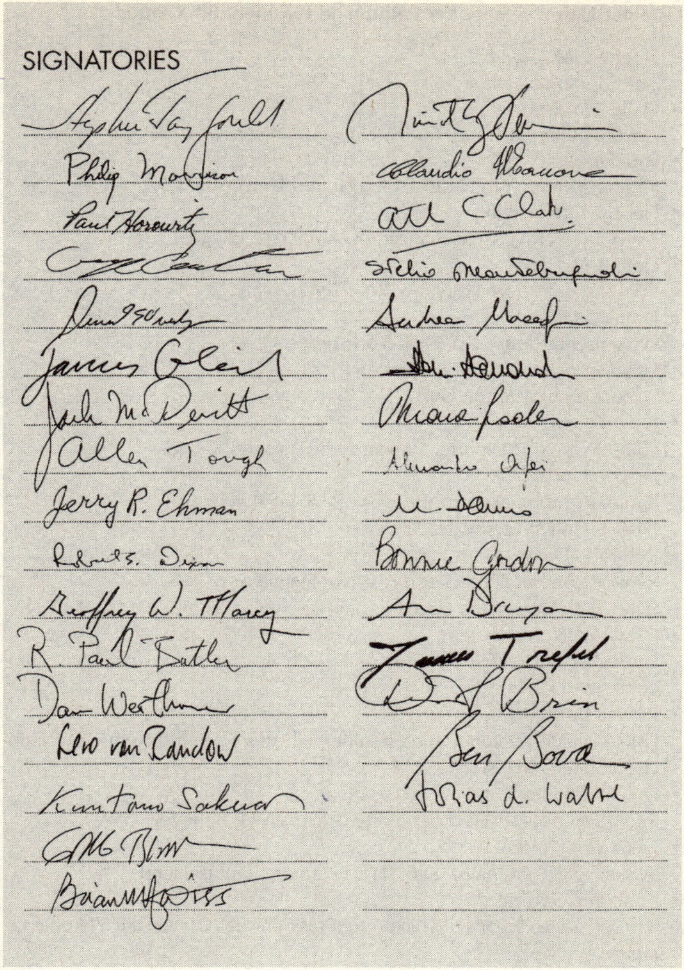

Die SETI Petition des Science Fiction-Autors Tobias Daniel Wabbel, in der renommierte internationale Wissenschaftler, Science Fiction-Autoren und Journalisten Präsident Bill Clinton dazu bewegen, die staatliche Finanzierung SETIs wiederzustellen, die im September 1993 vom US Kongreß gestrichen worden war.

Liste der Unterzeichner der Petition an Präsident Bill Clinton

- Stephen Jay Gould
  Anthropologe, Harvard University, USA
- Philip Morrison
  Astropyhsiker, SETI Begründer, Harvard University, USA
- Paul Horowitz
  Radioastronom, Projekt BETA II, Harvard University, USA
- George Greenstein
  Astrophysiker, Wissenschaftsautor, Amherst College, USA
- Dennis Overbye
  Wissenschaftsjournalist, New York Times, USA
- James Gleick
  Wissenschaftsjournalist, New York Times, USA
- Jack McDevitt
  Science Fiction-Autor, USA
- Allen Tough
  Futurologe, SETI Experte, University of Toronto, Kanada
- Jerry R. Ehman
  Radioastronom, Entdecker des Wow!-Signals,
  Ohio State University, USA
- Robert S. Dixon
  Radioastronom, Entdecker des Wow!-Signals,
  Ohio State University, USA
- Geoffrey W. Marcy
  Entdecker der ersten Planeten außerhalb des Sonnensystems, San Francisco State University
- R. Paul Butler
  Entdecker der ersten Planeten außerhalb des Sonnensystems, San Francisco State University
- Dan Werthimer
  Radioastronom, Project Serendip, University of Berkeley, USA
- Gero von Randow
  Wissenschaftsjournalist, DIE ZEIT, Hamburg, Deutschland
- Kunitomo Sakurai
  Astrophysiker, Japans SETI Experte, Präsident der Universität Yokohama, Japan
- Greg Bear
  Science Fiction-Autor, USA
- Brian W. Aldiss
  Science Fiction-Autor, England
- Timothy Ferris
  Wissenschaftsautor, Ko-Autor der Bild-Ton-Träger der Voyager-Raumsonden, San Francisco, USA

- Claudio Maccone
  Astrophysiker, Turin, Italien
- Arthur C. Clarke
  Science Fiction-Autor, Sri Lanka
- Stelio Montebugnoli
  Direktor des Radioobservatoriums von Medicina, Leiter des ersten europäischen SETI Programms Projekt Starvoice, Italien
- Andrea Maccaferri
  Teilchenphysiker, Institut für Radioastronomie, Bologna, Italien
- Alessandro Cattani
  Teilchenphysiker, Institut für Radioastronomie, Bologna, Italien
- Monari Jader
  Radioastronom, Entwickler des Polarimeters für die internationale Weltraumstation, Institut für Radioastronomie, Bologna, Italien
- Alessandro Orfei
  Radioastronom, Leiter des Polarimeter-Projektes für die internationale Weltraumstation, Institut für Radioastronomie, Bologna, Italien
- Nicolo D'Amico
  Radioastronom, Pulsar-Experte, Institut für Radioastronomie, Bologna, Italien
- Bonnie Gordon
  Herausgeberin, ASTRONOMY-Magazin
- Ann Druyan
  Wissenschaftsautorin, Pulitzer-Preisträgerin, Ko-Autorin der Bild-Ton-Träger der Voyager-Raumsonden
- James S. Trefil
  Physiker, Wissenschaftsautor
- David Brin
  Science Fiction-Autor, USA
- Ben Bova
  Science Fiction-Autor, USA
- Tobias Daniel Wabbel
  Science Fiction-Autor, Journalist, Initiator des ersten europäischen SETI Programms Project Starvoice, Essen, Deutschland

BÜCHER

Peter Ackroyd

Der Golem von Limehouse

Dan Leno and the Limehouse Golem
Reinbek: Rowohlt Verlag 1998
332 Seiten, DM 42,–

von Florian F. Marzin

Frauenmorde, zumal bestialisch ausgeführt, haben im London des ausgehenden 19. Jahrhunderts eine gewisse Tradition und durch Jack the Ripper auch eine zeitlose Berühmtheit erlangt. Peter Ackroyd fügt dem eine neue Variante hinzu und läßt seinen Golem ein paar Jahre vor dem bekannten und nie gefaßten Prostituiertenmörder zuschlagen. Damit, denkt man auf der fiktionalen Handlungsebene weiter, stiehlt er dem Jack die Schau. Und wie in dem bekannten Ripper-Fall, so bleibt auch für die Polizei in London der Fall ungeklärt, für den Leser befriedigenderweise aber nicht.

Der Golem: ein aus Lehm geschaffenes künstliches Wesen, das durch Beschwörungsformeln, die der kabbalistischen Mystik entstammen, zum Leben erweckt wird. Im Prag König Rudolfs II. soll der Rabbi Loew ein solches Wesen erschaffen haben, das dann die dort ansässige jüdische Gemeinde – und nicht nur sie – in Angst und Schrecken versetzt hat. Diese Geschehnisse bilden den Hintergrund für die bekannteste Bearbeitung des Stoffes durch Gustav Meyrink 1915. Wie in Meyrinks Roman, so bleibt auch bei Ackroyd der Golem immer ein Wesen zwischen Wirklichkeit und Imagination der Protagonisten und im wesentlichen eine blutige Metapher der Skandalpresse für die Morde. Was liegt auch näher, als in dem jüdischen Viertel Londons, Limehouse, an einen Golem zu denken, der sich der menschlichen Kontrolle entzogen hat. Der Golem selbst, ein früher Vorfahr von Frankensteins Monster und bei weitem nicht von dessen Berühmtheit, kann sich nun mal schlecht wehren.

Ackroyd flicht in seinem Roman einen Teppich aus vielen einzelnen Fäden, die sich dennoch zu einem harmonischen Bild ohne Webfehler verbinden. Da ist das junge Mädchen Lambeth Marsh Lizzie, die von den billigen Revuetheatern angezogen und von dem Komiker Dan Leno unterstützt, schließlich selbst als Komödiantin auf den Brettern landet, die die Welt bedeuten sollen, dann mit ihrer Heirat des gebildeten und vermögenden John Cree den sozialen Aufstieg schafft, um schließlich als Gattenmörderin gehängt zu werden. Auf diesem Weg der Protagonistin, den der Autor von verschiedenen Erzählpositionen her betrachtet, erfährt der Leser viel vom Leben in den Armenvierteln des Herzen des Empires. Ackroyd läßt Polizeiprotokolle und Tagebücher zu Wort kommen, wechselt die Erzählposition und legt so die Gedanken der handelnden Personen offen, doch hier sei gewarnt, ganz so einfach, wie es den Anschein hat, macht es der Autor dem Leser nun denn doch nicht, und das überraschende Ende sei nota bene an dieser Stelle verschwiegen.

Neben der Hauptperson Lizzie treten noch auf – Karl Marx, der in der Britischen Bibliothek an einem Gedicht schreibt, George Bernard Shaw, Oscar Wilde als Theaterkritiker und der aufstrebende Romanciers George Gissing, der mit einer Prostituierten verheiratet ist, die dem Golem allerdings nicht zum Opfer fällt. Sie alle bewegen sich in konzentrischen Kreisen um die Serie von Morden, die dem Golem zugeschrieben werden, geraten in Verdacht, werden entlastet und verschwinden wieder in den Kulissen der Handlung oder in einem Sarg, wie Marx' jüdischer Bekannter und Kabbalist Salomon Weil, der das Pech hatte, mit Marx selbst verwechselt zu werden.

Zum Schluß findet noch die gesamte Familie Gerrard den schrecklichen Tod durch das mitleidlos geführte Rasiermesser, eben an jener Stelle, wo 1827, ca. fünfzig Jahre vor den im Roman geschilderten Ereignissen, schon einmal eine ganze Familie gemeuchelt wurde. Diese Bluttat hatte damals Thomas de Quincey zu seinem Essay: *Der Mord als schöne Kunst betrachtet* angeregt. Dieser Essay zieht sich leitmotivisch durch den gesamten Roman, alle wichtigen Protagonisten kennen ihn, oder erlangen zumindest während der Handlung Kenntnis davon und möglicherweise könnte ja darin der Schlüssel für die Morde liegen. Vielleicht aber auch in der Rechenmaschine des Charles Babbage, über dessen Arbeit Gissing gerade einen Essay schreibt. Oder ist das Rätsel in einer bigotten Mutter begründet, die ihr Kind mit Scheinheiligkeit und falscher Keuschheit erzogen hat? Um das zu erfahren, muß man den Spuren des Golem bis zur letzten Seite folgen. Und das lohnt sich auf jeden Fall!

Aktionskreis Fantastik (Hrsg.)

Quarber Merkur-Index

Fantastisches Forum Nr. 17
Aktionskreis Fantastik, Duisburg 1998
90 Seiten, DM 6,50

von Jacek Rzeszotnik

In unserer informationsüberfluteten Welt kommt verschiedenen Indizes, die einen Überblick über sonst oft nur schwer zugängliche Daten geben bzw. diese gar der Vergessenheit entreißen, eine immer größere Bedeutung zu. Gewissenhaft und sorgfältig zusammengestellt und nach klaren, nachvollziehbaren Kriterien aufgeschlüsselt, vermögen sie einem als Orientierungshilfe bei Quellenrecherchen beste Dienste zu leisten (vgl. etwa die unschätzbare Fundgrube für alle SF/F-Fans *Heyne Science Fiction & Fantasy. Das Programm 1960 bis 1998*).

Unter diese Nachschlagewerke reiht sich auch der vom Aktionskreis Fantastik, Duisburg, vorgelegte Index zum »Quarber Merkur« ein, der sich mit Franz Rottensteiners »unillustrierter Literaturzeitschrift« »bibliographisch, dokumentarisch und nostalgisch beschäftigt« (S. 1). Dieses Unternehmen scheint angesichts der Tatsache, daß sich der QM in den letzten fünfunddreißig Jahren als Forum für eine »beständige Auseinandersetzung auf hohem Niveau mit einer Literaturgattung, die bis heute im deutschsprachigen Raum um ihren Ruf zu kämpfen hatte« (S. 6), etabliert und profiliert hat, durchaus berechtigt. Daher ist den das Editorial abschließenden Worten von Doris Dreßler, die sich Franz Rottensteiner stellvertretend für alle Phantastik-Liebhaber zu Dank verpflichtet fühlt, unbedingt zuzustimmen – »denn ohne seinen Einsatz wäre die moderne fantastische Literatur auch nicht schlechter, aber wir wüßten nicht, weswegen ...« (S. 6).

Den Reigen eröffnet übrigens Rottensteiner höchstpersönlich, der im Geleitwort sich selbst und die Leser mit der Vergangenheit des wohl ambitioniertesten und anspruchsvollsten sekundärliterarischen deutschsprachigen Fanzines konfrontiert: Man ist Zeuge der Geburtswehen des Zines, die im Winter 1963 eingesetzt hatten, und der ersten, von gelegentlichen Rückschlägen gezeichneten Existenzjahre. Rottensteiners Vorwort räumt indes ein für allemal mit dem alten Mythos/Rätsel auf, der/das so manchem Fan Kopfzerbrechen bereitete: »Quarb gibt es übrigens wirklich, es ist ein winziger Talabschnitt und eine Rotte von Häusern im Piestingtal im südlichen Niederösterreich« (S. 2). Der Herausgeber referiert außerdem über die Höhenflüge und Talfahrten des QM sowie zwei entscheidende Bekanntschaften, die nicht ohne Einfluß auf seine Laufbahn als Herausgeber und literarischer Agent geblieben sind – Kalju Kirde und Stanisław Lem, wobei ihm im Falle des Letztgenannten nur bittere Worte aus der Feder fließen: »Ich muß gestehen, daß Stanisław Lem die größte menschliche Enttäuschung in meinem Leben war« (S. 3).

Im Angesicht der »7000 Seiten mit Hunderten von Aufsätzen und Buchbesprechungen« (S. 5), die die Leser in den letzten Jahrzehnten zu lesen bekamen, attestiert er dem QM-Index volle Daseinsberechtigung. Mehr noch: Da auch er völlig den Überblick verloren habe, begrüße er »ein solches Register als nützlichen Behelf für die 84 A4-Aufgaben [wohl: »Ausgaben« – J. Rz.] begeistert« (S. 5).

Die Entstehung dieses wertvollen Registers ist Erik Simon zu verdanken, weswegen auch auf der Titelseite des Indexteils sinn- und anspielungsreich »Erik Simons unillustrierter Index zu Franz Rottensteiners Quarber Merkur Nr. 1 bis 84« prangt. Ein recht problemloses Eintauchen in das sich auf den nächsten sechzig Seiten ausbreitende Informationsmeer ermöglichen die dem Index vorangestellten detaillierten Hinweise zur Benutzung. So lassen sich Artikel und Essays im Prinzip jeweils unter zwei Einträgen auffinden – unter dem Namen des Verfassers und dem des behandelten Autors, so daß die Suche immer zum Gesuchten hinführt. Einige häufiger erörterte Schriftsteller (z. B. Lem, Lovecraft, Meyrink, Scheerbart, die Brüder Strugazki) erfreuen sich gesonderter, von dem schnell dahinfließenden Namenstrom durch Doppelstriche abgehobener »inselartiger« Bündeleinträge, deren Inhalt selbstverständlich verstreut auch unter dem jeweiligen Verfassernamen zu finden ist. Auf die Methode der Kreuzverweise hat man wiederum im Falle der aufgezählten Rezensionen verzichtet. Die einzige Ausnahme bildet hier Stanisław Lem. In Anbetracht dieser Sorgfalt im Umgang mit den zu ordnenden Daten wird im Leser nach dem allseits bekannten Prinzip »Der Appetit kommt beim Essen« noch der Wunsch nach einem Sachregister wachgerufen. Doch der nächste Gedanke bringt ihn gleich zur Besinnung: Der Index ist ja nicht an einen x-beliebigen SF-Fan adressiert, der sich bei der Suche von nebulösen Vorstellungen ohne konkrete Gestalt leiten läßt, sondern für einen Liebhaber der phantastischen Literatur gedacht, der ganz gezielt auf bestimmte Namen zugreifen möchte. Und in so einem Fall erübrigt sich natürlich ein Sachregister, da schon vom Autorennamen als Bezugspunkt allein Signalwirkung ausgeht.

Vier Anhänge vervollständigen die Indexangaben mit zusätzlichen Informationen. »Hinweise auf nicht-englischsprachige sowie ältere Literatur« (Anhang 1) bietet in Ansätzen doch noch eine Art von Sachregister, in dem die Einträge nach den Herkunftsländern der Autoren/Verfasser aufgeschlüsselt sind. Der »Liste der Rezensenten des Seziertischs« (Anhang 2) läßt sich hingegen entnehmen, daß neben den deutschen ebenfalls polnische oder ungarische Rezensenten beim Sezieren mitgewirkt haben. Eine für speziell bibliographisch Interessierte kaum zu überschätzende Faktenfülle, die wohl nirgendwo mehr aufzutreiben wäre, liefert Anhang 3 mit der selbsterklärenden Überschrift »Editorische Daten der einzelnen Ausgaben des QM bis Nr. 84«. Einen Einblick in die Resonanzgeschichte des QM gewährt dem Leser Anhang 4 »In deutschen Büchern nachgedruckte QM-Beiträge«, in dem übrigens fairerweise vermerkt wird, daß die Auflistung »vermutlich unvollständig« sei. Sie legt nichtsdestoweniger den Schluß nahe, daß der QM zu Beginn der 70er Jahre verstärkte Rezeption erfuhr.

Dem reinen »Indexteil« folgen noch drei »Erinnerungen«, die sich zum Ziel setzen, durch den Rückgriff auf das Vergangene die Leser in verschiedene Aspekte der Entstehungs- und Bestehens-Geschichte des QM einzuweihen. Rolf Gindorf, der die ersten vier QM-Hefte »gedruckt, zusammengetragen und geheftet« (S. 69) hat, erinnert sich in seinen »Reminiszenzen eines alten Kampfgefährten« an so manches gemeinsame Erlebnis aus der Zeit um 1963. Seine Ausführungen münden schließlich in die schlicht formulierte Feststellung: »Franz Rottensteiner hat sich um die sf verdient gemacht« (S. 71).

In dem launigen Gespräch zwischen Dieter Braeg und Franz Rottensteiner werden wieder einmal die Kulissen einen Spalt breit beiseite geschoben, so daß der Leser erneut die Gelegenheit bekommt, die wechselvollen Schicksale Franz Rottensteiners, seines QM, seiner Literaturanschauungen und der deutschen Literaturszene einzublicken.

Der den Band abschließende Beitrag »Franz Rottensteiners nicht ganz unillustrierte Literaturzeitschrift« entstammt der Feder von Doris Dreßler. Sie widmet sich darin der graphischen Gestaltung der QM-Titelbilder, indem sie die »Schriftbild-Konstante« der »Coverbild-Variablen« gegenüberstellt. Die Evolution der Titelillustrationen veranschaulichen Coverabdrucke. Belächelt man noch das Titelbild zum ersten QM oder die Rückseite des QM 17, deren nur sparsam gekleidete Frauengestalt anatomische Fehlgriffe des Zeichenkünstlers unbarmherzig ins Auge stechen läßt (das linke Bein!), bzw.

schüttelt man verwundert den Kopf über die geschwänzte und gehörnte Dame auf hochhackigen Pumps (QM 7), so ist man voller Bewunderung für die graphischen Leistungen von Jörg Krichbaum (QM 44–46). Auch die Nachdrucke sehr »kosmischer« russischer Visionen verdienen ein Lob. Zwar fällt es insgesamt eher schwer, dem QM die graphische Opulenz nachzusagen, doch die Wahl der Titelbilder erwies sich nur selten als ein unentschuldbarer Mißgriff.

Der vom Aktionskreis Fantastik auf den Markt gebrachte Index ist ein Muß für alle Fans, die sich nicht nur mit dem Verzehr der Primärliteratur begnügen, sondern ihr Wissen vertiefen und sekundärliterarisch untermauern wollen. Der »Quarber Merkur« gibt ihnen diese Chance, indem er sie mit niveauvollen Beiträgen versorgt. Dem QM-Index dürfte hier hingegen die Rolle eines Wegweisers zufallen, der im Dickicht des angesammelten Wissens Orientierungsschneisen markiert und den Herumirrenden zum Ziel verhilft. Für alle an der Phantastik literaturwissenschaftlich Interessierten ist der Index noch mehr als ein Muß – es ist eine Pflicht, ihn zu besitzen.

Arthur C. Clarke

3001: Die letzte Odyssee

(3001: The Final Odyssey)
Aus dem Englischen von Irene Holicki
vgs, Köln 1998, 320 Seiten, DM 39,80
Taschenbuchausgabe:
Heyne Allgemeine Reihe # 01/10603
Wilhelm Heyne Verlag, München 1999
ca. 320 Seiten, ca. DM 12,90

von Wolfgang Jeschke

So mancher, der beider Werke kennt, wird sich gelegentlich gefragt haben: Hat der Ingenieur und SF-Autor Arthur C. Clarke je den Künstler und Cineasten Stanley Kubrik verstanden, mit dem zusammen er 1968 das bahnbrechende Meisterwerk des Science Fiction-Films, »2001: A Space Odyssey«, schuf? – In Anbetracht des abschließenden vierten Romans seines *Odyssee*-Zyklus, „3001: The Final Odyssey« (dt.: »3001: Die letzte Odyssee«), muß man das leider bezweifeln.

Tausend Jahre sind seit der denkwürdigen Jupiter-Expedition vergangen, die auf den dritten schwarzen Monolithen stieß, die Außerirdische im Sonnensystem hinterließen. Erinnern wir uns: Frank Poole steigt zu Außenbord-Arbeiten aus der *Discovery;* der meuternde Computer HAL unterbricht die Sauerstoffversorgung des Astronauten; Dave Bowman steigt aus, um seinen Kameraden zu retten, aber dieser ist bereits tot; HAL verweigert Bowman die Rückkehr an Bord; dem gelingt es, den Computer zu übertölpeln und abzuschalten; dem folgt die eindrucksvolle Kamerafahrt durch – die Jupiter-Atmosphäre? – den Hyperraum? – die Zeit?

Da in einem ordentlichen Ingenieurbüro nichts verlorengeht, wird Poole nach 1000 Jahren von einem Kometeneis-Prospektor tot und tiefgefroren am Rande des Sonnensystems treibend aufgespürt und geborgen. Die Medizin ist in der Lage, ihn wieder zum Leben zu erwecken. Auch Bowman und HAL werden wiedergefunden, zu einer Art Doppelpersönlichkeit verschmolzen (HALman) und abgespeichert in einem weiteren geheimnisvollen Monolithen auf dem Jupitermond Europa. Die Monolithen sind aber gar nicht so geheimnisvoll wie ursprünglich angenommen: Sie sind Beobachtungssonden einer galaktischen Superrasse und darüber hinaus klapprige Computer, bei denen seit einigen Millionen Jahren der TÜV nicht mehr vorbeigekommen ist. Ihre Aufgabe ist es, die Entwicklung von Leben zu steuern und zu beobachten – und nun haben sie mitgekriegt, was die Menschen des 20. Jahrhunderts alles verbrochen haben. Das haben sie an ihre vorgesetzte Dienststelle gemeldet und erwarten von dort den Ausrottungsbefehl, denn „... wo das Unkraut wuchert, rissen sie es gnadenlos aus ...« – hm. – Die Menschheit hat nun insofern Glück, als sich diese vorgesetzte Dienststelle 450 Lichtjahre entfernt befindet (aber diese Frist ist nun abgelaufen, der Befehl zur Liquidierung kann jeden Moment eintreffen). Aber die Menschheit hat noch mehr

Glück, weil sie in HALman so etwas wie ein Trojanisches Pferd im gegnerischen Logistiksystem hat. Selbstverständlich fällt Poole die Aufgabe zu, den Coup einzufädeln, um das schaurige Finale abzuwenden, kennt er doch Bowman und HAL am besten. Er übergibt einen – naja – Virencocktail aus gleich 20 Zutaten, zusammengebraut von den übelsten Computerhackern (!) der letzten 1000 Jahre, um das System der Aliens bis zum Ende des Universums mit sinnlosen Berechnungen zu beschäftigen. Und – helle sind wir Menschen ja – es gelingt.

Wie Roland Emmerich in »Independance Day« und hundert anderen vor ihnen fiel Clarke nichts anderes ein, als auf den (soeben genau 100 Jahre alten) Trick von H. G. Wells zurückzugreifen, das Ende der Menschheit mittels Viren zu verhindern. Freilich wußte der alte Wells noch nichts von Computern und ihren Wehwehchen, bei ihm genügte ein simples Grippevirus, um den Marsianern eins auf die Nase zu geben. (Übrigens muß beim Hin- und Herzappen zwischen 2001, 2010, 2061 und 3001 sich auch ein Datenvirus eingeschlichen haben, denn gegen Ende des 32. Kapitels heißt es im Zusammenhang mit dem Start der *Galileo*-Sonde: »... 1996, im Jahr von Pooles Geburt.« Poole muß demnach sein Astronautentraining als Säugling absolviert haben, um 2001 als Fünfjähriger auf der Jupiter-Mission dabeigewesen zu sein.)

Wäre er nicht der Abschluß eines Epos, dessen furioser Beginn Maßstäbe setzte, könnte »3001: Die letzte Odyssee« als passabler SF-Roman für aufgeweckte Jungs durchgehen (besonders die Quellen im Anhang sind eine Fundgrube, die dem jugendlichen Leser das schöne Gefühl gibt, mit ausgeflippten Spekulationen in bester Gesellschaft zu sein, weil durchaus ernsthafte Physiker auch gelegentlich dazu zu neigen scheinen). Aber ein Vergleich mit »2001« läßt das Buch unbefriedigend, ja streckenweise schrecklich schwach erscheinen. Science Fiction ist zwar wie keine andere eine Literatur der Ideen und Spekulationen – sie gleicht insgesamt einer Galerie mit mehr oder weniger ausgeführten Entwürfen –, aber Clarke gleicht einem Galeristen, der mehr Begeisterung als Geschmack beweist: Da findet sich ziemlich Brauchbares neben unsäglichem Kitsch, Wünschenswertes neben Bedenklichem, Großartiges neben Lächerlichem – und an Selbstbeweihräucherung läßt es Clarke wieder einmal nicht fehlen. Der Autor verbreitet sich über (fast) alles: über den Sinn der Beschneidung in primitiven Gesellschaften aus hygienischen Gründen ebenso wie über die mutmaßliche Ökologie auf den Jupitermonden, über Türme, die vom Erdäquator bis zu Raumhabitaten im geostationärem Orbit hinaufreichen ebenso wie über eine Bevölkerungskontrolle durch »Zerebralhelme«, mit deren Hilfe man Hacker und andere Verbrecher rechtzeitig aufspüren kann und die gleichzeitig der Resozialisierung von schuldig Gewordenen dienen. (Der Helm wird über den kahlgeschorenen Schädel des Delinquenten gestülpt, dieser dann nach erfolgter Debilisierung – ausgerechnet! – als Kammerdiener vermittelt, bis er seine »Strafe« abgebrummt hat.) Man ist überwältigt von der Fülle der Ideen – und gelangweilt von der geschwätzigen Betriebsamkeit, mit der sie einem serviert werden. Wie Stanisław Lem ist Arthur C. Clarke in den letzten Jahren immer mehr zum bloßen Ideenlieferanten, zum Weiter- und Zu-Ende-Denker geworden; der Erzähler ist längst auf der Strecke geblieben. Dabei war Clarke in den fünfziger Jahren ein Meister der damals beliebten Pub-Stories (in der Art: »Das, was du da erlebt hast, ist ja noch gar nichts, laß dir mal erzählen, was mir kürzlich passiert ist...«). Seine »Tales from the White Hart« (dt.: »Geschichten aus dem Weißen Hirschen«) sind Juwelen in dieser reizvollen Erzähltradition, und einige seiner Science Fiction-Stories gehören, wie etwa »The Nine Billion Names of God« (dt.: »Die neun Milliarden Namen Gottes«), zum Besten, was das Genre hervorgebracht hat.

Schon vor mehr als einem Jahrzehnt hat Arthur C. Clarke versichert, keinen Roman mehr schreiben zu wollen. Immer wieder ist er der Versuchung klotziger Honorar-Angebote erlegen (und dem Drängen seiner gut an ihm verdienenden Agenten und Verleger); zu oft hat er sich zu einer Zusammenarbeit mit zweit- und drittrangigen Co-Autoren überreden lassen, die er zwar als Freunde und anregende Gesprächspartner schätzte, die seinen Namen aber offensichtlich auch als Trittleiter benutzten, um selbst ins Geschäft zu kommen. Das hat seiner Reputation als großer Altmeister und Nestor der englischen SF-Literatur nicht immer gutgetan.

Nun muß der Drang, Ordnung in seine Welt zu bringen und nichts im unklaren zu lassen, bei ihm überwältigend geworden sein, denn dieser Alleingang war ihm sichtlich ein Bedürfnis. Ihm widerstrebte dem Vernehmen nach schon seinerzeit das offene Ende von Kubriks Film. Für die Romanfassung, die er nach dem Drehbuch schrieb (als Vorlage des Films diente ja Clarkes Novelle »The Sentinel«; dt.: »Der Wächter«), wählte er einen abweichenden Schluß: Mit außerirdischen Machtmitteln versehen, kehrt Bowman zurück und räumt den Erdorbit frei von den dort stationierten Atomwaffen. Dabei war es gerade diese bewußt offengelassene Schlußsequenz von »2001« – Kubrik bezeichnete sie als »sinnliche Erfahrung« und als »mythische Dokumentation« –, die Clarke zu Weltruhm (und Wohlstand) verhalf, weil sie nicht nur Dutzende von verschiedenen Deutungen erlaubte (und heraufbeschwor), sondern weltweit Millionen von Kinogängern zum Kauf des Buches veranlaßte, weil sie verstehen wollten, was sie auf so rätselhafte Weise fasziniert hatte. Kubrik war der Künstler, der die Phantasie provozierte und ihr Freiräume ließ. Nun hat der Ingenieur die letzten Schrauben unerbittlich festgezogen – damit ja nichts offenbleibe – und das so schön begonnene Werk in den Sand gesetzt.

Nun ja, Ordnung muß sein.

Nein, der gute alte Arthur hat's nicht begriffen. Schade.

Ann Dukthas

Das Mysterium von Mayerling

(The Time of Murder in Mayerling)
Aus dem Amerikanischen von Ursula Walther
Econ & List TB 27559, Düsseldorf und München 1998
251 Seiten, DM 14,90

von Hermann Urbanek

Die phantastische Literatur kennt mittlerweile eine Vielzahl von Unsterblichen, die die Jahrhunderte überdauern und dabei bisweilen auch in die Geschichte der Menschheit eingreifen oder bei schicksalhaften Begebenheiten im Zentrum des Geschehens stehen und somit die Antwort auf das eine oder andere Mysterium der Geschichte haben. Der Bogen reicht dabei vom Arkoniden Atlan aus der PERRY RHODAN-Serie über den Highlander bis hin zum Grafen von St. Germain, über den vor allem die Amerikanerin Chelsea Quinn Yarbo einen faszinierenden Zyklus verfaßt hat. Eine nicht minder interessante Figur ist der Ex-Priester Nichola Segalla, der Protagonist einer Historikerin, die für diese Romane das Pseudonym Ann Dukthas verwendet. In seinem dritten auf deutsch erschienenen Abenteuer – nach »Maria Stuarts dunkles Geheimnis« und »Der Schwur der Marie Antoinette« – wird Segalla im Auftrag des Heiligen Stuhls nach Wien geschickt, um vor Ort herauszubekommen, was da wirklich in Mayerling geschehen ist. Denn die Meldungen aus Wien waren verwirrend und zum Teil auch widersprüchlich. Mit akribischer Genauigkeit macht sich Segalla, von den österreichischen Behörden bei seinen Recherchen behindert, daran, die ihm übertragene Aufgabe zu lösen – was ihm schließlich auch gelingt, aber er behält sein Wissen für sich und gibt es nicht an die Öffentlichkeit weiter. Ann Dukthas erweist sich erneut als kompetente Meisterin ihres Fachs, die in der von ihr ausgewählten Epoche überaus bewandert ist. Sie läßt das zum Untergang verurteilte, verkrustete Habsburgerreich plastisch vor dem Auge des Lesers entstehen, mischt so geschickt Fact und Fiction, daß nur ein Experte in der Lage ist, sie voneinander zu unterscheiden, und spinnt daraus ein unterhaltsames und zugleich lehrreiches Garn, das so glaubhaft und logisch präsentiert wird, daß man ihr jedes einzelne Wort davon glaubt. Ebenso überzeugend präsentiert sich auch ihren Protagonisten Segalla, den Unsterblichen, der stets befürchten muß, auf Leute zu treffen, mit denen er in früheren Zeiten schon zu tun gehabt hatte – und der das Wissen eines langen Lebens auszunutzen versteht. Schade nur, daß nur sehr sporadisch neue Titel um diese faszinierende Person erscheinen.

Andreas Eschbach

Jesus Video

Schneekluth im Weltbild Verlag, August 1998
606 Seiten, DM 44,–

von Hermann Urbanek

Andreas Eschbach – das ist unbestreitbar der neue Shooting Star der deutschen SF-Szene. Mit seinem Romanerstling, »Die Haarteppichknüpfer«, machte der bislang völlig unbekannte Autor als brillanter, ideenreicher Stilist auf sich aufmerksam und gewann damit den SFCD-Literaturpreis 1996, den wichtigsten deutschen Fan-Preis. »Solarisation«, für den er neben dem SFCD-Preis 1997 auch den Kurd Lasswitz Preis 1997 der deutschen SF-Profis einheimste, festigte seinen Ruf, der innovativste neue deutsche SF-Autor zu sein. Naturgemäß war die Erwartungshaltung für seinen dritten SF-Roman dementsprechend groß. Und obwohl die Latte hoch gelegt war, schaffte es Eschbach erneut spielend, die in ihn gesetzten Erwartungen nicht nur zu erfüllen, sondern sie sogar noch zu übertreffen. Am Beginn der überaus spannenden, vielschichtig angelegten Geschichte steht ein phantastischer Fund: Bei Ausgrabungen im Heiligen Land wird das rund 2000 Jahre alte Skelett eines Mannes gefunden, dessen Gebiß Amalgamplomben aufweist und der in einem am Körper angebrachten Beutel die Gebrauchsanweisung einer Videokamera mit sich führt – einem neuartigen Kameramodell auf Digitalbasis, das erst in drei Jahren auf den Markt kommen wird und sich zum Zeitpunkt des Fundes noch im Entwicklungsstadium befindet. Die Fragen, die sich daraufhin stellen, sind, grob zusammengefaßt: Wie kam dieser Mann aus der Zukunft in die Vergangenheit und warum hat er diese Reise ohne Wiederkehr angetreten? Ist er tatsächlich ein Zeitreisender, und wenn ja, ist der deshalb in die Vergangenheit gereist, um Jesus aufzunehmen – eventuell sogar bei der Kreuzigung – und diese Aufnahme irgendwie in die Zukunft zu übermitteln? Die daraus resultierende Kernfrage, die sich den

Findern stellt, ist die nach dem sichersten Aufbewahrungsort für die neuen, digital bespielbaren Kassetten in dieser geschichtsträchtigen Gegend, wo in den letzten Jahrtausenden kaum ein Stein auf dem anderen blieb. Gleich nach dem Fund bilden sich verschiedene Interessensgruppen. Der Geldgeber der Expedition will ihn dazu benutzen, die Katholische Kirche damit zu erpressen, Macht zu gewinnen und gleichzeitig etliche Milliarden Dollar zu verdienen. Der Forscher, der den Fund machte, will sich selbst etwas beweisen, und er hat einen zusätzlichen Trumpf in der Hand, von dem nur zwei enge Vertraute wissen: Es befand sich auch ein beschriebenes Blatt Papier in dem Beutel, das er verschwinden ließ und dem er schließlich die Information abringt, daß es sich bei dem Skelett tatsächlich um einen Mann aus der Zukunft handelt, der aber keine geplante Zeitreise durchführte, sondern auf unerklärliche Weise in die Vergangenheit verschlagen wurde. Der Ausgrabungsleiter schließlich verfolgt ebenfalls eigene Pläne, wie auch die Inquisition der Katholischen Kirche, die nach wie vor, wenn auch unter anderem Namen existiert und deren Leiter nichts unversucht läßt, in den Besitz der für Rom so brisanten Kassetten zu gelangen, um das überlieferte »Wissen« zu bewahren. Eschbach wartet gerade dann immer wieder mit neuen Überraschungen und Wendungen auf, wenn der Leser zu wissen glaubt, wie die Geschichte weitergeht, und das auf brillante und in sich stimmige Art und Weise. Und so endet auch der Roman ganz anders, als man es sich ursprünglich erwartet hat. Denn es geht im Grunde eigentlich nur am Rande um das sogenannte »Jesus«-Video, es geht um die Einstellung zum Leben, um das, was der einzelne daraus macht. Nur der Schluß wirkt ein bißchen aufgepfropft, war aber offenbar dramaturgisch erforderlich, um den Kreis zu schließen. Eschbach kommt fast ohne vordergründige Action aus, trotzdem ist das Buch so spannend, daß man es nicht aus der Hand legen kann, bevor man nicht am Ende angelangt ist, der zugleich den Beginn der Geschichte darstellt. Man merkt, daß Eschbach gründlich recherchiert und weiß, worüber er schreibt. Das Ergebnis ist schlichtweg grandios! Man muß sich fragen, wer einem Eschbach in dieser Form, die er in der Folge auch bei einer Stippvisite im PERRY RHODAN-Universum in Form eines Heftromans unter Beweis stellte, im Rennen um die deutschen SF-Preise auch nur annähernd gefährlich werden kann!

Guntram Geser

Fritz Lang. Metropolis und Die Frau im Mond

Zukunftsfilm und Zukunftstechnik in der Stabilisierungszeit der Weimarer Republik

Corian-Verlag Heinrich Wimmer, Meitingen 1996
183 Seiten, DM 37,20

von Beata Rzeszotnik und Jacek Rzeszotnik

Der Name Corian-Verlag Heinrich Wimmer steht bereits seit Jahren für eine seriöse, kritische Auseinandersetzung mit unterschiedlichen Erscheinungsformen der Phantastik. Literatur und Film rücken hierbei verstärkt in den Vordergrund, wovon etwa die allseits bekannten und geschätzten, Fakten in Hülle und Fülle bietenden Loseblattsammlungen Zeugnis ablegen.

Die Corianische Tradition eines verläßlichen Zugangs zum jeweils Behandelten pflegt auch Guntram Gesers Buch über den berühmten Regisseur Fritz Lang, der mit seinen Werken der Filmgeschichte eine lange Reihe von Meilensteinen beschert hat, sowie zwei seiner wichtigsten filmischen Leistungen – »Metropolis« (1927) und »Die Frau im Mond« (1929).

Die Entstehung der Publikation geht auf einen pädagogischen Ansatz zurück, wie man aus dem dem eigentlichen Text vorgeschalteten Danksagungsteil erfährt: »Dieses Buch begann in neunzehn Schulklassen, denen ich im Auftrag des Österreichischen Kultur-Service nach Aufführungen von ›Metropolis‹ (mit einem alten Gaumont-Messter-Projektor und Klavierbegleitung) erläutern sollte, was es mit diesem Stummklassiker auf sich hat.« Und dies hat auch zur Konsequenz, daß der Blick des Lesers in erster Linie auf diese düstere Zukunftsvision Langs fokussiert bleibt. »Die Frau im Mond« hingegen tritt etwas hinter ihrem Vorgänger zurück.

Der enge Rahmen der Rezension erlaubt es nicht, auf alle weitgefächerten Aspekte dieser Studie einzugehen, doch einige wenige von den darin behandelten Problemfeldern seien im folgenden wenigstens angedeutet.

Das Buch besteht aus vier Teilen, die den Leser in verschiedene Aspekte der Entstehung, Verbreitung und Rezeption beider Klassiker einweihen, wobei es dankenswerterweise zugleich den für ein besseres Verständnis dieser künstlerischen Errungenschaften obligaten kulturgeschichtlichen und gesellschaftlichen Kontext mitliefert, mit dem der Autor seine Betrachtungen eng rahmt.

Teil I ist u. a. Langs Mitarbeitern gewidmet, die dazu beigetragen haben, daß selbst nach gut über resp. fast siebzig Jahren »Metropolis« und »Die Frau im Mond« durch die frappierende Ungewöhnlichkeit ihrer visuellen Seiten zu bestechen wissen: Filmarchitekten und Kameramänner haben für eine bis auf den heutigen Tag fortwirkende faszinierende Umsetzung Langscher Ideen in die filmische Sprache gesorgt. Auch Thea von Harbous detaillierte Drehbuchvorgaben ähnelten in Wirklichkeit eher komplizierten Konstruktionsplänen voller technischer Anweisungen als nur bloßen Textvorgaben eines herkömmlichen Filmmanuskripts, wie man es beispielsweise einer Abbildung auf S. 24 entnehmen kann. Geser schickt diesen allgemein formulierten Feststellungen glücklicherweise ins Detail gehende Analysen einzelner Szenen, ihrer Symbolik, der Gestalten und ihrer wechselseitigen Beziehungen sowie der Handlungsstruktur nach, wodurch die theoretischen Ausführungen mit konkreten, anschaulichen Beispielen aufgefüllt werden. Interessante und informative Einzelheiten werden ferner über die Rezeptionsbedingungen und -geschichte von »Metropolis« berichtet.

Gesers bewundernswerte Liebe zum Detail verschafft dem Leser gar einen informativen Einblick in die ökonomischen Rezeptionsvoraussetzungen bei »Metropolis«, indem er einige Überlegungen den einkommensbedingten Kinobesuchsmöglichkeiten durchschnittlicher Vertreter unterschiedlicher Gesellschaftsklassen widmet.

Wenn man sich mit »Metropolis« beschäftigt, kann man bekanntlich nicht über Siegfried Kracauers film- und gesellschaftskritische Studien zum deutschen Zwischenkriegsfilm hinwegsehen. Jedem Cineasten fällt hier prompt seine in Amerika entstandene epochale, »psychohistorische« Arbeit *Von Caligari zu Hitler* (1947) ein. Doch G. Geser nimmt in Teil II seiner Untersuchung von ihr zu Recht Abstand, denn sie leidet zweierlei Mängel: Einerseits legt sie dem Film aus der Nachkriegsperspektive zusätzliche Lesarten und Lang nie dagewesene Intentionen unter, andererseits versucht sie den amerikanischen Kinogeschmack zu treffen und ignoriert daher die räumliche (Europa) und zeitliche (Weimarer Republik) Eigenart der Entstehungsumstände des Filmes. Der Autor richtet daher seinen Blick auf Kracauers frühere, noch in der Zeit seiner Tätigkeit bei der »Frankfurter Zeitung« (1921–1933) veröffentlichte filmkritische Publikationen, denen er einen viel größeren Wert zumißt.

Teil III verdeutlicht die zueinander kontrapunktisch gesetzten Darstellungen der technischen Entwicklung in »Metropolis« und »Die Frau im Mond«. In der erstgenannten Produktion ist die Technik menschenfeindlich, denn sie dient der Versklavung und birgt zudem zerstörerische Gewalten in sich, die entfesselt werden können. Einen Gegenpol dieses Zukunftspessimismus stellt die positive Nutzbarmachung technischer Erfindungen zugunsten des zivilisatorischen Fortschritts in »Die Frau im Mond« dar. Auf Manfred Nagls vielbeachtete Studie *Science Fiction in Deutschland* rekurrierend, bettet der Autor die beiden Filme in den Kontext der technikorientierten SF der Weimarer Republik ein, die in der ersten Nachkriegsphase durch die Darstellung bewundernswerter Kraftakte deutscher Ingenieure das durch den verlorenen Krieg und die für viele nicht akzeptablen Auflagen des »Schandvertrags von Versailles« erschütterte nationale Selbstbewußtsein der Deutschen wiederherzustellen und es zu stärken suchte, und in der späteren Stabilisierungszeit die Technik in politischer Hinsicht wieder entinstrumentalisierte und sie nicht selten in den

Mittelpunkt rückte, während sie mit der Parole »Vorstoß ins Weltall« mehr oder weniger rosigen Zukunftsvisionen das Wort redete. Hier schließt sich G. Geser übrigens der nicht umstrittenen These von Nagl an, daß »die Science Fiction der Weimarer Republik primär als Vorgeschichte bzw. Ideenlieferantin des Faschismus« zu betrachten sei: einerseits »aggressive imperialistische Wunschträume«, andererseits »obskure Mythen und Geheimwissenschaften«. Glücklicherweise läßt sich der Autor von Nagls »komfortabler« monoperspektivischer Sichtweise (sog. »Schwerpunkte«) nicht vollständig gefangennehmen und vermag doch noch auf andere, differenziertere Lesarten auszuweichen.

Der filmtechnischen Problematik wendet sich hingegen Teil IV des Buches zu. »Metropolis« und »Die Frau im Mond« gehörten noch der Stummfilmepoche an, obwohl zur gleichen Zeit die ersten Tonfilme in deutschen Kinos bereits angelaufen waren. Langs phantastische Meisterwerke entbehrten daher nicht eines gewissen inneren Widerspruchs, der darauf beruhte, daß sich zwischen der im Film thematisierten fortgeschrittenen Zukunftstechnik und der vom Regisseur benutzten Filmdrehtechnik, zwischen den ausgetüftelten Spezialeffekten und der noch in den ersten Jahren des stummen Kinos wurzelnden pathetischen Schauspielkunst eine Kluft aufgetan hatte, die der zeitgenössischen Kritik auch nicht entging und sie zu ironischen Konstatierungen provozierte: »Wo man mit Mondraketen schießt, soll man nicht altes Klamottentheater spielen« (S. 112).

Die Qualität der ersten Tonfilme, die vornehmlich im Musikalischen, Operettenhaften, also Belanglosen, angesiedelt waren, ließ Lang, den großen Meister der Zukunft, die Nase rümpfen, die Lage verkennen und grundfalsche Prophezeiungen verkünden: »Sie mögen mich einen Außenseiter nennen, aber ich glaube nicht, daß der stumme Film jemals vom Tonfilm verdrängt werden kann.« (S. 123) Dennoch bemerkte er sehr schnell, welches Potential an künstlerischen Gestaltungsmöglichkeiten das neue Medium offerierte, und er machte sich zur Aufgabe, diese Möglichkeiten auszuloten und sie ästhetisch aufzuwerten: Sein erster Vorstoß in den Bereich des Tonfilms fruchtete gleich in einem neuen Höhepunkt seiner Regisseurkarriere – »M – Eine Stadt sucht einen Mörder«. (1931)

Fazit: Das sorgfältig und gewissenhaft recherchierte Buch ist eine Pflichtlektüre für alle, die sich für den phantastischen Film der Zwischenkriegszeit interessieren, zumal der Materialienteil (Anhänge und Register) zu weiterführenden und vertiefenden Eigenstudien animiert. (Man vermißt hier allerdings genaue filmographische und biographische Angaben zu den beiden Großfilmen und deren Schöpfern.) Empfohlen werden kann es außerdem denjenigen SF-Fans, die neben dem Bücherkonsum ebenfalls gelegentlich an einer anspruchsvollen filmischen Visualisierung der Zukunft Geschmack finden. Selbst ein SF-Konsument, der ausschließlich massenhafte Billigware im Zeichen der Phantastik verzehrt und normalerweise einen großen Bogen um geistige Anstrengung schlägt, dürfte während der Lektüre einiges dazulernen.

Achim Havemann / Jürgen Hoffmann

Taschenbuch-Katalog der Science-Fiction-, Fantasy- und Horror-Literatur 1998

Verlag Achim Havemann (Eigenverlag), Hitzacker 1998
290 Seiten, DM 29,80

von Jacek Rzeszotnik

»Der Buchmarkt ist unübersichtlicher denn je. Die Klage ist exakt so alt wie die Buchmessen, und die Behauptung ist in jedem Jahr richtig«, konstatiert Hubert Winkels zu Beginn seines Jahresüberblicks über die deutsche Literatur 1997 (*Deutsche Literatur 1997. Jahresüberblick*, Reclam, Stuttgart 1998, S. 5). Diese Worte sind den meisten Käufern aus dem Herzen gesprochen, denn sie versuchen sich in der über die Republik rollenden Bücherflut zurechtzufinden und der nicht mehr einklagbaren, aber in den meisten Fällen auch nicht mehr erlebten Überschaubarkeit des Lesestoffangebots nachtrauernd, halten sie, nicht selten verzweifelt, nach brauchbaren Orientierungshilfen Ausschau, die ihnen bei der Wahl des Lesenswerten die Hand führen könnten. Die erste Adresse, an die sie hierbei gewöhnlich geraten, sind die in den Buchhandlungen griffbereit ausliegenden Verlags-Gesamtverzeichnisse bzw. -Programmvorschauen, auf die allerdings paradoxerweise nur bedingt Verlaß ist und die darin enthaltenen, aus erster Hand stammenden Informationen mit Vorsicht und einiger Skepsis zu betrachten sind.

Angesichts dieser Defizite verwundert es kaum, daß immer wieder Versuche unternommen werden, für Abhilfe zu sorgen. Meistens stellen die Sammlerprofis in akribischer Arbeit ihre eigenen, privaten Kataloge bzw. Indizes zusammen, die die sie interessierenden Teilbereiche des Buchmarkts erfassen. Doch die Mehrheit des Lesepublikums kann/will nicht so viel Zeit und Energie in ein solches Unternehmen investieren, sie bevorzugt es, auf bereits fertige Verzeichnisse zurückzugreifen und sie zu Rate zu ziehen.

Die SF-Fans gehören zu den Genre-Lesern, denen die Qual der Wahl bzw. die damit verbundene Unsicherheit glücklicherweise nicht so schwer auf der Seele zu liegen braucht. Im Gegensatz zu anderen Literaturbereichen scheint die SF-Bücherlandschaft noch relativ gut kartographiert, wiewohl hin und wieder Stimmen laut werden, die in Rückbesinnung auf die Mängel offizieller Quellen noch existente weiße Flecken monieren.

Ein derartiges »Mängelgebiet« muß das SF-Taschenbuch gewesen sein, denn nun haben Achim Havemann, Inhaber eines Versandantiquariats für utopisch-phantastische Literatur, und Jürgen Hoffmann, SF/Fantasy-Büchersammler, einen *Taschenbuch-Katalog der Science-Fiction-, Fantasy- und Horror-Literatur 1998* vorgelegt, dessen Entstehung auf die »Unzufriedenheit mit existierenden Katalogen« zurückgeht, und der das Ziel verfolgt, die zwischen den von Verlagen angegebenen Daten und den tatsächlichen Angaben klaffenden Lücken durch eindeutige Bestimmungen und Zuweisungen zu schließen. Über das Ausmaß der innerhalb von zwei Jahren bewältigten Arbeit referieren die Autoren in der Einleitung: »Aus ihren (d. h. der Katalog-Herausgeber – J. Rz.) Datenbanken, Verlagsprogrammen und vielen Ergänzungen aus dem Sammlerkreis entstand so dieser Katalog. Bei den Genre-Reihen konnte auf nahezu jedes erschienene Buch real im Sammlungs- bzw. Lagerbestand zurückgegriffen und penibel Nummern, Autoren und Titel erfaßt werden. Darüber hinaus wurde auf Zyklenzugehörigkeit eines Titels geprüft und dies verlagsübergreifend.« Ihre Recherchen führten die Autoren schließlich auch zwangsläufig in das Sumpfgebiet der Unbestimmbarkeit, in dem die Genre-Grenzen fließend werden und leichte Übergänge Einordnungsschwierigkeiten bereiten, da man sich mit der Frage konfrontiert sieht, inwieweit man oft widersprüchliche Zuordnungen provozierende textkonstituierende Elemente als Subsumierungskriterien gelten läßt (und gerade diese Tatsache macht die Literatur ja sonst so interessant!). Die Katalog-Herausgeber haben sich auf einen recht diffusen Begriff »handlungsbestimmender Aspekt« geeinigt, wobei sie sich des Problematischen dieser Entscheidung sehr wohl bewußt sind und dies auch offenherzig zugeben: »Da hat bestimmt der eine oder andere Sammler abweichende Vorstellungen. Wir lassen uns gerne überzeugen.«

Eine andere gefährliche Klippe, die zu umschiffen sie sich vorgenommen haben, war die Preisgestaltung – verstanden als auf Erfahrungen der beiden Autoren (Händler und Sammler) basierende Ermittlung von Durchschnittspreisen als Anhaltspunkten für den »Wert« des Buches. Auf diese Weise kann man sich nun in etwa ein Bild davon machen, wie hoch das eine oder andere Buch gehandelt und wie tief der Griff ins Portemonnaie sein wird. Der im Katalog festgehaltene Preisbogen spannt sich von DM 3,– bis hin zu DM 100,–. Wenn man von mehrbändigen Schuber- oder Kasseteneditionen absieht, so ergibt sich, daß das als TB gehandelte Hardcover *Schiffbruch im Weltall* von Lothar Alix (1947) mit DM 100,– mit Abstand das teuerste Einzelstück im Verzeichnis ist. Ein arges Loch in des Lesers/Sammlers Geldbeutel werden ebenfalls die indizierten Titel von John Norman (bis DM 60,–) und Norman Spinrad (DM 40,–) reißen, doch die verbotenen Früchte schmecken bekanntermaßen am köstlichsten. Zu Höchstpreisen verkauft werden außerdem Michael Hubert Manns *Europolis* (DM 75,–) oder die in der Vorkriegsreihe »Die Blauen Goldmann Bücher« veröffentlichten Geschichten von Karl Ettlinger, Kurt Siodmak und Sax Rohmer (DM 75,– bis 60,–). Am anderen Ende der Preisskala befinden sich zahlreiche spottbillige Ausgaben, für die lediglich DM 3,– bis DM 4,– verlangt werden.

Die Ergebnisse ihrer Nachforschungen breiten A. Havemann und J. Hoffmann auf fast dreihundert Seiten aus: Der Katalog listet Inhalte von insgesamt 200 TB-Reihen (In das dem Hauptteil vorgeschaltete Reihenverzeichnis hat sich ein kleiner Fehler eingeschlichen: »Monstrula« ist kein Reihenname, sondern ein Zyklus im Rahmen der Kelter TB-Reihe) auf, von denen einige noch in der unmittelbaren Nachkriegszeit wurzeln und sich so unter die weißen TB-Raben einrangieren.

An dieser Stelle seien noch ein paar kleine Kritikpunkte zur Sprache gebracht, die bei der Beurteilung freilich kaum in die Waage fallen und Wert und Bedeutung des Katalogs keineswegs Abbruch tun, deren Behebung (vielleicht in einer Neuauflage?) aber dessen Benutzung noch zusätzlich erleichtern könnte: So vermißt man die ausgelassenen Erscheinungsjahresangaben, die jedes Buch zeitlich verorten und somit den Leser/Sammler über die Gesetzmäßigkeiten der über einen längeren Zeitraum hinweg erfolgenden Preisentwicklung ins Bild setzen und mittels exakter einschlägiger Informationen eventuellen unnötigen Spekulationen über die jedesmal ja nur punktuell gültige Wechselbeziehung zwischen Erscheinungsdatum und Preisgestaltung entgegenwirken. Die begrüßenswerte Idee, der Inhaltsauflistung der einzelnen Reihen kurze Vorstellungen derselben vorausgehen zu lassen, müßte wieder aufgegriffen und konsequenterweise auf alle erwähnten Reihen angewandt werden. Wünschenswert wäre es auch, den Katalog um zwei Indizes zu ergänzen, die in Anbetracht der nachlesbaren Datenmenge und des sich rasend schnell drehenden Autorennamenskarussells eine ordnende Funktion erfüllen würden. Zum einen sollte an ein Namensregister gedacht werden, dessen Erstellung im Computerzeitalter kein unlösbares Problem mehr sein dürfte, denn die Käufer/Sammler orientieren sich nicht immer an den Reihen, sondern manchmal bauen sie ihre Kollektionen auf der Grundlage verschiedener Ausgaben ein und desselben Buches auf, dessen einzelne Auflagen zeitlich und verlagsmäßig weit auseinander liegen können. Von etwas geringerer Bedeutung, aber nichtsdestoweniger hilfreich, wäre fernerhin ein Verlagsregister, in dem die aufgeführten Reihen den einzelnen Verlagen zugeordnet wären, damit der Leser/Sammler, noch bevor er im mit diesen Angaben versehenen Hauptteil blättert, konkrete Vorinformationen geliefert bekommt. All diese Verbesserungs(?)-Vorschläge dürften sich zwar kaum in einem Ruck erledigen lassen, doch die meiste Vorarbeit ist schon geleistet worden.

Der Rezensent wiegt sich in der Hoffnung, daß die Herausgeber die »Migration« ihres Katalogs in den multimedialen Bereich inzwischen ins Auge gefaßt haben und dem Benutzer schon bald eine CD-ROM-Version vorliegen wird, in der jedes Buch nicht nur mit genaueren bibliographischen Angaben, sondern auch mit Coverabbildung versehen ist.

Doch ungeachtet der Entscheidung der Autoren über sein weiteres Schicksal gehört der Katalog unbedingt auf den Schreibtisch eines jeden seriösen SF-Lesers/Sammlers, der nicht wahllos und blindlings nach beliebigem utopisch-phantastischem Lesestoff greifen will, sondern seine Lektüre und Sammlung sinnvoll zu gestalten sucht. Der Optimismus in bezug auf die Ernsthaftigkeit und die Intensität der Sammellust der SF-Liebhaber, die bekanntlich viel stärker ausgeprägt sind als bei anderen Genres, läßt dem ansprechend aufgemachten Katalog große Verbreitung im Fandom prophezeien. Seine Abnehmer wird er aber auch außerhalb der Grenzen der SF-Gemeinde finden. Das ist sicher.

Andreas D. Hesse

Schatten über Fraterna

Arena Verlag, Würzburg 1998
482 Seiten, DM 34,–

von Hermann Urbanek

Als seine Schwester Ruth, die seit dem Tod seiner Mutter für ihn gesorgt hat, weil der Vater hauptsächlich damit beschäftigt war, den Lebensunterhalt für die Familie zu verdienen, plötzlich zusammenbricht und mit dem Tode ringt, ist der fünfzehnjährige Martin so außer sich, daß er völlig planlos aus dem Krankenhaus auf die Straße rennt, wo er von einem Autobus erfaßt wird und schwer verletzt ins Koma fällt. Als er wieder zu Bewußtsein kommt, findet er sich in einer ihm unbekannten Welt wieder, dem Inneren Reich, dem Herrschaftsgebiet der Ewigen Herrscher, das von den Horden der Finsternis unter dem Kommando des Schwarzen Löwen bedroht wird. Martin selbst findet sich, ohne Erinnerung an sein bisheriges Leben, hier als Herzog von Fraterna wieder. Als er, der sich nach und nach seiner früheren Fähigkeiten, vor allem dem Bogenschießen und dem Schwertkampf, unter der Ägide seines Schwertmeisters Rasuth wieder bewußt wird, langsam beginnt, sich an sein neues Leben zu gewöhnen, wird er an den Hof der Ewigen Herrscher zitiert. Denn es ist Schreckliches geschehen: Martins Bruder Marteen hat den Lifstein gestohlen, den Quell alles Lebens im Inneren Reich, und plant, ihn dem Dunklen Herrscher zu übergeben. Um den Untergang des Inneren Reiches zu verhindern tritt Martin im Auftrag der Ewigen Herrscherin mit einer kleinen Gruppe, zu der neben Eysha, der Ersten Kriegerin des Reiches, auch die junge Magierin Leanna gehört, die er vor einem Tod als Hexe bewahrt hat, zur langen, beschwerlichen und gefährlichsten Reise zur Festung des Dunklen Herrschers an, der sich anschickt, dem Inneren Reich den Todesstoß zu versetzen.

Der heute 24 Jahre alte Autor beschäftigt sich schon seit

seiner Kindheit mit Fantasy-Literatur, und das merkt man seinem Erstling auch an. Die Grundidee des Romans ist dabei nicht neu, schon Hohlbein hat seinem preisgekrönten »Märchenmond« eine ähnliche Thematik zugrundegelegt, aber wie Andreas D. Hesse diese höchst eigenständig behandelte, war sehr interessant und konnte gefallen, ebenso auch der zunächst allgemein das Werk durchziehende und gegen Ende dann ganz explizite Aufruf dazu, andere Mitmenschen nicht böswillig zu verletzen. Zwar haben sich hin und wieder klitzekleine Fehler eingeschlichen, über die kann man aber in Anbetracht des ansonsten durchwegs positiven Gesamteindrucks locker hinwegsehen.

P. D. James

Im Land der leeren Häuser

(The Children of Men)
Droemer Knaur Verlag, München 1993
320 Seiten, DM 38,–

von Florian F. Marzin

P. D. James, eigentlich Phyllis Dorothy White, ist eine anerkannte Kriminalautorin, die sich hier einmal ins Feld der Science Fiction gewagt, oder besser gesagt verirrt hat. Warum, bleibt ihr Geheimnis, und der Leitsatz: Schuster bleib bei deinen Leisten wäre hier wohl angebracht.

Man schreibt das Jahr 2021, und das letzte Kind wurde im Jahre 1995 geboren, also sind die jüngsten, auf der Erde lebenden Menschen, Omegas genannt, alle um die sechsundzwanzig Jahre alt. P. D. James entführt uns in eine idyllische englische Landschaft und dann nach Oxford, wo ihr Protagonist Theodore Faron am Merton College Geschichte lehrt. Studenten gibt es zwar keine mehr, aber man hat, da es für die älter werdende Bevölkerung sonst nichts zu tun gibt, jede Menge Erwachsenenkurse eingerichtet. Faron ist zudem auch noch der Cousin des Warden of England, Xan Lyppiatt, wie sich zu dieser Zeit der Regierungschef nennt. Einige Zeit lang war er sogar Berater im Staatsrat, der aus vier weiteren Personen besteht und damit hat es sich aber schon mit dem, was von der demokratischen Tradition übriggeblieben ist. Ob der Kinderlosigkeit haben die Menschen einige eigentümliche Angewohnheiten bezüglich ihrer Haustiere angenommen, so werden z. B. Katzen getauft, aber im Prinzip sind die Inselbewohner nicht schrulliger, als man sie kennt. P. D. James beschränkt sich bei ihren Lösungsversuchen auf Fruchtbarkeitsuntersuchungen bei Männern und Frauen, und das war's schon. Andere, sehr naheliegende Forschungen im Bereich des Klonens, um das Aussterben der Menschheit zu verhindern, befinden sich weit außerhalb ihrer Vorstellung, und so atmet der Roman mehr den Geist des ausgehenden 19., denn den des beginnenden 21. Jahrhunderts.

Faron wird eines Tages von einer relativ jungen Frau Julian angesprochen, die als Vertreterin einer Untergrundorganisation mit ihm Kontakt aufnimmt. Es kommt zu einem Treffen, und die ganze Organisation stellt sich als ziemlich armselige Gruppe heraus. Sie besteht aus Julian, ihrem Mann Rolf, einem ehemaligen Priester Luke, Miriam, eine ehemalige Hebamme und Gascoigne, ein Lastwagenfahrer. Sie wollen, daß Faron seine verwandtschaftlichen Beziehungen zu Lyppian ausnutzt und ihnen ihre Forderungen überbringt. Sie wollen freie Wahlen, Abschaffung der Zeugungsfähigkeitstests, Auflösung des Strafgefangenenlagers auf der Isle of Man, eine neue Teufelsinsel und ein paar andere Kleinigkeiten mehr. Ob die Lächerlichkeit der Gruppe und dieses ganzen Unternehmens von der Autorin so geplant war oder ihr einfach mißlang, es besser darzustellen, kann nicht mit letzter Sicherheit entschieden werden, doch glaubhaft wirkt die Schilderung zu keinem Zeitpunkt. Faron spricht mit Lyppian und wird natürlich zurückgewiesen. Ein paar Monate später trifft er wieder mit der Gruppe zusammen und – man hatte es schon befürchtet – Julian ist schwanger. Kein Problem, denn Miriam ist ja Hebamme. Die Gruppe, Faron schließt sich aus aufkeimender Liebe zu Julian den vieren an, denn Gascoigne ist inzwischen bei einem dilettantischen Anschlag von der Staatssicherheitspolizei geschnappt worden. In Farons Wagen fliehen sie von Oxford in Richtung Wales, um Julian vor dem Zugriff von Lyppian, der natürlich in Besitz der Schwangeren kommen will, zu schützen, und aus der Handlung heraus. P. D. James muß zu diesem Zeitpunkt wohl gedacht haben, ein bißchen Dramatik wäre nicht fehl am Platz, und so tauchen auf einmal wildgeschminkte Omegas auf, die den Wagen anhalten und Luke töten, während die anderen entkommen können. Die Art und Weise, in der das geschieht, entringt dem Leser nur Kopfschütteln. Selbst Karl May hat sich bei den vielen Fluchten, die sein Held Old Shatterhand/Kara Ben Nemsi bewerkstelligt, wesentlich mehr Mühe gegeben, und vielleicht hätte die Autorin auch mal einen Blick in die entsprechenden Romane von Stephenson und Rider Haggard werfen sollen.

Der Rest ist wirklich schnell erzählt. Als Rolf, der sich als Ahnherr eines neuen Menschengeschlechts fühlt, erfährt, daß nicht er, sondern Luke der Vater des Kindes ist, stiehlt er sich in der Nacht davon, um die Gruppe an Lyppian zu verraten. Faron, Julian und Miriam finden in einer einsamen Waldhütte Unterschlupf, wo sie einem Sohn das Leben schenkt. Den Vorgang der Geburt nutzt die Autorin, um ihn gnadenlos mit Symbolik und Klischees zu überfrachten, wobei ihre schon vorher wenig glaubhaften Figuren endgültig ihre Glaubwürdigkeit verlieren. Miriam wird von den Häschern des Warden of England getötet, und es kommt zum Showdown zwischen Lyppian und Faron. Beide stehen sich in guter Duellmanier, die Pistolen in der Hand, gegenüber. Lyppian schießt zuerst, trifft aber nur Farons Arm, der ihn daraufhin mit der einzigen und letzten Kugel, die er noch im Lauf hat, tötet. Danach zieht er den Herrschaftsring vom Finger seines Cousins und steckt ihn sich selbst an. Ein neuer Warden ist geboren. Auf diesen letzten Seiten versucht P. D. James wohl Pilcher, Cartland und Courths-Mahler gleichzeitig zu übertreffen, und wie in den klassischen Wester stirbt der Böse, und der Held erobert Land und Frau für sich. John Wayne läßt grüßen.

Die Eindimensionalität der Figuren ist erschreckend. Sie kreisen umeinander wie die Elektronen auf einer Atomschale, und nichts ist in der Lage, dieses System aufzubrechen. Eindimensional sind aber auch die Gedanken der Autorin, die sich aus diesem Modell nie zu lösen weiß. Das Ende impliziert mit Julian und Faron ein Herrscherpaar mit dem nötigen Thronfolger. Was aber ist, so muß man fragen, wenn man – wie angedeutet – auf der Suche nach weiteren zeugungsfähigen Männern fündig wird? Wird dann die Landesmutter zur Gebärmutter der Nation? Und wie findet sich Faron, der nachweislich unfruchtbar ist, damit ab? Wie es überhaupt zu dieser weltweiten Zeugungsunfähigkeit gekommen ist, auch das verschweigt uns die Autorin, ja sie stellt noch nicht einmal ein paar Vermutungen an, wie es doch mehr als wahrscheinlich ist, wenn man vom heutigen Stand der Wissenschaft ausgeht.

Nein, so nicht Mrs. James. Wenn man sich auf das offenbar für sie dünne Eis der Science Fiction begibt, dann muß man auch ihre Regeln beachten und kann nicht einfach vor sich hinfabulieren, nach dem Motto: Die Welt ohne Kinder, eine tolle Idee, da mach ich mal einen Roman daraus. Darüber hinaus ist *Im Land der leeren Häuser* einfach ein schlechter Roman.

Michio Kaku

Zukunftsvisionen –

Wie Wissenschaft und Technik des 21. Jahrhunderts unser Leben revolutionieren

(Originaltitel: Visions. How Science will revolutionize the 21st Century)
Aus dem Amerikanischen von Susanne Kuhlmann-Krieg und Sebastian Vogel
Lichtenberg Verlag GmbH, München 1998
463 Seiten, DM 39,80

von Robert Hector

Nachdem der Theoretische Physiker Michio Kaku bereits 1994 mit »Hyperspace« ein faszinierendes Sachbuch im Grenzbereich von Science und Science Fiction vorgelegt hat, in dem er die Leser in Höhere Dimensionen, Wurmlöcher und Hyperräume entführte, folgt nun ein visionärer Wissenschaftsreport über mögliche Entwicklungen von Naturwissenschaft und Technik im 21. Jahrhundert.

Ausgehend von den drei Grundpfeilern der modernen Naturwissenschaft, Materie, Leben und Geist , entwirft Kaku ein optimistisches, ja geradezu enthusiastisches Bild unserer technologisch bestimmten Zukunft. Das Atom, das Gen und der Computer sind die drei großen Wissenschaftsthemen des 20. Jahrhunderts: Die Spaltung des Atomkerns und die Zündung der ersten Atombombe; die Entdeckung der DNA-Doppelhelix und des genetischen Codes sowie die Entschlüsselung des gesamten menschlichen Genoms; die Entwicklung des elektronischen Rechners bis hin zum Personalcomputer und der Vernetzung im Internet – nie zuvor in der Menschheitsgeschichte haben wissenschaftliche Entdeckungen zu solchen gesellschaftlichen Umwälzungen geführt wie in unserer Epoche. Dementsprechend konstatiert Kaku drei große Revolutionen, die weit ins 21. Jahrhundert nachwirken werden: die Quanten-, die biomolekulare und die Computer-Revolution. Der Mensch wird vom passiven Beobachter der Natur zu ihrem aktiven Choreographen. Die raschen, verwirrenden Veränderungen unserer Zeit kennzeichnen die Geburtswehen eines völlig neuen Zeitalters.

Im Kapitel »Die Computerrevolution« spekuliert Kaku über die zunehmende Miniaturisierung der Mikrochips und Alternativen wie Licht-, Bio- und Quantencomputer, über die Möglichkeiten des Internet, über künstliche Intelligenz, Roboter, Cyborgs und die postbiologische Zukunft unseres Planeten, in der Maschinenwesen, unsere »Mind Children«, das biologische Erbe der Menschen antreten werden.

Im Kapitel »Die biomolekulare Revolution« schildert der Physiker eine schöne neue Gentech-Welt, in der der Krebs besiegt, Langlebigkeit erreicht und Krankheiten allgemein ausgerottet sind. Designerkinder und Klone sind zur Alltäglichkeit geworden, der Mensch kann, Göttern gleich, das Leben nahezu nach Belieben manipulieren.

Das Kapitel »Die Quantenrevolution« konfrontiert der

Autor den Leser mit den phantastischen Möglichkeiten der Nanotechnik, mit neuen Supraleitern und Lasern, mit Kernfusion und Antimaterie, mit der Eroberung des Weltalls und gar der Beherrschung von Raum und Zeit. Energie und Information werden in der Zukunft eine zentrale Rolle spielen.

Das Buch liest sich wie der Vorspann zur Fernsehserie »Raumpatrouille«: »Was heute noch wie ein Märchen klingt, kann morgen schon Wirklichkeit sein. Dies ist ein Märchen von übermorgen ...« Nach dem Motto »Ich führe euch herrlichen Zeiten entgegen« entwirft Kaku ein Szenario, in der die Welt der Zukunft mit Hilfe einer perfekten Technik zu einem Utopia geworden ist, in dem die Menschen sorgen- und krankheitsfrei leben und sich der Erforschung der Natur und der Eroberung des Weltraums widmen können. Die Star Trek-Ideologie wird hier in einen Wissenschaftsreport transformiert.

Nur: Voraussagen über die Zukunft sind meist reine Kaffeesatzleserei. Sicherlich werden wir zu unseren Lebzeiten einige der Stränge weiterverfolgen können, die Kaku hier gesponnen hat. Aber es werden andere wissenschaftlich-technische Neuerungen hinzukommen, es wird Sackgassen der Entwicklung geben, und es ist noch nicht absehbar, welche gesellschaftlichen Verwerfungen die High-Tech-Revolution nach sich ziehen wird. Die Zukunft der Arbeit, die ökologischen Probleme, die Folgen der Globalisierung der Wirtschaft, die zunehmende Informatisierung und Virtualisierung der Welt – Kakus rein technische Sicht ist zu eindimensional, als daß sie realistisch sein könnte. Dennoch: gerade Anhänger des Genres Science Fiction finden hier faszinierende Anregungen, und zeitgenössische SF-Autoren könnten das Buch als einen Steinbruch benutzen, aus dem sie Ideen für ihre Romane holen können.

Sjoerd Kuyper

Der rote Schwan

(De rode zwaan)
Aus dem Niederländischen von
Lourine Tielman und Gerold Anrich
Anrich Verlag im Beltz Verlag,
Weinheim und Basel 1998
239 Seiten, DM 24,80

von Hermann Urbanek

Der kleine Jakob freut sich, daß er einen Teil der Ferien bei seinem Großvater verbringen darf, der nach Jahren in der Fremde wieder in seinen Heimatort zurückgekehrt ist und das Haus gekauft hat, in dem er seine Kindheit verlebte. Obwohl er mit den Renovierungs- und Umbauarbeiten sehr beschäftigt ist, vernachlässigt Großvater Jakob seinen Enkel in keiner Weise, er beschäftigt sich intensiv mit ihm und erzählt ihm die spannendsten Geschichten, wie die von der Insel im Dünensee, auf dem die Früchte der Götter wuchsen, von einem mächtigen und unüberwindlichen Ungeheuer bewacht, bis ein Knabe sich daran machte, eine davon zu stehlen. Oder von den römischen Soldaten, die in Karpfenmänner – Menschen mit Karpfenköpfen – verwandelt wurden. Großvater ist ein begnadeter Geschichtenerzähler, und er beteuert stets, daß all seine Geschichten wahr sind. Jakob ist sich zunächst nicht schlüssig, ob er ihm das glauben soll. Als dann sein Großvater sich bei den Arbeiten verletzt und der kleine Jakob um sein Leben fürchtet, macht er sich auf Anraten einer alten Frau, die nach dem Unfall plötzlich auftaucht, auf die Suche nach Großvaters rotem Schwan, der seinen Vorfahren retten soll. Dabei geschieht ihm ein verhängnisvolles Mißgeschick: Trotz eindringlicher vorheriger Warnung verletzt er sich beim Überqueren einer Brücke und drei Tropfen seines Blutes fallen ins Wasser. Da erwachen Großvaters Geschichten zu beängstigendem, erschreckenden Leben. Eine erbarmungslose Jagd in einer anderen, schneller ablaufenden Zeitebene beginnt. Und nur durch das Eingreifen des rätselhaften Mädchens Neeltje, erfahren und geheimnisvoll, gelingt es ihm, nicht nur mit dem Leben davonzukommen, sondern auch seine selbstgestellte Aufgabe zu erfüllen – von Neeltje, die erstaunlicherweise auch seinen Großvater persönlich schon lange zu kennen scheint.

Kuypers »Der rote Schwan« ist eine märchenhaft schöne, unheimliche und spannende Geschichte, die nur vordergründig in einer anderen Realität spielt, gewürzt mit vielen originellen Einfällen, die aber, wie das Beispiel des Weggefährten, einer zweiten Seele, nicht immer ganz konsequent zu Ende gedacht wurden. Es geht viel mehr um das Erwachsenwerden und das Plädoyer dafür, sich die Unbeschwertheit der Seele zu bewahren. Und das bringt Kuyper in diesem überaus lesenswerten Fantasy-Roman gekonnt herüber.

Kai Meyer

Die Alchimistin

Roman, Heyne Verlag, München 1998
495 Seiten, DM 39,80

von Karsten Kruschel

Wenn man den Erfolg der englischsprachigen Autoren gerade im Fantasy- und Horrorgenre ergründen will, wird gern auf die erzählerische Leichtigkeit verwiesen, mit der King, Koontz und Konsorten die Leser in ihren Bann ziehen. Deutsche Autoren wären ungelenk, ihre Spannungsbögen langatmig und ihre Sprache vor lauter Anspruch ungenießbar, hört man, und das mag auf das, was sich unter dem Etikett Gegenwartsliteratur im Feuilleton spreizt, durchaus zutreffen. Es gibt aber Autoren, die sich einen Teufel um die gedrechselten Sätze und das Betroffenheitsgefasel der selbsternannten Literaten scheren, aus denen der Quark besteht, den das unsägliche literarische Quartett breittritt.

Zu diesen Autoren gehört ganz offensichtlich Kai Meyer: Sein knapp fünfhundert Seiten starker Fantasy-Grusel-Schinken »Die Alchimistin« ist die Sorte Buch, die man auf dem Weg in die Badewanne mitnimmt, einen Finger dort zwischen die Seiten geklemmt, wo man – für höchstens eine halbe Minute – aufgehört hat.

Die Geschichte ist komplizierter als die Familienverhältnisse der seligen Ewings, und ihre Wendungen sind atemberaubender als die Falltüren eines Edgar-Wallace-Krimis. Es geht um drei in inniger Freundfeindschaft verbundene Alchimisten auf der Jagd nach dem Geheimnis des ewigen Lebens, und da es mehr als nur eine Lösung des Geheimnisses gibt, mehr als Mord und Blutschande und Magie, mehr als Geheimgänge und verborgene Türen, spinnt Kai Meyer einen wunderliches Garn. Ein Garn, dessen Nacherzählung im Rahmen einer Rezension komplett vergeblich, weil viel zu lang, wäre – es enthält eine zu große Zahl von spannenden Zutaten. Neben allerlei alchimistischer Geheimniskrämerei wäre da die Unterwelt der Kanalisation von Wien zu nennen, mit schönen Grüßen vom »dritten Mann«. Das Familienschloß ist direkt aus dem Böcklin-Gemälde »Toteninsel« entliehen, nein, in Wirklichkeit hat es der Alchimist ja als Auftragswerk malen lassen. Die mysteriöse Pseudo-Geschichte der Tempelritter spielt ein wichtige Rolle und wirkt in einigen Teilen wie eine actionlastige Erwiderung auf Ecos »Das Foucaultsche Pendel«. Ein perverses Mädchenpensionat wird geschildert und in Schutt und Asche gelegt. Kernige Eingeborene der kaukasischen Berge sind heldenhaft und verräterisch. Ein zweigeschlechtlicher Mensch narrt tumbe Züricher Polizisten und erlernt die Philosophie der Glasaugen.

Last but not least treibt ein immer wieder aufscheinendes Geheimnis die miteinander verstrickten Figuren um. Dieses Geheimnis macht das Buch zu einer Art Fantasy-Thriller. Das ewige Leben zu erlangen, indem man immer und immer wieder eine Tochter mit seiner eigenen Tochter zeugt, um die magische Kraft aus den sterbenden Körpern der gemordeten blutschänderischen Nachkommenschaft zu ziehen – was für ein finsteres Konzept. Es ist völlig an den Haaren herbeigezogen; und Kai Meyers Wendungen, solcherlei Kram plausibel zu machen, sind derart abgedreht, daß es Menschen geben mag, die an derlei tatsächlich glauben (ein Raumschiff im Innern von Hale-Bopp? Na klar).

Einem solchen Buch wäre die moderne Sprache kaum angemessen, und so nähert Meyer den Stil der Geschichte der betulichen Zeit um die Jahrhundertwende an; es wird geschritten und ergriffen und geschaut, die Rüschen rauschen, und Leute kleiden sich an, statt sich anzuziehen. Leider rutscht Kai Meyers Sprache dabei mehr als nur einmal in die Gefilde des gepflegten Kitsches ab (»Der Anblick fuhr Aura wie ein Stachel ins Herz«), und seine Figuren schauen einander nicht an, sie »schenken sich« gegenseitig Blicke.

Ganz modern hingegen ist die Konstruktion des Fantasy-Thrillers; der Autor jagt die Handlung in Wien, Paris, Zürich, an der Ostsee und in Swanetien in einem so gar nicht zu seiner Sprache passenden Tempo voran und läßt seine teilweise liebevoll eingeführten Figuren einander mit stupender Bedenkenlosigkeit umbringen. Er spielt mit den Erwartungen des Lesers, der natürlich nicht annimmt, daß die vertrauten Hauptpersonen so kläglich das Zeitliche segnen. Vielleicht überstrapaziert Kai Meyer diesen Trick etwas, wenn er bis auf zwei einsame Überlebende praktisch sämtliche Darsteller seiner verschlungenen Geschichte ausrottet ...

Kai Meyers »Alchimistin« mag über die reine Unterhaltung hinaus kaum eine tiefere Bedeutung haben, Lesefutter halt, für Leute, die beim Schmökern gern heiße Ohren kriegen. Aber genau dafür ist so was geschrieben, und Kai Meyer beweist, daß er das kann, was man ansonsten vom andern Ufer des großen Teiches zu importieren müssen glaubt. Gutes erzählerisches Handwerk. Und wo das herkam, ist noch mehr.

Thomas Richards

Star Trek – Die Philosophie eines Universums

(Originaltitel: *The Meaning of Star Trek*)
Aus dem Amerikanischen von Bernhard Kempen
Wilhelm Heyne Verlag, München
240 Seiten, DM 12,90

von Robert Hector

Die Sekundärliteratur über den Mythos »Star Trek« wächst zwar ins Unermeßliche, aber es gibt immer wieder Facetten, die bislang noch nicht berücksichtigt wurden. Thomas Richards beleuchtet in dem vorliegenden Werk die philosophischen Ansätze, die hinter den Missionen von Kirk, Picard, Sisco und Janeway stehen. Der Weltraum des Star Trek-Universums steckt voller Leben, das bestimmten politischen und sozialen Regelmäßigkeiten unterliegt. Die Galaxis ist in verschiedene Imperien aufgeteilt, die von verschiedenen Völkern bewohnt werden. Die Suche der Enterprise nach neuen Welten und neuen Zivilisationen ist von vielfältigen Konflikten geprägt, mit all ihren politischen, psychologischen, mythologischen und religiösen Dimensionen. Der Autor analysiert in vier Kapiteln diese verschiedenen Aspekte, wobei sich gemeinsame Grundmuster herausschälen, die sich durch alle Episoden hindurchziehen.

Das erste Kapitel »Kontakt und Konflikt« befaßt sich mit der politischen Struktur der Milchstraße. Die Geschichten über den Kontakt und Konflikt mit anderen Völkern folgen drei verschiedenen Mustern. Einmal ist die Förderation mächtiger als eine »primitive Gesellschaft«, und die Besatzungsmitglieder der Enterprise werden für Götter gehalten; im zweiten Fall ist das Machtverhältnis zwischen Förderation und anderem Imperium in etwa ausgeglichen (Klingonen, Romulanern, Cardassianer); und schließlich ist die Förderation einem Gegner unterlegen, wie im Fall der Borg.

Ein wichtiges Grundprinzip bei der Begegnung mit anderen Spezies bildet die »Erste Direktive«, nach der es den Mitgliedern von Starfleet verboten ist, sich in die natürliche Entwicklung fremder Gesellschaften einzumischen. Die Nichtverletzung dieses Prinzips stellt zuweilen eine Unmöglichkeit dar, und häufig entstehen dabei moralische und ethische Dilemmata.

Insbesondere stellt sich dieses Problem bei gleichstarken Gegnern, die oft durchaus irdische Ziele haben: das Motiv der Ferengi ist das Streben nach Reichtum, das Motiv der Klingonen ist die Ehre, das Motiv der Cardassianer und Romulaner ist die Macht. Natürlich haben diese extraterrestrischen Kulturen ihre Vorbilder in der terrestrischen Geschichte, vor allem in der Antike. Die alten Römer treten als Außerirdische von einem Planeten namens Romulus auf, und die Barbaren nennen sich im Star Trek – Universum Klingonen. Die Romulaner haben ihre Flotte wie eine römische Legion organisiert und bezeichnen ihre Admirale als Zenturionen, und die Klingonen erinnern in ihrer Kostümierung und ihrem Ehrenkodex an germanische Stämme.

Der Erstkontakt mit Ebenbürtigen ist häufig von Konflikten geprägt, und die Erste Direktive wird plötzlich null und nichtig. Es geht selten darum, Frieden zu schließen, sondern darum, das Gleichgewichte der Mächte zu wahren. Gene Roddenberry hat ein Universum geschaffen, in dem sich die Spezies nicht isoliert voneinander entwickeln, sondern innerhalb eines größeren Beziehungsgeflechts stehen. Trotz klingonischen Stirnwülsten, romulanischen Spitzohren und cardassianischer Reptilienhaut haben die meisten führenden Völker ein humanoides Aussehen. In der TNG-Folge »The Case« wird dargelegt, daß die galaktischen humanoiden Lebensformen von einem Urvolk abstammen, das in ferner Vergangenheit sein DNA-Material auf verschiedenen Planeten verstreute und damit die Ursuppe impfte.

Trotz aller Kriege und Konflikte sind die galaktischen Völker also letztlich alle miteinander verwandt. Diese Gemeinschaft wurde irgendwann von einer neuen Spezies mit überlegener physischer, technischer und sozialer Organisation bedroht:

den Borg. Diese Wesen stellen die Integrität des menschlichen Individuums in Frage, sie wollen alles in einem kollektiven Bewußtsein assimilieren. Für die Vielfalt des Star Trek-Kosmos stellt dies die ultimate Bedrohung dar: es geht um die Frage: Individualismus oder Kollektivismus.

Das zweite Kapitel »Charakter und Identität« befaßt sich mit der psychologischen Struktur der individuellen Charaktere. Das Universum von Star Trek ist eine Welt, in der individuelle Taten viel bedeutsamer sind als göttliche oder kollektive Handlungen. In den meisten Geschichten geht es nicht so sehr um die »Science«, die Wissenschaft, sondern um die Entwicklung einer zentralen Figur. Es geht um Protagonisten, die unter einem gewaltigen Druck stehen und denen der Verlust ihrer Identität droht. Dieser Identitätsverlust durchzieht viele Episoden, etwa wenn eine Person durch ein fremdes Wesen ersetzt wird oder im Fall einer Verdopplung, wenn eine alte und neue Persönlichkeit in einem Körper leben und um die Vorherrschaft streiten. Die Tatsache, daß Aliens so häufig als Bedrohung der menschlichen Identität auftreten, könnte zu der Schlußfolgerung führen, daß außerirdische Kräfte symbolisch an die Stelle der dunklen Kräfte des Geistes führen. Dämonen wurden immer wieder als Symbol für Kräfte benutzt, die die Menschen nicht verstanden. Die Besessenheit durch Dämonen kann zu Wahnsinn und Schizophrenie führen; es ist die einzige wirkliche Bedrohung der Integrität des Individuums.

Im dritten Kapitel »Geschichte und Mythen« befaßt sich mit historischen Dimensionen und der erzählerischen Struktur der einzelnen Stories. Star Trek plündert die gesamte Tradition des westlichen Geschichtenerzählens aus, die Serie macht Rückgriffe auf Shakespeare, Sherlock Holmes, auf die Epen um Beowulf und Gilgamesch oder auf die Gesänge Homers. Ganze Planeten befinden sich immer wieder in der Lage der hebräischen Völker aus der Bibel.

In TNG-Episoden wie »Masks« oder »Darmok« wird eindrucksvoll geschildert, wie Mythen der Vergangenheit eine Gesellschaftsordnung beeinflussen können. Und in »Frame of

Mind« verwischen sich für Picard sogar die Grenzen zwischen Wahrheit und Dichtung.

Das vierte Kapitel »Der Sense of Wonder« beleuchtet die religiösen und visionären Aspekte des Star Trek-Universums. Die Serie handelt häufig von der Reise ins Wunderbare; es geht darum, Wunder zu bestaunen. Die Mission besteht darin, »fremde Welten zu erkunden und mutig dorthin zu gehen, wo noch niemand zuvor gewesen ist«. In Star Trek ist der Weltraum einfach nur der Hintergrund, vor dem sich menschliche Aktivitäten entfalten, und zuweilen geht es dabei auch um »ewige« Themen wie Geburt und Tod, Schuld und Sühne, Angst und Hoffnung.

Der »Sense of Wonder« umfaßt drei unterschiedliche Kategorien: Technik, Monster und Götter. Die Technik in Star Trek kommt uns Wesen aus dem 20. Jahrhundert wie Magie vor. Technische Einrichtungen wie der Transporter, der Warpantrieb oder der Replikator sind letztlich nur Mittel zum dramaturgischen Zweck. Ein Wunderwerk wie die Genesis-Maschine, mit der aus unbewohnbaren Planeten blühende Welten erschaffen werden konnten, erwies sich letztlich als Fehlentwicklung und wurde zerstört. Alle geschilderte Supertechnik erweist sich aus unserer heutigen Sicht als physikalische Unmöglichkeit.

Auch Monstren gehören zum Wunderbaren in Star Trek. Das Universum wimmelt von Leben, das nicht nur humanoide, sondern auch völlig fremdartige Formen annehmen kann. Einige Aliens ähneln mythischen Wesen wie Zentauren oder Einhörnern, es gibt Geschöpfe, die sich durch festen Stein bewegen können und solche, die aus reiner Elektrizität bestehen.

Ebenso wie außerirdische Existenzen gehören die Götter zum »Sense of Wonder« des Star Trek-Kosmos. Dieser Kosmos ist ein polytheistisches Universum, das von verschiedenen mächtigen Wesen bewohnt wird, die auf einer höheren Ebene als die Menschheit angesiedelt sind. Kommt es zur Begegnung mit den Menschen, droht gleich ein Konflikt. Im ersten Star Trek-Film wird Kirk mit der gottähnlichen Wesenheit »V'ger«

konfrontiert, die geistige Essenz der Raumsonde Voyager aus unseren Tagen. In der Episode »Journey's End« taucht ein Reisender auf, der Wesley Crusher in eine neue Welt führt. Und »Q« ist auf geheimnisvolle Weise auf die Menschheit fixiert. In erster Linie ist es die Aufgabe von Q, die Ambitionen der Menschen in Frage zu stellen. Durch Q werden mehr Fragen aufgeworfen als Antworten gegeben. In diesen Episoden geht es um Fragen wie: Wer ist der Mensch? Welchen Einfluß hat der Mensch auf das Universum? Wieviel wissen wir? Aber die Menschen wollen von den Göttern lieber in Ruhe gelassen werden. Am Ende von »Encounter at Farpoint« sagt Picard zu Q: »Verschwinden Sie! Wir haben den Test bestanden.«

Thomas Richards versucht in dem vorliegenden Buch, seine Thesen am Beispiel einzelner Serienepisoden zu untermauern. Dabei kommt er zu Schlußfolgerungen, die zusammenfassend auf der hinteren Umschlagsseite zu lesen sind: »Aber Star Trek ist weit mehr als bloß eine spannendes Weltraumspektakel: mit seiner Vielfalt an aktuellen und kritischen Themen, seinen komplexen Hauptfiguren und aussagekräftigen Geschichten ist Star Trek wie keine andere Serie ein Spiegelbild unserer Kultur ...«

In unseren postmodernen Zeiten des »Anything goes« scheint selbst der trivialste Unsinn eine pseudophilosophische Deutung zu verlangen. Bezüglich der Analyse der Star Trek-Technik bereitet es ja noch einigermaßen intellektuelles Vergnügen, die Unmöglichkeit der technischen Plots zu beweisen, aber wenn jemand in den Episoden komplexe Charaktere und ein hochliterarisches Handlungsgespinst sieht, so bleibt nur ein unverständliches Kopfschütteln. Warum die Dinge komplizierter machen als sie sind: Star Trek, das sind einfache, teilweise schön erzählte Geschichten, die in einer fremden Umgebung spielen und an denen sich Weltraum- und Technik-Fans erfreuen können, nicht mehr, aber auch nicht weniger. Aufgrund ihres inzwischen gewaltigen Umfangs stellt die Serie in ihrer Gesamtheit ein Geflecht dar, das zuweilen nur noch von Insidern zu entwirren ist. Wer einen Mythos daraus machen will, soll es tun; realistischer ist aber, sich einfach an den Geschichten zu erfreuen, ähnlich wie wir von Winnetou und Old Shatterhand, von Rambo oder den schweigsamen Helden der Italo-Western angetan sind.

Der Autor hat einige interessante Facetten zur Serie hinzugesteuert, wäre nicht dieser Pathos, so könnte man das Büchlein uneingeschränkt empfehlen. In der vorliegenden Form wird es allerdings nur eingefleischte Trekkies begeistern, dem »normalen« SF-Fan erscheinen die Interpretationen und Erklärungen oft sehr weit hergeholt.

Joanne K. Rowling

Harry Potter und der Stein der Weisen

(Harry Potter and the Philosopher's Stone)
Aus dem Englischen von Klaus Fritz
Carlsen Verlag, Hamburg 1998
335 Seiten, DM 26,–

von Hermann Urbanek

Als Vollwaise wächst Harry Potter im Haus der Familie Dursley auf, von seiner Tante und seinem Onkel, die in ihm nur eine Belastung sehen, ungeliebt und stets deren Launen sowie denen ihres verzogenen Sprößlings Dudley ausgesetzt. Doch an seinem elften Geburtstag erfährt er, daß er nicht der gewöhnliche Junge ist, für den er sich immer gehalten hat. Da erhält er nämlich, obwohl sein Onkel alle Hebel in Bewegung setzt, um dies zu verhindern, die briefliche Mitteilung, daß er sich an Hogwarts, der Schule für Hexerei und Zauberei einzufinden habe, um dort die ihm vorbestimmte Ausbildung als Zauberer zu erhalten. Und er erfährt auch, daß seine Eltern beim Kampf mit dem Schwarzmagier Voldemort ums Leben gekommen sind, der vergeblich versucht hatte, auch Harry zu töten, und der danach spurlos verschwunden ist. Das erste Schuljahr in Hogwarts bringt Harry nicht nur eine Vielzahl neuer Unterrichtsfächer, sondern auch spannende, aufregende und lustige Erlebnisse und Abenteuer. Er schließt neue Freundschaften, macht sich unerbittliche Feinde und kommt schließlich dahinter, daß auf der Schule Dinge geschehen, die befürchten lassen, daß das Böse, das die Welt der guten Zauberer und Hexen bedroht hat, immer noch nicht völlig gebannt ist. Gleich mit ihrem ersten Roman gelang der Britin Joanne Rowling ein ganz großer Wurf, ein in wahrstem Sinne bezauberndes Buch, für alle Leser zwischen acht und achtzig, die sich ein Faible für das Wunderbare bewahrt haben. Dieser überaus stimmungsvoll zu Papier gebrachte Schmöker ist ein neuer Kinderbuchklassiker der alten britischen Tradition, der keinen Vergleich mit Nortons »Borgern« und Loftings »Dr. Doolittle« zu scheuen braucht und dem hoffentlich bald neue Bücher mit den weiteren Abenteuern Harry Potters folgen werden.

Matt Ruff

G.A.S.
Die Trilogie der Stadtwerke

Aus dem Amerikanischen von
Giovanni und Ditte Bandini
Carl Hanser Verlag, München und Wien 1998
622 Seiten, DM 44,–

Von Karsten Kruschel

In diesem – das sei zunächst festgestellt – äußerst spaßigen Schmöker feiert ein unbekümmerter Autor die Postmoderne ab. Fast könnte man es eine literarische Rave-Party nennen, wäre nicht Rave längst tot. »G.A.S.« ist ein Thriller, der seine Grundidee von dem Film »Colossus« (1970) bezieht: Ein Supercomputer erlangt etwas wie Intelligenz und bedroht die Existenz der Menschheit; erst ein zweiter Supercomputer bietet ihm Paroli, und am Ende weiß niemand, ob man nicht den Teufel mit Beelzebub ausgetrieben hat.

Daß Matt Ruff diese Idee nur ausgeborgt hat, tut dem Buch keinen Abbruch, im Gegenteil. Die Geschichte, die angeblich im Jahr 2023 handelt, ist gar nicht so wichtig. Es geht um die Art und Weise, in der sie erzählt wird: ein atemloser, bunter Parforceritt. Dabei gilt das Prinzip, je wilder, desto besser. Seitenhiebe nicht nur auf alles, was dem Spießbürger ehrbar und heilig ist, sondern auch auf die Ikonen der Alternativen prasseln in dichten Breitseiten auf den Leser ein. Nebenbei veralbert Matt Ruff die Medien. Und so kann man – in ungeordneter Reihenfolge – über folgende Dinge lachen: den weißen Hai, Rassisten jedweder Couleur, James Bond, Juden und Palästinenser, Pfadfinder, Machos, Kapitalismus, Piratenfilme, FBI, CNN, Raucher und Nichtraucher, Kommunismus, Horrorfilme, Feminismus ... und die Liste ließe sich nahezu beliebig fortsetzen (tatsächlich habe ich sie zusammengestrichen, damit diese Rezension nicht länger wird als das Buch).

Eher schwierig sind die Witze auf Kosten von J. Edgar Hoover, Howard Hughes, Walt Disney, Donald Trump und so weiter. Wer wenig weiß über diese Ikonen, der kann Ruffs mehrschneidige Späße kaum nachvollziehen. Vollends vertrackt wird es, wenn Matt Ruff über eine hierzulande – wohl zu Recht – völlig unbekannte amerikanische Schriftstellerin namens Ayn Rand herzieht, eine aus dem Revolutionsrußland stammende glühende Kapitalismus-Anhängerin, die er in einer Lampe personifiziert (und bei der Gelegenheit Aladdins Wunderlampe veräppelt). Diese Dame hat nicht nur den dickleibigen Roman verfaßt, mit dessen goldgebundener Luxusaugabe jemand erschlagen wird, was den Anstoß für die eingebaute Krimi-Handlung gibt; die Dame liefert in wahrhaft hirnsträubenden Streitgesprächen auch den philosophischen Teppich, auf dem der Autor herumkobolzt. Ayn Rand nämlich ist der Meinung, einzig der Kapitalismus sei das Allheilmittel der Menschheit, und Egoismus die einzig schätzenswerte menschliche Eigenschaft. Das hat was, muß man zugeben, wenn man sich daraufhin einmal die nächsten drei TV-Nachrichtensendungen etwas genauer betrachtet.

Weit entfernt von so langweiligen Konflikten wie dem zwischen Gut und Böse (auf dem nicht nur Fantasy oft herumkaut), dreht sich G.A.S. die ganze Zeit über um die Frage, was, zum Teufel, denn wohl das eine vom anderen unterscheidet. Ayn Rand hat ein paar sehr logische, sehr präzise und sehr widerliche Ansichten dazu, während andere Personen ihre Antworten eher aus dem Bauch heraus formulieren. Am überzeugendsten sind die Handlungen, die sich daraus ergeben. Ja, richtig, es gibt auch so etwas Ähnliches wie ein Happy End.

Die Handlung des Romans geht durchaus diszipliniert voran, nur tut sie das auf mehreren Erzählebenen gleichzeitig; kunstvoll verflicht Matt Ruff die verschlungenen Pfade seiner Figuren miteinander. Sicher darf man sich nie sein: Dieser Mensch bringt es fertig, neue Personen einzuführen, nur um sie in genau dem Moment umzubringen, da der Leser ihre Rolle im Buch zu ahnen glaubt. Da wird ein Kanalisationsarbeiter am ersten Tag seines neuen Jobs vom weißen Hai gefressen, samt seiner klassikdudelnden Armbanduhr. Abramakabra kündigt Matt Ruff fortan die Auftritte des mutierenden Monsters mit Musik an. Und wenn der Superreiche in diesem Roman schon so deutlich bei Citizen Kane abgekupfert ist, wartet jeder auf Rosebud. Kommt natürlich nicht.

Der Stil von Matt Ruff hat weniger von Thomas Pynchon an sich (natürlich machen sich Hinweise auf Pynchon im Klappentext immer gut), er hat den garstigen Wortwitz von Kurt Vonnegut jr., die lakonische Treffsicherheit eines Salinger und jene präzise Dosis Zynismus, wegen der man den alten Chandler immer mal wieder liest. Das macht auch den ganzen Spaß etwas garstig; fast könnte man wirklich darüber lachen, daß bei Matt Ruff ein raffiniertes Virus alle Schwarzen auf diesem Planeten so im Vorübergehen ausrottet – aber das geht doch wirklich als Scherz ein bißchen weit. Hat der Leser erst einmal diese Kröte geschluckt, müßte er sich Gedanken darüber machen. Über diesen bösen Joke. Und sich selbst. Dürfen Leute über so was lachen, und mögen es noch so postmoderne sein?

Andrzej Sapkowski

Der letzte Wunsch

1. Roman des Geralt-Zyklus

(*Ostatnie życzenie*, 1993)
Aus dem Polnischen von Erik Simon
Heyne Verlag, München 1998
366 Seiten, DM 16,90

Das Schwert der Vorsehung

2. Roman des Geralt-Zyklus

(*Miecz przeznaczenia*, 1992)
Aus dem Polnischen von Erik Simon
Heyne Verlag, München 1998
447 Seiten, DM 16,90

von Jacek Rzeszotnik

Seit fast fünfzehn Jahren brilliert Andrzej Sapkowski in Polen mit seinen Erzählungen und Romanen. Mittlerweile genießt er den Status eines Kultautors, der mit erstaunlicher Regelmäßigkeit preisgekrönte Geschichten liefert. Der thematische und Gattungsbogen spannt sich hierbei von unheimlichen Geschichten über *political fiction*, *non-fiction* und Publizistik, eine Anleitung zum selbst entwickelten Rollenspiel sowie eine die Konventionen des SF-Abenteuers in satirischer Absicht auf die Spitze treibende *space opera* bis hin zur in einer eigenen Fantasy-Welt angesiedelten Prosa. Es war auch seine erste, zu einem vom polnischen professionellen SF-Magazin *Fantastyka* Mitte der 80er Jahre ausgeschriebenen Wettbewerb eingesandte Fantasy-Geschichte über den Hexer* Geralt von Ri-

---

* In poln. Originalausgabe – »Wiedźmin«. Für diese Mischung aus Hexer und Monsterjäger gab es im Polnischen ursprünglich kein Wort, so daß Sapkowski die weibliche »Berufsbezeichnung« »Wiedźma« – eine Art Hexe – »vermännlicht« hat. Es fällt in der Tat äußerst schwer, »Wiedźmin« adäquat ins Deutsche zu übersetzen, da es sich hier um eine kaum übertragbare sprachliche Neubildung handelt. Erik Simons »Hexer« ist daher in dieser Hinsicht nur ein Notbehelf, zumal »Hexer« im Deutschen ganz konkrete, auf »Wiedźmin« nicht immer zutreffende Konnotationen impliziert.

vien, die die Leserherzen im Sturm erobert und ihn über Nacht in die erste Riege der populärsten Autoren katapultiert hat. (Eines der untrüglichen Anzeichen der Beliebtheit eines Schriftstellers in unserem Computerzeitalter ist die eigene, von Fans betreute Webseite. Die Webseite über Andrzej Sapkowski und sein Schaffen (http://www.ists.pwr.wroc.pl/~jsuliga/sapek/) gehört zu den besten polnischen Internetseiten überhaupt, sowohl hinsichtlich des Umfangs der angebotenen Informationen, als auch ihrer regelmäßigen »Pflege«. Es gibt außerdem eine deutsche Version der Seite, die inzwischen die allerwichtigsten Grundinformationen (Biographie und Bibliographie) bereitstellt und in Zukunft ausgebaut werden soll. Überdies kann sich Sapkowski über einen eigenen Eintrag in der *Neuen Enzyklopädie* des Polnischen Wissenschaftsverlags freuen.

In zahlreichen Interviews beteuert Sapkowski, er habe den Hexer auf ausdrücklichen Wunsch seines Sohnes hin kreiert und auf die Monsterjagd losgeschickt, ohne sich ursprünglich mit dem Gedanken zu tragen, die Abenteuer seines Helden zu einem Zyklus auszubauen. Doch der beispiellose Erfolg seiner Debütstory und die zermürbende Aufdringlichkeit der *Fantastyka*-Redakteure, die alle Register ihrer Überredungskunst zogen, um ihn wieder an den Schreibtisch zu locken, ließen ihn schließlich seine Meinung ändern und neue Geschichten über Geralt von Rivien aus seiner Feder fließen zu lassen, die allesamt erstklassige Unterhaltung zu bieten und die Leser kontinuierlich in ihren Bann zu schlagen wissen. Wo liegen die Gründe für seine nicht enden wollende Popularität, und das nicht nur in Polen, wo er in der Fangemeinde nahezu kultische Verehrung erfährt und inzwischen zum Klassiker geworden ist, dem jüngere Autoren – meist erfolglos – nacheifern, sondern auch z. B. in Tschechien, wo er auf Bücherhitlisten immer ganz oben rangiert? Das Phänomen Sapkowski versuchte einmal M. Parowski, seines Zeichens Hauptredakteur des schon erwähnten SF-Magazins *Fantastyka*, folgenderweise auf den Punkt zu bringen: »Wenn man Sapkowski liest, hat man den Eindruck, als wäre man zugleich in einer Tolkien-Welt, einem Disney-Film, im Mittelalter [...] an einem Seminar für Ökonomie, in der Welt unheimlicher, düsterer heidnischer Sitten und einem schwarzen Krimi im Märchengewand.« Gewürzt sei dieser Mix mit intelligenter Ironie, die oftmals überraschenden, ausgefallenen Wortspielen entspringt, die so manchen Übersetzer vor Entsetzen ergrauen lassen können. Zumal Sapkowski sie und die häufig satirischen Anspielungen auf die polnische Wirklichkeit geschickt zu einem komplizierten, für die nicht Eingeweihten womöglich ziemlich konfusen Bedeutungsteppich verwebt. Doch das Verständnis der von ihm abgefeuerten gesellschaftskritischen Spitzen ist glücklicherweise keine Voraussetzung für den Genuß seiner Geschichten. Sein Verleger behauptet sogar, Sapkowski könnte aus allem eine spannende Story machen, selbst eine Bügeleisengebrauchsanweisung aus seiner Feder vermöchte die Leser in Begeisterung zu versetzen.

Das Geheimnis seines Erfolges wird auch in der Tatsache vermutet, daß er mit den Gattungskonventionen sein Spiel treibt, indem er bald augenzwinkernd ihnen zu Füßen liegt, bald böse lachend sie mit Füßen tritt: »Die wohl auffälligste formale Eigenart von Sapkowskis Fantasy ist ihr Synkretismus und das in einem ohnehin synkretischen Genre. Märchen, Mythologie und neuere Fantasy benutzt er unbekümmert als Steinbruch für Handlungsmotive und Figuren, seine Elfen, Zwerge, Gnome, Nixen usw. setzen die Kenntnis des Kanons geradezu voraus. Von fantasy-üblichen Typisierungen und Klischees macht er reichlich Gebrauch, gewinnt aus ihrer Umdeutung oder Brechung aber einen Großteil der literarischen Wirkung. So erreicht er eine in der landläufigen Fantasy eher seltene Komplexität von Charakteren und Situationen durch paradoxe Umkehrung, öfter noch durch Einführung ganz alltäglicher, realistischer Charakterzüge und Verhaltensmotive« (H. Stein, *Quarber Merkur*, 85, S. 176). Sapkowski bemerkt selber zur Vorgeschichte seines Umgangs mit den inzwischen festgefahrenen und daher problematisch gewordenen Konventionen des Genres: »Ich wollte mich vom Zwang der gattungstypischen Schablonen befreien, die von unzähligen Fantasy-Zeilenschindern im Westen in Grund und Boden trivialisiert wurden. Sie erinnern mich nun an Schießübungen für die Offiziere der polnischen Armee (die ich selber mitgemacht habe): Man muß eine bestimmte Strecke zurücklegen und unterwegs auf alle aufspringenden oder auch nur sichtbar werdenden Pappfiguren schießen. Reagiert man nicht schnell genug, so verschwinden sie wieder, und man kriegt Minuspunkte. Die Fantasy-Literatur beginnt eben so einer Schießübung zu ähneln: Da schleppt sich der Protagonist/die Protagonistengruppe dahin, plötzlich taucht aus dem Gras ein Etwas hervor, er/sie schießt darauf und schleppt sich weiter, wieder taucht etwas auf, also schießt er/sie wieder usw. Bis das Buch zu Ende geht. Mir schwebte aber vor, über das bloße Geschieße hinauszugehen.«

Dank der beiden von Heyne Verlag in deutscher Sprache vorgelegten Erzählbände, die den polnischen Originalausgaben entsprechen und somit fast alle Hexer-Geschichten erfassen*, können sich nun auch die deutschsprachigen Leser davon überzeugen, daß der Hexer kein brutaler Rohling ist, der mit Vorliebe im Blut seiner Opfer watet (wie so mancher Fantasy-Recke angloamerikanischer Provenienz), sondern daß er immer auf Verständigungsvermögen der Menschen setzt und nicht selten als Vermittler zwischen verfeindeten Parteien agiert und, was heutzutage sehr gut ankommt, ökologisches Bewußtsein entwickelt (er weigert sich beispielsweise, vom Aussterben bedrohte Ungeheuerarten zu jagen, selbst wenn diese den Menschen das Leben schwer machen). Dies bedeutet allerdings nicht, daß sein Schwert in der Scheide Rost ansetzt. Wenn es notwendig ist, weiß er schon den einen oder anderen feindlichen Schädel zu spalten, um sich selbst bzw. Unschuldige dem Zugriff der Bösewichter zu entziehen. Wer jedoch glaubt, einen Helden ohne Furcht und Tadel vor

* Nicht enthalten sind eine »alternative« Hexer-Erzählung unter dem Titel *Etwas vergeht, etwas beginnt,* als eine Art literarischer Witz konzipiert und nachzulesen (übrigens, auf deutsch!) auf der Webseite: http://www.-ists.pwr.wroc.pl/~jsuliga/sapek/DE/etwas.html, sowie die Story *Ein Weg ohne Wiederkehr,* in der die Eltern des Hexers einander kennenlernen. Darüber hinaus steht Geralt von Rivien im Mittelpunkt eines großangelegten, fünf Bände umfassenden Romanzyklus (Hexersaga).

sich zu haben, irrt gewaltig. Den Hexer plagen ebenfalls Zweifel an der Richtigkeit seiner Entscheidungen, er macht Fehler, die manchmal (für andere) tödliche Folgen zeitigen, verliert die Nerven und begeht Dummheiten. Durch diese »menschlichen Qualitäten« hebt er sich aber positiv von den meist eindimensionalen, schablonisierten Helden ab, die sich vorwiegend in der amerikanischen Fantasy schwertschwingend tummeln.

Andrzej Sapkowskis Geschichten um den Hexer Geralt von Rivien sind ein erfrischendes Beispiel einer durch und durch gelungenen »europäischen« Fantasy, die keine Vergleiche mit den besten Errungenschaften der angelsächsischen Fantasy zu scheuen braucht. Ganz im Gegenteil. Die Letztgenannte könnte bei Sapkowski noch viel lernen.

Dan Simmons

Endymion

(*Endymion*)
Goldmann Verlag, München 1998
670 Seiten, DM 28,–

von Florian F. Marzin

Eigentlich kann man ja nichts Gutes erwarten, wenn nach über fünf Jahren ein Autor sich dazu entschließt, eine Fortsetzung zu einer schon überaus erfolgreichen Fortsetzung eines wirklich herausragenden Romans zu schreiben. Hyperion, jener seltsam ungreifbare Planet, auf dem sich die Schicksale kreuzen, stand im Mittelpunkt der Handlung des gleichnamigen Romans, der 1990 völlig zurecht den Hugo Gernsback Award erhielt. Kurz darauf folgte dann die Fortsetzung *Das Ende von Hyperion,* in dem die letzten losen Enden der Handlung sinnvoll verknüpft und zu einem Abschluß gebracht wurden. Danach herrschte Ruhe im Universum des Shrike, jener Entität, die Gottvater, rächender Engel, personifiziertes Unterbewußtsein und amoralisches Gewissen des Universums zugleich war – bis, ja bis Dan Simmons mit *Endymion* wieder dorthin zurückgekehrt ist. Um es gleich zu sagen: Die Rückkehr hat sich gelohnt, und dem Autor ist es gelungen, nicht ein einmal gefundenes Schema abzureiten, sondern intelligent weiterzuentwickeln.

Die Verhältnisse haben sich aber entscheidend verändert. Das Shrike ist von der Bildfläche verschwunden (vorläufig), und die Ousters, jene Aliens, die Hyperion im zweiten Band angegriffen haben, sind geschlagen. Eine Theokratie, genannt Pax, hat jetzt das Sagen und hütet auch das Geheimnis der Kruziform-Symbionten und das Wissen um die Wiedergeburt, welche besonders wichtig für die überlichtschnellen Raumschiffe ist, deren Besatzung bei der Beschleunigung zu Matsch zerdrückt und am Zielort durch die Auferstehungskrippe wieder reanimiert wird. Doch ganz so perfekt, wie das Pax es gerne hätte, ist die Wirklichkeit nun auch nicht. Im Verlauf der Handlung stellt sich bald heraus, daß das Shrike weiter im Verborgenen wirkt und die KIs (Technocore) die Funktion einer Fünften Kolonne wahrnehmen. Auch die Ousters lauern noch irgendwo da draußen.

Vor diesem Hintergrund entwickelt sich eine spannende, aber auch vielfältig ineinander verschachtelte Handlung, die von dem Leser höchste Aufmerksamkeit erfordert, da der Autor häufig die Erzählperspektive wechselt und dabei auch unterschiedliche Protagonisten in den Mittelpunkt rückt. Zum Beispiel Raul Endymion und Martin Silenus. Raul Endymion erhält von Silenus den nicht gerade leichten Auftrag die aus den Zeitgräbern auferstehende Aenae, die zwölfjährige Nichte von Silenus, vor dem Pax zu retten, den verschollenen Planeten Erde zu suchen und das bestehende Herrschaftssystem zu vernichten. Nicht gerade wenig, was da verlangt wird. Durch das Wiederauferstehen des Shrike ist dieser Mission allerdings der kaum erwartete Erfolg beschieden. An ihre Fersen hat sich Pater de Soya geheftet, der im Auftrag von Pax die beiden einfangen soll, wobei er sich selbst zunehmend dem Mißtrauen des Pax ausgesetzt sieht. Erschwerend kommt hinzu, daß er die strikte Anweisung hat, Aenea lebend zu ergreifen.

Die Verfolgungsjagd führt zu einem Farcasterportal, jenen Stationen über die die Ouster in *Das Ende von Hyperion* damals ihren Angriff gestartet haben. Doch so einfach, wie Endymion und Aenea sich das vorgestellt hatten, läuft die Sache dann doch nicht, denn der Farcaster schickt sie auf einer Reihe von Umwegen von Pontius zu Pilatus, wobei de Soya ihnen stets auf der Spur bleibt. So richtig ist das Pax nicht von den Fähigkeiten de Soyas überzeugt, der in den Reihen des Pax als zu labil gilt. Er bekommt einen echten Killer an seine Seite gestellt, einen weiblichen Cybriden, der allerdings im Auftrag des Technocore handelt.

Die sich nun entspinnende Verfolgungsjagd ist mit das Beste, was die Science Fiction in den letzten Jahren zu bieten hat. Die Handlung beschränkt sich nicht nur auf die pure Action, sondern die Psychologie der Charaktere bestimmt zu jedem Zeitpunkt den Ablauf der Ereignisse. Es kommt zu Vorausdeutungen, begründet in der zwar noch unterentwickelten, aber doch schon einsetzbaren Fähigkeit Aeneas, in die Zukunft zu sehen, die natürlich wieder die Handlungen der Personen in der Gegenwart bestimmen. Dan Simmons ist es gelungen, alle diese Handlungsfäden und Handlungselemente, die teilweise mit zentrifugaler Macht auseinanderstreben, doch wieder im richtigen Moment an die Kette zu legen und zu einem befriedigenden Ende zu führen. Manchmal – das als kleiner aber auch einziger Wermutstropfen – übertreibt er allerdings den Wechsel der Perspektiven, wobei die an sich schon furiose Handlung, z. B. der Kampf des Cybriden Nemes gegen das Shrike, an Kraft verliert, da der Leser genötigt ist, sich immer wieder zu besinnen, wer hier eigentlich spricht.

Dan Simmons *Hyperion/Endymion*-Zyklus, in den USA ist zumindest schon der nächste Band erschienen, reicht in seiner Komplexität an Frank Herberts Wüstenplanet-Zyklus heran, wenn er ihn nicht sogar überflügelt. Vielleicht ist ja *Hyperion/Endymion* das für die Science Fiction der neunziger Jahre, was Dune für die sechziger war.

Zygmunt Tęcza

Das Wortspiel in der Übersetzung.

Stanisław Lems Spiele mit dem Wort als Gegenstand interlingualen Transfers

Linguistische Arbeiten 367
Max Niemeyer Verlag, Tübingen 1997
235 Seiten, DM 124,–

von Jacek Rzeszotnik

Der Prozeß der kulturbildenden und -vermittelnden Einverleibung des Fremdkontextuellen in den eigenen Kulturkontext hat große Geister schon immer zu ernsthaften Gedanken (Goethe: »Beim Übersetzen muß man bis ans Unübersetzliche herangehen; alsdann wird man aber erst die fremde Nation und die fremde Sprache gewahr«) bzw. zu humoristischen parallelisierenden Bonmots (Shaw: »Frauen sind wie Übersetzungen: die schönen sind nicht treu, und die treuen sind nicht schön«) verleitet. Sie pointieren vor dem Hintergrund ihres Scharfsinns einen wichtigen Aspekt der translatorischen Arbeit: die Komplexität der sich beim Übersetzen eines fremdsprachigen Textes ergebenden Schwierigkeiten.

Das Problem des »Unübersetzlichen« und die »Unvereinbarkeit von schön und treu« treten im Falle des Wortspiels besonders kraß in Erscheinung. Die »geistvolle Ausnutzung sprachlicher Vieldeutigkeit zu witzigen Effekten« (Gero von Wilpert, *Sachwörterbuch der Literatur*, Stuttgart ^{7}1989, S. 1037) läßt die Übersetzer nicht selten an die Grenzen ihrer Fähigkeiten stoßen und infolgedessen im Verzweiflungsakt zu Hilfsmitteln greifen, die dem Sinn des Originals Gewalt antun. Diesen Mißstand zu beseitigen bemüht sich die Übersetzungswissenschaft, indem sie das translatorische Problem Wortspiel analysiert und mit ihren darauf basierenden Lösungsvorschlägen den »leidgeprüften« Vermittlern zwischen zwei Sprachen unter die Arme zu greifen versucht. In diesen Bereich gehört auch die Arbeit von Zygmunt Tęcza, einem polnischen Linguisten, der »Stanisław Lems Spiele mit dem Wort als Gegenstand interlingualen Transfers« (so der Untertitel) unter die Lupe nimmt. Der Untersuchungsgegenstand scheint um so zweckmäßiger ausgewählt, als Lems Texte in der Tat ein breites Spektrum von Wortspieltypen offerieren und zugleich meist in deutscher Sprache vorliegen, weswegen vergleichsanalytische Forschungen möglich werden.

Das vom Tübinger Max Niemeyer Verlag herausgebrachte Buch ist in drei »relativ autonome« Teile untergliedert. Im Teil I begleitet man den Verfasser auf seinem Streifzug durch die bisher erschienene Fachliteratur auf der Suche nach einer klaren Definition des Wortspiels (Begriffsbestimmung), wobei sich hier infolge der Spezifik Lemscher Sprache wortspielhafte Neologismen und Neosemantismen stärker in den Vordergrund schieben. Teil II hingegen setzt sich zum Ziel, die »grundlegenden ›lemologischen‹ Aspekte des spielerischen Sprachgebrauchs darzustellen« (S. 2), indem er das Beispielkorpus erläutert und die in den ausgewählten Werken des Schriftstellers vorfindbaren Wortspiele nach Herkunft, Typen und Distribution der Neologismen statistisch erfaßt. Der Schwerpunkt der Untersuchung liegt indessen auf Teil III, in dem »die deutschen Übersetzungsäquivalente Lemscher Wortspiele einer Verifizierung mittels entsprechend erarbeiteter Methoden unterzogen werden« (S. 2). Im Vordergrund stehen acht Texte von Lem und deren Übersetzungen ins Deutsche (sowohl in der BRD, als auch in der DDR, was Z. Tęcza Anlaß zu deutsch-deutschen Vergleichen gibt). An insgesamt 40 exemplarischen Beispielen veranschaulicht der Verfasser die Wortspielübersetzungen, die er gleichzeitig mit Hilfe seines eigenen Erfassungssystems bewertet. Er prüft ihre Äquivalenzstufen, die Konstanz der Realisation (d. h. inwieweit das Originalwortspiel in der Übersetzung aufrechterhalten bleibt) sowie die angewandten Übersetzungsmethoden (»Transplantation« – der originale Wortlaut des Wortspiels wird in die Übersetzung integriert; »Adaptation« – das Wortspiel wird direkt übersetzt; »Imitation« – es wird eine analoge, in der Zielsprache existierende Konstruktion gebraucht; »Kreation« – ein eigenes Übersetzungswortspiel löst das originale Wortspiel ab; »Dislokation« – es wird in der Übersetzung ein neues Wortspiel geprägt, allerdings an einer anderen Stelle als das Originalwortspiel). Zudem werden auch »negative Prozeduren« zur Sprache gebracht, die so gut wie keinen Beitrag zur Wortspieltranslation leisten: »Neutralisation« – das Originalwortspiel wird im Zieltext in einer nicht wortspielhaften Konstruktion aufgelöst; »Elimination« – das Originalwortspiel wird schlicht »übersehen«; »Indikation« – die Textstelle, an der sich das Originalwortspiel befand, wird mit einem anderen, nicht wortspielhaften Stilmittel markiert; »Explanation« – das Originalwortspiel wird metasprachlich – z. B. in einer Fußnote – »erklärt«. Die einleuchtenden Kommentare zu jedem angeführten Beispiel lassen das System von Z. Tęcza plausibel und anwendbar erscheinen, so daß es den versierten wie den angehenden Übersetzern als Denkstoff durchaus empfehlenswert ist. Vor allem die letztgenannten Adepten der Kunst der literarischen Translation sollten sich die vom Verfasser erörterten Übersetzungsmethoden genauer anschauen, um in Zukunft beim Anblick eines Wortspiels nicht gleich in Panik zu geraten, vorausgesetzt, daß man es überhaupt *erkannt* hat.

Lems Urteil über die Qualität der Übersetzungen, das er im Appendix (»Stanisław Lems Autorenkommentar«) formuliert, stimmt zwar nicht sonderlich optimistisch (»In 99 von hundert Fällen erleidet die Übersetzung Einbußen im Verhältnis zum Original« [S. 215], doch Zygmunt Tęczas Buch ist gerade ein wichtiger Schritt in die wünschenswerte Richtung). Es bietet einen theoretischen Unterbau der Wortspielübersetzung, also der Überwindung der größten Distanz zwischen zwei Sprachen (und womöglich zwei Kulturen). Die Schlußfolgerung des Verfassers lautet, im Gegensatz zur pessimistischen Gesamtansicht Lems: »Wortspiele sind übersetzbar« (S. 207), sein Optimismus fußt auf der Tatsache, daß die Möglichkeiten des interlingualen Transfers »zwischen zwei Sprachen [...], die zwar geographisch benachbart sind, jedoch verschiedenen Zweigen der indogermanischen Sprachfamilie angehören« (S. 207), gegeben sind, also kulturelle Werte vermittelt werden können. Die These von der angeblichen Unübersetzbarkeit des Wortspiels sei hiermit falsifiziert.

Die Lektüre von *Das Wortspiel in der Übersetzung* ist freilich nicht jedermanns Sache. Es ist ein sprachwissenschaftliches Buch, in dem durchgehend mit linguistischen Termini operiert wird, um größtmögliche Präzision des Ausdrucks zu erreichen. Die Kenntnisse des linguistischen Begriffsapparats sind also Voraussetzung für das Verständnis der Untersuchung und ihrer Ergebnisse. Ein weiterer Umstand, der die Aufnahme der Arbeit in breiteren Leserkreisen erschweren dürfte, ist dadurch bedingt, daß die vergleichsanalytische Mitwirkung des Lesers während der Lektüre gute Polnischkenntnisse erfordert.

Trotz dieser nicht für alle überwindbaren Hürden und des relativ hohen Preises visiert das Buch als Zielpublikum nicht nur Sprachwissenschaftler, sondern auch Lem-Fan(atiker) und Übersetzer (und zwar nicht nur für das Sprachenpaar Deutsch-Polnisch) an, die in dieser Arbeit ohne Zweifel etwas für sie Interessantes finden werden.

Jules Verne

Paris im 20. Jahrhundert

(Paris au XXe siècle)
Paul Zsolnay Verlag, Wien 1996
203 Seiten, DM 38,–

von Florian F. Marzin

Das Interessanteste an dem Buch ist seine Geschichte, obwohl die nun auch nicht so ungewöhnlich ist. Das Manuskript, von seinem Verleger Hetzel abgelehnt, galt als verschollen, obwohl man genügend Zeitzeugnisse von seiner Existenz hatte. Anfang der neunziger Jahre unseres Jahrhunderts wurde es in einem leergeglaubten Tresor wiedergefunden. (Ähnliches trifft auf eine Reihe von großen Werken der Literatur zu, wie z. B. Goethes *Urfaust,* und *Wilhelm Meisters theatralische Sendung.*) Entstanden ist der Roman ca. 1863, in der Zeit zwischen Vernes Erstling, *Fünf Wochen im Ballon* und dem Roman *Reise zum Mittelpunkt der Erde*. Deutlicher als bei anderen Werken des Autors gibt es in *Paris im 20. Jahrhundert* einige direkte Vorbilder, das bekannteste dürfte wohl Louis-Sébastien Mercier *Das Jahr 2440* (1770) sein, in dem sich der Erzähler im Traum in das Paris des Jahres 2440 versetzt findet.

Auch bei diesem Werk Vernes wird sein – natürlich möchte man sagen – prognostischer Weitblick gelobt, weil er für das Jahr 1960 einige technische Errungenschaften antizipiert, in denen man reale technische Entwicklungen der letzten Jahrzehnte wiedererkennen kann. Doch so ungewöhnlich ist das nicht, und Vernes Romane sind schon immer ins Joch der Prognostik gespannt worden, wobei man allerdings vergißt, daß er mindestens ebenso viele Treffer wie Fehlschüsse hatte. Vieles von dem, was er im fiktionalen Bereich perfektioniert hat, war damals von Wissenschaftlern angedacht bzw. in einer sehr einfachen Form schon verwirklicht. Als Beispiel soll hier die berühmte Nautilus dienen, jenes beeindruckende Unterseeboot, mit dem Kapitän Nemo die Weltmeere durchpflügt. Der Roman *Zwanzigtausend Meilen unter dem Meer* ist 1870 erschienen, doch Unterseeboote wurden schon im Amerikanischen Bürgerkrieg eingesetzt.

Die Handlung von *Paris im 20 Jahrhundert* ist eine sehr dürftige und überaus konventionelle. Der neunzehnjährige Michel Jérôme Dufrénoy erhält zum Abschluß seiner Ausbildung an der Ersten Allgemeinen Bildungskreditbank den Preis für lateinische Verse. Er ist der einzige, der dieses Fach überhaupt belegt hat, während die anderen vieltausend Studenten sich alle naturwissenschaftlichen Fächern gewidmet haben. Michel ist Waise und lebt bei der Familie seines Onkels Stanislas Boutardin, der ihm eine Stelle in einer Bank besorgt. Dort bedient er eine Rechenmaschine, aber nicht lange, denn er ist völlig ungeeignet. Danach wird er zu dem Schreiber des Hauptbuches, Quinsonnas, als Diktierer versetzt und hat nichts anderes zu tun, als diesem den ganzen Tag Zahlenkolonnen vorzusagen. Michel schließt mit Quinsonnas Freundschaft, und es stellt sich heraus, daß dieser selbst Künstler – ein Musiker – ist. Fortan treffen sich die beiden in Quinsonnas

Wohnung und diskutieren über Kunst, während zu Hause bei seinem Onkel die Unterhaltung sich nur um Ertrag, Investitionen, Rendite und Aktien dreht. Beide Kreise, in denen Verne seinen Protagonisten agieren läßt, sind gleich plakativ und ohne Leben. Sowohl der für Künste unsensible Onkel Stanislas als auch Quinsonnas sind nur Abziehbilder der Funktionen, die sie im Roman erfüllen.

Eines Tages beschließt Michel seinen Onkel Huguenin zu besuchen, der aus dem Nichts heraus auf der Bühne der Handlung erscheint. Er lebt in einer einsamen Dachstube, umgeben von alten Büchern der großen französischen Autoren des 19. Jahrhunderts, und zwischen ihm und Michel entspannt sich ein langatmiges, doch im Prinzip ziemlich uninspiriertes Gespräch über Literatur, das durch das Erscheinen von Professor Richelot, Michels ehemaligem Lehrer, und dessen vierzehn- oder sechzehnjährigen Tochter Lucy (Verne nennt innerhalb von zwei Seiten beide Altersangaben), unterbrochen wird. Man klagt über die schlechte Lage für Kunstschaffende, und Michel verliebt sich in Lucy. Hier schon wird deutlich, daß Verne bei seinen technischen Gimmicks gesellschaftliche Verhaltensformen gänzlich unberührt läßt. Seine Figuren handeln, denken und fühlen wie die Menschen seiner Zeit. Eine Änderung von Verhaltensnormen hat in den hundert Jahren zwischen Entstehen des Romans und der Handlungszeit nicht stattgefunden. Das Gesellschaftssystem ist einfach ein aus der Sicht des Frühkapitalismus perfektionierter Kapitalismus, und von der Produktionsverhältnissen erfährt der Leser gar nichts. Michel ist in seinem Kontakt zu Lucy genauso »verklemmt«, wie wir es aus unzähligen realistischen Romanen dieser Zeit, aber auch aus Vernes anderen Werken kennen. Im Gegensatz dazu haben sich andere Autoren, auch schon lange vor Verne, gerade in der Utopie des zwischenmenschlichen Bereichs viel mehr Mühe gegeben.

Am nächsten Tag folgt nach der Arbeit ein langes Gespräch Michels mit Quinsonnas über die Frauen, im Verlauf dessen sich beide so echauffieren, daß das Hauptbuch durch eine Unachtsamkeit mit Tinte verschmutzt wird. Daraufhin werden sie gefeuert. Michel kommt danach im Großen Dramatischen Depot unter, einer Schreibfabrik, in der Theaterstücke, Singspiele, Operetten und Opern auf niedrigstem Niveau zur Unterhaltung der Bevölkerung produziert werden. Ein Vergleich mit den Daily Soaps des gegenwärtigen Fernsehens ist dabei mehr als berechtigt. Auch hier erweist sich Verne nicht gerade als Visionär, denn die Möglichkeit anderer Unterhaltungsformen, wie Film, Radio oder gar Fernsehen kommen ihm nicht in den Sinn.

Doch in dieser Schreibfabrik hält es Michel nicht lange aus. Schließlich will er sein Glück als ernsthafter Schriftsteller alleine versuchen. Es dauert nicht lange, dann lebt er ohne Geld in größter Not und ist dem Verhungern nah. Er läuft planlos durch das nächtliche Paris, es ist Winter mit klirrender Kälte. An der ehemaligen Adresse seines Professors und Lucys angekommen, erfährt er, daß die beiden schon längst haben ausziehen müssen, da dem Professor gekündigt worden sei und er die Miete nicht mehr bezahlen konnte. Michels Weg führt weiter durch die kalte, abweisende Stadt und endet auf einem Friedhof. Man kann, Verne läßt es offen, davon ausgehen, daß Michel die Nacht nicht überlebt.

Vernes Roman schwankt zwischen satirischer Kolportage, es befinden sich eine große Anzahl von ironischen Anspielungen auf Personen und Zeitumstände in dem Text, und tragischem Einzelschicksal eines Künstlers, doch leider konnte sich der Autor für keine der beiden Möglichkeiten entscheiden, die so unvereinbar nebeneinander stehengeblieben sind. Die hochgelobten technischen Vorwegnahmen sind für die Handlung völlig irrelevant und erweisen sich als eigenartige Fremdkörper in einem an sich schon inhomogenen Text. Hier wird deutlich, daß Verne bei der Abfassung dieses Romans noch weit von seinen späteren Leistungen entfernt war und sein Verleger Hetzel das einzig Richtige tat, indem er das Manuskript ablehnte. Für die Verne-Forschung ist es bestimmt ein Glücksgriff, dieses verschollen geglaubte Manuskript zu haben, für alle anderen ist es einfach nur ein schlechter Roman.